Brigitte Buch-Edition *Die Liebesromane*

Aus dem Englischen von
Klaus Pemsel

CORELLIS MANDOLINE

Louis de Bernières

Brigitte Buch-Edition *Die Liebesromane*

Brigitte Buch-Edition *Die Liebesromane*

Band 9

Meiner Mutter und meinem Vater gewidmet,
die an verschiedenen Orten
und auf unterschiedliche Weise
gegen Faschisten und Nazis kämpften,
viele ihrer engsten Freunde verloren,
jedoch nie ein Wort des Dankes für ihren Kampf
zu hören bekamen

DER SOLDAT

Schlank und groß über kaltes Feld schreiten
die jungen Männer durch eine Nirgendwelt.
Selbst mit ihrem Lachen können sie keinen Ton verbreiten,
wie klar sie auch rufen, das Schweigen hält.

Sie erzählen sich von vergeblicher Liebe im Herzen,
doch von dem, was sie sagen, bleibt nichts in der Luft.
Einst jung und golden, kamen sie hierher voll Schmerzen,
ihr Gold ist nun fahl, ihre Jugend verpufft.

Sie rufen sich zu, im Herzen ganz unverändert:
»Was, lieber Bruder, haben sie unsren verlorenen Leben angetan?
Sind sie mit unserer Jugend gegürtet, unserem Gold bebändert
und lächeln, weil wir gefallen sind, den Tod frech an?«

Suchenden Blickes über kaltes Feld wagen
die Jungmänner sich ins Land, in das niemand sie wies.
Die Jungen voll Gold im Herzen stellen sich Fragen
nach der Welt, die ihnen geraubt in ihrem Paradies.

Humbert Wolfe

1
Dr. Iannis beginnt seine Geschichte

Dr. Iannis blickte zufrieden auf einen Tag zurück, an dem keiner seiner Patienten gestorben oder kränker geworden war. Er hatte bei der überraschend leichten Geburt eines Kalbes geholfen, einen Abszeß aufgestochen, einen Backenzahn gezogen, eine Dame von lokkerem Lebenswandel mit Salvarsan versorgt, ein unerfreuliches, aber sensationell ergiebiges Klistier verabreicht und durch einen medizinischen Taschenspielertrick ein Wunder vollbracht.

Er lachte in sich hinein, denn zweifellos wurde dieses Wunder bereits als eines St. Gerasimos würdig hingestellt. Er war ins Haus des alten Stamatis gegangen, zu dem er gerufen worden war, um Ohrenschmerzen zu behandeln, und hatte in einen Gehörgang geblickt, der feuchter, flechtenbehangener und stalagmitischer war als selbst die Drogarati-Grotte. Zunächst hatte er die Flechten mit Hilfe eines alkoholgetränkten und um ein langes Streichholz gewickelten Wattebäuschchens entfernt. Ihm war bekannt, daß der alte Stamatis seit seiner Kindheit auf diesem Ohr taub war und ständig unter Schmerzen litt. Es überraschte ihn aber doch, als die Streichholzspitze tief in der haarigen Höhlung offenbar auf etwas Hartes und Unnachgiebiges stieß, etwas, für dessen Vorhandensein es sozusagen keine physiologische oder anatomische Begründung gab. Er führte den alten Mann ans Fenster, riß die Läden auf, und blitzartig breiteten sich Mittagshitze und blendende Helligkeit im Zimmer aus, als hätte ein übereifriger und ungemein strahlender Engel irrigerweise diesen Ort für eine Epiphanie gewählt. Die Frau des alten Stamatis murrte; eine gute Hausfrau konnte es sich schlichtweg nicht leisten, zu dieser Stunde so viel Licht ins Haus zu lassen. Sie war sicher, daß es den Staub aufwirbelte; sie sah schon deutlich überall Flusen aufsteigen.

Dr. Iannis drehte den Kopf des alten Mannes und spähte ins Ohr. Mit dem langen Streichholz drückte er das Gestrüpp von starrem grauem Haar beiseite, das mit Flocken abblätternden Schorfs belaubt war. Darin war etwas Kugeliges. Er schabte die harte, braune Ohrenschmalzkruste ab und erblickte eine Erbse. Ganz ohne Zweifel: Es war eine Erbse; sie war hellgrün, und ihre Oberfläche war schon etwas runzlig, aber an dem Tatbestand an sich war nicht zu rütteln. »Hast du dir jemals etwas in die Ohren gestopft?« wollte er wissen.

»Bloß meinen Finger«, erwiderte Stamatis.

»Und wie lange bist du schon taub auf diesem Ohr?«

»Schon seit ich mich erinnern kann.«

Dr. Iannis sah in seiner Phantasie plötzlich ein absurdes Bild Gestalt annehmen. Es zeigte Stamatis als Kleinkind – doch mit demselben knorrigen Gesicht, derselben gebückten Haltung, demselben dichten Haargestrüpp im Ohr –, das zum Küchentisch hochlangte und eine trockene Erbse aus einer Holzschüssel nahm. Er steckte sie sich in den Mund, fand sie zum

Beißen zu hart und stopfte sie sich ins Ohr. Der Arzt kicherte. »Du mußt als kleiner Junge ein ziemlicher Quälgeist gewesen sein.«

»Er war ein Teufel.«

»Halt deinen Mund, Frau, du hast mich damals ja noch gar nicht gekannt.«

»Ich hab's von deiner Mutter, Gott sei ihrer Seele gnädig«, erwiderte die alte Frau, die schmollend den Mund verzog und die Arme verschränkte. »Und ich hab's von deinen Schwestern.«

Dr. Iannis erwog das Problem. Er hatte es zweifellos mit einer widerspenstigen und störrischen Erbse zu tun, die zu fest im Ohr steckte, um sie einfach herauszustochern. »Hast du einen Angelhaken, etwa die Größe für eine Barbe, mit einem langen Ende? Und hast du ein Hämmerchen?«

Die Eheleute sahen sich an und hatten nur den einen Gedanken, daß ihr Doktor den Verstand verloren haben müsse. »Was hat das mit meinen Ohrenschmerzen zu tun?« fragte Stamatis argwöhnisch.

»Du hast eine exorbitante auditive Störung«, versetzte der Arzt, sich stets der Notwendigkeit einer gewissen medizinischen Geheimniskrämerei bewußt, denn er war sich vollständig im klaren darüber, daß er mit »eine Erbse im Ohr« wohl kaum Ehre eingelegt hätte. »Ich kann sie mit einem Angelhäkchen und einem Hämmerchen beseitigen; das ist die ideale Art, *un embarras de petit pois* zu beseitigen.« Er sprach die französischen Wörter mit geziertem Pariser Akzent aus, wenngleich nur ihm die Ironie klar war.

Das benötigte Werkzeug wurde prompt geholt. Der Arzt klopfte den Haken auf den Fliesen des Steinbodens sorgfältig gerade. Dann ordnete er an, der alte Mann solle seinen Kopf auf den lichtbeschienenen Sims legen. Stamatis gehorchte, verdrehte die Augen, und die alte Frau schlug die Hände vors Gesicht und spähte durch die Finger. »Beeile dich, Doktor«, rief Stamatis, »dieser Sims ist höllisch heiß.«

Der Arzt führte den geradegebogenen Haken sorgfältig in die struppige Öffnung ein und hob das Hämmerchen, doch da wurde er durch ein heiseres Krächzen abgelenkt, das ihn stark an einen Raben erinnerte. Verstört und entsetzt rang die Alte die Hände und lamentierte: »Oh, oh, oh, du wirst ihm einen Angelhaken ins Gehirn treiben. Christus, erbarme dich unser, alle Heiligen und Maria mögen uns beschützen.«

Dieser Ausruf ließ den Arzt innehalten. Er dachte an die Möglichkeit, daß der Widerhaken, falls die Erbse sehr hart war, nicht eindringen, sondern die Erbse tiefer in den Gehörgang treiben würde. Das Trommelfell könnte sogar durchbohrt werden. Er richtete sich auf und zwirbelte mit dem Zeigefinger nachdenklich seinen weißen Schnurrbart. »Plan geändert«, verkündete er. »Ich habe nochmals nachgedacht und entschieden, es wäre besser, sein Ohr mit Wasser zu füllen und die impedimentale Okklusion aufzuweichen. Kyria, sorge dafür, daß dieses Ohr mit warmem Wasser gefüllt bleibt, bis ich heute abend wiederkomme. Der Patient darf sich nicht rühren, er soll mit dem gefüllten Ohr auf der Seite liegenbleiben. Verstanden?«

Dr. Iannis kam um sechs Uhr wieder und spießte die aufgeweichte Erbse ohne Zuhilfenahme eines Hämmerchens erfolgreich auf. Er holte sie behutsam heraus und hielt sie dem Ehepaar zum Anschauen hin. Da sie mit dickem, dunklem Ohrenschmalz verkrustet war und faulig roch, war sie für keinen der beiden als Hülsenfrucht erkennbar. »Das ist sehr leguminös, nicht wahr?« fragte der Arzt.

Die alte Frau nickte so beflissen, als hätte sie verstanden, was freilich nicht der Fall war, denn ihre Augen leuchteten vor Verwunderung auf. Stamatis schlug sich seitlich an den Kopf und rief aus: »Da drin ist's kalt. Mein Gott, ist das laut. Ich meine, alles ist laut, sogar meine eigene Stimme.«

»Deine Taubheit ist geheilt«, verkündete Dr. Iannis. »Eine sehr gelungene Operation, meine ich.«

»Ich bin operiert worden«, sagte Stamatis höchst befriedigt. »Von allen Menschen, die ich kenne, bin ich der einzige, der operiert worden ist. Und jetzt kann ich hören. Es ist ein Wunder, ja genau. Mein Kopf fühlt sich leer und hohl an, mir ist so, als wär mein ganzer Kopf voller Quellwasser, kalt und klar.«

»Also, ist er nun leer oder voll?« wollte die alte Frau wissen. »Red vernünftig, wenn der Doktor schon so nett war, dich zu heilen.« Sie ergriff Iannis' Hand und küßte sie, und kurz darauf war er schon auf dem Heimweg, unter jedem Arm ein fettes Hühnchen und eine dunkel glänzende Aubergine in jeder Jackentasche. Die uralte Erbse trug er ins Taschentuch gewickelt bei sich, um sie seiner privaten medizinischen Sammlung hinzuzufügen.

Er war an diesem Tag üppig entlohnt worden, denn er hatte außerdem noch zwei prächtige große Langusten bekommen, einen Topf Sardellen, einen Topf mit Basilikum und ein Angebot zum Geschlechtsverkehr (nach seinem Belieben einzulösen). Er hatte aber beschlossen, dieses besondere Angebot nicht anzunehmen, selbst wenn das Salvarsan wirken würde. Er hatte noch den ganzen Abend vor sich, um an seiner Geschichte von Kephallonia zu schreiben, vorausgesetzt, Pelagia hatte daran gedacht, noch etwas Öl für die Lampen zu besorgen.

»Die neue Geschichte Kephallonias« war ziemlich problematisch. Es schien unmöglich, sie ohne Beimischung seiner eigenen Gefühle und Vorurteile zu schreiben. Objektivität war anscheinend nicht zu erreichen, und er hatte das Gefühl, seine mißlungenen Anfänge hatten mehr Papier verschwendet, als auf der ganzen Insel normalerweise in einem Jahr verbraucht wurde. Die Stimme, die aus seinem Bericht klang, blieb hartnäckig seine eigene; sie war nie und nimmer die eines Historikers. Ihr fehlten Größe und Unparteilichkeit. Sie war nicht olympisch.

Er setzte sich hin und schrieb: »Kephallonia ist eine Fabrik, die Babys für den Export erzeugt. Im Ausland oder auf See gibt es mehr Kephallonier als zu Hause. Eine einheimische Industrie, die die Familien zusammenhielte, ist nicht vorhanden, es gibt nicht genügend Ackerland, und im Meer mangelt es an Fischen. Unsere Männer gehen ins Ausland und kehren nur zum Sterben zurück, und so leben wir auf einer Insel der Kinder, alten Jungfern, Priester und Greise. Das einzig Gute daran ist, daß nur die wirklich schönen Frauen unter den übriggebliebenen Männern einen zum Heiraten finden, und so hat der natürliche Selektionsdruck dafür gesorgt, daß es bei uns die schönsten Frauen ganz Griechenlands und vielleicht des gesamten Mittelmeerraums gibt. Die Kehrseite ist, daß bei uns schöne und geistvolle Frauen mit den absonderlichsten und unpassendsten Männern verheiratet sind, die nie im Leben zu etwas taugen, und daß bei uns einige traurige und häßliche Frauen, die keiner will, zum Witwenstand verurteilt sind, ohne je einen Ehemann gehabt zu haben.«

Der Arzt stopfte sich seine Pfeife neu und las das Geschriebene durch. Er hörte, wie Pelagia draußen im Hof mit Töpfen klapperte, weil sie die Langusten kochen wollte. Er las, was er über die schönen Frauen geschrieben hatte, und erinnerte sich an seine Gattin, die so hübsch gewesen war wie nun ihre Tochter, aber trotz all seiner Bemühungen an Tuberkulose gestorben war. »Diese Insel betrügt ihre eigenen Leute schon in deren bloßem Dasein«, schrieb er, und dann knüllte er das Blatt zusammen und schmiß es in die Zimmerecke. So ging es nie und nimmer; warum konnte er nicht wie ein Historiker schreiben? Warum konnte er nicht leidenschaftslos schreiben? Ohne Zorn? Ohne daß sich ein Gefühl des Betrogenseins und der Bedrängnis einschlich? Er hob das Blatt auf, das er zuerst beschrieben hatte und das an den Ecken schon zerknittert war. Es war die Titelseite: »Die neue Geschichte Kephallonias«. Er strich die ersten beiden Worte durch und ersetzte sie durch »Eine persönliche«. Jetzt brauchte er keine gefühlsbeladenen Adjektive und keinen uralten geschichtlichen Groll mehr wegzulassen, jetzt konnte er ätzend über die Römer, die Normannen, die Venezianer, die Türken, die Briten und sogar die Inselbewohner selbst herziehen. Er schrieb:

»Die halbvergessene Insel Kephallonia erhebt sich leichtsinnig und unbesonnen aus dem Ionischen Meer; es ist eine so ungeheuer geschichtsträchtige Insel, daß selbst die Felsen noch Nostalgie ausdünsten und die rote Erde nicht nur von der Sonne betäubt daliegt, sondern auch vom unsäglichen Gewicht der Erinnerung. Die Schiffe des Odysseus wurden aus kephallonischem Pinienholz gezimmert, seine Leibwächter waren kephallonische Riesen, und einige behaupten sogar, daß sein Palast nicht auf Ithaka, sondern auf Kephallonia stand.

Doch schon bevor dieser listige und weitgereiste König von Athene begünstigt wurde oder durch die unversöhnliche Bosheit Poseidons auf dem Meer umherirrte, hatten mesolithische und neolithische Menschen aus Obsidian Messerklingen geschlagen und Fischernetze ausgeworfen. Die mykenischen Hellenen kamen hier an und hinterließen die Scherben ihrer Amphoren und ihre brustförmigen Gräber, zeugten Nachkommen, die lange nach der Abreise von Odysseus für Athen kämpften, von Sparta tyrannisiert wurden und dann sogar den größenwahnsinnigen Philipp von Mazedonien besiegten, den Vater von Alexander, der merkwürdigerweise ›der Große‹ genannt wird, aber eigentlich ein noch eingebildeterer Megalomane war.

Diese Insel war ein Tummelplatz der Götter. Auf dem Gipfel des Berges Ainos stand ein Schrein für Zeus, und ein weiterer befand sich auf der winzigen Insel Thios. Demeter wurde verehrt, weil sie die Insel zum Brotkorb Ioniens gemacht hatte, desgleichen Poseidon, der Gott, der sie in Gestalt eines Hengstes vergewaltigt hatte, worauf sie ein schwarzes Pferd und eine mystische Tochter zur Welt brachte, deren Name verlorenging, als die Eleusinischen Mysterien durch die Christen unterdrückt wurden. Hier war Apollo, der Python erschlug, der Hüter des Nabels der Welt; er war schön, jugendlich, weise, gerecht, stark, hyperbolisch bisexuell und der einzige Gott, dem die Bienen einen Tempel aus Wachs und Federn bauten. Hier wurde auch Dionysos verehrt, der Gott des Weins, der Freude, der Zivilisation und der Vegetation, den Aphrodite zum Vater eines kleinen Jungen mit dem riesenhaftesten Penis machte, der je einen Menschen oder Gott belastete. Ihre Anbeter hatte hier auch Artemis, die vielbrüstige jungfräuliche Jägerin, eine Göttin von solch radikal frauenrechtlerischer Gesinnung, daß sie Aktaion, weil er sie zufällig nackt gesehen hatte, von Hunden in Stücke reißen und ihren Geliebten Orion von Skorpionen zu Tode stechen ließ, weil er sie aus Versehen berührt hatte. Sie war derart pingelig und pedantisch, was Sittsamkeit und summarische Züchtigung betraf, daß ganze Dynastien wegen eines ungebührlichen Wortes oder einer fünf Minuten zu spät dargebrachten Opfergabe ausgelöscht wurden. Es gab auch Tempel für Athene, die ewige Jungfrau, die (im Vergleich zu Artemis erst nach großer Überwindung) Teiresias blenden ließ, weil er sie nackt gesehen hatte, ein ungeheures Geschick in jenen Fertigkeiten bewies, die für die Wirtschaft und das häusliche Leben unverzichtbar sind, und die Schutzheilige der Ochsen, Pferde und Oliven war.

In der Wahl ihrer Götter bezeugten die Inselbewohner schon den ungeheuren und unerschütterlichen Gemeinsinn, der das Geheimnis ihres Überlebens durch all die Jahrhunderte gewesen ist; es liegt auf der Hand, daß der König der Gottheiten verehrt werden mußte; es liegt auf der Hand, daß ein Volk von Seeleuten den Meeresgott besänftigen mußte; es liegt auf der Hand, daß die Weinbauern Dionysos ehren mußten (es ist immer noch der häufigste Vorname auf der Insel); es liegt auf der Hand, daß Demeter dafür geehrt werden mußte, daß die Insel sich selbst versorgen konnte, daß Athene für ihre Gaben der Weisheit und des Geschicks in den täglichen Lebensdingen verehrt werden mußte, genauso wie es ihr oblag, über die unzähligen militärischen Streitfälle zu wachen. Es ist auch nicht verwunderlich, daß Artemis ihren Kult hatte, denn das galt als unfehlbare Lebensversicherung; sie konnte einem gehörig zusetzen, und deshalb mußte alles dafür getan werden, daß sie Schaden woanders anrichtete.

Daß Apollo auf Kephallonia seinen Kult hatte, ist gleichzeitig das größte wie das kleinste Geheimnis. Für diejenigen, die nie auf dieser Insel gewesen sind, ist es völlig unerklärlich, doch für diejenigen, die sie kennen, ist es ganz und gar unvermeidlich, denn Apollo ist ein Gott, der mit der Macht des Lichts in Verbindung steht. Fremde, die hier landen, sind zunächst zwei Tage lang geblendet.

Es ist ein Licht, das anscheinend weder aus der Luft noch aus der Stratosphäre kommt. Es ist völlig jungfräulich, erzeugt ein gestochen scharfes Bild und hat eine gewaltige Leuchtkraft. Es zeigt Farben in ihrem ursprünglichen Zustand vor dem Sündenfall, als kämen sie direkt aus Gottes Vorstellungskraft in Seinen frühesten Tagen, als Er noch glaubte, alles wäre gut. Das dunkle Grün der Pinien ist von einer unergründlichen Tiefe, das Meer ist, von einer Klippe aus betrachtet, platonisch in seiner Art, azur, chromgrün oder wie ein Türkis, Smaragd oder Lapislazuli zu schillern. Das Auge einer Ziege ist ein lebender Halbedelstein, etwa zwischen Bernstein und Arylid, und die Grillen sind vom leuchtenden Grün der frischesten Grashalme im Garten Eden. Sobald die Augen sich an die äußerst vestalische Keuschheit dieses Lichts gewöhnt haben, erscheint im Vergleich dazu das

Licht an jedem anderen Ort kümmerlich und trüb – lediglich als etwas, was das Sehen ermöglicht, eine Enttäuschung, ein Makel. Selbst das Meerwasser Kephallonias ist durchsichtiger als andernorts die Luft; hier kann ein Mensch im Wasser treiben, zum Meeresboden hinabblicken und deutlich wehmütige Strahlen sehen, die aus unerfindlichen Gründen stets von kleinen Plattfischen begleitet sind.«

Der gelehrte Arzt lehnte sich zurück und las das eben Geschriebene durch. Es kam ihm wirklich sehr poetisch vor. Er las es nochmals und schwelgte in einigen Sätzen. Am Rande notierte er: »Dran denken, daß alle Kephallonier Dichter sind. Wo kann ich das einbringen?«

Er ging in den Hof hinaus und urinierte auf den Streifen mit der Pfefferminze. In einem strikten Turnus versorgte er die Gewürzpflanzen mit Stickstoff, und morgen würde der Oregano drankommen. Er kehrte gerade noch rechtzeitig ins Zimmer zurück, um Pelagias kleine Ziege dabei zu erwischen, wie sie seine Seiten mit offensichtlichem Behagen verzehrte. Er riß dem Tier das Papier aus dem Maul und jagte es wieder nach draußen. Es sprang zur Tür hinaus, um dann ungehalten hinter dem breiten Stamm des Olivenbaums zu meckern.

»Pelagia«, schimpfte der Arzt, »dein verdammter Wiederkäuer hat alles aufgefressen, was ich heute abend geschrieben habe. Wie oft muß ich dir noch sagen, das Vieh nicht reinzulassen? Wenn das noch mal vorkommt, wird es am Spieß enden. Das ist mein letztes Wort. Es ist schon schwer genug, bei der Sache zu bleiben, ohne daß dieses Tier alles sabotiert, was ich mir ausgedacht habe.«

Pelagia blickte lächelnd zu ihrem Vater hoch. »Wir werden um etwa zehn Uhr essen.«

»Hast du mir überhaupt zugehört? Ich habe gesagt, keine Ziegen mehr im Haus, kapiert?«

Sie hielt beim Aufschneiden einer Peperoni inne, strich sich eine störrische Strähne aus dem Gesicht und erwiderte: »Du magst sie so gern wie ich.«

»Erstens mag ich diesen Wiederkäuer nicht, und zweitens hast du mir keine Widerworte zu geben. Zu meiner Zeit hat keine Tochter sich ihrem Vater widersetzt. Ich dulde das nicht.«

Pelagia stemmte eine Hand in die Hüfte und verzog das Gesicht. »Papas«, sagte sie, »es ist immer noch deine Zeit. Du bist doch noch nicht tot, oder? Jedenfalls mag dich die Ziege.«

Dr. Iannis gab sich geschlagen und räumte das Feld. Es war wirklich der Gipfel, wenn die eigene Tochter ihre weibliche Tücke gegen ihn ausspielte und ihn dabei noch an ihre Mutter erinnerte. Er ging zurück an seinen Tisch und nahm sich ein neues Blatt Papier vor. Ihm fiel wieder ein, daß er in seinem letzten Schreibversuch vom Thema Götter auf das Thema Fische gekommen war. Aus literarischer Sicht geschah es ihm recht, daß die Ziege das Blatt gefressen hatte. Nun schrieb er: »Nur eine so unverschämte Insel wie Kephallonia kann die Unverfrorenheit besitzen, sich auf einer Verwerfungslinie niederzulassen, die sie der ständigen Gefahr von verheerenden Erdbeben aussetzt. Nur eine so unbekümmerte Insel wie diese wehrt sich nicht gegen eine Invasion gleichgültiger und aufdringlicher Ziegen.«

2
Der Duce

Kommen Sie her. Ja, Sie. Kommen Sie nur. Jetzt verraten Sie mir mal: Welches ist mein bestes Profil, das rechte oder das linke? Wirklich, meinen Sie? Da bin ich mir nicht so sicher. Ich meine, die Unterlippe macht sich auf der anderen Seite vielleicht besser. Oh, Sie pflichten mir also bei? Sie sind vermutlich in allem, was ich sage, meiner Meinung. Ah ja, tatsächlich. Wie soll ich mich dann auf Ihr Urteil verlassen können? Was ist, wenn ich sage, daß Frankreich aus Bakelit besteht; stimmt das? Werden Sie mir beipflichten? Was soll das heißen, *sissignore, nossignore,* ich weiß nicht, *Signore;* was ist das für eine Antwort? Sind Sie ein Kretin, oder was? Holen Sie mir ein paar Spiegel, damit ich meine Pose selbst überprüfen kann.

Ja, es ist von großer Bedeutung und auch ganz natürlich, daß das Volk in mir die Apotheose des idealen Italieners sieht. Mich wird niemand mit heruntergelassenen Hosen filmen können. Mich wird eigentlich auch niemand mehr in Anzug und Krawatte zu sehen bekommen. Das Volk soll mich nicht für einen Geschäftsmann, für einen bloßen Staatsbeamten halten, und außerdem steht mir diese Uniform. Ich bin die Verkörperung Italiens, womöglich noch mehr als der König selbst. Das ist Italien, schneidig und stramm, wo alles wie am Schnürchen läuft. Italien ist so unbiegsam wie Stahl. Eine der Großmächte, da ich es zu einer gemacht habe.

Ah, da sind ja die Spiegel. Stellen Sie den dahin. Nein, da, Idiot. So ist's recht. Nun stellen Sie den anderen dorthin. Herrgott noch mal, muß ich alles selbst erledigen? Mann, was ist los mit Ihnen? Hm, ich glaube, ich mag das linke Profil. Kippen Sie den Spiegel ein wenig. Mehr, mehr. Halt, so ist's recht. Wunderbar. Wir müssen es so einrichten, daß das Volk immer zu mir aufsehen muß. Ich muß immer erhöht stehen. Schicken Sie jemand in die Stadt, um die geeignetsten Balkone ausfindig zu machen. Notieren Sie sich das. Und notieren Sie sich auch noch folgendes, da es mir gerade einfällt. Auf Anordnung des Duce sollen alle Bergzüge in Italien massiv aufgeforstet werden. Was soll das heißen, wofür? Das liegt doch auf der Hand. Je mehr Bäume, desto mehr Schnee, das weiß doch jeder. Italien soll kälter werden, damit die Menschen, die es hervorbringt, zäher, wendiger und widerstandsfähiger werden. Es ist traurig, aber wahr, daß unsere Jungen keine so guten Soldaten mehr sind wie ihre Väter. Sie müssen kälter werden, wie die Deutschen. Mehr Eis in die Seele, das brauchen sie. Ich könnte schwören, das Land ist seit dem Großen Krieg wärmer geworden. Das macht die Männer faul, macht sie untauglich. Das macht sie für das Imperium nicht geeignet. Das verwandelt das Leben in eine Siesta. Sie nennen mich nicht umsonst den Diktator, der niemals schläft. Sie werden mich nie dabei erwischen, daß ich den ganzen Nachmittag durchschlafe. Notieren Sie das. Das wird eine unserer neuen Parolen: *Libro e Moschetto*

– *Fascisto Perfetto.* Die Leute sollen verstehen, daß der Faschismus nicht bloß eine soziale und politische Revolution darstellt, sondern auch eine kulturelle. Jeder Faschist muß ein Buch im Tornister haben, verstehen Sie? Wir werden keine Spießer sein. Ich will faschistische Buchclubs selbst in den kleinsten Städten haben, und ich möchte nicht, daß die verfluchten *squadristi* aufkreuzen und sie in Brand setzen, ist das klar?

Und was höre ich da von einem Regiment Alpini, das durch Verona gezogen ist und gesungen hat: *Vogliamo la pace e non vogliamo la guerra?* Ich möchte, daß dies untersucht wird. Es darf keine Eliteeinheiten geben, die herummarschieren und pazifistisch-defätistische Lieder singen, wo wir uns noch gar nicht richtig im Krieg befinden. Und weil wir gerade von den Alpini reden: Was soll das, daß sie sich mit faschistischen Legionären Schlägereien geliefert haben? Was soll ich denn noch alles tun, damit das Militär die Miliz akzeptiert? Wie wäre denn das als weitere Parole: »Der Krieg ist für den Mann das, was die Mutterschaft für die Frau ist«? Sehr gut, da werden Sie mir wohl beipflichten. Eine herrliche Parole mit einer guten Portion Mannhaftigkeit darin, viel besser als »Kinder, Küche, Kirche« die ganze Woche über. Rufen Sie Clara an und sagen Sie ihr, daß ich sie heute abend besuchen werde, wenn ich meiner Frau entkommen kann. Und wie wäre das als neue Parole: »Mit wagemutiger Umsicht«? Sind Sie sicher? Ich kann mich nicht erinnern, daß Benni das in einer Rede verwendet hat. Muß Jahre hersein. Vielleicht ist sie gar nicht so gut.

Notieren Sie sich das. Ich möchte ein für allemal klarstellen, daß unsere Leute in Afrika die Praxis des sogenannten *madamismo* abzustellen haben. Ich kann es einfach nicht gutheißen, daß italienische Männer mit eingeborenen Frauen zusammenziehen und die Reinheit des Blutes verwässern. Nein, eingeborene Prostituierte kümmern mich nicht. Die *sciarmute* sind für die Moral unserer Männer unentbehrlich Nur Liebschaften darf es nicht geben, das ist alles. Was soll das heißen, Rom war assimilativ? Das weiß ich, und ich weiß auch, daß wir das Imperium neu schaffen, doch wir leben in anderen Zeiten. Wir leben in faschistischen Zeiten.

Da wir gerade von den Kameltreibern reden: Haben Sie mal in mein Exemplar dieses Artikels *Partito e Imperio* reingesehen? Mir gefällt das Stück, wo es heißt: »Kurz gesagt, wir müssen versuchen, dem italienischen Volk eine imperialistische und rassistische Gesinnung einzuimpfen.« Ach ja, die Juden. Nun, ich meine, es ist ein für allemal klargemacht worden, daß jüdische Italiener sich entscheiden müssen, ob sie vorrangig Italiener oder Juden sind. So einfach ist das. Es ist mir nicht entgangen, daß das internationale Judentum antifaschistisch ist. Ich bin ja nicht dumm. Ich weiß sehr wohl, daß die Zionisten die Handlanger der britischen Außenpolitik sind. Was mich betrifft, so müssen wir diese Beschäftigungsbeschränkungen für Juden in öffentlichen Ämtern durchsetzen; ich werde keine Unverhältnismäßigkeit dulden, und es kümmert mich nicht, wenn das bedeutet, daß dann einige Städte ohne Bürgermeister dastehen. Wir müssen mit unseren deutschen Kameraden Schritt halten. Ja, ich weiß, daß der Papst das nicht mag, aber für ihn steht zuviel auf dem Spiel, als daß er sich dafür weit aus dem Fenster lehnen würde. Er weiß, ich kann die Lateranverträge widerrufen. Ich habe ihnen schon einen Dreizack in den Hintern gesteckt, und er weiß, daß ich den drehen kann. Um des lieben Friedens mit der Kirche willen habe ich den atheistischen Materialismus aufgegeben, aber ich gehe keinen Schritt weiter.

Notieren Sie das; ich möchte die Löhne und Gehälter einfrieren, um die Inflation einzudämmen. Wir erhöhen die Familienbeihilfe um fünfzig Prozent. Nein, ich glaube nicht, daß das letztere die Wirkung des ersteren aufheben wird. Meinen Sie, ich verstünde nichts von der Wirtschaft? Wie oft muß ich noch erklären, Sie Dummkopf, daß das faschistische Wirtschaftssystem immun ist gegen die zyklischen Schwankungen des Kapitalismus? Wie können Sie es wagen, mir zu widersprechen und zu sagen, es sähe so aus, als wäre das Gegenteil wahr? Warum, glauben Sie, haben wir uns all die Jahre um Autarkie bemüht? Wir hatten einige harte Nüsse zu knacken, das ist alles, Sie *zuccone,* Sie *sciocco,* Sie *balordo.* Schicken Sie Farinacci ein Telegramm mit ein paar bedauernden Worten darüber, daß er eine Hand verloren hat. Aber was kann er schon erwarten, wenn er mit Handgranaten zum Fischen geht? Sagen Sie der Presse, es hätte sehr heldenhafte Gründe. Wir werden am Montag einen Artikel darüber in *Il Regime Fascista* bringen. Etwa so: »Parteichef im heldenhaften Einsatz gegen Äthiopier verletzt.« Dabei fällt mir ein, wie weit sind die Experimente mit dem Giftgas? Die gegen die Kameltreiberguerilla. Ich hoffe, der Abschaum stirbt langsam, das ist alles. Ein möglichst langer Todeskampf. *Pour encourager les autres.* Sollen wir in Frankreich einmarschieren? Wie wär's mit »Faschismus überwindet

Klassengegensätze«? Ist Ciano schon hier? Aus dem ganzen Land erhalte ich Berichte, daß die Stimmung so gut wie einmütig gegen den Krieg ist. Ich verstehe das nicht. Industrielle, Bürgerliche, Arbeiter, selbst die Armee, um Himmels willen. Ja, ich weiß, daß eine Abordnung von Künstlern und Intellektuellen wartet. Was? Sie werden mir eine Auszeichnung verleihen? Holen Sie sie auf der Stelle herein.

Guten Abend, meine Herren. Ich gestehe, es ist mir eine große Freude, dies von einigen unserer, ähm, größten Geister zu empfangen. Ich werde sie mit Stolz tragen. Wie weit sind Sie mit Ihrem neuen Roman? Oh, tut mir leid, das hab ich ganz vergessen. Sie sind ja Bildhauer. Ein Lapsus linguae. Ein neues Standbild von mir? Großartig. Mailand braucht noch ein paar Denkmäler, oder nicht? Ich darf Sie daran erinnern – obwohl ich mir sicher bin, daß es bei Ihnen nicht nötig ist –, daß der Faschismus im Grunde auf ästhetischen Vorstellungen aufbaut und daß es Ihre Aufgabe ist, als Schöpfer schöner Dinge die erhabene Schönheit und unverkennbare Wirklichkeit des faschistischen Ideals mit größter Eindringlichkeit darzustellen. Vergessen Sie das nie; wenn die Streitkräfte das Mark des Faschismus sind und ich sein Gehirn, dann sind Sie seine Phantasie. Sie haben eine schwere Verantwortung. Nun entschuldigen Sie mich bitte, meine Herren, Staatsangelegenheiten. Sie wissen ja, wie das ist. Ich habe eine Audienz mit Seiner Majestät dem König. Ja, selbstverständlich, ich werde Ihre ergebensten Gefühle der Loyalität übermitteln. Er würde auch nicht weniger als das erwarten. Guten Abend.

Die bin ich los. Ist das nicht hübsch? Vielleicht schenke ich es Clara. Das wird sie bestimmt amüsieren.

Ah, Ciano ist tatsächlich im Anmarsch? Wurde auch Zeit. Hat erst noch ein paar Golfbälle verdroschen, da bin ich sicher. Verdammt blödes Spiel, wenn Sie mich fragen. Ich würde ja noch verstehen, wenn einer Karnickel zu treffen versuchte oder mal ein Rebhuhn schnappen wollte. Ein *hole-in-one* läßt sich doch nicht essen, oder? Wenn einer toll eingelocht hat, dann hat er doch nichts, dem er die Gedärme rausreißen kann.

Ah, Galeazzo, wie gut, dich zu sehen. Komm doch rein. *Bene, bene.* Und wie geht es meiner lieben Tochter? Es ist doch wunderbar, die Regierung sozusagen in der Familie zu behalten. Wie gut, jemanden zu haben, dem ich vertrauen kann. Golf gespielt? Hab ich mir doch gedacht. Ein prächtiges Spiel, so faszinierend; was für eine Herausforderung, sowohl geistig wie körperlich, nehme ich an. Ich wünschte, ich hätte auch Zeit dafür. Man fühlt sich völlig auf verlorenem Posten, wenn die Rede auf Löffler, Cleeks und Dreier-Eisen kommt. Beinahe ein Eleusinisches Mysterium. Ich hab »eleusinisch« gesagt. Oh, das macht nichts. Was für ein prächtiger Anzug. Ein so toller Schnitt, und auch so feine Schuhe. So, George-Stiefel heißen sie? Ich frage mich, warum. Die sind doch nicht englisch? Für mich tun's echte Militärreitstiefel, Galeazzo; in puncto Eleganz kann ich es nicht mit dir aufnehmen, das gebe ich unumwunden zu. Ich bin eben ein Mann der Scholle, und was kann einem Besseres passieren, wenn die Scholle zufällig italienisch ist, meinst du nicht auch?

Hör mal, wir müssen die Geschichte mit Griechenland ein für allemal klären. Ich glaube, wir stimmen darin überein, daß wir nach all unseren Erfolgen eine neue Richtung einschlagen müssen. Stell dir vor,

Galeazzo, als ich noch Journalist war, hatte Italien kein nennenswertes Imperium. Jetzt, da ich der Duce bin, haben wir eins. Das ist eine große und schwere Verpflichtung, daran gibt es nichts zu rütteln. Eine Sinfonie bekommt mehr Applaus als ein Quartett. Doch können wir mit Afrika und ein paar Inseln aufhören, von denen noch nie jemand was gehört hat? Dürfen wir uns auf unseren Lorbeeren ausruhen, wenn wir rundherum Spaltungen in der Partei sehen und merken, daß unsere Politik keine einheitliche Stoßrichtung hat? Wir müssen der Nation Dynamit in den Hintern stecken, nicht? Wir brauchen ein großartiges und einendes Unternehmen. Wir brauchen einen Feind, und wir müssen den imperialistischen Schwung aufrechterhalten. Deswegen komme ich auf die Griechen zurück.

Ich habe mir die Berichte angesehen. Zunächst einmal haben wir einen historischen Makel zu tilgen, eine noch offene Rechnung zu begleichen. Ich meine den Tellini-Zwischenfall von 1923, wie du zweifellos erkannt hast. Übrigens, mein lieber Graf, fällt mir mehr und mehr auf, daß du eine von mir unabhängige Außenpolitik betreibst; deswegen ziehen wir oft nicht an einem Strang. Nein, widersprich nicht, ich erwähne das bloß als eine unerquickliche Tatsache. Unser Botschafter in Athen ist sehr verwirrt, und vielleicht ist es auch in unserem Interesse, wenn er das bleibt. Ich möchte nicht, daß Grazzi gegenüber Metaxas Andeutungen macht, und es paßt uns, daß sie befreundet bleiben. Es ist ja noch kein Schaden angerichtet; wir haben uns Albanien genommen, und ich habe Metaxas geschrieben, um ihn in Sicherheit zu wiegen, und habe seine Behandlung von König Zog gelobt, also läuft alles ausgezeichnet. Ja, mir ist bekannt, daß die Briten mit Metaxas Kontakt aufgenommen haben, um ihm zu sagen, daß sie im Fall einer Invasion helfen werden, Griechenland zu verteidigen. Ja, ich weiß, daß Hitler Griechenland in der Achse haben will, aber seien wir ehrlich, was schulden wir denn Hitler schon? Er bringt ganz Europa durcheinander, seine Gier und seine Unberechenbarkeit scheinen grenzenlos zu sein, und zur Krönung des Ganzen schnappt er sich die rumänischen Ölfelder, ohne uns auch nur ein Stück vom Kuchen abzugeben. Diese Dreistigkeit. Für wen hält er sich denn? Ich fürchte, Galeazzo, wir müssen unser Vorgehen danach ausrichten, wie die Würfel fallen, nur muß ich sagen, daß Hitler derzeit offenbar lauter Sechser würfelt. Entweder wir verbünden uns mit ihm und teilen uns die Beute, oder wir setzen uns der Gefahr einer Invasion aus Österreich aus, sobald der kleine Mann es für richtig hält. Es geht darum, die Gelegenheit beim Schopf zu packen und Risiken zu vermeiden. Es geht auch darum, das Imperium zu erweitern. Wir müssen außerdem den Befreiungsbewegungen im Kosovo und dem Irredentismus in Tsamouria Dampf machen. Wir kriegen Jugoslawien und Griechenland. Stell dir vor, Galeazzo, die ganze Mittelmeerregion wieder zu einem neuen Römischen Reich vereint. Wir haben Libyen, und jetzt müssen wir nur noch die Punkte verbinden. Das müssen wir tun, ohne Hitler was zu verraten; zufällig weiß ich, daß die Griechen von ihm Zusicherungen gewollt haben. Stell dir vor, wie das dem Führer Eindruck machen wird, wenn er uns blitzartig Griechenland überrollen sieht. Da wird er sich das Ganze sicher noch mal überlegen. Mal dir doch aus, wie du selber an der Spitze einer faschistischen Legion im Gefechtsturm eines

Panzers in Athen einziehst. Stell dir vor, unsere Fahnen flattern am Parthenon.

Erinnerst du dich noch an den Guzzoni-Plan? Achtzehn Divisionen und ein Jahr Vorbereitung? Und ich habe verkündet: »Griechenland liegt nicht auf unserem Weg, wir wollen da nichts«, und dann habe ich zu Guzzoni gesagt: »Aus dem Krieg gegen Griechenland wird nichts. Griechenland ist ein abgenagter Knochen und nicht das Leben eines einzigen sardischen Grenadiers wert.« Nun, die Verhältnisse haben sich geändert, Galeazzo. Ich habe das gesagt, weil ich Jugoslawien wollte. Aber warum nicht beide nehmen? Wer sagt, daß wir ein Jahr Vorbereitung brauchen? Doch bloß so ein dummer General vom alten Schlag. Mit einer Legion könnten wir das in einer Woche schaffen. Es gibt auf der Welt keine so entschlossenen und kühnen Soldaten wie unsere.

Und die Briten provozieren uns. Ich rede jetzt nicht von de Vecchis Gefasel. Da fällt mir ein, de Vecchi hat dir gesagt, daß die Briten ein Unterseeboot bei Levkas, zwei weitere bei Zante angegriffen und in Milos einen Stützpunkt eingerichtet haben. Ich habe einen Bericht von Kapitän Moris, daß nichts davon geschehen ist. Du mußt dir einfach klar darüber sein, daß de Vecchi ein größenwahnsinniger Irrer ist, und eines Tages, wenn mir danach ist, werde ich ihn an seinem fetten Schnauzer aufhängen und ihm ohne Betäubung die Eier abschneiden. Gott sei Dank ist er in der Ägäis und nicht hier, sonst säße ich bis zum Hals in der Scheiße. Der Mann macht noch die ganze Ägäis braun.

Aber die Briten haben die *Colleoni* versenkt, und die Griechen lassen schamlos britische Schiffe in ihre Häfen.

Was soll das heißen, wir haben aus Versehen ein Versorgungsschiff und einen Zerstörer der Griechen bombardiert? Aus Versehen? Was macht das schon? Da müssen wir später nicht mehr so viele Schiffe versenken. Grazzi behauptet, es gäbe in Griechenland überhaupt keine britischen Stützpunkte, aber das sehen wir ihm noch einmal nach, oder? Es ist doch nichts Schlimmes, zu behaupten, daß dort welche sind. Wichtig ist, daß wir Metaxas so weit bringen, daß er sich in die Hosen macht. Hoffentlich kann ich deinem Bericht Glauben schenken, daß die griechischen Generäle auf unserer Seite sind; aber wenn das stimmt, wie kommt es dann, daß sie Platis verhaftet haben? Und wohin ist das ganze Geld gekommen, mit dem die Staatsbeamten bestochen werden sollten? Das sind doch Millionen, wertvolle Millionen, die wir besser für Gewehre hätten ausgeben sollen. Und bist du sicher, daß die Bevölkerung von Epirus wirklich albanisch sein will? Woher weißt du das? Ach so, der Geheimdienst. Ich habe übrigens entschieden, die Bulgaren nicht zu fragen, ob sie zur gleichen Zeit wie wir einmarschieren wollen. Freilich würde es uns die Sache erleichtern, aber es wird sowieso ein Spaziergang, und wenn die Bulgaren ihren Zugang zum Meer bekommen, wird das uns die Nachschub- und Nachrichtenwege kappen, meinst du nicht auch? Wir wollen nicht, daß sie sich in dem Ruhm sonnen, der eigentlich uns gebührt.

Also, ich möchte, daß du ein paar Angriffe gegen uns arrangierst. Unserem Feldzug müssen wir aus weltpolitischen Gründen ein legitimes Deckmäntelchen umhängen. Nein, um die Amerikaner mache ich mir keine Sorgen; Amerika ist militärisch unbedeutend. Aber denk dran, wir wollen einmarschieren, wenn wir einmarschieren wollen; ich will keinen kolossalen Casus belli haben, der uns in Zugzwang bringt, bevor wir bereit sind. *Avanti piano, quasi indietro.* Ich meine, wir sollten uns einen albanischen Patrioten zur Ermordung aussuchen, so daß wir den Griechen die Schuld in die Schuhe schieben können, und ich meine, wir sollten ein griechisches Kriegsschiff so versenken, daß es augenscheinlich ist, daß wir es waren, aber doch nicht so offensichtlich, daß wir nicht den Briten die Schuld geben können. Es dreht sich darum, die Griechen wohlüberlegt einzuschüchtern; das wird ihre Moral schwächen.

Übrigens, Galeazzo, ich habe entschieden, daß wir kurz vor der Invasion die Armee demobilisieren werden. Was soll das heißen, das klinge verquer? Es geht doch darum, die Griechen einzulullen, die Ernte einzubringen und den Anschein der Normalität zu wahren. Denk darüber nach, Galeazzo; stell dir vor, was für ein gerissener Zug das wäre. Die Griechen seufzen erleichtert auf, und wir machen sie prompt mit einem Hammerschlag platt.

Ich habe mit dem Generalstab gesprochen, mein lieber Graf, und Pläne angefordert für die Invasion von Korsika, Frankreich und der Ionischen Inseln und für einen neuen Feldzug in Tunesien. Ich bin sicher, wir schaffen das. Sie beschweren sich laufend über mangelnde Transportmittel, und so habe ich den Befehl ausgegeben, die Infanterie so zu trainieren, daß sie am Tag fünfzig Meilen marschieren kann. Mit der Luftwaffe haben wir allerdings ein kleines Problem. Die ist komplett in Belgien, also werde ich deswegen in den nächsten Tagen vermutlich etwas unternehmen müssen. Erinnere mich gelegentlich daran. Ich muß mit Pricolo darüber reden; es geht nicht an, daß der Chef der Luftwaffe als einziger nicht weiß, was los ist. Auch militärische Geheimhaltung hat ihre Grenzen. Der Generalstab stellt sich gegen mich, Galeazzo. Badoglio schaut mich immer an, als wäre ich verrückt. Eines Tages wird er dem Verderben ins Gesicht sehen und merken, daß dieses Gesicht meins ist. Ich kann das nicht ausstehen. Ich meine, wir sollten uns Kreta auch noch nehmen und es den Briten verweigern.

Jacomoni hat mir telegrafiert, daß wir innerhalb der griechischen Reihen mit allerhand Verrat rechnen können, daß die Griechen Metaxas und den König hassen, sehr niedergeschlagen sind und über eine Preisgabe von Tsamouria nachdenken. Gott ist anscheinend mit uns. Außerdem muß sich etwas daran ändern, daß sowohl Seine Majestät als auch ich der Erste Marschall des Königreichs sind; mit solchen Ungereimtheiten läßt es sich wirklich nicht leben. Übrigens hat mir Prasca telegrafisch mitgeteilt, daß er für die Invasion keine Truppenverstärkungen benötigt, aber wie kommt es dann, daß mir bisher jeder gesagt hat, daß wir unmöglich ohne sie auskommen würden? Denen fehlt der Mumm in den Knochen, das ist es. Nach meiner Erfahrung läßt sich kein Experte so in die Irre führen wie ein Militärexperte. Anscheinend muß ich deren Arbeit auch noch erledigen. Ich erhalte nichts als Klagen über die Knappheit von allem möglichen. Warum sind alle Eventualfonds verschwunden? Ich möchte, daß das untersucht wird.

Darf ich dich daran erinnern, Galeazzo, daß Hitler gegen diesen Krieg ist, weil Griechenland ein totalitärer

Staat ist, der von Natur aus auf unserer Seite sein sollte. Also sag ihm nichts. Wir werden ihm zeigen, was ein Blitzkrieg ist, und er wird grün werden vor Neid. Und es kümmert mich nicht, wenn wir es mit den Briten zu tun kriegen. Die werden wir auch noch windelweich prügeln.

WER HAT DIESE KATZE REINGELASSEN? SEIT WANN GIBT ES EINE PALASTKATZE? IST DAS DIE KATZE, DIE IN MEINEN HELM GESCHISSEN HAT? DU WEISST, ICH KANN KATZEN NICHT AUSSTEHEN. WAS SOLL DAS HEISSEN, ES SPART MAUSEFALLEN? DU HAST MIR NICHT ZU SAGEN, OB ICH MEINEN REVOLVER HIER DRINNEN BENÜTZEN KANN ODER NICHT. GEH AUS DEM WEG, ODER DU KRIEGST AUCH EINE KUGEL AB. O Gott, mir ist schlecht. Ich bin ein sensibler Mensch, Galeazzo, ich habe ein künstlerisches Temperament, ich kann all dieses Blut und diese Schweinerei gar nicht sehen. Hol jemand, der das saubermacht, mir ist nicht gut. Was soll das heißen, sie ist noch nicht tot? Bring sie raus und dreh ihr den Kragen rum. NEIN, ICH WILL ES NICHT SELBST MACHEN. Glaubst du, ich bin ein Barbar oder so was? O Gott. Gib mir meinen Helm, schnell, ich brauch was, worein ich mich übergeben kann. Schaff den hier weg, und besorg mir einen neuen Helm. Ich werde mich jetzt hinlegen, es muß schon längst Zeit für die Siesta sein.

3
Der starke Mann

Die unergründlichen Ziegen auf dem Berg Ainos stellten sich in den Wind und sogen im Morgengrauen die Meeresdünste auf, die in diesem trockenen, wilden und unwirtlichen Land das Wasser ersetzten. Ihr Hirte Alekos, der so wenig an menschliche Gesellschaft gewöhnt war, daß ihm sogar beim Selbstgespräch die Worte fehlten, regte sich unter seinen Felldecken, streckte die Hand vergewissernd nach dem Schaft seines Gewehrs aus und fiel wieder in Schlaf Es blieb noch genug Zeit zum Wachsein, zum Verzehren eines mit Oregano bestreuten Brots und zum Zählen seiner Herde, um sie dann auf einen neuen Weidegrund zu treiben. Sein Leben war zeitlos, er hätte auch einer seiner Vorfahren sein können, und auch seine Ziegen würden sich so verhalten, wie kephallonische Ziegen es schon immer getan hatten; sie würden sich mittags an den steilen Nordhängen der Felsen vor der Sonne verstecken und schlafen, und am Abend waren ihre laut tönenden Glocken wohl noch auf Ithaka zu hören, von der stummen Luft hinübergeweht, und die Dorfbewohner in der Ferne mochten aufblicken und sich wundern, welche Herde in der Nähe vorbeizog. Alekos war ein Mann, der mit sechzig derselbe sein würde wie mit zwanzig, dünn und stark, von bewundernswerter Zähigkeit und Ausdauer, sowenig zur Sprunghaftigkeit fähig wie seine Ziegen.

Weit unter ihm stieg feiner Rauch kerzengerade in die Luft, weil es in einem Tal brannte. Es war unbewohnt, und die Macchia flammte ungehindert auf, nur von denen mit Sorge betrachtet, die fürchteten, daß Wind aufkommen könnte, der die Funken zu den wertvollen Flächen um ihre Behausungen, zu ihren Kräutern oder ihren winzigen steinigen Feldern tragen könnte, die von den im Lauf der Jahrhunderte aufgehäuften Felsbrocken umringt waren. Sie waren an passender Stelle zu Wällen zusammengetragen worden, die bei jeder Berührung wackelten, aber nur bei Erdbeben einfielen. Weil die Griechen die Farbe der Jungfräulichkeit liebten, waren viele Wälle weiß gestrichen, als genügte die blendende Helligkeit der Sonne noch nicht. Ein umherstreifender Patriot hatte auf die meisten in Türkis E N O S I S gemalt, und kein Kephallonier hatte sich veranlaßt gesehen, ihre ursprüngliche Reinheit wiederherzustellen. Jeder Wall erinnerte sie wohl an ihre Zugehörigkeit zu einer Familie, die von den anomalen Grenzen uralter rivalisierender Reiche auseinandergerissen, von der aufrührerischen See in alle Winde zerstreut und Opfer einer Geschichte geworden war, die sie am Scheideweg der Welt angesiedelt hatte.

Nun brandeten neue Reiche an die Küsten der alten. Binnen kurzem würde nicht mehr bloß ein Tal eingeäschert werden oder würden Eidechsen, Igel und Heuschrecken den Feuertod sterben, sondern Juden, Homosexuelle, Zigeuner und Geisteskranke würden verbrennen. Es würde so weit kommen, daß Guernica und Abessinien groß an den Himmeln Europas, Nordafrikas, Singapurs oder Koreas geschrieben standen. Die selbsternannten Herrenrassen, berauscht von Darwin und nationalistischem Übermut, betört von Eugenik und verführt von Mythen, waren dabei, eine Völkermordmaschinerie in Gang zu setzen, die bald auf eine Welt losgelassen würde, die solche maßlose Dummheit und niederträchtige Eingebildetheit bereits herzlich leid war.

Doch Stärke erregt überall Bewunderung und verführt jeden, so auch Pelagia. Als sie von einer Nachbarin hörte, daß auf dem Dorfplatz ein starker Mann Wundertaten vollbrachte, die sogar eines Atlas würdig waren, stellte sie gleich den Besen in die Ecke, mit dem sie den Hof gefegt hatte, und eilte hinaus, um sich der neugierigen Schar der leicht zu Beeindruckenden anzuschließen, die beim Brunnen zusammengelaufen war.

Megalo Velisarios, auf allen Ionischen Inseln berühmt, mit Pluderhose und verschnörkelten Sandalen wie ein türkischer Spielmann gekleidet, laut eigener Aussage der stärkste Mann, der je auf der Welt gelebt hatte, das Haar so erstaunlich lang wie das des Nazareners oder gar Samsons, hüpfte zum Takt klatschender Hände auf einem Bein. Dabei trug er auf jedem verblüffenden Bizeps seiner ausgestreckten Arme einen erwachsenen Mann. Der eine klammerte sich eng an seinen Körper, der andere, versierter in der Kunst der Schaustellerei, rauchte in aller Gemütsruhe eine Zigarette. Zur Krönung des Ganzen saß auf Velisarios' Kopf ein verängstigtes, etwa sechsjähriges Mädchen, das seine Hopserei noch dadurch erschwerte, daß sie ihre Hände fest auf seine Augen gedrückt hielt. »Lemoni!« brüllte er. »Nimm die Hände von meinen Augen und halt dich an meinem Haar fest, sonst muß ich aufhören.«

Lemoni war zu überwältigt, um ihre Hände wegzunehmen, also hielt Megalo Velisarios inne. Mit einer graziösen Bewegung, ähnlich der eines Schwans kurz vor dem Aufsetzen, stellte er beide Männer auf die Füße. Dann hob er Lemoni von seinem Kopf, warf sie hoch in die Luft, fing sie wieder auf, küßte sie demonstrativ auf die Nasenspitze und setzte sie dann ab. Lemoni verdrehte erleichtert die Augen und hielt ihm entschlossen die offene Hand hin. Es war üblich, daß Velisarios seine kleinen Opfer mit Süßigkeiten belohnte. Lemoni verzehrte ihre Belohnung vor allen Zuschauern, wohl wissend, daß ihr Bruder sie ihr wegnehmen würde, wenn sie versucht hätte, sie sich aufzuheben. Der stattliche Hüne tätschelte ihr liebevoll den Kopf, streichelte über ihr glänzendschwarzes Haar, küßte sie nochmals und streckte sich dann zu voller Größe. »Ich werde etwas hochheben, was sonst nur drei Männer schaffen«, rief er, und die Dorfbewohner fielen in seine Worte ein, die sie schon so oft gehört hatten; es war ein gut einstudierter Chor. Velisarios mochte sich durch seine Kraft auszeichnen, doch es fiel ihm nie ein, seine Litanei zu ändern.

»Heb den Trog.«

Velisarios besah sich den Trog; er war aus einem einzigen, mindestens zweieinhalb Meter langen Felsblock gemeißelt. »Der ist zu lang«, entschied er. »Den kann ich nicht anpacken.«

Einige in der Menge machten skeptische Bemerkungen, und der Hüne schritt mit finsterem Blick auf sie zu, schüttelte die Fäuste und baute sich vor ihnen auf, doch mit dieser Karikatur eines zornigen Riesen machte er sich nur über sich selbst lustig. Die Leute lachten, denn sie wußten, daß Velisarios sanftmütig war und sich noch nie auf eine Rauferei eingelassen hatte. Unversehens schob er behende die Arme unter den Bauch eines Maultiers, spreizte seine Beine und hob es bis in Brusthöhe. Das völlig verdutzte Tier, dem vor Verblüffung die Augen aus den Höhlen traten, ließ sich zwar diese ungewohnte Behandlung gefallen, aber als es sanft wieder abgesetzt worden war, warf es den Kopf zurück, brüllte seinen Unwillen heraus und galoppierte die Straße entlang, sein Besitzer ihm hart auf den Fersen.

Genau in diesem Augenblick trat Pater Arsenios aus seinem Häuschen neben der Kirche und watschelte auf seinem Weg zum Gotteshaus gewichtig auf die Menge zu. Er wollte eigentlich nur zählen, wieviel in dem Holzkästchen war, in das die Leute Geld für die Kerzen warfen.

Pater Arsenios genoß kein Ansehen, nicht weil er eine wandelnde Tonne war, ständig schwitzte und beim Gehen vor Anstrengung ächzte, sondern weil er ein weltlicher Sünder war; ein Nimmersatt, ein Möchtegern-Lüstling, ein gnadenloser Almosen- und Opfereintreiber, ein wandelnder Schuldschein. Es hieß, er hätte die Regel verletzt, daß ein Priester nie ein zweites Mal heiratet, und sei den ganzen Weg von Epirus hergekommen, um ungeschoren zu bleiben. Es wurde auch gemunkelt, daß er seine Frau mißhandelte. Doch das wurde über die meisten Ehemänner gesagt und traf auch oft zu.

»Heb mal Pater Arsenios«, rief jemand.

»Unmöglich«, rief ein anderer.

Unversehens sah sich Pater Arsenios unter den Achseln gepackt und auf eine Mauer gehoben. Dort saß er dann blinzelnd, zu erstaunt, um zu protestieren, während sein Mund wie bei einem Fisch auf und zu ging und die Sonne die Schweißtropfen auf seiner Stirn funkeln ließ.

Einige kicherten, doch sie verstummten bald schuldbewußt. Eine Minute lang herrschte betretenes Schweigen. Der Priester lief dunkelrot an, Velisarios wünschte, er könnte davonkriechen und sich verstecken, und in Pelagias Brust regten sich Unwillen und Mitleid; es war ein schreckliches Vergehen, Gottes Sprachrohr öffentlich zu demütigen, wie verachtenswert Arsenios als Mensch und als Priester auch sein mochte. Sie trat vor und streckte eine Hand aus, um ihm herunterzuhelfen. Velisarios bot auch eine Hand an, aber dennoch konnten die beiden nicht verhindern, daß der unglückliche Geistliche schwer in den Staub stürzte. Er raffte sich auf, bürstete sich ab und schritt mit einem ausgezeichneten Gespür für Theatralik wortlos davon. In der Kirche, hinter der Ikonostasis, vergrub er das Gesicht in den Händen. Es gab nichts Schlimmeres auf der Welt, als ein völliger Versager zu sein und keine Aussicht auf einen anderen Beruf zu haben.

Draußen auf dem Platz machte Pelagia ihrem Ruf als vorlaute Göre alle Ehre. Sie war erst siebzehn Jahre alt, aber voller Stolz und Entschiedenheit, und daß ihr Vater der Arzt war, verlieh ihr einen Rang, den selbst die Männer anerkennen mußten. »Du hättest das nicht machen sollen, Velisarios«, sagte sie. »Es war grausam und gemein. Denk doch, wie dem armen Mann jetzt zumute ist. Du solltest gleich in die Kirche gehen und dich entschuldigen.«

Er blickte aus seiner großen Höhe auf sie herab. Zweifellos befand er sich in einer Zwickmühle. Er dachte daran, sie über seinen Kopf zu heben. Vielleicht sollte er sie auf einen Baum setzen, das würde ihm einige Lacher aus der Menge einbringen. Er wußte aber genausogut, daß er mit dem Priester wieder ins reine kommen mußte. Aus der plötzlichen Abneigung der Leute konnte er ersehen, daß er so auf keinen Fall viel Geld für seine Vorstellung einheimsen konnte. Was sollte er tun?

»Die Vorstellung ist aus«, verkündete er mit einer abschließenden Geste. »Ich werde heute abend zurückkommen.«

Die feindselige Atmosphäre verwandelte sich augenblicklich in Enttäuschung. Der Priester hatte es schließlich verdient, oder nicht? Und wie oft gab es eine so gute Vorstellung im Dorf?

»Wir wollen die Kanone sehen«, rief eine alte Frau, und immer mehr Stimmen fielen ein: »Wir wollen die Kanone, wir wollen die Kanone.«

Auf seine Kanone war Velisarios ungeheuer stolz. Es war eine alte türkische Muskete, die sonst niemand heben konnte. Sie war aus gediegenem Messing hergestellt und hatte einen mit Eisenringen vernieteten Lauf aus damasziertem Stahl. Auf ihr waren das Datum 1739 und einige verschnörkelte Lettern eingraviert, die niemand entziffern konnte. Es war eine äußerst geheimnisvolle, unvergleichliche Kanone, die sehr schnell Patina ansetzte, egal, wie oft sie poliert wurde. Zum Teil beruhte Velisarios' titanische Kraft darauf, daß er sie so lange mit sich herumgetragen hatte.

Er blickte zu Pelagia herab, die immer noch eine Antwort auf ihre Forderung erwartete, er solle sich beim Priester entschuldigen, und sagte ihr: »Ich werde später gehen, meine Hübsche.« Dann hob er die Arme und verkündete: »Ihr lieben Leute, wenn ihr die Kanone sehen wollt, dann müßt ihr mir bloß eure rostigen Nägel, eure zerbrochenen Riegel, eure Topfscherben und ein paar Steine von der Straße geben. Holt mir diese Sachen, ich stopfe derweil das Geschütz mit Pulver. Oh, und jemand muß mir einen Lumpen bringen, einen schönen großen.«

Kleine Jungen scharrten im Straßenstaub nach Steinen, alte Männer durchsuchten ihre Schuppen, die Frauen rannten los, um das eine Hemd ihres Mannes zu holen, das er ihrer Meinung nach schon längst hätte wegwerfen sollen, und binnen kurzem waren alle in Erwartung der großen Explosion wieder versammelt. Velisarios schüttete reichlich Pulver ins Magazin, klopfte es, um ganz bewußt eine dramatische Verzögerung zu erzielen, umständlich fest, stopfte einen der Lumpen hinein und ließ dann die Jungen mehrere Handvoll der angesammelten Munition in den Lauf schütten. Darauf folgte ein weiterer Lumpen. Dann fragte Velisarios: »Auf was soll ich denn schießen?«

»Auf Ministerpräsident Metaxas«, rief Kokolios, der sich seiner kommunistischen Überzeugung nicht schämte und in der Kapheneia viel Zeit damit verbrachte, den Diktator und den König zu schmähen. Einige lachten, andere grollten, und ein paar dachten: »Immer dieser Kokolios.«

»Schieß auf Pelagia, bevor sie jemandem die Eier abbeißt«, schlug Nikos vor, ein junger Mann, dessen Annäherungsversuche sie durch bissige Bemerkungen über seine Intelligenz und seine Aufrichtigkeit im allgemeinen erfolgreich abgewehrt hatte.

»Ich werd gleich dich erschießen«, grollte Velisarios. »Du solltest deine Zunge im Zaum halten, wenn anständige Menschen anwesend sind.«

»Ich hab eine alte, an Spat erkrankte Eselin. Ich trenne mich ungern von einer alten Freundin, aber sie taugt wirklich nichts mehr. Sie frißt bloß und fällt um, wenn ich sie belade. Die wär ein gutes Ziel, ich wär sie los, und es gäb eine schöne Sauerei.« Das war Stamatis.

»Du solltest nur weiblichen Nachwuchs und Schafböcke bekommen, weil du an so was Schreckliches überhaupt denkst«, rief Velisarios. »Glaubst du, ich bin ein Türke? Nein, ich werd das Geschütz einfach auf die Straße abfeuern, wenn kein besseres Ziel da ist. Alle aus dem Weg jetzt. Tretet zurück, alle Kinder sollen sich die Ohren zuhalten.«

Mit einem sicheren Gespür für Theatralik entzündete der Hüne die Lunte des Geschützes, das an die Wand gelehnt war, hob es auf, als wäre es leicht wie ein Karabiner, und stellte sich, einen Fuß nach vorn gestreckt, die Kanone auf der Hüfte, in Positur. Ringsum herrschte Schweigen. Die Lunte sprühte hell. Alle hielten den Atem an. Kinder preßten die Hände auf die Ohren, schnitten Grimassen, machten ein Auge zu und hüpften von einem Fuß auf den anderen. Es kam der unerträglich spannende Augenblick, als die Flamme das Zündloch erreichte und erstarb. Vielleicht war das Pulver nicht entfacht worden. Doch dann gab es ein kolossales Getöse, orangefarbene und violette Flammen schossen hervor, eine gewaltige, beißende Rauchwolke stieg hoch, der Staub spritzte herrlich auf, als sich die Projektile in die Straßenoberfläche bohrten, und dann war ein langes, schmerzvolles Aufstöhnen zu hören.

Für einen Augenblick waren alle verwirrt und wie gelähmt. Die Leute blickten einander an, um zu sehen, wer wohl einen Querschläger abbekommen hatte. Als das Stöhnen erneut ertönte, ließ Velisarios seine Kanone fallen und rannte nach vorn. Er hatte im niedergehenden Staub eine zusammengekrümmte Gestalt entdeckt.

Mandras sollte Velisarios später dafür dankbar sein, daß dieser mit einer türkischen Muskete auf ihn geschossen hatte, als er am Eingang zum Dorf um die Biegung gekommen war. Doch erst einmal hatte er sich darüber geärgert, in den Armen eines Riesen zum Haus des Arztes getragen zu werden, statt würdevoll auf eigenen Füßen dorthin zu gehen, und er hatte es gar nicht genossen, als der verbogene Hufnagel eines Esels ihm ohne Betäubung aus der Schulter entfernt wurde. Er hatte es noch weniger genossen, von dem Hünen festgehalten zu werden, als der Arzt ihn behandelte, da er die Schmerzen sehr gut auch so ertragen hätte. Es war auch eine wirtschaftliche Einbuße gewesen, denn zwei Wochen lang, während die Wunde ausheilte, mußte er aufs Fischen verzichten.

Allerdings war er Megalo Velisarios dankbar dafür, daß er im Haus des Arztes dessen Tochter Pelagia aus der Nähe erblickt hatte. Irgendwann war ihm bewußt geworden, daß er verbunden wurde, daß das lange Haar einer jungen Frau, das nach Rosmarin roch, ihn im Gesicht kitzelte. Er hatte die Augen aufgemacht und in zwei vor Sorge funkelnde Augen geblickt. »In diesem Augenblick«, pflegte er zu sagen, »ist mir mein Schicksal bewußt geworden.« Es trifft zu, daß er das nur in einigermaßen bezechtem Zustand sagte, aber es war ihm nichtsdestoweniger ernst damit.

Am Ainos, dem Dach der Welt, hatte Alekos das Donnern des Geschützes gehört und sich gefragt, ob dies den Anfang eines neuen Krieges bedeutete.

4
L'Omosessuale I

Ich, Carlo Piero Guercio, schreibe diese Zeilen nieder, damit sie nach meinem Tod aufgefunden werden, wenn mir keine Verachtung und kein Ehrverlust mehr etwas anhaben und eine Schande für mich sein können. Meine Lebensumstände machen es unmöglich, daß dieses Zeugnis meiner Veranlagung ins Licht der Öffentlichkeit gelangt, bevor ich meinen letzten Atemzug getan habe, und bis zu der Zeit werde ich dazu verdammt sein, die vom Schicksal über mich verhängte Maske zu tragen.

Ich bin zu ewigem und endlosem Schweigen gezwungen; nicht einmal vor dem Kaplan habe ich eine Beichte abgelegt. Ich weiß schon im voraus, was ich zu hören bekäme; daß es eine Perversion sei, ein Greuel in den Augen Gottes, daß ich auf der rechten Bahn wandeln müsse, daß ich heiraten und das Leben eines normalen Mannes führen müsse, daß ich die Wahl hätte.

Ich habe mich keinem Arzt anvertraut. Ich weiß schon im voraus, daß er mir sagen wird, ich sei ein Invertierter, auf absonderliche Weise in mich selbst verliebt, ich sei krank und könne geheilt werden, meine Mutter sei dafür verantwortlich, daß ich verweiblicht sei, obwohl ich stark wie ein Ochse bin und mein eigenes Gewicht über den Kopf zu heben vermag, ich müsse heiraten und das Leben eines normalen Mannes führen, ich hätte die Wahl.

Was könnte ich solchen Priestern und Ärzten sagen? Ich würde dem Priester sagen, daß Gott mich so geschaffen hat, daß ich keine Wahl hatte, daß Er mich absichtlich so gemacht hat, daß Er die letzten Gründe aller Dinge weiß und daß es daher zum besten bestellt sein muß, daß ich so bin, wie ich bin, selbst wenn wir nicht wissen können, wozu es gut ist. Ich kann dem Pfarrer sagen, daß Gott, wenn Er der Urgrund aller Dinge ist, die Schuld trägt und ich nicht verurteilt werden sollte.

Darauf würde der Priester sagen: »Das ist des Teufels und nicht Gottes«, worauf ich antworten würde: »Hat Gott nicht auch den Teufel erschaffen? Ist Er nicht allwissend? Wie kann ich für etwas verurteilt werden, wovon Er vom Urbeginn der Zeiten an wußte, daß es eintreten würde?« Und der Priester würde mir von der Zerstörung von Sodom und Gomorrha erzählen und mir sagen, daß Gottes Geheimnisse von uns nicht zu verstehen sind. Er würde mir einreden, daß uns aufgetragen ist, fruchtbar zu sein und uns zu mehren.

Dem Arzt würde ich sagen: »Ich bin schon immer so gewesen, die Natur hat mich so geschaffen, wie soll ich mich da ändern? Ich kann doch nicht einfach beschließen, Frauen zu begehren, genausowenig wie ich auf einmal beschließen kann, gern Anchovis zu essen, was ich schon immer verabscheut habe. Ich bin in der Casa Rosetta gewesen, dort habe ich mich geekelt und mich nachher übergeben. Ich fühlte mich entwürdigt. Ich kam mir wie ein Verräter vor. Ich mußte es nur tun, um normal zu erscheinen.«

Und der Arzt würde sagen: »Wie kann dies natürlich sein? Die Natur erfüllt ihren Zweck, indem sie uns zur Fortpflanzung drängt. Du wendest dich gegen die Natur. Die Natur will, daß wir fruchtbar sind und uns vermehren.«

Dies ist eine Verschwörung von Ärzten und Priestern, die in verschiedenen Worten alle das gleiche ausdrücken. Es ist medizinische Theologie und theologische Medizin. Ich bin wie ein Spion, der sich zu ewigem Schweigen verpflichtet hat, ich bin wie jemand, der als einziger Mensch auf der Welt die Wahrheit weiß und sie doch nicht aussprechen darf. Und diese Wahrheit wiegt schwerer als das Universum, so daß ich wie Atlas für immer unter einer Last gebeugt bin, die mir die Knochen bricht und mein Blut gerinnen läßt. Es gibt keine Luft auf dieser Welt, die mir zu bewohnen bestimmt ist, ich bin eine aus Mangel an Luft und Licht eingehende Pflanze, meine Wurzeln sind gekappt und meine Blätter mit Gift bestrichen. Ich berste vor Liebe, doch es gibt niemand, der sie annimmt oder nährt. Ich bin ein Ausländer in meinem eigenen Volk, ein Fremder in meiner eigenen Rasse, ich werde gehaßt wie Krebs, wo ich doch genauso aus Fleisch und Blut bin wie jeder Priester oder Arzt.

Dante zufolge ist meinesgleichen in den dritten Graben des siebten Kreises der unteren Hölle verbannt, in die unmögliche Gesellschaft von Wucherern. Er beschert mir eine von Feuerflocken versengte Wüste mit nackten Geistern, läßt mich auf immer vergeblich im Kreis herumlaufen, um nach denen zu suchen, deren Körper ich besudelt habe. Sie sehen, wie es um mich steht; es war mir ein dringendes Bedürfnis, überall zu suchen, bloß um meinesgleichen erwähnt zu finden. Jemand wie ich wird beinahe nirgendwo erwähnt, doch wo ich meinesgleichen finde, finde ich mich verdammt. Es ist überaus bemerkenswert, ihr Ärzte und Priester, daß Dante uns bemitleidete, während Gott es nicht tat. Dante sagt: »Es schmerzt mich im Herzen, nur an sie zu denken.« Und Dante hatte recht, ich bin immer vergeblich im Kreis gelaufen, habe nach der Wärme von Körpern gesucht, von Gott, meinem Schöpfer, verachtet, und mein ganzes Leben ist eine Wüste und ein Regen von Feuerflocken gewesen.

Ja, ich habe alles gelesen, habe nach Beweisen gesucht, daß ich existiere, daß ich möglich bin. Und wissen Sie, wo ich mich gefunden habe? Wissen Sie, wo ich herausgefunden habe, daß meinesgleichen in einer anderen, verschwundenen Welt schön und wahr gewesen ist? In den Schriften eines Griechen.

Ironischerweise bin ich ein italienischer Soldat, der das einzige Volk unterdrückt, dessen Vorfahren meinesgleichen das Recht zusprachen, eine überaus vollkommene Form der Liebe zu verkörpern.

Ich ging, wie ich gestehen muß, zur Armee, weil dort die Männer jung und schön sind, aber auch, weil Platon mir die Idee eingab. Ich bin womöglich der einzige Soldat der Geschichte, der wegen eines Philosophen in den Kriegsdienst eingetreten ist. Sie sehen, ich hatte nach einer Berufung gesucht, wo meine tragische Veranlagung von Nutzen sein konnte, hatte aber nichts gewußt von der Liebe zwischen Achilles und Patroklos und anderen uralten griechischen Eigenarten. Kurz gesagt, ich las das Symposion und stieß auf Aristophanes, der erklärte, daß es drei Geschlechter gebe: die Männer und

Frauen, die einander liebten, die Männer, die Männer liebten, und die Frauen, die Frauen liebten. Der Gedanke, daß ich zu einem anderen Geschlecht gehörte, war eine Offenbarung, war eine Vorstellung, die einen Sinn ergab. Und ich stieß auf Phaidros, der erklärte: »Könnte man also irgend bewirken, daß ein Staat oder ein Heer aus Liebhabern und Lieblingen bestände: so wäre es ja unmöglich, beides besser zu verwalten, als indem alle sich alles Schändlichen enthalten und sich gegenseitig um einander beeifern. Und miteinander fechtend würden auch nur wenige solcher, um es geradeheraus zu sagen, alle Menschen besiegen. Denn weniger möchte wohl von seinem Liebling ein Liebender, daß er seine Reihe verließe oder die Waffen wegwürfe, gesehen werden wollen als von allen übrigen, und dafür würde er lieber oftmals sterben wollen. Gar aber den Liebling zu verlassen oder ihm nicht beizustehen in der Gefahr: so feige ist wohl keiner, den da nicht Eros selbst zur Tapferkeit begeistern sollte, so daß er dem gleichkäme, der die beste Anlage dazu hat von Natur. Ja gewiß, was Homeros sagt, daß einige der Helden ein Gott mit Mut beseelte, das leistet Eros den Liebenden. Ja gar füreinander sterben mögen Liebende allein.«

Ich wußte, daß ich in der Armee diejenigen treffen würde, die ich zwar lieben, aber nicht berühren konnte. Ich würde jemand zum Lieben finden und durch diese Liebe geadelt werden. Ich würde ihn in der Schlacht nicht verlassen, er würde mich zum tapferen Helden machen. Ich würde jemand haben, den ich beeindrucken konnte, jemand, dessen Bewunderung mir das geben würde, was ich mir selbst nicht geben kann: Wertschätzung und Ehre. Ich würde getrost für ihn sterben und dabei wissen, daß ich Schlacke war, die sich durch unerforschliche Alchimie in Gold verwandelt hatte.

Es war eine verwegene Vorstellung, romantisch und unwahrscheinlich, doch sie ließ sich sonderbarerweise verwirklichen, trug mir schließlich aber unermeßlichen Gram ein.

5
Der Mann, der »Nein« sagte

Premierminister Metaxas sackte bekümmert in seinen Lieblingssessel in der Villa Kifisia und dachte mit Bitterkeit über die beiden unwägbaren Probleme in seinem Leben nach: »Was mache ich bloß mit Mussolini?« und »Was mache ich bloß mit Lulu?« Es war schwer zu sagen, welches ihm mehr Kummer und Sorge bereitete, denn beide waren zu ungleichen Teilen persönlich und politisch. Metaxas langte nach seinem Tagebuch und schrieb: »Heute morgen versuchte ich, zu einem Einvernehmen mit Lulu zu kommen. Bis zu einem gewissen Punkt ging es recht gut, doch dann fingen wir wieder zu streiten an. Sie versteht mich einfach nicht. Ich weiß genau, wer sie anstachelt und täuscht. Ich habe sogar mein Treffen mit dem britischen Minister vergessen. Ich bin bis zum Mittag bei ihr geblieben. Sie tut mir so leid. Das Mädchen ist so unheilvoll verstrickt. Lulu, Lulu, meine so überaus geliebte Tochter. Wir sind uns um den Hals gefallen und haben gemeinsam über unser Schicksal geweint.«

Bei Lulu wußte er nie so ganz, was wirklich mit ihr los war; in Athen schienen mehr unwahrscheinliche Legenden über sie zu kursieren als im Altertum Gerüchte über Zeus. Da gab es die Geschichte von dem Polizisten, der seine Hose und seine Dienstmütze verloren hatte, die beide oben an einem Laternenpfahl gefunden wurden. Da war die Geschichte von dem jungen Mann mit dem Bugatti und den wilden Spritztouren nach Piräus – und dann der Bericht, daß sie bei einem englischen Spiel, das »Sardines« hieß, mitgemacht hatte, eine Art Versteckspiel, bei dem die Suchenden sich mit den Gejagten in ihrem Versteck zusammenpferchen mußten; anscheinend war Lulu in enger Umarmung mit einem jungen Mann in einem Schrank aufgespürt worden. Einige Leute meinten, sie rauche Opium und betrinke sich sinnlos. Sie kannte alle diese schnellen amerikanischen Tänze wie den Tango (so unelegant und vulgär, ein sogenannter »Tanz« aus den Bordellen von Buenos Aires), den Quickstep, die Samba und Tänze mit unübersetzbaren und idiotischen Namen wie Jitterbug, bei dem Hände und Beine rasend herumgewirbelt wurden. Das grenzte schon an Schamlosigkeit. Das roch nach Zuchtlosigkeit und Ausschweifung. Junge Leute waren so leicht zu beeindrukken, neigten zu Marotten und Moden aus so unreifen Kulturen wie der amerikanischen; sie verabscheuten Zucht und Würde, die mit einem natürlichen Gefühl der Selbstachtung einhergehen. Was konnte er da unternehmen? Sie leugnete immer alles oder, schlimmer noch, tat seine Sorgen mit einem Lachen und einer geringschätzigen Geste ab. Weiß Gott, man ist nur einmal jung, aber bei ihr war es einmal zu oft.

Außerdem desavouierte und bekämpfte sie öffentlich seine Politik. Sie war wie Judas. Gerade dies schmerzte so sehr, diese zur Schau gestellte Illoyalität seiner Tochter. Sie liebe ihn, sagte sie. Er war sich auch wirklich sicher, daß sie das tat, aber warum machte sie sich dann über seine Nationale Jugendorganisation lustig? Warum lachte sie bei Witzen über seine kleine Gestalt? Warum war sie so verdammt individualistisch? Erkannte sie nicht, daß sie als eine Art weiblicher Playboy all das in Frage stellte, was er sich für Griechenland wünschte? Wie konnte er über die Plutokraten herziehen, wenn seine eigene Tochter sich mit den schlimmsten von ihnen einließ und vergnügte? Wie konnte er da noch für Zucht und Selbstaufopferung eintreten?

Gott sei Dank hatte er die Presse zum Schweigen gebracht, denn jeder Pressefritze im Land hatte eine pikante Lulu-Geschichte parat. Gott sei Dank waren seine Minister zu diskret, um davon zu reden; Gott sei Dank hatte ihn die Respektlosigkeit noch nicht betroffen. Doch das hielt Leute wie Grazzi nicht davon ab, auf ihre schmierige Art zu lächeln und zu fragen: »Und wie geht es Ihrer lieben Tochter Lulu? Mir ist zu Ohren gekommen, daß sie eine mißratene kleine Göre ist. Ach, was wir Väter zu leiden haben!« Konnte er nicht schon das Lachen und Flüstern hinter seinem Rücken hören? Daß er ganz Griechenland beherrschte, aber seine Tochter nicht unter Kontrolle hatte? Anscheinend war sogar die Geheimpolizei zu peinlich berührt, um über ihre Eskapaden eingehend Bericht zu erstatten. Es hieß, daß Leute, wenn sie zu Partys einluden, ihre Gäste beschworen: »Bring bloß nicht Lulu mit.« Kummer und Scham waren schon nicht mehr auszuhalten.

Draußen verstärkten die stumme Ruhe der Pinien und das grelle Leuchten der Scheinwerfer das Gefühl, ein Gefangener hinter seinen eigenen Eisentoren geworden zu sein; er hatte die Anforderungen an die klassische Tragödie erfüllt, indem er die Umstände seiner eigenen Verstrickung selbst geschaffen hatte. Ganz Griechenland war auf diese bescheidene pseudobyzantinische Villa und ihr bürgerliches Mobiliar zusammengeschrumpft, aus dem ganz einfachen Grund, weil er das Schicksal und die Ehre seiner geliebten Heimat in der Hand hielt. Er besah sich seine Hände und dachte darüber nach, daß sie so klein waren wie alles an ihm. Ganz flüchtig kam ihm der Gedanke, er hätte sich lieber im Rang eines Obersts pensionieren lassen und in aller Stille an einen unbekannten Flecken ziehen sollen, einen Ort, wo er unbehelligt leben und sterben konnte.

Mit dem Sterben hatte er sich in letzter Zeit viel beschäftigt, denn er hatte gemerkt, daß sein Körper ihm den Dienst versagte. Ihm fehlte nichts Bestimmtes, es gab keinen Katalog verräterischer Symptome, er fühlte sich nur erschöpft genug zum Sterben. Er wußte, daß diejenigen, die an der Schwelle zum Tod stehen, von einer Art losgelöstem und ergebenem Gram befallen werden, und genau diese Losgelöstheit und Ergebenheit bemächtigten sich seiner, während die äußeren Umstände ihn gleichzeitig zwangen, in ungekanntem Maße Stärke, Zielstrebigkeit und hehre Gesinnung an den Tag zu legen. Manchmal wollte er die Zügel des Staates in andere Hände legen, aber er wußte, daß das Schicksal ihn zum Protagonisten in der Tragödie ausgesucht hatte und er gar keine andere Wahl hatte, als den Schwertknauf zu packen und blankzuziehen. »Ich hätte noch so viele Dinge erledigen sollen«, dachte er, und es dämmerte ihm, daß das Leben so angenehm hätte werden können, wenn er vor dreißig Jahren schon gewußt hätte, wie das

Ergebnis der ärztlichen Untersuchungen zu diesem damals noch weit in der Zukunft liegenden Zeitpunkt ausfallen würde, der langsam, aber bedrohlich auf ihn zugekommen und zur unausweichlichen, harten und unerträglichen Gegenwart geworden war. »Wenn ich mein Leben im Bewußtsein dieses Todes zugebracht hätte, wäre alles anders gewesen.«

Er blickte im Geist zurück auf das unwahrscheinliche Auf und Ab seiner Laufbahn und fragte sich, ob die Geschichte barmherzig mit ihm umgehen würde. Es war ein weiter Weg gewesen von der Preußischen Militärakademie in Berlin bis hierher; es kam ihm so vor, als hätte er in einem anderen Leben schon Respekt bekommen vor dem teutonischen Sinn für Ernsthaftigkeit, Zucht und Ordnung, vor genau den Eigenschaften, die er seiner Heimat hatte einflößen wollen. Er hatte die allererste Grammatik der Landessprache in Auftrag gegeben und zur Pflichtlektüre in den Schulen gemacht, weil er die Theorie vertrat, daß das Erlernen der Grammatik logisches Denken fördern und daher die ungestüme Eigenwilligkeit der Griechen zügeln würde.

Er erinnerte sich an das Fiasko des Großen Krieges, als Venizelos sich der Entente hatte anschließen wollen, der König aber für Neutralität eingetreten war. Damals hatte er damit argumentiert, daß Bulgarien die Gelegenheit zu einer Invasion ergreifen würde, wenn Griechenland beiträte; wie edelmütig er seinen Posten als Stabschef geräumt, wie vornehm er das Exil hingenommen hatte. Den versuchten Putsch von 1923 wollte er lieber vergessen. Und nun sah es so aus, als würde Bulgarien tatsächlich eine Invasion vorbereiten und die Gelegenheit ausnutzen, die ihm diesmal von Italien durch den Versuch geboten wurde, das von den Türken hinterlassene Machtvakuum auszufüllen.

Er dachte daran, wie er den Streik der Tabakarbeiter in Saloniki niedergeschlagen hatte; zwölf waren gestorben. Wegen dieser Unruhen hatte er den König überzeugen können, die Verfassung aufzuheben, um den Kommunisten einen Strich durch die Rechnung zu machen. Er hatte den König so weit gebracht, ihn zum Ministerpräsidenten zu machen, obwohl er bloß der Anführer der unbedeutendsten Rechtsaußenpartei im Lande war. Doch warum hatte er das getan?

»Metaxas«, überlegte er, »die Geschichte wird sagen, es sei Opportunismus gewesen, weil du mit demokratischen Mitteln nicht zum Ziel gekommen wärst. Es wird niemand zur Hand sein, um an meiner Stelle die Wahrheit zu verkünden, die da lautet, daß es eine Krise gab und unsere Demokratie zu lax war, um sie zu überwinden. Was hätte sein sollen, das ist immer leicht gesagt, viel schwerer fällt es, die unerbittliche Macht der Notwendigkeit anzuerkennen. Ich habe die Notwendigkeit verkörpert, das war alles. Wenn nicht ich, dann hätte es ein anderer getan. Zumindest habe ich den Deutschen keinen Einfluß eingeräumt, obwohl sie weiß Gott schon fast die gesamte Wirtschaft in der Hand hatten. Zumindest habe ich die Beziehungen zu den Briten aufrechterhalten, zumindest habe ich versucht, die glorreichen Errungenschaften der mittelalterlichen und antiken Kultur zu einer neuen Kraft zu verschmelzen. Niemand wird mir je nachsagen können, daß ich nicht das Wohl Griechenlands im Auge gehabt hätte. Mit Griechenland bin ich wahrhaftig verheiratet gewesen. Vielleicht wird die Geschichte mich in Erinnerung behalten als den Mann, der den Vortrag der Grabrede von Perikles verbot und die Bauern vergraulte, indem er die Zahl der Ziegen begrenzte, die unsere Wälder ruinieren. O Gott, vielleicht werde ich nichts als ein lächerliches Männlein gewesen sein. Aber ich habe mein Bestes getan, habe alles unternommen, um uns auf diesen Krieg vorzubereiten, den ich immer noch zu vermeiden suche. Ich habe Eisenbahnen und Bunker gebaut, habe die Reserve einberufen, habe die Bevölkerung durch Ansprachen vorbereitet, habe bis zur Lächerlichkeit diplomatisch antichambriert. Soll die Geschichte doch sagen, daß ich der Mann gewesen bin, der alles nur Mögliche zur Rettung seines Heimatlandes unternommen hat. Alles endet im Tode.«

Aber es war nicht daran zu zweifeln, daß er zu sehr von einem Geschichtsbewußtsein, von der Vorstellung besessen gewesen war, er sei dazu berufen, eine messianische Mission zu erfüllen. Er hatte gedacht, niemand außer ihm hätte das griechische Volk am Schlafittchen packen und mit Tritten und Vorhaltungen zum rechten Ziel schleifen können. Er war sich wie ein Arzt vorgekommen, der dem Patienten weh tun mußte und dabei wußte, daß dieser zwar fluchen und protestieren, ihn aber später doch dankbar mit Blumen bekränzen würde. Er hatte immer das getan, was er für richtig hielt, doch vielleicht hatte ihn am Ende nur Eitelkeit getrieben, etwas so Schlichtes und Schändliches wie Größenwahn.

Doch nun hatte er seine geistige Feuerprobe zu bestehen, und er wußte, daß sein Charakter im Schmelzofen des Schicksals geprüft wurde. Würde er der Mann werden, der Griechenland rettete? Der Mann, der Griechenland hätte retten können, es aber nicht tat? Der Mann, der Griechenland nicht hatte retten können, aber sich nach besten Kräften bemüht hatte, dessen Ehre zu bewahren? Das war es; es ging vor allem um die persönliche und nationale Ehre, weil am wichtigsten war, daß Griechenland diese Prüfung überstand, ohne der Niedertracht bezichtigt zu werden. Wenn Soldaten tot sind, wenn ein Land verwüstet und zerstört ist, überlebt und überdauert nur die Ehre. Die Ehre haucht einem Gefallenen wieder Leben ein, wenn die schlimmen Zeiten vorüber sind.

War es nicht eine Form von Ironie, daß sich das Schicksal so über ihn mokierte? Hatte er sich nicht selbst die Rolle des »Ersten Bauern«, des »Ersten Arbeiters«, des »Landesvaters« ausgesucht? Hatte er sich nicht mit den pompösen Insignien eines modernen Faschisten umgeben? Einem »Regime des 4. August 1936«? Einer dritten hellenischen Kultur als Antwort auf Hitlers Drittes Reich? Einer Nationalen Jugendorganisation, die Paraden abhielt und Fahnen schwenkte, genau wie die Hitlerjugend? Verachtete er nicht Liberale, Kommunisten und Parlamentarismus ebensosehr wie Franco, Salazar, Hitler und Mussolini? Hatte er nicht unter den Linken Zwietracht gesät, wie es im Buche stand? Was allerdings wäre leichter gewesen angesichts ihres lächerlichen Parteiengezänks und ihres Übereifers, sich wegen falschen Bewußtseins und aller überhaupt nur denkbaren ideologischen Abweichungen gegenseitig zu verraten? Hatte er nicht die Plutokratie angeprangert? Kannte nicht die Geheimpolizei das exakte Aroma und die chemische Zusammensetzung jedes subversiven Furzes in Griechenland?

Warum also hatten ihn seine internationalen Brüder im Stich gelassen? Warum sandte ihm Ribbentrop abwiegelnde Beteuerungen, die nicht zu glauben waren? Warum tüftelte Mussolini Grenzzwischenfälle und diplomatische Zwickmühlen aus? Was war schiefgegangen? Wie war es gekommen, daß er durch Ausnutzen der Zeitströmungen zu solcher Höhe aufgestiegen war, nur um am Ende vor der größten Krise in der modernen Geschichte seines Vaterlandes zu stehen, die von genau den Personen herbeigeführt worden war, die er sich als Vorbilder und Mentoren gewählt hatte? War das nicht Ironie, daß er heutzutage nur noch den Briten vertrauen konnte – den parlamentaristischen, liberalen, demokratischen und plutokratischen Briten?

Ministerpräsident Metaxas schrieb die Unterschiede zwischen sich und den anderen auf einen Zettel. Er war kein Rassist. Das besagte nicht viel. Plötzlich kam ihm ein Gedanke in den Sinn, der eigentlich auf der Hand lag: Die anderen wollten Imperien und waren damit beschäftigt, sie aufzubauen, wohingegen er immer nur die Vereinigung aller Griechen gewollt hatte. Er wollte Mazedonien, Zypern, die Dodekanes und – wenn Gott ihm gnädig war – Konstantinopel. Er wollte nicht Nordafrika, wie Mussolini, und schon gar nicht die ganze Welt, wie Hitler.

Vielleicht sahen ihn die anderen an und meinten, ihm fehle der Ehrgeiz; der Drang zur Größe, der grundlegende Wille zur Macht eines Übermenschen sei bei ihm nicht ausgeprägt und deswegen stehe er als Pudel unter Wölfen da. In der neuen Welt, in der die Stärksten das Recht zu herrschen hatten, eben weil sie die Stärksten waren, in der Stärke eine natürliche Überlegenheit anzeigte, in der natürliche Überlegenheit einem das moralische Recht gab, andere Völker und minderwertigere Rassen zu vereinnahmen, war er eine Anomalie. Er wollte nur sein eigenes Volk. Deswegen war Griechenland eine natürliche Zielscheibe. Metaxas schrieb das Wort »Pudel« hin und strich es dann wieder aus. Er schaute auf die zwei Wörter »Rassismus« und »Imperium«. »Die glauben, daß wir minderwertig sind«, murmelte er, »die wollen uns ihrem Imperium einverleiben.« Es war ekelhaft und empörend, es war zum Verzweifeln. Er klammerte die beiden Wörter ein und schrieb »NEIN« daneben. Er stand auf und trat ans Fenster, um auf die friedlichen Pinien hinauszublicken. Auf das Fensterbrett gelehnt, dachte er über die erhabene Unschuld dieser träumenden, vom Mond versilberten Bäume nach. Ein Schauder überlief ihn, dann richtete er sich auf. Er hatte eine Entscheidung gefällt: Es würde eine zweite Schlacht bei den Thermopylen geben. Wenn dreihundert Spartaner den fünf Millionen tapfersten Persern standhalten konnten, was konnte er dann erst mit zwanzig Divisionen gegen die Italiener ausrichten? Wenn es nur so einfach wäre, sich auf die schreckliche und endlose Einsamkeit des Todes einzustellen. Wenn es nur so einfach wäre, mit Lulu zurechtzukommen.

6
L'Omosessuale II

Ich, Carlo Piero Guercio, versichere, daß ich in der Armee meine Familie fand. Ich habe zwar Vater und Mutter, vier Schwestern und drei Brüder, aber seit der Pubertät hatte ich keine Familie mehr. Ich mußte heimlich unter ihnen leben, wie jemand, der nicht zeigen will, daß er Lepra hat. Es war nicht ihre Schuld, daß ich zum Schauspieler wurde. Auf Festen mußte ich mit Mädchen tanzen, auf dem Pausenhof der Schule und beim abendlichen Corso auf der Piazza mit ihnen flirten. Ich mußte meiner Großmutter Rede und Antwort stehen, was für ein Mädchen ich heiraten möchte und ob ich Söhne oder Töchter haben wollte. Ich mußte vor meinen Freunden Entzücken heucheln, wenn sie die weiblichen Geschlechtsmerkmale in allen Einzelheiten beschrieben, mußte lernen, sagenhafte Anekdoten von meinen Abenteuern mit Mädchen zum besten zu geben. Ich lernte, einsamer zu sein, als es normalerweise zu ertragen ist.

In der Armee gab es die gleichen derben Sprüche, aber es war eine Welt ohne Frauen. Für den Soldaten ist eine Frau ein imaginäres Wesen. Es geht noch an, rührselig über die eigene Mutter zu reden, aber das ist schon alles. Ansonsten gibt es die armseligen Geschöpfe in den

Militärbordellen, die erfundenen oder untreuen Bräute zu Hause und die Mädchen, denen auf der Straße nachgepfiffen wird. Ich bin nicht misogyn, aber Sie sollten verstehen, daß mich die Gesellschaft einer Frau schmerzlich berührt, weil sie mich daran erinnert, was ich nicht bin und was ich geworden wäre, wenn Gott im Schoß meiner Mutter nicht herumgepfuscht hätte.

Zuerst hatte ich Riesenglück. Ich wurde nicht nach Abessinien oder Nordafrika, sondern nach Albanien geschickt. Es gab kaum nennenswerte Kämpfe, und wir hatten nicht die leiseste Ahnung davon, daß der Duce uns den Befehl zur Invasion Griechenlands geben würde. Es hatte eher den Anschein, als würden wir uns schließlich auch noch mit den Jugoslawen anlegen müssen, aber die hielten wir für so untauglich und feige wie die Albaner. Es war allgemein bekannt, daß die Jugoslawen einander noch mehr Haßgefühle entgegenbrachten, als sie je gegen Fremde oder Eroberer aufbringen konnten.

Bald wurde klar, daß das totale Chaos herrschte. Kaum hatte ich mich bei einer Einheit eingelebt und Freundschaften geschlossen, wurde ich schon wieder versetzt, um bei der zahlenmäßigen Aufstockung eines anderen Truppenteils zu helfen, von wo ich dann abermals weggeschickt wurde. Wir hatten fast keine Fahrzeuge und mußten von der jugoslawischen Grenze zur griechischen und wieder zurück marschieren, anscheinend auf eine Laune des Oberkommandos hin. Ich glaube, ich muß in ungefähr sieben verschiedenen Einheiten gewesen sein, bevor ich in die Division Julia fest eingegliedert wurde. Es gab viele Gründe, warum der Griechenlandfeldzug ein Fiasko wurde, doch einer davon war, daß die Mannschaften so sehr hin und her geschoben wurden, daß sich unmöglich ein Korpsgeist entwickeln konnte. Ich hatte am Anfang nicht die Zeit, für meinen David einen Jonathan zu finden.

Doch in der Division Julia genoß ich jede Sekunde. Kein Zivilist kann die Freude am Soldatenleben verstehen. Das ist schlichtweg eine unbestreitbare Tatsache. Des weiteren steht fest, daß Soldaten, ganz abgesehen vom Geschlechtlichen, einander lieben lernen und dies, ganz abgesehen vom Geschlechtlichen, eine Liebe ist, für die es im Zivilleben nichts Vergleichbares gibt. Alle sind jung und stark und strotzen vor Lebenskraft, und alle sitzen gemeinsam in der Scheiße.

Du lernst allmählich jede Stimmungsschwankung der anderen kennen; du weißt genau, was der andere sagen wird; du weißt genau, wer wie lang über welchen Witz lachen wird; du wirst innig vertraut mit dem Fuß- und Schweißgeruch eines jeden Mannes; du kannst im Dunkeln die Hand auf ein Gesicht legen und weißt, wem es gehört; du erkennst eine Ausrüstung über der Stuhllehne, auch wenn sie genauso aussieht wie alle anderen; du kannst sagen, von wem die Bartstoppeln in der Waschschüssel sind; du bist dir sicher, wer dir eine Karotte gegen deine Kartoffel, eine Schachtel Zigaretten gegen dein übriges Paar Strümpfe, eine Postkarte von Siena gegen einen Bleistift eintauschen wird. Du gewöhnst dich daran, die anderen ungeniert zu sehen, nichts bleibt verborgen. Es sei denn, deine Begierden sind die gleichen wie die meinen.

Wir waren alle gemeinsam jung. Wir würden nie wieder so gut aussehen, nie schlanker oder stärker sein, wir würden uns nie wieder solche Wasserschlachten liefern, wir würden uns nie wieder so unbesiegbar und unsterblich fühlen. Wir konnten an einem Tag fünfzig Meilen zurücklegen, während wir kämpferische und schmutzige Lieder sangen, durcheinanderschwankten oder im Gleichschritt marschierten und die schwarzen Hahnenfedern an unseren Helmen glitzerten und zitterten. Wir konnten gemeinsam gegen die Räder des Fahrzeugs vom Oberst pinkeln, wenn wir voll wie Strandhaubitzen waren; wir konnten ohne Schamgefühl gemeinsam scheißen; wir konnten die Briefe der anderen lesen, so daß es schien, als hätte die Mutter eines jeden Sohns an uns alle geschrieben; wir konnten die ganze Nacht im strömenden Regen einen Schützengraben aus massivem Fels hauen und im Morgengrauen abmarschieren, ohne je darin geschlafen zu haben; bei Übungen mit scharfer Munition konnten wir ohne Genehmigung Mörsergranaten in hohem Bogen auf Kaninchen abfeuern; wir konnten nackt und schön wie Phoibos baden, und einer deutete vielleicht auf den Penis eines anderen und sagte: »He du, warum hast du den nicht in die Waffenkammer gebracht?«, und wir alle lachten unbekümmert darüber, und ein anderer mochte einwerfen: »Paß bloß auf, daß es keine versehentliche Entladung gibt«, worauf der Angeschmierte erwiderte: »Damit wirst du kein Glück haben.«

Wir waren frisch und schön, wir liebten uns mehr als brüderlich, das ist sicher. Schlimm war nur, daß keiner von uns wußte, warum wir in Albanien waren, denn bei diesem Wiederaufbau des Römischen Reiches war uns allen mulmig zumute. Wir prügelten uns oft mit Mitgliedern der faschistischen Verbände. Sie waren aufgeblasene, dumme Taugenichtse, und viele von uns waren Kommunisten. Niemand macht es was aus, für eine edle Sache zu sterben, aber uns machte insgeheim die auffallende Sinnlosigkeit zu schaffen, ein Leben zu lieben, für das es keine vernünftige Begründung gab. Ich sah uns als Gladiatoren, die dazu bereit waren, ihre Pflicht zu tun, bereit waren, gleichmütig zu bleiben, aber stets über alles im unklaren waren. Graf Ciano spielte Golf, Mussolini führte Rachefeldzüge gegen Katzen, und wir befanden uns in einer nirgendwo verzeichneten Wildnis, vergeudeten unsere Zeit, bis sie uns ausging und wir in eine miserabel vorbereitete Schlacht gegen ein Volk geworfen wurden, das wie die Götter kämpfte.

Ich bin kein Zyniker, aber ich weiß, daß Geschichte von den Siegern geschrieben wird. Ich weiß, daß es im Fall unseres Sieges schockierende Berichte von britischen Greueltaten geben wird, daß ganze Bände vollgeschrieben werden, um die Unvermeidbarkeit und Gerechtigkeit unserer Sache zu zeigen, daß unwiderlegliche Beweise zusammengetragen werden, um die Verschwörungen jüdischer Plutokraten aufzudecken, Fotografien von Knochenbergen, die in Massengräbern in Londoner Vororten gefunden wurden. Ich weiß, daß der Duce deutlich gemacht hat, daß der Griechenlandfeldzug ein durchschlagender Erfolg für Italien war. Aber er war nicht dabei. Er weiß nicht, was sich abgespielt hat. Er weiß nicht, daß Geschichte nur die endgültige Wahrheit enthält, wenn sie aus den Anekdoten der kleinen Leute besteht, die direkt dabei waren. Er sollte wissen, daß wir in Wahrheit auf ganzer Linie geschlagen waren, bis die Deutschen von Bulgarien aus vorstießen. Er wird das nie zugeben, weil die Wahrheit immer den Siegern gehört. Aber ich bin dabeigewesen und weiß, was in meinem Kriegsabschnitt passiert ist. Für mich war dieser Krieg eine Erfahrung, die mein ganzes Denken geformt hat, es war der tiefste persönliche Schock, den ich jemals erlebt habe, die schlimmste und gründlichste Tragödie meines Lebens. Es hat meinen Patriotismus zerstört, meine Ideale verändert, meinen Pflichtbegriff in Frage gestellt, mich entsetzt und mit Trauer erfüllt.

Sokrates hat gesagt, daß der Genius der Tragödie der gleiche ist wie der der Komödie, aber die Bemerkung wurde im Text nicht weiter erklärt, weil die Menschen, an die er sie damals richtete, entweder schliefen oder betrunken waren. Es klingt nach dem, was Aristokraten einander auf Festen sagen, aber um zu illustrieren, daß es vollkommen zutrifft, brauche ich nur zu erzählen, was während dieses Feldzugs in Nordgriechenland vorfiel.

Ich möchte mit dem Bekenntnis anfangen, daß ich, Carlo Piero Guercio, seit ich zur Division Julia stieß, mich in einen jungen, verheirateten Unteroffizier verliebte, der mich als seinen besten Freund annahm, ohne je zu argwöhnen, daß er die ganze Belegschaft meiner fieberhaftesten Träume bildete. Er hieß Francisco und kam aus Genua, was untrüglich an seinem Dialekt und seinen in Epirus völlig unnützen seemännischen Kenntnissen zu bemerken war. Er gehörte ganz ohne Zweifel in die Marine, doch die verdrehte Logik der damaligen Zeit wollte es so, daß er sich freiwillig zu den Seestreitkräften meldete, den Carabinieri zugeteilt wurde und sich unversehens im Heer wiederfand. Er war über ein Regiment der Alpini und eines der Bersaglieri zu uns gestoßen, die zwei Tage bei den Grenadieren gar nicht mitgerechnet.

Er war ein bildschöner Junge, dunkler als ich, eher wie ein Südländer, aber er war schlank und hatte eine glatte Haut. Ich erinnere mich, daß er nur drei Haare mitten auf der Brust hatte und daß seine Beine völlig unbehaart waren. Jede Sehne seines Körpers zeichnete sich ab, und ich habe mich immer besonders über die Muskeln gewundert, die nur an besonders durchtrainierten Menschen zu sehen sind, die parallelen Linien am Unterarm und die seitlich an den Leisten, die bogenförmig auf den Unterleib zulaufen. Er glich einer jener grazilen, schmächtigen Katzen, die den Eindruck ungeheurer, aber lässiger Kraft vermitteln.

Am meisten reizte mich sein Gesicht. Er hatte eine widerspenstige schwarze Stirnlocke, die ihm in die Augen fiel. Diese waren sehr dunkel und lagen wie bei einem Slawen über vorstehenden Wangenknochen. Sein Mund war breit, ständig zu einem ironischen Lächeln verzogen, und er hatte eine etruskische Nase, die unerklärlicherweise am Rücken einen Knick abbekommen zu haben schien. Er hatte große Hände mit feingliedrigen Fingern, die ich mir nur zu leicht auf meinem Körper verweilend vorstellen konnte. Ich sah ihn einmal ein kleines Glied an einer filigranen Goldkette ausbessern, und ich kann bezeugen, daß seine Finger mit der ganzen makellosen Präzision einer Stickerin arbeiteten. Er hatte die denkbar zartesten Fingernägel.

Sie werden verstehen, daß wir Männer bei den verschiedensten Gelegenheiten zusammen nackt waren und daß ich mir sämtliche Einzelheiten einer jeden Stelle an ihm merkte, aber ich verwahre mich gegen jegliche Anschuldigung der Perversion und Obszönität, die gegen mein Gedächtnis vorgebracht werden dürfte, also werde ich diese Erinnerungen für mich behalten. Für mich sind sie nicht obszön, sondern wertvoll, erlesen und rein. Es würde sowieso niemand begreifen, was sie für mich bedeuten. Sie sind für das Privatmuseum bestimmt, das jeder in seinem Kopf beherbergt und zu dem nicht einmal die Fachleute oder die gekrönten Häupter Europas Zutritt haben.

Francisco war ein ungestümer und ganz und gar respektloser Mensch, immer zu Späßen aufgelegt. Er machte kein Hehl daraus, vor niemand Achtung zu empfinden, und war imstande, uns mit den draufgängerischen Posen des Duce und dem gestelzten Preußentum Adolf Hitlers zu unterhalten. Er konnte die Gesten und die Sprechweise von Visconti Prasca wiedergeben und in dessen Manier blödsinnige Reden halten, gespickt mit extravagantem Optimismus, verwegenen Vorhaben und kriecherischen Verweisen auf die Rangordnung. Alle liebten ihn, er wurde nie befördert, aber das machte ihm nichts aus. Er hielt sich eine Feldmaus und nannte sie Mario; die meiste Zeit lebte sie in seiner Tasche, doch auf Geländemärschen sahen wir sie oft, wie sie ihr Schnäuzchen aus seinem Rucksack reckte und ihr Gesicht putzte. Sie verzehrte gewöhnlich Obstschalen und Gemüse und war ärgerlicherweise ganz wild auf Leder. Ich habe immer noch ein kleines rundes Loch an einem Stiefelschaft.

Wir Soldaten wußten so gut wie nichts von dem, was sich in den Zentren der Macht abspielte. Wir erhielten so viele Befehle und Gegenbefehle, daß es Zeiten gab, wo wir gar keine befolgten, da wir wußten, daß sie fast auf der Stelle widerrufen werden würden. Albanien war eine Art Ferienkolonie ohne Annehmlichkeiten, und wir glaubten, daß diese Befehle nur den Zweck hatten, uns auf Trab zu halten, und völlig belanglos waren.

Im nachhinein jedenfalls scheint klar zu sein, daß eine Invasion Griechenlands das Endziel gewesen sein muß, denn es gab untrügliche Anzeichen, wenn sie uns nur aufgefallen wären. Zum einen wurden wir mit Propaganda eingedeckt, das Mittelmeer sei das Mare Nostrum, und unsere ganze Straßenbauerei, die angeblich zum Wohle der Albaner war, führte zu nichts anderem als zu Schnellstraßen an die griechische Grenze. Zum anderen stimmten die Soldaten Kampflieder unbekannter Herkunft und von anonymen Komponisten an, in denen es hieß: »Wir werden zur Ägäis vordringen, wir werden Piräus einnehmen, und wenn alles gut läuft, nehmen wir uns auch noch Athen.« Wir pflegten die Griechen dafür zu verfluchen, daß sie dem »Operetten«-König Zog Zuflucht gewährten, und in den Zeitungen war dauernd von angeblichen britischen Angriffen aus griechischen Gewässern auf unsere Schiffe zu lesen. Ich sage »angeblich«, weil ich heute nicht mehr glaube, daß sie wirklich stattgefunden haben. Ich habe einen Freund bei der Marine, der mir gesagt hat, daß keines unserer Schiffe, soweit ihm bekannt ist, verlorenging.

Ich glaube auch nicht mehr an die Geschichte, daß die Griechen Daut Hoggia ermordeten. Ich meine, wir haben es getan und versucht, es den Griechen in die Schuhe zu schieben. Es ist schrecklich von mir, so etwas zu behaupten, weil es zeigt, wie sehr ich den Glauben ans Vaterland verloren habe, aber Tatsache ist, daß ich nun die griechische Version des Ablaufs kenne, die ich von Doktor Iannis erfuhr, als ich ihn wegen eines entzündeten Zehennagels aufsuchte. Es sieht so aus, als sei der Mann Hoggia überhaupt kein albanischer irredentistischer Patriot gewesen. Im Verlauf von zwanzig Jahren war er für den Mord an fünf Moslems, Viehdiebstahl, Räuberei, Erpressung, versuchten Mord, Geldforderungen durch Einschüchterung, das Tragen verbotener Waffen und Vergewaltigung verurteilt worden. Das also ist der Mann, den sie uns als Märtyrer aufzuschwatzen versucht haben. Uns ist nie gesagt worden, daß die Griechen zwei Albaner wegen der Ermordung dieses Mannes verhaftet hatten und auf ein Auslieferungsgesuch warteten. Jedenfalls frage ich mich heute, wie das ganze italienische Volk so naiv gewesen sein konnte, und ich wundere mich, warum uns die Albaner angeblich so am Herzen hätten liegen sollen, wo wir gerade ihr Land eingenommen hatten und uns allen klargeworden war, daß es ihnen nur darum ging, sich gegenseitig umzubringen. Die beiden Männer, die den »Patrioten« Hoggia ermordeten, vergifteten ihn offenbar und schnitten ihm dann den Kopf ab, womit er nach albanischem Maßstab noch recht glimpflich davonkam.

Sehr viele Dinge haben mich den Glauben verlieren lassen, und ich vertraue dem Papier hiermit einen Bericht an, der Francisco und mich betrifft und eindeutig zeigt, daß unsere Seite den Krieg begonnen hat und nicht die Griechen. Wenn wir den Krieg gewinnen, werden diese Tatsachen nie an die Öffentlichkeit dringen, das weiß ich, weil diese Papiere unterdrückt würden. Doch wenn wir verlieren, dürfte die Chance bestehen, daß die Welt die Wahrheit erfährt.

Es ist schon schwer genug, mit dir selbst in Frieden zu leben, wenn du sexuell ein Außenseiter bist, doch es ist noch schwerer, wenn du weißt, daß du in Erfüllung der

Pflicht die abscheulichsten und übelsten Taten begangen hast. Heutzutage habe ich häufig Todesahnungen, und im folgenden werden Sie ein Schuldbekenntnis finden, für das ich von einem Priester bereits die Absolution erteilt bekommen habe. Doch weder die Griechen noch die Familien der betroffenen italienischen Soldaten werden mir je vergeben.

7
Radikale Heilmittel

Pater Arsenios war hinter der Ikonostasis in bitteres Grübeln versunken. Wie sollte er zu den Menschen hinausgehen, die Kranken und Sterbenden trösten, Auseinandersetzungen schlichten, das Wort Gottes verkünden und für ein wiedervereintes Griechenland eintreten, wenn es anscheinend keinen Zweifel daran gab, daß er keine Achtung mehr genoß? Er erwog kurz den romantischen Gedanken zu verschwinden. Er könnte nach Piräus gehen und als Angestellter arbeiten, er könnte Fischer werden, er könnte nach Amerika gehen und einen Neuanfang machen. Ein flüchtiges Bild seiner von allen Fettwülsten befreiten Person schoß ihm durch den Kopf, wie sie in den Bordellen Athens zotige Rembetikos sang, Unmengen von Kokinelli trank und die jungen Mädchen umgarnte. Im Gegenzug stellte er sich vor, wie er sich in eine Einsiedelei in den Bergen von Epirus zurückzog, von den Raben geflittert wurde und ein großartiger Heiliger wurde. Er dachte an die Wunder, die in seinem Namen verübt werden mochten, und kam auf den unerfreulichen Gedanken, daß er der Schutzheilige der Fettwänste werden könnte. Vielleicht könnte er statt dessen großartige Gedichte verfassen und so berühmt und verehrt werden wie Kostis Palamas. Doch warum so bescheiden? Er könnte ein zweiter Homer werden. Hinter der Ikonostasis fing er in seiner tiefen Baßstimme zu brummen an: »Nein! wie die Sterblichen doch die Götter beschuldigen! Denn von uns her, sagen sie, sei das Schlimme! und schaffen doch auch selbst durch eigne Freveltaten, über ihr Teil hinaus, sich Schmerzen!« Sein Gedächtnis ließ ihn im Stich, und er runzelte die Stirn. War der nächste Abschnitt über Aigisthos oder über die Unterhaltung zwischen Zeus und Athene? »Da antwortete und sagte zu ihr der Wolkensammler Zeus: Mein Kind, welch Wort entfloh dem Gehege deiner Zähne?«

Er wurde von einem verhaltenen Hüsteln aus dem Hauptschiff der Kirche unterbrochen. Hastig nahm er sich zusammen, spürte, wie er vor lauter Verlegenheit an den Ohren und am Hals rot wurde, und blieb vollkommen still sitzen. Er war bei einer selbstvergessenen, auch noch laut gesprochenen Tagträumerei erwischt worden, und nun würden die Leute im Dorf sagen, er sei nicht ganz bei Trost. Er hörte das Schlurfen sich entfernender Schritte und spähte um die Bilderwand. Da sah er, daß ihm jemand einen Laib Brot hingelegt hatte. Er ertappte sich dabei, wie er sich die Lippen leckte und wünschte, daß noch ein Käse dazukäme. Wieder waren Schritte zu hören, und so versteckte er sich rasch wie ein Kind beim Spielen. Die Füße entfernten sich wieder, er linste durch ein kleines Loch und entdeckte, daß jemand einen großen, weichen und saftigen Käse dagelassen hatte. »Ein Wunder«, sagte er sich, »Dank sei Gott.« Er wünschte sich verzeihlicherweise noch einige Auberginen und eine Flasche Öl hinzu, worauf er aber nicht mit einem weiteren

Wunder belohnt wurde, sondern mit einem Paar Hausschuhe. »Mein Gott, mein Gott«, sagte er, den Blick zur Decke gerichtet, »wie querköpfig du wieder bist.«

Nach und nach stapelten sich am Eingang die Gaben, die die Dorfbewohner als Zeichen ihrer Entschuldigung ablegten. Pater Arsenios sah mit einfältiger Habgier durch das Loch zu, als auf die Fische Gemüse und gestickte Taschentücher folgten. Er bemerkte allmählich, daß sich eine große Menge an Robola ansammelte, und murrte vor sich hin: »Was? Halten die mich alle für einen Säufer?« Er stellte eine Rechnung auf, wie lange der Vorrat reichen würde, wenn er pro Tag zwei Flaschen trank. Dann rechnete er das gleiche mit drei Flaschen durch. Aus Spaß an der Mathematik und der geistigen Herausforderung begann er auszurechnen, was bei drei und fünf Achteln täglich herauskommen würde, verhedderte sich aber und mußte neu ansetzen.

Als der Stapel immer weiter wuchs, meldete sich bei ihm das dringende Bedürfnis zu urinieren. Er rutschte unbehaglich umher und begann zu schwitzen. Es war ein überaus schreckliches Dilemma; entweder verließ er die Kirche, worauf die Leute vielleicht davon absehen würden, in seiner Gegenwart Gaben abzuliefern, oder er blieb in wachsender Bedrängnis hier sitzen bis zu dem Zeitpunkt, da er sicher sein konnte, daß der Fluß der Bußgeschenke versiegt war. Er bereute schon schwer, daß er vor seinem Weggang eine Flasche getrunken hatte. »Das ist Gottes Vergeltung für die dem Trunk Ergebenen«, dachte er. »Ich werde nie wieder einen Tropfen anrühren.« Er betete zu St. Gerasimos um Erlösung.

Nach Beendigung des Gebets kam ihm eine Inspiration. Draußen in der Kirche befand sich ein großer Vorrat an Flaschen. Er lauschte aufmerksam auf nahende Schritte, hörte keine und flitzte so schnell hinaus, wie es seine Leibesfülle zuließ. Er watschelte rasch zum Eingang, bückte sich mühsam nach einer Flasche und kehrte wieder in sein Versteck hinter der Bilderwand zurück. Mit den Zähnen zog er den Korken heraus und stand vor dem nächsten Problem. Um die Flasche verwenden zu können, mußte sie leer sein. Was konnte er mit dem Wein anfangen? Es wäre eine Schande, ihn wegzuschütten. Er setzte die Flasche an den Mund und goß sich den Inhalt in die Kehle. Die süße Flüssigkeit rann in Bächlein seinen Bart hinunter und auf seine Soutane. Er inspizierte die Flasche, entdeckte noch ein oder zwei Tropfen und kippte sie sich schwungvoll in den Mund.

Pater Arsenios spähte durch das Loch, um sicherzugehen, daß er nicht gehört wurde, hob seine Soutane und ließ einen mächtigen Strahl Urin in die Flasche strömen, der gegen das Bodenglas klatschte, dann plätscherte und zischte, als sich die Flasche füllte. Mit Erschrecken merkte er, daß bei dem zunehmend enger werdenden Hals des Gefäßes der Inhalt exponentiell hochstieg. »Flaschen sollten gleichmäßig zylindrisch gemacht werden«, überlegte der Priester und wurde prompt überrumpelt. Er verrieb das, was übergelaufen war, mit dem Fuß im Bodenstaub und erkannte, daß er in der Kirche würde warten müssen, bis die feuchten Flecke an seiner Robe getrocknet waren. »Ein Priester«, dachte er, »kann sich doch nicht zeigen, wenn er sich vollgepinkelt hat.« Er stellte die Flasche mit dem Urin ab und setzte sich wieder. Jemand kam herein und legte ihm ein paar Strümpfe hin.

Eine Viertelstunde verging, da trat Velisarios in der Hoffnung ein, sich persönlich entschuldigen zu können.

Er sah in den Glockenturm und ins Hauptschiff und wollte schon wieder gehen, als er jemand hinter der Bilderwand einen langen und gurgelnden Rülpser ausstoßen hörte. »Patir?« rief Velisarios. »Ich bin hergekommen, um mich zu entschuldigen.«

»Geh wieder«, war die mürrische Antwort. Und dann: »Ich versuche zu beten.«

»Aber Patir, ich möchte mich entschuldigen und dir die Hand küssen.«

»Ich kann nicht herauskommen. Aus verschiedenen Gründen.«

Velisarios kratzte sich am Kopf »Was für Gründe?«

»Religiöse. Außerdem ist mir nicht wohl.«

»Soll ich Doktor Iannis holen?«

»Nein.«

»Ich entschuldige mich für das, was ich getan habe, Patir, und um es wiedergutzumachen, lasse ich dir eine Flasche Wein da. Ich werde zu Gott um Vergebung beten.« Er schritt aus der Kirche und ging wieder ins Haus des Arztes, um sich nach dem Befinden von Mandras zu erkundigen, der bei seinem Eintreffen gerade mit ausgesprochen hündischer Bewunderung Pelagia anglotzte. Er sagte dem Arzt Bescheid, daß es dem Priester nicht gutging.

Pater Arsenios mußte feststellen, daß seine Methode, mit der er das Problem seiner vollen Blase gelöst hatte, selbst eine weitere Überfüllung verursachte. Nach Velisarios' Weggang hatte er noch eine Flasche geleert und sie mit dem Umwandlungsprodukt der vorigen gefüllt. Diesmal ließen seine Zielgenauigkeit, Balance und Einschätzung des richtigen Augenblicks, zu dem er aufhören mußte, selbst die zweifelhafte Präzision des früheren Vorgangs vermissen. Weitere Verunreinigungen mußten mit dem Fuß im Staub verrieben werden, und die Robe wurde noch feuchter. Arsenios setzte sich benommen wieder hin und merkte, daß ihm übel wurde. Er kippte schwerfällig von seinem Sitz und verstauchte sich dabei das Steißbein. Zwanzig Minuten später wurde er durch das dringende Bedürfnis geweckt, eine weitere Flasche zu leeren und wieder zu füllen. Er gelobte sich, aufzuhören, bevor der sich verengende Flaschenhals zu einem weiteren Venturi-Effekt führte, stand aber mittlerweile unter so hohem Druck, daß er sich verschätzte. Elendiglich.

Im durchlässigen Nachmittagslicht ging Dr. Iannis zur Kirche. An Werktagen trug er die Art Kleidung, die Bauern an Sonn- und Feiertagen anhatten, einen fleckigen schwarzen Anzug, der an manchen Stellen schon glänzte, ein kragenloses Hemd, schwarze Schuhe, die staubig und verkratzt waren, und einen breitkrempigen Hut. Er zwirbelte seinen Schnurrbart, sog nachdenklich an seiner Pfeife und hatte seine Aufmerksamkeit zweigeteilt, so daß er gleichzeitig an die Verwüstung der Insel durch Kreuzfahrer sowie an das dachte, was er dem Priester sagen würde. Er stellte sich folgende Szene vor:

Er würde sagen: »Patir, es tut mir aufrichtig leid, wie unwürdig sie dich heute morgen behandelt haben«, und der Priester würde erwidern: »Das überrascht mich bei einem gottlosen Menschen«, und er würde antworten: »Aber ich glaube, daß einem Priester Achtung bezeugt werden sollte. Ein Dorf braucht einen Priester wie eine Insel das Meer. Bitte komm morgen zu uns zum Essen. Pelagia wird Lamm mit Kartoffeln im Ofen machen. Ich werde auch den Lehrer einladen. Übrigens habe ich mit

Bedauern vernommen, daß es dir nicht gutgeht. Kann ich etwas für dich tun?«

Doch als er die Kirche betrat, wurde ihm augenblicklich die Unwahrscheinlichkeit eines solchen Gesprächs klar. Er hörte hinter der Bilderwand ein Stöhnen und Würgen. »Patir«, rief er. »Ist mit dir alles in Ordnung, Patir?«

Ein weiteres erbärmliches und herzzerreißendes Stöhnen und das Geräusch qualvollen Erbrechens wie bei einem Hund ertönten. Da er als Arzt unzählige Patienten hatte kotzen sehen, sah er schon eine Masse von vornehmlich gelber Farbe vor sich. Er klopfte an die Bilderwand und rief: »Patir, bist du da drinnen?«

»O Gott, o Gott«, ächzte der Priester.

Der Arzt sah sich vor einem unumgänglichen Problem. Es war so, daß nur die Geweihten hinter die Ikonostasis treten durften. Er hatte seinen Glauben schon lange zugunsten eines Materialismus Machscher Prägung aufgegeben, spürte aber dennoch, daß er das Verbot nicht übertreten konnte. Solch ein Tabu kann selbst von jemand, der keinen Glauben in dessen Prämissen setzt, nicht leicht abgetan werden. Er konnte dort genausowenig eindringen, wie er einer Nonne einen unsittlichen Antrag machen konnte. Er klopfte dringlicher. »Patir, ich bin's, Doktor Iannis.«

»Iatre«, klagte der Priester, »mich hat's ganz schlimm erwischt. O Gott, wofür hast du alle Menschen so unnütz erschaffen? Hilf mir, um Gottes willen.«

Der Arzt sandte ein Bußgebet zu dem Gott, an den er nicht glaubte, und schritt hinter die Bilderwand. Er erblickte den Priester, der hilflos in einer Lache aus Urin und Erbrochenem lag; ein Auge war geschlossen, und aus dem anderen strömten Tränen. Der Arzt bemerkte mit leidenschaftslosem Staunen, daß das Erbrochene eher weiß als gelb war und sich deutlich vom stumpfen Schwarz der Robe abhob. »Du mußt aufstehen«, sagte er. »Du kannst dich auf meine Schulter stützen, aber ich fürchte, tragen kann ich dich nicht.«

Es folgte ein ungleiches und ergebnisloses Gezerre, als der leichtgewichtige Arzt sich bemühte, den tonnenförmigen Pater hochzuheben. Er erkannte sehr schnell die Fruchtlosigkeit weiterer Anstrengungen und richtete sich wieder auf. Er bemerkte, daß an diesem heiligen Platz drei Flaschen mit Urin standen. Aus beruflicher Neugier hielt er eine der Flaschen ans Licht und untersuchte sie nach verräterischen Schleimfäden, die eine Harnröhreninfektion anzeigen könnten. Die Flüssigkeit war klar. Er stellte fest, daß er Spuren von Erbrochenem an den Händen hatte. Einen Augenblick lang betrachtete er sie; er würde nicht im Traum daran denken, sie an seiner Hose abzuwischen, geschweige denn an der Rückseite der Bilderwand. Er bückte sich und rieb die Hände an der Priesterrobe ab. Dann ging er Velisarios holen.

So kam es, daß Velisarios' Buße für die Demütigung des Priesters am Morgen in der Verpflichtung bestand, dessen massige Gestalt zum Haus des Arztes zu tragen. Möglicherweise war dies die titanischste Kraft- und Willensanstrengung, die er je auszuführen hatte. Zweimal stolperte er, einmal fiel er beinahe hin. Danach fühlten sich seine Anne und sein Rücken so an, als hätte er das ganze Universum getragen, und er verstand, wie sich der heilige Christophorus gefühlt haben mußte, nachdem er unseren Heiland über den Fluß gebracht hatte. Schwitzend und keuchend setzte er sich in den Schatten. Er stellte fest, daß sein Herz besorgniserregend pochte, während Pelagia ihm ausgiebige Mengen von Zitronensaft vorsetzte, in den sie Honig getan hatte, wobei ihr wiederum Mandras, der sich auf die Seite gedreht hatte, um ihr zuschauen zu können, ausgiebig mit Lächeln nachsetzte. Pelagia spürte seinen Blick, als wäre er eine heiße Liebkosung, und merkte, daß er die beunruhigende Wirkung hatte, sie über ihre eigenen Füße stolpern zu lassen und ihre Hüften anscheinend stärker als gewöhnlich in Schwingung zu versetzen. In Wahrheit war sie beim Versuch, ihren Hüftschwung zu bändigen, ins Stolpern geraten.

Im Haus flößte der Arzt dem Priester einen Krug Wasser nach dem anderen ein, da dies das einzige ihm bekannte vernünftige Heilmittel für die von ihm diagnostizierte Alkoholvergiftung war. Er merkte, daß er mit seinem Patienten immer ungebührlicher ins Gericht ging, denn er spulte in Gedanken einen inneren Monolog etwa folgender Art ab: »Ein Priester sollte doch wohl ein besseres Beispiel geben! Es ist einfach eine Schande, so lange vor dem Abend schon alkoholisiert zu sein! Wie kann dieser Mann erwarten, in der Gemeinde noch einen Rest Achtung zu genießen, wenn er so verfressen und versoffen ist? Ich kann mich an keinen Priester erinnern, der so schlimm war wie der hier, und wir hatten weiß Gott schon schlimme ...« Er zog die Stirn in Falten und konnte seinen Ekel nicht ganz verbergen, als er das Erbrochene von der Robe des Mannes wischte. Seinen Unmut ließ er an Pelagias Ziege aus, die ins Zimmer gekommen und auf den Tisch gesprungen war. »Du dämliches Vieh«, schrie er sie an, doch sie sah ihn nur unverschämt aus den Augenschlitzen an, wie um zu sagen: »Ich bin wenigstens nicht betrunken. Ich bin bloß mutwillig.«

Der Arzt ließ den Patienten mit seinem Vollrausch allein und setzte sich an den Schreibtisch. Er klopfte mit dem Füller auf den Tisch und schrieb: »Im Jahre 1082 versuchte ein ruchloser normannischer Baron namens Robert Guiscard, die Insel zu erobern, und traf auf den entschiedensten Widerstand von Freischärlern. Die Welt wurde durch ein Fieber, das ihn 1085 niederstreckte, von seinem unausstehlichen Erdendasein erlöst, und die einzige Spur von ihm hierzulande ist die Tatsache, daß Fiskardo nach ihm benannt ist, wenngleich die Geschichte nichts darüber sagt, wie das G sich in ein F verwandelte. Ein anderer Normanne, Bohemund, überzog die Insel mit übelster und unentschuldbarer Grausamkeit, während er sein Mäntelchen der Frömmigkeit, das er sich gerade erst bei einem Kreuzzug geholt hatte, wie eine Prunkrobe zur Schau stellte. Der Leser sollte sich ins Gedächtnis rufen, daß es die Kreuzfahrer und nicht die Moslems waren, die ursprünglich Konstantinopel geplündert haben, was eigentlich eine immerwährende Skepsis gegenüber dem Wert einer ehrenhaften Sache hätte wachrufen müssen. Offensichtlich tat es das nicht, da die Menschheit unfähig ist, aus der Geschichte zu lernen.«

Er lehnte sich in seinem Stuhl zurück und zwirbelte seinen Schnurrbart, dann zündete er seine Pfeife an. Er sah Lemoni am Fenster vorbeigehen und rief sie herein. Das kleine Mädchen sperrte Augen und Ohren weit auf, als der Arzt sie bat, die Frau des Priesters zu holen. Er tätschelte ihr den Kopf, nannte sie »meine kleine Koritsimou« und lächelte, als er sie ausgelassen die Straße entlanghüpfen sah. Pelagia war als kleines Kind genauso süß gewesen, und das machte ihn rührselig. Er spürte, wie ihm eine Träne ins Auge stieg, und verbannte sie umgehend, indem er einen weiteren Satz schrieb, der die Normannen geißelte. Er lehnte sich wieder zurück und wurde durch das Eintreten von Stamatis gestört, der seinen Hut in Händen hielt und die Krempe knetete. »Kalispera, Kyrie Stamatis«, sagte er. »Was kann ich für dich tun?«

Stamatis trat von einem Fuß auf den anderen, blickte besorgt auf den runden Hügel des Priesters am Boden und sagte: »Du weißt doch, dieses ... dieses Ding in meinem Ohr?«

»Die leguminöse und exorbitante auditive Störung?«

»Genau die, Iatre. Nun ja, ich möchte wissen ... Ich meine, ob du es zurücktun kannst?«

»Es zurücktun, Kyrie Stamatis?«

»Weißt du, wegen meiner Frau.«

»Ich verstehe«, sagte der Arzt, während er eine beißende Wolke aus seiner Pfeife paffte. »Eigentlich verstehe ich nichts. Vielleicht könntest du es mir erklären.«

»Na ja, als ich auf dem Ohr taub war, konnte ich sie nicht hören. Weißt du, da, wo ich sitze, war mein gutes Ohr auf der anderen Seite, und ich hab es irgendwie ertragen können.«

»Ertragen?«

»Die Nörgelei. Ich meine, vorher war es ein bißchen wie Meeresrauschen. Ich hab das gemocht Es hat mir geholfen, einzunicken. Jetzt ist es aber so laut und will nicht mehr aufhören. Es geht einfach immer weiter.« Der Mann wippte mit den Schultern wie eine verärgerte Frau und machte seine Gattin nach: »›Du taugst zu überhaupt nichts, warum bringst du nicht das Holz rein, warum haben wir nie Geld, warum muß ich alles hier allein machen, warum habe ich keinen richtigen Mann geheiratet, warum hast du mir immer nur Töchter beschert, was ist mit dem Mann passiert, den ich geheiratet habe?‹ Lauter so Zeug; das macht mich verrückt.«

»Hast du es mit Schlägen versucht?«

»Nein, Iatre. Das letzte Mal, als ich sie geschlagen habe, hat sie einen Teller auf meinem Kopf zertrümmert. Die Narbe ist noch zu sehen. Schau her.« Der alte Mann beugte sich vor und deutete auf etwas Unsichtbares an seiner Stirn.

»Na ja, du solltest sie sowieso nicht schlagen«, meinte der Arzt. »Da kommen sie bloß auf noch widerwärtigere Ideen, es dir heimzuzahlen. Versalzen dir das Essen. Ich würde dir raten, nett zu ihr zu sein.«

Stamatis war schockiert. Das war eine für ihn so unfaßbare Verhaltensweise, daß er nicht einmal daran gedacht hatte, daran zu denken. »Iatre ...« setzte er zu einem Einwand an, fand aber keine weiteren Worte.

»Hol einfach das Holz rein, bevor sie dich drum bittet, und bring ihr jedesmal eine Blume mit, wenn du vom Acker zurückkommst. Wenn es kalt ist, leg ihr einen Schal um die Schultern, und wenn es heiß ist, bring ihr ein Glas Wasser. So einfach geht das. Frauen nörgeln nur, wenn sie sich nicht genügend geschätzt fühlen. Betrachte sie als deine krank gewordene Mutter und behandle sie entsprechend.«

»Dann wirst du also die ... äh ... streitsüchtige und kämpferische extraordinäre Körnung nicht wieder reintun?«

»Auf keinen Fall. Das wäre gegen den hippokratischen Eid. Das kann ich nicht tun. Hippokrates hat schon gesagt, daß radikale Heilmittel für extreme Krankheiten am geeignetsten sind.«

Stamatis gab sich zerknirscht. »Hippokrates hat das gesagt? Also soll ich nett zu ihr sein?«

Der Arzt nickte väterlich, und Stamatis setzte seinen Hut wieder auf. »O Gott«, sagte er.

Der Arzt sah dem alten Mann aus dem Fenster nach. Stamatis trat auf die Straße und entfernte sich. Er blieb stehen und blickte auf eine lila Blume an der Böschung. Er beugte sich herab, um sie zu pflücken, richtete sich aber augenblicklich wieder auf. Er spähte umher, um sich zu vergewissern, daß niemand zusah. Er zupfte an seinem Gürtel, als wollte er ihn enger schnallen, starrte die Blume an und machte auf dem Absatz kehrt. Er schlenderte davon, blieb dann aber doch wieder stehen. Wie ein kleiner junge beim Äpfelstehlen schoß er zurück, rupfte die Blume am Stengel ab, versteckte sie unter seiner Jacke und schritt mit einer übertrieben unbekümmerten und unbeteiligten Miene gemächlich davon. Der Arzt beugte sich aus dem Fenster und rief ihm nach: »Bravo, Stamatis«, bloß wegen der schlichten, aber schelmischen Freude, seine Verlegenheit und Scham zu sehen.

8
Eine komische Katze

Lemoni rannte in den Hof von Dr. Iannis' Haus, als er gerade zum Frühstück in die Kapheneia aufbrechen wollte. Er hatte alle Mangas dort treffen und über die Weltprobleme diskutieren wollen. Gestern hatte er mit Kokolios heftig über den Kommunismus gestritten, und in der Nacht war ihm ein ausgezeichnetes Argument eingefallen, das er so lange im Kopf gewälzt hatte, daß es ihn am Schlafen gehindert und gezwungen hatte, aufzustehen und ein wenig an seiner Geschichte weiterzuschreiben, eine kleine Schmähschrift gegen die Orsini-Familie. Das war seine Rede an Kokolios:

»Hör zu, wenn jeder beim Staat angestellt ist, muß doch jeder vom Staat bezahlt werden, klar? Also sind alle Steuern, die an den Staat zurückfließen, Geld, das sowieso vom Staat kommt, klar? Also kriegt der Staat immer nur höchstens ein Drittel von dem zurück, was er die Woche vorher ausgezahlt hat. In dieser Woche besteht dann die einzige Möglichkeit, alle auszuzahlen, darin, mehr Geld zu drucken, oder nicht? Also folgt daraus, daß in einem kommunistischen Staat das Geld sehr bald illusorisch wird, weil der Staat keinen Gegenwert mehr für das Geld hat.«

Er stellte sich Kokolios' Antwort etwa so vor: »Ach, Iatre, das fehlende Geld kommt von den Profiten.« Doch darauf würde er blitzschnell erwidern: »Aber schau doch, Kokolios, die einzige Art, wie der Staat zu Profit kommen kann, besteht im Verkauf der Güter ans Ausland, und das geht wiederum nur, wenn die ausländischen Staaten kapitalistisch sind und über einen Steuerüberschuß verfügen, mit dem sie Dinge kaufen können. Oder er müßte an kapitalistische Firmen verkaufen. Also liegt es auf der Hand, daß der Kommunismus ohne den Kapitalismus nicht überleben kann, und das ist ein Widerspruch in sich, weil der Kommunismus das Ende des Kapitalismus sein soll, und außerdem soll er doch internationalistisch sein. Aus meinem Argument folgt, daß die globale Wirtschaft, wenn die ganze Welt sich zum Kommunismus bekehren würde, innerhalb einer Woche zum Stillstand käme. Was sagst du dazu?« Der Arzt probte die dramatische Geste, mit der er diese Rede abschließen wollte (darauf die Pfeife wieder fest zwischen die Zähne gesteckt), als Lemoni ihn am Ärmel zupfte und sagte: »Bitte, Iatre, ich hab eine komische Katze gefunden.«

Er sah auf das kleine Mädchen herab, bemerkte ihren ernsten Gesichtsausdruck und sagte: »Ah, hallo, Koritsimou. Was hast du gerade gesagt?«

»Eine komische Katze.«

»Hmm, ja, was ist mit der komischen Katze?«

Das Mädchen verdrehte verzweifelt die Augen und fuhr sich mit der schmutzigen Hand über die Stirn, was eine Dreckstrieme hinterließ. »Ich hab eine komische Katze gefunden.«

»Wie aufmerksam von dir. Warum sagst du es nicht deinem Papa?«

»Sie ist krank.«

»Wie krank?«

»Sie ist müde. Vielleicht hat sie Kopfweh.«

Der Arzt zögerte. Auf ihn wartete eine Tasse Kaffee, und er hatte der versammelten Mannschaft eine schlüssige Widerlegung des Kommunismus zu verkünden. Bei dem Gedanken, auf ihren bewundernden Beifall verzichten zu müssen, packte ihn eine kindliche Enttäuschung. Er sah auf das bestürzte Gesicht des Mädchens herunter, lächelte in großmütiger Entsagung und nahm sie bei der Hand. »Zeig sie mir«, sagte er, »aber denk dran, daß ich Katzen nicht mag. Ich weiß auch nicht, wie Kopfweh bei Katzen zu behandeln ist. Besonders bei komischen.«

Voller Ungeduld zog ihn Lemoni die Straße entlang, drängte ihn mit jedem Schritt zur Eile. Sie forderte ihn auf, über eine niedrige Mauer zu klettern und sich unter die Zweige der Olivenbäume zu ducken. »Können wir nicht um die Bäume herumgehen?« fragte er. »Denk dran, ich bin größer als du.«

»Geradeaus ist es schneller.« Sie zog ihn zu einem dornigen Gebüsch, fiel auf die Knie und fing an, auf allen vieren durch einen Tunnel zu kriechen, der kaum breiter als ein Wildwechsel war. »Da komm ich nicht durch«, protestierte der Arzt, »dafür bin ich viel zu groß.« Er schlug sich mit der Hilfe seines Stocks durch, folgte dem sich entfernenden kleinen Hintern, so gut er konnte. Er stellte sich schon drastisch Pelagias Unmut bei der Bitte vor, die Risse in seiner Hose zu flicken und die ausgefransten Fäden wieder zusammenzunähen. Schon jetzt spürte er, daß die Kratzer, die er abbekommen hatte, zu jucken anfingen. »Was um alles in der Welt hattest du denn hier zu tun?« fragte er.

»Ich war Schnecken suchen.«

»Hast du gewußt, daß die Kindheit die einzige Zeit in unserem Leben ist, wo Irrsinn nicht nur gestattet, sondern sogar erwartet wird?« fragte der Arzt rein rhetorisch. »Wollte ich auf der Suche nach Schnecken da herumkriechen, würden sie mich nach Piräus bringen und einsperren.«

»Viele große Schnecken«, bemerkte Lemoni.

Gerade als der Arzt verzweifelt vor der Hitze kapitulieren wollte, kamen sie auf eine kleine Lichtung, die vor langer Zeit durch einen jämmerlich durchhängenden Stacheldrahtzaun geteilt worden war. Lemoni sprang auf die Füße, rannte zu dem Zaun und deutete auf etwas. Der Arzt brauchte einige Zeit, bis er merkte, daß er nicht der Richtung des dreckigen Fingers (der in stumpfem Winkel in den Himmel zeigte), sondern der Linie ihres Arms zu folgen hatte. »Da ist sie, die komische Katze«, verkündete sie. »Sie ist immer noch müde.«

»Die ist nicht müde, Koritsimou, die hat sich im Stacheldraht verhakt. Weiß Gott, wie lange die da schon hängt.« Er ging in die Knie und besah sich das Tier. Ein Paar pechschwarze Augen blinzelte ihm mit einem Ausdruck entgegen, der von einer endlosen Verzweiflung und Erschöpfung kündete. Er fühlte sich auf eine Weise gerührt, die ihm ziemlich seltsam und unlogisch vorkam.

Das Tier hatte einen flachen dreieckigen Kopf, eine spitze Schnauze und einen buschigen Schwanz. Es war kastanienbraun mit Ausnahme der Kehle und der Brust, deren Farbe sich an einem undefinierbaren Punkt zwischen Gelb und Cremeweiß eingependelt hatte. Die Ohren waren abgerundet und breit. Der Arzt spähte in die Augen; das im Draht hängende Geschöpf war offensichtlich dem Tode nahe. »Das ist keine Katze«, sagte er zu Lemoni, »das ist ein Marder. Der könnte hier schon ewig lange hängen. Ich halte es für das beste, ihn zu töten, weil er sowieso sterben wird.«

Lemoni platzte beinahe vor Entrüstung. Tränen stiegen ihr in die Augen, sie stampfte mit den Füßen, sprang auf und ab und verbot dem Arzt schlichtweg, ihn zu töten. Sie streichelte den Kopf des Marders und stellte sich zwischen das Tier und den Mann, dem sie seine Rettung anvertraut hatte.

»Rühr es nicht an, Lemoni. Denk dran, daß König Alexander an einem Affenbiß gestorben ist.«

»Das ist aber kein Affe.«

»Es könnte tollwütig sein. Du könntest Wundstarrkrampf kriegen. Rühr es bloß nicht an.«

»Ich habe es schon vorher gestreichelt, und es hat nicht gebissen. Es ist müde.«

»Lemoni, der Stacheldraht ist ins Bauchfell gedrungen, und es könnte schon stundenlang hier hängen, vielleicht tagelang. Es ist nicht müde, es wird gleich sterben.«

»Es hat einen Seiltanz auf dem Draht gemacht«, sagte sie. »Ich hab sie schon gesehen. Sie spazieren über den Draht und gehen den Baum rauf. Dort essen sie die Eier in den Nestern. Ich hab sie schon gesehen.«

»Ich hab gar nicht gewußt, daß es hier überhaupt welche gibt. Ich dachte immer, sie bleiben in den Bäumen im Gebirge. Da sieht man's wieder.«

»Sieht was?«

»Daß Kinder mehr sehen als wir.« Der Arzt kniete sich wieder hin und inspizierte den Marder. Er war sehr jung, hatte wahrscheinlich erst vor ein paar Tagen die

Augen aufgemacht. Er sah ausgesprochen niedlich aus. Der Arzt entschied, ihn Lemoni zuliebe zu retten und dann daheim zu töten. Niemand würde ihm für die Rettung eines Tiers danken, das Hühner und Gänse umbrachte, Eier stibitzte, die Beeren im Garten fraß und sogar Bienenstöcke ausplünderte. Er konnte dem Mädchen ja sagen, daß der Marder von selbst gestorben war, und ihn ihr vielleicht zum Begraben geben. Er besah ihn genauer und erkannte, daß er sich nicht nur auf dem Stacheldraht aufgespießt, sondern es sogar geschafft hatte, sich zweimal um den Zaundraht zu wickeln. Das Tier hatte verzweifelt gekämpft und mußte unausstehliche Qualen erduldet haben.

Ganz behutsam packte er es im Nacken und drehte den Körper. Mit beiden Händen wand er es vom Draht los, während er sich voll bewußt war, daß Lemoni ihren Kopf dicht neben seinen hielt und ihm aufmerksam zusah. »Vorsichtig«, mahnte sie.

Der Arzt zuckte innerlich zusammen bei dem Gedanken an den Biß, der ihn wahrscheinlich mit Schaum vor dem Mund und Maulsperre aufs Totenbett bringen würde. Es genügte schon die Vorstellung, das eigene Leben für so einen Schädling aufs Spiel zu setzen. Zu was ein Kind einen bringen konnte. Er mußte verrückt oder blöde oder beides sein.

Er hielt das Tier mit dem Bauch nach oben und inspizierte die Wunde. Sie reichte nur bis in die lockere Haut der Leistengegend und hatte wohl keine Muskeln verletzt. Wahrscheinlich litt es nur an akuter Austrocknung. Er merkte, daß es ein Weibchen war und süß und moschusartig roch. Es erinnerte ihn an eine Frau, die er irgendwann während seiner Zeit auf See gekannt hatte, aber er fand nicht das passende Gesicht zu dem Geruch. Er zeigte Lemoni das Tier und sagte: »Es ist ein Mädchen.« Sie stellte unweigerlich die Frage: »Warum?«

Der Arzt steckte das Marderjunge in seine Jackentasche und brachte Lemoni heim. Er versprach ihr noch, sein möglichstes zu tun. Dann begab er sich zu seinem eigenen Haus, wo er im Hof Mandras antraf, der lebhaft auf Pelagia einredete, die zu kehren versuchte. Der Fischer blickte verlegen auf und sagte: »Oh, Kalimera, Iatre. Ich wollte dich gerade aufsuchen, und weil du nicht da warst, habe ich mit Pelagia gesprochen, wie du siehst. Meine Wunde macht mir noch Sorgen.«

Dr. Iannis warf ihm einen skeptischen Blick zu und fühlte Unmut in sich aufwallen; ohne Zweifel hatte ihn das Leiden des Tierchens aus der Fassung gebracht. »Mit deiner Wunde ist gar nichts. Ich nehme an, du wolltest mir sagen, daß sie juckt.«

Mandras lächelte ihn gewinnend an und sagte: »Genau das war's, Iatre. Du mußt ein Zauberer sein. Wie hast du das gewußt?«

Der Arzt verzog lakonisch den Mund und ließ einen gespielten Seufzer hören. »Mandras, du weißt ganz genau, daß Wunden immer jucken, wenn sie ausheilen. Du weißt ebenfalls ganz genau, daß ich ganz genau weiß, daß du bloß hergekommen bist, um mit Pelagia zu flirten.«

»Flirten?« wiederholte der junge Mann und tat sowohl unschuldig wie entsetzt.

»Jawohl; flirten. Anders kann ich es nicht nennen. Gestern hast du uns schon wieder Fisch gebracht und eine Stunde und zehn Minuten mit Pelagia geflirtet. Na schön, dann mach schon weiter, weil ich meine Zeit nicht für eine vollkommen gesunde Wunde vergeude.

Ich habe noch nicht gefrühstückt, und hier in der Tasche sitzt eine komische Katze, um die ich mich drinnen kümmern muß.«

Mandras versuchte, nicht verwirrt dreinzuschauen, wurde dann aber von ungewohnter Keckheit gepackt. »Dann habe ich die Erlaubnis, mit deiner Tochter zu reden?«

»Red, red, red«, sagte Dr. Iannis und fuchtelte ungehalten mit den Händen. Er drehte sich auf dem Absatz um und trat ins Haus. Mandras sah Pelagia an und meinte: »Dein Papa ist ein komischer Kerl.«

»Mit meinem Vater ist alles in Ordnung«, rief sie, »und jeder, der was anderes sagt, kriegt den Besen ins Gesicht.« Sie stupste ihn spielerisch mit dem Gerät an, doch er fing es auf und entwand es ihrem Griff. »Gib ihn mir zurück«, sagte sie lachend.

»Ich werde ihn zurückgeben ... für einen Kuß.«

Dr. Iannis legte das sterbende Tier behutsam auf den Küchentisch und betrachtete es. Er zog einen Schuh aus, packte ihn am Zehenteil und hob ihn über seinen Kopf. Ein so kleiner und zierlicher Schädel würde leicht zu zermalmen sein. Das Tier würde nicht leiden müssen. Es wäre das beste.

Er hielt inne. Er konnte es Lemoni nicht mit einem zermalmten Schädel zum Begraben geben. Vielleicht sollte er ihm das Genick brechen. Er hob es mit der rechten Hand auf, legte die Finger hinten ans Genick und den Daumen unter den Unterkiefer. Er brauchte nur mit dem Daumen nach oben zu drücken.

Ein paar Sekunden lang überdachte er das Vorhaben, tadelte sich für sein Vorgehen, doch dann spürte er, wie sich sein Daumen von selbst bewegte.

Der Marder war nicht nur sehr niedlich, sondern auch bezaubernd und unfaßbar rührend. Er hatte noch kaum gelebt. Der Arzt legte ihn wieder auf den Tisch und ging eine Flasche Alkohol holen. Er tränkte die Wunde sorgfältig und nähte sie mit einem Stich. Dann rief er Pelagia.

Sie trat ein, überzeugt, daß ihr Vater gesehen hatte, wie sie Mandras küßte. Sie bereitete sich darauf vor, sich standhaft zu verteidigen. Ihr Gesicht war gerötet, und sie erwartete allen Ernstes einen Zornesausbruch. Sie war vollkommen verdutzt, als ihr Vater nicht einmal aufblickte. Er wollte nur wissen: »Sind heute Mäuse in die Fallen gegangen?«

»Wir haben zwei, Papakis.«

»Gut, dann geh und grab sie aus, wo du sie verscharrt hast, und dreh sie durch den Wolf.«

»Durch den Wolf drehen?«

»Ja. Mach Hackfleisch draus. Und hol mir etwas Stroh.« Pelagia eilte nach draußen, sowohl verdattert als auch erleichtert. Zu Mandras, der beim Olivenbaum nervös Steine weggeschlenzt hatte, sagte sie: »Alles in Ordnung, er will nur, daß ich Mäuse zu Hackfleisch verarbeite und etwas Stroh hole.«

»Siehst du, ich hab doch gesagt, er ist ein komischer Kerl.«

Sie lachte. »Das heißt bloß, er hat jetzt irgendwas vor. Er ist nicht wirklich verrückt. Du kannst das Stroh zusammensuchen, wenn du willst.«

»Danke«, sagte er, »ich mach nichts lieber als Stroh suchen.«

Sie lächelte schelmisch. »Es könnte eine Belohnung geben.«

»Für einen Kuß«, erwiderte er, »würde ich einen Schweinestall sauber lecken.«

»Du glaubst doch nicht im Ernst, ich würde dir einen Kuß geben, nachdem du einen Schweinestall sauber geleckt hast?«

»Ich würde dich sogar küssen, wenn du den Schleim vom Boden meines Bootes abgeleckt hättest.«

»Das glaub ich dir. Du bist viel verrückter als mein Vater.«

Drinnen füllte der Arzt eine Pipette mit Ziegenmilch und flößte sie dem Marder ein. Es erfüllte ihn mit äußerster ärztlicher Zufriedenheit, als das Jungtier schließlich auf die Hose knapp über seinem Knie urinierte. Das ließ auf eine intakte Nierenfunktion schließen. »Ich werde es töten, wenn ich aus der Kapheneia zurückkomme«, entschied er und streichelte mit einem Finger das üppige braune Fell auf der Stirn.

Eine halbe Stunde später schlief sein Patient fest auf einem Strohlager, und Pelagia hackte die Mäuse mit einem Beil klein. Unerklärlicherweise hockte Mandras auf einem Ast des Olivenbaums. Dr. Iannis rauschte auf dem Weg in die Kapheneia an ihnen vorbei, während er sich wieder seine vernichtende Kritik an der kommunistischen Wirtschaft vorsagte und sich die verblüffte Miene ausmalte, die Kokolios gleich aufsetzen würde. Pelagia rannte ihrem Vater nach und zupfte ihn genauso am Ärmel, wie es vorhin Lemoni getan hatte. »Papakis«, sagte sie, »hast du nicht gemerkt, daß du mit nur einem Schuh weggehst?«

9
15. August 1940

Auf dem Weg in die Kapheneia traf Dr. Iannis Lemoni, die einem flinken gefleckten Hund mit einem Stecken eifrig gegen die Nase stieß. Das Tier sprang wild bellend umher und versuchte, nach dem Holzstück zu schnappen, während sein benebelter Verstand noch weiter verdüstert wurde durch eine Frage, deren Lösung anscheinend in der Entscheidung bestand, noch heftiger zu bellen; war das ein Spiel oder eine echte Herausforderung? Es setzte sich auf die Flanken, warf den Kopf zurück und heulte wie ein Wolf.

»Er singt, er singt«, rief Lemoni fröhlich und fiel mit ein: »A-ii-ra, a-ii-ra, a-ii-ra.«

Der Arzt steckte sich die Finger in die Ohren und protestierte: »Koritsimou, hör auf, hör sofort auf, der Tag ist schon viel zu heiß, und dieser Lärm bringt mich ins Schwitzen. Und mach das nicht mit dem Hund, sonst beißt er dich.«

»Nein, das wird er nicht; er beißt nur Stecken.«

Der Arzt streckte die Hand aus, um das Tier am Kopf zu tätscheln, und erinnerte sich daran, daß er ihm einmal einen Schnitt in einer Pfote genäht hatte. Er zuckte zusammen, als ihm einfiel, wie er einige Glassplitter herausgezogen hatte. Er wußte, daß ihn jeder wegen seines Drangs zu heilen für einen Sonderling hielt, aber er wußte auch, daß jeder Mensch einen inneren Drang brauchte, um Freude am Leben zu haben, und daß es um vieles besser war, wenn dieser innere Drang etwas Konstruktives hatte. Er brauchte nur an Hitler, Metaxas und Mussolini, diese Größenwahnsinnigen, zu denken. Oder an Kokolios, der dauernd mit der Umverteilung des Reichtums anderer beschäftigt war, oder an Pater Arsenios, diesen Sklaven der Gier, oder auch an Mandras, der so in seine Tochter verliebt war, daß er Pelagia zuliebe wie ein Affe im Olivenbaum herumschaukelte. Er schauderte bei der Erinnerung an einen angeketteten Affen, den er in Spanien auf einem Baum gesehen hatte; das Tier hatte sich selbst befriedigt und das von ihm Hervorgebrachte aufgegessen. O Gott, wenn er sich bloß vorstellte, daß Mandras so etwas tat.

»Du solltest ihn nicht streicheln«, meinte Lemoni, froh über die Gelegenheit, seine Tagträume zu unterbrechen und einem Erwachsenen vorzuführen, was sie alles schon wußte, »er hat Flöhe.«

Dr. Iannis zog die Hand rasch weg, und der Hund hielt sich hinter ihm, um dem Mädchen mit dem Stecken auszuweichen. »Hast du dir schon einen Namen für den Marder ausgedacht?« fragte er.

»Psipsina«, verkündete sie. »Er heißt Psipsina.«

»So kannst du ihn nicht nennen, er ist doch keine Katze.«

»Ich bin doch auch keine Limone und heiße trotzdem Lemoni.«

»Ich war bei deiner Geburt dabei«, sagte der Arzt, »und wir haben nicht gewußt, ob du ein Baby oder eine Limone warst, und ich hab dich beinahe in die Küche getragen und den ganzen Saft ausgepreßt.« Lemoni verzog skeptisch das Gesicht, da schoß der Hund plötzlich zwischen den Beinen des Arztes hindurch, riß ihr den Stecken aus der Hand und rannte damit zu einem Schutthaufen, wo er ihn eifrig in Späne zerlegte. »Schlauer Hund«, kommentierte der Arzt und ließ das Mädchen stehen, das erstaunt auf seine leeren Hände starrte.

Als er die Kapheneia betrat, sah er, daß die Mangas wie gewohnt alle da waren: Kokolios mit seinem herrlich vollen und männlichen Schnurrbart; Stamatis, der den vorwurfsvollen Blicken und der spitzen Zunge seiner Frau auswich; Pater Arsenios, kugelrund und schwitzend. Der Arzt holte sich sein Täßchen mit dem satzhaltigen Kaffee und sein Glas Wasser und setzte sich wie immer neben Kokolios. Er trank einen großen Schluck Wasser und zitierte Pindar, gleichfalls wie immer: »Wasser ist das beste.«

Kokolios sog kräftig an seiner Nargileh, blies eine blaue Rauchwolke aus und fragte: »Iatre, du bist doch Seemann gewesen, oder nicht? Stimmt es, daß das griechische Wasser mehr nach Wasser schmeckt als das in jedem anderen Land?«

»Zweifellos. Und das kephallonische Wasser schmeckt sogar noch mehr nach Wasser als sonstwo in Griechenland. Wir haben auch den besten Wein, das beste Licht und die besten Matrosen.«

»Wenn die Revolution kommt, werden wir auch noch das beste Leben haben«, verkündete Kokolios in der Absicht, die Gesellschaft zu provozieren. Er deutete auf das Porträt von König Georg an der Wand und fügte hinzu: »Und das Verbrecherfoto dieses Trottels wird durch das von Lenin ersetzt werden.«

»Schuft«, murmelte Stamatis vor sich hin. Seit die Erbse nicht mehr in seinem Ohr steckte, waren ihm nicht nur die Unbilden der Ehe, sondern auch der schokkierende und unpatriotische Anti-Monarchismus von Kokolios offenbar geworden. Stamatis schlug sich mit dem Handrücken in die offene andere Hand, um das Ausmaß von Kokolios' Dummheit anzuzeigen, und fügte hinzu: »Putanas yie.«

Kokolios lächelte bedrohlich und sagte: »Was, ein Hurensohn bin ich? Na, du kannst meinen Furz saufen.«

»Ai gamisou. Thei gamiesei.«

Der Arzt nahm Anstoß an diesen Beleidigungen und den Aufforderungen, sich zu verziehen, und so knallte er sein Glas auf den Tisch. »Paidia, paidia, jetzt reicht's. Jeden Morgen diese Reibereien! Ich bin schon immer Venizelist gewesen, weder Monarchist noch Kommunist. Ich bin mit keinem von euch beiden einer Meinung, aber ich heile Stamatis von seiner Taubheit und brenne Kokolios' Warzen aus. So sollte es sein. Wir sollten uns mehr umeinander als um Anschauungen kümmern, sonst bringen wir uns am Ende alle noch um. Hab ich nicht recht?«

»Du kannst keinen Pfannkuchen machen, ohne Eier zu zerbrechen«, zitierte Kokolios, während er Stamatis bedeutsam ansah.

»Deinen Pfannkuchen mag ich nicht«, antwortete Stamatis. »Der ist aus faulen Eiern gemacht, er stinkt, und ich krieg Dünnpfiff davon.«

»Die Revolution wird dir schon den Hintern stopfen«, sagte Kokolios und fügte hinzu: »Eine gerechte Verteilung von dem bißchen, was wir haben, die Produktionsmittel in die Hände der Werktätigen, die gleiche Verpflichtung zur Arbeit für alle.«

»Du arbeitest doch nicht mehr, als du mußt«, mischte sich Pater Arsenios in seinem bedächtigen Baß ein.

»Du arbeitest überhaupt nicht, Patir. Du wirst jeden Tag dicker. Du kriegst alles umsonst. Du bist ein Parasit.«

Arsenios wischte sich die feisten Hände an der schwarzen Robe ab, und der Arzt meinte: »Es gibt so was wie einen unentbehrlichen Parasiten. Im Darm sind parasitische Bakterien, die die Verdauung fördern. Ich bin nicht gläubig, ich bin Materialist, doch selbst ich sehe ein, daß Priester eine Art Bakterien darstellen, die es den Leuten ermöglichen, das Leben erträglich zu finden. Pater Arsenios ist für diejenigen, die Trost suchen, sehr nützlich gewesen; er ist Mitglied einer jeden Familie, und er ist die Familie für diejenigen, die keine haben.«

»Danke schön, Iatre«, erwiderte der Priester. »Ich hab nie gedacht, solches Lob von einem notorisch gottlosen Mann zu hören. In der Kirche hab ich dich jedenfalls noch nie gesehen.«

»Empedokles hat gesagt, daß Gott ein Kreis ist, dessen Mittelpunkt überall und dessen Umfang nirgendwo ist. Wenn das stimmt, dann brauch ich nicht in die Kirche zu gehen. Und ich brauch nicht die gleichen Sachen zu glauben wie du, um zu erkennen, daß du einen Zweck erfüllst. Jetzt laßt uns in Frieden rauchen und unseren Kaffee trinken. Wenn hier drin die Streitereien nicht aufhören, dann werde ich zu Hause frühstücken.«

»Der Doktor gedenkt, ein Häretiker zu werden; dennoch bin ich wie er der Meinung, daß unser Priester ein toller Witwentröster ist«, meinte Kokolios schmunzelnd. »Kann ich vielleicht was von deinem Tabak haben, ja? Meiner reicht nicht mehr.«

»Kokolios, da du der Meinung bist, alles Eigentum ist Diebstahl, folgt daraus, daß du uns allen einen gerechten Anteil von dem bißchen geben solltest, was du noch hast. Reich deine Dose herum, und ich werde sie für dich leer machen. Sei kein Spielverderber, sei ein guter Kommunist. Oder sollen in Utopia nur die anderen ihren Besitz teilen?«

»Wenn die Revolution kommt, Iatre, wird es für alle genug geben. In der Zwischenzeit kannst du mir mal deinen Beutel reichen, ich werde mich ein andermal revanchieren.«

Der Arzt schob ihm seinen Tabak zu, und Kokolios stopfte zufrieden seine Wasserpfeife. »Was gibt's Neues vom Krieg?«

Der Arzt zwirbelte seine Schnurrbartenden und berichtete: »Deutschland schluckt alles, die Italiener spielen die Narren, die Franzosen sind davongelaufen, die Belgier sind überrannt worden, während sie in die andere Richtung geschaut haben, die Polen sind mit der Kavallerie auf Panzer los, die Amerikaner vergnügen sich beim Baseballspiel, die Briten sitzen immer noch beim Tee und rücken ihre Monokel zurecht, die Russen legen die Hände in den Schoß, außer wenn sie einhellig dafür stimmen, genau das zu tun, was ihnen angeordnet wird. Gott sei Dank haben wir nichts damit zu tun. Warum schalten wir nicht das Radio ein?«

Das wuchtige englische Radio in der Ecke der Kapheneia wurde eingeschaltet, die Röhren hinter dem feinen Messinggitter fingen an zu glühen, das Pfeifen, Knacken und Rauschen wurde durch das wohldosierte Drehen von Knöpfen und das behutsame Verrücken des Apparats weitgehend reduziert, und die Gesellschaft hörte sich in aller Ruhe die Sendung aus Athen an. Sie erwarteten einmütig, von der letzten Parade der Nationalen Jugendorganisation vor Ministerpräsident Metaxas zu hören; es könnte auch etwas über den König und vielleicht etwas über die letzte Eroberung der Nazis kommen.

Es folgten Meldungen über Churchills neues Bündnis mit dem Freien Frankreich, über einen Aufstand in Albanien gegen die italienischen Besatzer und über die Annexion von Luxemburg und Elsaß-Lothringen, doch da tauchte an der Tür der Kapheneia Pelagia auf, die ihrem Vater aufgeregt zuwinkte und verlegen war, weil sie wußte, daß die Anwesenheit einer weiblichen Person so nah an diesem Ort ein schlimmeres Sakrileg war, als auf das Grab eines Heiligen zu spucken.

Dr. Iannis steckte die Pfeife in die Tasche, seufzte und ging widerstrebend zur Tür. »Was ist denn, Kori, was ist denn?«

»Es geht um Mandras, Papakis. Er ist vom Olivenbaum gestürzt und auf einen Topf gefallen. Jetzt hat er die Scherben davon im ... du weißt schon ... im Sitzfleisch.«

»In seinem Hintern? Was hat er denn im Baum gemacht? Sich wieder produziert? Sich zum Affen gemacht? Der Junge ist nicht ganz bei Trost.«

Pelagia war enttäuscht und sonderbar erleichtert zugleich, als ihr Vater ihr verbot, die Küche zu betreten, während er Terrakottascherben aus dem glatten und muskulösen Gesäß ihres Verehrers zog. Sie blieb mit dem Rücken zur Tür draußen stehen und zuckte bei jedem Schrei von Mandras vor Mitleid zusammen. Drinnen hatte der Arzt den Fischer sich mit herabgelassenen Hosen auf den Tisch legen lassen und dachte über den allgemeinen Irrsinn der Liebe nach. Wie konnte sich Pelagia auf einen so vom Pech verfolgten, reizenden und unreifen Wichtigtuer wie Mandras einlassen? Ihm fiel ein, was er selbst getan hatte, um sich vor seiner Frau zu produzieren, bevor sie sich verlobten. Er war auf ihr Dach geklettert, hatte einen Ziegel abgehoben und ihr jeden Türkenwitz erzählt, den er kannte; er hatte in der Nacht »anonyme« Verse an ihren Türstock geheftet, in denen ihr Liebreiz in allen Einzelheiten beschrieben wurde; genau wie Mandras hatte er sich außergewöhnliche Mühe gegeben, um ihren Vater für sich einzunehmen. »Du bist ein Idiot«, sagte er dem Patienten.

»Ich weiß«, sagte Mandras und zuckte zusammen, als eine weitere Scherbe herausgezupft wurde.

»Erst wirst du aus Versehen angeschossen, und jetzt fällst du vom Baum.«

»Ich hab einen Tarzan-Film gesehen, als ich in Athen war«, erklärte Mandras, »und wollte Pelagia gerade einen Eindruck davon vermitteln, worum es ging. Au! Mit Verlaub, Iatre, sei vorsichtig.«

»Für die Sache der Kultur verwundet, ha? Du junger Spund.«

»Ja, Iatre.«

»Hör auf mit deiner Höflichkeit. Ich weiß doch, was du vorhast. Wirst du sie bitten, dich zu heiraten, ja oder nein? Ich warne dich, eine Mitgift gibt's von mir nicht.«

»Keine Mitgift?«

»Bringt dich das davon ab? Wäre das für deine Familie zu unerhört? Niemand wird meine Tochter heiraten, bloß weil er sich Reichtum erhofft. Pelagia hat etwas Besseres verdient.«

»Nein, Iatre, es geht nicht um Reichtum.«

»Na gut. Wirst du um mein Einverständnis bitten?«

»Noch nicht, Iatre.«

Der Arzt rückte die Brille zurecht. »Sei lieber etwas auf der Hut. Du bist zu übermütig, hast überhaupt zuviel Kefi, um ein guter Ehemann zu sein.«

»Ja, Iatre. Alle sagen, es wird Krieg geben, und ich möchte keine Witwe hinterlassen, das ist alles. Du weißt ja, wie es Witwen ergeht.«

»Die werden schließlich alle Huren«, meinte der Arzt.

Mandras war schockiert. »Pelagia würde nie so werden, so wahr ich Gott vertraue.«

Der Arzt wischte ein paar Tropfen Blut weg und fragte sich, ob sein eigenes Hinterteil je so schön gewesen war. »Du solltest nie auf Gott vertrauen. Solche Dinge müssen wir selbst in die Hand nehmen.«

»Ja, Iatre.«

»Hör auf mit deiner Höflichkeit. Ich geh davon aus, daß du den Topf ersetzen wirst, mit dem du so freigebig dein eigenes Fleisch gespickt hast, ja? «

»Würdest du Fisch annehmen, Iatre? Ich könnte dir einen Eimer Sardellen bringen.«

Es dauerte sechs Stunden, bis der Arzt in die Kapheneia zurückkehrte, denn ganz abgesehen von der Wundbehandlung hatte er seiner Tochter versichern müssen, daß Mandras bis auf ein paar blaue Flecken und einige bleibende Terrakottamale in seinem Hintern völlig wiederhergestellt sein würde, er hatte ihr helfen müssen, die Ziege einzufangen, die sich irgendwie auf das Dach eines benachbarten Schuppens verirrt hatte, er hatte Psipsina mit Mäusehackfleisch füttern und vor allem vor der unerträglichen Augusthitze flüchten müssen. Er hatte Siesta gehalten und war vom Abendkonzert der Grillen und Spatzen sowie von den zusammenströmenden Dorfbewohnern geweckt worden, die sich zum Feiertagsgottesdienst zu Mariä Himmelfahrt versammelten. Er machte sich auf zu seinem Peripato, dem Abendspaziergang, der unvermeidlicherweise in der Kapheneia unterbrochen und dann in der Erwartung wiederaufgenommen wurde, daß Pelagia bis zu seiner Rückkehr etwas gekocht hatte. Er hoffte auf ein für die Jahreszeit ungewöhnliches Kokoretsi, denn er hatte Leber und Innereien auf dem Tisch bemerkt, wo er seine Behandlung durchgeführt hatte. Es war ihm in den Sinn gekommen, daß wohl ein paar Spritzer Blut von Mandras ins Essen geraten waren, und er fragte sich, ob das schon Kannibalismus war. Das hatte ihn weiter zu der Spekulation geführt, ob ein Moslem wohl den Empfang der heiligen Kommunion als menschenfresserisch betrachten würde.

Schon als er die Kapheneia betrat, wußte er, daß etwas nicht stimmte. Aus dem Radio drang feierliche und martialische Musik, und die Jungs saßen mit zerfurchten Stirnen in grimmigem und vielsagendem Schweigen da und klammerten sich an ihre Gläser. Dr. Iannis bemerkte erstaunt, daß sowohl Stamatis wie Kokolios glitzernde Tränenspuren auf den Wangen hatten. Zu seiner Verblüffung sah er Pater Arsenios draußen vorbeischreiten, die Arme prophetisch erhoben, den Patriarchenbart nach vorn gereckt. Er jammerte: »Sakrileg, Sakrileg! Heult, ihr Tarsisschiffe, denn euer Bollwerk ist zerstört, seht, ich werde gegen Babylon und gegen die, welche mitten unter denjenigen wohnen, die sich gegen mich erheben, einen vernichtenden Wind entfachen. Klaget, ihr Töchter Rabbas, und ziehet Säcke an, o weh, o weh, o weh ...«

»Was ist denn los?« fragte er.

»Die Schweine haben die *Elli* versenkt«, sagte Kokolios, »und sie haben die Werft in Tinos mit Torpedos beschossen.«

»Was? Was?«

»Die *Elli*. Das Schlachtschiff. Die Italiener haben es bei Tinos versenkt, gerade als alle Pilger sich in die Kirche aufgemacht hatten, um die Wunder zu sehen.«

»Die Ikone war aber nicht an Bord? Was geht da vor? Ich meine, warum? Ist die Ikone unversehrt?«

»Wir wissen es nicht, wir wissen es nicht«, klagte Stamatis. »Ich wünschte, ich wär noch taub, damit ich es nicht hätte hören müssen. Keiner weiß, wie viele umgekommen sind, ich weiß nicht, was mit der Ikone ist. Die Italiener haben uns angegriffen, das ist alles, und ich weiß nicht, warum. An Mariä Himmelfahrt, das ist gotteslästerlich.«

»Wie empörend, all die kranken Pilger. Was wird Metaxas tun?«

Kokolios zuckte die Achseln. »Die Italiener sagen, sie waren es nicht; aber es sind schon Teile italienischer Torpedos gefunden worden. Glauben die, wir hätten keinen Mumm? Die Schweine haben gesagt, es waren die Briten, und niemand hat das U-Boot gesehen. Keiner weiß, was passieren wird.«

Der Arzt schlug sich die Hände vors Gesicht und spürte, wie auch ihm Tränen in die Augen traten. Er durchlitt die ganze geballte und ohnmächtige Wut des kleinen Mannes, der gefesselt und geknebelt worden ist und nun mit ansehen muß, wie seine Frau vergewaltigt und verstümmelt wird. Er hielt sich nicht damit auf, nach einem Grund zu suchen, warum sowohl ihn als auch Kokolios das blanke Entsetzen darüber packte, daß an einem heiligen Tag einer Ikone etwas angetan worden war, wo doch der eine Kommunist und der andere Säkularist war. Er hielt sich nicht damit auf, die Frage zu stellen, ob der Krieg nun unvermeidlich war oder nicht. Diese Dinge bedurften keiner weiteren Erklärung.

Kokolios und Stamatis standen auf und traten zusammen hinaus, als er sagte: »Kommt, Jungs, wir gehen alle zur Kirche. Es ist eine Frage der Solidarität.«

10
L'Omosessuale III

Ein schuldbewußter Mensch möchte einfach nur verstanden werden, weil Verstehen fast schon Verzeihen heißt. In seinen eigenen Augen ist er vielleicht schuldlos, aber allein das Wissen, daß andere ihn als schuldig betrachten, weckt bei ihm das Bedürfnis, sich zu erklären. In meinem Fall jedoch weiß nicht einmal jemand, daß ich schuldig bin, aber dennoch möchte ich verstanden werden.

Ich wurde für den Einsatz ausgesucht, weil ich ein hochgewachsener Mann bin, weil ich mir den Ruf erworben hatte, ausdauernd zu sein, weil ich halbwegs intelligent bin (Francisco meinte allerdings immer, daß »intelligent« bei der Armee heißt: »baut gewöhnlich keinen Mist«), und weil ich »soldatisch« war, was heißt, daß ich meine Truppe im Griff hatte, meine Stiefel polierte, wenn sie nicht zu naß waren, und die Bedeutung der meisten Kurzworte kannte, die unsere militärischen Dokumente gewöhnlich in einen unlesbaren Code verwandeln.

Ich erhielt durch einen Kradmelder den Befehl, mich bei Oberst Rivolta zu melden und einen weiteren verläßlichen Mann mitzubringen. Natürlich nahm ich Francisco;

ich glaube, ich habe bereits meine Absicht erwähnt, mein Laster als Mittel zu benutzen, um ein guter Soldat zu werden. Mit Francisco an meiner Seite fühlte ich mich zu allem imstande. Da wir nicht im Kriegszustand waren, dachte ich nicht im geringsten daran, daß ich ihn in Gefahr brachte, indem ich ihn mitnahm, und ich hatte auch keine Ahnung, daß ich bald Gelegenheit haben würde, ihm meine Heldenhaftigkeit zu beweisen.

Einen Befehl zu erhalten ist eine Sache, ihn zu befolgen eine andere. Zu der Zeit verfügten wir bei einer Truppenstärke von zehntausend Mann nur über vierundzwanzig Lastwagen. Oberst Rivolta war fünfzehn Meilen entfernt. Um zu ihm zu kommen, mußten wir fünf Meilen laufen, weitere fünf auf einem Paar Mulis reiten und uns schließlich von einem Panzer auf dem Weg in die Werkstatt mitnehmen lassen, der nur noch rückwärts fahren konnte. Wir kamen also im Rückwärtsgang an, ein veritables Motto für den bevorstehenden Feldzug.

Rivolta war ein ungeheuer wohlbeleibter Mann, der eindeutig in der Hierarchie aufgestiegen war, weil er die richtigen Leute kannte. Er warf mit Parolen wie »Ein Buch in der einen, ein Gewehr in der anderen Hand« nur so um sich und stellte sein vollendetes Heldentum dadurch zur Schau, daß er sein Hauptquartier fünfzehn Meilen von seiner Truppe entfernt in einer verlassenen Villa ansiedelte, damit er den Rasen für Empfänge benutzen konnte. Wir von den Alpini sind berüchtigt dafür, daß wir uns mit den Schwarzhemden prügeln, und das mag auch der Grund dafür gewesen sein, daß ich für den Einsatz ausgesucht wurde; es hätte nicht viel ausgemacht, wenn ich umgekommen wäre, da ich nicht automatisch für eine

Beförderung anstand. Diejenigen, die sich wundern, warum unsere Soldaten im Vergleich zu unseren Vätern im Krieg von 1914 so kläglich abschnitten, sollten sich ins Gedächtnis rufen, daß diesmal niemand durch Verdienst allein ein höherer Offizier werden konnte; das ging nur durch Arschkriecherei.

Rivolta war klein, dick, gelangweilt und mit etlichen Medaillen aus dem Abessinien-Feldzug dekoriert, obwohl jeder wußte, daß er und seine Männer an einem Ort geblieben waren und überhaupt nichts getan hatten; das hatte ihn nicht daran gehindert, reißerische Berichte von erfolgreichen Operationen in die Heimat zu schicken. Es waren fabelhafte und höchst phantasievolle fiktive Werke, und es hieß allgemein bei den Soldaten, daß er die Medaillen für seine literarischen Meisterleistungen erhalten habe. Er war auch ein Schwätzer und Schleimer.

Als wir in jenen herrschaftlichen hohen Raum marschierten und salutierten, reagierte Rivolta darauf mit dem römischen Gruß. Uns beiden kam der Gedanke, daß er sich vielleicht über den Duce lustig machte, und Francisco kicherte. Rivolta sprang ihm fast ins Gesicht und merkte ihn sich wahrscheinlich für den Latrinendienst vor.

»Meine Herren«, begann Rivolta dramatisch, »ich hoffe, ich kann mich auf Ihren Mut und Ihre völlige Diskretion verlassen.«

Francisco zog eine Augenbraue hoch und sah mich von der Seite an. Ich erwiderte: »Jawohl, vollkommen, Herr Oberst«, und Francisco gab mir mit der Zunge ein unmißverständliches Zeichen, das glücklicherweise nicht weiter bemerkt wurde.

Rivolta winkte uns zu einer Karte, die auf einem großen und glänzendpolierten antiken Tisch ausgebreitet war, und beugte sich darüber. Er deutete mit einem dicken Finger auf eine Stelle im Tal neben dem, in dem wir biwakierten, und sagte: »Um zwei Uhr morgen nacht werden Sie beide im Schutz der Dunkelheit zu diesem Punkt hier gehen ...«

»Entschuldigen Sie, Herr Oberst«, unterbrach Francisco, »aber das liegt auf griechischem Gebiet.«

»Ich weiß, ich weiß, ich bin ja nicht dumm. Das tut nichts zur Sache. Dort sind keine Griechen, also werden sie es nicht erfahren.«

Francisco zog wieder die Augenbrauen hoch, und der Oberst sagte sarkastisch: »Ich nehme an, Sie haben schon mal was von operativer Notwendigkeit gehört.«

»Sind wir also im Krieg?« fragte Francisco, worauf der Oberst sich wahrscheinlich vormerkte, die Länge des Latrinendienstes zu verdoppeln. Gerade da nahm die Maus Mario die Gelegenheit wahr, aus Franciscos Brusttasche hervorzuspitzen, und mußte wieder hineingestopft werden, bevor Rivolta es merkte. Das beflügelte nur die Respektlosigkeit meines Freundes, und er setzte bei den weiteren Ausführungen des Obersts ein blödes Lächeln auf.

»Dort befindet sich ein hölzerner Wachturm, der von einer Gruppe von Banditen aus der Gegend überfallen worden ist; sie haben die Bewachung ermordet und ihre Uniformen angezogen. Sie sehen wie unsere Soldaten aus, sind aber keine.« Er legte eine Pause ein, um diese Information wirken zu lassen, und fuhr dann fort: »Ihre Aufgabe wird es sein, diesen Turm einzunehmen. Sie werden von unserem Quartiermeister hier bewaffnet und ausgestattet werden. Er hat eine Sonderausrüstung für Sie. Irgendwelche Fragen?«

»Wir haben zwei Kompanien Bersaglieri in diesem Tal, Herr Oberst«, bemerkte ich. »Warum können die das nicht machen?«

Francisco schaltete sich ein: »Wenn das bloß Banditen sind, dann ist das ein Fall für die Carabinieri, oder nicht?«

Der Oberst platzte beinahe vor Entrüstung und donnerte los: »Zweifeln Sie meine Befehle an?« Darauf konterte Francisco blitzschnell: »Sie haben doch um Fragen gebeten, Herr Oberst.«

»Fragen zum Einsatz, keine politischen Fragen. Ihre unverschämte Haltung reicht mir allmählich, und ich darf doch bitten, daß Sie angemessenen Respekt zeigen.«

»Den angemessenen Respekt«, wiederholte Francisco mit heftigem Kopfnicken, womit er sich einen weiteren Tadel einhandelte. Der Oberst schnarrte: »Viel Glück, Burschen; wie gern wäre ich mit dabei.« Sotto voce, aber klar vernehmlich für mich, murmelte Francisco: »Schön wär's, Scheißkerl.«

Rivolta entließ uns mit dem Versprechen, bei erfolgreichem Abschluß der Aktion würden wir Orden erhalten. Er übergab uns noch einen dicken Packen Befehle mit Karten, einem präzisen Zeitplan und einem Foto von Mussolini, das schräg von unten aufgenommen war, um sein Kinn stärker vorspringen zu lassen. Ich denke, das sollte uns anfeuern und uns moralisch den Rücken stärken.

Vor der Villa setzten wir uns auf eine Mauer und gingen die Papiere durch. »Daran ist was faul«, bemerkte Francisco. »Was meinst du, worum's wirklich geht?«

Ich blickte in seine wunderschönen dunklen Augen und sagte: »Mir ist es egal, worum's geht. Es sind einfach Befehle, und wir sollten voraussetzen, daß schon jemand weiß, worum's geht.«

»Du setzt zuviel voraus«, erwiderte er. »Ich denke, das ist nicht nur eine ganz faule, sondern auch eine ganz krumme Sache.« Er holte seinen kleinen Liebling aus der Tasche und sagte zu ihm: »Mario, da wirst du in was ganz Übles hineingezogen.«

Es war kaum zu fassen, aber die Ausrüstung, die wir vom Quartiermeister erhielten, bestand aus englischen Kampfanzügen und griechischen Waffen. Das schien überhaupt keinen Sinn zu ergeben, außerdem lag keine Gebrauchsanweisung für das Hotchkiss-Schnellfeuergewehr bei. Wir fanden alles auf eigene Faust heraus, aber später kamen wir darauf, daß wir das wahrscheinlich gar nicht hätten herausfinden sollen.

Francisco und ich wurden auf die merkwürdigste Weise vom Wetter gerettet. Wir waren schon von vornherein bestens vorbereitet und krochen um zehn Uhr abends aus unseren Stellungen. Hinter der Grenze zogen wir wie befohlen die englischen Uniformen an und schlugen uns über die Geländeerhebung zum benachbarten Tal durch. Ab da befanden sich Francisco und ich in einem Widerstreit der Gefühle.

Ich glaube nicht, daß ein Mensch, der noch keinen Kampfeinsatz mitgemacht hat, wirklich verstehen kann, welche Stürme in der Stunde der Entscheidung im Kopf eines Soldaten toben, aber ich werde es zu erklären versuchen. In diesem Fall waren wir beide stolz, für so einen ernsten militärischen Einsatz ausgewählt worden zu sein. Dadurch fühlten wir uns besonders wichtig. Aber keiner von uns hatte je etwas Derartiges getan, und so hatten wir gehörige Angst, nicht nur wegen der Gefahr für Leib und Leben, sondern auch wegen der schweren Verantwortung und der Möglichkeit, alles zu vermasseln. Wir rissen dumme Witze, um diese Angst zu vertuschen. Ein Soldat lebt in der ständigen Furcht, daß die Vorgesetzten mehr wissen als er und ihm nicht bekannt ist, was wirklich vorgeht. Er weiß, daß das Oberkommando ihn manchmal übergeordneten Interessen opfert, ohne ihn davon in Kenntnis zu setzen, und das erfüllt ihn mit Verachtung und Argwohn gegenüber den Vorgesetzten. Es verstärkt auch seine Furcht.

Der ungewisse Ausgang macht ihn abergläubisch, und so wird er sich ständig bekreuzigen, seinen Talisman küssen oder sein Zigarettenetui in die Brusttasche stecken, um Kugeln abzulenken. Francisco und ich verfielen auf die abergläubische Vorstellung, daß keiner von uns das Wort *certamente* in den Mund nehmen sollte. Wir haben es weder auf dieser Mission noch später während des Krieges ausgesprochen. Francisco hatte anscheinend ständig das Bedürfnis, sich seiner Maus anzuvertrauen, und so wiegte er sie in den Händen und redete lauter Unsinn mit ihr, während der Rest von uns eine Zigarette nach der anderen rauchte, auf und ab ging, abgegriffene Fotos seiner Lieben betrachtete oder alle fünf Minuten in die Büsche preschte.

Wir fanden auch heraus, daß sich, wenn die Zeit der gespannten Erwartung vorüber ist, eine wilde Erregung breitmacht, die sich manchmal in eine Art irrsinnigen Sadismus verwandelt, sobald der Einsatz begonnen hat. Soldaten kann nicht immer die Schuld für ihre Greueltaten gegeben werden, weil ich Ihnen aus eigener Erfahrung sagen kann, daß sie eine natürliche Folge der höllischen Erleichterung sind, die sich daraus ergibt, daß sie nicht mehr denken müssen. Grausamkeiten sind manchmal nichts anderes als die Rache der Gepeinigten. Katharsis ist der Begriff, nach dem ich gesucht habe. Ein griechisches Wort.

Während wir im Gebüsch vor dem in nächtliches Dunkel gehüllten Wachturm lagen, spürte ich Francisco an meiner Seite und wußte, daß Phaidros recht hatte, wenn er die Meinung vertrat, daß ein Liebhaber tapferer sei, wenn er seinen Geliebten neben sich hat. Ich wollte Francisco beschützen und ihm beweisen, daß ich ein Mann war. Ich stellte fest, daß meine Liebe zu ihm bei dem Gedanken stärker wurde, daß einer von uns beiden bald durch eine Kugel umkommen könnte.

Es war kurz vor Mitternacht, die Eulen schrien, und in der Ferne hörte ich das liebliche Bimmeln von Ziegenglocken. Es war äußerst kalt, denn von Norden war ein frostiger Wind aufgekommen. Wir gaben diesem Wind eine Menge Namen, aber »Sackschrumpfer« war wahrscheinlich der passendste Name.

Um Mitternacht blickte Francisco auf seine Uhr und meinte: »Ich halt das nicht viel länger aus. Mir fallen schon die Finger ab, meine Füße sind aus Eis, und ich schwöre, es wird regnen. Laß uns das um Himmels willen hinter uns bringen.«

»Das können wir nicht. Laut Befehl dürfen wir nicht vor zwei Uhr angreifen.«

»Ach komm, Carlo, das tut doch nichts zur Sache. Machen wir's jetzt, und dann ab nach Hause. Mario hat die Schnauze voll und ich genauso.«

»Dein Zuhause ist Genua. Da kannst du nicht hin. Schau, es geht um die Disziplin.«

Ich zog bei dieser Auseinandersetzung den kürzeren, weil ich im Grunde Francisco zustimmte und an diesem gottverlassenen Fleck nicht an Unterkühlung sterben wollte, bloß weil wir vor lauter Tüchtigkeit und Einsatzfreude zu früh eingetroffen waren.

Der Befehl hatte gelautet, mit dem MG gegen die Banditen vorzugehen, aber nachts in dieser tödlichen Kälte hier draußen schien es keine so tolle Idee mehr zu sein. Der Abzug war so kalt, daß die Finger schmerzten, und außerdem waren wir nicht sicher, ob wir im Dunkeln damit umgehen konnten. Wir entschieden statt dessen, näher am Wachturm auf Lauschposten zu gehen.

Oben hatten sie eine Lampe, und zu unserem Erstaunen entdeckten wir, daß sie mindestens zu zehnt waren. Wir hatten höchstens drei erwartet. Wir sahen auch, daß am Geländer vier MGs postiert waren. Francisco flüsterte: »Warum haben sie nur uns beide hingeschickt? Wenn wir auf sie feuern, sind wir tot. Ich sag dir doch, da ist was faul. Seit wann haben Banditen MGs?«

Vom Turm ertönte Gesang, und es schien, daß die Besatzung etwas angetrunken war. Das gab mir die Zuversicht, weiter nach vorn zu kriechen und eine Naherkundung vorzunehmen, wobei ich die Tannenzapfen, die mir die Hände zerkratzten, und die kleinen scharfen Steine, die mir bis in die Knochen zu schneiden schienen, zu ignorieren versuchte. Ich entdeckte, daß unter dem Turm ein großer Haufen Holzspäne und eine Tonne mit Kerosin lagen, weil sie dort vor dem Regen geschützt waren. Alle Wachtürme hatten Holzbrennöfen und Öllampen, und natürlich wurden die Vorräte darunter aufbewahrt.

Deswegen starteten Francisco und ich den Angriff zwei Stunden früher, indem wir die Tonne umwarfen und sie in Brand setzten. Der Turm brannte im Nu lichterloh, und wir durchsiebten ihn praktisch von direkt unterhalb mit Kugeln, bis wir einen ganzen Gurt verbraucht hatten. Falls jemand schrie, konnten wir ihn gar nicht hören. Wir spürten nichts als das zuckende Gewehr, unsere zusammengebissenen Zähne und den entsetzlichen Irrsinn einer wahnwitzigen Aktion.

Als der Gurt leer war, trat eine fürchterliche Stille ein. Wir sahen einander an und lächelten. Franciscos Lächeln war schwach und bekümmert, und ich nehme an, meines war genauso. Es war unsere erste Greueltat. Wir spürten kein Triumphgefühl, nur Erschöpfung und Verworfenheit.

Es war Francisco, der über die Leiche von Hauptmann Roatta von den Bersaglieri fiel, der über das Geländer des Wachturms gestürzt war und sich das Genick gebrochen hatte. Der Körper lag so verdreht und gespreizt da, als wäre nie Leben in ihm gewesen. Es war auch Francisco, der Befehle fand, die den Hauptmann anwiesen, neun Leute mit in den Turm zu nehmen, weil laut geheimdienstlicher Informationen um zwei Uhr ein Angriff der griechischen Armee zu erwarten war.

Francisco setzte sich neben der Leiche zu mir und schaute in die Sterne. »Das sind überhaupt keine englischen Uniformen«, sagte er schließlich. »Die Griechen tragen die gleiche Uniform wie die Briten, nicht wahr?«

Ich blickte auch in die Sterne. »Wir sind diejenigen, die umkommen sollten. Deswegen haben sie uns gesagt, wir sollen unsere Erkennungsmarken nicht mitnehmen. Wir sind Griechen, die die italienische Armee angreifen, und wir sollten jetzt tot sein. Deswegen haben sie nur uns beide geschickt, um sicherzugehen, daß wir nicht gewinnen konnten.«

Francisco stand langsam auf. Er hob leicht verzweifelt die Arme und ließ sie dann wieder fallen. Voll Bitterkeit sagte er: »Es sieht so aus, als möchte irgendein blöder Schweinehund einen kleinen Krieg mit Griechenland vom Zaun brechen.«

11
Pelagia und Mandras

PELAGIA (nach dem Frühstück im Klohäuschen sitzend): Es ist so nett, daß der Erbauer dieses Örtchens oben in der Tür einen Schlitz frei gelassen hat. Ich könnte stundenlang hier sitzen und die Wolken über die Bergspitze ziehen sehen. Woher die wohl kommen? Ich meine, ich weiß ja, daß es Wasserdampf ist, aber sie scheinen sich urplötzlich aus dem Nichts zu bilden. Es ist so, als hätte jedes Tröpfchen ein Geheimnis mit seinem Bruder zu teilen, und so steigen sie vom Meer hoch, drängen sich zusammen und treiben in der Brise. Die Wolken ändern die Form, wenn die Tröpfchen von einem Vertrauten zum anderen eilen und miteinander flüstern. Sie sagen: »Ich kann Pelagia dort unten sehen, wie sie auf dem Klo sitzt, und sie weiß nicht mal, daß wir über sie reden.« Sie sagen: »Ich habe Pelagia und Mandras einander küssen sehen. Was wird bloß aus denen? Sie würde rot werden, wenn sie's wüßte.« Oh, ich werde rot. Ich bin dumm. Aber warum ziehen die Wolken langsamer als der Wind, der sie antreibt? Und warum bläst manchmal der Wind in die eine Richtung, und die Wolken ziehen in eine andere? Hat Papakis recht, wenn er sagt, daß es verschiedene Windschichten gibt, oder können die Wolken irgendwie in die Gegenrichtung ziehen? Ich muß noch mehr Lappen zuschneiden, ich hab diese Schmerzen im Bauch und im Rücken, und es ist wieder fällig. Gestern nacht hab ich den Neumond gesehen, und das heißt, bei mir ist es wieder soweit. Tantchen sagt, das einzig Gute an einer Schwangerschaft ist, daß einen das Bluten nicht mehr stört. Arme kleine Chrysoula, armes kleines Mädchen. Daß sie sich so was Schreckliches angetan hat. Papas kommt spät in der Nacht zitternd vor Wut und Kummer heim, und alles bloß, weil Chrysoula vierzehn Jahre alt geworden ist und niemand ihr je gesagt hat, daß sie eines Tages bluten wird, und dann ist sie so entsetzt, daß sie meint, sie hat eine ekelhafte geheime Krankheit, von der sie niemand was sagen kann, und nimmt Rattengift. Und Papas ist so erbost, daß er Chrysoulas Mutter am Genick packt und sie so schüttelt wie ein Hund ein Kaninchen, und Chrysoulas Vater geht einfach mit den Jungs weg wie üblich und kommt besoffen heim, als wäre nichts passiert, und unter Chrysoulas Bett ist ein Bündel Seiten so dick wie eine Bibel, alle voll mit Gebeten an St. Gerasimos, der sie heilen soll, und die Gebete sind so traurig und verzweifelt, daß sie einen zum Weinen bringen. Also, ich kann nicht den ganzen Tag hier sitzen und an Wolken und Monatsblutungen denken, es wird sowieso allmählich zu heiß, und bald wird es zu stinken anfangen. Ich werde bloß noch ein bißchen dableiben, weil Papas die nächsten zehn Minuten noch nicht vom Frühstück zurückkommen wird und es drauf ankommt, beschäftigt zu tun, wenn er aufkreuzt. Wahrscheinlich haben sie den Schlitz oben in der Tür lassen müssen, weil es hier drinnen sonst völlig finster wäre.

MANDRAS (seine Netze ins Boot ladend): St. Peter und St. Andreas, gewährt mir einen guten Fang. Das wird wieder ein glühendheißer Tag, das weiß ich einfach, und ich weiß auch, daß alle Fische sich wieder zwischen den Felsen verstecken und auf den Grund gehen werden. Gott hätte ihnen uns armen Fischern zuliebe Sonnenbrillen verpassen sollen. Herr, laß die Wolken am Ainos vor die Sonne ziehen, laß mich eine feine Meeräsche für Dr. Iannis und Pelagia fangen, laß mich einige Delphine oder Tümmler sehen, so daß ich weiß, wo die Fische sind, laß mich einige Möwen sehen, so daß ich ein paar Sardellen finden kann, die Pelagia dann panieren, in Öl braten und mit Zitronensaft übergießen kann, und dann wird sie mich bitten, mit ihnen zu essen, und ich kann Pelagias Bein unterm Tisch mit dem Fuß streicheln, während der Doktor irgendwas von Euripides und der napoleonischen Besatzungszeit erzählt, und ich werde sagen: »Wie interessant, das hab ich nicht gewußt, ach wirklich?« Laß mich eine Brasse für meine Mutter fangen und einen Zackenbarsch und einen schönen großen Tintenfisch, den meine Mutter in Ringe schneiden und kochen kann, so daß ich sie morgen kalt mit Thymian und Öl auf einer dicken Scheibe Weißbrot essen kann. Ich sollte dienstags nicht ausfahren, dienstags hab ich nie Glück, aber der Mensch muß leben, und vielleicht ist unter den unzähligen Lächeln der Wellen eins für mich. Das hab ich vom Doktor gelernt: »Die unzähligen Lächeln der Wellen«, eine Zeile von Aischylos, der offenbar nie im Winter am Meer gewesen ist. Unzählige ins Boot schlagende Wellen und endlose Kälte, das paßt eher. Aber heute ist ein schöner Tag, so schön wie Pelagia, und wenn ich eine Leine auf den Grund hinunterlasse, erwische ich wahrscheinlich einen Plattfisch, und wenn Salzwasser an meine Schnitte im Hintern kommt, wird es höllisch brennen.

PELAGIA (beim Wasserholen am Brunnen): Papakis sagt, daß Mandras für den Rest seines Lebens Terrakottaflecken im Hinterteil haben wird, die aussehen, als hätte ihn jemand mit rotem Pfeffer bestreut. Ich mag seinen Po, Gott vergib mir, obwohl ich ihn nie gesehen habe. Ich weiß einfach, daß ich ihn mag. Daß ich ihn mögen würde. Er ist sehr klein. Wenn Mandras sich bückt, kann ich sehen, daß sein Allerwertester den beiden Hälften einer Melone gleicht. Ich meine, die Wölbung entspricht genau Gottes ursprünglichem Entwurf für die Frucht. Wenn er mich küßt, möchte ich hinlangen und eine Gesäßbacke in jede Hand nehmen. Ich hab das nie gemacht. Würde ich auch nicht. Was würde er sagen, wenn ich's doch täte? Ich hab so liederliche Gedanken. Gott sei Dank kann niemand in meinen Gedanken lesen; sie würden mich einsperren, und die alten Weiber würden mich mit Steinen bewerfen und mich eine Hure nennen. Wenn ich an Mandras denke, sehe ich sein grinsendes Gesicht vor mir, und dann sehe ich ihn, wie er sich bückt. Manchmal frage ich mich, ob ich noch normal bin, aber andererseits, was die Frauen unter sich alles sagen, wenn die Männer in der Kapheneia sind. Wenn die Männer bloß wüßten, die wären schockiert! Jede Frau im Dorf weiß, daß Kokolios' Penis krumm wie eine Banane ist und daß der Priester Ausschlag am Skrotum hat, und das wissen die Männer alle nicht. Sie haben keinen blassen Schimmer, worüber wir reden, sie denken, wir reden über Kochen und Babys und Flicken. Und wenn wir eine Kartoffel finden, die wie das Gemächt eines Mannes aussieht, lassen wir sie herumgehen und lachen darüber. Ich wünschte mir, es gäbe eine Vorrichtung, Wasser ins Haus zu schaffen, ohne es tragen zu müssen. Jeder neue Krug ist schwerer als der letzte, und ich werd immer naß. Es heißt, die Normannen hätten die Brunnen vergiftet, indem sie Leichen hineinwarfen, und die Leute hatten keine andere Wahl, als am Durst oder am verdorbenen Wasser zu sterben. Es ist ein Wunder, eine Insel ohne Bäche oder Flüsse, aber noch im August mit sauberem Grundwasser gesegnet. Wenn ich im Haus bin, werde ich mich erst mal ausruhen; ich hasse das pappige, prickelnde Gefühl im Nacken, wenn ich zu schwitzen anfange. Ich möchte bloß einmal wissen, warum Gott es im Sommer zu heiß und im Winter zu kalt gemacht hat. Und wo steht geschrieben, daß Frauen das Wasser tragen müssen, wenn die Männer viel stärker sind? Wenn Mandras mich bittet, ihn zu heiraten, werd ich sagen: »Nur wenn du das Wasserholen übernimmst.« Er wird mir sagen: »In Ordnung, wenn du für mich fischst«, dann werd ich nicht mehr weiterwissen. Wir brauchen einen Erfinder, der uns eine Pumpe installiert, die das Wasser ins Haus schafft. Ich könnte Papas erwürgen. Was hat er sich bloß dabei gedacht, als er Mandras gesagt hat, ich würde keine Mitgift bekommen? Wer heiratet schon ohne? Papas sagt, es sei barbarisch, und in den zivilisierten Ländern, die er kennt, mache das kein Mensch, und die Leute sollten aus Liebe heiraten wie er, und es sei unanständig, dies zu einem Handel zu machen, und es bedeutet, eine Frau tauge erst zum Heiraten, wenn sie

Besitztümer auf dem Rücken trägt. Dann werde ich also eines Tages einen Ausländer heiraten müssen, wenn er bei seiner Meinung bleibt. Ich hab ihm gesagt: »Papakis, wenn du es recht bedenkst, ist es doch blöd, bei heißem Wetter Kleider zu tragen. Willst du, daß ich die einzige Frau in Griechenland bin, die im Sommer ohne Kleider rumläuft?« Er hat mich auf die Stirn geküßt und gesagt: »Für meine Tochter bist du fast schon zu schlau«, und weg war er. Ich hab gute Lust, nackt zu sein, wenn er heimkommt, aber ehrlich. Es geht doch nicht, sich gegen die Bräuche zu stellen, das geht einfach nicht, selbst wenn der Brauch dumm ist, und was wird die Familie von Mandras sagen? Wie soll ich die Schande ertragen? Ich hab bloß eine Ziege. Soll ich denn mit nichts als einer Ziege und einem Sack Kleider ins Haus seines Vaters gehen? Und wer sagt, daß sie meine Ziege überhaupt nehmen? Also, ich gehe auf keinen Fall, wenn ich die Ziege nicht mitnehmen kann, punktum. Wer pustet ihr sonst in die Nase und streichelt sie hinter den Ohren? Papakis jedenfalls nicht. Und ich wünschte, Papas würde aufhören, auf die Kräuter zu pinkeln. Es schaudert mich jedesmal, wenn ich welche abschneiden muß. Vielleicht sollte ich woanders welche hinpflanzen, heimlich, und nur die verwenden. Ich kann doch nicht dauernd zu den Nachbarn betteln gehen, wenn sie ganz genau sehen, daß wir genug davon im Garten haben, und ich kann ihnen doch nicht sagen, daß ich unsre nicht verwenden kann, weil da Urin drauf ist. O Gott, o Gott. Ich hätt's wissen müssen. Warum hab ich mir keinen Lappen eingelegt, bevor ich den Krug in die Hand genommen hab? Ich bin doch dumm, und jetzt kommt das Blut. Igitt, es ist alles heiß und klebrig. Ich denke, ich werde den Krug erst später holen. Da haben wir's, wieder fünf Tage watscheln wie eine Ente.

MANDRAS (singt beim Verlassen des Hafens):
Kommt ihr Delphine, kommt mit dem Wind
und zeigt mir jetzt, wo die Fische sind,
und sind dann große Fische dabei,
dann gebe ich euch einen frei.

Und fang ich lauter Tanggewedel,
gibt's einen Schmuckreif für mein Mädel,
und fang ich eine nasse Maus,
dann freßt ihr meiner Oma Haus,
doch fang ich einen Korb voll Schollen,
dürft ihr in Perlenkleidern tollen.

Keine Mitgift. Gott weiß, daß ich sie liebe, aber was werden die andern sagen? Sie werden sagen, daß Doktor Iannis mich nicht für gut genug hält, das ist es. Dauernd nennt er mich einen Narren und Idioten und meint, ich hätte zuviel Kefi, um ein guter Ehemann zu sein. Na ja, ich bin schon ein Narr. Ein Mann wird immer närrisch, wenn's um Frauen geht, das weiß jeder. Und ich weiß, daß der Doktor mich mag, denn er fragt mich ständig, wann ich ihn um die Erlaubnis bitten werde, Pelagia zu heiraten, und drückt beide Augen zu, wenn ich mich mit ihr unterhalte. Das schlimme ist, daß ich nicht ich selbst bin, wenn ich bei ihr bin. Ich meine, ich bin ja ein ernsthafter Mensch. Ich denke nach. Ich beschäftige mich mit Politik, und ich weiß einen Royalisten von einem Venizelisten zu unterscheiden. Ich bin ernsthaft, weil ich nicht nur an mich selbst denke; ich will die Welt verbessern, ich will mitmischen. Aber wenn ich bei Pelagia bin, ist es so, als wär ich wieder zwölf; das eine Mal bin ich Tarzan im Olivenbaum, und das nächste Mal tu ich so, als würd ich mit der Ziege ringen. Ich produziere mich, das ist es doch, aber was soll ich denn machen? Ich kann mir nicht vorstellen, wie ich zu Pelagia sage: »Komm Pelagia, wir reden mal über Politik.« Frauen interessiert so was nicht, die wollen unterhalten werden. Ich hab mit ihr nie darüber gesprochen, wie ich die Welt sehe. Vielleicht hält sie mich auch für einen Narren. Ich hab nicht ihr Niveau, das weiß ich. Der Doktor hat ihr Italienisch und ein bißchen Englisch beigebracht, und ihr Haus ist größer als unseres, aber ich bin nicht minderwertig. Zumindest meine ich nicht, daß ich minderwertig bin. Sie sind keine typische Familie, das ist alles. Unkonventionell. Der Doktor redet immer frisch von der Leber weg. Oft weiß ich nicht, wie ich bei ihm dran bin. Es wäre einfacher gewesen, mich in Despina oder Polyxeni zu verlieben. Vielleicht wär ich weltläufiger, wenn ich auch mehr rumgekommen wäre. Ich meine, der Doktor ist um die ganze Welt gesegelt, er ist sogar in Amerika gewesen. Und wo bin ich gewesen? Was kenne ich? Ich bin auf Ithaka, Zakinthos und Leukas gewesen. Tolle Sache. Ich hab keine Geschichten und Andenken. Ich hab noch nie französischen Wein probiert. Er sagt, daß es in Irland jeden Tag regnet und daß es in Chile eine Wüste gibt, wo es überhaupt noch nie geregnet hat. Ich liebe Pelagia, aber ich weiß, daß ich erst ein Mann sein werde, wenn ich etwas Wichtiges getan habe, etwas Großes, etwas, womit ich leben kann, etwas, wofür ich geachtet werde. Deshalb hoffe ich, daß es Krieg gibt. Ich will kein Blutvergießen und keinen

Ruhm, ich möchte etwas gut beherrschen. Ein Mann ist erst ein Mann, wenn er Soldat gewesen ist. Ich kann in meiner Uniform zurückkommen, und dann wird keiner mehr sagen: »Mandras ist ganz nett, aber an ihm ist nicht viel dran.« Dann werd ich einer Mitgift wert sein. Ah, Delphine. Etwas Ruder geben, den Klüver umlegen. Nein, nein, kommt nicht her, ich komm zu euch. Hoffentlich habt ihr nicht bloß gespielt. Ah, ich glaube, es sind der Delphin Kosmas, der Delphin Nionios und das Delphinweib Krystal. Kalimera, meine lächelnden Freunde. Aus dem Weg, ich spul das Netz ab, und holt euch diesmal nicht zu viele Fische aus den Maschen. Ach, was soll's, mir ist zu heiß, ich komm ins Wasser. Ausziehen, Anker werfen. Achtung, Delphine, ich komme. Mein Gott, ist das herrlich. Gibt es etwas Schöneres als Meerwasser am erhitzten Unterleib? Etwas Tolleres, als mit der einen Hand an der Flosse eines Delphins dahinzujagen? Schwimm, Krystal, schwimm. Scheiße, das sticht.

PELAGIA (bei der Siesta): Es ist viel zu heiß. Da ist jemand an der Tür. Wer ist das? Mandras? Nein, sei nicht blöd, du kannst niemand herbeizaubern, bloß indem du an ihn denkst. Es heißt aber, auch Lebende haben einen Geist. Ach, du bist's, Psipsina. Ach nein, ach nein! Warum können wir nicht einen Hund haben wie alle anderen? Oder wenigstens eine Katze? Nein, wir müssen einen verrückten Marder haben, der keine Mittagsruhe hält. Geh weg. Wie groß willst du denn noch werden? Mit einer halben Tonne auf der Brust kann ich nicht schlafen. Bleib ruhig. Mmh, warum riechst du immer so süß, Psipsina? Hast du wieder Eier und Beeren gestohlen? Warum kannst du nicht selber Mäuse fangen? Ich bin es leid, Mäusehackfleisch zu machen. Warum kannst du nicht den Boden benutzen wie alle? Was ist denn so schön daran, im Zimmer herumzufliegen, ohne den Boden zu berühren? Mmh, wie süß du bist; ich bin froh, daß Lemoni dich gefunden hat, wirklich. Ich wünschte, du wärst Mandras. Ich möchte Mandras auf mir liegen haben. Herrgott, ist das heiß. Wie kannst du es in deinem Pelzmantel aushalten, Psipsina? Ich wünschte, du wärst Mandras. Was er wohl jetzt macht? Läßt sich wahrscheinlich den Seewind um die Nase wehen. Ich wüßte gern, wie es seinem Hinterteil geht. Papakis hat gesagt, es sei ein ganz herrlicher Po. Voller Terrakotta. »Der Arsch einer klassischen Statue, ein sehr schöner Arsch«, hat er gesagt. Wenn ich die Augen zumache, die Arme aufhalte und zu St. Gerasimos bete, dann habe ich vielleicht, wenn ich sie wieder aufschlage, Mandras statt Psipsina auf der Brust. Kein Glück, Psipsina. Er ist so schön. Und er ist so witzig. Ich hab mir den Bauch halten müssen vor Lachen, bevor er vom Baum gefallen ist. Da hab ich gewußt, daß ich ihn liebe; es war die Angst, die ich ausgestanden hab, als er auf den Topf gefallen ist. Ich werde Psipsina so in den Arm nehmen, als wäre sie er; vielleicht spürt er es. Hoffentlich hast du keine Flöhe. Ich möchte keine roten Punkte am Arm haben. Gestern hat es mich an der Ferse gejuckt, und ich hab schon gedacht, du bist schuld daran, Psipsina, aber ich glaub, ich hab mich an einem Dorn geritzt. Wann wird er fragen, ob ich ihn heirate? Er sagt, seine Mutter ist nicht besonders schön. Wie kann er das nur von seiner Mutter sagen? Ich wünschte, ich könnte mich an Mitera erinnern. Arme Mitera. Ist als Blut hustendes Skelett gestorben. Auf dem Foto sieht sie hübsch aus, so jung und zufrieden, und an der Art, wie sie ihm die Hand auf die Schulter legt, kann ich sehen, daß sie ihn geliebt hat. Wenn sie noch lebte, würde ich wissen, wie ich es mit Mandras anstellen soll, sie würde Papakis die Flausen wegen der Mitgift schon austreiben. Mandras scheint es nichts auszumachen. Er ist kein ernsthafter Kerl, das läßt mich zweifeln. Er ist so witzig, aber ich kann mit ihm über nichts reden. Es muß doch möglich sein, mit dem eigenen Mann Sachen zu besprechen, oder? Bei ihm ist alles ein Witz. Er ist geistreich, und das ist hoffentlich ein Zeichen, daß er nicht dumm ist. Doch wenn ich sage: »Wird es Krieg geben?«, grinst er bloß und meint: »Wen kümmert's? Krieg ich einen Kuß?« Ich möchte nicht, daß Krieg ist. Laß keinen Krieg ausbrechen. Mandras soll mit einem Fisch in der Hand im Hofeingang stehen. Mandras soll jeden Tag mit einem Fisch dasein. Ehrlich gesagt, mir hängt der Fisch schon etwas zum Hals raus. Hast du's schon gemerkt, Psipsina? Jedesmal, wenn er Fisch bringt, landet ein bißchen mehr in deiner Schüssel.

MANDRAS (Netze flickend im Hafen): Gestern ist Britisch-Somaliland an die Italiener gefallen. Wie lang wird es dauern, bis sie uns von Albanien aus angreifen? Da standen, scheint's, Panzer gegen Kamele. Ich fühle mich so nutzlos und unbedeutend hier auf der Insel. Jetzt sind Männer gefragt. Arsenios hat für mich einen Brief an den König geschrieben, daß ich mich freiwillig melden will, und ich hab einen Brief aus dem Büro von Metaxas erhalten, daß ich einberufen werde, wenn sie mich brauchen. Heute abend werde ich ihn noch einen Brief schreiben lassen, daß ich sofort einberufen werden will. Wie werd ich es Pelagia beibringen? Eines weiß ich, ich werd sie vor meinem Abschied fragen, ob sie mich heiraten will, Mitgift hin oder her. Ich werd ihren Vater um seine Einwilligung bitten, und dann werd ich vor ihr auf die Knie fallen und sie fragen. Ohne Witz. Ich werd ihr klarmachen, daß ich, wenn ich Griechenland verteidige, sie und alle Frauen wie sie verteidige. Es geht um die Rettung der Nation. Jeder hat die Pflicht, sein Äußerstes zu tun. Und wenn ich sterbe, was sehr schade wär, werd ich nicht umsonst gestorben sein. Ich werd mit dem Namen Pelagias und dem Namen Griechenlands zugleich auf den Lippen sterben, denn es handelt sich ums gleiche, um dieselbe heilige Sache. Und wenn ich's überlebe, werde ich den Rest meines Lebens mit stolz erhobenem Haupt herumstolzieren, und ich werd zu meinen Delphinen und meinen Netzen zurückkehren, und alle werden sagen: »Das ist Mandras, der im Krieg gekämpft hat. Leuten wie ihm haben wir alles zu verdanken.« Und weder Pelagia noch ihr Vater werden mich anschauen und mich einen Narren und Idioten nennen können, und ich werd mehr als bloß ein Fische fangender Niemand mit Terrakottasplittern im Arsch sein.

PELAGIA (Kleftiko vom Gemeindeofen holend): Wo ist Mandras? Normalerweise ist er um diese Zeit schon hier. Ich will, daß er kommt. Ich kann kaum atmen, so sehr will ich, daß er kommt. Meine Hände zittern schon wieder. Ich sollte mir lieber dieses dumme Lächeln aus dem Gesicht wischen, sonst hält mich jeder für übergeschnappt. Komm, Mandras, bitte komm, ich werde meinen Fisch auch nicht wieder Psipsina geben. Bloß die Innereien, den Schwanz und den Kopf. Bleib zum Abendessen und streichle mir mit dem Fuß übers Schienbein, Mandras. Ist Psipsina nicht groß genug, um ihre Mäuse selber zu Hackfleisch zu verarbeiten? Ich bin so blöd, mach Dinge nur aus Gewohnheit, ohne daß sie notwendig sind. Bleib zum Abendessen.

12
Alle Wunder des Heiligen

Auf der Insel hatte sich nichts geändert, es hatte keine Vorboten des Krieges gegeben; Gott selbst blieb gelassen angesichts des Größenwahns und der Zerstörungen, die die Erde heimsuchten. Am 23. August erwachte die heilige Lilie vor der Ikone unserer Heiligen Frau in Demountsandata aus ihrer Trockenstarre und blühte zuversichtlich auf, ließ wieder das Wunder geschehen und bestärkte die Frommen in ihrem Glauben. Mitte des Monats war in Markopoulo offenbar aus dem Nichts eine Schar der Wissenschaft unbekannter, ungiftiger Schlangen mit schwarzen Kreuzen auf den Köpfen und samtener Haut aufgetaucht. Sie hatten mit ihrem Gewimmel und Geschlängel die Straßen erfüllt, waren zur silbernen Ikone der Jungfrau gepilgert, hatten es sich auf dem Bischofsthron gemütlich gemacht und waren am Ende des Gottesdienstes so still und unbegreiflich verschwunden, wie sie aufgetaucht waren. In der gewaltigen Burgruine von Kastro hoch über Travliata und Mitakata wollten martialische Römergeister von Normannen und Franken die Parole wissen, und die Schatten britischer Rotröcke saßen im modrigen und unermeßlichen Labyrinth unterirdischer Zisternen, Tunnel und

Stollen mit den Schemen von Türken, Katalanen und Venezianern beim Würfelspiel. In der verfallenen venezianischen Stadt Fiskardo stapfte der Geist von Guiskard brüllend über die Befestigungen und schrie nach dem Blut und den Schätzen der Griechen. An der Nordspitze von Argostoli ergoß sich das Meer wie immer in die Schlupflöcher der Küste und verschwand auf unerklärliche Weise in den Eingeweiden der Erde. Bei Paliki schaukelte der Felsen mit dem Namen Kounopetra beständig in seinem unabänderlichen Rhythmus. Zuverlässig wie der Felsen waren die Bewohner Manzavinatas: Unerbittlich teilten sie allen, die es hören wollten, mit, daß einmal eine Flotte von britischen Kriegsschiffen eine Kette um Kounopetra geschlungen, ihn aber nicht von der Stelle bekommen hatte; dieser kleine griechische Felsen hatte der Macht und der wissenschaftlichen Neugier des größten der Menschheit je bekannten Weltreichs widerstanden. Noch mehr Schlagzeilen machte wohl die Nachricht, daß es einer französischen Expeditionstruppe wieder einmal nicht gelungen war, auf den Grund des Akoli-Sees vorzustoßen, und ein verdutzter Zoologe aus Wyoming hatte den Bericht des bedeutenden Historikers Iannis Kostis Laverdos bestätigt, daß die wilden Hasen und einige der Ziegen auf dem Berg Ayia Dinati goldene und silberne Zähne besaßen.

Schon seit der Zeit, als die Göttin Io bei der Ermordung Memnons durch Achilles die Hand im Spiel gehabt und die unbeabsichtigte Tötung von Prokris durch ihren eigenen arglosen Ehemann heraufbeschworen hatte, war die Insel eine Fundgrube an Wundern gewesen. Das war an sich wiederum kein Wunder, denn sie besaß einen Heiligen ganz für sich allein, dessen überirdische Macht anscheinend eine so gewaltige Ausstrahlungskraft hatte, daß er sie nicht für sich behalten konnte.

St. Gerasimos, verwelkt und schwarz, in seinem vergoldeten Kuppelsarkophag beim Retabel seines eigenen Klosters versiegelt und seit fünfhundert Jahren tot, erhob sich in der Nacht. Mit scharlachroten und goldenen Roben, Edelsteinen und uralten Medaillons geschmückt, bahnte er sich klappernd und knarrend einen Weg durch seine Schar von Sündern und Kranken, besuchte sie in ihren Häusern, reiste manchmal sogar in seine Heimat Korinthien, um dort die Gebeine seiner Vorväter zu besuchen und zwischen den Hügeln und Wäldern seiner Jugend spazierenzugehen. Doch der pflichtbewußte Heilige war stets bis zum Morgen zurückgekommen, damit die plappernden Nonnen, die sich um ihn kümmerten, den Schmutz vom Goldbrokat seiner Sandalen wischen und seine ausgemergelten und mumifizierten Glieder wieder zu einer Pose friedlicher Ruhe anordnen konnten.

Er war ein echter und wahrhaftiger Heiliger, der mit den imaginären und zweifelhaften Heiligen anderer Bekenntnisse nichts gemein hatte. Er hatte die Welt nicht wie St. Dominik mit seiner Inquisition besudelt, er war kein drei Meter hoher Riese mit kannibalischen Neigungen wie St. Christophorus gewesen und hatte nicht wie Sta. Katharina bei seinem Sterben aus Versehen die Zuschauer getötet. Er war auch kein unvollständiger Heiliger wie St. Andreas, dem es gelungen war, bloß die Sohle seines rechten Fußes im Kloster bei Travliata zu hinterlassen. Wie St. Spiridon von Korfu hatte Gerasimos ein vorbildliches Leben geführt und seine vollständige sterbliche Hülle als Inspiration und Beweisstück hinterlassen.

Mit zwölf Jahren war er schon Mönch geworden, hatte die gleiche Anzahl von Jahren im Heiligen Land verbracht, fünf Jahre in Zanse gewohnt und sich schließlich in einer Grotte in Spilla niedergelassen, von wo aus er das Kloster Omala reorganisiert hatte, für das er mit eigenen Händen die Platane pflanzte und den Brunnen grub. Die normalerweise zynischen Inselbewohner liebten ihn so sehr, daß es zwei Festtage zu seinen Ehren gab, einen im August und einen im Oktober; Dutzende von Söhnen erhielten seinen Namen, an ihn wurde inbrünstiger geglaubt als an den Herrgott selbst, und auf seinem Thron im Himmel hatte er sich daran gewöhnen müssen, daß die Leute in seinem Namen schimpften und fluchten. An seinen beiden Festtagen drückte er nachsichtig beide Augen seiner Seele zu, wenn die gesamte Inselbevölkerung sich sinnlos betrank.

Es war der achte Tag vor der Ablehnung des Mussolini-Ultimatums durch Metaxas, doch es hätte jeder beliebige Festtag der letzten hundert Jahre sein können. Die Sonne brannte nicht mehr so erbarmungslos hernieder, und der Tag war herrlich warm und nicht mehr drückend heiß. Eine leichte Meeresbrise wehte zwischen den Olivenbäumen und ließ die Blätter rascheln, so daß jedes einzelne komplizierte silberne und dunkelgrüne Blinksignale aussandte. Mohnblüten und Gänseblümchen schwankten im Gras, das vom Sommer noch welk war, sich aber nun wieder kräftigte, und die Bienen holten aus den Blumen heraus, was sie nur konnten, als wüßten sie vom beginnenden Herbst; aus ihren zahlreichen Waben tropfte der klare, dunkle Honig, den die Inselbewohner aus voller Überzeugung als den besten der Welt bezeichneten. Hoch auf dem Ainos suchten die

Aasgeier nach den Kadavern von unglücklichen oder ungeschickten Ziegen, und im Gestrüpp im Flachland schwirrten und zankten die kleinen schwarzen Grasmücken. Unter ihnen wühlten und schnüffelten unzählige Igel beim Anlegen von Gras- und Laubnestern in Erwartung einiger kalter Tage. Die Strände waren scheinbar mit kleinen Wracks übersät, den halb abgetakelten Booten, die zur Wartung und zum Kalfatern aus dem Wasser gezogen worden waren. Die tropischen Pflanzen im Süden der Insel sahen schon weniger üppig aus, so als würden sie den Saft einziehen oder den Atem anhalten, und in den Feigenbäumen zeigten sich schwere violette Früchte zwischen den frischen grünen, die erst im folgenden Jahr reifen würden, dem Jahr, in dem sie offiziell die Frucht der Faschisten in Rom werden sollten.

Im Morgengrauen strich Alekos über den Schaft seines antiquierten Gewehrs und entschied, es nicht mitzunehmen; auf dem Fest des Heiligen gab es immer zu viele unglückliche Opfer, und das lenkte von den Wundern ab. Er wickelte die Waffe wieder in die Decken und schritt in den Nebel hinaus, um zu schauen, ob seine Ziegen wohlauf waren; er beabsichtigte, sie einen Tag lang allein zu lassen, denn der Heilige würde sie sicherlich beschützen. Während des langen Marsches vom Ainos hinab, das wußte er, würde er die schallenden Töne ihrer Glöckchen hören können; er würde zum Spaß den Klang einer jeden zu identifizieren versuchen. Er spürte eine fast unerträgliche Aufregung, als er sich schon im voraus das Spektakel vorstellte, wenn der Heilige Epileptiker und Verrückte heilte. Wen würde er sich aussuchen?

Im Dorf goß sich Pater Arsenios eine Flasche Robola in die Kehle und wischte sich verschlafen die Augen, da ihm die Mühen des frühen Aufstehens ungewohnt waren, und Pelagia und ihr Vater banden die Ziege an den Olivenbaum und sperrten Psipsina in einen Schrank, wo sie nichts finden würde, was sie zerfetzen konnte. Kokolios kämpfte ganz kurz mit seinen kommunistischen Ansichten über das Opium fürs Volk und zog sich dann doch die Kleider seiner Frau an. Stamatis klebte sich einen Zylinderhut aus Papier zusammen und setzte ihn probehalber auf, während seine Frau große Stücke Käse abschnitt, Rozoli und Mantola-Zuckerwerk einwickelte und sich auf Dinge besann, über die sie sich beschweren konnte. Megalo Velisarios lud seine Muskete auf den Rücken eines stämmigen Bullen, den er von einem Cousin dritten Grades ausgeliehen hatte, und träumte davon, das Rennen zu gewinnen. Er hatte die Kanone mit Streifen aus Silber- und Goldfolie geladen und freute sich auf die bewundernden Ahs und Ohs der Menge, wenn die glitzernde Munition in den Himmel schoß und dann wie ein Regen metallener Schmetterlinge herabflatterte.

Im Kloster weckten die rotbäckigen kleinen Nonnen die vielen Gäste und Pilger in ihren sauberen Gästezimmern, füllten die grellbunten Waschschüsseln und Wasserkrüge, schüttelten die bestickten Kissen auf, erneuerten die luxuriösen Handtücher und kehrten den Staub zusammen. Sie selbst lebten in spartanischen Kämmerchen mit nichts als einer Strohmatte, einem knarrenden Rollenbett und dunklen Ikonen an der Wand. Sie genossen es, für andere zu sorgen, mit höchster Wißbegier den Geschichten von Leid und Betrug zuzuhören und sich aus dem Gehörten ein Mosaikbild der Außenwelt zusammenzusetzen. Es war besser, davon zu hören, als darin zu wohnen, das war ihre Überzeugung.

Im benachbarten Irrenhaus zogen andere Nonnen den Insassen saubere Kleider an und fragten sich, wer durch die Aura des Heiligen genesen würde. Nur wenige Male hatte er keine Heilung vollbracht, und zweifellos sorgte seine große Wohltätigkeit (und vielleicht auch seine Eitelkeit) an sich schon dafür, daß irgendein Unglücklicher wieder zu Verstand kam. Würde es Mina sein, die keifte und schnatterte, niemand erkannte und sich vor Unbedachten entblößte? Würde es Dimitri sein, der Fenster und Flaschen zerbrach und das Glas aß? Maria, die sich für die Königin von Amerika hielt und der sich sogar die Ärzte nur auf Knien nähern durften? Sokrates, der so sehr an Neurasthenie litt, daß das bloße Aufheben einer Gabel ihm eine Verantwortung aufbürdete, die so unerträglich war, daß er weinen und zittern mußte? Die Nonnen glaubten, daß es schon eine Art Heilmittel war, in der Nähe des Heiligen zu leben, und die Irren fragten sich in ihren lichten Momenten, wann sie an der Reihe wären. Die Heilungen erfolgten ohne offensichtliche Logik; einige starben nach vierzigjährigem Warten, während andere im einen Jahr mit einem langen Register gottloser und verwerflicher Taten ankamen und im nächsten schon wieder entlassen waren.

Draußen auf den schönen Talwiesen und unter den Platanen an der Straße nach Kastro waren in den letzten beiden Tagen Pilger und Korybanten eingetroffen, von denen einige von weit her angereist waren. Die Verwandten der Irren hatten bereits die Hand des Heiligen geküßt und in der Kirche gemeinsam für die Heilung ihrer Lieben gebetet, während die Nonnen die Goldverzierungen polierten, das Gebäude mit Blumen schmückten und die riesigen Kerzen anzündeten. In der Kirche waren die Bankreihen mit entfernten Bekannten gefüllt, die ihre Bekanntschaft mit dem lebhaften und wortreichen Geschwätz erneuerten, das Nichtgriechen fälschlicherweise für Geringschätzung halten. Draußen luden Pilger Feta, Melonen, gekochtes Geflügel und kephallonische Fleischpastete von ihren Tieren, teilten alles mit ihren Nachbarn und dachten sich epigrammatische Spottverse auf die anderen aus. Gruppen lachender Mädchen schlenderten Arm in Arm umher, hielten verstohlen lächelnd nach potentiellen Ehemännern oder möglichen Verehrern Ausschau, während die Männer so taten, als würden sie sie nicht sehen, in Scharen zusammenstanden, mit den Händen in der Luft herumfuchtelten, Flaschen schwenkten und dabei die noch offenen Weltprobleme lösten. Priester, deren graue Bärte noch die patriarchalische Wirkung ihrer blankpolierten schwarzen Schuhe und flatternden Roben steigerten, wimmelten durcheinander wie ein Bienenschwarm und diskutierten mit ungeheuer steifer Würde theologische Fragen, wobei sie sich noch die einschmeichelnden Unterbrechungen durch Gläubige gefallen lassen mußten, die nie auf einen sinnvolleren Vorwand für ein Gespräch kamen als die Frage, ob dieser oder jener Bischof wohl das Fest beehren würde.

Doch in Wahrheit waren diese Szenen ländlicher Heiterkeit und kirchlicher Würde nur ein Deckmantel für die wachsende innere Unruhe in den Herzen aller Anwesenden, die gespannte Erwartung, die Furcht davor, etwas mit herkömmlichen Mitteln Unerklärbares zu erleben, das Bangen, das jene befällt, die bald Zeugen davon sein werden, wie der Schleier zwischen dieser und der anderen Welt aufreißt. Es war eine Art von Nervosität, die sich auswuchs zu einem Knoten in der Brust und einer Neigung, in Tränen auszubrechen, sobald die Glocke den Beginn des Gottesdienstes einläutete.

Das Stimmen- und Menschengewirr verstärkte sich, als die Leute sich in die Kirche drückten, sie völlig überfüllten und sich schließlich noch draußen im Vorhof stauten. Einige nahmen sogar zwischen den Grabsteinen der Priester Aufstellung. An verschiedenen Stellen in der Menge legten Alekos, Velisarios, Pelagia, Dr. Iannis, Kokolios und Stamatis jeweils den Kopf schief, um die fernen Gesänge des Priesters mitzubekommen. Als sich die Menschen in der Kirche bekreuzigten, taten es ihnen die an der Tür einen Augenblick später nach, daraufhin die hinter diesen und schließlich die ganz am Ende, so daß sich die Bekreuzigungen in der Menge ausbreiteten wie die Wellenringe, die ein in einen Teich geworfener Stein erzeugt.

Die Sonne kletterte höher, und die dichtgedrängte Schar kam ins Schwitzen. Gerade als die stickige Hitze unerträglich wurde, ging der Gottesdienst klangvoll zu Ende. Das Geschiebe und Gedränge setzte nun in umgekehrter Richtung ein, wobei nun diejenigen, die das Pech gehabt hatten, keinen Platz mehr in der Kirche zu bekommen, plötzlich das Glück hatten, die ersten zu sein, die die Wunderstätte unter der Platane des Heiligen erreichten.

Im Innern der Kirche wurde die Mumie des Heiligen von den Trägern auf die Schultern gehoben, und unter dem Baum suchten die frohgemuten Nonnen das Durcheinander der Irren zu ordnen, doch die waren zumeist schon gebändigt und verängstigt, weil das von allen Seiten auf sie einstürmende Gewoge unbekannter Gesichter sie einschüchterte. Der Glasesser stimmte ein Geheul an. Die Königin von Amerika, von der Ankunft ihrer Untertanen entzückt, stellte sich in ihrer ganzen königlichen Hoheit in Positur, und Sokrates starrte niedergeschlagen auf seinen rechten Fuß, weil der Versuch, ihn zu bewegen, ihm ungeheure Qualen bereitete. Er nahm seinen ganzen Willen zusammen, was zu seiner Verblüffung dazu führte, daß sich ein Zeigefinger rührte. Er versuchte, die Willensanstrengung aufzubieten, dies zu unterbinden, brachte es aber um keinen Preis zustande. In einer Endlosschleife der Unfähigkeit gefangen, blieb er vollkommen still stehen und zog sich in das Kaleidoskop unzusammenhängender Bilder hinter seinen Augen zurück. Eine Nonne wischte ihm eine Träne aus dem Gesicht und eilte weiter, um den Glasesser zu beruhigen. Andere folgten ihrem Beispiel und redeten den Patienten gut zu, damit sie sich setzten oder hinlegten.

Mina kauerte sich unter den mächtigen Baum und legte die Arme um ihre Knie. Trotz der Menschenmasse und trotz des spürbaren Vorhangs, der ihre Welt von der der anderen trennte, fühlte sie so etwas wie innere Gelassenheit in das Geschnatter ihrer Gedanken dringen. Sie sah auf das blendende Kalkweiß der Kirche und erkannte, daß es ein Gotteshaus war. ›Schildkröteneier‹, dachte sie, und dann fiel ihr ein Stück eines Abzählverses aus ihrer Kindheit ein. Sie stand plötzlich auf und hob ihr Gewand, wurde aber von einer Nonne mit sanfter Gewalt gleich wieder zu Boden gedrückt. Sie fügte sich und lauschte halbherzig auf den Stimmenwirrwarr in ihrer Brust. Manchmal schrien und kreischten die Stimmen, und sie konnte sie selbst dann nicht loswerden, wenn sie sich in eine Ecke verkroch oder mit dem Kopf gegen die Wand schlug. Manchmal zwangen sie sie, etwas zu tun, indem sie drohten, nicht eher wegzugehen, als bis sie das Verlangte erledigt hatte. Manchmal lösten sie am ganzen Körper ein Jucken aus, bis sie ihre Haut wie verrückt mit den Fingernägeln zerkratzte. Manchmal sagten sie ihr, sie solle zu atmen aufhören, dann spürte sie in schwindelerregender Panik, wie ihre Lungen den Dienst quittierten und ihr Herz sich langsam dem Stillstand näherte. Manchmal klaffte der Abgrund zwischen ihr und der Welt so weit, daß sie, wenn sie zu Boden blickte, zwischen ihren Füßen eine unendliche Leere gähnen sah; in solchen Augenblicken rannte sie blindlings los, um wieder Boden unter die Füße zu bekommen, und stieß gegen unsichtbare Gegenstände, wobei sie sich blaue Flecken und Blutergüsse zuzog. Manchmal, wenn die Angst sie überwältigte, schwitzte sie so stark, daß die Nonnen sie vor lauter Glitschigkeit nicht mehr halten konnten, und dann schlidderte sie weinend und keuchend über den Anstaltsboden. Am schlimmsten aber war es, wenn sie die Gesichter der Leute um sich herum sehen konnte, wußte, daß sie sie anstarrten, wußte, daß sie ihr nach dem Leben trachteten, und ihre Röcke hob, um ihr Gesicht zu verbergen, als könnte sie damit wie durch Zauber unsichtbar werden. Immer wenn sie das tat, tauchten aus dem Nichts Hände auf und zogen ihr die Röcke wieder herunter, so daß sie gezwungen war, mit der ganzen Kraft ihrer Verzweiflung darum zu ringen, sie wieder zu heben. Gehetzt und verletzt saß Mina im

Gras und duckte sich, als ein unkenntlicher Schatten näher kam und über sie hinwegglitt.

Dr. Iannis und Pelagia befanden sich ganz vorn in der Menge und sahen mit wachsender Aufregung zu, als die geschmückte Mumie des Heiligen an den kauernden Verrückten vorbeigetragen wurde. Nie ist ein Leichnam mit größerer Sorgfalt oder Achtung behandelt worden; er durfte auf seiner Bahre nicht durchgerüttelt und nicht in Unordnung gebracht werden. Die Träger stiegen behutsam zwischen den Gliedmaßen der Irren hindurch, und besorgte Familien zügelten die fuchtelnden und krampfartigen Bewegungen ihrer kranken Verwandten. Der Glasesser verdrehte die Augen, ihm stand epileptischer Schaum vor dem Mund, aber er verhielt sich still. Er hatte keine Verwandten, die ihn im Zaum hielten, doch er holte sich die Kraft, sich zurückzuhalten, vom Heiligen selbst. Er sah ein Paar bestickte Sandalen an seiner Nase vorbeigleiten.

Als der Heilige vorbeigetragen wurde, blickten die Leute starr vor Spannung genau auf die Patienten, um zu sehen, bei wem eine Veränderung eingetreten war. Jemand erblickte Sokrates und deutete auf ihn. Er bewegte die Schultern wie ein Speerwerfer kurz vor dem Abwurf und starrte verblüfft auf seine Hände, während er der Reihe nach einen Finger nach dem anderen krümmte. Plötzlich blickte er auf, sah, daß alle ihn beobachteten, und winkte scheu. Die Menge stieß ein unnatürliches Geheul aus, und Sokrates' Mutter fiel auf die Knie und küßte ihrem Sohn die Hände. Sie stand wieder auf, warf vehement die Arme in die Luft und rief: »Der Heilige sei gepriesen, der Heilige sei gepriesen.« Im Nu verfiel die ganze Menge in übersteigert fröhliche

Ehrfurcht. Dr. Iannis zog Pelagia weg, bevor das Gedrängel einsetzte, wischte sich den Schweiß vom Gesicht und die Tränen aus den Augen. Er zitterte am ganzen Körper. Pelagia, sah er, erging es nicht anders. »Ein rein psychologisches Phänomen«, murmelte er vor sich hin, doch sofort überfiel ihn die Empfindung, undankbar zu sein. Die Kirchenglocke läutete stürmisch, als die Nonnen und Priester sittsam darum rangen, am Strick ziehen zu dürfen.

Der Karneval begann, angetrieben sowohl von der allgemeinen Erleichterung und dem Drang, die Gänsehaut wieder loszuwerden, als auch von dem natürlichen Hang aller Inselbewohner zum Feiern. Lemoni durfte mit Velisarios' Erlaubnis ein Streichholz an das Zündloch seiner Kanone halten; es gab ein gewaltiges Getöse, und dann ging gleich den goldenen Flocken von Zeus ein glitzernder Folienschauer nieder. Sokrates schritt, vor Seligkeit ganz benommen, durch das Gestöber von Händen, die ihm alle auf den Rücken klopften, und den Wirbelsturm von Küssen, die ihm auf den Handrücken gedrückt wurden. »Ist das das Fest des Heiligen?« fragte er. »Ich weiß, es klingt blöd, aber ich kann mich überhaupt nicht erinnern, hergekommen zu sein.« Er wurde in einen Tanz gezogen, einen Syrtos der jugendlichen aus Lixouri.

Eine in aller Eile zusammengestellte Kapelle mit einem Dudelsack, einer Panflöte, einer Gitarre und einer Mandoline näherte sich aus verschiedenen musikalischen Himmelsrichtungen einer gemeinsamen Harmonie, und ein netter Bariton, ein Steinbrucharbeiter, erfand gleich ein Lied zu Ehren des Wunders. Er sang eine Strophe, die die Tänzer wiederholten, womit sie ihm Zeit gaben, sich die nächste auszudenken, bis das Lied mit Text und Melodie komplett war.

Eines schönen Tages kam ich zum Tanz mit den
Mädchen,
Ich kam als Heide, der nur ans Trinken und Prassen
denkt,
doch der Heilige hat mir die Augen geöffnet
und mir gezeigt, wie gütig Gott ist ...

Eine Reihe hübscher Mädchen, die sich an den Händen hielten, wiegte sich im Hintergrund, und vor ihnen schleuderten die aufgereihten Männer mit zurückgeworfenem Kopf ein Bein nach hinten und hüpften behende wie Grillen. Sokrates nahm das rote Tuch des Vortänzers und führte zur Freude der Zuschauer die athletischste und spektakulärste Tsalimia auf, die sie je gesehen hatten. Als er die Beine überkreuzte und bis auf Kopfhöhe warf, während ihm der Text des Lieds aus dem Mund sprudelte, wurde ihm zum erstenmal die wahre Bedeutung von Freude und Erleichterung klar. Sein Körper hüpfte und wirbelte ohne die geringste Willensanstrengung herum, Muskeln, deren Vorhandensein er schon lange vergessen hatte, federten wie Stahl, und er spürte fast, wie die Sonne auf seinen Zähnen glitzerte, als sein Gesicht in einem gewaltigen, nicht zu unterdrückenden Grinsen aufriß. Der schrille Ton des Dudelsacks vibrierte in seinem Kopf, und auf einmal sah er zu den Wolken am Ainos hoch und hatte den Eindruck, er müsse gestorben und im Paradies sein. Er warf die Beine noch höher, und sein Herz sang wie ein ganzer Chor von Vögeln.

Ein Trupp aus Argostoli mit seiner eigenen Kapelle setzte mit einem Tanz namens Divaratiko ein, was spöttische Bemerkungen der Lixourier und aufmunternde Zurufe der Argostolier nach sich zog, und weiter hinten auf der Wiese machten Scharen von Fischern, die Tratoloi genannt wurden, Flaschen auf und sangen fröhlich alle Lieder, die sie seit Wochen in den Tavernen von Panagopoula vervollkommnet hatten, nachdem sie die Tageseinnahmen verteilt, einander geneckt, über die Ausbeute gestritten, Oliven und Pretza gegessen hatten und schließlich an dem Punkt angelangt waren, wo das Singen sich unausweichlich von selbst einstellte.

Sie sangen eine Cantada:

Der Garten, in dem du sitzt,
braucht niemals Blumen,
denn du selbst bist die Blüte,
und nur ein blinder Narr
würde das nicht erkennen.

Die raschen Arpeggien der Gitarre verklangen, und der Tenor fing mit einer Arietta an. Seine Stimme gellte in den höchsten Tönen, übertönte das Schwatzen der Menge und sogar das Krachen von Velisarios' Kanone, bis seine Freunde einfielen und eine feingesponnene polyphone Harmonie in die von ihm erfundene Melodie woben, so daß sie am Schluß gemeinsam den genau richtigen Ton in der richtigen Tonart trafen. Damit lieferte die Bruderschaft vom Meer den schlagenden Beweis für ihre metaphysische Einheit.

Inmitten der Lieder und Tänze bahnten die Nonnen sich einen Weg und ließen in ihrem Kielwasser eine

Fülle an Wein und Essen zurück. Die bereits Betrunkenen fingen an, einander zu hänseln, und hie und da wurden aus den Hänseleien Beleidigungen und bald auch Schläge. Dr. Iannis mußte Käse und Melonen stehenlassen, um blutende Nasen und durch Flaschenscherben verursachte Schnitte zu behandeln. Die Frauen und die besonneneren Männer verlegten ihre Decken etwas weiter von den Streithähnen weg. Pelagia ging auf das Kloster zu und setzte sich auf eine Bank.

Sie sah zu, wie neue Tänzer die Panegyriken mit Karnevalsbräuchen auflockerten. Männer tauchten auf, die drolligerweise in enge weiße Hemden, weiße Faltenröcke, weiße Handschuhe und übergroße Papierhüte gekleidet waren. Sie trugen rote Seidenbänder, winzige Glöckchen, goldenen Schmuck und Fotografien ihrer Geliebten oder des Königs zur Zierde. Kleine Jungen, die spaßeshalber als Mädchen verkleidet waren, begleiteten sie. Alle trugen witzige und groteske Masken. Unter den Männern befand sich auch Kokolios, der sich in die teuersten Kleider seiner nörgelnden Frau geworfen hatte. In der Nähe der Straße führten einige farbenfroh geschminkte Jugendliche in phantasievollen Kostümen Babaoulia auf, die Posse, bei der nicht einmal der Heilige dem Schicksal der Verunglimpfung entging. Ein Wirbel einander übertönender Polkas, Quadrillen, Walzer und Ballos schuf unter den Feiernden ein Durcheinander von fallenden Körpern, Schreien und Flüchen. Pelagia entdeckte Lemoni, die allen Ernstes versuchte, den Bart eines auf den Rücken gefallenen Priesters anzuzünden, und ihr Herz schlug etwas höher, als sie Mandras sah, der Knallkörper zwischen die Füße einiger Tänzer aus Fiskardo warf.

Sie verlor ihn aus den Augen, doch auf einmal tippte ihr jemand auf die Schulter. Sie blickte auf und sah Mandras vor sich, der die Arme übertrieben weit zu einer Umarmung ausstreckte. Sie lächelte und sah über seine Trunkenheit hinweg, und auf einmal fiel er auf die Knie und legte dramatisch los: »Signora, willst du mich heiraten? Heirate mich, oder ich sterbe.«

»Warum nennst du mich Signora?« fragte sie.

»Weil du Italienisch kannst und manchmal einen Hut aufhast.« Er grinste dämlich, und Pelagia sagte: »Auch wenn, ich bin doch keine Adlige, und du sollst mich nicht Signora nennen.« Sie sah ihn einen Augenblick lang an, und zwischen ihnen breitete sich ein Schweigen aus, das sie zwang, auf seinen Antrag zu antworten. »Natürlich will ich dich heiraten«, sagte sie leise.

Mandras machte einen Luftsprung, und Pelagia bemerkte, daß seine Hose an den Knien dunkle Flecken hatte, da er in einer Weinlache gekniet hatte. Er drehte Pirouetten und Kapriolen, und sie stand lachend auf. Aber sie kam nicht hoch, eine unsichtbare Kraft schien sie auf ihren Platz geleimt zu haben. Hastig setzte sie sich wieder, untersuchte ihre Röcke und sah dann, daß Mandras sie auf die Bank geheftet hatte. Ihr neuer Verlobter warf sich rückwärts ins Gras und grölte ausgelassen los, bis er sich auf einmal aufrichtete, ein äußerst ernstes Gesicht aufsetzte und verkündete: »Koritsimou, ich liebe dich von ganzem Herzen, aber wir können erst heiraten, wenn ich vom Militärdienst zurück bin.«

»Geh und red mit meinem Vater«, trug Pelagia ihm auf, wobei ihr das pochende Herz beinahe die Kehle zuschnürte. Dann wanderte sie benommen zwischen den Feiernden umher, um dieses widersprüchliche Wunder zu verdauen. Besorgt darüber, daß sie sich nicht so glücklich fühlte, wie sie sollte, lenkte sie ihre Schritte wieder zur Kirche, um mit dem Heiligen allein zu sein.

Der Tag zog sich hin, und Mandras kam nicht dazu, den Arzt zu finden, bevor ihn der Alkohol überwältigte. Er schlief engelsgleich in einer Lache aus etwas undefinierbar Fauligem ein, während neben ihm Stamatis ein monarchistisches Messer zog und Kokolios drohte, ihm seine kommunistischen Eier abzuschneiden, bevor er sich ihm in die Arme warf und ewige Bruderschaft gelobte. An einer anderen Stelle wurde ein Mann wegen eines Grundstücksstreits erstochen, der seit fast hundert Jahren geschwelt hatte, und Pater Arsenios war der Blick schon so getrübt, daß er Velisarios für seinen toten Vater hielt.

Als die Zeit für das abschließende Rennen nahte, brach aus der scheinbar unlenkbaren Anarchie des Nachmittags der Abend hervor. Jungen saßen auf dicken Ziegenböcken, ein kleines Mädchen wurde auf einen Riesenhund gebunden, in sich versunkene Besoffene setzten sich rückwärts auf Esel, mißhandelte und ausgemergelte Pferde ließen die Köpfe hängen, als übergewichtige Tavernenbesitzer an ihren Flanken hochkletterten, und Velisarios nahm breitbeinig auf dem friedfertigen Stier Platz, den er sich ausgeliehen hatte.

Es gab einen Fehlstart, der sich aber unmöglich rückgängig machen ließ, und so war schon eine wilde Jagd im Gange, bevor der Starter Zeit gehabt hatte, sein Tuch zu schwenken. Das Mädchen auf dem Riesenhund galoppierte in einer gekrümmten Linie auf ein herabgefallenes Stück Lammfleisch zu, die Jungen auf den Ziegenböcken wurden auf und ab geschleudert, während sie weder vorwärts noch rückwärts kamen, die Esel trotteten artig auf ganz andere Stellen als die Ziellinie zu, und die Pferde weigerten sich standhaft, einen Schritt zu tun. Nur der Stier mit seiner herkulischen Last stapfte in gerader Linie auf das andere Ende der Wiese zu, einzig gefolgt von einem aufgeregten, aber reiterlosen Schwein. Velisarios überquerte als beliebter Gewinner die Ziellinie, stieg ab, packte vor den verblüfft applaudierenden Zuschauern den Stier bei den Hörnern und warf ihn mit einem gewaltigen Ruck zu Boden. Das Tier blieb brüllend vor Unverständnis und Bestürzung liegen, als Velisarios auf den Schultern der Menge davongetragen wurde.

Grüppchen von Betrunkenen setzten sich ab und sangen dabei heiser mit lautstarker Stimme:

Wir scheiden von den Feiernden
in bester Kampfeslaune.
Als Pilger sind wir gekommen
und als Betrunkene gegangen,
ganz nach altem, heil'gem Brauch.
Gerasimos belächelt uns,
und wir verehren ihn,
indem wir tanzen und hinfallen.

Pelagia und der Arzt fanden nach Hause, Pater Arsenios nahm die Gastfreundschaft des Klosters in Anspruch, Alekos schlief auf halber Strecke den Berg hinauf in einem steinernen Unterstand, und Kokolios und Stamatis verirrten sich auf der Suche nach ihren Frauen in der Macchia von Troianata.

Im Irrenhaus setzte sich Mina auf ihr Bett und fragte sich, wo sie sich befand. Sie blinzelte und blickte auf ihre Beine; dabei bemerkte sie, daß ihre Füße sehr schmutzig waren. Ihr Onkel kam herein, um ihr für ein Jahr wieder Lebewohl zu sagen, und zu seiner Verwunderung lächelte sie ihn strahlend an: »Theio, bist du gekommen, um mich heimzubringen?« Ihr Verwandter blieb wie vom Donner gerührt stehen, schrie ungläubig auf, wirbelte die in die Luft gestreckten geballten Fäuste herum, vollführte aus schierer Freude drei Schritte eines Kalamatianos und wiegte Mina dann in den Armen, wobei er immer wieder ausrief: »Efkaristo, efkaristo.« Sie hatte ihn erkannt, sie brabbelte nicht mehr, sie verspürte nicht mehr den Drang, ihre Röcke zu heben, sie war gesund und mit sechsundzwanzig auch noch zu verheiraten, mit einer Mitgift und etwas Glück. Er schickte Küsse in den Himmel und gelobte dem Heiligen, seiner Nichte eine Mitgift zu beschaffen, auch wenn es ihn umbrachte.

Allem Anschein nach hatte Gerasimos dieses Jahr zwei Wunder vollbracht und in seiner Bescheidenheit beschlossen, eines davon nicht zu einer so unmittelbaren Sensation wie das andere zu machen. Der Glasesser und seine unglücklichen Gefährten beobachteten verdrossen Minas Weggang. Sie fragten sich voll Bitterkeit, wie lange der Heilige sie noch warten lassen würde.

13
Delirium

Mandras zeigte sich nach dem Heiligenfest zwei Tage lang nicht, was Pelagia in schmerzliche Unruhe stürzte. Sie konnte sich nicht vorstellen, was ihm zugestoßen sein mochte, und erfand einen Grund nach dem anderen für sein Ausbleiben, das sie als einen zunehmenden Mangel empfand, der realer zu werden drohte als ihre alltäglichen Verpflichtungen und Verrichtungen.

Sie war mit ihrem Vater vom Fest heimgegangen und hatte sich zusammengereimt, daß sein oberflächliches Gerede sowohl vom Trinken als auch davon herrührte, daß Mandras ihn nicht gefunden hatte. Bei jedem Schritt hatte sie seinen Redefluß über die psychologische Natur des Wunderbaren und seine überraschend groben Bemerkungen über die Begebenheiten am Rande des Festes unterbrechen wollen; so unerträglich gemischte Gefühle wie Beklommenheit und Glück drohten sie innerlich zu zerreißen, und sie wünschte nichts sehnlicher, als den Heiratsantrag von Mandras zu erwähnen. Diese Information wog schwerer als die ganze Welt, und sie brauchte ihren Vater, um sie mitzutragen, damit sie leichter wurde. Dem Arzt waren ihre geröteten Wangen, ihre sprunghafte Aufmerksamkeit, ihre Neigung, über

Steine zu stolpern, ihre übersteigerten Gesten und ihre leicht erstickte Stimme nicht aufgefallen; er war genau bei jenem Zustand der Betrunkenheit angelangt, bei dem gute Laune auf der Kippe zu Übelkeit und schwankendem Gang stand, und hatte entschieden, sich zurückzuziehen. Seine Hochstimmung schloß jede Sensibilität für den Gemütszustand seiner Tochter aus, und so war sie ihre Neuigkeit noch nicht losgeworden, als sie zu Hause anlangten, wo der Arzt die gleichmütige Psipsina in die Arme nahm und mit ihr über den Hof walzte. Danach hatte er auf die Pfefferminze gepinkelt und sich übelriechend und vollkommen angekleidet schlafen gelegt.

Pelagia ging ebenfalls zu Bett, konnte aber nicht einschlafen. Durch die Spalten der Fensterläden schickte ein noch nicht ganz voller Mond Fädchen aus geisterhaftem Silberlicht, das sich mit dem energischen Zirpen der Grillen verschwor, so daß sie mit weit offenen Augen auf dem Rücken dalag. Noch nie hatte sie sich wacher gefühlt. In einer endlosen Schleife ließ sie die Ereignisse des Tages vor ihrem geistigen Auge Revue passieren; das Wunder, die Lieder und Tänze, die Prügeleien, das Rennen, den Heiratsantrag. Darauf lief es stets hinaus; jede Erinnerungsspur führte um ein paar Ecken wieder zurück zu jenem knienden hübschen jungen Mann bei der Bank, auf der sie gesessen hatte. Mandras mit den Knien in einer Weinpfütze, Mandras, herrlich schön, strahlend und jugendlich, Mandras, so köstlich wie Apollo. Der Schweiß brach ihr aus allen Poren, als sie sich in seiner Umarmung gefangen vorstellte, ihn in einen Inkubus verwandelte, Arme und Beine bewegte, seinen Rücken liebkoste und in absentia die sanfte

Schnecke seiner Zunge auf ihren Brüsten und den geschmeidigen Druck seines Körpers spürte.

»Ich liebe dich«, verkündete sie, doch zugleich fielen Zweifel wie winzige, unsichtbare Teufel über sie her. Eine Ehe war eine so große Sache, sie bedeutete, ein Leben für ein anderes hinzugeben. Sie bedeutete, das Vaterhaus zu verlassen, sie bedeutete Kinderkriegen und harte Arbeit an Stelle dieser sanften Idylle mit ihren neckischen dummen Zufällen, ihren ruhigen alltäglichen Erledigungen samt den entsprechenden Überspanntheiten. Sie schreckte vor dem Gedanken zurück, Anweisungen und Entscheidungen von jemand anders als ihrem Vater entgegenzunehmen, dessen Befehle, egal wie brüsk und gebieterisch, eigentlich ironisch verkleidete Bitten waren. Wie würde Mandras sein? Wie gut kannte sie ihn wirklich? Was für Beweise hatte sie, daß er geduldig und menschlich war? Er brachte ihr Geschenke, sicher, aber würden diese nicht ausbleiben, wenn der Handel unter Dach und Fach war? War er nicht zu jung und impulsiv? Seine Bewegungen, seine unüberlegten Erwiderungen waren ihr etwas zu entschieden; konnte sie jemand trauen, der sofort antwortete, ohne nachzudenken? Jemand, dessen Taten und Worte eher poetisch als gründlich überlegt waren? Es beschlich sie der Verdacht, daß sein Herz etwas zu unnachgiebig war. »Könnte er ein Romoi sein«, fragte sie sich, »ohne es selbst zu wissen?« Und wie sollte sie den Unterschied zwischen Begierde und Liebe herausfinden? Sie hörte auf das blecherne Summen einer Stechmücke, während sie ihren Verlobten mit ihrem Vater verglich. Sie himmelte den letzteren an; ja, das war Liebe. Doch welche Gemeinsamkeiten gab es da mit den Empfindungen, die sie

Mandras entgegenbrachte? War es denkbar, daß es ihr ein Gefühl der Freiheit vermittelte, wenn sie ganz für ihn da war? War es einfach so, daß es verschiedene Arten der Liebe gab? Wenn das, was sie für Mandras empfand, nicht Liebe war, warum dann diese Atemlosigkeit, dieses bodenlose beständige Sehnen, das ihre Zunge pelzig machte und ihr Herzklopfen verursachte? Warum kommandierte diese Empfindung sie grundlos und unwiderstehlich herum wie Gott oder ein Diktator? Warum schien sie wie die Schiedssprüche von Pater Arsenios Gesetzeskraft zu haben, nur ohne die formale Verbindlichkeit? Der Mond rückte hinter den Ölbaum und warf ein stetiges Laubflimmern an die Wand, die melancholischen Glocken der Ziegen auf dem Ainos bimmelten in der sanften Nachtkühle, und draußen war Psipsina zu hören, die im Hof nach Futter suchte. »Fängt sich jetzt selber Mäuse«, dachte Pelagia, als sie auf ihren vor Hunger knurrenden Magen lauschte. Sie dachte an die kapriziöse Lebensfreude des Marders, an seine Unschuld und daran, daß er in der Aufgabe, er selbst zu sein, völlig aufging, und erkannte ziemlich schlagartig, daß sie die Unbekümmertheit der Jugend gegen etwas eingetauscht hatte, was sehr nach Unglück aussah. Sie stellte sich vor, daß Mandras gestorben war, und als ihr die Tränen kamen, machte sie gleichzeitig die schockierende Entdekkung, daß sie auch Erleichterung verspürte. Sie verbannte gebieterisch dieses Bild und sagte sich, daß sie ekelhaft sei.

Am Morgen begab sie sich in den Hof und dachte sich Tätigkeiten aus, die es ihr ermöglichen würden, ihn zu erblicken, sobald er um die Straßenbiegung kam, dieselbe Biegung, wo er von Velisarios angeschossen worden war. Sie untersuchte die wiederkäuende Ziege nach Zecken, brannte diese mit einer heißen Nadel aus und durchwühlte dann nochmals das grobe Fell. Sie blickte wiederholt auf, um zu schauen, ob Mandras endlich kam. Ihr Vater ging zum Frühstücken in die Kapheneia, und da fiel ihr ein, daß Psipsina vielleicht auch Zecken hatte. Sie setzte das Tier auf die Mauer, wo sie der Straße noch näher war, und bürstete mit den Fingern das Fell gegen den Strich. Pelagia vergrub die Nase in das weiche Bauchfell und fühlte sich gleichzeitig betrübt und getröstet durch den süßen Geruch. Psipsina zappelte und quiekte vor Vergnügen, als die geschäftigen Finger zwei Flöhe fanden und zwischen Daumen- und Zeigefingernagel zerdrückten. Da Pelagia nicht von der Mauer wegwollte, kämmte sie den Marder gründlich und entwirrte die verfilzten Fellknoten. Sie drapierte sich Psipsina um den Hals und entschied, Wasser zu holen, denn dann würde sie ganz um die Biegung kommen. Psipsina schlief, als Pelagia sich an den Brunnen setzte und die anderen Frauen in ein Gespräch verwickelte; doch sie vergaß die Einzelheiten aller besprochenen Skandale gleich wieder, und ihr Blick schweifte ständig ab. Ihr wurde allmählich etwas übel. Sie holte mehr Wasser, als sie brauchen konnte, und beschloß, die Kräuter zu gießen. Des Wartens müde, setzte sie sich in den Schatten des Olivenbaums und legte den Arm um den dürren Hals ihrer Ziege, die unbeteiligt weiterkaute, als gäbe es keine andere Welt als ihre eigene. Die Sehnsucht verwandelte sich in Ungeduld und weiter in Ungehaltenheit. Um Mandras eins auszuwischen, entschied sich Pelagia, einen Spaziergang zu machen. Es würde ihm recht geschehen, wenn sie nicht da war, falls er noch käme. Sie ging auf der Straße in die Richtung, aus der sie ihn erwartete, setzte sich auf eine Mauer, bis es zu heiß wurde, und wanderte dann in die Macchia, wo sie auf Lemoni traf, die nach Grillen suchte.

Pelagia ließ sich auf einem Felsblock nieder und sah zu, wie das Mädchen von einem Strauch zum anderen eilte und mit ihren feisten Fingern in die Luft griff, als die Grillen ihr Heil in der Flucht suchten. »Wie alt bist du, Koritsimou?« fragte Pelagia auf einmal.

»Sechs«, sagte Lemoni. »Gerade erst. Nach dem nächsten Fest werde ich sieben.«

»Kannst du schon bis zehn zählen?«

»Ich kann bis dreißig zählen«, verkündete Lemoni und führte es ihr gleich vor: »... einundzwanzig, zweiundzwanzig, dreißigzwanzig.«

Pelagia seufzte. Sie nahm an, daß Lemoni, bevor zwei weitere Feste vorbei wären, Arbeiten im Haus zugeteilt bekäme, und dann hätte das Jagen nach kleinen Tierchen in der Macchia ein Ende. Dann ginge es darum, im immer gleichen Ton über die Männer herzuziehen und wichtige Angelegenheiten nur mit anderen Frauen zu besprechen, wenn die Männer nicht zuhörten oder beim Backgammonspiel in der Kapheneia waren, obwohl sie eigentlich arbeiten sollten. Für Lemoni gäbe es bis zur Witwenschaft keine Freiheit, und genau zu dem Zeitpunkt würde sich die Gemeinde gegen sie wenden, als hätte sie kein Recht, länger als ihr Mann zu leben, als wäre er nur gestorben, weil seine Frau ihn vernachlässigt hatte. Deswegen mußte eine Frau Söhne haben, das war die einzige Versicherung gegen ein erbärmliches und schreckliches Alter. Pelagia wünschte sich ein besseres Los für Lemoni, als wäre es eitel, für sich selbst bessere Verhältnisse zu wünschen.

Auf einmal heulte Lemoni auf und riß Pelagia aus ihren Gedanken. Es klang wie das Maunzen einer Katze. Lemoni schossen Tränen aus den Augen, sie hielt sich den Zeigefinger, krümmte sich zusammen und wiegte sich vor und zurück. Pelagia eilte zu ihr, öffnete dem Mädchen die kleinen Finger und sagte: »Was ist passiert, Koritsimou? Was hat dir weh getan?«

»Es hat mich gebissen, es hat mich gebissen«, schrie Lemoni.

»Ach du liebe Zeit. Hast du nicht gewußt, daß sie beißen?« Sie führte die Finger an den Mund und blies darauf. »Sie haben große Zangenkiefer. Es wird aber gleich nicht mehr weh tun.«

Lemoni umklammerte wieder ihren Finger. »Es sticht.«

»Wenn du eine Grille wärst, würdest du nicht auch die Leute beißen, die dich aufheben? Die Grille hat gedacht, du willst ihr was antun, und deswegen hat sie dir weh getan. So ist das eben. Wenn du älter bist, wirst du drauf kommen, daß die Menschen sich ziemlich ähnlich verhalten.«

Pelagia gab vor, einen speziellen Zauber zur Heilung von Grillenbissen anzuwenden, und führte die besänftigte Lemoni wieder ins Dorf. Mandras war immer noch nicht da, und alles war ungewöhnlich still, da die Leute herumschlichen und ihre Katerstimmung und ihre unerklärlichen blauen Flecken kurierten. Ein Esel brüllte lächerlich lange, worauf aus den dunklen Zimmern der Häuser ein rauher Chor mit »Ai gamisou« antwortete. Pelagia machte sich an die Zubereitung des Abendessens und war dankbar, daß es heute keinen Fisch gab. Als sie später nach dem üblichen Peripato mit ihrem Vater zusammensaß, sagte dieser ziemlich unerwartet: »Ich schätze, er ist nicht gekommen, weil ihm wie allen anderen schlecht ist.« Pelagia strömte über vor Dankbarkeit, ergriff seine Hand und küßte sie. Der Arzt drückte ihre Hand und sagte traurig: »Ich weiß gar nicht, wie ich zurechtkommen soll, wenn du weg bist.«

»Papakis, er hat mich gefragt, ob ich ihn heiraten will ... Ich hab ihm gesagt, er müßte dich fragen.«

»Ich will ihn doch nicht heiraten«, erwiderte Dr. Iannis. »Ich halte es für die viel bessere Lösung, wenn er dich heiratet.« Er drückte wieder ihre Hand. »Auf einem der Schiffe, auf denen ich war, waren ein paar Araber. Die haben nach jedem Satz ›Inschallah‹ gesagt. ›Ich werd es morgen erledigen, Inschallah.‹ Das konnte einem ganz schön auf die Nerven gehen, weil sie anscheinend von Gott erwarteten, daß er das für sie erledigte, wozu sie selber keine Lust hatten, aber da steckt eine gewisse Weisheit drin. Du wirst Mandras heiraten, wenn es die Vorsehung so entschieden hat.«

»Hast du was gegen ihn, Papakis?«

Er wandte sich ihr zu und sah sie begütigend an. »Er ist zu jung. Alle heiraten zu jung. Bei mir war es jedenfalls so. Außerdem habe ich dir auch keinen Gefallen getan. Du liest die Gedichte von Kavafis, ich habe dir Katharevousa und Italienisch beigebracht. Er ist dir nicht ebenbürtig, aber erwartet eigentlich, seiner Frau überlegen zu sein. Er ist schließlich ein Mann. Ich hab mir oft gedacht, daß du nur mit einem Ausländer, einem Zahnarzt aus Norwegen oder so, eine glückliche Ehe führen könntest.«

Pelagia lachte über diesen ungereimten Gedanken und verstummte. »Er nennt mich ›Signora‹«, sagte sie dann.

»So was hab ich schon befürchtet.« Sie schwiegen längere Zeit, während sie beide die Sterne über dem Berg betrachteten, bis dann Dr. Iannis fragte: »Ist dir je in den Sinn gekommen, wir sollten auswandern? Die Staaten oder Kanada oder so?«

Pelagia schloß die Augen und seufzte. »Mandras«, sagte sie nur.

»Ja. Mandras. Und das ist unsere Heimat. Es gibt keine andere. In Toronto schneit es möglicherweise, und in Hollywood würde uns keiner eine Rolle geben.« Der Arzt stand auf, ging ins Haus und kam mit etwas, das im Halbdunkel metallisch glänzte, wieder heraus. Sehr förmlich händigte er es seiner Tochter aus. Sie nahm es, sah, was es war, spürte das ominöse Gewicht und ließ es mit einem leisen Schreckensschrei in den Rockschoß fallen.

Der Arzt blieb stehen. »Es wird Krieg geben. Da passieren entsetzliche Dinge. Besonders den Frauen. Nimm sie zu deiner Verteidigung und richte sie notfalls auch gegen dich. Du darfst sie auch gegen mich einsetzen, wenn es die Umstände verlangen. Es ist nur eine kleine Derringer, aber ...« er machte eine ausladende Handbewegung »... eine fürchterliche Finsternis ist über die Welt hereingebrochen, und jeder von uns muß sein möglichstes tun, das ist alles. Vielleicht weißt du es noch nicht, Koritsimou, aber es könnte sein, daß deine Heirat aufgeschoben werden muß. Wir müssen uns erst vergewissern, daß sich Mussolini nicht zur Hochzeit einlädt.« Der Arzt machte auf dem Absatz kehrt und ging ins

Haus, überließ Pelagia der Angst, die sich in ihrem Busen breitmachte, und einer überaus unwillkommenen Einsamkeit. Ihr fiel ein, daß in den Bergen von Souli sechzig Frauen auf einen der Gipfel gestiegen waren, miteinander getanzt und dann sich und ihre Kinder in die Tiefe gestürzt hatten; das war ihnen lieber, als sich in die türkische Sklaverei zu begeben. Einige Augenblicke später ging sie in ihr Zimmer, schob die Derringer unter ihr Kissen und setzte sich auf die Bettkante, wobei sie Psipsina abwesend streichelte und sich wieder vorstellte, daß Mandras tot war.

Am zweiten Tag nach dem Fest vollführte Pelagia den gleichen gemächlichen Reigen nutzloser Erledigungen, die jedoch die Abwesenheit ihres Geliebten nicht aufwiegen konnten, sondern ihr eher einen Rahmen gaben. Alles – die Bäume, die spielende Lemoni, die Ziege, die Launen von Psipsina, der wichtigtuerische, beschwerliche Watschelgang von Pater Arsenios, das entfernte Hämmern von Stamatis, der einen Holzsattel für einen Esel zimmerte, Kokolios' heiseres Absingen der Internationale, wobei er die Hälfte des Textes ausließ –, alles war lediglich ein Zeichen für das, was fehlte. Die Welt versank und machte einem Leichentuch aus Hoffnungslosigkeit und Niedergeschlagenheit Platz, das den Dingen selbst anzuhaften schien; sogar der Lammbraten mit Rosmarin und Knoblauch, den sie zum Abendessen machte, bedeutete nichts weiter als das quälende Fehlen von Fisch. Nachts fühlte sie sich zu erschöpft und niedergedrückt, um sich in den Schlaf zu weinen. In ihren Träumen warf sie Mandras Grausamkeit vor, doch er lachte sie nur aus wie ein Satyr und tanzte über die Wellen davon.

Am dritten Tag ging Pelagia ans Meer. Sie setzte sich auf einen Felsen und sah ein riesiges Kriegsschiff unheildrohend nach Westen dampfen. Es fuhr höchstwahrscheinlich unter britischer Flagge. Sie dachte an den Krieg und fühlte, wie ihr das Herz schwer wurde. Sie sann darüber nach, daß in alter Zeit die Menschen nur ein Spielball der Götter waren und es jetzt zu nichts weiter gebracht hatten als zu Schachfiguren anderer Menschen, die sich für Götter hielten. Sie spielte mit dem Gleichklang der Wörter Hitler, Attila, Caligula; Hitler, Attila, Caligula. Für Mussolini fand sie kein ähnliches Wort, bis ihr Metaxas einfiel. Und so kam sie auf Mussolini, Metaxas und fügte noch Mandras hinzu.

Gleichsam als Antwort auf ihre Gedanken erfaßte sie aus den Augenwinkeln eine Bewegung. Links unten tauchte ein Körper wie ein menschlicher Delphin durch die Wellen. Sie sah dem braunen Fischer mit ausschließlich ästhetischem Genuß zu, bis sie leicht entsetzt bemerkte, daß er völlig nackt war. Er mußte ungefähr hundert Meter entfernt sein, und sie wußte, daß er ein Schwimmnetz ausrichtete, dessen Maschen so klein waren, daß damit auch Sardellen gefangen werden konnten. Er tauchte lange, ordnete sein Netz in einem Halbrund an, umkreist von Möwen, die sich herabstürzten, um sich ihren Beuteanteil zu holen. Verstohlen, doch ohne Schuldgefühl, schlich Pelagia näher, um diesen schlanken Jüngling weiter zu bewundern, der ganz wie ein Fisch mit der See verschmolz, ein nackter und unzivilisierter Mensch, ein Mann wie Adam.

Sie sah zu, wie sich das Netz um den Schwarm zuzog, und als er glitzernd am Strand stand und es mit gespannten

Muskeln und rhythmisch arbeitenden Schultern in gleichmäßigen Handbewegungen einholte, erkannte sie erst, daß es Mandras war. Sie schlug sich die Hand auf den Mund, um ihren Schrecken und das plötzliche Schamgefühl zu unterdrücken, aber sie schlich nicht davon. Sie war immer noch verzaubert von seiner Schönheit, von der Harmonie und Kraft seiner Arbeit, und sie konnte dem Gedanken nicht widerstehen, daß Gott ihr Gelegenheit gegeben hatte, das, was ihr gehören sollte, zu betrachten, bevor sie es in Besitz nahm: die schlanken Hüften, die spitzen Schultern, den straffen Bauch, den dunklen Schatten des Unterleibs mit dem geheimnisvollen Gebaumel, das Thema so viel schlüpfrigen Weibertratsches am Brunnen war. Mandras war für einen Poseidon noch zu jung, zu sehr ohne Arg. War er dann eine männliche Meeresnymphe? Gab es so was wie eine männliche Nereide oder Potamide? Sollte sie nicht Honig, Öl, Milch oder eine Ziege opfern? Oder sich? Es fiel ihr schwer, Mandras zuzuschauen, wie er durchs Wasser glitt, und nicht zu glauben, daß solch ein Geschöpf, wie Plutarch gesagt hat, 9720 Jahre leben würde. Doch diese Vision von Mandras besaß Ewigkeitswert, und die von Plutarch vermutete Lebensspanne erschien zu willkürlich und zu kurz. Pelagia fiel ein, daß diese Szene sich schon seit mykenischen Zeiten Generation für Generation abgespielt hatte; vielleicht hatte es schon zur Zeit von Odysseus Mädchen wie sie gegeben, die ans Meer gegangen waren, um sich an der Nacktheit ihrer Geliebten heimlich zu ergötzen. Es überlief sie ein Schauder bei dem Gedanken an eine solche Verschmelzung mit der Geschichte.

Mandras hatte sein Netz eingeholt und bückte sich, um aus den Maschen die winzigen Fische zu klauben, die er dann in säuberlich auf dem Sand aufgereihte Eimer warf. Die silbernen Fische blitzten in der Sonne wie nagelneue Messer auf, verwandelten ihr Ersticken in ein Bild der Schönheit, so wie sie gegeneinander schnalzten und hüpften, bis sie tot waren. Pelagia bemerkte, daß sich auf Mandras' Schultern die Haut abschälte, die von der Sonne nicht ausreichend gebräunt war, obwohl er den ganzen Sommer im Freien gewesen war. Sie war überrascht, ja sogar enttäuscht, denn es zeigte ihr, daß der schmucke Knabe nur aus Fleisch und Blut und nicht aus unvergänglichem Gold war.

Er richtete sich wieder auf, steckte zwei Finger in den Mund und stieß einen durchdringenden Pfiff aus. Sie sah, daß er aufs Meer hinausschaute und mit den Armen über dem Kopf bedächtige Signale gab. Sie versuchte vergebens, das auszumachen, was seine Aufmerksamkeit so fesselte. Verwirrt hob sie den Kopf etwas höher über den Felsen, hinter dem sie sich versteckt hatte, und erspähte drei dunkle Schatten, die in einträchtiger Harmonie durch die Wellen auf ihn zuglitten. Sie hörte seinen Freudenschrei und sah zu, wie er mit drei größeren Fischen in den Händen auf sie zuwatete. Sie sah ihn die Fische hoch in die Luft werfen, worauf die drei Delphine in hohem Bogen aus dem Wasser schnellten, um sie wegzuschnappen. Dann beobachtete sie, wie er sich an einer Rückenflosse festhielt und hinaus aufs Meer glitt.

Sie rannte bis ans Wasser und kniff die Brauen bei dem verzweifelten Versuch zusammen, die funkelnden und schwankenden Lichtblitze, die die Sonne aus dem Wasser kitzelte, auszublenden, konnte aber nichts sehen. Ob Mandras ertrunken war? Ihr fiel siedendheiß ein, daß es großes Unglück brachte, eine Nymphe nackt zu sehen, es konnte zum Delirium führen. Was war los? Sie rang die Hände und biß sich auf die Lippen. Die Sonne brannte mit einer schon an Rachsucht grenzenden Heftigkeit auf ihre Unterarme, und sie drückte sie ängstlich an die Brust Sie blieb noch kurz am Strand, drehte sich dann um und lief heim.

In ihrem Zimmer kuschelte sie sich an Psipsina und weinte. Mandras war ertrunken, er war mit den Delphinen verschwunden, würde nie mehr zurückkommen; alles war aus. Sie beschwerte sich beim Marder über die Ungerechtigkeit und Vergeblichkeit des Lebens und wehrte sich nicht gegen die raspelnde Zunge, die genüßlich das Tränensalz abschleckte. Es klopfte zaghaft an der Tür.

Da stand Mandras scheu lächelnd mit einem Eimer Sardellen in der Hand. Er trat von einem Fuß auf den anderen und sprudelte in einem Schwall hervor: »Tut mir leid, daß ich nicht eher gekommen bin, aber am Tag nach dem Fest bin ich krank gewesen, weißt du, vom Wein, es ist mir gar nicht gutgegangen, und gestern hab ich nach Argostoli gehen müssen, um meine Einberufungspapiere zu holen, und übermorgen muß ich aufs Festland, und ich hab in der Kapheneia mit deinem Vater gesprochen, und er hat seine Zustimmung gegeben, und ich hab dir Fisch mitgebracht. Schau, ein paar Sardellen.«

Pelagia setzte sich auf die Bettkante; jede Empfindung wich aus ihr. Das war zuviel Glück, zuviel Verzweiflung auf einmal. Da war sie offiziell verlobt mit einem jungen Mann, der mit dem Schicksal ringen würde, der eigentlich im Meer ertrunken sein sollte, der Heiraten mit Sardellen und Krieg in einen Topf warf, der mit Delphinen spielte und zu schön war, um in der Eiseskälte von Tsamouria zu sterben. Er schien auf einmal eine Traumgestalt von erschreckender und unendlicher Zerbrechlichkeit geworden zu sein, etwas zu Kostbares und Vergängliches, um menschlich zu sein. Ihr zitterten die Hände. »Geh nicht, geh nicht«, flehte sie ihn an und dachte daran, daß es Unglück brachte, eine Nymphe nackt zu sehen, daß es zum Delirium und gelegentlich zum Tod führte.

14
Grazzi

Ich bedauere vieles in meinem Leben und nehme an, das kann auch jeder sonst von sich sagen. Aber nicht, daß ich kindische Kleinigkeiten bereue wie etwa einen Streit mit meinem Vater oder einen Flirt mit einer fremden Frau. Ich bedauere, daß ich eine überaus bittere Lektion darüber zu lernen hatte, wie persönlicher Ehrgeiz einen Mann gegen seinen Willen und gegen seine Natur im Lauf der Zeit in eine Rolle drängen kann, wofür ihn die Geschichte mit Tadel und Verachtung überhäufen wird.

Ich hatte einen ausgesprochen netten Posten; es war angenehm, der italienische Gesandte in Athen zu sein, und zwar aus dem einfachen Grund, daß Oberst Mondini und ich keine Ahnung hatten, daß es überhaupt Krieg geben würde, bis er schon angefangen hatte. Man sollte meinen, daß Ciano, Badoglio oder Soddu uns was gesagt hätten, man sollte meinen, daß sie uns ein oder zwei Monate Vorbereitungszeit gegeben hätten; aber nein, sie ließen uns mit dem gewöhnlichen heiteren Diplomatenleben fortfahren. Es erzürnt mich, daß ich auf Empfänge und ins Theater ging, gemeinsame Vorhaben mit dem Erziehungsminister organisierte, meinen griechischen Freunden beteuerte, der Duce würde keine feindlichen Absichten hegen, der italienischen Gemeinde erzählte, daß sie nicht ihre Koffer packen müßte, nur um dann herauszufinden, daß sich niemand die Mühe gemacht hatte, mich davon zu unterrichten, was vor sich ging, so daß ich selbst nicht einmal mehr die Zeit zum Packen hatte.

Ich konnte mich nur auf Gerüchte und Witze stützen. Zumindest dachte ich, es wären Witze. Curzio Malaparte, dieser dämliche Snob mit seinem ironischen und verdrehten Sinn für Humor und seiner Kriegslüsternheit, die in seinen Zeitungsartikeln aufloderte, besuchte mich und sagte: »Mein guter Freund Graf Ciano hat mir aufgetragen, Ihnen zu erzählen, daß Sie machen können, was Sie wollen, weil er sowieso gegen Griechenland Krieg führen wird, und daß er bald Jacomonis Albaner auf griechisches Territorium führen wird.« Die Art, wie er das sagte, scheel und spaßhaft, ließ mich an einen Witz glauben, weil ich mir einbildete, daß dieser Kakadu alles nachplapperte, sei es auch noch so lachhaft, unglaubwürdig oder unbedeutend, solange er damit durchblicken lassen konnte, daß er ein persönlicher Freund von Ciano war.

Einen einzigen weiteren Fingerzeig erhielt ich, als Mondini zum Flughafen bestellt wurde, um einen Geheimdienstoffizier zu treffen, der ihm berichtete, daß es innerhalb von drei Tagen zum Krieg kommen und daß Bulgarien zur selben Zeit einmarschieren würde. Er vertraute Mondini auch noch an, daß alle griechischen Beamten bestochen worden waren. Selbstverständlich telegrafierte ich nach Rom und sprach auch mit dem bulgarischen Botschafter. Rom antwortete nicht, und der bulgarische Botschafter sagte mir, daß Bulgarien nicht die geringste Absicht habe, den Krieg zu erklären (was, wie sich herausstellte, der Wahrheit entsprach). Ich wiegte mich in Sicherheit, aber ich bin nun der Meinung, daß Ciano und der Duce nur versuchten, mich zu verwirren oder sich alle Möglichkeiten offenzuhalten. Vielleicht versuchten sie auch, sich gegenseitig zu verwirren. Oberst Mondini und ich saßen in denkbar gedrücktester Stimmung in meinem Büro und dachten laut darüber nach, uns ins Privatleben zurückzuziehen.

Die Lage wurde immer undurchschaubarer. Zum Beispiel bat mich Rom für »dringende vertrauliche Instruktionen« um die Entsendung eines bevollmächtigten Vertreters, doch Ala Littoria bot keine Flüge an, und so kam niemand weg. Dann kündigte der Palazzo Chigi telegrafisch die Ankunft eines Kuriers mit einem Sonderflug an, doch wer es auch sein sollte, er traf niemals ein. Praktisch die gesamte diplomatische Gemeinde in Athen wurde bei mir vorstellig, damit ich etwas zur Vermeidung des Krieges unternähme, und ich konnte bloß verlegen stammeln, weil ich mich in der unhaltbaren Lage befand, ein Botschafter zu sein, der nicht die geringste Ahnung hatte, was vor sich ging. Mussolini und Ciano demütigten mich, und ich werde ihnen nie verzeihen, daß sie mich nötigten, mich auf die Propaganda der Agentur Stefani als einzige Informationsquelle zu verlassen. Informationen? Es waren alles Lügen, und selbst die Griechen waren über die bevorstehende Invasion besser informiert als ich.

Folgendes war geschehen: Im griechischen Nationaltheater gab es eine Sondervorstellung von *Madame*

Butterfly, Puccinis Sohn und seine Gemahlin waren als Staatsgäste eingeladen. Es war eine wunderbar noble Geste, wie sie für die Griechen typisch ist, und wir verschickten Einladungen zu einem Empfang am 26. Oktober nach Mitternacht. Empfänge nach Mitternacht sind eine griechische Sitte, an die ich mich nie ganz gewöhnen konnte, wie ich gestehen muß.

Metaxas und der König erschienen nicht, aber es war trotzdem ein herrliches Fest. Es gab eine riesige Torte mit »Lang lebe Griechenland« in Zuckerguß darauf, und die Tische hatten wir mit den ineinandergeschlungenen Fahnen Griechenlands und Italiens gedeckt, um unsere Freundschaft zu symbolisieren. Wir hatten Dichter, Dramatiker, Professoren, Intellektuelle und auch hochrangige Vertreter der Gesellschaft und der diplomatischen Gemeinde aufgeboten. Mondini sah glänzend aus in seiner ordengeschmückten Galauniform, doch mir fiel auf, daß er, als die Telegramme aus Rom eintrafen, bleich wurde und in seinem Hofstaat sichtlich kleiner zu werden schien, bis es so aussah, als könnte er sich nicht mehr dazu bekennen oder hätte ihn von jemand geborgt.

Es war eine entsetzliche Lage. Die Überbringer der Telegramme mußten sich als Gäste ausgeben, und während ich die Depeschen las, sank mir das Herz in die Hose. Ich mußte gefällige Konversation mit den Menschen treiben, während ich von immer neuen Wogen des Entsetzens und des Abscheus überrollt wurde. Ich schämte mich für meine Regierung, zürnte ihr, daß sie mich in Unkenntnis gelassen hatte, wurde verlegen vor meinen griechischen Freunden, und in meinem Kopf wiederholte sich ständig dieselbe Frage: »Wissen die denn nicht, was Krieg ist?« Ein Romancier fragte mich, ob ich wohlauf sei, weil ich sehr blaß geworden war und meine Hände zitterten. Ich blickte von einem Gesicht zum anderen und sah, daß alle aus meiner Gesandtschaft das gleiche durchgemacht hatten; wir waren Hunde, denen befohlen worden war, die Hand zu beißen, die uns Futter gab.

Der erste Teil von Mussolinis Ultimatum traf als letzter ein, und ich war noch bis fünf Uhr morgens über die Vorgänge im unklaren. Ich war müde und angeschlagen, und ich weiß nicht mehr, ob mich die Anweisung erleichterte oder schmerzte, es erst um drei Uhr morgens am 28. zu übergeben und bis sechs Uhr auf eine Antwort zu warten. Anscheinend war der »niemals schlafende Diktator« (der, wie ich zufällig weiß, ziemlich viel schlief) entschlossen, nicht nur ein Chaos anzurichten, sondern uns auch nicht in die Federn kommen zu lassen.

Am 27. beorderte der griechische Stabschef Mondini zu sich, um abzustreiten, daß Griechenland etwas mit den Grenzzwischenfällen und der Explosion bei Santi Quaranta zu tun hatte. Mondini kam sehr niedergeschlagen zurück und berichtete mir, daß Papagos ihn mit einer einzigen berechtigten Frage gedemütigt hatte: »Aufgrund welchen Wunders wissen Sie, daß wir das getan haben, wenn niemand weiß, wer es gewesen ist, und niemand je erwischt worden ist?« Mondini versuchte ihn mit der Aussage zu besänftigen, daß es womöglich die Briten waren, woraufhin Papagos lachte und erwiderte: »Ich nehme an, Sie sind sich bewußt, daß jeder Fußbreit Grenze von griechischen Patrioten bewacht wird, die bis zum letzten Blutstropfen kämpfen werden?« Mondini litt wie ich unter dem Gefühl von Scham und

Ohnmacht; Badoglio hatte ihn in Unkenntnis gelassen. Später gestand mir Badoglio, daß er selbst nicht unterrichtet gewesen war, obwohl er daheim unser Stabschef war – hat es schon jemals einen Krieg gegeben, in dem der Oberbefehlshaber nicht wußte, daß er stattfinden wird? Mondini und ich sprachen wieder von unserer Abdankung, während draußen die Athener lautstark wie üblich ihren Geschäften nachgingen. Es war ein schöner, warmer, herrlicher Herbsttag, und Mondini und ich wußten beide, daß diese Schönheit und dieser Friede bald von Sirenen und Bomben zerrissen würden; der Gedanke war einfach zu widerwärtig, ja sogar zu gotteslästerlich. Allmählich stellten sich aschfahle Abgesandte der italienischen Gemeinde in Athen ein, die im Falle eines Krieges Internierung und Verfolgung fürchteten. Ich mußte ihnen etwas vorlügen und schickte sie mit blutendem Herzen weg. Wie sich herausstellte, versuchten die Griechen äußerst ehrenhaft, sie zu evakuieren, doch bei Salonika wurden sie versehentlich von unserer eigenen Luftwaffe bombardiert.

Meine Unterredung mit Metaxas war die schmerzlichste Begebenheit meines Lebens, und danach wurde ich in die Heimat zurückgeschickt, aber ich bekam Ciano nicht vor dem 8. November zu Gesicht. Der Feldzug war bekanntlich bereits damals ein Fiasko, und Ciano wollte mich nicht sagen hören: »Ich habe es ja kommen sehen.« Eigentlich wollte er das Gespräch mit mir gar nicht; er unterbrach mich ständig und wechselte das Thema. In meiner Gegenwart telefonierte er mit dem Duce und berichtete ihm, daß ich Dinge behaupten würde, die ich keineswegs gesagt hatte, und dann verkündete er mir, der Albanien-Feldzug wäre in zwei Wochen vorüber.

Später, als ich schon viel Aufhebens um den wahren Sachverhalt machte, sandte er Anfuso, um mir einen Urlaub anzuraten, und das war vermutlich das Ende meiner Karriere.

Sie wollen etwas über meine Unterredung mit Metaxas erfahren? Ist die nicht schon berühmt genug? Ich spreche im Grunde ungern darüber. Wissen Sie, ich habe Metaxas bewundert, und wir waren eigentlich Freunde. Nein, es stimmt nicht, daß Metaxas bloß »Nein« sagte. Also gut, ich erzähle es Ihnen.

Wir hatten einen griechischen Chauffeur, mir fällt sein Name nicht mehr ein, doch wir hatten ihn heimgeschickt, so daß Mondini uns zur Villa in Kifisia fuhr. De Santo kam zum Dolmetschen mit, obwohl er gar nicht gebraucht wurde. Wir fuhren um halb drei los, die Sterne funkelten wie Diamanten über uns, und es war so mild, daß ich meinen Mantel gar nicht zuzuknöpfen brauchte. Gegen dreiviertel drei trafen wir an der Villa ein, einem bescheidenen Anwesen in einem Vorort, und der Kommandant der Wache kam durcheinander – er muß unsere italienische Trikolore mit der französischen verwechselt haben –, denn er rief Metaxas an und teilte ihm mit, daß der französische Botschafter ihn aufzusuchen wünschte. Bei jeder anderen Gelegenheit wäre das komisch gewesen. Während ich wartete, lauschte ich auf das Rauschen der Pinien und versuchte, die Eule zu entdecken, die in einem der Bäume schrie. Mir war übel.

Metaxas kam selbst an den Diensteingang. Er war sehr krank, wissen Sie, und wirkte ziemlich klein und erbärmlich; er sah wie ein Kleinbürger aus, der die Morgenzeitung holt oder die Katze hereinruft. Er trug einen mit weißen Blumen gemusterten Morgenmantel.

Von Eminenzen wird doch allgemein erwartet, daß sie ein würdevolleres Nachtgewand tragen. Er blinzelte mir ins Gesicht, erkannte mich und rief erfreut aus: *»Ah, monsieur le ministre, comment allez-vous?«* Ich weiß nicht mehr, was ich ihm zur Antwort gab, aber ich wußte, Metaxas hatte mich im Verdacht, ich wäre gekommen, um ihm den Judaskuß zu geben. Er war schon dem Tod nahe, wie Sie ja wohl wissen, und die Last auf seiner Seele muß bereits unvorstellbar groß gewesen sein.

Wir gingen ins Wohnzimmer, in dem billige Möbel standen und diese kleinen Nippes, die anscheinend jeder bürgerliche Grieche mag. Metaxas, wissen Sie, war ein ehrenwerter Politiker. Er ist nie der Korruption bezichtigt worden, nicht einmal von seinen Feinden, ja nicht einmal von den Kommunisten, und an seinem Haus war zu sehen, daß zu dessen Verschönerung nie Staatsmittel abgezweigt worden waren. Niemand hätte sich deutlicher vom Duce unterscheiden können.

Er ließ mich in einem Ledersessel Platz nehmen. Später erfuhr ich, daß Metaxas' Witwe niemand mehr darin sitzen ließ. Er setzte sich auf eine mit Cretonne überzogene Couch. Wir sprachen nur französisch. Ich sagte ihm, daß meine Regierung mir befohlen habe, eine dringende Note zu überreichen. Er nahm sie entgegen und las sie langsam mehrmals hintereinander durch, als wäre der Inhalt eigentlich nicht zu glauben. Er ließ jenes Zungenschnalzen hören, mit dem Griechen ihre Ablehnung ausdrücken, und wackelte mit dem Kopf.

Die Note besagte, daß Griechenland sich offen auf die Seite Englands gestellt hätte, daß es die Neutralitätspflicht verletzt und Albanien provoziert hatte ..., und schloß mit den Worten, die ich nie mehr vergessen werde:

»Dies alles kann nicht länger von Italien geduldet werden. Die italienische Regierung ist deshalb zu dem Entschluß gekommen, von der griechischen Regierung als Garantie der Neutralität Griechenlands und der Sicherheit Italiens die Ermächtigung zu erlangen, mit der eigenen Wehrmacht für die Dauer des gegenwärtigen Konflikts mit Großbritannien einige strategische Punkte auf griechischem Gebiet zu besetzen. Die italienische Regierung fordert die griechische Regierung auf, sich einer solchen Besetzung nicht zu widersetzen und den freien Durchzug der für diese Besetzung bestimmten Truppen nicht zu behindern. Diese Truppen kommen nicht als Feinde des griechischen Volkes, und die italienische Regierung hat in keiner Weise die Absicht, durch die zeitweilige Besetzung einiger strategischer Punkte, die von der Notwendigkeit der Lage bestimmt wird und rein defensiven Charakter trägt, die Souveränität und Unabhängigkeit Griechenlands zu beeinträchtigen. Die italienische Regierung richtet an die griechische Regierung das Verlangen, daß sie sofort den militärischen Stellen die notwendigen Befehle erteilt, damit diese Besetzung in friedlicher Weise erfolgen kann. Falls die italienischen Truppen auf Widerstand stoßen, wird dieser Widerstand mit Waffengewalt gebrochen werden, und die griechische Regierung würde die Verantwortung für die daraus folgenden Konsequenzen tragen müssen.«

Metaxas' Brille beschlug, doch hinter den Gläsern konnte ich Tränen sehen. Es ist hart, einen mächtigen Mann, einen Diktator, in einem solchen Zustand zu sehen. Seine Hände zitterten ein wenig; er war zwar ein hartgesottener Mann, aber auch leidenschaftlich. Ich saß ihm gegenüber, die Ellbogen auf den Knien, und schämte mich bitterlich für den Irrsinn und die Ungerechtigkeit dieser Eskapade, in die ich verwickelt war. Auch ich war den Tränen nahe. Er blickte auf und sagte: *»Alors, c'est la guerre.«*

Sie sehen also, er sagte nicht bloß *ochi,* wie die Griechen glauben; es war kein schlichtes »Nein«, doch es bedeutete das gleiche. Es hatte dieselbe Entschlußkraft und dieselbe Würde und war genauso endgültig.

»Mais non«, erwiderte ich in vollem Wissen, daß ich log, »Sie können das Ultimatum akzeptieren. Sie haben drei Stunden.«

Metaxas zog eine Augenbraue hoch, beinahe mitleidig, weil er wußte, daß ich zu keiner Unredlichkeit fähig war, und erwiderte: *»Il est impossible.* In drei Stunden ist es unmöglich, den König zu wecken, Papagos herzuzitieren und Befehle an alle Grenzposten zu schicken. Viele von ihnen haben nicht einmal ein Telefon.«

»Il est possible, néanmoins«, beharrte ich, doch er schüttelte den Kopf. »Welche strategischen Punkte wollen Sie besetzen?« Er legte einen sarkastischen Nachdruck auf das Wort »strategisch«. Ich zuckte verlegen mit den Achseln und sagte: *»Je ne sais pas. Je suis désolé«.*

Er blickte mich wieder an, diesmal eine Spur amüsiert: *»Alors, vous voyez, c'est la guerre.«*

»Mais non«, wiederholte ich und sagte ihm, ich würde bis sechs Uhr morgens auf seine endgültige Antwort warten. Er begleitete mich zur Tür. Ihm war klar, daß wir ganz Griechenland besetzen wollten, wie seine Antwort auch immer ausfallen mochte, und er wußte, wenn er

gegen uns kämpfte, würde er am Ende gegen die Deutschen kämpfen müssen. *»Vous êtes les plus forts«,* sagte er, *»mais c'est une question d'honneur.«*

Es war das letzte Mal, daß ich Metaxas sah. Er starb am 29. Januar an einer Zellgewebsentzündung im Rachenraum, die sich zu einem Abszeß entwickelt und zu Toxikämie geführt hatte. Er starb mit dem Wunsch, die Briten hätten ihm fünf Panzerdivisionen geschickt, obwohl er es ohne sie dennoch geschafft hatte, unseren Blitzkrieg in einen schändlichen Rückzug auf ganzer Linie zu verwandeln.

Als ich ihn verließ, stand er dort in seinem geblümten Gewand, ein kleiner Mann, der in den Augen der Welt zumeist als lächerlich galt, der nie gewählt worden und mit einer berüchtigten und halsstarrigen Tochter geschlagen war, aber zu mir mit der Stimme des ganzen griechischen Volkes gesprochen hatte. Es war Griechenlands erhabenste und Italiens schmachvollste Stunde. Metaxas hatte sich seinen Platz in der Geschichte unter den Befreiern, Cäsaren und Königen verdient, wohingegen ich mich entwürdigt und beschämt fühlte.

Nun habe ich Ihnen erzählt, was geschehen ist. Hoffentlich sind Sie damit zufrieden.

15
L'Omosessuale IV

Wir meldeten uns nicht wieder bei Oberst Rivolta, weil es nicht in unseren Anweisungen stand. Wir sollten ja tot sein. Doch die Depeschen waren voll mit Berichten über »Grenzzwischenfälle«, die die griechischen »Lakaien Englands« verübt hätten. Die ganze Armee wurde von grimmiger Empörung ergriffen, und jeder außer Francisco und mir wollte am liebsten gleich losschlagen.

Wir äußerten uns nicht. Wir hielten es für ein Wunder, daß wir kein Maschinengewehr bekommen hatten, das nach dem ersten Schuß blockierte.

Doch wir redeten oft miteinander, und unsere Komplizenschaft vertiefte unser Gefühl gemeinsamer Isolation. Wir fühlten uns schrecklich verraten, lange bevor diese Stimmung sich in der Brust eines jeden unserer Soldaten in den Bergen von Epirus breitmachte. Wir erhielten Orden für unsere Tat und bekamen den Befehl, sie nicht zu tragen. Uns wurde auch noch befohlen, niemand zu erzählen, daß wir sie errungen hatten. Wir waren durch üble Schliche zu Mordgehilfen gemacht worden und hätten sie sowieso nicht getragen. Francisco und ich schlossen einen Pakt, daß eines Tages einer von uns Oberst Rivolta eine Kugel ins Hirn jagen würde.

Ich wollte desertieren, aber auch meinen schönen Angebeteten nicht im Stich lassen. Es war sowieso rein physisch nicht möglich, da ich durch Gebirgszüge und eine unwirtliche Wildnis hätte ziehen müssen. Ich hätte einen Weg übers Meer nach Italien finden müssen. Und was dann? Verhaftung? Der einzige Weg, den ich ernsthaft in Erwägung zog, war das Überschreiten der Grenze nach Griechenland. Ich wäre der erste der vielen italienischen Soldaten gewesen, der sich dem antifaschistischen Bündnis angeschlossen hätte.

Die Ereignisse kamen meinen Plänen zuvor. Unser unvorhergesehener Erfolg hatte offensichtlich Eindruck gemacht, weil Francisco und ich kurzfristig von unserer Einheit abgezogen und zu einem streng geheimen Ausbildungslager bei Tirana geschickt wurden. Wir kamen dort nach einer Reise an, die wir zum größten Teil wieder zu Fuß hatten zurücklegen müssen, und erwarteten, für Kommandoeinsätze ausgebildet zu werden. Ich gebe unumwunden zu, daß uns beide diese Aussicht reizte, wie wohl jeden Mann in unserer Lage.

Stellen Sie sich unsere Bestürzung und unser ungläubiges Staunen vor, als wir bei unserem Eintreffen erfuhren, daß wir die Ausbilder sein sollten. Stellen Sie sich die bösen Ahnungen vor, als uns gesagt wurde, wir sollten einhundertfünfzig Albaner in der Kunst der Sabotage ausbilden. Stellen Sie sich unsere skeptische Belustigung vor, als wir uns betranken und die Lage besprachen.

Wie kamen wir dazu? Wir hatten einen Einsatz hinter uns gebracht und galten nun als Experten. Jene Albaner waren abscheuliche und übertrieben balkaneske

Banditen, und keiner von ihnen sprach ein Wort Italienisch. Wir konnten kein Albanisch. Für die Ausbildung hatten wir ungefähr eine Woche Zeit.

Das Vorhaben stand unter dem persönlichen Kommando von Jacomoni, und wir waren nun vollends beteiligt an einer offiziellen Verschwörung, die »griechische« Provokationen herbeiführen sollte, denn der Duce brauchte eine plausibel klingende Ausrede für eine Kriegserklärung. Es war der reinste Zynismus. Sicherlich meinte der Duce, Griechenland sei eine leichte Beute und böte ihm die Gelegenheit, Adolf Hitlers Blitzkrieg etwas entgegenzusetzen.

Die Mitglieder des zu schaffenden albanischen Kommandos waren alle übergewichtig, trugen offenbar alle riesige Schnurrbärte, waren alle Säufer, waren alle mordgierig, liederlich, raubgierig und zu Arbeit oder Aufrichtigkeit unfähig. Sie waren nominell Moslems, was hieß, daß wir in den ungünstigsten Augenblicken zum Gebet innehalten mußten, doch Francisco und ich kamen rasch zu dem Schluß, daß sie es geschafft hatten, von religiösen oder menschlichen Empfindungen jeder Art unberührt zu bleiben.

Wir machten Übungsmärsche mit ihnen, doch Francisco und ich kamen als einzige am Ziel an. Wir brachten ihnen bei, kurze Feuerstöße aus den Maschinengewehren abzugeben, doch sie leerten ganze Gurte und verbogen die Läufe durch Überhitzung. Wir brachten ihnen den unbewaffneten Kampf bei, doch wenn wir am Gewinnen waren, gingen sie plötzlich mit Messern auf uns los. Wir brachten ihnen bei, sich von dem, was das Land bot, zu ernähren, mußten jedoch feststellen, daß sie sich mitten in der Nacht zu irgendwelchen Kneipen davonstahlen.

Wir brachten ihnen bei, wie sie Telegrafenmasten und Fernmeldeeinrichtungen zerstören konnten, dabei starb einer von ihnen an einem Stromschlag in den Penis, weil er auf einen Umspanner gepinkelt hatte. Wir brachten ihnen bei, Wachtürme zu vernichten; dazu ließen wir sie einen bauen, aber dann weigerten sie sich, das Zerstören an ihm zu üben, weil sie sich schon so viel Mühe mit dem Erbauen gemacht hatten. Wir brachten ihnen bei, die Landbevölkerung zur Rebellion aufzustacheln, doch die Landbevölkerung rebellierte gegen unsere Albaner. Das einzige, was wir ihnen erfolgreich beibrachten, war, Generäle zu ermorden und Verwirrung zu stiften, indem sie hinter den Linien das Feuer eröffneten; das bewiesen sie, indem sie einen der Lagerposten erschossen und dann auf ein Bordell feuerten, weil sie die Zuhälter ausrauben wollten. Am Ende der Ausbildungswoche erhielten diese Kommandos einen Haufen Geld und wurden auf griechisches Gebiet geschickt, um den Destabilisierungsprozeß in Gang zu setzen. Sie verschwanden ausnahmslos mit dem Geld und wurden nie wieder gesehen. Francisco und ich erhielten weitere Orden für unsere »hervorragende Mitwirkung« und wurden wieder zu unserer Einheit zurückversetzt.

Es passierte noch mehr. Einer unserer eigenen Flieger warf »griechische« Flugblätter auf uns ab, in denen die Albaner dazu aufgerufen wurden, gegen uns zu revoltieren und mit den Briten gemeinsame Sache zu machen. Das Flugzeug identifizierten wir fast sofort als eines der unseren, und einige der einfältigeren Soldaten bei uns konnten nicht verstehen, warum wir die eigenen Leute zum Aufstand ermutigten. Es wurden noch mehr unserer Grenzposten von unseren eigenen, als Griechen verkleideten Leuten angegriffen, und auf einige Albaner wurde hinterrücks geschossen, damit sie denken sollten, sie brauchten uns als Schutzmacht. Einige Albaner schossen aber auch auf uns, doch wir ließen verlauten, daß es Griechen waren. Der Generalgouverneur ließ seine eigenen Büroräume in die Luft jagen, damit der Duce endgültig und unwiderruflich den Krieg erklären konnte. Das tat dieser dann auch, kurz nachdem er die Demobilisierung angeordnet hatte, weswegen wir zuwenig Truppen und keine entsprechende Aussicht auf Verstärkung hatten.

Ich habe von diesen Ereignissen so berichtet, als wären sie amüsant, doch in Wirklichkeit war es der reinste Wahnwitz. Uns war gesagt worden, daß die Griechen demoralisiert und korrupt seien, daß sie desertieren und auf unserer Seite kämpfen würden, daß wir einen Blitzkrieg führen würden, der in Sekundenschnelle vorüber wäre, daß Nordgriechenland voller unzufriedener Irredentisten stecke, die eine Vereinigung mit Albanien wollten; doch wir wollten bloß nach Hause. Ich wollte nur in Francisco verliebt sein. Wir wurden in den Tod geschickt, ohne Transportmöglichkeiten, ohne Ausrüstung, ohne Panzer, die der Bezeichnung würdig waren, mit einer Luftwaffe, die sich größtenteils in Belgien befand, mit unzureichender Truppenstärke. Von den Offizieren, die einen höheren Rang als den eines Obersts innehatten, war niemand taktisch geschult. Unser Kommandant lehnte Verstärkungen ab, weil ein Sieg mit einer kleinen Armee ihm mehr Ruhm einbringen würde. Noch so ein Idiot. Ich desertierte nicht. Vielleicht waren wir alle nicht ganz bei Trost.

Die Beschreibung dieses Feldzugs treibt mich in unermeßliche Verbitterung und Stumpfsinn. Hier auf der sonnigen, abgelegenen Insel Kephallonia mit ihren herzlichen Bewohnern und ihren Basilikumtöpfen scheint es unfaßbar, daß so vieles je geschehen ist. Hier auf Kephallonia aale ich mich in der Sonne und schaue den Tanzwettbewerben zwischen den Einwohnern von Lixouri und Argostoli zu. Hier auf Kephallonia sind meine Träume erfüllt von Phantasien über Hauptmann Antonio Corelli, einen Ausbund an Fröhlichkeit, der nichts anderes als Mandolinen im Sinn hat und sich von meinem verschwundenen und geliebten Francisco nicht stärker unterscheiden könnte, den ich aber genausosehr liebe.

Wie wunderbar es doch war, daß wir uns im Krieg befanden. Wie wir pfiffen und sangen, als wir uns hektisch auf den Vormarsch vorbereiteten, als Motorradkuriere wie Bienen hin und her summten; wie froh es uns stimmte, ohne Widerstand eine fremde Grenze zu überschreiten; wie schmeichelhaft es war, uns als die neuen Legionäre des neuen Imperiums zu sehen, das zehntausend Jahre bestehen sollte. Wie angenehm der Gedanke war, daß unsere deutschen Verbündeten bald von Siegen hören würden, die es mit den ihren aufnehmen konnten. Welche Kraft wir doch ausstrahlten, als wir uns mit unserem Beitrag zum berühmten Stahlpakt brüsteten. Ich marschierte an Franciscos Seite, sah die schwungvolle Bewegung seiner Glieder und die klaren Schweißtröpfchen, die an seinem Gesicht herabrannen. Von Zeit zu Zeit blickte er mich an und lächelte. »Athen in zwei Wochen«, meinte er.

Die Nacht vom 28. Oktober. Mit einem Munitionsvorrat für fünf Tage und dem Proviant wegen fehlender

Mulis auf dem eigenen Buckel wurden wir nach Osten geschickt, um den Metsovon-Paß einzunehmen. Wie unbeschreiblich leicht wir uns fühlten, als wir spätabends diese Lasten vom Rücken nahmen! Wir schliefen wie die Säuglinge und erwachten im Licht des frühen Morgens mit knirschend steifen Armen und Beinen. Wir erfuhren, daß keine Verstärkungen eintreffen würden, weil die See zu rauh war und die Briten unsere Schiffe versenkten. Wir stimmten Lieder darüber an, daß wir gegen widrigste Umstände siegen würden. Daß wir unter Prascas direktem Befehl standen, stärkte uns den Rücken.

Wie wunderbar es doch war, daß wir uns im Krieg befanden, bis sich das Wetter gegen uns wandte. Wir stapften durch Schlamm. Unsere Flugzeuge wurden durch die Wolken am Boden festgehalten. Wir waren zehntausend Mann, alle bis auf die Knochen durchnäßt. Unsere zwanzig schweren Geschütze versanken im Morast, und unsere wenigen armen, mißhandelten und geprügelten Mulis bemühten sich vergebens, sie wieder rauszuziehen. Uns wurde versichert, daß der Duce sich für einen Winterfeldzug entschieden hatte, um das Malariarisiko auszuschalten, aber Winterkleidung wurde uns nicht zugesichert. Die mit uns losgezogenen albanischen Truppen lösten sich allmählich in Luft auf. Es wurde deutlich, daß die Bulgaren nicht auf unserer Seite kämpfen würden, und die Griechen zogen Verstärkungen von der bulgarischen Grenze ab. Unsere Kommunikations- und Nachschubwege funktionierten schon nicht mehr, bevor auch nur ein einziger Schuß gefallen war. Die griechischen Soldaten desertierten nicht. Mein Gewehr setzte Rost an. Ich erhielt die falsche Munition.

Wir erfuhren, daß wir keine Luftunterstützung bekommen würden und daß ein Bürohengst aus Versehen unsere Fiat-666-Lkws nach Turin beordert hatte. Es war sowieso egal. Die Lastwagen blieben genauso wie die Geschütze im Schlamm stecken. Absätze, die früher beim Salutieren markig geknallt hatten, wurden nun mit einem klebrig dumpfen Ton zusammengeschlagen, und wir begannen uns nach dem beißenden gelben Staub vom 25. Oktober zurückzusehnen. Immer noch von einem leichten Sieg überzeugt, marschierten wir weiter und sangen davon, in zwei Wochen in Athen zu sein. Wir hatten bisher keine einzige Patrone abgefeuert.

Wir dachten, die Griechen stellten sich uns nicht entgegen, weil ihre Truppen schwach und feige waren, was uns trotz allem in gute Laune versetzte. Keiner von uns kam auf die Idee, daß sie unsere Strategie vorhergesehen und eine flexible Verteidigungsstellung bezogen hatten, um ihre Kräfte zu konzentrieren. Wir mühten uns in unerbittlichem Regen und zähem Dreck voran, während sich über uns der gewaltige Berg Smolikas in Nebel hüllte und die Griechen geduldig abwarteten.

Wie ich Wickelgamaschen hasse. Ich habe nie kapiert, wozu sie gut sind. Ich haßte es, sie genau nach Vorschrift umzuwickeln. Nun haßte ich sie, weil sich klebrige Brocken gelber Erde an sie hefteten und weil sie das eiskalte Wasser in meine Stiefel leiteten. Die Haut an meinen Füßen wurde weiß und schälte sich ab. Die Hufe der Mulis wurden weich und schuppten ab, aber sie warfen immer noch den Matsch hoch, der uns von Kopf bis Fuß bespritzte. Francisco und ich drangen in ein Haus ein, in dem ein Foto von König Georg und

General Metaxas an der Wand hing. Wir erbeuteten einen Regenmantel und trockene Socken. Ein halb verzehrtes Essen stand da, noch warm, und wir aßen es. Danach machten wir uns stundenlang Sorgen darüber, ob es nicht etwa vergiftet gewesen und absichtlich stehengelassen worden war. Es waren keine Griechen zu sehen, und wir siegten kampflos. Wir vergaßen, daß einige von uns den faschistischen Milizen Antikriegsparolen zugerufen und sie vermöbelt hatten, wann immer wir ihnen im Dunkeln begegnet waren.

Wir erreichten den Fluß Sarandaporos und stellten fest, daß wir keine Pontons und keine Pioniere hatten. Er war reißend angeschwollen, und auf ihm trieben die Überreste gesprengter Brücken und die Kadaver von Bergschafen. Francisco rettete mir das Leben, indem er mir nachstürzte, als ich bei dem Versuch, ein Geschütz herüberzuschaffen, davongetrieben wurde. Es war das erste Mal, daß er mich in den Armen hielt. Wir hörten, daß jemand griechische Soldaten gesehen hatte, die im Wald verschwanden. »Feiglinge«, spöttelten wir. Die Hölle des Sarandaporos wiederholte sich beim Vojussa. Francisco meinte: »Gott ist gegen uns.«

Ich hasse Wickelgamaschen. Auf eintausend Metern Höhe gefror das Wasser in ihnen. Wenn Wasser gefriert, dehnt es sich aus. Das ist ein nichtssagender Gemeinplatz, stimmt, aber bei Wickelgamaschen wirkt sich das zweifach aus. Das Eis wird kiloschwer und schnürt den Blutzufluß zu den Füßen ab. Sie werden taub. Wir sehnten uns nach den dreckigen Löchern, aus denen wir in Albanien gekrochen waren. Wir stellten fest, daß unsere schweren Geschütze meilenweit hinter uns zurückgefallen waren und uns wahrscheinlich nie mehr einholen würden. »Athen in zwei Monaten«, sagte Francisco und zog ironisch die Mundwinkel herab.

Krieg ist was Herrliches, bis jemand getötet wird. Am 1. November besserte sich das Wetter, und ein Heckenschütze erschoß unseren Unteroffizier. Es krachte in den Bäumen, und der Unteroffizier machte einen Schritt rückwärts und warf die Arme hoch. Er taumelte auf mich zu und fiel mit einem hellglänzenden Fleck mitten auf der Stirn rücklings in den Schnee. Die Männer warfen sich zu Boden und erwiderten das Feuer, während ein Zug in die Pinien ausschwärmte, um den Feind aufzustöbern, der aber bereits verschwunden war. Ein Mörser bellte los, es machte »Wumm«, als der Sprengkörper zwischen uns fiel, dann kam ein Aufschrei, als das Schrapnell einem armen Rekruten aus Piemont die Beine zerfetzte, darauf entsetzliche Stille. Ich merkte, daß ich mit blutigen Fetzen Menschenfleisch bespritzt war, die an meiner Uniform bereits festfroren. Wir scharten uns um die Verwundeten und erkannten, daß es keine Möglichkeit gab, sie hinter die Linien zu schaffen. Francisco legte mir die Hand auf die Schulter und sagte: »Schieß mir in den Kopf, wenn ich verwundet bin.«

Die verspotteten Griechen hatten uns in Positionen hineinmanövriert, wo sie uns einkreisen und den Rückzug abschneiden konnten, aber dennoch sahen wir sie kaum. Wir saßen im Talboden auf den Straßen und Wegen in der Falle, und die Griechen schwirrten wie Geister auf den Hängen über uns umher. Wir wußten nie, wann und woher der nächste Angriff kommen würde. Die Granaten schienen in einem Augenblick von hinten zu kommen, im nächsten schon von der Flanke oder von vorn. Wir wirbelten wie Derwische herum, feuerten auf Geister und Bergziegen.

Der heldenhafte Einsatz der unsichtbaren Griechen brachte uns aus der Fassung. Sie tauchten aus dem Nichts auf und fielen über uns her, als würden wir gerade ihre Mütter vergewaltigen. Das schockierte uns. Auf dem Hügel 1289 verschreckten sie unsere Albaner so sehr, daß diese flohen und sogar auf die Carabinieri schossen, die sie aufzuhalten versuchten. Neunzig Prozent dieses Tomor-Bataillons desertierten. Unsere ganze Linie wurde mit uns als Angelpunkt gegen den Uhrzeigersinn gedreht und von beiden Flügeln unserer Front abgeschnitten. Keine Luftunterstützung. Griechische Soldaten in ihren britischen Uniformen und Tommy-Helmen mähten uns mit MGs und Mörsern nieder und blieben selbst unsichtbar. »Athen in zwei Jahren«, meinte Francisco. Wir waren völlig allein.

Die Griechen nahmen Samarini ein und waren hinter uns. Zu essen hatten wir nichts als trockene Kekse, die wie Skrofeln zerbröselten. Die Pferde starben uns weg, also verzehrten wir sie. Die kleinen Pferde der Griechen trugen deren Kavallerie über uns hinweg und waren zu zäh zum Sterben. Wir erhielten Befehl, uns nach Konitsa zurückzuziehen, und mußten uns unseren Rückweg durch die Truppen freikämpfen, die uns umzingelt hatten.

Wir waren nicht mehr zu erkennen. Uns wuchsen riesige Bärte, wir wurden unter Graupelschauern begraben, unsere blutunterlaufenen Augen lagen tief in den Höhlen, unsere Uniformen verschwanden unter einer Eiskruste, unsere Hände waren wie von Katzen zerkratzt, und unsere Finger krümmten sich zu Bleiklumpen. Francisco sah aus wie ich, und ich sah allen anderen gleich; wir lebten wie in der Steinzeit. Innerhalb von wenigen Tagen waren wir zu Skeletten abgemagert und wühlten wie Schweine nach Futter.

Dann endlich sahen wir einen italienischen Bomber. Wir winkten ihm zu, er kreiste und warf eine Bombe ab, die uns knapp verfehlte, aber drei unserer Mulis tötete. Wir schnitten ihr Fleisch in Streifen und aßen es roh, während es noch warm war und vor Leben pulsierte. Die Funkgeräte gaben den Geist auf. Es wurde klar, daß die Griechen ihre Truppen an genau den Stellen zusammenzogen, wo wir am schwächsten waren. Sie fingen damit an, isolierte Kommandos aufzugreifen und gefangenzunehmen. »Haben die Schweine Glück«, bemerkte Francisco. »Ich wette, in Athen ist es heiß.« Nachts schliefen wir beide aneinandergekuschelt, um etwas Wärme zu haben. Die Erschöpfung verscheuchte jede Lust. Wir schliefen alle so. Ich wollte meinen Freund nur beschützen.

Unser Kommandant wurde gefeuert und durch General Soddu ersetzt, dem wir natürlich den Spitznamen »General Sodomia« gaben. Visconti Prasca verlor dann seinen Posten als Kommandant der Elften Armee. Wie tief die Mächtigen fielen! Er war ein Meteor, der sich als glühender Furz entpuppte. Alle unsere Kommandanten waren glühende Fürze, angefangen bei Mussolini, der sie ausgewählt hatte.

Wir zogen uns nach Konitsa zurück wie ein verwundeter Riese, den eine wilde Meute tollwütiger Hunde peinigt. Es war ein Inferno aus Maschinengewehren und Artillerie, Granaten und Eis. Die Zivilbevölkerung stellte uns mit Sportflinten und Schlingen nach. Eine ganze Woche verging ohne Mahlzeiten oder Erholungspausen. Schlachten auf Kernschußweite dauerten bis zu acht Stunden an. Wir verloren Hunderte von Kameraden. Die Berge wurden zu einer Totenstätte. Wir kämpften weiter, verloren aber den Mut. Eine große Dunkelheit hatte sich über das Land gesenkt. Francisco redete mit seiner Maus selbst bei Angriffen aus dem Hinterhalt oder bei plötzlichem Flankenbeschuß, und wir alle waren kurz vor dem Durchdrehen. Wir erreichten unsere alte Stellung an der Perati-Brücke, nachdem wir sinnlos ein Fünftel unserer Männer geopfert hatten. Ich sah um mich und spürte mit nagendem Entsetzen die unwiederbringliche Abwesenheit der Männer, die ich liebengelernt hatte und deren unbezwingbaren Mut niemand je anzweifeln oder unbedacht in Frage stellen sollte. Krieg ist etwas Herrliches. In Filmen und in Büchern. Gladiators, Wellingtons und Blenheims tauchten immer öfter am Himmel über uns auf und so fügten die Engländer ihre Kräfte den griechischen Dolchen hinzu, die sich in unsere Wunden bohrten. General Soddu inspizierte uns und verglich uns mit Granit. »Blutet Granit auf Golgatha?« fragte Francisco.

16
Pelagias Briefe an die Front

1

Mandras, Agapeton,

seit so langer Zeit habe ich nichts mehr von Dir gehört, Du hast seit dem traurigen Tag nicht mehr geschrieben, als ich Dir in Sami Lebewohl gesagt habe. Ich habe Dir jeden Tag geschrieben, und ich vermute schon, daß Du meine Briefe nie erhalten hast oder daß Deine Antworten mich wegen des Krieges nicht erreichen. Gestern habe ich den besten geschrieben, der alles vollkommen ausdrückte, aber ob Du's glaubst oder nicht, die Ziege hat ihn gefressen. Ich war wütend und habe sie mit dem Schuh auf den Kopf geschlagen. Das war sicher ein komisches Bild, und ich weiß, Du hättest gelacht, wenn Du es gesehen hättest. Die ganze Zeit ist hier was los, und ich wünschte, Du wärst hier, um alles mit eigenen Augen zu sehen. Ich versuche, es für Dich zu sehen und es mir zu merken, und ich phantasiere darüber, daß ich, wenn ich mich fest genug konzentriere, es Dir schicken kann, damit Du es in Deinen Träumen siehst. Wenn es bloß so sein könnte.

Ich habe so große Angst, daß ich deshalb keine Briefe von Dir bekomme, weil Du verwundet oder gefangengenommen worden bist, und habe Alpträume, daß Du tot bist. Bitte, bitte schreib mir, so daß ich wieder atmen kann und mein Herz zur Ruhe kommt. Jeden Tag bestürme ich erwartungsvoll die Leute, die mit der Post fürs Dorf aus Argostoli kommen, und jedesmal ist nichts dabei, und ich fühle mich verzweifelt und hilflos und vergehe fast vor Kummer. Jetzt, wo es Dezember ist, ist es hier sehr kalt geworden, die Sonne scheint nicht, und es regnet fast jeden Tag, was mich auf die Idee bringt, daß der Himmel mit mir weint. Mich schaudert bei dem Gedanken daran, wie kalt es in den Bergen von Epirus sein muß. Hast Du die Socken bekommen, die ich für Dich gestrickt habe, und die Fischerjacke und den Schal? War es schlau von mir, daß ich sie in Khaki eingefärbt habe? Oder war es dumm von mir, daß ich sie nicht weiß gemacht habe? Hoffentlich hast Du den Kaffee und das Glas Honig und das Räucherfleisch bekommen. Mein armer Liebling, wie Du leiden mußt in der Kälte, in jener so fernen und wilden Gegend, die schon fast ein fremdes Land ist. Wie Du Dein Boot und Deine Delphine vermissen mußt; hast Du gemerkt, daß ich von Deinen Delphinen gewußt habe, die bis zu Deiner Rückkehr keinen Freund haben, der sie mit Fischen füttert?

Alles hier ist noch immer so wie früher, außer daß bestimmte Dinge knapp werden. Gestern konnte ich kein Öl für die Lampen bekommen, und letzte Woche gab es kein Mehl zum Brotbacken. Mein Vater hat Lampen gemacht, indem er einen Docht durch einen Korken zog und ihn in einer Schale mit Olivenöl schwimmen ließ. Er sagt, so haben sie es in der Antike gemacht, aber das Licht ist schwach, es ist sehr rauchig und riecht unangenehm. Wer hätte gedacht, daß wir uns nach Kerosin sehnen würden?

Alle reden darüber, wie still und trostlos es im Ort jetzt geworden ist, wo alle jungen Männer weg sind, und wir fragen uns alle, wie viele zurückkommen werden. Ich habe gehört, daß Dimos gefallen und Marigos Verlobter gefangengenommen worden ist. Immer wenn ich so was höre, danke ich Gott, daß es nicht Dich getroffen hat, obwohl es schrecklich ist, sich zu wünschen, daß das Unglück andere treffen soll. Ich würde es nicht ertragen, wenn Du getötet werden würdest. Ich glaube, ich würde selber sterben. Ich glaube, ich würde Gott das Angebot machen, daß er mich an Deiner Stelle nimmt, bloß damit Du weiterlebst. Wir Frauen schämen uns, daß wir keine mit Euren vergleichbaren Opfer bringen können, aber jede von uns würde ein Gewehr in die Hand nehmen und sich Euch anschließen, wenn es möglich oder erlaubt wäre. Papakis hat mir eine kleine Pistole gegeben, und ich lege sie mir nachts unters Kopfkissen, und tagüber trage ich sie in der Schürzentasche mit mir herum. Wenn es eine Invasion auf dieser Insel gibt, dann werden Frauen und alte Männer bis zum Tod mit Besenstielen und Küchenmessern kämpfen, und wir haben uns schon daran gewöhnt, die Dinge zu erledigen, die sonst die Männer getan haben. Nur sitzen wir nicht in der Kapheneia herum und spielen Backgammon. Wir gehen ziemlich oft in die Kirche, und Pater Arsenios hat uns viele schöne und rührende Predigten gehalten. Er sagt uns, daß eine Ikone von St. Iannis ganz von allein vor einer Höhle erschienen ist, die von Gerasimos benutzt wurde. Selbst Gott scheint uns Botschaften zu schicken und zeigt, daß wir im Recht sind. Jemand hat mich darauf hingewiesen, daß wir das einzige Land außer dem Britischen Empire sind, das noch kämpft. Wenn ich daran denke, fasse ich wieder Mut, weil die Engländer das größte Reich haben, das die Welt je gesehen hat, und wie können wir in dem Fall verlieren? Ich sehe oft britische Kriegsschiffe, und sie sind so groß, daß ich mir nicht vorstellen kann, daß sie schwimmen. Ich weiß, daß wir gewinnen werden.

Alle Nachrichten von der Front sind so gut, daß unser Sieg schon festzustehen scheint. Jeden Tag hören wir, daß noch mehr italienische Truppen zurückgedrängt oder geschlagen worden sind, und wir jubeln wie David, als Goliath tot zu seinen Füßen lag. Wer hätte das noch vor zwei Monaten geglaubt? Es schien unmöglich zu sein. Wir haben Euch weggeschickt, um ihnen ehrenhaft Widerstand zu leisten, aber ohne große Siegeshoffnungen, und nun warten wir darauf, Euch als siegreiche Helden daheim empfangen zu können. Ganz Griechenland platzt vor Stolz und Dankbarkeit auf seine Männer, die größer sind als Achilles und Agamemnon zusammen. Es wird davon gesprochen, daß Ihr das ganze Land zurückerobert habt, das früher umstritten gewesen ist, und daß die Italiener praktisch aus Albanien vertrieben worden sind. Wie großartig Ihr seid, Eure Namen werden auf ewig in den Herzen der Griechen leben, und die Welt wird sich immer daran erinnern, was passiert, wenn jemand es wagt, uns etwas anzutun. Wir sind so stolz, mein Mandras, so stolz. Wir stolzieren erhobenen Hauptes herum und denken an die glorreiche Vergangenheit, die uns von den Römern und Türken entrissen wurde und die Du und Deine Kameraden uns endlich wieder zurückgegeben habt. Der Tag wird kommen, an dem wir und das Britische Empire uns hinstellen und der Welt verkünden werden: »Wir haben euch befreit.«

Die Amerikaner, die Russen und die anderen Pontius Pilatusse werden die Köpfe hängen lassen und sich schämen, daß wir allen Ruhm eingeheimst haben.

Alle hier sind vom Kriegsgeist beflügelt. Papas, der Metaxas so sehr gehaßt hat, und Kokolios, der Kommunist ist, und Stamatis, der Monarchist ist, sie alle spenden Metaxas als dem größten Griechen seit Perikles oder Alexander Beifall, und alle zusammen preisen den militärischen Erfolg von Papagos. Sie arbeiten zusammen, um Päckchen für die Truppen zu sammeln, und mein Vater hat sich sogar angeboten, als Arzt an die Front zu gehen. Sie haben ihn nicht genommen, als sie erfuhren, daß er alles auf Schiffen gelernt hat und keine Zeugnisse besitzt. Du hättest seinen Zorn sehen sollen. Er ist durchs Haus gepokert, und ich habe ihn noch nie so oft und mit so viel Gehässigkeit »Heston« sagen hören. Ich freue mich, daß er nicht hinkann, doch es ist ungerecht, denn sogar die reichen Leute kommen zu ihm statt zu den studierten Ärzten. Er hat die Gabe der Heilkraft ganz wie der Heilige, er braucht eine Wunde bloß zu berühren, dann heilt sie schon.

Mandras, Du wärst belustigt, wie sehr seit Kriegsbeginn das Wahrsagen ausgebrochen ist. Alle lesen im Kaffeesatz, um zu erfahren, ob und wann ihre Cousins, Brüder und Söhne zurückkommen werden, es ist ein richtiges Geschäft geworden. Die Frau von Kokolios hat für mich im Kaffeesatz gelesen und mir gesagt, jemand würde von weit her kommen und mein Leben auf ewig verändern, und sie hat das so ernst gesagt, als ob sie nicht wüßte, daß ich weiß, daß sie weiß, daß ich auf Deine Rückkehr von weit her warte.

Den italienischen Familien auf der Insel ist es schlimm ergangen, und die Behörden mußten einschreiten, um das Anzünden von Häusern und andere dumme Gewaltakte zu verhindern. Einige Hitzköpfe in Lixouri haben sogar einen alten Mann zusammengeschlagen, der hier seit vierzig Jahren lebt und unsere Flagge aus dem Fenster gehängt hat. Warum sind die Menschen solche Tiere?

Du wirst Dich freuen zu hören, daß Psipsina und die Ziege beide wohlauf sind. Ich jedenfalls freue mich darüber, und da wir beide bald vereint sein werden, heißt das, daß Du Dich auch freuen wirst. Hoffentlich freut es Dich auch, wenn Du hörst, daß ich beschlossen habe, meine eigene Mitgift anzufertigen. Mein Vater hat, glaube ich, kein Schamgefühl, und manchmal bin ich sehr böse auf ihn, weil er das, was für jedes andere Mädchen völlig normal ist, nicht zuläßt. Er ist nicht gerecht, weil er zu rational ist. Er hält sich für einen Sokrates, der das Brauchtum verachten kann, aber mir ist es jedesmal peinlich, wenn ich jemandem aus Deiner Familie begegne, und ich kann nicht zulassen, daß sie denken, Du seist nicht erwünscht, selbst wenn das gar nicht stimmt. Ich habe angefangen, eine große Decke für unser Ehebett zu häkeln, mußte sie aber wieder auftrennen, weil sie nichts geworden ist und wie ein totes Tier ausgesehen hat. In Frauendingen bin ich nicht gut, weil meine Mutter gestorben ist, als ich noch ganz klein war, und nun muß ich versuchen, all das nachzulernen, womit ich hätte aufwachsen sollen. Ich fange mit Sachen fürs Bett an, weil dort unser Leben beginnen wird, doch danach werde ich andere Sachen fürs Haus machen, die wir an Festtagen gebrauchen können oder wenn Besuch kommt. Das Häkeln ist ziemlich langweilig, doch ich tröste mich damit, daß Du bei Deiner Rückkehr alle Beweise meiner Liebe für Dich vorfinden wirst. Ich denke daran, daß es recht nett wäre, wenn ich für Dich eine mit Goldfaden und mit Blumen in Feston und Fil-tiré bestickte Jacke machen würde, damit Du beim Tanzen im Sonnenlicht glitzerst.

Am Weihnachtstag haben die Italiener Korfu bombardiert, und sogar mein Vater war von ihrer Gottlosigkeit schockiert. Im Radio hören wir, daß die Engländer viele ihrer Schiffe versenkt haben. Hoffentlich stimmt das, aber ich höre solche Nachrichten trotzdem ungern, weil ich den Verlust von Menschenleben nicht ertragen kann und weil mir das Herz schwer wird, wenn ich an all die Alten denken muß, deren Kinder vor ihnen ins Grab sinken. Ich habe auf der Agora Deine Mutter getroffen, und sie sagt mir, daß sie auch keine Nachricht von Dir hat. Sie ist so besorgt, daß sie noch mehr Falten im Gesicht hat als früher. Bitte schreib ihr, auch wenn Du mir nicht schreibst. Ich glaube, sie leidet noch mehr als ich, wenn das überhaupt möglich ist.

Mandras, wir haben seit Deiner Abreise keinen Fisch mehr gehabt, das fehlt mir sehr. Wir essen nichts anderes als Bohnen, wie die Armen. Mein Vater sagt, daß sie guttun, aber sie blähen den Bauch auf. Zu Weihnachten mußten wir ohne Kourabiedes, Christopsomo und Loukomades auskommen, und es war ein ödes Fest, auch wenn wir unser Bestes getan haben. Pater Arsenios hat uns alle überrascht, als er sich nicht betrank.

Denk daran, daß es hier welche gibt, die Dich lieben und für Dich beten, und daß ganz Griechenland mit Dir marschiert, wo Du auch sein magst. Komm nach dem Sieg zu uns zurück, damit es wieder so wird, wie es war. Deine Delphine, Dein Boot und Deine Insel warten auf Dich, und ich warte auch auf Dich, weil ich Dich so sehr liebe und vermisse, als wärst Du ein Glied meines Körpers, das abgeschnitten worden ist. Mein Liebling, ohne Dich ist nichts vollkommen, und selbst wenn ich glücklich bin, schmerzt mich mein Glück.

Deine Dich liebende Verlobte Pelagia,
die Dich mit diesen Worten küßt.

2

Am Sankt-Basilius-Tag

Agapeton,

immer noch keine Zeile von Dir, und sonderbarerweise finde ich mich allmählich damit ab. Panayis ist zurückgekommen. Er hat an der Front eine Hand verloren. Er hat mir gesagt, daß es an der Front zu kalt ist, um überhaupt einen Stift halten zu können. Er sagt, er hat dich nicht gesehen, aber das ist vermutlich gar nicht überraschend, da Ihr nicht in derselben Einheit seid. Er will beim König um sein Recht streiten, an die Front zurückzukehren und weiterzukämpfen, da er meint, daß auch mit einer Hand noch jeder ein Gewehr benutzen kann. Der Töpfer an der Straße nach Kastro sagt, er wird Panayis eine neue Hand aus Ton machen, die besser als die alte aussehen und sehr kräftig sein wird, und Panayis hat ihm aufgetragen, sie frostsicher zu machen für den Fall, daß er wieder in den Kampf zieht. Er hat sogar um zwei Ausführungen der Hand gebeten, eine als geballte Faust zum Kämpfen, die andere mit gekrümmten Fingern, so daß er damit ein Glas halten kann. Es würde mich nicht überraschen, wenn er noch um eine dritte mit einer Bajonettfassung bittet; er hat so viel Elan.

Dieser Sankt-Basilius-Tag ist besser gewesen als Weihnachten. Mein Vater hat mir einen Band mit Gedichten und politischen Schriften von Andreas Laskaratos geschenkt und dazu gesagt, daß es meiner Seele guttäte, etwas von jemandem zu lesen, der exkommuniziert wurde. Ich habe das Sprichwort *»Mega biblion, mega kakon«* zitiert, da hat er gedroht, das Buch wegzunehmen und mir ein kleineres zu geben. Ich habe ihm ein schönes Klappmesser geschenkt. Wir haben die Samen eines Granatapfels gezählt, um zu sehen, ob dieses Jahr ertragreich werden wird oder nicht. Nicht so schlecht, scheint es. Es ist mir gelungen, eine Vasilopeta zu machen, weil ich einige Zutaten bei Deiner Mutter eingetauscht habe, und mein Vater hat mir einen englischen Goldsovereign gegeben, den ich reingetan habe. Es hat ihn sehr erfreut, als er weder in dem Stück für Christus noch in dem für St. Basilius war, weil er der Kirche nicht gerne Geld gibt. Er ist in meinem Stück aufgetaucht, und so bekomme ich dieses Jahr das ganze Glück ab. Ist das nicht wunderbar? Hoffentlich heißt das, daß Du zurückkehrst.

Ich habe mit der Jacke für Dich angefangen, aber die Bettdecke mußte schon wieder aufgetrennt werden, weil sie noch schlimmer wurde als vorher. Ich weiß nicht, was mit mir los ist.

Nichts als gute Nachrichten von der Front, alle freuen sich ungeheuer, daß unsere Jungs es Mussolini gehörig zeigen. Wir haben gehört, daß unsere Jungs italienische Panzer aus dem Schnee und Schlamm graben und sie gegen ihre früheren Besitzer einsetzen. Bravo für uns. Es wird auch berichtet, daß wir Argyrokastro, Korytsa und Agioi Saranda eingenommen haben, doch es gibt schlimme Gerüchte, daß es Metaxas nicht gutgeht.

Hast Du schon das neue Plakat gesehen, das überall klebt? Falls nicht: Es zeigt einen unserer Männer, der vorwärts schreitet und von der Hand der Heiligen Jungfrau am Ellbogen geführt wird. Sie hat den gleichen Gesichtsausdruck wie der Soldat, und dabei steht: »Sieg. Freiheit. Die Jungfrau ist mit ihm.« Wir finden es alle schrecklich gut.

Vater macht seinen Schnurrbart jetzt patriotischer, da er ihn buschig werden läßt. Mich freut es, daß er ihn nicht mehr wachst, weil es sich immer so hart und stachlig angefühlt hat, wenn ich ihn auf die Wange küßte. Jetzt kitzelt er. Ich schätze, Du hast Dir mittlerweile auch einen Bart wachsen lassen, bloß damit dein Gesicht warm bleibt.

Mandras, Du mußt wirklich Deiner Mutter schreiben, sie macht sich solche Sorgen. Es ist genau so eine Frage des Philotimo wie der Kampf fürs Vaterland. Die Ehre hat viele Gesichter, und dazu gehört auch, meine ich, gut zu seiner Mutter zu sein. Aber ich will Dich nicht kritisieren. Ich meine bloß, daß Du vielleicht eine kleine Gedächtnisstütze brauchst.

Deine Dich liebende Verlobte
Pelagia

3

In der Woche von Apokrea

Agapeton,

das ist mein hundertster Brief an Dich, und immer noch nichts von Dir. Papakis meint, daß keine Nachrichten weder gute noch schlechte Nachrichten sind, und so weiß ich nicht, ob ich mich traurig oder zuversichtlich fühlen soll. Ich danke Gott, daß Dein Name nicht auf der Totenliste auftaucht, die in Argostoli angeschlagen ist. Ich muß Dir die traurige Mitteilung machen, daß Kokolios zwei seiner Söhne verloren hat (Gerasimos und Yanaros). Es hat ihn sehr mitgenommen. Seine Lippen zittern beim Sprechen, er hat Tränen in den Augen, und er stürzt sich seit neuestem so in die Arbeit, daß er sogar noch herumwerkelt, wenn es dunkel geworden ist. Er sagt, er gibt nicht den Italienern die Schuld, sondern den Russen, die ihre Pflicht nicht erfüllt haben, den Faschisten Widerstand zu leisten. Er meint, Stalin kann kein echter Kommunist sein, und seit die Engländer die Italiener aus Somaliland rausgeworfen und 200 000 in Libyen gefangengenommen haben, läuft er herum und küßt immer wieder ein Bild von Winston Churchill, das er aus einer Zeitung ausgeschnitten hat. Neulich, als Papas von Hitlers Ultimatum an uns erfahren hat, wir sollten den Kampf gegen die Italiener einstellen, hat er seinen Bart ganz abgeschnitten, weil selbst ein großer, buschiger patriotischer Schnauzer noch zu sehr dem von Hitler gleicht. Seit Metaxas gestorben ist, trägt Papas Trauerflor am Arm, und er schwört, er wird ihn nicht abnehmen, bis der Krieg vorbei ist. Wir sind immer noch betrübt über den Tod des alten Mannes, doch wir sind entschlossen, uns davon nicht schwächen zu lassen. Wir haben vollstes Vertrauen, daß Papagos uns zum Sieg führen wird.

Also dieses Jahr gibt es keinen großen Karneval, da ja alle jungen Männer weg sind, es ist eher schon so wie in der Fastenzeit. Wir fasten alle, ob wir wollen oder nicht, und ich sehe schon, daß auch Ostern kein großes Fest sein wird. Ohne gefärbte Eier und Tsoureki, Kokoretsi, Mayeritsa und ein am Spieß brutzelndes Lamm wird es einfach nicht so wie früher sein. Ich schätze, es wird schon Eier geben, doch ansonsten werden wir wahrscheinlich Schuhleder mit Avgolemono-Soße essen müssen. Mir läuft das Wasser im Mund zusammen, wenn ich bloß an all die Sachen denke, die wir nicht haben können, und ich kann es gar nicht erwarten, daß alles wieder normal wird.

Seit Dezember haben wir einige schreckliche Unwetter gehabt, und es ist sehr kalt und windig gewesen. Deine Jacke habe ich fast fertig, aber sie ist nicht so schön geworden, wie ich gehofft hatte. Das schlechte Wetter gibt mir viel Zeit, daran zu arbeiten, obwohl das nicht leichtfällt, wenn die Hände blau vor Kälte sind. Die Bettdecke hatte ich auch schon halb fertig, aber dann hat Psipsina darauf gereihert, und ich habe sie waschen müssen. Sie ist nicht eingegangen, Gott sei Dank, aber als ich sie zum Trocknen auslegte, hat die Ziege drei Maulvoll aus der Mitte rausgefressen. Ich bin so wütend geworden, daß ich sie tatsächlich mit einem Besenstiel verprügelt habe, und als ich dann in Tränen aufgelöst war, ist Papakis rausgekommen. Ich habe ihn auch geschlagen. Du hättest seinen Blick sehen sollen. Jedenfalls habe ich die Decke wieder aufgetrennt und soviel Wolle gerettet, wie ich konnte, aber allmählich glaube ich, das Schicksal möchte, daß ich etwas anderes mache.

Hoffentlich bist Du wohlauf und guten Mutes, ich freue mich immer noch auf Deine Rückkehr, wie wir alle natürlich.

In aller Liebe, Deine Pelagia, die Dich sehr vermißt.

17
L'Omosessuale V

Die Division Bari übernahm unseren Abschnitt, damit wir ausruhen und uns umgruppieren konnten, doch die Griechen rückten mit einem Feuervorhang an und erwischten sie, bevor sie ihre Artillerie in Stellung bringen konnte. Wir von der Division Julia wurden zurück in die vorderste Linie gerufen, um sie herauszuhauen. Mir war, als hätte sich ein Teil meines Verstandes verabschiedet oder als wäre meine Seele zu einem grauen Lichtpünktchen geschrumpft. Mein Denken war ausgeschaltet. Ich kämpfte verbissen, ich war ein Automat ohne Empfindung oder Hoffnung, und wenn ich überhaupt eine Sorge hatte, dann die, daß Francisco sich immer seltsamer benahm. Er war zu der Überzeugung gelangt, daß er eines Tages einen Schuß ins Herz bekommen würde, und hatte deshalb die Maus Mario von der Brusttasche in eine Tasche am Hemdsärmel verlegt. Er war besorgt, daß die Maus mit ihm erschossen werden würde, und nahm mir das Versprechen ab, mich nach seinem Tod um sie zu kümmern.

Unsere Einheiten kamen durcheinander. Teile anderer Divisionen wurden uns zugeteilt. Keiner kannte sich mehr in der örtlichen Befehlshierarchie aus. Ein Bataillon mit Frischlingen, nur teilweise ausgebildeten Burschen vom Land, traf am falschen Geländepunkt ein und wurde von den Griechen vernichtet. Am 14. November begannen die Griechen eine Offensive, deren gnadenlose Raserei wir uns im voraus gar nicht hatten vorstellen können.

Wir mußten uns mit dem Mrava-Massiv im Rücken eingraben. Das heißt noch gar nichts, wenn Sie nicht wissen, daß es eine unbewohnte, wüste Gegend mit steilen Hängen und engen Schluchten, rauhen und zerklüfteten Felszacken ohne Wege ist, ein Gelände, durch das unser Nachschub nicht herangeschafft werden konnte. Wir befanden uns in einem Land, das die Griechen schon immer als ihren rechtmäßigen Besitz betrachtet und schon zweimal nur durch Verträge abgetreten hatten. Jetzt wollten sie es zurück. Wir waren in Nebel gehüllt, vom Schnee zugedeckt, und von Norden her fegte ein abscheulicher arktischer Wind, der wie die geballte Faust eines Titanen auf uns niedersauste.

Sie schlugen tiefe Kerben in unsere Linien, und wir verloren die Verbindung zu anderen Einheiten. Wir mußten uns zurückziehen. Doch wir konnten nirgends hin. Die Stokes-Brandt-Granatwerfer des Feindes löschten ganze Infanteriezüge auf einmal aus. Wir hatten kein Verbandszeug und kein Feldlazarett. Ein weinender Kaplan entfernte mir auf dem Küchentisch einer dachlosen Hüttenruine ohne Betäubung einen Granatsplitter aus dem Arm. Es war zu kalt, als daß ich gespürt hätte, wie das Messer in mein Fleisch schnitt oder die Nadel meine Haut durchbohrte. Ich dankte Gott, daß ich und nicht Francisco der Verwundete war. Gleich darauf wurde ich wieder ins Schlamassel geschickt, wo ich feststellte, daß die Männer der Mulikarawane ihre Tiere verlassen hatten und mit uns kämpften. Unser Offizier war getötet und durch einen Major aus der Versorgungseinheit ersetzt worden. »Es gibt keinen Nachschub mehr«, erzählte er uns, »und deshalb bin ich hergekommen, um meine Pflicht zu tun. Ich verlasse mich auf eure guten Ratschläge.« Diesem bewundernswerten und ehrenhaften Mann, der es gewohnt war, Handtücher zu stapeln und Inventuren zu machen, wurden seine Därme bei einem Bajonettangriff herausgerissen, den er heldenhaft mit einer leergeschossenen Pistole in der Hand angeführt hatte. Wir wurden vernichtend geschlagen.

Ich hasse nicht nur Wickelgamaschen, ich hasse meine ganze Uniform. Ihre Fäden verrotteten, und sie fiel auseinander. Der Stoff wurde steif wie ein Pappkarton und erstarrte zu steinharter Unbiegsamkeit. Wie ein Kühlschrank speicherte er die Kälte, die mir unter die Haut kroch. Die Uniform wurde von Tag zu Tag schwerer und rauher. Ich schoß eine Ziege und hüllte mich in ihr ungegerbtes Fell. Francisco häutete ein verendetes Muli und tat es mir nach. Koritsa wurde dem Feind überlassen, und nun verfügten wir über weniger Territorium als zu Anfang. Wir ließen das schwere Gerät liegen. Es war sowieso aufgebraucht. Wir mußten mit der schrecklichen Eiterbildung und dem Jauchegestank von Wundbrand leben. Während Koritsa evakuiert wurde, harrten wir von der Division Julia in Epirus aus. Wir waren nicht so leicht unterzukriegen. Doch dann zogen wir uns auf denselben Straßen zurück, auf denen wir vorgerückt waren. Die Division Centauro ließ, um schneller voranzukommen, ihre im Morast versunkenen Panzer zurück. Die Griechen fanden diese traurigen kleinen rostigen Hüllen, gruben sie aus, reparierten sie und setzten sie gegen uns ein. Wir erhielten Verstärkung durch ein Bataillon der Zollwache. Um Gottes willen. Wir hielten einen Brückenkopf in Perati. Nutzlos.

Ein kleines Wunder: Die Griechen gewährten uns ein paar Tage Ruhe. Sie dachten sicherlich, wir hätten die Straßen vermint. Dann erfuhren wir, daß wir Pogradec verloren hatten, weil der Feind die Frontlinie unterlaufen hatte, indem er einem Bergbach gefolgt war, während unsere Abwehrstellungen an den Wegen aufgereiht waren. »Was hat das noch für einen Sinn?« fragte Francisco. »Wir tun unser Bestes, und die anderen vermasseln alles.« Dann wurde durch das Manöver von irgend jemand unsere rechte Flanke exponiert, und wir wurden von der Division Modena abgeschnitten. Unser General Soddu, der Prasca ersetzt hatte, wurde nun durch Cavallero abgelöst. Es sah ganz so aus, als würde unsere glorreiche Eroberung Griechenlands schändlich als griechische Eroberung Albaniens enden. Es schneite erbarmungslos, und wir entdeckten, daß wir unsere Köpfe warm halten konnten, indem wir verendenden Mullis das Hirn herausschnitten und in unsere Helme legten. Wir erkannten, daß wir nur dann den ständigen Angriffen von oben entgehen konnten, wenn wir die Höhen hielten. Die aber wurden von grimmigen Winden gepeitscht, die einen stechenden Schild aus Eiskristallen vor sich hertrugen. Meine Stiefel fielen auseinander, und auf mir wimmelte es von Läusen, daß es überall juckte. Ich glaube, es war zu Weihnachten, als wir endgültig begriffen, daß wir so kaputt waren wie unsere Stiefel.

Aufwachen am Morgen, zehn Grad unter Null. Die erste Frage: Wer ist erfroren? Wer ist vom Schlaf in den

Tod geglitten? Die zweite Frage: Wie viele angeschwollene Furten, wo das eiskalte Wasser uns an die Hoden geht, so daß wir vor Schmerz ächzen und stöhnen, müssen wir heute überqueren? Wie viele Meilen mit hüfthohem Schneematsch auf den »Straßen« heute? Die dritte Frage: Wie können die Griechen uns bei zwanzig Grad minus angreifen, wenn die Sperrvorrichtungen unserer Gewehre festgefroren sind? Die vierte Frage: Warum arbeiten die »befreundeten« Albaner als Führer für die Griechen? Die fünfte Frage: Welche Einheit ist heute so endlos erschöpft, daß sie sich lieber einer unterlegenen Truppe ergibt? Die Julia nicht. Wir nicht. Noch nicht. Francisco hat ganz aufgehört, mit mir zu reden. Er spricht nur noch mit seiner Maus. Ein weiteres Mal werden wir von unseren eigenen Fliegern angegriffen, einer Staffel von SM79ern; zwanzig Tote. Wir erfahren, daß die Offiziere der Division Modena Befehl erhalten haben, alle unter ihnen, die keine ausreichenden Führungsqualitäten zeigen, zu erschießen. Mein Vorgesetzter, Oberst Gaetano Tavoni, ist am Mali Topojanit gefallen, als er uns nach sechzig Tagen ohne Verschnaufpause in den Angriff geführt hat. Gott gebe seiner Seele Ruhe und belohne ihm seine Fürsorglichkeit uns gegenüber. Die Frauen in Italien schicken uns jetzt Wollhandschuhe, die das Wasser aufsaugen und an der Haut festfrieren, so daß wir sie nicht mehr ausziehen können. Francisco hat einen Panettone von seiner Mutter bekommen und teilt ihn sich mit der Maus Mario. Er schnippelt die Portionen mit dem Bajonett ab. Es heißt, daß Ciano und die faschistischen Oberbonzen sich zusammengetan und patriotischerweise entschieden haben, mit den Bombern Spritztouren nach Korfu zu unternehmen, wo es keine Luftabwehr gibt.

Wie ich Wickelgamaschen hasse. Dies sind die Tage des Weißen Todes. Der nichtdränierten Gräben. Des Eises, das sich im Stoff ausdehnt und die Blutzufuhr abschneidet. Wir hassen die Griechen nicht, wir kämpfen gegen sie aus unerfindlichen Gründen, die mit Ehre nichts zu tun haben, aber wir hassen den Weißen Tod.

Zugegeben, zuerst ist kein Schmerz zu spüren. Über den Wickelgamaschen schwellen die Beine an, und darunter schlafen die Füße ein. Die Beine färben sich gespenstisch von lila über purpurrot bis ebenholzschwarz. Weil ich ein sehr großer Mann bin, verbringe ich die Tage damit, unsere davon befallenen Jungs hinter die Linien zu tragen. Ich bin erschöpft, von den Schmerzensschreien verstört. Ich habe meine Wickelgamaschen durch Katzenfell ersetzt, das ich innen mit Waffenöl eingerieben habe. Meine Stiefel habe ich mit Kerzenwachs imprägniert. Das Wasser dringt weiterhin ein, und ich habe immer noch Angst vor dem Weißen Tod. Aus den Zelten höre ich die unmenschlichen Schreie bei einer Amputation. Ich sehe mir meine Füße alle paar Stunden an und massiere sie mit Ziegenfett, das ich über einem Streichholz aufgetaut habe. Ich erfahre, daß Graziani in Afrika besiegt worden ist. Wir haben dreizehntausend Opfer des Weißen Todes. Selbst die Griechen sind starr vor Kälte; die Angriffe haben nachgelassen. Francisco ist zweifellos verrückt. Sein Mund bewegt sich ständig, sein Bart ist ein Eiszapfen geworden, er verdreht die Augen im Kopf und erkennt mich nicht. Er macht absichtlich in die Hose, um die momentane Wärme zu genießen. Meine ganze Liebe verwandelt sich in Mitleid. Aus einem erlegten Paar Kaninchen mache ich ihm Pulswärmer und lasse das Fett am Fell. Er ißt das Fett. Wir sind nur noch eintausend Mann mit fünfzehn Maschinengewehren und fünf Mörsern. Wir haben viertausend Mann verloren. In unseren Linien geht nur noch der Weiße Tod um. Unsere Freunde fehlen uns sehr, und wir verzweifeln in der Wildnis.

In Klisura fallen die verwegenen und wütenden Griechen über uns her. Wir sind nur noch erschöpft und bekümmert. Francisco spricht zu seiner Maus Mario: »Athen in zwei Wochen, der Maus von Albanien ein Platz in der Geschichte. Die Maus, die einen König vom Thron stürzte. Mario die Maus. Mausi Mausi Mausi.« Wir können nicht länger standhalten, und die Julia mit ihren durchgedrehten und brandigen Soldaten, denen die Körper von den Seelen getrennt werden, ist am Ende. Die Division Lupi di Toscana kommt uns zu Hilfe und wird niedergemacht; aus Wölfen werden Hasen, und wir nennen sie die Lepri di Toscana. Wenn die alten Hasen der Julia nicht siegen können, was haben dann die jungen für eine Chance? Sie sind ohne Proviant an unbekannte Orte geschickt worden, deren Lage nicht mit den Karten übereinstimmte. Sie hatten keinen Offizier. Sie wurden sofort angegriffen. Opfer über Opfer. Ein Kalvarienberg nach dem anderen. Sie sind hergeschickt worden, um uns zu retten, aber wir haben sie gerettet.

Ein Gegenangriff. Er schlägt fehl. Wir verlieren Klisura. Ein verzweifelter Aufruf von Cavallero: »Macht diese letzte Anstrengung, ich flehe euch an im Namen Italiens. Ich sollte mit euch dem Tode entgegengehen.« Scheiß auf den Namen Italiens. Scheiß auf die Generäle, die nie mit dir dem Tode entgegengehen. Scheiß auf euer Vertrauen und eure verlogenen Versprechen von Verstärkung. Scheiß auf eure Niederlagen, die ihr dem

Rachen des Sieges entreißt. Scheiß auf diesen nichtigen Krieg, den wir nicht wollten und nicht verstehen. Lang lebe Griechenland, wenn es dem Ganzen hier ein Ende setzt, diesem Weißen Tod, diesem fleischfarbenen Schnee, dieser gnadenlos tödlichen Kälte, diesen ausgeweideten Eingeweiden, diesen zerschmetterten Knochen, diesen knurrenden Bäuchen, die von Granaten zerrissen und von Bajonetten aufgeschlitzt werden, diesen frostgelähmten Fingern, diesen blockierten 91er Gewehren, diesen gebrochenen jungen Männern und diesen in den Wahnsinn getriebenen unschuldigen Gemütern.

Wir leben in einer ständigen Benommenheit. Der Schnee hat alles unkenntlich gemacht, so daß wir nie wissen, wo wir sind. Ist das der Steilhang, den wir einnehmen sollten? Ist da in diesem Talgrund etwa zwei Meter unter der schimmernd weißen Decke ein Bach? Welcher Berg ist das? Reiß doch einer mal die Wolken auf, Herrgott noch mal, damit wir es herausfinden. Ist das eine Straße, auf der wir dahinwanken, oder ein Fluß? Keine Bange, wir werden es erfahren, wenn wir an der Quelle sind. Keine Bange, wenn wir an den falschen Ort kommen, werden wir mit etwas Glück vielleicht gefangengenommen. Funk ans Hauptquartier, daß wir das Objekt eingenommen haben; ich weiß zwar nicht, wo die Stelle ist, aber eine ist so gut wie die andere. Was macht es schon noch? »Das Hauptquartier ist in der Leitung. Sie wollen die Kote.« »Sagen Sie ihnen, sie sollen uns eine Karte liefern, die mit irgendwas am Boden übereinstimmt, dann werde ich ihnen die Kote geben. Nein, tun Sie so, als wäre der Funkverkehr gestört.« »Zu Befehl.« »Was tun Sie jetzt, Unteroffizier?« »Ich pinkle auf meinen Helm, damit er nicht mehr glänzt. Es ist zur Tarnung. Sie müssen draufpinkeln und ihn mit Schlamm einreiben.«

Die Griechen marschieren auf Tepeleni zu, und wir von der Julia werden zur Unterstützung der Elften Armee abkommandiert. Wir erhalten neuntausend unausgebildete Reservisten zugeteilt, um wieder auf Sollstärke zu kommen, und dazu zweihundert unerfahrene sowie zusätzlich einige alte, pensionierte Offiziere, die von Taktik keine Ahnung mehr haben und nicht mehr wissen, wie ihre Waffen funktionieren. Die alten Schlachtrosse schnauben die Hänge hoch und sterben genauso wie alle anderen, husten sich zu Tode, liegen mit dem Gesicht im Schlamm und haben rote Schaumbläschen an den Lippen. Die Griechen sind fanatisch, aber kaltschnäuzig, verwegen, aber zielbewußt. Sie nehmen Golico, die Berge Monasteri und Scialesit ein, doch wir halten sie auf, bevor sie Tepeleni einschließen können. Der Duce kommt zu uns zu Besuch und erhält den von uns verlangten Beifall. Ich sitze bei Francisco und gehe kein einziges Mal hinaus, um zu jubeln. Es wird eine Offensive begonnen, die ausdrücklich den Zweck hat, ein Schauspiel für unseren Duce zu bieten, der bei Komarit steht und sich feinmacht, während er zusieht, wie seine Soldaten in einer Welle nach der anderen in den sicheren Tod geschickt werden. Eitelkeit ist die Mutter des Untergangs, Signor Duce.

Francisco schreibt einen Brief, den ich im Falle seines Todes seiner Mutter überbringen soll, weil er glaubt, daß er nicht durch die Zensur käme, wenn er ihn mit der Feldpost schicken würde.

Geliebte Mutter,

diesen Brief erhältst Du aus den Händen von Carlo Guercio, einem guten Freund und alten Kameraden von mir, der mit mir durch das Tor zur Hölle gegangen ist. Erschrick nicht vor seiner großen Gestalt, denn er ist ein guter und gütiger Mann. Seine Witze haben mich in harten Zeiten immer zum Lachen gebracht, seine Hand hat mir Halt gegeben, wenn ich Angst hatte, und seine Arme haben mich getragen, wenn ich erschöpft war. Ich möchte, daß Du ihn als Deinen eigenen Sohn betrachtest, damit Du nicht alles verloren hast. Er ist loyal und zuverlässig, es gibt keinen besseren Menschen, und er wird Dir ein besserer Sohn sein, als ich es war.

Liebe Mutter, ich bin unschuldig in diesen Krieg gezogen, und ich verabschiede mich von ihm so voller Überdruß, daß mir der Tod willkommen ist. Hiernach kann es kein erwähnenswertes Leben mehr geben. Ich habe mit der Zeit begriffen, daß Gott aus dieser Welt keinen Garten gemacht hat, daß sie nicht in der Obhut von Engeln ist und daß das Fleisch sich verleugnen läßt. Mir ist, als wäre ich schon seit Monaten tot, nur meine Seele braucht noch eine Weile für ihren Abgang. Ich küsse Dich und alle meine lieben Schwestern, und ich liebe Dich über alles. Sag meiner Frau, daß ich immer an sie denke und sie wie eine ständige Flamme in meinem Herzen bewahre. Sei nicht traurig.

Francisco

Oh, was ich Franciscos Mutter an jenem trüben Apriltag alles nicht erzähle, als ich den Brief überbringe.

18
Weitere literarische Bemühungen von Dr. Iannis

Dr. Iannis saß am Schreibtisch und blickte zum Berg hinüber. Er klopfte mit dem Füller auf die polierte und ausgeblichene Tischplatte und dachte darüber nach, daß es allmählich Zeit wäre, sein Ränzlein zu schnüren und Alekos' Ziegenherde aufzusuchen. Er fluchte über sich selbst. Er sollte über die venezianische Besetzung der Insel schreiben, statt dessen sinnierte er über Ziegen. Ein Dämon in ihm schien sich geschworen zu haben, ihn am Abschluß seines literarischen Werks zu hindern, und erfüllte seinen Kopf und sein Leben mit Ablenkungen. Der Dämon untergrub sein Denken mit nichtssagenden Fragen. Warum weigerten sich Ziegen, aus einem Eimer am Boden zu fressen, wenn sie ganz zufrieden damit waren, Pflanzen zu fressen, die aus dem Boden wuchsen? Warum mußte der Eimer an einem Ring aufgehängt sein? Warum wuchsen die Ziegenhufe im Frühling zu schnell und mußten beschnitten werden? Warum hat die Natur diesen merkwürdigen Konstruktionsfehler eingeführt? Wann war eine Ziege kein Schaf – und umgekehrt? Warum waren sie so feinfühlige Tiere und doch gleichzeitig so grenzenlos dumm wie Dichter und Künstler? Jedenfalls ließ der Gedanke an den Aufstieg zum Ainos, um Alekos' Ziegen zu untersuchen, seine Beine schon müde werden, bevor er einen einzigen Schritt getan hatte.

Er hob seinen Füller, und ihm fiel ein Vers von Homer ein: »Nichts ist besser und wünschenswerter auf Erden, / als wenn Mann und Weib, in herzlicher Liebe vereinigt, / ruhig ihr Haus verwalten, den Feinden ein kränkender Anblick, / aber Wonne den Freunden.« Warum bloß gerade jetzt dieser Gedanke? Was hatte er mit den Venezianern zu tun? Er dachte kurz an seine allerliebste Frau, die ihm auf so grausame Weise entrissen worden war, und merkte dann, daß seine Gedanken zu Pelagia und Mandras schweiften.

Seit der junge Mann plötzlich abgereist war, hatte er beobachtet, wie seine Tochter eine Reihe von Emotionen durchmachte, die ihm alle ungesund und besorgniserregend schienen. Zunächst war sie in einen Strudel aus Panik und Sorge geraten, dann in einem Strom von Tränen versunken. Auf die heftigen Anfälle folgten Tage voller ominöser und nervöser Ruhe, an denen sie draußen an der Mauer saß, als erwartete sie, daß er gleich um die Straßenbiegung käme, wo ihn Velisarios angeschossen hatte. Es war schon vorgekommen, daß sie selbst in bitterster Kälte dort zu sehen war, wie sie der in ihrem Schoß zusammengerollten Psipsina die weichen Ohren kraulte. Einmal hatte sie sogar im Schnee draußen gesessen. Später war sie schweigend bei ihm im Zimmer geblieben, die Hände reglos im Schoß, während eine Träne nach der anderen ihre Wangen herabkullerte. Ganz unvermutet wurde sie dann von einer zwanghaft optimistischen und betriebsamen Laune gepackt und arbeitete verbissen an einer Decke, die sie für ihr Ehebett häkelte, und dann, genauso abrupt, sprang sie auf die Beine, schmiß ihre Arbeit auf den Boden, gab ihr einen Tritt und machte sich daran, sie mit einem Ungestüm wieder aufzutrennen, das schon an Gewalttätigkeit grenzte.

Als die Tage ins Land gingen, wurde klar, daß Mandras nicht nur bisher nicht geschrieben hatte, sondern es überhaupt nie tun würde. Der Arzt las im Gesicht seiner Tochter und erkannte, daß sie bitter wurde, als müßte sie mit immer größerer Gewißheit daraus schließen, daß Mandras sie nicht lieben konnte. Sie versank in Apathie, und der Arzt diagnostizierte die eindeutigen Symptome einer Depression. Er brach mit einer lebenslangen Gewohnheit und nahm sie auf seine Krankenbesuche mit; dabei stellte er fest, daß sie in der einen Minute fröhlich schwatzte, in der nächsten völlig verstummte. »Unglückseligkeit versteckt sich im Schlaf«, sagte er sich, schickte sie früh ins Bett und ließ sie am Morgen ausschlafen. Er beauftragte sie mit unsinnigen Botengängen an Orte, die unerreichbar weit weg lagen, damit er sicher sein konnte, daß körperliche Müdigkeit vorbeugend gegen die sonst unvermeidliche Schlaflosigkeit der Jungen und Unglücklichen wirkte, und er bemühte sich ganz besonders, ihr die witzigsten Geschichten zu erzählen, an die er sich nach all den Jahren erinnern konnte, in denen er geschwätzigen Männern in der Kapheneia und in den Offiziersmessen der Schiffe gelauscht hatte. Er erkannte, scharfsinnig, daß Pelagia in ihrer Gemütsverfassung es sowohl logisch wie angebracht fand, traurig, antriebslos und entrückt zu sein, und so strengte er sich nicht nur an, sie gegen ihren

Willen zum Lachen zu bringen, sondern wollte sie auch zu Wutausbrüchen provozieren. Er holte hartnäckig das Olivenöl aus der Küche, um Ekzeme zu behandeln, und stellte es absichtlich nicht mehr zurück. Er sah es als einen Sieg der psychologischen Wissenschaft an, wenn ihre Erbitterung sie dazu trieb, mit den Fäusten gegen seine Brust zu trommeln, während er ihr Einhalt gebot, indem er sie an den Schultern packte.

Seltsamerweise versetzte es ihm einen Schock, als seine Behandlung Wirkung zeigte; Pelagia kehrte zu ihrem normalen fröhlichen Gleichmut zurück, was er als Zeichen dafür wertete, daß sie ihre Leidenschaft für Mandras ganz und gar aufgegeben hatte. Einerseits hätte er sich darüber gefreut, da er nicht wirklich glaubte, daß Mandras einen guten Ehemann abgeben würde, doch andererseits war Pelagia bereits verlobt, und die Auflösung der Verlobung würde viel Scham und Schande nach sich ziehen. Ihm kam die schreckliche Möglichkeit in den Sinn, daß Pelagia schließlich aus Pflichtgefühl einen Mann heiraten würde, den sie nicht mehr liebte. Der Arzt ertappte sich dabei, wie er mit schlechtem Gewissen hoffte, Mandras würde den Krieg nicht überleben, und das ließ in ihm den beunruhigenden Verdacht aufkommen, daß er kein so guter Mensch war, wie er sich immer vorgegaukelt hatte.

Das war alles schon schlimm genug, doch der Krieg brachte eine Menge Schwierigkeiten mit sich, die er nicht vorhergesehen hatte. Mit dem Ausbleiben der Lieferungen von Mitteln wie Jod und Zinksalbe kam er noch zurecht, da es dafür Ersatz gab, der genausogut wirkte, aber schon seit Kriegsausbruch war keine Borsäure mehr zu bekommen, da diese Substanz aus dem vulkanischen

Dampf in der Toskana gewonnen wurde; es war die beste Medizin, die er kannte, um Blasenentzündungen und Harnverunreinigungen zu behandeln. Weitaus schlimmer war, daß es Syphilisfälle gab, gegen die mit Wismut, Quecksilber und Novarsenobenzol vorgegangen werden mußte. Letzteres mußte zwölf Wochen lang einmal die Woche injiziert werden, und zweifellos waren die Vorräte an die Front umdirigiert worden. Er verfluchte den einzigartigen Perversen, der sich das erste Mal mit der Krankheit angesteckt hatte, als er mit einem Lama kopulierte, sowie die spanischen Rohlinge, die sie aus der Neuen Welt einschleppten, nachdem sie eine Schneise der Notzucht durch die von ihnen unterjochten Gebiete geschlagen hatten.

Glücklicherweise hatte die Kriegsbegeisterung die Zahl der eingebildeten Kranken verringert, doch nichtsdestoweniger hatte er wiederholt seine medizinische Enzyklopädie zu Rate ziehen müssen, um herauszufinden, wie er ohne all die Dinge zurechtkommen sollte, auf die er bisher vertraut hatte. Er hatte seinen *Complete and Concise Home Doctor* (zwei dicke Bände mit Querverweisen, fünfzehnhundert Seiten, die alles enthielten, von Ptomainvergiftung bis zu Schönheitstips zu Pflege und Formgebung der Augenbrauen) im Hafen von London gefunden und sogar Englisch gelernt, um das Buch zu verstehen. Er hatte es von A bis Z auswendig gelernt und dabei größere Begeisterung und Hingabe entfaltet als ein Moslem, der den Koran lernt, um ein Hafis zu werden. Dennoch waren seine Kenntnisse mittlerweile etwas verblaßt, da sich die Krankheitsfälle ständig wiederholten und er zu der Erkenntnis gekommen war, daß fast alle Leiden von selbst verschwanden, ungeachtet dessen, was er tat. Es ging nur darum, zu erscheinen und entsprechend ernst dreinzublicken, während er das Untersuchungsritual durchführte. Die meisten exotischen und aufregenden Leiden, von denen er mit so morbider Neugier gelesen hatte, waren auf seinem Teil der Insel nie vorgekommen, und er hatte erkannt, daß er, wenn Pater Arsenios ein Priester für die Seele war, eher ein Priester für den Körper war. Die meisten wirklich interessanten Krankheitsfälle schienen bei Tieren aufzutreten, und es bereitete ihm das größte Vergnügen, die Beschwerden eines Pferdes oder eines Ochsen zu diagnostizieren und zu heilen.

Dem Arzt war nicht entgangen, daß als eine der Auswirkungen des Krieges seine Bedeutung wie auch die von Pater Arsenios wuchsen. In der Vergangenheit hatte er sich an seinen Status als Quelle der Weisheit gewöhnt, doch die Fragen waren meist philosophischer Natur gewesen – Lemonis Vater hatte das Kind zu ihm geschickt, um ihn zu fragen, warum Katzen nicht sprechen können –, während die Leute heutzutage nicht nur alles über die Politik und den Verlauf der Kämpfe wissen wollten, sondern auch dringend seinen Rat zur optimalen Größe und Anordnung von Sandsäcken brauchten. Er hatte sich nicht zum Gemeindeoberhaupt gemacht, sondern war es durch einen Prozeß unsichtbarer Privilegierung geworden, als müßte ein Autodidakt wie er über ungewöhnlichen Gemeinsinn wie auch entlegenes Wissen verfügen. Er war eine Art Ersatz für die türkischen Agas geworden, die früher für kurze Zeit auf der Insel gelebt hatten. Aber im Gegensatz zu den osmanischen Vorstehern hatte er kein gesteigertes Interesse daran, den ganzen Tag auf Kissen herumzuliegen und in die

Körperöffnungen hübscher kleiner Lustknaben einzudringen, die dann als Erwachsene ähnlich unnatürliche Vorlieben für Päderastie, Drogen und wundersame Exzesse an Faulheit entwickeln würden.

Der Arzt hörte Pelagia in der Küche singen und griff zu seinem Füller. Er hob den Finger, um seinen Schnurrbart zu zwirbeln, war sonderbar verwirrt, als ihm wieder einfiel, daß er ihn ja als Geste des Trotzes gegen Hitler abrasiert hatte, und blickte dann auf seinen schwarzen Trauerflor, den er seit dem Tod von Metaxas trug. Er seufzte und schrieb:

»Griechenland liegt auf einer geographischen wie kulturellen Verwerfungslinie, die den Osten vom Westen trennt; wir sind gleichzeitig ein Schlachtfeld und ein Schauplatz verheerender Erdbeben. Wenn die Inseln der Dodekanes zum Osten gehören, so ist Kephallonia eindeutig ein Bestandteil des Westens, wohingegen das Festland beides zugleich in sich birgt und weder das eine noch das andere richtig ist. Die Balkanländer sind immer ein Werkzeug der Außenpolitik der Großmächte gewesen und haben es seit dem Altertum nicht geschafft, sich auch nur den Anschein einer fortschrittlichen Kultur zu geben, weil ihre Völker faul, zänkisch und brutal sind. Es trifft allerdings zu, daß Griechenland nicht so viele Balkan-Unarten hat wie die anderen Nationen im Norden und Osten, und es ist zweifellos so, daß die Kephallonier von allen Griechen die bekanntesten Pfiffikusse und Intellektuellen sind. Die Leser werden sich erinnern, daß Homer aus diesem Gebiet kam und daß Odysseus ja als der »Listenreiche« berühmt wurde. Homer nennt uns auch wild und ungesittet, aber wir sind nie der Grausamkeit beschuldigt worden. Es gibt gelegentlich Todesfälle aufgrund von Grundstücksstreitigkeiten, doch in uns steckt kaum jene Blutrünstigkeit, die der charakteristische Makel der benachbarten slawischen Völker ist.

Die Insel ist deshalb nach Westen orientiert, weil sie von den Türken nur einundzwanzig Jahre lang besetzt war, von 1479 bis 1500, als sie von einer vereinigten spanischen und venezianischen Streitmacht vertrieben wurden. Sie kehrten nur 1538 zu einem Überfall zurück und zogen mit dreizehntausend Kephalloniern ab, die in die Sklaverei verkauft werden sollten. Die kurze Dauer ihres Aufenthalts zusammen mit ihrer Veranlagung zu Lethargie und Untätigkeit boten die Gewähr dafür, daß sie kein fortdauerndes Erbe in kultureller Hinsicht hinterließen.

Außer dieser kurzen Zeitspanne war die Insel von 1194 bis 1797 venezianisch und wurde dann von Napoleon Bonaparte eingesackt, dem notorischen Kriegstreiber und Megalomanen, der der Insel die Vereinigung mit Griechenland versprach, sie aber dann heimtückisch annektierte.

Der Leser wird bereitwillig erkennen, daß die Insel etwa sechshundert Jahre lang in jeder praktischen Hinsicht italienisch war, und dies erklärt sehr viele Dinge, die einen Fremden vor ein Rätsel stellen. Der Inseldialekt enthält eine Fülle von italienischen Wörtern und Redewendungen, die Gebildeten und Adligen beherrschen Italienisch als zweite Sprache, und die Kampanile der Kirchen gehören zum Gebäude, ganz im Gegensatz zur griechischen Anordnung, bei der sich die Glocke in einem abgesonderten und einfacheren Bauwerk bei den Toren befindet. Eigentlich ist die Architektur auf der Insel fast gänzlich italienisch und verleitet aufgrund der schattigen Balkone, Innenhöfe und externen Treppenhäuser zu einem zivilisierten und geselligen Privatleben.

Die italienische Besatzungszeit bot die Gewähr, daß die Volksentwicklung hauptsächlich in westlicher statt in östlicher Richtung verlief, was sogar die Gewohnheit einschloß, unbequeme Verwandte zu vergiften (Anna Palaiologos brachte Johann II. zum Beispiel auf diese Weise um), und unsere Herrscher waren hauptsächlich überschwengliche und unehrliche Exzentriker ausgesprochen italienischen Zuschnitts. Der erste Orsini nutzte die Insel zur Piraterie und täuschte wiederholt den Papst. Unter seiner Herrschaft wurden die orthodoxen Bischöfe abgesetzt, und bis auf den heutigen Tag besteht weiter eine starke Abneigung gegen den römisch-katholischen Glauben, die noch verstärkt wird durch die historische Arroganz dieses Bekenntnisses und seine bedauernswerte Fixierung auf Sünde und Schuld. Eingeführt wurden hier auch die italienischen Bräuche, Steuern zu erheben, um Geld für umfangreiche Bestechungen einzutreiben, Intrigen und Machenschaften von labyrinthischer Komplexität auszuhecken, verheerend unangemessene Vernunftehen einzufädeln, sich untereinander gnadenlos zu bekämpfen, Familienfehden anzuzetteln und die Insel von einem italienischen Despoten an den anderen zu verschachern (so daß wir eine Zeitlang zu Neapel gehörten), und schließlich kam es im achtzehnten Jahrhundert zu einem solch ungeheuren Ausbruch von Gewalt zwischen den führenden Familien (den Aninos, Metaxas, Karoussos, Antypas, Typaldos und Laverdos), daß die Herrschenden alle Unruhestifter nach Venedig verschleppten und hängten. Die Inselbewohner selbst enthielten sich dieser seltsamen italienischen Unarten, aber es gab viele Mischehen, und bei uns ging viel früher als im übrigen Griechenland der Brauch verloren, die Volkstracht zu tragen. Die Italiener haben uns eher eine europäische als eine östliche Lebensanschauung hinterlassen, unsere Frauen waren beträchtlich freier als sonstwo in Griechenland, und über Jahrhunderte haben sie uns eine Adelsschicht beschert, die wir sowohl verunglimpfen als auch nachäffen konnten. Wir waren ungeheuer froh, als sie abzogen, weil uns nicht bewußt war, daß uns Schlimmeres bevorstand, doch im Hinblick auf die Dauer ihres Aufenthalts waren sie zweifellos neben den Briten die bedeutendste Macht, die unsere Geschichte und Kultur gestaltet hat; wir fanden ihre Herrschaft erträglich und gelegentlich belustigend, und wenn wir sie je haßten, taten wir dies mit Zuneigung und sogar Dankbarkeit im Herzen. Vor allem hatten sie das unschätzbare Verdienst, keine Türken zu sein.«

Der Arzt legte den Füller hin und las das eben Geschriebene durch. Er lächelte verkniffen über seine letzten Bemerkungen; es war unter den gegenwärtigen Umständen unwahrscheinlich, daß diese Dankbarkeit anhalten würde. Er ging in die Küche und legte alle Messer von der einen Schublade in eine andere, so daß Pelagias Zorn eine neue Gelegenheit zur Katharsis bekäme.

Es war leichter, ein Psychologe zu sein als ein Historiker; er machte sich klar, daß er gerade einige hundert Jahre auf ein paar Seiten bewältigt hatte. Er mußte es wirklich langsamer angehen und die Ereignisse in einem gewissenhaften, gemessenen Gang erzählen. Er kehrte an seinen Schreibtisch zurück, sammelte den kleinen Stapel von Seiten ein, trat auf den Hof, schnupperte in der Luft nach Anzeichen des herannahenden Frühlings und verfütterte stoisch und entschlossen die Seiten nacheinander an Pelagias Ziege. Den Arzt betrübte ihre philisterhafte Fähigkeit, Literatur zu verdauen. »Verfluchter Wiederkäuer«, murmelte er und beschloß, in der Kapheneia einzukehren.

19
L'Omosessuale VI

Franciscos Mutter war eine kleine graue Frau mit einem Leberfleck auf der Wange und schwarzem Flaum über der Oberlippe. Sie trug Schwarz, und während ich mit ihr sprach, drehte sie unentwegt einen Staubwedel in den Händen. Es war ihr anzusehen, daß sie einmal schön gewesen war und daß mein geliebter Francisco sein Aussehen von ihr geerbt hatte; die gleichen slawischen Augen, die gleiche olivenfarbene Haut, die gleichen filigranen Finger. Franciscos Frau war auch da, doch ich konnte ihren Anblick kaum ertragen; sie hatte seinen Körper auf eine Art genossen, die mir nie vergönnt war. Sie schluchzte in einer Ecke, während ihre Schwiegermutter den Staubwedel umklammerte und mich ausfragte.

»Wann ist er gestorben, Signore? War es ein guter Tag?«

»Er ist an einem schönen Tag gestorben, Signora, als die Sonne schien und die Vögel sangen.«

(Er starb an einem Tag, als der Schnee schmolz und unter diesem Schild tausend verrenkte Leichen, Rucksäcke, verrostete Gewehre, Wasserflaschen und unleserliche, unvollendete, mit Blut getränkte Briefe zum

Vorschein kamen. Er starb an dem Tag, als einer unserer Männer merkte, daß ihm seine Genitalien vollständig abgefroren waren, und sich ein Gewehr in den Mund steckte und seinen Hinterkopf wegpustete. Er starb an dem Tag, als wir die Leiche eines Mannes mit heruntergelassenen Hosen fanden, der an einem Baum gehockt hatte und bei der Anstrengung steif gefroren war, gegen die durch die Militärverpflegung hervorgerufene hartnäckige Verstopfung anzukämpfen. Unter dem Toten lagen zwei winzige Kotklümpchen mit Blutspuren. Der Kadaver trug Bandagen anstelle von Stiefeln. Francisco starb an einem Tag, als die Geier von den Bergen herabkamen und den schon seit langem Toten die Augen aushackten. Die griechischen Granatwerfer husteten über dem Steilhang, und wir wurden unter einem Schlammhagel begraben. Es regnete.)

»Ist er im Kampf gefallen, Signore? Hat es einen Sieg gegeben?«

»Ja, Signora. Wir griffen eine griechische Stellung mit Bajonetten an, und der Feind wurde vertrieben.«

(Die Griechen hatten uns zum vierten Mal mit Sperrfeuer abgewehrt. Sie hatten vier Maschinengewehre über uns postiert, wo wir sie nicht sehen konnten, und wir wurden beim Rückzug in Stücke gerissen. Schließlich erhielten wir einen Befehl, der das Kommando, die Stellung zu erstürmen, widerrief, da sie von keinerlei taktischer Bedeutung war.)

»Ist er glücklich gestorben, Signore?«

»Er ist mit einem Lächeln auf den Lippen gestorben und hat mir gesagt, daß er stolz sei, seine Pflicht getan zu haben. Sie sollten sich freuen, so einen Sohn gehabt zu haben, Signora.«

(Im Graben humpelte Francisco mit wildem Blick zu mir. Seit Wochen sprach er das erste Mal wieder mit mir. »Dreckskerle, Dreckskerle«, brüllte er. Er sagte: »Schau her« und rollte seine Hosenbeine auf. Ich sah die violetten Geschwüre des Weißen Todes. Francisco berührte das faulende Fleisch mit einem verwunderten Leuchten in den Augen. Er streifte das Hosenbein wieder herunter und sagte: »Das reicht, Carlo. Das ist zuviel. Es ist alles aus.« Er schloß mich in die Arme und küßte mich auf beide Wangen. Er fing an zu schluchzen. Ich spürte, wie er in meinen Armen zitterte. Er nahm die Maus Mario aus der Tasche und übergab sie mir. Er ergriff sein Gewehr und kletterte über den Grabenrand. Ich packte seine Ferse, um ihn daran zu hindern, doch er schlug mir mit dem Gewehrkolben auf den Kopf. Langsam rückte er gegen die feindliche Stellung vor, hielt alle paar Schritte an, um zu feuern. Die Griechen erkannten seinen Heldenmut und erwiderten das Feuer nicht. Sie nahmen tapfere Männer lieber gefangen, als sie zu erschießen. Eine Granate schlug neben ihm ein, und er verschwand unter einem Schauer von gelbem Lehm. Es blieb lange still. Dann sah ich eine Bewegung dort, wo Francisco gewesen war.)

»Er ist schnell gestorben, nicht wahr, Signore? Er hat keine Schmerzen verspürt?«

»Er ist sehr rasch gestorben, durch eine Kugel ins Herz. Er kann nichts gespürt haben.«

(Ich legte mein Gewehr hin und kletterte aus dem Schützengraben. Die Griechen schossen nicht auf mich. Ich erreichte Francisco und sah, daß ihm eine Seite des Schädels weggerissen worden war. Die Knochensplitter sahen grau aus und waren mit Bindegewebe und gestocktem Blut überzogen, das teils hellrot, teils purpurrot war. Er war noch am Leben. Ich sah auf ihn herab, und meine Augen wurden blind vor Tränen. Ich kniete mich hin und nahm ihn in die Arme. Er war vom Winter und den Entbehrungen so ausgezehrt, daß er leicht wie ein Spatz war. Ich stand auf und bot mich den Gewehren der Griechen dar. Erst war es still, dann ertönte Jubel aus ihren Reihen. Einer schrie heiser: *»Bravissimo.«* Ich drehte mich um und trug das schlaffe Bündel zurück zu unserer Linie.

Im Graben dauerte es zwei Stunden, bis Francisco starb. Sein dickes Blut tränkte die Ärmel und Seiten meiner Uniform. Ich wiegte seinen zerschmetterten Kopf wie ein kleines Kind in den Armen, und sein Mund formte Worte, die nur er hören konnte. Tränen rannen über seine Wangen; ich sammelte sie mit den Fingern auf und trank sie. Ich beugte mich zu ihm und flüsterte ihm ins Ohr: »Francisco, ich habe dich immer geliebt.« Seine Augen sahen zu mir auf. Er blickte mich unverwandt an. Mühsam räusperte er sich und sagte: »Ich weiß.« Ich erwiderte: »Ich habe es dir nie gesagt, erst jetzt.« Er setzte sein zögerndes lakonisches Lächeln auf und meinte: »Das Leben ist eine Sau, Carlo. Bei dir habe ich mich gut gefühlt.« Ich sah, wie das Licht seiner Augen schwächer wurde und er die lange, langsame Reise in den Tod antrat. Es gab kein Morphium. Seine Schmerzen müssen unbeschreiblich gewesen sein. Er hat mich nicht gebeten, ihn zu erschießen; vielleicht hat er ganz zum Schluß sein schwindendes Leben geliebt.)

»Was waren seine letzten Worte, Signore?«

»Er hat Ihnen einen Gruß ausgerichtet, Signora, und ist mit dem Namen der Jungfrau auf den Lippen gestorben.«

(Einmal öffnete er die Augen und sagte: »Vergiß unsere Abmachung nicht, den Schweinehund Rivolta zu töten.« Später packte er mich in einem heftigen Schmerzanfall am Kragen und flehte: »Mario.« Ich nahm das Mäuschen aus meiner Tasche und legte es ihm in die Hände. In der Entrückung seines eigenen Todes ballte er die Faust so fest zusammen, daß das kleine Wesen mit ihm starb. Genauer gesagt, ihm traten die Augen aus dem Kopf.)

»Signore, wo ist er begraben?«

»Er ist an einem Berghang begraben, der im Frühjahr voller Tulpen steht und das erste Sonnenlicht empfängt. Er ist mit allen militärischen Ehren beerdigt worden, und an seinem Grab haben seine Kameraden Salut geschossen.«

(Ich beerdigte ihn selbst. Ich schaufelte in unserem Graben ein tiefes Loch, das sich augenblicklich mit ockerfarbenem Wasser füllte. Ich beschwerte den Leichnam mit Steinen, so daß er nicht wieder zur Bodenoberfläche hochkommen konnte. Ich beerdigte ihn an einem von riesigen Ratten und winzigen Ziegen bewohnten Ort. Ich stand über seinem Grab und schlug mit einer Schaufel die Ratten tot, die herkamen, um seinen Leichnam wieder auszuscharren. Die Maus Mario legte ich ihm in die Brusttasche über dem Herz. Seine persönlichen Habseligkeiten nahm ich an mich. Sie sind in dem Beutel, den ich Ihnen überlassen werde. Er enthält einen Talisman aus Epirus, einen Brief von seiner Frau, die Abzeichen des 9. Regiments der Alpini, drei Verdienstorden und die Flügelfeder eines Adlers, über die er sich gefreut hat, als sie ihm auf dem Weg zum Metsovon-Paß in den Schoß fiel. Er enthält auch ein Foto von mir. Ich wußte gar nicht, daß er es besaß.)

»Signore, solange er nicht umsonst gestorben ist.«

»Signora, wir haben nun die Herrschaft über Griechenland dank unserer deutschen Verbündeten.«

(Wir verloren den Krieg und wurden erst erlöst, als die Deutschen von Bulgarien her einfielen und eine zweite Front eröffneten, für deren Verteidigung die Griechen keine Kräfte mehr hatten. Wir kämpften, erfroren und starben für ein Imperium, das keinen Zweck erfüllt. Als Francisco starb, hielt ich seinen zerschmetterten Schädel und küßte ihn auf den Mund. Ich saß da, und Tränen der Wut fielen auf seine entsetzlichen Wunden. Ich gelobte, von nun an für uns beide zu leben.

Ich beteiligte mich weder an der Zerstückelung Griechenlands noch an dem beschämenden Triumphgeschrei über eine Eroberung, die nur dem Namen nach ein Sieg war. Die tapferen Griechen wurden unter elfhundert deutschen Panzern zermalmt, denen sie nicht einmal zweihundert leichte, hauptsächlich von uns erbeutete

Kampffahrzeuge entgegenstellen konnten. Unser glorreicher italienischer Vorstoß bestand lediglich darin, ihnen nachzusetzen, als sie sich in dem vergeblichen Bemühen zurückzogen, der deutschen Umzingelung zu entgehen.

Ich beteiligte mich nicht an dieser schändlichen Farce, weil ich am Tag nach Franciscos Beerdigung eine Pistole nahm, die ich einem verwundeten Griechen abgenommen hatte, und mir in einem Augenblick kaltblütiger Berechnung in den Oberschenkel schoß.)

20
Der wilde Mann aus dem Eis

Pelagia kam mit einem Krug auf der Schulter vom Brunnen zurück; sie setzte ihn im Hof ab und trat singend durch die Tür. Die schlimmen Nachrichten, die die Insel in Aufruhr versetzt hatten, erhöhten bei ihr nur den Gefallen an flüchtigen Schönheiten, und sie hatte soeben den ersten Schmetterling in diesem Jahr gesehen. Sie fühlte sich stark und gesund und hatte es genossen, das Haus für sich allein zu haben, während ihr Vater auf dem Berg war und sowohl Alekos als auch seine Ziegenherde untersuchte; weder dem Hirten noch den Ziegen fehlte je etwas, doch Alekos profitierte davon, die letzten Neuigkeiten zu erfahren, ein bißchen menschliche Gesellschaft zu haben und Wörter zu hören, die in seinen Selbstgesprächen nicht vorkamen. Der Arzt profitierte davon, mit einem üppigen Vorrat an Dörrfleisch heimzukehren, das beim Gehen in seinem Proviantbeutel knarrte und knisterte. Darüber hinaus glaubte er, daß die Freude über die Rückkehr die Mühen des Aufbruchs mehr als wettmachte und es sich deshalb immer lohnte, wegzugehen.

Als Pelagia die Küche betrat, hörte sie abrupt mit dem Singen auf. Sie war fassungslos, weil ein Fremder am Küchentisch saß, ein äußerst entsetzlicher und wilder Fremder, der schlimmer aussah als die Banditen aus den Kindermärchen. Der Mann war reglos bis auf das rhythmische Flattern und Zittern seiner Hände. Sein Kopf verschwand unter einer Kaskade von verfilztem Haar, das weder Form noch Farbe zu haben schien. An manchen Stellen stach es in verdrehten Locken heraus, an anderen wieder war es zu starren Polstern verpappt; es war das Haar eines Nazareners oder eines Einsiedlers, den die Herrlichkeit und Einsamkeit Gottes um seinen Verstand gebracht hatten. Darunter konnte Pelagia nichts außer zwei winzigen hellen Augen entdecken, die ihrem Blick auswichen. Mitten in dem gewaltigen struppigen Bart war eine gerötete Nase, von der sich die Haut in Flocken abschälte und dunkles, geädertes und schmutziges Fleisch sehen ließ.

Der Fremde trug die fast unkenntlichen zerlumpten Überreste von Hemd und Hose sowie eine Art Überwurf, der aus Tierhäuten geschnitten und mit Sehnen zusammengeheftet worden war. Pelagia sah unter dem Tisch, daß er keine Schuhe trug, sondern daß seine Füße von Bandagen umhüllt waren, verkrustet mit altem, geronnenem Blut und mit hellen Flecken von frischem. Er holte röchelnd Luft und stank bestialisch; es war der Geruch von verrottendem Fleisch, eiternden Wunden, Kot und Urin, altem Schweiß und von Angst. Sie blickte auf die Hände, die in dem Bemühen verschränkt waren, das Zittern zu unterbinden, und wurde sowohl von Furcht wie von Mitleid ergriffen. Was sollte sie tun?

»Mein Vater ist weggegangen, er dürfte morgen wieder zurück sein«, verkündete sie.

»Jedenfalls geht es dir gut, und du singst«, sagte der Mann mit brüchiger und rasselnder Stimme, wodurch Pelagia erkannte, daß seine angegriffenen Lungen verschleimt waren; das konnte Tuberkulose oder der Beginn einer Lungenentzündung sein, oder vielleicht war es die Stimme eines Mannes, dessen Kehle durch Polypen oder durch Krebs eingeschnürt war.

»Das Eis«, sagte der Fremde, als hätte er sie nicht gehört. »Mir wird nie wieder warm sein. Dieses widerwärtige Eis.« Die Stimme versagte ihm, und Pelagia merkte, daß seine Schultern bebten. »O Gott, dieses Eis«, wiederholte er. Er hielt sich die Hände vors Gesicht und schrie sie zornig an: »Ihr Biester, laßt mich in Ruhe; um Gottes willen, haltet still.« Er schloß die Finger fest zusammen, und sein ganzer Körper schien sich gegen einen Krampfanfall aufzubäumen.

»Sie können morgen wieder herkommen«, sagte Pelagia, von dieser schnatternden Erscheinung entsetzt und völlig hilflos.

»Keine Steigeisen, weißt du. Der Wind fegt den Schnee weg, und das Eis ist schartig, schärfer als ein Messer, und wenn du hinfällst, schneidest du dich. Schau meine Hände an.« Er hielt sie ihr entgegen, mit der Innenfläche nach außen – eine Geste, die normalerweise eine Beleidigung wäre –, und sie sah das furchtbare Netzmuster harter weißer Narben, die alle natürlichen Handlinien ausgelöscht, Ballen und Schwielen eingekerbt und nässende Risse an den Gelenken hinterlassen hatten. Von Fingernägeln und Nagelbetten war keine Spur mehr zu sehen.

»Und das Eis schreit. Es kreischt. Und Stimmen rufen dir daraus zu. Und dann blickst du darauf und siehst Leute, die sich wie Hunde paaren. Sie winken und wedeln und machen sich lustig, und dann schießt du ins Eis, aber sie verstummen nicht, und dann kreischt das Eis. Es quietscht die ganze Nacht, die ganze Nacht.«

»Also, Sie können hier nicht bleiben«, sagte Pelagia und fügte entschuldigend hinzu: »Ich bin allein im Haus.«

Der wilde Mann ignorierte sie. »Ich hab meinen Vater gesehen, meinen Vater, der gestorben ist, und er steckte unterm Eis fest, und seine Augen haben mich angestarrt, und sein Mund war offen, und ich habe mit dem Bajonett auf das Eis eingehackt. Um ihn herauszuholen. Aber als ich ihn heraushatte, war es jemand anders. Ich weiß nicht, wer, das Eis hat mich getäuscht, weißt du. Ich weiß, mir wird nie wieder warm sein, nie wieder.« Er schlang beide Arme um sich und fing heftig zu zittern an. »Pathemata mathemata, pathemata mathemata; Leiden sind also Lektionen, nicht wahr? Geh nicht hinaus in die Kälte, geh nicht hinaus in die Kälte.«

Pelagias Bestürzung wuchs sich zu akuter Angst aus, als sie sich fragte, was um alles in der Welt sie allein mit einem verrückten Vagabunden tun sollte, der in ihrer Küche wirres Zeug redete. Sie dachte daran, ihn dort sitzen zu lassen und wegzulaufen, um Stamatis oder Kokolios zu holen, war aber von dem Gedanken gelähmt, was er in ihrer Abwesenheit anstellen oder entwenden könnte. »Bitte gehen Sie«, flehte sie. »Mein Vater wird morgen zurück sein, und er kann ...« sie hielt inne, weil sie nicht wußte, welche der vielen in seinem Fall notwendigen medizinischen Behandlungen sie aufzählen sollte »... sich um Ihre Füße kümmern. «

Der Mann entgegnete ihr zum ersten Mal etwas. »Ich kann nicht gehen. Ich bin von Epirus zu Fuß hergekommen. Keine Stiefel.«

Psipsina hüpfte ins Zimmer und schnupperte die Luft, wobei die Schnurrhaare zuckten, als sie die Witterung starker und ungewohnter Gerüche aufnahm. Sie rannte in ihrer fließenden und sprunghaften Art über den Boden und landete auf dem Tisch. Sie näherte sich dem Steinzeitmenschen und buddelte in den Überresten einer Tasche, wonach sie triumphierend mit einem Stückchen weißem Käse auftauchte, das sie mit offensichtlichem Behagen verschlang. Sie wandte sich noch einmal der Tasche zu, fand aber nur eine durchgebrochene Zigarette, die sie liegenließ.

Der Mann lächelte, entblößte gute Zähne, aber blutendes Zahnfleisch, und tätschelte den Kopf des Tiers. »Ach, wenigstens Psipsina kennt mich noch«, sagte er, und stumme Tränen rannen seine Wangen herab in seinen Bart. »Sie riecht immer noch süß.«

Pelagia war verwundert. Psipsina war Fremden gegenüber scheu, doch warum kannte dieses schreckliche Wrack ihren Namen? Wer konnte ihn ihm gesagt haben? Sie wischte sich die Hände an der Schürze ab, weil sie sonst nicht wußte, was sie denken oder tun sollte, und sagte: »Mandras?«

Der Mann wandte ihr das Gesicht zu und meinte: »Rühr mich nicht an, Pelagia; ich hab Läuse und stinke. Und ich hab in die Hosen gemacht, als neben mir eine Bombe hochging. Ich hab nicht gewußt, was ich machen soll, also bin ich zuerst hierhergekommen. Ich hab die ganze Zeit gewußt, daß ich zuerst hierherkommen muß, das ist alles, und ich bin müde und stinke. Hast du einen Kaffee für mich?«

Pelagias Denken verlor seinen Halt, weil zu viele Gefühle auf sie einstürmten. Sie spürte Verzweiflung, unerträgliche Aufregung, Schuldgefühle, Mitleid und Ekel. Ihr Herz pochte wild in ihrer Brust, und sie ließ die Arme sinken. Vor allem fühlte sie sich hilflos. Es erschien ihr unbegreiflich, daß dieser verwahrloste Schemen die Seele und den Körper des Mannes beherbergte, den sie so sehr geliebt, begehrt, vermißt und schließlich aus ihren Gedanken verbannt hatte. »Du hast mir nie geschrieben«, sagte sie und sprach das erste aus, was ihr in den Sinn kam, die Anschuldigung, die schon seit seinem Weggang an ihrer Seele genagt hatte, die Anschuldigung, die sich zu dem zornigen, rachsüchtigen Ungeheuer ausgewachsen hatte, das ihre Zuneigung bis ins Mark ausgezehrt hatte.

Mandras sah erschöpft hoch und sagte so, als wäre er derjenige, der Mitleid mit ihr empfand: »Ich kann nicht schreiben.«

Aus unerfindlichen Gründen stieß Pelagia dieses Eingeständnis noch mehr ab als seine Verdrecktheit. Hatte sie sich also, ohne es zu wissen, mit einem Analphabeten verlobt? Nur um irgend etwas zu erwidern, fragte sie: »Hätte nicht jemand anders für dich schreiben können? Ich hielt dich schon für tot. Ich hab gedacht ..., du würdest mich nicht mehr lieben.«

Mandras blickte auf, eine unendliche Erschöpfung in den Augen, und schüttelte den Kopf. Er versuchte, seine Tasse ruhig zu halten, damit er trinken konnte, schaffte es aber nicht und stellte sie wieder auf den Tisch. »Ich konnte doch keinem Kameraden diktieren. Hätten es dann nicht alle erfahren? Wie hätte ich meine Gefühle von den Jungs bereden lassen können?« Er schüttelte wieder den Kopf und versuchte erneut vergeblich, einen Schluck Kaffee zu trinken, der in seinen Bart und auf die Tierhäute rann. Er blickte wieder auf, so daß sie endlich seine Augen erkannte, und sagte: »Pelagia, ich hab alle deine Briefe. Ich hab sie nicht lesen können, aber ich hab sie.« Er kramte in seiner Kleidung herum und zog einen dicken verschmutzten Packen heraus, der mit Stolperdraht zusammengebunden war. »Ich hab sie dort aufgehoben, wo sie mich warm hielten, allein weil ich gewußt hab, daß sie da waren. Ich hab mir gedacht, du könntest sie mir vorlesen. Lies sie mir vor, Pelagia, damit ich alles weiß.« Eher resigniert als mit bewußtem Pathos fügte er hinzu: »Auch wenn es schon zu spät ist.«

Pelagia war entsetzt. Mandras würde in der Abfolge der Briefe unweigerlich die ständige Abnahme von Zärtlichkeiten zugunsten einer stärkeren Konzentration auf Ereignisse erkennen. Er würde das alles mit einer weitaus größeren Klarheit erfassen, als wenn er sie im Lauf der Monate einzeln gelesen hätte. »Später«, erwiderte sie.

Mandras seufzte tief auf und kraulte Psipsina hinter den Ohren. Er tat so, als redete er eher mit dem Marderweibchen als mit seiner Verlobten. »Ich hab dich hier getragen«, sagte er und schlug sich mit der Faust auf die Brust. »Jeden Tag, die ganze Zeit, hab ich an dich gedacht, zu dir gesprochen. Wegen dir hab ich weitermachen können. Wegen dir war ich kein Feigling. Die Bomben, die Minen, das Eis, die Nachtangriffe, die Leichen, die Freunde, die ich verloren hab. Ich hab dich statt der Jungfrau gehabt, ich hab sogar zu dir gebetet. Ja, ich hab sogar zu dir gebetet. Ich hab dich im Kopf gehabt, wie du im Hof gesungen hast, und ich hab dich beim Fest gesehen, als ich deine Röcke auf die Bank geheftet und dich gebeten hab, mich zu heiraten. Ich wär tausend Tode gestorben, aber ich hatte dich vor Augen wie ein Kreuz, wie ein Kreuz zu Ostern, wie eine Ikone, und ich hab nichts vergessen, hab mich an jede Sekunde erinnert. Das hat mir im Herzen gebrannt, hat sogar im Schnee gebrannt, hat mir Mut gegeben, und ich hab mehr für dich als für Griechenland gekämpft. Ja, mehr als für Griechenland. Und als die Deutschen von hinten gekommen sind, bin ich durch die Linien geschlüpft und hab nur an Pelagia denken können; ich muß heim zu Pelagia, und jetzt ...«, sein Körper erschauerte noch einmal, und ein heftiges Schluchzen entrang sich ihm »... erkennen mich bloß die Tiere.«

Zu Pelagias Bestürzung und Kummer begrub er das Gesicht in den Händen und wiegte sich wie ein beleidigtes Kind. Sie trat hinter ihn und legte ihm die Hände auf die Schultern, die sie mit den Fingern massierte. Wo einmal begehrtes, makelloses, zartes Fleisch gewesen war, spürte sie nur noch Knochen, und sie sah, daß er tatsächlich Läuse hatte.

21
Pelagias erster Patient

Die Mutter von Mandras war eine jener verstörenden Gestalten, die so häßlich sind wie die mythische Gemahlin des Königs Antiphates, von der der Dichter geschrieben hat, sie sei eine »Frau, so groß wie das Haupt eines Berges, und sie entsetzten sich vor ihr«, und dennoch hatte sie einen hübschen Mann geheiratet, ein Kind bekommen und war allgemein beliebt. Einige sagten, daß sie alles ihren Hexenkünsten verdankte, doch in Wahrheit war sie eine liebenswerte und gutmütige Frau, der das Schicksal in der Jugend keinen Vorwand geboten hatte, eitel zu werden, und demzufolge hatte es sie auch nicht verbittert, als sie immer fülliger und haariger wurde. Kyria Drosoula stammte von einer Familie von »Giaourtovaptismenoi« – in Joghurt Getauften – ab, was hieß, daß ihre Eltern aus dem türkischen Gebiet vertrieben worden waren und nichts hatten mitnehmen dürfen als die Säcke mit den Gebeinen ihrer Vorfahren.

Durch die Vereinbarung von Lausanne waren beinahe eine halbe Million Moslems im Austausch gegen über eine Million Griechen in die Türkei umgesiedelt worden. Es war ein Beispiel für ethnische Säuberungen gewesen, das, obwohl es der Verhinderung künftiger Kriege diente, ein Erbe von tiefer Bitterkeit hinterlassen hatte. Drosoula hatte nur türkisch sprechen können, und sie und ihre Mutter waren von den alteingesessenen Griechen rundweg verachtet worden, während sie noch vor Heimweh nach dem Leben in der verlorenen Heimat weinten. Drosoulas Mutter begrub die Gebeine ihres Vaters und ihres Gatten und zog es aus Angst, wegen ihres pontischen Dialekts ausgelacht zu werden, vor, stumm zu werden und alle Verpflichtungen ihrer fünfzehnjährigen Tochter zu überlassen, die innerhalb von drei Jahren den kephallonischen Dialekt erlernte und einen schlauen Fischer heiratete, der in ihr auf Anhieb eine treue Frau erkannte. Wie so viele der bootsverliebten Inselbewohner verlor er sein Leben in einer Sturmbö, die urplötzlich aus dem Osten aufsprang, und hinterließ einen Sohn, der sein Gewerbe übernahm, und eine kräftig gebaute Witwe, die manchmal auf türkisch träumte, aber vergessen hatte, wie es gesprochen wurde.

Während Mandras' Abwesenheit war Pelagia fast täglich zu Drosoula gegangen und hatte sich verzaubern lassen von den Geschichten aus der Kaiserstadt Byzanz und über das Leben unter den Ungläubigen am Schwarzen Meer. In dem kleinen, nach Fisch riechenden, aber blitzsauberen Haus an der Hafenmole hatten sie sich gegenseitig mit Worten getröstet, die, so tief sie auch empfunden sein mochten, mittlerweile zu Klischees in jedem europäischen Haushalt geworden waren. Während die sich stets wandelnde See draußen an die Steine klatschte, hatten sie geweint und einander umarmt und immer wiederholt, daß Mandras wohlauf sein müsse, sonst hätten sie erfahren, daß ihm was zugestoßen wäre. Sie probten für den Ernstfall, daß sie einem

Italiener eins mit der Schaufel auf den Kopf geben müßten, und lachten hinter vorgehaltener Hand über einige schrecklich unflätige Witze, die Drosoula in der Türkei von den Moslemjungen aufgeschnappt hatte.

Zu dieser bewundernswerten und borstigen Amazone rannte Pelagia nun und ließ ihren Verlobten am Küchentisch zurück, wo er sich in den weltumspannenden Ozeanen seiner Erschöpfung und seiner schrecklichen Erinnerungen an Kameraden verlor, die zum Beutefraß der Aasvögel geworden waren. Als die beiden Frauen atemlos eintrafen, saß er noch an der gleichen Stelle und kraulte noch immer Psipsina hinter den Ohren.

In der Absicht, ihren Sohn in die Arme zu schließen, stürzte Drosoula mit einem Freudenschrei in die Küche, erstarrte dann aber so abrupt in ihrer Bewegung, daß es unter anderen Umständen vielleicht komisch gewesen wäre. Sie blickte in der Küche umher, um sich zu vergewissern, ob noch jemand anders als die heruntergekommene Erscheinung da sei, und sah dann Pelagia fragend an.

»Das ist er«, sagte Pelagia. »Ich hab dir doch gesagt, daß er in einem furchtbaren Zustand ist.«

»Du lieber Gott«, rief Drosoula, packte ohne Umschweife ihren Sohn an den Schultern, zog ihn vom Stuhl hoch und führte ihn nach draußen, obwohl Pelagia Einspruch erhob und es offensichtlich war, daß seine Füße ihm den Dienst versagten. »Es tut mir leid«, sagte Drosoula, »aber ich lasse meinen Sohn nicht in so einem Zustand in einem ehrenwerten Haus sitzen. Es ist zu beschämend.«

Draußen im Hof inspizierte Kyria Drosoula ihren Sohn, als wäre er ein Tier, dessen Kauf sie erwog. Sie spähte in seine Ohren, lüpfte angeekelt seine verfilzte Haarmatte, ließ ihn die Zähne blecken und verkündete dann: »Da siehst du, Pelagia, wie sich die Männer herrichten, wenn sich keine Frauen um sie kümmern. Es ist eine Schande und einfach nicht zu entschuldigen, durch gar nichts. Sie sind wie Babys, die ohne ihre Mütter nicht zurechtkommen, so ist es doch, und mir ist es egal, ob er im Krieg war. Setz bitte einen großen Topf mit Wasser auf, weil ich ihn von Kopf bis Fuß waschen werde, doch zuerst muß ich diesen schrecklichen Haarwust wegkriegen, also, Koritsimou, bring mir eine Schere, und wenn seine Flöhe und Läuse auf mich springen, werde ich ihm bei lebendigem Leibe die Haut abziehen, mich juckt's schon bloß vom Hinschauen, ich halt es kaum aus, mit ihm auf derselben Insel zu sein, und erst der Gestank, pfui, der ist ja schlimmer als bei Schweinen.«

Mandras blieb geduldig sitzen, als seine Mutter ihm unter Mißfallensbekundungen resolut das verfilzte Haargeflecht von Schädel, Backen und Kinn entfernte. Sie machte jedesmal, wenn sie eine Laus erblickte, eine Grimasse und sagte: »Pfui.« Die widerlichen Strähnen trug sie in der Schere weg, damit sie samt ihrer Nissenfracht in der Holzkohle des Steinofens übelriechend, glosend und brutzelnd verbrennen konnten. Dabei entwickelte sich ein dicker, beißender Rauch, der abscheulich genug war, um Dämonen zu vertreiben oder Tote aufzustören.

Pelagia verzog ebenso wie ihre zukünftige Schwiegermutter das Gesicht, als sie das Gewimmel der grauen Parasiten sah und die entzündeten Schrunden und Ekzeme zum Vorschein kamen; die Schädeldecke war übersät mit Kratzern, in denen Wundsekret glänzte. Am besorgniserregendsten war jedoch die Entdeckung, daß die Lymphdrüsen geschwollen und vereitert waren. Sie verspürte Ekel, obwohl sie doch wußte, daß sie Mitleid empfinden sollte, und eilte ins Haus, um nach dem Sassafrasöl zu suchen. Als sie danach griff, erkannte sie zum ersten Mal und mit leichter Bestürzung, daß sie im Lauf der Jahre schon genug von ihrem Vater gelernt hatte, um selbst ärztlich tätig zu sein; wenn es überhaupt so etwas wie eine Ärztin gab. Sie spielte kurz mit diesem Gedanken und suchte dann einen Pinsel, als könnte diese Handlung die ungemütliche Empfindung auslöschen, in die falsche Welt hineingeboren worden zu sein.

Als sie mit dem Krug stark und stechend riechenden Öls wieder in das Frühlingssonnenlicht trat, war Mandras schon völlig kahlgeschoren. Sie reichte Drosoula das Töpfchen. »Pinsle es ziemlich dick auf, denn das hilft sogar gegen Scherpilzflechte, wenn er die auch hat. Dann wickelst du seinen Kopf in ein Tuch und bindest es mit einem Faden fest. Ich fürchte, es reizt, also mußt du ihn mit Olivenöl einreiben, wenn die Läuse weg sind, doch Paraffinöl braucht etwa zwei Wochen, bis es wirkt, deshalb hab ich gedacht, wir nehmen lieber das.«

Kyria Drosoula sah sie bewundernd an, roch an der Flüssigkeit, sagte: »Puuh« und fing an, sie ausgiebig auf dem Kopf ihres Sohnes zu verstreichen. »Ich hoffe, du weißt, was ich da tue«, kommentierte sie. Mandras sprach zum ersten Mal – »Das brennt« –, woraufhin seine Mutter bemerkte: »Oh, du bist wirklich da drin?« und mit dem Einstreichen fortfuhr.

Als der Kopf in ein Leinentuch gewickelt war, traten die beiden Frauen zurück und bewunderten ihr Werk.

Mandras' Gesicht war so ausgezehrt wie das des Heiligen in seinem Sarkophag und sah so hohläugig und bleich aus wie das eines eben erst Verstorbenen, der schon erkaltet ist. »Ist er es wirklich?« fragte Drosoula, die echte Zweifel hatte, und dann fragte sie, warum die Kratzer auf dem Kopf entzündet waren. »Das ist, weil die Exkremente der Läuse in die Kratzer eingerieben werden«, antwortete Pelagia, »die Läuse an sich verursachen das nicht.«

»Ich hab ihm immer gesagt, er soll sich nicht kratzen«, sagte Drosoula, »bloß hab ich bis jetzt nicht gewußt, warum. Sollen wir mit ihm noch weitermachen?«

Die beiden Frauen tauschten Blicke aus, und Pelagia wurde rot. »Ich weiß nicht ...« setzte sie an, und Drosoula zwinkerte ihr zu und grinste breit. »Willst du nicht sehen, was du kriegst? Die meisten Mädchen würden für die Gelegenheit sogar jemand umbringen. Ich werd's niemand verraten, versprochen, und was ihn betrifft«, sie nickte zu ihrem Sohn hin, »so ist er so weit hinüber, daß er's gar nicht merkt.«

Pelagia dachte drei Dinge auf einmal: ›Ich möchte ihn gar nicht mehr heiraten. Ich hab ihn schon gesehen, aber das kann ich nicht verraten, und das war zu einer Zeit, als er schön war; nicht so wie jetzt. Und ich kann nichts sagen, weil ich Drosoula so mag.‹

»Nein wirklich, ich kann nicht.«

»Also gut, dann hilf mir mit allem anderen, und sag mir von hinter der Tür, was ich sonst noch tun muß. Ist das Wasser heiß? Im Vertrauen gesagt, ich kann's gar nicht abwarten, bis ich seh, was für einen Mann ich in die Welt gesetzt hab; findest du, daß ich schrecklich bin?«

Pelagia lächelte. »Jeder hält dich für schrecklich, aber niemand denkt deswegen schlechter über dich. Sie sagen bloß: ›Oh, das ist eben Kyria Drosoula.‹«

Ohne seine Kleidung zitterte Mandras nicht stärker als angezogen. Er war so erbärmlich geschwächt, daß Pelagia sich nicht schämte, bei ihm zu bleiben, als er nackt war, und sie brauchte die Anweisungen nicht von der anderen Seite der Tür her zu geben. Seine Muskeln waren verschwunden, die Haut hing in schlaffen Lappen um seine Knochen. Sein Bauch war aufgedunsen, was entweder von Unterernährung oder von Parasiten herrührte, und seine Rippen stachen so spitz hervor wie die Rückgratknochen. Schultern und Rücken schienen eingefallen zu sein, und Ober- wie Unterschenkel waren so unverhältnismäßig zusammengeschrumpft, daß die Knie stark geschwollen erschienen. Der schlimmste Anblick aber bot sich ihnen, als sie die verkrusteten Bandagen von seinen Füßen abschälten; Pelagia erinnerte sich an die Geschichte von Philoktet, einst Argonaut und einer der Freier von Helena, der von Odysseus auf der Insel Lemnos ausgesetzt worden war, weil sein Fuß unrettbar verfaulte. Er hatte nur seinen großen Bogen und die Pfeile von Herkules zur Gesellschaft. Pelagia fiel später ein, daß die Geschichte damit endete, daß Philoktet von Asklepios geheilt wurde und mithalf, Troja zu erstürmen, und sie überlegte, daß sie selbst die Heilerin gewesen war, während die Italiener entsprechend den Platz von Pelagias eigenen Vorfahren eingenommen hatten.

Sie fühlte sich jedoch nicht gerade wie eine Heilerin, als sie diese Füße sah; sie waren als solche unkenntlich. Sie bildeten eine brandige, schillernde und unförmige Masse. Eine Schicht aus Eiter und Schorf bedeckte die

Innenseiten der abgeschälten Bandagen, und gelbe Maden wanden und krümmten sich in Fleisch, das so gut wie tot war. »Gerasimos!« rief Drosoula aus und hielt sich an den kümmerlichen Schultern ihres Sohnes fest, als sie versuchte, nicht in Ohnmacht zu fallen. Der Gestank war unfaßbar betäubend, und endlich überwältigte Pelagia das heilige Mitleid, dessen Nichtvorhandensein sie vorher so erschreckt hatte. »Wasch ihn ganz ab«, sagte sie zu Drosoula, »und ich kümmere mich um seine Füße.« Sie blickte mit tränenerfüllten Augen zu Mandras hoch und sagte: »Agapeton, ich werde dir weh tun müssen. Es tut mir so leid.«

Er erwiderte ihren Blick und sprach zum zweitenmal: »Es ist der Krieg. Wir haben sie kurz und klein geschlagen, wir haben sie davongejagt. Wir haben die Spaghettifresser geschlagen. Du kannst mir meinetwegen weh tun. Aber gegen die Deutschen sind wir nicht angekommen. Wegen der Panzer, das ist alles.«

Pelagia zwang sich, die Füße anzuschauen, bis diese in ihrem Kopf eher ein zu lösendes Problem als ein ekelhaftes, schreckliches Leiden geworden waren. Sanft zupfte sie die Maden ab und warf sie über die Mauer. Dann nahm sie ihren Verstand zusammen, um zu entscheiden, ob die Fäulnis bis in die Knochen gedrungen war. Wenn ja, dann war eine Amputation notwendig, und sie wußte, daß sie die anderen überlassen müßte; wahrscheinlich würde nicht einmal ihr Vater sie durchführen wollen. Was konnte ein Arzt einem Mitmenschen Schlimmeres antun? Sie schauderte, wischte die Hände an der Schürze ab, schloß kurz die Augen und nahm den rechten Fuß in die Hand. Sie drehte ihn hin und her, fühlte das Gewebe und kam überrascht zu dem Schluß, daß es kein Granulationsgewebe gab und kein Knochen abgestorben war und sich abgelöst hatte. »Keine Sequestration«, sagte sie, während sie dachte: »Aber das habe ich bisher doch nur bei einem Hund gemacht.« Drosoula erwiderte: »Aber auf alle Fälle ungeheuer viel Dreck.« Pelagia stellte fest, daß das Fleisch am Fuß trocken war, und seufzte, als wäre ihr eine Last abgenommen worden; feuchter Wundbrand war am schlimmsten. Sie sah auch, daß keine rote Trennlinie zwischen den gesunden und den befallenen Bereichen zu sehen war, und schloß daraus, daß es sich gar nicht um Wundbrand handelte. Sie inspizierte den anderen Fuß und kam zu demselben Schluß. Sie holte eine Schüssel mit sauberem Wasser, salzte es kräftig und wusch die schrecklich zugerichteten Füße, so sanft sie konnte. Mandras zuckte vor Schmerz zusammen, sagte aber nichts. Pelagia stellte fest, daß die grausigsten Teile beim Waschen abfielen und daß darunter gesundes Fleisch zum Vorschein kam.

Sie verspürte ein Gefühl der Erleichterung und des Triumphes, als sie in der Küche stand und fünf dicke Knoblauchzehen im Mörser zerstampfte. Der starke Geruch tröstete sie, und sie lächelte, als Drosoulas Stimme aus dem Hof zu ihr drang. Die Mutter schalt ihren Sohn, als hätte er nicht Monate im Schnee verbracht, als wäre er kein Held, der wie alle seine Kameraden Widrigkeiten ertragen hatte, die weit über das hinausgingen, was die Pflicht gebot, und eine Übermacht geschlagen hatte, die von den gleichen widrigen Umständen besiegt worden war. Mit einem Messer verteilte Pelagia den Knoblauch auf zwei lange Mullbinden und trug sie nach draußen. Zu Mandras sagte sie: »Agapeton, das wird noch mehr beißen als das Salz.«

Er zuckte zusammen, als sie den Umschlag um seine Füße wickelte, und zog scharf die Luft ein, aber er beklagte sich nicht. Pelagia wunderte sich über seine Standhaftigkeit und bemerkte: »Mich überrascht es nicht, daß wir gewonnen haben.«

»Das haben wir doch gar nicht«, erwiderte Drosoula. »Die Spaghettis haben's nicht geschafft, also hat's Attila getan.«

»Hitler. Aber das macht nichts, weil Großbritannien auf unserer Seite ist.«

»Die Briten sind abgehauen. Wir sind nun in Gottes Hand.«

»Das glaub ich nicht«, sagte Pelagia entschieden. »Denk an Lord Napier, Lord Byron. Sie werden wiederkommen.«

»Was ist denn das alles?« wollte Drosoula wissen und meinte die Gesamtheit der Narben, Entzündungsherde und knallroten Muster auf dem Körper ihres Sohns. Pelagia sah sich den bedauernswerten, frisch gewaschenen Körper genau an und diagnostizierte alle Parasiten, die sie je im Beisein ihres Vaters kennengelernt hatte. »Das auf den Schultern ist Grindflechte. Es riecht nach Mäusen, merkst du's? Dafür brauchen wir Schwefel und Salizylsäure. Es ist eine Art Trichophythie. Glücklicherweise hat er sie nicht im Haar, sonst wäre es ihm ausgefallen. Diese roten Pünktchen sind normale Läuse. Wir müssen seine ganze Kleidung verbrennen und ihn überall rasieren – das kannst du machen –, um die Eier aus den Haaren zu kriegen. Oder wir können ihn mit Essig abwaschen. Und dann reiben wir ihn mit Eukalyptusöl und Paraffinemulsion ein. Der Ausschlag an Beinen und Armen sind *bêtes rouges,* die kriegen wir mit Ammonium- und Zinksalbe weg. Die verschwinden sowieso von selber. Der Fleck ist Schuppenflechte, schau her, er ist kaffeebraun. Das, was wir gegen die anderen Beschwerden verwenden, wird auch hier helfen. Wenn du ihn rasierst, da unten, du weißt schon, wird das auch die Filzläuse vertreiben. Ich werd nicht hinsehen, wenn's recht ist. Und er hat schreckliche Ekzeme an Armen und Knöcheln. Wir müssen die Risse mit Jod einpinseln, wenn ich was davon finden kann, dann heilen sie aus, und dann schmieren wir Zinkspatlösung drauf, wenn wir auch davon was finden können, und das müssen wir so lange auftragen, bis alles verheilt ist. Das kann Wochen dauern. Ich schätze, wir können auch Olivenöl nehmen, bloß nicht am Unterleib. Etwas Öliges sollte nicht an den Unterleib kommen. Und diese rotbraunen Stiche sind Flohbisse.« Pelagia hielt inne, blickte auf und sah, daß Drosoula sie verwundert anlächelte. »Koritsimou«, sagte das riesenhafte Weib, »du erstaunst mich. Du bist die erste Frau, die mir je untergekommen ist, die was weiß. Laß dich umarmen.« Pelagia wurde rot vor Freude, und um die Aufmerksamkeit von sich abzulenken, umarmte sie Drosoula und sagte: »Ich weiß, daß du dich über die schrecklichen roten Knoten auf dem Bauch und seinem ... Dingsda wunderst. Sie sind auch zwischen seinen Fingern, aber mach dir keine Sorgen, das ist bloß Krätze. Die Mittel werden das auch heilen, besonders Zink und Schwefel. Zumindest meine ich das, aber wir sollten lieber meinen Vater fragen«, schloß sie bescheiden.

Drosoula wies auf ihren völlig apathischen Sohn: »Da hast du dir was eingehandelt.«

Pelagia schluckte ihren Unwillen hinunter und sagte: »Man verliebt sich in die Person, nicht in den Körper.«

Drosoula lachte: »Romantisches Papperlapapp. Liebe geht rein durch die Augen und kommt wieder raus durch die Augen, und falls du dich wunderst, warum mein Mann sich in mich verguckt hat, so häßlich ich bin, so hat er einen ausgefallenen Geschmack gehabt, Gott und dem Heiligen sei's gedankt. Sonst wäre ich immer noch Jungfrau.«

»Ich glaub dir kein Wort«, sagte darauf Pelagia, die sich wie alle anderen schon immer gefragt hatte, wie es Drosoula gelungen war, einen Ehemann zu finden.

Am nächsten Morgen kehrte Dr. lannis erschöpft vom Berg zurück, nachdem er vorher noch in der Kapheneia eingekehrt war, und sah nicht nur einen schlafenden, halbtoten Mann im Bett seiner Tochter liegen, sondern in seinem eigenen auch noch Pelagia und eine grobschlächtige und abstoßende Frau. Im Haus stank es nach Knoblauch, Seife, Ammoniak, Jod, Schwefel, krankem Fleisch, Essig und verbranntem Haar, kurz, es roch wie in einer vielbesuchten Arztpraxis. Er rüttelte seine Tochter aus dem Schlaf und fragte sie: »Tochter, wer ist dieser alte Mann in deinem Bett?«

»Das ist Mandras, Papakis, und hier ist seine Mutter, Kyria Drosoula. Ihr seid euch schon begegnet.«

»Aber nicht in meinem Bett«, entgegnete er. »Und das ist doch nicht Mandras; es ist ein schrecklicher alter Mann mit Krätze und verbundenen Füßen. Ich hab schon nachgeschaut.«

Später dann hörte sich Dr. Iannis den Bericht seiner Tochter über ihre Behandlung an, wobei er bei jeder zaghaften Diagnose und Prognose schnaubte und an seiner Pfeife sog. Als Pelagia fertig war, wurde sie rot, weil sie aus der Haltung ihres Vaters einen strengen

Tadel für ihre Anmaßung herauszulesen vermeinte. Doch er ging einfach zu dem Patienten und untersuchte ihn gründlich, wobei er die Füße besonders eingehend inspizierte.

Er sagte nichts, bis er nach seinem verbeulten Hut griff, um aus dem Haus zu gehen. Pelagia drehte nervös den Staubwedel in den Händen und wartete auf seinen Wutausbruch. »Wenn ich kochen könnte«, sagte er endlich zu ihrer Verblüffung, »dann würde ich mit dir die Arbeit tauschen. Das heißt, ich würde mich eigentlich zur Ruhe setzen. Gut gemacht, Koritsimou, ich bin noch nie so ungeheuer stolz gewesen.« Er küßte sie auf die Stirn und rauschte dramatisch von dannen, wobei er den Himmel nach der erwarteten Invasion absuchte. Er mußte zu einer Sitzung des Verteidigungskomitees in der Kapheneia.

Drosoula lächelte Pelagia zu, die so von Erleichterung und Dankbarkeit überwältigt war, daß ihr die Hände zitterten. »Ich hab mir immer eine Tochter gewünscht«, sagte sie. »Du weißt ja, wie die Männer sind, die wollen immer nur Söhne. Mit deinem Vater hast du Riesenglück. Meiner war ein völliger Versager, soweit ich mich erinnern kann, immer randvoll mit Raki. Ich bete zum Heiligen, daß Mandras wieder auf die Beine kommt, denn dann wirst du meine Tochter.«

Pelagia nahm sie am Arm und sagte: »Sobald es geht, sollten wir ihn in die Sonne und ans Meer bringen. In solchen Fällen macht die seelische Einstellung viel aus.«

Drosoula fiel auf, daß Pelagia ihre Äußerung wohlweislich übergangen hatte, verzieh ihr jedoch. Ihr genügte schon der Anblick der jungen Frau, die in jener besonderen Schönheit aufblühte, die von einem plötzlichen Gefühl der Berufung herrührt.

22
Mandras hinter dem Schleier

Die reden über mich, als wär ich gar nicht da – Pelagia, der Doktor und meine Mutter. Sie sprechen von mir, als wär ich alt und tattrig oder bewußtlos, als wär ich ein Körper ohne Geist. Ich bin zu müde und zu traurig, um mich gegen die unwürdige Behandlung zu wehren. Pelagia hat mich nackt gesehen, meine Mutter wäscht mich an den intimsten Stellen, als wär ich ein Baby. Sie reiben mich ein mit Salben und Wässerchen, die brennen, wohltun und stinken, daß ich mir schon vorkomme wie ein Möbelstück, das mit Öl und Wachs behandelt wird, dessen Wurmlöcher zugemacht werden und dessen Polsterung ausgebessert und neu gefüllt wird. Mutter inspiziert meinen Stuhlgang und spricht mit meiner Verlobten darüber, sie füttern mich mit einem Löffel, weil sie nicht die Geduld haben, mich gegen das Zittern meiner Hände ankämpfen zu sehen. Ich frag mich schon, ob ich mich überhaupt noch als existierend betrachten kann.

Ich nehm es nicht an. Alles ist zu einem Traum geworden. Zwischen ihnen und mir befindet sich ein Schleier, der sie zu Schatten und mich zu einem Toten macht, und der Schleier ist vielleicht ein Leichentuch, das das Licht und die Sicht trübt. Ich bin im Krieg gewesen, und das hat einen Abgrund geschaffen zwischen mir und denen, die nicht dabeigewesen sind; was wissen die schon? Seit ich den Tod getroffen hab, dem Tod auf jedem Gebirgspfad begegnet bin, mit dem Tod im Schlaf gesprochen und im Schnee gerungen und mit ihm Würfel gespielt hab, bin ich zu dem Schluß gekommen, daß der Tod kein Feind, sondern ein Bruder ist. Der Tod ist ein wunderschöner nackter Mann, der wie Apollo aussieht, er gibt sich nicht mit denjenigen zufrieden, die im Alter dahinwelken. Der Tod ist ein Perfektionist, er mag die Jungen und Schönen, er möchte uns durchs Haar fahren und die Sehne streicheln, die den Muskel an den Knochen bindet. Er tut alles, um uns zu begegnen, unsere Gesichter erfreuen sein Herz, er stellt sich uns in den Weg, um uns herauszufordern, weil er einen sauberen, fairen Kampf liebt, und nach dem Kampf freundet er sich gern mit uns an, klopft uns auf die Schulter und bringt uns zum Lachen über die Geringfügigkeit und Unsinnigkeit der Lebenden. Nach Beendigung einer Schlacht wandert er unter den Toten umher, hilft ihnen auf und drückt den Hübschesten einen Lorbeerkranz auf die Stirn. Dann versammelt er sie um sich wie seine eigenen Kinder und geht mit ihnen einen Wein trinken, der nach Honig schmeckt und ihnen das Gefühl der Harmonie vermittelt, das sie im Leben nie gehabt haben.

Bloß mich hat er nicht geholt, und ich weiß nicht, warum. Ich war sicher mutig genug, bin der Gefahr nie ausgewichen und hab noch weitergemacht, als mein Körper schon ein Wrack war. Ich glaub, ich hab überlebt, weil unsere Anführer zu schlau waren, ich glaub, ich hab überlebt, weil der Tod die Italiener geliebt hat. Der Tod hat ihnen gesagt, sie sollen in einer geschlossenen Linie gegen unsere stärksten Stellungen vordringen, und wir haben sie wie Ähren niedergemäht. Unsere Generäle aber haben uns Zangenbewegungen ausführen und Hinterhalte legen lassen, um sie auszumanövrieren, um zu verschwinden und wiederaufzutauchen. Unsere Generäle haben es dem Tod schwergemacht, und so hat er, statt mich mit Kugeln zu durchlöchern, meinen Körper in wenigen Monaten so verfallen lassen wie bei anderen in sechzig Jahren. Es lag an der Kälte, dem Schlamm, dem Ungeziefer, der Unterernährung, dem Kummer, der Angst, den Schneestürmen mit Kristallen, schärfer als Glas, und dem Regen, der so dicht war, daß Fische darin hätten schwimmen können – es lag an all den Dingen, die sich nicht zu erklären lohnen, weil ein Zivilist sie sich nicht einmal vorstellen kann.

Wißt ihr, was mich hat durchhalten lassen? Pelagia und ein Gefühl für Schönheit. Pelagia war für mich ein Daheim. Ich hab nicht für Griechenland gekämpft, wißt ihr, sondern für ein Daheim. Ich hab es hinter mich gebracht, um zurückkommen zu können. Leider ist mein Traum von Pelagia besser als sie selbst gewesen. Ich seh und hör doch, daß sie sich vor ihrem heimgekehrten Helden ekelt, und ich hab schon gewußt, bevor ich wegging, daß ich nicht gut genug für sie bin. Wenn sie mich liebt, heißt das, sie läßt sich dazu herab, bringt ein Opfer, und das kann ich nicht aushalten, weil ich davon einen Haß auf sie bekomme und mich verachte. Ich werd wieder weggehen, wenn ich gesund bin, damit ich den Traum von Pelagia wieder im Kopf haben und sie ohne Bitterkeit lieben kann, so wie oben in den Bergen, als ich für sie und den Gedanken an ein Daheim gekämpft hab. Wenn ich zurückkomme, werd ich neu gemacht sein, weil ich das nächste Mal dafür sorge, daß ich so großartige Taten vollbracht hab, daß selbst eine Königin darum betteln würde, meine Braut zu werden. Was es für Taten sein werden, weiß ich noch nicht, doch sie werden Ruhm und Wunder in die Welt bringen, sie werden mich so reich und großartig schmücken wie die Juwelen des Heiligen.

Ich muß auch wieder weg, weil ich schon gar nicht hätte herkommen sollen. Ich bin heimgekommen, weil es möglich war und das Heimkehren so wie eisgekühltes Wasser nach einem windstillen Augusttag auf See ist. Ich hab im Rascheln der Ölbäume, im Gebimmel der Ziegenglocken, im Schnarren der Grillen, im Geschmack von Robola und im Geruch von Meersalz baden müssen. Ich hab wieder Kraft tanken müssen, mit den nackten Füßen auf heimatlichem Boden, das ist alles.

Meine Einheit ist ja in der Nähe des Olymp von den Deutschen ausgelöscht worden. Ich war der einzige Überlebende, und als ich so unter den Leichen meiner Freunde gesessen habe, ist mir Pelagia in einer Vision erschienen. Es heißt, so was kommt von Unterernährung und Überanstrengung, auf jeden Fall ist es für mich so gewesen, als würde sie vor mir stehen und mich anlächeln. Hätte sie das nicht getan, dann hätte ich mich einer anderen Einheit angeschlossen und den ganzen Weg bis zu den Thermopylen gegen die Deutschen gekämpft, doch auf einmal hab ich gewußt, daß ich nach Hause mußte, auch wenn mir der Weg unbekannt war. Ich hab unter den Leichen nachgesehen und mir das beste Paar Stiefel rausgesucht, bei dem sich zwar die

Sohlen ablösten, das aber immer noch besser als meins war. Ich hab die Schuhe angezogen und bin nach Südwesten marschiert.

Jeden Abend hab ich mir gemerkt, wo die Sonne unterging, und am Morgen, wo sie aufging. Ich hab den Halbkreis geteilt, mir einen Geländepunkt gesucht und bin losgegangen. Mittags hab ich geschaut, daß ich auch links von der Sonne ging. Die Straßen sind durch das Chaos des Rückzugs verstopft gewesen – sterbende Esel, stehengelassene Fahrzeuge, Rucksäcke und Waffen, die Opfer der Stukas –, und so bin ich querfeldein marschiert, durch die unendliche Wildnis, die, wie ich jetzt weiß, den größten Teil Griechenlands bedeckt. Erst ist es eine Wildnis aus Dornen und gerade erst knospenden, verkrüppelten Bäumen gewesen, doch irgendwo hinter Elasson ist das Gelände angestiegen und zu einer unmenschlichen Wüstenei aus Kiefern, Schluchten, Wasserfällen und Geröllfeldern geworden, zu einem Land der Habichte und Fledermäuse. Da hat es Sümpfe mit torfigem Wasser und fremdartigen Blumen, Berghänge mit rutschigem Schiefergeröll und Ziegenpfade gegeben, die plötzlich und unerklärlich am Rand eines Abgrunds aufgehört haben. Meine neuen Schuhe waren hin, und da hab ich meine Füße mit Lumpen umwickelt. Nachts hat Pelagia neben mir gelegen, wenn ich in Grotten gefroren hab, und in der Frühe ist sie vor mir nach Süden gegangen. Ich hab die Röcke um ihre Hüften schwingen sehen, hab gesehen, wie sie sich bückte, um Blumen zu pflücken, und sie hat gelächelt und auf mich gewartet, wenn ich hinfiel.

In dem Land gibt es Bären, wilde Hunde, die auch Wölfe sein könnten, Luchse und Hirsche. Es hat Zeiten gegeben, da hab ich mit den Zähnen das rohe Fleisch von einem liegengelassenen Beutetier gerissen, und einmal hat ein Adler eine Taube vor meine Füße fallen lassen und ist ihr hinterhergestürzt, so daß seine Krallen mir die Hände zerkratzt haben, als ich mich nach seiner Beute bückte. In diesen verlassenen Gegenden leben auch Menschen, Leute, die schon fast Tiere sind. Einige von ihnen sind blond und reden so merkwürdig, daß ich sie unmöglich verstehen konnte. Sie wohnen in Stein- oder Holzhäuschen und laufen in Lumpen herum. Sie ernähren sich von greulichen Eintöpfen, die aus Fleisch und Wurzeln bestehen und in uralten Töpfen gekocht werden, deren Risse mit Lehm abgedichtet sind. Diese Leute haben Steine nach mir geworfen, doch als ich mich hingekniet hab und mit dem Finger auf meinen Mund deutete, haben sie mich hereingeholt und so treusorgend gefüttert, als wäre ich ein Kind. Einer von ihnen hat mir auch das Fellwams geschenkt.

Während der Wanderung ist mir schon der Verdacht gekommen, daß mein Körper zerfiel und ich langsam durchdrehte. Ich hab nicht mehr genau gewußt, was los war. Ich hab nicht nur Pelagia gesehen, sondern auch seltsame Ungeheuer, die mich mit ihren vor Zähnen starrenden Mäulern bedrohten. Da war eine Stelle, wo ich zu einem Wasserfall gekommen bin, einem, der so hoch war, daß er mit einem Brüllen wie die Meeresbrandung bei heftigem Sturm runterprasselte. Er ist in eine Vertiefung gefallen, in der das Wasser wirbelte und strudelte und alles verschluckte, was vorbeikam. Ich hab keinen anderen Weg gesehen, weiter nach Südwesten zu gehen, als da durchzuschwimmen. Links ist ein überhängender Felsen gewesen, den nicht mal eine Ziege hätte hochklettern können, und mir ist es so vorgekommen, als wär da drauf ein dreiköpfiges Biest, das mich verschlingen wollte. Ich hab dagestanden und nichts im Kopf gehabt außer dem Kampf zwischen meiner verzweifelten Sehnsucht nach der Heimat und der Angst vor dem Wasserstrudel und dem Ungeheuer. Ich hab Pelagia wie unsern Heiland scheinbar übers Wasser vorangehen sehen und erkannt, daß am Fuß des Felsens unter der Wasseroberfläche ein Sims war, deshalb bin ich so leicht dran vorbeigekommen, als ob ich an den Flachstellen der Bucht von Assos zu einem Boot hinausgewatet wär.

Als ich gewußt hab, daß ich durchdreh, ist mir auch klargeworden, daß ich ausruhen mußte, und sei es nur einen Tag lang, und da bin ich zu einem Steinschuppen im Wald gekommen, wo das Gelände am Fuß eines Berges anstieg und die Piniennadeln so weich und dick wie eine Decke am Boden lagen. Es war niemand drin, und ich bin mir nicht sicher gewesen, ob er bewohnt war oder nicht, also bin ich reingegangen, hab mich an die Wand gelegt und bin eingeschlafen. Dann hab ich geträumt, ich wär im Bombenhagel.

Ich bin aufgewacht, als mich jemand mit dem Fuß angestupst hat. Als ich gesehen hab, daß es eine alte Hexe war, hab ich mich gefragt, ob es bloß ein anderer Traum war, aber das war nicht der Fall. Sie war klein und verwelkt und hatte ihre wenigen Haarsträhnen hinten am Kopf zusammengebunden. Sie hatte einen Buckel, ihre Kleider waren zerrissen, ihre Wangen hohl und ihr Kinn spitz, weil sie keinen einzigen Zahn mehr im Kiefer hatte.

Eines Tages, wenn ich soweit bei Kräften bin, um wieder zu reden, werd ich diese Geschichte in der

Kapheneia erzählen, damit die Jungs was zum Lachen haben, weil diese alte Vogelscheuche doch tatsächlich einen Narren an mir gefressen hat. Ich hab vergessen zu erwähnen, daß sie nur ein Auge hatte. Das andere war geschlossen und verkümmert.

Sie hat nur ein Wort gekannt, »Circe«, was vermutlich ihr Name war – sie hat immer auf sich gedeutet und das Wort gesagt, so daß ich »Mandras« sagen und auf mich deuten mußte –, und ihre Stimme war wie das Gekrächze eines Raben. Ihr eines Auge hat immer aufgeleuchtet, wenn sie mich gesehen hat, und sie hat mich mit Schweinefleisch von ihrer Herde gefüttert, die sie in einem Eichenwäldchen hielt, wo sie Eicheln fressen konnten. Ich hab sie widerlich und entsetzlich gefunden, hab aber gemerkt, daß sie eine schlichte Seele war, der Gott ein gütiges Herz geschenkt hatte.

In der dritten Nacht dort hab ich friedlicher geschlafen als seit mehreren Monaten, und weil mein Körper dank des Eberfleisches sich selbst heilte, hab ich nicht von Bomben und Leichen geträumt, sondern von Pelagia. In meinem Traum hat sie die Stirn gerunzelt und ist wegen meiner Verspätung ungeduldig geworden, und zum ersten Mal bei allen meinen Visionen bin ich zu ihr gerannt und hab sie geküßt. Sie ist in meinen Armen ganz weich geworden und hat meine Leidenschaft erwidert, so daß wir im Nu auf dem Waldboden herumkugelten. Sie hat mich an sich gedrückt und am ganzen Körper gestreichelt, was mich erregt hat, und ihr Mund war glühend heiß. Sie hat mich in die Lippe gebissen und sich gekrümmt, und ich hab ihr die Kleider vom Leib gerissen, damit meine Hände ihre Brüste und ihre Hüften spüren konnten. Ich hab vor dionysischer Verzückung gezittert und bin in sie eingedrungen. In Null Komma nichts hab ich das Aufwallen in den Lenden gespürt, und genau im schönsten Augenblick bin ich aufgewacht.

Unter mir hat sich die uralte Hexe gewunden und geächzt und gekrächzt, das eine irre Auge vor Ekstase halb geschlossen. Einen Augenblick bin ich verdutzt und verwirrt auf ihr liegengeblieben, aber dann bin ich mit einem Schrei der Wut und des Entsetzens auf die Füße gesprungen, denn ich hab gewußt, daß sie unter meine Felle gekrochen war und mich in der Gestalt Pelagias verführt hatte. »Hexe, Hexe«, hab ich geschrien und nach ihr getreten, und sie hat sich aufgesetzt und sich zu schützen versucht, wobei ihr die Zitzen bis auf die Hüfte hingen; und ihr Körper war mit eitrigen Entzündungen wie bei mir übersät. Sie hat mit den Armen gefuchtelt und wie ein Vogel in den Fängen einer Katze gezwitschert, und da hab ich den Wahnsinn in uns beiden und im ganzen Bau der Welt erkannt. Ich hab den Kopf zurückgeworfen und losgelacht. Ich hatte meine Jungfräulichkeit an ein uraltes, ungeliebtes und einsames Scheusal verloren, doch das war alles bloß ein klitzekleines Steinchen in Gottes Plan, sein Antlitz von uns abzuwenden und uns alle der Bosheit und den Launen der Finsternis auszusetzen. Die Welt hat noch genauso ausgesehen, aber unter der Oberfläche hat es gebrodelt. Ich hab mich wieder neben sie gelegt, und wir haben so bis in den Morgen geschlafen. Ich hatte erkannt, daß wir Menschen schuldlos sind.

Sie hat versucht, mich nicht fortgehen zu lassen, hat sich mir greinend und heulend vor die Füße geworfen und meine Knie umklammert. Es war zum Erbarmen, aber ich erinnere mich, daß ich gedacht hab, wo sowieso schon alles egal ist, macht es auch nichts mehr aus, wenn sie dieses Leiden genauso spürt, das die Welt im Sturm erobert und dem Verfall preisgegeben hat.

Ich hab Trikkala erreicht und es geschafft, mir einen Platz auf einem Laster zu ergattern, der mit einer Ladung Verwundeter von der Front zurückkam. Der Fahrer hat auf das Blut an meinen Füßen und die Fetzen meiner Uniform geschaut und eingesehen, daß ich auch verwundet war, deshalb hab ich den Platz von einem, der gestorben war, einnehmen können. In Lipson bin ich auf einem anderen Laster über Agios Nikolaos bis Arta und Preveza gefahren, und von dort ist es einfach gewesen, mit einem Fischerkollegen nach Levkas zu kommen, der Post auf die Insel brachte. Ich hab dann wieder ein Fischerboot nach Ithaka genommen und noch eins, um heimzukommen. Den ganzen Weg von Sami bis zu Pelagias Haus bin ich zu Fuß gegangen.

Und als ich angekommen bin, hab ich ein Entsetzen ausgelöst wie damals das alte Weib im Wald bei mir, und nur ein dummes kleines Tier, Psipsina, hat mich erkannt. Die Enttäuschung nach so vielen Träumen, so vielen Kämpfen und der langen Wegstrecke mit Pelagia als meinem Licht hat mir den letzten Lebensfunken ausgeblasen, und die Erschöpfung hat mich überfallen wie ein Nebel, der ein Boot im Oktober in der Meerenge von Zanthe einhüllt. Ich hab die Augen zugemacht und bin wie die Geister der Toten ins Schattenreich gestürzt.

Ich hab gesagt, daß Pelagia und das Gefühl für Schönheit mich heimgebracht haben, aber ich hab noch nichts von dem Schönheitsempfinden gesagt. Einmal, im Dezember, in der Nähe vom Metsovon-Paß, als zwanzig Grad unter Null waren, weil es wolkenlos war, haben die Italiener eine Leuchtkugel hochgeschossen. Sie ist in einer Kaskade aus strahlendblauem Licht vor dem käsigen Gesicht des Vollmonds explodiert, und die Funken sind ganz langsam wie die Seelen widerstrebender Engel zur Erde gesunken. Während die kleine Magnesiumsonne noch am Himmel strahlte, sind die Schwarzkiefern aus ihrem bescheidenen Schatten getreten, als wären sie vorher wie Jungfrauen verhüllt gewesen, aber hätten nun entschieden, sich so sehen zu lassen, wie sie im Himmel sind. Die Schneewehen haben in der weißen Glut des Eises pulsiert, das vollkommene Keuschheit bedeutete, ein Mörser hat trostlos gebellt, und eine Eule hat geschrien. Zum ersten Mal in meinem Leben hab ich am ganzen Körper vor etwas anderem als der Kälte gezittert; die Welt hatte ihre Haut abgestreift und sich als Energie und Licht enthüllt.

Es ist mein Wunsch, gesund zu werden, so daß ich wieder in die Linien zurückkehren und vielleicht nur einmal noch diesen unvergeßlich schönen Augenblick erleben kann, als mir das Gesicht von Gabriel in einem Kriegsgerät erschienen ist.

23

30. April 1941

Es geht die Geschichte, daß im Königspalast, der so riesig und leer war, daß die königliche Familie darin auf Fahrrädern fuhr, und so verfallen, daß die Wasserhähne Kakerlaken ausspien, eine Weiße Frau als Unglücksbotin ihr Unwesen treibt. Sie kommt immer geräuschlos mit tückisch leuchtendem Gesicht, und einmal, als zwei Adjutanten sie festzunehmen versuchten, weil sie die Großmutter des Prinzen Christophoros angegriffen hatte, löste sie sich in Luft auf. Wenn sie an diesem Tag im Palast umhergewandert wäre, hätte sie darin nicht König Georg angetroffen, sondern deutsche Soldaten. Wenn sie in die Stadt gegangen wäre, hätte sie die Hakenkreuzfahne auf der Akropolis wehen sehen und nach Kreta reisen müssen, um den König zu finden.

Die Kephallonier brauchten keine solchen bösen Geister, um gewarnt zu sein. Vor zwei Tagen hatten die Italiener unter lächerlichen Umständen Korfu eingenommen, und das sollte sich nun hier genauso wiederholen. Es gab niemand auf der Insel, der nicht das Schlimmste befürchtete.

Am qualvollsten war das Warten. Wie ein greifbarer Nebel stieg eine große Wehmut auf, als stünde der letzte

Liebesakt mit einer angebeteten Person bevor, die für immer fortzog. Jeder ließ sich den letzten Augenblick in Freiheit und Sicherheit auf der Zunge zergehen und prägte sich seinen Geschmack und die Erinnerung daran ein. Kokolios und Stamatis, der Kommunist und der Monarchist, saßen an einem Tisch beisammen und reinigten die Einzelteile einer Jagdflinte, die fünfzig Jahre lang an einer Wand Staub angesetzt hatte. Sie hatten keine Munition, aber wie allen auf der Insel schien es ihnen wichtig, wenigstens eine Geste des Widerstands zu machen. Ihre geschäftigen Finger sollten die Stürme der Angst und Ratlosigkeit in ihrem Innern besänftigen, und sie unterhielten sich leise und zutraulich, was ihre jahrelangen heftigen ideologischen Zwistigkeiten Lügen strafte. Keiner von beiden wußte, wie lang er noch zu leben hatte, und so merkten sie endlich, wie sehr sie einander schätzten.

Familienmitglieder umarmten sich häufiger als gewöhnlich; Väter, die erwarteten, zu Tode geprügelt zu werden, streichelten das Haar hübscher Töchter, die erwarteten, vergewaltigt zu werden. Söhne saßen mit ihren Müttern vor den Haustüren und frischten liebevolle Erinnerungen auf. Bauern holten ihre Fässer mit dem Wein, in dem das glitzernde Sonnenlicht eingefangen war, und vergruben sie im Boden, damit kein Italiener das Vergnügen hätte, davon zu trinken. Großmütter wetzten ihre Küchenmesser, Großväter erinnerten sich vergangener Taten und redeten sich ein, daß das Alter ihnen noch nichts hatte anhaben können; in ihren Schuppen übten sie mit Schaufeln und Stöcken heimlich »Gewehr über«. Viele Leute suchten ihre Lieblingsplätze auf, als wäre es das letzte Mal, und stellten fest, daß Steine und Staub, die durchsichtige See und die uralten Felsen eine traurige Stimmung angenommen hatten, so wie in einem Zimmer, in dem ein wunderschönes Kind mit dem Tode ringt.

Pater Arsenios kniete in seiner Kirche und versuchte, die Worte zu einem Gebet zu finden, denn ihn verstörte das unerhörte Gefühl, daß Gott ihn im Stich gelassen hatte. Er hatte sich so an den Gedanken gewöhnt, daß er auf ewig dazu verdammt war, derjenige zu sein, der Gott im Stich ließ, daß ihm keine Formulierungen einfielen, die nicht voller Vorwürfe und sogar Schimpfworte steckten. So verfiel er in sein übliches »Herr Jesus, Sohn Gottes, hab Erbarmen mit mir armem Sünder« und merkte, daß selbst nach all den Jahren dessen Wiederholung ihm nicht zu Herzen ging. In seiner Jugend hatte er geglaubt, daß dieses Gebet ihm eines Tages die Vision des göttlichen und ungeschaffenen Lichts offenbaren würde, doch nun wußte er, daß es eine Formel geworden war, eine Barriere zwischen ihm und dem Gott, der sprachlos und ausweichend war. »Herr Jesus, Sohn Gottes«, betete er schließlich, »was zum Teufel hast du dir denn da einfallen lassen? Was hatte denn Golgatha für einen Sinn, wenn der Teufel nicht besiegt worden ist? Ich dachte, du hättest verkündet, daß du die Sünde vertrieben hast. Bist du denn für nichts und wieder nichts gestorben? Läßt du uns alle auch sinnlos sterben? Warum unternimmst du nichts? Ich weiß, daß du in der Eucharistie unsichtbar anwesend bist, aber wie soll ich bei deiner Unsichtbarkeit wissen, daß du da bist?« Seine fetten Kinnbacken zitterten vor innerer Erregung; er fühlte sich wie ein Junge, der auf das Landgut kommt und entdeckt, daß sein Vater ihm kein Erbe hinterlassen hat. »Herr Jesus, Sohn Gottes«, betete er, »wenn du nichts unternehmen willst, dann werde ich was tun.«

An seinem Schreibtisch las Dr. Iannis noch einmal den berühmten offenen Brief an Hitler durch, den Vlachos im *Kathimerini* veröffentlicht hatte. Von dieser noblen, in hehren Worten vorgebrachten Verfechtung des Rechts auf nationale Unabhängigkeit gerührt, schnitt er ihn aus der Zeitung, stand auf und befestigte ihn mit einem Reißnagel an der Wand, nicht ahnend, daß jeder gebildete Mann in Griechenland das gleiche getan hatte. Der Artikel würde bis 1953 dort bleiben, trocken und gelb werden, sich an den Ecken einrollen, aber die Empfindungen, die er weckte, würden mit jedem Jahr frischer und tiefer werden.

Der Arzt schob Psipsina vom Schreibtisch, setzte sich hin und schrieb: »Es ist so Sitte bei uns, die vielen Nationen, die diese Insel usurpiert haben, mit den Türken zu vergleichen. So waren die Römer und die Normannen schlimmer als die Türken, die Katholiken gleichfalls, während die Türken selbst womöglich nicht so schlimm waren, wie wir es uns gern vorstellen, und so waren sie paradoxerweise nicht so schlimm wie sie selbst. Die Russen waren um vieles besser, und die Franzosen waren geringfügig besser. Die letzteren bauten gerne Straßen, aber ihnen war nicht zu trauen – die Türken versprachen uns nie etwas und waren deshalb per definitionem unfähig zum Wortbruch –, und die Briten waren eine Zeitlang schlimmer als die Türken und die übrige Zeit die besten von allen. Die allgemeine griechische Verbitterung über die Briten kam auf, weil diese unverschämterweise Parga an Ali Pascha verkauften, aber auf dieser Insel wurde sie ursprünglich durch den Gouverneur Thomas Maitland ausgelöst, der durch und durch ein Tyrann war. Charles de Bosset jedoch, ein Schweizer in Diensten der britischen Armee, baute unsere unschätzbare Brücke über die Bucht von Argostoli. Lord Napier baute den großartigen Gerichtssaal in Lixouri mit seinen Marktarkaden darunter (den Markato) und war so populär, daß die Bevölkerung Geld für ein Denkmal zur Erinnerung an ihn sammelte, als er fort war. Lord Nugent wurde so beliebt, daß unser Parlament ihn mit einer Dankadresse beehrte. Frederic Adam, Stewart McKenzie und John Seaton scheinen philhellenistischer als wir selbst gewesen zu sein, aber General Howard Douglas war empörend und schändlich despotisch. Und so geht das weiter. Was lernen wir daraus?

Wir lernen daraus, daß der Umgang mit den Briten uns nur die Wahlmöglichkeit zwischen zwei Säcken bietet, die mit einer Schnur um den Hals gebunden werden. Der eine enthält eine Viper und der andere Gold. Wer Glück hat, erwischt den Sack voll Gold, nur um festzustellen, daß die Briten sich das Recht vorbehalten haben, ihn ohne weiteres gegen den anderen auszutauschen. Umgekehrt könnte das Pech einem den Sack mit der Viper bescheren, woraufhin die Briten warten, bis sie zugebissen hat, nur um dann zu sagen: »Wir haben es nicht so gemeint; nimm den anderen Sack.«

Wir wissen nicht, was wir von den Briten halten sollen. Bei den Türken wußten wir, daß unsere Söhne zu den Janitscharen und unsere Töchter in einen Harem kommen würden. Wir wußten, daß wir vom Militärdienst freigestellt werden würden, daß wir keine Pferde reiten dürften und daß unsere Sultane Lüstlinge und Irre waren. Bei den Briten ist nichts sicher, außer daß sie einen verächtlich behandeln und es dann hundertfach wiedergutmachen. Einmal liebten wir sie so sehr, daß wir Prinz Alfred als unseren König haben wollten – und wir treiben immer noch einen Kult um Lord Byron –, und ein anderes Mal haben sie uns ins Gesicht getreten. Schweren Herzens berichte ich hier davon, daß sie uns unserem Schicksal überlassen haben, weil ihrer Einschätzung nach der Krieg nicht in Griechenland entschieden werden wird.

Ich warte verzweifelt in der Gewißheit, daß Korfu gefallen ist und daß dies das letzte sein könnte, was ich je schreibe. Ich empfehle meine Erinnerung der Nachwelt und meiner geliebten Tochter Pelagia, und ich bitte denjenigen, der diese Papiere und meine unvollendete Geschichte findet, sie gut aufzuheben. Ich bete darum, daß die Briten uns nicht unwiderruflich aufgegeben haben, und ich bete darum, daß sie letztlich noch siegen werden, auch wenn ich schon tot bin. Ich glaube, daß ich ein gutes und nützliches Leben geführt habe, und wäre da nicht meine Tochter, die möglicherweise nicht überleben wird, und meine Enkel, die ich vielleicht nie sehen werde, so würde ich zufrieden in der Hoffnung sterben, daß der Tod, mit Sokrates' Worten, ›eine Versetzung und ein Umzug der Seele von hinnen an einen anderen Ort‹ sein möge. Ich habe nie daran geglaubt, aber die unmittelbar drohende Invasion bestärkt mich in der Überzeugung, daß das Leben traurig und trostlos sein kann und der Tod als eine Zeit vorstellbar ist, in der ich wieder mit meiner Frau zusammensein kann, an welchen Ort auch immer sie gegangen sein mag. Solon hat gesagt, daß niemand einen Menschen vor dessen Tod glücklich nennen sollte, weil er bis dahin höchstens beglückt ist.

Doch ich bin sowohl glücklich wie beglückt gewesen, glücklich in meiner Ehe und beglückt mit einer Tochter. Möge es nicht umsonst gewesen sein.«

Der Arzt langte zum obersten Bord und holte eine schwarze Blechschachtel herunter. In die legte er das Manuskript mit seiner Geschichte und dieses letzte Schreiben, das wie üblich mit einem Thema angefangen und bei einem anderen aufgehört hatte, und verschloß sie. Er nahm die Schachtel unter den Arm, hob die Matte unter dem Tisch hoch und öffnete die Falltür, unter der sich die 1849 geschaffene große Kammer auftat, worin sich die Radikalen versteckt hatten, die von den Briten erst verfolgt und dann an die Regierung gebracht worden waren. In dieses Gelaß, das einst die Flüchtlinge Joseph Momferatos und Gerasimos Livadas aufgenommen hatte, legte der Arzt seinen literarischen Nachlaß. Er kehrte an den Schreibtisch zurück, nahm seine zwei dicken Bände *The Complete and Concise Home Doctor* hervor und memorierte noch einmal die Abschnitte über Blutungen, Verbände, Schock, Aderpresse, Schußverletzungen, Verbrennungen, Schnittwunden, Stichwunden, Asepsis, Dränage und Spülung von Wunden, Kieferklemme, Eiter, Trepanation zur Linderung von Depressionsfrakturen des Schädels.

In Drosoulas Haus, wohin Mandras verlegt worden war, saß die Tochter des Arztes in qualvoller Scham; sie hatte allmählich den Verdacht, daß Mandras sie absichtlich quälte.

Seine körperlichen Beschwerden waren beträchtlich abgeklungen. Die roten Knötchen, die Ekzeme und die Haut an seinen Füßen waren nach und nach von selbst geheilt. Sein Gesicht war etwas voller geworden, die

Rippen hatten sich unter neuem Fleisch versteckt, das Haar fing wieder an zu wachsen, und der irre Glanz in seinen Augen hatte sich zu einem schwachen Glimmen abgeschwächt, das der Arzt nicht für eine Verbesserung hielt. »Es ist eine Schande«, hatte er gesagt, »daß er nicht richtig verwundet worden ist. Das hätte ihm etwas Konkretes gegeben, womit er sich beschäftigen könnte.« Pelagia hatte diese Bemerkung verstört und verschreckt, doch im Augenblick wollte sie nichts lieber tun, als ihre kleine Derringer aus der Schürze ziehen und ihrem Verlobten in den Kopf schießen. Tatsächlich hatte sich Mandras' Zustand so weit verschlimmert, daß mit ihm weniger anzufangen war als mit einem Kleinkind, und sie war überzeugt, daß er das absichtlich aus Rache oder zur Bestrafung tat. Sie war der Meinung, er wollte, daß sie sich entsetzliche Sorgen um ihn machte, und das tat sie auch.

Der Arzt hatte zu verschiedenen Zeiten dieses Verhalten als anergischen Stupor, melancholischen Stupor, resistenten Stupor und katatonischen Stupor diagnostiziert. Die sonderbare Art, auf die es mal das eine, mal das andere war, zeigte ihm an, daß es keines davon war, aber er wußte es nicht anders zu deuten. »Kriegsschock« traf auch nicht ganz zu, und wie Pelagia war er schon versucht, Mandras' Befinden einem pathologischen Bedürfnis zuzuschreiben, andere dadurch zu versklaven, daß er sich in einen Zustand vollständiger Abhängigkeit hineinmanövrierte. »Er meint, niemand mag ihn«, sagte Dr. Iannis, »und er tut das, um uns dazu zu zwingen, ihm zu demonstrieren, daß wir ihn mögen.«

»Aber ich will ihn nicht«, dachte Pelagia immer wieder, als sie an seinem Bett saß und an der Hochzeitsbettdecke häkelte, die noch nie größer als ein Handtuch geworden war.

Mandras hatte seine Selbstverbannung in die Unerreichbarkeit damit begonnen, daß er sich totstellte. Wie im Rigor mortis erstarrt lag er im Bett, völlig steif, die Arme so verdreht in die Luft gestreckt, daß kein gewöhnlicher Mensch das eine einzige Minute ausgehalten hätte. Speichel triefte ihm aus dem Mund über das Kinn und die Schulter und sickerte ins Bett. Drosoula legte ein Tuch hin, um ihn aufzufangen, doch als sie wiederkam, stellte sie fest, daß ihr Sohn sich umgedreht hatte und der Speichel nun von der anderen Schulter herabrann. Wegen seiner Armhaltung hatte sie die größten Schwierigkeiten beim An- und Ausziehen. Der Arzt hatte ihn auf Katatonie untersucht, indem er ihn mit Nadeln gepiekt hatte; Mandras hatte keine Reaktion gezeigt und auch nicht das Auge geschlossen, als der Arzt mit einer Nadel darauf zufuhr. Er war mit Suppe gefüttert worden, die ihm durch einen Trichter in den Schlund gegossen wurde, und er hatte seit Tagen weder uriniert noch defäkiert, und zwar genau bis zu dem Zeitpunkt, als Drosoula schon aufgegeben hatte, ihn dazu zu bewegen. Dann hatte er die Laken so üppig besudelt, daß sie hinausrennen und auf der Straße würgen mußte.

Am 25. März war Mandras aufgestanden, um den Nationalfeiertag zu begehen, hatte sich angezogen, war ausgegangen und betrunken und fröhlich um drei Uhr früh zurückgekehrt. Drosoula und Pelagia hielten sich an den Händen und tanzten im Kreis, wirbelten lachend vor Freude und Erleichterung herum.

Doch am nächsten Tag war er wieder im Bett, sprachlos und ohne jede Regung. Seine Starre war gewichen, aber nur durch einen Zustand ersetzt worden, in dem er seinen Körper zu verleugnen schien. Der Arzt hatte seinen Arm gehoben, und der war wieder aufs Bett gefallen wie eine locker mit Lumpen ausgestopfte Socke. Seine Temperatur sank, seine Lippen schwollen an und wurden blau, sein Puls raste, und er atmete so flach, daß es schien, als würde er die Luft verschmähen.

Am Tag darauf behielt Mandras denselben Zustand bei, nur kämpfte er jetzt ungestüm, aber gekonnt gegen jeden Versuch, ihn zu bewegen oder zu füttern. Drosoula zog Kokolios, Stamatis und Velisarios hinzu, und nicht einmal die beiden zähen Alten und der Riese konnten ihn dazu bringen, den Mund aufzumachen und zu essen. Anscheinend war er wild entschlossen, sich zu Tode zu hungern. Kokolios schlug vor, ihn auszupeitschen, was das traditionelle Heilmittel für die Verrückten war, und schritt gleich zur Tat, indem er dem Patienten heftig ins Gesicht schlug. Mandras richtete sich urplötzlich auf, legte eine Hand ans Gesicht, sagte: »Scheißkerl, dich erwisch ich schon noch« und fiel wieder auf die Laken zurück. Jeder Anwesende war mittlerweile so zornig und frustriert, daß die Idee, ihn auszupeitschen, allen nicht die schlechteste schien.

Mandras setzte seine Widerstandspolitik und seinen Hungerstreik bis zum Abend des 19. April fort, als er sich wundersamerweise rechtzeitig zum großen Osterfest erholte. Am Gründonnerstag waren die Lämmer geschlachtet und aufgehängt worden, die Eier waren rot angemalt und mit Olivenöl auf Glanz gebracht worden, und Mandras hatte der traditionellen Linsensuppe beinahe nicht widerstehen können. Am

Karfreitag hing auf der ganzen Insel der Geruch der von den Frauen gebackenen Osterbrote in der Luft, und am Samstag rösteten die Männer die Lämmer am Spieß, hänselten einander und betranken sich schamlos, während die Frauen fleißig Suppen und Würste machten. Während all der Zeit hatte Mandras reglos im Bett gelegen und es stets vollgeschissen und vollgepinkelt, wenn Drosoula gerade die Laken gewechselt hatte.

Doch am Samstag abend stand er auf und schloß sich schwarz gekleidet und mit einer unangezündeten schwarzen Kerze der feierlichen Prozession der Ikonen zum Kloster in Sissia an. Er wirkte völlig normal; als Stamatis ihm gute Genesung wünschte, erwiderte er: »Dein Wort in Gottes Ohr.« Als Kokolios ihm auf den Rücken klopfte und ihm zu seinem unerwarteten Erscheinen unter den Lebenden gratulierte, grinste Mandras wie in alten Tagen und antwortete mit dem Sprichwort: »Ich bin Grieche, und wir Griechen unterliegen nicht den Naturgesetzen.«

In der völlig finsteren und stillen Kirche wartete Mandras in wachsender Erregung. Die Spannung war unerträglich, und der drohende Krieg hatte diesem Osterfest eine prägnante Bedeutung verliehen; würde Christus auferstehen, wenn die Griechen dahinsanken? Es waren viele da, die sich fragten, ob dies nicht ihre letzte Passionszeit auf Erden gewesen war, und sie hielten die Hände ihrer Kinder fester und inniger gepackt. Diejenigen, die Uhren hatten, bemerkten, daß die Minuten langsamer als gewöhnlich vergingen, und die Leute reckten ihre Hälse, um eine bessere Sicht auf die Ikonostasis zu erhalten.

Endlich erschien der Priester mit seiner brennenden Kerze und verkündete mit volltönender Stimme: »Christos anesti, Christos anesti.«

Zur Antwort stimmten die Pilger ein gewaltiges Freudengeschrei an: »Alithos anesti, alithos anesti.« Dann zündeten sie sich gegenseitig die Kerzen an. »Christus ist auferstanden«, schrie Drosoula und umarmte ihren Sohn. »Wahrhaftig auferstanden«, rief er und küßte Pelagia auf die Wange. Während sie ihre Flamme mit der Hand abschirmte, fragte sich Pelagia: »Mandras anesti? Ist Mandras auferstanden?« Sie fing Drosoulas Blick auf und erkannte, daß sie beide den gleichen Gedanken hatten. Auf der ganzen Insel läuteten die Glocken, die Leute schrien und hüpften im Freudentaumel, die Hunde jaulten, die Esel brüllten, und die Katzen maunzten; eine Welle der Heiterkeit und Glaubenszuversicht erfaßte die Herzen, und die Leute grüßten einander mit »Christos anesti« und wurden nicht müde, »alithos anesti« als Antwort zu hören. Das Fasten der letzten Woche war vorüber (ein Fasten, das ihnen in Wirklichkeit schon seit Monaten zwangsweise auferlegt worden war), und es stand ein neues Wunder der Speisung der Fünftausend bevor, als die Menschen die Festessen auftrugen, für die sie gespart und improvisiert hatten – ein Schmaus, der als Stachel im Fleisch des Duce, als Geste des Trotzes und des Widerstands gemeint war.

Während des mitternächtlichen Fests und beim Lammbraten am Sonntag schien Mandras wieder ganz der alte zu sein. Die Mayeritsa-Suppe mit der Avgolemono-Soße verschwand in seinem Rachen, als wäre er gerade von einem ganztägigen Fischzug zurückgekehrt, und der Lammbraten, mit Oregano bestreut und üppig mit Knoblauch gespickt, wurde mit einem Heißhunger, der eines Türken würdig war, in den Schlund gestopft. Doch am Sonntag abend zog er sich aus und legte sich unweigerlich wieder ins Bett.

Diesmal schaffte er es, nicht nur dem Tod nachzueifern, sondern dazu noch alle Anzeichen äußerster seelischer Pein zu zeigen. Er rührte sich nicht, sprach nicht, sein Puls wurde schwächer, sein Atem ging auf das Lebensnotwendigste zurück, und sein Gesicht drückte bedenklichstes und außergewöhnlichstes Leid aus. Der Arzt erklärte Drosoula, daß Mandras womöglich seine Willenskraft verloren habe, und wurde prompt eines Besseren belehrt, als Mandras sich aufsetzte und nach einem Priester verlangte.

Pater Arsenios sah sich außerstande, durch die schmale Haustür zu treten, und so wurde Mandras von seiner ehrfurchtgebietenden Mutter nach draußen getragen und auf dem Kai abgestellt, um mit dem Geistlichen zu reden.

»Ich hab ganz schlimme Dinge getan«, sagte er, »Dinge, die so entsetzlich sind, daß ich sie nicht aussprechen kann.« Er redete sehr angestrengt, bemühte sich qualvoll, die Worte zu formulieren, doch seine Stimme war beinahe unhörbar.

»Nenne sie getrost«, sagte Arsenios, der wegen des langen Wegs vom Dorf her noch schwitzte und solche Situationen immer unendlich zermürbend fand.

»Ich habe Ehebruch begangen«, bekannte Mandras. »Ich habe die Königin gefickt.«

»Aha«, meinte Arsenios. Ein langes Schweigen trat ein.

»Ich habe Königin Circe gefickt, weil ich sie für eine andere hielt.«

»Die Königin heißt nicht Circe, also macht das nichts aus«, antwortete Arsenios und wünschte sich, daß er nicht eingewilligt hätte zu kommen.

»Gott hilf mir, ich tauge nicht zum Leben«, fuhr Mandras mit heiserer und vertraulich wispernder Stimme fort. »Und ich habe diesen Fluch.«

»Fluch?«

Mandras klopfte auf sein Knie. »Siehst du? Ich kann meine Beine nicht bewegen, und weißt du, warum?«

»Gerade habe ich dich deine Beine bewegen sehen.«

Mandras drehte langsam, mit einer mechanischen Bewegung, die der Rotation eines Zahnrads entsprach, den Kopf. »Sie sind aus Glas.«

Pater Arsenios erhob sich und ging zu Pelagia und Drosoula, die in diskreter Entfernung abseits standen. »Ich weiß, was mit ihm los ist«, sagte er.

»Was denn, Patir?« fragte Drosoula voller mütterlicher Sorge und Hoffnung.

»Er ist völlig übergeschnappt. Ihr solltet ihn ins Irrenhaus im Kloster des Heiligen bringen und auf das Wunder warten.« Der dicke Priester watschelte gemächlich den Hügel wieder hinauf und ließ die Frauen kopfschüttelnd stehen. Zu ihrer Überraschung stand Mandras auf und schritt mit starren Hüften zu ihnen hinüber, wobei er die Beine hölzern nur von den Knien an bewegte. Er blieb vor ihnen stehen, rang zerknirscht die Hände, zupfte einen Hautfetzen von dem noch verbliebenen Ekzem an seinem Bein, wedelte damit vor ihren Gesichtern herum, fummelte an den Knöpfen seines Nachthemds und krächzte: »Aus Glas.«

Er kehrte ins Bett zurück, und zwei Tage später begann eine Phase hysterischer Raserei. Sie fing mit Brüllen an, setzte sich fort mit einer bizarren Episode, als er versuchte, sein Bein mit einem Löffel zu amputieren, ging über in ein Stadium, in dem er heftig gegen Pelagia und Drosoula wütete, und endete am 30. April mit einem erschreckend lichten Wutanfall, bei dem seine Gesundheit völlig wiederhergestellt zu sein schien und er darauf bestand, daß Pelagia ihm ihre Briefe vorlas. Dies versetzte sie in äußerste und angstvollste Verlegenheit und Scham.

Sie hatte mit den ersten angefangen, denjenigen, in denen die Liebe und das Gefühl der Trennung aus ihr geströmt und in lyrischen Crescendi eines romantischen Dichters würdig auf die Seite übergeflossen waren. »Agapeton, Agapeton, ich liebe Dich und vermisse Dich und sorge mich um Dich, ich kann's gar nicht erwarten, daß Du zurückkommst, ich möchte Dein liebes Gesicht in die Hände nehmen und Dich küssen, bis mein Geist mit den Engeln fliegt, ich möchte Dich in die Arme nehmen und Dich so lieben, daß die Zeit stillsteht und die Sterne fallen. In jeder Sekunde einer jeden Minute träume ich von Dir, und jede Sekunde weiß ich deutlicher, daß Du das Leben selbst bist, das einzige, was das Leben bedeuten kann ...«

Sie spürte, wie ihre Wangen vor Unmut rot anliefen, sie war entsetzt über diese heißen Gefühlsergüsse, die ihr wie die eines anderen, geringeren Selbst vorkamen. Sie wand sich in der gleichen Weise, wie wenn ihre Tante sie an etwas Reizendes erinnerte, was sie als Kind getan oder gesagt hatte. Die liebevollen Worte blieben ihr jetzt im Hals stecken und hinterließen einen bitteren

Geschmack auf der Zunge, doch jedesmal, wenn sie innehielt, starrte Mandras sie mit blitzenden Augen an und verlangte, daß sie weiterlas.

Mit großer Erleichterung, die ihr beinahe Übelkeit verursachte, kam sie zu den Briefen, in denen allmählich die Nachrichten überwogen. Ihre Stimme wurde leichter, sie entspannte sich allmählich. Doch Mandras heulte plötzlich auf, hämmerte mit den Fäusten auf seine Schenkel ein. »Ich will das nicht, ich will das Zeug nicht, ich will nichts davon hören, wie aufgebracht alle sind, daß ich nicht schreibe. Ich will die anderen Sachen.« Seine Stimme, so quengelnd wie die eines verzogenen Kindes, tat ihr weh, doch sie fürchtete seine Strenge und seinen rachsüchtigen Irrsinn und las weiter aus den Briefen vor, klammerte aber alles bis auf die Abschnitte aus, in denen sie die vielfältigen Spielarten ihrer Zuneigung benannte.

»Die Briefe werden zu kurz«, schrie er, »sie sind zu kurz. Glaubst du, ich weiß nicht, was das heißt?« Er griff sich den letzten Brief unten im Stoß und wedelte damit vor ihrem Gesicht herum. »Schau dir das an«, rief er, »fünf Zeilen, das ist alles. Glaubst du, ich weiß das nicht? Lies sie vor.«

Pelagia nahm den Brief und las ihn stumm durch, obwohl sie den Inhalt schon kannte. »Du schreibst mir nie, und zuerst war ich traurig und besorgt. Jetzt erkenne ich, daß Du kein Gefühl hast, und das hat mich dazu gebracht, meine Zuneigung auch zu verlieren. Ich möchte Dir mitteilen, daß ich beschlossen habe, Dich aus Deinem Versprechen zu entlassen. Es tut mir leid.«

»Lies sie vor«, verlangte Mandras.

Pelagia war entsetzt. Sie fummelte mit dem Blatt

herum und lächelte begütigend. »Meine Handschrift ist schrecklich, ich bin nicht sicher, ob ich noch draus schlau werde.«

»Lies sie vor.«

Sie räusperte sich, und mit einem Zittern in der Stimme improvisierte sie: »Mein Liebling, bitte komm bald zurück. Ich vermisse Dich so sehr und sehne mich mehr nach Dir, als Du Dir vorstellen kannst. Hüte Dich vor den Kugeln, und ...« Sie hielt inne, weil ihr von der notwendigen Doppelzüngigkeit ihrer Rolle in dieser Farce übel wurde. Sie nahm an, so mußte es sich anfühlen, wenn einem von einem Fremden Gewalt angetan wurde.

»Und was?« beharrte Mandras.

»... und ich weiß gar nicht, wie ich sagen soll, wie sehr ich Dich liebe«, schloß Pelagia und kniff verzweifelt die Augen zu.

»Lies den Brief davor.«

Es war einer, der anfing mit »Gestern dachte ich, ich hätte eine Schwalbe gesehen, und das heißt, daß der Frühling kommt. Mein Vater ...« Doch sie zögerte und verfiel wieder ins Improvisieren. »Mein Liebling, ich denke, Du bist wie eine Schwalbe, die weggeflogen ist, aber eines Tages ins Nest zurückkehren wird, das ich für sie in meinem Herzen gemacht habe ...«

Mandras ließ Pelagia alle Briefe vorlesen, händigte sie ihr einen nach dem anderen aus, so daß sie, mit Tränen in den Augen und zitternder Stimme, eine Stunde im Fegefeuer schierer Panik auszustehen hatte, denn jeder Brief war eine Sisyphusqual, der Schweiß lief ihr übers Gesicht und brannte in den Augen. Sie bat darum, aufhören zu dürfen, aber das wurde ihr versagt.

Sie spürte, wie sie innerlich abstarb, als sie verzweifelt Koseworte für diesen Mann erfand, den sie erst zu bemitleiden und dann zu hassen gelernt hatte.

Sie wurde durch das rhythmische Dröhnen von Flugzeugen errettet. Drosoula rannte herein und rief: »Italiener, Italiener. Das ist die Invasion.«

»Gott sei Dank, Gott sei Dank«, dachte Pelagia, erkannte aber fast im selben Augenblick das Absurde und Groteske ihrer Erleichterung. Sie rannte mit Drosoula nach draußen, stand Arm in Arm mit ihr da, als die dickbäuchigen Marsupiali über ihnen schwebten und ihre langen Schleppen winziger schwarzer Puppen ausspieen, die hoch in die Luft gerissen wurden, als ihre Fallschirme aufgingen, die so sauber und adrett aussahen wie frische Champignons in einem herbstbetauten Feld.

Es kam ganz anders, als alle erwartet hatten. Diejenigen, die gemeint hatten, daß sie wutentbrannt sein würden, spürten statt dessen ein Gefühl der Verwunderung, Neugier oder Apathie. Diejenigen, die gewußt hatten, daß sie entsetzt sein würden, fühlten eine eisige Ruhe und ein Aufwallen grimmiger Entschlossenheit. Diejenigen, die schon lange eine schreckliche Angst verspürt hatten, wurden gelassen, und es gab eine Frau, die von einer beinahe verzeihlichen Heilserwartung ergriffen war.

Sie rannte den Hügel hoch, um bei ihrem Vater zu sein, denn sie folgte nur dem Urinstinkt, der besagt, daß diejenigen, die sich lieben, im Augenblick ihres Todes vereint sein müssen. Sie fand ihn an der Türschwelle wie alle anderen; er schirmte die Augen gegen die Sonne ab, als er zusah, wie die Fallschirmjäger herunterkamen. Atemlos flog sie in seine Arme und spürte, wie er zitterte.

Hatte er etwa Angst? Sie blickte zu ihm auf, als er ihr das Haar streichelte, und erkannte schockiert, daß seine Lippen sich bewegten und seine Augen glänzten, nicht vor Angst, sondern vor Aufregung. Er blickte auf sie herab, richtete sich auf und wies mit der einen Hand zum Himmel. »Geschichte«, verkündete er, »die ganze Zeit habe ich Geschichte geschrieben, und nun passiert Geschichte direkt vor meinen Augen. Pelagia, meine geliebte Tochter, ich habe immer in der Geschichte leben wollen.« Er ließ sie los, ging ins Haus und kam mit einem Notizbuch und einem gespitzten Bleistift wieder heraus.

Die Flieger verschwanden, und es trat eine lange Stille ein. Fast schien es so, als würde nichts geschehen.

Unten am Hafen stiegen die Männer der Division Acqui verlegen von ihren Landungsbooten und winkten fröhlich, aber schüchtern den Leuten in ihren Haustüren zu, von denen einige als Erwiderung die Fäuste schüttelten, andere zurückwinkten und viele die eindringliche Geste mit dem nach außen gekehrten Handteller machten, die so beleidigend ist, daß sie in späteren Zeiten zu einem mit Gefängnis bestraften Vergehen wurde.

Im Dorf sahen Pelagia und ihr Vater zu, wie die Trupps der Fallschirmjäger eintrudelten. Ihre Kommandanten konsultierten mit zerfurchten Stirnen und aufgeworfenen Lippen die Landkarten. Einige der Italiener waren so klein, daß sie kürzer als ihre Gewehre erschienen. »Das ist ein komischer Haufen«, bemerkte der Arzt. Am Ende einer Reihe von Soldaten marschierte ein besonders kleinwüchsiger Mann, dessen Hahnenfedern am Hals wippten und der satirisch einen Finger als Andeutung eines Schnurrbarts unter die Nase hielt, im Stechschritt. Er riß die Augen auf und erklärte:

»Signor Hitler«, als er an Pelagia vorbeischritt, weil er unbedingt wollte, daß sie den Witz erkannte und daran teilhatte.

Vor seinem Haus hob Kokolios trotzig die Faust zum kommunistischen Gruß, den Arm ausgestreckt, geriet aber vollständig außer Fassung, als eine kleine Gruppe ohne Offizier ihm im Vorbeigehen zujubelte und seinen Gruß zackig und übertrieben erwiderte. Er ließ den Arm sinken und sperrte erstaunt den Mund auf. Machten sie sich über ihn lustig, oder gab es Genossen in der faschistischen Armee?

Ein Offizier, der nach seinen Leuten suchte, blieb vor dem Arzt stehen, fuchtelte mit einer Karte vor dessen Gesicht herum und fragte besorgt: *»Ecco una carta della Ceffallonia; dov' è Argostoli?«*

Der Arzt blickte in die dunklen Augen im hübschen Gesicht, diagnostizierte Liebenswürdigkeit im Endstadium und erwiderte auf italienisch: »Ich spreche kein Italienisch, und Argostoli ist mehr oder weniger gegenüber von Lixouri.«

»Für jemand, der die Sprache nicht kann, sprechen Sie sie sehr flüssig«, entgegnete der Offizier lächelnd. »Also, wo ist Lixouri?«

»Gegenüber von Argostoli. Wenn Sie das eine finden, dann finden Sie auch das andere, nur müssen Sie zwischen beiden schwimmen.«

Pelagia stieß ihrem Vater in die Rippen, weil sie Angst um ihn bekam. Aber der Offizier seufzte nur, lüpfte seinen Helm, kratzte sich die Stirn und blickte sie von der Seite an. »Ich werde den anderen nachgehen«, sagte er und eilte davon. Doch er kam gleich wieder zurück, übergab Pelagia ein gelbes Blümchen und verschwand wiederum. »Außergewöhnlich«, bemerkte der Arzt, während er sich Notizen machte.

Eine Kolonne Männer, viel fescher als die meisten anderen, marschierte im Gleichschritt vorbei. An ihrer Spitze schwitzte Hauptmann Antonio Corelli vom 33. Artillerieregiment. Auf dem Rücken trug er einen Kasten mit der Mandoline, der er den Namen Antonia gegeben hatte, weil sie seine andere Hälfte war. Er entdeckte Pelagia. »*Bella bambina* auf neun Uhr«, brüllte er, »Au-gen links!«

Einträchtig zuckten die Köpfe der Soldaten in ihre Richtung, und eine erstaunliche Minute lang zogen die komischsten und aberwitzigsten Fratzen und Mienen, die Menschen sich ausdenken können, an ihr vorbei. Ein Soldat fing an zu schielen und stülpte die Unterlippe vor, ein anderer spitzte die Lippen und hauchte ihr einen Kuß zu, ein weiterer verfiel vom Marschtritt in den Charlie-Chaplin-Gang, der nächste tat so, als ob er bei jedem Schritt über seine eigenen Füße stolpern würde, und wieder ein anderer drehte seinen Helm zur Seite, blähte die Nüstern und verdrehte die Augen so weit, daß die Pupillen hinter den oberen Lidern verschwanden. Pelagia hielt sich die Hand vor den Mund.

»Lach nicht«, befahl der Arzt sotto voce. »Es ist unsere Pflicht, sie zu hassen.«

24
Eine äußerst unfreundliche Kapitulation

Ich kam erst Mitte Mai auf Kephallonia an, denn ich war nur in das 33. Artillerieregiment der Division Acqui versetzt worden, weil ich mit meinen verletzten Schenkelmuskeln für eine gewisse Zeit zu nichts anderem als Stubendienst tauglich war. Mittlerweile war ich von der Armee so desillusioniert, daß ich überallhin gegangen wäre, bloß um ein geruhsames Leben zu führen, meinen Erinnerungen nachzuhängen und meine Wunden zu lecken. Ich war so tief deprimiert, wie es nur Soldaten sein können, die erkennen, daß sie auf der falschen Seite gekämpft, sich körperlich total verausgabt und die Quellen ihres Muts und ihrer geistigen Gesundheit so sehr aufgezehrt haben, daß sie sich völlig ausgebrannt vorkommen; ich hatte wirklich das Gefühl, daß mein Kopf hohl war und mein Brustkorb ein Vakuum. Ich war immer noch ganz benommen vor Kummer über den Tod von Francisco und entsetzt über meine eigene Dummheit, nicht vorhergesehen zu haben, daß meine Träume davon, mein Laster vorteilhaft einzusetzen, auf einer unvollständigen Annahme beruhten; es stimmte, daß meine Liebe zu Francisco mich zu großen Taten angespornt hatte, aber ich hatte nicht an die Möglichkeit gedacht, daß er getötet werden konnte. Ich war mit romantischen Ideen in den Krieg gezogen und niedergeschlagen, elend und einsam daraus hervorgegangen. »Mit gebrochenem Herzen«, fiel mir ein, nur genügt das nicht, das Gefühl zu beschreiben, sowohl an Körper wie Seele gebrochen zu sein. Ich hatte den Wunsch zu fliehen – ich beneidete unsere Soldaten in Jugoslawien, die die Seiten gewechselt und sich der Division Garibaldi angeschlossen hatten –, doch letztendlich ist es unmöglich, jenen Ungeheuern zu entkommen, die am eigenen Innern nagen, und der einzige Weg, sie zu überwinden, ist der, mit ihnen zu ringen wie Jakob mit seinem Engel oder wie Herkules mit der Hydra oder sie eventuell so lange zu ignorieren, bis sie aufgeben und verschwinden. Ich tat das letztere, und das wurde mir erleichtert durch ein kleines Wunder namens Antonio Corelli. Er ließ mich wieder Hoffnung schöpfen, denn er ist ein klarer Brunnen, eine Art Heiliger ohne anstoßende Züge von Frömmelei, eine Art Heiliger, der mit der Versuchung eher spielen als kämpfen will. Er ist stets ein Ehrenmann geblieben, weil er sich gar nicht anders zu verhalten weiß.

Ich traf ihn das erste Mal im Lager vor Argostoli während der Zeit, als die Quartiermeister uns noch keine Unterkunft bei den ortsansässigen Griechen besorgt hatten. Es war mitten im Frühling, wenn die Insel am heitersten und schönsten ist. Am Jahresanfang kann das Wetter äußerst stürmisch sein, und später kann es ganz unerträglich heiß werden, doch im Frühling ist es mild, nachts kommt mit einer leichten Brise ein sanfter Regen, und Wildblumen blühen an den unmöglichsten Stellen. Nach all den Kriegsgreueln kam es mir so vor, als wäre ich von einem Boot gestiegen und im Paradies gelandet. Der friedliche Eindruck war so überwältigend, daß mir vor ungläubiger Dankbarkeit die Tränen kamen. Auf dieser Insel konnte einfach niemand mürrisch sein, böse Gefühle konnten hier nicht aufkommen. Bei meinem Eintreffen war die Division Acqui bereits dem Reiz der Insel verfallen, war in ihre Kissen gesunken, hatte die Augen geschlossen und sich von einem sanften Traum umgarnen lassen. Wir vergaßen, daß wir Soldaten waren.

Als erstes fiel mir die peinigende Klarheit des Lichts auf. Vermutlich mache ich mich mit der Behauptung lächerlich, daß die Luft auf Kephallonia keine Dichte hat, aber das Licht ist so durchscheinend, so rein, daß jeder erst einmal geblendet und überwältigt ist, aber dennoch keinen Schmerz empfindet. Ich lief zwei oder drei Tage mit zusammengekniffenen Augen herum. Ich habe festgestellt, daß auf Kephallonia die Nacht ohne eine Einmischung des Zwielichts anbricht und daß vor einem Regen das Licht perlmuttartig ist. Nach einem Regen riecht die Insel nach Pinien, warmer Erde und der dunklen See.

Als zweites fiel mir merkwürdigerweise das unglaubliche Ausmaß und Alter der Ölbäume auf. Sie waren schwarz und knorrig, verdreht und ausladend, so daß ich mir seltsam ephemer vorkam, weil sie Leute wie uns schon tausendmal haben kommen und gehen sehen müssen. Sie strahlten eine geduldige Allwissenheit aus. In Italien fällen wir unsere alten Bäume und pflanzen junge nach, aber hier konnte ich meine Hand an diese uralte Rinde legen, zu den durch das Laubdach glitzernden Bruchstücken des Himmels aufblicken und mir bei dem Gefühl, daß andere genau das gleiche unter genau diesem Baum schon tausend Jahre vorher getan hatten, ganz winzig vorkommen. Die Griechen erhalten sie von Generation zu Generation am Leben, indem sie sie sorgfältig stutzen, und vielleicht gewöhnen sich die Bäume auf die gleiche Weise an eine Familie wie ein Haus oder eine Schafherde.

Als drittes fiel mir die stille, entschlossene Würde der Inselbewohner auf, und ich entdeckte bald, daß auch unsere Soldaten sich davon hatten beeindrucken lassen. Viele unserer Jungs waren von der rüpelhaften und ungehobelten Sorte, die in jeder Armee zu finden ist, die Art von Kriminellen, die durch einen unerwarteten Glücksfall auf einen legitimen Weg gestoßen sind, ein Schweinehund sein zu dürfen. Einige von ihnen waren versoffen und gemein genug, um sich so zu benehmen, als hätte die Eroberung ihnen das Recht gegeben, mit der Bevölkerung nach Belieben umzuspringen, aber die Inselbewohner machten uns eigentlich von Anfang an klar, daß sie sich nichts gefallen lassen würden, ob wir nun bewaffnet waren oder nicht. Glücklicherweise waren die Offiziere der Division Ehrenmänner, und wenn sie das nicht gewesen wären, hätten sich die Inselbewohner, da bin ich ziemlich sicher, bald aufgelehnt, so wie sie es sehr schnell an den von den Deutschen besetzten Orten getan haben.

Ich möchte den Stolz der Bevölkerung mit dem Bericht darüber veranschaulichen, was geschah, als wir die Kapitulation verlangten. Ich habe ihn von Hauptmann Corelli. Er neigt zu dramatischen Übertreibungen, wenn er etwas erzählt, weil er einfach ein Original ist. Er bauscht immer alles auf und sagt etwas nur wegen des Unterhaltungswerts, wobei er die Wahrheit ironisch außer acht läßt. Er betrachtet das Leben generell mit hochgezogenen Augenbrauen und läßt jene empfindliche Selbstachtung vermissen, die einen Menschen davor bewahrt, einen Witz auf eigene Kosten zum besten zu geben. Einige Leute halten ihn für nicht ganz klar im Kopf, doch ich sehe ihn als Mann, der das Leben so sehr liebt, daß es ihm egal ist, welchen Eindruck er macht. Er mag Kinder über alles, und ich sah ihn ein Mädchen auf die Stirn küssen und in seinen Armen herumwirbeln, während seine ganze Batterie in Habtachtstellung dabeistand und darauf wartete, von ihm inspiziert zu werden. Er bringt auch liebend gerne hübsche Frauen zum Kichern, indem er seine Hacken zusammenschlägt und mit einer so vollendeten militärischen Exaktheit salutiert, daß es auf eine Verhöhnung alles Soldatischen hinausläuft. Wenn er vor General Gandin salutierte, so tat er das so nachlässig, daß es schon unverschämt war; daraus können Sie ersehen, was für ein Mensch er ist.

Das erste Mal begegnete ich ihm bei den Latrinen des Lagers. Seine Batterie hatte eine Latrine, die »La Scala« hieß, weil es einen kleinen Opernclub gab, der dort jeden Morgen zur gleichen Zeit in einer Reihe auf dem Donnerbalken mit den Hosen in den Kniekehlen seine Notdurft verrichtete. Er verfügte über zwei Baritone, drei Tenöre, einen Bassisten und einen Kontratenor, der viel verspottet wurde, weil er alle Frauenpartien singen mußte. Dem Ganzen lag die Idee zugrunde, daß jeder Soldat während der Crescendi seine Wurst oder seinen Furz herausdrücken sollte, so daß es bei dem Gesang nicht zu hören war. Auf diese Art wurde die Würdelosigkeit des gemeinsamen Kackens gemildert, und die ganze Lagerbesatzung begann ihr Tagewerk, indem sie eine zündende Melodie summte, die sich ihr in den Kopf gesetzt hatte. »La Scala« erlebte ich das erste Mal um halb acht mit dem Zigeunerchor, der von sehr ungewöhnlichen und schallenden Paukenschlägen begleitet wurde. Natürlich konnte ich der Versuchung nicht widerstehen, nachzuschauen, und näherte mich einer mit Planen abgeteilten Umfriedung, auf die mit dem weißen Armeefärbemittel »La Scala« gemalt war. Mir wehte zwar ein abstoßender und äußerst übler Geruch entgegen, ich ging aber trotzdem hinein und sah Soldaten mit hochroten Gesichtern aufgereiht auf dem Donnerbalken sitzen, die aus voller Kehle sangen und dabei mit Löffeln auf ihre Stahlhelme einhämmerten. Ich war sowohl verwirrt wie verwundert, besonders als ich einen Offizier unter den Männern sitzen sah, der das Konzert unbekümmert mit Hilfe einer Feder in seiner rechten Hand dirigierte. Üblicherweise muß vor einem Offizier in Uniform salutiert werden, insbesondere wenn er seine Kappe aufhat. Mein Salutieren war eine eilige und unvollendete Geste, die meinen Abgang begleitete – ich kannte schlichtweg nicht die Regelung, wie vor einem Offizier in Uniform zu grüßen ist, der mit der Hose auf halbmast gerade eine chorische Entleerung in besetztem Gebiet durchexerziert.

Daraufhin sollte ich der Operngesellschaft beitreten, da mich der Hauptmann »freiwillig« anmeldete, nachdem er mich beim Stiefelputzen singen gehört und erkannt hatte, daß ich ein weiterer Bariton war. Er übergab mir einen Zettel, den er aus General Gandins eigener Befehlsmappe stibitzt hatte und auf dem stand:

STRENG GEHEIM

Auf Befehl des HQ Supergrecia hat sich Schütze Carlo Guercio grundsätzlich nach Belieben des Hauptmanns Antonio Corelli vom 33. Artillerieregiment der Division Acqui zum Operndienst zu melden.

Dienstregeln:

1. Alle, die zum regelmäßigen musikalischen Arbeitsdienst berufen werden, sind verpflichtet, ein Musikinstrument zu spielen (Löffel, Stahlhelm, Kamm mit Papier etc.).
2. Jeder, der ständig die hohen Noten verfehlt, wird entmannt; die Hoden werden einem wohltätigen Zweck gestiftet.
3. Jeder, der behauptet, daß Donizetti besser als Verdi ist, soll Frauenkleider anziehen und öffentlich vor der Batterie und ihren Geschützen verhöhnt werden, einen Kochtopf auf dem Kopf tragen und in besonders schweren Fällen dazu verdonnert werden, *Funiculi Funicula* und andere, von Hauptmann Antonio Corelli nach seinem Gutdünken zu bestimmende Lieder über Züge zu singen.
4. Alle Wagner-Anhänger werden unwiderruflich ohne Prozeß und ohne Möglichkeit der Berufung erschossen.
5. Trunkenheit ist nur zu den Zeiten Pflicht, wenn Hauptmann Antonio Corelli nicht für die Getränke sorgt.

Unterschrift General Vecchiarelli, Oberkommandant Supergrecia, im Auftrag Seiner Majestät König Vittorio Emmanuele.

Der Hauptmann berichtete von der Kapitulation, daß die Kommandeure gleich nach der Landung zum

Rathaus von Argostoli gegangen waren, wo ihnen die Stadt offiziell übergeben werden sollte.

Sie hatten, begleitet von einem Bataillon bewaffneter Soldaten, draußen gestanden und eine Botschaft ins Rathaus geschickt, in der die Übergabe des Gebäudes und der Macht verlangt wurde. Heraus kommt eine Notiz, die schlicht besagte: *»Va fanculo.«* Bestürzung und helle Aufregung bei den Offizieren. Das ist nicht die Sprache der Diplomatie und kaum eine angemessene Antwort derjenigen, die sich eigentlich unter dem Stiefelabsatz der Eroberer krümmen sollten. Eine zweite Botschaft, mit der Drohung, das Gebäude zu stürmen, wird reingeschickt. Heraus kommt ein Zettel mit der Feststellung, daß jeder Italiener, der die Kapitulation verlangt, umgehend erschossen wird. Zusätzliche Verwirrung wird durch die Spekulation ausgelöst, ob die da drinnen wirklich Waffen haben oder nicht. Die Offiziere bringt die Vorstellung in Verlegenheit, daß sie tatsächlich eine Belagerung planen müßten. Sie schicken eine weitere Botschaft mit der Bitte um Klärung hinein, und heraus kommt eine andere, die lautet: »Wenn ihr nicht wißt, was ›Schleicht euch‹ heißt, dann kommt nur rein; wir werden es euch zeigen.« Die Offiziere sagen: »Ach, du Scheiße« und stehen sich in der Sonnenglut die Beine in den Bauch. Es gibt eine halbstündige Verzögerung, während der die Verwirrung wächst. Dann kommt von drinnen noch ein Zettel: »Wir weigern uns kategorisch, vor einem Volk zu kapitulieren, das wir vollständig in die Flucht gejagt haben, und fordern das Recht, vor einem hinreichend ranghohen deutschen Offizier zu kapitulieren.« Es wird tatsächlich ein deutscher Offizier von Zanthe oder Korfu oder sonstwoher eingeflogen, und die Stadtoberen treten triumphierend vor das Rathaus, nachdem sie uns an unserem ersten Tag der Eroberung gedemütigt und bezwungen haben.

So erzählte es mir Corelli, und ich bin sicher, daß er einige Einzelheiten ausgeschmückt hat. Doch es stimmt, daß die Stadtverwaltung sich schlichtweg weigerte, vor uns zu kapitulieren, und wir schließlich einen Deutschen einfliegen mußten. Corelli findet diese Geschichte zum Wiehern komisch und erzählt sie immer wieder gern, wobei er die Zahl der Zettel und Beschimpfungen ständig erhöht, während wir ihm mit roten Ohren lauschen.

Ich denke, für Corelli war das so lustig, weil das einzige, was er ernst nahm, die Musik war – bis er Pelagia begegnete. Ich aber liebte ihn schließlich so sehr wie Francisco, nur auf eine völlig andere Art. Er gleicht einer jener auf Fäulnis gedeihenden Orchideen, die selbst noch auf einem Haufen Scheiße oder einer Schädelstätte mit ihren Blüten eine wunderbare Harmonie verbreiten können. Er ließ sein Gewehr verrosten, verlor es sogar ein- oder zweimal, gewann aber Schlachten mit nichts als seiner Mandoline als Waffe.

25
Widerstand

Auf der Insel tauchten überall Schmierereien auf, die es auf lustige oder bösartige Weise ausnutzten, daß die Italiener die griechischen Schriftzeichen nicht entziffern konnten. Sie verwechselten R mit P, wußten nicht, daß ein G wie ein Ypsilon oder ein umgedrehtes L aussehen konnte, hatten keinen blassen Schimmer, was das Dreieck bedeuten sollte, hielten das E für ein H, machten aus Theta so etwas wie ein O, erkannten nicht, daß der zeltförmige Buchstabe der gleiche wie das umgekehrte Ypsilon war, wußten mit den drei horizontalen Strichen, die auch als Schnörkel geschrieben werden konnten, nichts anzufangen, kannten aus der Mathematik bloß, daß Pi 22 durch 7 hieß, hatten keine Ahnung, daß das umgekehrte E ein S war, daß das Ypsilon auch als V geschrieben werden konnte und eigentlich ein E war, wurden verwirrt durch die Existenz eines senkrecht durchgestrichenen O, das eigentlich das F war, verstanden nicht, daß das X ein CH war, konnten in dem eleganten Dreizack überhaupt keine Bedeutung erkennen und fanden, daß das Omega sie an einen Ohrring erinnerte. Also herrschten ideale Bedingungen, um nachts alle erreichbaren Wände mit riesigen Buchstaben in weißer

Farbe zu beschmieren, besonders da das Gekritzel der individuellen Handschriften die Buchstaben noch unkenntlicher machen konnte. ENOSIS stritt sich mit ELEFTHERIA um den Platz, »Lang lebe der König« stand, ohne daß dies ungewöhnlich erschien, einträchtig neben »Proletarier aller Länder, vereinigt euch«, »Spaghettis, schleicht euch« kam gleich neben »Duce, friß meine Scheiße«. Ein Bewunderer Lord Byrons schrieb in krakeligen römischen Buchstaben: »Ich träumte davon, daß Griechenland noch frei wäre.« General Tsolakoglou, der neue Quisling-Anführer des griechischen Volkes, tauchte überall als Witzfigur auf, die zahlreiche obszöne Geschmacklosigkeiten mit dem Duce trieb.

In der Kapheneia und auf den Feldern erzählten sich die Männer Italienerwitze. Wie viele Gänge hat ein italienischer Panzer? Einen Vorwärtsgang und drei Rückwärtsgänge. Was ist das kürzeste Buch der Welt? Das Buch der italienischen Kriegshelden. Wie viele Italiener werden benötigt, um eine Glühbirne einzuschrauben? Einer, der die Birne hält, und zweihundert, um den Raum zu drehen. Wie heißt Hitlers Hund? Benito Mussolini. Warum tragen die Italiener Schnurrbärte? Damit sie immer an ihre Mütter denken. In den Feldlagern fragten die italienischen Soldaten wiederum: »Wie erkennst du, wann ein griechisches Mädchen seine Periode hat?« Darauf lautete die Antwort: »Sie trägt nur einen Strumpf.« Es war ein langes Zwischenspiel, während dessen die Angehörigen beider Völker sich voneinander fernhielten und auf der einen Seite das schuldbewußte Mißtrauen und auf der anderen die haßerfüllte Abneigung mit der Hilfe von Witzen entschärften. Die Griechen sprachen insgeheim von Partisanen, von der

Aufstellung einer Widerstandsbewegung, und die Italiener blieben im Lager; die einzigen Zeichen von Aktivität waren das Aufstellen von Geschützbatterien, tägliche Aufklärungsflüge mit Wasserflugzeugen und – während der Ausgangssperre – eine berittene Wache, die in der Abenddämmerung herumtrottete. Deren Mitglieder legten es mehr darauf an, Personen weiblichen Geschlechts Komplimente zu machen, als eine frühe Nachtruhe durchzusetzen. Dann wurde beschlossen, Offiziere bei geeigneten Vertretern der örtlichen Bevölkerung einzuquartieren.

Pelagia erfuhr erstmals bei der Rückkehr vom Brunnen davon, als sie einen rundlichen italienischen Offizier, begleitet von einem Feldwebel und einem einfachen Soldaten, in der Küche stehen sah. Er blickte sich mit anerkennender Miene um und machte sich mit einem so stumpfen Bleistift Notizen, daß er sein Geschreibsel nur lesen konnte, wenn er die Einkerbungen gegen das Licht hielt.

Pelagia hatte bereits aufgehört, sich vor Vergewaltigungen zu fürchten, und sich daran gewöhnt, bei lüsternen Blicken eine finstere Miene aufzusetzen und auf die Hände zu schlagen, die ihr versuchsweise in den Hintern kniffen; die Italiener hatten sich als bescheidene Ausgaben von Romeo entpuppt, der sich damit abfindet, zurückgewiesen zu werden, aber die Hoffnung nicht aufgibt. Dessen ungeachtet bekam sie es auf einmal mit der Angst zu tun, als sie eintrat und die Soldaten vorfand, und nur weil sie einen Augenblick gezögert hatte, konnte sie nicht auf dem Absatz kehrtmachen und weglaufen. Denn schon lächelte der rundliche Offizier breit und hob die Arme in einer

Geste, die ausdrücken sollte: »Ich würde ja gerne alles erklären, wenn ich könnte, aber ich spreche nicht Griechisch.« Aus seinem Mund kam nur ein »Ah«, das so klang wie: »Ich bin entzückt, Sie zu sehen, da Sie so hübsch sind, und es ist mir peinlich, in Ihrer Küche zu sein, aber ich kann nichts dafür.« Pelagia sagte: *»Aspettami, vengo«* und ging schnell ihren Vater aus der Kapheneia holen.

Die Soldaten warteten wie verlangt, und bald kehrte Pelagia mit ihrem Vater zurück, der dieser Begegnung mit einigem Bangen entgegensah. Eine Welle der Furcht war bereit, sein Herz zu überfluten und es zu schwächen, aber er spürte auch einen Anflug des kalten und unerschütterlichen Muts, der diejenigen beflügelt, die entschlossen sind, dem Unterdrücker mit Würde entgegenzutreten; er erinnerte sich an seinen Rat an die Jungs in der Kapheneia – »Gebrauchen wir unseren Zorn weise« – und straffte die Schultern. Er wünschte sich, daß er noch seinen Schnurrbart mit den gewachsten Spitzen hätte, um sie unheildrohend und tadelnd zwirbeln zu können.

»Buon giorno«, sagte der Offizier und streckte hoffnungsvoll die Hand aus. Der Arzt erkannte das Versöhnliche in dieser Geste, der jede Überheblichkeit des Eroberers fehlte, und sehr zu seiner eigenen Verwunderung ergriff er die dargebotene Hand und schüttelte sie.

»Buon giorno«, erwiderte er, »hoffentlich genießen Sie Ihren bedauerlicherweise kurzen Aufenthalt auf unserer Insel.«

Der Offizier zog eine Braue hoch: »Kurz?«

»Aus Libyen und Äthiopien sind Sie schon vertrieben

worden«, meinte der Arzt und überließ es dem Italiener, sich einen Reim darauf zu machen.

»Sie sprechen sehr gut Italienisch«, bemerkte der Offizier, »und Sie sind der erste, auf den ich treffe. Wir brauchen ganz dringend Dolmetscher für die Zusammenarbeit mit der Bevölkerung. Das brächte gewisse Vorrechte. Anscheinend spricht hier niemand Italienisch.«

»Das sollte wohl eher heißen, daß von Ihnen niemand Griechisch spricht.«

»Ganz recht, Sie sagen es. War nur so eine Idee von mir.«

»Sie sind sehr freundlich«, sagte Dr. Iannis beißend, »aber ich glaube, Sie werden feststellen, daß diejenigen von uns, die Italienisch sprechen, plötzlich ihr Gedächtnis verlieren, wenn sie es unter Beweis stellen sollen.«

Der Offizier lachte. »Ist unter den Umständen verständlich. Nichts für ungut.«

»Da ist Pasquale Lacerba, der Fotograf. Er ist ein Italiener, der in Argostoli lebt, aber vielleicht würde nicht einmal er kooperieren wollen. Er ist jung genug, um es nicht besser zu wissen. Ich dagegen bin Arzt und habe genug zu tun, ohne ein Kollaborateur zu werden.«

»Es wäre den Versuch wert«, entgegnete der Quartiermeister. »Die meiste Zeit verstehen wir gar nichts.«

»Besser so«, bemerkte der Arzt. »Vielleicht könnten Sie mir sagen, warum Sie hier sind.«

»Ah«, seufzte der Mann und trat verlegen von einem Fuß auf den anderen, da er sich der Unerfreulichkeit seiner Lage bewußt war. »Es ist so, daß ich Ihnen leider und mit großem Bedauern mitteilen muß, daß ... wir uns genötigt sehen, einen Offizier in diesem Anwesen einzuquartieren.«

»Hier sind nur zwei Zimmer, das von meiner Tochter und mein eigenes. Das geht gar nicht, und es ist auch, wie Sie womöglich einsehen, empörend. Ich muß das zurückweisen.« Der Arzt sträubte sich wie eine wütende Katze, und der Offizier kratzte sich mit dem Bleistift am Kopf. Es war aber auch äußerst unangenehm, daß der Arzt Italienisch sprach; in anderen Häusern war er solchen Szenen aus dem Weg gegangen und hatte es den unglücklichen Gästen überlassen, die Situation mit Knurren und Händefuchteln zu erklären, wenn sie unangemeldet mit ihren Seesäcken und Fahrern aufkreuzten. Die beiden Männer sahen sich an. Der Arzt gab seinem Kinn eine stolze Neigung, und der Italiener suchte nach Worten, die sowohl entschieden wie besänftigend waren. Auf einmal änderte sich die Miene des Arztes, und er fragte: »Haben Sie gesagt, Sie sind der Quartiermeister?«

»Nein, Signor Dottore, das scheinen Sie selbst herausgefunden zu haben. Aber ich bin der Quartiermeister. Warum?«

»Haben Sie Zugang zu Medikamenten?«

»Natürlich«, erwiderte der Offizier, »ich habe Zugang zu allem.« Die beiden Männer tauschten Blicke aus, und jeder erahnte vollkommen den Gedankengang des anderen. Dr. Iannis sagte: »Mir fehlt sehr viel, und durch den Krieg ist alles schlimmer geworden. «

»Und mir fehlen Unterkünfte. Also?«

»Also beschließen wir einen Handel«, sagte der Arzt.

»Abgemacht«, erwiderte der Quartiermeister. »Alles, was Sie wollen; Sie brauchen mir nur eine Nachricht durch Hauptmann Corelli zukommen zu lassen. Ich bin sicher, Sie werden ihn ganz reizend finden. Übrigens, kennen Sie sich mit Hühneraugen aus? Unsere Ärzte taugen nichts.«

»Für Ihre Hühneraugen bräuchte ich wahrscheinlich Morphium, Injektionsspritzen, Schwefelsalbe und Jod, Neosalvarsan, Verbandszeug und Lint, Desinfektionsmittel, Salizylsäure, Skalpelle und Watte«, verkündete der Arzt, »aber davon brauche ich eine große Menge, wenn Sie verstehen. In der Zwischenzeit sollten Sie sich ein Paar Stiefel beschaffen, die passen.«

Als der Quartiermeister gegangen war und eine genaue Liste dessen, was der Arzt brauchte, mitgenommen hatte, ergriff Pelagia ängstlich den Ellbogen ihres Vaters und fragte: »Aber Papas, wo soll er schlafen? Soll ich für ihn kochen? Und was denn? Es gibt fast keine Nahrungsmittel.«

»Er wird mein Bett bekommen«, sagte der Arzt, der genau wußte, daß Pelagia protestieren würde.

»O nein, Papas, er soll meins haben. Ich werde in der Küche schlafen.«

»Gut, wenn du darauf bestehst, Koritsimou. Denk nur an all die Medizin und die Ausrüstung, die das für uns bedeutet.« Er rieb sich die Hände und fügte hinzu: »Das Geheimnis, besetzt zu sein, besteht darin, die Ausbeuter auszubeuten. Du mußt nur wissen, wie du Widerstand leisten kannst. Ich denke, wir werden ganz scheußlich zu diesem Hauptmann sein.«

Am frühen Abend traf Hauptmann Corelli ein, von seinem neuen Bariton, Schütze Carlo Piero Guercio, gefahren. Der Jeep kam draußen quietschend zum Stehen, wirbelte Staubwolken auf und verursachte unter den auf der Straße scharrenden Hühnern einen gackernden Aufruhr. Die beiden Männer kamen durch den Hofeingang herein. Carlo sah den Ölbaum und wunderte sich über dessen Größe. Der Hauptmann blickte sich um und war angetan von den Zeichen eines ruhigen häuslichen Lebens. Eine Ziege war an den Baum gebunden, Wäsche hing auf einer Leine vom Baum zum Haus, eine üppige Bougainvillea und Weinranken waren da, und auf einem alten Tisch lag ein Häufchen kleingehackter Zwiebeln. Da war auch eine junge Frau mit dunklen Augen, die ein Tuch um den Kopf gebunden hatte und ein großes Küchenmesser in der Hand hielt. Vor ihr fiel der Hauptmann auf die Knie und rief theatralisch: »Bitte bringen Sie mich nicht um, ich bin unschuldig.«

»Seien Sie unbesorgt«, erklärte Carlo, »er ist immer so närrisch. Er kann nichts dafür.«

Pelagia lächelte gegen ihren Willen und gegen ihre Entschlossenheit und fing Carlos Blick auf. Der Schütze war so groß wie Velisarios. Zwei normal gewachsene Männer hätten in eines seiner Hosenbeine gepaßt, und sie hätte zwei Hemden für ihren Vater aus dem einen schneidern können, das er anhatte. Der Hauptmann sprang wieder auf. »Ich bin Hauptmann Antonio Corelli, aber Sie dürfen mich meinetwegen Maestro nennen, und dies«, er nahm Carlo am Arm, »ist einer unserer Helden. Er hat hundert Orden dafür bekommen, daß er Leben gerettet hat, und keinen einzigen dafür, daß er eines ausgelöscht hätte.«

»Hören Sie nicht auf ihn«, sagte Carlo und lächelte scheu. Pelagia blickte an dem vor ihr aufragenden Mann hoch und wußte instinktiv, daß er trotz seiner Größe und seiner riesigen Pranken, die einen Stiernacken hätten umschlingen können, ein sanfter und bekümmerter Mann war. »Ein tapferer Italiener ist ein Irrtum der

Natur«, sagte sie patzig, eingedenk der Anweisung ihres Vaters, sowenig entgegenkommend wie möglich zu sein.

Corelli wandte ein: »Er hat auf offenem Feld unter Beschuß einen gefallenen Kameraden geborgen. Er ist in der ganzen Armee berühmt und hat jede Beförderung abgelehnt. Er ist ein Ein-Mann-Sanitätstrupp. Was für ein Mann! Er kann eine griechische Kugel in seinem Bein vorweisen. Und das«, er klopfte auf einen Kasten in seiner Hand, »ist Antonia. Vielleicht werden wir uns später in aller Form vorstellen. Sie brennt darauf, Ihre Bekanntschaft zu machen, genauso wie ich. Unter welchem Namen kennen die Menschen Sie, wenn ich fragen darf?«

Pelagia sah ihn sich zum ersten Mal richtig an und erinnerte sich blitzartig, daß es derselbe Offizier war, der seinem Komödiantenzug befohlen hatte, mit den Augen nach links an ihr vorbeizumarschieren. Im gleichen Moment erkannte Corelli sie auch und biß sich in auffälliger Selbstironie auf die Unterlippe. »Ah«, rief er aus und schlug sich auf das Handgelenk. Er fiel nochmals auf die Knie, ließ in scheuer Bußfertigkeit den Kopf hängen und sprach leise: »Vater, vergib mir, denn ich habe gesündigt. Mea culpa, mea culpa, mea maxima culpa.« Er schlug sich auf die Brust und wischte eine imaginäre Träne weg.

Carlo tauschte einen Blick mit Pelagia und zuckte die Achseln. »So ist er immer.«

Dr. Iannis trat heraus, sah den Hauptmann vor seiner Tochter knien, bemerkte ihre verdutzte Miene und schnarrte: »Hauptmann Corelli? Ich muß mit Ihnen reden; sofort.«

Vom barschen Ton des älteren Mannes eingeschüchtert, stand Corelli verlegen auf und streckte ihm die

Hand hin. Der Arzt reagierte nicht darauf, sondern sagte scharf: »Ich verlange eine Erklärung.«

»Für was? Ich habe nichts getan. Sie müssen schon entschuldigen, ich habe nur mit Ihrer Tochter gescherzt.« Er zappelte nervös, da er das ungute Gefühl hatte, möglicherweise einen schlechten Einstand gegeben zu haben.

»Ich möchte wissen, warum Sie das Denkmal entstellt haben.«

»Das Denkmal? Verzeihen Sie, aber ...«

»Das Denkmal in der Mitte der Brücke, die de Bosset gebaut hat. Es ist entstellt worden.«

Der Hauptmann runzelte verblüfft die Stirn, doch dann hellte sich sein Gesicht auf. »Ah, Sie meinen die über die Bucht bei Argostoli. Warum, was ist damit passiert?«

»Auf dem Obelisk stand ›Zum Ruhme des britischen Volkes‹. Ich habe erfahren, daß einige Ihrer Soldaten die Buchstaben weggemeißelt haben. Meinen Sie, Sie können so einfach unsere Geschichte ausradieren? Sind Sie so dumm, zu denken, daß wir vergessen werden, was da draufstand? Ist das Ihre Kriegsführung, das Abmeißeln von Buchstaben? Was ist das für ein Heldentum?« Der Arzt ließ seine Stimme mit neuer Vehemenz ertönen. »Ich möchte gern wissen, wie es Ihnen gefiele, wenn wir die Grabsteine auf dem italienischen Friedhof so entstellen würden, Hauptmann. «

»Ich hatte damit nichts zu tun, Signore. Sie beschuldigen den Falschen. Ich entschuldige mich für die Beleidigung, aber«, er zuckte die Achseln, »es war nicht meine Entscheidung und auch nicht die der Soldaten.«

Der Arzt grollte und fuchtelte mit erhobenem Zeigefinger in der Luft herum. »Es gäbe keine Tyrannei,

Hauptmann, und keine Kriege, wenn feige Speichellekker nicht ihr Gewissen verleugnen würden.«

Der Hauptmann sah zu Pelagia hinüber, als erwartete er von ihr Unterstützung, und litt unter der unerträglichen Empfindung, wieder die Schulbank drücken zu müssen. »Ich muß doch bitten«, äußerte er zaghaft.

»Sie haben gar nichts zu bitten, weil das nicht zu entschuldigen ist. Und warum, sagen Sie mir mal, ist der Unterricht in griechischer Geschichte in unseren Schulen verboten worden? Warum ist jeder gezwungen, Italienisch zu lernen, hm?«

Pelagia mußte in sich hineinlächeln. Sie konnte es gar nicht mehr zählen, wie oft sie ihren Vater schon gehört hatte, wie er sich über die absolute Notwendigkeit ausließ, Italienisch zum Pflichtfach an den Schulen zu machen.

Der Hauptmann verspürte den Wunsch, sich wie ein kleiner Junge zu winden, der dabei erwischt worden ist, wie er einen von den Bonbons, die es nur sonntags gibt, aus der Dose gestohlen hat. »Im italienischen Imperium«, verkündete er, wobei ihm die Worte bitter auf der Zunge schmeckten, »ist es logisch, daß jeder Italienisch lernt ... Ich glaube, das ist der Grund. Ich wiederhole, ich bin nicht dafür verantwortlich.« Er kam sichtlich ins Schwitzen. Der Arzt schoß ihm einen Blick zu, der seinen Zweck nicht verfehlte, den Hauptmann ganz kleinlaut zu machen. »Jämmerlich«, meinte er nur und machte auf dem Absatz kehrt. Er ging ins Haus und setzte sich, äußerst zufrieden mit sich selbst, an den Schreibtisch. Er beugte sich vor, ärgerte Psipsina, indem er ihre Schnurrhaare kitzelte, und vertraute ihr an: »Dem haben wir es aber gezeigt.«

Hauptmann Corelli draußen auf dem Hof war sprachlos, und Pelagia hatte Mitleid mit ihm. »Ihr Vater ist ...« setzte er an, aber er wußte nicht weiter. »Ja, ist er«, bestätigte Pelagia.

»Wo soll ich schlafen?« fragte Corelli, froh über jede Ablenkung, denn all sein Humor hatte sich verflüchtigt.

»Sie werden mein Bett bekommen«, antwortete Pelagia.

Normalerweise hätte Antonio Corelli strahlend gefragt: »Sollen wir beide drin schlafen? Wie gastfreundlich.« Doch nun, nach den Worten des Arztes, war er von ihrer Aussage entgeistert. »Das kommt nicht in Frage«, sagte er rasch. »Heute nacht werde ich im Hof schlafen, und morgen werde ich eine andere Unterbringung verlangen.«

Pelagia war schockiert über die Bestürzung, die sich in ihrer Brust breitmachte. War da vielleicht etwas in ihrem Inneren, das sich wünschte, dieser Fremde, dieser freche Eindringling möge bleiben? Sie ging nach drinnen und gab die Entscheidung des Italieners an ihren Vater weiter. »Er kann nicht gehen«, meinte dieser. »Wie soll ich ihm denn den Kopf waschen, wenn er nicht da ist? Überhaupt macht er einen ganz einnehmenden Eindruck.«

»Papakis, du hast ihn zur Schnecke gemacht. Mir hat er beinahe schon leid getan.«

»Er hat dir leid getan, Koritsimou. Das habe ich in deinem Gesicht gesehen.« Er nahm seine Tochter am Arm und ging mit ihr wieder hinaus. »Junger Mann«, sagte er zu dem Hauptmann, »Sie bleiben hier, ob es Ihnen paßt oder nicht. Es ist durchaus möglich, daß Ihr Quartiermeister beschließt, uns einen noch Schlimmeren aufs Auge zu drücken.«

»Aber das Bett Ihrer Tochter, Dottore? Es würde nicht ... Es wäre schrecklich.«

»Sie wird es sich in der Küche bequem machen, Hauptmann. Mir ist es egal, wie schlimm Sie sich dabei fühlen, das ist nicht mein Problem. Ich bin nicht der Aggressor. Verstehen Sie mich?«

»Ja«, erwiderte der Hauptmann entwaffnet, kapierte aber noch nicht ganz, wie ihm geschah.

»Kyria Pelagia wird Wasser, etwas Kaffee und etwas Mezedakia zum Essen auftischen. Sie werden feststellen, daß es uns nicht an Gastfreundlichkeit mangelt. Es ist bei uns Brauch, Hauptmann, auch denen gegenüber gastfreundlich zu sein, die es nicht verdienen. Es ist eine Frage der Ehre, ein Beweggrund, der Ihnen vielleicht etwas fremd und ungewohnt vorkommen mag. Ihr umfangreicher Freund ist auch willkommen.«

Carlo und der Hauptmann genehmigten sich etwas von den kleinen Spinatpasteten, den gebratenen jungen Tintenfischen und den mit Reis gefüllten Dolmades. Der Arzt blickte sie finster an, war aber insgeheim entzückt über die erfolgreiche Einführung seines neuen Widerstandsprojekts. Die beiden Soldaten wichen seinem Blick aus, machten höfliche und abgerissene Bemerkungen über die laue Nacht, die unwahrscheinliche Größe des Olivenbaums und alle möglichen anderen Belanglosigkeiten, die ihnen einfielen.

Carlo fuhr erleichtert davon, und der Hauptmann setzte sich betrübt auf Pelagias Bett. Es war Zeit fürs Abendessen, und trotz der Appetithäppchen knurrte sein Magen gewohnheitsmäßig. Der Gedanke an mehr von diesen wunderbaren Speisen machte ihn ganz schwach. Der Arzt kam herein und sagte: »Wegen Ihrer

Beschwerden sollten Sie viel Zwiebeln, Tomaten, Petersilie, Basilikum, Oregano und Knoblauch essen. Der Knoblauch wirkt antiseptisch auf ihre Fissuren, und das übrige wird, zusammengenommen, Ihren Stuhlgang weich machen. Es ist sehr wichtig, daß Sie nicht zu sehr drücken, und wenn Sie Fleisch essen, sollten immer viel Flüssigkeit und Gemüsebeilagen dabeisein.«

Der Hauptmann sah ihn hinausgehen und fühlte sich gedemütigter, als er es für möglich gehalten hätte. Wie um alles in der Welt hatte der Arzt erkannt, daß er unter Hämorrhoiden litt?

In der Küche fragte der Arzt Pelagia, ob ihr denn aufgefallen sei, daß der Hauptmann sehr behutsam ging und gelegentlich zusammenzuckte.

Vater und Tochter setzten sich zum Essen hin, klapperten beide mit dem Besteck auf den Tellern herum und warteten, bis sie sicher waren, daß der Italiener vor Hunger sterben und sich wie ein Kind armer Leute vorkommen mußte, das nach Coventry in die Schule geschickt worden ist. Erst dann luden sie ihn ein, mit an den Tisch zu kommen. Er setzte sich zu ihnen und aß schweigend.

»Das ist eine kephallonische Fleischpastete«, teilte der Arzt ihm zu seiner Information mit, »nur daß sie dank Ihrer Leute kein Fleisch enthält.«

Dann, als die Patrouille zur Überwachung der Ausgangssperre schon vorüber war, tat der Arzt seine Absicht kund, einen Spaziergang zu machen. »Aber die Sperrstunde ...« wandte Corelli ein, doch der Arzt erwiderte: »Ich bin hier geboren, das ist meine Insel.« Er nahm sich seinen Hut und seine Pfeife und rauschte davon.

»Ich muß doch darauf bestehen«, rief der Hauptmann ihm vergeblich nach. Der Arzt drehte vernünftigerweise eine Runde ums Haus, setzte sich eine Viertelstunde wartend auf die Mauer und lauschte auf die Unterhaltung der beiden jungen Leute.

Pelagia sah den ihr gegenübersitzenden Corelli an und spürte das Bedürfnis, ihn zu trösten. »Was ist Antonia?« fragte sie.

Er wich ihrem Blick aus. »Meine Mandoline. Ich bin Musiker.«

»Ein Musiker? In der Armee?«

»Als ich zum Militär ging, Kyria Pelagia, wurde ich hauptsächlich fürs Herumsitzen und Nichtstun bezahlt. Eine Menge Zeit zum Üben, nicht wahr? Ich hatte mir vorgenommen, der beste Mandolinenspieler Italiens zu werden, und dann wollte ich die Armee verlassen und mir mein Brot verdienen. Ich wollte kein Kaffeehausmusikant werden, ich wollte Hummel, Conforto und Giuliani spielen. Die Nachfrage ist nicht groß, also muß einer sehr gut sein.«

»Sie meinen, Sie sind aus Versehen Soldat geworden?« fragte Pelagia, die von den erwähnten Komponisten noch nie gehört hatte.

»Ja, der Plan ist schiefgegangen; der Duce hat sich Flausen in den Kopf gesetzt.« Er blickte sie nachdenklich an.

»Nach dem Krieg«, meinte sie nur.

Er nickte lächelnd: »Nach dem Krieg.«

»Ich möchte Ärztin werden«, sagte Pelagia, die diese Idee nicht einmal ihrem Vater gegenüber erwähnt hatte.

In dieser Nacht, als sie, schön zugedeckt, gerade am Einschlummern war, hörte sie einen erstickten Schrei, und kurz darauf erschien der Hauptmann mit aufgerissenen Augen in der Küche, ein Handtuch um die Hüfte gewickelt. Sie setzte sich auf und drückte die Bettdecke an ihre Brüste.

»Verzeihen Sie«, sagte er, als er ihre Bestürzung wahrnahm, »aber es sieht so aus, als wäre ein riesiges Wiesel auf meinem Bett.«

Pelagia mußte lachen. »Das ist kein Wiesel, das ist Psipsina. Sie ist unser Haustier. Sie schläft immer auf meinem Bett.«

»Was ist es?«

Pelagia konnte nicht umhin, probehalber in die Widerstandshaltung ihres Vaters zu verfallen. »Haben Sie noch nie was von griechischen Katzen gehört?«

Der Hauptmann sah sie argwöhnisch an, zuckte die Achseln und schlich wieder in sein Zimmer. Er ging auf das Marderweibchen zu und streichelte es zaghaft mit dem Zeigefinger an der Stirn. Es fühlte sich weich und tröstlich an. *»Micino, micino«*, gurrte er versuchsweise und tätschelte ihm die Ohren. Psipsina schnupperte an dem wackelnden Finger, der ihr unbekannt vorkam, nahm an, daß er eßbar war, und biß hinein.

Hauptmann Antonio Corelli riß die Hand weg, sah Blut aus seinem Finger perlen und kämpfte gegen die beschämend kindischen Tränen an, die ihm ungewollt in die Augen stiegen. Er strengte seinen ganzen Willen an, um das von dem Biß ausgelöste, stärker werdende Stechen zu ignorieren, und war sich sicher, daß sein Finger bis auf den Knochen durchbohrt war. Noch nie in seinem Leben hatte er sich so ungeliebt gefühlt. Diese Griechen. Wenn sie »Ne« sagten, hieß es »Ja«, wenn sie nickten, hieß es »Nein«, und je zorniger sie waren, desto mehr lächelten sie. Selbst die Katzen waren von einem anderen Stern und hatten dazu noch nicht einmal ein Motiv für solche Bösartigkeit.

Er legte sich niedergeschlagen auf den harten Boden und kam nicht zum Schlafen, bis Psipsina schließlich Pelagia vermißte und wegsprang, um sie zu suchen. Er stieg wieder ins Bett und sank dankbar auf die Matratze. »Mmh«, entfuhr es ihm, als er erkannte, daß er den noch wahrnehmbaren, sich verflüchtigenden Geruch einer jungen Frau in der Nase hatte. Er dachte eine Weile an Pelagia, erinnerte sich an die saubere Mulde aus heller Haut, wo der Hals in die Schulter und die Brust überging, und schlief endlich ein.

Er wachte in der Nacht auf, weil er spürte, daß sein Hals unmäßig heiß war und etwas sein Kinn kitzelte. Als er zu Bewußtsein kam, erfaßte er mit schrecklicher Gewißheit, daß die griechische Katze sich um seinen Hals geringelt hatte und fest schlief. Entsetzt und verängstigt versuchte er sich ein bißchen zu bewegen. Das Tier knurrte verschlafen.

Stundenlang, wie es ihm schien, lag er da wie gelähmt, schwitzte und widerstand dem Jucken und der unnatürlichen Wärme, während er den Eulen und den unheimlichen Geräuschen der Nacht lauschte. Irgendwann bemerkte er, daß die Last an seinem Hals betörend süß roch. Das Aroma mischte sich angenehm mit dem Geruch Pelagias. Schließlich schlummerte er ein und träumte unzusammenhängend von Elefanten, Bakelit und Pferden.

26
Scharfe Kanten

In der Stunde nach dem Morgengrauen wartete Hauptmann Antonio Corelli am Hofeingang vergeblich auf das Eintreffen Carlos, der ihn abholen sollte. Dem war nämlich ein Gabelbein an der Aufhängung seines Jeeps gebrochen. Er war gerade dabei, gegen die Reifen zu treten und über die tiefen Schlaglöcher in den Straßen zu fluchen, die seinen frühen Aufbruch vereitelt hatten. Wie alle unter Corelli dienenden Männer hatte auch er schon eine tiefsitzende Furcht davor, den Hauptmann im Stich zu lassen, und seine äußerst gereizte Stimmung wurde noch weiter aufgeheizt, als er sich eine Zigarette anzuzünden versuchte und feststellen mußte, daß der zu einem Pulver getrocknete Tabak aus seiner Papierhülle glitt und im Staub unverschämt vor sich hin glimmte. Ihm blieb bloß das sengendheiße Papier hartnäckig an der Unterlippe kleben. Er riß es weg, da ging ein Fetzchen Haut mit ab. Er leckte sich die brennende Wunde, legte den Finger drauf und verfluchte die Deutschen, die die Versorgung mit dem besten Tabak ganz unter ihre Kontrolle gebracht hatten. Ein abgemagerter alter Bauer, der seitlich auf dem Sattel seines Esels saß, kam vorbei, sah das kaputte, nach einer Seite hängende

Fahrzeug, lächelte zufrieden und hob beiläufig die Hand zum Gruß. Carlo knirschte mit den Zähnen und lächelte zurück. »Scheißkrieg«, sagte er, da bei einem Griechen ein Gruß so gut wie der andere war. Es sah ganz danach aus, als müßte »La Scala« heute morgen ausfallen, es sei denn, der Opernclub konnte den Soldatenchor allein zusammenstellen. Er ließ den Jeep stehen und machte sich zu Fuß auf den Weg ins Dorf.

Velisarios kam ihm entgegen, und die beiden Männer sahen sich an, als würden sie sich irgendwie kennen. Mochte Velisarios auch mager und verwahrlost sein, seit er an die Front gegangen war, er blieb immer noch der größte Mensch, der je gesehen wurde, doch Carlo war trotz gleicher Erfahrungen auf der anderen Seite der Front ebenfalls der größte Mensch, der je gesehen wurde. Diese beiden Titanen hatten sich insgeheim schon an den betrüblichen Verdacht gewöhnt, daß sie mißgestaltet seien; übermenschlich zu wirken war eine solche Bürde, daß es ihnen unmöglich vorgekommen war, sich gewöhnlichen Menschen anzuvertrauen und zu erklären, weil sie es nicht geglaubt hätten.

Sie waren beide erstaunt und vergaßen für einen Augenblick, daß sie Feinde waren. »He«, rief Velisarios mit freudig erhobenen Händen. Carlo, dem im Augenblick kein Ausruf einfiel, der für einen Griechen verständlich gewesen wäre, versuchte es von ungefähr mit einem mißglückten Kompromiß, der sehr wie »Ang« klang. Carlo bot eine seiner gräßlichen Zigaretten an, Velisarios nahm sich eine, und sie gestikulierten und verzogen die Mienen, als sie den Rauch inhalierten, der sie wie mit Nadeln stach. »Scheißkrieg«, sagte Carlo zum Abschied, und sie gingen beide in entgegengesetzte

Richtungen weiter, aber Carlo kam mit sich allmählich wieder ins reine. Einen Kilometer weiter stieß Velisarios auf den kaputten Jeep, blieb nachdenklich stehen und holte dann einen Freund. Er kam zurück, hob das Fahrzeug nacheinander an jeder Ecke hoch, während sein Kamerad die Räder abmontierte. Dann ließ er das Wasser aus dem Kühler und füllte ihn mit dem Benzin aus dem Reservekanister, der hinten angeschnallt war.

Corelli wartete immer noch. Der Arzt kam auf seinem Weg in die Kapheneia vorbei. Er war schon im voraus verstimmt, weil der Kaffee, der heutzutage serviert wurde, nach Flußschlamm und Teer schmeckte und alle paar Sekunden teurer wurde. *»Buon giorno«*, rief der Hauptmann, und der Arzt drehte sich um. »Ich hoffe, Sie haben schlecht geschlafen«, sagte er.

Der Hauptmann lächelte resigniert. »Aus irgendeinem Grund habe ich von Tieren aus Bakelit geträumt. Sie waren wie Delphine mit scharfen Kanten und sprangen herum. Es ist sehr verstörend gewesen. Und Ihre Katze hat mich auch gebissen.« Er hielt dem Arzt den verwundeten Finger hin, und dieser inspizierte ihn. »Er ist ganz schön geschwollen«, meinte er, »und wird womöglich eitern. Baummarder können ganz böse zubeißen. An Ihrer Stelle würde ich den Finger einem Arzt zeigen.« Damit machte er sich auf den Weg. Der Hauptmann konnte bloß noch dümmlich wiederholen: »Baummarder?« Er merkte, daß Pelagia sich zwar nur einen kleinen Scherz auf seine Kosten erlaubt hatte, aber merkwürdigerweise kam er sich gedemütigt und sehr leichtgläubig vor.

Als Pelagia heraustrat, sah sie den Usurpator ihres Betts, wie er Lemoni an den Achseln immer wieder in die Luft schwenkte. Das Kind schrie und lachte, und anscheinend waren sie beim Italienischunterricht. *»Bella fanciulla«*, sagte der Hauptmann. Er wartete darauf, daß Lemoni dies wiederholte. »Bla fanschla«, kicherte sie, und der Hauptmann warf sie wieder hoch und rief: *»No, no, bella fanciulla.«* Er dehnte genüßlich das Doppel-L, und als Lemoni wieder in seinen Armen war, zog er eine Augenbraue hoch und wartete ihren nächsten Versuch ab. »Bla flanschla«, sagte sie triumphierend, worauf sie gleich wieder gen Himmel geschleudert wurde.

Pelagia sah lächelnd zu, und dann erblickte Lemoni sie. Der Hauptmann folgte ihrem Blick und richtete sich etwas verlegen auf: »*Buon giorno*, Kyria Pelagia. Anscheinend hat sich mein Fahrer verspätet.«

»Was heißt das, was heißt das?« wollte Lemoni wissen, die so viel Vertrauen in die Allwissenheit der Erwachsenen hatte, daß sie sicher war, Pelagia würde es ihr erklären können. Pelagia tätschelte ihr die Wange, strich ihr ein paar Haarsträhnen aus dem Gesicht und sagte ihr: »Es heißt ›hübsches Miezchen‹, Koritsimou. Jetzt geh aber; ich bin sicher, sie suchen schon nach dir.«

Das Mädchen hüpfte auf seine übliche kapriziöse und flatterhafte Weise davon, wedelte mit den Armen und sang: »Bla, bla, bla. Bla, bla, bla.«

Corelli tadelte Pelagia. »Warum haben Sie sie weggeschickt? Wir haben uns prächtig amüsiert.«

»Fraternisieren«, gab Pelagia zurück. »Es gehört sich nicht, auch nicht bei einem Kind.«

Corelli machte eine betrübte Miene und stieß mit der Stiefelspitze in den Staub. Er blickte in den Himmel, ließ den Kopf wieder sinken und seufzte. Ohne Pelagia anzusehen, sagte er mit aufrichtiger Herzlichkeit:

»Signorina, in so einer Zeit, im Krieg, müssen wir alle das Beste aus den wenigen unschuldigen Vergnügen machen, die es gibt.«

Pelagia sah die Resignation und Verdrossenheit in seinem Gesicht und schämte sich. Während des Schweigens, das folgte, dachten beide über ihre Unwürdigkeit nach. Dann sagte der Hauptmann. »Eines Tages möchte ich selber so ein hübsches Miezchen.« Ohne eine Antwort abzuwarten, brach er in die Richtung auf, aus der er Carlo erwartete.

Pelagia sah ihm nach und dachte sich ihren Teil. Sein sich entfernender Rücken strahlte eine ergreifende Einsamkeit aus. Dann ging sie ins Haus, holte die zwei Bände *The Complete and Concise Home Doctor* hervor, öffnete sie auf dem Tisch und las unschuldig die Abschnitte über Fortpflanzung, Geschlechtskrankheiten, Entbindung und das Skrotum. Beiläufig las sie auch noch etwas über Cascarillarinde, pelzige Zunge, Beschwerden am Anus und Angst.

Da sie die Rückkehr ihres Vaters von der Kapheneia befürchtete, stellte sie die Bücher schließlich wieder aufs Regal und suchte nach Gründen, um den notwendigen Gang zum Brunnen aufzuschieben. Sie schnitt einige Zwiebeln klein. Ihr war zwar noch nicht klar, zu welcher Mahlzeit sie gehören sollten, aber sie war darauf aus, daß ihr Vater handfeste Zeichen einer Tätigkeit wahrnahm. Dann ging sie nach draußen, um ihre teilnahmslose Ziege zu bürsten. Sie entdeckte zwei Zecken und eine kleine Schwellung in der lockeren Haut an der Lende. Sie fragte sich besorgt, ob sie sich darüber Sorgen machen sollte oder nicht, und dachte auf einmal an den Hauptmann. Mandras erwischte sie beim Träumen.

Er war am Tag der Invasion fluchend und völlig geheilt aus dem Bett gestiegen. Es war so, als wäre die Ankunft der Italiener etwas so Wichtiges, so Bedeutendes gewesen, daß es den Luxus ausschloß, sich weiter seiner Krankheit hinzugeben. Der Arzt hatte sich gar nicht überrascht gezeigt, aber Drosoula und Pelagia waren einer Meinung gewesen, daß an einem Leiden, das mit einem so vollendeten Paukenschlag abgestellt werden konnte, etwas verdächtig war. Mandras war ans Meer gegangen und mit den Delphinen geschwommen, als wäre er nie weg gewesen, und dann erfrischt, mit ein paar Tropfen Salzwasser im wirren Haar, einem Lächeln auf den Lippen und ganz entspannten Muskeln zurückgekommen. Er war mit einer Meeräsche den Hügel hinaufgestiegen, die er Pelagia überreichte. Er war Psipsina über die Ohren gefahren, hatte sich kurz in den Olivenbaum geschwungen und bei Pelagia den Eindruck hinterlassen, in seiner neuen Gesundheit noch durchgedrehter zu sein als in der Zeit, in der er verrückt gewesen war. Immer wenn sie ihn sah, fühlte sie sich schuldig und zutiefst unbehaglich.

Sie fuhr zusammen, als er ihr auf die Schulter tippte, und trotz ihrer Bemühung, ein strahlendes Lächeln aufzusetzen, bemerkte er das ängstliche Flackern in ihren Augen. Er überging es, sollte aber später daran denken. »Hallo«, sagte er. »Ist dein Vater da? Die Haut auf meinem Arm ist immer noch nicht geheilt.«

Froh, ihre Aufmerksamkeit auf etwas Objektives richten zu können, bot sie ihm an: »Laß mich mal nachsehen.« Darauf erwiderte er strahlend: »Ich hatte gehofft, den Orgelspieler und nicht bloß den Affen zu treffen.«

Mandras hatte diese Metapher an der Front gehört, sie gemocht und lange auf eine Gelegenheit gewartet, sie anzubringen. Sie war ihm geistreich vorgekommen, und er hatte gedacht, daß das, was geistreich war, wohl auch charmant sein müßte. Er wünschte sich nichts lieber, als in Pelagia wieder die Zuneigung zurückzuzaubern, die er unglücklicherweise verloren zu haben befürchtete.

Doch Pelagias Augen sprühten Feuer, und Mandras sank der Mut. »Ich hab's nicht so gemeint, es war bloß ein Witz«, beschwichtigte er sie. Die beiden jungen Leute sahen einander an, als würden sie gemeinsam alles, was verlorengegangen war, noch einmal Revue passieren lassen, und dann sagte Mandras: »Ich werde zu den Partisanen gehen.«

»Oh«, entfuhr es ihr.

Er zuckte die Achseln. »Ich hab keine Wahl. Morgen geh ich weg. Ich fahr mit dem Boot nach Manolas.«

Pelagia war entsetzt. »Was ist mit den U-Booten? Und den Kriegsschiffen? Das ist doch Wahnsinn.«

»Es ist das Risiko wert, wenn ich nachts aufbreche. Ich kann mich nach den Sternen richten. Ich hab an morgen nacht gedacht.«

Ein langes Schweigen setzte ein. Pelagia sagte schließlich: »Ich werde nicht schreiben können.«

»Ich weiß.«

Pelagia ging kurz ins Haus und kehrte mit der Weste zurück, die sie so hingebungsvoll geschneidert und bestickt hatte, während ihr Verlobter an der Front war. Sie zeigte sie ihm scheu und meinte dazu: »Die hab ich für dich gemacht, wenn du auf Festen tanzt. Willst du sie jetzt haben?«

Mandras nahm sie und hielt sie hoch. Er neigte den Kopf und sagte: »Sie ist nicht ganz gleichmäßig, oder? Ich meine, das Muster ist auf jeder Seite ein bißchen anders.«

Pelagia spürte Enttäuschung in sich aufwallen, die nach Verrat schmeckte. »Ich hab mich so bemüht«, rief sie kläglich und aufgebracht. »Du bist nie mit mir zufrieden.«

Mandras klatschte sich mit der flachen Hand auf die Stirn, machte ein ganz zerknirschtes Gesicht und sagte: »O Gott, es tut mir leid. Ich hab's nicht so gemeint, wie es geklungen hat.« Er seufzte und schüttelte den Kopf »Seit ich weggegangen bin, hab ich das Gefühl, mein Mund, mein Herz und mein Hirn sind nicht mehr so gut miteinander verbunden. Alles läuft verkehrt.«

Pelagia nahm die Weste wieder an sich und meinte: »Ich versuch, sie noch hinzukriegen. Was sagt denn deine Mutter?«

Er sah sie flehend an. »Ich hab gehofft, du könntest es ihr beibringen. Ich könnte ihr Flennen und Bitten nicht aushalten, wenn ich es ihr selbst sage.«

Pelagia lachte bitter. »Bist du denn so ein Feigling?«

»Bei meiner Mutter schon«, gestand er. »Sag du es ihr bitte.«

»Schon gut, schon gut, ich mach's. Sie hat einen Mann verloren und wird nun einen Sohn verlieren.«

»Ich werd zurückkommen«, erwiderte er.

Sie neigte langsam den Kopf und seufzte. »Versprichst du mir was?« Als er Zustimmung andeutete, fuhr sie fort: »Immer wenn du dabei bist, etwas Schreckliches zu tun, denk an mich, und tu's dann nicht.«

»Ich bin Grieche, kein Faschist«, sagte er sanft. »Und ich werd jede Minute an dich denken.«

Sie vernahm die rührende Aufrichtigkeit in seiner Stimme und verspürte das Bedürfnis zu weinen. Sie umarmten sich spontan, als wären sie eher Geschwister denn Verlobte, und dann sahen sie sich eine Weile tief in die Augen. »Gott sei mit dir«, sagte Pelagia. Er lächelte traurig. »Mit dir auch.«

»Ich werde immer dran denken, wie du im Baum geschaukelt hast.«

»Und wie ich auf den Topf gefallen bin.«

Sie lachten eine Weile gemeinsam, dann sah er sie einen letzten Moment sehnsüchtig an und ging fort. Nach ein paar Schritten hielt er inne, drehte sich noch einmal um und sagte leise, mit brüchiger Stimme: »Ich werd dich immer lieben.«

Ganz weit weg auf der Straße inspizierten Carlo und der Hauptmann, beide mit feinem, hellem Staub überzogen, betreten ihr Fahrzeug. Die Räder fehlten, und im Innern türmte sich ein noch dampfender Haufen Mist.

Am Abend fiel dem Hauptmann eine exquisit bestickte Weste auf, die in der Küche über der Stuhllehne hing. Er hob sie hoch und hielt sie gegen das Licht; der Samt war tiefrot, und die Seidenstickerei war gewissenhaft mit feinen Fäden ausgeführt, die so aussahen, als wären sie von den Fingern einer winzigen Sylphe aufgenäht worden. In goldenem und gelbem Faden sah er matte Blumen, schwebende Adler und springende Fische. Er fuhr mit dem Finger über die Stickerei und spürte das feine Muster. Er schloß die Augen und merkte, daß jede Figur im Relief die Umrisse des gezeigten Geschöpfes wiedergab.

Da trat Pelagia ein und ertappte ihn. Sie wurde ganz verlegen, weil sie vielleicht nicht wollte, daß er erfuhr, warum sie das Stück gemacht hatte, oder weil sie sich vielleicht seiner Unvollkommenheit schämte. Er schlug die Augen auf und hielt ihr die Weste hin. »Die ist so schön«, sagte er, »ich habe noch nie eine so gute wie die hier gesehen; es sei denn, in einem Museum. Wo kommt sie her?«

»Die hab ich gemacht. Und sie ist gar nicht so gut.«

»Nicht so gut?« wiederholte er ungläubig. »Sie ist ein Meisterwerk.«

Pelagia verneinte. »Die beiden Seiten stimmen nicht ganz überein. Die Bilder sollen einander widerspiegeln, und wenn Sie hinsehen, ist dieser Adler in einem anderen Winkel als der gegenüber, und diese Blume soll genausogroß wie die andere sein, ist aber größer.«

Der Hauptmann schnalzte mißbilligend mit der Zunge. »Symmetrie ist nur eine Eigenschaft von toten Dingen. Haben Sie je einen Baum oder einen Berg gesehen, der symmetrisch war? Für Gebäude ist das ja gut, aber wenn Sie mal ein symmetrisches Gesicht sehen, werden Sie den Eindruck haben, daß Sie es für schön halten sollten, es aber tatsächlich kalt finden. Das menschliche Herz schätzt etwas Unordnung in seiner Geometrie, Kyria Pelagia. Schauen Sie sich Ihr Gesicht im Spiegel an, Signorina, und Sie werden sehen, daß eine Braue etwas höher sitzt als die andere, daß Ihr linkes Augenlid so angeordnet ist, daß das Auge einen Bruchteil offener ist als das andere. Genau dies macht Sie attraktiv und wunderschön, wohingegen ... Sonst wären Sie eine Statue. Symmetrie ist für Gott, nicht für uns.«

Pelagia machte eine skeptische Miene und wollte ungeduldig seine Behauptung, sie sei wunderschön, zurückweisen, doch da fiel ihr auf, daß seine Nase nicht ganz gerade war. »Was ist das?« fragte der Hauptmann und deutete auf einen Adler. »Ich meine, wie wird das gemacht?«

Pelagia wies mit dem Finger darauf. »Das ist Fil-tiré, und das ist Feston.« Er konnte zwar die feine Gliederung ihres Fingers und den Geruch von Rosmarin in ihrem Haar würdigen, schüttelte aber dennoch den Kopf. »Ich bin um keinen Deut weiser. Möchten Sie es mir verkaufen? Wieviel wollen Sie dafür?«

»Die ist nicht zu verkaufen.«

»O bitte, Kyria Pelagia, ich werde Ihnen zahlen, was Sie wollen: Drachmen, Lire, Büchsenschinken, Dosenoliven, Tabak. Nennen Sie einen Preis. Ich habe auch britische Goldsovereigns.«

Pelagia wehrte ab; es gab nun kaum noch einen Grund, sie nicht zu veräußern, aber der Hauptmann hatte sie stolz genug darauf gemacht, daß sie sie behalten wollte, und außerdem wäre es irgendwie ziemlich unangebracht, sie ihm zu verkaufen.

»Das tut mir aufrichtig leid«, meinte der Hauptmann. »Aber da fällt mir ein: Wieviel Miete verlangen Sie?«

»Miete?« fragte Pelagia ganz entgeistert.

»Haben Sie gedacht, ich wollte hier umsonst wohnen?« Er langte in seine Tasche und brachte ein großes Stück Salami zum Vorschein. »Ich habe mir gedacht, das würden Sie sich gern aus der Offiziersmesse ausleihen. Ich habe bereits eine Scheibe der ›Katze‹ gegeben und glaube, daß wir nun Freunde sind.«

»Sie haben Psipsina und Lemoni zu Kollaborateuren gemacht«, erwiderte Pelagia schnippisch, »doch wegen der Miete fragen Sie besser meinen Vater.«

Eine Woche später, nachdem der Jeep abgeholt worden war und neue Räder verpaßt bekommen hatte, explodierte der Motor spektakulär während der Fahrt durch die Haarnadelkurven hinauf nach Kastro. Der Fahrer war ein ganz junger Kavallerieschütze, der bei Corellis Opernclub Tenor gewesen war und auf das Ende des Krieges gewartet hatte, um seine Kindheitsliebe in Palermo zu heiraten.

Inzwischen war Mandras im Herzen des Peloponnes, machte Frauen zu Witwen und erschuf sich wieder seinen Traum von Pelagia.

27
Ein Vortrag über Mandolinen und ein Konzert

Der Arzt erwachte zur üblichen Stunde und ging in die Kapheneia, ohne Pelagia zu wecken; er hatte sie betrachtet, wie sie auf dem Küchenboden in ihre Decke gekuschelt dalag, und es nicht übers Herz gebracht, sie zu stören. Zwar beleidigte es seinen Sinn für den natürlichen Anstand, – denn es gehörte sich, pünktlich aufzustehen –, aber andererseits arbeitete sie hart für ihn und war außerdem von den Anstrengungen, mit der Kriegssituation zurechtzukommen, erschöpft. Dazu bot sie einen sehr reizvollen Anblick mit den auf dem Kopfkissen wirr ausgebreiteten Haaren und der bis über die Nase gezogenen Bettdecke, unter der nur ein kleines Ohr herausspitzte. Er hatte über ihr gestanden und die väterlichen Gefühle genossen, die in seiner Brust aufkeimten, aber er hatte es doch nicht lassen können, sich herabzubeugen und in das Ohr zu spähen, um zu prüfen, ob alles in Ordnung war. Eine winzige Hautschuppe hing an der Spitze eines spinnwebdünnen Härchens, wo die Ohrmuschel in den Gehörgang überging, doch insgesamt machte das Ohr einen vollkommen gesunden Eindruck. Der Arzt lächelte auf sie herab und brachte sich dann selbst in eine trübe Stimmung durch den

Gedanken, daß sie eines Tages alt, krumm und verhutzelt sein würde; die liebliche Schönheit würde eintrocknen und wie dürres Laub dahinwelken, bis niemand mehr wußte, daß sie je dagewesen war. Vom Eindruck der Kostbarkeit des Ephemeren ergriffen, kniete er sich hin und küßte sie auf die Wange. In seiner düsteren Stimmung, die schlecht zu dem heiter-wolkenlosen Morgen paßte, ging er in die Kapheneia.

Der Hauptmann, den ein scharfes Stechen seiner Hämorrhoiden geweckt hatte, kam in die Küche, sah Pelagia schlafen und wußte nicht, was er tun sollte. Er hätte sich gern eine Tasse Kaffee aufgebrüht und etwas Obst gegessen, aber auch er ließ sich von der reizvollen Ruhe des schlafenden Mädchens bezaubern und spürte, daß es eine Entweihung wäre, sie durch sein Herumklappern aufzuwecken. Zudem wollte er sie nicht in die Verlegenheit bringen, sich in seiner Anwesenheit im Nachtgewand zu zeigen, und noch dazu war es unangenehm, so beschämend daran erinnert zu werden, die rechtmäßige Besitzerin aus ihrem Bett vertrieben zu haben. Er blickte auf sie herab und spürte den Drang, zu ihr unter die Bettdecke zu kriechen – für ihn das Natürlichste der Welt –, doch statt dessen ging er wieder in sein Zimmer und holte Antonia aus ihrem Kasten. Er begann mit Fingerübungen für die linke Hand, schlug die Noten nur ganz wenig an, indem er mit den Fingern zupfte, statt ein Plektrum zu benutzen. Das wurde er bald leid, und so nahm er doch das Plektrum und legte die rechte Handkante auf den Steg, um die Saiten zu dämpfen und sordo zu spielen. Das klang ganz wie eine pizzicato gespielte Geige, und mit großer Konzentration wagte er sich an ein sehr schwieriges und schnelles

Stück von Paganini, das ganz auf diesen Effekt hin ausgerichtet war.

Noch im Halbschlaf, übernahm Pelagia den fernen Rhythmus des Stücks. Sie erinnerte sich an den vorigen Tag, als der Hauptmann auf einem Grauschimmel am Haus angekommen war; er hatte das Tier von einem der Soldaten ausgeliehen, die allnächtlich die Ausgangssperre überwachten. Der kapriziöse Schimmel hatte die Karakole gelernt, und sein Besitzer hatte sich angewöhnt, Mädchen damit zu beeindrucken, indem er jedesmal, wenn er eines sah, das Pferd dieses hübsche Kunststück ausführen ließ. Das Tier hatte sich bald mit der Idee angefreundet und führte gern ungebeten seine Nummer vor, sobald es einem menschlichen Wesen im Rock, mit langem Haar und strahlenden Augen begegnete. Es war bei allen Soldaten äußerst begehrt, und sein Reiter war stets bereit, es an Offiziere auszuleihen, unter der Bedingung, daß sein Dienstplan zu seinem Vorteil abgeändert wurde. An dem Tag, an dem der Hauptmann es sich geborgt hatte, sollte der Reiter vom Latrinendienst freigestellt werden.

Als Corelli am Hofeingang angekommen und auf Pelagia, die ihre Ziege bürstete, aufmerksam geworden war, spitzte das Pferd die Ohren und führte seine Karakole vor. Der Hauptmann hatte seine Feldmütze gezogen und breit gelächelt, und Pelagia war pfeilschnell eine Freude ins Herz gefahren, wie sie sie zuvor selten erlebt hatte. Es war die Art von Freude, die jemand verspürt, wenn ein Tänzer, der seine Beine unwahrscheinlich hoch geschwungen hat, plötzlich einen Salto rückwärts macht oder wenn ein Apfel vom Bord rollt, auf einen Löffel fällt, der davon in die Luft gewirbelt wird und, mit der Spitze nach unten, klingelnd in einer Tasse landet, als wäre er absichtlich dorthin katapultiert worden. Pelagia hatte Corelli und sein sich zur Schau stellendes Pferd betrachtet, dann spontan gelächelt und geklatscht, während Corelli von einem Ohr zum anderen wie ein Junge gegrinst hatte, der nach jahrelangem Betteln und Jammern endlich einen Fußball geschenkt bekommt.

In ihrem Traum vollführte das Pferd seine Karakole zu Musik von Paganini, und sein Reiter hatte einmal das Gesicht von Mandras und dann wieder das des Hauptmanns. Sie fand das störend und strengte sich im Geiste an, die Gesichter auf eins zu verringern. Dabei blieb Mandras übrig, aber das befriedigte sie nicht, und so wechselte sie wieder zu Corelli. Wäre jemand im Zimmer gewesen, hätte er sie im Schlaf lächeln sehen; das Klingeln von Messing, das Knarren von Leder, der durchdringend süßliche Geruch von Pferdeschweiß, das schlaue Spitzen der Ohren, das graziöse Seitwärtstrippeln der Hufe, die den Staub und die Steinchen auf der Straße aufwirbelten, das Muskelspiel in den Flanken des Pferdes und die elegante Geste des lächelnden Hauptmanns, als er seine Kappe zog, all das wurde für sie noch einmal lebendig.

Corelli auf dem Bett war bald so in sein Üben versunken, daß er das schlafende Mädchen vergaß und daran arbeitete, sein Tremolo auf Trab zu bringen. Es verstimmte ihn sehr, daß er jeden Tag mindestens eine Viertelstunde spielen mußte, bis es stetig und regelmäßig wurde. Er begann die Übung, indem er das Plektrum mit halber Geschwindigkeit mechanisch über die beiden Diskantsaiten vor und zurück schnippte.

Pelagia erwachte zehn Minuten später. Sie schlug die Augen auf und blieb noch eine Weile liegen; sie fragte sich, ob sie noch schlief. Von irgendwoher im Haus drang ein überaus schöner Klang, als hätte eine Drossel ihr Lied auf den menschlichen Geschmack abgestimmt und würde auf einem Zweig beim Fensterbrett aus vollem Herzen singen. Ein Sonnenstrahl brach durchs Fenster, Pelagia war es zu heiß, und sie merkte, daß sie verschlafen hatte. Sie setzte sich auf, schlang die Arme um die Knie und lauschte. Dann hob sie ihre Kleider auf, die sich neben ihrem Lager befanden, und ging zum Anziehen ins Zimmer ihres Vaters. Sie hatte noch immer das Trillern der Mandoline im Ohr.

Corelli hörte das metallische Klappern eines Löffels in einem Topf, erkannte daran, daß sie endlich aufgestanden war, und betrat mit der Mandoline in der Hand die Küche. »Spülwasser?« fragte sie und bot ihm eine Tasse des bitteren Suds an, der dieser Tage als Kaffee gehandelt wurde. Er nahm sie lächelnd an und spürte, daß er noch ganz schön wund vom Reiten, aber auch ganz schön erleichtert war, daß er nicht plötzlich heruntergefallen war; das wäre ihm beinahe passiert, als das Pferd zu tänzeln begann. Seine Schenkel taten ihm weh, das Gehen bereitete ihm Schmerzen, und so setzte er sich hin. »Das war sehr schön«, kommentierte Pelagia.

Der Hauptmann sah seine Mandoline an, als würde er ihr für etwas die Schuld geben. »Ich habe nur Tonleitern und Tremolo geübt.«

»Das ist mir egal«, erwiderte Pelagia. »Ich hab's trotzdem gern gehört; mir ist das Aufwachen viel leichter gefallen.«

Er sah betrübt drein. »Es tut mir leid, daß ich Sie geweckt habe, das wollte ich nicht.«

»Die ist sehr schön«, sagte sie und deutete mir ihrem Löffel auf das Instrument. »Die Verzierung ist wunderbar. Verbessert das alles den Klang?«

»Das bezweifle ich«, entgegnete der Hauptmann, während er seine Mandoline in den Händen drehte. Er selbst hatte vergessen, was für ein erlesenes Stück sie war. Der Rand des Resonanzkastens war mit schimmernden Perlmutttrapezen eingefaßt, und das schwarze Spielblatt hatte die Form einer Klematis, eingelegt mit vielfarbigen Blüten, die ein reines Produkt der überbordenden Phantasie des Erbauers waren. Der Hals aus Ebenholz war am fünften, siebten und zwölften Bund mit einem Punktmuster aus Elfenbein markiert, und der runde Bauch bestand aus sich verjüngenden Spänen feingemaserten Ahornholzes, die kunstvoll durch dünne Rippen aus Rosenholz getrennt waren. Die Wirbel hatten die Form antiker Leiern, und Pelagia fiel auf, daß die Saiten selbst unten am silbernen Steg mit winzigen Flaumbällchen in kräftigen Farben geschmückt waren. »Ich nehme an, Sie haben es nicht gern, wenn ich sie berühre«, sagte sie, und er drückte Antonia fest an die Brust.

»Meine Mutter hat sie einmal fallen lassen, und einen Augenblick lang habe ich gedacht, ich würde sie umbringen. Und manche Leute haben schmierige Finger.«

Pelagia war beleidigt. »Ich habe keine schmierigen Finger.« Der Hauptmann bemerkte ihre ungehaltene Miene und erklärte: »Jeder Mensch hat schmierige Finger, und jeder muß sich die Hände waschen und abtrocknen, bevor er in die Saiten greift.«

»Ich mag die winzigen Flaumbällchen«, meinte Pelagia. Corelli lachte. »Die sind dumm; ich weiß nicht einmal, warum sie da sind. Das ist so Brauch.«

Sie setzte sich ihm gegenüber auf die Bank und fragte: »Warum spielen Sie sie?«

»Was für eine sonderbare Frage. Warum tut jemand was? Meinen Sie, was mich dazu gebracht hat?«

Sie zuckte die Achseln, und er sagte: »Ich habe früher Geige gespielt. Viele Geiger spielen auch Mandoline, weil die genauso gestimmt ist, verstehen Sie.« Ganz in Gedanken fuhr er mit dem Fingernagel über die Saiten, um seine Erklärung verständlich zu machen, eine Erklärung, die Pelagia der Einfachheit halber zu verstehen vorgab. »Sie können Geigenmusik darauf spielen, nur müssen Sie da Tremoli spielen, wo die Geige eine einzige Note halten würde.« Er führte ein rasches Tremolo vor, um diese zweite Erklärung zu illustrieren. »Aber ich habe das Geigenspielen aufgegeben, weil, sosehr ich mich auch bemüht habe, immer Katzenmusik herauskam. Wenn ich aufsah, war der ganze Hof voller Katzen, die alle gemaunzt haben. Nein, im Ernst, es klang wie das Maunzen einer Horde Katzen oder noch schlimmer, und die Nachbarn haben sich immer bei meiner Mutter beschwert. Eines Tages hat mein Onkel mir Antonia geschenkt, die seinem eigenen Onkel gehört hatte, und ich habe entdeckt, daß ich dank der Bünde am Griffbrett ein guter Musiker sein konnte. Da haben Sie's.«

Pelagia lächelte: »Also, mögen Katzen die Mandoline?«

»Es ist eine wenig bekannte Tatsache«, gab er in vertraulichem Ton zu verstehen, »aber Katzen mögen alles, was in der Sopranlage ist. Altstimmen mögen sie nicht, also können Sie einer Katze keine Gitarre oder Bratsche vorspielen. Da laufen die einfach mit hocherhobenem Schwanz hinaus. Aber eine Mandoline mögen sie.«

»Also haben sich die Katzen und die Nachbarn über den Wechsel gefreut?«

Er nickte dankbar und fuhr fort: »Und noch etwas. Die Leute wissen gar nicht, wie viele der großen Meister für Mandoline geschrieben haben. Nicht bloß Vivaldi und Hummel, sondern sogar Beethoven.«

»Sogar Beethoven«, sagte Pelagia vor sich hin. Das war einer dieser geheimnisvollen, ehrfurchtgebietenden mythischen Namen, die an die äußersten Möglichkeiten der menschlichen Kunstfertigkeit denken ließen, ein Name, der ihr eigentlich gar nichts Besonderes sagte, da sie noch nie ein Musikstück von ihm bewußt gehört hatte. Sie ahnte bloß, daß es der Name eines allmächtigen Genies war.

»Wenn der Krieg vorbei ist«, verkündete Corelli, »dann werde ich Berufsmusiker, und eines Tages werde ich ein richtiges Concerto in drei Sätzen für Mandoline und Kammerorchester schreiben.«

»Werden Sie dann reich und berühmt sein?« fragte sie neckisch.

»Arm, aber glücklich. Ich müßte noch einen anderen Beruf ausüben. Wovon träumen Sie? Haben Sie nicht gesagt, Sie wollten Ärztin werden?«

Pelagia zuckte mit den Achseln, zog resigniert und skeptisch die Mundwinkel herab. »Ich weiß nicht«, sagte sie schließlich. »Ich weiß bloß, ich will etwas tun, aber ich weiß nicht, was. Frauen werden zum Arztberuf doch nicht zugelassen, oder?«

»Sie können *bambini* bekommen. Alle sollten *bambini* haben. Ich möchte dreißig oder vierzig.«

»Ihre arme Frau«, sagte Pelagia mißbilligend.

»Ich habe keine, also werde ich wohl welche adoptieren müssen.«

»Sie könnten Lehrer werden. Auf die Art wären Sie tagsüber mit Kindern zusammen und hätten am Abend Zeit für die Musik. Warum spielen Sie mir nicht was vor?«

»O Gott, immer wenn mich Leute bitten, etwas zu spielen, vergesse ich, welche Stücke ich kenne. Und ich bin immer darauf angewiesen, die Noten vor mir zu haben. Es ist schlimm. Ah, ich weiß, ich werde eine Polka spielen. Sie ist von Persichetti.« Er legte sich die Mandoline zurecht und spielte zwei Noten. Dann brach er ab und erklärte: »Sie ist mir weggerutscht. Das ist das Problem mit diesen rundbäuchigen Instrumenten aus Neapel. Ich denke mir oft, ich sollte mir eine portugiesische mit einem flachen Schallkörper besorgen, aber wo sind die in diesen Kriegszeiten zu bekommen?« Er ließ dieser rhetorischen Frage ritardando wieder die beiden Noten folgen, spielte vier Achtelnoten, dann einen Takt, der mit den Hörerwartungen durch Einfügung einer Pause und zweier Sechzehntelnoten brach, und fiel darauf unvermittelt in Kaskaden harmonischer und unharmonischer Sechzehntel, daß Pelagia der Mund offenblieb. Sie hatte noch nie zuvor etwas so ausgefeilt Virtuoses gehört, und noch nie zuvor war ihr ein Musikstück so voller Überraschungen begegnet. Da gab es plötzlich aufblitzende Tremoli an den Auftakten und Stellen, wo die Musik zögerte, ohne das Tempo zu verlieren, oder die gleiche Geschwindigkeit hielt, obwohl es so schien, als hätte sie sich halbiert oder verdoppelt. Am besten von allem waren die Stellen, wo eine Note, die so hoch war, daß sie kaum angeschlagen werden konnte, in fröhlichen Sprüngen die Tonleiter herabstieg und bei einem satten Baßton landete, der kaum Zeit gehabt hatte, auszuklingen, als schon ein allerliebstes Wechselspiel von Baß und Diskant folgte. Diese Musik weckte in ihr den Wunsch, zu tanzen oder irgend etwas Dummes anzustellen.

Sie sah verwundert zu, wie die Finger seiner linken Hand gleich einer mächtigen und bedrohlichen Spinne auf dem Hals herauf- und herunterkrochen. Sie sah die Sehnen unter der Haut sich kräuseln und zusammenziehen, und dann merkte sie, daß in seinem Gesicht eine ganze Symphonie von Mienen spielte. Sie waren manchmal heiter, manchmal unvermittelt zornig, gelegentlich lächelnd, hin und wieder streng und diktatorisch, dann wieder schmeichelnd und sanft. Davon wie gebannt, erkannte sie auf einmal, daß da etwas an der Musik war, was ihr bis dahin noch nie offenbart worden war; es ging nicht nur um die Erzeugung süßer Klänge, es bedeutete für diejenigen, die sie verstanden, eine emotionale und intellektuelle Odyssee. Sie betrachtete sein Gesicht und vergaß, auf die Musik zu achten; sie wollte an der Reise teilnehmen. Sie beugte sich vor und faltete die Hände, als würde sie beten.

Der Hauptmann wiederholte den ersten Teil und beendete ihn plötzlich mit einem Arpeggio, das er augenblicklich dämpfte, so daß sich Pelagia um etwas betrogen fühlte. »Das war's«, sagte er und wischte sich mit dem Ärmel über die Stirn.

Sie war ganz aus dem Häuschen, wollte aufspringen und eine Pirouette drehen, sagte statt dessen aber nur: »Ich versteh einfach nicht, warum ein Künstler wie Sie sich dazu herabläßt, Soldat zu werden.«

Er runzelte die Stirn. »Sie sollten sich von Soldaten keine dummen Vorstellungen machen. Soldaten haben

Mütter, wissen Sie, und die meisten von uns werden schließlich ganz normal Bauern und Fischer.«

»Ich meine, für Sie muß das doch vergeudete Zeit sein, das ist alles.«

»Natürlich ist es Zeitverschwendung.« Er stand auf und sah auf seine Armbanduhr. »Carlo müßte schon längst hiersein. Ich verstaue schnell noch Antonia.« Er sah sie mit hochgezogener Augenbraue an. »Übrigens, Signorina, ist mir leider nicht entgangen, daß Sie eine Derringer in Ihrer Schürzentasche haben.«

Pelagia fiel aus allen Wolken und fing an zu zittern. Doch der Hauptmann fuhr fort: »Ich verstehe, warum Sie die bei sich haben wollen, und eigentlich habe ich sie überhaupt nicht gesehen. Aber Sie müssen sich darüber im klaren sein, was passieren würde, wenn jemand anders sie sieht. Insbesondere ein Deutscher. Seien Sie etwas diskreter.«

Sie blickte flehentlich zu ihm hoch, und er lächelte, tippte ihr auf die Schulter, hielt den Zeigefinger an die Nasenspitze und zwinkerte mit den Augen.

Als er weg war, kam Pelagia der Gedanke, daß sie den Hauptmann inzwischen schon hundertmal hätten vergiften können, wenn sie gewollt hätten. Sie hätten Akonitum aus Eisenhut gewinnen, Schierling sammeln oder sein Herz mit Digitalis zum Stillstand bringen können, und die Behörden hätten nie erfahren, woran er gestorben wäre. Sie steckte die Hand in die Schürzentasche und krümmte den Finger in einer vertrauten Bewegung, die sie schon hundertmal geübt hatte, um den Abzug. Sie wog die Pistole in der Hand. Es war nett vom Hauptmann, ihr zu verstehen zu geben, daß er ihr Bedürfnis nach Sicherheit, nach dem beruhigenden und wahrhaften Gefühl respektierte, das der Besitz einer Waffe vermittelt. Und einen Musiker vergiftete man nicht, nicht einmal einen italienischen; es wäre so abscheulich gewesen, wie Exkremente auf den Grabstein eines Priesters zu schmieren.

An diesem Abend wollte der Arzt ein Konzert hören. Er und Pelagia fanden sich draußen im Hof ein, während der Hauptmann ein Notenblatt auf dem Tisch ausbreitete und es sowohl beleuchtete wie davor bewahrte, weggeweht zu werden, indem er eine Laterne auf die obere Kante stellte. Feierlich setzte er sich hin und begann, mit dem Plektrum auf das Spielblatt zu klopfen.

Der Arzt zog verdutzt die Augenbrauen hoch. Dieses Klopfen schien sehr lange so weiterzugehen. Vielleicht wollte der Hauptmann seinen Rhythmus finden. Vielleicht war das auch eines jener neumodischen Stücke, von denen er schon gehört hatte, die nur aus Gequieke und Gepiepe ohne Melodie bestanden. Vielleicht war es aber auch die Einleitung. Er sah Pelagia an, sie bekam seinen Blick mit und hob verständnislos die Hände. Das Klopfen ging weiter. Der Arzt spähte in das Gesicht des Hauptmanns, das völlig in sich gekehrt war. Dr. Iannis stellte bei unverständlichen künstlerischen Darbietungen wie dieser immer fest, daß es ihn unausweichlich am Rücken juckte. Er rutschte auf seinem Sitz herum und verlor dann die Geduld. »Entschuldigen Sie, junger Mann, aber was um Himmels willen machen Sie da? Das ist nicht das, was meine Tochter mir angekündigt hat.«

»Verdammt«, rief der Hauptmann aus, dessen Konzentration völlig dahin war. »Ich wollte gerade anfangen.«

»Na, es wurde auch Zeit, meine ich. Was um Himmels willen haben Sie denn gemacht? Was ist es? Irgend so ein greulicher moderner Krampf mit dem Titel ›Zwei Blechbüchsen, eine Karotte und eine tote Dirne‹?«

Corelli war beleidigt und sprach mit deutlich hochmütiger Verachtung: »Ich spiele eines von Hummels Mandolinenkonzerten. Die ersten fünfundvierzigeinhalb Takte sind dem Orchester vorbehalten, allegro moderato e grazioso. Das Orchester müssen Sie sich vorstellen. Jetzt darf ich wieder ganz von vorne anfangen.«

Der Arzt sah ihn mit aufgerissenen Augen an. »Ich werde den Teufel tun und dieses ganze Geklopfe noch mal über mich ergehen lassen, und ich werde den Teufel tun und mir ein Orchester vorstellen. Spielen Sie einfach Ihren Part.«

Der Hauptmann blickte ebenso eindringlich zurück und brachte deutlich seine Überzeugung zum Ausdruck, daß der Arzt ein Kulturbanause sei. »Wenn ich das mache«, erwiderte er, »komme ich mit meinem Einsatz durcheinander, und das wäre im Konzertsaal eine Katastrophe.«

Der Arzt stand auf, machte mit den Armen eine Geste, die den Ölbaum, die Ziege, das Haus und den Nachthimmel darüber umfaßte. »Meine Damen und Herren«, verkündete er lauthals, »ich entschuldige mich für die Störung des Konzerts.« Er wandte sich an Corelli. »Ist dies ein Konzertsaal? Und täuschen mich meine Augen, oder ist da gar kein Orchester? Sehen meine Augen eine einzige Posaune? Die winzigste und unbedeutendste Geige? Wo, mit Verlaub, ist der Dirigent, und wo ist die juwelenbehangene Königsfamilie?«

Der Hauptmann seufzte resigniert, Pelagia sah ihn mitfühlend an, und der Arzt setzte hinzu: »Und noch etwas. Während Sie vor sich hin klopfen und sich Ihr Orchester vorstellen, reißen Sie eine blöde Grimasse nach der anderen. Wie sollen wir uns vor so einer Galerie konzentrieren können?«

28
Volksbefreiungsfront I

Als die Deutschen sich aus Nordafrika zurückzogen, richteten sie ihr regionales Hauptquartier auf dem Peloponnes ein, was bedeutete, daß Mandras und seine kleine Gruppe von Andartes gezwungen waren, sich über den Kanal von Korinth nach Roumeli abzusetzen.

Auf dem Peloponnes hatte Mandras sehr wenig unternommen. Er hatte sich mit einem Mann zusammengetan, dann noch mit zwei anderen, und sie hatten sich weder auf ein Ziel noch auf einen Zweck besonnen. Sie wußten nur, daß etwas aus der innersten Tiefe ihrer Seele sie antrieb, etwas, das ihnen befahl, ihr Land von den Fremden zu befreien oder bei dem Versuch ihr Leben zu lassen. Sie setzten Lastwagen in Brand, und einer von ihnen erdrosselte einen feindlichen Soldaten und saß dann zitternd vor nachträglicher Angst und Abscheu da, während die anderen ihn trösteten und lobten. Sie hausten am Rande eines Waldes in einer Höhle und lebten von Nahrungsmitteln, die ein Priester aus dem benachbarten Dorf brachte; er kam mit Brot, Kartoffeln und Oliven und nahm ihre schmutzige Kleidung mit, um sie von einer Frau aus dem Dorf waschen zu lassen. Eines Tages hackten sie die Stützen einer hölzernen Fußgängerbrücke ab, die auf dem Weg zu einer örtlichen Garnison lag. Als Vergeltungsmaßnahme dafür, daß er sich nun im Bach die Füße naß machen mußte, brannte der Feind vier Häuser im Dorf nieder, und der Priester und der Schulmeister baten die Gruppe von Mandras, abzuziehen, bevor noch Schlimmeres passierte. Die vier nun obdachlosen Hausherren schlossen sich ihnen an.

In Roumeli gab es ein kleines britisches Team engagierter Freiwilliger, von denen keiner Griechisch sprach und die einen Tag lang ausgebildet worden waren, bevor sie mit dem Fallschirm absprangen. Sie hatten einen neuen Fallschirmtyp erhalten, bei dem oben in den Seilen Lebensmittel und Funkgeräte angebunden waren, die den Soldaten bei der Landung kräftig auf den Kopf schlugen. Diese Briten hatten schon angefangen, die Guerillagruppen zu koordinieren; sie hatten die Absicht, die Viadukte der eingleisigen Bahnstrecke in die Luft zu jagen, die die Hauptnachschubroute von Piräus nach Kreta und weiter nach Tobruk bildete. Sie nahmen an, daß die autonomen Gruppen selbstverständlich begeistert wären, von britischen Offizieren kommandiert zu werden, und die Griechen waren von dieser zuversichtlichen Annahme so beeindruckt, daß sie sich beinahe augenblicklich darauf einließen.

Es gab jedoch eine Gruppe, ELAS, die der militärische Arm einer Organisation namens EAM war, die wiederum von einem Komitee in Athen kontrolliert wurde, dessen Mitglieder zur KKE gehörten. Aufgeweckte Menschen erkannten auf Anhieb, daß eine Gruppe mit solchen Verflechtungen kommunistisch sein mußte und daß der Zweck solch feingesponnener Kontrollfäden der war, den gewöhnlichen Bürgern zu verschleiern, daß es sich um eine kommunistische Organisation handelte. Ursprünglich stammten ihre Rekruten aus allen Bevölkerungsschichten, dazu gehörten auch venizelistische Republikaner und Royalisten sowie gemäßigte Sozialisten, Liberale und Kommunisten, die sich alle in den Glauben wiegen ließen, daß sie Teil des nationalen Befreiungskampfes und nicht Teil einer ausgeklügelten versteckten Strategie waren, die mehr mit der Machtergreifung nach dem Krieg als mit der Bekämpfung der Achsenmächte zu tun hatte. Die Briten bewaffneten sie, weil niemand den Äußerungen britischer Offiziere vor Ort Glauben schenkte, damit würden sie sich später große Schwierigkeiten einhandeln, und weil sowieso niemand glaubte, daß dunkelhäutige Eingeborene der britischen Armee viel Schwierigkeiten machen konnten. Brigadier Myers und seine Offiziere zuckten die Achseln und taten weiter ihren Dienst, während ELAS ihnen nur half oder gehorchte, wenn es ihr paßte. Myers und seine Offiziere hatten eine unmögliche Aufgabe vor sich, aber sie erreichten alles, was sie sich vorgenommen hatten, mit einer Mischung aus Willensstärke, Geduld und Elan. Sie rekrutierten sogar zwei Palästinenser, die im allgemeinen Durcheinander von 1941 irgendwie zurückgelassen worden waren.

Mandras hätte sich der EKKA, EDES oder EOA anschließen können, doch wie es der Zufall wollte, gehörten die ersten Andartes, auf die er in Roumeli traf, zur ELAS, und der Kommandant, der ihn in seine Bande aufnahm, war stolz und unverhohlen Kommunist. Er war scharfsinnig genug, um zu erkennen, daß Mandras eine verlorene Seele war, ohne ersichtlichen Grund verbittert, jung genug, um sich beeindrucken und begeistern zu lassen, wenn hochtrabende Vorhaben wohlklingende Namen verpaßt bekamen, sowie einsam und traurig genug, um ihn zum Freund zu gewinnen.

Mandras haßte das Gebirge. Natürlich gab es auch daheim Berge, aber die waren bis zum endlosen Horizont von den schäumenden Wogen der See eingefaßt. Es lag nicht nur daran, daß das Gebirge von Roumeli den Horizont verdeckte und Mandras wie die Arme einer riesenhaften, häßlichen und muffig riechenden Tante umschlang, es lag auch daran, daß es ihn an den Krieg an der albanischen Grenze erinnerte, der ihm so viel von seinem Verstand, so viele seiner Kameraden und so viel von seiner Gesundheit geraubt hatte. Es erdrückte und bestrafte ihn, obwohl es für ihn nichts Neues war. Er kannte bereits das Gefühl, Schenkel und Bauch an einem Feuer zu rösten, während Rücken und Hintern bis auf die Knochen froren, sich auszuziehen und im Winter nackt mit der über den Kopf gehaltenen Kleidung durch Wildbäche zu waten, die ihm den Atem raubten und so auf ihn eindonnerten, daß er blaue Flecken bekam. Er wußte ebenso, daß die Italiener mit grob gerechnet der Hälfte ihrer Truppenstärke zu schlagen waren, er konnte auch schon eine Mannlicher laden und abfeuern, wenn die eine Hand blutete und eine weitere Wunde abdichten mußte. Er war ebenfalls schon darin bewandert, sich ein Leben zu erschaffen, das aus Träumen von Pelagia und feuchtfröhlichen Umtrünken mit geschätzten Kameraden bestand, die in der Nacht noch sterben konnten.

Mandras schloß sich ELAS zuerst an, weil er keine andere Wahl hatte. Er und seine Mitstreiter lungerten in einem kleinen Schlupfwinkel im Unterholz herum, dessen Laub ihnen als Bettlager diente, als sie von zehn Mann überrascht und umzingelt wurden. Sie waren alle in die Überreste von Uniformen gekleidet, hatten Patronengurte umgehängt und Messer in die Gürtel gesteckt, und alle waren so bärtig, daß sie fast gleich aussahen. Ihr Anführer war nur durch einen roten Fez gekennzeichnet, der eine armselige Tarnung dargestellt hätte, wenn er nicht so verblichen und verdreckt gewesen wäre.

Mandras und seine Freunde blickten in einen Halbkreis aus Mündungen leichter Automatikgewehre, und der Mann mit dem Fez herrschte sie an: »Kommt raus!«

Widerwillig standen die Männer auf und traten mit hinter dem Kopf verschränkten Händen heraus, da sie um ihr Leben fürchteten. Ein oder zwei Andartes drangen in den Unterstand ein und warfen die Waffen heraus, die auf dem Boden mit dem sonderbaren Klang festen Metalls aufeinanderschlugen, das von hölzernen Schäften und Öl gedämpft wird.

»Zu wem gehört ihr?« wollte der mit dem Fez wissen.

»Zu niemand«, erwiderte Mandras verwirrt.

»Gehört ihr zu EDES?«

»Nein, wir sind allein. Wir haben keinen Namen.«

»Ist auch gleich«, sagte der mit dem Fez. »Geht jetzt in eure Dörfer zurück.«

»Ich hab kein Dorf mehr«, meinte einer der Gefangenen. »Die Italiener haben es niedergebrannt.«

»Die Sache ist die: Entweder geht ihr in eure Dörfer zurück und überlaßt uns eure Waffen, oder ihr kämpft es mit uns aus, und wir murksen euch ab, oder ihr schließt euch meinem Kommando an. Das ist unser

Gebiet, und da mischt sich niemand ein, schon gar nicht EDES; also was wollt ihr tun?«

»Wir sind zum Kämpfen hergekommen«, erklärte Mandras. »Wer seid ihr?«

»Ich bin Hektor, nicht mein wirklicher Name, den kennt keiner, und dies ...« er wies auf seine Truppe »... ist der Ortsverband der ELAS.« Die Männer grinsten ihn äußerst freundlich an, was mit der diktatorischen Miene des Fezträgers gar nicht in Einklang stand. Mandras sah seine Männer der Reihe nach an. »Bleiben wir?« fragte er, und alle nickten zustimmend. Sie waren zu lange im Gelände gewesen, um aufzugeben, und es war gut, einen Anführer gefunden zu haben, der vielleicht wußte, was zu tun war. Es war demoralisierend gewesen, wie Odysseus von Ort zu Ort zu wandern, fern der Heimat, und einen Widerstand zu improvisieren, der scheinbar nie zu etwas führte.

»Gut«, sagte Hektor, »kommt mit uns, dann sehen wir schon, woraus ihr gemacht seid.«

Der kleine entwaffnete Trupp wurde drei Kilometer weit zu einem winzigen Dorf geführt, das bloß aus dürren Hunden, ein paar brüchigen Häusern, deren Steine den Mörtel schon verloren hatten und nur durch Schwerkraft und Gewohnheit zusammengehalten wurden, sowie einem Weg zu bestehen schien, der sich kurzfristig und verheißungsvoll zu einer staubigen Straße verbreitert hatte. Ein Haus wurde von einem Andarte bewacht, und diesen Mann wies Hektor an: »Bring ihn raus.«

Der Partisan ging hinein und beförderte unter Fußtritten und Faustschlägen einen ausgemergelten alten Mann ans Sonnenlicht. Der bis zur Hüfte nackte Mann stand zitternd und blinzelnd vor dem Trupp. Hektor händigte Mandras einen zusammengeknoteten Strick aus und sagte, auf den alten Mann deutend: »Schlag ihn.«

Mandras blickte Hektor ungläubig an, und dieser starrte grimmig zurück. »Wenn du zu uns gehören willst, mußt du lernen, Gerechtigkeit auszuüben. Dieser Mann«, er zeigte auf ihn, »ist für schuldig befunden worden. Jetzt schlag ihn.«

Es war widerwärtig, aber nicht ganz unmöglich, einen Kollaborateur zu züchtigen. Er schlug den Mann aus Ehrfurcht vor dem Alter einmal leicht mit dem Strick, doch Hektor rief ungeduldig: »Fester, fester! Was bist du denn? Ein Weib?« Und so schlug Mandras noch einmal fester zu. »Weiter!« befahl Hektor.

Mit jedem Schlag wurde es leichter. Eigentlich verschaffte es sogar eine gewisse Befriedigung. Es war so, als ob alle Wut aus der frühesten Kindheit in ihm aufwallte, ihn läuterte und wie neu geschaffen und rein machte. Der alte Mann, der bei jedem Streich aufgeschrien und zur Seite gesprungen war, bis er torkelte und taumelte, warf sich schließlich zu Boden und wimmerte erbärmlich. Da wußte Mandras auf einmal, daß er ein Gott sein konnte.

Eine junge Frau, vielleicht nicht älter als neunzehn Jahre, rannte herbei, entwischte dem Zugriff eines der Andartes und warf sich Hektor zu Füßen. Sie keuchte vor Angst und Verzweiflung. »Mein Vater, mein Vater!« schrie sie. »Habt Erbarmen, habt Erbarmen mit ihm, er ist ein alter Mann, oh, mein armer Vater.«

Hektor setzte den Stiefelabsatz auf ihre Schulter und warf sie um. »Halt den Mund, Genossin, hör auf zu winseln, oder ich kann für nichts mehr garantieren. Schafft sie weg.«

Sie wurde flehend und weinend weggezerrt, und Hektor nahm Mandras den Strick ab. »Das geht so«, sagt er, als würde er einen wissenschaftlichen Sachverhalt erläutern. »Du fängst oben an«, er hieb einen breiten Striemen quer über die Schultern des Mannes, »dann machst du das gleiche unten«, er zog einen weiteren blutigen Streifen übers Kreuz, »und dann füllst du das mit parallelen Strichen aus, bis die Haut weg ist. Das habe ich gemeint, als ich gesagt habe: ›Schlag ihn‹.«

Mandras bemerkte gar nicht, daß der Mann sich nicht mehr rührte und auch nicht mehr schrie und winselte. Mit entschlossen zusammengekniffenen Lippen füllte er den Freiraum zwischen den Striemen aus, schlug dort ein zweites Mal hin, wo eventuell noch ein Rest rosiger Haut geblieben war. Seine eigenen Schultermuskeln schmerzten zum Schreien, und schließlich hörte er auf und wischte sich mit dem Ärmel über die Stirn. Eine Fliege setzte sich auf die blutige Masse am Rücken, und er zermanschte sie mit noch einem Hieb. Hektor trat vor, nahm ihm den Strick weg und drückte ihm eine Pistole in die Hand. »Und jetzt töte ihn.« Er legte sich den Zeigefinger an die Schläfe und ließ den Daumen wie einen Halm zuschnappen.

Mandras kniete sich hin und drückte dem alten Mann den Lauf an den Kopf. Er zögerte, weil er irgendwo in seinem Hirn über sich selbst entsetzt war. Er konnte es nicht tun. Um den Anschein der Beflissenheit zu erwecken, ließ er den Halm zurückschnappen und legte den Finger an den Abzug. Er konnte es nicht tun. Er schloß fest die Augen. Er konnte aber nicht sein Gesicht verlieren. Es galt, sich vor den anderen Männern als Mann zu erweisen, es war eine Frage der Ehre. Jedenfalls hatte Hektor die Exekution befohlen, er selbst war nur der Handlanger. Der Mann war zum Tode verurteilt worden und würde sowieso sterben. Mit seinem schütteren grauen Haar und dem deutlich ausgeprägten Hinterkopf sah er Dr. Iannis ein wenig ähnlich. Dr. Iannis, der ihn keiner Mitgift für wert erachtete. Wen kümmerte schon so ein nutzloser Alter? Mandras spannte seine Gesichtsmuskeln an und drückte ab.

Danach blickte er nicht auf die blutige Masse aus Knochen und Hirn, sondern ungläubig auf die rauchende Mündung des Pistolenlaufs. Hektor nahm die Waffe wieder an sich und gab ihm seinen Karabiner zurück. Er klopfte Mandras auf den Rücken und meinte: »Das wird schon.« Mandras versuchte sich aufzurichten, war aber zu schwach, und Hektor griff ihm unter die Achseln, um ihm aufzuhelfen. »Revolutionäre Gerechtigkeit«, sagte er und fügte noch hinzu: »Historische Notwendigkeit.«

Als sie auf der staubigen und unebenen Straße, die wieder zu einem Pfad geschrumpft war, das Dorf verließen, stellte Mandras fest, daß er niemand ins Gesicht sehen konnte, und so starrte er leeren Blicks in den Dreck. »Was hat er getan?« fragte er schließlich.

»Er war ein lumpiger alter Dieb.«

»Was hat er gestohlen?«

»Nun ja, gestohlen hat er eigentlich nicht«, räumte Hektor ein, nahm seinen Fez ab und kratzte sich am Kopf, »aber die Briten werfen für uns und EDES Nachschub ab. Wir haben den Leuten hier strikte Anweisungen gegeben, daß jeder Abwurf uns gemeldet werden muß, so daß wir als erste drankommen können. Unter den Umständen nur vernünftig. Dieser Mann hat den Abwurf an EDES gemeldet, und danach hat er einen der

Behälter aufgemacht und eine Flasche Whisky rausgenommen. Wir haben ihn noch unter der Fallschirmseide aufgegriffen, sternhagelvoll. Das war Diebstahl und Ungehorsam.« Er setzte sich den Fez wieder auf. »Mit diesen Leuten mußt du unnachgiebig sein, sonst machen sie, was sie wollen. In ihren Köpfen steckt noch viel falsches Bewußtsein, und das müssen wir einfach aus ihnen rauskriegen, schon in ihrem eigenen Interesse. Du wirst es nicht glauben, aber die Hälfte dieser Bauern sind Royalisten. Stell dir mal vor! Sich mit den Unterdrückern zu identifizieren!«

Mandras war es nie eingefallen, etwas anderes als ein Royalist zu sein, doch er nickte zustimmend und fragte dann: »War es für EDES abgeworfen worden?«

»Ja.«

Hinter ihnen im Dorf erhob sich in der Stille ein Klageschrei, der einem das Blut gefrieren ließ. Er wallte auf und ab wie eine Sirene, wurde vom Steilhang über ihnen quer durchs Tal an die gegenüberstehenden Felsen geworfen, kehrte zurück und mischte sich mit späteren Phasen dieser Klage. Mandras schloß in seinem Gemüt das gestochen scharfe Bild dessen aus, was sich abspielte – das weinende, wehklagende Mädchen, schwarzhaarig und jung wie Pelagia, das stöhnend über den entstellten und im Staub liegengelassenen Überresten ihres Vaters kauerte – und konzentrierte sich auf die Lautfolge. Wenn er nicht daran dachte, worum es ging, klang sie sonderbar schön.

29
Der gute Ton

Eines strahlenden Morgens während der ersten Tage der Besetzung wachte Hauptmann Antonio Corelli schuldbewußt wie üblich auf. Dieses Gefühl ergriff ihn jeden Morgen und hinterließ den Geschmack ranziger Butter in seinem Mund. Es kam von dem Wissen, daß er im Bett einer anderen Person schlief. Sein Selbstwertgefühl rutschte jeden Tag einen Zacken tiefer angesichts der Vorstellung, daß er Pelagia vertrieben hatte, daß sie in Decken gewickelt auf den kalten Steinfliesen des Küchenbodens schlafen mußte. Es stimmte, daß Psipsina in kälteren Nächten zu ihr kroch, und es stimmte ebenfalls, daß er ihr zwei Armeedecken mitgebracht hatte, die übereinandergelegt eine Matratze bildeten, aber er fühlte sich immer noch unehrenhaft und fragte sich, ob sie ihr Bett für immer als unrein betrachten würde. Es war auch nicht recht, daß sie anstandshalber genötigt war, sehr früh aufzustehen und ihr Bettzeug zusammenzurollen, bis er in die Küche kam. Meist traf er sie an, wenn sie noch gähnend den schwierigen englischen Zeilen in der medizinischen Enzyklopädie mit dem Finger folgte oder verbissen an einer Häkeldecke arbeitete, die nie größer zu werden schien. Jeden

Tag lüpfte er seine Feldmütze und sagte: »*Buon giorno*, Kyria Pelagia.« Und jeden Tag kam es ihm lächerlich vor, daß er zwar das griechische Wort für »Fräulein« kannte, aber in der Landessprache nicht »Guten Morgen« sagen konnte. Nichts machte ihm mehr Freude, als sie lächeln zu sehen, und aus diesem Grund entschloß er sich, »Guten Morgen« auf griechisch zu lernen, so daß er es ihr beiläufig auf dem Weg zum draußen im Jeep abfahrbereit wartenden Carlo sagen konnte. Er bat Dr. Iannis um die entsprechende Auskunft.

Dieser war gereizter Stimmung, und zwar aus keinem anderen Grund als dem, daß es ihm gefiel, an ebendiesem Morgen in ebendieser Stimmung zu sein. Durch seine Bekanntschaft mit dem dicken Quartiermeister lief seine Praxis besser als selbst zu Friedenszeiten, und da dieser zweifellos ein Hypochonder war, hatte er ihn oft genug aufgesucht, um sich einen ständigen Zustrom an benötigten Mitteln zu sichern. Doch als er endlich ausreichend versorgt war, hatten die Inselbewohner sonderbarerweise aufgehört, krank zu werden. Daß in Notzeiten Krankheiten in der Gemeinde sozusagen aufgeschoben wurden, war ein Phänomen, von dem er schon gehört, das er bisher aber noch nicht selbst beobachtet hatte, und jedesmal, wenn er von einem Erfolg der Alliierten benachrichtigt worden war, hatte er sich Sorgen gemacht über die unvermeidliche Flut von Krankheitsfällen, die nach der Befreiung kommen würde. Er hatte es den Italienern schon übelgenommen, daß sie seinen gesellschaftlichen Nutzen eingeschränkt hatten, und vielleicht war dies der Grund, warum er Corelli sagte, daß »Guten Morgen« auf griechisch »ai gamisou« hieße.

»Ai gamisou«, wiederholte Corelli drei- oder viermal und setzte hinzu: »Jetzt kann ich Pelagia damit begrüßen.«

Der Arzt war entsetzt und überlegte blitzschnell. »O nein«, stieß er hervor, »das können sie Kyria Pelagia nicht sagen. Bei einer Frau, die im selben Haus wohnt, heißt es ›kalimera‹. Das ist eine dieser blödsinnigen Regeln, die bestimmte Sprachen haben.«

»Kalimera«, wiederholte der Hauptmann.

»Und wenn jemand Sie grüßt«, fuhr der Arzt fort, »müssen Sie mit ›putanas yie‹ antworten.«

»Putanas yie«, übte der Hauptmann. Beim Weggehen sagte er dann stolz: »Kalimera, Kyria Pelagia.«

»Kalimera«, grüßte Pelagia zurück und trennte weiter ihre zu nichts führende Häkelarbeit auf. Corelli wartete darauf, daß sie überrascht war oder lächelte, aber es kam keine Reaktion. Enttäuscht ging er weg, und erst nachdem er fort war, lächelte Pelagia.

Draußen stellte Corelli fest, daß Carlo noch nicht aufgekreuzt war, und so übte er seine neue Grußformel bei den Dorfbewohnern. »Ai gamisou«, sagte er fröhlich zu Kokolios, der ihn grimmig anstarrte, finster die Stirn runzelte und in den Staub spuckte.

»Ai gamisou«, begrüßte er Velisarios, der prompt auf ihn zuschwenkte und einen Sturzbach von Schimpfworten über ihn ausgoß, die der Hauptmann glücklicherweise nicht verstand. Corelli konnte es nur vermeiden, von dem riesenhaften und erbosten Mann geschlagen zu werden, indem er ihm eine Zigarette anbot. »Vielleicht sollte ich die Griechen einfach nicht ansprechen«, dachte er.

»Ai gamisou«, sagte er zu Stamatis, der in letzter Zeit mit seinem Eheleben so gut zurechtgekommen war, weil er dauernd so tat, als wäre er wieder taub. »Putanas yie«, brummte der alte Mann im Vorbeigehen.

In Argostoli probierte der Hauptmann an diesem Abend stolz seine neue Grußformel an Pasquale Lacerba aus, dem einfältigen Fotografen, der als Dolmetscher zwangsverpflichtet worden war. Nach einigen Mißverständnissen stellte er zu seinem Entsetzen fest, daß der Doktor ihn angeschmiert hatte. Da saß er nun in einem Café beim Rathaus und war eher betrübt als böse. Warum machte der Arzt so was? Er hatte schon gedacht, daß sie beide es zu einer gewissen gegenseitigen Wertschätzung gebracht hatten, und dennoch hatte der Arzt ihm beigebracht, »Fick dich« und »Hurensohn« zu sagen. Den ganzen Tag hatte er sich zum Narren gemacht, hatte seine Mütze gezogen und lächelnd diese schrecklichen Ausdrücke gebraucht. Um Gottes willen, er hatte das sogar zu einem Priester, einem freundlichen Hund und einem Mädchen mit schmutzigem, aber rührend unschuldigem Gesicht gesagt.

30
Der gute Nazi I

Eine der vielen Merkwürdigkeiten der alten englischen Regierungsbehörden bestand darin, daß die Beamten klar erkannten, was zu Hause nicht in Ordnung war, aber nie etwas reformierten. Statt dessen wandten sie die Lektionen bei ihren ausländischen Besitzungen an. So bemerkte der Philosoph Josiah Tucker in einem *Treatise Concerning Civil Government* aus dem Jahr 1781, daß London im Parlament gehörig überrepräsentiert sei und ungerechterweise Vorteile für sich beanspruche, die allen zugute kommen sollten. Er hatte noch ein dringlicheres Anliegen:

»WIEDERUM; Alle übermäßig gewachsenen Städte sind in anderer Hinsicht erschröcklich und sollten deswegen nicht durch neue Privilegien ermuntert werden, sich noch gefährlicher zu entwickeln; denn sie sind schon immer der Sitz von Zwietracht und Abtrünnigkeit und die Wiege von Anarchie und Verwirrung gewesen. In jeder Großstadt ist ein kecker und tollkühner Anführer an der Spitze eines vielköpfigen Pöbels für den gesellschaftlichen Frieden eine Bedrohung, selbst unter den despotischen Regierungen ...

Noch einmal, wenn einem Menschen noch ein Sinn für Rechtschaffenheit und gute Moral oder ein Funken

Güte und Menschlichkeit verblieben ist, so kann er nicht wünschen, Menschen durch zusätzliche Verführung in Großstädte zu locken. Solche Orte sind in jedem Sinne bereits Gift für die Menschheit, was deren Gesundheit, Vermögen, Moral, Religion usw. usf. angeht. Und insbesondere in London ist zu beobachten, daß, wenn nicht frische männliche oder weibliche Rekruten vom Lande zuströmen würden, um die durch Laster, Unmäßigkeit, Bordelle und den Galgen angerichteten Verwüstungen wiedergutzumachen, die gesamte Einwohnerschaft dieser Stadt bald ausgerottet sein würde, denn die Zahl der Todesfälle übersteigt die der Geburten um mindestens 7000 pro Jahr.«

Philosophen, die nur eine Idee haben und sie in dreißigbändigen Werken voller barbarischer Neologismen verbreiten, ist eine Zukunft an den Universitäten gesichert, doch der unglückliche Josiah Tucker, der zu seiner Zeit so einflußreich war, ist aus den neuzeitlichen philosophischen Fakultäten verschwunden, weil er nicht rätselhaft genug schrieb, seine Theorien nicht verrückt genug klangen und er sein Denken mit konkreten Beispielen veranschaulichte. Weil die englische Hauptstadt nicht vernünftigerweise nach York verlegt wurde, konnte London sich zur übelsten menschlichen Jauchegrube in der Weltgeschichte auswachsen. Doch auf Kephallonia merkten die britischen Behörden, daß Argostoli zu groß wurde, nahmen sich Tuckers Rat zu Herzen und machten sich daran, die feine Stadt Lixouri auszubauen.

In Lixouri gab es die weiträumige, baumgesäumte Agora und das großartige Gerichtsgebäude mit den Marktarkaden darunter, die geschickt die aufeinander bezogenen Vorzüge des Handels, der Justiz und des geselligen Schutzes vor Sonne und Regen vereinigten. Bis zum heutigen Tag betrachten Lixouri und Argostoli sich gegenseitig als außergewöhnlich und exzentrisch und stehen in einem verbissenen Wettstreit in Tanz, Musik, Handel und Bürgerstolz. 1941 aber wurde ihnen durch fremde Mächte eine neue und unheilvolle Rivalität aufgedrängt. Die Italiener richteten ihre Garnison in Argostoli, die Deutschen ihre in Lixouri ein.

Das deutsche Kommando war klein und bescheiden, und es besteht kein Zweifel, daß es nur dort war, weil die Nazis sehr genau wußten, daß den Italienern nicht zu trauen war, und sie deshalb im Auge behalten wollten. Freilich hat Hitler Mussolini als »großen Mann hinter den Alpen« bezeichnet, aber mittlerweile wußte er auch, daß der Duce und seine Gefolgsleute die einzigen in Italien noch verbliebenen echten Faschisten waren. Er wußte, daß ihre Generäle altmodisch und einfallslos waren, er hatte selbst erkannt, daß die Soldaten disziplinlos, störrisch und eigensinnig waren, und in Nordafrika hatte er dafür gesorgt, daß sie bei wichtigen Operationen stets aus den vordersten Linien herausgehalten wurden. So wie Gott seinen Regenbogen an den Himmel gesetzt hatte, um die Israeliten daran zu erinnern, wer der Herr war, schickte Hitler dreitausend Grenadiere des 996. Regiments unter Oberst Barge nach Lixouri.

Niemand mochte sie, obwohl die Beziehungen zwischen Deutschen und Italienern nach außen hin freundlich und kooperativ waren. Die Deutschen hielten die Italiener für rassisch minderwertige Halbneger, und die Italiener stieß der Todeskult der Nazis ab. Die grimmig mit Totenköpfen und gekreuzten Knochen geschmückten Gürtel und Uniformen kamen ihnen krankhaft vor, genauso wie die eiserne Disziplin, die irrational und irritierend gleichförmigen Ansichten im Gespräch und das unbegreifliche Hegemoniestreben. Die Italiener, die aus alter Gewohnheit immer gern dem anderen den Arm um die Schulter legten, verspürten, wenn sie mit einem Deutschen zusammen waren, dieses Bedürfnis nicht, so als würden sie einen elektrischen Schlag abbekommen, als würde ihr Arm vereisen oder sich in Luft auflösen. Abends waren aus den Messen die Töne von *Lili Marleen*, die geselligen Tischgespräche, die Lachsalven und die Ausgelassenheit zu hören, aber das war eine Welt für sich. Tagsüber waren die Deutschen ernst, verstanden keine Ironie, nahmen in aller Form Anstoß und griffen bei der Ortsbevölkerung kaltblütig und brutal durch. Hauptmann Corelli freundete sich dennoch mit einem von ihnen an, einem jungen Kerl, der ein bißchen Italienisch sprach, und entdeckte, daß dieser nur wirklich Mensch wurde, wenn er seine Uniform ablegte, seine Badehose anzog und im Meer herumplanschte.

Günter Weber wünschte sich nichts sehnlicher, als blond zu sein, und aus diesem Grund suchte er in der dienstfreien Zeit häufig die sonnigen Strände auf, in der Hoffnung, die Sonne würde sein Haar bleichen. Aber es gab nichts, womit er seine braunen Augen in ein unverdächtiges arisches Blau verwandeln konnte. Am Strand der Lepada-Bucht machte er die Bekanntschaft des Mannes, der sein Freund wurde und den er später mit einem Judaskuß in Form eines Geschoßhagels verraten sollte, der an ganz unerwarteten Stellen tiefrote, blutende Münder bei den Kameraden öffnete, die er schätzengelernt hatte.

Die Lepada-Bucht liegt bei Lixouri unter dem Kloster, wo Anthimos Kourouklis mit Gott Zwiesprache hielt.

Über ihr erheben sich die Ruinen der korinthischen Hügelsiedlung Pale, wo in der Antike der unschuldige Persephone-Kult blühte. Der Strand macht einen eleganten Bogen, und an der einen Spitze gibt es einen gezackten Felsen, der ganz wie das Wrack einer Galeone mit Schlagseite aussieht. Der Stein ist von Natur aus ideal zum Sonnen, und von der Kante aus bietet sich ein herrlicher Blick über die ungetrübte See und auf die winzigen Fische, die zu Hunderten im Tang herumflitzen.

Günter Weber saß auf dem Achterdeck des versteinerten Schiffes, als er einen italienischen Lastwagen bis zum Rand des Grasstreifens fahren hörte, wo er seine fröhliche Ladung von Bajazzi und Dirnen ausspie.

Diese Freudenmädchen hätten sich als frisch eingetroffen aus Nordafrika beschreiben lassen, wenn nicht der Begriff »frisch« völlig unangemessen gewesen wäre. Nachdem sie von stechenden Insekten gepiesackt und von der unfaßbar trockenen Hitze der grauen Wüste verzehrt worden war, war diese Gesellschaft verbrauchter, aber liebenswerter Miezen erst kürzlich auf ihrem neuen Inselparadies angekommen und konnte ihr Glück immer noch nicht fassen. In ihren dürftigen Kleidchen, mit ihren puder- und rougebeschmierten Gesichtern, mit ihren zur Karikatur eines Amorsbogens geschminkten Lippen genossen sie es, wie den alten Bauern der Mund offenstehen blieb, wenn sie mit ihren Sonnenschirmen vorbeischlenderten. Besonders gern hatten sie den frischen Geschmack des Wassers, das seidige Gefühl des Meers, wenn sie schamlos nackt herumschwammen, die wundertätige Kraft der Sonne, die ihre unreine Haut heilte, und die gesellige Lethargie ihrer freien Augenblicke im Militärbordell, wenn sie nur herumlagen, ihre

Fingernägel lackierten und sich über die Männer im allgemeinen und im besonderen beschwerten. Vor allem mochten sie es, wenn sie sich Krankheiten zuzogen, die die Militärärzte verpflichteten, ihnen Erholungspausen zu verordnen, während deren sie wochenlang nichts zu tun brauchten. Das war mal etwas anderes, als früh aufzustehen und wie Vieh von einem Stützpunkt zum anderen gekarrt zu werden, nur um am Abend wieder sportlichen Verrenkungen und dem unabänderlich gleichförmigen Grunzrepertoire ausgesetzt zu sein. Ihr Leben bestand nur aus Reibung (kein Wunder, daß ihre Haut so weich war) und unzähligen Zimmerdecken.

Wie der junge Grenadier wollten die Huren alle blond sein, aber sie erreichten mit ausgiebigen Dosen Wasserstoffperoxyd das Ziel, zu dem Weber mit Hilfe der Sonne zu kommen suchte. Nur die wenigen Zentimeter der dunklen Wurzeln am Scheitel ihrer spröden, groben Haare verliehen ihnen eine enttäuschte und enttäuschende Stimmung, als würde ihnen wie bei einem talentierten, aber antriebslosen Künstler der letzte Schliff fehlen, der die Illusion des Kunstwerks vollkommen gemacht hätte.

Die Schönheit dieser welken, aber sonnenliebenden Blumen war völlig selbsterzeugt und selbsterhaltend. Ihr spinnwebzarter Jugendglanz und ihr Liebreiz schienen sie locker wie die Aura eines zaghaften Zauberspruchs zu umgeben, aber das war in Wirklichkeit ihren eigenen Bemühungen, ihren hartnäckigen Anstrengungen zu verdanken, war mehr das Ergebnis von Beharrlichkeit als von Hoffnung. Standhaft bemühten sie sich, an ihre Eitelkeit zu glauben. Die pflichtgemäße Ausübung ihres Berufs hielt ihre Körper schlank und rank, aber nicht zu übersehen waren die unauslöschlichen Krähenfüße in den Augenwinkeln und die schlaffen Stellen an der Unterseite der Brüste, die schon leicht durchhingen. Ihre Zähne waren weiß und sauber, aber ihr Lächeln war automatisch, selbst wenn es aufrichtig war. Sie hatten rasierte Beine und Achselhöhlen, rochen wie ein mit Hyazinthen vollgestopftes Gewächshaus und trimmten und kupierten ihr Schamhaar so gewissenhaft, daß Soldaten, die gern in einem guten, üppigen, echten Muff wühlten und versanken, mit dem flauen Gefühl davongingen, ausgetrickst worden zu sein, so als hätte die Penetration nicht stattgefunden. Die Frauen waren blitzsauber, und Corelli und sein Opernclub nahmen sie manchmal in einem Laster an den Strand mit, weil sie dachten, es würde sie aufheitern. Die Frauen, denen nichts Männliches fremd war, kamen mit, weil das Leben sie immer schon überspült und wie Seetang in der Gezeitenzone hierhin und dorthin gewirbelt hatte, wobei die Männer die herumstöbernden Fische waren, von denen sie gefressen wurden.

Günter Weber sah von seinem Felsen aus zu, wie die Gruppe italienischer Soldaten Weinflaschen öffnete, mit den Armen wedelte und sang. Er sah zu, wie die nackten Nymphen ausschwärmten, aufkreischend ins Meer rannten und einander harmlos naß spritzten. Er lächelte überlegen, als er darüber sinnierte, daß alle Italiener verrückt waren. Es war eine ausgemachte Sache in der Messe und im gesamten Einzugsgebiet der vereinigten deutschen Völker, daß die Italiener wie Kinder waren, die am Ende eines Festes schließlich mit einem Luftballon in der Hand und einem Lutscher in den klebrigen Fingern heimgeschickt werden würden. Sie würden

Albanien und alles, was der Führer als unergiebig für sich betrachtete, erhalten.

Weber war zweiundzwanzig Jahre alt und hatte noch nie eine nackte Frau gesehen; er gehörte nicht zu den draufgängerischen und zwanghaft nach Opfern suchenden Vergewaltigern wie die Kroaten und deutschen Tschechen, die sich hatten anwerben lassen, und bei einer Vergewaltigung durch Soldaten mußten der Frau ohnehin nicht die Kleider vom Leib gerissen werden, denn die Brutalität dabei war mechanisch und wurde mit der Ermordung abgeschlossen. Weber war noch »Jungfrau«, sein Vater war Pastor, und er war in den österreichischen Bergen aufgewachsen und nur fähig, die Juden und Zigeuner zu hassen, weil er keinem von ihnen je begegnet war. Er schlenderte zu den Italienern hinüber, angetrieben von der als Gleichgültigkeit getarnten drängenden Begierde, eine nackte Frau zu sehen.

Corelli blickte in das offene, junge Gesicht, das ihm auf Anhieb sympathisch war, denn es war klug und freundlich. »Heil Hitler«, sagte Weber und streckte die Hand aus. »Heil Puccini«, entgegnete Corelli und ergriff sie.

»Ich bin Leutnant Günter Weber von den Grenadieren in Lixouri. Ich habe Ihre Gesellschaft gesehen und gedacht, ich komme mal vorbei und stelle mich vor.«

»Aha«, sagte Carlo verschmitzt, »Sie wollten herkommen und sich die Frauen ansehen.«

»Das ist nicht der Fall«, lautete Webers verklemmte Lüge. »So was hat naturgemäß doch jeder schon mal gesehen.«

»Ich bin Antonio Corelli«, sagte der Hauptmann, »und naturgemäß kann einer nie genug von so was sehen, wenn er ein Mann ist.«

»Genau«, log Carlo, bei dem die Gegenwart der Frauen ein tiefes seelisches Unbehagen und Verlegenheitsgefühl auslöste. Er dachte immer noch an Francisco und war dabei, sich eng an Corelli anzuschließen, obwohl er sicher war, daß diese Zuneigung zum Hauptmann sich selbst zum Lohn gereichen müßte. Bei Francisco war er sich dessen nie völlig sicher gewesen, obwohl dieser verheiratet war und eine heftige Abneigung gegen Homosexuelle bekundet hatte. Carlo war froh, daß Corelli nicht zum Kundenkreis des Bordells gehörte und ihn nicht wie andere zu einem Besuch gedrängt hatte. Carlo wußte, daß Corelli sich in Pelagia verguckt hatte, schon bevor dieser es selbst merkte, und dies, zusammen mit seiner Musikbegeisterung und seiner Liebe zu Kindern und zu seiner Mandoline, war für einen Mann schon Promiskuität genug.

»Sie stammen nicht zufällig von dem großen Komponisten ab?« fragte Corelli, und der Deutsche erwiderte: »Ich sagte ›Weber‹, nicht ›Wagner‹.«

Der Hauptmann lachte: »Wagner ist kein großer Komponist. Zu aufgeblasen, zu windig, zu pompös und überwältigend. Nein, ich habe Carl Maria von Weber gemeint, der den *Freischütz*, zwei Klarinettenkonzerte und die Symphonie in C-Dur geschrieben hat.«

Weber zuckte die Achseln. »Bedaure, Signore, von dem habe ich nie gehört.«

»Und Sie sollten mich eigentlich auch fragen, ob ich von dem großen Komponisten abstamme«, sagte Corelli, schon in der Vorfreude lächelnd. Weber zuckte erneut die Achseln, und der Hauptmann half ihm auf die Sprünge. »Arcangelo Corelli? Die ›Concerti grossi‹? Mögen Sie Musik nicht?«

»Nein, ich mag …« Der Leutnant verstummte, da ihm nichts einfiel, was er mochte. »Sie haben mir Ihren Rang noch nicht genannt.«

»Ich bin die Brevis, Carlo ist die ganze Note, er ist die Viertelnote, der da ist die Achtelnote, der Bursche im Wasser ist die Sechzehntelnote, und der kleine Piero ist die Zweiunddreißigstel. Im Opernclub haben wir unsere eigene Rangordnung, aber sonst bin ich Hauptmann. Dreiunddreißigstes Artillerieregiment. Setzen Sie sich zu uns, wir haben genug Wein, aber die Mädchen sind außer Dienst. Ich bin sicher, Sie haben Ihr eigenes. Übrigens, Ihr Italienisch ist ausgezeichnet.«

Günter Weber machte es sich im Sand bequem. Er war auf der Hut vor all diesen dunkelhäutigen und jovialen Fremden und erwiderte: »Ich stamme aus Tirol. Viele bei uns sprechen Italienisch.«

»Sie sind also kein Deutscher?«

»Selbstverständlich bin ich Deutscher.«

Corelli blickte verdutzt drein: »Ich habe gedacht, Tirol ist in Österreich.«

Weber spürte, wie er allmählich die Fassung verlor. Es war schon schlimm genug, sich Verunglimpfungen Wagners anhören zu müssen, der doch einer der größten Vorläufer der Faschisten war. »Unser Führer ist Österreicher, und da sagt niemand, er sei kein Deutscher. Ich bin Deutscher.«

Peinliches Schweigen trat ein, das Corelli brach, als er Weber eine Flasche Rotwein reichte: »Trinken Sie und vergnügen Sie sich.«

Günter Weber trank und vergnügte sich. Der Wein, die gleißende Sonnenhitze, die linde Meeresbrise, der Geruch nach Aloen, der aufmunternde Chorgesang, die immer noch unglaubliche Nacktheit der Freudenmädchen, der Morsecode jungfräulichen Lichts, der im ständig bewegten Wasser aufblitzte, all das zusammen bewirkte, daß sich das morsche Gewebe seines Herzens erweichte.

Er gestattete Adriana, eine Kugel aus seiner Luger abzufeuern, schlief ein, wurde vom Felsen ins Meer geworfen, sonnte sich in der Bewunderung der nackten Mädchen, die seine goldglänzende Haut und sein sonnengebleichtes Haar liebten, und wurde an diesem Abend mit sandverkrusteter und derangierter Uniform als mit allen Ehren aufgenommenes Mitglied des Opernclubs bei seinem Stützpunkt abgeliefert. Im Rausch hatte er sich damit einverstanden erklärt, daß er, sollte er je Bewunderung für Wagner bekunden, ohne Prozeß und ohne Möglichkeit der Berufung erschossen würde. Er war der einzige, der keinen Ton singen konnte, und sein Rang wurde als Zweiunddreißigstelpause notiert.

31
Augenkrieg

Pelagia behandelte den Hauptmann so ungnädig wie möglich. Wenn sie ihm Essen servierte, stellte sie den Teller so ungestüm hin, daß der Inhalt überschwappte. Wenn dabei seine Uniform Flecken bekam, holte sie einen feuchten Lappen, wrang ihn extra nicht aus und verschmierte die Suppe oder den Eintopf in weitem Bogen über seine Jacke, wobei sie sich zynisch für das schreckliche Mißgeschick entschuldigte. »Ach nein, bitte, Kyria Pelagia, das ist doch nicht notwendig«, wandte er vergebens ein, und schließlich stellte sie fest, daß er sich angewöhnt hatte, seinen Stuhl erst heranzurücken, wenn sie das Essen schon auf den Tisch geknallt hatte.

Daß er sie nicht zurechtwies und sich weigerte, ihr mit den Drohungen zu kommen, die von einem Besatzungsoffizier zu erwarten wären, vergrößerte nur ihre Irritation. Sie hätte es gern gehabt, daß er schrie, ihr befahl, ihre Unverschämtheiten einzustellen, weil ihre Wut so tief und bitter war, daß anscheinend nur eine Auseinandersetzung sie aus der Welt schaffen konnte. Sie wollte ihrem Ärger Luft machen, wie ein protestantischer Prediger mit den Armen herumfuchteln, doch er schien darauf erpicht zu sein, sie zu enttäuschen. Er blieb ergeben und höflich. Nur wenn sie allein war, konnte sie das Zusammenziehen der Augenbrauen und das harsche Aufwerfen der Lippen üben, das schließlich den hypothetischen Sturm der Entrüstung begleiten sollte, den sie gern über seinem Haupt entladen hätte. Nach zwei Monaten, während deren sie ihre Nächte auf dem Küchenboden, in ihre Decke gewickelt und schlaflos vor Zorn verbrachte, hatte sie verschiedene Fassungen der improvisierten verletzenden Rede ausgefeilt, mit der sie ihn beschämen wollte. Doch wann würde die Gelegenheit kommen, sie zu halten? Wie sollte sie in rechtschaffenem Groll in die Luft gehen, wenn ihr Opfer umsichtig und zurückhaltend blieb?

Der Hauptmann schien ihr kein typischer Italiener zu sein. Freilich kam er manchmal etwas angetrunken ins Haus, litt gelegentlich unter Anfällen von unverbesserlich guter Laune; manchmal platzte er herein, fiel auf die Knie und überreichte ihr eine Blume, die sie annahm und dann ostentativ vor seinen Augen an die Ziege verfütterte; manchmal legte er die rechte Hand an ihre Hüfte, faßte ihre Rechte mit seiner Linken und wirbelte sie ein paarmal schwindelerregend durchs Zimmer, als würde er mit ihr Walzer tanzen, aber das passierte nur, wenn seine Batterie ein Fußballspiel gewonnen hatte. Er war schon impulsiv wie ein typischer Italiener und schien sich um nichts in der Welt zu scheren, aber andererseits wirkte er wie ein nachdenklicher Mensch, der dies meisterhaft zu verschleiern wußte. Ziemlich oft sah sie ihn an der Hofmauer stehen, die Hände wie ein Deutscher hinter dem Rücken verschränkt, die Beine auseinandergestellt und tief in die Betrachtung der Berge oder auch irgendeiner

Angelegenheit versunken, angesichts deren diese Erhebungen nichts weiter als eine friedliche Augenweide waren. Sie meinte, er sei von einer Traurigkeit befallen, die ganz wie Heimweh aussah, ohne es eigentlich zu sein. »Wenn er nur wie die anderen Italiener wäre, die ›psst‹ machen, wenn ich vorbeigehe, oder mich in den Po zu kneifen versuchen«, dachte sie. »Dann könnte ich ihn anfauchen und ihm eine kleben und sagen: ›*Testa d'asino*‹ und ›*Possate muri massa*‹, und mir wäre viel wohler.«

Eines Tages ließ er seine Pistole auf dem Tisch liegen. Sie dachte daran, wie leicht es für sie wäre, sie zu stibitzen und die Schuld einem Gelegenheitsdieb zuzuschieben. Es fiel ihr sogar ein, daß sie ihn, wenn er zur Tür hereinkam, erschießen und dann mit der Waffe abhauen könnte, um sich den Andartes anzuschließen. Das Problem aber war, daß er längst nicht mehr bloß ein Italiener war, sondern der charmante, rücksichtsvolle und Mandoline spielende Hauptmann Antonio Corelli. Sie hätte ihn inzwischen längst mit der Derringer erschießen, ihm mit einer Bratpfanne den Schädel einschlagen können, aber sie hatte die Versuchung nicht verspürt. In Wahrheit war ihr selbst der Gedanke daran schon widerwärtig, und es wäre sowieso nutzlos und kontraproduktiv gewesen, hätte zu schrecklicher Vergeltung geführt und wohl kaum den Krieg entschieden. Sie beschloß, die Pistole ein paar Minuten ins Wasser zu legen, so daß der Lauf innen rostete und der Mechanismus klemmte.

Der Hauptmann kam herein und ertappte sie dabei, wie sie sie aus dem Wasser holte. Sie stand da, den Zeigefinger durch den Abzugsbügel gesteckt, und schüttelte die Tropfen von dem überraschend schweren Ding ab. Sie hörte eine Stimme hinter sich und war so verdutzt, daß sie die Waffe wieder in die Schüssel fallen ließ.

»Was machen Sie da?«

»Mein Gott, haben Sie mich erschreckt!« rief sie.

Der Hauptmann sah mit einer Miene wissenschaftlicher Objektivität auf die gewässerte Pistole herab, zog die Augenbrauen hoch und sagte: »Wie ich sehe, erlauben Sie sich gerade einen bösen Streich.«

Das hatte sie nicht erwartet, aber nichtsdestoweniger raste ihr Herz schmerzhaft vor Furcht und Beklemmung, und ein Gefühl äußersten Schreckens raubte ihr für einen Augenblick die Sprache. »Ich wollte sie waschen«, piepste sie endlich. »Sie war schrecklich ölverschmiert.«

»Ich hatte keine Ahnung, daß Sie so rührend unwissend sind«, bemerkte der Hauptmann lakonisch. Pelagia errötete mit einem äußerst merkwürdigen Gefühl, ausgelöst durch seinen Sarkasmus und seine ironische Unterstellung, daß sie ein süßes und albernes Mädchen sei, das Dummheiten machte, weil es viel zu süß und albern war, um es besser zu wissen. Er tat so, als sei er herablassend, und das war genauso verdrießlich, als wenn er sich tatsächlich herablassend benommen hätte. Sie war immer noch verschreckt, wartete bange darauf, was er tun würde, und war irgendwo im Hinterkopf auch noch wütend darüber, daß sie es nicht schaffte, ihn zu provozieren.

»Sie sind nicht hinterlistig genug, um gut zu lügen«, sagte er. »Was erwarten Sie denn?« wollte sie wissen, wunderte sich aber auf der Stelle, was sie damit bloß gemeint hatte.

Der Hauptmann jedoch schien es zu wissen. »Es muß sehr schwierig für Sie alle sein, mit uns auskommen zu müssen.«

»Sie haben kein Recht ...« setzte sie mit den ersten Worten ihrer gut eingeübten Rede an und vergaß augenblicklich den Rest.

Er fischte die Pistole aus der Schüssel, seufzte und sagte: »Ich schätze, Sie haben mir einen Gefallen getan. Ich hätte sie schon längst auseinandernehmen sollen, um sie zu säubern und zu ölen. Ich vergesse das immer, oder ich schiebe es auf.«

»Sie sind also nicht böse? Warum sind Sie nicht böse?«

Er warf ihr einen fragenden Blick zu. »Was hat Zorn mit Kadenzen zu tun? Glauben Sie im Ernst, ich hätte nichts Wichtiges im Kopf? Denken wir doch einfach an die wichtigen Dinge und lassen einander in Ruhe. Ich lasse Sie in Ruhe, und Sie lassen mich in Ruhe.«

Diesen Vorschlag fand Pelagia ganz unerhört und unannehmbar. Sie wollte ihn nicht in Ruhe lassen, sie wollte ihn anbrüllen und schlagen. Mit einem Mal überkam es sie, und weil sie sich zynischerweise bewußt war, daß sie nichts zu befürchten hatte, gab sie ihm mit aller Kraft eine schallende Ohrfeige auf die linke Backe.

Er versuchte noch, rechtzeitig auszuweichen, aber es war schon zu spät. Etwas benommen und verdutzt nahm er wieder Haltung an und legte die Hand ans Gesicht, wie um sich zu trösten. Er hielt ihr die Pistole hin. »Legen Sie sie wieder ins Wasser«, sagte er, »es würde mir weniger weh tun.« Pelagia war über diesen neuen Schlich gleich wieder erzürnt, gerade weil er genau darauf abzielte, ihren Zorn augenblicklich zu dämpfen. Über jedes menschenmögliche Maß enttäuscht, schlug sie die Augen zum Himmel auf; ballte die Fäuste, knirschte mit den Zähnen und stolzierte hinaus. Im Hof trat sie mit aller Wucht nach einem gußeisernen Topf und verstauchte sich dabei schmerzhaft die große Zehe. Sie hüpfte so lange herum, bis der Schmerz nachließ, und warf dann den blöden Topf über die Mauer. Sie humpelte mit erbitterter Vehemenz ein paar Schritte und pflückte eine unreife grüne Olive vom Baum. Das befriedigte und tröstete sie, also riß sie noch ein paar ab. Als sie gut eine Handvoll beisammen hatte, kehrte sie in die Küche zurück und warf sie heftig nach dem Hauptmann, der sich nach ihr umgewandt hatte. Er duckte sich vergeblich, und die harten Früchte prallten harmlos von ihm ab; er schüttelte verwundert den Kopf; als Pelagia wiederum verschwand. Diese griechischen Mädchen, so aufbrausend und feurig. Er fragte sich, warum noch niemand eine Oper im modernen Griechenland angesiedelt hatte. Vielleicht doch, wenn er es genauer bedachte. Vielleicht sollte er selbst eine schreiben. Ihm fiel eine Melodie ein, und er summte sie, aber sie verwandelte sich dauernd in die Marseillaise. Er schlug sich an den Kopf, um den Störer rauszuwerfen, und die Melodie wurde perverserweise zum Radetzkymarsch. *»Carogna«*, schrie er äußerst aufgebracht. Pelagia hörte ihn draußen, fürchtete eine verzögerte Reaktion und eilte den Hügel hinab, um zu Drosoula ins Haus zu flüchten, bis er sich wieder beruhigt hatte.

Als die Monate vergingen, merkte Pelagia, daß ihr Zorn verrauchte, und das verwirrte und erboste sie. Es war einfach so, daß der Hauptmann zum festen Bestandteil des Hauses geworden war wie die Ziege oder ihr eigener Vater. Sie war schon daran gewöhnt, ihn ganz in sich versunken mit einem Bleistift zwischen den Zähnen am Tisch sitzen oder eifrig schreiben zu sehen. Frühmorgens erwartete sie mit nicht geringer häuslicher Freude den Augenblick, da er aus dem Zimmer treten und sie mit »Kalimera, Kyria Pelagia; ist Carlo schon da?« begrüßen würde. Und abends wurde sie tatsächlich leicht besorgt, wenn er etwas später kam, seufzte erleichtert auf, wenn er durch die Tür trat, und lächelte ganz gegen ihren Willen.

Der Hauptmann hatte einige gewinnende Züge. Er band einen Korken an eine Schnur und rannte, von Psipsina eifrig verfolgt, damit ums Haus. Abends vor dem Schlafengehen trat er hinaus und rief sie, weil sie aus aufrichtigem Gerechtigkeitssinn normalerweise die Nacht bei ihm begann und bei Pelagia beendete. Der Hauptmann war auch oft auf den Knien zu finden, wenn er Psipsina mit einer um ihren Bauch geschlungenen Hand auf den Fliesen herumrollte, während sie ihn spielerisch biß und mit den Krallen kratzte, und wenn das Tier mal auf einem Notenblatt saß, holte er lieber ein anderes, als es zu stören.

Auch war der Hauptmann äußerst neugierig, denn er konnte mit unerschütterlicher Geduld dasitzen und zusehen, wie Pelagias Hände den eleganten Häkeltanz aufführten, bis es ihr so vorkam, als strahlten seine Augen eine sonderbare und mächtige Kraft aus, die bewirkte, daß sich ihre Finger verkrampften und sie eine falsche Masche machte. »Ich frage mich«, bemerkte er eines Tages, »wie ein Musikstück klingen müßte, um auszudrücken, wie Ihre Finger aussehen.« Sie konnte mit dieser offenbar unsinnigen Bemerkung ganz und gar nichts anfangen, und als er sagte, daß er eine bestimmte Melodie nicht mochte, weil sie eine besonders üble Schattierung von Rotbraun hatte, mutmaßte sie, daß er noch einen zusätzlichen Wahrnehmungssinn hatte oder daß die Drähte in seinem Hirn falsch miteinander verbunden waren. Die Vorstellung, daß er leicht verrückt war, weckte ihren Beschützerinstinkt, und dies untergrub wahrscheinlich ihre Prinzipientreue. Die bedauerliche Wahrheit war – italienischer Besatzer hin oder her –, daß er das Leben auf sonderbare und vielfältige Art bereicherte.

Eine neue Irritation ersetzte bei ihr die alte, nur daß sie sich diesmal gegen sie selbst richtete. Es schien, als könnte sie es nicht vermeiden, ihn anzusehen, und er ertappte sie stets dabei.

Es war etwas an ihm, wenn er am Tisch saß und sich durch den Berg von Papierkram wühlte, den die byzantinische Militärbürokratie der Italiener mit sich brachte, was sie veranlaßte, regelmäßig wie durch einen konditionierten Reflex zu ihm hinzublicken.

Zweifellos war sein Verstand damit beschäftigt, die Familienprobleme seiner Soldaten zu regeln; zweifellos schlug er der Frau eines Kanoniers taktvoll vor, sie solle sich in einer Klinik untersuchen lassen; zweifellos unterschrieb er die vierfachen Bestellformulare; zweifellos versuchte er herauszukriegen, warum eine Sendung mit Flugabwehrgranaten mysteriöserweise in Parma aufgetaucht war und er statt dessen eine Kiste mit Kampfanzügen erhalten hatte. Zweifellos; aber trotzdem war jedesmal, wenn sie aufsah, sein Blick auf sie gerichtet, und sie war in seinem unverwandten und ironischen Starren so fest gefangen, als hätte er sie an den Handgelenken gepackt.

Ein paar Sekunden sahen sie sich so an, und dann stieg Scham in ihr auf, ihre Wangen röteten sich ein wenig, und sie wandte sich wieder ihrer Häkelei zu, wußte zwar, daß sie ihn durch ihr Abwenden gekränkt hatte, war sich aber genauso der Unverfrorenheit bewußt, wenn sie seinem Blick noch einen Augenblick länger standgehalten hätte. Ein paar Sekunden später sah sie wieder verstohlen hin, und genau in diesem Moment erwiderte er ihren Blick. Es war unmöglich. Es war zum Verrücktwerden. Es war so peinlich, daß es schon demütigend war.

»Ich muß damit aufhören«, ermahnte sie sich und blickte, überzeugt, er sei in seine Arbeit versunken, wieder auf und wurde erneut erwischt. Sie versuchte, sich streng im Zaum zu halten, und sagte sich: »Ich werde ihn die nächste halbe Stunde nicht mehr ansehen.« Aber das nützte alles nichts. Sie stahl sich trotzdem einen Blick, seine Augen blinzelten, und schon war sie wieder von einem amüsierten Lächeln und einer hochgezogenen Augenbraue eingefangen.

Sie wußte, daß er sein Spiel mit ihr trieb, daß sie so sanft geneckt und verspottet wurde, daß es unmöglich war, dagegen zu protestieren oder es offen zum Thema zu machen, um eine Entscheidung herbeizuführen. Schließlich erwischte sie ihn nie dabei, wie er sie anschaute, also war es eindeutig ihr Fehler. Nichtsdestoweniger handelte es sich um ein Spiel, das er voll in der Hand hatte, und in diesem Sinn war sie das Opfer. Sie beschloß, ihre Taktik in diesem Augenkrieg zu ändern. Sie beschloß, daß sie künftig dieser Verlegenheit nicht mehr ausweichen würde; sie würde einfach darauf warten, daß ihn der Mut verließ, sie würde so lange warten, bis er auswich. Sie nahm sich zusammen, bot die letzten Funken Entschlossenheit auf und sah zu ihm hin.

Sie sahen sich stundenlang – wie es schien – an, und Pelagia fragte sich absurderweise, ob es strenggenommen zulässig war, zu blinzeln. Sein Gesicht wurde unscharf, und sie konzentrierte sich auf seinen Nasenrücken. Auch der verschwamm, und sie wechselte wieder zu seinen Augen über. Bloß welches Auge? Es war wie das Paradox von Buridans Esel: ein genau gleichwertiges Angebot führt zu keiner Lösung. Sie konzentrierte sich auf sein linkes Auge, das zu einem ungeheuren und wabernden Leerraum zu werden schien, und deshalb wechselte sie zum rechten Auge. Dessen Pupille schien sie wie eine Ahle zu durchbohren. Wie seltsam, daß das eine Auge ein bodenloser Abgrund und das andere eine so spitze Waffe wie eine Lanze sein konnte. Ihr wurde allmählich furchtbar schwindlig.

Er sah nicht weg. Gerade, als ihr Schwindel sie irremachte, begann er, Gesichter zu schneiden, während er weiterhin ihrem Blick standhielt. Er blies die Nasenflügel rhythmisch auf, wackelte mit den Ohren, bleckte wie ein Pferd die Zähne und bewegte die Nasenspitze hin und her. Ein lüsterner Blick wie der eines Satyrs kam in seine Augen, und dann machte er eine Grimasse.

Ein Lächeln begann an Pelagias Mundwinkeln zu zupfen und zog immer fester. Schließlich zerrte es unwiderstehlich, und plötzlich lachte sie laut auf und blinzelte. Corelli sprang tanzend auf die Beine, hüpfte albern herum und rief: »Ich habe gewonnen, ich habe gewonnen.« Der Arzt sah von seinem Buch auf und fragte unwirsch: »Was? Was? Was denn?«

»Sie haben gemogelt«, protestierte Pelagia lachend. Sie wandte sich an ihren Vater. »Papas, er hat gemogelt. Das ist nicht fair.«

Der Arzt blickte vom ausgelassenen Hauptmann zu seiner spitz grinsenden Tochter, rückte seine Brille zurecht und seufzte. »Was kommt bloß als nächstes?« fragte er rhetorisch, denn er wußte ganz genau, was als nächstes kommen würde, und überlegte sich schon im voraus, wie er am besten damit umgehen sollte.

32
Volksbefreiungsfront II

»He, he, was macht ihr da? Raus hier! Laßt meine Schafe in Ruhe.«

Hektor ließ das Lamm nicht fallen, das er sich um die Schultern drapiert hatte. Für Mandras sah er genau wie der Gute Hirte auf den Bildern in den religiösen Erbauungsbüchern aus, die katholische Missionare früher in den orthodoxen Dörfern verteilt hatten, und wie Jesus aus der Bibel war Hektor so eingebungsvoll, so deutlich in allen seinen Erklärungen. Er war ein Mann, der alles verstand. Er hatte ein Buch, das *Was tun?* hieß, und wußte genau, wo er darin um Rat nachschlagen konnte. Es war ein altes Buch, sehr oft benutzt, und fiel schon auseinander, aber es war von einem Mann namens Lenin, der sogar noch bedeutender war als Jesus. Mandras war überaus beeindruckt von der Art, wie Hektor auf all diese verschlungenen schwarzen Würmer der Druckbuchstaben schauen und sie in Wörter verwandeln konnte. Hektor hatte versprochen, ihm zusammen mit einigen anderen Analphabeten das Lesen beizubringen, und sie würden ein Arbeiter-Selbstbildungsgremium formieren. Mandras hatte schon das Alphabet gelernt und einen Vortrag gehalten über die Kunst, im Meer zu fischen. Alle hatten applaudiert. Hektor hatte ihm beigebracht, daß er kein Fischer, sondern ein Arbeiter war, und Mandras hatte gelernt, daß er mit dem Schreiner und dem Fabrikarbeiter gemein hatte, daß die Kapitalisten den ganzen Profit aus ihrer Arbeit abschöpften. Bloß wurde der Profit Mehrwert genannt. Mandras verstand noch nicht, wie das ging, daß etwas von seinem Mehrwert bei einem anderen landete, aber das war nur eine Frage der Zeit. Er war auf den König sehr böse, weil er es so eingerichtet hatte, und hatte gelernt, jedesmal finster dreinzublicken oder sarkastisch zu lachen, wenn jemand die Briten oder Amerikaner erwähnte. Das taten alle. Er brachte die Leute zum Lachen, indem er sein Gewehr »bourgeois« nannte, wenn es nicht richtig funktionierte. Angestellte und Bootsbesitzer und jeder Bauer, der andere Leute einstellte, waren bourgeois – und die Ärzte genauso. Er dachte an all den Fisch, den er Dr. Iannis als Zahlung für seine Behandlung gegeben hatte, und verspürte Bitterkeit. Der Doktor war reicher als er, und in einer gerechten Welt sollte der Mehrwert des Doktors ihm zukommen. Er hätte sich mit anderen Fischern zusammentun und sich weigern müssen, überhaupt noch Fisch zu verkaufen, es sei denn, zu einem guten Preis. Jetzt war alles klar.

Mandras fühlte sich immer aufgeklärter und wissender, und er verehrte Hektor, diesen stärkeren und älteren Mann, der bei Guadalajara im heftigsten Kampfgetümmel gewesen war und die italienischen Faschisten vertrieben hatte. Wo ist Guadalajara? In Spanien. Aber wo genau in Spanien? Wir werden mal eine Geographiestunde abhalten, keine Bange. Ein Schulterklopfen.

Danke, Genosse. Das war die Welt der Erwachsenen, hier gab es kein »mein Herr« und »meine Dame«, bloß Genosse. Soldatisch, bekräftigend, einbeziehend, männlich. *Genosse.* Ein warmes Wort voller Solidarität.

Hektor lächelte dem erzürnten Kleinbauern zu und sagte: »Wir nehmen das Schaf auf Befehl des Alliierten Oberkommandos in Kairo mit.«

Der Bauer seufzte erleichtert auf und meinte: »Und ich hab schon gedacht, ihr seid Diebe.«

Hektor lachte, und so lachte Mandras auch. Der Mann hielt die Hand auf. Hektor sah auf die schwielige, schmutzige Handfläche, und seine Stirn runzelte sich. »Einen Goldsovereign«, erklärte der Bauer.

»Mach, daß du wegkommt«, sagte Hektor. »Bist du ein Faschist oder was?«

»Die Briten zahlen immer einen Goldsovereign für ein Schaf«, erwiderte der Mann. »Das ist so üblich. Seid ihr nicht von EDES? Das müßt ihr doch wissen?«

»Wir gehören zu ELAS, und wir meinen, daß der Verlust eines Schafes keine übermäßige Härte ist, wenn du bedenkst, was wir euch zuliebe zu tun versuchen. Wir werden dich später bezahlen. Jetzt mach, was ich gesagt habe, und verschwinde. Die neue Anordnung der Briten lautet, daß wir die Schafe holen, und sie bezahlen sie dir später.«

Der Bauer blickte auf seine Stiefel. »EDES hat mir heute früh für ein anderes Schaf einen Goldsovereign gegeben.«

»Wenn ich noch mal höre, daß du Lebensmittel an EDES verkauft hast, bist du ein toter Mann«, sagte Hektor, »also halt deinen Mund. Weißt du nicht, daß sie mit den Faschisten kollaborieren?«

»Gestern haben sie eine Brücke in die Luft gesprengt«, beharrte der unglückliche Mann.

»Um Himmels willen«, explodierte Hektor, »bist du so blöd, daß du ein Ablenkungsmanöver nicht auf Anhieb erkennst?«

Als sie fortgingen – das enteignete Lamm blökte verzweifelt auf der Schulter des Andarte, und der Bauer kratzte sich verdutzt am Kopf –, kicherte Mandras und sagte: »Dem hast du's gezeigt.« Er verstummte, bedauerte das Schweigen, so genossenhaft es auch war, und fügte etwas zögernd, aber mit geziemender Verachtung hinzu: »Faschistischer Helfershelfer.«

33
Händekrieg

Es war eine teuflische Nacht. Draußen zogen Regenschleier vorbei, und ein böig blasender Ostwind ließ unbekannte Gegenstände auf der Straße vorbeirattern und den Arzt um die Sicherheit des Daches fürchten, dessen Ziegel er aneinanderschaben hören konnte, als sie sich hoben und senkten und rutschten. Sie saßen zu dritt in der Küche; Pelagia trennte ihre immer kleiner werdende Decke auf, der Arzt las in einem Gedichtband, und der Hauptmann komponierte eine Sonate im Stil Scarlattis. Pelagia war fasziniert von seiner Fähigkeit, die Musik anscheinend im Kopf zu hören, und hin und wieder ging sie zu ihm, um nachzusehen, wie er mit den unverständlichen Krakeln auf dem Blatt vorankam. Einmal stand sie mit der Hand auf seiner Schulter da, weil es als die natürlichste und unumgänglichste Pose erschien, und erst nach ein paar Minuten erkannte sie, was sie da tat.

Überrascht blickte sie ihre auf dem Körper des Mannes ruhende Hand an, als würde sie diese dafür tadeln, sich in Abwesenheit der schicklichen Aufsicht durch einen Erwachsenen so eigenwillig zu benehmen. Sie fragte sich, was sie tun sollte. Wenn sie sie wegriß, würde das womöglich grob wirken. Vielleicht würde sie damit erst verraten, daß sie sie unbewußt dorthin getan hatte, und er würde daraus schließen, daß sie ihm gegenüber Gefühle hegte, die sie weder ihm noch sich selbst gern eingestanden hätte. Vielleicht gelänge es ihr, wenn sie sie einfach dort ließ, als würde sie jemand anderem gehören, die Verantwortlichkeit für deren Handeln abzustreiten. Was aber, wenn er auf einmal wahrnahm, wo diese Hand sich befand? Wenn sie die Hand bewegte, würde er augenblicklich merken, daß sie tatsächlich auf seiner Schulter gelegen hatte; und wenn sie sie nicht bewegte, dann würde er vielleicht wahrnehmen, daß sie da war, und seine Schlüsse aus der Tatsache ziehen, daß sie nicht bewegt worden war. Sie blickte ihre Hand strafend an und spürte, wie ihre Verärgerung sie daran hinderte, seinen belehrenden Monolog über Phrasierung und Harmonie zu verstehen. Sie entschied nach reiflicher Erwägung, daß es das beste wäre, ihre Hand dort zu lassen, wo sie war, und so zu tun, als gehöre sie jemand anderem. Sie beugte sich vor und legte einen Ausdruck in ihr Gesicht, der äußerste intellektuelle Ernsthaftigkeit vermitteln sollte, aber keinerlei Spur natürlicher Zuneigung oder körperlicher Anziehung enthielt. »Mm, wie interessant«, behauptete sie.

Psipsina scharrte an der Tür und quiekte erbärmlich.

Erleichtert lief Pelagia weg, um sie einzulassen. Da genau wurde dem Hauptmann bewußt, daß eine Hand einige Minuten lang leicht auf seiner Schulter geruht hatte. Das Fehlen ihres Gewichts war richtig zu spüren, und ihr früheres Vorhandensein war im Rückblick überaus angenehm und tröstlich. Er lächelte in versonnener Freude, und ein siegessicherer Ton hätte sich in seine Stimme gemischt, wenn er Gelegenheit zu sprechen gehabt hätte.

Seine erfreulichen Gedanken wurden auf unangenehmste Weise von Psipsina unterbrochen, deren durchnäßter, schwerer Körper in seinem Schoß jede Freude, jedes Siegesgefühl verscheuchte, das er empfunden haben mochte. Psipsinas Taktik bei Regengüssen war stets, so naß wie nur möglich zu werden und dann in den nächsten und wärmsten Schoß zu hüpfen, um sich so gründlich wie möglich zu trocknen. Dieses Mal war der Hauptmann ihr Opfer, da der Arzt wohlweislich aufgestanden war, um zu verhindern, daß es ihn traf. Corelli blickte entsetzt auf das pitschnasse Fellbündel und spürte schon das Wasser zwischen seine Beine sickern. »Aaah«, schrie er und warf die Hände in die Luft.

Pelagia lachte voller Schadenfreude auf und schubste das durchnäßte Tier von seinem Schoß. Er spürte, wie ihre Finger rasch über seine Schenkel strichen, und wurde kurzfristig von Überraschung überwältigt, die sich beinahe endlos ausweitete, als Pelagia anfing, mit den Händen über seine Hose zu bürsten, und dabei sagte: »Ach, was für eine Schweinerei, Sie Ärmster, schau bloß den ganzen Sand und Dreck an ...« Erstaunt sah er auf ihre geschäftigen Hände und merkte dann, daß sie seinen Gesichtsausdruck mitbekommen hatte. Sie richtete sich rasch auf, schoß ihm einen vernichtenden und anklagenden Blick zu und kehrte hochmütig zu ihrer Auftrennarbeit zurück, woraufhin die hartnäkkige Psipsina wieder auf seinen Schoß sprang. Als das Wasser in seiner Leistengegend sich unter dem Gewicht des Baummarders erwärmte, verspürte er die merkwürdige innere Befriedigung, die er einmal als kleiner Junge erlebt hatte, als er im Schlaf versehentlich seine Blase entleerte, weil er träumte, er würde gegen eine Wand pinkeln. Es war dieselbe gemütliche Wärme, die noch vor dem entsetzten und beschämten Aufwachen spürbar gewesen war. Er ließ Scarlatti Scarlatti sein und dachte an Pelagias Hände. So schlanke Finger, so rosige Nägel. Er stellte sich vor, wie sie sich nachts amourös betätigten, und merkte, daß er Psipsina aufstörte. Er versuchte, seine schlüpfrige Phantasie zu unterdrücken, indem er an Vivaldi dachte.

Das war ein Fehler, weil ihm auf der Stelle einfiel, daß Vivaldi in einem Kloster junge Mädchen unterrichtet hatte. Sein eigensinniges Gehirn beschwor Bilder einer ganzen Klasse berückender kleiner Pelagias herauf, die alle verführerisch die Spitzen ihrer Bleistifte leckten und ihn mit ihren glühenden dunklen Augen lockten. Es war ein reizvolles Bild. Er stellte sich vor, daß sie alle an seinem Tisch standen und sich über ihn beugten, während er etwas erklärte und sein Finger über die Zeilen eines Textes fuhr, wobei ihn ihr schwarzes Haar an den Wangen kitzelte und seine Nase mit dem Duft von Rosmarin erfüllte.

Eine von ihnen steckte die Hand in sein Hemd, und eine andere begann sein Haar und seinen Nacken zu streicheln. Bald gab es Dutzende von identischen schlanken Händen, und in Sekundenschnelle schoß ihm das Bild in den Kopf, wie er splitternackt auf einem großen Tisch lag, während alle wie durch ein Wunder entkleideten Pelagias über ihn krochen und ihn köstlich mit ihren Brüsten, Händen und heißen, feuchten und liebkosenden Lippen bestürmten. Er mußte heftig atmen und kam ins Schwitzen.

Psipsina entschied, daß sie diese drückende Störung von unten nicht mehr ertragen konnte, und sprang von seinem Schoß. Seine wunderbare Träumerei schlug in Panik um. Wenn Pelagia zufällig aufblickte, würde sie nur allzudeutlich sehen, daß er einen pyramidenförmigen Auswuchs an einer bestimmten Stelle der Hose hatte, für den es nur eine überzeugende Erklärung gab.

Verzweifelt versuchte er, an etwas zutiefst Unerfreuliches zu denken, und drehte sich unterdessen mit dem Stuhl etwas mehr von ihr weg. Er legte seine Blätter in den Schoß und tat so, als würde er sie in dieser Position studieren. Nun wieder in Sicherheit, ließ er seine Gedanken erneut zu all den Pelagias um den Tisch wandern, deren unzählige Hände über seinen ganzen Körper fuhren, deren unzählige reife Brüste sich wie kühle und saftige Früchte an seinen Mund drückten.

Die echte Pelagia seufzte, weil sie merkte, daß sie das Häkeln satt hatte. Zu ihren Füßen lag ein wirrer Haufen aufgetrennter Wolle, die sich bei dem Versuch, die verknoteten Anordnungen ihres früheren Zustandes wiederzuerlangen, verwirrt und verwickelt hatte. Pelagia verstand nicht, warum Wolle so nostalgisch war, jedenfalls war es irritierend. Sie fing an, sie aufzuwickeln, scheiterte aber an deren Unnachgiebigkeit. »Hauptmann«, sagte sie, »hätten Sie einen Moment Zeit? Ich brauche ein Paar Hände, um diese Wolle aufzuwickeln.«

Es war ein äußerst kritischer Augenblick; der Hauptmann hatte sich so sehr in sein Feenland verloren, daß er gerade der Reihe nach jede seiner nackten Pelagias beschlief. Ihre Stimme schnitt in seinen Traum vom Elysium wie ein Messer durch eine Melone. Er hörte beinahe leibhaftig das Gleiten des schneidenden Messers und das hohle Klopfen, als es auf das Schneidebrett darunter stieß und die Melone auseinanderfiel. »Was?« fragte er.

»Helfen Sie mir mal«, sagte sie, »ich bin ganz von der Wolle umgarnt.«

»Ich kann nicht. Ich meine, ich bin gerade am entscheidenden Punkt der Sonate. Können Sie sich einen Augenblick gedulden?« Es war eine verzweifelte Situation; er konnte unmöglich jetzt aufstehen, ohne seine Schwellung offenkundig zu machen. Er rief sich zur Ordnung, indem er an seine Großmutter dachte, an das Schwimmen im eiskalten Meer, an einen fliegenübersäten Pferdekadaver am Straßenrand nach einer Schlacht. Die Erektion neigte etwas den Kopf, aber noch nicht weit genug.

Da war nichts zu machen; es war sein Glück, daß sie schon so daran gewöhnt war, daß er sich manchmal närrisch benahm. Er ging auf die Knie und kroch auf allen vieren zu ihr. Er wackelte wie ein Hund mit dem Hintern und sah mit einer Miene äußerst hündischer Ergebenheit zu ihr auf. Mit etwas Glück würde er mit dieser Farce etwas Zeit gewinnen, bis er bereit war, wieder aufzustehen. Sie sah zu ihm hinunter und verzog das Gesicht: »Sie sind ein sehr alberner Mensch«, meinte sie.

»Wuff«, belferte er und wackelte noch einmal mit dem Hintern. Er hielt ihr seine beiden Hände entgegen, als wollte er mit den Pfoten betteln, und Pelagia richtete sie gebieterisch gerade und rückte sie ein paar Zentimeter auseinander, so daß sie sie zum Aufwickeln der Wolle gebrauchen konnte. Sie versuchte verzweifelt, nicht zu lächeln.

Der Hauptmann ließ noch übertriebener die Zunge heraushängen und schaute ihr mit so hündischer Verehrung ins Gesicht, daß sie mit dem Aufwickeln aufhörte und sagte: »Also, wie soll ich das richtig machen, wenn Sie mich dauernd zum Lachen bringen? Sie Verrückter.«

»Wuff«, belferte er wieder, mittlerweile so eingesponnen in seine komische Maskerade, daß ihm bereits entfallen war, warum er sich darauf hatte einlassen müssen; das Problem hatte sich gelegt. Er winselte, als würde er darum betteln, hinausgelassen zu werden, und fing dann an, scharf die Wolle anzubellen, als wäre er überzeugt, es handelte sich um einen gefährlichen und unverständlichen Feind. »Dummer Hund«, sagte Pelagia und gab ihm einen sanften Klaps auf die Nase.

»Habt ihr eine Ahnung, wie dämlich ihr beide ausseht?« tadelte der Arzt. »Herrschaft noch mal! Das ist doch peinlich. Wenn ihr euch bloß sehen könntet.«

»Ich kann doch nichts dafür«, sagte Pelagia vorwurfsvoll, da die Unterbrechung ihres äußerst kindischen Vergnügens sie verstimmte. »Er ist übergeschnappt, und das steckt an.«

Der Hauptmann warf den Kopf zurück und jaulte zur Melodie von *Sola, Perduta, Abbandonata*. Der Arzt zuckte zusammen und schüttelte den Kopf, und Psipsina lief zur Tür und kratzte daran, da sie es vorzog, in den strömenden Regen hinausgelassen zu werden, statt im Zimmer zu bleiben und dieses erschreckende Geheul weiter auszuhalten; echte Hunde waren schon schlimm genug. Pelagia stand auf, holte einen Pfirsich vom Tisch und ging wieder an ihren Platz. Gerade als der Hauptmann den Kopf zu einem äußerst wehmütigen Jaulen nach hinten gebeugt hatte, stopfte sie ihm den Pfirsich in den Mund. Seine erstaunte Miene mit den weit aufgerissenen Augen war ein Bild für Götter. »Wissen Sie, wie albern Sie ausschauen?« fragte sie. »Auf den Knien, mit der Wolle umwickelt und den Pfirsich im Mund?«

»Besatzer sollten sich würdevoller benehmen«, meinte der Arzt, dessen Sinn für historische Größe Anstoß nahm.

»Ung«, brachte der Hauptmann heraus.

Pelagia war verständlicherweise abgelenkt, und als sie mit dem Aufwickeln der Stränge fertig war, zeigte sich, daß sie das mit zunehmend größerem Druck getan hatte. Der Hauptmann stand auf und merkte, daß seine Nase verstopft war, nur weil er durch den Mund nicht atmen konnte. Er biß in den Pfirsich und ließ den Rest auf den Boden fallen, wo Psipsina ihn interessiert untersuchte, bevor sie damit davonrannte. Er bemühte sich, seine Hände freizubekommen, was nicht gelang. »Ein Komplott«, rief er, »ein verräterisches griechisches Komplott gegen die italienischen Befreier.«

»Ich werde es nicht wieder abwickeln«, meinte Pelagia, »es hat so schon lange genug gedauert.«

»Fürs Leben gebunden«, sagte der Hauptmann, und ihre Blicke trafen sich spontan. Sie lächelte scheu, und völlig grundlos schlug sie die Augen wieder nieder und flüsterte: »Schlimmer Hund.«

34
Volksbefreiungsfront III

Es war erniedrigend und peinlich, von Oberstleutnant Myers heruntergeputzt zu werden, doch das war Hektor und Aris, seinem Kommandanten, schon so oft passiert, daß es fast zu einem Spiel geworden war. Sie mußten nur jedesmal Unwissen, Empörung oder reumütigen Abscheu heucheln, wenn Übergriffe oder Schandtaten der Andartegruppe an die Briten gemeldet wurden, und dann sagen, daß sie keine Vereinbarungen ohne Erlaubnis des Komitees in Athen unterschreiben könnten, und dafür müßten sie einen Läufer schicken, der wohl erst in zwei Wochen wieder zurück wäre. Sie konnten immer sagen, daß der Bote gefangengenommen oder getötet worden war, von den Italienern oder auch von den Deutschen, oder sie konnten sogar die Briten beschuldigen und sagen, daß sie offensichtlich EDES bevorzugten. Es war auch möglich, den einheimischen Griechen die Schuld zuzuschieben, die von den Deutschen bewaffnet worden waren, damit sie ihre Hühner gegen die gnadenlose Requirierungspolitik der patriotischen ELAS-Guerillas verteidigen konnten. Das hatte den Vorteil, daß es gelegentlich der Wahrheit entsprach und beinahe nie nachzuweisen war.

Hektor rückte seinen roten Fez zurecht und stand wie ein ungezogener Schuljunge vor Oberstleutnant Myers. Er hatte Mandras draußen gelassen, weil er nicht wollte, daß dieser Zeuge seiner Demütigung wurde. Mandras sah dem Kommen und Gehen der britischen Verbindungsoffiziere zu. Ihm fielen wieder ihre hohen Gestalten auf, ihre roten, sich schälenden Nasen und ihre große Freude am Hänseln. Einige von ihnen waren aus Neuseeland, und Mandras nahm an, daß dies ein besonderer Ort irgendwo in Großbritannien war, wo Soldaten speziell dafür ausgebildet wurden, mit dem Fallschirm aus Liberators abzuspringen und Viadukte in die Luft zu jagen. Sie waren zwar ständig erkältet, aber unglaublich zäh und ausdauernd, und sie machten unverständliche Witze, deren Ironie durch die Übersetzung völlig verlorenging. Sie bemühten sich aufrichtig, Neugriechisch zu lernen, sprachen aber gern alles falsch aus. Wenn eine Frau Antigone hieß, nannten sie sie »Auntie Gonie«, und Hektor war bekannt als »Mein Sektor«. Mandras konnte nicht wissen, daß der Grund dafür die Standardantwort seines Mentors war, wenn er wegen seiner Doppelzüngigkeit, seiner Unaufrichtigkeit und seiner Grausamkeit zur Rede gestellt wurde. Die lautete nämlich: »Das ist mein Sektor.«

»Das ist mein Sektor«, sagte Hektor gerade zu Myers, »und ich erhalte meine Befehle aus Athen, nicht von Ihnen. Sind Sie Grieche, daß Sie uns die ganze Zeit befehlen können?«

Myers seufzte ergeben. Er war im diplomatischen Taktieren nicht geübt, war nicht davon unterrichtet worden, daß neunzig Prozent seiner Tätigkeit darin bestehen würden, zu verhüten, daß die Griechen sich dauernd gegenseitig abschlachteten, und sehnte sich nach einem unkomplizierten Leben, in dem er bloß gegen die Deutschen kämpfen müßte. Er war beinahe an Lungenentzündung gestorben und immer noch sehr abgemagert und müde, aber nichtsdestoweniger besaß er die moralische Autorität eines Menschen, der sich weigert, im Namen eines Ideals seine ethischen Grundsätze aufs Spiel zu setzen. Alle ELAS-Führer haßten ihn, weil sie sich bei ihm wie lästiges Ungeziefer vorkamen, aber sie wagten doch nicht, sich ihm zu sehr zu widersetzen, weil er die Quelle aller Waffen und Goldsovereigns war, die sie für die Revolution nach dem Verschwinden der Deutschen horteten. Sie mußten ihn bei Laune halten, indem sie auf einige seiner Pläne eingingen, gelegentlich kleinere Angriffe gegen die Achsenmächte ausführten und die Lektionen über sich ergehen ließen, die er stets mit blitzenden Augen und unwiderleglicher Bestimmtheit vortrug.

»Es war von Anfang an vereinbart, daß alle Andartegruppen unter dem Kommando von Kairo stehen. Bitte zwingen Sie mich nicht dazu, jedesmal, wenn ich Sie treffe, das gleiche zu wiederholen. Wenn Ihr derzeitiges schädigendes Verhalten andauert, werde ich, ohne zu zögern, veranlassen, daß Sie keinen weiteren Nachschub mehr erhalten. Haben wir uns verstanden?«

»Sie geben uns ja gar nichts, der ganze Nachschub geht an EDES. Sie gehen nicht fair mit uns um.«

»Derselbe Blödsinn«, erwiderte der Oberstleutnant in scharfem Ton. »Wie oft muß ich Ihnen noch sagen, was Sie schon wissen? Wir haben immer alles proportional verteilt« Der Oberst richtete sich auf. »Wie oft muß ich Sie noch daran erinnern, daß wir in diesem Krieg einen gemeinsamen Feind haben? Ist Ihnen je in den Sinn gekommen, daß wir gegen die Deutschen kämpfen? Meinen Sie wirklich, es genügt, das Viadukt von Gorgopotamos in die Luft gejagt zu haben? Denn das war die letzte sinnvolle Tat, die ELAS begangen hat, und das war auch das letzte Mal, daß Sie mit EDES kooperiert haben.«

Hektor wurde rot. »Sie müßten mit Aris reden. Ich erhalte meine Befehle von ihm, und er kriegt seine aus Athen. Es nützt nichts, mich anzugehen.«

»Ich habe mit Aris gesprochen. Immer und immer wieder. Und jetzt rede ich mit Ihnen. Aris hat mir gesagt, ich soll mit Ihnen reden, denn er meint, die Verantwortung für diese letzten Ungeheuerlichkeiten liegt bei Ihnen.«

»Ungeheuerlichkeiten? Was für Ungeheuerlichkeiten?«

Der Oberstleutnant wurde von Verachtung übermannt und wollte den doppelzüngigen Andarte schon schlagen, aber er beherrschte sich. Während er redete, zählte er die einzelnen Punkte an den Fingern ab. »Erstens haben wir letzten Freitag etwas für EDES abgeworfen; die – ich möchte Ihnen das noch einmal in Erinnerung rufen – bisher die einzige Gruppe ist, die wirklich gegen den Feind kämpft. Sie und Ihre Männer haben EDES angegriffen, sie vejagt und das ganze Zeug gestohlen.«

»Haben wir nicht«, beharrte Hektor, »und wir hätten es außerdem nicht machen müssen, wenn Sie uns gerecht versorgen würden. Es ist niemand getötet worden.«

»Sie haben fünf Leute von Zervas' Gruppe umgebracht, einschließlich eines britischen Verbindungsoffiziers. Zweitens haben wir euch mit genügend Geld ausgestattet, aber dennoch bezahlt ihr die Bauern nie für das, was ihr euch nehmt. Sind Sie so dumm, nicht einzusehen, daß Sie sie damit dem Feind in die Arme treiben? Ich habe zahllose Beschwerden erhalten, Bauern sind fünfzig Meilen zu Fuß hergekommen, um Entschädigung zu verlangen. Ihr habt drei Dörfer, deren Einwohner euren Diebereien Widerstand geleistet haben, unter dem Vorwand niedergebrannt, sie wären Kollaborateure. Ihr habt zwölf Männer und fünf Frauen ermordet. Ich habe die Leichen gesehen, Hektor, und ich bin nicht blind. Wozu soll das gut sein, zu kastrieren, Augen herauszureißen und den Mund aufzuschlitzen, damit die Leute lächelnd sterben?«

»Wenn die uns nicht versorgen wollen, sind sie offenbar Kollaborateure, und wenn Sie uns nicht versorgen, was sollen wir denn dann tun? Wenn sie Kollaborateure sind, kann ich meinen Männern nicht dafür die Schuld geben, daß sie über die Stränge schlagen, oder? Und überhaupt, wer sagt denn, daß wir das waren?«

Myers war nahe daran, zu explodieren. Er sagte beinahe: »Die Dorfbewohner«, erkannte aber gerade noch, daß dies weitere kommunistische Vergeltungsmaßnahmen nach sich ziehen würde. Statt dessen sagte er: »Einer unserer Offiziere hat's gesehen.«

Hektor zuckte die Achseln: »Lügen.«

Myers wurde ganz kühl. »Britische Offiziere lügen nicht.« Er bedauerte schweren Herzens die notwendige Unaufrichtigkeit. Er starrte den Andarteführer mit snobistischer Verachtung an; das Schlimme an diesen roten Faschisten war, daß sie keine Gentlemen waren. Sie hatten überhaupt kein persönliches Ehrgefühl. »Drittens«, fuhr er fort, »habt ihr Dorfbewohner von weit oben im Gebirge daran gehindert, in EDES-Gebiete zu gehen, um Weizen zu kaufen, ohne den sie verhungern würden. Ist das patriotisch? Ihr laßt sie erst durch, wenn sie sich ELAS anschließen, und dann verhängt ihr großzügig die Todesstrafe für ›Deserteure‹, obwohl ihr nicht die Befugnis dazu habt. Viertens habt ihr Vergeltungsmaßnahmen gegen ein Dorf verursacht, indem ihr euch bereits von den Italienern requirierte Kartoffeln angeeignet habt. Fünftens haben Sie persönlich einen unserer Verbindungsoffiziere auf den falschen Weg geschickt, als er Aris aufsuchen wollte, um sich über Ihre Schandtaten zu beschweren. Sechstens besteht eure Taktik darin, andere Andartegruppen zu entwaffnen und ihre Offiziere umzubringen.«

Hektor war geschult in Ablenkungsmanövern und ging zum Gegenangriff über: »Wir kennen die britische Politik. Halten Sie uns für blöd? Sie werden, ohne das Volk zu fragen, den König wieder herholen.«

Myers schlug mit der Faust so heftig auf die Tischplatte, daß ein Glas zu Boden fiel. »Siebtens«, brüllte er, »habt ihr einen Gendarmeriechef entführt und umgebracht, der einen Massenübertritt seiner eigenen Leute zu EDES in die Wege leitete, und ihr habt sie unter Androhung des Todes zu euch überlaufen lassen. Achtens habt ihr verkündet, daß jeder, der sich nicht ELAS anschließt, ein Verräter Griechenlands sei und erschossen werde. Neuntens bringt ihr die Geldmittel, die wir euch geben, der EAM, die sie wiederum an die KKE in Athen weiterleitet, und statt zu zahlen, stellt ihr den Bauern leere Schuldscheine aus. Zehntens haben einige Ihrer Leute schäbigerweise eine EDES-Einheit von der Seite angegriffen, als sie in einem erbitterten Gefecht mit einer SS-Einheit stand. Das ist ein Schandfleck auf dem guten Namen Griechenlands, eine Niederträchtigkeit, die sich keinesfalls wiederholen darf. Ist das klar?« Der Oberstleutnant verstummte und nahm ein Blatt Papier vom Schreibtisch. »Ich habe hier eine Vereinbarung, die von EDES, EKKA und EDA unterzeichnet worden ist, die sich alle verpflichtet haben, sie als bindende Vorschrift anzunehmen. Ich werde Aris dazu bringen, sie auch zu unterzeichnen, und ich möchte, daß Sie sie lesen und mir Ihr Ehrenwort als Gentleman geben, daß Sie sich daran halten werden. Wenn nicht, werden wir uns überlegen müssen, Ihre Versorgung einzustellen.«

Hektor blickte trotzig zurück. Der Oberstleutnant hatte diese Taktik schon hundertmal probiert. »Das kann ich nicht, und Aris wird erst was unterschreiben, wenn wir entsprechende Anweisungen vom Komitee in Athen haben. Wir werden einen Läufer schicken müssen. Wer weiß, wie lange das dauern wird.«

»Das sind die Bedingungen«, sagte Myers und gab ihm das Blatt. Hektor nahm es entgegen, salutierte mit respektloser Nachlässigkeit und ging.

»Worum ging's denn?« fragte Mandras, als sie den steilen und rutschigen Ziegenpfad hinabstiegen, der sich von der Höhle, die Myers als sein lokales Hauptquartier benutzte, ins Tal wand.

»Einen Haufen Scheiße«, antwortete Hektor. »Was du von den Briten wissen mußt, ist, daß sie Faschisten sind, und sie wollen Griechenland bloß für ihr Empire, und Leute wie Zervas und seine Lakaien bei EDES helfen ihnen dabei. Deshalb hat er den ganzen Nachschub, und wir haben nichts.«

»Wir haben tonnenweise Zeug«, meinte Mandras.

»Es reicht, um jeden Nazi in Griechenland in die Luft zu jagen.«

Hektor ging nicht darauf ein; Mandras war jung und würde es schon noch lernen. Er sagte: »Diese Dorfbewohner haben uns an Myers verraten. Ich meine, wir sollten hingehen und ihnen ein paar Lektionen erteilen, Kollaborateursschweine.«

»Dort hat es einige hübsche Frauen gegeben«, warf Mandras lächelnd ein.

»Denen wir auch das eine oder andere beibringen«, erwiderte Hektor, und die beiden Männer lachten in verschwörerischer Freude. Diese Dorfbewohner waren alle kleinbürgerliche Sympathisanten, Royalisten, Republikaner, die nur so taten, als wären sie gegen den König, den alle verächtlich »Glücksburg« nannten. Das waren alles faschistische Mitläufer, und sie alle pfiffen auf den wissenschaftlichen Sozialismus. Es tat gut, wenn diese Verräterweiber sich kreischend unter einem wanden, und keiner brauchte ein schlechtes Gewissen dabei zu haben, weil es das mindeste war, was sie verdienten; die Genossen waren dabei, ein neues und besseres Griechenland aufzubauen, und konnten mit minderwertigen Bausteinen, die sowieso weggeworfen werden würden, machen, was sie wollten. Wer ein Omelett macht, wirft ja auch die Eierschalen weg.

Oben in seiner Höhle dachte Myers wieder daran, um seine Abberufung zu bitten. Kairo ließ alles, was er von ELAS berichtete, unbeachtet und schien nicht zu begreifen, daß die Kommunisten eher früher als später einen Bürgerkrieg anzetteln würden. Er vergeudete bloß seine Zeit. Mit dem Taschentuch wischte er sich die Stirn ab und fuhr mit den Fingern durch den immer noch ungewohnten, juckenden Bart. Tom Barnes kam herein. Er war fünf Tage lang gewandert, nachdem er mit Hilfe von Zervas' Leuten eine Brücke zerstört hatte. Er ließ sich auf den alten Holzstuhl plumpsen, zog seine Stiefel aus und untersuchte die offenen Blasen an den Fußsohlen und Zehen. Myers zog eine Augenbraue hoch und befragte ihn, und Barnes blickte lächelnd auf: »Einwandfreie Explosion«, berichtete er in seinem neuseeländischen Zungenschlag, »absolut kolossal. Ausleger in alle Himmelsrichtungen verstreut. Da haben die Spaghettis und die Jerrys wochenlang dran zu knabbern.«

»Ausgezeichnet«, bemerkte Myers. »Eine Tasse Tee? Dieser Hektor war gerade bei mir. Er ist fast so widerlich wie Aris, ein komplettes Arschloch durch und durch.«

»Das ist das Schlimme an schlechten Hüten«, meinte Barnes. »Sie enden garantiert immer auf dem Kopf.«

35
Ein auf der Insel verteiltes Pamphlet mit der faschistischen Parole »Glauben, Kämpfen und Gehorchen«

Italiener! Laßt uns gemeinsam das Leben und die Leistungen von Benito Andrea Amilcare Mussolini würdigen, der uns aus wenig versprechenden Anfängen ins Verderben geführt hat.

In Seiner Kindheit wurde Er für stumm gehalten, erwies sich aber später als unverbesserlich redselig und aufgeblasener als alle in den Alpen weidenden Kuhherden zusammen. Als Junge blendete Er gefangene Vögel mit Stecknadeln, rupfte Hühnern die Federn aus, wurde für unerziehbar gehalten und zwickte in der Schule kleine Mädchen, um sie zum Weinen zu bringen. Er führte Banden an, provozierte Prügeleien, suchte grundlos Streit und weigerte sich, verlorene Wetten zu zahlen. Im Alter von zehn Jahren verletzte Er beim Abendessen einen Jungen mit dem Messer, und kurz darauf stach Er nochmals auf jemand ein. Er verbreitete, Er sei Klassenbester, was Er nicht war, und mit Einsetzen der Pubertät fing Er an, sonntags das Bordell in Farti zu besuchen. Unter welch glorreichen Vorzeichen hat Er demnach Sein Leben begonnen!

Er vergewaltigte eine Jungfrau in einem Treppenschacht, und als sie um ihre verlorene Ehre weinte, tadelte Er sie dafür, daß sie zu wenig Widerstand geleistet hätte. Der Misanthrop und Einzelgänger war schlampig, ungezogen, arbeitsscheu und ging nur nach Einbruch der Dunkelheit aus. Wie vorzüglich hat Er Seine Talente weiter ausgebaut!

Als Lehrer war Er unter dem Namen »der Tyrann« bekannt, konnte Seine Klassen aber dennoch nicht beherrschen. Er griff zur Flasche und zu Karten, ließ sich auf eine ehebrecherische Beziehung zur Frau eines Soldaten ein, der gerade Wehrdienst leistete, verletzte sie mit einem Messer und schaffte sich einen Schlagring an. Um Seinen Gläubigern, Seinen Affären und dem Militärdienst zu entgehen, floh Er in die Schweiz, wo Er Arbeit ablehnte und sich statt dessen auf erpresserisches Betteln verlegte. Einmal wurde Er als Vagabund verhaftet, worauf Er der Polizei klarzumachen versuchte, daß Er Landstreicher hasse und deshalb selbst keiner sein könne. Darin bekundete Er Seine Gabe wohlgesetzter Rede, die uns seitdem so gut bekannt ist.

Er arbeitete bei einem Weinhändler, wurde aber gefeuert, weil Er die ganzen Vorräte wegtrank. Seine offizielle Version dieser Geschichte lautet, daß Er zu der Zeit Besprechungen mit Lenin abhielt, der die höchste Wertschätzung für Seine Talente bekundete. 1904 begann Er, italienische Soldaten zur Desertion zu ermuntern, was in vollem Einklang mit Seiner späteren Forderung stand (mit der wir alle derzeit vertraut sind), daß alle Deserteure erschossen werden müßten.

Er zog nach Paris, wo Er sich als Wahrsager durchschlug. Dort entwickelte Er eine Neigung zur Philosophie, und erst kürzlich hat er offenbart, daß Er an den Universitäten Genf und Zürich studiert hat. Das ist auf jeden Fall richtig, auch wenn es keinen Nachweis Seiner Vorlesungsbesuche oder Seiner Immatrikulation gibt. Es ist auch richtig, daß Er Seine Mutter nicht in Armut hat krepieren und Seinen Vater nicht im Gefängnis hat schmachten lassen. Wie wir alle wissen, glaubt der DUCE an Seine eigene Propaganda, und wir tun es deshalb auch.

Er nahm wieder einen Lehrerposten an und wurde nach einem Jahr gefeuert, weil Er zügellose Feste auf Friedhöfen gefeiert hatte. Während einer ehebrecherischen Affäre holte Er sich auch die Syphilis. Das kann allerdings nicht als Grund für Seinen derzeitigen Irrsinn angesehen werden, da Er bereits verrückt war, als Er sich die Krankheit zuzog. Zu jener Zeit verfaßte Er auch Seine vorzügliche Geschichte der Philosophie, die Seinen Worten nach von einem eifersüchtigen Liebhaber zerrissen wurde, aber von allen unseren Professoren als geniales Werk geschätzt wird, auch wenn sie es nie zu Gesicht bekommen haben. Aus einem anderen Lehramt wurde Er wieder entlassen und entdeckte danach eine neue politische Ideologie, die darin besteht, daß einer erst handeln und danach an seine Beweggründe denken sollte. Nur in diesem Punkt unterscheiden sich Seine Lehren von denen Stalins, der stets im voraus gewußt hat, was er erreichen wollte.

Der DUCE begann, sich den Hut tief in die Stirn zu ziehen, damit Er von niemand erkannt wurde, mit dem er dann reden müßte, ließ absichtlich Seine Kleidung verwahrlosen, befleißigte sich einer vulgären Sprache und schrieb einen ausgezeichneten Roman im Stil von

Edgar Allan Poe; unerklärlicherweise wurde er von allen Verlagen abgelehnt, an die Er ihn geschickt hatte. Es war ein Geniestreich und wahrscheinlich zu anspruchsvoll für ihren Geschmack. Kurz darauf wurde Er Redakteur bei *Il Popolo* und entdeckte, daß Er Journalisten einsparen konnte, indem Er die Nachrichten selbst erfand. Zehn Nummern wurden wegen Verunglimpfung konfisziert, und Er wurde wegen unterlassener Zahlung einer Geldstrafe verhaftet. Originalität ist schon immer so verfolgt worden.

Der DUCE wurde dadurch berüchtigt, daß Er Jesus Christus des Beischlafs mit Maria Magdalena bezichtigte und ein Flugblatt mit dem Titel »Es gibt keinen Gott« anschlug. Kurz darauf wurde Er ins Gefängnis gesteckt, weil Er zum Aufruhr innerhalb der Armee ermuntert hatte. Er heiratete Seine eigene Halbschwester, die das uneheliche Kind Seines Vaters war, womit Er der Liste Seiner Fähigkeiten den Inzest hinzufügte, und zeugte dann ein uneheliches Kind in Trento. Gehorsame Söhne sollten ihren Vätern immer so nacheifern, und auf diese Art wird eine Generation das Licht sein, das auf ewig jeder anderen voranleuchtet. Damals hieß es von Ihm, daß Er im Gespräch niemand in die Augen sehen konnte, keinen Humor besaß, verbrecherisch und paranoid veranlagt war. Bei allen hieß Er »der Irre«. Das stimmt selbstverständlich nicht, auch wenn alle, die Ihn damals gekannt haben, sich noch genau daran erinnern. 1911 lehnte Er den Krieg gegen Libyen ab, und als Er dann später an der Macht war, verfolgte Er eine Politik der bestialischen Unterdrückung in demselben Land, womit Er Seine außergewöhnliche Anpassungsfähigkeit angesichts einer unveränderten Lage unter Beweis stellte.

Als Herausgeber von *Avanti* begann Er eine Affäre mit Ida Dalser, die ein Kind von Ihm bekam und Ihm erlaubte, von ihrem Geld zu leben. Er verließ sie und steckte sie später in eine Irrenanstalt, womit Er Seine unglaubliche Fähigkeit zur Loyalität an den Tag legte. In ähnlicher Weise machte Er Margherita Sarfatti zu Seiner Geliebten und ließ sie später aufgrund der antijüdischen Gesetzgebung einsperren. Es sollte vermerkt werden, daß jede einzelne Seiner Dutzenden von Konkubinen abgrundtief häßlich war, und zweifellos hat der DUCE durch die Beziehung zu ihnen Seinen wohltätigen Impulsen gefrönt. Die Schönheit liegt im Auge des Betrachters, und möglicherweise sieht der DUCE schlecht. An diesem Punkt sollten wir auch erwähnen, daß Leda Rafanelli sich weigerte, eine Seiner Frauen zu werden, weil Er ein Irrer und ein Lügner sei. Wegen dieser Verleumdung setzte Er sie polizeilichen Schikanen aus, die vollkommen gerechtfertigt waren und nichts mit kleinkarierten und nachtragenden Motiven wie etwa Rache zu tun hatten.

Der DUCE verfeinerte Seine Ideologie so weit, daß Er immer mit der letzten Person, mit der Er gerade gesprochen hatte, ganz einer Meinung war, und 1915 versuchte Er, der Rekrutierung zum Dienst in dem Krieg zu entgehen, den Er zu verschiedenen Zeiten sowohl bekämpft wie befürwortet hatte. Er wurde aus unerfindlichen Gründen für eine Kommission abgelehnt und behauptete, daß die Österreicher das Krankenhaus, in dem Er Seine Schrapnellwunden behandeln ließ, allein in der Absicht, Ihn auszulöschen, mit Granaten beschossen hätten, da Er der wichtigste Mann in Italien sei. Zu der Zeit finanzierte sich Seine Zeitung ausschließlich durch Anzeigen der Rüstungsindustrie, was nichts mit Seinem plötzlichen Umschwung zur Sache der Alliierten zu tun hatte.

Der DUCE zweigte Geldmittel ab, die für das Fiume-Abenteuer bestimmt waren, und verwendete sie für Seine eigene Wahlkampagne. Er wurde wegen unerlaubten Waffenbesitzes verhaftet, schickte Paketbomben an den Erzbischof und den Bürgermeister von Mailand und war nach der Wahl, wie bestens bekannt ist, verantwortlich für die Ermordung von di Vagno und Matteoti. Seit damals hatte Er außerdem den Tod von Don Mizzoni Amendola, der Gebrüder Roselli und des Journalisten Piero Gobetti zu verantworten, ganz abgesehen von den Hunderten, die Opfer Seiner Squadristi in Ferrara, Ravenna und Triest geworden sind, und den Tausenden, die an fremden Orten umgekommen sind, deren Eroberung sinn- und zwecklos war. Wir Italiener werden dafür ewig dankbar sein und sind der Meinung, daß so viel Gewalt uns zu einer überlegenen Rasse gemacht hat, genauso wie die Einführung von Revolvern im Parlament und die völlige Zerstörung der verfassungsgemäßen Demokratie unsere Institutionen auf die größtmögliche Höhe der Kultur gehoben haben.

Seit der illegalen Machtergreifung kommt es in Italien im Durchschnitt zu fünf politischen Gewaltakten pro Tag. Der DUCE hat verkündet, daß 1922 das neue Anno Domini ist, und Er hat sich als Katholik ausgegeben, um den Heiligen Vater zu beschwatzen, Ihn gegen die Kommunisten zu unterstützen, obwohl Er selbst eigentlich einer ist. Er hat die Presse völlig gleichgeschaltet, indem Er die Redaktionen andersdenkender Zeitungen und Zeitschriften zerstört hat. 1923 hat Er aus unerfindlichen Gründen Korfu überfallen und wurde durch den Völkerbund zum Rückzug gezwungen. 1924 hat Er die Wahlen manipuliert und die Minderheiten in Südtirol und im Nordosten unterdrückt. Er hat unsere Soldaten an der Vergewaltigung Somalias und Libyens beteiligt und ihre Hände mit dem Blut Unschuldiger getränkt. Er hat die Zahl der Beamten verdoppelt, um die Bourgeoisie zu zähmen, Er hat die Regionalregierungen abgeschafft, in die Justiz eingegriffen und angeblich den Lavafluß am Ätna wie ein Gott durch einen reinen Willensakt aufgehalten. Er gibt sich napoleonischen Attitüden hin, während Er zuläßt, daß mit Ihm für Perugina-Schokolade geworben wird. Er hat sich den Kopf geschoren, weil Er sich schämt, daß jemand Seine beginnende Glatze sieht, Er war gezwungen, einen Lehrer anzustellen, der Ihm Tischmanieren beibringt, Er hat den römischen Gruß als hygienischere Alternative zum Händedruck eingeführt, Er gibt vor, keine Brille zu brauchen, Er hat nur zwei Mienen im Repertoire, Er steht während Seiner Ansprachen auf einem verborgenen Podest, weil Er so klein ist, Er gibt vor, bei Pareto Ökonomie studiert zu haben, und Er nimmt Unfehlbarkeit für sich in Anspruch und hat die Menschen dazu ermutigt, Sein Bild bei Aufmärschen zu tragen, als wäre Er ein Heiliger. Und selbstverständlich ist Er ein Heiliger.

Er hat (und wie können wir das abstreiten?) sich selbst größer als Aristoteles, Kant, Thomas von Aquin, Dante, Michelangelo, Washington, Lincoln und Bonaparte genannt und hat Minister zu Seinen Diensten, die Denunzianten, Renegaten, Schieber, Postenschacherer sind – und kleiner als Er. Er hat Angst vor dem bösen Blick und hat die zweite Person Singular als Anrede abgeschafft. Er hat veranlaßt, daß Toscanini verprügelt wurde, weil er sich weigerte, *Giovinezza* zu spielen, und Er hat Professoren gedungen, die beweisen sollen, daß alle großen Erfindungen von Italienern gemacht worden sind und daß Shakespeare das Pseudonym eines italienischen Dichters war. Er hat eine Straße mitten durch das Forum in Rom gebaut – und dabei fünfzehn uralte Kirchen zerstört – und eine Herkules-Statue von achtzig Metern Höhe in Auftrag gegeben, die Sein eigenes Antlitz tragen wird und bisher nur aus einem Teil des Gesichts und einem gigantischen Fuß besteht und nicht fertiggestellt werden kann, weil für sie schon einhundert Tonnen Metall verbraucht wurden.

Alles in Seinen Reden wird irgendwo von einer anderen Rede widerlegt, da Er treffend beobachtet hat, daß wir Italiener nur das aufnehmen, dem wir selbst zustimmen, und auf die Art hat Er sich zu allem für alle gemacht. Er hat Bücher verbrannt und Texte für den Schulunterricht manipuliert, Er hat den Philosophen Benedetto Croce verfolgt, Er hat Revolutionsgerichte eingerichtet, die die Todesstrafe verhängen können, und Er hat idyllische Inseln in Gefängnisse verwandelt, in denen Seine Gegner gefoltert werden. Er hat uns alle mit achtzehn den Gefolgschaftseid schwören lassen, so daß nur die unaufrichtigen Heuchler und die endgültig Verblödeten vorankommen, und Er hat versucht, uns alle in Puritaner zu verwandeln, indem Er uns erzählt hat, daß es männlich ist, nicht zu lächeln, außer zum Ausdruck des tiefsten Sarkasmus.

Er hat die Inseln der Dodekanes geschändet und sogar die Grabsteine der Griechen entstellt, Er hat eine Schule in Parma eröffnet, um den Kroaten und Mazedoniern den Terrorismus beizubringen, Er hat den

Völkerbund untergraben, indem Er dessen Verwaltung unterminierte, Er hat die Friedensverhandlungen zwischen Albanien und Jugoslawien blockiert, Er hat Deutschland, Belgien und Österreich wiederbewaffnet und Seine eigene Armee auf skandalös unverantwortliche Weise ohne Waffen in nicht zu rechtfertigenden Kriegen kämpfen lassen und doch den Kellogg-Pakt unterzeichnet, der den Gebrauch von Gewalt als Mittel der Außenpolitik ächtet.

Dieser der Promiskuität huldigende Syphilitiker hat die Übertragung der Syphilis mit Gefängnisstrafe belegt, dieser Vater unzähliger verkrüppelter Bastarde hat die Empfängnisverhütung illegal gemacht, dieses bäurische Schandmaul hat das Fluchen verboten und das Tanzen und den Alkoholverzehr gemaßregelt, weil Er versuchen wollte, uns ernster zu machen. Er hat gesetzlich verfügt, daß Frauen Legehennen zu sein haben, Er hat jede Religionsfreiheit abgeschafft, Er hat dafür gesorgt, daß alle auf Ihn bezogenen Pronomen mit großem Anfangsbuchstaben geschrieben werden und das Wort DUCE in Zeitungen in Großbuchstaben gedruckt wird, Er hat in Libyen Konzentrationslager errichtet, und Er hat zu verschiedenen Zeiten beschlossen, in Frankreich, Jugoslawien, Französisch-Somaliland, Äthiopien, Tunesien, Korsika, Spanien und Griechenland einzumarschieren. Der DUCE hat gesagt: »Lieber einen Tag ein Löwe als hundert Jahre ein Schaf«, und deswegen ist Er ein Löwe aus Pappmaché geworden, und wir Italiener sind nun die Schafe, die Ihm auf die Schlachtbank folgen und einander sagen, daß wir auch Löwen seien. Er hat gesagt: »Viel Feind, viel Ehr.« Deshalb haben wir uns Feinde aus der Luft gegriffen und sind ausgezogen, um gegen sie zu kämpfen – ohne Stiefel an den Füßen und in Panzerwagen, deren Geschützrohre aus Holz sind.

Dieser lachhafte Possenreißer und Besitzer von eintausend mit falschen Ordensbändern für niemals begangene Heldentaten dekorierten Phantasieuniformen hat uns dazu gebracht, Fotos unserer Babys in Schwarzhemden aufzunehmen, Er hat uns den Applaus bei Seinen Ansprachen mit Hilfe von Stichworttafeln und Glocken proben lassen, Er hat eine »Bewegung für die Jugend« gegründet, die Meuchelmördern und katastrophal Unerfahrenen zu Machtpositionen verholfen hat. Gegen die katholische Lehre der Heiligen Kirche hat Er die Sterilisation für »rassisch Minderwertige« eingeführt, Er hat Nichtangriffspakte mit der UdSSR und mit Großbritannien abgeschlossen, mit denen wir uns nun aus unerfindlichen Gründen im Krieg befinden, Er hat die Wehrerziehung ab dem Alter von acht Jahren zur Pflicht gemacht, so daß unsere Kinder in Spielzeugsoldaten verwandelt werden. Er hat Hitler als »tragischen Clown«, als »entsetzlich sexuell Entarteten« und als »illoyal und nicht vertrauenswürdig« bezeichnet, und doch ist es dieser Mann, von dem Er Befehle entgegennimmt. Er hat bekanntgegeben, daß Sein Name in Krankenhäusern vor Operationen als Betäubungsmittel eingesetzt werden soll, und als wäre Sein eigener Verstand betäubt, hat er dummdreist erklärt, daß die Briten zu dekadent seien, um gegen uns zu bestehen. Die Briten haben seither in ihrer Dekadenz unsere halbe Flotte versenkt, weswegen wir überall am Verhungern sind, und sie haben uns in Nordafrika geschlagen, wo unsere farbigen Soldaten einhellig desertiert sind. Wir haben Äthiopien zum Preis von 5000 Leben, einem ganzen Jahresetat und dem

Gegenwert der Ausrüstung von 75 Divisionen überfallen und auf diese Art die dekadenten Briten dazu gebracht, sich mit ebendiesen Waffen frisch zu versorgen, die nun gegen uns eingesetzt werden.

Dieser moralische und geistige Pygmäe hat veranlaßt, daß das Felix-Mater-Gebet an Seine tote Mutter gerichtet wird, daß wir im Spanischen Bürgerkrieg 6000 Soldaten ohne jede Entschädigung verloren haben. Weil wir von einem Esel geführte Löwen waren, wurden wir in Guadalajara von einer Laienarmee besiegt, und Er hat, schlimmer noch, unsere Namen für immer befleckt, indem Er das Massaker an spanischen Gefangenen auf Mallorca angeordnet hat. Genauso schändlich hat Er die Torpedierung neutraler Schiffe befohlen und die Genehmigung verweigert, Überlebende aufzulesen, Er ist ein Bündnis mit Japan eingegangen und hat den Zeitungen befohlen, sie »Arier« zu nennen, Er hat uns zu Lakaien des Deutschen Reiches gemacht, indem Er uns zwang, im Stechschritt zu marschieren, Er hat die semantisch unmögliche Großtat vollbracht, sich und den König zugleich zum »Ersten Marschall« zu ernennen, Er hat italienische Juden verfolgen lassen, um Hitler zu gefallen, und Er hat erklärt, daß wir gegen die Briten nicht verlieren können, weil sie so verweiblicht seien, daß sie Regenschirme tragen.

Soldaten! Wir haben keine Uniformen zum Anziehen, weil der DUCE angeordnet hat, daß alle Lehrer und Regierungsangestellten eine tragen müssen, wir sind in Nordafrika wegen fehlender Transportmittel im Stich gelassen worden, nachdem wir mitten im Sommer 600 Kilometer durch die Wüste marschiert waren. Wir haben ein Drittel unserer Handelsflotte verloren, weil Er vergessen hat, sie vor der Kriegserklärung in die Heimathäfen zu schicken, wir haben uns einreden lassen, daß wir, wenn wir unsere Divisionen halbieren, über die doppelte Anzahl von Divisionen verfügen, wir mußten unmittelbar nach der Demobilisierung in der Schlechtwetterperiode vom Norden her in Griechenland einmarschieren – über Adriahäfen, wo es unmöglich war, an Land zu gehen –, ohne Winterkleidung und ohne Wissen des Heeres-Stabschefs, der erst durchs Radio davon erfuhr. Alle unsere albanischen Soldaten sind auf der Stelle desertiert, und wir können uns über die laufenden Ereignisse nur durch die BBC unterrichten. Unsere Marine ist aus Mangel an Luftsicherung und Flugzeugträgern bei Taranto und dem Kap Matapan vernichtet worden, wobei die Briten nur ein Flugzeug verloren, und in Nordafrika sind unsere 300 000 Mann von 35 000 besiegt worden, weil wir keine Luftwaffe haben, unsere leichten Panzer aus Papier sind und unsere motorisierten Einheiten keine Motoren haben. Während wir sinnlos sterben, hat der DUCE Sein Hauptquartier in der Nähe des Vatikans aufgeschlagen, damit es nicht bombardiert wird.

Soldaten! Wir mußten ein unschuldiges Land mit tapferen Menschen überfallen, wobei wir wußten, daß wir sie im Falle unseres Sieges nie würden ernähren können, so daß sie noch schlimmer Hunger leiden als wir. Gegen alle Regeln des Krieges und des Gewissens hat der DUCE uns befohlen, für jeden Gefallenen auf unserer Seite zwanzig von ihnen zu töten, und zu unserer ewigen Ehre haben die meisten von uns nicht auf Ihn gehört.

Soldaten! Laßt uns über die Geschehnisse daheim weinen, wo 350 000 von uns zum Frondienst nach

Deutschland verschleppt worden sind, wo der DUCE den unmöglichen Zustand heraufbeschworen hat, daß es während eines Krieges Arbeitslosigkeit gibt, wo eine hoffnungslose Inflation herrscht und wo drei Viertel der Lebensmittel nur auf dem Schwarzmarkt zu erhalten sind, der von Seinen Beamten beherrscht wird, wo Lebensmittelkarten ohne Zurückhaltung gefälscht werden und wo es vierzig Verteilungsämter mit überlappenden Befugnissen gibt, die die Gewähr bieten, daß niemals etwas vorangeht.

Laßt uns um unser Land weinen, wo Orden für das imaginäre Versenken nicht existierender britischer Schiffe verliehen werden, wo wir verpflichtet sind, während der Nachrichtensendungen im Radio aufzustehen und zu salutieren, wo die Ansprachen eines Irren als heilige Texte behandelt und in einer Million Exemplaren gedruckt werden, wo der fragliche Irre sich wie ein Dirigent aufführt, der selbst versucht, simultan alle Instrumente im Orchester zu spielen. Wir haben es mit einem Irren zu tun, der wie ein Kraftwerk ist, an das nur eine einzige kaputte Birne angeschlossen ist, der sich selbst hat filmen lassen, wie Er im Tennis mit dem Propagandaminister als Schiedsrichter gegen Profis gewinnt, der derjenige Mann in der Geschichte ist, dem am wenigsten gehorcht wird, weil alle wissen, daß jeder Befehl binnen kurzem widerrufen wird.

Soldaten! Das ist der Mann, der uns befohlen hat, Senfgas und Phosgen gegen mit Speeren bewaffnete Eingeborene einzusetzen, das ist die lächerliche Figur, deren bösartige, schwarzbehemdete Banditen und Brandstifter in der Schlacht davonrennen, aber unsere Väter, Mütter und Onkel umbringen, indem sie ihnen mit Benzin versetztes Rizinusöl zu trinken geben, das ist der Mann, der die Wirtschaft zugrunde gerichtet und uns für immer beschämt hat.

Soldaten! Es ist sehr treffend gesagt worden, daß jedes Volk die Führer bekommt, die es verdient. VIVA IL BUFFONE. VIVA IL BALORDO. VIVA L'ASSASSINO. VIVA IL DUCE.

36
Erziehung

Die Jungs hatten aus den Innereien und Gedärmen der Ziege, die sie dem empörten Nomarchen des Dorfes entwendet hatten, Kokoretsi gemacht und sahen zu, wie es in der glühenden Asche des Feuers brutzelte. Während der Appetit wuchs, beschloß Hektor, um die Zeit bis zum Garwerden zu überbrücken, ihnen wieder einmal etwas von seinem Wissen zu vermitteln. Einige der Andartes gähnten in kaum verhüllter Langeweile. Einige andere, die aus Mangel an Alternativen in die Gruppe gezwungen worden waren, saßen grollend und schmollend da und dachten daran, wie gut es wäre, diesem Wichtigtuer das Maul mit Ziegenscheiße zu stopfen. Während der Nacht würden zwei von ihnen ihre Waffen nehmen und sich auf die Suche nach einer Bande begeben, die gegen die Deutschen statt gegen die eigenen griechischen Kameraden kämpfte. Sie wußten, daß sie sterben müßten, wenn man sie erwischen würde, aber selbst das war anscheinend dem Verbleib in der Gruppe vorzuziehen. Ein Royalist schrieb »Erchetai« in den Staub und deckte es sorgfältig mit Kiefernnadeln zu, damit Hektor es nicht sah; es war eine inbrünstige Hoffnung, die notwendigerweise geheim bleiben mußte. Vier venizelistische

Republikaner lauschten Hektor und fragten sich verbittert, wie es kam, daß alle Banden am Ende irgendwie aus einem Komitee mit drei Anführern bestanden, Kommunisten, die gegen die Briten waren, die einzige Nation, die ihnen seit Kriegsausbruch zu helfen versucht hatte. Wenn Hektor etwas sagte, war es ganz natürlich, anzunehmen, daß das Gegenteil des von ihm Gesagten zutraf; so kamen sie an Nachrichten, indem sie einfach Hektor zuhörten und alles umkehrten. Nur Mandras und die beiden anderen nominellen Anführer lauschten Hektor mit einiger Aufmerksamkeit, während er mit seinem geheiligten Exemplar von *Was tun?* unter dem Arm auf und ab schritt. In der Ferne schrie eine Eule, wie um seinen Vortrag zu verhöhnen, und die Nacht wurde kälter, als ein Nordwind durch die Kiefernzweige rauschte. Hinter ihnen saß der Berggipfel unheilvoll zwischen zwei pulsierenden Sternen und bedrückte und bedrängte den endlosen Wald mit seiner merkwürdig gemischten Bevölkerung aus Helden, Baummardern, Ebern, Räubern und Dieben.

»Also, Genossen, ich möchte zu euch sprechen, weil ich glaube, daß viele von euch noch nicht gelernt haben, daß es ohne revolutionäre Theorie keine revolutionäre Bewegung geben kann und daß die Rolle einer kämpferischen Vorhut nur von einer Partei erfüllt werden kann, die sich von der fortschrittlichsten Theorie leiten läßt. Die Sache ist die, daß viele von euch noch keine genaue Vorstellung davon haben, wie sie unsere historische Erfahrung begreifen sollen, und das führt zu engstirniger Herumbesserei, Ökonomismus, Konzessionismus und Demokratismus. Nun, es stimmt, daß diese Art von bourgeoisem Sozialismus, bourgeoisem Sozialreformismus und opportunistischem Sozialismus ein Bewußtsein in seiner embryonalen Form ist, aber dabei werden der notwendige und unversöhnliche Antagonismus zwischen den Interessen des Proletariats und den Interessen des reaktionären Obskurantismus und die Dialektik des gesellschaftlichen Widerspruchs völlig außer acht gelassen. Ihr wißt, die Interessen des Proletariats sind den Interessen der Bourgeoisie diametral entgegengesetzt Das offenbart nicht bloß die Theorie, sondern auch die Praxis, und das brauche ich euch wohl kaum zu beweisen, weil es so offensichtlich ist. Was wir uns immer vor Augen halten und verstehen müssen, ist, daß die welthistorische Bedeutung unseres Kampfes das direkte Eingreifen des Proletariats ins gesellschaftliche Geschehen verlangt und nicht bloß irgendeinen parlamentarischen Republikanismus oder militärischen Semi-Absolutismus. Die Sache ist die, daß der Kommunismus immer allen anderen weit überlegen sein wird, wenn es darum geht, die revolutionärste Einschätzung eines gegebenen Ereignisses zu bieten, und daß er im Kampf gegen die Ewiggestrigen immer am unversöhnlichsten sein wird. Und ich möchte nicht, daß ihr weiterhin denkt, daß wir die revisionistischen und eklektizistischen Geschichts-Ideologien der herrschenden Klassen bloßstellen und ablehnen können, indem wir einfach Streiks organisieren und Gewerkschaften bilden, weil die gewerkschaftliche Politik der Arbeiterklasse nichts weiter ist als eben eine kleinbürgerliche Politik der Arbeiterklasse. Wir gehen weit, weit darüber hinaus.

Es ist wissenschaftlich absolut richtig, daß das, worum es uns geht, die politische und ökonomische

Befreiung der Massen ist, aber wir wissen nur zu gut, daß das Proletariat von einer Intelligenzija mit ausreichender Bildung und Muße zum Theoretisieren geführt werden muß; Marx, Engels, Plechanow, Lenin, das waren alles bourgeoise Intellektuelle, die ihre eigenen Interessen opferten, um das Bewußtsein des Weltproletariats zu heben, das das Wesen der Strukturen, die zurechtgerückt werden müssen, noch nicht voll und ganz versteht. Was wir anstreben, ist das Auslöschen aller Unterschiede zwischen Arbeitern und Intellektuellen, und deshalb brauchen wir entsprechend ausgebildete, entwickelte und erfahrene Führer, die das spontane Erwachen der Massen aus irrigen, von der Wahrnehmung des notwendigen und unvermeidlichen Wesens der materialistischen Geschichtsauffassung ablenkenden Theorien steuern.

Wir brauchen Führer, die nicht anfällig sind für Rückständigkeit, Führer, die über den Horizont der Arbeiterklasse hinausblicken und ihr helfen können, einen korrekten Ehrgeiz zu entwickeln. Mit den richtigen Führern ist es nicht mehr notwendig, die Arbeiter auf das Niveau von Intellektuellen zu bringen, weil sie nur noch ihren Glauben und ihr Vertrauen in die Führer setzen müssen, die für die stabile Organisation sorgen werden, die die Kontinuität aufrechterhält und zu einem wissenschaftlichen Verständnis der konkret vorherrschenden Bedingungen gelangt.

Ich weiß, daß einige von euch sich darüber beschwert haben, daß wir Entscheidungen keiner demokratischen Abstimmung unterwerfen, aber was ihr verstehen müßt, ist, daß gegen uns so viele revanchistische, rückständige, chauvinistische und reaktionäre Kräfte aufgereiht sind, daß es für unsere Führung lebensnotwendig ist, geheim zu bleiben. Und wenn sie geheim bleiben muß, wie kann sie dann demokratisch sein? Demokratie verlangt eine Offenheit, die selbstmörderisch wäre. Das liegt doch auf der Hand, oder? Also weg mit der ganzen Abstimmerei. Sie ist ein nutzloses und gefährliches Spielzeug.

Und noch etwas. Jedem, der ein bißchen Grips hat, ist klar, daß Führung eine funktionale Spezialisierung bedeutet und deshalb unausweichlich eine Zentralisierung voraussetzt. Also hört auf, darüber zu meckern, daß wir nicht genug gegen die Deutschen kämpfen, und hört auf, darüber zu meckern, daß wir gegen EDES und EKKA kämpfen müssen. Die Führungszentrale weiß genau, was sie tut. Sie hat das ganze Bild vor sich, während wir nur einen winzigen Ausschnitt davon sehen, und deswegen dürfen wir keinesfalls auf eigene Faust handeln; es könnte einen umfassenderen Plan geben, den wir durcheinanderbringen, wenn wir uns opportunistisch verhalten. Opportunismus heißt, daß klare und feste Grundsätze fehlen. Unter Revolutionären muß ein absolut kameradschaftliches gegenseitiges Vertrauen herrschen, und wir müssen im entscheidenden Kampf unverbrüchlich zusammenhalten. Und wenn ihr euch noch einmal darüber beschwert, daß wir gegen die reaktionäre und faschistische sogenannte Guerilla der EDES vorgehen, dann möchte ich euch nur daran erinnern, daß ein schlechter Frieden nicht besser ist als ein guter Kampf. Sie behaupten, daß sie gegen den gleichen Feind wie wir kämpfen, aber sie schwächen uns, indem sie Leute rekrutieren, die zu uns hätten kommen sollen, und indem sie ihnen ein falsches Bewußtsein über das wahre Wesen des welthistorischen Kampfes einimpfen. Es ist unsere absolute historische

Pflicht, sie hinwegzufegen, weil eine Partei durch Säuberungen stets stärker wird.

Das heißt, daß wir zu allen Zeiten unbedingte Solidarität und eiserne Disziplin bewahren müssen, und deswegen geschieht es in Übereinstimmung mit den strengsten Forderungen der Gerechtigkeit, daß die Führung entschieden hat, daß jeder Abweichler die Todesstrafe verdient. Da ich hier in der Gegend der Repräsentant der Führung bin, läuft alles auf die einzige Bedingung hinaus, daß ihr mir gehorchen müßt, ohne Fragen zu stellen. In diesem Augenblick der Geschichte ist für Zweifler, Zauderer und falsche Humanitätsapostel einfach kein Platz. Wir müssen unseren Blick fest auf das einzige Ziel richten, weil, wenn wir etwas anderes tun, wir nicht bloß Griechenland und die Arbeiterklasse verraten, sondern die Geschichte selbst. Irgendwelche Fragen?«

Mandras hob ergeben die Hand. »Ich hab nicht alles verstanden, Genosse Hektor, aber ich will dir sagen, daß du auf mich zählen kannst.« Eines Tages würde er dieses Buch von Hektor vielleicht selbst lesen können. Er würde es in den Händen halten, als wäre es auf Diamanten gedruckt. Nachts würde er den Einband küssen und mit dem Buch unterm Kopf schlafen, als würde dessen unfaßbare Weisheit kapillarisch in sein Gehirn sickern. Eines Tages würde er ein Intellektueller sein, und weder der Doktor noch Pelagia würden es abstreiten können. Er stellte sich als Schullehrer vor, den alle »Daskale« nannten und auf dessen Meinung sie in der Kapheneia begierig hörten. Er sah sich als Bürgermeister von Lixouri.

Mandras las dieses Buch nie, und so blieb ihm die enttäuschende Entdeckung erspart, daß es eine ungeheuer langatmige und irrationale Tirade gegen eine rivalisierende kommunistische Zeitung war. Aber es sollte die Zeit kommen, da er jedes Wort von Hektor verstand und dessen berauschende Visionen von der Diktatur des Proletariats verschlang, als wären sie die Offenbarungen eines Heiligen.

Doch an diesem Abend, als es dunkel war, kam einer der Venizelisten, der sein Leben aufs Spiel setzen und zu EDES überlaufen wollte, zu ihm, bot ihm freundlich eine Zigarette an und erklärte: »Schau, du brauchst den ganzen Jargon unseres Schaumschlägers gar nicht zu verstehen, weil es doch wirklich nur darauf hinausläuft, daß du genau das tun mußt, was er sagt, sonst schneidet er dir die Kehle durch. So einfach ist das.« Der Mann, im Zivilleben ein Anwalt, klopfte ihm auf die Schulter und sagte im Weggehen geheimnisvoll: »Du tust mir leid.«

»Warum?« rief ihm Mandras nach, erhielt aber keine Antwort.

37

Eine Episode, die Pelagia in dem Glauben bestärkt, dass Männer nicht den Unterschied zwischen Mut und fehlendem gesundem Menschenverstand kennen

Eine gewaltige Stimme dröhnte hinter Hauptmann Corelli, und der völlig in die Lektüre der Schmähschrift Vertiefte starb fast vor Schreck.

»Diejenigen, die meine Seele zu zerstören suchen, werden den Tiefen der Erde anheimfallen, sie werden durch das Schwert fallen, sie werden den Füchsen zum Fraß dienen, Gott wird mit einem Pfeil nach ihnen schießen, und plötzlich werden sie verwundet werden.«

Corelli sprang auf und hatte direkt vor sich den Patriarchenbart und die flammenden Augen von Pater Arsenios, der ihn über die Mauer finster anstarrte. In letzter Zeit hatte der Priester sich darauf verlegt, nichtsahnende italienische Soldaten unvermutet mit donnernden Stegreifsprüchen aus griechischen Bibeltexten zu erschrecken. Die beiden Männer starrten sich an. Corelli hielt sich die Hand an die Brust, und Arsenios schwenkte sein selbstgemachtes Kruzifix. »Kalispera, Patir«, sagte Corelli, dessen Beherrschung der griechischen Etikette immer besser wurde, woraufhin Arsenios in den Staub spuckte und verkündete: »Du sollst sie in der Zeit deiner Wut wie einen Feuerofen machen, du sollst sie in der Zeit deines Zorns verschlingen, und das Feuer soll sie verzehren. Ihre Früchte sollst du von der Erde vertilgen und ihren Samen von den Kindern der Menschen, denn sie haben sich einem Frevel anheimgegeben, den sie nicht werden durchführen können.«

Der Priester verdrehte prophetisch die Augen, und Corelli sagte begütigend: »Ganz recht, ganz recht«, obwohl er kein Wort verstanden hatte. Arsenios spuckte wieder aus, verrieb den Speichel mit dem Fuß im Boden und wies auf den Hauptmann, um anzuzeigen, daß dieser auf die gleiche Weise zu Staub zerrieben werden würde. »Ganz recht«, wiederholte Corelli höflich lächelnd, woraufhin Arsenios in einer Haltung davonwatschelte, die Abscheu und absolute Gewißheit zum Ausdruck bringen sollte.

Der Hauptmann wandte sich wieder seiner Lektüre zu, wurde aber gleich darauf aufs neue gestört, diesmal vom Arzt und Pelagia, die von einem Krankenbesuch zurückkamen, sowie von Carlo Guercio, der im Jeep vorfuhr. Hastig versteckte er das Dokument in der Jackentasche, aber der Arzt hatte es schon erspäht.

»Aha«, sagte er, »ich sehe, Sie haben auch ein Exemplar. Amüsant, nicht wahr?«

»Scheißkrieg.« Mit seinem üblichen, fröhlich gesprochenen Gruß kam Carlo durch den Hofeingang. Er schlug sich die Stirn an einem tiefhängenden Ast des Ölbaums an, desselben, auf dem Mandras geschaukelt hatte, und setzte sich kurzfristig außer Gefecht. Er grinste dämlich. »Dauernd passiert mir das. Ich sollte mittlerweile schon wissen, daß er da ist.«

»Sie sollten nicht so groß sein«, meinte der Arzt. »Es zeigt, daß es Ihnen an Voraussicht und gutem Urteilsvermögen mangelt. Es ist schon mal ein französischer König an so etwas Ähnlichem gestorben.«

»Aber ich scheine noch zu leben«, erwiderte Carlo und rieb mit dem Zeigefinger über die sich abzeichnende Beule. »Haben Sie die Schmähschrift gesehen?«

Corelli warf ihm einen erbosten Blick zu, aber Pelagia sagte: »Sie scheint über Nacht auf der ganzen Insel aufgetaucht zu sein.«

»Tatsächlich versucht der Hauptmann in diesem Augenblick, ein Exemplar zu verbergen«, sagte der Arzt fröhlich.

»Britische Propaganda«, meinte der Hauptmann, der mangelndes Interesse heuchelte.

»Letzte Nacht waren keine Flugzeuge da«, sagte Carlo. »Wenn die kommen, rumpelt und wackelt alles, aber da war nichts.«

»Kann also nicht britisch sein«, sagte der Arzt erfreut. »Ich glaube, unter Ihnen ist jemand, der Zugang zu einer Druckmaschine und einem ausgezeichneten Zustelldienst hat.« Er sah, daß Carlo rot wurde und ihn böse anschaute, und merkte, daß er lieber nicht weiterreden sollte. »Wie Sie sagen, bloß britische Propaganda«, schwächte er ab und zuckte mit den Achseln.

»Es muß jemand sein, der eine Menge weiß«, sagte Pelagia, »weil alles da drin stimmt.«

Corelli wurde rot vor Zorn und stand urplötzlich auf. Sie fürchtete einen Augenblick, daß er sie schlagen würde. Er zog die Schrift aus der Jacke, riß sie theatralisch mitten entzwei und warf die Fetzen der Ziege hin.

»Das ist nichts als ein Haufen Scheiße«, verkündete er und schritt ins Haus.

Die anderen drei tauschten Blicke aus, und Carlo machte eine Grimasse, die ein spöttischer Ausdruck von Angst und Zittern war. Dann wurde er sehr ernst und sagte zu Pelagia: »Bitte sehen Sie es dem Hauptmann nach, und erzählen Sie ihm nicht, daß ich das gesagt habe, aber Sie müssen verstehen, daß er in seiner Position ... Er ist schließlich Offizier.«

»Ich verstehe schon, Carlo. Er würde nicht zugeben, daß es stimmt, selbst wenn er es selbst geschrieben hätte. Meinen Sie, ein Grieche hätte das verfassen können?«

Der Arzt grollte: »Was für eine hirnrissige Idee.«

»Ich habe nur gedacht ...«

»Wie viele Griechen könnten das alles wissen, und wie viele Griechen hier können italienisch schreiben, und wie viele Griechen verfügen über Fahrzeuge, um es über die ganze Insel zu verbreiten? Hör doch auf mit dem Quatsch.«

Doch Pelagia ereiferte sich an ihrer These. »Viele R sind als P geschrieben, und das ist ein echt griechischer Fehler. Ein Italiener könnte doch einem Griechen alle Informationen geliefert haben, sie hätten es aufsetzen und drucken können, und dann hätte der Italiener es mit dem Motorrad oder sonstwas überall verteilen können.« Sie lächelte siegessicher und hob die Hände, um zu zeigen, wie einfach alles war. »Außerdem weiß doch jeder, daß die Leute BBC hören.« Sie hielt es für unklug, vor Carlo zu erwähnen, daß die Männer aus dem Dorf den britischen Sender hörten. Dazu pferchten sie sich in der Kapheneia in einen riesigen Schrank, rauchten mordsmäßig viel und kamen dann keuchend und hustend wieder heraus, um die Meldungen zu Hause ihren Frauen mitzuteilen, die sie wiederum am Brunnen und in den Küchen den anderen weitererzählten. Sie konnte nicht wissen, daß die italienischen Soldaten in ihren Kasernen und Privatquartieren so ziemlich das gleiche machten, was erklärt hätte, warum alle auf der Insel dieselben Witze über Mussolini kannten.

Carlo und der Arzt sahen sich an und fürchteten beide, daß auch ein anderer das herausfinden könnte, wenn schon Pelagia drauf kam. »Tu bloß nicht so gescheit«, sagte Dr. Iannis, »sonst kommt dir das Hirn noch zu den Ohren raus.« Es war ein Spruch aus ihrer Kindheit.

Pelagia sah ihrem Vater und Carlo das Unbehagen an, erinnerte sich, daß Kokolios vor dem Krieg von der Kommunistischen Partei eine kleine Handpresse erhalten hatte, um Parteipropaganda herzustellen, und dann fiel ihr noch ein, daß Carlo ja einen Jeep zur Verfügung hatte. Sie schüttelte den Kopf, wie um diese Spekulationen aus ihrem Denken zu verscheuchen, und dann kam sie auf die Frage, wie sie an lateinische Lettern herangekommen sein mochten. Ihre Erleichterung war gleich wieder wie weggeblasen, als ihr einfiel, daß ihr Vater sich mit dem dicken, hypochondrischen und von unerklärlichen Hühneraugen geplagten Quartiermeister auf gewisse Gegenleistungen geeinigt hatte. Sie schaute von Carlo zu ihrem Vater, und Ärger schnürte ihr die Kehle zu; wenn sie es gewesen waren und es sich um eine Verschwörung handelte, wie dämlich und unverantwortlich würden sie dann noch werden? Kannten sie nicht die Gefahr? »Das Blöde mit den Männern ...« setzte sie an, folgte dann aber dem Hauptmann ins Haus, ohne den Satz zu vollenden. Sie jagte Psipsina vom Küchentisch, als würde es ihr Gefühl für Gefahr verringern, wenn sie sie in den Arm nähme.

Carlo und der Arzt hoben die Hände und ließen sie wieder sinken. In betretenem und beredtem Schweigen standen sie da. »Ich hätte sie dumm bleiben lassen sollen«, meinte schließlich der Arzt. »Wenn Frauen es schon schaffen, von sich aus ihre Schlüsse zu ziehen, dann wird das noch böse enden.«

38
Wie »Pelagias Marsch« entstand

Eines Tages geschah es, daß Hauptmann Corelli nicht zum Dienst antrat, weil in seinem Kopf ein Erdbeben tobte. Er lag in Pelagias Bett und versuchte, nicht die Augen zu öffnen und sich nicht zu bewegen. Der kleinste Lichtfunken bohrte sich in sein Gehirn wie ein spitzer Dolch durchs Auge, und wenn er sich rührte, verspürte er die klare Gewißheit, daß sich sein Kleinhirn losgelöst hatte und in seinem Schädel herumschwappte. Seine Kehle war so trocken und spröde wie Leder; zweifellos hatte jemand daran Rasierklingen geschärft. Von Zeit zu Zeit machte sich Übelkeit in seiner Speiseröhre breit, die sowohl zu seinem Bauch wie zu seinen Lippen vorstieß, und er bemühte sich angeekelt, die bitteren Gallensäfte abzuwürgen, die entschlossen schienen, einen Weg nach draußen zu finden und seine Brust zu dekorieren. »O Gott«, ächzte er. »O Gott, hab Erbarmen.«

Er schlug die Augen auf und hielt sie mit den Fingern offen. Äußerst langsam, um sein Gehirn nicht zu sehr durcheinanderzubringen, sah er sich im Zimmer um und wurde von einer verstörenden Halluzination heimgesucht. Er blinzelte; ja, wahrhaftig, seine Uniform lag auf dem Boden und bewegte sich von selbst. Er vergewisserte sich in seiner Benommenheit, daß ihre Bewegung unabhängig vom Kreisen des Zimmers war, und schloß wieder die Augen. Psipsina tauchte aus dem Stoffbündel auf und sprang auf den Tisch, um sich in seiner Feldmütze einzurollen, die ihr Lieblingsplatz geworden war, seit sie Gefallen an akrobatischen Verrenkungen gefunden hatte. Sie füllte die Kopfbedeckung aus und schwappte in einem solchen Wirrwarr und Mischmasch aus Schnurrhaaren, Ohren, Schwanz und Pfoten über, daß es unmöglich war, noch einen Körperteil vom anderen zu unterscheiden. Sie schlief auch darin, weil das die Erinnerung an geschenkte Salamischeiben und Hühnerhäute wachrief. Der Hauptmann schlug wieder die Augen auf sah, daß sein Uniformhaufen nun im Einklang mit dem Rest der Welt rotierte, und war sicher, sein Zustand hätte sich schon gebessert, bis ein irrsinniger und metaphysischer Schlagwerker gegen seine Schläfen zu trommeln begann. Er verzerrte das Gesicht und drückte beide Hände seitlich an den Kopf. Er verspürte den Drang, seine Blase zu leeren, erkannte zu seinem Leidwesen aber auch, daß er dabei Hilfestellung brauchte, weil er schwanken und die Entleerung nicht würde steuern können, so daß er schließlich unbegreiflicherweise gleichzeitig auf seine Füße pinkeln und umfallen würde. Der Gedanke an seine Sterblichkeit setzte ihm ungeheuer zu, und er fragte sich schon, ob er nicht lieber sterben als weiterhin leiden sollte. »Ich will sterben«, stöhnte er, als würde der Gedanke größere Schärfe und Prägnanz erhalten, wenn er ihn äußerte.

Pelagia trat mit einem Krug Wasser ein, den sie zusammen mit einem Glas neben dem Bett absetzte.

»Sie müssen das ganze Wasser trinken«, sagte sie streng. »Es ist das einzige Mittel gegen Kater.«

»Ich habe keinen Kater«, jammerte der Hauptmann. »Ich bin sehr krank, das ist alles.«

Pelagia füllte das Glas und hielt es ihm an die Lippen. »Trinken«, befahl sie. Er nippte argwöhnisch und war erstaunt über die wohltuende Wirkung auf seinen körperlichen wie seelischen Zustand. Pelagia füllte das Glas gleich wieder. »Ich habe noch nie jemand so betrunken gesehen«, sagte sie vorwurfsvoll, »nicht einmal am Fest des Heiligen.«

»O Gott, was habe ich getan?«

»Carlo hat Sie um zwei Uhr früh hergebracht. Um genauer zu sein, er ist mit dem Jeep draußen in die Mauer geknallt, hat Sie wie ein Baby in den Armen hereingetragen, ist gestolpert, hat sich die Knie angeschlagen und alle, die nicht sowieso schon wach waren, durch sein Brüllen und Fluchen geweckt. Dann hat er sich auf den Tisch im Hof gelegt und ist eingeschlafen. Er ist noch draußen, und während der Nacht hat er sich naß gemacht.«

»Wirklich?«

»Ja. Dann sind Sie aufgewacht und haben sich vor mich hingekniet, mit den Armen herumgefuchtelt und aus vollem Hals und völlig falsch *Io sono ricco e tu sei bella* gesungen und dann den Text vergessen. Dann haben Sie versucht, mir die Füße zu küssen.«

Der Hauptmann war völlig entgeistert. »Falsch gesungen? Ich vergesse niemals einen Text, ich bin Musiker. Was haben Sie gemacht?«

»Ich habe nach Ihnen getreten, dann sind Sie hintübergefallen, haben mir ewige Liebe geschworen und sich übergeben.«

Der Hauptmann schloß in beschämter Verzweiflung die Augen. »Ich war betrunken. Meine Batterie hat das Fußballturnier gewonnen, müssen Sie wissen. Das kommt nicht jeden Tag vor.«

»Leutnant Weber hat heute früh vorbeigeschaut. Er hat gesagt, Ihre Seite hätte geschummelt und mitten im Spiel hätte es eine halbstündige Unterbrechung gegeben, weil zwei kleine Jungen den Ball gestohlen haben, als er über den Zaun geflogen war.«

»Das war Sabotage«, erklärte der Hauptmann.

»Ich mag Leutnant Weber nicht. Er schaut mich an, als wäre ich ein Tier.«

»Er ist ein Nazi; er hält mich auch für ein Tier. Das läßt sich nicht ändern. Ich mag ihn. Er ist nur ein kleiner Junge, das wird sich schon noch geben.«

»Und Sie sind ein Trunkenbold. Mir kommt es so vor, als ob ihr Italiener immer betrunken seid, stehlt, den Dorfmädchen nachjagt oder Fußball spielt.«

»Wir schwimmen auch im Meer und singen. Und Sie können die Jungs nicht dafür anklagen, daß sie den Mädchen nachjagen, weil sie das daheim nicht dürfen, und außerdem kommen einige der Mädchen sehr gut dabei weg. Geben Sie mir noch etwas Wasser.«

Pelagia runzelte die Stirn; etwas an den Bemerkungen des Hauptmanns empfand sie als beleidigend und sogar grausam. Außerdem war sie gerade in streitsüchtiger Stimmung. Sie stand auf, goß ihm den Inhalt des Krugs ins Gesicht und sagte aufgebracht: »Sie wissen ganz genau, daß sie dazu gedrängt und aus schierer Notwendigkeit dazu getrieben werden. Und wir schämen uns alle dafür, daß Sie Ihre Huren hier haben. Was glauben Sie denn, wie uns dabei zumute ist?«

Dem Hauptmann hämmerte es zu sehr im Schädel, als daß er sich hätte streiten wollen; es hämmerte sogar schon zuviel, um eine Reaktion darauf zu erlauben, daß er unversehens von einem erbosten Fräulein begossen worden war. Nichtsdestoweniger spürte er mit einem Mal, daß er ganz ungerecht behandelt wurde. Er setzte sich auf und redete sie an: »Sie sagen und tun das alles nur, weil Sie eine Entschuldigung von mir wollen, in jedem Ihrer Blicke sehe ich nichts als Vorwürfe. Das geht schon so, seit ich hergekommen bin. Was glauben Sie, was ich dabei empfinde? Warum fragen Sie sich das nicht? Halten Sie mich für stolz? Glauben Sie, ich stünde unter einem inneren Zwang, Griechen zu unterdrücken? Glauben Sie, ich bin der Duce und hätte mir selbst befohlen, hier zu sein? Es ist Scheiße, es ist alles Scheiße, aber ich kann überhaupt nichts dafür. Na gut, na gut, ich entschuldige mich. Sind Sie zufrieden?« Er sackte wieder ins Kissen.

Pelagia stemmte die Hände in die Hüften und nutzte ihre Überlegenheit aus, die daher rührte, daß sie stand und er lag. Sie verzog das Gesicht und sagte: »Wollen Sie mir im Ernst sagen, daß Sie genauso ein Opfer sind wie wir? Armer kleiner Junge, armer kleiner Junge.« Sie ging zum Tisch, bemerkte, daß Psipsina in der Feldmütze des Hauptmanns schlief, und lächelte vor sich hin, als sie aus dem Fenster blickte. Sie vereitelte jede beabsichtigte Wirkung dessen, was der Hauptmann entgegnet hätte, indem sie dafür sorgte, daß er ihr dabei nicht in die Augen blicken konnte. Er tat ihr leid, sie konnte einem Mann nicht feindlich gesinnt bleiben, der einen Baummarder in seiner Kopfbedeckung schlafen ließ, aber sie würde ihre Zuneigung nicht zeigen, wenn es ums Prinzip ging.

Es kam keine Antwort. Corelli betrachtete ihre sich vor dem hellen Fenster abzeichnende Gestalt, und ihm kam eine Melodie in den Sinn. Er sah seine Finger schon nach einem bestimmten Muster auf dem Hals der Mandoline marschieren, er konnte die geordneten hohen Noten ertönen hören, die Pelagias Ruhm verkündeten, während sie ihren Zorn ebenso wie ihren Widerstand darstellten. Es war ein Marsch, der Marsch einer stolzen Frau, die mit harten Worten und Liebenswürdigkeiten gegen den Krieg zu Felde zog. Er hörte drei einfache Akkorde und eine martialische Melodie, die eine Welt voller Anmut heraufbeschwor. Er hörte die Töne anschwellen und in eine Sturzflut heller Tremoli ausbrechen, die klarer als das Lied der Drossel waren, durchscheinender als der Himmel. Er erkannte mit einiger Bestürzung, daß dazu zwei Instrumente notwendig wären.

39
Arsenios

Pater Arsenios wurde durch den Krieg gerettet, als hätte sein ganzer Lebenslauf nichts als einen weiten Bogen durchs Purgatorium beschrieben, der endlich durch einen unsichtbaren Schild gebrochen wäre und ihn zu seiner Mission geführt hätte. Sein quälender Selbstekel fiel von ihm ab, seine Gier, seine Trägheit und seine Alkoholexzesse folgten einander auf den Friedhof seiner Vergangenheit, und er schien um eine Elle gewachsen zu sein. Sein religiöses Denken ringelte sich wie eine Schlange raffiniert um sich selbst und veränderte seine Seele, so daß er im Gegensatz zu früher, als er gemeint hatte, er hätte seinen Gott im Stich gelassen, nun wußte, daß Gott das heilige Land der Griechen aufgegeben hatte. Er ermannte sich zu dem Gedanken, daß er den Gott, der ihn geschaffen hatte, übertreffen und für Griechenland das tun könnte, was Gott versäumt hatte. Er entdeckte in sich die Gabe der Prophetie.

Er kam auf die Idee, sich einen großen Hund anzuschaffen und ihn darauf abzurichten, Italiener zu beißen, und zu diesem Zweck kaufte er von Stamatis ein Tier, bei dem der Patriotismus gewährleistet sein sollte, weil sein Ahnherr bereits ein langes und ehrenwertes Register von Bissen in Soldatenknöchel aufzuweisen hatte. Sein eigener Köter jedoch, der Arsenios' Dressurversuche als Kommandos mißdeutete, in die Reifen vorbeifahrender Militärlastwagen zu beißen, trat frühzeitig die Reise ins Jenseits an, und Arsenios schaffte sich einen neuen, nicht so ungestümen Hund an. Er machte sich zu Fuß auf den Weg, mit nichts weiter beladen als einer Pilgertasche und einem Olivenholzkreuz, das ihm auch als Wanderstab diente.

Arsenios wurde zum Wanderprediger. Seine schwabbeligen Schenkel rieben aneinander, bekamen Ausschlag und wunde Stellen im Schritt, im Hochsommer triefte ihm der Schweiß von der Stirn und den Achselhöhlen, so daß auf seiner schwarzen Robe feuchte, dunklere Ringe aufblühten, deren Umkreis durch weite, unregelmäßige weiße Salzränder markiert waren. Sein Bart glitzerte und tropfte wie die Arethusa-Quelle. Die Ledersohlen seiner schwarzen Stiefel rieben sich auf; bekamen eng aneinanderliegende Löcher, bis er auf nackten Füßen herumlief, die nur vom Oberleder eingefaßt waren, und lange Fäden Schusterzwirn hinter sich herzog, die im hellen Staub Abdrücke wie die Spuren haardünner Schlangen hinterließen. Im Winter entdeckte Arsenios, daß sich jeder warm halten konnte, der in Bewegung blieb, und er stemmte sich mit seinem ganzen Gewicht gegen den betäubenden Wind und den prasselnden Regen, während ihm sein unterwürfiger Hund, naß bis auf die Haut, den Schwanz zwischen die Hinterläufe geklemmt und den Kopf mißmutig gesenkt, als Inbegriff einfältiger und blinder Treue folgte.

Von den Pistaziensträuchern und Zypressen des Nordens bis zu den Kiesstränden von Skala im Süden, von den unterirdischen Seen von Sami im Osten bis zu den Steilhängen von Petani im Westen wanderte und predigte Arsenios. Während er mit ebenso gesenktem Kopf wie sein Hund ging, erdachte er sich Sätze voll gerechtem Zorn, die vor den Lagern der Italiener als wilde Tiraden hervorbrachen. Bei den Garnisonen der Deutschen wurde er ignoriert oder grob mit Gewehrkolben vertrieben, nicht weil sie brutal waren, sondern weil sie Dramatik nicht so liebten wie ihre Bundesgenossen. Für die Teutonen stellte er eher eine Irritation als eine Unterhaltung dar, aber für die Italiener war er eine willkommene Abwechslung von den endlosen Kartenspielen und dem Spähen nach britischen Bombern. Sie freuten sich auf seine Besuche genauso wie auf den Lastwagen mit den Huren, wobei Arsenios noch willkommener war, weil sein Kommen und Gehen so unvorhersagbar war.

Wenn er kam, scharten sich die Soldaten um ihn, von den opernhaften Gesten des wettergegerbten Priesters und dem Donnergrollen des biblischen Griechisch gebannt, von dem sie kein einziges Wort verstanden. Arsenios blickte dann von einem lächelnden und erfreuten Gesicht zum anderen, wußte freilich, daß sie rein gar nichts verstanden, blieb aber beharrlich, weil er meinte, er hätte keine andere Wahl. In ihm häuften sich die Worte, Worte übernatürlicher Kraft, und es kam ihm so vor, als stoße ihn die Hand der Jungfrau vorwärts, als wäre das Leid Christi in ihn gegossen worden, auf daß es aus seiner Seele überfließe und dem Land geschenkt werde.

»Schismatiker aus Rom, irregeleitete Brüder, Kinder des Heilands, der um euch weint, Opferlämmer, willfährige Werkzeuge von Tyrannen, ihr, die ihr ungerecht seid, ihr, die ihr befleckt seid, ihr, die ihr verworfen seid, ihr Hunde und Huren, Zauberer und Götzendiener, ihr, in deren Herzen nicht die Sonne scheint und kein Tempel ist, ihr Kinder eines Volks, das nicht erlöst werden wird, ihr, die ihr Greueltaten ersinnt, ihr, die ihr die Jungfrau schändet, ihr, die ihr nach Wahrheit dürstet und sie nicht trinken könnt; ihr seid verderbt und habt nichts Gutes getan, ihr habt Schandtaten verübt, ihr habt mein Volk so aufgezehrt, wie es sein täglich Brot verzehrt, ihr habt Gott nicht angerufen, ihr habt unsere Städte belagert, ihr habt Schande auf euer Haupt geladen, und Gott hat euch verachtet und eure Knochen verstreut. Gebt acht, der Herrgott wird den Worten aus meinem Munde Sein Ohr leihen, denn Er ist mein Stecken und Stab, Er ist mit denen, die meine Seele aufrichten, Er wird meinen Feinden Übles antun, Er wird sie von Seiner Wahrheit abschneiden, denn Fremde haben sich gegen mein Volk erhoben, Unterdrücker stellen unseren Ölbäumen und unseren Jungfrauen nach, das Böse ist mitten unter ihnen. Meine Seele ist unter die Löwen gefallen, und ich lagere sogar bei denen, die im Feuer stehen, sogar bei den Söhnen der Menschen, deren Zähne Speere und Pfeile sind und deren Zunge ein scharfes Schwert ist.

Wahrlich, ihr tragt Schändliches im Herzen, die Gewalt eurer Hände lastet auf der Erde, ihr seid dem Schoß fremd geworden und geht auf Abwegen, sobald ihr geboren seid, ihr verbreitet Lügen, euer Geifer ist wie Schlangengift, ihr gleicht einem Natterngezücht.

Wir aber sind wie die grüne Olive im Hause Gottes, und wir werden immerdar auf Gottes Barmherzigkeit vertrauen, denn Gott hat Seine Hand ausgestreckt und Seinen Willen kundgetan, und siehe, ich habe Ihn sprechen hören in einem mächtigen Wind und inmitten von Stürmen, in den Steinen von Assos und den Felsenhöhlen. Er hat Salz in den See von Melissani gestreut, Er hält Eisen bereit in den Himmeln Lixouris.

Schismatiker von Rom, der Herrgott hat euch eine Grube bereitet, Er hat euch Fallstricke gelegt, und Not und Trübsal werden euch einholen, denn Satanas wird aus seinem Gefängnis losgelassen werden, und Gog und Magog werden ausgehen, zu verführen die Heiden an den vier Enden der Erde, sie zu versammeln zum Streit, welcher Zahl ist wie der Sand am Meer. Und Feuer vom Himmel wird über die geliebte Stadt fallen und euch verzehren, und ihr – ja, auch die Unschuldigen und diejenigen, die reinen Herzens wie die Kinder sind – werdet geworfen werden in den Pfuhl aus Pech und Schwefel, da auch das Untier und der falsche Prophet sind, und euer Fleisch wird euch von den Knochen gerissen werden, denn ihr seid nicht zu finden in dem Buch des Lebens, und so werdet ihr in die Flammen geworfen werden.

Und Gott wird meinem Volk abwischen alle Tränen von den Augen, und das Weinen und Geschrei wird nicht mehr sein, noch Leid; denn das Erste wird vergehen, und Er, der auf dem Stuhl sitzt, wird alles neu machen, und Er wird meinem Volke, das da dürstet, geben von dem Brunnen des lebendigen Wassers umsonst. Denn Er wird greifen das Tier und mit ihm den falschen Propheten und die gegen uns aufgebotenen Heere, die Zeichen taten vor ihnen, und sie niederstrecken, und alle Vögel des Himmels werden satt von ihrem Fleisch, und sie werden lebendig in den feurigen Pfuhl geworfen, der mit Schwefel brennt, und die andern werden erwürgt mit dem Schwert.«

Die Soldaten versorgten Arsenios und seinen Hund mit Brot und Wasser, Essensresten und Oliven, und in so weit auseinander liegenden Klöstern wie Agrilion und Kipoureon wurde er von den Nonnen und Mönchen betreut. Doch die harten Nächte in den Höhlen, das spärliche Essen und die zwei Jahre schonungslosen Wanderns zehrten sein fülliges Fleisch auf, bis seine weite schwarze Robe um einen Körper schlotterte, der nur noch aus Haut und Knochen bestand und wund gescheuert war. Seine lebhaften Augen glühten über hohlen Wangen, das Pergament seiner Hände und seines Gesichts wurde dunkel wie Teak, und zum ersten Mal in seinem Leben fand er Frieden in sich und war glücklich. Freilich vernachlässigte er seine Gemeinde vollkommen, aber es ist wahrscheinlich, daß Arsenios, wenn er länger gelebt hätte, ein Heiliger geworden wäre.

40
Lippenkrieg

Sie trafen an der Tür aufeinander. Sie ging gerade hinaus, er kam vom Dienst zurück. Unbefangen legte sie ihm eine Hand auf die linke Wange und küßte ihn im Vorbeigehen auf die andere.

Er war überrascht, und am Hofeingang war sie es schließlich auch, denn erst dort kam ihr plötzlich zu Bewußtsein, was sie getan hatte. Sie blieb abrupt stehen, als wäre sie direkt gegen eine metaphysische, aber spürbare Steinwand gelaufen. Sie fühlte, wie das Blut ihr bis zu den Haarwurzeln stieg, und erkannte, daß sie sich jetzt unmöglich nach ihm umblicken konnte. Zweifellos stand auch er wie angewurzelt da. Sie spürte förmlich, wie sein Blick von ihren Füßen zu ihrem Schädel wanderte und schließlich in der Erwartung, sie würde sich umdrehen, auf ihrem Hinterkopf verweilte. Er rief, wie von ihr erwartet: »Kyria Pelagia.«

»Was?« wollte sie knapp wissen, als würde das Bemühen, sich kurz angebunden zu geben, die schrecklich simple Art, wie sie völlig gedankenlos ihre Zuneigung verraten hatte, wieder vergessen machen.

»Was gibt es zum Abendessen?«

»Veräppeln Sie mich nicht.«

»Würde ich Sie je veräppeln?«

»Bilden Sie sich nichts drauf ein. Ich habe gedacht, Sie wären mein Vater. Ich küsse ihn immer so, wenn er reinkommt.«

»Sehr einleuchtend. Wir sind beide alt und klein.«

»Wenn Sie mich auf den Arm nehmen wollen, werde ich nie wieder mit Ihnen reden.«

Er kam herüber, trat vor sie und warf sich auf die Knie. »O nein«, rief er, »alles, bloß das nicht.« Er senkte den Kopf und klagte erbärmlich: »Haben Sie Erbarmen. Erschießen Sie mich, züchtigen Sie mich, aber sagen Sie nicht, Sie würden nie mehr mit mir reden.« Er umklammerte ihre Knie und tat so, als würde er weinen.

»Das ganze Dorf schaut zu«, wehrte sie ab. »Hören Sie sofort auf. Sie bringen mich in Verlegenheit, lassen Sie mich los.«

»Mein Herz ist hin«, klagte er, packte ihre Hand und bedeckte sie mit Küssen.

»Sie dummes Schaf, Sie sind ja von Sinnen.«

»Ich bin gepeinigt, ich verbrenne, ich bin in Stücke zerbrochen, aus meinen Augen schießen Tränen.« Er beugte sich zurück und gestikulierte poetisch mit den Fingern, um die außergewöhnliche Kaskade unsichtbarer Tränen anschaulich zu machen, die er ihr vor Augen führen wollte. »Lachen Sie mich nicht aus«, fuhr er fort und probierte es auf eine neue Tour. »Oh, Licht meiner Augen, mach dich über den armen, elenden Antonio nicht lustig.«

»Sind Sie wieder betrunken?«

»Betrunken vor Kummer, betrunken vor Schmerz. Sprechen Sie mit mir.«

»Hat Ihre Batterie wieder ein Fußballturnier gewonnen?«

Corelli sprang auf die Beine und breitete erfreut die Arme aus. »Ja. Wir haben Günters Mannschaft mit vier zu eins besiegt, und wir haben drei von ihnen verletzt, und dann bin ich reingekommen, und Sie haben mich geküßt. Ein glorreicher Tag für Italien.«

»Es war ein Versehen.«

»Ein bedeutendes Versehen.«

»Ein unbedeutendes Versehen. Es tut mir sehr leid.«

»Kommen Sie rein«, sagte er, »ich muß Ihnen was sehr Interessantes zeigen.«

Erleichtert darüber, daß er plötzlich das Thema wechselte, folgte sie ihm durch die Tür. Doch sie mußte feststellen, daß er gleich wieder kehrtmachte. Er umklammerte mit beiden Händen ihren Kopf, küßte sie lange und glühend auf die Stirn und rief aus: »*Mi scusi*, ich habe gedacht, es wäre der Arzt, bilden Sie sich nichts drauf ein.« Dann lief er durch den Hof auf die Straße hinaus. Sie stemmte die Hände in die Hüften und starrte ihm verdutzt nach, schüttelte den Kopf und bemühte sich nach Kräften, nicht zu lachen oder zu lächeln.

41
Schnecken

Der Arzt blickte aus dem Fenster und sah Hauptmann Corelli, der auf Lemoni zuschlich, um sie zu überraschen. Zur gleichen Zeit sprang Psipsina mit allen vieren auf die Seite, die er gerade über die französische Besetzung schrieb, und diese beiden Umstände zusammen gaben ihm eine wunderbare Idee ein. Er legte seine Pfeife und seinen Füller hin und begab sich in das gleißende Sonnenlicht des Frühnachmittags hinaus.

»*Fischio!*« rief der Hauptmann, und Lemoni kreischte auf. »Entschuldigt, Kinder«, sagte der Arzt.

»Ah«, sagte Corelli, der sich linkisch aufrichtete. »Kalispera, Iatre. Ich habe gerade ...«

»Gespielt?« Er wandte sich an das Mädchen. »Koritsimou, erinnerst du dich noch, wie du Psipsina gefunden hast, als sie noch ganz klein war und im Zaun gehangen hat? Und wie du mich geholt hast, um sie zu retten?«

Lemoni bejahte mit wichtiger Miene, und der Arzt fragte: »Gibt es dort noch so viele Schnecken?«

»Ja«, sagte sie. »Ganz viele. Ganz große.« Sie zeigte auf Corelli. »Noch größer als er sogar.«

»Wann ist die beste Zeit, um sie zu finden?«

»Früh und spät.«

»Aha. Kannst du heute abend herkommen und mir noch mal zeigen, wo sie sind?«

»Am besten, wenn's schon dunkel ist.«

»Wir können da nicht mehr rausgehen, es herrscht Ausgangssperre.«

»Dann bevor's dunkel wird«, willigte sie ein.

»Worum ging es denn?« wollte der Hauptmann wissen, als Lemoni gegangen war.

Der Arzt erwiderte steif: »Wir haben es Ihnen zu verdanken, daß es kaum noch etwas zu essen gibt. Wir gehen heute abend raus, um Schnecken zu suchen.«

Der Hauptmann warf sich in die Brust. »Die Blockade machen die Briten. Sie meinen, daß sie Ihnen am besten helfen können, wenn sie Sie hungern lassen. Wie Sie sehr wohl wissen, habe ich mein Bestes getan, um zu helfen.«

»Das, was Sie auf Kosten der Armee besorgen, schätzen wir sehr, doch es ist bedauerlich, daß sich diese Situation überhaupt ergibt. Wir brauchen das Protein. Sie sehen ja, in was für einem Zustand wir sind.«

»Bei uns daheim sind Schnecken ein teurer Luxus.«

»Und bei uns hier sind sie eine bedauerliche Notwendigkeit.«

Der Hauptmann wischte sich den Schweiß von der Stirn und sagte: »Gestatten Sie mir, daß ich mitkomme und helfe.«

Am Abend, eine Stunde vor Sonnenuntergang, als die Luft schon kühler geworden war, krochen also Pelagia und ihr Vater, Lemoni und der Hauptmann durch das unzugängliche Gewirr aus Wildwechseln und Dornbüschen, nachdem sie über die bröckelige Mauer geklettert waren und sich unter den Zweigen uralter und ungepflegter Olivenbäume einen Weg gebahnt hatten.

Der Arzt kroch hinter Lemoni, die plötzlich innehielt und sich zu ihm umblickte: »Du hast gesagt«, tadelte sie ihn, »daß du weggebracht und eingesperrt wirst, wenn du Schnecken suchen gehst.«

»Piräus«, erklärte der Arzt. »Ich hab gesagt, ich würde nach Piräus gebracht werden. Aber heutzutage sind wir sowieso alle eingesperrt.«

Im Zwielicht zeigte sich, daß es auf den Unterseiten der tiefer hängenden Blätter eine Unmenge fetter Schnecken gab, die miteinander wetteiferten, wer das bunteste Muster hatte. Da gab es braungelbe Schnecken mit fast unsichtbarer Musterung, helle Schnecken mit Streifenwindungen, ockergelbe und zitronengelbe Schnecken und Schnecken mit roten Tüpfeln und schwarzen Punkten. Oben in den Ästen neigten die Grasmücken ihre Köpfchen, flatterten herum und lauschten auf das dumpfe Klicken und Klatschen, als die Beute aufgesammelt und in Eimer geworfen wurde.

Das Kind und die drei Erwachsenen waren so in ihre Aufgabe vertieft, daß sie nicht merkten, wie sie voneinander getrennt wurden. Der Arzt und Lemoni verschwanden in einem Gang, und der Hauptmann und Pelagia in einem anderen. Irgendwann fiel dem Hauptmann auf, daß er ganz allein war, und er hielt einen Augenblick inne, um über die merkwürdige Tatsache nachzudenken, daß er sich nicht erinnern konnte, wann er sich je so zufrieden gefühlt hatte. Er bedauerte leichthin, wie seine Hose an den Knien aussah, und blinzelte zur Sonne hoch, deren rotes Licht weich auf den Zweigen und Blättern lag. Er atmete tief durch, seufzte und ruhte sich auf den Fersen aus. Mit dem Zeigefinger stupste er eine Schnecke an, die aus dem Eimer zu kriechen versuchte. »Böse Schnecke«, sagte er und war erleichtert, daß niemand in der Nähe war, der ihn solche Albernheiten von sich geben hörte. In der Ferne belferte eine Flak, und er zuckte die Achseln. Wahrscheinlich war es weiter nichts.

»Au, o nein«, ertönte eine Stimme aus der Nähe, die zweifellos Pelagia gehörte. »Oh, verflixt noch mal.«

Von dem schrecklichen Gedanken verstört, daß sie vielleicht von einem fallenden Granatsplitter getroffen worden war, kroch der Hauptmann auf allen vieren rasch auf den Platz zu, von dem der Ausruf gekommen war.

Er fand Pelagia, die in verdrehter Haltung mit zurückgebogenem Hals offenbar festhing. Sie war auf Händen und Knien, ein langer, dünner Streifen Blut lief ihr quer über die Wange, und sie befand sich eindeutig in einem Zustand äußerster Irritation. *»Che succede?«* fragte er, auf sie zukriechend. *»Che succede?«*

»Mein Haar hat sich verfangen«, erwiderte sie ungehalten. »Ein Dorn hat mir die Backe geritzt, und ich habe meinen Kopf herumgerissen, und dann bin ich mit dem Haar in diesem Gestrüpp hängengeblieben. Ich krieg's nicht wieder los. Ach, lachen Sie doch nicht.«

»Ich lache doch nicht«, sagte er lachend. »Ich hatte Angst, Sie wären verwundet.«

»Ich bin verwundet. Meine Backe brennt.«

Corelli langte in die Tasche nach einem Taschentuch und tupfte die Schramme ab. Er zeigte ihr das Blut und sagte leichtfertig: »Das werde ich ewig in Ehren halten.«

»Wenn Sie mich nicht losmachen, werde ich Sie umbringen. Hören Sie doch auf zu lachen.«

»Wenn ich Sie nicht losmache, werden Sie mich nie erwischen, um mich umzubringen, oder? Halten Sie still.« Er war gezwungen, die Hände über ihre Schultern auszustrecken und an ihrem Ohr vorbeizuspähen, um zu sehen, was er tat. Sie spürte, wie ihr Gesicht gegen seine Brust gedrückt wurde, und nahm das grobe Gewebe und das staubige Aroma seiner Uniform wahr. »Sie zerquetschen mir die Nase«, protestierte sie.

Corelli schnupperte anerkennend; Pelagia roch stets nach Rosmarin. Es war ein junger, frischer Geruch, der ihn an Festmahle daheim erinnerte. »Ich werde es wohl abschneiden müssen«, sagte er, vergeblich an den schwarzen Strähnen ziehend, die sich um die Dornen gewunden hatten.

»Au, au, ziehen Sie nicht so daran, seien Sie doch vorsichtig. Und Sie werden es nicht abschneiden.«

»Sie sind in einer sehr verletzlichen Lage«, bemerkte er, »also versuchen Sie gefälligst, sich dankbar zu geben.« Er wand Strähne für Strähne los, wobei er darauf achtete, daß ihm keine Haare aus den Fingern rutschten und ihr weh taten. Seine Arme schmerzten ihn schon, weil er sie weit nach vorn ausstrecken mußte, und er stützte die Ellbogen auf ihren Schultern ab. »Erledigt«, sagte er, zufrieden mit sich, und zog sich zurück. Sie schüttelte erleichtert den Kopf, und als die Lippen des Hauptmanns an ihrer Wange vorbeikamen, küßte er sie sanft kurz vorm Ohr, wo ein fast unsichtbarer weicher Flaum war.

Sie berührte die geküßte Stelle mit den Fingerspitzen und sagte vorwurfsvoll: »Das hätten Sie nicht tun sollen.«

Er setzte sich auf die Knie und hielt sie mit seinem Blick fest. »Ich konnte nicht anders.«

»Sie haben die Situation ausgenützt.«

»Ich entschuldige mich.« Sie sahen einander lange an, und dann, aus ihr selbst unerfindlichen Gründen, fing Pelagia an zu weinen.

»Was ist los? Was ist los?« fragte Corelli, das Gesicht voller Sorgenfalten. Pelagias Tränen kullerten die Wangen herab und fielen in den Eimer zu den Schnecken. »Sie ertränken sie«, sagte er, mit dem Finger darauf deutend. »Was ist los?«

Sie lächelte kläglich und weinte weiter. Er nahm sie in die Arme und tätschelte ihren Rücken. Sie merkte, daß ihr die Nase lief, und bekam Angst, daß Schleim auf die Epaulette seiner Uniform tropfen könnte. Sie schniefte fest, um dem zuvorzukommen. Plötzlich platzte sie los: »Ich halt es nicht mehr aus, ich kann nicht mehr. Es tut mir leid.«

»Alles ist lausig«, pflichtete ihr der Hauptmann bei und fragte sich, ob er auch der Versuchung zu weinen nachgeben sollte. Er nahm ihren Kopf sanft in die Hände und drückte die Lippen auf ihre Tränen. Sie sah ihn verwundert an, und auf einmal – mitten im Dornengestrüpp, bei Sonnenuntergang, von zwei Eimern mit davonkriechenden Schnecken flankiert, mit verdreckten und aufgeriebenen Knien – fanden sie sich umschlungen zu ihrem ersten unpatriotischen und heimlichen Kuß. Hungrig und verzweifelt, von Licht erfüllt, konnten sie einander nicht loslassen, und als sie schließlich in der Dämmerung nach Hause kamen, erreichte ihre gemeinsame Ausbeute, beschämend und anklagend, nicht die Menge, die Lemoni allein geschafft hatte.

42
Wie eine Mandoline doch einer Frau gleicht

Wie eine Mandoline doch einer Frau gleicht, wie grazil und lieblich. Abends, wenn die Hunde jaulen und die Grillen zirpen und der Mond über die Hügel steigt und in Argostoli die Suchscheinwerfer falschen Alarm auslösen, nehme ich meine süße Antonia. Ich fahre sanft über ihre Saiten und sage ihr: »Wie kannst du aus Holz sein?«, so wie ich Pelagia sehe und wortlos frage: »Bist du wirklich aus Fleisch? Ist da nicht ein Feuer? Die flüchtige Spur eines Engels? Etwas, was von Fleisch und Blut weit entfernt ist?« Ich fange im Vorbeigehen ihren Blick auf, der so offen und spöttisch ist und mich fesselt Sie dreht den Kopf, ein Lächeln, ein kokettes und wissendes Lächeln, und dann ist sie weg. Ich sehe, wie sie Wasser holen geht, und dann kommt sie, den Krug auf der Schulter, eine lebende Karyatide, und als sie an mir vorbeigeht, läßt sie etwas auf meine Epauletten schwappen. Sie entschuldigt sich lachend, und ich sage: »Das kann schon mal vorkommen«, und sie weiß, daß ich weiß, daß es kein Zufall war. Sie hat es getan, weil ich Soldat und Italiener bin, weil ich der Feind bin, weil sie seltsam ist, weil sie gerne neckt, weil es ein Widerstandsakt ist, weil sie mich mag, weil es ein Kontakt ist, weil wir zunächst einmal Bruder und Schwester sind und dann erst Besatzer und Griechin. Ich stelle fest, daß ihre Handgelenke mich an die schlanken Hälse der Mandolinen erinnern, und ihre Hand verbreitert sich am Gelenk wie der Kopf mit den Wirbeln, und die Stelle, wo der Hals dicker wird und an den Resonanzkasten stößt, zeigt den gleichen Umriß wie die Linie von ihrem Hals zum Kinn und glänzt genauso mit der sanften Glätte von Jugend und Kiefernholz.

Nachts träume ich von Pelagia. Sie kommt, zieht sich aus, und ich sehe, daß ihre Brüste die runde Form der in Napoli angefertigten Mandolinen haben. Ich lege meine Hand um sie, und sie sind kalt wie Holz und warm wie die nachgiebige Haut einer Mutter, und sie dreht sich um, so daß ich sehe, daß jede Pobacke eine runde, birnenförmige, singende Mandoline ist, die sich fein abgestuft wölbt und verziert ist mit Perlmutt und Ebenholzstreifen. Ich bin verwirrt, denn ich kann mich nicht entscheiden, ob ich nach Saiten suchen oder der Pein meiner sehnsüchtigen Lenden nachgeben soll. Dann wache ich feucht von meiner eigenen Lust auf, packe Antonia, werde von den kratzenden Saitenenden gepikt und schwitze. Ich lege Antonia hin und sage: »Oh, Pelagia«, und eine Weile liege ich wach, denke an sie, bevor ich mich gewaltsam wieder zum Schlafen zwinge, weil es dann früher wieder Morgen wird und ich Pelagia sehen werde.

Ich denke an Pelagia in Begriffen der Solmisation. Antonia hat drei Akkorde, die zusammen in den ersten drei Bünden zu Hause sind, *do*, *re* und *sol*, und sie müssen jeweils mit zwei Fingern gegriffen werden. Ich spiele *sol*, gehe eine Stufe weiter und mache daraus *do*, und im Nachhall klingen sie wie Sopran und Alt in der gleichen Tonart aus einem toskanischen Lied. Ich spiele *re*, verdrehe die Hand und greife über einen doppelten Zwischenraum, und es stimmt mit den anderen beiden zusammen, ist aber traurig und unvollkommen wie eine unerfüllte Jungfrau. Es bittet mich: »Bring mich dahin zurück, wo ich meinen Frieden finden kann«, und ich kehre zu *sol* zurück, und alles stimmt, und ich fühle mich wie Gott selbst, der eine Frau erschuf und feststellte, daß seine Welt mit einem letzten und vollendenden Schliff vollkommen geworden war.

Pelagia hat auch diese einfachen, fröhlichen Tonlagen in sich. Sie spielt mit einer Katze und lacht, das ist *sol*. Sie hebt eine Augenbraue, wenn sie mich ertappt, wie ich zusehe, und tut so, als würde sie mich tadeln und rügen, weil ich mich der Bewunderung schuldig gemacht habe, das ist dann *do*. Sie fragt mich: »Hast du nichts Sinnvolles zu tun?« Das ist wie *re* und verlangt eine Auflösung. Ich sage: »Il Duce und ich erobern heute Serbien.« Da lacht sie, und alles ist auf einmal wieder geklärt. Sie wirft den Kopf zurück und lacht, ihre weißen Zähne blitzen, und sie weiß, daß sie schön ist und mir gefällt. Ich werde an blendend weiß gestrichene Häuser auf einem fernen Hügel in Kandia erinnert. Sie ist heiter, stolz und zurückhaltend, alles ist in sich abgerundet. Sie ist zu *sol* zurückgekehrt. Auch ich merke, daß ich lache; wir sind Oktaven auseinander, lachen in Oktaven miteinander, Mandola und Mandoline, und weit entfernt böllert ein Geschütz auf imaginäre britische Flugzeuge, nebenher rattern Maschinengewehre, und siehe, da haben wir unsere Pauken.

Pelagia hört die Geschütze und runzelt die Stirn. Wir waren glücklich zusammen, so wie wir auf dieser von Bougainvillea beschatteten, von Bienen besuchten Terrasse saßen, aber jetzt ist wieder Krieg; er ist zurückgekehrt, und Pelagia runzelt die Stirn und zieht die Brauen zusammen. Ich möchte sagen: »Es tut mir leid, Pelagia, es war nicht meine Idee, ich habe Ionien nicht gestohlen. Ich hatte nicht den Einfall, euch eure Ziegen wegzunehmen und eure Ölbäume als Brennholz zu verheizen. Ich bin von Natur aus kein Parasit.« Aber so etwas kann ich nicht sagen, wie Pelagia weiß. Sie versteht aber auch, warum ich das nicht sagen kann, doch sie wirft mir trotzdem mangelnden Willen vor. Sie hat gehört, wie ich von der neuen *Pax Romana* sprach – der Wiederherstellung des alten Machtbereichs, der allen Frieden und Ordnung bescherte, die längste der Menschheit bekannte Kulturepoche –, und sie macht ein finsteres Gesicht.

Wenn Pelagia wegen der fernen Geschütze das Gesicht verzieht, ist es wie ein Moll-Akkord mit einer Septime und einer erniedrigten Quinte; wenn ich das hart anschlage, klingt es martialisch und zornig, ein Akkord für Guerillas und Partisanen. Aber sanft angeschlagen, wird es ein Akkord endloser sehnsüchtiger Schwermut. Pelagia ist traurig, und ich hole mir Antonia und spiele *re minore*. Sie blickt auf und sagt: »Genauso habe ich mich gefühlt. Wie hast du das gewußt?« Darauf hätte ich gern erwidert: »Pelagia, ich liebe dich, und deshalb weiß ich es.« Doch statt dessen sage ich: »Weil du wehmütig und erwartungsvoll bist.«

»Was erwarte ich denn?« fragt sie, und ich sage: »Das mußt du mir sagen, Pelagia.« Ich weiß jedoch, daß sie mir nie sagen wird, daß sie auf eine neue Welt wartet, in der eine Griechin einen Italiener lieben darf, ohne sich etwas dabei zu denken.

»Ich bin dabei, einen Marsch für dich zu komponieren«, verrate ich. »Hör mal.« Ich spiele *re minore* – eins, zwei – und dann *do maggiore* – eins und zwei und – und wieder zurück zu *re minore*, eins zwei ... Ich sage ihr: »Das Problem ist, daß ich einen zweiten Spieler brauche, um eine griechische Melodie darüberzulegen, vielleicht irgendeinen Rembetiko. Vielleicht kann ich im Bataillon jemand mit einer Mandoline finden und dann die Akkorde eine Oktave tiefer auf einer Mandola spielen. Ich glaube, das dürfte sehr gut klingen.«

»Jemand müßte eine Gitarre haben«, schlägt Pelagia vor, und ich erwidere: »Ein Akkord oder eine Melodie, die auf der Mandoline so und so ertönt, wird sich auf einer Gitarre vollkommen anders anhören; das ist eine der unerklärlichen Tatsachen des Musiklebens. Diese beiden Akkorde klingen auf einer Gitarre unglaublich banal, ohne jede Dramatik, es sei denn, ein Spanier spielt sie.«

Pelagia lächelt, und ich weiß, daß sie kein Wort von dem versteht, was ich gesagt habe, aber das macht nichts. Ich beginne, an eine Tremolo-Melodie zu denken, die über den Akkorden tanzt. Pelagia mag es sehr, wenn ich Tremoli spiele; sie meint, es ist ein ganz bewegender und erlesener Klang.

Aber es beleidigt sie, von einem Eindringling und Besatzer, von jemand, der Käse und Robola-Wein requiriert, gerührt zu werden, und plötzlich steht sie auf, und ich sehe, daß ihre Seele in Flammen steht. Sie zeigt drohend mit dem Finger auf mich und schreit aus verkniffenem Mund: »Wie kannst du so sein? Was ist los mit dir? Wie kannst du, ein Musiker, ein gebildeter Mann, mit deiner Mandoline herkommen und einer Griechin schöne Melodien vorspielen, wenn rundherum die Insel geplündert und verheert wird? Und komm mir bloß nicht mit der Scheiße vom Wiederaufbau des Römischen Reiches. Wenn du es wirklich wissen willst, es war Griechenland, das Rom erzogen hat, und wir haben es eben nicht durch Eroberung getan. Was ist los mit dir? Wie kannst du es aushalten, hier zu sein? Befehle? Befehle von wem? Von einem eitlen, wortgewaltigen Größenwahnsinnigen, der Kephallonia von einem verrückten Ungeheuer bekommen hat, das auch so ein schwarzhaariger Größenwahnsinniger mit dem Wunsch ist, alle außer ihm sollten blond sein? Du bist der Verrückte, merkst du das nicht? Weißt du nicht, daß du ausgenutzt wirst? Meinst du, daß Hitler euch euer neues Römisches Reich behalten läßt, wenn er alle anderen fertiggemacht hat? Wie kannst du auf einer Bombe sitzen und Mandoline spielen? Warum nehmt ihr nicht eure Gewehre und zieht ab? Wißt ihr nicht, wer der Feind ist?«

Und Pelagia läuft die venezianischen Stufen hinab und in die Sonne. Sie bleibt stehen und blickt zu mir zurück, wobei ihre Augen sich mit zornigen und bitteren Tränen füllen, und ich weiß, daß sie mich haßt, weil sie mich liebt, weil sie mich liebt und ich ein Mann bin, dem der Mut fehlt, um das Übel an der Gurgel zu packen und zu erwürgen. Ich schäme mich. Ich spiele einen verminderten Akkord, weil ich vermindert bin. Mein Flirten und mein Versuch, charmant zu sein, haben mich bloßgestellt. Ich bin ein ehrloser Mensch.

Der runde, wie eine Brust gewölbte Bauch der Mandoline rutscht wie immer an seinen Platz über meinem

Gürtel, und wie immer denke ich mir: »Vielleicht brauche ich eine flache portugiesische Mandoline, die nicht rutscht«, aber ich unterdrücke solche dummen Gedanken; woher bekommt man in Kriegszeiten eine flache portugiesische Mandoline? Statt dessen denke ich wieder: »Wie eine Mandoline doch einer Frau gleicht, wie eine Mandoline doch Pelagia gleicht, wie grazil und lieblich«, und mir kommt ein Xenophanes selbst würdiges Paradox in den Sinn: daß der Krieg uns zusammengebracht hat und der Krieg uns wieder auseinandertreibt. Die Briten nennen das »mit einer Hand geben und mit der anderen nehmen«. Was habe ich gegen die Briten, daß ich nach Griechenland habe kommen müssen? Pelagia hat recht, aber wer wird es zuerst sagen? Bisher hat es nur Antonia geäußert, die unter meinen Fingern singend »Pelagias Marsch« hat erschallen lassen.

43
Die große rostige Stachelkugel

Pelagia bereitete Schnecken nicht besonders gern zu. Zum einen hatte sie viele widersprüchliche Ratschläge erhalten, wie sie genießbar zu machen seien, und sie haßte das Gefühl der Unsicherheit, das durch ihre Verwirrung hervorgerufen wurde; es graute ihr vor der Vorstellung, etwas aufzutischen, was schleimig und eklig war, und sie hatte Angst, sie würde in der Achtung des Hauptmanns sinken, wenn sie ein ungenießbares Essen kochte. Die warme und freudige Glut, die sie nach der Entdeckung ihrer gegenseitigen Liebe in sich gespürt hatte, war nun nicht nur durch das heimliche Schuldgefühl darüber bedroht, sondern auch durch den erschreckenden Gedanken, daß sie ihn im besten Falle abstoßen und im schlimmsten Fall vergiften würde, wenn sie mit den Schnecken etwas falsch machte.

Drosoula sagte ihr eindringlich, daß sie die Schnecken über Nacht in einem Topf voller Wasser lassen müsse, bei geschlossenem Deckel, damit sie nicht ausrissen, und am Morgen müsse sie sie gründlich waschen. Dann sollte sie die lebenden Schnecken im Wasser erhitzen und darauf warten, daß blasiger Schaum an die Oberfläche trat. In genau diesem Augenblick müsse sie etwas Salz zugeben und sie im Uhrzeigersinn umrühren (»Wenn du sie gegen den Uhrzeigersinn umrührst, schmecken sie scheußlich«). Nach einer Viertelstunde sollte sie ein Loch hinten in jedes Haus bohren, »um den Teufel raus- und die Soße reinzulassen«, und dann sollte sie sie im Kochwasser sauber spülen. Sie erklärte Pelagia nicht, wie es bei diesem Arbeitsgang möglich sein sollte, die Finger in Wasser zu stecken, das noch kochendheiß war. Drosoula betonte auch nachdrücklich, daß nur die Schnecken eßbar waren, die Thymian gefressen hatten, und Pelagia glaubte ihr keine Minute, wurde nichtsdestoweniger aber nur noch verängstigter.

Die Frau von Kokolios sagte ihr am Brunnen, daß dies alles Unsinn sei und sie sich noch erinnern könne, wie ihre Großmutter es gemacht hatte: »Hör doch nicht auf diese Drosoula. Die Frau ist doch fast eine Türkin.« Nein, Pelagia sollte jede Schnecke anpiksen, und wenn sie sich bewegte, war sie lebendig. »Aber wie soll ich sie anpiksen, wenn sie sich verkrochen hat?« fragte Pelagia.

»Warte drauf, bis sie rauskommt«, erwiderte die Frau von Kokolios.

»Aber wenn sie rauskommt, dann ist sie doch offensichtlich lebendig, und dann brauche ich sie nicht mehr anzupiksen.«

»Pikse sie trotzdem. Sicher ist sicher. Dann nimmst du ein spitzes Messer und säuberst die Mundöffnung, und dann nimmst du sauberes Wasser und wäschst jede Schnecke einundzwanzigmal. Nicht mehr, weil das den Geschmack wegwäscht, und nicht weniger, weil sie dann noch schmutzig wären, und dann läßt du sie eine halbe Stunde abtropfen und streust dann Salz in die Mundöffnung, damit der ganze eklige, blasige, gelbe Schleim rauskommt; dadurch weißt du, daß sie bereit sind. Dann mußt du sie nacheinander mit der Öffnung nach unten in Öl braten und später Wein hinzufügen und zwei Minuten lang kochen, nicht mehr und nicht weniger. Dann eßt ihr sie.«

»Aber Drosoula sagt, ich sollte …«

»Hör nicht auf diese alte Hexe. Frag diejenigen, die sich auskennen, und sie werden dir das gleiche wie ich sagen, und wenn sie dir was anderes sagen, dann wissen sie nicht, wovon sie reden.«

Pelagia fragte noch die Frau von Arsenios und die von Stamatis. Sie suchte sogar »Schnecken« in der medizinischen Enzyklopädie, fand aber keinen Eintrag. Am liebsten hätte sie sie im Hof auf den Boden geschmissen und wäre darauf herumgetrampelt. Sie war wirklich so frustriert, daß sie weinen oder schreien wollte. Ihr waren fünf verschiedene Zubereitungsarten der Gastropoden mitgeteilt worden, und sie hatte vier verschiedene Rezepte gehört: gekochte Schnecken, gebratene Schnekken, geschmorte Schnecken auf kretische Art und Schneckenpilaw. Es gab keinen Reis, also kam der Pilaw nicht in Frage. Bei dem Gedanken an Reis lief ihr das Wasser im Mund zusammen, und sie wünschte sich wieder einmal, daß der Krieg aufhörte.

Aber wie sollte sie wissen, wie viele Schnecken sie nehmen sollte? Drosoula meinte, ein Kilo für vier Personen. Aber war das mit oder ohne Häuser? Und wie um alles in der Welt sollte sie sie aus ihren Häusern herausbekommen? Und wie sollte sie sie wiegen, ohne Schleim auf die Waagschale zu bekommen? Denn dieser Schleim ließ sich nicht einmal mit heißem Seifenwasser abwaschen und legte sich auf alles, was damit in Berührung kam, als hätte er die mystische Fähigkeit, sich endlos zu vervielfältigen.

Pelagia blickte auf ihre glänzende Ladung schleimbildender Tierchen und stupste sie mit dem Finger weg, wenn sie aus dem Topf zu kriechen versuchten. Es überkam sie ein großes Mitleid mit ihnen. Sie waren nicht nur sehr grotesk mit ihren ausfahrbaren Stielaugen und den hilflos langsam sich windenden Körpern, wenn sie verkehrt herum gehalten wurden, sie waren auch zutiefst rührend mit ihrem traurigen und bedauernswerten Vertrauen in die Sicherheit ihres Kalkpanzers. Das erinnerte sie an die Zeit, als sie selbst noch klein war und ernsthaft geglaubt hatte, daß ihr Vater sie bei einem ungehörigen Tun nicht sehen könnte, wenn sie die Augen schloß. Während sie an den Schnecken herumfingerte, machte die Grausamkeit einer Welt sie betrübt, in der Lebewesen nur überleben konnten, wenn sie schwächere Tiere als Beute nahmen; es schien eine armselige Art zu sein, ein Universum einzurichten.

Ihre praktischen und ethischen Sorgen wurden unterbrochen von dem begeisterten Ruf: *»Barba C'relli, barba C'relli«*, und sie lächelte, als sie die Stimme der höchst aufgeregten und erfreuten Lemoni hörte. Das Mädchen nannte den Hauptmann neuerdings immer »Alter Mann« und kam jeden Abend her, um ihm in atemlosem und kindischem Griechisch alle Ereignisse des Tages zu berichten. »Barba« Corelli hörte geduldig zu, verstand überhaupt nichts davon, tätschelte ihr den Kopf, nannte sie »Koritsimou« und warf sie dann in die Luft. Pelagia verstand nicht, was für ein Vergnügen dies den beiden bereitete, aber einige Dinge sind nicht zu erklären, und Lemonis durchdringende Freudenschreie waren ein schlagender Beweis für das Unwahrscheinliche. Pelagia, froh über eine Ablenkung, ging auf den Hof hinaus.

»Ich hab eine riesengroße rostige Stahlkugel gesehen«, teilte Lemoni dem Hauptmann mit, »und ich bin draufgeklettert.«

»Sie sagt, sie hat eine riesengroße rostige Stahlkugel gesehen und ist draufgeklettert«, übersetzte Pelagia.

Carlo und Corelli wechselten Blicke und erbleichten. »Sie hat eine Mine gefunden«, meinte Carlo.

»Frag sie, ob es am Strand war«, sagte Corelli, an Pelagia gewandt.

»War es am Strand?« fragte sie.

»Ja, ja, ja«, sagte Lemoni fröhlich und fügte hinzu: »Und ich bin draufgeklettert.«

Corelli konnte genügend Griechisch, um das Wort »Ja« zu verstehen, und stand abrupt auf; um sich ebenso plötzlich wieder hinzusetzen. *»Puttana«,* rief er aus, nahm das Mädchen in die Arme und drückte es fest an sich, »sie hätte getötet werden können.«

Carlo formulierte es realistischer. »Sie müßte eigentlich tot sein. Es ist ein Wunder.« Er verdrehte die Augen und fügte hinzu: *»Porco Dio.«*

»Puttana, puttana, puttana«, sang Lemoni unbekümmert, wobei ihre Stimme aber durch die Uniform des Hauptmanns gedämpft wurde. Pelagia zuckte zusammen und sagte: »Antonio, wie oft habe ich dir schon gesagt, keine schlimmen Wörter vor einem Kind in den Mund zu nehmen? Was glaubst du, was ihr Vater sagen wird, wenn sie heimkommt und so redet?«

Corelli sah sie beschämt an und grinste dann. »Er wird womöglich sagen: ›Welcher *figlio di puttana* hat meinem kleinen Mädel beigebracht, *puttana* zu sagen?‹«

Niemand von den Dorfbewohnern wollte dem langen Zug der Wißbegierigen fernbleiben, der sich die Klippen hinunter zum Strand schlängelte. Als sie das Objekt sahen, zeigten sie mit den Fingern darauf und schrien: »Da ist sie, da ist die Mine«, und da lag sie tatsächlich, hatte sich mit dem täuschend unschuldigen Anschein, dorthin zu gehören, genau am Rand der pfauenblauen See niedergelassen. Es war eine mannshohe Kugel, die etwas abgeplattet und mit stumpfen Dornen besetzt war, so daß sie wie eine unnatürlich riesenwüchsige Roßkastanie aussah oder wie ein riesiger Seeigel, der seine Stacheln nach einer unliebsamen Begegnung mit einem Militärbarbier gerade wieder aufgerichtet hat.

Die Dörfler scharten sich in respektvollem Abstand darum, nur der Hauptmann und Carlo gingen nah heran, um sie zu inspizieren. »Was meinen Sie, wieviel Sprengstoff?« fragte Carlo.

»Wer weiß«, antwortete der Hauptmann. »Genug, um ein Schlachtschiff aus dem Wasser zu pusten. Wir müssen das Gelände absperren und sie zur Explosion bringen. Ich wüßte nicht, wie ich sie entschärfen sollte.«

»Großartig«, rief Carlo, der ungeachtet der Schrecken in Albanien im Grunde seines Herzens Explosionen liebte und nie seine jungenhafte Freude an harmloser Zerstörung verloren hatte.

»Geh zum Lager zurück und hol etwas Dynamit, Lunte und einen von diesen elektrischen Auslösern. Ich bleibe hier und passe auf die Leute vom Dorf auf.«

»Die ist türkisch«, sagte Carlo und deutete auf die geschwungenen Schriftzeichen, die unter den großen Rostblattern und -löchern kaum noch zu sehen waren.

»Sie muß sich seit dem Großen Krieg zwanzig oder mehr Jahre herumgetrieben haben.«

»*Merda*, das ist ja unglaublich«, bemerkte Corelli, »ein wahres Monstrum. Ich schätze, daß der ganze Sprengstoff mittlerweile zerfallen ist.«

»Wird es also keinen großen Knall geben?« fragte Carlo bedauernd.

»Den wird es schon geben, wenn du genug Dynamit holst, *testa d'asino.*«

»Hab schon verstanden«, sagte Carlo und lief die Strandböschung hinauf zum Dorf.

Corelli wandte sich an Pelagia, die immer noch verwundert auf das riesige uralte Kriegsgerät starrte: »Sag Lemoni, wenn sie irgendwo etwas findet, was aus Metall ist, und sie kennt es nicht, dann darf sie es nie und nimmer anfassen und muß es mir schleunigst melden. Schärfe ihr ein, sie soll allen anderen Kindern dasselbe sagen.«

Corelli bat Pelagia, für ihn zu dolmetschen, und winkte die Dorfbewohner zu sich her. »Zunächst«, teilte er ihnen mit, »werden wir dieses Ding zur Detonation bringen müssen. Es könnte eine wirklich große Explosion geben; wenn es also soweit ist, möchte ich, daß ihr alle rauf zum Rand der Klippe geht und von dort zuschaut, weil es sonst aus Versehen ein böses Massaker geben könnte. Während wir auf das Dynamit warten, brauche ich ein paar starke Männer mit Spaten, die mir in fünfzig Meter Entfernung von dem Ding einen Graben ausheben, dort drüben, wo ich mich in Sicherheit bringen kann, während ich das Gerät detonieren lasse. Er muß etwa so tief sein wie ein Grab. Irgendwelche Freiwilligen?« Er blickte von einem Gesicht zum anderen, doch alle Augen waren von ihm abgewandt. Es war nicht gut, einem Italiener zu helfen, und obwohl alle den großen Knall sehen wollten, wäre es für den ersten, der sich freiwillig gemeldet hätte, eine Schande gewesen. Corelli sah diese widerspenstigen Gesichter und wurde rot. »Ihr könnt euch ein Hühnchen teilen«, verkündete er.

Kokolios hielt zwei Finger hoch und sagte: »Zwei Hühnchen.«

Corelli nickte zustimmend, und Kokolios sagte: »Ich werde es mit Stamatis machen, aber wir wollen jeder zwei Hühnchen.«

Pelagia übersetzte. Der Hauptmann verzog das Gesicht. »Jeder?« Er verdrehte unwirsch die Augen und brummte *»Rompiscatole«*.

Und so kam es, daß Kokolios und Stamatis, der Royalist und der Kommunist, die aber nichtsdestoweniger alte Freunde und durch Hunger und Unternehmungsgeist vereint waren, zu ihren Häusern gingen und mit Spaten zurückkamen. An der vom Hauptmann angegebenen Stelle hoben sie ein rechteckiges Loch aus, wobei sie den Sand auf der Minenseite als Schutzwall aufhäuften. Als es erst vier Fuß tief war, füllte es sich langsam mit Wasser, und der Hauptmann sah mißbilligend und bestürzt auf die ockerfarbene Brühe. »Es füllt sich mit Wasser«, bemerkte er unnötigerweise zu Pelagia, die mit allen anderen dastand und den beiden alten Männern bei der Arbeit zuschaute. Sie sah ihn an und lachte. »Das weiß doch jeder: Wenn man am Strand ein Loch gräbt, dann füllt es sich mit Wasser.«

Corelli runzelte die Stirn, und ihm kamen Vorbehalte gegen den ganzen Plan, was ihn nur um so entschlossener machte, ihn durchzuführen.

Carlo kam wieder zurück, aber nicht nur mit dem Dynamit und der übrigen Ausrüstung, sondern mit einem ganzen Lastwagen voll Soldaten, die alle schwer bewaffnet und ganz darauf erpicht waren, sich das bevorstehende Spektakel nicht entgehen zu lassen. Corelli war ungehalten: »Warum hast du es nicht auch noch Hitler erzählt und die ganze deutsche Armee eingeladen?«

Carlo zeigte eher Verärgerung als Reue. »Ich habe alle diese Männer mitnehmen müssen, weil es gegen die Vorschriften ist, Sprengstoff ohne Sicherheitspersonal zu transportieren. Es ist wegen der Partisanen, also gib mir nicht die Schuld.«

»Partisanen? Was für Partisanen? Meinst du die Banditen, die die Dörfer ausplündern, wenn wir nicht hinsehen? Daß ich nicht lache.«

»Das Loch ist an der falschen Stelle«, mischte sich ein kleiner Mann in Pioniersuniform ein.

»Das Loch ist da, wo ich es haben will«, schrie der Hauptmann, der bei der Aussicht, dieses Freizeitvergnügen aus der Hand genommen zu bekommen, zunehmend gereizter wurde.

»Es ist zu nahe«, beharrte der Pionier, »die Schockwelle wird genau über dieses Loch fegen und Ihnen Augen und Hirn herauspusten, und dann werden wir Sie ausgraben müssen, es sei denn, es ist Ihr Wunsch, hier in Frieden zu ruhen.«

»Hören Sie, Unteroffizier, ich möchte Sie darauf hinweisen, daß ich Hauptmann bin, und Sie sind Unteroffizier. Ich habe hier das Kommando.«

Der Soldat blieb ungerührt: »Dann darf ich Sie darauf hinweisen, daß ich Sappeur bin, und Sie sind ein verrückter Blödmann.«

Corelli machte erst vor Überraschung große Augen und dann noch größere vor Zorn. »Ungehorsam!« brüllte er. »Dafür werde ich Ihnen was aufbrummen.«

Der Sappeur zuckte die Achseln und lächelte. »Sie können machen, was Sie wollen, weil ein Toter keinem mehr was aufbrummen kann. Wenn Sie sterben wollen, na schön, ich schau zu.«

»Carogna«, zischte Corelli, aber der Soldat blieb bei seinem »verrückten Blödmann« und schlenderte davon. Er wollte mit dem ganzen Vorgang nichts mehr zu tun haben und stieg auf die Klippe hinauf, zündete sich eine Zigarette an und schaute mit verkniffenen Augen gegen die untergehende Sonne, als er die Vorbereitungen unten betrachtete. Es war herrlich. Das Meer zeigte unzählige Schattierungen von Aquamarin und Lapislazuli, und er konnte unter den Wellen die dunklen Erhebungen der Felsen und die schwankenden Stränge des Seetangs sehen. Er war gespannt, was diesem idiotischen Offizier widerfahren würde.

Corelli plazierte eine Ladung Dynamit unter der Mine und rollte die Zündleitung ab, die gerade lang genug war, um bis zu seinem Wassergraben zu reichen. Weil er befürchtete, daß die Aussage des Sappeurs zutreffen könnte, aber dennoch entschlossen war, sein Vorhaben zu Ende zu führen, häufte er, damit der Explosionsdruck nach oben gerichtet würde, mit dem aufgeregten Soldatentrupp einen dicken Sandwall um die Mine herum auf, bis sie schließlich wie der Negativabdruck eines Doughnut aussah, ein leerer Ring mit einem Sandhaufen in der Mitte, der von verloren wirkenden Borsten aus rostigen und abgestumpften Stacheln gekrönt wurde. Drosoula war nicht die einzige Frau, die sich dachte, daß das Ganze wie ein megalithischer Penis im Ruhezustand aussah.

»Avanti«, rief der Hauptmann endlich, und die Soldaten und Schaulustigen kletterten den Steilhang der Klippe hinauf. Sie schwitzten und keuchten, obwohl die Abendsonne längst nicht mehr so heiß strahlte. Corelli dort unten sah kaum größer aus als eine Maus. Die Soldaten ließen sich nieder und diskutierten, ob der Strand zum Fußballspielen geeignet sei oder nicht. Der Sappeur ließ sich heftig und beißend über den Irrsinn des Offiziers aus und bot an, Wetten zu dessen Überleben anzunehmen. Pelagia wurde allmählich sehr besorgt, und ihr fiel auf, daß Carlo vor Angst schwitzte. Sie sah, wie er sich wiederholt bekreuzigte und Gebete murmelte. Er wurde auf sie aufmerksam und warf ihr einen flehenden Blick zu, als wollte er sagen: »Sie sind die einzige, die ihn aufhalten kann.«

Unten in seinem Graben spähte Corelli über den Rand seines Bunkers und war betroffen von der unglaublichen Nähe der Mine. Je länger er hinsah, desto bildfüllender rückte sie heran, bis es ihm so vorkam, als sei sie zwanzig Meter hoch und säße direkt in seinem Schoß wie eine groteske korpulente und unliebsame Hure in einem Bordell, das er naiverweise für eine Bar gehalten hatte. Er entschloß sich, nicht mehr hinzusehen. In seinen Eingeweiden rumorte es äußerst beunruhigend, und er merkte, daß er bis zu den Knien durchnäßt war und seine Stiefel sich mit irritierend sandigem und verblüffend nassem Wasser gefüllt hatten. Er legte beide Hände auf den T-förmigen Auslöserhebel und drückte ihn ein paarmal herunter, um sich an die Vorstellung zu gewöhnen, eine Sprengung auszulösen. Dann schloß er die Leitung an die Pole an.

Weil ihm die drastische Möglichkeit Sorgen machte, daß ihm Augen und Hirn herausgepustet werden könnten, übte er im Geist rasch das Manöver, den Auslöser niederzudrücken, sofort die Hände an den Kopf zu legen und dabei gleichzeitig die Augen fest zuzukneifen. Er richtete den Blick gen Himmel, bekreuzigte sich, sammelte sich und drückte elegant den Auslöser herunter.

Es kam ein scharfes Knacken, eine fast unmerkliche Pause, dann ein Aufbrüllen *basso profondo.* Die Leute auf der Klippe sahen eine gewaltige Trümmerfontäne mit majestätischer Bestimmtheit hochsteigen und vor ihren Blicken in den Himmel wirbeln. Mit ehrfürchtigen Gesichtern erkannten sie dunkle Stahlplatten, die sich langsam drehten, glitzernde Wassertropfen, die flüchtig in den Regenbogenfarben aufleuchteten, großflächige matschige Sandklumpen, Staubstürme aus trockenem Sand und aufwuchernde Ausblühungen aus schwarzem Rauch und orangefarbenen Flammen.

»Aira!« riefen die erleichterten Griechen, *»figlio di puttana di stronzo d'un cane d'un culo d'un porco d'un pezzo di merda!«* die Soldaten. Ganz unvermutet traf sie die Druckwelle und warf sie flach auf den Rücken wie die machtlosen Sterblichen, die in der Antike von der Hand des wolkengebietenden Zeus niedergestreckt wurden. »Putanas yie!« murmelten die verdutzten Griechen und *»Porco cane!«* die Soldaten, während sie sich noch aufrappelten, dabei nach oben blickten und sahen, daß das scheinbar unerschöpfliche Hochwirbeln der Materiebrocken aufgehört hatte. Sie stiegen nicht mehr in die Höhe, sondern entfalteten sich nun unerbittlich nach allen Seiten und dehnten sich in einem gebieterischen und allumfassenden Bogen aus. Gebannt vor Schreck sahen es die Leute auf der Klippe und legten die Köpfe immer weiter in den Nacken, als die gefährliche, aber schöne dunkle Wolke sich über ihnen ausbreitete. Pelagia wurde wie Carlo und viele andere von einer eisigen und lähmenden Ruhe gepackt, einem schrecklichen und hilflosen Entsetzen, doch dann warf sie sich wie die anderen bäuchlings auf die borstige Grasnarbe der Klippe und vergrub das Gesicht in den Händen.

Ein großflächiger, heimtückischer Batzen feuchten Sands klatschte ihr schmerzhaft auf den Rücken, so daß ihr die Luft wegblieb, und ein weißglühendes Metallteil schoß neben ihrem Kopf in den Boden und sengte sich hörbar bis zum Fels darunter durch. Ein Splitter fuhr in ihre Schuhsohle und trennte sie sauber vom Absatz. Glühendheiße Rostflusen setzten sich auf ihrer Kleidung ab und brannten winzige Pfefferlöcher, die ihre Haut peinigten. Sie zuckte wie von einem Pfeil getroffen vor einem Schmerz zusammen, der erst stach, dann nachklang und wie bei einem Hornissen- oder Wespenstich ausstrahlte. Ihr Empfinden leerte sich bis auf das Vakuum der Ergebung, die Hoffnungslose angesichts des Todes befällt

Erst nach einer Ewigkeit endete alles mit einem sanften und zärtlich besänftigenden Regen aus trokkenem Sand, der vom Himmel fiel und weich neben die Leute und auf sie platschte, wobei er sich zu symmetrischen Kegeln auf den Hinterköpfen aufhäufte, wie Zuckerguß auf den unregelmäßigen Batzen und Streifen feuchten Sands haftenblieb und mit heimtückischem

Geschick in die Kragen ihrer Kleidung und die Öffnungen ihrer Schuhe eindrang. Er war warm und beinahe metaphysisch wohltuend.

Zitternd und unbeholfen tapsend wie kleine Kätzchen, richteten sich die Leute wieder auf. Einige kippten um, sobald sie halbwegs aufrecht standen, und andere fielen hin, weil jemand in ihrer Nähe die Hand ausgestreckt hatte, um sich Halt zu verschaffen. Es war eine *festa* des Aufstehens und Hinfallens, eine *festa* des Grapschens und Tapsens, ein *carnevale* unerklärlich weicher Knie und unkenntlicher, bleicher Gesichter, die mit festgebackenen oder abrieselnden Schmarren und Schmissen aus Sand verschmiert waren. Es entwickelte sich ein erhabenes und gravitätisches Durcheinander unglaublich und bizarr veränderter Frisuren und bis zur Unkenntlichkeit zerrissener Kleidung, eine unterweltliche und stygische *celebrazione* wankender Körper und starrender, jungfräulich unbefleckter Augen, die widernatürlicherweise in Gesichtern von schwarzen Gospelsängern steckten.

Der besänftigende Nieselregen aus Sand dauerte unvermindert an; er überzuckerte die Leute auf der Klippe, setzte sich gleich winzigen gelben Krümeln auf Lider und Brauen, blieb mit hartnäckiger elektrostatischer Kraft an den Nasenhärchen haften, schmuggelte sich scheußlich in den Speichel, drang schamlos bis in die Unterwäsche vor und entsetzte die Frauen, verband sich widerwärtig mit dem Achselschweiß und verjüngte nebenbei die Alten, indem er ihre Runzeln ausfüllte.

Die Menschen, vor Erstaunen wie benommen, klammerten sich wortlos aneinander und beobachteten, wie die aufsehenerregende schwarze Wolke aus schmutzigem Rauch immer stärker anschwoll und sich ausbreitete, Sonne und Himmel verdeckte und das Licht schluckte. Alle wischten sich mit dem Ärmel den Sand vom Gesicht, schafften es dabei aber nur, eine Strieme durch eine andere zu ersetzen. Ein oder zwei von ihnen fingen an, ihre Schnittwunden zu inspizieren und fasziniert zuzusehen, wie das scharlachrot austretende Blut durch die staubige Sandschicht brach, dunkel wurde und gerann.

Keiner erkannte mehr den anderen, Italiener und Griechen guckten sich forschend an, durch Husten, Schmutz und allgemeine Verdatterung denationalisiert. Plötzlich ertönte ein erstickter Schrei.

Wie elektrisiert scharten sich die Leute um den Leichnam des vorlauten Pioniers, dessen säuberlich abgetrennter Kopf seraphisch aus der pulvrigen, weißen Sandschicht hervorlächelte. Der Körper lag mit der Brust nach unten daneben, guillotiniert von einer noch qualmenden Scheibe rostigen und gezackten Stahls, die zur Hälfte im Gras steckte. »Er ist glücklich gestorben«, ertönte eine Stimme, die Pelagia als die von Carlo erkannte. »Mehr kann keiner verlangen. Aber Wetten wird er nicht mehr eintreiben.«

»Puttana«, ließ sich ein zaghaftes hohes Stimmchen vernehmen, das Lemoni gehört haben dürfte. Jemand begann zu würgen, und fünf oder sechs ließen sich anstecken, fügten der allgemeinen Hustenepidemie noch das Geräusch eines quälenden Brechreizes hinzu.

Urplötzlich von Schreck ergriffen, rannte Pelagia an den Klippenrand und spähte mit Panik im Herzen durch den immer noch herabfallenden Sand. Was war dem Hauptmann zugestoßen?

Sie erblickte einen dreißig Meter weiten Krater, den sich die neugierige See bereits erobert hatte. Verschlungene Metallbänder waren über Hunderte von Metern verstreut, dazwischen befanden sich verschieden geformte Satellitenkrater und -hügel, doch vom Hauptmann und seinem Graben war keine Spur zu sehen. »Carlo!« heulte sie auf und drückte die Arme an die Brust. Benommen vor Gram sank sie in die Knie und fing an zu weinen.

Carlo rannte den Pfad zum Strand hinunter, wie Pelagia von Entsetzen gepackt; er war nur besser an die Pflicht gewöhnt, es zu überwinden. In seinem Gemüt machte sich die Erinnerung an das Pietàbild von Francisco breit, der mit zerschmettertem Schädel in Albanien in seinen Armen gestorben war, und nichts als das Rennen konnte dem wilden Sturm der Trauer zuvorkommen, der in seinem Herzen auszubrechen drohte.

Er kam an die Stelle, wo er den Graben vermutete, und blieb stehen. Da war nichts. Alles war zugeschüttet und nicht wiederzuerkennen. Er hob die Arme, als wollte er Gott anklagen, und war gerade dabei, sich an die Schläfen zu hämmern, als er aus dem Augenwinkel eine Bewegung wahrnahm.

Corelli war von dem feuchten Sand nicht zu unterscheiden, weil er völlig damit bedeckt war. Die Detonation hatte ihn durchgerüttelt, und der Luftdruck hatte ihn hoch in die Luft gerissen und dann auf den Rücken geschmettert. Er lag nun mit dem Gesicht nach oben da, durch Kannelierungen und Auskehlungen von herabgefallenem Sand perfekt in den Strand modelliert. Als er so zappelte und sich nicht aufrichten konnte, sah er ganz wie ein Filmmonster aus. Carlo lachte laut auf, doch zugleich wurde seine Erleichterung durch die Angst gezügelt, daß dieser von ihm so geliebte Mann doch bös zugerichtet sein könnte. Ihm fiel nichts anderes ein, als ihn aufzuheben und ins Meer zu tragen; das brachte ihm die Erinnerung zurück, wie er Francisco von der Stelle zwischen den Linien, wo dieser gefallen war, weggetragen hatte, und er hörte wieder den ritterlichen Jubel der Griechen.

In der Brandung spülte er den Hauptmann sauber und stellte fest, daß Corelli heillos durcheinander, aber offenbar unverletzt war. »War es gut?« fragte Corelli. »Ich hab's verpaßt.«

»Es war die wahre *sporcaccione* einer Explosion«, antwortete Carlo, »hundertmal besser als alles, was ich bisher erlebt habe.«

Corelli sah, wie sich die Lippen des Schützen bewegten, hörte aber keinen Ton. Tatsächlich konnte er nichts anderes vernehmen als das fortwährende Dröhnen der größten Glocke der Welt. »Sprich lauter«, sagte er.

Welch hohe Wellen diese Detonation im nachhinein schlug, muß noch ausführlich berichtet werden. Corelli war zwei Tage lang taub und litt bei dem Gedanken, seine Musik nie mehr hören zu können, größte Seelenqualen. Für den Rest seines Lebens war er anfällig für Ohrensausen, ein bleibendes Souvenir aus Griechenland. General Gandin erlegte ihm einen Strafdienst auf, weil er den Tod des Pioniers und die unmittelbare Mobilisierung aller Truppen auf der Insel verschuldet hatte. Der schreckliche Knall und die gewaltige Pilzwolke waren als Zeichen einer unerwarteten Invasion der Alliierten gedeutet worden. Corelli wäre um ein Haar degradiert worden, doch General Gandin überlegte, daß

Italien davon keinen materiellen Vorteil hätte, weil der Sold für die italienischen Garnisonen ja von den Deutschen gezahlt wurde. Es bot sowieso schon Zündstoff genug, daß die Deutschen den Italienern nicht erlaubten, irgend jemand zu befördern, weil es zu viele Ausgaben verursachte, und der General sah überhaupt nicht ein, ihnen auch nur die kleinste Einsparung zuzubilligen. Er legte Corelli zur Last, daß er eigenmächtig gehandelt, die Verantwortung nicht an die dafür zuständige Dienststelle abgegeben, leichtsinnig eine Gefährdung heraufbeschworen und sich eines Offiziers unwürdig verhalten hatte. Der Hauptmann wurde mit einem strengen Verweis bestraft, der für die gesamte Dauer seiner militärischen Laufbahn in seiner Akte verbleiben sollte. Einfallsreich und mit großer Geste schenkte Corelli der attraktiven Sekretärin des Generals eine rote Rose und eine Tafel eingeschmuggelte Schweizer Schokolade, woraufhin der Verweis auf geheimnisvolle Weise aus der Akte verschwand, nachdem er nur drei Tage lang unheilvoll darin geschmort hatte.

Der Hauptmann genoß den Aufwand, mit dem ihn Pelagia wie noch nie zuvor verwöhnte und verhätschelte, und sie drückte ihre Erleichterung durch ein Bombardement von Küssen, Koseworten und Versprechen aus, das den Sandregen mit Leichtigkeit übertraf. Günter Weber brachte sein aufziehbares Grammophon mit, setzte sich ans Bett des Hauptmanns und brachte ihm den Text zu *Mein blondes Baby* und *Leben ohne Liebe* bei. Carlo ging ein und aus und berichtete von der fortschreitenden betrüblichen Erosion des Kraters durch die See. Lemoni meldete sich ebenfalls. Sie war nun eine unschlagbare Expertin im Auffinden rostiger Metallteile und zwang ihn, aus dem Bett zu steigen und eine alte Pflugschar, die Spitze einer abgeschossenen Flakgranate und eine zerdrückte Blechdose zu identifizieren. Ihre Enttäuschung, als ihr klargemacht wurde, daß nichts davon in die Luft gejagt werden konnte, überstieg das Verständnisvermögen der Erwachsenen um ein Maß, das nur mit »unendlich« exakt zu beschreiben wäre.

Am Abend des außergewöhnlichen Ereignisses jedoch war der erboste Arzt auf der Suche nach Pelagia, der er gehörig die Meinung sagen wollte, gerade aus der Küche gekommen, als sich nicht nur seine Tochter, sondern eine ganze Schar unbeschreiblich dreckiger, erschöpfter und zerlumpter Gestalten im Hof einstellte. Ein unkenntlicher Mann, so groß wie Carlo – es stellte sich später heraus, daß es Carlo war –, trug den entrückten Körper von jemand in den Armen, der sich später als der Hauptmann erwies. Eine junge Frau, die wie eine verrückte und unrettbar verlorene Schlampe aus dem verrufensten Armenviertel von Kairo aussah, stellte sich als Pelagia heraus. Ein kleines Wesen, das sowohl ein Mädchen wie ein Junge aus einem frisch ausgehobenen Grab gewesen sein könnte, erwies sich als Lemoni. Den ganzen Abend war Dr. Iannis damit beschäftigt, Schnittwunden zu säubern, und wurde dafür reichlich mit Auberginen belohnt, die gerade reif waren.

Doch in jenem Augenblick, als er sich der jämmerlichen Meute orientierungsloser und bettlerhafter Soldaten und Griechen gegenübersah, war sein Denken ganz von dem widerlichen, verblüffenden Anblick erfüllt, der sich ihm eben in der Küche geboten hatte. »Wer«, brüllte er ausdrucksstark, »hat es gewagt, mein Haus mit Schnecken zu verpesten?«

Es war die reine Wahrheit. Überall waren Schnecken. Sie befanden sich an den Fenstern, unter den Tischkanten, quer an den Wänden hängend, an Psipsinas Schüssel, im Wasserkrug, sie klebten dummerweise an den Fußmatten, strebten zielsicher dem Gemüsekorb zu, hafteten mit rätselhaftem Gefallen am Stiel der Pfeife und an den Gläsern der Brille, die der Arzt arglos auf dem Fensterbrett hatte liegenlassen.

Pelagia schlug sich in schuldbewußtem Entsetzen die Hand vor den Mund, doch Lemoni klatschte vor Freude in die Hände, als sie die gewundenen, kreuz und quer laufenden und silbrig glitzernden Spuren sah und wie begeisternd planlos die Tiere selbst verteilt waren. *»Porca puttana«*, schrie sie, und ein Mann, der wohl ihr Vater war, gab ihr kräftig eins hinter die Löffel.

44
Diebstahl

Kokolios wurde mitten in der Nacht durch hellen Aufruhr im Hühnerstall geweckt. Sein erster Gedanke war, daß der Baummarder des Arztes beim Geflügel eingebrochen war; er hatte schon immer gesagt, daß es asozial war, einen notorischen Vogeldieb als Haustier zu halten, und hatte Psipsina bereits zweimal beim Eierstehlen erwischt. Er fluchte und sprang dann aus dem Bett; er würde dem kleinen Räuber mit dem Stock eins über die Rübe ziehen, und das würde dem Ganzen ein Ende bereiten, ob es Dr. Iannis gefiel oder nicht.

Er stieg in seine Stiefel und langte nach der Keule, die er seit Kriegsausbruch über dem Türsturz aufbewahrte. Es war ein schwerer knorriger Dornstrunk aus der Macchia, und er hatte ins dünnere Ende ein Loch gebohrt, um eine Lederschlaufe durchzuziehen. Er streifte die Schlaufe übers Handgelenk und riß die Haustür auf, die in einem Bogen über die Bodenfliesen schrammte. Seit zehn Jahren hatte er schon vor, die Tür neu einzuhängen. Glücklicherweise wurde das Geräusch vom aufgeregten Gackern und Kreischen der Hennen übertönt, und so trat er in die Nacht hinaus.

Es war sehr dunkel, weil eine dicke Wolke sich zwischen Erde und Mond geschoben hatte, und der Lärm war höllisch, weil die Grillen von der Aufregung unter den Hühnern angesteckt waren und im doppelten Forte zirpten. Kokolios blinzelte in die Finsternis und hörte eindeutig unterdrücktes Fluchen. Verdutzt spähte er noch angestrengter. Er sah zwei kleine italienische Soldaten im Hühnergehege herumhuschen, die verzweifelt nach dem Geflügel haschten.

Von Zorn ergriffen, handelte er, ohne nachzudenken. Kokolios beachtete die über die Soldatenrücken geschlungenen Gewehre gar nicht, stimmte ein fürchterliches Kriegsgeschrei an und stürzte sich ins Getümmel.

Die beiden Männer hatten den Albanien-Feldzug durchgestanden und sich dabei tapfer geschlagen, aber einem wild gewordenen, nackten und dämonischen Wesen im Finstern, das Hiebe auf Rücken und Köpfe verteilte, gegen die Beine trat und schauerliche Schreie ausstieß, waren sie nicht gewachsen. *»Puttana!«* schrien sie und hielten sich die Hände über den Kopf, nur um festzustellen, daß es nun weitere krachende Schläge auf ihre Knöchel und Ellbogen hagelte. Sie fielen auf die Knie, streckten unter jämmerlichem Geschrei die Hände aus und flehten das Wesen an, aufzuhören.

Kokolios konnte kein Wort Italienisch, aber einen besiegten Gegner erkannte er auf Anhieb. Also warf er seine Keule hin, packte die beiden Diebe am Kragen und zerrte sie hoch. Er trieb die beiden, während er sie bei jedem Schritt in den Hintern trat, vor sich her zum Haus des Arztes und stieß sie hin und wieder mit den Köpfen zusammen wie ein besinnungslos wütender Schullehrer.

Vor dem Haus rief er lauthals »Iatre! Iatre!«, während er die beiden immer noch schüttelte und trat.

Kurz darauf tauchte Dr. Iannis, dem sich der Hauptmann und Pelagia anschlossen, im Nachtgewand auf. Im jetzt wieder entschleierten Mondlicht erblickten sie Kokolios, der – bis auf seine schweren Stiefel splitternackt – vor Wut zitternd dastand, einen bezwungenen und sich windenden Soldaten in jeder Hand. Besonders merkwürdig war, daß beide Soldaten noch ihre Karabiner über den Rücken geschlungen hatten. »Geh sofort wieder rein«, befahl Dr. Iannis seiner Tochter, angesichts dieses erzürnten, unbekleideten Mannes mit O-Beinen und fettem Wanst um ihre Sittlichkeit besorgt. Gehorsam zog sie sich in die Küche zurück, um das Spektakel aus dem Schatten des Fensters zu genießen.

Kokolios deutete auf Corelli, schrie aber den Arzt an: »Sag diesem spaghettifressenden Hundesohn von einem Offizier, daß seine Männer Hühnerdiebe sind, nichts als Hühnerdiebe, verstehst du?«

Dr. Iannis gab diese Information an Corelli weiter, der einen Augenblick lang unschlüssig dastand, bevor er wieder ins Haus verschwand. Der Arzt riet Kokolios: »Ich glaube, es wäre nicht schlecht, wenn du dich etwas beruhigst.« Während der Offizier drinnen war, nahm Dr. Iannis die Gelegenheit wahr, seinen Nachbarn aufzuziehen. »Ich hab gedacht, du bist Kommunist«, bemerkte er.

»Natürlich bin ich Kommunist«, gab ihm Kokolios kurz angebunden zurück.

»Verzeih mir«, sagte der Arzt, »aber wenn ich mich recht erinnere, ist doch alles Eigentum Diebstahl. Wenn du also Hühner besitzt, bist du auch ein Dieb.«

Kokolios spuckte in den Staub. »Das, was die Reichen besitzen, ist Diebstahl, nicht das, was den Armen gehört.«

Das philosophische Streitgespräch wurde durch die Ankunft des Hauptmanns mit dem Revolver in der Hand abgeschnitten, und einen schrecklichen Augenblick lang glaubten sowohl Pelagia wie ihr Vater, er würde Kokolios niederschießen wollen. Sie fragte sich verzweifelt, ob sie ihre Derringer holen sollte, konnte sich aber nicht rühren. Kokolios sah den Hauptmann mit einer Mischung aus Entsetzen, Trotz und rechtmäßigem Zorn an. Er bot ihm stolz die Brust, als wollte er für das Recht griechischer Hühner, selbst in besetztem Gebiet unbelästigt zu leben, sogar den Tod in Kauf nehmen.

Zu jedermanns Überraschung richtete der Hauptmann seine Pistole direkt auf das Gesicht eines der Schuldigen und befahl ihm, sich in den Staub zu legen. Der Dieb lächelte einschmeichelnd, da spannte Corelli den Hahn. Der Mann ließ sich mit komischer Bereitwilligkeit zu Boden fallen und stieß winselnde Entschuldigungen aus, die Corelli geflissentlich überhörte. Er bedeutete dem anderen Mann, das gleiche zu tun.

Corelli nahm Kokolios am Arm und zog ihn etwa einen Meter weg. Er stupste die beiden liegenden Männer mit dem Fuß an und befahl: »Jetzt kriecht.«

Die Männer sahen einander argwöhnisch an. »Ich hab gesagt: ›Kriecht‹«, schrie der Hauptmann, von ruhiger Wut in angewiderten Zorn wechselnd. Einer der Männer erhob sich auf Hände und Knie, doch der Hauptmann setzte ihm einen Fuß aufs Kreuz und zwang ihn brutal wieder zu Boden. »Auf den Bauch, ihr Hurensöhne.«

Sie wanden sich wie Schnecken vorwärts, bis sie auf gleicher Höhe mit Kokolios' Stiefeln waren. »Leckt sie«, befahl der Hauptmann.

Einwände waren sinnlos. Der Hauptmann schlug einem von ihnen an den Kopf, und der Arzt schloß die Augen, weil er vor der befürchteten Körperverletzung zusammenzuckte. Pelagia hielt sich schockiert die Hand vor den Mund, und ihr Herz flog den beiden im Staub kriechenden Gaunern zu; sie hätte sich nie träumen lassen, daß der Hauptmann so grausam sein konnte, so gnadenlos. Vielleicht konnte ein Musiker doch auch Soldat sein.

Die beiden Männer leckten Kokolios die Stiefel. Dieser starrte in stummer Verwunderung auf sie herab, und erst als sein Blick auf sein fleischiges Gemächt fiel, das fahl im Mondlicht glänzte, erinnerte er sich wieder, daß er unbekleidet war. Ihm klappte der Kiefer herunter, er legte beide Hände rasch über sein wertvollstes Stück und hastete in sein Haus zurück.

In der Küche konnte sich Pelagia ein Lachen nicht verkneifen. Dem Hauptmann aber stand der Sinn nicht nach Fröhlichkeit, als er wieder hereinkam. »Diese Kerle aus dem Mezzogiorno!« schrie er. »Camorristen und Mafiosi! Verräter!« Die Diebe saßen am Tisch, während der Hauptmann ihnen bei jedem Kraftausdruck einen Schlag auf den Kopf versetzte. Sie sahen sehr klein und erbärmlich aus, und der Arzt streckte die Hand aus, um den Schlägen des Hauptmanns Einhalt zu gebieten. Dieser packte die beiden am Kragen wie vorhin Kokolios, zerrte sie zur Tür und stieß sie in die Nacht hinaus. Sie fielen der Länge nach auf das Pflaster, rappelten sich auf und rannten davon.

Corelli kam mit zornesblitzenden Augen wieder herein. Er starrte Pelagia und ihren Vater finster an, als ob auch sie irgendwie Schuld daran hätten, und schrie: »Wir sind alle hungrig!« Er hob die Hände in die Luft, als wollte er Gott anflehen, schüttelte den Kopf, schlug sich mit der Faust an die Brust und rief ungläubig: »Diese Schande!«, bevor er in sein Zimmer schritt und die Tür zuknallte.

Zwei Tage später trat Pelagia in den Hof und merkte gleich, daß etwas Vertrautes fehlte. Sie blickte sich um, aber ihr fiel nichts auf. Erst dann merkte sie es. Der Hauptmann kam heraus und sah, daß sie in die vors Gesicht geschlagenen Hände weinte.

»Sie haben meine Ziege geholt«, jammerte sie, »meine schöne Ziege.« Sie konnte sich gut vorstellen, wie das Tier geschlachtet und zerlegt wurde, um das Fleisch zu essen, und das war so entsetzlich, daß sie es nicht aushielt.

Der Hauptmann legte dem weinenden Mädchen die Hand auf die Schulter, doch sie schüttelte sie ab und schluchzte weiter. »Ihr seid alle Saukerle, alle, Diebe und Saukerle!«

Der Hauptmann richtete sich steif auf. »*Tesoro mio*, ich schwöre beim Leben meiner Mutter, ich finde eine andere Ziege für dich.«

»Mach das nicht!« schrie sie ihn an und wandte ihm ihr tränenüberströmtes Gesicht zu. »Von dir würde ich gar nichts annehmen.«

Er drehte sich um und ging weg, die bittere Beschämung nagte wie ein Wurm an seinen Herzmuskeln.

45
Eine Zeit der Unschuld

Sie wurden ein altmodisches Liebespaar und liebten sich auf altmodische Weise. Sie verstanden unter Liebe, sich im Dunkeln unterm Ölbaum zu küssen oder auf einem Felsen zu sitzen und durch sein Fernglas nach Delphinen Ausschau zu halten. Er liebte sie zu sehr, um ihr Glück aufs Spiel zu setzen, und sie wiederum war zu vernünftig, um alle Vorsicht fahrenzulassen. Wie oft hatte sie schon das Elend von jungen Frauen mit einem unerwünschten Kind gesehen oder den durch Blutvergiftung ausgelösten qualvollen Tod junger Frauen, die sich selbst mit Häkelnadeln und Drahtschlingen zu kürettieren versucht hatten. Sie kümmerte sich um sie mit ihrem Vater und später mit Priestern und wußte, daß der Hauptmann verstand: wenn sie nicht miteinander schliefen, so lag es nicht daran, daß ihr Verlangen nicht groß genug war, sondern daran, daß sie eigentlich keine andere Wahl hatten.

Sie machten das Beste aus der gestohlenen Zeit und hatten es noch leichter, als Günter Weber Corelli ein Motorrad besorgte, das er von der Wehrmacht gegen Parmaschinken, Chianti und Mozzarella »auslieh«. Offiziell war es nach einem vorgetäuschten Unfall abgeschrieben worden, und Weber hatte es einfach reparieren lassen und seinem Freund übergeben.

Das erste, was Pelagia davon mitbekam, war draußen vom Hof her das Geräusch eines stotternden Auspuffs, dann ein knatternder Motor, eine Fehlzündung und Stille. Psipsina rannte herein und versteckte sich unter dem Tisch. Pelagia ging nach draußen und sah Corelli mit Fliegermütze und Schutzbrille, das Gesicht dunkel vor Schmutz, wie er auf dem Sitz einer schwarzen Maschine wegen des Staubs hustete. Er sah sie kommen und schob die Brille hoch. Sie mußte über ihn lachen, weil er zwei helle Ringe um die Augen hatte, die in dem grauen und verschmierten Gesicht steckten, und seine Lippen sahen unnatürlich rosa aus, als hätte er sie geschminkt. Er grinste, da er glaubte, sie freue sich über sein Kommen, und sagte: *»Vuole fare un giro?«*

Sie schlug die Arme übereinander und verneinte. »Ich habe noch nie auf so etwas gesessen. Ich bin ja noch nicht einmal in einem Auto gefahren, und jetzt will ich nicht damit anfangen.«

»Ich habe auch noch nie auf so etwas gesessen«, erwiderte er, »aber es ist ganz leicht. Na, ist das nicht eine wunderschöne Maschine?«

»Sie hat nur zwei Räder und wird bestimmt umkippen. Das ist doch klar. Du mußt verrückt sein, auf so etwas rumzufahren.«

Er sah zu ihr hoch. »Ich gebe zu, daß sie umkippen müßte, aber das tut sie nicht. Sie fährt zwar nicht immer strikt geradeaus, aber ich krieg das schon noch raus. Und hör mal hin.« Er stieg ab, betätigte den Kickstart, ließ den Motor auf Touren kommen und fummelte am Gasgriff herum, bis die Maschine fröhlich schnurrte.

»Hör mal«, rief er, »das ist metronomisch. Dazu ließe sich eine Melodie spielen. Dieses Tempo, es ist vollkommen, kein Takt ausgelassen, keine Verzögerung. Es ist eine musikalische Maschine, tucker-tucker-tucker, und der Auspuff, der singt. Schau, das ist eine BMW mit stehendem Einzylinder und Kardanantrieb. Da kann keine Kette reißen oder abspringen, und sie zieht den Berg hoch wie nichts. Fahr mit. Es ist das tollste Gefühl, das es gibt. Wind in deinem Haar.«

»Dreck im ganzen Gesicht«, versetzte Pelagia skeptisch. »Du siehst wie ein Affe aus. Und überhaupt, jemand könnte uns sehen.«

Der Hauptmann dachte darüber nach. »Na gut, morgen bringe ich dir einen Helm, eine Schutzbrille und einen weiten Ledermantel mit, dann erkennt dich niemand. Ist das ein Angebot?«

»Nein.«

Doch am nächsten Tag trafen sie sich hinter der Straßenbiegung, und Pelagia zog eilig ihre Verkleidung über. Der Hauptmann konnte mit dem zusätzlichen Gewicht das Motorrad kaum unter Kontrolle bringen, und anfangs schlingerten sie herum und gerieten auf das steinige Grasbankett. Zweimal fielen sie um, ohne sich zu verletzen, und dann vereinbarten sie, daß sie sich möglichst nicht rühren sollte, wenn sie hinter ihm saß. Sie klammerte sich an seine Hüften, die Handknöchel weiß vor Angst, den Kopf zwischen seinen Schulterblättern vergraben, während der donnernde Motor in ihrem Unterleib eine Empfindung erzeugte, die zugleich angenehm und durch und durch verstörend war. Als sie in Fiskardo ankamen, stieg sie schlotternd ab und merkte doch, daß sie es gar nicht erwarten konnte, wieder aufzusitzen. Er hatte recht, Motorradfahren war herrlich. Der Hauptmann war bester Laune.

Sie besuchten Orte, wo niemand Pelagia kannte, und einsame Gegenden. Sie hängte sich bei ihm ein und ging an seiner Seite, stützte sich auf seine Schulter und lachte ständig. Mit ihm, so sollte sie sich später erinnern, hatte sie immer gelacht. Manchmal nahmen sie eine Flasche Robola mit, und dann mußten sie noch mehr lachen, obwohl die Heimfahrt zu einem gewagten Abenteuer wurde – selbst wenn er nüchtern war, hielt er die Maschine nicht sehr gerade – und sie mehr als einmal an einer Stelle geradeaus fahren mußten, weil sie nicht mehr die Zeit hatten, zu bremsen und abzubiegen. Auf diese Weise entdeckten sie die verfallene Schäferhütte.

Sie war so alt, daß der Boden in die Erde eingesunken war, und enthielt nichts außer einer rostigen Pfanne und zwei grünen Flaschen. Die Dachlatten waren gebrochen und hatten sich verschoben, so daß die Ziegel gefährlich durchhingen. Es roch nach Moos und Geißblatt und alter Männerkleidung, und das Licht brach durch Ritzen zwischen den Steinen herein, wo der Mörtel schon lange verschwunden war. Sie nannten sie »Casa Nostra« und fegten den Boden mit Reisig. Sie freuten sich, die Hütte mit einer kleinen Kolonie taktvoll verschwiegener Fledermäuse und drei Schwalbenfamilien zu teilen. In diesem geheimen Häuschen breiteten sie ihre Decke aus, legten sich hin, umarmten und küßten sich und redeten, und hin und wieder spielte er Mandoline.

Er intonierte sentimentale Lieder aus vergessener Zeit, gewöhnlich auf melodramatische und ironische Weise; er war sich bewußt, daß seine Stimme nicht sehr kräftig war, und wollte sie nur zum Lachen bringen:

Alma del core, spirito dell'alma,
sempre costante, t'adorerò.
Sarò contento nel mio tormento,
se quel bel labbro baciar potrò ...

Wenn sie sich leichtsinnig vom Wein beflügelt fühlte, sang er:

Danza, danza, fanciulla, al mio cantar;
Danza, danza, fanciulla gentile, al mio cantar.
Gira leggera, sottile al suono, al suono dell'onde del mar...

In der Ferne war tatsächlich das Meer zu hören, und Pelagia drehte kichernd ein paar komische Pirouetten in der Hütte, wobei sie ihm einen Schmollmund zeigte und sich damit über die Armeehuren lustig machte, die sie so oft gesehen hatte, wie sie in ihrem Lastwagen vorbeifuhren, Gesichter schnitten und den Männern Kußhändchen zuwarfen.

Manchmal wurde Corelli niedergeschlagen und rührselig, wenn er über die Unmöglichkeit ihrer Zuneigung in alle Ewigkeit nachdachte. Dann klang seine dünne Tenorstimme ganz tragisch, und seine Augen, wenn nicht die von Pelagia, wurden feucht. Es war die Zeit für ein Klagelied, und so sang er *Donna non vidi mai ...*, nicht weil es traurig gewesen wäre, was nicht zutraf, sondern weil es *andante lento* gesungen wurde und er in den Refrain *Manon Lescaut mi chiamo* den stärksten Ausdruck *con anima* legen konnte.

All ihre verliebten Unterhaltungen begannen mit der Formel »Nach dem Krieg«.

Nach dem Krieg, wenn wir verheiratet sind, werden wir dann in Italien leben? Da gibt es schöne Orte. Mein Vater ist nicht der Ansicht, es würde mir gefallen, aber ich schon. Solange ich bei dir bin. Nach dem Krieg, wenn wir ein Mädchen haben, können wir es Lemoni nennen? Nach dem Krieg, wenn wir einen Sohn haben, müssen wir ihn Iannis nennen. Nach dem Krieg spreche ich mit den Kindern griechisch, und du kannst italienisch mit ihnen sprechen, auf die Art wachsen sie zweisprachig auf. Nach dem Krieg werde ich ein Konzert schreiben und dir widmen. Nach dem Krieg werde ich mich zur Ärztin ausbilden lassen, und es ist mir egal, ob sie Frauen zulassen, ich werde es trotzdem machen. Nach dem Krieg suche ich mir wie Vivaldi eine Stelle in einem Kloster, gebe Stunden, und alle Mädchen werden sich in mich verlieben und dich eifersüchtig machen. Nach dem Krieg könnten wir doch nach Amerika gehen, ich habe Verwandte in Chicago. Nach dem Krieg werden wir unsere Kinder nicht religiös erziehen; sie sollen selbst entscheiden, wenn sie älter sind. Nach dem Krieg werden wir uns ein eigenes Motorrad anschaffen und ganz Europa bereisen, und du kannst Konzerte in Hotels geben; so werden wir leben, und ich werde Gedichte schreiben. Nach dem Krieg besorge ich mir eine Mandola, damit ich Violamusik spielen kann. Nach dem Krieg werde ich dich lieben, nach dem Krieg werde ich dich lieben, ich werde dich ewig lieben nach dem Krieg.

46
Bunnios

Auf dem Gipfel des Ainos erhob sich Alekos im Morgengrauen von seinem Fellager mit dem Gedanken, er sollte einige Mutterziegen melken, wenn er noch Käse machen wollte. Doch zuallererst war es Zeit, mit seiner Flinte hinauszugehen und nachzusehen, ob all seine Schützlinge noch da waren. Erst vor kurzem waren aus dem Nichts Leute aufgetaucht, die sich »Andartes« nannten und versucht hatten, seine Ziegen zu stehlen. Er hatte bereits zwei von ihnen erschossen und ihre Leichen den Aasgeiern überlassen.

Er verstand das nicht. So etwas war seit der Zeit seines Urgroßvaters nicht mehr vorgekommen, als diese Andartes noch Klephten genannt wurden. Immerhin hatte er dank der Ziegendiebe zwei neue Gewehre und eine Menge Munition erhalten, und er bezweifelte stark, ob sich je wieder welche blicken lassen würden. Ein Mann mußte schon unglaublich zäh und ausdauernd sein, um auf diesen Berg zu klettern, und Alekos hatte wahrscheinlich die beiden einzigen erschossen, die entsprechend kräftige Beine und Lungen hatten.

Vielleicht hatte es mit dem Krieg zu tun. Ihm war vorher schon aufgefallen, daß wohl Krieg herrschte, weil nachts ganz weit weg manchmal der ganze Himmel von Suchscheinwerfern erhellt war und er häufig Geschützfeuer aufblitzen sah, dem ein fernes Grollen folgte. Es war nett und unterhaltsam, abends vor seiner Hütte zu sitzen, während er dem Feuerwerk zusah und in Olivenöl mit Thymian eingelegten Käse aß. Es gab ihm das Gefühl, nicht mehr so allein zu sein, und er hoffte wehmütig, daß der Krieg nicht vor dem Fest des Heiligen vorbei wäre. Als der Arzt den Berg heraufgekommen war, hatte er bestätigt, daß tatsächlich Krieg herrschte, und berichtet, daß einige Menschen so elendiglich hungerten, daß kleine Kinder gleich zu winzigen alten Menschen mit strähnigem Bart und gebeugtem Rücken herangewachsen waren. Anscheinend hatte ihr Magen ihnen gesagt, daß es sich nicht lohnte, jung zu bleiben, und Mutter Natur würde wohl bald dafür sorgen, daß die Babys schon in einen Sarg genagelt aus dem Schoß kamen.

Wenn Liberators über ihm dröhnten, beachtete er sie nicht weiter, weil sie häufig zu zweit oder zu dritt vorbeiflogen und wie laute Fledermäuse in Richtung Festland verschwanden.

Diesmal aber blickte er auf, vielleicht intuitiv, und es bot sich ihm ein besonders hübscher Anblick. So etwas wie ein weißer Pilz mit einer darunter hängenden Gestalt segelte herab, und das Wunderbare daran war, daß die aufgehende Sonne am Pilz aufblitzte, noch bevor sie Zeit gehabt hatte, mehr als ein Schimmer am Horizont zu werden. Alekos stand auf und schaute fasziniert zu. Vielleicht war es ein Engel. Auf jeden Fall war er in Weiß gekleidet. Der Hirte bekreuzigte sich und versuchte, sich an ein Gebet zu erinnern. Er hatte noch nie von einem Engel gehört, der unter einem Pilz in der Luft schwebte, aber was wußte er schon. Und es sah so aus, als hinge dem Engel ein großer Felsbrocken, vielleicht ein Paket, an einem Seil von den Füßen.

Der Engel zog fest an einer Seite der Schnüre, die ihn mit dem Pilz verbanden, und in der letzten Minute schien er so rasch zu sinken, daß es eine Bruchlandung geben mußte. Alekos verspürte eine gewisse rechthaberische Befriedigung, als der Engel tatsächlich mit einem dumpfen Ton aufschlug, auf die Seite fiel, sich den Kopf an einem Felsbrocken stieß und über den Boden geschleift wurde, da Seitenwind den Pilz aufblähte. Alekos packte eine seiner Flinten und rannte zu ihm, sicher war sicher, denn es konnte ja sein, daß selbst die Engel heutzutage ausgehungert waren und sich aufs Ziegenstehlen verlegt hatten.

Es war ein Engel, der sehr rot im Gesicht und schrecklich in die Schnüre und den Stoff des durchsichtigen Pilzes verheddert war. Alekos richtete sein Gewehr direkt auf das Gesicht des Engels. Der schlug die Augen auf, blickte ihn höflich an, sagte »Oha« und verlor gleich wieder das Bewußtsein.

Alekos brauchte geraume Zeit, um den Engel aus seinen Stricken zu befreien, und er entschied, daß der wundersame Stoff des Pilzes ein luxuriöses Laken ergeben würde. Pfiffigerweise befand sich ein Loch in der Mitte, um den Kopf durchzustecken, womit der Pilz auch als Robe getragen werden konnte. Alekos beschloß, das beim Fest des Heiligen zu tragen, wenn der Engel es ihm schenken und erlauben würde, daß er die Schnüre abschnitt.

Er bugsierte den himmlischen Besucher in seine Hütte und machte sich daran, das große Paket zu öffnen, das mit herabgefallen war. Es enthielt einen schweren Metallkasten mit Drehknöpfen und einen kleinen Motor. Alekos war keineswegs auf den Kopf gefallen und folgerte, daß der Engel wahrscheinlich den Motor mitgebracht hatte, um sich irgendein Fahrzeug zu bauen.

Zwei Tage lang fütterte er ihn mit Honig, Joghurt und anderen Leckerbissen, die er für so eine Gestalt aus einer anderen Welt als geeignet erachtete, und war höchst erfreut, als der Engel sich aufsetzte, den Kopf rieb und redete.

Schlimm war nur, daß er aus seinem Gerede nicht schlau wurde. Er erkannte einige Wörter, aber der Rhythmus der Engelsrede war ihm ziemlich fremd, die Worte schienen nicht zusammenzupassen, und die Gestalt sprach, als hätte sie einen Kieselstein im Mund und eine Biene in der Nase. Der Engel war offensichtlich sehr verärgert und enttäuscht, daß er nicht verstanden wurde, und Alekos litt unter Angst- und Schuldgefühlen, obwohl er ja nichts dafürkonnte. Sie mußten sich mit Zeichen und Grimassen verständigen.

Das Faszinierendste am Engel war aber, daß er, wenn er mit Gott oder einem der Heiligen sprechen wollte, an dem Metallkasten herumhantierte, der eine Menge interessanter Pfeif-, Zisch- und Knacklaute ertönen ließ. Dann antwortete Gott in Engelszungen und klang so weit entfernt und gestelzt, daß Alekos zum ersten Mal begriff, wie schwer es für Gott war, sich Gehör zu verschaffen. Allmählich erkannte er Wörter, die oft wiederholt wurden, etwa »Charlie«, »Bravo«, »Wilco« und »Roger«. Sonderbar an dem Wesen war auch noch, daß es eine Pistole, eine leichte Automatik, und etliche dunkelbraune eiserne Pinienzapfen mit Metallhebeln bei sich hatte, die

Alekos nicht berühren durfte. Alle Engel, die er je auf Bildern gesehen hatte, trugen Schwerter oder Speere, und es kam ihm sonderbar vor, daß Gott sich für eine Modernisierung entschieden hatte.

Nach vier Tagen wollte der Engel allem Anschein nach irgendwohin gehen, und Alekos mußte erst noch den Widerwillen, seine Ziegen den Andarte-Dieben auszuliefern, überwinden, bevor er sich auf die Brust klopfte, lächelte und dem Engel zu verstehen gab, er solle ihm folgen. Der nahm dankbar an und schenkte ihm Schokolade, die der Hirte auf einmal verschlang, so daß ihm nachher etwas schlecht wurde. Der Engel wollte jedoch nicht bei Tageslicht aufbrechen, und so mußte Alekos bis zur Abenddämmerung warten. Er wollte auch seine weiße Plane gegen ein großes Ziegenfell tauschen. Aus Alekos' Sicht war es das beste Geschäft, das ihm je angeboten worden war, und er nahm eilfertig an, obwohl ihn ein leichtes Schuldgefühl beschlich, daß er einen Engel beschummelt hatte, wenn auch ungewollt und mit dessen Einverständnis. Das Himmelswesen wickelte den Metallkasten ins Ziegenfell, verschnürte es und warf es sich über die Schulter.

Alekos wußte, daß die einzige Person, die womöglich die Engelssprache verstehen konnte, Dr. Iannis war, und entsprechend führte er den Engel zu dessen Haus. Sie marschierten vier Nächte lang mit einer für Alekos ganz unnötigen Heimlichkeit und mußten sich drei Tage lang bei mörderischer Hitze in der Macchia verstecken, wo sie von Mücken völlig zerstochen wurden und sich nur flüsternd unterhalten durften. Es sah ganz danach aus, als hätte Gott diesen besonderen Engel wegen Irrsinn aus dem Himmel verstoßen. Aber Alekos hatte nichts dagegen einzuwenden, weil er so eingenommen war von dem äußerst hellen Haar, der außergewöhnlich großen Gestalt, der unerschöpflichen Ausdauer und den vollständig vorhandenen Zähnen, die dem Engel ein reizendes Lächeln verliehen. Das Wesen zog eine finstere Miene, wenn italienische oder deutsche Soldaten in der Nähe waren, und daraus schloß Alekos, daß Gott zweifellos auf seiten der Griechen kämpfte.

Dr. Iannis wurde um drei Uhr früh von einem sanften Klopfen an seinem Fenster geweckt. Er blieb eine Weile still liegen und fragte sich irritiert, wie ein Ästchen so etwas zustande bringen konnte, wenn kein Baum da war. Schließlich wälzte er sich aus dem Bett und entriegelte die Fensterläden. Er erblickte Alekos, was schon verwunderlich genug war, aber er sah auch noch einen sehr großen blonden Mann, der in die Fustanella, die Nationaltracht der griechischen Männer, gekleidet war. Alekos, bekam den perplexen Gesichtsausdruck des Arztes mit, hob die Hände, zuckte die Achseln und sagte: »Ich habe dir einen Engel gebracht.« Er verschwand, bevor er in irgendwelche Auseinandersetzungen über die Verantwortung dafür verwickelt werden konnte.

Der Engel lächelte und streckte die Hand aus. *»Bunnios«*, sagte er, *»ist min Nam.«*

Der Arzt schüttelte die dargebotene Hand durch das Fenster und erwiderte: »Dr. Iannis.«

»Viledler herre, so ir erloubet, wolt ich sprechen in iwerer kemenate von gewize maere.«

Der Arzt zog verdutzt die Brauen zusammen. »Was?«

Der fremde Mann deutete an, daß er hereinkommen wollte, und der Arzt seufzte ungeduldig, weil er ihn hatte bitten wollen, ums Haus herum zur Tür zu gehen. Doch sobald er seine Zustimmung zu erkennen gab, griff der Mann mit einer Hand an den Fensterrahmen und hüpfte herein. Er ließ sein Fell mit dem Gepäck auf den Boden fallen und schüttelte dem Arzt nochmals die Hand. Pelagia trat verschlafen ein, da sie Geräusche gehört hatte, und erblickte einen Mann, der die quastenbesetzte Mütze, den weißen Faltenrock und die gleichfarbigen Strümpfe, die bestickte Weste und die pomponbesetzten Schuhe anhatte, die einige Leute auf dem Festland noch zu feierlichen Anlässen trugen. Alles war zwar sehr dreckig, aber unverkennbar neu. Sie sah verdutzt zu ihm auf und schlug sich die Hand vor den Mund. Mit großen Augen wollte sie von ihrem Vater wissen: »Wer ist das?«

»Wer das ist?« wiederholte der Arzt. »Wie soll ich das wissen? Alekos hat gesagt, er sei ein Engel, und ist dann abgehauen. Er selbst sagt, er heiße Bunnios, und spricht Griechisch wie eine spanische Kuh.«

Der fremdländische Mann verbeugte sich höflich und schüttelte Pelagia die Hand. Die ihre erschlaffte in seinem Griff, da sie ihr Erstaunen nicht verhehlen konnte. Er lächelte charmant und sagte: *»Von iwerer vil guote schoene und junce jare wande ich vil zu sahen han, traun.«*

»Ich bin Pelagia«, erwiderte sie und fragte dann ihren Vater: »Was redet er da? Das ist nicht Katharevousa.«

»Natürlich nicht. Und es ist sicher kein Neugriechisch.«

»Meinst du, es ist Bulgarisch, Türkisch oder so was Ähnliches?«

»Griechisch aus alter zit«, sagte der Mann und fügte hinzu: *»Perikles, Demosthenes, Homer.«*

»Altgriechisch?« rief Pelagia ungläubig aus. Sie trat einen Schritt zurück, da sie fürchtete, vor einem Geist zu stehen. Sie hatte schon als Kind alles vom Marmorkaiser gehört, der von einem Engel in eine Höhle getragen worden war, aus der er eines Tages wiederkehren würde, um die Unterdrücker zu vertreiben. Doch dieser Mann schien mehr aus Fleisch als aus Marmor zu bestehen, und es war sowieso nur eine dumme Sage. Es gab noch eine andere Geschichte, von blonden Fremdlingen aus dem Norden, die die Befreiung bringen würden. Wer weiß?

Der Arzt legte den Zeigefinger an die Stirn und blickte dann siegessicher auf: »Englisch?« fragte er.

»Engeland«, stimmte der Mann zu. *»Annoch, traun, bi miner trouwe ...«*

»Selbstverständlich werden wir nichts verraten. Könnten wir bitte englisch sprechen? Ihre Aussprache ist wirklich grauenhaft. Sie bereitet mir Kopfschmerzen. Pelagia, bring ein Glas Wasser und Plätzchen.«

Der Engländer lächelte sichtlich erleichtert; es hatte ihm sehr zugesetzt, das feinste Hochschulgriechisch zu sprechen und nicht verstanden zu werden. Ihm war gesagt worden, daß er der sich noch am ehesten wie ein echter Grieche anhörende Mensch war, den sie unter den Umständen auftreiben konnten, und er wußte sehr wohl, daß das moderne Griechisch nicht ganz dem in Eton gepflegten entsprach, aber er hatte keinesfalls erwartet, so wenig verstanden zu werden. Es war auch sonnenklar, daß jemand beim Geheimdienst eine vollständig irrige Vorstellung davon gehabt hatte, wie ein Kephallonier gekleidet war.

»Wir haben einen italienischen Offizier schlafend in einem Raum«, erklärte der Arzt, dessen Englisch nicht so gut war, wie er sich einbildete, »also sind wir sehr stumm, bitte.«

Der Engländer schnürte sein Ziegenfell auf und entnahm ihm einen Revolver. Pelagia war entsetzt. Sie würde nie zulassen, daß jemand Antonio erschoß. Der Mann sah ihre Bestürzung und sagte: »Eine Vorsichtsmaßnahme. Ich möchte keine Vergeltungsaktionen heraufbeschwören, außer es geht überhaupt nicht mehr anders.«

»Ein Spion?« fragte der Arzt. »Spionage?«

Der Mann nickte und sagte: »Ganz pscht-pscht. Haben Sie irgendwelche Kleidung, die ich anziehen könnte? Ich wäre Ihnen äußerst dankbar.«

Der Arzt wies auf die Fustanella. »Das ist nicht unser Kleid in Kephallonia.« Er zeigte auf ein gerahmtes Bild an der Wand, das einen jungen Mann in Kniebundhosen, einer um die Hüfte gebundenen weißen Schärpe, einer weichen weißen Mütze auf dem Kopf und einer Weste mit zwei Reihen breiter Silberknöpfe zeigte. »Das ist unser Kleid«, erklärte er, »aber nur Fest. Wir kleiden wie Sie. Ich bringe Ihnen Kleid, Sie mir geben Fustanella, okay?«

Der Arzt hatte schon immer eine Fustanella haben wollen, sie sich aber nie leisten können. Während er normale Kleidung holte, sagte er: »Wiston Tzortzil sei Dank.« Dabei richtete er den Blick gen Himmel, als wäre Churchill eine Gottheit. Eines Tages würde er alle bei einem Fest überraschen. Er kicherte schon in der Vorfreude. Die Mangas in der Kapheneia würden glauben, er hätte es aufgegeben, ein europäisierter Traditionalist zu sein, und sich in einen dieser traditionalistischen Fustanellophoroi verwandelt. Er überlegte, wo er noch einen kunstvollen traditionellen Dudelsack, eine Tsibouki, bekommen könnte, um das Bild abzurunden.

Es war gar nicht so leicht, den Spion in die Kleidung eines kleineren Mannes zu zwängen, und so war es nur ein schwacher Trost, daß sie beide dieselbe Hutnummer hatten. Der eingezwängte Engländer brach im Morgengrauen nach Argostoli auf, die Aufschläge seiner Hose reichten ihm nur halb über die Waden, und das Jackett ließ sich nicht zuknöpfen. Seine Ausrüstung trug er in einer ebenfalls vom Arzt zur Verfügung gestellten Jutetasche. Ohne einige wohlgemeinte Ratschläge durfte er sich aber nicht auf den Weg machen.

»Hören Sie, okay? Ihr Akzent schlimm-schlimm. Nicht reden, verstehen? Sie sind stumm, bis Sie lernen. Auch achten Sie auf Andartes. Sie Diebe, keine Soldaten, sie sagen, sie Kommunisten, aber sie Diebe. Sie nicht verstehen zu kämpfen, verstehen? Italiener in Ordnung, Deutsche nicht gut, ja?«

Und so geschah es, daß Oberleutnant »Bunny« Warren, von den King's Dragoon Guards zur SOE abkommandiert, sich mit erstaunlichem Unternehmungsgeist und außergewöhnlicher Keckheit in einem großen Haus einrichtete, in dem bereits vier italienische Offiziere einquartiert waren. Er verblüffte und verdutzte sie, indem er sich in Lateinisch mit ihnen zu verständigen suchte, und jede Woche wanderte er zu der verlassenen Hütte, wohin er sein Funkgerät und seinen Akkumulator gebracht hatte. Er übermittelte für den Fall, daß die Alliierten beschließen sollten, die Invasion in Griechenland statt in Sizilien stattfinden zu lassen, ausführliche Berichte mit Informationen über Truppenbewegungen und -zahlen nach Kairo.

Er führte ein einsames Leben, und es war bitter, als verrückt zu gelten, aber Wahnsinn war wohl noch die beste Tarnung. Mit einem Gürtel voller Goldsovereigns durchwanderte er Kephallonia, prägte sich alles ein, und ein- oder zweimal kletterte er auf den Ainos, um seinem ersten Gastgeber, der nie ganz überzeugt war, daß er keinen Engel vor sich hatte, einen Besuch abzustatten. Manchmal schloß er sich dem genauso wanderfreudigen Pater Arsenios an, und er galt als weiterer prophetisch-religiöser Fanatiker.

Sein Funkgerät ließ ihn nie im Stich. Es war ein Brown B2. Es hatte nur zwei Loctal-Röhren, eine Antenne, die ganz wie eine Wäscheleine aussah, funktionierte mit Netzanschluß oder einer 6-Volt-Batterie und war mit einem kümmerlichen Gewicht von zweiunddreißig Pfund ein Wunder der Kleinstbauweise.

47
Dr. Iannis redet seiner Tochter ins Gewissen

Dr. Iannis stopfte seine Pfeife mit dem mörderisch stinkenden Kraut, das in der Besatzungszeit als Tabak gehandelt wurde, drückte es fest, zündete es an und inhalierte unklugerweise zu stark. Der beißende Rauch drang ihm tief in die Kehle, so daß ihm fast die Augen austraten. Er spuckte, griff sich mit einer Hand an den Hals und hustete heftig. Er warf die Pfeife hin und brummte: »Fäkalien, nichts als Fäkalien. Wie weit ist es mit der Welt gekommen, wenn ich bloß noch Koprolith zu rauchen kriege? Jetzt reicht's, ich werde nie wieder rauchen.«

Die Pfeife hatte ihm in letzter Zeit mehr Leid als Trost gebracht. Es war schon unmöglich, Pfeifenreiniger zu erhalten, und so hatte er den Garten nach Vogelfedern absuchen müssen. Er hatte sogar die kleine Lemoni bestochen, zum Strand zu gehen und welche für ihn zu finden, und dies hatte mit sich gebracht, daß er Pelagia dazu verleiten mußte, die kleinen Honigtörtchen zu machen, die Lemoni so mochte. Ein endloser und nicht mehr zu bändigender Rattenschwanz von Bestechungen drohte daraus zu werden. Er hatte versucht, den gordischen Knoten durchzuhauen, indem er das Reinigen der Pfeife sein ließ, aber dies hatte dazu geführt, daß er den unbeschreiblich widerwärtigen, ungemein bitteren und entsetzlich schleimigen kalten Tabaksaft in den Mund bekam. Davon wurde ihm so übel wie einem unwissenden Hund, der in Benzin getränkte Chilischoten gefressen hat; und das alles für einen Rauchgenuß, der mit nichts Geringerem gleichzusetzen war als einer laienhaft durchgeführten Mandeloperation. Er fühlte sich verraten und verkauft. Seine Pfeife war eine in Marseille gekaufte St. Claude und hätte eigentlich ein alter Freund sein sollen. Zugegeben, der Pfeifenkopf war schon angeschmort, und das Mundstück war vergilbt und zerbissen, aber noch nie zuvor hatte sie ihn so böswillig angegriffen. Er ließ die Pfeife am Boden liegen und widmete sich wieder seiner Schreiberei.

»Weil die Insel ein Juwel ist, ist sie seit Odysseus' Zeit der Spielball der Großen, der Mächtigen, der Plutokraten und der Scheusale geworden. Die unphilosophischen Römer, in keiner Kunst außer der Behandlung von Sklaven und der militärischen Eroberung bewandert, plünderten die Stadt Sami und massakrierten deren Bevölkerung nach einem heroischen Widerstand, der vier Monate dauerte. Da fing eine lange und bejammernswerte Epoche an, in deren Verlauf das Inseljuwel als Geschenk von Hand zu Hand ging, während es in der gleichen Zeit wiederholt von Korsaren aus allen möglichen Ecken des abgewirtschafteten Mittelmeers überfallen wurde. So wurde eine Insel in einem fort ausgeraubt, eine Insel, deren berühmter Musiker Melampous schon 582 v. Chr. bei den Olympischen Spielen den Preis für Kithara errungen hatte. Seit der Römerzeit ist unser einziger Preis das Überleben gewesen.«

Der Arzt hielt inne und hob seine Pfeife vom Boden auf, da er schon wieder vergessen hatte, daß er sie noch Augenblicke zuvor für immer verstoßen hatte. Es war andauernd das gleiche Problem: Er schrieb weniger eine Geschichte als vielmehr ein Lamento. Oder eine Tirade. Oder eine Philippika. Plötzlich kam ihm die erleuchtende Idee, daß es vielleicht nicht ihm unmöglich war, über die Geschichte zu schreiben, sondern daß die Geschichte selbst unmöglich war. Zufrieden mit dieser profunden Erkenntnis belohnte er sich mit einem tiefen Zug aus seiner Pfeife und wurde wiederum das hilflose Opfer eines Nies- und Hustenanfalls.

Zornerfüllt stand er auf und dachte daran, die Pfeife entzweizubrechen. Er war schon im Begriff dazu, als ihn eine präventive Panik packte. Denn mit dem Rauchen aufzuhören war so unvorstellbar wie die Geschichte. Es war klar, daß es zwischen ihm und seiner Pfeife zu einer Art von Übereinkunft kommen mußte. Er rief Pelagia herein, die sorgfältig den Kaffeesatz aus den Frühstücksstassen herausgekratzt hatte, damit er nochmals verwendet werden konnte. Die Sache mit dem Kaffee war so schlimm wie die Tabakkrise.

»Tochter«, sagte er, »ich möchte, daß du ein bißchen Honig mit Brandy verdünnst und das dann in den Tabak mischst. So ist er schlicht unerträglich. Er ist auf unangenehmste Weise rachenreizend.«

Pelagia blickte ihn verkniffen an und nahm die ihr hingehaltene Dose. Sie wollte schon gehen, als ihr Vater hinzufügte: »Bleib bitte, da ist noch etwas, worüber ich mit dir reden muß.«

Der Arzt war überrascht. »Worüber will ich denn mit ihr reden?« fragte er sich. Es war so, als hätten sich einige Eindrücke bei ihm angesammelt, einige Eindrücke, die erörtert werden mußten, aber noch keine feste Gedankenform angenommen hatten.

Pelagia setzte sich ihm gegenüber, strich sich gewohnheitsmäßig einige lose Haarsträhnen aus dem Gesicht und fragte: »Worum geht es denn, Papakis?« Er sah sie vor sich sitzen, die Hände im Schoß gefaltet, einen erwartungsvollen Ausdruck um die Augen und ein zurückhaltendes Lächeln um die Lippen. Der Anschein reizender Unschuld, den sie sich gab, erinnerte ihn daran, was er hatte sagen wollen. Jede Person – und besonders eine Tochter –, die so jungfräulich und allerliebst erscheinen konnte, führte ganz offensichtlich Unfug und Ungezogenheiten im Schilde.

»Es ist mir nicht entgangen, Pelagia, daß du dich in den Hauptmann verliebt hast.«

Sie errötete zutiefst, sah völlig entsetzt drein und fing an zu stammeln. »In den Hauptmann?« wiederholte sie dämlich.

»Jawohl, in den Hauptmann, unseren ungebetenen, aber reizenden Gast. Der Mandoline im Mondschein spielt und dir italienische Pralinen mitbringt, die du nicht immer mit deinem Vater zu teilen bereit bist, welch letzteren du sowohl für blind wie für blöd hältst.«

»Papakis«, protestierte sie, war aber zu verdattert, um hinter diesen Ausruf eine deutliche Koda zu setzen.

»Selbst dein Hals und deine Ohren sind rot geworden«, bemerkte der Arzt, der sich an ihrer Verwirrung weidete und absichtlich noch mehr Kohlen nachlegte.

»Aber Papakis ...«

Der Arzt fuchtelte überschwenglich mit seiner Pfeife herum. »Das läßt sich wirklich nicht mehr leugnen oder diskutieren, weil alles ganz offensichtlich ist. Die Diagnose ist gestellt und bestätigt. Wir sollten über die Folgen reden. Übrigens ist mir klar, daß auch er in dich verliebt ist.«

»Er hat nichts dergleichen gesagt, Papas. Warum versuchst du mich durcheinanderzubringen? Das macht mich langsam ganz schön wütend. Wie kannst du so was sagen?«

»Das ist ganz ihre Art«, sagte er zufrieden. »So ist meine Tochter.«

»Ich werde dich schlagen, ganz im Ernst.«

Er beugte sich vor und nahm eine ihrer Hände. Sie sah weg und wurde noch röter. Es war so typisch für ihn, daß er sie erst völlig ungehalten machte und ihr dann mit einer zärtlichen Geste den Wind wieder aus den Segeln nahm. Er war ein unmöglicher Vater: Im einen Augenblick gab er gebieterisch Befehle, im nächsten war er verschmitzt und schmeichelnd, dann wieder überlegen und aristokratisch erhaben.

»Ich bin Arzt, aber auch ein Mann, der schon viel vom Leben gesehen und es betrachtet hat«, sagte der Doktor. »Liebe ist eine Art von Wahn mit unverkennbaren und oft wiederholten klinischen Symptomen. Ihr errötet, wenn ihr zusammen seid, ihr haltet euch an Orten auf, an denen der andere wahrscheinlich vorbeikommt, ihr seid beide ein wenig mundfaul, ihr lacht beide unerklärlicherweise und zu lang, du wirst ganz ekelhaft kindisch, und er wird ganz lachhaft galant. Du bist auch etwas dumm geworden. Er hat dir neulich eine Rose geschenkt, und du hast sie in mein Symptombuch zum Pressen gelegt. Wenn du nicht verliebt wärst und deinen Verstand noch beisammen hättest, wäre dir ein anderes Buch, das ich nicht täglich zur Hand nehme, zum Pressen geeigneter vorgekommen. Ich finde es sehr passend, daß die Rose bei dem Abschnitt über Erotomanie zu finden ist.«

Pelagia befürchtete den unmittelbaren Kollaps von tausend schönen Träumen. Sie erinnerte sich an den vertraulichen Rat ihrer Tante: »Wenn eine Frau sich durchsetzen will, muß sie entweder weinen, nörgeln oder schmollen. Sie muß darauf gefaßt sein, dies jahrelang zu tun, weil sie der verfügbare Besitz der Männer in der Familie ist, und Männer brauchen wie Felsen eine lange Zeit, bis sie abgeschliffen sind.« Pelagia versuchte es mit Weinen, aber dem kam eine sich im ganzen Körper ausbreitende Panik zuvor. Sie stand plötzlich auf und setzte sich genauso abrupt wieder hin. Sie sah schon einen Abgrund sich vor ihren Füßen öffnen, und eine Armee von Türken in Gestalt ihres Vaters traf gerade Anstalten, sie über den Rand zu stürzen. Die trockene Sezierung ihres Herzens schien ihren Zukunftsvorstellungen bereits allen Zauber geraubt zu haben.

Doch Dr. Iannis drückte ihr die Hand, da er seinen groben Humor bereits bereute und durch nichts anderes als die unleugbare Tatsache, daß es wieder ein schöner Tag war, von Mitleid erfüllt war. Er beobachtete die Versuche seiner Tochter, eine Träne hervorzubringen, und verfiel in einen längeren Monolog.

»Es ist eine Lebenserkenntnis, daß die Ehre einer Familie auf dem Verhalten ihrer Frauen beruht. Ich weiß nicht, warum das so ist, und möglicherweise sind andernorts die Verhältnisse nicht so. Aber wir leben hier, und ich halte die Tatsache rein wissenschaftlich fest, genauso, wie ich beobachte, daß im Januar auf dem Ainos Schnee liegt oder wir keine Flüsse haben.

Es ist ja nicht so, daß ich den Hauptmann nicht mag. Freilich ist er ein bißchen plemplem, was sich ganz einfach dadurch erklärt, daß er Italiener ist, aber er ist nicht so verrückt, daß er völlig lächerlich wäre. Eigentlich mag ich ihn sehr gern, und daß er Mandoline spielt wie ein Engel, wiegt fast wieder auf, daß er Ausländer ist.« An diesem Punkt fragte sich der Arzt, ob es förderlich sei, seinen Verdacht zu äußern, daß der Hauptmann an Hämorrhoiden litt; die Aufdeckung körperlicher Mängel und Schwächen war oft ein mächtiges Gegengift gegen die Verliebtheit. Aus Achtung für Pelagia entschied er sich dagegen. Es gehörte sich einfach nicht, Hundekacke in Aphrodites Bett zu legen.

Er fuhr fort: »Aber du mußt dir vor Augen halten, daß du mit Mandras verlobt bist. Das weißt du doch noch, oder? Genaugenommen ist der Hauptmann ein Feind. Kannst du dir die Qualen vorstellen, die dir andere zufügen würden, wenn du ihrer Meinung nach die Liebe eines Besatzers, eines Unterdrückers, der eines patriotischen Griechen vorziehst? Du wirst der Kollaboration bezichtigt, eine Faschistenhure und tausend andere Dinge genannt werden. Die Leute werden mit Steinen nach dir werfen und dich anspucken, das weißt du doch, oder? Du würdest nach Italien ziehen müssen, wenn du bei ihm bleiben willst, denn hier wärst du deines Lebens nicht mehr sicher. Bist du bereit, deine Insel und dein Volk zu verlassen? Was weißt du vom Leben dort? Glaubst du, die Italiener wissen, wie eine Fleischpastete gemacht wird, und haben St. Gerasimos geweihte Kirchen? Nein, das ist nicht der Fall.

Und noch etwas. Verliebtheit ist eine vorübergehende Verrücktheit, sie bricht aus wie ein Vulkan und legt sich dann wieder. Und wenn sie vorüber ist, mußt du eine Entscheidung fällen. Du mußt herausfinden, ob eure Wurzeln sich so ineinander verschlungen haben, daß eine Loslösung nicht mehr vorstellbar ist. Denn darin besteht die Liebe. Liebe ist nicht Atemlosigkeit, nicht Begeisterung, nicht das heiße Versprechen ewiger Leidenschaft, nicht die Begierde, sich jede zweite Minute am Tag zu vereinigen, sie besteht nicht darin, nachts wach zu liegen und sich vorzustellen, daß er jeden Fleck deines Körpers küßt. Nein, werde nicht rot, ich erzähle dir bloß ein paar Wahrheiten. Das alles ist nur das Verliebtsein, was jeder Dummkopf zuwege bringt. Liebe an sich ist das, was übrigbleibt, wenn die Verliebtheit verglimmt ist, und dann ist sie sowohl eine Kunst wie ein glücklicher Zufall. Deine Mutter und ich haben das besessen, wir hatten Wurzeln, die unter dem Boden aufeinander zuwuchsen, und als alle hübschen Blüten von unseren Zweigen gefallen waren, fanden wir heraus, daß wir ein Baum und nicht mehr zwei waren. Doch manchmal fallen die Blüten ab, und die Wurzeln haben sich nicht ineinandergeschlungen. Stell dir vor, du gibst deine Heimat und dein Volk auf, nur um nach sechs Monaten, nach einem Jahr oder nach drei Jahren zu entdecken, daß die Bäume keine Wurzeln gefaßt haben und umgefallen sind. Stell dir die Verlassenheit vor. Stell dir die Einkerkerung vor.

Ich sage dir, daß es unmöglich ist, den Hauptmann zu heiraten, bevor unsere Heimat befreit ist. Wir können eine Sünde erst vergeben, wenn der Sünder aufgehört hat, sie zu begehen, weil wir es uns nicht erlauben können, sie zu verzeihen, solange sie noch verübt wird. Ich gebe diese Möglichkeit zu, tatsächlich wäre ich glücklich darüber. Vielleicht liebst du Mandras nicht mehr. Vielleicht muß da eine Gleichung ins Lot gebracht werden, mit Liebe auf der einen und Ehrlosigkeit auf der anderen Seite. Niemand weiß, wo Mandras ist. Es könnte sein, daß er nicht mehr unter den Lebenden weilt.

Aber das heißt, daß du eine endlos hinausgeschobene Liebe vor dir hast. Pelagia, du weißt genausogut wie ich, daß eine hinausgeschobene Liebe verstärkte Begierde bedeutet. Jetzt schau mich nicht so an. Ich bin weder unwissend noch blöde, und ich bin nicht erst seit gestern auf der Welt. Ich bin außerdem Arzt und beschäftige mich nicht mit unmöglichen moralischen Imperativen, sondern mit vorweisbaren Fakten. Niemand kann mir sagen, daß eine Person, bloß weil sie jung, gut aussehend, wohlerzogen und vernünftig ist, nicht auch entflammt sein kann. Glaubst du, ich weiß nicht, daß junge Mädchen sich vor Begierde verzehren können? Ich bin sogar auf die Möglichkeit gefaßt, daß meine liebe kleine Tochter bereits in solch einem Zustand ist. Laß nicht den Kopf hängen, du sollst dich nicht schämen. Ich bin kein Priester, ich bin Arzt, meine Haltung ist anthropologisch, und außerdem, als ich jung war ... Na gut, lassen wir das. Es genügt, wenn ich sage, daß ich nicht willens bin, zu heucheln oder einen plötzlichen und zuvorkommenden Gedächtnisverlust vorzutäuschen.

Aber das stellt uns vor noch mehr Probleme, oder etwa nicht? Wenn wir von Sinnen sind, verlieren wir die Beherrschung. Wir werden zu Getriebenen. Deshalb haben unsere Ahnen sich dafür entschieden, den natürlichen Wahn der Jugend zu beherrschen, indem sie ihn mit Scham teerten. Deshalb hängen sie an manchen Orten nach der Hochzeitsnacht noch das befleckte Laken heraus. Erst letzte Woche habe ich in Assos eins gesehen, als ich wegen des gebrochenen Arms gerufen wurde, erinnerst du dich? Wenn wir uns dieser wunderschönen Sache nicht schämen würden, dann würden wir nichts anderes mehr machen. Wir würden nicht arbeiten, wir würden von Babys überschwemmt werden, und deshalb gäbe es keine Zivilisation. Kurz, wir lebten immer noch in Höhlen und würden uns gnadenlos und wahllos paaren. Wenn wir dafür nicht einen Ort und eine Zeit reserviert und es zu anderen Zeiten und an anderen Orten verboten hätten, würden wir wie die Hunde leben, und das Leben hätte wenig Schönes oder Friedliches.

Pelagia, ich sage dir nicht, daß du dich schämen sollst. Ich bin Arzt, kein Kulturgründer, der von den Leuten verlangt, sie sollten mit ihren Vergnügungen aufhören, damit endlich ein Dorf gebaut werden kann. Aber stell dir vor, wenn du schwanger würdest! Hör auf, so zu tun, als wärst du schockiert, wer weiß, was du in einem leidenschaftlichen Augenblick alles tun wirst? So etwas kommt vor, es ist eine natürliche Folge natürlicher Vorgänge. Was, glaubst du, wird passieren? Pelagia, ich würde dir nicht helfen, das Kind abzutreiben, obwohl ich weiß, wie das geht. Offen gesagt, ich würde mich nicht am Mord an einem Unschuldigen beteiligen. Was würdest du tun? Zu einer dieser Hebammen oder weisen Frauen gehen, die die Hälfte ihrer Kundinnen umbringen und die andere Hälfte auf Dauer unfruchtbar machen? Würdest du das Kind bekommen, nur um dann herauszufinden, daß kein Mann dich mehr heiraten will? Viele solcher Frauen enden als Prostituierte, das kannst du mir glauben, weil sie auf einmal merken, daß sie sowieso nichts mehr zu verlieren haben und Leib und Seele nicht anders zusammenhalten können. Aber, Pelagia, ich würde dich nicht verlassen, solange ich lebe, selbst unter solchen Umständen. Doch stell dir vor, ich würde sterben. Verzieh nicht das Gesicht, wir müssen alle unser Leben mit dem Tod bezahlen, da ist nichts zu machen. Und was, wenn der Hauptmann dich nicht heiraten kann, weil die Armee es verbietet? Was dann?

Und bist du dir bewußt, daß leichtsinniges Verhalten auf diesem Gebiet widerwärtige Krankheiten nach sich ziehen kann? Kannst du dir völlig sicher sein, daß unser Hauptmann nicht das Bordell besucht hat? Junge Männer sind in dieser Hinsicht äußerst anfällig, wie ehrenhaft sie sonst auch sein mögen, und die Armee leistet dem Vorschub, indem sie ein Bordell zur Verfügung stellt. Weißt du, was Syphilis anrichten kann? Sie führt zu körperlichem Verfall und Gehirnerweichung. Sie verursacht Blindheit. Die Kinder von Syphilitikern werden als taube Kretins geboren. Was ist, wenn der Hauptmann dorthin geht, die Augen zumacht und sich vorstellt, er hält dich in den Armen? Das ist durchaus wahrscheinlich, obwohl es mich schmerzt, so etwas zu sagen, aber junge Männer sind nun mal so.«

Pelagia weinte echte Tränen. Noch nie hatte sie sich so vernichtet und gedemütigt gefühlt. Ihr Vater hatte all ihre rosigen Träumereien herabgezogen auf den Boden gesunden Menschenverstandes und medizinischer Unerquicklichkeiten. Sie blickte aus ihren Tränen zu ihm auf und merkte, daß er sie mit ungeheurem Mitgefühl anschaute. »Du steckst in der Klemme«, sagte er schlicht, »du hast uns beide in eine verzwickte Lage gebracht.«

»Du ziehst alles in den Dreck«, warf sie ihm bitter vor. »Du weißt nicht, wie es ist.«

»Ich habe viel davon mit deiner Mutter durchgemacht«, erwiderte er. »Sie war einem anderen versprochen. Ich weiß sehr wohl, wie es ist. Deshalb rede ich mit dir in aller Offenheit, und deshalb schreite ich nicht auf und ab, schrei dich nicht an oder verbiete alles, wie es ein Vater eigentlich tun sollte.«

»Du verbietest also nicht alles?« fragte sie hoffnungsvoll.

»Nein, ich verbiete nicht alles. Aber ich meine, du solltest sehr genau wissen, was du tust, und du solltest dich mit Rücksicht auf Mandras achtbar verhalten. Darum geht es. Du mußt auch die guten Seiten daran sehen. Je länger du den Hauptmann kennst, desto besser wirst du entscheiden können, ob ihr Wurzeln habt, die unter der Erde zusammenwachsen, oder nicht. Gib ihm keinesfalls nach. Verleugne dich. Denn dann werden deine Augen nicht von einem Wahn verblendet sein, den du nicht kontrollieren kannst, und dann wirst du lernen können, ihn so zu sehen, wie er ist. Verstehst du?«

»Papakis«, sagte sie leise, »der Hauptmann hat nie versucht, mich in Schwierigkeiten zu bringen.«

»Er ist ein guter Mensch. Er weiß, daß er schlechte Karten hat. Bete für die Befreiung der Insel, Pelagia, weil dann alles möglich wird.«

Pelagia stand auf und nahm die Tabakdose. »Honig und Brandy?« fragte sie leise, und ihr Vater nickte. Er setzte noch hinzu: »Laß dich von dem, was ich gesagt habe, nicht beirren. Ich wollte dich nicht verärgern. Ich bin auch einmal jung gewesen.«

»Also war zu deiner Zeit nicht alles anders«, sagte sie schnippisch von der Tür her. Ihr Vater lächelte zufrieden über diese Retourkutsche und sog zaghaft an der Pfeife; seiner Einschätzung nach sprach eine freche Erwiderung für eine unbeirrte Tochter. Es war wohl einfacher, ein Vater zu sein als ein Historiker. Er wandte sich seinem Manuskript zu und schrieb: »Die Insel ging in die Hände des Byzantinischen Reiches über, das den Vorteil hatte, griechisch zu sein, und den Nachteil, byzantinisch zu sein.«

48
»La Scala«

»Es stimmt, Antonio, einige deiner Männer machen irgendwelche Schiebereien, und nach meiner Ansicht und der meiner Offizierskollegen wirft das ein schlechtes Licht auf dich. Nicht auf dich persönlich, aber auf die italienische Armee. Es ist so skandalös wie diese Schmähschrift über den Duce, die alle lesen. Es ist Ausdruck des gleichen Mißstandes.«

Corelli wandte sich an Carlo: »Stimmt das, was Günter sagt?«

»Frag mich nicht. Du müßtest einen Griechen fragen.«

»Iatre«, rief Corelli. »Stimmt das?«

Der Arzt kam aus der Küche, wo er sorgfältig die Klingen alter Skalpelle an einem Wetzstein geschliffen hatte, und fragte: »Stimmt was?«

»Daß einige unserer Soldaten den Hungernden mit Lebensmittelkarten Waren abkaufen, und dann kommen andere Leute her und konfiszieren die Karten wieder, weil sie illegal erworben wurden.«

»Das sind nicht ›andere Leute‹«, sagte der Arzt. »Es ist nur die andere Hälfte derselben Bande. Der Kreis schließt sich perfekt. Letzte Woche hat es Stamatis erwischt. Er hat eine wertvolle Uhr und zwei silberne Kerzenhalter verloren und stand am Ende ohne Lebensmittelkarten und mit so leerem Magen wie zuvor da. Sehr raffiniert.« Der Arzt wandte sich schon um, hielt dann aber inne. »Und noch etwas: Eure Soldaten stehlen von den Gemüsebeeten der Leute. Als ob wir nicht alle Hungers sterben würden.«

»Wir Deutschen tun das nicht«, warf Günter selbstgefällig ein und konnte sich einer gewissen Schadenfreude auf Corellis Kosten nicht enthalten.

»Die Deutschen können nicht singen«, konterte Corelli ausweichend, »und überhaupt, ich werde der Sache nachgehen und für Abhilfe sorgen. Das ist zu arg.«

Weber lächelte: »Du legst dich für die Rechte der Griechen ganz schön ins Zeug. Ich frage mich manchmal, ob du begreifst, warum du hier bist.«

»Ich bin nicht hier, um mich schweinisch aufzuführen«, sagte Corelli, »und ganz offen gesagt, mir behagt das alles nicht. Ich versuche, es als Urlaub zu sehen. Ich habe nicht diese Überlegenheit wie du, Günter.«

»Überlegenheit?«

»Ja. Ich habe nicht diese Überheblichkeit, daß ich andere Rassen für minderwertiger als meine halte. Ich fühle mich nicht dazu berechtigt, das ist es.«

»Da geht es doch um Wissenschaft«, meinte Weber. »Wissenschaftliche Tatsachen lassen sich nicht ändern.«

Corelli runzelte die Stirn. »Wissenschaft? Die Marxisten halten sich auch für Wissenschaftler und glauben genau das Gegenteil von dem, was du glaubst. Die Wissenschaft ist mir egal. Sie tut nichts zur Sache. Moralische Grundsätze sind unveränderlich, aber wissenschaftliche Tatsachen nicht.«

»Da bin ich anderer Meinung«, sagte Weber gutmütig. »Für mich ist es offensichtlich, daß die Ethik sich so wie die Wissenschaft im Lauf der Zeit ändert. Die Ethik hat sich aufgrund der Theorien von Darwin geändert.«

»Du hast recht, Günter«, warf Carlo ein, »aber deshalb muß es niemand gutheißen. Ich mag es nicht, genausowenig Antonio, das ist es. Und die Wissenschaft beschäftigt sich mit Fakten, die Moral aber mit Werten. Das ist nicht das gleiche und läßt sich auch nicht vereinbaren. Auf dem Objektträger eines Mikroskops findest du keinen Wert. Es mag ja stimmen, daß die Juden beispielsweise böse oder minderwertig sind, wie soll ich das wissen? Aber wieso muß das bedeuten, daß wir sie ungerecht behandeln sollen? Ich verstehe den Gedankengang nicht.«

»Erinnerst du dich noch«, sagte Weber und lehnte sich in seinem Stuhl zurück, »wie du eine Pistole auf mich gerichtet hast, als ich den Baummarder wegen seines Fells erschlagen wollte? Ich habe ihn nicht umgebracht. Ich habe ja nicht gewußt, daß es ein Haustier ist. Vor einer Pistole konnte ich nicht argumentieren. Das ist die neue Moral. Stärke benötigt keine Entschuldigung und muß keine Begründungen liefern. Das ist Darwinismus, wie gesagt.«

»Sie muß die Begründungen der Geschichte überlassen«, meinte Corelli, »sonst ist sie zu verurteilen. Es geht auch darum, mit sich selbst im reinen zu sein. Erinnerst du dich, als dieser Kanonier jenes Mädchen, das durch das vermeintliche Wunder geheilt worden ist, vergewaltigen wollte? Mina, so hieß sie. Weißt du, warum ich das getan habe?«

»Du meinst, als du ihn bis auf einen Stahlhelm und einen Rucksack unbekleidet in der Sonne hast strammstehen lassen?«

»Es war ein Rucksack voller Steine. Ja. Ich habe es getan, weil ich mir vorgestellt habe, daß diese Frau meine Schwester wäre. Ich habe es getan, weil ich mich sehr viel wohler fühlte, als er gut durchgebraten war. Das ist meine Moral. Ich gebe mich der Vorstellung hin, daß sie etwas Persönliches ist.«

»Du bist ein guter Mensch«, sagte Günter. »Das gebe ich zu.«

»Übrigens habe ich dich daran gehindert, Psipsina zu erschlagen, weil ich dein Leben retten wollte«, sagte Corelli. »Ich habe dich aufgehalten, weil dich Pelagia sonst umgebracht hätte.«

»Aaargh«, stöhnte Weber, wobei er so tat, als würde er sich erwürgen. »Wo ist Pelagia? Ich habe gedacht, sie mag unseren Gesang.«

»Das tut sie auch, aber es ist ihr peinlich, die einzige Frau in einer Horde von Jungen zu sein. Ich schätze, sie hört in der Küche zu. «

»Nein, das tu ich nicht«, rief sie.

»Ah«, sagte Weber, »da sind Sie ja. Antonio hat gerade vorgeschlagen, wir sollten einige Mädel von der Casa Rosetta mitbringen, um das Geschlechterverhältnis auszugleichen. Was halten Sie davon?«

»Mein Vater würde ›La Scala‹ vor die Tür setzen, und ihr müßtet wieder auf der Latrine singen.«

»Wir könnten aber mit zwei Panzerwagen anrücken«, sagte Weber. Er blickte sich um und sah kein Gesicht, das über seine Bemerkung lächelte. »Nur ein kleiner Scherz.«

»Unsere Panzerwagen würden den Hügel gar nicht raufkommen«, sagte einer der Baritone. »Wir müßten uns welche von euch ausleihen.«

»Lügen und Verleumdungen«, ereiferte sich ein Tenor. »Sie laufen einwandfrei, wenn die Panzerung weg ist. Kommt, jetzt singen wir was.«

»La Giovinezza«, schlug Weber begeistert vor, und alle anderen stöhnten. »Schon gut, schon gut, ich hole mein Grammophon aus dem Wagen, und wir können alle mit Marlene singen.«

»Und danach können wir Liebeslieder singen«, sagte Corelli, »weil heute ein wunderschöner Abend ist, und alles ist so friedlich, da sollten wir uns doch etwas romantisch geben.«

Weber ging zu seinem Kübelwagen und kehrte voll Besitzerstolz mit seinem Grammophon zurück. Er stellte es auf den Tisch und legte die Nadel auf. Es kam ein Geräusch wie fernes Meeresrauschen, und dann ertönten die ersten markigen Takte von *Lili Marleen*. Die Dietrich fing an zu singen, ihre Stimme voll träger Melancholie, Mondänität, trauriger Erkenntnis und Sehnsucht nach Liebe. »Oh«, rief Weber, »sie ist die Inkarnation des Erotischen. Vor ihr schmelze ich dahin.«

Einige der jungen fielen in das Lied mit ein, und Corelli nahm die Melodie mit seiner Mandoline auf. »Antonia mag das«, sagte er, »Antonia wird singen.« Er fügte ein paar Schnörkel ein und füllte mit rascher Fingerfertigkeit die Notenintervalle. Bei der letzten Strophe verfiel er in ein Tremolo, das eine Oberstimme über die Musik legte, sie mit leichten Glissandi, Pausen und Ritardandi verschönerte und ehrgeizig zum höchsten und dünnsten Ton des Instruments hochstieg, bis es dann wohltönend auf die sonore Mittellage der dritten und vierten Saite zurückfiel. Die Leute im Dorf ließen alles stehen und liegen und lauschten Corelli, der die Nacht zum Klingen brachte. Als die Musik aufhörte, seufzten sie, und Kokolios sagte zu seiner Frau: »Der Mann ist verrückt, und er ist ein Spaghetti, aber er hat Nachtigallen in seinen Fingern.«

»Es ist besser, als die ganze Nacht auf dein Schnarchen und Furzen zu hören«, meinte sie.

»Ein proletarischer Furz ist eine herrlichere Musik als ein bourgeoises Lied«, bemerkte er, worauf sie das Gesicht verzog und erwiderte: »Das hättest du wohl gern.«

Pelagia kam aus der Küche, ihre schlanke Silhouette erschien geisterhaft im trüben Licht der Kerzen drinnen. »Bitte, spiel das noch mal«, verlangte sie. »Es war so wunderschön.« Sie trat an Webers Grammophon und strich über das polierte Holz. Das Gerät war wie Corellis Motorrad ein weiteres Wunder der modernen Welt, das bis zu den Kriegsjahren nicht zur Welt Kephallonias gehört hatte. Es war etwas Erlesenes und Prächtiges inmitten des Verlusts und der Trennung, der Entbehrung und Angst.

»Mögen Sie es?« fragte Weber, und sie nickte sehnsüchtig. »Na schön«, fuhr er fort. »Wenn ich nach dem Krieg heimfahre, werde ich es Ihnen hinterlassen. Sie können es haben. Es würde mich sehr freuen, und Sie werden immer an Günter denken. Ich kann in Wien leicht ein anderes finden, und Sie können es als Entschuldigung an Psipsina annehmen.«

Pelagia war gerührt und fast außer sich vor Freude. Sie schaute den lächelnden Jüngling mit der schmucken Uniform, dem gestutzten ausgeblichenen Haar und den braunen Augen an und war voll freudiger Dankbarkeit. »Sie sind so süß«, sagte sie und küßte ihn ganz ungeniert auf die Wange. Die Jungen von »La Scala« jubelten, Weber errötete und hielt sich die Hände vor die Augen.

49
Der Arzt klärt den Hauptmann auf

Der Arzt und der Hauptmann saßen drinnen am Küchentisch. Corelli entfernte eine gerissene Saite von seiner Mandoline und beklagte sich darüber, daß neue Saiten unmöglich zu bekommen waren.

»Wie wär's mit Chirurgendraht?« erkundigte sich der Arzt, der sich vorbeugte und die kaputte Saite durch die Brille betrachtete. »Ich glaube, ich habe welchen von der gleichen Stärke.«

»Er muß genau richtig sein«, erwiderte Corelli. »Wenn er zu dick wäre, müßte ich ihn straffer spannen, als es das Instrument aushält. Wenn er zu dünn ist, bleibt er zu schlaff, um einen anständigen Ton hervorzubringen, und schlägt an die Bünde.«

Der Arzt lehnte sich zurück und seufzte. Plötzlich fragte er: »Haben Sie und Pelagia vor, zu heiraten? Als ihr Vater glaube ich ein Recht zu haben, es zu erfahren.«

Der Hauptmann war von der Offenheit der Frage so verblüfft, daß er viel zu fassungslos war, um zu antworten. Alles hatte sich nur auf der Grundlage entwickeln können, daß niemand die Angelegenheit offen ansprach; es ging überhaupt nur unter der stillschweigenden Voraussetzung gut, daß es sich um ein dunkles

Geheimnis handelte, das jeder kannte. Er sah den Arzt entsetzt an, sein Mund klappte wortlos auf und zu wie bei einem unachtsamen Fisch, den eine Welle unvermutet auf eine Sandbank gespült hat.

»Sie können hier nicht leben«, sagte der Arzt. Er deutete auf die Mandoline. »Wenn Sie Musiker sein wollen, ist hier der allerletzte Ort für Sie. Sie müßten nach Hause gehen oder nach Amerika. Und ich glaube nicht, daß Pelagia in Italien leben könnte. Sie ist Griechin. Sie würde eingehen wie eine Blume, die kein Licht bekommt.«

»Ah«, brachte der Hauptmann heraus, weil ihm auf Anhieb keine geistreiche Bemerkung einfiel.

»Es stimmt«, meinte der Arzt. »Wußte ich es doch, daß Sie das nicht bedacht haben. Italiener handeln immer, ohne zu denken, das ist der Ruhm und Untergang Ihrer Kultur. Ein Deutscher plant einen Monat im voraus, wie seine Verdauung zu Ostern sein wird, und die Briten planen alles im nachhinein, so daß es immer so ausschaut, als wäre alles wie beabsichtigt eingetroffen. Die Franzosen planen alles, während es so aussieht, als feierten sie ein Fest, und die Spanier ... Na ja, weiß Gott, was die machen. Jedenfalls ist Pelagia Griechin, das ist der Punkt. Kann es also gutgehen? Selbst wenn wir die offensichtliche Undurchführbarkeit außer acht lassen?«

Der Hauptmann wickelte die Saite von dem Wirbel ab und erwiderte: »Das ist nicht der Punkt, mit Verlaub. Es ist etwas Persönlicheres. Im Vertrauen gesagt, *Dottore*: Pelagia hat mir gestanden, daß Sie und ich einander sehr ähnlich sind. Ich bin von meiner Musik besessen und Sie von Ihrer Medizin. Wir sind beide Männer, die sich einen Lebenszweck geschaffen haben, und wir beide kümmern uns nicht viel um das, was andere von uns halten. Sie ist nur fähig gewesen, sich in mich zu verlieben, weil sie zuerst gelernt hat, einen anderen Mann, der mir gleicht, zu lieben. Und dieser Mann sind Sie. Ob Grieche oder Italiener, ist also unerheblich.«

Der Arzt war von dieser Annahme so gerührt, daß er einen Kloß in die Kehle bekam. Er würgte ihn hinunter und sagte: »Sie verstehen uns nicht.«

»O doch, das tu ich.«

Dr. Iannis wurde etwas gereizt und deshalb ein wenig heftig. »Aber das tun Sie nicht. Glauben Sie, Sie werden ein nettes, zugängliches Mädchen bekommen und alle Wege werden mit Rosen bestreut sein? Erinnern Sie sich nicht mehr daran, wie Sie mich gefragt haben, warum alle Griechen lächeln, wenn sie wütend sind? Also lassen sie mich Ihnen mal was sagen, junger Mann. Jeder Grieche, ob Mann, Frau oder Kind, hat zwei Griechen in sich. Es gibt sogar spezielle Ausdrücke dafür. Sie sind ein Teil von uns, so unvermeidlich wie die Tatsache, daß wir alle Gedichte schreiben und daß jeder von uns glaubt, er weiß alles, was es zu wissen gibt. Wir alle sind Fremden gegenüber gastfreundlich, wir alle haben Sehnsucht nach etwas, unsere Mütter behandeln ihre erwachsenen Söhne wie Babys, wir alle hassen die Einsamkeit, wir alle versuchen, von einem Fremden herauszufinden, ob wir nicht mit ihm verwandt sind, wir alle benutzen sämtliche langen Wörter, die wir kennen, wo immer möglich, wir alle gehen am Abend spazieren, damit wir bei den anderen über den Zaun spähen können, wir alle meinen, wir sind den Besten ebenbürtig. Verstehen Sie?«

Der Hauptmann war verwirrt. »Sie haben mir noch nichts von den zwei Griechen in jedem Griechen erzählt.«

»Habe ich das nicht? Nun, ich muß vom Thema abgekommen sein.« Der Arzt erhob sich und schritt auf und ab, wobei er mit der rechten Hand beredt gestikulierte und mit der linken seine Pfeife hielt. »Schauen Sie, ich bin auf der ganzen Welt herumgekommen. Ich habe Santiago de Chile gesehen, Schanghai, Stockholm, Addis Abeba, Sydney, alles. Und während dieser ganzen Zeit habe ich den Arztberuf erlernt, und ich kann Ihnen sagen, daß kein Mensch so sehr er selbst ist, als wenn er krank oder verletzt ist. Da zeigen sich die wahren Eigenschaften. Und ich bin fast immer auf Schiffen gewesen, deren Besatzungen hauptsächlich aus Griechen bestanden. Verstehen Sie? Wir sind ein Volk von Exilanten und Seefahrern. Ich will damit sagen, daß ich besser als die meisten darüber Bescheid weiß, wie ein Grieche ist.

Ich werde Ihnen zuerst vom Hellenen erzählen. Der Hellene hat eine Eigenschaft, die wir ›Sophrosyne‹ nennen. Dieser Grieche vermeidet jedes Übermaß, kennt seine Grenzen, unterdrückt die Gewalttätigkeit in sich, sucht Harmonie und kultiviert ein Gefühl der Ausgewogenheit. Er glaubt an die Vernunft, ist der geistige Erbe von Platon und Pythagoras. Diese Griechen hüten sich vor ihrer natürlichen Impulsivität und der Liebe zur Veränderung um der Veränderung willen, und sie beherrschen sich selbst, damit ihnen nicht die Gäule durchgehen. Sie lieben die Bildung um ihrer selbst willen, achten nicht auf Macht und Geld, wenn sie den Wert eines anderen einschätzen, halten sich streng ans Gesetz, meinen, daß Athen der einzige wichtige Ort auf der Welt ist, verabscheuen unehrliche Kompromisse und halten sich für die Quintessenz Europas. Das stammt aus dem Blut unserer antiken Vorfahren, das immer noch in uns fließt.«

Er verstummte, paffte an seiner Pfeife und fuhr dann fort: »Doch Seite an Seite mit dem Hellenen müssen wir mit den Romoi leben. Vielleicht sollte ich Sie darauf hinweisen, Hauptmann, daß dieses Wort ursprünglich ›Römer‹ bedeutete, und es bezeichnet Eigenschaften, die wir von Ihren Vorfahren erlernt haben, die in den Hunderten von Jahren ihrer Herrschaft keine einzige technische Weiterentwicklung zustande gebracht und ganze Völker unter völliger Mißachtung der Moral versklavt haben. Die Romoi sind Ihren Faschisten sehr ähnlich, also müßten Sie mit ihnen vertraut sein, nur kommt es mir so vor, als hätten Sie persönlich keins von deren Lastern übernommen. Die Romoi improvisieren, sie streben nach Geld und Macht, sind nicht rational, weil sie nach Intuition und Instinkt handeln, so daß sie alles zu einem Kuddelmuddel machen. Sie zahlen keine Steuern und gehorchen nur dem Gesetz, wenn sie keine andere Wahl mehr haben, sie betrachten Bildung nur als Mittel, um voranzukommen, werden ein Ideal stets ihrer Selbstsucht opfern, betrinken sich, tanzen und singen gern und schlagen sich den Schädel mit Flaschen ein. Und sie befleißigen sich einer Bösartigkeit und Brutalität, von denen Ihre Vergasung von Eingeborenen in Äthiopien und Ihre Bombardierung von Feldspitälern des Roten Kreuzes auf sehr unschöne Weise einen Begriff geben. Der einzige Berührungspunkt dieser beiden Seiten eines Griechen ist die Stelle mit der Aufschrift ›Patriotismus‹. Romoi und Hellene werden beide freudig für Griechenland sterben, nur wird der Hellene klug und human kämpfen, während der Romoi mit allen Schikanen und Unmenschlichkeiten vorgehen und freudig das Leben seiner eigenen Männer opfern wird, ganz wie Ihr Mussolini. Tatsächlich bemessen sie ihren Ruhm nach der Zahl der in den Tod Geschickten, und ein Sieg ohne Blutvergießen ist eine Enttäuschung.«

Der Hauptmann setzte eine äußerst skeptische Miene auf. »Aber was wollen Sie mir sagen? Heißt das, Pelagia hat eine Seite, die ich nicht kenne und die mich sehr schockieren würde, wenn ich sie kennenlernte?«

Der Arzt beugte sich vor und hob mahnend den Zeigefinger. »Genau das ist es. Und noch etwas: Ich habe auch diese Seite. Sie haben sie nie gesehen, aber ich schon.«

»Mit Verlaub, *Dottore*, das glaube ich nicht.«

»Ich fühle mich sehr geehrt, daß Sie das nicht tun. Aber in meinen lichteren Momenten sehe ich die ganze Wahrheit vor mir.«

Schweigen herrschte zwischen den beiden Männern, und der Arzt setzte sich an den Tisch, um seine widerspenstige Pfeife mit ihrer abstoßenden Mischung aus Huflattich, Rosenblüten und anderen Kräutern neu anzuzünden, die nicht im entferntesten etwas mit Tabak zu tun hatte. Er hustete und spuckte heftig.

»Ich liebe sie«, sagte Corelli schließlich, als ob dies die Antwort auf alle Probleme wäre, und für ihn war es auch so. Er hatte einen Verdacht. »Es ist doch nicht so, daß Sie sie ungern gehen lassen, oder? Wollen Sie mir den Mut rauben?«

»Sie müßten hier leben, das ist alles. Wenn sie nach Italien ginge, würde sie vor Heimweh sterben. Ich kenne meine Tochter. Sie müßten zwischen der Liebe zu ihr und der Musikerlaufbahn wählen.«

Der Arzt verließ das Zimmer, mehr der dramatischen Wirkung als eines anderen Zweckes wegen, und kam dann wieder herein. »Und noch etwas. Dies ist ein sehr altes Land, und wir hatten zweitausend Jahre lang nichts als Gemetzel. Opfer, Kriege, Morde, lauter schlimme Tode. Bei uns gibt es so viele Orte voll bitterer Geister, daß jeder, der sich ihnen nähert oder dort lebt, herzlos oder wahnsinnig wird. Ich glaube nicht an Gott, Hauptmann, und bin auch nicht abergläubisch, aber ich glaube an Geister. Auf dieser Insel gab es Massaker in Sami und Fiskardo und Gott weiß wo noch. Es wird weitere geben. Es ist nur eine Frage der Zeit. Also nehmen Sie sich nichts vor.«

50
Breschen

Aus strategischen Gründen landeten die Alliierten auf Sizilien und verrieten damit ihren standhaftesten und mutigsten Verbündeten, Griechenland. Damit ließen sie den Kommunisten ein Jahr für die Vorbereitung eines Putsches und ein Jahr für den Bürgerkrieg. ELAS vernichtete EKKA und trieb EDES in eine von den Machtzentren so entfernte Ecke, daß ihr Führer Zervas sich für den Rest seines Lebens von den Briten verraten fühlte. Die Alliierten hatten sich in Italien eine Schlagader vorgenommen und das kleine Volk, das Europa seine Kultur, seinen inneren Antrieb und sein Herz gegeben hatte, links liegenlassen. Die erbosten Griechen hörten von der BBC alles über die Vernichtung des Faschismus in Italien und wollten wissen, warum sie übersehen worden waren. Die britischen Verbindungsoffiziere rangen machtlos und frustriert die Hände und sahen zu, wie das Land zerfiel. Kommunisten in der griechischen Armee in Syrien schürten eine Meuterei, die den Sieg in Italien noch weiter verzögerte. Genau zu diesem Zeitpunkt begann auch der kalte Krieg, und der Eiserne Vorhang senkte sich. Im Westen bekam die Bewunderung und Achtung des sowjetischen Heldenmuts erste Risse, und es wurde sonnenklar, daß eine Art von Faschismus bald durch eine andere ersetzt werden würde. In Großbritannien und Amerika wollte zunächst niemand glauben, daß die Kommunisten in Griechenland Greueltaten in unvorstellbarem Ausmaß begingen; Journalisten schrieben das rechter Propaganda zu, und die ungläubigen Griechen schoben es aufrührerischen Bulgaren in die Schuhe.

Doch in manchen griechischen Gewässern, wenn auch nicht im Ionischen Meer, kehrte die Zeit der Wunder und einzigartigen Vorfälle zurück. Mit der Operation »Noah's Ark« störten die Briten den Rückzug der Achsenmächte mit Beaufighters und Kanus und verwandelten den eisernen Ring in einen eisernen Käfig. Auf Lesbos übernahmen die Kommunisten die Macht und erklärten die Insel zu einer unabhängigen Republik. Auf Chios wurde ein Gestapo-Haus entdeckt, wo Leute gezwungen worden waren, eine Nacht mit einem Skelett im Keller zu verbringen. Der deutsche Kommandant war bei einem Fliegerangriff umgekommen, während er mit seiner Mätresse schlief. Bei Inousia fanden die Briten eine Insel, auf der alle fließend Englisch sprechen konnten und entweder Lemmos oder Pateras hießen. Überfallkommandos töteten die Kommandanten auf Nissiros, Simi und Piscopi, und Patrick Leigh-Fermor und Billy Moss entführten den Befehlshaber von Kreta. In Thira brachten die Angreifer zwei Drittel der Garnison für den Verlust zweier Männer ums Leben. Auf Kreta wiederum vernichteten sie 200 000 Gallonen Benzin. Auf Mykonos und Amorgos wurden die Funkstationen unbrauchbar gemacht, und fünf Mann nahmen sieben Leute gefangen. Auf Chios zerstörten ein paar Royal

Marines zwei Zerstörer, obwohl die Andartes vor Ort nicht wie vereinbart erschienen, da sie »das Interesse verloren« hatten. Sie mochten es nicht, bei Angriffen mitzumachen, die jemand anders geplant hatte, und verweigerten die Beteiligung, selbst wenn einer aus ihren Reihen die Idee dazu gehabt hatte. Auf Samos ergaben sich eintausend Italiener Maurice Cardiff und dreiundzwanzig Mann und ließen sich dann zum Frühstück nieder; Cardiff entdeckte, daß alle Ärzte dort aus unerfindlichen Gründen französisch sprachen. Auf Naxos ergab sich der deutsche Kommandant aus Versehen; er war hinausgerudert, um einen Dampfer zu begrüßen, der seiner Meinung nach die rote Hakenkreuzflagge zeigte, doch in Wirklichkeit war es die britische Handelsflagge. Er verfiel in eine so tiefe Depression und weinte derart bitterlich, daß die Besatzung ihn aufmuntern mußte, indem sie ihm Mensch-ärgere-dich-nicht beibrachte. Damals war ein Pfund Sterling zwei Milliarden Drachmen wert, und eine Zigarette kostete siebeneinhalb Millionen. Die Bevölkerung von Lesbos bot, unternehmerisch tüchtig, einen sehr vorteilhaften Wechselkurs, und so flog jede einzelne Münze und Banknote scheinbar ganz von selbst dorthin, wodurch überall sonst das Geld ausging. Auf Siros wurde eine Gruppe von Deutschen gesichtet, die ohne Hosen Reißaus nahm. Die Kommunisten gewöhnten sich daran, für alles fünfundzwanzig Prozent Steuern zu verlangen, und in vielen Orten traten die Leute aus der Partei aus. Später würden sie sich auf Kreta und Samos gegen die Kommunisten wenden und ihnen eine Niederlage beibringen. Es wird erzählt, daß die Kreter unter britische Hoheit gestellt zu werden verlangten, aber eine

Absage mit der Begründung bekamen, daß schon die Einsetzung einer Regierung auf Zypern schlimm genug sei. Alles in allem hielten vierhundert Mann der Sondereinheiten vierzigtausend Soldaten der Achsenmächte in Schach, wobei sie dreihunderteinundachtzigmal insgesamt siebzig verschiedene Inseln aufsuchten und nur neunzehn Männer verloren. Weil sich auf völlig unvorhersehbare Weise durchschnittene Kehlen und unerklärliche Explosionen wie eine Epidemie häuften, wurden die Deutschen in ihrem Sinn für geordnetes Vorgehen so verwirrt, daß sie vollkommen hilflos wurden. Die Italiener, denen das Kämpfen von vornherein schon unsinnig erschienen war, ergaben sich höflich und mit Freuden.

Auf Kephallonia hörten die Soldaten Radio und trugen den Vormarsch der Alliierten über das Rückgrat ihrer Heimat in die Karten ein, während die Deutschen in ihrer Garnison vor Empörung schäumten. Corelli und seine Offizierskollegen spürten die eisige Stimmung, und die brüderlichen Besuche zwischen den Stützpunkten der beiden Verbündeten ließen merklich nach. Wenn Weber zu den Treffen von »La Scala« kam, wirkte er still und unnahbar, und seine Miene wurde als vorwurfsvoll gedeutet.

Eines Tages während all dieser Ereignisse fand Pelagia Corelli an der Mauer, wie er geistesabwesend Psipsina streichelte, und als er sich zu ihr umdrehte, war sein Blick betrübt. »Was passiert, wenn wir kapitulieren müssen, bevor es die Deutschen tun?« fragte er.

»Dann werden wir heiraten.«

Er schüttelte traurig den Kopf. »Das wird ein völliges Durcheinander werden. Es besteht keine Aussicht, daß die Briten kommen. Sie rücken direkt auf Rom vor. Uns wird niemand retten, es sei denn, wir selbst. Alle meine Jungen finden, wir sollten die Deutschen jetzt entwaffnen, da ihre Garnison noch klein ist. Wir haben schon Abordnungen zu Gandin geschickt, aber er tut nichts. Er sagt, wir sollten ihnen vertrauen.«

»Traust du ihnen nicht?«

»Ich bin doch nicht blöd. Aber Gandin ist einer dieser Offiziere, die zur Spitze aufgestiegen sind, indem sie Befehle ausgeführt haben. Er weiß nicht, wie er welche zu geben hat. Er ist doch bloß einer unserer typischen eselhaften Generäle ohne Hirn und Mumm.«

»Komm rein«, sagte sie. »Mein Vater ist weg, und wir können ein bißchen miteinander schmusen. Er muß in letzter Zeit viele Tuberkulosefälle behandeln.«

»Schmusen würde mich nur traurig machen, Koritsimou. In meinem Kopf herrscht eine Leere, die nur mit Sorgen angefüllt ist.«

Pater Arsenios kam in Begleitung von Bunny Warren vorbei, beide heruntergekommen, abgerissen und staubbedeckt, und Pelagia sagte rasch: »Antonio, ich muß zu ihnen und sie was fragen; ich bin gleich wieder da.«

Arsenios stand am Brunnen und fuchtelte mit seinem Kreuz herum. Sein niedergeschlagener Hund ließ sich in den Schatten der Steine plumpsen und leckte sich. Er hatte Blut an den Ballen seiner Pfoten.

»Wie ist das Gold so gar verdunkelt und das feine Gold so häßlich geworden! Dem Säugling klebt seine Zunge am Gaumen vor Durst; die jungen Kinder heischen Brot, und ist niemand, der's ihnen breche. Die zuvor leckere Speise aßen, verschmachteten jetzt auf den Gassen; die zuvor in Scharlach erzogen sind, müssen jetzt im Kot liegen ...« setzte Arsenios an, und Pelagia nahm Warren am Ellbogen und führte ihn beiseite.

»Bunnios, wann werden die Briten kommen? Ich muß es wissen. Was wird mit den Italienern geschehen, wenn sie sich ergeben? Bitte sagen Sie es mir.«

»Das kann ich nicht sagen«, antwortete er. »Denn ich weiß es selbst nicht, noch sonst einer.«

»Ihr Griechisch ist schon enorm besser geworden«, sagte sie verwundert, »aber Ihr Akzent ist immer noch ... seltsam. Bitte sagen Sie es mir. Ich bin in Sorge. Haben die Deutschen mehr Soldaten hierher verlegt? Es ist wichtig.«

»Nein, ich glaube nicht.«

Pelagia ging von ihm weg und hörte ihn noch hin und wieder »Amen« rufen. Vielleicht waren die Briten wirklich ein Volk von Schauspielern und Hochstaplern. Sie kehrte zu Corelli zurück und sagte: »Mach dir keine Sorgen, es wird alles gut werden.«

»Ist das dein Ernst? Du gehst hin und fragst einen religiösen Irren um seine Meinung und erwartest von mir, daß ich das dann glaube?«

»Oh, du Kleingläubiger. Jetzt komm schon rein. Psipsina hat eine Maus gefangen und sie unter dem Tisch losgelassen. Ich glaube, du mußt sie für mich fangen. Sie ist zuletzt gesehen worden, als sie hinter den Schrank gehuscht ist.«

»Nach dem Krieg, wenn wir verheiratet sind, kannst du die Mäuse selber fangen. Wenn ich erst mal dreißig bin, werde ich nicht mehr galant sein.«

Während Corelli mit einem Besenstiel hinter dem Schrank herumstocherte, drangen Arsenios' prophetische Stimme und die stürmischen Amens von Warren wie Musik durchs Fenster herein: »... Unser Erbe ist den Fremden zuteil geworden und unsre Häuser den Ausländern. Wir sind Waisen und haben keinen Vater; unsre Mütter sind wie Witwen ... Man treibt uns über Hals; und wenn wir schon müde sind, läßt man uns doch keine Ruhe ... Knechte herrschen über uns, und ist niemand, der uns von ihrer Hand errette ... Unsre Haut ist verbrannt wie in einem Ofen vor dem greulichen Hunger ... Warum willst du unser so gar vergessen und uns lebenslang so gar verlassen?«

»Dieser Priester hat eine wunderbare Baßstimme«, bemerkte Corelli, während er die Maus, die er am Schwanz erwischt hatte, zum Fenster hinausbeförderte. »Da fällt mir ein, ich bin zum Hafen hinuntergegangen, um den Fischern zuzuhören. Die hatten einige wirklich seltsame Instrumente, wie ich sie noch nie gesehen habe, und der Gesang war phantastisch. Ich habe einige Melodien niedergeschrieben.«

»Sie denken sie sich spontan aus, weißt du. Es ist nie zweimal das gleiche.«

»Unglaublich. Aber ein Lied haben sie ein paarmal gesungen. Ich habe es mir beibringen lassen ...« Er summte eine feierliche und martialische Weise, bewegte dazu die Finger wie ein Dirigent und hörte erst auf, als er Pelagia lachen sah. »Was ist daran so komisch?«

»Es ist unsere Nationalhymne«, erwiderte sie.

51
Lähmung

Stellen wir uns den Geist Homers vor, wie er schreibt: »Nichts ist so schlimm wie die See, einen starken, gar stärksten der Männer, ganz zu vernichten. Doch wirkte keine unermeßliche Salzflut, keine stürmische Hoffahrt landerschütternder Wellen, kein auf Flügeln hinfegender Wind so verheerend wie General Gandins Lähmung. Durch die Bürde seiner Zermürbung zur Untätigkeit verurteilt, war er mit Früchten der Tatkraft weniger gesegnet als das unfruchtbare Meer und die Wüste. Der schüchternste, am meisten seines Willens beraubte unter allen zum Tode geborenen Menschen, der Mann, in jedem Moment in blinder Stille zu enden, das war er. Nicht mehr zu lindernde Not, Entscheidungen treffen zu müssen, hatte er sich aufgeladen, und in seiner Bedrängnis war er hilflos wie die Männer, die zeit meines Lebens zahllose Vögel bei hellem Sonnenlicht, hierhin und dorthin fliegend, die Lüfte durchmessen sahen und nicht wußten, welche von ihnen nur des Himmels Botschaften trugen.

Wenn eine Regung die Samen seiner fehlenden Tatkraft belebte, war es der närrischen Hoffnung verzweifelter Drang, das Blut seiner glücklosen Gefährten, die er liebte, nicht zu vergießen. Der Weg, den er nahm, war bar aller Aussicht, das grausige Schicksal der Verdammnis all seiner Männer bald gewiß. Er war voller Vertrauen von Gemüt und sah nicht den Mantel der Falschheit, der die Nazi-Versprechungen eng umhüllte, und trug deshalb Schuld, daß Jünglinge, schön von Gestalt, ihre Leiber preisgeben mußten, Hunden und Vögeln zum Fraß oder, von Fischen zernagt, der Tiefe des wogenden Meeres. Furchtsam und fahl, verbarg er die Verstörung seines Herzens unter zaudernd geistlosem Tändeln und Aufbrausen ohne Sinn, und es schlug seinen Kriegern die Stunde, nicht nur die liebliche Insel, sondern das Leben selbst zu verlassen.« So hätte der blinde Barde schreiben können, denn es stand unumstößlich fest, daß dem General Gandin die Klarsicht des erfindungsreichen Odysseus fehlte, und auch Athene, die Göttin der reinen Augen, führte ihn nicht. Aus Rom kamen einander widersprechende Befehle, und aus Athen sandte Vecchiarelli unrechtmäßige Anordnungen. Gandin hatte keinen fixen Standpunkt und konnte deswegen die Erde nicht bewegen.

Doch es lief alles langsam ab. Mit dem Radio fing es an. Englisch-amerikanische Fliegerstaffeln in der Luft ließen die Fensterscheiben klirren, als Carlo planlos an den Knöpfen eines Geräts drehte, das schon seit langem nichts anderes mehr aus der Heimat übermittelt hatte als enttäuschendes Rauschen und Fledermauspfeifen. Auf Sizilien hatten die italienischen Soldaten in überschwenglicher Erleichterung kapituliert, und es war ein offenes Geheimnis, daß Badoglio den Krieg zu beenden trachtete. Am 19. Juli hatten die Vereinigten Staaten eintausend Tonnen Sprengstoff auf Rom abgeworfen, Eisenbahnlinien, Flugplätze, Fabriken und Regierungsgebäude zerstört und Hunderten den Tod gebracht, aber die antiken Ruinen und den Vatikan verschont. Der Papst riet der zermürbten Bevölkerung, Geduld zu bewahren. Am 25. Juli hatte König Vittorio Emmanuele den unglaubwürdigen Draufgänger, der sein Ministerpräsident war, verhaften lassen und den ehrwürdigen Marschall Badoglio an dessen Stelle gesetzt, denselben, der sich gegen alle Pläne zum Einfall in Griechenland gewandt hatte und trotz seines Rangs als Generalstabschef davon nicht in Kenntnis gesetzt worden war, als er schon im Gange war. Am 26. Juli hatte Badoglio den Ausnahmezustand ausgerufen, um einem Bürgerkrieg zuvorzukommen. Am 27. hatte er die argwöhnischen Alliierten um Bedingungen gebeten, und draußen auf den Straßen geriet die Bevölkerung in einen wahren Freudentaumel, als sie den wundersamen und unvermutet plötzlichen Sturz Benito Mussolinis feierte. Am 28. verbot Badoglio die Faschistische Partei, am 29. ließ er politische Gefangene frei, die ohne Anklage in den Gefängnissen geschmachtet hatten, einige von ihnen sogar länger als zehn Jahre, aber der Krieg wütete weiter. Die Deutschen verstärkten ihre Truppen massiv und kämpften mit erstaunlichem Mut gegen die Briten und Amerikaner, während die italienischen Verbündeten sich geschlagen gaben. Britischen Soldaten ist noch lebhaft in Erinnerung, daß die italienischen Einheiten sich angewöhnten, die Seiten entsprechend ihrer Auffassung, wer gerade gewann, zu wechseln, und daß die Bevölkerung immer die Seite mit Blumen überhäufte, die gerade vorrückte, wobei sie in den Gegenden, wo die Schlacht hin und her wogte, die Blüten wieder aufsammelte, um sie mehrmals zu verwenden.

Am 3. September unterzeichnete Badoglio einen geheimen Waffenstillstand mit den Alliierten, aber die Deutschen hatten dies schon kommen sehen und waren mit ihren Truppen auf einem vergessenen Kriegsschauplatz gelandet. Es war die Insel Kephallonia, der von Reisenden das Aussehen eines abgetakelten Kriegsschiffs zugeschrieben wird, und ihr Landungsort war Lixouri. Sie kamen am 1. August, ließen sich einen Monat Zeit für die Vorbereitungen und den Italienern einen Monat, um ihren Vorbereitungen zuzusehen, wobei Gandin allerdings keine Vorkehrungen zur Abwehr anordnete.

In Argostoli auf der anderen Seite der Bucht waren die italienischen Soldaten seit der Invasion Siziliens in Schweigen verfallen. »La Scala« kam nicht mehr im Haus des Arztes zusammen, und die Musik der Militärkapelle auf dem Marktplatz der Stadt klang holprig und traurig. Militärpolizisten leiteten immer noch mit schrillen Pfiffen den Verkehr in die Irre, aber es liefen kaum noch deutsche Offiziere herum und besuchten mit ihren alten italienischen Freunden die Cafés. Günter Weber blieb in seinem Quartier und schäumte vor Wut über die täglich eintreffenden Nachrichten von weiteren italienischen Treuebrüchen. Er hatte sich noch nie so verraten gefühlt, obwohl die Soldaten auf der Insel selbst sich nicht unehrenhaft aufgeführt hatten. Er dachte an seinen Freund Corelli und fing an, ihn zu verachten. Neuerdings verachtete er sogar die Belegschaft des italienischen Bordells, die traurigen und einfältigen Mädchen, die sich mit ihren schönen Körpern und künstlichen Gesichtern noch immer nackt in den Wellen vergnügten, als wäre nichts geschehen. Sein Zorn ging so weit, daß er sie, die er sich früher gern gemietet hätte, nun nur noch vergewaltigen wollte. Groß war seine Freude, als die Kavalkade von Motorrädern und Lastwagen aus Lixouri auftauchte; die Italiener brauchten jemand, der ihnen zeigte, wie gekämpft und nicht gewichen wurde, wie sie sich lieber dem Tod zu stellen hatten, als der Ehrlosigkeit zu verfallen.

Corelli kam nicht mehr so häufig heim ins Haus des Arztes, weil er Tag und Nacht mit seiner Batterie exerzierte. Die Geschosse bereitlegen, laden, die Klappe zuknallen, zielen, feuern, die Entfernung berechnen, ein neues Ziel anpeilen und die Geschosse für den Fall von Luftangriffen entfernen, damit nach einem Volltreffer nicht ihre eigenen Granaten die Geschütze zerstörten. Seine Männer schufteten sich in der apokalyptischen Augusthitze ab, schwitzten ganze Bäche, die im Schmutz auf den Gesichtern und Armen unregelmäßige Rinnen auswuschen. Die Haut auf ihren Schultern bekam Blasen und platzte auf, der Sonnenbrand bildete scharlachrote Flächen, die näßten und juckten, weil keine Haut mehr vorhanden war, die heilen konnte, aber die Soldaten beklagten sich nicht. Sie wußten, daß der Hauptmann mit seinen Gefechtsübungen schon das Richtige tat.

Er selbst hörte auf, Mandoline zu spielen; es blieb so wenig Zeit dafür, daß sich das Instrument im Vergleich zu einer Waffe in seinen Fingern fremd anfühlte, wenn er es zur Hand nahm. Er mußte sehr viele Tonleitern spielen, bis seine Finger auf Trab kamen, und sein Tremolo wurde abgehackt und träge. Er fuhr auf seinem Motorrad zu der Zeit heim zu Pelagia, wenn ihr Vater wahrscheinlich weg war, und brachte ihr Brot, Honig, Wein und ein Foto, auf dessen Rückseite in seiner eleganten und fremd anmutenden Handschrift »Nach dem Krieg ...« zu lesen war, und er präsentierte ihr sein müdes graues Gesicht, seine traurigen und schicksalsergebenen Augen, seine Miene stummer Würde und verschwundener Freude. »Mein armer *carino*«, sagte sie, die Arme um seinen Hals geschlungen, »gräme dich nicht, gräme dich nicht, gräme dich nicht.« Daraufhin zog er sich immer ein wenig zurück und sagte: »Koritsimou, laß mich dich bloß anschauen.«

Und dann kam die Zeit, da Carlo das Radio anmachte und einen Sender zu finden versuchte. Es war der 8. September, die Abende waren beträchtlich kühler geworden. Es war nachts wieder möglich, etwas weniger fiebrig zu schlafen, und die Meeresbrise frischte hin und wieder auf. Carlo hatte in letzter Zeit viel an Francisco und die Schrecken Albaniens denken müssen, und er wußte nun besser als je zuvor, daß alles nur eine große Verschwendung und seine Zeit auf Kephallonia nur ein Zwischenspiel gewesen war. Er hatte nur Urlaub vom Krieg bekommen, der ihn wie ein Löwe umschlich und kurz davor war, wieder loszuspringen. Er wünschte sich, es gäbe ein Naturgesetz, das die Möglichkeit ausschloß, daß ein Mensch mehr als einmal die Reise durch den Hades antrat. Er stieß auf eine Stimme und drehte rasch den Knopf zurück, um sie hereinzubekommen. »... Alle feindseligen Handlungen der italienischen Streitkräfte gegen die der Briten und Amerikaner sind überall mit sofortiger Wirkung einzustellen. Sie müssen darauf vorbereitet sein, alle zu erwartenden Angriffe von anderer Seite abzuwehren.«

Draußen fingen die Glocken auf der Insel an zu läuten, die venezianischen Kampanile tönten die unwahrscheinliche Hoffnung auf Frieden hinaus, genauso wie sie einst in Italien in frohgemutem Kriegsstolz geläutet hatten. Das Bimmeln breitete sich aus: Argostoli, Lixouri, Soulari, Dorizata, Assos, Fiskardo. Über die Meerenge von Ithaka dröhnten die Glocken in Vathi und Frikes, und sie läuteten auch weit drüben auf Zanthe, Levkas und Korfu. Auf dem Ainos stand Alekos und lauschte. Es konnte kein Feiertag sein, also war wohl der Krieg aus. Er beschattete seine Augen und schaute über die Täler hinweg; so mußte es im Himmel klingen, wenn Gott in der Nacht all seine Schäfchen ins trockene brachte.

Carlo lauschte Marschall Badoglios Verlautbarung, und dann kam noch eine Botschaft von Eisenhower persönlich. »... Alle Italiener, die dazu beitragen, die deutschen Angreifer vom italienischen Boden zu entfernen, werden die Hilfe der Alliierten erhalten ...« Er rannte hinaus und sah, daß Corelli gerade vorfuhr, eine große blaue Qualmwolke hinter sich herziehend. »Antonio, Antonio, es ist alles vorbei, und die Alliierten haben uns Hilfe versprochen. Es ist vorbei.« Mit seinen riesenhaften Pranken umarmte er den geliebten Mann, hob ihn hoch und tanzte mit ihm im Kreis. »Carlo, Carlo«, entrüstete sich der Hauptmann, »stell mich hin. Sei nicht so aus dem Häuschen. Die Alliierten scheren sich doch nicht um uns. Wir sind in Griechenland, denk dran! *Merda,* Carlo, du weißt gar nicht, wie stark du bist. Du hast mich fast erdrückt.«

»Sie werden uns helfen«, bekräftigte Carlo, aber Corelli schüttelte den Kopf. »Wenn wir jetzt nicht handeln, sind wir geliefert. Wir müssen die Deutschen entwaffnen.«

In jener Nacht lichteten die italienischen Kriegsschiffe in den Inselhäfen die Anker und flohen Richtung

Heimat: Es waren Minensuchboote, Torpedoboote und ein Schlachtschiff. Sie unterrichteten niemand von ihrer Flucht. Sie evakuierten keinen einzigen italienischen Soldaten, keine einzige hilflose Armeehure. Sie nahmen ihre gewaltige Feuerkraft mit sich und ließen nur den feuchtschwefligen Gestank von Feigheit und brennender Kohle zurück. Die deutschen Soldaten lachten sich ins Fäustchen, und Corellis Männer witterten Verrat. Der Hauptmann wartete am Telefon auf Befehle, und als keine kamen, schlief er auf seinem Stuhl ein, nachdem er eine doppelte Wache bei seiner Batterie postiert hatte. Er träumte von Pelagia und vom verrückten Priester, der predigte, daß sie alle im Feuer enden würden. Während er schlief, sendete das Radio die Bitten der Alliierten, gegen die Deutschen zu kämpfen. Das Telefon klingelte, und jemand aus dem Büro des Generals sagte dem Hauptmann, er solle nicht angreifen und sich ruhig verhalten. »Sind Sie übergeschnappt?« schrie er, aber die Leitung war schon wieder tot

Leutnant Günter Weber döste auch im Halbschlaf auf seinem Stuhl und wartete auf Befehle. Er fühlte sich abgrundtief müde, und all sein Vertrauen war verschwunden. Er vermißte seine Freunde, und, was noch schlimmer war, er vermißte die Gewißheit, die aus so vielen früheren Erfolgen erwachsen war. Die »Herrenrasse« verlor in Italien und Jugoslawien, die russische Front brach zusammen, Hamburg war zerstört. Weber fühlte sich nicht mehr unbesiegbar und stolz; er fühlte sich minderwertig und gedemütigt, so gemein behandelt und verraten, daß er, wäre er eine Frau, geweint hätte. Er dachte an das Motto seines Regiments: »Gott mit uns«, und fragte sich, ob bloß Italien ihn verraten hatte. Jedenfalls war keine

Rechnung aufgegangen; eine ganze italienische Division stand gegen die nur dreitausend Mann des 996. Grenadierbataillons, und selbst mit Gottes Hilfe hätten sie keine Chance. Er versuchte zu beten, aber die Lutherworte schmeckten bitter im Mund.

Am Morgen verlegte Oberst Barge, der Kommandant der deutschen Truppen, einige gepanzerte Fahrzeuge von Argostoli nach Lixouri, und General Gandin versuchte vergeblich, sowohl die neue Regierung in Brindisi wie das alte Oberkommando in Griechenland zu erreichen. Er hatte die ganze Nacht nicht geschlafen und war zu gut ausgebildet, um zu wissen, was zu tun war.

Pelagia und ihr Vater reihten ihre ganze medizinische Ausrüstung auf und zerrissen alte Laken in Streifen, um sie kochen und zu Verbänden aufrollen zu können. Sie hatten das vage Gefühl, daß einige Griechen in die Schußlinie geraten könnten, und mußten auf jeden Fall etwas unternehmen, allein schon, um die Spannung zu lösen. Corelli schaute auf seinem Motorrad vorbei und bat sie eindringlich, ihm zu verraten, wie er mit den Partisanen Verbindung aufnehmen könne. Aber sie wußten tatsächlich nicht, wie, und so fuhr er unglücklich in aller Eile nach Sami weiter. Vielleicht kamen die Partisanen nach langer Zeit endlich aus ihren Löchern und beteiligten sich daran, die Deutschen in Schach zu halten.

In Sami wußte er gar nicht, wo er anfangen sollte, und die Griechen dort kannten ihn nicht. Es war eine vergebliche Reise. Er hielt sein Motorrad auf der Rückfahrt an und setzte sich bei einer bröckelnden Mauer am Straßenrand in den Schatten eines Ölbaums. Er dachte an die Rückkehr nach Italien, ans Überleben, an Pelagia. Tatsächlich hatte er keine Heimat, und deshalb hatte er nie davon gesprochen. Der Duce hatte seine Eltern im Zuge der Kolonisation nach Libyen umgesiedelt, und dort waren sie von Rebellen umgebracht worden, während er mit Ruhr im Krankenhaus lag. Welches von all den Häusern, in denen er sich bei Verwandten aufgehalten hatte, war seine Heimat? Seine Familie bestand bloß aus seinen Soldaten und seiner Mandoline, und sein Herz gehörte hierher nach Griechenland. Hatte er so viel Leid ausgehalten, so viel Einsamkeit, hatte er endlich einen Platz zum Leben gefunden, nur damit ihm das alles wieder entrissen wurde? Er versuchte, sich an seine Eltern zu erinnern, aber ihr Bild war so schwach und undeutlich, so flimmernd wie eine Geistererscheinung. Ihm fiel ein freundlicher Araberjunge ein, mit dem zu spielen seine Eltern ihm verboten hatten. Die beiden Kinder hatten oft mit Steinen nach aufgereihten Flaschen geworfen, und er schien immer mit Sonnenstich und Durchfall heimgekommen zu sein. Ihm war verboten worden, Granatäpfel zu essen, weil er davon Gelbsucht bekommen könnte. Es war rührend, daß er sich an so viel und doch so wenig erinnerte, und zum erstenmal ergriff ihn Sehnsucht nach Pelagia, als gehörte sie bereits der Vergangenheit an. Ihm kam wieder die Geschichte in den Sinn, die der Arzt von den Lotophagen erzählt hatte, einem umherziehenden Volk, das einst Lotus gegessen und sein Heimweh verloren hatte. Er war einer von ihnen. Er dachte ans Sterben und fragte sich, wie lange Pelagia weinen würde. Es kam ihm schändlich vor, ihren reizenden Körper durch Tränen zu verunstalten; allein die Vorstellung war schon mitleiderregend. Er wollte eine Hand aus dem Grab strecken und sie trösten, obwohl er noch gar nicht tot war.

Als er schließlich zu seiner Batterie zurückkehrte, befanden sich seine Männer im Aufstand. Von Supergrecia war ein Befehl eingegangen, sich am Morgen den Nazis zu ergeben.

52
Entwicklungen

1

Ich habe eine unaussprechliche Wut im Bauch. Antonio meint zu mir: »Carlo, beruhige dich, wir müssen schlau sein, weil Wut sinnlos ist, kapiert?« Aber ich bin es leid, der Spielball von Irren, Trotteln, Narren und Idioten zu sein, die noch immer denken, sie wären im Großen Krieg, als alles in geordneten Schlachtreihen ablief und es selbst unter Feinden ehrenhaft zuging.

Es ist nicht zu glauben. Die Deutschen fliegen immer mehr Verstärkung ein, der Himmel ist voller Junkers, und Oberst Barge ist zu Gandin gegangen und hat gemäß den Befehlen von Supergrecia die Kapitulation verlangt, doch Gandin tut absolut nichts, außer seine Kapläne und hohen Offiziere zu konsultieren. Ist nicht er der General? Muß er nicht entscheiden und rasch handeln? Wie kann er sich anmaßen, über mein Schicksal zu bestimmen? Wo ich doch in Albanien monatelang eisige Qualen ausgestanden habe, wo ich doch den Körper eines Mannes gehalten habe, den ich liebte und der in meinen Armen starb, als wir in einem Graben voller Ratten und gefrierendem Matsch lagen. Hört Gandin nicht Radio? Ist er der einzige, der nicht weiß, daß die Deutschen in Italien plündern und morden? Weiß er nicht, daß sie erst vor ein oder zwei Tagen einhundert Leute in ein Zimmer gepfercht und mit Landminen in die Luft gejagt und in Aversa für einen toten Deutschen achtzig Polizisten und zwanzig Zivilisten erschossen haben? Weiß er nicht, daß entwaffnete Soldaten auf Viehwagen Gott weiß wohin befördert werden?

Ich bin außer mir vor Wut. Die Kommandanten haben bis auf zwei alle der Kapitulation zugestimmt. Wir sind zehntausend, und sie sind nur drei. Was ist das für ein Wahnsinn? Hat uns die Regierung nicht befohlen, die Deutschen zu ergreifen und zu entwaffnen? Wo liegt das Problem? Warum will er den Faschisten gehorchen, deren Partei abgeschafft worden ist, und den Willen des Ministerpräsidenten und des Königs mißachten?

2

»Oberst Barge? Ich habe als Zeichen des guten Willens das 317. Infanteriebataillon aus Kardakata abgezogen. Wie Sie wissen, ist die Insel ohne diese Stellung nicht zu verteidigen, und ich hoffe deshalb, Sie erkennen an, daß wir keine feindlichen Absichten hegen, und bestehen nicht mehr darauf, unsere Truppen zu entwaffnen.«

»Mein lieber General, ich muß darauf bestehen. Ich habe angeordnet, daß die Truppen direkt nach Italien heimgeschickt werden, und ich habe nicht die Absicht, mein Wort zurückzunehmen. Sie müssen jedoch entwaffnet werden, sonst könnten ihre Waffen leicht gegen uns eingesetzt werden, wenn sie heimkommen. Sie müssen einsehen, daß dies aus unserer Sicht nur gesundem Menschenverstand entspricht. Ich wende mich an Sie als an einen alten Freund.«

»Herr Oberst, ich warte immer noch auf klärende Befehle. Hoffentlich verstehen Sie meine Lage. Sie ist sehr verzwickt.«

»Herr General, Sie haben Ihre Befehle von Supergrecia erhalten, und was auch immer Sie an Befehlen aus Italien bekommen, ist ungültig, da diese Regierung unrechtmäßig ist. Wir sind Soldaten, Herr General, und müssen uns an Befehle halten.«

»Herr Oberst, ich werde Ihnen Bescheid geben, sobald ich kann.«

Oberst Barge legte den Hörer auf und wandte sich an einen seiner Majore. »Ich möchte, daß Sie mit einer Kompanie Kardakata besetzen. Die idiotischen Italiener haben es gerade geräumt, also dürfte es keine Schwierigkeiten geben.«

3

Ich bin bei Pelagia und dem Arzt gewesen. Ich bat sie, sich um meine Antonia zu kümmern, und Pelagia wickelte sie in ein Tuch und verstaute sie in dem Loch im Boden, wo sich in der Zeit der Briten politische Flüchtlinge versteckt hatten. Sie sagten mir, Carlo wäre auch dagewesen und hätte einen dicken Packen Manuskripte bei ihnen gelassen, den sie erst nach seinem Tode lesen sollten. Ich frage mich, was er geschrieben hat? Ich wußte nicht, daß er schriftstellerische Neigungen hatte. Von einem so großen und muskulösen Mann habe ich das nicht erwartet. Pelagia sieht sehr dünn und beinahe krank aus. Wir beschlossen, nicht zu unserem kleinen Versteck zu gehen, weil jeden Moment Befehle für meine Batterie kommen konnten. Sie kraulte mir so wehmütig das Kinn, daß ich schon gar nicht mehr wußte, wie ich die Tränen zurückhalten sollte. Sie hat versucht, über jemand, den sie Bunnios nennt, mit den Partisanen Kontakt aufzunehmen, aber ohne Erfolg.

4

Leutnant Weber zerlegte seine Pistole und ölte sie. Ihm war etwas bange ohne die Panzer, die seine Odyssee quer durch Europa begleitet hatten. Eine Erleichterung war allerdings, daß so viel Munition nach Lixouri geschafft worden war, aber es war besorgniserregend, daß bisher noch nicht viel Verstärkung eingetroffen war. Es war allgemein bekannt, daß der Oberst General Gandin ein letztes Ultimatum gesetzt und ihm einige peinliche Fragen über seine Loyalität und seine Absichten gestellt hatte. Es blieben noch acht Stunden. Er dachte an Corelli und fragte sich, was der wohl tat, dann nahm er das silberne Kruzifix vom Hals und sah es einfach an. General Gandin hatte die völlige Kapitulation verweigert, Bewegungsfreiheit für seine Truppen verlangt und um schriftliche Garantien für die Sicherheit seiner Leute gebeten. Weber lächelte und schüttelte den Kopf. Jemand würde denen eine Lektion erteilen müssen.

5

»Meine Herren, was soll ich machen?« fragte General Gandin, und die Kapläne sahen einander an. Sie freuten sich über ihre neuerworbene Wichtigkeit und genossen die seltene Gelegenheit, Strategen zu sein, die ein General um Rat fragte. Es war bei weitem erhebender, als die Beichte von Männern zu hören, die sie letztendlich nicht sehr ernst nahmen, und die Aufgabe, friedvolle Gesinnungen mit ungeheurer Gravität und moralischer Autorität zu äußern, ließ sie sich sehr heilig fühlen.

»Legen wir unter schriftlichen Garantien die Waffen nieder«, sagte einer, »und dann, so Gott will, werden wir alle heimkehren können.«

»Ich bin völlig anderer Ansicht«, erklärte nur einer von ihnen. »Meiner Meinung nach wäre das ein tiefgreifender Fehler.«

»Wir können sie entwaffnen«, sagte der General, »aber wir könnten es danach nicht mit der Luftwaffe aufnehmen. Wir müssen an die Stukas denken. Wir wären ohne Unterstützung aus der Luft oder von der See und würden zweifellos ausgelöscht werden.« Stukas waren eine Zwangsvorstellung des Generals. Der Gedanke an diese heulenden Todesvögel mit den geknickten Tragflächen ließ seinen Magen vor Angst rumoren. Möglicherweise wußte er nicht, daß sie aus militärischer Sicht zu den ineffektivsten Kriegswaffen gehörten, die je erdacht worden waren; es stimmte, daß sie Schrecken verbreiteten, doch die wahren Opfer wurden durch Granaten verursacht. Er verfügte über weit mehr Geschütze als die Deutschen und hätte den Gegner innerhalb von Stunden vernichten können.

»Ach ja, die Stukas«, stimmten die Kapläne zu, die ebenfalls gar nichts über sie wußten, aber darin geschult waren, mit weltmännischer Miene weise zu nicken.

6

»Also werden wir die Waffen strecken und heimgehen?« fragte einer der Männer.

»Ja, mein Sohn«, sagte der Kaplan der Einheit. »Gott sei es gedankt.«

Carlo rannte herbei. »Hört zu, Leute, die Garnison in St. Maura hat sich ergeben, und die Deutschen haben sie gefangengenommen und Oberst Ottalevi erschossen.«

»Puttana«, rief Corelli, zog seine Pistole und knallte sie auf den Tisch. »Das war's. Stimmen wir ab.«

»Wahrscheinlich ist es nur ein Gerücht«, meinte der Kaplan.

»Wir sollten in der ganzen Division abstimmen«, schlug Carlo vor, der den Geistlichen ignorierte. Er hatte für die Kirche und ihre Sendboten nichts übrig, seit er erkannt hatte, bloß dafür, wie er geboren war, in Abwesenheit zum Höllenfeuer verurteilt worden zu sein.

»Richtig, Männer«, sagte Corelli. »Ich werde mit jedem Batterieoffizier reden, den ich finden kann, und wir organisieren eine Abstimmung. Einverstanden?«

»Was ist mit Gandin?« fragte ein junger Bursche aus Neapel.

Die Männer sahen sich der Reihe nach an und hatten alle den gleichen Gedanken. »Wenn es sein muß, verhaften wir ihn«, sagte Corelli.

7

Am Morgen konnte sich General Gandin zu nichts durchringen. Er gab keine Anweisungen, obwohl ein Befehl aus Brindisi eingegangen war, die Deutschen gefangenzunehmen. Er verbrachte den Tag mit Schreibarbeit und schaute aus dem Fenster, die Hände hinter dem Rücken verschränkt. Sein Verstand war blockiert, und er konnte nur daran denken, welche Laufbahn er statt der eines Soldaten hätte einschlagen sollen. Er gab sich Erinnerungen an die alkyonischen Tage seiner Jugend hin und erkannte, daß auch sie nichts Besonderes gewesen waren. Er fühlte sich wie ein Achtzigjähriger, der auf ein unerfülltes Leben zurückblickt und sich fragt, ob sich überhaupt etwas gelohnt hat.

Oberst Barge hingegen hatte einen Gedankenblitz gehabt. Er wußte, daß die Italiener ihm nicht trauten, und deshalb machte er sich daran, ihre Reihen zu spalten, indem er sich den Anschein vorbildlichen Verhaltens gab. In der Abenddämmerung schickte er einen Oberleutnant und eine Kompanie Grenadiere aus, um klammheimlich eine italienische Batterie zu umstellen. Hauptmann Aldo Puglisi hatte keine andere Wahl, als sich friedlich zu ergeben, sobald er merkte, was geschehen war. Seine Leute wurden entwaffnet und weggeschickt, ohne daß ein Schuß fiel. Auf ihrem Weg kamen sie am Armeebordell vorbei, wagten aber nicht, dort einzukehren. Die Reihen der Division Acqui wurden von einer Woge aus Zuversicht und Erleichterung, aus Gesprächen von der Heimat und vom Frieden erfaßt, ganz wie der Oberst es vorgesehen hatte. Es war eine Täuschung, ein Taschenspielertrick meisterhaften Formats.

Am folgenden Morgen erschoß ein italienischer Feldwebel seinen Hauptmann, der sich hatte ergeben wollen, und aus dem Nichts erschienen Tiger-Panzer und bauten sich wie ominöse Ungeheuer an den Kreuzungen auf, während ihre Aufbauten den unmenschlichen Geruch nach Öl und erhitztem Stahl ausdünsteten. Viele italienische Batteriekommandanten ignorierten sie, als wären es anachronistische Meeresfelsen, die zufällig aufgetaucht waren und genauso willkürlich wieder verschwinden würden, doch andere, wie etwa Hauptmann Corelli, verlegten einige ihrer Geschütze vom Meer weg und stellten sie auf neue Ziele ein, weil sie es leid waren, auf Befehle zu warten, die nie kamen.

8

»Direkter Befehl des Führers zu Händen von Oberst Barge. Anbei das Kodewort, nach dessen verschlüsselter telegrafischer Übermittlung Sie den Angriff und die totale Liquidierung aller antifaschistischen italienischen Streitkräfte auf Kephallonia zu beginnen haben. Verhandeln Sie in der Zwischenzeit so, daß Sie ihr Vertrauen gewinnen. Alle Leichen sind vollständig zu beseitigen, vorzugsweise mit Hilfe von Barkassen, die mit Ballast beladen und im Meer versenkt werden. Da keine förmliche Kriegserklärung durch Italien erfolgt ist, sind alle gegnerischen italienischen Streitkräfte als Freischärler und nicht als Kriegsgefangene zu behandeln.«

9

General Gandin schien innerhalb weniger Tage um Jahre gealtert. »Meine Herren, die Lage ist die. Ich habe hier vor mir das Memorandum OP44 vom 3. September. Es weist uns an, daß wir nur gegen die Deutschen vorgehen sollen, wenn wir angegriffen werden. Ich habe auch den Befehl Nummer N2 vom 6. des Monats, worin steht, daß wir mit den Streitkräften, die den Deutschen Widerstand leisten, nicht gemeinsame Sache machen sollen. Dieser letzte Befehl widerspricht den von Castellano unterzeichneten Waffenstillstandsvereinbarungen, also was sollen wir damit anfangen?«

»Herr General, das heißt schlichtweg, daß die Alliierten uns nicht trauen. Der Befehl ist unsinnig. Sind uns irgendwelche Vorbereitungen der Alliierten, uns zu helfen, bekannt?«

»Nein, Major. Sie haben über vierzig Tage Zeit gehabt und haben nichts unternommen, genausowenig das Heeresministerium. Wir haben Grund zu der Annahme, daß sie von den Absichten der Deutschen wissen und uns nicht davon in Kenntnis gesetzt haben. Es gibt offenbar keine Pläne zu einer Zusammenarbeit.«

»Aber Herr General, die Deutschen haben Hunderte von Fliegern auf dem Festland, und wir haben gar nichts. Warum haben die Alliierten uns im Stich gelassen?«

»Eine gute Frage. Des weiteren habe ich hier Befehl Nummer 24202, der besagt, daß wir mit den Deutschen verhandeln müssen, um Zeit zu gewinnen, und daß die Forderungen der Deutschen, wir sollten abrücken, nicht als feindselige Akte anzusehen sind. Wie Sie wissen, haben wir uns dem gefügt, aber das Ergebnis ist doch, daß sie jetzt die strategisch und taktisch wichtigsten Stellungen innehaben. Sind Sie der Meinung, wir sollten diesem Befehl eigenmächtig nicht mehr Folge leisten?«

»Ist denn der Befehl rechtmäßig, Herr General? Widerspricht er nicht Befehl Nummer OP44?«

»Aber welcher hat Vorrang? Ich bekomme keine Klarstellung. Mit der Verlegung des Heeresministeriums von Rom nach Brindisi ist alles durcheinandergeraten.

Und jetzt haben wir diesen Befehl von Vecchiarelli, die Waffen zu strecken. Darin heißt es, General Lanz werde uns nach vierzehn Tagen heimschicken, aber ich bekomme dafür keine Bestätigung aus Brindisi. Was sollen wir also tun? Vecchiarelli glaubt General Lanz, aber tun wir es?«

»Ich jedenfalls tue es nicht, Herr General. Die Männer sind auf jeden Fall hundertprozentig dagegen. Sie haben abgestimmt, und drei Offiziere, die es ihren Leuten empfohlen haben, sind erschossen worden. Es wäre äußerst unklug. Außerdem haben wir seit gestern abend einen Befehl vom Heeresministerium, der besagt, daß wir die Deutschen als Feinde zu behandeln haben.«

»Deswegen habe ich ja an Vecchiarelli telegrafiert, daß wir diesen Befehl nicht befolgen können. Im übrigen halte ich es für meine Pflicht, Ihnen mitzuteilen, daß mir das Kommando über Mussolinis kleine Armee in seiner neuen sogenannten ›Republik‹ angeboten worden ist. Ich habe es abgelehnt, da ich zuerst dem König Gehorsam schulde. Ich hoffe, das Richtige getan zu haben.«

»Richtig, Herr General, wäre, eine Konfrontation mit den Deutschen zu vermeiden. Bis vor ein paar Tagen sind sie unsere Verbündeten gewesen, und es wäre eine untragbare Schande für die Streitkräfte, wenn wir gezwungen wären, uns gegen sie zu wenden. Viele von ihnen sind persönliche Freunde von uns. Ich glaube auch, daß das Beharren der Alliierten auf bedingungsloser Kapitulation für sie genauso schändlich ist wie das Beharren der Deutschen auf dem gleichen. Es ist besser zu sterben, als einer dieser beiden Forderungen nachzugeben.«

»Ich bin vollkommen Ihrer Meinung, Major, und habe verlangt, daß Oberst Barge bei unseren Verhandlungen durch einen echten General ersetzt wird. Das wird uns wertvolle Zeit geben, bis General Lanz eintrifft, und wenn es zum Schlimmsten kommt, bleibt uns die Schande erspart, unsere Waffen vor einem bloßen Oberst zu strecken.«

10

»Also Leute, aus Berlin ist der Befehl durchgekommen, daß die Sache auf Kephallonia losgehen soll. Sergeant, fassen Sie sich ein Herz, und bringen Sie das hier Jumbo.«

General Jumbo Wilson las die Meldung durch und entschied, nichts zu unternehmen. Er hatte jede Menge Soldaten, Schiffe, Flugzeuge und Kriegsgerät zur Verfügung, alles einsatzbereit. Aber es ging doch nicht an, die Krauts wissen zu lassen, daß er ihre Meldungen zu dekodieren verstand, oder?

53
Erster Blutzoll

Die Division Acqui votierte dafür, sich gegen die Deutschen zu wehren, hatte aber keine Zeit, eine straffe Führungsstruktur aufzubauen, um ihre Aktionen zu koordinieren. Nachdem die Schlacht schon begonnen hatte, trafen endlich Befehle von General Gandin ein, und die wurden von einigen befolgt, von anderen nicht. Der Ablauf der Ereignisse ist nicht genau bekannt, aber zwei Dinge sind gewiß. Zum einen beteiligten sich die kommunistischen Andartes der ELAS nicht, da sie keinen Grund sahen, ihre parasitäre Lethargie abzuschütteln, und zum anderen war der italienische Widerstand nicht der militärischen Führung zu verdanken. Es war ein spontaner Beweis von Mut und Entschlossenheit in den Herzen einzelner Männer, die dunkel ahnten, daß endlich die Zeit für sie gekommen war, etwas Richtiges zu tun.

Wer weiß, was den Hauptmann Fienzo Appollonio wirklich dazu bewog, ohne Befehl das Feuer auf eine Flottille deutscher Landungsboote zu eröffnen?

Vielleicht war er ein ehrenhafter Mann, der es nicht mehr ertragen konnte, in der Geschichte eines halbgaren und zerfallenen Imperiums eine unwürdige und nachgiebige Rolle zu spielen. Vielleicht empfand er echtes Mitleid mit den Griechen, mit denen er so lange zusammengelebt hatte, und wollte nun die Scham tilgen, die er angesichts der Unterwerfung und Entbehrungen fühlte, die er ihnen selbst mit auferlegt hatte. Vielleicht schämte er sich der traurigen militärischen Erfolgsbilanz der Armee, in der er gedient hatte, und wollte die Gewalt über seinen kleinen Teil davon nun den Händen der selbstgefälligen Nichtskönner und Sykophanten entringen, die diese Leute von der Sicherheit ihrer Bunker aus in so viel blutige und sinnlose Not geschickt und immer wieder Niederlagen dem Rachen des Sieges entrissen hatten. Vielleicht war es einfach so, daß er nur zu deutlich sah: Es blieb ihm keine andere Wahl mehr, als fürs Überleben zu kämpfen.

Was die Gefühle und Gedanken auch gewesen sein mögen, die in den Tiefen seines Verstandes um sich selbst kreisten, seine Männer teilten seine Schlußfolgerungen. Sie hatten die Haubitzen bereits geladen und in Stellung gebracht, während er noch zusah, wie die mit Fahrzeugen und bleichen Soldaten befrachteten Landungsboote unbeholfen durch die Dünung schnitten. Ihm fiel die unnötige, aber merkwürdig vielsagende Disziplin auf, die sich daran zeigte, daß die Deutschen ihre Waffen exakt gleich trugen, nämlich senkrecht geschultert, so daß sie zusammen wie die in den Boden gerammten Spieße einer getarnten Erdfalle aussahen. Der Hauptmann spähte durchs Fernglas und teilte die See dazwischen in Einheiten von je hundert Metern ein. Er rechnete noch das nicht sichtbare Land zwischen seiner Batterie und dem Meer dazu und befahl mit einem Zutrauen, das er gar nicht spürte, das ihm nächste

Geschütz solle die von ihm bestimmte Schußweite vorgeben und eine einzige Granate abfeuern.

Mit einem metallischen Krachen sprang das Geschütz zurück, wobei die Rohrwiege in ihrer Verankerung hochhüpfte wie ein aufgeregter Hund, der nach einem Leckerbissen schnappt. Nach all den Jahren hatte sich Hauptmann Appollonio immer noch nicht an das schmerzhafte Dröhnen des Metalls in seinen Ohren gewöhnt, und er zuckte zusammen, als er das schwarze Pünktchen mit unglaublichem und unberechenbarem Tempo so schnell durch die Luft zischen sah, daß er sich fragte, ob er es nun gesehen hatte oder nicht. Er verlor es aus den Augen und sah dann Sekunden später keine fünfzig Meter von der geschätzten Einschlagstelle entfernt die Wasserfontäne aus dem Meer steigen. Auf den Booten entwickelte sich eine hektische Aktivität, die ihm beinahe komisch vorkam, und dann gab er die exakte Schußweite an und befahl, nach Belieben zu feuern.

Die Männer waren begeistert. Endlich hatten sie einen Anführer, dessen Mut auf geheimnisvolle Weise in den Boden unter seinen Füßen fließen, unterirdisch weiter-, wie durch ein Wunder in ihre eigenen Herzen hinauflaufen und sie mit dem unbezähmbaren Freiheitsgefühl von Männern erfüllen würde, die endlich entdeckt haben, daß sie doch Soldaten sind. Die Männer lächelten sich zu. In ihren Augen leuchtete eine Freude, ein Stolz, den sie nie zuvor gefühlt hatten, und sie sahen verwundert zu, wie spektakuläre Wasserfontänen das regelmäßige und einschläfernde Wellenmuster auslöschten. In der Luft hing schwer der süßliche Gestank von Kordit und der unauslöschlich männliche und infernalische Geruch rotglühender Rohre und rauchenden aromatischen Öls.

In den Linien ihrer Handteller sammelte sich Schmiere, und ihre Gesichter wurden schwarz, so daß ihre mit der Zunge angefeuchteten Lippen seltsam bleich und rosa aussahen. Der Schweiß ihrer ungestümen Begeisterung durchtränkte das Haar unter ihren Kappen, und sie warfen die zur Hälfte gerauchten Zigaretten weg, die früher ein Trost gewesen waren, nun aber nur noch ihre Handgriffe und ihre Atmung behinderten.

Von ihrem eigenen Erfolg, von der unglaublichen und nie zuvor dagewesenen Durchschlagskraft ihres Geschoßhagels benommen, hörten die Männer der Batterie auf zu feuern, als das letzte Landungsboot in den Wellen versank. Sie ballten zufrieden die Fäuste, als sie zwei Rettungsboote von Lixouri auslaufen und auf den Ort des Gemetzels und das Treibgut aus zerlegten und zersplitterten Booten zuhalten sahen. Keinem von ihnen war danach, auf einen Rettungstrupp zu feuern, und so schüttelten sie sich die Hände und umarmten sich. An diesen Tag würden sie sich immer erinnern, versicherten sie einander. Es war ein Initiationsritus wie die Firmung oder die Hochzeit gewesen.

Ein Wasserflugzeug kam über den Hügelrücken auf Argostoli zu und warf gleichgültig eine Reihe tödlicher Bomben ab, die in einer vollkommen geraden Linie einem bescheidenen und unschuldigen Häuschen nach dem anderen das Dach zerfetzten. Maschinengewehre und Flaks eröffneten das Feuer, als andere Kommandanten spontan ihre Befehle ignorierten und sich in die Schlacht warfen. In den Straßen von Argostoli rückten italienische Infanteristen – einige ohne ihre Offiziere – im Schutz stahlverkleideter Fahrzeuge gegen die Panzer vor. Sie waren von einem Heldenmut beseelt, den sie nie gezeigt hatten, als sie noch für die Faschisten und ihren lachhaften Diktator gekämpft hatten.

Die Wehrmachtspanzer eröffneten das Feuer auf die Batterie, und ihr Geschützdonner hallte in den engen Straßen wider, ließ die Wände erzittern und Flocken lockerer Leimfarbe als Staub ins Innere der Häuser rieseln. Appollonios Schützen richteten die Geschützrohre neu aus, und nicht weit entfernt eröffnete auch die Batterie von Hauptmann Antonio Corelli das Feuer. Die Panzer rückten vor, wobei die klägliche und unnötige Gestrüpptarnung von ihnen abfiel wie die Kleider von einer betrunkenen Hure. Ihre Motoren brüllten und heulten, bei jedem Gangwechsel ruckelten sie und spien schwarze Auspuffgase aus, als wären sie bereits von Granaten getroffen.

Die Panzer wurden mit Granaten eingedeckt, die rote Erdfontänen und weißen Staub aufspritzen ließen, und blieben alle mit einem Ruck stehen, als wären ihre Besatzungen zu verdutzt darüber, auf Widerstand zu stoßen, als wäre es unvorstellbar, daß Italiener sich widersetzten. Auf der alten britischen Brücke über die Untiefen der Bucht tauchte unglaublicherweise ein deutscher Panzerwagen auf, dessen Gefechtsturm eine große weiße Flagge zierte. Die Schützen bei den Batterien waren siegessicher, fühlten sich bestätigt; vielleicht würden die Deutschen bei Gandin um die Kapitulationsbedingungen bitten.

Bei Sonnenuntergang warteten und rauchten die Soldaten. Das Öl an ihren Fingern drang beißend, aber irgendwie dazugehörig ins Papier ihrer Zigaretten. Eine große Staffel von JU-90 mit Verstärkung für die Nazis flog über sie hinweg, und Hauptmann Appollonio riß verärgert die Hände in die Luft. »Warum feuern die Flakbatterien nicht? Was ist mit diesen Blödmännern los?« Er hatte doch nicht so viel riskiert, bloß um alles durch den Wankelmut anderer wieder zu verlieren. Sinnlos, aber zu seiner eigenen Befriedigung, feuerte er mit dem Karabiner auf die sich entfernenden Flieger, das Krachen der Schüsse klang merkwürdig höflich und scheu im Vergleich zu den Geschützsalven zuvor.

Das Feldtelefon klingelte. General Gandin hatte, statt im günstigen Augenblick die Kapitulation zu verlangen, sich auf einen Waffenstillstand eingelassen. Appollonio verdrehte ungläubig die Augen und brüllte den Vermittler so laut an, daß er erst nach einiger Zeit merkte, daß er in eine tote Leitung fluchte. »Verrückter Mistkerl«, schrie er, als er den Hörer niederknallte. Ein wenig Trost brachte ihm ein Bote, der eine Meldung von Hauptmann Antonio Corelli brachte: »Wenn Sie vors Kriegsgericht kommen, möchte ich die Ehre haben dürfen, zusammen mit Ihnen angeklagt zu werden.«

54
Carlos Abschied

Antonio, mein Hauptmann,
wir leben in schlechten Zeiten, und ich habe ganz stark das Gefühl, daß ich sie nicht überleben werde. Du weißt, wie das ist, wie eine Katze sich zum Sterben davonschleicht oder ein todkranker Mann den Geist seiner Mutter neben seinem Bett erblickt oder seinem eigenen Geist begegnet, der ihm an der Kreuzung entgegenkommt.

Du wirst mit diesem Brief alle meine Aufzeichnungen finden, die ich seit der Ankunft auf dieser Insel gemacht habe, und wenn Du sie liest, wirst Du entdecken, was für ein Mensch ich bin. Hoffentlich ekelt es Dich nicht, und hoffentlich kannst Du mir vergeben und ohne Abscheu an mich denken, weil Du ein weites und großzügiges Herz hast. Hoffentlich denkst Du an all die Male, da wir uns als Kameraden und Brüder umarmt haben, und wirst nicht nachträglich von Entsetzen gepackt, weil es die Umarmungen eines Entarteten waren. Ich habe immer versucht, Dir die Zuneigung, die ich verspürt habe, zu zeigen, ohne Dir etwas zu nehmen und ohne Dir etwas zu geben, was du nicht wolltest.

Wenn Du diese Seiten liest, wirst Du erkennen, daß mir in Albanien der Verlust meines Kameraden Francisco großen Kummer bereitet hat, und ich möchte Dir hier sagen, daß ich die Wunde, die ich in diesem Krieg erhalten habe, mir selbst zugefügt habe. Ich schäme mich nicht. Ich habe nichts Unrechtes getan. Als Francisco starb, wollte ich auch sterben. Alle Schönheit wich aus meinem Leben, und alles war bedeutungslos, aber mir fehlte der unnatürliche Mut, den einer braucht, um sich sein Lebenslicht auszublasen. Ich kam auf diese wunderschöne Insel mit nichts weiter als einem grauen Nebel im Hirn und einem schmerzenden und leeren Herzen, das untröstlich war und vor Gram und Bitterkeit barst. Was ist schon ein Mann, dessen Brust voller Orden steckt, aber dessen Herz darunter zu verzweifelt ist, um zu schlagen?

Mein lieber Antonio, Du sollst erfahren, daß ich Dich für Dein unverwüstliches Lachen, Deine großartige Musik, Deinen unvergleichlichen Geist mit demselben Erstaunen, demselben Gefühl der Dankbarkeit geliebt habe, das ich in Deinen Augen sehe, wenn Du mit Pelagia zusammen bist, und ich werde ewig an Dich denken, auch wenn ich tot bin. Du hast mir den Kummer von der Brust genommen und mich wieder zum Lächeln gebracht, und Deine Freundschaft habe ich mit Freuden angenommen, wobei ich mir stets meiner eigenen Unwürdigkeit bewußt war und gegen jeden Impuls gekämpft habe, sie schlecht zu machen, und ich verlasse mich darauf, daß Du mich nicht verachten wirst, wie ich es in den Augen manch anderer verdient hätte.

Antonio, ich habe so viele Erinnerungen an diese wenigen kurzen Monate, daß ich weinen muß bei dem

Gedanken, daß sie nun vorbei sind. So viele glückliche Erinnerungen. Weißt Du noch, wie Du Dich mit dieser Mine beinahe selbst in die Luft gejagt hast und ich Dich zum Haus des Arztes getragen habe? Da wußte ich dann, daß ich verrückt geworden wäre, wenn Du gestorben wärst, und ich danke nun Gott, daß ich vor Dir sterben werde, damit ich den Kummer nicht aushalten muß. Antonio, ich spreche zu Dir schon aus dem Jenseits, ganz im Ernst. Ich habe Dich von ganzem, verschämtem Herzen geliebt, so sehr, wie ich Francisco geliebt habe, und ich habe jede Eifersucht überwunden, die ich vielleicht verspürt habe. Wenn einem Toten noch ein Wunsch gestattet sei, dann der, daß Du mit Pelagia glücklich wirst. Sie ist schön und lieb, keine verdient Dich mehr und keine ist Deiner eher würdig. Ich wünsche mir, daß Ihr Kinder habt, und ich wünsche mir, daß Ihr ihnen gelegentlich vom Onkel Carlo erzählt, den sie nie gesehen haben. Ich jedoch schultere meinen Rucksack, schnalle den Gurt fest zu, stecke den Arm durch den Gewehrriemen und lüfte den Schleier, um ins Ungewisse zu marschieren, wie es Soldaten immer tun werden. Denk an mich.

Carlo

55
Sieg

Trotz der unmißverständlichen Forderung seiner Männer, die Deutschen sollten zur Kapitulation gezwungen und ihre Waffen einkassiert werden, spielte General Gandin den Heiligen und vereinbarte mit Oberst Barge, daß seine italienischen Soldaten ihre Waffen behalten und die Insel räumen dürften. Es gab jedoch keine Schiffe, um sie zu evakuieren, aber das kam ihm anscheinend nicht so wichtig vor. Auf Korfu hatten die Deutschen anständigerweise zugestimmt, selbst die Truppentransporter zur Verfügung zu stellen, dann aber alle durch die Brandung zu ihnen hinwatenden Soldaten mit MGs niedergemäht und ihre Leichen den Wellen überlassen. Der unvergleichlich tapfere Oberst Lusignani hielt sich, von den Briten vollkommen im Stich gelassen, allen widrigen Umständen zum Trotz noch mehrere Tage. All seine Männer, die noch so lange überlebten, daß sie bis zu einem deutschen Gefangenentransport gelangten, wurden getötet, als die Briten sie auf dem Meer bombardierten. Diejenigen, die sich mit einem Sprung ins Wasser zu retten versuchten, wurden von den Deutschen mit MGs abgeknallt und dem Meer überlassen.

Auf Kephallonia hatten die Deutschen nun eine Frist von vierzehn Tagen, um sich zu organisieren und Verstärkungen wie zusätzliche Waffen heranzuschaffen, während die verwirrten Italiener aus Mangel an Führung je nach der Initiative einzelner Offiziere gehandelt hatten oder nicht. Einige, wie Appollonio und Corelli, hatten ihre Männer bis aufs letzte vorbereitet, doch andere, von der Aussicht auf die Heimat berauscht und geblendet, waren stumpfsinnig in selbstmörderisch optimistische Lethargie verfallen und hatten ihre Männer vor Unmut und Verdruß schäumen lassen. Ihnen schwante schon der Abtransport zu Arbeitslagern in Viehwagen ohne Licht, Klo oder Nahrungsmittel – wußte nicht ein jeder, daß dies den Griechen vielfach widerfahren war? –, und sie sahen Massaker voraus. Einige versanken in fatalistische Depression, doch andere bissen entschlossen die Zähne zusammen und packten die Stutzen ihrer Gewehre so fest, daß ihre Handknöchel weiß wurden.

Die Griechen, unter ihnen Pelagia und Dr. Iannis, sahen einander mit gehetztem Blick an, ihre Herzen waren aufgewühlt von bangen Ahnungen. Die bemitleidenswerten Huren des Armeebordells vergaßen ihre Schönheitspflege und wanderten in ihren Morgenmänteln wie die gramerfüllten, besinnungslosen Schatten in der Unterwelt hilflos von einem Zimmer zum anderen, öffneten die Fensterläden, blickten hinaus, schlossen sie wieder und drückten die Hand ans pochende Herz.

Als die Stuka-Staffel am frühen Nachmittag einflog, in geschlossener Formation in Schräglage kippte und im Sturzflug auf die italienischen Batterien zuraste, war dies fast eine Erleichterung. Jetzt war alles klar;

endlich war offensichtlich, daß die Deutschen heimtükkisch waren, daß jeder Soldat um sein Leben kämpfen mußte. Günter Weber wußte, daß er seine Waffen auf seine Freunde richten mußte, Corelli wußte, daß seine so gut an die friedlichen Künste gewöhnten Musikerfinger sich nun um den Abzug eines Gewehrs krümmen mußten. General Gandin merkte zu spät, daß er in seiner radikalen Unentschiedenheit und durch seine Konsultationen mit geschlechtslosen Priestern seine Leute zum Sterben verurteilt hatte; Oberst Barge wußte, daß er seine früheren Verbündeten mit Erfolg ins Hintertreffen gebracht hatte; die Huren merkten, daß Männer, die früher ihr Glück gestohlen hatten, sie nun den Krähen preisgeben würden, und Pelagia merkte, daß ein Krieg, der eigentlich immer woanders gewesen war, nun über ihr Haus hereinbrechen und es in Schutt verwandeln würde.

Die Männer in den Batterien verloren den Verstand und die Orientierung bei dem mechanischen Heulen der Stukas, dem dichten Maschinengewehrfeuer und dem Bombenhagel, der zwischen ihre Geschütze fiel und sie mit Erde und winzigen Fleischfetzen ihre Kameraden bespritzte, und bemühten sich, ihre Geschosse in Sicherheit zu bringen, damit ihre eigene Munition nicht in die Luft ging. Noch bevor die Batteriekommandanten das Feuer erwidern konnten, schwenkten die Stukas wie Stare ab und griffen eine Kolonne Männer an, die gerade in Argostoli am Rand des Sportplatzes ankam, wo die italienischen Soldaten früher ihren Militärdienst mit rauhen und hitzigen Fußballspielen herumgebracht und ihre verstohlenen Treffen mit griechischen Mädchen vereinbart hatten.

Für Corelli und Appollonio, für Carlo und die Mitglieder von »La Scala« war es offensichtlich, daß die Deutschen versuchten, Argostoli lahmzulegen, weil hier die meisten italienischen Truppen konzentriert waren; der Feind versuchte, seine verstreuten und unterbesetzten Stellungen an den Außenposten der Insel zu schützen. Dies war allerdings Gandin nicht klar, denn er zog seine Truppen in wachsender Zahl in der Stadt zusammen, wo es die Deutschen leichter hatten, sie zu isolieren und niederzumetzeln. Er selbst verließ nur widerwillig seine prächtigen Büroräume im schönen Rathaus. Er beorderte Beobachtungsposten an sogar für einen Laien leicht zu erkennende Stellen wie die venezianischen Kirchtürme und bot den Deutschen die willkommensten Gelegenheiten zu Entfernungsmessungen und Zielübungen. Er unterließ es, diese Posten mit Funkgeräten oder Feldtelefonen auszustatten, und so waren sie gezwungen, mit ihren eigenen Schützen über Kradmelder und Läufer zu kommunizieren, die nach einer so ereignislosen Kriegsphase schnell aus der Puste kamen. Während Kugeln gegen die Glocken prallten und ihnen in dem engen Raum um die Ohren flogen, harrten die blutüberströmten Beobachter, deren Körper von Granatsplittern durchsiebt waren, so lange wie möglich aus, da sie wußten, daß die Stukas bei Einbruch der Dunkelheit abziehen mußten.

In dieser Nacht sah sich Alekos, in seinen luxuriösen Umhang aus Fallschirmseide gehüllt, vom Ainos aus das Feuerwerk an. Auf dem Hügel über Argostoli sah er Leuchtspurmunition in elegantem Bogen auf die deutschen Stellungen sinken, und er hörte das einfache und doppelte Krachen einschlagender Granaten, ein

Geräusch, wie wenn ein Trommler mit einem Filzschlegel auf das Fell einer alten Baßtrommel schlägt. Er erblickte zwei strahlende Lichtsäulen, die über der Bucht aufglühten, und zupfte den Mann neben sich, den er früher für einen Engel gehalten hatte, am Ärmel. Bunny Warren sprach gerade hastig in sein Funkgerät. Er hob seinen Feldstecher und sah, daß eine Invasionsflotte eilig zusammengestellter Barkassen von Lixouri ausgelaufen war und wie ein unvorsichtiges Kaninchen, das vor die blendenden Lichter eines Autos geraten ist, von den Suchscheinwerfern erfaßt wurde. »Bravo!« rief er aus, als die italienischen Batterien das Feuer eröffneten und ein Boot nach dem anderen versenkten, während Alekos die herrlichen orangefarbenen Flammenblitze bewunderte, die am Hügel über der Stadt wie Glühwürmchen funkelten. »Diese Spaghettis haben also doch Mumm in den Knochen«, sagte Warren, dessen Griechisch sich nun so weit verbessert hatte, daß er schon fast wie ein Einheimischer klang. Noch einmal versuchte er seine Vorgesetzten von der dringlichen Notwendigkeit zu überzeugen, den belagerten Italienern Luft- und Seeunterstützung zu gewähren, doch die aalglatte Stimme am anderen Ende der Leitung sagte ihm: »Tut uns furchtbar leid, alter Knabe, es geht nicht. Chin-chin. Over and out.«

Dr. Iannis und seine Tochter, die beide nicht schlafen konnten, saßen nebeneinander am Küchentisch und hielten sich an den Händen. Pelagia weinte. Der Arzt hätte gern seine Pfeife wieder angezündet, aber aus Rücksicht auf seine verzweifelte Tochter ließ er seine Hände in ihren liegen und wiederholte: »Koritsimou, ich bin sicher, er ist wohlauf.«

»Aber wir haben ihn seit Tagen nicht mehr gesehen«, jammerte sie. »Ich weiß einfach, daß er tot ist.«

»Wenn er gestorben wäre, hätte uns das jemand gesagt, jemand von ›La Scala‹. Das waren alles nette Jungen, sie würden dran denken, uns zu benachrichtigen.«

»Waren?« wiederholte sie. »Meinst du, die sind alle tot? Du glaubst doch, daß sie auch tot sind, nicht wahr?«

»O Gott«, stöhnte er leicht gereizt. Es klopfte an der Tür, und Stamatis und Kokolios traten ein. Dr. Iannis blickte auf, und beide nahmen ihre Hüte ab. »Hallo, Männer«, begrüßte sie der Arzt.

Stamatis trat unruhig von einem Fuß auf den anderen und sagte, als wäre es eine Beichte: »Iatre, wir haben beschlossen, rauszugehen und ein paar Deutsche abzumurksen.«

»Soso«, meinte der Arzt, unsicher, was er mit dieser Information anfangen sollte.

»Wir möchten wissen«, sagte Kokolios, »ob wir deinen Segen haben können.«

»Meinen Segen? Ich bin kein Priester.«

»Du kommst aber gleich danach«, erklärte Stamatis. »Wer weiß, wo Pater Arsenios steckt.«

»Natürlich habt ihr meinen Segen. Gott sei mit euch.«

»Velisarios hat seine Muskete hervorgekramt und kommt auch mit.«

»Er hat ebenfalls meinen Segen.«

»Danke, Iatre«, redete Kokolios weiter, »und wir möchten wissen ... wenn wir getötet werden ... ob du dich um unsere Frauen kümmerst?«

»Ich werde mein Bestes tun, versprochen. Wissen sie es?«

Die beiden Männer wechselten einen Blick, und Stamatis bekannte: »Natürlich nicht. Sie würden nur versuchen, uns aufzuhalten. Ich könnte das ganze Kreischen und Heulen nicht ertragen.«

»Ich auch nicht«, fügte Kokolios hinzu.

»Ich möchte dir auch dafür danken, daß du mein Ohr geheilt hast. Ich werd's jetzt brauchen, um die Deutschen zu hören.«

»Es freut mich, daß es noch zu was nützlich ist«, sagte der Arzt. Die beiden Männer zögerten einen Augenblick, als wollten sie noch etwas sagen, gingen aber dann doch. Der Arzt wandte sich an seine Tochter: »Schau, zwei alte Männer ziehen für uns in den Kampf. Faß dir ein Herz. Solange wir solche Männer haben, ist Griechenland nicht verloren.«

Pelagia wandte ihrem Vater das tränenverschmierte Gesicht zu und schluchzte: »Wen kümmert Griechenland? Wo ist Antonio?«

Antonio Corelli schritt in der Dunkelheit durch die Ruinen Argostolis. Das hübsche Städtchen schien bloß noch aus zusammenfallenden Mauern und aus Wohnungen zu bestehen, die wie ein Puppenhaus geöffnet waren und ganze Stockwerke zeigten, wo noch Bilder an den Wänden hingen und hübsche Tücher auf den Tischen lagen. Rings um ihn erhoben sich Trümmerhaufen. Aus einem ragte eine Hand – sehr schmutzig und klein –, deren Finger schlaff und entspannt waren. Er räumte die Brocken beiseite, Steine, die seit venezianischer Zeit Menschen malerisch umgeben und geschützt hatten, und entdeckte den zerschmetterten Schädel eines Mädchens, das etwa im gleichen Alter wie Lemoni gewesen war. Er schaute die bleichen Lippen, das liebe Gesicht an und wußte nicht, ob Zorn oder Tränen ihm die Kehle zuschnürten. Mit einem nie zuvor verspürten Gefühl der Tragik im Herzen ordnete er dem Mädchen sorgfältig das Haar, so daß es sich natürlich um ihre Wangen schmiegte. »Es tut mir leid, Koritsimou«, vertraute er der Leiche an, »wenn wir nicht dagewesen wären, hättest du weiterleben können.« Er war so erschöpft, daß er schon längst keine Furcht mehr empfand, und seine Ermattung hatte ihn philosophisch gestimmt. Kleine Mädchen, so unschuldig und süß wie dieses, waren in Malta, in London, in Hamburg und in Warschau sinnlos gestorben. Aber es waren statistische Größen, Kinder, die er nicht gekannt hatte. Er dachte an Lemoni und dann an Pelagia. Die unaussprechliche Ungeheuerlichkeit dieses Krieges brach ihm plötzlich das Herz, so daß er keuchend nach Luft rang, und im selben Augenblick wußte er mit völliger Sicherheit, daß nichts notwendiger war, als ihn zu gewinnen. Er tippte die Finger an die Lippen und berührte dann die toten Lippen des fremden Mädchens.

Es gab so viel zu tun. Flüchtlinge aus den Dörfern, die von den Deutschen unter Maschinengewehrfeuer genommen worden waren, strömten in die Stadt, und gleichzeitig verstopften die Städter die Straßen mit Handkarren, als sie in die Dörfer zu flüchten versuchten. Es war fast unmöglich, Geschütze und Truppen zu bewegen, und um alles noch schlimmer zu machen, drängten Soldaten aus den umliegenden Gegenden herein, wie Gandin es befohlen hatte; sie boten ein leichtes Ziel und vergrößerten die Verstopfung ungemein. Sie konnten nirgendwo untergebracht werden, die Befehlskette brach schon zusammen, und alle wußten stillschweigend Bescheid, daß ihnen keine Schiffe oder Flieger zu Hilfe kommen würden. Kephallonia war eine strategisch unbedeutende Insel, ihre Kinder brauchten nicht gerettet, ihre uralten und krummen Gebäude nicht für die Nachwelt erhalten zu werden, Fleisch und Blut hier waren denjenigen, die aus luftiger olympischer Höhe einen Krieg führten, nicht so kostbar. Für Kephallonia gab es keinen Winston Churchill, keinen Eisenhower, keinen Badoglio und keine Schiffsgeschwader oder Fliegerstaffeln. Vom Himmel fiel nur wie Schnee die übertriebene deutsche Propaganda voll falscher Versprechungen und Lügen, über Funk kamen aus Brindisi nur Durchhalteparolen, und in der blendendweißen Bucht von Kyriaki landeten zwei Bataillone frischer Gebirgsjäger unter dem Kommando des Majors von Hirschfeld.

Im Morgengrauen des nächsten Tages überrannte ein kaltschnäuziger Oberleutnant mit seinen Männern ein Lager, bestehend aus einer Feldküche und einer Mulikompanie, im Schlaf. Nachdem sich alle ergeben hatten, ließ der Oberleutnant sie erschießen und die Leichen in einen Graben werfen. Von dort führte er seine Männer auf den fichtenbestandenen Hügelrücken bei Daphni und wartete bis acht Uhr, da die neuen Gebirgsjägereinheiten des Majors von Hirschfeld bestimmt von der anderen Seite her eingetroffen sein mußten, um die Umzingelung zu vervollständigen. Wieder wurden die Italiener unvorbereitet erwischt und mußten sich ergeben. Der Oberleutnant scheuchte sie nach Kouroukl ata und wurde ihrer dann überdrüssig, also stellte er sie an der Kante des Steilhangs auf und erschoß das gesamte Bataillon. Aus rein theoretischem Interesse ließ er die Leichen in die Luft sprengen und war von den Ergebnissen beeindruckt. Die Gegend war berühmt für einen blutroten Wein namens »Thiniatiko«.

Nicht mehr von seinen Gefangenen belästigt, rückte er nach Farsa vor, einem reizvollen Dorf, das die Gebirgsjäger mit Granaten bereits in Schutt und Asche gelegt hatten, während die italienischen Soldaten dort noch verbissen und erfolgreich Widerstand leisteten. Als sie nun von zwei Seiten angegriffen wurden, kämpften und fielen sie, bis nur noch eine kleine Schar übrigblieb, die auf die Piazza getrieben und erschossen wurde. In Argostoli kamen die schwarzgeflügelten Bomber in mehreren Wellen und zerstörten die Batterien, bis alle Geschütze schwiegen.

Es war am Morgen des 22. September, als Hauptmann Antonio Corelli vom 33. Artillerieregiment in dem Wissen, daß über dem Hauptquartier in Argostoli bald die weiße Fahne gehißt werden würde, nach drei Tagen ohne Schlaf auf sein Motorrad stieg und zu Pelagias Haus raste. Da warf er sich in ihre Arme, ließ seine brennenden Augen an ihrer Schulter ruhen und sagte ihr: »*Siamo perduti.* Uns ist die Munition ausgegangen, und die Briten haben uns verraten.«

Sie bat ihn zu bleiben, sich im Haus zu verstecken, in dem Loch im Boden, wo seine Mandoline und Carlos Aufzeichnungen waren, aber er nahm ihr Gesicht in die Hände, küßte sie ohne Tränen, da er bei seiner Erschöpfung und Resignation gar nicht mehr weinen konnte, wiegte sie dann in den Armen und preßte sie so fest an sich, daß sie dachte, ihre Rippen und ihr Rückgrat würden einen Knacks bekommen. Er küßte sie wieder und sagte: »Koritsimou, das ist das letzte Mal, daß ich dich sehe. Das ist ein ehrloser Krieg, aber ich muß bei meinen Jungen sein.« Er ließ den Kopf hängen. »Koritsimou, ich werde sterben. Richte deinem Vater meine Grüße aus. Und ich danke Gott, daß ich lange genug gelebt habe, um dich zu lieben.«

Er fuhr auf seinem Motorrad davon, die Staubwolke stieg höher als sein Kopf. Pelagia sah ihm nach und ging dann ins Haus. Sie nahm Psipsina in die Arme und setzte sich an den Tisch, kalte Furcht krallte sich in ihr Herz. Männer werden manchmal von etwas getrieben, was für eine Frau keinen Sinn ergibt, aber sie wußte, daß Corelli bei seinen Jungen sein mußte. Ehre und gesunder Menschenverstand; im wechselseitigen Licht sind beide lächerlich.

Sie steckte ihre Nase ins Fell hinter den Ohren des Marders, ließ sich vom warmen, süßen Geruch trösten und lächelte. Sie dachte an die jüngste, schon entrückte Zeit zurück, als sie dem Hauptmann vorgegaukelt hatte, Psipsina gehöre zu einer besonderen griechischen Katzenrasse. Sie blieb darüber lächelnd sitzen, als eine Erinnerung nach der anderen, nur durch die romantische, sich entfernende Gestalt des Hauptmanns miteinander verbunden, geisterhaft durch ihren Kopf pirouettierte. Sie lauschte auf die ominöse Stille des Morgens und merkte, daß es tröstlicher war, dem Sperrfeuer und Donnern des Krieges zuzuhören.

56
Der gute Nazi II

»Vater, willst du, so nimm diesen Kelch von mir.« Wie oft hatte er seinen eigenen Vater diese Worte in der kleinen Kirche daheim rezitieren hören. An jedem Osterfest seit seiner Kindheit, ausgenommen während der Kriegsjahre.

Leutnant Weber stand vor dem Major stramm und sagte mit entschlossener Miene: »Herr Major, ich muß darum bitten, diesen Auftrag jemand anders zu erteilen. Ich kann das mit meinem Gewissen nicht vereinbaren.«

Der Major hob ungläubig die Augenbrauen, spürte aber irgendwie keinen Ärger. In Wahrheit liebäugelte er mit dem Gedanken, daß er an Webers Stelle dasselbe getan hätte. »Warum denn nicht?« fragte er. Die Frage war überflüssig, mußte aber der Form halber gestellt werden.

»Herr Major, es ist gegen die Genfer Konvention, Kriegsgefangene umzubringen. Es ist auch nicht recht. Ich muß darum bitten, davon befreit zu werden.« Ihm fiel ein anderer Satz aus der Heiligen Schrift ein, und er fügte hinzu: »Ihr Blut wird über uns kommen und über unsere Kinder.«

»Es sind keine Kriegsgefangenen, es sind Verräter. Sie haben sich gegen ihre eigene rechtmäßige Regierung und gegen uns gewandt, ihre Verbündeten durch einen rechtsgültigen Vertrag. Verräter hinzurichten verstößt nicht gegen die Genfer Konvention, wie Sie wohl wissen. Das hat es noch nie getan.«

»Mit Verlaub«, beharrte Weber, »die italienische Regierung kann vom König eingesetzt oder abgesetzt werden. Der König hat Badoglio die Regierung übergeben, und Badoglio hat den Krieg erklärt. Deshalb ist die Division Acqui in Kriegsgefangenschaft und kann daher nicht exekutiert werden.«

»Ja, Herrschaft noch mal«, entfuhr es dem Major. »Glauben Sie denn nicht, daß es Verräter sind?«

»Doch, Herr Major, aber meine Meinung und die Rechtslage sind zwei verschiedene Dinge. Ich glaube, es ist gegen die militärischen Vorschriften, wenn ein vorgesetzter Offizier einem Untergebenen anordnet, etwas Ungesetzliches zu tun. Ich bin kein Verbrecher, Herr Major, und ich möchte auch keiner werden.«

Der Major seufzte. »Krieg ist ein dreckiges Geschäft, Herr Weber, das sollten Sie wissen. Wir müssen alle schreckliche Dinge tun. Ich zum Beispiel mag Sie und bewundere Ihre Integrität. Besonders in diesem Augenblick. Aber ich muß Sie daran erinnern, daß die Strafe für Befehlsverweigerung die Exekution durch ein Erschießungskommando ist. Ich sage das nicht, um Ihnen zu drohen, ich stelle das nur als Tatsache fest. Sie wissen das genausogut wie ich.« Der Major ging zum Fenster und machte dann auf dem Absatz kehrt. »Sehen Sie, diese italienischen Verräter werden sowieso erschossen, ob Sie es tun oder nicht. Warum dann noch Ihren eigenen Tod hinzufügen? Es wäre schade um einen feinen Offizier. Alles umsonst.«

Günter Weber schluckte schwer, und seine Lippen zitterten. Es kostete ihn Überwindung zu sprechen. Schließlich sagte er: »Ich verlange, daß mein Einspruch festgehalten wird und in meine Akte kommt, Herr Major.«

»Ihrem Verlangen wird stattgegeben, Herr Weber, aber Sie müssen den Befehl ausführen. Heil Hitler.«

Weber verließ mit dem Hitlergruß das Büro des Offiziers. Er lehnte sich draußen an die Wand und zündete sich eine Zigarette an, aber seine Hände zitterten so sehr, daß sie ihm gleich aus der Hand fiel. Im Büro sinnierte der Major darüber nach, daß dafür, da der Befehl ursprünglich ja von oben kam, Oberst Barge oder vielleicht jemand in Berlin verantwortlich war. Letztlich ging es natürlich auf den Führer zurück. »Das ist der Krieg«, sagte er laut und beschloß, Leutnant Webers Einspruch nicht in dessen Akte einzutragen. Es hatte keinen Sinn, seine Karriere wegen ein paar lobenswerter Skrupel zu gefährden.

»Ein Lied, Männer«, sagte Antonio Corelli, als der Lastwagen mit ihnen von einem Schlagloch ins andere rumpelte. Von den leidenschaftslosen Gesichtern der deutschen Wachen sah er auf alle seine Männer. Einer von ihnen schlotterte bereits und weinte, andere beteten, die Köpfe bis auf die Knie gebeugt, und nur Carlo saß kerzengerade da, die wuchtige Brust herausgestreckt, als könnte keine Kugel der Welt sie verletzen. Corelli fühlte eine sonderbare Euphorie, als hätten die Erschöpfung und die untrügliche Erregung des sicheren Wissens ihn berauscht gemacht. Warum nicht dem Tod ins Gesicht lächeln? »Kommt, wir singen was«, forderte er noch einmal. »Carlo, sing.«

Carlo fixierte ihn mit unendlich kummervollen Augen und fing ganz leise an, ein Ave-Maria zu singen. Es war weder Schuberts noch Gounods Fassung, sondern etwas, was aus seiner eigenen Seele sickerte, und es war wunderschön, weil es sanft und lyrisch war. Die Männer hörten auf zu beten und lauschten. Einige erkannten die Noten eines Wiegenlieds, an das sie sich aus ihrer Kindheit erinnerten, andere wiederum hörten Fetzen eines Liebeslieds. Carlo wiederholte zweimal »Bitt für uns Sünder jetzt und in der Stunde unseres Todes«, hörte dann auf und wischte sich mit dem Ärmel über die Augen. Einer der Tenöre von »La Scala« stimmte den »Summchor« aus *Madame Butterfly* an, und bald stimmten andere mit ein oder stiegen wieder aus, je nachdem, wie ihre zugeschnürten Kehlen es zuließen. Diese einlullende Melodie hatte etwas Tröstliches und Angemessenes; sie paßte zu den erschöpften Männern, alle dreckig und zerlumpt, alle an der Schwelle des Todes, alle vom Leid zu niedergedrückt, um selbst zu den liebgewonnenen Gesichtern der Kameraden, die sie bald verlieren würden, aufzublicken. Das Summen fiel ihnen leicht, weil sie dabei an ihre Mütter denken konnten, ihre Dörfer, ihre Kindheit in den Weinbergen und Feldern, an die Umarmungen ihrer Väter, den ersten Kuß einer angebeteten Verlobten, die Hochzeit einer Schwester. Genauso leicht fiel ihnen das fast unmerkliche Schwanken zu diesem Lied und der nachdenkliche Blick auf diese Insel, auf der es so viele trunkene Nächte, ruppige Spiele und schöne Mädchen gegeben hatte. Es fiel ihnen leichter, zu summen, als an den Tod zu denken; das Herz war mit etwas beschäftigt.

Als der Laster bei den rosa Mauern des Bordells ankam, schlotterten Günter Weber die Knie. Er hatte wohl bereits vor Ankunft des Wagens gewußt, daß das Schicksal ihn dazu aufgerufen hatte, seine Freunde zu ermorden.

Er hatte nicht erwartet, daß sie singend ankommen und genau das Lied summen würden, das er mit »La Scala« spätnachts im Haus des Arztes angestimmt hatte, wenn sie schon zu sehr hinüber waren, um sich noch an einen anderen Text zu erinnern oder ihn vorzutragen. Er hatte nicht erwartet, daß sie so leicht vom Laster springen würden, er hatte gedacht, sie müßten mit Bajonetten und Gewehrkolben gestoßen und herabgeschubst werden. Er hatte nicht erwartet, daß Antonio Corelli ihn erkennen und ihm zuwinken würde. Vielleicht hatte er angenommen, daß das Gesicht eines Mannes sich verändert, wenn er zum Vollstrecker wird. Er bestimmte einen Feldwebel dazu, seine Freunde vor die Wand zu treiben, zündete sich noch eine Zigarette an und wandte das Gesicht ab. Er sah zu, wie seine Soldaten stumm umherliefen, und entschied, noch für den Fall zu warten, daß eine Aufhebung der Vollstreckung durchgegeben würde. Er wußte, sie würde nie kommen, aber er wartete trotzdem.

Endlich machte er auf dem Absatz kehrt, da er wußte, daß er einen letzten Rest Anstand wahren mußte, und ging auf die Italiener zu. Mehr als die Hälfte von ihnen betete, am Boden kniend, und andere weinten wie Kinder bei einem Todesfall. Antonio Corelli und Carlo Guercio umarmten sich. Weber langte nach seiner Packung Zigaretten und trat auf sie zu. »Zigarette?« fragte er sie, und Corelli nahm sich eine, während Carlo ablehnte. »Der Arzt hat gesagt, es schadet meiner Gesundheit«, meinte er.

Corelli sah seinen früheren Schützling an und sagte: »Deine Hände zittern – und deine Beine auch.«

»Antonio, es tut mir so leid, ich habe versucht ...«

»Ich bin sicher, das hast du, Günter. Ich weiß doch, wie das läuft.« Er nahm einen tiefen Lungenzug und fügte hinzu: »Eure Gruppe hat immer den besten Tabak bekommen. Das hat den Arzt geärgert.«

»Così fan tutte«, sagte Weber und ließ ein kurzes, hohles Lachen hören. Er hustete und hielt sich linkisch die Hand vor den Mund.

»Verpaß uns nicht noch eine Erkältung«, meinte Carlo.

Webers Gesicht zuckte vor unterdrückten Tränen und vor Verzweiflung, und schließlich sagte er unvermutet: »Verzeiht mir.«

Carlo antwortete höhnisch: »Dir wird nie verziehen.« Doch Corelli hob die Hand, um seinen Freund zum Schweigen zu bringen, und sagte leise: »Günter, ich verzeihe dir. Wenn ich es nicht tue, wer dann?«

Carlo stöhnte angewidert auf, und Weber streckte die Hand aus. »Lebe wohl, Günter«, sagte Corelli und ergriff sie. Er hielt die Hand seines früheren Freundes lange umfaßt, schüttelte sie kurz ein letztes Mal und ließ sie dann erst los. Er hängte sich bei Carlo ein und lächelte ihm zu. »Komm«, sagte er, »wir zwei sind im Leben Gefährten gewesen. Laß uns gemeinsam ins Paradies eingehen.«

Es war ein herrlicher Tag zum Sterben. Einige weiche Hitzewolken bekränzten den Gipfel des Ainos. In der Nähe war das Bimmeln von Ziegenglocken und das Meckern einer Herde zu hören. Er merkte, daß seine Beine zitterten und daß er nichts dagegen unternehmen konnte. Er dachte an Pelagia mit ihren dunklen Augen, ihrem aufbrausenden Wesen, ihrem schwarzen Haar. Er hatte das Bild vor sich, wie sie im Eingang der »Casa

Nostra« stand und lächelte, als er sie fotografierte. Eine Folge von Bildern: Pelagia, die Psipsina kämmte und mit einer piepsigen, dem Tier angemessenen Stimme mit ihr sprach; Pelagia beim Zwiebelhacken, die sich Tränen aus den Augen wischte und lächelte; Pelagia, die ihn schlug, als ihre Ziege gestohlen worden war (ihm fiel ein, daß er sie nie wie versprochen ersetzt hatte – vielleicht sollte er um einen Aufschub der Exekution bitten?); Pelagia voll Begeisterung, als er das erste Mal Pelagias Marsch spielte; Pelagia, die Günter Weber auf die Wange küßte, als er ihr das Grammophon versprach; Pelagia beim Häkeln einer Decke, die eigentlich von Tag zu Tag kleiner wurde; Pelagia, die angesichts der Asymmetrie der Stickerei auf der Weste verlegen war; Pelagia, die ihm ins Ohr kreischte, als die Bremsen des Motorrads versagten und sie einen Berghang hinabpurzelten; Pelagia, Arm in Arm mit ihrem Vater, bei der Rückkehr vom Strand. Pelagia, die so keck und wohlgerundet gewesen war, nun aber so bleich und dünn aussah.

Der Oberfeldwebel trat zum Leutnant. Er war Kroate, einer dieser gewalttätigen Fanatiker, die nationalsozialistischer und erheblich unliebenswürdiger als Goebbels waren. Weber hatte nie verstanden, wie dieser Mann zu den Grenadieren gekommen war. Er sagte: »Herr Leutnant, es werden noch mehr kommen. Wir können es nicht weiter hinauszögern.«

»Sehr wohl«, antwortete Weber und schloß die Augen, um zu beten. Es war ein wortloses Gebet, an einen unempfänglichen Gott gerichtet.

Das Blutvergießen hatte nichts von der rituellen Förmlichkeit, wie sie Filme und Gemälde vorgaukeln können. Die Opfer wurden nicht in einer Reihe an die

Wand gestellt. Ihnen wurden nicht die Augen verbunden, ihre Gesichter wurden nicht einheitlich ausgerichtet. Viele durften knien bleiben, betend, weinend oder flehend. Einige lagen im Gras, als wären sie bereits umgemäht worden, rissen mit den Händen Erdklumpen heraus und scharrten verzweifelt. Einige kämpften sich ganz nach hinten durch. Andere standen lässig rauchend wie auf einem Fest da, und Carlo nahm neben Corelli Haltung an, froh, endlich zu sterben, und mit dem festen Entschluß im Herzen, sein Leben wie ein Soldat zu beenden. Corelli steckte eine Hand in die Hosentasche, um das Zucken seines Beins zu unterdrücken, knöpfte seine Jacke auf und sog tief die kephallonische Luft ein, die Pelagias Atem enthielt. Er roch Eukalyptus, Ziegendreck und das Meer. Auf einmal fiel ihm ein, daß der Tod vor einem Bordell etwas Pittoreskes hatte.

Die jungen deutschen Soldaten hörten den Befehl zum Feuern und schossen ungläubig. Diejenigen, die die Augen offenhielten, zielten daneben, in die Luft oder so, daß sie nicht tödlich trafen. Die Gewehre in ihren Händen zuckten und ratterten, und ihre Arme wurden taub und verkrampft durch die Panik und die Rüttelei. Der kroatische Feldwebel zielte genau, gab kurze und sorgfältige tödliche Feuerstöße ab, so gewissenhaft wie ein Zimmermann oder ein Fleischer, der Lendenstücke heraustrennt.

Weber schwirrte der Kopf. Seine ehemaligen Freunde, die im waagerechten Regen umhersprangen und tanzten, schrien auf. Sie fielen auf die Knie, fuchtelten mit den Händen herum, hatten den Gestank von Kordit, versengtem Stoff und Öl in der Nase und den trockenen und staubigen Beigeschmack von Blut im Mund. Einige standen wieder auf, breiteten die Arme wie Christus aus, entblößten die Brust in der Hoffnung auf einen rascheren Tod, einen kürzeren Weg durch den Schmerz, die Vollendung ihres Untergangs. Niemand, nicht einmal Weber, hatte gesehen, daß Carlo beim Feuerbefehl elegant einen Schritt zur Seite machte wie ein Soldat, der sich in Reih und Glied stellt. Antonio Corelli, von Heimweh und Vergessenheit benebelt, hatte auf einmal die titanische Körperfülle von Carlo Guercio vor sich, spürte seine Hände im schmerzhaften Griff jener mächtigen Fäuste und konnte sich plötzlich nicht mehr rühren. Verwundert starrte er mitten auf Carlos Rücken, als ausgefranste und erschreckende Löcher aus dessen Körper brachen, aus denen Fetzen von zerrissenem Fleisch und scharlachrote Blutfontänen spritzten.

Carlo hielt unerschütterlich stand, als eine Kugel nach der anderen sich wie ein weißglühender, messerscharfer Parasit in seine Brustmuskeln bohrte. Er verspürte Schläge, als würde eine Axt seine Knochen zersplittern und seine Adern zerhacken. Er stand vollkommen still, und als sich seine Lungen mit Blut füllten, hielt er den Atem an und zählte: *»Uno, due, tre, quattro, cinque, sei, sette, otto, nove …«* Er beschloß mit der Willkür seiner Furchtlosigkeit, stehend bis dreißig zu zählen. Bei jeder geraden Zahl dachte er an den in Albanien sterbenden Francisco, und bei jeder ungeraden packte er Corelli fester. Gerade als er meinte, jetzt würde er umkippen, war er bei dreißig angelangt, und da blickte er in den Himmel, spürte, wie eine Kugel in die Backenknochen einschlug, und warf sich nach hinten. Corelli lag unter ihm, vom Gewicht Carlos gelähmt, ganz mit dessen Blut getränkt, von einem so unbegreiflichen und unbeschreiblichen Akt der Liebe betäubt und so von göttlichem Wahnsinn erfüllt, daß er die Stimme des Feldwebels nicht hörte.

»Italiener, es ist alles vorbei. Wer von euch noch lebt, soll jetzt aufstehen, und er wird am Leben gelassen.«

Er sah nicht, daß zwei oder drei aufstanden, die Hände über ihre Wunden gekrampft, einem hatte es sogar die Gedärme herausgerissen. Er sah nicht, wie sie taumelten, aber er hörte das erneute Knattern der Schnellfeuerwaffe, als der Feldwebel sie niedermähte. Dann hörte er einzelne Schüsse, als Weber mit zitternder Hand und vor Entsetzen ganz von Sinnen zwischen den Toten herumlief und mit einem scheinbaren Gnadenschuß ihr Ableben sicherstellte. Neben seinem Kopf erblickte er Webers Kanonierstiefel und sah, daß dieser sich bückte und direkt in seine Augen sah, während er noch unter Carlos massigem Gewicht eingeklemmt lag. Er sah den wackelnden Lauf der Luger sich seinem Gesicht nähern, sah den abgrundtiefen Kummer in Webers braunen Augen und dann, wie die Pistole unabgefeuert weggeschwenkt wurde. Er versuchte, freier durchzuatmen, merkte aber, daß das nicht so leicht ging, nicht nur wegen Carlos Gewicht, sondern weil die Kugeln, die seinen Freund so zerstörerisch durchschlagen hatten, ihn selbst auch getroffen hatten.

57
Feuer

Corelli lag mehrere Stunden unter seinem Freund. Das Blut der beiden mischte sich im Boden, in den Uniformen und in ihrem Fleisch. Erst am Abend kam Velisarios zu diesem wirren Haufen schauerlicher menschlicher Überreste und erkannte den ihm von der Körpergröße ebenbürtigen Mann, der ihm einmal über die Barrieren der Feindschaft hinweg die Hand gereicht und ihm eine Zigarette angeboten hatte. Er blickte in die leer starrenden Augen, erschauerte vor dem zertrümmerten und ausgerenkten Kiefer, streckte die Hand aus und versuchte, ihm die Lider zu schließen. Er schaffte es nicht. Aber die Unwürdigkeit, solch einen Bruder den Fliegen und Vögeln zu überlassen, machte ihn betroffen. Er kniete sich hin und schob die Arme unter den massigen Rumpf und die baumdicken Beine. Mit erheblicher Mühe hob er Carlo vom Boden auf, stürzte vor Anstrengung beinahe hin und blickte nach unten. Er sah den verrückten Hauptmann, der beim Arzt untergebracht war und von dessen verstohlener und sorgfältig geheimgehaltener Liebe zu Pelagia alle auf der Insel wußten und sprachen. Seine Augen waren nicht leer, sie flackerten sogar. Auch die Lippen bewegten sich. *»Aiutami«*, sagten sie.

Velisarios lehnte Carlo gegen die kugelgespickte rosa Wand und kniete sich neben den Hauptmann. Er besah sich die schauderhaften Wunden und die dunkle Blutlache, die schon schwarz wurde, und fragte sich, ob es nicht gütiger wäre, ihn einfach vom Leben zu erlösen. »Iatro«, sagte der sterbende Mann, »Pelagia.« Der starke Mann hob ihn achtsam auf, spürte sein leichtes Gewicht und machte sich über die steinigen Felder auf den Weg, um Corellis Leben zu retten.

Niemand kennt die genaue Zahl der toten Italiener, die auf kephallonischer Erde fielen. Mindestens viertausend, möglicherweise sogar neuntausend wurden massakriert. Waren es 288 000 Kilo gemetzeltes Menschenfleisch oder 648 000? Waren es 18 752 Liter helles junges Blut oder 42 192? Die Beweise sind in Flammen aufgegangen.

Auf dem Gipfel des Ainos blickte Alekos auf sein Heimatland hinunter und fragte sich einen wahnwitzigen Augenblick lang, ob es der 24. Juni war oder der Johannistag im September? War er verlegt worden? Riesige Feuer flackerten in regelmäßigen Abständen auf, aber an Orten, wo die Feuer für den Heiligen nie angezündet worden waren. Er roch Oliven- und Fichtenholz, Kerosin, trockenes Dorngestrüpp, Harz, Öl und schmorendes Fleisch; er rümpfte angewidert die Nase. Die Italiener hatten noch nie Fleisch kochen können. Er roch den abscheulichen Gestank brennender Haare und Knochen selbst aus so großer Höhe und sah mit Bestürzung, daß der dunkle Qualm die Sterne auslöschte. Vielleicht war das Ende der Welt gekommen.

Unten in den Tälern kämpften die Deutschen gegen die historische Wahrheit an, indem sie die Beweise zerstörten und das erdrückende Wissen um ihre Schuld dadurch offenbarten, daß sie Fleisch in Rauch verwandelten. Eine Wagenladung Benzin nach der anderen wurde angekarrt. Soldaten fällten tausendjährige Ölbäume und stapelten sie so hoch um die Haufen mit den erschlafften Leichen, bis sie sie nicht mehr höher aufschichten konnten. Verächtlich deuteten sie auf einen Toten und sagten: »Der hat sich bepißt« oder »Der stinkt nach Scheiße«, aber nur wenige konnten darüber lachen. Ausscheidungen und Blut gelangten an ihre Hände und Uniformen, ein süßer und stickiger Geruch nach frischem Fleisch benebelte ihre Köpfe wie ein starkes Getränk, und Schweiß rann ihnen die Schläfen hinab, als sie sich einen verstorbenen Jungen nach dem anderen über die Schultern warfen und auf den Scheiterhaufen schmissen. Sie arbeiteten, bis ihnen die Beine einknickten und die Flammen zu heiß wurden, um sich ihnen zu nähern, aber ihre Arbeit schien kein Ende zu nehmen. Immer noch mehr Leichen trafen ein, gespenstisch zu einem Vorwurf erstarrt in diesem flackernden Licht. Sie kamen auf Lastwagen, in Jeeps, auf gepanzerte Wagen und Mulis geworfen, ein- oder zweimal auf Bahren.

Außer Arsenios war kein Priester vorhanden. Er hatte seit Monaten prophezeit, daß genau diese Jungen in den Flammen enden würden, und war von Entsetzen gelähmt, als es tatsächlich geschah. Er fühlte sich sogar verantwortlich. An jenem Abend, als alle Griechen sich in ihren Häusern hinter den Fensterläden versteckten und in die Nacht spähten, kam Pater Arsenios mit seinem Hündchen zum Feuer bei Troianata, dem größten von allen, nicht weit vom Kloster des Heiligen, und ihm bot sich ein Bild von Armageddon. Wie unsichtbar lief er unter den bleichen Gesichtern der Toten herum und mußte an katholische Abbildungen des Jüngsten Tages denken. Überall um ihn herum schufteten die dunklen und gehetzten Gestalten der deutschen Soldaten und grunzten wie Schweine, als sie eine Leiche nach der anderen in die Flammen warfen. Nicht weit entfernt hörte er den herzzerreißenden erstickten Schrei eines Jungen, der noch nicht ganz tot war und in höchster Not um sich schlug und gegen seine Verbrennung aufbegehrte.

Pater Arsenios spürte, wie der Geist in ihm sich regte, breitete die Arme weit aus und schrie mit einer Stimme, die gegen das Gebrüll der Soldaten und das Zischen und Knistern der Flammen ankämpfte. Er zückte sein Olivenholzkruzifix und warf den Kopf in den Nacken: »Ich denke der alten Zeiten, der vorigen Jahre. Ich denke des Nachts an mein Saitenspiel und rede mit meinem Herzen.

Wird denn der Herr ewiglich verstoßen und keine Gnade mehr erzeigen? Ist's denn ganz und gar aus mit seiner Güte, und hat die Verheißung ein Ende? Hat Gott vergessen, gnädig zu sein, und seine Barmherzigkeit vor Zorn verschlossen?

Weh aber dir, du Verstörer! Meinst du, du werdest nicht verstört werden? Wenn du das Verstören vollendet hast, so wirst du auch verstört werden.

Wehe euch, denn der Herr ist zornig über alle Heiden und grimmig über all ihr Heer. Er wird sie verbannen und auf die Schlachtbank werfen. Und ihre Erschlagenen werden hingeworfen werden, daß der Gestank von ihren Leichnamen aufgehen wird und die Berge von ihrem Blut fließen.

Wehe euch, denn da werden die Bäche des Landes zu Pech werden und seine Erde zu Schwefel; ja, das Land wird zu brennendem Pech werden, das weder Tag noch Nacht verlöschen wird, sondern ewiglich wird Rauch von ihm aufgehen; und es wird für und für wüst sein, daß niemand dadurch gehen wird in Ewigkeit.«

Da er nicht merkte, daß niemand ihn gehört hatte, wurde Pater Arsenios von apokalyptischem Zorn beflügelt; er umklammerte seinen Stab mit beiden Händen und brüllte: »Ich will, daß deine Blöße aufgedeckt und deine Schande gesehen werde. Ich will mich rächen, und soll mir kein Mensch abbitten. Du hast mein Erbe entweiht.« So warf er sich in die Schlacht. Sein Kruzifix nach allen Seiten schwingend, fiel er über die Schultern und Köpfe der deutschen Soldaten her. Ein Helm klirrte, müde Schultern wurden von erbitterten Schlägen gebeutelt, Hände legten sich schützend auf die Köpfe, nur um die Finger zerschmettert zu bekommen. Die Männer, die Tausende gründlich ausgerottet hatten, schienen nicht mehr zu wissen, was sie tun sollten. »Scheiße, schafft ihn doch weg, um Gottes willen!« schrien sie, und von den Umstehenden, die erleichtert stehengeblieben waren, um zuzuschauen, kamen Kommentare wie »Schaut euch den verrückten Priester an!« Sie stießen einander an und lachten, ergötzten sich an der Verwirrung der Getroffenen. In der orangeroten Glut sah Arsenios in seiner flatternden weiten Robe wie ein blutrünstiger Vampir aus, und der Prophetenbart, die wild glitzernden Augen und der zerbeulte hohe Hut verstärkten nur den Eindruck eines aus einer anderen Welt eingesickerten Irrsinns. Sein Hündchen hüpfte und sprang um ihn herum, bellte vor Aufregung wie von

Sinnen und schnappte nach den Fersen der von Arsenios gewählten Opfer.

Der Spuk hörte erst auf, als ein Soldat zu Boden ging und in Gefahr geriet, den Schädel eingeschlagen und die Hände gebrochen zu bekommen. Ein Offizier der Grenadiere zog seine Selbstladepistole, trat hinter Arsenios und feuerte einen einzigen Schuß aufwärts durchs Genick, der Hirn und Schädelknochen zur Stirn heraussprengte. Arsenios starb in einem glänzendweißen Lichtblitz, den er für die Offenbarung des Angesichts Gottes hielt, und seine ausgemergelten und spindeldürren Überreste wurden auf den Scheiterhaufen geworfen, zusammen mit den jungen Männern, deren Schicksal er vorhergesehen hatte, ohne zu ahnen, daß er es mit ihnen teilen würde.

Sein Hündchen winselte, da ihm die Flammen und die fremden Männer angst machten, aber es versuchte, sich seinem brennenden Herrn zu nähern, mußte sich jedoch immer wieder zurückziehen. Es drückte seine Verständnislosigkeit dadurch aus, daß es erst die eine Pfote, dann die andere hob und sitzen blieb, bis die Soldaten abzogen und die von Abscheu erfüllten Griechen eintrafen, die es versengt und jaulend vorfanden.

Die Einheimischen und die wenigen italienischen Soldaten, die dem Ganzen entronnen waren, näherten sich den Feuern so weit, wie es die Hitze zuließ. Ohne vorherige Absprache begannen sie, die Leichen wegzuziehen, die sie je nach Windrichtung am Rand erreichen konnten. Viele lagen noch wie verrenkte Gliederpuppen an Stellen, die nicht von den Flammen erfaßt worden waren. All die sich abplagenden Leute dachten das gleiche: Ist es das, was uns unter den Deutschen erwartet?

Wie viele Burschen können es gewesen sein? Wie viele von diesen jungen Männern habe ich gekannt? Kann ich mir ihren entsetzlichen Tod überhaupt vorstellen? Kann ich begreifen, wie es ist, langsam zu verbluten? Gleicht es, wie es heißt, dem Huftritt eines Pferdes, wenn eine Kugel den Knochen durchschlägt?

Scheinbar allen zitterten die Hände und tränten die Augen. Die Leute redeten sowenig wie möglich, weil sie entweder wegen des üblen Rauchs von schmorendem Fleisch oder wegen des quälenden Leids kaum sprechen konnten. Zu zweit oder zu dritt trugen sie die Leichen zu Höhlen und Spalten, zu hastig aufgeworfenen, aber geräumigen Gräbern, zu Löchern, wo sie in der Vergangenheit Geld und Wertsachen vor den Steuerbeamten oder Zollfahndern versteckt hatten. Gruppenweise wurden die Orte abgesucht, wo es Kämpfe gegeben hatte, und diejenigen Leichen geborgen, die die Nazis nicht gefunden hatten. Orthodoxe Gebete wurden hastig über katholischen Seelen gesprochen, und es wurde bemerkt, daß keiner Ringe oder Bargeld an sich hatte. Die Leichen waren ausgeraubt, Finger abgehackt, Goldzähne gezogen und Silberkettchen mit dem Kruzifix abgenommen worden.

Im Morgengrauen hing zäh eine dunkle Wolke über dem Land und verfinsterte die Sonne, und die Leute gingen in ihre Häuser zurück und sperrten die Türen zu, bis es dunkel wurde. Im Himmel über Kephallonia hatte sich der Rauch von General Gandin mit dem seiner Männer vermischt. Er war einer der ersten, die sterben mußten, ein ehrenhafter, ritterlicher und betagter Soldat der alten Schule, der seinen Feinden vertraut und seine Männer zu retten versucht hatte. Er starb aufrecht und unerschütterlich in dem Wissen, daß seine häufigen Meinungswechsel und sein skrupelhaftes Zögern sie so sicher getötet hatten wie die Salven, die nun sein Blut auf die Felsen spritzten. Bald würde der Rest seiner Offiziere von der Mussolini-Kaserne in Argostoli weggebracht werden, und auch sie würden in den Flammen schmoren und schrumpfen.

Am Abend kamen die Griechen wieder heraus, zogen leblose Körper aus den Brunnen und Gruben, wobei ihnen wieder auffiel, daß keiner eine Uhr, einen Füller oder eine einzige Münze bei sich hatte. Sie fanden Fotos von lachenden Mädchen, Liebesbriefe, Bilder von lächelnd aufgereihten Familien. Sie entdeckten, daß viele Soldaten sich angesichts der unmittelbar bevorstehenden Auslöschung entschieden hatten, auch von jenseits des Grabes noch zu sprechen, und Adressen auf die Rückseite von Karten oder Fotos gekritzelt hatten – in der rührenden Hoffnung, irgend jemand würde einen Brief schreiben, irgend jemand würde die Nachricht übermitteln. Auf vielen Briefen war die Tinte zerlaufen, als hätten den Leser im Freien einige schwere Regentropfen überrascht.

Sie wußten nicht, daß die Deutschen, die aus der vorigen Nacht rasch ihre Lehren gezogen hatten, nun ihre körperlichen Strapazen verminderten, indem sie die Offiziere zwangen, ihre eigenen Toten zu den Lastern zu tragen, und sie erst erschossen, als die Arbeit erledigt war. Sie wußten nicht, daß es einen Leutnant Weber gab, der nicht der einzige Nazi war, den seine eigenen pflichtgetreuen Schandtaten irrsinnig gemacht und gebrochen hatten. Doch sie sahen wieder die gleichen Feuer und waren fassungslos, als dieselbe üble Geruchsmischung in ihre Häuser und Kleider drang, und wiederum taten sie ihr Bestes, um die Leichen mitten in der Nacht zu bergen, während die langgezogenen Schatten von Bäumen und Menschen um die aufzüngelnden orangeglühenden Scheiterhaufen einen Totentanz aufführten.

Am folgenden Tag verbreitete sich das Gerücht, St. Gerasimos wäre in der Dunkelheit herumgewandert und dann wieder in seinen Katafalk zurückgekehrt, denn angeblich hatten die Nonnen ihn am Morgen mit Tränenspuren auf seinen eingeschrumpften, ledrigen schwarzen Wangen und scharlachrotem Blut auf der Vergoldung und dem Samt seiner Schuhe gefunden.

58
Operation und Totenfeier

Als in der Dämmerung plötzlich die Tür aufgestoßen wurde, war Pelagias erster Gedanke, es wären die Deutschen. Sie wußte, daß alle Italiener tot waren.

Wie alle anderen hatte sie den ersten Kampflärm gehört – das mechanische Rattern der MGs, das abgehackte Knallen der Gewehre, die kurzen Feuerstöße der Selbstladepistolen, die gedämpften, tiefen Paukenschläge der Granaten – und danach das endlose Feuern der Exekutionskommandos. Durch die Fensterläden hatte sie Lastwagen auf Lastwagen vorbeifahren sehen, alle entweder voll von triumphierenden Grenadieren oder erschlafften Körpern von Italienern, denen das Blut aus den Mundwinkeln rann und deren Augen in die Unendlichkeit starrten. Nachts war sie mit ihrem Vater hinausgegangen, dessen Wangen vor Zornestränen und Mitleid bebten, und hatte sich aufgemacht, um unter den bei den ungeheuerlichen Feuern verstreut liegengelassenen Körpern Überlebende zu finden, die noch zu retten waren.

Sie hatte die Sprache verloren, nicht vor Angst oder Kummer, sondern vor einer grauenhaften Leere.

Das Leben war also schon vorbei. Sie wußte, daß Frauen, die jung und hübsch waren, von den Deutschen abtransportiert wurden, da ihre Bordelle sich nicht aus Freiwilligen rekrutierten. Sie wußte, daß sie voller terrorisierter und gequälter Mädchen aus der Gegend zwischen Polen und Slowenien steckten und daß die Nazis sie bei den ersten Anzeichen von Widerstand oder Krankheit erschossen. Sie hatte am Tisch gesessen, die Gedanken voller Erinnerungen, während sie hin und wieder um sich blickte und zum letzten Mal die alltäglichen Kleinigkeiten des Lebens in sich aufnahm, die Verdickungen unten am Tischbein, die verbeulten Pfannen, die sie so dünn gescheuert hatte, die unerklärliche Farblosigkeit einer der Bodenfliesen, das verbotene Bild von Metaxas an der Wand, das ihr Vater dort aufgehängt hatte, obwohl er ein unversöhnlicher Venizelist war. Sie hatte die Hand in der Schürzentasche, und wenn die Deutschen kämen, würde sie einen von ihnen erschießen, so daß wiederum sie sie erschießen müßten. Die kleine Derringer schien für die Aufgabe ungeeignet, aber schließlich hatte ihr Vater noch eine italienische Pistole und fünfzig Patronen, die jemand, vielleicht ein Mitglied von »La Scala«, vor ihrer Tür als freudloses Vermächtnis hatte liegenlassen.

Demnach war sie, als die Tür aufflog, bestürzt, aber es lief alles mit der narrativen Unvermeidlichkeit eines oft gelesenen Schmökers ab. Sie stand rasch auf, schloß die Hand um die Waffe – aus ihrem Gesicht war jede Farbe gewichen – und erblickte Velisarios, der wie ein Hund keuchte, von der Hüfte abwärts blutbesudelt war und dessen Augen in der übernatürlichen Kraft strahlten, mit der ihn das Schicksal von Geburt an ausgestattet hatte. »Ich bin gerannt«, stieß er hervor und schritt zum Tisch, wo er sanft das jämmerliche Bündel niederlegte, das so schlaff, entspannt und friedlich wie alle anderen der tausend Toten war, die sie in der letzten Nacht gesehen hatte. »Wer ist das?« fragte Pelagia, die sich wunderte, warum der starke Mann sich mit einem unter den vielen abgegeben hatte.

»Er lebt noch«, sagte Velisarios. »Es ist der verrückte Hauptmann.«

Sie bückte sich rasch, während Entsetzen und Hoffnung in ihrem Herzen miteinander rangen. Sie erkannte ihn nicht. Zuviel geronnenes Blut, zu viele Fetzchen und Klümpchen Fleisch, zu viele Löcher im Brustgewebe, aus denen immer noch Blut sickerte. Sein Gesicht und sein Haar glänzten und waren blutverkrustet. Sie wollte ihn berühren, zog aber die Hand wieder zurück. Wo sollte sie so einen Mann berühren? Sie wollte ihn umarmen, aber wie sollte sie einen so gebrochenen Mann in die Arme nehmen?

Die Leiche öffnete die Augen, und der Mund lächelte. »Kalimera, Koritsimou«, sagte der.

Sie erkannte die Stimme. »Es ist schon Abend«, sagte sie idiotischerweise, da ihr nichts Tiefsinniges einfiel.

»Dann Kalispera«, murmelte er und schloß die Augen.

Pelagia blickte mit vor Verzweiflung weit offenen Augen zu Velisarios auf und sagte: »Velisarios, du hast noch nie etwas Großartigeres getan. Ich werde meinen Vater holen. Bleib bei ihm.«

Es war das erste Mal, daß eine Frau je die Kapheneia betrat. Dort war nicht mehr alles beim alten, aber der Ort war noch immer den Männern heilig, und als sie hereinplatzte und die Tür des riesigen Schranks aufzog, wo die Männer BBC hörten (die gesamte Division

Venezia der italienischen Armee war zu Titos Partisanen übergelaufen), war die Explosion der Entrüstung fühlbar. Eine Wolke von Zigarettenqualm drang aus dem Inneren, und da waren ihr Vater und vier Männer, alle kerzengerade in diesem engen Raum, die sie mit einer Verärgerung anstarrten, die schon an Haß grenzte. Kokolios brüllte sie an, aber sie zog ihren protestierenden Vater an der Hand aus dem Lokal.

Der Arzt sah sich den Körper an und wußte, daß er nie einen schlimmeren Fall vor sich gehabt hatte. Da war genug Blut, um die Adern eines Pferdes zu füllen, und es gab genug Fleischfetzen, um die Krähen monatelang zu füttern. Zum ersten Mal in seiner ärztlichen Laufbahn fühlte er sich bezwungen und nutzlos, und er ließ die Hände sinken. »Es wäre gütiger, ihn zu töten«, sagte er, und bevor Velisarios sich anschließen konnte mit »Das hab ich mir auch gedacht«, hämmerte Pelagia empört und aufgebracht mit beiden Händen auf die Brust ihres Vaters ein und trat mit den Füßen gegen seine Schienbeine. Velisarios ging dazwischen, legte ihr einen Arm um die Taille und lüpfte sie dorthin, wo gewöhnlich seine Muskete ihren Platz hatte, auf den natürlichen Sims seiner Hüfte, wo sie heulend auf seine Schenkel einschlug.

Und so kam es, daß Wasser aufgesetzt und die Fetzen von Corellis Uniform behutsam weggeschnitten wurden. Pelagia riß in wilder Hast nicht nur ihre eigenen Bettlaken, sondern auch noch die ihres Vaters in Streifen. Danach holte sie jede Flasche Spiritus, die ihr Vater versteckt hatte, und sicherheitshalber noch seinen geschätzten Vorrat an Inselwein.

Dr. Iannis jammerte, als er das Blut abwischte. »Was soll ich denn machen? Ich bin nicht entsprechend ausgebildet. Ich bin kein richtiger Chirurg. Ich habe keinen Kittel, kein Haarnetz, keine Handschuhe, nichts von dem Penizillin, von dem ich gehört habe. Kein Röntgengerät, kein steriles Wasser, kein Serum, kein Plasma, kein Blut ...«

»Sei still, sei still, sei still«, schrie Pelagia, deren Herz nun vor Panik und Entschlossenheit raste. »Ich hab schon gesehen, wie du einen Bruch mit einem Zehn-Zentimeter-Nagel zusammengefügt hast. Halt den Mund, und mach dich an die Arbeit.«

»Jesus!« sagte der eingeschüchterte Arzt.

Weil Dr. Iannis nicht wußte, daß das meiste Blut und Fleisch vom breiten Rücken Carlo Guercios stammte, erschien es ihm wohl wie ein Wunder des Heiligen, daß Antonio Corelli dann tatsächlich so wenige Wunden aufwies. Sobald er gesäubert war und ein Haufen blutiger Lumpen vom Boden aufgeklaubt und zum Abkochen gebracht worden war, wurde deutlich, daß der Hauptmann sechs Kugeln in der Brust, eine im Unterleib, einen Einschuß im rechten Arm und eine häßliche, aber ungefährliche Schramme an der Wange hatte.

Aber es schien dennoch aussichtslos. Der Arzt kannte sich zu gut aus, um Optimist zu sein, und wußte zuwenig Bescheid, um seinem Pessimismus abzuhelfen. In diesen Löchern würden sich Uniformfetzen und von den Kugeln nach innen gedrückte Lufttaschen befinden, dazu Rippensplitter, die er nicht lokalisieren könnte. Aus der Entzündung durch eine Myriade von Mikroben würde sich Osteomyelitis entwickeln, die ihr Gift durch das Mark ins Blut schicken und zum Tod durch Sepsis führen würde. Der Arzt wußte, daß Kugeln an Stellen sitzen konnten, die einen massiven Blutverlust auslösen würden, wenn er sie entfernte, aber eine unaufhaltsame Infektion herbeiführen würden, wenn er sie nicht herausnähme. Es konnte sich auch schon ein Hämothorax gebildet haben, ein Bluterguß in der Brusthöhle. Über kurz oder lang könnte Gasbrand entstehen. Knochensplitter wären von Stellen zu entfernen, die er beim besten Willen nicht aufspüren konnte. Der Arzt öffnete eine der Rakiflaschen, nahm einen tiefen Zug und reichte sie an Velisarios weiter, der aus Solidarität das gleiche tat und im Raum blieb, gebannt von dem ganzen Vorgang.

Dr. Iannis nahm seinen Verstand zusammen und erkannte, daß es keinen Sinn hatte, voreilige Schlüsse zu ziehen. Ein Chirurg untersucht erst und denkt später. Noch den Anisgeschmack im Mund und das tröstliche Brennen des Schlückchens Alkohol im Magen, holte er sich eine Sonde und führte sie sanft in jede Wunde ein, bis sie auf die Kugel stieß. Ihm fiel auf, daß die Löcher überraschend weit waren und alle einen gelben Prellungsrand aufwiesen. Warum waren die Löcher so weit?

Er richtete sich verdutzt auf. Die Löcher waren nicht einmal tief. Die Kugeln hätten eigentlich saubere Durchschüsse verursachen und im Rücken des Opfers Krater hinterlassen sollen, aus denen das Blut nur so spritzte, fiel ihm plötzlich ein. »Tochter«, sagte er, »ich schwöre bei allen Heiligen, daß dieser Mann ein Fleisch aus Eisen hat. Ich glaube, er wird durchkommen.« Er langte nach seinem Stethoskop und horchte. Das Herz schlug schwach, aber regelmäßig. »Antonio«, rief er, und Corelli schlug die Augen auf und versuchte zu lächeln. »Antonio, ich werde Sie operieren. Ich habe nicht viel Morphium. Können Sie trinken? Es wird Ihr Blut verdünnen, aber es muß trotzdem sein.«

»Pelagia«, hauchte Corelli. Velisarios hielt den Kopf des Hauptmanns hoch, und Pelagia flößte ihm eine Tasse Raki ein, während der Arzt ein dreiviertel Gramm Morphium präparierte. Er würde die gleiche Menge jede halbe Stunde injizieren, wenn nötig, und jede halbe Stunde würde der Hauptmann Raki schlucken müssen, wenn das gleichfalls notwendig war. »Ich brauche soviel Licht wie möglich«, sagte der Arzt, und Pelagia holte aus den Zimmern alle Lampen, die Velisarios dann in der Küche anzündete. Draußen war es finster, die Eulen schrien zu dem metallischen Zirpen der Grillen und den anderen Naturgeräuschen dieses trügerischen Friedens. Psipsina kam mit der ersten in der Nacht gefangenen Maus im Maul herein, und Pelagia scheuchte sie hinaus.

In den einen Arm injizierte der Arzt Morphium, und in den anderen sicherheitshalber und aus keinem bestimmten Grund außer seiner Intuition zehn Zentiliter einer Lösung aus Zucker und Salz, die Pelagia in einem Tiegel zusammengemischt hatte. Sie konnte kaum mit ansehen, wie der Körper des von ihr geliebten Mannes gepikt und gestochen wurde, aber sie wußte, daß sie gleich noch sehen würde, wie er aufgeschlitzt und aufgeschnitten wurde. Aber während sie auf diesen bleichen, durchlöcherten, hilflos wie ein Wurm daliegenden Körper voller Blut blickte, erkannte sie, daß es nicht direkt der Körper war, der geliebt wurde. Sie liebte den Menschen, der aus den Augen hervorleuchtete und seinen Mund zum Lächeln und Sprechen gebrauchte. Sie hielt die Finger des Musikers in der Hand und schaute auf die sorgfältig gepflegten Nägel. Wenigstens war die Nagelhaut rosig. Sie bewunderte nicht die Hände, sondern den Mann, der sie über die Mandolinenbünde gleiten lassen konnte. Wie oft hatte sie sich schon vorgestellt, wie sie über ihre Brüste glitten? Der Arzt nahm ihre Verträumtheit wahr und sagte: »Sitz nicht so rum. Mach dich an die Wunden im Gesicht und am Arm. Säubere sie, schneide die Fetzen ab, desinfiziere sie und nähe sie zu. Willst du Ärztin werden oder nicht? Und wir brauchen noch mehr kochendes Wasser, eine ganze Menge. Und wasch dir die Hände, besonders unter den Nägeln.«

Sie stand auf, blinzelte und rührte keinen Finger. »Bist du sicher, daß er bewußtlos ist? Ich möchte ihm nicht weh tun.«

»Ich werd ihm noch viel mehr weh tun als du.« Er schlug Corelli ins Gesicht und schrie: »Antonio, deine Mutter ist eine Hure.« Es kam keine Reaktion, und so sagte der Arzt: »Er ist weg.«

»Seine Mutter ist tot«, sagte Pelagia vorwurfsvoll. »Trink keinen Raki mehr, wenn dir davon solche Worte in den Mund kommen.«

Draußen rumpelte ein deutscher Panzerwagen vorüber, und alle drei blieben stocksteif stehen, bis er vorbei war. »Schweine«, sagte Velisarios.

Pelagia wurde in dieser Stunde die ganze Ungeheuerlichkeit dessen deutlich, um was sie ihren Vater gebeten hatte. Ihr zitterten die Hände, und sie konnte sich kaum überwinden, diese Wunden zu berühren. Zunächst betupfte sie sie zaghaft und war entsetzt, als sie aufblickte und ihren Vater sah, wie er tatsächlich großzügig das Fleisch um die Schußwunden wegschnitt. »Das nennt man Wundexzision«, erklärte er ihr, »und ich mag's auch nicht, aber es hilft; wenn du es nicht magst, dann schau nicht hin. Ich entferne das gesamte geschädigte Gewebe. Du solltest es genauso machen.«

Pelagia kämpfte den Drang, sich zu übergeben, nieder, und Velisarios trat zurück und setzte sich mit dem Rücken zur Tür auf den Boden. Er würde ihnen bei der Arbeit zuschauen, sich aber die Einzelheiten ersparen.

Der Arzt fing mit der Kugel im Unterleib an, da er mit etwas beginnen mußte, was relativ ungefährlich war, um sein Selbstvertrauen zu stärken. Er fand sie nicht weit unter der Haut, pickte sie mit seiner Zange heraus und wunderte sich über die abgeplattete und verzogene Form. »Es ist ein Wunder«, sagte er, während er sie Pelagia zeigte, die mit einer flachen Arztschere ein eingerissenes Fleischfetzchen abschnippelte. »Wie erklärst du dir das?«

»Er war hinter dem Mann, der so groß ist wie ich«, meldete sich Velisarios. »Der große Mann hat ihn hinter sich gehalten, so.« Velisarios stand auf und streckte die Hände nach hinten aus, um vorzuführen, wie jemand die Handgelenke eines anderen umklammern konnte. »Er hat den verrückten Hauptmann immer noch festgehalten, als ich ihn aufhob. Ich habe erst gemeint, er sei zu schwer. Ich glaube, er hat diesen Mann zu retten versucht.«

»Carlo«, sagte Pelagia und brach plötzlich in Tränen aus. Ihr Vater wollte sie schon trösten, merkte aber, daß er ihr den Kopf nur mit Blut vollschmieren würde. Carlo war das erste Mitglied von »La Scala«, von dessen sicherem Tod sie nun wußten. »Kein Mann, der so gestorben ist, ist umsonst gestorben«, verkündete der Arzt, der an den Worten fast erstickte. Er wollte in Tränen ausbrechen, beherrschte sich aber und entfernte und inspizierte, um sich abzulenken, einen Fetzen versengten Stoff aus der Wunde vor ihm. Pelagia wischte sich mit dem Ärmel ihres Kleids die Tränen ab und sagte:

»Antonio hat immer gesagt, Carlo sei der Tapferste in der Armee.«

»Alles nutzlos«, kommentierte der Arzt, der damit unbemerkt seiner früheren Aussage widersprach. »Velisarios, ist die Leiche des Mannes noch dort? Wir würden sie gern beerdigen, damit sie nicht verbrannt wird.«

»Wir haben schon Ausgangssperre, Iatre«, sagte der starke Mann, »aber ich werde gehen, wenn du es verlangst. Auf dem Weg könnte ich eventuell einen Deutschen umbringen, wer weiß?« Er ging fort und war froh, aus dem schauerlichen Operationszimmer zu kommen, wo die Emotionen so hochschlugen und die Seufzer so zahlreich waren, daß sie ihn krank machten. Er atmete tief die kühle Herbstluft ein und machte sich noch einmal auf den Weg über die Felder.

Der Arzt säuberte die Wunde fertig, tupfte sie mit Alkohol ab und füllte sie mit Sulfonamidpulver. Das hatte er vom hypochondrischen Quartiermeister mit den Hühneraugen bekommen. Zweifellos hatte seine Seele ihn inzwischen zusammen mit all seinen eingebildeten Wehwehchen verlassen, und zweifellos waren seine wohligen Fettpolster viel zu früh dem Feuer anheimgefallen. Eine unermeßliche Wolke der Traurigkeit hing für jeden greifbar in der Luft. Es war besser, sich auf den Hauptmann zu konzentrieren. Dr. Iannis schnitt einen Hautlappen ab, drehte ihn und bedeckte das von ihm erzeugte Loch. »Wenn du fertig bist«, sagte er seiner Tochter, »dann stickst du das zusammen. In meiner Tasche ist Fallschirmleine, du mußt sie nur auffasern. Es gibt nichts Besseres.«

Pelagia überkam ein Gefühl empörender Unwirklichkeit. Da stand sie und flickte ihren Geliebten so akkurat und sorgfältig zusammen, wie sie es bei der Arbeit an der asymmetrischen Weste und von den geduldigen Anweisungen einer Tante gelernt hatte, und neben ihr war ihr Vater, der behutsam Knochensplitter und plattgedrückte Kugeln aus der Brust desselben Mannes holte und dabei alles über Krepitation, Facies hippocratica und alle möglichen anderen Komplikationen erzählte, deren Bedeutung ihr zu unklar war, um erschreckende Prognosen heraufzubeschwören. Sie widmete sich dem Gesicht des Hauptmanns und säuberte die tiefe Schramme. Sie überlegte, ob sie sie von selbst heilen lassen oder vernähen sollte. »Das hängt davon ab«, sagte der Arzt, der eine weitere Morphiumspritze präparierte, »ob du ihn mit einem schiefen Lächeln haben willst oder nicht. Du hast die Wahl zwischen dem oder einer breiten Narbe. Beides kann ganz reizend sein, wer weiß?«

»Eine Narbe kann ganz romantisch sein«, meinte Pelagia.

»Diese Narben«, sagte der Arzt und deutete mit dem Skalpell auf die Brust, »werden ziemlich scheußlich sein. Wenn er's überlebt.«

Velisarios begrub die sterblichen Reste von Carlo Guercio noch in dieser Nacht im Hof des Arzthauses. Als er sich über Mauern und Felder schleppte, vom ekligen Geruch des Todes verfolgt, die Hände schleimig und schmierig, hatte er sich wie Atlas unter dem Gewicht der Welt gefühlt. Er hatte bald erkannt, daß seine Bürde zu schwer war, um sie so wie den Hauptmann in den Armen zu tragen, und so stolperte er schließlich mit dieser gewaltigen Last auf den Schultern dahin, als trüge er einen schweren Sack Weizen.

Im Dunkeln band er Carlos zerschmetterten Kiefer mit einem Lakenstreifen fest und fing dann an zu graben. Er mußte einige Wurzeln des Ölbaums durchhakken, förderte uralte Schichten von Steinen und Asche zutage und warf Tonscherben und Schulterblätter von Schafen heraus. Er wußte es zwar nicht, aber er begrub Carlo in einer Bodenschicht aus Odysseus' Zeit, als hätte der Schütze schon immer dorthin gehört.

Kurz vor Tagesanbruch, die Operation des Hauptmanns war endlich abgeschlossen, waren Vater und Tochter unsagbar erschöpft, aber sie kamen noch heraus, um Abschied zu nehmen von den Gebeinen dieses Helden.

Pelagia kämmte ihm das Haar und gab ihm einen Kuß auf die Stirn. Der Arzt, von Natur aus ein Heide und stets von alten Bräuchen angetan, legte auf jedes Auge eine Silbermünze und ins Grab eine Flasche Wein. Velisarios stand unten und bettete den Leichnam in die Erde. Er richtete sich auf, und da fiel ihm plötzlich etwas ein. Er holte eine zerknitterte Packung Zigaretten aus der Tasche, griff eine heraus, strich sie gerade und steckte sie dem Toten zwischen die Lippen. »Ich schulde ihm noch eine«, sagte er und kletterte heraus. Der Arzt hielt eine feierliche Rede, während Pelagia neben ihm weinte und Velisarios den Hut in seinen Händen knetete.

»Unser Freund«, hob er an, »als Feind gekommen, ist über die Asphodeloswiesen gegangen. Wir haben herausgefunden, daß in ihm mehr Wissen um die Rechtschaffenheit steckte als in jedem anderen Sterblichen. Wir erinnern daran, daß er seine vielen Auszeichnungen für die Rettung von Leben, nicht für deren Auslöschung erhalten hat. Wir gedenken, daß er so edelmütig gestorben ist, wie er gelebt hat, tapfer und stark. Wir sind nur Eintagsfliegen, aber sein Geist wird nicht verblassen. Er war auf die schönen Seiten des Lebens bedacht und ist mitten auf seinem Pfad von blutrünstigen Männern zum Schweigen gebracht worden, deren Namen im Ablauf der Jahre in Ehrlosigkeit weiterleben werden. Auch sie werden vergehen, aber unbetrauert, und ihnen wird nicht verziehen; der Tod ist unser aller Lohn. Wenn der Tod diese Männer ereilt, so sollen sie zu nutzlos im Dunkeln umherirrenden Geistern werden, denn vor dem Ende ist des Menschen Tag sehr kurz, und der Ruchlose, der voller Grausamkeit steckt, liegt verflucht, und nach dem Tod bleibt ihm sein Beiname. Doch der Geist von Carlo Guercio wird im Lichte leben, solange wir Zungen haben, um von ihm zu sprechen, und Geschichten, um sie unseren Freunden zu erzählen.

Es heißt, daß von allen Wesen, die auf ihr kriechen und atmen, die Erde nichts Schwächlicheres als den Menschen hervorbringt. Es stimmt, daß Carlo von einem unglücklichen Schicksal dazu ausersehen war, in der Welt herumgeworfen zu werden, aber in ihm haben wir keine Schwächlichkeit gefunden. In ihm war keine grobe Anmaßung, er war kein ruchloser Rüpel, der das Heim anderer schändet. In ihm haben wir die Zartheit einer Jungfrau und die geballte Festigkeit eines Felsens vereint gefunden, die vollkommene Gestalt des vollkommenen Menschen. Er war jemand, der hätte sagen können: ›Ich bin Bürger, nicht Athens oder Roms, sondern der Welt.‹ Er war ein Mann, von dem wir sagen möchten: ›Nichts kann einem guten Menschen schaden, sei es im Leben oder nach dem Tode.‹

Denkt an die Sprichworte, die uns seit alters her überliefert sind:

›Wen die Götter liebhaben, der stirbt jung.‹
›Eines Schattens Traum ist der Mensch.‹
›Selbst die Götter können die Vergangenheit nicht ändern.‹
›Gleich wie Blätter im Walde, so sind die Geschlechter der Menschen/einige streuet der Wind auf die Erd' hin, andere wieder/treibt der knospende Wald, erzeugt in des Frühlings Wärme.‹

Ich denke auch daran, daß der Dichter uns sagt, es gebe eine Zeit für lange Rede und eine Zeit für den Schlaf. Schlafe lange und gut. Du wirst vom Alter nicht gebeugt werden, du wirst nicht schwach werden, du wirst weder neuen Kummer noch Gebrechlichkeit kennen. Solange wir deiner gedenken, wirst du uns als jung und schön in Erinnerung bleiben. Kephallonia ist es die größte Ehre, sich als Hüter deiner Gebeine zu betrachten.«

Sich gegenseitig stützend, gingen der Arzt und seine Tochter ins Haus. Sie hörten noch, wie Velisarios' Schaufel auf Stein kratzte und Erde niederklatschte. Behutsam trugen sie Corelli in Pelagias Bett, und draußen sangen die ersten Vögel.

59
Das historische Versteck

Es dauerte nicht lange, bis die Deutschen ihre Stellungen gefestigt hatten und mit Plünderungen begannen. Der Arzt mußte nicht nur seine Wertsachen verstecken, was das Los von allen war und nicht weiter verwunderlich, sondern er hatte auch seine liebe Not mit einem bewegungsunfähigen italienischen Offizier im Bett seiner Tochter. Pelagia richtete dem Hauptmann ein Lager im Versteck unter dem Küchenboden ein, und wieder mußte Velisarios hergebeten werden, um ihn zu tragen, da weder der Arzt noch Pelagia kräftig genug waren, um ihn umzubetten, ohne ihm weh zu tun. Unten war er wieder bei seiner Mandoline, und Carlos Papiere wurden kurzzeitig ausgelagert. Im Interesse von Corellis Gesundheit wurde die Falltür des Verstecks, wenn keine Soldaten in der Nähe waren, offengehalten durch einen Besenstiel, der rasch weggestoßen werden konnte, worauf nur noch die Matte hinzulegen und der Tisch zurechtzurücken war. So kauerten in der Folgezeit Pelagia und der Hauptmann hilflos im Dunkel des Lochs beieinander, während das Familiensilber und die Gläser gestohlen wurden und der Arzt angegriffen und mißhandelt wurde.

Am ersten Tag nach seiner Operation schlief Corelli in seligem Vergessen, doch als er das erste Mal aufwachte, geschah das mit dem Wissen, daß er schreckliche Schmerzen litt und sein Darm sich entleert hatte. Er konnte sich jedoch überhaupt nicht rühren. Er fühlte sich, als wäre er unter die Hufe einer Ochsenherde geraten oder von jener mittelalterlichen Folter zerquetscht worden, die durch eine mit Gewichten beschwerte Tür ausgeführt wird. »Ich kriege keine Luft«, sagte er dem Arzt.

»Wenn Sie nicht atmen könnten, wäre es Ihnen nicht möglich zu sprechen. Die Luft geht von den Lungen durch die Stimmbänder.«

»Die Schmerzen sind unerträglich.«

»Sie hatten etliche gebrochene Rippen. Einige habe ich auch selbst gebrochen, um die Kugeln herauszuholen.« Der Arzt schwieg kurz. »Ich muß mich bei Ihnen noch entschuldigen.«

»Entschuldigen?«

»Ich habe einige Ihrer Mandolinensaiten verwendet, um die Knochen zusammenzuflicken. Es war nichts anderes da. Ich glaube, Sie haben sich die Diskantsaiten aus meinem Chirurgendraht gemacht, und ich war genötigt, ihn wieder zu verwenden. Wenn die Knochen zusammengewachsen sind, müssen die Drähte in einer weiteren Operation entfernt werden.«

Der Hauptmann zuckte zusammen.

»Wenn die Schmerzen ganz schlimm sind, Antonio, dann sollten Sie dran denken, wenn Sie mannhaft sind, daß Sie keine Schmerzen, sondern Gram verspüren sollten. All Ihre Freunde sind tot.«

»Ich weiß. Ich war dabei.«

»Entschuldigung.« Der Arzt zögerte. »Es sieht so aus, als hätte Carlo Sie gerettet.«

»Es sieht nicht so aus, ich weiß, daß er es getan hat. Von uns allen ist er am aufrechtesten gestorben und hat mich am Leben erhalten, um sein Andenken zu bewahren.«

»Sie sollten nicht weinen. Wir kriegen Sie schon wieder hin und schaffen Sie von der Insel fort.«

»Ich stinke, *Dottore*. Pelagia soll es nicht mitkriegen.«

»Wenn Sie es wollen, übernehme ich Ihre Pflege. Der Platz hier unten ist sehr beengt, nicht? Aber wir werden schon zurechtkommen. In diesem Loch sind schon viele bedeutende Freiheitskämpfer gewesen, also betrachten Sie es als eine Ehre, an historischer Stätte zu liegen. Ich muß Ihnen einschärfen, Ihre Position, sooft es Ihnen möglich ist, zu ändern, auch wenn es schmerzt, sonst bekommen Sie Druckgeschwüre. Die können Sie so sicher wie eine Kugel umbringen, wenn sie anfangen zu faulen. Schlafen Sie, soviel Sie können, aber Sie müssen sich bewegen. Wenn die Schmerzen unerträglich werden, kann ich Ihnen Morphium geben, aber davon ist nicht mehr viel übrig, und bei all den Deutschen hier werde ich sicher alles aufbrauchen. Wenn es Ihnen nichts ausmacht, werde ich Sie lieber unter Alkohol setzen. Ich habe auch etwas Baldrian und Mutterkraut, das Pelagia im Frühjahr gesammelt hat. Ich muß Sie bitten, die Schmerzen auszuhalten, so gut es geht. Ich kann Ihnen versichern, wenn Sie während eines Leidens viel Schmerzen haben, dann werden Sie sich doppelt so wohl fühlen, wenn Sie genesen sind. Es wird Ihr Dankbarkeitsgefühl erhöhen.«

»*Dottore*, es gibt nichts, was imstande wäre, mein Dankbarkeitsgefühl zu erhöhen.«

»Sie könnten immer noch sterben«, sagte der Arzt grob. Er beugte sich herab und fragte in vertraulichem Ton: »Ich wollte Sie schon immer fragen, ob es mit Ihren Hämorrhoiden besser geworden ist. Verzeihen Sie mir, daß ich mich nicht früher erkundigt habe. Ich hielt es für indiskret.«

»Ich bin Ihrem Rat gefolgt«, sagte der Hauptmann, »und es hat funktioniert.«

»Sie werden hier wenig Bewegung und schlechtes Essen haben«, sagte der Arzt. »Wir werden aber unser Bestes versuchen. Sie werden sicher Verstopfung kriegen, und ich könnte gezwungen sein, Ihren Darm auszuspülen. Ich möchte dafür ungern das Rohr meines Stethoskops benutzen, aber wahrscheinlich muß ich es tun. Wenn wir das nicht machen, kriegen Sie später von der ganzen Anstrengung wieder Hämorrhoiden. Ich entschuldige mich für die demütigende Behandlung.«

Der Hauptmann legte dem Arzt die Hand auf den Ärmel. »Lassen Sie Pelagia nichts mitbekommen.«

»Natürlich nicht. Und noch etwas. Ihnen wird ein Bart wachsen wie bei einem Griechen. Pelagia und ich werden Ihnen Griechisch beibringen. Ich weiß nicht, woher ich Papiere und eine Lebensmittelkarte bekommen kann; wir werden wohl ohne auskommen müssen.«

»Wenn es mir bessergeht, müsst ihr mich vom Haus wegbringen, *Dottore*. Ich möchte euch nicht in Gefahr bringen. Wenn ich entdeckt werde, möchte ich alleine sterben.«

»Wir können Sie zu dem geheimen Schuppen bringen, zu dem Sie mit Pelagia immer gegangen sind. Schauen Sie nicht so überrascht. Das haben alle gewußt. Es gibt keine alte Frau, die nicht wie eine ganze Horde von Ziegen tratscht. Es kommt von der Einsamkeit. Die macht sie so geschwätzig. Und es könnte sein, daß Sie sich nicht erholen, denken Sie daran. Wenn ich Sie nicht gut genug gesäubert habe, wenn irgendwo eine Fistel ist, die näßt, oder Luft ... Sie müssen es mir sofort sagen, wenn Sie irgendwo einen Druck spüren. Ich werde ein Loch in Sie machen und alles entweichen lassen müssen.«

»*Madonna mia, Dottore,* bitte tischen Sie mir ein paar Lügen auf.«

»Ich bin nicht Pinocchio. Die Wahrheit macht uns frei. Wir stehen es durch, wenn wir ihr in die Augen sehen.«

Der Hauptmann verfiel zwei Tage später in ein Fieber, und Pelagia blieb bei ihm im Verlies, tupfte ihm mit einem Schwamm die Stirn ab, um die Temperatur zu senken, und lauschte dem Gebrabbel seiner Alpträume. Sie wechselte ihm die Verbände und achtete auf den toxischen Geruch von Eiter. Ihr Vater versicherte ihr, daß die Giftstoffe die Haut so gelblich wie Sahne werden lassen, aber insgeheim zweifelte er, ob der Hauptmann durchkommen würde. Ihm fehlte das Vertrauen, daß seine Operation geglückt war, aber er injizierte ihm immer wieder intravenös eine Salz-Zucker-Lösung. Er zeigte seiner Tochter, wie sie mit Kissen seine Position ändern konnte, um den stets gleichen Druck aufzuheben, der das Fleisch verfaulen läßt, aber er hieß sie das Kellerloch verlassen, wenn er all die Verrichtungen zu erledigen hatte, die sonst Frauensache sind und die größte Liebe offenbaren.

Das Fieber erreichte am vierten Tag einen kritischen Punkt, als Corelli so viel brabbelte und schwitzte, daß sowohl der Arzt als auch Pelagia um sein Leben fürchteten. Dr. Iannis führte sorgfältig eine dicke Veterinärnadel in jede Wunde ein, um einen eventuell vorhandenen eitrigen Abszeß abzusaugen (er nannte das »subkutane Krepitation«), aber er fand nichts, stand vor einem Rätsel, was die Ursache der Krankheit war. Pelagia legte ihm den Hals von Antonia, seiner geliebten Mandoline, in die Finger der linken Hand. Sie schlossen sich darum, der Hauptmann lächelte, und ihr Vater vermerkte für sich, daß sie hierbei das Feingefühl eines wahren Arztes verriet.

Zwei Tage später verschwand das Fieber, und der Patient öffnete verwundert die Augen, als würde er sich das erste Mal seiner Existenz bewußt. Er fühlte sich schwächer, als es überhaupt vorstellbar war, aber er trank mit Schnaps versetzte Ziegenmilch und stellte fest, daß er sich endlich ohne fremde Hilfe kurz aufsetzen konnte. Noch am selben Abend konnte er mit Unterstützung des Arztes aufstehen und sich waschen lassen. Er hatte spindeldürre, wacklige Beine, aber der Arzt ließ ihn auf der Stelle treten, bis er erschöpft war und Schwindelanfälle bekam. Seine Rippen taten ihm mehr weh als je zuvor, und er bekam zu hören, daß sie ihm wahrscheinlich noch monatelang Schmerzen bereiten würden, bei jedem Atemzug. Er solle die Bauchmuskeln zum Atmen einsetzen, wurde ihm geraten, aber als er es probierte, tat ihm die Wunde im Unterleib weh. Pelagia holte einen Spiegel und zeigte ihm die bleiche Narbe im Gesicht und seinen sprießenden Hellenenbart. Der juckte und störte ihn fast so sehr wie seine Narben und verlieh ihm das Aussehen eines Räubers. »Ich sehe wie ein Sizilianer aus«, meinte er.

An diesem Abend erhielt er sein erstes festes Essen. Schnecken.

60
Ihre Sorgen setzen ein

Pelagia sollte die Zeit von Corellis Genesung und Flucht nicht als eine Periode denkwürdiger und berauschender Abenteuer, nicht einmal als ein Zwischenspiel voller Furcht und Hoffnung in Erinnerung behalten, sondern als das langsame Einsetzen ihrer Sorgen.

Der Krieg hatte sie ohnehin ausgezehrt. Ihre Haut war wegen der mangelhaften Ernährung durchscheinend, spannte sich straff über den Knochen und verlieh ihr ein ausgemergeltes und seelenvolles Aussehen, wie es erst fünfundzwanzig Jahre später Mode werden sollte. Ihre wohlgeformten Brüste waren etwas verwelkt und abgesackt, wodurch sie eher zweckmäßigen Beuteln als Verkörperungen der Schönheit oder Objekten der Begierde entsprachen. Manchmal bekam sie Zahnfleischbluten, und beim Essen kaute sie vorsichtig, um keinen Zahn zu verlieren. Ihr üppiges schwarzes Haar wurde dünn und strähnig, und es kamen schon die ersten grauen Härchen zu Vorschein, die frühestens in zehn Jahren hätten auftauchen sollen. Der Arzt, der wegen seines höheren Alters weniger gelitten hatte, untersuchte sie häufig und wußte, daß sie seit Beginn der Besetzung fünfzig Prozent ihres Körperfetts verloren hatte. Aus der Analyse des Stickstoffs in ihrem Urin konnte er ersehen, daß sie auch ständig an Muskeln verlor, weil sie das Protein aufbrauchte, und es fiel ihr schwer, eine anstrengende Tätigkeit länger als ein paar Minuten durchzuhalten. Er stellte nichtsdestoweniger fest, daß Herz und Lungen immer noch gesund waren, und gab ihr, wenn er konnte, mehr als ihren normalen Anteil an Milch und Fisch, wenn dies zu haben war, indem er mangelnden Appetit vorschützte. Sie wiederum gab aus der gleichen Zuneigung heraus, mit der sie niemand täuschen konnte, ihr eigenes Essen an Corelli weiter. Es tat dem Arzt in der Seele weh, sie so ausgemergelt zu sehen, und bei ihrem Anblick fielen ihm jene ausgefransten Rosen ein, die es schafften, den Herbst zu überleben und sich noch bis Dezember an den letzten Rest ihrer Schönheit zu klammern, als würden sie irgendwie durch den Dispens eines Schicksals am Leben erhalten, das sich nach der Vergangenheit sehnte, aber darauf erpicht war, sie schließlich doch zu zerstören. Nun gab es keinen beschämt blickenden italienischen Offizier, der für sie Rationen stibitzte, und keinen dicken Quartiermeister mehr, den er für sich einnehmen konnte, und so mußte sich der Arzt darauf beschränken, Eidechsen und Schlangen in Fallen zu fangen, war aber immer noch nicht geneigt, es mit Katzen und Ratten zu versuchen. Die Lage war nicht so schlimm wie in Holland, wo Katzen als »Dachhase« serviert wurden, und auch nicht so hart wie auf dem Festland. Es gab ja immer noch die See, Kephallonias Existenzgrundlage, aber auch der Ursprung all ihrer trüben Vergangenheit und strategischen Bedeutung, die nun eine merkwürdige Erinnerung war; die gleiche See, die in der Zukunft neue Invasionen von Italienern und Deutschen auslösen würde, die sich nebeneinander zum Bräunen an den Strand legten und einen Sonnenölfilm auf dem Wasser hinterließen, Touristen, die nichts anzufangen wußten mit dem leeren und argwöhnischen Blick älterer Griechinnen in Schwarz, die, ohne sie zur Kenntnis zu nehmen, wortlos vorübergingen.

Sobald Corelli wieder auf den Beinen war, ging er um Mitternacht in der Gesellschaft des Arztes und Velisarios' zur »Casa Nostra«, während Pelagia zu Hause blieb und sich im Verlies versteckte, wo wieder die Mandoline, die Insel-Geschichte des Arztes und Carlos Aufzeichnungen untergebracht waren. Solange sie auf der Insel Gefahr lief, vergewaltigt zu werden, verließ sie kaum das Haus, und in diesem Loch unter dem Boden hing sie ihren Erinnerungen nach, häkelte und trennte ihre Decke auf und dachte an Antonio. Er hatte ihr seinen Ring geschenkt, der für jeden ihrer Finger viel zu groß war, und sie drehte ihn im Lampenlicht, sah sich den auffliegenden halben Falken mit dem Ölzweig im Schnabel und den Worten »Semper fidelis« darunter an. Sie fürchtete insgeheim, daß er sie in seiner Heimat vergessen würde, daß die Worte nur für sie galten, daß sie für immer treu und vergessen wie Penelope auf die Wiederkehr ihres Mannes warten würde.

Aber Antonio redete ganz anders. Er kam oft in der Dunkelheit, beschwerte sich, daß ihre ehemalige Zuflucht kalt und zugig war, und erzählte haarsträubende Geschichten, wie er nur ganz knapp der drohenden Gefangennahme entgangen war, aber davon waren nur ein paar wahr. Sein neuer Bart kratzte sie, wenn sie Wange an Wange angezogen auf ihrem Bett lagen, sich umarmten und von der Zukunft und der Vergangenheit sprachen.

»Ich werde die Deutschen immer hassen«, sagte sie.

»Günter hat mir das Leben gerettet.«

»Er hat all deine Freunde massakriert.«

»Er hatte keine andere Wahl. Es würde mich nicht überraschen, wenn er sich danach selbst erschossen hätte. Er hat versucht, nicht zu weinen.«

»Es gibt immer eine Wahl. Was der Körper auch anstellt, schuld ist der Geist. So heißt es bei uns.«

»Er war nicht so tapfer wie Carlo. Carlo hätte sich geweigert, uns zu erschießen, aber Günter war eine andere Sorte Mensch.«

»Hättest du dich geweigert?«

»Ich hoffe es, aber ich weiß es nicht. Vielleicht wäre ich den einfachen Weg gegangen. Ich bin auch nur ein Mensch, aber Carlo war wie einer dieser Helden in unseren alten Geschichten, wie Horatius Cocles oder wer es auch war, der den Pons Sublicius allein gegen die ganze Armee von Porsenna gehalten hat. Nur einer in einer Million ist aus diesem Holz geschnitzt, du darfst dem armen Günter keine Schuld geben.«

»Trotzdem, die Deutschen werde ich immer hassen.«

»Viele Deutsche sind gar keine Deutschen.«

»Was? Sei nicht albern.«

»Weißt du, an den Uniformen ist er nicht zu erkennen. Sie haben Leute aus Polen, der Ukraine, Lettland, Litauen, der Tschechoslowakei, Kroatien, Slowenien und Rumänien eingezogen. Von überall. Du weißt das nicht, aber auf dem Festland haben sie Griechen, die sie ›Sicherheitsbataillone‹ nennen.«

»Das stimmt nicht.«

»Doch. Tut mir leid, aber so ist es. In jedem Volk gibt es Scheißkerle. All diese Meuchelmörder und Nullen, die sich überlegen fühlen wollen. In Italien ist doch genau das gleiche passiert, sie haben sich alle den Faschisten angeschlossen, um zu schauen, was sie kriegen konnten. Alles Angestelltensöhne und Bauernlümmel, die wer sein wollten. Bloß Ehrgeiz und keine Ideale. Kennst du nicht die Anziehungskraft einer Armee? Wenn du ein Mädchen willst, vergewaltige es. Wenn du eine Uhr willst, nimm sie dir. Wenn du schlechter Laune bist, bring jemand um. Du fühlst dich besser, stärker. Es tut gut, zum auserwählten Volk zu gehören, du kannst tun, was du willst, und du kannst alles rechtfertigen, indem du sagst, es sei ein Naturgesetz oder Gottes Wille.«

»Bei uns gibt es ein Sprichwort: ›Mach einem Bauern Mut, und er hüpft zu dir ins Bett.‹«

»Ich mag das andere, das du mir erzählt hast.«

»›Böhnchen für Böhnchen füllt sich das Säckchen‹? Was hat das damit zu tun?«

»Nein, nein, nein. ›Wenn du bei Babys schläfst, wirst du vollgepinkelt.‹ Ich bin vollgepinkelt worden, Koritsimou, und ich wünschte, ich wäre nie zum Militär gegangen. Damals hörte sich das alles gut an, aber du siehst ja, was daraus geworden ist.«

»Antonia hat ihre Saiten verloren, und du steckst voller Draht. Vermißt du die Jungen? Ich schon.«

»Koritsimou, diese Jungen habe ich geliebt, es waren meine Kinder. Wie geht es Lemoni? Wenn wir eine Tochter haben, werden wir sie Lemoni nennen. Nach dem Krieg.«

»Wenn wir zwei Söhne haben, muß der zweite Carlo heißen. Sein Name soll weiterleben, wir sollten jeden Tag an ihn denken.«

»Jede Minute.«

»*Carino*, glaubst du an Gott und den Himmel und an all das?«

»Nein. Nicht nach alldem, es ergibt keinen Sinn mehr. Wenn du Gott wärst, würdest du das alles zulassen?«

»Ich habe gefragt, weil ich möchte, daß Carlo und die Jungen im Paradies sind. Ich kann mir nicht helfen, also bin ich wohl gläubig.«

»Sag Gott, wenn du Ihn siehst, ich möchte Ihm eins auf die Rübe geben.«

»Küß mich, bald wird's hell.«

»Ich muß gehen. Morgen bringe ich dir ein Kaninchen mit. Ich habe einen Bau gefunden, und wenn ich mich drüberlege, kann ich eines packen, wenn es rauskommt. Und ich werde für uns noch mehr Schnecken besorgen.«

»Psipsina fängt Kaninchen, aber sie gibt sie nicht her. Sie knurrt und rennt weg.«

»Wenn jetzt Frühling wäre, könnte ich nach Eiern schauen.«

»Nimm mich in die Arme.«

»Santa Maria, meine Rippen.«

»Entschuldige, entschuldige, ich vergesse es andauernd.«

»Ich wünschte, ich könnte das. *Merda*. Trotzdem, ich liebe dich.«

»Für immer?«

»In Sizilien heißt es, daß ewige Liebe zwei Jahre hält. Zum Glück bin ich kein Sizilianer.«

»Griechische Männer lieben sich und ihre Mütter ewig. Ihre Gattinnen lieben sie sechs Monate lang. Zum Glück bin ich eine Frau.«

»Zum Glück.«

»Wirst du zurückkommen? Nach dem Krieg?«

»Ich werde Antonia als Pfand dalassen. Auf die Art wirst du wissen, daß du mir trauen kannst.«

»Du könntest dir eine andere besorgen.«

»Sie ist unersetzlich.«

»Bin ich nicht auch unersetzlich?«

»Warum vertraust du mir nicht? Warum schaust du mich so an? Weine nicht. Wie könnte ich die Gelegenheit auslassen, einen so tollen Schwiegervater zu bekommen?«

»Scheusal!«

»Au, meine Rippen.«

»Oh, *carino*, es tut mir so leid.«

»Ich muß gehen. Bis morgen abend. Küß mich. Ich liebe dich.«

Er verschwand hinaus in die Nacht, kroch von Hecke zu Mauer, fuhr bei dem geringsten Ton zusammen, und bis zur Morgendämmerung war er unter seinen Decken schon in Schlaf gesunken, während die Kalziumklumpen unter seinem Fleisch sich nach und nach zu Knochen verfestigten und zärtliche Erinnerungen seine Träume mit Bildern von Pelagia und seinen Opernsängern füllten. Am frühen Nachmittag wachte er gewöhnlich auf und suchte nach Beeren, machte ein paar Übungen, um seine Finger geschmeidig zu erhalten, und durchsuchte das Unterholz nach Schnecken. Der Arzt ließ ihn nicht nur die Tiere essen, sondern er zerrieb auch die Schneckenhäuser in einem Mörser, und die ganze

Familie spülte die körnige Masse mit Wein hinunter, denn es war Dr. Iannis' Absicht, daß niemand, wie dünn und ausgemergelt er auch war, ohne ein ausgezeichnetes Knochengerüst sein sollte; das war nicht schlechter als die uralten Vorräte vertrockneter Bohnen, die den Bauch füllten, aber Koliken hervorriefen.

Pelagia war hin und her gerissen. Sie wollte ihren Hauptmann auf der Insel behalten, wußte aber, daß sie ihn damit umbringen würde. Es gab Leute, die für Brot jeden Verrat begehen würden, und es war nur eine Frage der Zeit, bis die Nazis etwas von seiner verstohlenen Anwesenheit unter ihnen merkten. Zudem wurde das Wetter schlecht, das Dach der »Casa Nostra« leckte, und der Hauptmann hatte nichts zum Warmhalten im strömenden Regen oder in der unerbittlichen Kälte. Für ihren Vater und sie gab es immer weniger zu essen, und manchmal ertappte sie sich dabei, wie sie sehnsüchtig auf Spinnen an den Mauern blickte. Sie gab Kokolios und Stamatis den Auftrag, nach dem Verrückten zu suchen, der mit Arsenios umhergewandert war, und ihm zu sagen, er solle sie aufsuchen, wenn er konnte.

Seit einiger Zeit schon hatte Bunny Warren, ausgerüstet mit Goldsovereigns, die britische Politik befolgt, Bootsbesitzer dazu zu ermutigen, den Deutschen die Benutzung ihrer Boote zu verweigern, und es gab nicht wenige überlebende italienische Soldaten, die nachts auf Seefahrzeugen, die aus Streichhölzern gebaut zu sein schienen, in die aber die Besitzer das unbeirrbarste und optimistischste Vertrauen setzten, die Reise nach Siracusa, Bianco oder Valletta angetreten hatten. Von Wellenkamm zu Wellental schaukelten sie wie Nomaden an Schnellbooten und Scheinwerfern, an Schlachtschiffen und Minen vorbei, während die Seeleute aus voller Kehle sangen, ihre Passagiere aber mit aufgerissenen Augen, verfroren und von der Seekrankheit gequält, schließlich auf trockenes Land gelangten und entdeckten, daß die Stille dort sie krank machte.

Deshalb war es für Warren nur Teil seiner Tagesroutine, die Abreise des Hauptmanns in die Wege zu leiten. Um drei Uhr früh stellte er sich bei Pelagias Haus ein und klopfte sacht ans Fenster ihres Zimmers. Als sie sich aus Corellis Armen gelöst hatte, öffnete sie die Fensterläden und erblickte den Mann, dessen Hilfe sie sowohl gesucht wie gefürchtet hatte. »Oha«, sagte er, als er durch die Tür trat, und fügte hinzu: »Kalimera, Kyria Pelagia.« Sehr förmlich gab er ihr die Hand und machte eine Bemerkung über das Wetter.

Bunny Warrens Griechisch war mittlerweile lebhaft und umgangssprachlich, aber er hatte immer noch seinen perfekten englischen Oberklassenakzent. Er schaffte es, den griechischen Begriff für »Gehen wir« zu »In Taxi« zu verwandeln, das seinen englischen Ohren geläufiger war, für ihn einen Sinn ergab, aber auch den Griechen noch verständlich war. Da sein gewöhnliches Sortiment an Adjektiven und Adverbien nicht übertragbar war, mischte er in seine Sätze noch die englischen Ausdrücke für »piekfein«, »einfach mordsmäßig« und »absolut schauderhaft«, deren Wirkung eher verwirrend und überflüssig als unsinnig war.

»Wer ist das?« fragte Corelli, der einen Augenblick lang befürchtet hatte, die Deutschen wären gekommen.

»Bunnios«, sagte Pelagia, ohne auf seine Frage zu antworten, »das ist ein italienischer Soldat, den wir wegbringen müssen.«

Warren lächelte und streckte die Hand aus. »Ave«, sagte er, da er nicht so ausgiebig Gelegenheit gehabt hatte, sein Italienisch so wie sein Griechisch auf den aktuellen Stand zu bringen. Corelli spürte, daß seine Hand beinahe zerquetscht wurde, und ihm blieb ein übertriebener Eindruck von der allgemeinen Stärke der Briten. Er wußte nicht, daß in England der Versuch, dem anderen die Finger zu brechen, ein Zeichen sowohl von Männlichkeit wie von Gutmütigkeit ist. Er war auch von der schlaksigen Größe des Mannes verblüfft und fühlte sich durch die blauen und äußerst nordischen Augen verstörend an einen Deutschen erinnert.

Es stellte sich heraus, daß in der folgenden Nacht ein Segelboot nach Sizilien auslaufen würde, sofern das Wetter es zuließe, und daß es kinderleicht wäre, den Hauptmann an Bord zu bringen, »obwohl wir den einen oder anderen Drecksflegel abmurksen müßten«. Es ging einfach nur darum, um ein Uhr früh an die Bucht zu gehen und eine abgeschirmte Lampe in Antwort auf die Signale vom Boot zum Meer hin aufblitzen zu lassen. Warren versprach, an Ort und Stelle zu sein, und versicherte ihnen, daß alles wie geschmiert laufen und erstklassig und »tipptopp« ausgehen würde.

61
Jeder Abschied ist ein Vorgeschmack des Todes

Corelli ging vor Tagesanbruch nicht in die »Casa Nostra« zurück, sondern blieb mit Einwilligung des Arztes bei Pelagia im Haus. Da sie so kurzfristig erfahren hatten, daß dies ihr letzter gemeinsamer Tag sein sollte, schien es nur human, das Risiko einzugehen, und Corelli sah in seiner Bauernkleidung und mit dem prächtigen Bart, der dennoch die bleiche Narbe an seiner Wange sehen ließ, ohnehin ganz wie ein Grieche aus. Dazu sprach er jetzt auch gut genug Griechisch, um einen Deutschen zu narren, der der Sprache überhaupt nicht mächtig war, und er schlug sich sogar auf den Handrücken, wenn er jemand als dumm hinstellen wollte, und warf mit einem Zungenschnalzen den Kopf zurück, um Ablehnung auszudrücken. Von Zeit zu Zeit träumte er griechisch, was für seine schlafende Seele entsetzlich frustrierend war, weil es notwendigerweise das Erzähltempo seiner Träume verlangsamte, und er entdeckte, wenn er selbst die Sprache gebrauchte, daß seine Persönlichkeit anders war, als wenn er italienisch sprach. Er fühlte sich verwegener, und aus einem seltsamen Grund, der nichts mit seinem Bart zu tun hatte, auch viel haariger.

Sie saßen zu dritt in der vertrauten Küche, furchtsam und betrübt, sprachen leise und schüttelten erinnerungsselig den Kopf.

»Es gibt so vieles, was ich nie vergessen werde«, sagte Corelli, »wie etwa das Pinkeln auf die Kräuter. Erst als ich eingeladen wurde, auf sie zu pinkeln, habe ich gewußt, daß ich angenommen war.«

»Ich wünschte, mein Vater würde damit aufhören«, kommentierte Pelagia. »Es macht mir Sorgen, wenn ich sie verwende. Ich vergeude Stunden mit dem Sauberwaschen.«

»Ich fühle mich schuldig, als Lebender wegzufahren, wenn all meine Freunde tot sind und Carlo draußen im Hof begraben ist.«

»In der *Odyssee* sagt Achilles: ›Wollte ich doch lieber als Ackerknecht Lohndienste bei einem anderen, einem Manne ohne Landlos leisten, der nicht viel Lebensgut besitzt, als über alle dahingeschwundenen Toten Herr sein!‹, und er hatte recht«, äußerte der Arzt. »Wenn geliebte Menschen sterben, müssen Sie für sie weiterleben. Die Dinge wie durch ihre Augen sehen. Nicht vergessen, wie sie sich ausgedrückt haben, und selbst diese Wörter benutzen. Dankbar dafür sein, Dinge tun zu können, die ihnen nicht mehr möglich sind, und auch die Trauer dabei empfinden. Nur so kann ich ohne Pelagias Mutter leben. Mich interessieren Blumen nicht, aber um ihretwillen schaue ich mir ein Sonnenröschen oder eine Lilie an. Um ihretwillen esse ich Auberginen, weil sie sie mochte. Für Ihre Jungen sollten Sie Musik spielen und es sich gutgehen lassen, weil Sie es für sie tun. Und außerdem«, fügte er hinzu, »könnte es sein, daß Sie die Reise nach Sizilien nicht überleben.«

»Papas«, protestierte Pelagia, »sag so was nicht.«

»Er hat recht«, sagte Corelli philosophisch. »Und wir können auch für die Lebenden sehen. Nach der ganzen Zeit mit euch werde ich Dinge sehen und mir vorstellen, was ihr gesagt hättet. Ich werde euch so sehr vermissen.«

»Sie werden wiederkommen«, bekräftigte der Arzt. »Sie sind wie wir schon ein Insulaner geworden.«

»In Italien werde ich kein Zuhause haben.«

»Sie müssen sich röntgen lassen. Gott weiß, was ich in Ihnen alles liegenlassen habe, und Sie müssen sich die Mandolinensaiten entfernen lassen.«

»Ich verdanke Ihnen mein Leben, Iatre.«

»Die Narben tun mir leid. Ich habe es nicht besser machen können.«

»Und mir tut es leid, Iatre, daß wir die Insel verwüstet haben. Ich nehme nicht an, daß uns je verziehen werden wird.«

»Wir haben den Briten und den Venezianern vergeben. Vielleicht werden wir den Deutschen nicht vergeben. Ich weiß es nicht. Jedenfalls sind Barbaren immer recht praktisch gewesen; normalerweise haben wir damit jemand gehabt, dem wir die Schuld an unseren Katastrophen geben konnten. Euch zu vergeben wird leicht sein, weil ihr alle tot seid.«

»Papakis«, protestierte Pelagia erneut. »Red nicht so. Müssen wir daran erinnert werden, wo Carlo im Hof begraben ist?«

»Es ist doch wahr. Nur die Lebenden brauchen Verzeihung, und wie Sie wissen, Hauptmann, muß ich Ihnen vergeben haben, sonst hätte ich Ihnen nicht erlaubt, sich mit meiner Tochter einzulassen.«

Pelagia und Corelli sahen sich an, und der Hauptmann sagte: »Ich habe Sie nie ausdrücklich um Ihre Einwilligung gebeten ... Es erschien mir irgendwie als Affront. Und ...«

»Trotzdem, Sie haben sie. Nichts würde mich mehr freuen. Aber da ist eine Bedingung. Sie müssen Pelagia Ärztin werden lassen. Sie ist nicht nur meine Tochter. Sie ist, da ich keinen Sohn habe, das, was einem Sohn von mir am nächsten kommt. Sie muß die Vorrechte eines Sohnes haben, weil sie mein Leben fortsetzen wird, wenn ich nicht mehr bin. Ich habe sie nicht zu einer Haussklavin erzogen, aus dem einfachen Grund, daß eine solche Gesellschaft in Ermangelung eines Sohnes langweilig gewesen wäre. Ich bekenne, es war selbstsüchtig von mir; doch nun ist sie zu schlau, um eine ergebene Ehegattin zu sein.«

»Bin ich dann ein Mann ehrenhalber?« wollte Pelagia wissen.

»Koritsimou, du bist allein du selbst, aber nichtsdestoweniger bist du auch das, was ich aus dir gemacht habe. Du solltest dankbar sein. In jedem anderen Haus würdest du den Boden schrubben, während ich mit Antonio spreche.«

»In jedem anderen Haus würde ich dir auf die Nerven gehen. Du solltest dankbar sein.«

»Koritsimou, das bin ich.«

»Natürlich soll Pelagia Ärztin werden, wenn sie will. Ein Musiker könnte nie mit seinem eigenen Einkommen allein zurechtkommen«, sagte Corelli, worauf ihm seine Verlobte derb einen Klaps auf den Hinterkopf gab und ausrief: »Du sollst reich werden. Wenn nicht, werde ich dich nicht heiraten.«

»War nur ein Scherz, war nur ein Scherz.« Er wandte sich an den Arzt. »Wir haben entschieden, wenn wir einen Sohn haben, werden wir ihn Iannis nennen.«

Der Arzt war sichtlich gerührt, obwohl es genau das war, was er unter den Umständen erwartet hatte. Es entstand ein längeres betrübtes Schweigen, während alle drei über die bevorstehende Auflösung ihrer Runde nachdachten, doch schließlich blickte Dr. Iannis mit feuchten Augen auf und sagte schlicht: »Antonio, wenn ich je einen Sohn gehabt habe, dann waren Sie es. Sie sind an meinem Tisch immer willkommen.«

Statt einer Antwort, die zwangsläufig hohl geklungen hätte, stand Corelli auf und ging auf den älteren Mann zu, der sich von seinem Platz erhob. Sie umarmten einander und klopften sich auf den Rücken, und dann umarmte der Arzt, da er noch einem emotionalen Überschuß Ausdruck verleihen mußte, auch seine Tochter.

»Wenn der Krieg vorbei ist, werde ich wiederkommen«, versprach Corelli. »Bis dahin bin ich immer noch bei der Armee, und wir müssen uns der Deutschen entledigen.«

»Sie verlieren«, meinte der Arzt zuversichtlich. »Es wird nicht mehr lange dauern.«

»Geh nicht wieder in den Kampf!« rief Pelagia. »Hast du nicht schon genug getan? Hast du vom Tod noch nicht genug? Und was ist mit mir? Denkst du überhaupt nicht an mich?«

»Natürlich denkt er an dich. Er denkt daran, sie loszuwerden, damit du wieder ohne Angst aus dem Haus gehen kannst.«

»Carlo hätte so gehandelt. Ich kann ihm nicht nachstehen.«

»Ihr Männer seid alle so blöd!« rief sie aufbrausend. »Ihr solltet die Welt den Frauen überlassen, dann würdet ihr sehen, ob noch gekämpft wird.«

»Viele der Andartes auf dem Festland sind Frauen«, sagte Corelli, »und auch viele der jugoslawischen Partisanen. Es gäbe genausoviel Kampf, und die Welt hat schon genug blutrünstige Königinnen gehabt. Die vordringlichste Aufgabe ist der Sieg über die Nazis, nichts ist einleuchtender.«

Sie sah ihn vorwurfsvoll an und erwiderte leise: »Der Sieg über die Faschisten war wichtig, aber du hast für sie gekämpft.«

Corelli errötete, und der Arzt sprang in die Bresche: »Laßt uns den letzten gemeinsamen Tag nicht verderben. Ein Mann macht Fehler, er wird in Dinge verwickelt, er ist manchmal ein Schaf, dann lernt er aus der Erfahrung und wird ein Löwe.«

»Ich will nicht, daß du kämpfst«, beharrte sie und blickte Corelli unverwandt an. »Du bist Musiker. In der Antike wurden die Barden verschont, wenn die Stämme sich gegenseitig abschlachteten.«

Der Hauptmann versuchte es mit einem Kompromiß: »Vielleicht wird es nicht notwendig sein, und vielleicht lassen sie mich gar nicht. Ich bin sicher, daß man mich für untauglich halten wird.«

»Mach etwas Sinnvolles«, meinte Pelagia. »Geh zur Feuerwehr oder so was.«

»Wenn ich heimkomme«, sagte Corelli nach einer peinlichen Pause, »werde ich einen Topf Basilikum als Erinnerung an Griechenland auf den Fenstersims stellen. Vielleicht bringt er Glück.« Er schritt durch den Raum, prägte sich alles ein; nicht nur die vertrauten Dinge, sondern auch die im Lauf der Zeit entstandenen Gefühle. Der Raum hallte noch wider von Hoffnungen, Vertraulichkeiten und Scherzen, vergangenen Streitigkeiten und Verstimmungen und von der Rettung eines Lebens. In der Luft hing noch das Aroma von Musik und Umarmungen und mischte sich mit dem Geruch von Kräutern und Seife. Corelli stand da und streichelte den langen, flachen Rücken von Psipsina, die auf einem leeren Bord für Nahrungsmittel ausgestreckt lag, und spürte eine unaussprechliche Traurigkeit in sich aufwallen, die mit der Trockenheit im Mund und dem flauen Gefühl im Magen rang: er würde über das Meer fliehen. Der Arzt sah ihn dort stehen, so einsam wie ein auf seine Exekution wartender Mann, und blickte dann Pelagia an, die mit den Händen im Schoß und mit gesenktem Kopf dasaß. »Ich werde euch zwei Kinder allein lassen«, sagte er. »Da ist ein kleines Mädchen, das an Tuberkulose stirbt und das ich besuchen sollte. Sie hat's schon im Rückgrat, und da ist nichts mehr zu machen, aber trotzdem ...«

Er ging aus dem Haus, und die beiden Liebenden, um Worte verlegen, saßen sich gegenüber und strichen einander über die Finger. Schließlich rannen Pelagia die Tränen über die Wangen, und Corelli kniete sich neben sie, schlang die Arme um sie und lehnte den Kopf an ihre Brust. Wieder war er entsetzt über ihre Magerkeit und schloß fest die Augen, um sich vorzustellen, er wäre in einer anderen Welt. »Ich hab solche Angst«, sagte sie. »Ich hab das Gefühl, daß du nicht zurückkommst und der Krieg sich endlos hinzieht und es keine Sicherheit und Hoffnung gibt und ich mit leeren Händen dastehe.«

»Wir haben bleibende Erinnerungen«, erwiderte Corelli. »Ob sie uns froh oder traurig stimmen, liegt an uns. Ich werde dich nicht vergessen, und ich werde zurückkommen.«

»Versprochen?«

»Versprochen. Ich habe dir meinen Ring gegeben, und ich habe dir Antonia dagelassen.«

»Wir haben Carlos Aufzeichnungen nie gelesen.«

»Tut zu sehr weh. Wir werden sie lesen, wenn ich wieder da bin, wenn sie nicht mehr so ... so frisch sind.«

Sie strich ihm schweigend übers Haar und sagte schließlich: »Antonio, ich hätte mich gern ... zu dir gelegt. Wie Mann und Frau.«

»Alles zur rechten Zeit, Koritsimou.«

»Die könnte vielleicht nicht kommen.«

»Sie kommt. Die Zeit wird kommen. Darauf hast du mein Wort.«

»Psipsina wird dich vermissen. Und Lemoni.«

»Lemoni hält mich zweifellos für tot.«

»Wenn du weg bist, werde ich ihr erzählen, daß Barba C'relli noch lebt. Sie wird sich sehr freuen.«

»Du mußt Velisarios dazu bringen, daß er sie an meiner Stelle hin und wieder in die Luft wirft.«

Und so ging die Unterhaltung weiter, drehte sich um sich selbst und war voller Beteuerungen, bis der Arzt zur Zeit der Ausgangssperre zurückkehrte, so bekümmert wie immer, wenn er hilflos zusehen mußte, wie ein Kind blind die letzten Schritte auf dem Weg zum Tod dahintaumelte. Er war mit den Gedanken heimgegangen, die sich bei solchen Gelegenheiten immer einstellten. »Wen wundert's, daß ich meinen Glauben verloren habe? Was tust du da oben, du untätiger Gott? Glaubst du, ich lasse mich mit ein oder zwei Wundern beim Fest des Heiligen so einfach abspeisen? Hältst du mich für blöd? Glaubst du, ich habe keine Augen im Kopf?« Er drehte in der Tasche den Goldsovereign um, den der Kindsvater ihm als Bezahlung gegeben hatte. Die Briten hatten so viele davon bei der Finanzierung der Andartes in Umlauf gebracht, daß sie ihren Wert verloren hatten. »Selbst Gold«, sinnierte er, »ist weniger wert als Brot.«

An diesem Abend verspeisten sie die dürre Keule eines alten Hahns, den Kokolios geschlachtet hatte, damit die Plünderer ihn sich nicht nahmen, und Pelagia hob den Knochen auf, um ihn in eine Suppe mit den Knochen eines Igels zu legen. Wenn sie sie lange genug kochte, würde man sie zerkauen können. Danach machte sie einen schwachen und bitteren Tee von den Hagebutten, die sie im Herbst von den Heckenrosen gepflückt hatte, und war froh, etwas zu tun zu haben, das sie von ihren Ängsten ablenkte. Alle drei saßen im Halbdunkel und warteten, während die Stunden gleichzeitig zu langsam und zu schnell verstrichen.

Um elf Uhr kratzte Leutnant Bunny Warren am Fenster, und der Arzt ließ ihn herein. Er trat mit einer Miene entschiedener Selbstsicherheit ein, die Pelagia ganz anders vorkam als sein übliches verschüchtertes Wesen. In seinem Gürtel steckte ein großes und offensichtlich gut gewetztes Messer. Sie hatte gehört, daß die britischen Sondereinheiten ein durchaus balkanisches Talent zum Aufschlitzen von Kehlen hatten, und schauderte. Es fiel ihr schwer, sich vorzustellen, daß Bunnios so etwas tat, und der Gedanke, daß er das wahrscheinlich ziemlich häufig tat, verstörte sie.

Er setzte sich auf die Tischkante und redete in seiner üblichen Mischung aus umgangssprachlichem griechischem und britischem Jargon. Erst da fragte sich Corelli, wie es nur kam, daß Pelagia und der Arzt die Bekanntschaft eines britischen Verbindungsoffiziers gemacht hatten. Im Krieg gibt es so viel Absonderliches, daß man leicht vergißt, überrascht zu sein oder eine naheliegende Frage zu stellen.

»Standardvorgehensweise«, fing Warren an. »Ausschließlich dunkle Kleidung. Möchten ja von den Mistkerlen nicht gesehen werden. Keine Unterhaltung außer der allernotwendigsten. Bleibt alle zwanzig Sekunden stehen und lauscht. Mit dem ganzen Fuß flach auftreten, ergo weniger Knirschen. Füße senkrecht absetzen, ergo kein Gleiten und Scharren. Ich werde an der Spitze gehen, Doktor und Pelagia danach, Corelli als letzter. Corelli muß sich bei jeder Pause umdrehen und sich umsehen.« Er übergab dem Hauptmann ein Stück Draht mit einem kurzen Stecken an jedem Ende. Corelli brauchte einige Sekunden, bis er begriff, daß dies eine Garrotte war und von ihm wohl erwartet wurde, davon Gebrauch zu machen. »Schießen nur auf Befehl«, fuhr Warren fort. »Falls unerwartet ein Deutscher auftaucht, werde ich mir den Schurken persönlich vorknöpfen. Falls es zwei sind, werden Corelli und ich uns je einen vornehmen. Falls es drei oder mehr sind, legen wir uns still hin, und auf mein Zeichen werden wir hübsch kehrtmachen und einen Bogen schlagen.« Er sah von einem Gesicht zum anderen und fragte: »Klar wie Wasser oder klar wie Kloßbrühe?«

Der Arzt übersetzte diese Instruktionen für Corelli, und sie kamen überein, daß alles klar wie Wasser war. Warren redete weiter: »Ich habe mich heute nacht ein bißchen umgesehen und festgestellt, daß die Deutschen sich bedeckt halten. Mögen die Kälte nicht. Warme Kleidung notwendig. Verstanden?«

Pelagia stand auf ging in ihr Zimmer und kehrte mit ihren Decken und noch etwas anderem zurück. »Antonio«, sagte sie, »nimm das. Ich möchte es dir schenken.« Er wickelte es aus dem weichen Papier und sah die bestickte Weste, die er ihr so viele Monate zuvor hatte abkaufen wollen. Er hielt sie hoch, und die Goldfäden glitzerten trüb im Halbdunkel. »Oh, Koritsimou«, sagte er, während er den üppigen Samt mit dem Daumen und die glatte Seide des Saums mit dem Zeigefinger befühlte. Er stand auf, zog seine Jacke aus und die Weste an. Er knöpfte sie zu, bewegte die Schultern, damit sie bequem saß, und rief: »Sie paßt genau.«

»Du sollst sie zum Tanzen auf unserer Hochzeit tragen«, sagte sie, »aber einstweilen wird sie dich auf dem Boot warm halten.«

Hinter dem Dorf Spartia am Kap Liakas befindet sich eine steil zum Meer abfallende Klippe, die in jenen Tagen nur über einen langen steinigen Ziegenpfad zu erreichen war, der sich durch die Macchia wand. Er wurde nur von Fischern benutzt, die im Sommer feinmaschige Netze auswarfen und Schwärme von Sardellen fingen, die sich arglos im Lee der über das Wasser ragenden großen Felsen versammelten. Der Strand war dort, wo keine zerklüfteten Felsen lagen, ein Sandstreifen von kaum zwei Metern Breite. Es sah zwar felsig und gefährlich aus, aber der Meeresboden bestand fast ausschließlich aus feinem Sand – der ideale Landeplatz für sogar ziemlich große Boote: steil abfallend zu ausreichender Tiefe und mit überhängenden Klippen, die die Sicht von oben erschwerten. Vom Kap Agia Pelagia bis zur Lourdas-

Bucht befanden sich in regelmäßigen Abständen deutsche Beobachtungsposten, aber sie waren unterbesetzt, und besonders in kalten Dezembernächten war die Wachsamkeit nicht sehr groß. Wie die Italiener vor ihnen, wußten auch die Deutschen sehr gut, daß der wahre Krieg sich woanders abspielte. Da keine Offiziere da waren, spielten die Posten in ihren kleinen Holzhütten Karten und rauchten Zigaretten. Nur gelegentlich gingen sie hinaus, um sich die Füße zu vertreten oder zu urinieren, wobei sie nach dem Polarstern schauten, der ihnen die Richtung in die Heimat wies.

Der Marsch zum Strand war also kein großes Abenteuer. Ein kalter Wind pfiff durchs Dorngestrüpp, und der Mond schien nicht. Mit gelegentlichem Tröpfeln kündigte sich ein leichter Regen an, und es war so finster, daß Pelagia manchmal befürchtete, den Kontakt zu ihrem Vater vor ihr zu verlieren. Die Kälte setzte ihrer ausgemergelten Gestalt zu, und bei jedem stummen Halt von Warren fühlte sie sich noch elender. Die Tatsache, daß ihr Vater eine Pistole in der Hand hielt, erschreckte und verstörte sie mehr als die fest umklammerte Derringer in der eigenen Hand. Sie kämpfte gegen die Leere an, die sich in ihrem gleichwohl angstvoll pochenden und rasenden Herzen aufzutun schien. Antonio Corelli hinter ihr ging es nicht viel besser, aber das Bedürfnis, seine Verlobte zu beschützen, verlangte ihm Mannhaftigkeit ab. Er ertappte sich bei der Frage, warum er in all das hineingeraten war, rebellierte dagegen und verwarf es, erkannte aber, daß es notwendig war. Das zermürbende Gefühl der Vergeblichkeit und Melancholie bedrückte ihn, und er wünschte sich beinahe, sie würden auf eine deutsche Patrouille treffen, so daß er kämpfend und tötend sterben und allem in Feuer und Blitz ein Ende bereiten, aber es hier und jetzt hinter sich bringen könnte. Er wußte, daß er entwurzelt würde, wenn er die Insel verließ.

Alle vier drängten sich auf dem schmalen Sandstreifen zusammen, wo der kalte Wind sie nicht packen konnte, und erwarteten das Aufblitzen einer Lampe auf dem Meer. Warren zündete seine eigene an und verhüllte ihr Licht mit seinem Mantel, während die anderen sich abwechselnd die Hände daran wärmten. Corelli ging bis zur Wasserlinie, sah das Wogen der schwarzen Wellen und fragte sich, wie er das je überleben würde. Ihm fielen andere Strände ein, und er sah die Männer von »La Scala« zusammen singen und trinken, während die nackten Nutten im seichten Wasser planschten, das so ruhig und klar war, als wäre es ein See im Paradies. Vor seinem geistigen Auge sah er das unglaubliche Türkis der Kiriaki-Bucht, wie er es im Sommer auf dem Weg zurück von Assos von oben erblickt hatte, und die Schönheit dieser Erinnerung verstärkte sein Verlustgefühl. Ihm fiel wieder ein, was der Arzt von der Xenitia erzählt hatte, dem schrecklichen Heimweh nach dem eigenen Land, das den Griechen im Exil befällt, und ihm war, als drehte sich ein Bajonett in seiner Brust. Er hatte nun sein eigenes Dorf, seine eigene Patrida, und sogar sein Denken und sein Reden waren verändert. Er warf einen schwarzen Stein ins Meer, um sein Glück zu beschwören, und ging wieder zu Pelagia. Im Dunkeln nahm er ihr Gesicht in die Hände und umarmte sie dann. Ihr Haar roch immer noch nach Rosmarin, und er sog diesen Geruch so tief ein, daß ihn seine noch nicht ausgeheilten Rippen schmerzten. Das Aroma wurde durch die kalte, frische Luft verstärkt, und er wußte, daß Rosmarin nie wieder so stechend und vollkommen riechen würde. Von nun an würde es nach verschwundenem Licht und Staub riechen.

Als eine Laterne draußen auf dem Meer dreimal aufblitzte und Warren das Signal erwiderte, schüttelte Corelli dem Leutnant die Hand, küßte seinen Schwiegervater auf beide Wangen und trat wieder zu Pelagia. Es gab nichts mehr zu sagen. Er wußte, daß ihr Mund vor Kummer zuckte, und er selbst spürte, wie dieselbe starke Empfindung ihm die Kehle zuschnürte. Er strich ihr zärtlich über die Wange und küßte sie auf die Augen, wie um ihre Tränen zu lindern. Er hörte das hohle Klatschen von Rudern am Schandeck eines Skiffs, das Knarren von Holz auf Leder, und erblickte die näher kommende Silhouette des Gefährts, die Schatten zweier im Takt arbeitender Männer. Die vier gingen zum Wasser, und der Arzt sagte: »Gute Reise, Antonio, und komm wieder.«

Auf griechisch sagte der Hauptmann: »Dein Wort in Gottes Ohr«, und er nahm Pelagia noch einmal in die Arme.

Nachdem er in die Brandung gewatet und an Bord geklettert war, wo er wie ein Geist in die Dunkelheit entschwand, rannte Pelagia in die Wellen, bis das Wasser ihr an die Schenkel reichte. Sie strengte sich an, ihn ein letztes Mal zu erblicken, sah aber nichts. Wie von Raubvogelkrallen fühlte sie sich gepackt und umklammert. Sie schlug die Hände vors Gesicht und weinte mit zuckenden Schultern. Ihr schmerzliches Schluchzen wurde vom Wind weggetragen und verlor sich im Meeresrauschen.

62
Von der deutschen Besatzung

Von der deutschen Besatzungszeit gibt es nicht viel zu berichten; vor allem bewirkte sie, daß die Inselbewohner die getöteten Italiener noch mehr mochten. Es kommt selten vor, daß ein Volk es über sich bringt, seine Unterdrücker liebenzulernen, aber seit der Römerzeit hatte es auf der Insel kaum eine andere Herrschaftsform gegeben. Nun arbeiteten keine Italiener mehr neben den Bauern in den Weinbergen, nur um der Langeweile des Garnisonsalltags zu entgehen, es gab keine Fußballspiele mehr zwischen Mannschaften, die rauften, mogelten und den Schiedsrichter anpöbelten, keinem Mädchen wurde mehr der Hof gemacht von Schützen, deren Mütze schief saß und deren Kinn unrasiert war und die immer eine glimmende Kippe im Mundwinkel hängen hatten. Es gab keine Tenorstimmen mehr, die Passagen eines neapolitanischen Lieds oder einer sentimentalen Arie bis zu den Kiefern auf den Bergen hinaufschmetterten. Es gab keine unfähigen Militärpolizisten mehr, die im Zentrum Argostolis einen Verkehrsstau auslösten, weil sie allen gleichzeitig mit den Armen winkten und ihre Pfeifen schrillen ließen, es gab kein unpünktliches Wasserflugzeug mehr, das auf seinen schwerfälligen und halbherzigen Aufklärungsflügen um die Insel summte, es gab keine schamlosen Armeehuren mehr, die nackt im Meer badeten und sich mit grell bemalten Lippen und Sonnenschirmen von einem verwirrten alten Griechen in einem Karren herumfahren ließen. Es existiert kein Bericht, was mit den Mädchen geschah; möglicherweise wurden sie zum Arbeitsdienst in ein unbekanntes osteuropäisches Lager deportiert, möglicherweise wurden sie geschändet und umgebracht und fanden ihr Grab bei den Männern, die sie pflichtgemäß geliebt hatten; oder ihre Asche wurde mit der der Soldaten in den biblischen Scheiterhaufen vermischt, die den Himmel mit schwarzem Qualm erfüllt, riesige Kreise ins Gras gebrannt und die Nase mit dem Gestank von Kerosin und verkohlenden Knochen verkleistert hatten. Adriana, La Triestina, Madame Nina, sie alle waren verschwunden.

Die wenigen Überreste der italienischen Soldaten wurden nach dem Krieg eingesammelt. Ein paar Leichen wurden unversehrt auf dem italienischen Friedhof ausgegraben und auf einem Kriegsschiff mit schwarzem Rumpf nach Italien zurückgeschafft, wo man keine Mühe scheute, sie zu identifizieren, aber vergebens. Es heißt, daß manch eine Familie Knochen und Asche erhielt, die von jedem x-beliebigen Mann stammen konnten, weshalb einige Mütter ihre Klage über den toten Kindern anderer Mütter anstimmten. Die Söhne der meisten vermischten sich jedoch bereits mit kephallonischer Erde, oder sie hatten sich als Asche in der ionischen Luft verteilt, in der Blüte ihrer Jugend von einer Welt gegangen, die sie in ihrer hoffnungslosen Lage im Leben ignoriert und im Tode mißachtet hatte.

Verschwunden waren die rührenden Hühnerdiebe, die schalkhaften Individualisten und Sänger, und an ihre Stelle trat ein Interregnum, das der Arzt in seiner Geschichte als die schlimmste aller Zeiten festhielt.

Den Inselbewohnern ist in Erinnerung geblieben, daß die Deutschen keine menschlichen Wesen waren, sondern prinzipienlose Automaten, Maschinen, die ausgezeichnet darauf eingestellt waren, zu plündern und Brutalität auszuüben, die keine Leidenschaften außer der Liebe zur Stärke und keinen Glauben außer dem an ihr naturgegebenes Recht besaßen, eine »minderwertige« Rasse mit dem Stiefelabsatz zu zertreten.

Die Italiener waren zwar Diebe gewesen, aber ihre nächtlichen Ausfälle, ihre Strategien, nicht erwischt zu werden, ihre Scham, wenn sie gefaßt wurden, hatten deutlich gemacht, daß sie wußten, etwas Falsches getan zu haben. Die Deutschen kamen zu jeder Tageszeit in jedes Haus, schmissen Möbel um, schlugen die Bewohner, egal, wie alt, jung oder krank, und trugen vor deren Augen alles weg, was nicht niet- und nagelfest war. Schmuck – seit Generationen in der Familie vererbte Ringe –, Öllampen, Benzolkocher, Matrosensouvenirs aus dem Fernen Osten, alles verschwand. Nur zum Spaß demütigten sie die »Halbneger«, die es nicht anders verdienten und deren Kultur so dürftig war. Gleichgültig ließen sie das Volk hungern und streckten den Daumen nach oben, wenn griechische Särge auf steinigen Wegen zu den Gräbern getragen wurden.

Pelagia und ihr Vater wurden zu verschiedenen Zeiten aus keinem ersichtlichen Grund geschlagen. Psipsina wurde wegen des Vergehens, zahm zu sein, Pelagias Armen entrissen und völlig grundlos mit einem

Gewehrkolben totgeschlagen. Drosoula wurden brennende Zigaretten auf den Brüsten ausgedrückt, weil sie einen Offizier schief angesehen hatte. Die wertvolle medizinische Ausrüstung, die der Arzt in zwanzig Jahren der Armut gewissenhaft gesammelt hatte, wurde in seinem Beisein von vier Soldaten zerschmettert, die den Totenkopf an ihrem Gürtel trugen und deren Herzen so finster, modrig und leer waren wie die Drogarati-Höhlen. Im Jahr der deutschen Besatzung erschienen die Heiligen Schlangen nicht in der Kirche Unserer Lieben Frau in Markopoulo, und auch die sakralen Lilien in Demoutsandata blühten nicht auf.

Als die »unbesiegbaren Vertreter der Herrenrasse des ewigen Reichs« im November 1944 den Befehl zum Rückzug erhielten, zerstörten sie jedes Gebäude, für das sie noch die Zeit fanden, und die Bewohner Kephallonias erhoben sich spontan gegen sie und trieben sie mit Gewalt bis zum Meer.

In der Nacht vor seiner Abreise nahm jedoch Günter Weber, der seit den Massakern dem Haus schamvoll ferngeblieben war, sein Grammophon und seine Sammlung von Marlene-Dietrich-Platten und legte sie Pelagia vor die Tür, wie er es in glücklicheren Tagen versprochen hatte. Er hinterließ noch einen Umschlag unter dem Deckel, und als Pelagia ihn öffnete, fand sie ein Foto von Antonio Corelli und dem Leutnant am Strand, die sich die Arme um die Schultern gelegt hatten. Corelli hatte einen überladenen Damenhut mit künstlichen Früchten und verknitterten Papierrosen auf dem Kopf, er schwenkte eine Flasche Wein vor der Kamera, und Günter hatte sich ein italienisches Soldatenschiffchen schräg aufgesetzt. Beide hatten die Augen halb geschlossen und waren eindeutig betrunken. Im Hintergrund konnte Pelagia gerade noch die Gestalt einer nackten Frau erkennen, die im seichten Wasser planschte und die spitze Offiziersmütze eines deutschen Grenadiers trug. Ihre Arme waren in einer verzückten Geste ausgebreitet, und im Licht glitzerte ein Gischtbogen, den sie mit dem Fuß aufgewirbelt hatte. Seltsamerweise verspürte Pelagia angesichts dieser berückenden Gestalt weder Überraschung noch Eifersucht; es erschien ihr recht, daß sie mit auf dem Bild war, weil es in Einklang stand mit den Andeutungen vom Garten Eden, die Corelli immer aus der Luft gezaubert hatte.

Sie drehte das Foto um und entdeckte vier Zeilen aus dem Faust, deren Bedeutung ihr so lange unklar blieb, bis sie es etwa fünfunddreißig Jahre später einem scheuen deutschen Touristen zeigte. Sie lauteten:

Meine Ruh ist hin,
mein Herz ist schwer;
Ich finde sie nimmer
und nimmermehr.

Darunter hatte Weber auf italienisch geschrieben: »Gott sei mit Ihnen, ich werde Sie immer in Erinnerung behalten.«

Das Grammophon kam zu Antonios Mandoline und Carlos Bekenntnissen ins Bodenversteck und überlebte den Bruderkrieg.

Die Geschichte wiederholt sich, erst als Tragödie, dann wieder als Tragödie. Die Deutschen hatten wahrscheinlich viertausend junge Italiener ermordet, darunter auch einhundert Sanitäter mit Rotkreuz-Armbinden, ihre Leichen verbrannt oder in ballastgefüllten Barkassen im Meer versenkt. Doch weitere viertausend hatten überlebt, und genau wie in Korfu bombardierten die Briten die Schiffe, die sie zu Arbeitslagern abtransportierten. Die meisten kamen in den Schiffsrümpfen ums Leben, doch diejenigen, die es schafften, ins Wasser zu springen, wurden von den Deutschen mit Maschinengewehren niedergemäht und wiederum dem Meer überlassen.

63
Befreiung

Die Deutschen zogen ab, und schon wurde gefeiert, doch kaum hatten die Glocken ausgeläutet, als die Andartes von ELAS, die sich nun EAM nannte, aus ihrem Winterschlaf erwachten und sich mit Hilfe britischer Waffen, die in dem irrigen Glauben geliefert worden waren, sie sollten zur Bekämpfung der Nazis eingesetzt werden, dem Volk aufdrängten. Sie behaupteten, auf Titos Befehl zu handeln, und bildeten Arbeiterräte und -komitees, gingen dazu über, sich einstimmig in jede Machtposition zu wählen und auf alles nur Denkbare ein Viertel als Steuer abzupressen. Auf Zanthe bewaffneten sich mit den Royalisten sympathisierende Dörfler und befestigten ihre Häuser, und auf Kephallonia begannen die Kommunisten mit der Deportation mißliebiger Personen in Konzentrationslager; sie hatten die Nazis jahrelang aus sicherer Entfernung beobachtet und verstanden ihr Handwerk der Greueltaten und Unterdrückung. Hitler wäre auf so strebsame Schüler stolz gewesen. Ihre Geheimpolizei (OPLA) identifizierte alle Venizelisten und Royalisten und stempelte sie als Faschisten ab.

Auf dem Festland bemächtigten sie sich der Vorräte des Roten Kreuzes, vergifteten die Brunnen unbotmäßiger Dörfer mit toten Eseln und Leichen von Dissidenten, verlangten ein Viertel der in Piräus zur Entlastung Athens an Land gebrachten Nahrungsmittel, verbreiteten eine Zeitung, die ironischerweise *Alithia* hieß und voller Lügen über ihren eigenen Heldenmut und die Feigheit aller anderen steckte, beseitigten wahllos alle ihnen Unbequemen mit der Begründung, sie wären »Kollaborateure« gewesen, heuerten Prostituierte an, um britische Soldaten in die Schußlinie zu locken, verkleideten sich als britische Soldaten, als Rotkreuz-Arbeiter, als Polizisten oder Mitglieder der Gebirgsbrigade und benutzten Kinder, die eine weiße Fahne trugen, um andere damit zu täuschen und in einen Hinterhalt zu führen. Sie feuerten Granaten ab auf Ladenbesucher und auf britische Soldaten, die den Hungernden Essen austeilten, nahmen 20 000 Unschuldige als Geiseln, erschossen 114 sozialistische, aber nicht kommunistische Gewerkschaftsführer und zerstörten Fabriken, Hafenanlagen und Eisenbahnstrecken, die die Deutschen noch intakt gelassen hatten. In ihre Massengräber warfen sie die Leichen von Griechen, die kastriert, deren Münder zu einem »Lächeln« aufgeschlitzt und denen die Augen herausgerissen worden waren. Die Kommunisten machten 100 000 zu Flüchtlingen und – was am schlimmsten war – entführten 30 000 Kinder und verschifften sie zur Indoktrination über die Grenze nach Jugoslawien. Soldaten der ELAS, die von britischen Soldaten gefangen wurden, baten darum, nicht gegen Gefangene ausgetauscht zu werden, so viel Angst hatten ihnen ihre Führer eingejagt, und einfache Griechen baten britische Offiziere, ihnen zu helfen. Ein

Zahnarzt in Athen bot den Soldaten kostenlos falsche Zähne an.

All dies barg sowohl Ironisches wie Tragisches. Das Ironische war, daß die Kommunisten, wären sie bei ihrer Kriegspolitik des absoluten Nichtstuns geblieben, zweifellos die erste frei gewählte kommunistische Regierung auf der Welt hätten bilden können. Während die Kommunisten sich in Frankreich einen berechtigten und respektierten Platz im politischen Leben geschaffen hatten, machten sich ihre griechischen Gesinnungsgenossen auf Dauer unwählbar, weil selbst Parteimitglieder sich nicht überwinden konnten, für sie zu stimmen. Das Tragische war, daß dies ein weiterer Schritt auf dem schicksalhaften Pfad war, auf dem der Kommunismus sich zur »großartigsten und humansten Ideologie« entwickelte, die »nie in die Tat umgesetzt« wurde, selbst als sie an der Macht war, oder vielleicht auch zur »ehrenhaftesten Sache«, die je den höchsten Anteil an Radaubrüdern und Opportunisten anzog.

Unter den unwiderruflich von diesen Rowdys verpfuschten Millionen Leben waren die von Pelagia und Dr. Iannis nur zwei. Der Arzt wurde nachts von drei bewaffneten Männern verschleppt, die entschieden hatten, daß er, da er Republikaner war, auch ein Faschist wäre und daß er, da er Arzt war, auch ein Bourgeois sein müßte. Sie schleuderten Pelagia in eine Ecke und schlugen sie mit einem Stuhl bewußtlos. Als Kokolios aus seinem Haus kam, um dem Arzt zu helfen, wurde er auch mitgenommen, obwohl er doch selbst Kommunist war. Durch sein Handeln hatte er die reine Lehre verraten, und auf den Arm des Monarchisten Stamatis gestützt, wurde er mit den beiden anderen Männern zum Hafen gescheucht, um abtransportiert zu werden.

Pelagia wußte nicht, was mit ihrem Vater geschehen war oder wohin man ihn gebracht hatte, und kein Beamter konnte es ihr sagen. Allein im Haus, ohne Geld und hilflos, von einer zweiten Welle untröstlicher Verzweiflung überrollt, dachte sie das erste Mal daran, ihrem Leben durch Selbstmord ein Ende zu setzen. Sie sah keine andere Zukunft als den Wechsel von einer Form des Faschismus zur anderen. Die Insel war anscheinend verflucht und auf immer dazu verdammt, eine Figur im Spiel anderer zu sein, einem Spiel, dessen zynische Spieler wechselten, dessen Einsatz aber aus dem Fleisch und Blut aller Unschuldigen und Schwachen bestand. Wann würde Antonio zurückkehren? Der Krieg in Europa zog sich hin, und wahrscheinlich war Corelli tot. Es war ein Leben, in dem ihre Schönheit von der Armut, ihre Gesundheit vom Hunger zermürbt wurde. Sie wanderte von einem Zimmer zum anderen, ihre Fußtritte hallten im leeren Geisterhaus wider, ihr Herz schmerzte um ihrer selbst und der Menschheit willen. Die Nazis hatten 60 000 griechische Juden umgebracht, so hieß es wenigstens im Radio, und nun ermordeten die eigenen Landsleute ihre Brüder, als wären die Nazis bloß eine Polizeitruppe gewesen, deren Abmarsch die Brudermörder begierig erwartet hatten. Sie hörte, daß die Kommunisten die italienischen Soldaten ermordet hatten, die gekommen waren, um an ihrer Seite gegen die Deutschen zu kämpfen. Sie dachte an die fröhlichen Jungen von »La Scala« und erinnerte sich an ihre eigenen Worte, sie würde die Nazis immer hassen. War jetzt schließlich die Zeit gekommen, die Griechen für immer zu hassen? Von den Angehörigen verschiedener

Völker, die in ihr Haus eingebrochen waren, um sie zu schlagen und ihr Hab und Gut zu stehlen, waren anscheinend nur die Italiener unschuldig. Sie dachte, daß die Briten viel zu langsam kamen, und fragte sich, was aus Leutnant Bunny Warren geworden war. Es hätte sie nicht überrascht, zu erfahren, daß er kurz nach der Befreiung von den Kommunisten auf ein Fest eingeladen und erschossen worden war. Dieser Mann hatte ihr gesagt: »Für die Griechen würde ich alles tun. Sie sind mir ans Herz gewachsen.« Und wenn sie die Griechen haßte, zu welchem Volk gehörte sie dann? Sie war ohne Vater, ohne Besitz, ohne Nahrung, ohne Hoffnung und ohne Heimat.

Glücklicherweise hatte sie eine Freundin. Drosoula hatte schon seit langem gespürt, daß Pelagia für Mandras keine Liebe mehr empfand, daß es keine Hochzeit geben würde und daß er durch seine lange Abwesenheit und sein langes Schweigen seine Rechte verwirkt hatte. Sie wußte auch, daß Pelagia auf einen Italiener wartete, verspürte aber dennoch keine Bitterkeit und äußerte nie einen Vorwurf. Als Pelagia nach der Entführung ihres Vaters blutend über ihre Schwelle wankte und in ihre Arme stürzte, hatte Drosoula, die selbst viel gelitten hatte, ihr über das Haar gestreichelt und Worte gemurmelt, wie sie nur eine Mutter für ihre Tochter findet. Binnen einer Woche hatte sie Türen und Fensterläden ihres Häuschens am Kai verschlossen und war ins Haus des Arztes am Berg gezogen. In einer Schublade fand sie seine italienische Pistole mit Munition und nahm sie für den Fall an sich, daß die Faschistenschweine zurückkehrten.

Wie Pelagia hatte auch Drosoula der Krieg zugesetzt. Ihr großes häßliches Mondgesicht war eingefallen, und ihre Miene drückte eine zarte Innerlichkeit aus, trotz der dicken Lippen und wuchtigen Brauen. Ihre wohligen Fettschichten waren von ihren Schenkeln und Hüften abgefallen, und die gewaltige Erhebung ihres mütterlichen Busens war abgesackt in den vom einstmals ausladenden Bauch frei gemachten Raum. Ein Knie und beide Hüftgelenke waren von Arthritis befallen, und sie bewegte sich nun mit einem schleppenden und ruckartigen Gang, der qualvoll und mechanisch anzusehen war. Die neue und ungewohnte Schlankheit verlieh ihrer großen Gestalt jedoch Würde, und ihr graues Haar flößte Respekt ein und machte sie noch ehrfurchtgebietender. Ihr Geist war ungebrochen, und sie gab Pelagia Kraft.

Um sich zu trösten, schliefen sie zusammen im Bett des Arztes, und am Tag dachten sie sich Schliche aus, um Lebensmittel aufzutreiben, und hörten ihre gegenseitigen Beschwerden und Erzählungen an. Sie gruben Wurzeln in der Macchia aus, ließen alte Bohnen auf Tellern keimen, störten den Winterschlaf von Igeln, und Drosoula nahm ihre junge Freundin mit hinunter zu den Felsen, um ihr das Fischen beizubringen. Auf der Suche nach Krebsen wälzten sie Steine um und kehrten mit Seetang als Ersatz für Gemüse und Salz heim.

Doch es geschah zu einer Stunde, als Drosoula außer Haus war, daß Mandras, erfüllt von seinem angeblichen Ruhm und seinen neuen Ideen heimkehrte und die pflichtergebene und bewundernde Aufmerksamkeit der Verlobten erwartete, die er jahrelang nicht mehr gesehen hatte und an der er Rache nehmen wollte.

Er trat ein, ohne anzuklopfen, ließ den Rucksack von den Schultern plumpsen und stellte seine Lee-Enfield an die Wand. Pelagia saß auf ihrem Bett und legte letzte

Hand an die Decke, die sie für ihre Hochzeit gehäkelt hatte und die wundersamerweise seit dem Tag von Antonios Abreise makellos gediehen war. Die Arbeit hatte für sie so etwas wie die Erschaffung ihres gemeinsamen Lebens in seiner Abwesenheit bedeutet. In jeden Stich und jeden Knoten hatte sie die verschlungene Sehnsucht ihres einsamen Herzens hineingehäkelt. Als sie in der Küche Lärm hörte, rief sie: »Drosoula?«

Ein Mann kam herein, der einer Drosoula von vor dem Krieg ziemlich ähnlich sah. Bauch und Schenkel waren genauso in die Breite gegangen, das Gesicht war genauso rund und grobschlächtig, auch die schweren Augenbrauen und die dicken Lippen glichen den ihren. Während der drei Jahre, in denen er faul von den Handgeldern der Briten und der den Bauern gestohlenen Beute gelebt hatte, war aus dem hübschen Fischer nichts anderes als eine Kröte geworden. Pelagia stand verwirrt auf.

Mandras war genauso verwirrt. Etwas an diesem erschrockenen dürren Mädchen erinnerte ihn an Pelagia.

Doch dieser Frau, die flach wie ein Bügelbrett war und silberne Fäden im dünnen schwarzen Haar hatte, fielen die glatten Röcke gerade zu Boden, weil die Rundung der Hüften fehlte. Ihre Lippen waren rissig und spröde, ihre Wangen hohl. Er sah sich rasch im Zimmer um, ob Pelagia da war, da er annahm, sie müßte eine Cousine oder Tante sein. »Mandras, bist du das?« sagte die Frau, und da erkannte er ihre Stimme.

Er stand völlig verdutzt da, in seiner Verwirrung und seinem Erschrecken fiel der Großteil seines Hasses von ihm ab. Sie hingegen besah sich die fetten und verwandelten Züge und wurde von Entsetzen gepackt. »Ich habe gedacht, du wärst tot«, sagte sie schließlich.

Er schloß die Tür und lehnte sich dagegen. »Du meinst, du hast gehofft, ich wäre tot. Wie du siehst, bin ich es nicht. Ich bin sehr lebendig und wohlauf. Krieg ich keinen Kuß von meiner Verlobten?«

Sie trat furchtsam und widerstrebend auf ihn zu und gab ihm einen Kuß auf die rechte Wange. »Ich bin froh, daß du am Leben bist.«

Er packte sie an beiden Handgelenken und hielt sie fest. »Ich glaub dir nicht. Wie geht es denn deinem Vater? Ist er nicht da?«

»Laß mich los«, sagte sie leise, und er gehorchte. Sie ging wieder ans Bett und sagte: »Die Kommunisten haben ihn geholt.«

»Na ja, er muß was angestellt haben, um das zu verdienen.«

»Er hat nichts getan. Er hat die Kranken geheilt. Und sie haben mich mit einem Stuhl geschlagen und alles mitgenommen.«

»Da gab es sicher Gründe. Die Partei hat immer recht. Wer nicht für uns ist, ist gegen uns.«

Sie bemerkte, daß er die Uniform eines italienischen Hauptmanns trug und daß der rote Stern von ELAS ungeschickt vorn auf seine Mütze genäht war. »Du bist einer von ihnen«, sagte sie.

Er lehnte sich noch nachlässiger an die Tür, drückte sein ganzes Gewicht dagegen und verstärkte bei ihr das Gefühl des Gefangenseins und der Angst. »Nicht bloß einer von ihnen«, sagte er selbstgefällig, »sondern ein ganz wichtiger.« Er verhöhnte sie. »Bald werde ich Kommissar sein, und wir werden in einem schönen großen Haus wohnen. Wann werden wir heiraten?«

Ein Schauer durchlief sie. Als er das sah, schürte es seinen Zorn.

»Wir werden nicht heiraten«, sagte sie. Sie blickte ihn so beschwichtigend an, wie sie konnte. »Wir sind jung und naiv gewesen, es war nicht das, was wir uns vorgestellt haben.«

»Nicht, was wir uns vorgestellt haben? Und ich hab für Griechenland gekämpft und dabei den ganzen Tag an dich gedacht und jede Nacht von dir geträumt. Und wenn ich an Griechenland gedacht hab, hab ich ihm dein Gesicht gegeben und härter gekämpft. Und endlich komme ich heim und finde eine verwelkte Schlampe vor, die mich vergessen hat. Und hab ich was vom Heiraten gesagt? Ich hab mich vergessen. Ich hab vergessen, daß Heiraten ein fauler Zauber ist.« Er zitierte aus dem *Kommunistischen Manifest*: »›Die bürgerliche Ehe ist in Wirklichkeit die Gemeinschaft der Ehefrauen.‹«

»Was ist los mit dir?« fragte sie.

»Was mit mir los ist?« Er zog aus der Jacke ein dickes Bündel zerknitterter Seiten. »Das ist los mit mir.« Er warf es ihr vor die Füße, und Pelagia hob es langsam auf, während in ihrem Magen böse Ahnungen rumorten. Sie hielt das Bündel in den Händen und sah, daß es die Briefe waren, die sie ihm an die albanische Front geschickt hatte. »Meine Briefe?« fragte sie und drehte den Packen in den Händen.

»Deine Briefe. Wie du weißt, kann ich nicht lesen, deshalb bin ich hergekommen, um sie mir noch mal vorlesen zu lassen. Eine vernünftige Bitte, wie ich meine. Ich möchte gern, daß du mit dem letzten anfängst, und wir werden uns dann vielleicht nach vorn durcharbeiten. Na los, lies.«

»Ach Mandras, bitte. Warum ist das notwendig? Das ist doch alles Vergangenheit.«

»Lies«, befahl er und hob die Hand, um sie zu schlagen. Sie duckte sich, schützte mit den Händen ihr Gesicht und fummelte dann am Stolperdraht herum, der die Briefe zusammenhielt. Sie fand den letzten, konnte ihn aber nicht vorlesen. Sie tat so, als würde sie weitersuchen, und wählte dann einen ziemlich frühen. Mit stockender Stimme fing sie an: »›Agapeton, immer noch keine Zeile von dir, und sonderbarerweise finde ich mich allmählich damit ab. Panayis ist zurückgekommen. Er hat an der Front eine Hand verloren. Er hat mir gesagt, daß es an der Front zu kalt ist, um überhaupt einen Stift ...‹«

Mandras unterbrach sie: »Hältst du mich für blöd, du Schlampe? Ich hab gesagt, du sollst den letzten lesen.«

Verschreckt kramte sie in den Blättern, um das letzte zu finden, und erkannte dabei, daß er sie denselben Qualen aussetzte wie so viele Monate zuvor. Sie sah auf die trockene Mitteilung in ihrem letzten Brief, und ihr Schrecken machte sie schwach.

»›Agapeton‹«, fing sie mit rauher Stimme an, »›ich vermisse dich so sehr ...‹«

Mandras brüllte vor Abscheu auf und riß ihr den Brief aus den Händen. Er hielt die Seite ans Licht und las: »›Du hast mir nie geschrieben, und zuerst war ich traurig und besorgt. Jetzt erkenne ich, daß du kein Gefühl hast, und das hat mich dazu gebracht, meine Zuneigung auch zu verlieren. Ich möchte dir mitteilen, daß ich beschlossen habe, dich aus deinen Versprechungen zu entlassen. Es tut mir leid.‹« Er lächelte zynisch, ein freudloses Grinsen, das sowohl finster wie bedrohlich war. »Hast du noch nie was von der Arbeiterselbstbildung gehört? Ja, ich kann lesen. Und das finde ich in den Briefen, die ich am Herzen getragen habe. Es ist komisch, aber als du mir einmal diesen Brief vorgelesen hast, schien er mir, soweit ich mich erinnere, ganz anders gelautet zu haben. Ich hab mich die ganze Zeit gefragt, wie ein Brief sich selbst neu schreiben kann. Da muß ich ja fast schon an Engel glauben. Sonderbar, nicht wahr? Ich würde gern wissen, wie sich das erklären läßt.«

»Ich wollte dir nicht weh tun. Es tut mir leid. Aber jetzt weißt du wenigstens die Wahrheit.«

»Die Wahrheit«, schrie er. »Die Wahrheit? Die Wahrheit ist, daß du eine Hure bist. Und weißt du, was noch? Weißt du, was ich bei meiner Ankunft als erstes höre? Ich höre: ›He, Mandras, weißt du schon das Neueste von deiner früheren Verlobten? Sie wird einen Italiener heiraten.‹ Also hast du dir einen Faschisten geangelt. Hab ich dafür gekämpft? Verräterhure.«

Pelagia, deren Lippen zitterten, stand auf und sagte: »Mandras, laß mich raus.«

»Laß mich raus«, äffte er sie nach. »Laß mich raus. Die Ärmste hat Angst, hm?« Er trat zu ihr und schlug ihr so brutal ins Gesicht, daß sie sich halb um die eigene Achse drehte, bevor sie hinfiel. Er trat ihr in die Nieren und bückte sich, um sie an den Handgelenken hochzuzerren. Dann schmiß er sie aufs Bett und begann, ganz gegen seine ursprüngliche Absicht, ihr die Kleider herunterzureißen.

Diese Gewalt gegen Frauen konnte er anscheinend nicht mehr lassen. Es war ein unwiderstehlicher Reflex, der tief aus seiner Brust aufwallte, ein Reflex, der sich in den drei Jahren der Allmacht gebildet hatte, während deren er keine Rechenschaft hatte ablegen müssen und in denen alles mit der bewaffneten Aneignung von Besitz begonnen und mit der Aneignung von allem aufgehört hatte. Es war ein natürliches Recht, eine Selbstverständlichkeit, und die Gewalt und Animalität dabei war unendlich befriedigender als der schwache Kitzel der Lust zum Abschluß. Manchmal mußte am Ende getötet werden, um einen kümmerlichen Rest, eine schwache Spur des früheren Vergnügens zu erhaschen. Und danach herrschte ein flaues Gefühl, eine Leere, die einen von einer Wiederholung zur anderen peitschte.

Pelagia kämpfte. Ihre Fingernägel gruben sich in sein Fleisch, sie drosch mit Händen, Knien und Ellbogen auf ihn ein, sie kreischte und bäumte sich auf. Für Mandras war ihr Widerstand sowohl unvernünftig wie ungerechtfertigt, trotz seines Gewichts und seiner Kraft kam er nicht voran, und so setzte er sich auf und versetzte ihr in dem Versuch, sie kleinzukriegen, mehrere Ohrfeigen. Ihr Kopf wurde bei jedem Schlag von einer Seite zur anderen geworfen, und unversehens probierte er, ihr die Röcke hochzureißen. Dabei wurde ihre Schürze zurückgeschlagen, und ihre Derringer fiel aus der Tasche und landete neben ihrem Kopf auf dem Kissen. Der heftig atmende Mandras, dessen Augen vor Wildheit und Wut glasig waren, sah das nicht, und als die Kugel sein Schlüsselbein durchbohrte, lähmte ihn der Schock. Er setzte einen Fuß auf den Boden, taumelte rückwärts und faßte sich mit einem sowohl erstaunten wie anklagenden Blick an seine Wunde.

Drosoula hörte den Knall des Pistolenschusses, gerade als sie durch die Küchentür kam, erkannte das Geräusch zunächst aber nicht. Doch dann wurde ihr klar, was sie gehört hatte, und sie holte die italienische Pistole unter den Scheiben altbackenen Brotes hervor, um die sie mit so vielen anderen Hungernden hinter den Fenstern des kommunistischen Parteibüros gekämpft hatte. Ohne etwas zu denken – denn sie wußte, daß jeder Gedanke sie zu einem Feigling machen würde –, drückte sie die Tür zu Pelagias Zimmer auf und erblickte das Undenkbare.

Sie hatte gefürchtet, daß sich Pelagia vielleicht selbst erschossen hatte oder daß Diebe gekommen waren, aber als sie hereinstürmte, sah sie die Tochter des Arztes auf die Ellbogen gestützt, die winzige Pistole in ihrer rechten Hand rauchte noch, ihr Gesicht war blutig verquollen, ihre Lippen gespalten, ihre Kleider zerrissen, ihre geschwollenen Augen liefen bereits blau an. Drosoula folgte Pelagias Blick und dem jetzt ausgestreckten Finger und sah, daß sich an die Wand hinter der Tür ein Mann lehnte, der ihr Sohn hätte sein können. Sie rannte zu Pelagia und nahm sie in die Arme, wiegte und beruhigte sie und hörte die Worte, die sich aus dem Wimmern und Entsetzen schälten: »Er ... hat ... versucht ..., mich ... zu vergewaltigen.«

Drosoula richtete sich auf, und Mutter und Sohn betrachteten einander ungläubig. So viel hatte sich geändert. Sowie der Zorn in der Brust der Mutter aufwallte, legte sich das Feuer in Mandras' Seele und erstarb. Er wurde von einer Welle des Selbstmitleids überrollt und wollte bloß noch weinen. Alles war zunichte gemacht, alles war verloren. Die Qualen des Kriegs im Eis Albaniens, die Jahre in den Wäldern, das vermeintliche Selbstvertrauen, weil er das Schreiben beherrschte und ein lexikographisches Wissen über die Fachbegriffe der Revolution besaß, seine neue Macht und Wichtigkeit, alles war nur ein flüchtiger Traum. Er war wieder ein kleiner, sich duckender Junge, der vor der Wut seiner Mutter zitterte. Und seine Schulter tat ihm so weh. Er wollte sie ihr zeigen, um ihr Mitleid und ihre Aufmerksamkeit zu erheischen, er wollte, daß sie sie berührte und wieder gesund machte.

Doch sie richtete die Pistole, deren Lauf aufgrund ihrer Wut wackelte, auf ihn und spuckte ihm das eine Wort hin, das ihr als das aussagekräftigste erschien: »Faschist.«

Seine Stimme war rührend und flehentlich: »Mutter ...«

»Wie kannst du es wagen, mich ›Mutter‹ zu nennen? Ich bin keine Mutter, und du bist nicht mein Sohn.« Sie verstummte und wischte sich mit dem Ärmel den Speichel vom Mund. »Ich habe eine Tochter ...«, sie wies auf Pelagia, die sich nun mit geschlossenen Augen zusammengekrümmt hatte und keuchte, als hätte sie gerade eine Geburt hinter sich, »... und du machst so was. Ich verleugne dich, ich kenne dich nicht mehr, du wirst nicht mehr zurückkommen, ich will dich nie mehr im Leben sehen, ich habe dich vergessen, mein Fluch soll dich verfolgen. Nie sollst du Frieden haben, dein Herz soll dir in der Brust zerspringen, einsam sollst du sterben.« Sie spuckte auf den Boden und schüttelte verächtlich den Kopf. »Nazischwein, verschwinde, bevor ich dich umbringe.«

Mandras ließ das an die Küchenwand gelehnte Gewehr und seinen Rucksack zurück. Während ihm hellrotes Blut durch die Finger der rechten Hand rann, mit der er immer noch seine Wunde zu stillen versuchte, stolperte er in die fahle Dezembersonne und holte Luft. Aus verschwommenen Augen sah er auf den Olivenbaum, wo er einst geschaukelt und gelacht hatte und wo es, wie er sich zu erinnern schien, einmal eine Ziege gegeben hatte. Es war ein unvollständiger Baum ohne die frühere Pelagia, jung und schön, die darunter Zwiebeln hackte und unter Tränen lächelte. Es war ein allein stehender Baum, der auf eine Abwesenheit und einen Verlust hinwies. Eine Welle des Grams und der Sehnsucht überspülte ihn, und Kummer schnürte ihm die Kehle zu, als er sich auf dem steinigen Weg davonschlich.

Es kam ihm nicht in den Sinn, daß er eine statistische Größe war, nur ein weiteres durch den Krieg verdorbenes und ruiniertes Leben, ein ins Leere treibender glanzloser Held. Er spürte nichts anderes als ein Verschwinden des Paradieses; sein Optimismus hatte sich in Staub und Asche verwandelt, und seine Freude, die einst heller als die Sommersonne geschienen hatte, war nun im schwarzen Licht und der kalten Hitze von Massakern und angehäuften Gewissensbissen geschmolzen. Er hatte für eine bessere Welt gekämpft und einen Scherbenhaufen aus ihr gemacht.

Einmal hatte es einen Ort gegeben, wo alles vor Wonne und Unschuld geglitzert hatte. Er stand einen Augenblick still und rief sich in Erinnerung, wo er war. Er schwankte, fiel beinahe um, und die Bauern in ihren Häusern sahen verwundert hinaus. Sie kannten ihn nicht, obwohl er ihnen irgendwie bekannt vorkam, und hielten es für besser, sich nicht einzumischen. Es hatte schon genug Soldaten gegeben, genug Blut. Sie starrten ihn durch ihre Fensterläden an und sahen zu, wie er schwerfällig vorbeischlurfte.

Mandras ging hinunter zum Strand. Er stand an der Wasserlinie, sah die Schaumblasen an seinen Stiefeln glitzern und zerplatzen. Italienische Stiefel, erinnerte er sich; ein Mann, der nicht friedlich gestorben war. Er schleuderte sie von den Füßen und sah ihnen nach, wie sie in hohem Bogen in die Wellen fielen. Mit einer Hand knöpfte er seine Hose auf, ließ sie herabrutschen und stieg heraus. Behutsam zog er seine Jacke aus und ließ sie von seiner verwundeten Schulter gleiten. Erstaunt betrachtete er den sich um das winzige ausgefranste Loch in seinem Hemd immer weiter ausdehnenden kreisförmigen Blutfleck. Er knöpfte das Hemd auf und ließ es auch fallen.

Nackt stand er vor dem Meer, trotz dieser bitteren Kälte, und hielt am Himmel nach Möwen Ausschau. Sie würden ihn zu den Fischen führen. Er merkte, daß er sich nichts sehnlicher wünschte, als die See an seinem Körper zu fühlen, den schabenden Sand an seiner Haut, das Zusammenziehen und Verkrampfen in seinem Unterleib bei den kalten Liebkosungen des Salzes und des seidigen Wassers. Er spürte den peitschenden Wind, und seine Wunde schmerzte nicht mehr so. Er mußte sich waschen.

Ihm fielen wieder Tage in seinem Boot ein, wo er nichts anders getan hatte, als zu fischen und ins Licht zu blinzeln; ihm fiel wieder sein Triumphgefühl ein, wenn er etwas Feines für Pelagia gefangen hatte, seine Freude über ihre Freude, wenn er es ihr schenkte, die am Abend gestohlenen Küsse, wenn die Grillen zirpten und die Sonne bei Lixouri plötzlich vom westlichen Himmel fiel. Er erinnerte sich, daß er damals schlank und schön war, stolzgeschwellt, mit starken Muskeln, und ihm fiel wieder ein, daß es drei wilde und ausgelassene Geschöpfe gegeben hatte, die ihn zutraulich liebten. Geschöpfe, die sich in ihrer schlichten Anmut nicht mit Mitgift oder Untreue abgaben und sich auch nicht mit der Weltverbesserung befaßten, Geschöpfe voller Liebe, aber ohne Komplikationen. »Kosmas! Nionios! Krystal!« rief er und watete ins Meer hinaus.

Die Fischer, die den aufgedunsenen Leichnam bargen, berichteten, daß sich an der Fundstelle drei Delphine abwechselnd bemüht hätten, ihn auf die Küste zuzubugsieren. Aber solche Geschichten gab es schon seit uralten Zeiten, und eigentlich wußte schon niemand mehr, ob es bloß ein romantisches Symbol oder eine wahre Begebenheit war.

64
Antonia

Es hatte so viele Vergewaltigungen gegeben, und so viele Menschen waren zu Waisen gemacht worden, daß es Pelagia und Drosoula nicht überraschte, als sie vor ihrer Tür ein ausgesetztes Kind fanden. Es war zu einer Zeit geboren, da der Vater Nazi oder Kommunist und die Mutter jedes beliebige unglückliche Mädchen hätte sein können. Wer diese bedauernswerte und geschändete junge Frau auch gewesen sein mochte, sie hatte sich so weit um ihr Kind gesorgt, daß sie es auf der Schwelle eines Arzthauses ablegte, wo sie sicher sein konnte, daß die Bewohner schon wußten, was sie mit ihm tun mußten. Das Chaos damals war so unüberschaubar, daß den beiden Frauen nichts anderes einfiel, als sich selbst um das Baby zu kümmern. Zur rechten Zeit, dachten sie, könnte es ja einem kinderlosen Ehepaar zur Adoption oder dem Roten Kreuz übergeben werden.

Sie hatten das Kind hereingeholt, es ausgewickelt und festgestellt, daß es ein Mädchen war. Sie hatten auch gleich bemerkt, daß das Kind seinem Wesen nach für eine zukünftige bessere Welt bestimmt war. Das Mädchen war ruhig und heiter, fand keinen Vorwand für jenes wahnwitzige Plärren, mit dem manche Babys ihre Eltern peinigen, lutschte am Daumen der rechten Hand – eine Angewohnheit, die sie selbst im mittleren Alter nicht verlieren sollte – und lächelte ausgiebig, wobei sie mit den Ärmchen und Beinchen auf eine Weise vergnügt strampelte, die Pelagia »zwitschernd« nannte. Wenn man dem Kind nur einen Finger auf die Nasenspitze legte, konnte es ein langes fröhliches Gurgeln von sich geben, das sich sehr nach einem langsamen Tremolo auf einer Baßsaite anhörte, so daß Pelagia sich entschloß, es nach Hauptmann Corellis Mandoline zu benennen.

Die beiden Frauen, deren Seelen in den Feuerproben von Verlust und Unglück gehärtet worden waren, fanden in Antonia einen neuen und rührenden Mittelpunkt ihres Lebens. Keine Not war so drückend, daß sie sie nicht erträglich machen, keine Erinnerung so tragisch, daß sie sie nicht auslöschen konnte, und sie nahm ihren Platz in diesem fürsorglichen Matriarchat ein, als hätte das Schicksal sie dafür geschaffen. In ihrem ganzen Leben fragte sie nie nach ihrem Vater, als wäre es ganz natürlich, durch Parthenogenese auf die Welt gekommen zu sein, und erst als sie einen Reisepaß beantragte, um ihre Hochzeitsreise ins Ausland antreten zu können, stieß sie auf die völlige Bedeutungslosigkeit, offiziell gar nicht zu existieren.

Sie hatte jedoch einen Großvater. Als Dr. Iannis nach zwei Jahren an den Armen zweier Mitarbeiter des Roten Kreuzes in die Küche schlurfte, von der ständigen Furcht vor alltäglicher Brutalität vollständig gebrochen, auf immer sprachlos und emotional gelähmt, bückte er sich und küßte das Kind auf den Kopf, bevor er sich in sein Zimmer zurückzog. Sowenig wie Antonia Spekulationen über ihren Vater anstellte, tat Dr. Iannis dies über das Kind. Er hatte für alle Zeit begriffen, daß die Welt in unbegreiflichen, fremdartigen und undurchschaubaren Bahnen lief. Sie war zu einem Spiegel geworden, der trübe das Groteske, das Dämonische und die Hegemonie des Todes wiedergab. Er nahm es hin, daß seine Tochter und Drosoula in seinem Bett schliefen und er das von Pelagia nehmen mußte, weil – egal, in welchem Bett er schlief – er überall die gleichen Träume von einem Gewaltmarsch über Hunderte von Kilometern ohne seine gestohlenen Stiefel, ohne Nahrung oder Wasser träumte. Er hörte die Schreie von Dorfbewohnern, deren Häuser brannten, das Kreischen, wenn Menschen bei lebendigem Leibe kastriert oder geblendet wurden, und das Krachen von Schüssen, wenn Nachzügler hingerichtet wurden, und er sah immer wieder Stamatis und Kokolios vor sich, den Monarchisten und den Kommunisten, das Sinnbild Griechenlands selbst, die, einander umarmend, starben und ihn anflehten, sie auf der Straße liegenzulassen, damit er nicht selbst erschossen würde. In seinem Kopf hallte die Hymne der ELAS wider – ein Lobgesang auf Einheit, Heldenmut und Liebe –, und die Ironie wurde ihm bitter bewußt, als Genosse angeredet zu werden, wenn ihm der Rücken zerschlagen und bei den Scheinexekutionen, aus denen seine Bewacher sich einen Spaß machten, ein Pistolenlauf ins Genick gedrückt wurde.

Weil Worte zu schwach und zu weit hergeholt waren, blieb Dr. Iannis stumm, dachte in Bildern statt in Worten und empfing von Antonia denselben Trost, den ihm Pelagia gegeben hatte, als seine junge Ehefrau gestorben war. Er schaukelte das Kind auf seinem Knie, ordnete ihm das schwarze Haar, kitzelte es an den Ohren und blickte eindringlich in seine braunen Augen, als ob dies die einzige Art zu sprechen wäre. Jedes Lächeln Antonias erfüllte sein Herz mit Kummer, weil sie mit den Jahren ihre Unschuld verlieren und erfahren würde, daß die Gesichtsmuskeln einem tragischen Verschleiß unterliegen, bis ein Lächeln nicht mehr möglich ist

Dr. Iannis wandte sich wieder der Medizin zu, nur half er jetzt in einer Umkehrung der früheren Rollen seiner Tochter. Es erschreckte sie, wenn sie sah, wie seine Hände zitterten, wenn er Wunden und Entzündungen behandelte, und sie wußte auch, daß er nur gegen sein eigenes überwältigendes Gefühl der Vergeblichkeit anarbeitete. Warum Leben erhalten, wenn wir alle sterben müssen, wenn es so etwas wie Unsterblichkeit nicht gibt und Gesundheit eine flüchtige Beigabe der Jugend ist? Sie wunderte sich über die unbesiegbare Kraft seiner humanitären Impulse, die so unbegreiflich mutig und hoffnungslos vergeblich wie die Bemühungen von Sisyphos, so edel und unbegreiflich waren wie die, die einen Märtyrer dazu bringen, Lobpreisungen herauszuschreien, während er brennt. Abends schlang sie die Arme fest um ihn, wenn seine Gedanken um die Vergangenheit kreisten und seine Augen vor Traurigkeit feucht waren, und begrub ihren Kopf an seiner Brust, da sie verstand, daß seine Verzweiflung ihre eigene leichter machte.

Sie versuchte, ihn wieder zur Arbeit an seiner Geschichte zu ermuntern, und als sie die Seiten aus dem Versteck holte und an seinem Tisch vor ihm ausbreitete, schien er gewillt zu sein, sich wieder daranzusetzen. Er las sie durch, aber am Ende einer Woche fand Pelagia, daß er nur einen kurzen Absatz in einer Handschrift hinzugefügt hatte, die sich von der alten, klaren Schrift in ein spinnenbeiniges Chaos krakeliger Spitzen und dünner Kringel verwandelt hatte. Sie las ihn und erinnerte sich an etwas, was ihr Vater einmal zu Antonio gesagt hatte. Quer über die untere Hälfte der letzten Seite hatte ihr Vater geschrieben: »Früher hatten wir die Barbaren. Nun können wir nur noch uns selbst die Schuld geben.«

Im Versteck hatte Pelagia Mandras' Gewehr, Antonios Mandoline und Carlos Aufzeichnungen wiederentdeckt. Letztere las sie an einem Abend durch, beginnend mit dem herzzerreißenden und prophetischen Abschiedsbrief und fortfahrend mit der Geschichte aus Albanien bis zum Tod Franciscos. Sie hatte in keiner Weise geahnt, daß der männliche und leutselige Titan so ungeheuer an einem geheimen Kummer gelitten hatte, der ihn für immer sich selbst hatte fremd werden lassen und Ursprung und Quell seines Glücks eingetrocknet hatte. Doch schließlich wurde ihr klar, was der wahre Keim seiner Tapferkeit und Opferbereitschaft gewesen war, und sie verstand, daß nichts an einem Menschen undurchschaubarer ist als das scheinbar Unstrittige. Sie sah ein, daß er genauso darauf aus gewesen war, sein Leben zu verlieren, wie er das von Corelli hatte retten wollen, und erkannte, daß das von ihr adoptierte Kind, wenn es in Gefahr geriete, bei ihr den gleichen unbeschreiblichen Mut hervorrufen würde.

Antonia wurde groß und schlank und ähnelte täglich mehr dem klassischen Bild der athletischen Amazone, die auf den Vasen in den Museen abgebildet ist. Wenn sie ging, schritt sie weit aus, federte leicht von ihren Fußballen ab, und sehr früh suchte sie Weiß als Farbe ihrer Kleider aus. Sie war zu keinem wohlanständigen

Verhalten fähig, denn wenn sie im Sessel ihres Großvaters saß, lutschte sie nicht nur am Daumen, sondern ließ ein Bein lässig über die Armlehne baumeln und rekelte sich auf äußerst undamenhafte Art. Wenn ihre Mutter und Drosoula sie tadelten, erwiderte sie laut lachend: »Seid nicht so altmodisch.« Pelagia erkannte, daß in einem allein von exzentrischen Frauen geführten Haus sie die Schuld traf, wenn sich mit Antonia die Anomalie des weiblichen Geschlechts weiterentwickelte, die ihr Vater mit ihr selbst ins Leben gerufen hatte.

Denn sie galten als exzentrisch. Der hohlköpfige Dorftratsch verwandelte die überaus häßliche Drosoula und die Männern gegenüber respektlose Pelagia in ein Paar Vetteln und Hexen. Daß der Arzt im Haus stumm und machtlos war, wurde auf die Manneskraft schwächende chemische Tränke und osmanische Zaubersprüche zurückgeführt, und daß Pelagia sich aufgrund von Geldmangel mehr mit Baldrian und Thymian als mit den fortschrittlichen modernen Medikamenten behelfen mußte, diente nur dazu, die Gewißheit zu verstärken, daß ihre Methoden verdächtig und okkult waren. Kinder warfen auf der Straße mit Steinen nach ihnen und verhöhnten sie, und Erwachsene ermahnten ihre Sprößlinge, nicht zu ihnen hinzugehen, und ermunterten ihre Hunde, sie zu beißen. Dennoch verdiente sich Pelagia ihren Lebensunterhalt: Nach Einbruch der Dunkelheit kamen die Leute verstohlen an, weil sie glaubten, daß ihre Heilkünste und Salben unfehlbar waren.

Die erste große Krise in dieser Art zu leben kam 1950, als die beiden Frauen nicht genug Geld auftreiben konnten, um einen Vertreter des Gesundheitsamts so weit zu bestechen, daß er über die Tatsache hinwegsah, daß der Arzt und Pelagia keine Approbation besaßen. Als ihnen das Praktizieren verboten wurde, schien es ihr Schicksal zu sein, in tiefstes Elend zu versinken und sich wie im Krieg wieder von Igeln, Eidechsen und Schnecken zu ernähren.

Doch als würden ihnen die Parzen zum ersten Mal zulächeln, traf ein bekümmerter, auf Verse über Selbstmordversuche und auf metaphysische Klagelieder spezialisierter kanadischer Dichter auf der Insel ein und suchte eine Bleibe. Er war der erste der neuen Vorhut romantischer westlicher Intellektueller mit byronschem Gehabe und suchte nach einer einfachen Behausung bei schlichten, erdverbundenen Menschen, wo er mit der wahrhaft harten Lebenswirklichkeit zu Rande kommen konnte.

Er bekam eine einfache Behausung bei schlichten, seeverbundenen Menschen. Scheu und verschämt zeigte ihm Drosoula die beiden Zimmer ihres ungepflegten, feuchten, brüchigen und etwas muffigen Häuschens am Kai, das fünf Jahre lang verschlossen gewesen und zu einer Zuflucht für Kakerlaken, Eidechsen und Ratten geworden war. Sie machte sich auf verächtliche Ablehnung gefaßt, er zeigte sich jedoch entzückt und bot eine Miete an, die neuneinhalbmal so hoch war, wie sie sich zaghaft ausgemalt hatte. Sie schloß daraus, daß der Mann zweifellos reich und verrückt war, und er selbst konnte sein Glück kaum fassen, für einen so läppischen Pachtzins eine Bleibe gefunden zu haben, die sich auch ein Dichter leisten konnte. Er hatte sogar Schuldgefühle und legte zuviel Geld in den Umschlag, den er durch den Fensterladen schob, woraufhin Drosoula, die ehrliche Haut, es wieder zurückgab.

Er blieb die drei Jahre bis zur Katastrophe 1953 dort, seine Zimmer füllten sich mit neurotischen, bohemehaften Blondinen und modisch marxistischen Romanautoren, die sich bei Flaschen mit einfachstem Rotwein, dessen Alkoholgehalt und den Verstand beeinträchtigende Wirkung erheblich schlimmer waren, als sie dachten, nächtelang und mit zunehmend unartikulierter Heftigkeit über ihre Verschwörungstheorien ausließen. Der Dichter wäre auch nach der Katastrophe noch geblieben, aber er hatte immer klarer erkannt, daß Müßiggang, Sonnenschein und Zufriedenheit seiner Muse irreparablen Schaden zufügten. Er hatte zum Schluß keine depressiven Verse mehr schreiben können, und es war vordringlich geworden, über Paris nach Montreal zurückzukehren, wo Freiheit allmählich als die Hauptquelle der Existenzangst wahrgenommen wurde.

Pelagia, Drosoula und Antonia aber schwelgten in der Freiheit ihres unvorhergesehenen Wohlstands. Sie aßen mindestens zweimal die Woche Lamm und konnten sich Bohnen leisten, die eher dieses als letztes Jahr getrocknet worden waren. Zusätzlich hatte die tägliche Flasche Wein beim Arzt die günstige Wirkung, seine seelischen Wunden nacheinander zu heilen, seine Erinnerungen freizugeben und unbeschwerter zu machen, bis er schließlich wieder lächelte und lachte, wenn er auch nie sprach. Er hatte sich angewöhnt, mit Antonia lange Spaziergänge zu machen, und sah zu, wie sich das kleine Mädchen über Schmetterlinge freute und in einer Weise von einem Schatz zum anderen jagte, die ihn an Lemonis Kindheit erinnerte. In diesen Tagen war die einzige Komplikation im Leben der vier die, daß ihnen eine Katze zulief.

Es war keine schwere Komplikation, aber dennoch eine, die Verwirrung stiftete. Katzen waren aus sehr offensichtlichen Gründen während des Krieges scheinbar ausgerottet worden, aber innerhalb von wenigen Jahren hatten sie sich wieder auf ihre frühere Zahl vermehrt. An den Kais gab es wieder fette und zufriedene Tiere, die auf Fischabfälle warteten, und armselige, wurminfizierte, dürre und verkrüppelte Katzen bettelten sich wieder von Haus zu Haus in der Erwartung durch, kaum etwas anderes als Schläge und Tritte zu bekommen.

Es hatte sich ergeben, daß Drosoula Antonia »Mieze« nannte, was keineswegs ungewöhnlich und ungerechtfertigt war, und das griechische Wort dafür, »Psipsina«, hatte sich auch bei Pelagia eingebürgert, bis das Mädchen seinen wahren Namen schon fast vergessen hatte. Sie hatte sich vollständig daran gewöhnt, es paßte zu ihrem katzenhaften Wesen und ihrer trägen Anmut, und es war üblich, sie mit diesem Namen zum Essen zu rufen. Es dauerte einige Zeit, bis die Familie herausfand, warum eines Abends – und darauf alle weiteren – eine kleine gescheckte Katze durchs Küchenfenster auf den Tisch hüpfte, als sie gerade Antonia hereingerufen hatten.

Zuerst scheuchten sie sie weg, indem sie mit Tischtüchern wedelten und mit den Händen fuchtelten, aber natürlich blieb sie beharrlich, und natürlich durfte sie schließlich bleiben. Das brachte aber mit sich, daß Antonia »Psipsina, runter vom Tisch« hörte, wenn sie unschuldig im Hof spielte, oder »Psipsina, Essen« vernahm, nur um dann beim Hereinkommen ein kleines und gar nicht einladendes Schälchen mit rohen und blutigen Eingeweiden auf den Fliesen vorzufinden. Wenn plötzlich der Schrei ertönte: »Psipsina, laß das«, erstarrte sie mitten in ihrem verbotenen Tun und fragte sich verzweifelt, ob sie nun erwischt worden war oder nicht. Drosoula schlug vernünftigerweise vor, daß Antonia und die Katze die Namen tauschen sollten, so daß die Katze Antonia und das kleine Mädchen Psipsina wurde, aber der Versuch wurde als undurchführbar eingestellt.

Während all dieser Jahre gewann Pelagia die Überzeugung, daß Antonio Corelli tot war, und erhielt wie ihr Vater die zweifelsfreie Gewißheit, daß es wirklich Geister gab.

Das erste Mal geschah es im Oktober 1946, etwa zum Jahrestag des Massakers, als sie mit dem Kleinkind auf den Armen vor dem Haus stand. Sie war dabei, girrende Laute von sich zu geben und dem Baby ihren Zeigefinger zum Nuckeln hinzuhalten. Etwas ließ sie aufblicken, und sie sah eine schwarzgekleidete Gestalt, die zu ihr schaute und an genau derselben Stelle stand, wo Mandras damals gestanden hatte, als er von Velisarios' Muskete angeschossen worden war. Die Gestalt sah sie an und zögerte, ob sie einen Schritt nach vorn machen sollte, und Pelagias Herz machte einen Satz. Die Melancholie von neuntausend gramerfüllten Geistern ging von dieser Gestalt aus, und ihr Gesicht strahlte mit der gleichen Bestimmtheit Kummer aus, mit der Licht durch den Schirm einer Lampe dringt. Sie war sicher, daß er es war. Auch wenn er dünn und bärtig war, sah sie deutlich die Narbe an seiner Wange und die braunen Augen, die Frisur, die Symmetrie seiner Haltung. Vor Freude ganz aus dem Häuschen, legte sie das Baby hin, um zu ihm zu rennen, aber als sie aufblickte, war er verschwunden.

Mit klopfendem und pochendem Herzen rannte sie los. Hinter der Straßenbiegung blieb sie stehen und blickte sich verwirrt um. »Antonio!« rief sie. »Antonio!« Aber keine Stimme antwortete, und kein Mann ging auf sie zu. Er war verschwunden. Sie reckte verständnislos die Hände in den Himmel und ließ sie dann verzweifelt wieder sinken. Sie stand da, spähte und rief, bis sie vom Schreien einen rauhen Hals bekam und Tränen ihre Augen blind machten. Am folgenden Morgen fand sie eine einzelne rote Rose an der Stelle, wo Carlo Guercio lag.

Derselbe Geist erschien 1947 und auch jedes Jahr danach immer um etwa – wenn auch nie ganz genau – die gleiche Zeit an derselben Stelle, und jedes Jahr im Oktober lag auch eine Rose da. Dadurch kam Pelagia zu dem Schluß, daß Antonio sein Versprechen, zurückzukommen, in Ehren hielt und daß es möglich war, einen Schwur zu halten und auch aus dem Kerker eines Grabes heraus weiterzulieben. Sie konnte zufrieden leben, da sie wußte: sie war nicht verlassen und verstoßen worden. Sie war erfüllt von glücklichen Träumereien, noch als vertrocknete und verwelkte Jungfer begehrt und geschätzt zu werden, und freute sich darauf, daß ihr eigener Tod ihr alles wiederbringen würde, was ihr im Leben gestohlen worden war.

65
1953

Als Zeus den Nabel der Welt genau festlegen wollte, ließ er zwei Adler von den beiden äußersten Punkten losfliegen und merkte sich, wo sich der Flug der Vögel kreuzte. Das war in Delphi, und Griechenland wurde die Gegend, wo sich Ost und West, Nord und Süd scheiden, wo nicht miteinander zu vereinbarende Kulturen und die raubgierig umherziehenden Heere der Welt aufeinandertrafen.

Pelagia war stolz auf die Vorstellung gewesen, genau am Mittelpunkt zu leben, aber nun, sofern das überhaupt möglich war, gab sie es auf, Griechin zu sein. Mit eigenen Augen hatte sie gesehen, mit welcher Verachtung Drosoula behandelt wurde, bloß weil das Witwendasein bedeutete, nicht mehr existieren zu dürfen. Ihr gewissenhafter Idealismus bei der Heilung von Kranken trug ihr den Ruf ein, eine Hexe zu sein, und was noch schlimmer war, der grausame Bürgerkrieg hatte ihr für immer den hellenischen Glauben ausgetrieben, den ihr Vater ihr eingepflanzt hatte. Sie konnte nicht länger glauben, daß sie Erbe der größten und erhabensten Kultur der Weltgeschichte war. Das antike Griechenland mochte am selben Ort wie das moderne

Griechenland sein, aber es war nicht das gleiche Land und beherbergte nicht das gleiche Volk. Papandreou war nicht Perikles, und der König war schwerlich Konstantin der Große.

Pelagia redete sich ein, Italienerin zu sein, und konnte sich aus der Distanz eher zugehörig fühlen, weil die Entfernung und die Tatsache, daß sie nie dort gewesen war, sie vor der Entdeckung bewahrten, daß Italien auch nicht mehr liberale und humanistische Mandolinenspieler beherbergte als Griechenland. »Schließlich«, sagte sie sich, »sollte ich einen Italiener heiraten, ich kann Italienisch und denke, daß ich dort eine Ärztin hätte werden können.«

Entsprechend brachte sie Antonia Italienisch bei, so daß diese das romaische Griechisch von Drosoula erlernte und nie Katharevousa sprach, und sie kaufte sich ein Radio von jemand, der sich für ein Butterbrot gern davon trennte, weil die Sendereinstellung kaputt war und nur noch Sender aus Italien zu empfangen waren. Sie kaufte es 1949, gerade nachdem die Schlacht von Vitsi den Bürgerkrieg beendet hatte, und konnte es zum Jahrestag der Oktobermassaker einschalten. Sie mochte es sehr, polierte das zerkratzte Furnier, bis es glänzte, und vernachlässigte ihre Pflichten, indem sie stundenlang regungslos davorsaß und nicht nur zuhörte, sondern es sorgfältig beobachtete, als erwartete sie, daß Antonio auf einmal wie Rauch aus dem bronzenen Maschengitter steigen würde.

Sie konnte sich kaum von ihm trennen und hielt Stunde um Stunde den größten Unsinn aus, nur weil sie hoffte, *Non Ti Scorda Di Me, Core 'ngrato, Parlami d'Amore* oder *La Donna è Mobile* zu hören. Doch vor allem wollte sie sich mit *Torna a Surriento,* dem Lieblingslied des Clubs, das sie am häufigsten gesungen hatten, wieder in die Tage von »La Scala« zurückversetzen lassen. Bei dieser Melodie schloß sie die Augen in seligster Melancholie, stellte sich die Männer draußen unter dem Ölbaum vor, die die Melodramatik ihrer Gestik kaum wahrnahmen, wenn sie ihre Herzen und ihre ganze Lust an ihren Stimmen in die ergreifend schönen Triller und Schnörkel der letzten Zeile fließen ließen, wonach sie immer einen Augenblick sehnsüchtig schweigend dasaßen, bevor sie aufseufzten, den Kopf schüttelten und sich mit dem Ärmel die Tränen aus den Augen wischten. Über das Radio entdeckte sie erst, daß es auch für Frauen herrliche Lieder gab, und so sang sie *O Mio Babbino Caro* in den höchsten Tönen, wenn sie auf Händen und Knien den Boden schrubbte, baute noch orientalische Zwischennoten ein und schmückte es mit schnellen Trillerfolgen, womit sie ihr Vorhaben, Italienerin zu werden, schon im bloßen Versuch zuschanden machte.

Ganz besonders achtete sie auf den Klang von Mandolinen und erinnerte sich daran, daß sie eines Tages die des Hauptmanns aus dem Verlies retten mußte. Einmal war sie vom Beerenpflücken heimgekommen und hätte schwören können, daß sie die letzten Takte von *Pelagias Marsch* gehört hatte, sah aber ein, daß das nicht sein konnte, da der Hauptmann ja tot war. Nein, es war nur so, daß diese verschwenderische Welt über andere Spieler verfügte, die seinen Platz einnehmen konnten. Sie fragte sich oft, wo das Schicksal ihn ereilt hatte, am wahrscheinlichsten auf dem Meer, in jenem kleinen Boot, aber vielleicht auch in Italien, in Anzio oder irgendwo an der Gotenlinie. Es vermittelte ihr ein

Gefühl übermäßigen Verlusts, wenn sie sich sein Skelett vorstellte, wie es unter dem Erdboden ausbleichte, wie die Muskeln und Sehnen, die so eine Musik hervorgebracht hatten, reglos und nutzlos waren und sich zu verrottenden Riemen zusammenzogen. Die Erde über ihm war vielleicht so still und stumm wie die über den Toten in der Macchia, oder vielleicht war es eine belebtere Stelle wie die über Carlo Guercios Überresten. Sie selbst ging nicht gern über Carlos Grab und zog sich auf mit der lachhaften Sittsamkeit, die sie befürchten ließ, ein Toter könnte durch die Erdschichten linsen und ihr unter die Röcke gucken.

Aber der zweideutige Boden Kephallonias war überhaupt nicht still; er war wie ein Hund, der im Regen geschlafen hat und dann aufsteht, um die Tropfen abzuschütteln.

Es heißt, in der Urzeit wären alle Länder miteinander verbunden gewesen, und anscheinend bekunden die Kontinente selbst eine Sehnsucht nach diesem Zustand, genauso wie es Menschen gibt, die behaupten, sie gehören nicht einer Nation, sondern der ganzen Welt an, und einen internationalen Paß und ein universelles Aufenthaltsrecht verlangen. So drückt Indien nach Norden, pflügt den Himalaya auf und ist entschlossen, keine Insel zu sein, sondern muß seine tropenfeuchte Luft Asien aufdrängen. Die Arabische Halbinsel übt verstohlen Rache an den Osmanen, indem sie sich lässig in der Hoffnung an die Türkei anlehnt, sie damit wieder ins Schwarze Meer zu stürzen. Afrika, das der Weißen überdrüssig ist, die es für moschusduftend, gefährlich, unbekannt und romantisch halten, drückt nach Norden, weil es entschieden hat, daß Europa ihm endlich einmal ins Gesicht schauen und zugeben soll, daß seine Kultur in Ägypten entstanden ist. Nur die Amerikas eilen nach Westen davon, so fest entschlossen, isoliert und überlegen zu sein, daß sie dabei die Kugelgestalt der Erde vergessen haben, weshalb sie eines Tages gezwungenermaßen feststellen werden, daß sie – o Wunder – an China kleben.

Es schien im nachhinein offensichtlich, daß es geschehen würde, aber das letzte Mal war es nicht auf Kephallonia, sondern weiter nördlich, auf Levkas, passiert, 1948, als Griechenland so tief in Barbarei versunken war, daß niemand etwas merkte, und die Zeichen und Omen an diesem Morgen wurden eher als sonderbar denn als unheilverkündend betrachtet.

Der Koreakrieg war gerade zu Ende, französische Fallschirmtruppen waren eben erst in Indochina gelandet, und es war ein herrlicher 13. August 1953, kurz vor Mariä Himmelfahrt und nach der Weinlese. Es war leicht dunstig, und faserige Wolken waren Rauchfahnen gleich in unbekümmerten Konfigurationen am Himmel aufgezogen, als hätte sie ein expressionistischer Künstler dorthin versetzt, der gegen jede Ordnung allergisch war und ernsthafte ästhetische Einwände gegen Symmetrie und Form hatte. Drosoula war aufgefallen, daß über dem Land ein unerklärlicher Geruch und Glanz lag, und Pelagia hatte entdeckt, daß das Wasser im Brunnen bis oben zum Rand stand, obwohl es nicht geregnet hatte. Doch Minuten später war sie mit ihrem Eimer hingelaufen und hatte überhaupt keinen Tropfen mehr vorgefunden. Dr. Iannis, der die winzigen Schräubchen an seiner Brille festzog, stellte verwundert fest, daß sie mit unerklärlicher magnetischer Kraft an seinem Schraubenzieher klebten. Antonia, nun acht Jahre alt, aber so groß wie eine Zwölfjährige, wollte ein Blatt Papier vom Boden aufheben, aber das schwebte hoch und blieb an ihrer Hand haften. »Ich kann zaubern, ich kann zaubern«, rief sie und hüpfte nach draußen, wo sie auf einen Igel stieß, der mit seinen zwei Jungen über den Hof trippelte, und eine gleichfalls nachtaktive Eule beäugte sie von einem niederen Zweig des Ölbaums, zu beiden Seiten flankiert von Pelagias neuerworbenen Hühnern, die mit den Köpfen zwischen den Flügeln selig schliefen. Hätte Antonia aufgeblickt, hätte sie keinen einzigen Vogel am Himmel fliegen sehen, und wäre sie zum Meer hinuntergegangen, hätte sie Plattfische nahe der Wasseroberfläche schwimmen und die anderen Fische herumhüpfen sehen, als wollten sie Vögel sein und in der Luft schwimmen, während viele andere vorbeugend den Bauch nach oben kehrten und starben.

Schlangen und Ratten krochen aus ihren Höhlen, und die Marder in den kephallonischen Bäumen versammelten sich gruppenweise am Boden und saßen erwartungsvoll da wie Opernliebhaber vor Beginn der Ouvertüre. Vor dem Haus des Arztes zerrte ein an der Mauer angebundenes Maultier an seinem Strick und schlug gegen die Steine aus, so daß die dumpfen Huftritte durchs Haus hallten. Die Hunde im Dorf führten ihren unfeinen und entnervenden Chor auf, der normalerweise erst in der Abenddämmerung einsetzte, und Scharen von Grillen strebten zielsicher über Straßen und Höfe, um im Dorngestrüpp zu verschwinden.

Es gab eine merkwürdige Begebenheit nach der anderen. Steingut klapperte, und Besteck rasselte wie im Krieg, wenn britische Bomber vorbeiflogen. Draußen im

Hof fiel Pelagias Eimer um und das Wasser lief aus, aber Antonia bestritt, daß sie ihn umgekippt hätte. Drosoula kam schwitzend und zitternd herein und sagte zu Pelagia: »Ich bin krank, ich fühle mich schrecklich, irgendwas ist mit meinem Herzen.« Sie setzte sich schwer hin, griff sich mit der Hand an die Brust und keuchte vor Angst. Noch nie hatte sie sich so schwach auf den Beinen gefühlt, so von Nadelstichen in ihren Füßen gepeinigt. Seit dem letzten Fest des Heiligen war ihr nicht mehr so hundeelend gewesen. Sie atmete schwer, und Pelagia machte ihr zur Stärkung einen Heiltrank.

Draußen im Hof merkte Antonia, daß sie unter Kopfschmerzen litt, leicht benommen und von jenem Schwindelgefühl gepackt war, das jemanden befällt, der in einen Abgrund hinabblickt und Angst bekommt, er könnte in die Tiefe gezogen werden. Pelagia kam heraus und sagte: »Psipsina, komm rein, die andere Psipsina ist übergeschnappt.«

Die Katze legte in der Tat ein rätselhafteres Verhalten an den Tag, als seit der Zeit Kleopatras und der Ptolemäer bei der Gattung Felidae zu sehen gewesen war. Sie kratzte am Boden, als wollte sie entweder etwas verscharren oder ausgraben, kugelte dann auf dem Fleck herum, als wollte sie ihre Freude zeigen oder den Juckreiz ihrer Flohbisse hinwegscheuern. Auf einmal sprang sie zur Seite und dann außerordentlich hoch kerzengerade in die Luft. Sie schaute die Menschen für den Bruchteil einer Sekunde an, schlug einen Purzelbaum mit weit aufgerissenen Augen, die nur Verwunderung ausgedrückt haben konnten, und schoß dann aus der Tür und den Baum hinauf, wo sie die Hühner keines Blickes würdigte. Im nächsten Augenblick war sie schon wieder im Haus und suchte nach Dingen, in die sie hineinschlüpfen konnte. Sie probierte es mit einem Weidenkorb, steckte Kopf und Vorderpfoten in eine Papiertüte, setzte sich für eine Weile in einen Topf, der zu klein für sie war, und krallte sich dann die Wand hoch, um sich mit eulenhaftem Blinzeln oben auf einem Fensterladen niederzulassen, der gefährlich hin und her schwang und unter ihrem Gewicht knarrte. »Verrückte Katze«, sagte Pelagia vorwurfsvoll, woraufhin das Tier von einem Regal zum anderen sprang, wie von Sinnen rundherum durchs Zimmer wirbelte, ohne ein einziges Mal den Boden zu berühren, was Pelagia an seine gleichnamige Vorgängerin erinnerte. Es blieb abrupt stehen, den Schwanz ungeheuer aufgeplustert, die Haare auf dem Katzenbuckel senkrecht aufgestellt, und fauchte grimmig einen unsichtbaren Gegner an, der irgendwo in der Nähe der Tür zu sein schien. Dann kam es leise wieder auf den Boden, schlich, als würde es sich anpirschen, in den Hof hinaus und setzte sich auf die Mauer, wo es tragisch maunzte, als würde es den Verlust von Neugeborenen beklagen oder über eine andere Scheußlichkeit jammern. Antonia, die in die Hände geklatscht und vor Freude gelacht hatte, brach plötzlich in Tränen aus, rief: »Mama, ich muß raus«, und rannte vors Haus.

Drosoula und Pelagia tauschten einen Blick aus, der zu besagen schien: »Sie ist aber früh in die Pubertät gekommen«, da brach aus der Erde ein betäubendes Tosen so weit unter der Hörschwelle, daß es eher körperlich zu spüren als zu hören war. Die beiden Frauen fühlten, wie ihr Brustkorb sich gegen die Einengung durch Sehnen und Knorpel dehnte und spannte, auch die Rippen schien es auseinanderzureißen, und ein Gott schien ungestüm auf eine Baßtrommel in ihren Lungen zu hämmern. »Ein Herzanfall«, dachte Pelagia verzweifelt. »O Gott, ich hab ja noch gar nicht gelebt.« Und sie sah Drosoula mit den Händen am Magen und hervorquellenden Augen auf sie zuwanken, als wäre sie von einem Axthieb getroffen worden.

Es schien, als würde die Zeit stillstehen und das unsägliche Grummeln der Erde nie mehr aufhören. Dr. Iannis stürzte aus Pelagias ehemaligem Zimmer und sprach zum ersten Mal seit acht Jahren: »Geht raus! Geht raus!« rief er. »Das ist ein Erdbeben! Rettet euch!« Seine Stimme klang blechern und unendlich fern im Gegensatz zum aus tiefster Kehle kommenden Ausbruch des immer weiter anschwellenden Getöses, und er wurde heftig zur Seite geschleudert.

Vom furchtbaren Toben und Beben der Welt entsetzt und geblendet, taumelten die beiden Frauen zur Tür, wurden umgeworfen und versuchten zu kriechen. Zum infernalischen und ohrenbetäubenden Dröhnen der Erde gesellten sich die Kakophonie herabstürzender Teller und Pfannen, die bedrohliche, unbeherrschte Trippeltarantella von Stühlen und Tischen, das gewehrschußartige Knallen reißender Balken und Wände, das unregelmäßige Läuten der Kirchenglocke und eine erstickende, nach Schwefel riechende Staubwolke, die Hals und Augen reizte. Sie konnten nicht auf Händen und Knien kriechen, da sie immer wieder zur Seite und nach oben geworfen wurden, und so breiteten sie Arme und Beine aus und wanden sich wie Schlangen zur Tür, die sie gerade erreichten, als das Dach in sich zusammensackte.

Sie gelangten in den sich aufbäumenden Hof, wo das Licht vom Himmel gelöscht war, der gräßliche Lärm in Kopf und Brust detonierte und Staub gemächlich vom Erdboden aufstieg, als würde er vom Mond angezogen. Vor ihren Augen verbeugte sich der uralte Olivenbaum und wurde mitten durch den Stamm gespalten, bevor er wieder hochschnellte und seine Äste schüttelte wie ein betagter Nazarener. Mitten auf der Straße schoß sprudelnd eine dreckige Wasserfontäne zwölf Meter empor und verschwand dann wieder, als wäre sie nie dagewesen, hinterließ nur eine Lache, die sich rasch mit Staub füllte und ebenso verschwand. Weiter oben am Berg, wegen der aufsteigenden Vorhänge aus bleichem und erstickendem Staub allerdings nicht sichtbar, löste sich eine Felsplatte vom Hang und schlitterte hinab, kam auf den südlichen Abschnitt der Straße, riß die Ölbäume mit sich und räumte das Feld ab, aus dem die Grillen ausgewandert waren. Noch einmal hieb der aufgestörte Riese in den Eingeweiden der Erde mit gewaltiger Faust senkrecht nach oben, so daß Häuser aus ihren Fundamenten hüpften und feste Steinwände sich wie Papier im Wind knüllten, und plötzlich schwieg alles wie tot. Eine unheimliche Grabesstille senkte sich über das Land, als würde es verspätet so eine Katastrophe bedauern, und Pelagia, staubbedeckt, nach Luft ringend und von einem unermeßlichen Gefühl der Machtlosigkeit und Winzigkeit erfaßt, versuchte sich auf Knien aufzurichten, aber sie war immer noch völlig außer Atem vom letzten titanischen Hieb, der sie ins Zwerchfell getroffen und ihre Lungen gelähmt hatte. Sie stand auf und wankte auf ihren Füßen, da wurde die unnatürliche Stille plötzlich von den heftigen und unbeherrschten Schreien des Priesters zerrissen, der aus der Kirche geeilt war und sich nun drehte und wand, während er die

Arme zum Himmel erhob und seine Augen durch den Schmutz im Gesicht blitzten. Er flehte seinen Gott nicht an, aufzuhören, wie Pelagia erst annahm, sondern zürnte ihm. »Du Bastard!« brüllte er. »Du dreckiger Hund! Du Sohn einer lausigen Hündin! Du Hurensauerei!« Die verbotenen Wörter sprudelten aus ihm heraus, die Gemütsruhe seiner frommen Seele hatte sich augenblicklich völlig in Verachtung verwandelt, und er fiel auf die Knie, hämmerte mit den Fäusten auf die Erde ein, und da der Körper seinen Zorn nicht fassen konnte, sprang er wieder auf die Füße und stieß die Faust in den Himmel. Tränen stiegen ihm in die Augen, und er fragte: »Haben wir dich nicht geliebt? Undankbarer Scheißkerl! Auswurf des Teufels!«

Genau da setzte wie eine Antwort wieder das tiefe Grollen ein und schwoll an. Noch einmal schoß die plutonische Faust aus den tiefsten Tiefen nach oben, und noch einmal wackelte und tanzte die Felskruste Kephallonias, und die Berggipfel wankten wie Bootsmasten. Pelagia, die wieder zu Boden geworfen wurde, krallte sich in die pulsierende, dröhnende Erde, und Hilflosigkeit und Entsetzen vernichteten und vertrieben sogar ihren verzweifelten Überlebenswillen. Die ganze Welt war zu einem dunklen Feuerball zusammengeschrumpft, der in ihrem Magen aufzulodern und seine verschlingenden Flammen in die Fasern ihres Gehirns zu speien schien, und in diesem einsamen Inferno wand sie sich würgend, ungläubig, erstaunt, schon jenseits aller Überraschung und Bestürzung, nur noch ein Spielball der unverschämten und gefühllosen Erde.

Im Süden, auf der Insel Zanthe, strahlte die Hauptstadt in einem Regen aus weißglühender Asche, die sich so peinigend in die Haut einbrannte, daß Menschen und Hunde verrückt wurden. Ein Bergungsarbeiter, der Nagasaki miterlebt hatte, sagte später, dies hier wäre schlimmer gewesen. Überall auf den Ionischen Inseln hatten die Menschen mit einem Schlag nichts weiter als die idiotischen Dinge, die sie zu retten versucht hatten, als sie aus ihren Häusern rannten; einen Nachttopf, einen Brief, ein Kissen, einen Basilikumtopf oder einen Ring. In Paliki auf Kephallonia wurde der Felsen von Kounopetra, der jahrhundertelang gewackelt hatte und den selbst britische Schiffe nicht aus dem Takt hatten bringen können, reglos und kam inmitten der Zerstörung des Landes zur Ruhe. Er wurde zu nichts weiter als einem weiteren Felsen am Meer, als die Insel sich umgestaltete, sich in eine Ödnis auflöste und Harmageddon probte.

In den Pausen, in denen der apoplektische Titan unter ihnen seine Kräfte sammelte und sich neue und zwingendere Gründe für seine Boshaftigkeit ausdachte, standen Pelagia, Drosoula und Antonia, sich Halt suchend aneinanderklammernd, da und schauten auf ihr Haus. Während die Steinplatten und Felskanten mit dem Lärm von Artillerie und Panzern zerbarsten, während die Straßen sich aufbäumten und wellten und die Säulen der venezianischen Balkone sich verdrehten und verbogen, taumelten und torkelten die drei Frauen in Unglauben und Kummer umher. Psipsina tauchte aus dem Nichts auf und schloß sich ihnen an. Ihr Fell war mit weißem Staub durchsetzt, und ihre Schnurrhaare waren mit Spinnweben verziert. Antonia nahm sie auf den Arm.

Vom alten Haus blieb wenig stehen; die Wände waren nur noch halb so hoch, und was übrigblieb, umgab nur noch Schutt und die Reste des Dachs. Darunter waren auch die desillusionierte Seele und der müde alte Körper des Arztes, der sich seine letzten Worte seit Jahren zurechtgelegt hatte, die nun aber alle unausgesprochen blieben.

66
Rettungsarbeiten

In jener Zeit war Großbritannien nicht so wohlhabend wie jetzt, aber auch nicht so selbstgefällig und erheblich weniger marode. Es verfügte über ein humanitäres Verantwortungsgefühl und einen Mythos seiner eigenen Bedeutung, der auf verdrehte Weise der Wahrheit entsprach und universell akzeptiert wurde, weil es daran glaubte und das auch laut genug hinausposaunte, damit Fremde es verstanden. Es hatte noch nicht die schulbubenhafte Gewohnheit angenommen, monatelang auf die Genehmigung aus Washington zu warten, bevor es aus seinem post-imperialen Bett kletterte, die Stiefel anzog, sich eine zuckersüße Tasse Tee machte und festen Schrittes aus der Tür trat.

Demgemäß kamen die Briten als erste an, blieben am längsten, taten am meisten und gingen als letzte. Über Nacht wurden Wasser, Nahrungsmittel, Arzneien, verfügbare Ärzte und Rettungsgeräte auf die HMS *Daring* geladen, worauf sie von Malta losdampfte und im Morgengrauen des folgenden Tages im Hafen von Argostoli eintraf, der von Unterwasserentladungen und magnetischen Minen zu brodeln, zu sprudeln und zu schäumen schien. Ein Flugboot der Sunderland-Klasse brachte den Oberkommandanten der Mittelmeerstreitkräfte herbei, die HMS *Wrangler* schaffte Vorräte nach Ithaka, und bald tauchten auch die HMS *Bermuda*, die *Forth*, die *Reggio* und das neuseeländische Schiff *The Black Prince* auf. Insgesamt lieferten sie 250 Meilen Verbandsmaterial, 2500 Gallonen Desinfektionsmittel, 50 Nissen-Wellblechbaracken, 6000 Decken, Planierraupen, Babyflaschen, 60 000 Dosen Milch, für 15 000 Menschen eine volle Woche lang drei Mahlzeiten pro Tag und ungewöhnliche und wundersame zweieinhalb Tonnen Baumwolle und Leinen.

Die Jugoslawen, deren Hafen Dubrovnik am nächsten lag, schickten den Kapitalisten gar nichts, aber bald erschienen scheu vier kleine Schiffe der israelischen Marine. Italien, eingedenk seiner schamvollen Vergangenheit und der daraus erwachsenen Verpflichtungen, schickte seine feinsten Großkampfschiffe mit Elite-Feuerwehrleuten aus Neapel, Mailand und Rom und fing mit der Evakuierung von Unglücksopfern nach Patras an. Die *Franklin D. Roosevelt* und die *Salem* trafen ein, beladen mit Räumfahrzeugen und Hubschraubern, und binnen kurzem kamen vier Truppentransporter mit 3000 US-Marines an. Die griechische Kriegsmarine, die durch interne bürokratische Zwistigkeiten blockiert war, tauchte spät, aber mit ehrgeizigen Plänen auf, und General Iatrides wurde für die Dauer des Ausnahmezustandes zum Gouverneur Ioniens ernannt. Der König und seine Familie nutzten die Gelegenheit, um inkognito in einem Jeep um die Insel zu kurven, und die rundlichen kleinen Nonnen der geschlossenen Klöster schwärmten gewissenhaft, aber fröhlich aus, um ein bißchen vom Leben zu kosten, und dazu gehörte für sie auch Schokolade und die Möglichkeit zu Arbeit und Unterhaltungen.

Dank der breiten Straßen gab es auf Kephallonia wenig Todesopfer; die Städte bestanden hauptsächlich aus eingeschossigen, durch Höfe und Komposthaufen getrennten Gebäuden, und es ereigneten sich die üblichen Wunder, bei denen Menschen, die ihr Zeitgefühl verloren hatten, nach neun Tagen aus den Trümmern krochen und glaubten, es wären ein paar Stunden gewesen.

Die britischen Matrosen schwitzten und schufteten in der nervtötenden Hitze und beklagten sich bitter über den Kotgestank im Hafen und den Sonnenbrand, durch den sich ihre Haut in Lappen ablöste. Die krebsroten Gestalten sprengten baufällige Gebäude; wie sich herausstellte, waren alle baufällig, so daß die Insel nach dieser Maßnahme noch verwüsteter wirkte. Den aufgewühlten Inselbewohnern, die ein Nachbeben nicht von einer Explosion unterscheiden konnten, wurde noch mehr Angst und Schrecken eingejagt. Die weder in Geographie noch in höflichen Umschreibungen bewanderten Matrosen redeten jovial von »Spaghettifressern«. An ihren Schwarzen Brettern wurde unter den Tagesbefehlen und besonderen Anweisungen auch der regelmäßig aktualisierte Ergebnisstand des Kricketturniers zwischen England und Australien angeschlagen.

Die ausländischen Hilfskräfte errichteten Zeltstädte und räumten riesige Parkplätze für ihre Jeeps und Lastwagen frei. Zum Grollen der unruhigen Erde gesellte sich das betäubende Knattern der Hubschrauber und das Tuckern und Dröhnen der Räumfahrzeuge, die Erdrutsche zu beseitigen versuchten, durch die abgelegenere Gemeinden von der Außenwelt abgeschnitten worden waren. Die Bewohner dieser Dörfer glaubten drei Tage lang, sie wären völlig vergessen worden und müßten vor Hunger oder Durst umkommen. Ein Dorf auf Zanthe war der Verzweiflung nahe, als ein Flugzeug das beste Brot abwarf, das die Menschen je gekostet hatten; seine Würzigkeit blieb ihnen als ein Vorgeschmack aufs Paradies in Erinnerung, wie ihn keine sterbliche Hausfrau je wieder zustande bringen könnte. Darauf folgten Corned beef und Schokolade, die schon bei der Landung zerschmolz, von den Menschen begierig vom Silberpapier geleckt wurde und dann von den Hunden ein zweites Mal, bevor sie die Folie selbst fraßen.

Die Mannschaft der *Franklin D. Roosevelt* backte pro Tag 7000 Laib Brot und lieferte sie mit ihren eher an Haubitzen, Panzer und Truppen gewöhnten Landungsbooten an rissigen Hafenmolen und den Stränden ab. Ein amerikanischer Offizier lief mit einem Sprachführer in der Hand herum und wiederholte andauernd »Hungrig?«, wobei er es aber nicht fragend genug aussprach, zur Verdeutlichung jedoch auf seinen Mund deutete, bis einige Dorfbewohner sich seiner erbarmten und aus dem wenigen, was sie auftreiben konnten, ein Bankett für ihn zusammenstellten. Als die Amerikaner abzogen, wurden ihre Zelte und Mülltonnen geplündert, und zehn Jahre lang galten ihre wunderbaren, kaum rasierklingengroßen Dosenöffner bei den Tauschgeschäften der Jungen auf der Insel als Währung anstelle von Münzen und Taschenmessern.

Die Griechen selbst reagierten unterschiedlich, je nachdem ob sie unter sich einen natürlichen Anführer gefunden hatten oder nicht. Diejenigen, bei denen keiner auftrat, versanken in Melancholie, verloren ihr Zeitgefühl, wurden einsilbig und unentschlossen und litten unter quälenden Alpträumen, endlos ins Leere zu fallen. Über Tränen waren sie hinaus; niemand weinte. Sie hefteten nicht einmal Zettel an, mit denen anderswo Treffen mit Verwandten und Freunden vereinbart wurden.

Während des Erdbebens selbst hatte etwa ein Viertel so wenig Panik bekommen wie der Arzt, doch danach fiel den restlichen drei Vierteln ein, daß sie ihre Kinder und ihre betagten Eltern allein gelassen hatten, und sie litten unter einer äußerst quälenden Niedergeschlagenheit. Starke Männer fühlten sich wie Feiglinge und Narren, und zu dem Empfinden, von Gott leichtfertig und grundlos heimgesucht worden zu sein, kam noch das schlimme und hartnäckige Gefühl der Wertlosigkeit. Es zerrte schon an ihren Nerven, wenn ein Muli brüllte, eine Tür knarrte oder eine Katze scharrte.

Einige unternehmerisch tüchtige Griechen machten sofort Geschäfte und verkauften bereicherungssüchtig und opportunistisch Regierungseigentum wie Briefmarken und Lizenzen. Andere machten Obststände auf, und ein Bankdirektor in Argostoli stellte vor den Ruinen seiner Bank einen Tisch auf und führte seine üblichen Geschäftsvorgänge durch, wobei ihm sein Beruf zum ersten Mal Spaß machte. Auf Ithaka hängte einer ein Laken auf und eröffnete ein Kino. Jugendgruppen aus ganz Griechenland strömten zur Ferienarbeit herbei, lachten und neckten einander, wenn einer bei dem Pulsieren und Atmen des Gesteins Furcht zeigte.

Die unmöglichsten Leute entpuppten sich als rettende Engel. Obwohl er immer als bedächtig und gelassen gegolten hatte, übernahm Velisarios in Pelagias Dorf das Kommando. Er war nun zweiundvierzig und wußte, ohne eitel zu sein, daß er stärker denn je war, obwohl er nicht mehr die unerschöpfliche Ausdauer der Jungen und deren glückliche Träume immerwährender Jugend besaß. Das Erdbeben hatte auf irgendeine Weise seinen Verstand geläutert, genauso wie es Drosoulas Rheumatismus geheilt hatte, und es war so, als hätte sich in seinem Oberstübchen mit seinem trägen Wabern animalischer Wahrnehmungen und instinktiver Reflexe ein Licht eingeschaltet.

Velisarios widmete sich voller Eifer der Aufgabe, das Dorf zu retten, und die Einwohner folgten dankbar. Mit einer Kraft, die stärker als die des Erdbebens schien, hievte er die Balken und Brocken beiseite, unter denen die zusammengekrümmte Leiche des Arztes eingeklemmt lag, denn ihm war bekannt, daß Verwesung Krankheiten mit sich brachte, und danach scharte er die Verwirrten und Hoffnungslosen um sich und stellte sie zu Arbeitsgruppen mit den unterschiedlichsten Aufgaben zusammen. Er selbst kletterte in den Brunnen und fing an, den hinabgefallenen Schutt heraufzuholen, wobei er so furios arbeitete, daß er zwei Arbeitskommandos verschliß, ohne sich eine Ruhepause zu gönnen. Nur Velisarios war es zu verdanken, daß niemand Durst litt.

Das Gerücht, daß die Insel ins Meer sänke und die Regierung die gesamte Bevölkerung dazu aufgerufen hätte, sich in ihre Boote zu retten, breitete sich aus. Als die Einfältigen und Leichtgläubigen zu den Ruinen ihrer Häuser rannten, um alles zu holen, was für den Exodus noch zu retten war, ging Velisarios von einem zum anderen und appellierte an den Besitzerstolz und den gesunden Menschenverstand der Leute. »Seid ihr blöd?« fragte er. »Das ist ein Unsinn, der von Möchtegern-Plünderern aufgebracht worden ist. Wollt ihr alles verlieren und euch zum Narren halten lassen? Wenn irgendwer von euch abhaut, werde ich ihm den Verstand geradebiegen, damit ihr's wißt. Kephallonia versinkt nicht, es treibt. Seid doch keine Narren, das wollen die Leute doch bloß.« Wenn die Menschen bei jedem der Tausende von kleinen Nachbeben schreiend auseinanderliefen, gebot Velisarios ihnen, sich zusammenzureißen und die Arbeit wiederaufzunehmen, und mehr als einmal zog er Müßiggänger und Verschreckte aus ihren Verstecken und drohte, ihnen die Knochen und den Schädel zu zertrümmern, wenn sie sich nicht wieder an die Arbeit machten. Angesichts seines struppigen grauen Haars, der Schweißperlen an den Schläfen, der nackten Brust, die haariger als die eines Bären war, und der Beine, dicker als Steinsäulen, gab es keinen, den er nicht wieder zur Vernunft und zum Arbeiten brachte. Auch Pelagia wurde davon überzeugt, die Leiche ihres Vaters zuzudecken und sich um die Verwundeten zu kümmern. Sie schiente zwei gebrochene Beine und brachte es sogar zuwege, sie mit Hilfe von Seilen und Steinen aufzuhängen, und sie schmierte Honig auf Schnittwunden und entfernte mit Spucke und einer Feder Staubkörner aus den Augen der Babys. Drosoula, die zuerst nur hysterisch geweint hatte – »Wir haben gar nichts mehr, nichts als unsere Augen zum Ausweinen« –, wurde die Aufsicht über die Kinder übergeben, so daß die Eltern für die Arbeit eingesetzt werden konnten. Die Kleinen spielten in den Ruinen Versteck und Fangen und schichteten Steinpyramiden auf, womit sie ihren bescheidenen Beitrag zu den Aufräumungsarbeiten leisteten. Als die Katastrophenhelfer mit Planierraupen schließlich den Erdrutsch auf der Straße überwunden hatten, fanden sie eine kleine Gemeinschaft vor, die in Zelten aus Wellblech hauste, das an geborgenen Balken festgezurrt worden war, und die über abgesonderte Latrinen verfügte, die in sicherer Entfernung vom Brunnen ausgehoben worden waren. Die Ölpresse der Gemeinde war repariert und wieder betriebsbereit, damit man weiterhin Geld verdienen und dem Verhungern entgehen konnte. Sie stießen auf einen riesenhaften Mann, der sich um alles kümmerte und bis ins hohe Alter mehr verehrt und geachtet werden sollte als der Lehrer oder der Priester.

Drei Monate lang bebte die Erde: es klang, als würde sie einatmen, die Luft anhalten und dann ausatmen. Alle lebten in Zelten, die von einem frühzeitigen und eiskalten Unwetter fortgespült und zerfetzt wurden, nur um wieder zusammengeheftet und aufgestellt zu werden. Zu Beginn des Winters bibberten die Menschen, die sich manchmal zu fünfzehnt in einem Zelt drängten, um es wärmer zu haben, doch dann waren die Holzhütten errichtet, die im Vergleich dazu unfaßbar geräumig waren, aber beinahe genauso kalt. Drei Monate verbrachte Antonia in einem von der Königin organisierten Ferienlager, das ursprünglich für die Waisenkinder des Bürgerkriegs erbaut worden war, und kehrte mit Läusen und Nissen sowie einem schockierenden neuen Vokabular an Schimpfwörtern und Bezeichnungen für intime Körperteile zurück. Innerhalb eines Jahres begann der Wiederaufbau, der nach drei Jahren abgeschlossen war. Uralte und wunderschöne venezianische Städtchen zeigten sich nun als ununterscheidbare Ansammlungen weißgetünchter Betonkästen. Dank eines philanthropischen Exilgriechen, der sein Vermögen an Wasserleitungen, Kanalisation, Schotterstraßen und schmiedeeiserne Laternenpfähle verschwendete, wurde ein Dorf komplett wiederaufgebaut, und es wurde so reizvoll wie Fiskardo, die einzige intakt gebliebene Stadt. Pelagias Dorf wurde etwas tiefer am Hang und näher an der neuen Straße wiedererrichtet, die geschickte französische Ingenieure angelegt hatten, und ihr altes Haus mit den anscheinend unwiderruflich im Verlies begrabenen Schätzen und Andenken wurde aufgegeben.

Das Erdbeben hatte ausschließlich aus Kompressionswellen bestanden, und so hatten sich nur wenige Spalten in der Erde geöffnet. Doch bald nach der Katastrophe stieß ein italienischer Feuerwehrmann auf eine. Er war in einem von den Amerikanern geborgten Jeep heraufgefahren und stand vor Pelagias verlassenem und zerstörtem Haus, das er bekümmert und verzagt betrachtete. Er ging über den Hof mit seinem gespaltenen Ölbaum und bemerkte, daß sich ein Riß in der Erde aufgetan hatte. Er blickte hinab und sah ein Skelett, dessen Brustbein und Rippen gesplittert waren, dessen massiger Schädel mit seinem zerschmetterten Kiefer so geöffnet war, als hätte es ihn mitten im Reden erwischt, und dessen matt gewordene Silbermünzen in den Augenhöhlen ihm einen traurigen, verwunderten und vorwurfsvollen Ausdruck verliehen.

Der Feuerwehrmann starrte ein paar Minuten darauf, bis ein neues Beben ihn erfaßte. Er pflückte eine goldene Mohnblüte aus den Steinen, warf sie auf den Leichnam und ging dann zu seinem Jeep, um einen Spaten zu holen. Kaum hatte er sich darangemacht, das Grab erneut zuzuschaufeln, als ein weiterer Erdstoß ihn aus dem Gleichgewicht brachte. Die rote Erde schloß sich von selbst wieder über den riesigen Knochen Carlo Guercios.

67
Pelagias Klage

Dies war mein sicherer Hort, meine einzige Zuflucht, das Kernstück meiner Erinnerung. Hier in diesem Haus hielt mich meine Mutter, sie mit ihren leuchtenden braunen Augen, und hier in diesem Haus starb sie. Und mein betrübter Vater bewahrte seine Liebe und gab sie mir allein. Er zog mich auf, bereitete mir ungenießbare Männermahlzeiten und setzte mich auf seine Knie, machte mich bodenständig, indem er mir Geschichten über dieses Stück Erde erzählte. Er sprach mit so viel Liebe zu mir, er rackerte sich ab für mich, ließ mich Kind sein. Wenn ich müde war, hob er mich auf und trug mich, legte mich in mein Bett und fuhr mir übers Haar. Im Dunkeln hörte ich ihn sagen: »Wenn es dich nicht gäbe, wenn es dich nicht gäbe ...«, und dann schüttelte er den Kopf, weil ihm auf einmal die Worte fehlten, denn sein Herz war zu groß, um sie zu behalten, und ich schloß dann die Augen und schlief ein, die Gerüche von Salben und Tabak in der Nase, und in meinen Träumen gab es keine Türken und keine Ungeheuer, die mir angst machten, nur manchmal in der Nacht glaubte ich, meine Mutter lächelnd durch die Tür treten zu sehen.

Und am Morgen weckte er mich immer, brachte mir Schokolade und sagte: »Koritsimou, ich geh in die

Kapheneia; bis ich zurückkomme, mußt du aufgestanden sein.« Das sagte er mir noch, als ich schon zwanzig war, und ich lag da und freute mich wie eine Nonne auf den neuen Tag, dachte an alles, was ich tun wollte, und lauschte auf seine Schritte auf dem Gehweg. Dann flog ich aus dem Bett, und er kam rein und sagte: »Faules Dämchen, diesmal habe ich dich beinahe erwischt«, bis ich das als erste sagte, worauf er lachte und meinte: »Gut, heute werde ich dir alles über Pythagoras erzählen, und heute abend sollst du ein Gedicht zum Vorlesen aussuchen, und ich suche auch ein Gedicht zum Vorlesen aus, und dann sage ich dir, warum mir deins nicht gefällt, und du kannst mir sagen, warum dir meins nicht gefällt, und dann können wir die Beherrschung verlieren und miteinander raufen.« Und ich sprang auf und ab und sagte: »Laß uns doch gleich raufen, laß uns doch gleich raufen.« Dann kitzelte er mich, bis mir vor Lachen ganz übel wurde, und setzte mich auf einen Stuhl und kämmte mein Haar, wobei er viel zu fest zog, und erzählte mir schlimme Geschichten von kretischen Äbten, die sich mit ihren Mönchen lieber in ihren Kirchen verbrennen ließen, als sich den Türken zu ergeben. Und er erzählte mir von Inseln, die er gesehen hatte, wo Frauen vier Männer hatten und niemand Kleidung trug, und von Orten in Afrika mit Leuten, deren Hintern breiter waren als sie hoch, und von Gegenden, die so kalt waren, daß das Meer zufror und alles weiß war.

Aber jetzt ist alles vorbei. Ich komme her und setze mich zwischen die Ruinen meines Heims, und ich sehe bloß noch Geister. Jetzt ist nichts mehr da außer verwelktem Gras, zerbrochenen Steinen und einem gespaltenen Baum. Den Tisch gibt es nicht mehr, wo die Männer von »La Scala« sangen, die mäusefangende Psipsina gibt es nicht mehr, die Ziege ist nicht mehr da, die mich im Morgengrauen mit ihrem Meckern weckte, Antonio ist nicht mehr da und verführt mein Herz nicht mehr mit seinen Blumen und seiner Mandoline, Papas ist nicht mehr da, der von der Kapheneia zurückkommt und sagt: »Kokolios hat sich heute wieder lächerlich gemacht ...«

Mein Heim besteht nur noch aus Trauer und Stille, Ruinen und Erinnerungen. Was ist aus mir geworden? Ich bin mein eigener Geist, meine Schönheit und Jugend sind verwelkt, alle Glücksillusionen, die mir Antrieb gaben, sind verflogen. Das Leben ist ein Kerker aus Armut und unerfüllten Träumen, nichts als ein langsames Fortschreiten zu meinem Platz unter der Erde, ein von Gott ersonnener Plan, uns mit dem Leib zu entzaubern, nichts als eine flüchtige Flamme in einem Ölschälchen zwischen einer Finsternis und der anderen, die sie löscht.

Ich sitze hier und denke an alte Zeiten. Ich erinnere mich an die Abendmusik und weiß, daß alle meine Freuden mir genommen worden sind, wie einem Zähne gezogen werden. Ich werde auf immer hungrig, durstig und voller Sehnsucht sein. Wenn ich bloß ein Kind hätte, ein Kind, dem ich die Brust geben könnte, wenn ich bloß Antonio hätte. Ich bin wie Brot verzehrt worden. Ich bette mich auf Dornen, und mein Brunnen ist voller Steine. Mein ganzes Glück ist nur Rauch gewesen.

Ach, mein armer Vater, jetzt bist du stumm und still, verbraucht und für immer verloren. Mein eigener Vater, der mich allein aufgezogen und erzogen hat, der alles erklärt hat, mich an die Hand genommen hat und mit mir spazierengegangen ist. Nie wieder werde ich dein Gesicht sehen, und am Morgen wirst du mich nicht mehr aufwecken. Nie wieder werde ich dich in unserem Haus, das jetzt verfallen ist, sitzen sehen, wie du schreibst, immer schreibst, die Pfeife zwischen die Zähne geklemmt und mit glänzenden Augen. Ach, mein armer Vater, der des Heilens nie müde wurde, aber sich selbst nicht heilen konnte und ohne seine Tochter starb; meine Kehle schmerzt noch immer von der Stunde, in der du allein gestorben bist.

Ich bleibe auf diesen Haufen zerschmetterter Steine sitzen und stelle mir vor, wie es war. Ich denke an Velisarios, wie er die Ziegel und Balken hochgehievt hat, als würde sein eigener Vater tot darunter liegen. Und ich erinnere mich, wie er meinen Vater heraustrug, mit weißem Staub bedeckt, wie der Kopf in Velisarios' Armen herabhing, wie sein Mund offenstand, wie seine Glieder schlaff herabbaumelten. Ich erinnere mich, wie Velisarios ihn absetzte und ich mich neben ihn kniete, vor Tränen ganz blind und benommen, und seinen blutigen Kopf in den Händen wiegte und sah, daß seine Augen leer waren. Seine alten Augen, die nicht auf mich, sondern ins verborgene Jenseits blickten. Da fiel mir zum erstenmal auf, wie klein und zierlich er war, wie erledigt und verraten, und ich erkannte, daß er ohne seine Seele so leicht und dünn war, daß sogar ich ihn heben konnte. Und ich richtete seinen Leichnam auf und drückte seinen Kopf an die Brust, und ein gewaltiger Schrei ertönte, der von mir gekommen sein muß, und ich sah so deutlich, wie jemand einen Berg sieht, daß er der einzige von mir geliebte Mann war, der mich bis zum Ende geliebt und nie mein Herz verletzt und mich keinen einzigen Augenblick im Stich gelassen hat.

68
Die Auferstehung der Geschichte

Das Erdbeben änderte das Leben auf der Insel so grundlegend, daß es bis zum heutigen Tag das allerwichtigste Gesprächsthema ist. Wenn anderswo Familien darüber diskutieren, ob der Sozialismus eine Zukunft hat oder ob es eine gute Idee war, die Monarchie abzuschaffen, reden die Kephallonier darüber, ob es ein neues Erdbeben geben wird und ob es so schlimm wie das letzte sein wird. Sie leben im Schatten der Apokalypse, und wenn sie offenbar über den Sozialismus oder die Monarchie reden, denken sie in Wirklichkeit an 1953. Das zeigt sich dann an einer Pause, in der jemand vergißt, was gerade gesprochen wurde, oder an einem kurzfristigen Anhalten der Gabel auf dem Weg zum Mund. Wie in der Ballade vom alten Seemann können sie es nicht lassen, sich Fremde vorzuknöpfen und mit allen Fakten zu behelligen, und Fremdenführer werden die Einzelheiten in Sätze einbauen, die eigentlich von den guten Wetteraussichten hätten handeln sollen. Alte Menschen legen ein Jahr dadurch fest, daß sie erwähnen, ob es vor oder nach dem Erdbeben war, genauso wie sich der Brauch gehalten hat, die Ereignisse des Jahres danach einzuteilen, ob sie vor oder nach dem Fest des

Heiligen stattfanden. Die Katastrophe ließ den Leuten den Krieg vergleichsweise belanglos vorkommen, und sie erneuerte ihr Lebensgefühl. Nun war es möglich, am Morgen aufzuwachen und verwundert und dankbar dafür zu sein, noch zu leben und in einem festen Haus zu wohnen, und in der Nacht erleichtert darüber ins Bett zu gehen, einen gewöhnlichen und ereignislosen Tag verbracht zu haben.

Liebespaare, die gezaudert hatten, heirateten vom Fleck weg, und seit langer Zeit unglücklich verheiratete Paare sahen einander verwundert über so viel vergeudete Jahre an und ließen sich auf der Stelle scheiden. Enge Familienbande wurden noch enger, und weitläufig verwandte Streithähne emigrierten in verschiedene Länder, um das Meer zwischen sich zu haben.

Die drei Bewohnerinnen des neuen Matriarchenhauses wuchsen enger zusammen, wandten den Blick ihrem häuslichen Miteinander zu und richteten ihr Leben auf die eine Säule von Pelagias furchtbarer Schuld aus. In Anfällen von Schlaflosigkeit und gelegentlicher Hysterie warf sie sich gnadenlos vor, den Tod ihres Vaters verschuldet zu haben. »Er war siebzig«, sagte Drosoula einsichtig, »und schuldete Gott einen Tod. Es war das beste für ihn, bei dem Versuch, uns zu retten, zu sterben, und das so schnell.«

Doch Pelagia wollte nichts davon hören. Sie wußte, daß im Augenblick der Katastrophe ihr Verstand von nichts anderem als dem Bedürfnis, sich selbst zu retten, erfüllt war, und sie wußte, daß sie, als ihr Vater hingefallen war, ihn ohne Rücksicht auf ihr eigenes Leben durch die Tür hätte ziehen sollen, bevor das Dach einfiel. Immer wieder spielte sie in Gedanken durch, wie sie so machtlos wie eine Schmeißfliege im Sturm geworden, wie jeder vernünftige Gedanke aus ihrem Verstand gehämmert und wie die Blutsbande und Zuneigung durch das ehrfurchtgebietende Brüllen und Wogen der Erde annulliert worden waren. Aber es führte zu nichts. Was sie auch an Rationalisierungen und Entschuldigungen vorbrachte, es blieb doch die unumstößliche Tatsache, daß sie ihren eigenen Vater in der Stunde seiner größten Not im Stich gelassen hatte; er hatte sie gerettet, indem er sie zum Handeln angespornt hatte, doch sie hatte ihn sterben lassen. Sie hatte es ihm eben nicht wie eine liebende und pflichtgetreue Tochter vergolten.

Sie versank in einen Sumpf aus Selbstvorwürfen und Gewissensbissen. Sie vernachlässigte ihr Äußeres und ihre Haushaltspflichten, saß lieber an seinem Grab und beobachtete die ewige Flamme, die sie in einer roten Gaslaterne hütete. Sie zerbiß sich die Lippen, bis sie bluteten, und wünschte sich, sie könnte mit ihm reden. Sie hätte durch die schwarze Marmorplatte mit seinem alten, aber fröhlichen Foto sprechen können, hielt sich aber nicht für wert, ihn anzureden. Mit ungekämmtem ergrauendem Haar und bleichem Gesicht saß sie bloß da und sah zu, als erwartete sie, daß sein Schatten sich aus der Erde erhob und sie mit Vorwürfen überhäufte. Wenn im Januar ein kräftiger Wind blies oder ein Sturm tobte, zog sie ihren schwarzen Schal übers Haupt, erhob sich von ihrem Stuhl neben dem Herd, zog den Kopf ein, um gegen die Elemente anzukämpfen, und mühte sich auf ihrer endlos wiederholten Pilgerschaft den Hügel hinauf, nur von dem einen Gedanken besessen, daß seine Flamme verlöschen könnte. Sie kniete sich in den heulenden Wind und beugte sich über die Laterne, um sie vor dem Regen zu schützen, wärmte die Hände am Glas und wandelte ihr Leben in eine lange Buße und Abbitte um. Sie war in jener Zeit imstande, zu glauben, daß Gott ihr Antonio weggenommen hatte, weil Er in seiner göttlichen Voraussicht gewußt hatte, daß sie eines Tages ihren Vater im Stich lassen würde, und den Tod des ersteren als ihre Strafe auserkoren, während er den des letzteren als ihre Sünde vorhergesehen hatte. Drosoula konnte schon nicht mehr zählen, wie oft sie und Antonia gezwungen gewesen waren, zum Friedhof zu gehen und besorgt und flehend Pelagia wegzuzerren, deren Hände zitterten und deren Beine von den Knien abwärts wie aus Butter zu sein schienen.

Eines Tages hielten es Antonia und Drosoula nicht mehr aus; ihr Mitleid hatte sich Schritt für Schritt unmerklich in Zorn und Empörung verwandelt, und die alte Frau und das junge Mädchen verschworen sich, um sie wieder zur Vernunft zu bringen. »Das kommt daher«, meinte Drosoula, »daß sie im Krieg einen Geliebten verloren hat, und dieser zusätzliche Tod hat alles zum Überkochen gebracht.«

»Ist das der Geist, von dem sie dauernd spricht?«

»Ja. Er hieß Corelli, ein Musiker.«

»Glaubst du, daß sie ihn wirklich sieht, oder meinst du, sie ist verrückt geworden?«

»Vorher ist sie nicht verrückt gewesen. Geister haben es so an sich, daß sie jedem beliebigen Menschen erscheinen und niemand sonst sie sehen kann. Nach Großvaters Tod ist etwas in ihr zerbrochen.«

Das Mädchen erschauerte: »Armer Großvater.«

»Ich überlege schon, ob wir nicht den Priester um Rat fragen sollen«, meinte Drosoula.

»Aber der ist doch auch verrückt, schon seit dem Erdbeben. Was ist, wenn wir uns als Großvaters Geist verkleiden, vor ihr erscheinen und ihr sagen, daß es nicht ihre Schuld war?«

Drosoula zog die Stirn in Falten. »Das ist eine gute Idee, aber Pelagia ist ja nicht dumm, auch wenn sie zerbrochen ist. Weißt du, es ist nicht so einfach, als Geist aufzutreten. Ich bin zu groß, und du bist zu klein, und wir können überhaupt nicht wie er sprechen. All diese Wörter, die drei Seiten lang sind, wenn du sie hinschreibst, und die Sätze, die über ein ganzes Buch von Anfang bis Ende gehen können, und du mußt auch bedenken, daß dadurch alles noch schlimmer werden könnte.«

»Warum binden wir sie nicht einfach ans Bett und schlagen sie?«

Drosoula seufzte sehnsüchtig bei dem verlockenden Bild und fragte sich, ob es funktionieren würde oder nicht. Früher, als sie noch ein Kind in der Türkei war, hatten sie die Irrsinnigen geheilt, indem sie sie so lange schlugen, bis sie zu verängstigt waren, um noch wahnsinnig zu sein. Damals hatte es ganz gut geklappt, aber es war nicht klar, wie sehr sich der Charakter der Menschen in der Zwischenzeit verändert hatte. Sie hatte den Verdacht, daß Pelagias Irrsinn auf jeden Fall etwas von Zügellosigkeit an sich hatte, in der Art einer masochistischen Ichsucht, und sie Prügel daher eher als wohlverdient denn als abschreckend betrachten würde. Drosoula hielt die Hände des jungen Mädchens und küßte es auf den Kopf. Ihre Augen leuchteten auf. »Mir ist gerade was eingefallen«, sagte sie.

Und so verkündete Antonia beim Frühstück am nächsten Morgen: »Ich habe heute nacht von Opa geträumt.«

»Das ist komisch«, sagte Drosoula, »ich auch.«

Sie blickten Pelagia an, ob sie etwa reagierte, aber sie fuhr lediglich fort, ein Stück Brot in kleine Brocken zu reißen.

»Er hat mir gesagt, er sei froh, daß er tot ist«, sagte Antonia, »weil er jetzt bei der Mutter von Mama ist.«

»Mir hat er das nicht gesagt«, erwiderte Drosoula, woraufhin Pelagia fragte: »Warum redet ihr so, als wär ich nicht da?«

»Du bist es ja auch nicht«, bemerkte Drosoula barsch. »Du bist schon lange nicht mehr da.«

»Was hat er dir denn gesagt?« wollte Antonia wissen.

»Mir hat er gesagt, daß er will, daß Mama die Geschichte Kephallonias schreibt, die bei dem Erdbeben verschüttet wurde, daß sie sie für ihn zu Ende bringt. Er hat gesagt, das Wissen, daß sie verlorengegangen ist, verdirbt ihm den ganzen Spaß am Totsein.«

Pelagia beäugte sie argwöhnisch, aber die beiden ignorierten sie weiterhin. Antonia entdeckte allmählich, daß diese Schauspielerei ungeheuer amüsant sein konnte. »Ich hab gar nicht gewußt, daß er an einer Geschichte geschrieben hat.«

»Aber ja doch, sie war ihm wichtiger als sein Arztberuf.« Antonia wandte sich an Pelagia und wollte in aller Unschuld wissen: »Wirst du sie also schreiben?«

»Es hat keinen Sinn, sie zu fragen«, sagte Drosoula, »sie ist zu weit hinüber.«

»Ich bin hier«, wandte Pelagia ein.

»Schön, daß du wieder da bist«, meinte Drosoula sarkastisch.

Pelagia ging wieder auf den Friedhof und erneuerte das Öl im ewigen Licht. Sie stand da und betrachtete die

Inschrift *(Geliebter Vater und Großvater, Treuer Gatte, Freund der Armen, Heiler aller Lebewesen, unendlich gebildet und tapfer)*, und ihr fiel ein, daß es tatsächlich einen Weg gab, seine Flamme am Leben zu erhalten, selbst wenn all das Getue um die Träume Humbug war. Sie ging nach Argostoli, fuhr hinten auf einem Mulikarren mit und kam mit Füllern und einem dicken Stoß Papier zurück.

Es ging überraschend einfach. Sie hatte das Manuskript so oft durchgelesen, daß all die alten Sätze durch die Tür und die Fenster der Küche hereinrollten, sich unhörbar vernehmlich machten, in ihren rechten Arm und weiter in die Hand flossen, aus der Spitze ihrer Feder austraten und eine Seite Papier nach der anderen füllten. »Die halbvergessene Insel Kephallonia erhebt sich leichtsinnig und unbesonnen aus dem Ionischen Meer; es ist eine so ungeheuer geschichtsträchtige Insel, daß selbst die Felsen noch Nostalgie ausdünsten und die rote Erde nicht nur von der Sonne betäubt daliegt, sondern auch vom unsäglichen Gewicht der Erinnerung ...«

Drosoula und Antonia beobachteten sie heimlich, wie sie gelehrtenhaft an ihrem Tisch saß, mit der Feder an ihre Zähne tippte und immer wieder mit leerem Blick aus dem Fenster starrte. Die beiden Verschwörerinnen stahlen sich weit genug weg, umarmten einander und führten einen Freudentanz auf.

Pelagia verwandelte sich beinahe in den Arzt. Wie in der Zeit ihres Kummers und wie er zu seinen Lebzeiten tat sie praktisch nichts mehr im Haus, überließ alles den Frauen. Von den wenigen aus den Ruinen gebuddelten Andenken an ihren Vater war seine Pfeife noch da, und die steckte sie sich so wie er zwischen die Zähne, sog die schwachen Spuren teerhaltigen Tabaksaftes ein und drückte dem Mundstück die Kerben ihrer Zähne über den Spuren der seinen auf. Sie zündete sie nicht an, sondern betrachtete sie als mediales Instrument, so daß die alten Worte nun anscheinend durch den leeren Pfeifenkopf flossen, sich im Mundstück sammelten und direkt in ihr Gehirn drangen. Zaghaft fing sie an, den männlichen Themenschwerpunkten einen weiblichen Anstrich zu geben, indem sie Einzelheiten über die Kleidermode und die Backverfahren im Gemeindeofen, die wirtschaftliche Bedeutung von Kinderarbeit und die grausame, aber überlieferte Verachtung für Witwen einfügte. Während sie schrieb, entdeckte sie, daß ihre eigenen Leidenschaften die Oberhand über die ihres Vaters gewannen, Leidenschaften, deren Vorhandensein sie vorher nie beachtet hätte, und so ergossen sich donnernde Verdammungen und ätzende Verurteilungen, die noch stärker als seine waren, auf das Papier.

Die Freude daran verwandelte sie. Ihr Akt töchterlicher Ergebenheit machte eine Metamorphose durch und wuchs sich aus zu einem großen Vorhaben, das Ausflüge in die Bibliothek und ernsthafte Nachforschungsschreiben an Bildungsstätten, Schiffahrtsmuseen, die British Library, Napoleon-Experten und amerikanische Professoren für Geschichte der Großmächte nach sich zog. Zu ihrer Verwunderung und Zufriedenheit entdeckte sie, daß es überall auf der Welt Menschen gab, die so auf Wissen und dessen schlüssige Erklärung versessen waren, daß sie sogar monatelang für sie recherchierten und ihr schließlich zusammen mit persönlichen Worten der Ermunterung und mit Listen anderer Fachgelehrter und Institutionen, die sie konsultieren sollte, viel mehr zusandten, als sie erbeten hatte. Als der Stapel mit der Korrespondenz immer höher wurde, sah sie sich schon in Gefahr, am Ende eine »Universalgeschichte der ganzen Welt« zu schreiben, weil alles auf ausgeklügelte, abwegige und feinsinnige Weise mit allem anderen in Verbindung stand. Schließlich pferchte Pelagia ihren Blätterstapel in eine riesige Kladde und fragte sich, was sie als nächstes tun sollte. Das sollte unter ihrem und dem Namen ihres Vaters veröffentlicht werden, aber es erschien ihr unerträglich, sich davon loszureißen und ihr geistiges Kind ohne seine Mutter, die es in Schutz nehmen konnte, in die Welt hinauszuschicken. Sie hätte sich gern neben jeden Leser gestellt, um offene Fragen zu beantworten, um ihm einzuschärfen, keine Absätze zu überspringen, und um zusätzliche Beweise anzufügen. Nichtsdestoweniger fragte sie vorsichtig bei vier Verlegern an, die Sympathie und Unterstützungswillen bekundeten, ihr zu verstehen gaben, daß so ein Buch keinen Markt finden würde, und ihr rieten, es einer Universität zu vermachen. »Das werde ich, wenn ich tot bin«, dachte Pelagia, und sie ließ es auf ihrem Regal als sichtbaren Beweis der nun unleugbaren Tatsache liegen, daß sie eine maßgebliche Intellektuelle in der großen hellenischen Tradition war.

Sie war mit dem Projekt bis 1961 beschäftigt, dem Jahr, in dem Karamanlis die Wahl gegen Papandreou gewann, und am Jahresende sah sie ihr gewaltiges Dokument durch und erkannte, daß sich im Verlauf seiner Abfassung und Zusammenstellung in ihr ein Wandel vollzogen hatte.

Die Handschrift war am Anfang so spinnenbeinig und krakelig wie bei ihrem Vater während der langen Jahre seines Schweigens, aber im Lauf der Zeit war sie fester und abgerundeter geworden, sicherer und bestimmter. Aber noch wichtiger war, daß der Schreibprozeß bei ihr Meinungen und philosophische Haltungen herauskristallisiert hatte, von deren Vorhandensein sie nichts gewußt hatte. Sie entdeckte, daß ihr Grundverständnis der ökonomischen Prozesse marxistisch war, daß sie aber paradoxerweise dachte, der Kapitalismus könnte am besten mit den Problemen umgehen. Sie war der Meinung, daß kulturelle Überlieferungen eine stärkere Kraft in der Geschichte darstellten als wirtschaftliche Veränderungen und daß die menschliche Natur von Grund auf irrational bis hin zum Wahnsinn war, was die Bereitschaft erklärte, sich Demagogen mit unglaublichen Überzeugungen an den Hals zu werfen, und sie folgerte, daß Freiheit und Ordnung sich nicht ausschlossen, sondern wesentliche Vorbedingungen füreinander waren.

Drosoula besaß zuviel gesunden Menschenverstand, um den großartigen Theorien zuzuhören, und so impfte Pelagia diese Ideen der heranwachsenden Antonia ein. Die beiden blieben bis spät in die Nacht wach, vom Philosophieren zu berauscht, um sich loszureißen und die Blase zu leeren, die vor Pfefferminztee beinahe platzte, oder ins Bett zu gehen und die vor Erschöpfung brennenden Augen zu schließen.

Antonia, deren Jungmädchenschönheit und natürliche Eigensinnigkeit nun in frischester und vollster Blüte stand, lehnte sich gegen alle von ihrer Mutter vertretenen Ideen auf, nicht nur um der Auseinandersetzung willen, sondern aus Prinzip, und Pelagia entdeckte bald den Hochgenuß, eine Kontrahentin dazu zu zwingen, eine Haltung, die sie am Vortag eingenommen hatte, zu widerrufen. Das machte Antonia sprachlos und wütend, und sie zäunte ihre Kommentare sorgfältig mit Voraussetzungen und Vorbehalten ein, die sie in weitere Widersprüche verwickelten oder zu einer so gemäßigten Schlußfolgerung führten, daß sie fast gar keine Meinung mehr war. Pelagia steigerte die Frustration und den Verdruß des Mädchens noch, indem sie wiederholt verkündete: »Wenn du in meinem Alter bist, wirst du im Rückblick sehen, daß ich recht gehabt habe.«

Antonia hatte überhaupt nicht die Absicht, so alt wie Pelagia zu werden, und sagte das auch. »Ich will sterben, bevor ich fünfundzwanzig bin«, sagte sie. »Ich will nicht alt und mürrisch werden.« Sie sah eine Ewigkeit endloser Jugend vor sich und gab Pelagia mit loderndem Blick zu verstehen: »Ihr alten Leute habt überhaupt erst die Probleme heraufbeschworen, und wir jungen müssen sie nun ausbaden.«

»Genieße nur deine Träume«, meinte Pelagia, die nicht überrascht, aber dennoch entsetzt war, als Antonia mit siebzehn verkündete, daß sie nicht nur heiraten wollte, sondern auch von nun an Kommunistin war.

»Ich wette, du weinst, wenn der König stirbt«, sagte Pelagia.

69
Böhnchen für Böhnchen

Etwa um diese Zeit begannen allmählich aus allen Ecken der Welt mysteriöse Postkarten in ziemlich verstümmeltem Griechisch einzutreffen. Aus Santa Fe kam eine, auf der stand: »Dir würde es hier gefallen. Alle Häuser sind aus Lehm.« Aus Edinburgh: »Der Wind oben am Schloß wirft einen um.« Aus Wien: »Hier gibt es die Statue eines russischen Soldaten, die jeder ›Das Standbild des unbekannten Frauenschänders‹ nennt.« Aus Rio de Janeiro: »Karnevalszeit. Straßen voll Urin und herzzerreißend schönen Mädchen.« Aus London: »Verrückte Leute, schrecklicher Nebel.« Aus Paris: »Habe einen Laden gefunden, in dem nur Bruchbänder und Suspensorien verkauft werden.« Aus Glasgow: »Knietief in Ruß und hingefallenen Besoffenen.« Aus Moskau: »Kunstwerke in der Metro.« Aus Madrid: »Zu heiß. Alle schlafen.« Aus Kapstadt: »Feines Obst, verdorbene Pasta.« Aus Kalkutta: »Im Staub versunken. Scheußlicher Durchfall.«

Zuerst dachte sie, daß die Seefahrerseele ihres Vaters sich aufgemacht hatte, um seine Lieblingsgegenden im Ausland wieder zu besuchen, und ihr Botschaften aus dem Jenseits schickte. Aber Moskau lag nicht gerade am Meer. Dann dachte sie, sie könnten von Antonio sein.

Doch der war auch tot, konnte nicht genügend Griechisch, um es zu schreiben und zu lesen, und wozu sollte er von Sydney bis Kiew um die Welt gondeln, wenn er am Leben war? Vielleicht waren diese anonymen Karten von jemand, mit dem sie während der Abfassung ihrer Geschichte korrespondiert hatte. Da sie sich keinen Reim darauf machen konnte, aber fasziniert und geschmeichelt war, band sie ihre sonderbare Kartensammlung mit Gummis zusammen und verstaute sie in einer Schachtel.

»Du hast einen geheimen Freund«, behauptete Antonia, der diese Erwägung Freude bereitete, weil es die Aufmerksamkeit von ihrer eigenen Romanze ablenkte, die sowohl Pelagia wie Drosoula ihr auszureden versuchten.

Sie hatten sich kennengelernt, als Antonia als Servierhilfe in einem belebten Café auf dem Hauptplatz von Argostoli etwas Taschengeld verdiente. Eine laute Blaskapelle aus Lixouri hatte auf dem Platz gespielt, und der betreffende junge Mann hatte aufstehen und seine Bestellung dem Mädchen ins Ohr schreien müssen, wobei er bemerkte, daß es sich um ein wunderbares und reizendes junges Ohr handelte, das förmlich dazu aufforderte, nachts unter einem Baum an einer dunklen Straße angeknabbert zu werden. Antonia hingegen hatte erkannt, daß hier ein Mann war, der genau nach der richtigen Mischung aus Männlichkeit und Rasierwasser roch, dessen Atem so kühl und beruhigend wie Minze war und dessen braune, beständig verdutzte Augen sowohl Zärtlichkeit wie Humor verrieten.

Alexi lungerte tagaus, tagein auffällig im Café herum, setzte sich immer an den gleichen Tisch, denn sein Herz platzte vor Verlangen, das junge und gutgewachsene

Mädchen mit den vollkommenen Zähnen und den feingliedrigen Fingern zu sehen, das dafür geschaffen war, liebevoll abgeknutscht und gestreichelt zu werden. Sie wartete treu auf ihn, verbot den anderen Serviererinnen und Kellnern, ja sogar dem Besitzer selbst heftig, ihn zu bedienen. Eines Tages ergriff er ihre Hand, als sie eine Tasse absetzte, sah sie mit einem Hundeblick an und sagte: »Heirate mich.« Er beschrieb mit der Hand beredte Figuren in der Luft und fügte hinzu: »Wir haben nichts zu verlieren als unsere Ketten.«

Alexi war ein radikaler Anwalt, der nicht nur beweisen konnte, daß die Steuerhinterziehung eines reichen Mannes ein Verbrechen gegen die Gesellschaft war, sondern auch, daß es eine wohlbegründete, verdienstvolle und machtvolle Aktion gegen die Klassenherrschaft war, die nicht bloß die Zustimmung jedes rechtdenkenden Bürgers, sondern auch die volle Billigung durch das Gesetz verdiente – wenn ein armer Mann Steuern hinterzog. Er konnte mit seinen herzerweichenden Berichten von der unglücklichen Kindheit seiner Mandanten einen Richter zu Tränen rühren, doch genauso konnte er die Geschworenen zu stehenden Ovationen hinreißen mit seinen bitteren Verurteilungen der Polizei, die bei ihrer Pflichterfüllung mit grundloser Brutalität dem Recht Geltung zu verschaffen suchte.

Pelagia sah auf den ersten Blick, daß Alexi in seinem späteren Leben erzkonservativ werden würde, doch es waren nicht seine politischen Verbindungen, die ihr widerstrebten. Es war nur so, daß ihr der Gedanke zuwider war, Alexi und Antonia könnten miteinander schlafen. Sie war sehr groß, er war sehr klein. Sie war erst siebzehn, er war zweiunddreißig. Sie war schlank und rank, er rundlich und kahl mit einer Neigung, über Dinge zu stolpern, die nie da waren, wenn er hinsah. Sie dachte mit Schaudern an ihre eigenen leidenschaftlichen Gefühle für Mandras im selben zarten Alter und verbot rundweg die Heirat, weil sie entschlossen war, ein Sakrileg und eine Blasphemie zu verhüten.

Der Hochzeitstag war nichtsdestoweniger ein Genuß. Im zeitigen Frühjahr waren Felder und Hügel übersät mit Krokussen und Veilchen, weißem Ziest und gelben Sternbergien, und blaßviolette Herbstzeitlose schwankten auf dürftigen Stengeln im bereits braun werdenden Wiesengras. Das Paar folgte dem Brauch, für die Hochzeit fünfzehn Brautführer und Brautführerinnen aufzubieten, und Alexi absolvierte mit Erfolg seinen Tanz des Jesaja, ohne seine Würde zu verlieren oder hinzufallen. Die strahlende und entzückte Antonia küßte sogar die Fremden, die gaffend dabeistanden, und der vom Alkohol und vor Freude schwitzende Alexi hielt eine lange und poetische Rede in Verspaaren, von denen viele weise das Lob seiner Schwiegermutter sangen. Pelagia würde der Augenblick immer genau in Erinnerung bleiben, als sie plötzlich erkannte, was an ihm Antonias Herz erweckt hatte; das war, als er ihr den Arm um die Schultern gelegt, sie auf die Wange geküßt und gesagt hatte: »Wir werden in deinem Dorf ein Haus kaufen, wenn du es erlaubst.« Seine aufrichtige Ehrerbietigkeit und der darin ausgedrückte Zweifel, sie könnte ihn nicht um sich haben wollen, genügten, ihr Zuneigung zu ihm einzuflößen. Von diesem Zeitpunkt an widmete sie viele frohe Stunden dem Besticken seiner Taschentücher und dem Stopfen seiner Socken, obwohl Antonia ihn immer überreden wollte, sie wegzuwerfen.

»Mein Liebster«, sagte sie, »du müßtest dir bloß die Zehennägel schneiden, dann würdest du mir so viele Löcher ersparen, und meine Mutter hätte nicht diese unsinnige Arbeit damit.«

Pelagia wartete ungeduldig auf ein Enkelkind, und Drosoula vergrub sich in Arbeit. Auf dem leeren Platz am Kai, wo einmal ihr eigenes Haus gestanden hatte, stellte sie ein Strohdach und romantische Laternen auf. Sie erbettelte und erborgte sich einige uralte, wacklige Tische und Stühle, richtete einen Holzkohleofen her und eröffnete großartig die Taverne, die sie mit exzentrischer und unsteter Emsigkeit bis zu ihrem Todestag im Jahre 1972 führte.

Es war die Zeit, in der die ersten Touristen in Kephallonia einfielen. Zuerst waren es die reichen Jachtbesitzer, die ihren Freunden stolz von den sonderbarsten und idyllischsten Gasthäusern berichteten, und dann kamen die rucksackbepackten geistigen Erben der Lebensart des bekümmerten kanadischen Dichters. Kenner und Verehrer von Lord Byron tröpfelten ein und verschwanden wieder. Deutsche Soldaten, die ehrbare Wohlstandsbürger mit großer Familie geworden waren, brachten ihre Söhne und Töchter mit und erzählten ihnen: »Hier war Papa im Krieg; ist es nicht wunderschön?« Mit der Fähre kamen Italiener von Ithaka herüber und brachten ihre unausstehlichen weißen Pudel mit sowie ihre spezielle Fähigkeit, einen ganzen Fisch zu essen, der für die Speisung der Fünftausend ausgereicht hätte. Als Eigentümerin der einzigen Taverne im kleinen Hafen verdiente Drosoula im Sommer genug, um im Winter gar nicht arbeiten zu müssen.

Lemoni, die mittlerweile verheiratet, rührend dick

und mit drei Kindern gesegnet war, half beim Bedienen, und auch Pelagia kam angeblich zum Arbeiten herunter, aber in Wirklichkeit, um italienisch sprechen zu können. Es wurde nicht schnell bedient, eigentlich eher saumselig. Manchmal schickte Drosoula ein Kind auf dem Fahrrad weg, um den Fisch zu holen, der bestellt worden war, und wenn der Ofen nicht richtig geschürt worden war, gab es durchaus Wartezeiten von zwei Stunden, bis das Essen zubereitet und gebraten war. Die Gäste wurden ungeniert als Mitglieder einer geduldigen Familie behandelt, die von Drosoula diszipliniert und beaufsichtigt werden mußte, und ziemlich oft gab es gar keine Bedienung, wenn Drosoula einen besonderen Kunden mochte und sich mit ihm in eine Unterhaltung vertiefte. Sie entdeckte bald, daß die Ausländer sie für exotisch hielten, und setzte sich an ihre Tische zu den Gräten einer Seebarbe und den Brotkrümeln, wobei sie unbefangen und ohne Scham die Essensreste an Psipsinas miauende und bettelnde Nachfahren verfütterte und absurde Geschichten von lokalen Geistern, türkischen Greueltaten und der Zeit, als sie bei den Känguruhs in Australien gelebt hatte, auftischte. Mit ihren trägen Augen, ihrem schlurfenden, schleppenden Gang, ihren türkischen Wangenknochen, ihrem krummen Rücken, ihrer kolossalen Größe und ihrem spektakulären Haarwuchs im Gesicht war sie bei den Ausländern geliebt und gefürchtet. Sie beschwerten sich nie über ihre Vergeßlichkeit und die endlosen Verzögerungen, sondern sagten bloß: »Sie ist so nett, das arme alte Wesen; es wäre eine Schande, sie zur Eile anzutreiben.«

Pelagia wartete weiterhin auf ihr Enkelkind, das nicht kam. Sie verzieh Antonia, daß sie zu rauchen angefangen hatte und Hosen trug, und pflichtete ihr bei, es sei gut, daß Mitgiften abgeschafft worden waren. Sie lächelte, als Antonia 1964 über den Tod von König Pavlos weinte, dabei aber unter Schluchzen immer noch behauptete, die Monarchie sei ein korrumpierender Anachronismus. Sie zog zeitweilig in Antonias Haus, um sie zu trösten, als Alexi 1967 für kurze Zeit willkürlich von den Juntaobristen eingesperrt wurde und 1973 noch einmal ins Gefängnis kam, weil er mit einem Polizisten gerauft hatte, als Studenten an der Universität von Athen die Juristische Fakultät besetzten. Später hielt sie sich mit ihren Zweifeln an Antonias Unterstützung von Papandreous sozialistischer Regierung zurück und sah es sogar ein, als Antonia darauf bestand, aufs Festland zu gehen, um gegen allen Anstand an feministischen Demonstrationen teilzunehmen. Sie hatte das Gefühl, ihren Unmut nicht auf jemand abladen zu können, der einen so rührend utopischen und optimistischen Glauben hatte, und es war sowieso ihre Schuld; weil sie dem Mädchen das Denken beigebracht hatte, erntete sie nun folgerichtig den unvermeidlichen Sturm. Zusätzlich gefiel ihr immer noch die Vorstellung, an die sie sich in ihrer eigenen Jugend geklammert hatte: daß alles möglich war.

Aber sie verwahrte sich gegen Antonias Beharren, daß sie nicht für ein Enkelkind zu sorgen habe. »Mein Bauch gehört mir«, behauptete Antonia, »und es ist nicht recht, von mir zu erwarten, daß ich mich durch einen biologischen Zufall einschränken lasse, oder? Die Welt ist sowieso schon überbevölkert, und es ist mein Recht, frei zu wählen, oder nicht? Alexi ist meiner Meinung, also denk bloß nicht, du kannst zu ihm gehen und ihn drangsalieren.«

»Ist bei dir alles in Ordnung?« fragte Pelagia.

»Mama, was meinst du damit? Nein, ich bin keine Jungfrau mehr, und da gibt es kein Problem ... in dieser Art. Es ist immer noch sehr schön, wenn du es unbedingt wissen willst. Ich will ja nicht gemein sein, aber du bist manchmal so altmodisch.«

»Nein, ich will's gar nicht wissen. Ich bin eine alte Frau, und ich brauch das nicht zu hören. Ich möchte nur sicher sein. Meinst du nicht, daß ich ein Recht habe?«

»Mein Bauch gehört mir«, erwiderte Antonia und drehte das ewige Rad ihres Disputs an seinen Anfangspunkt zurück.

»Ich werde alt«, sagte Pelagia dann, »das ist alles.«

»Du wirst länger leben als ich, Mama.«

Doch als erste starb Drosoula, ganz aufrecht in ihrem Schaukelstuhl und so leise, daß es schien, als würde sie sich dafür entschuldigen, überhaupt gelebt zu haben. Sie war eine unbezwingbare Frau, die einige kurze glückliche Jahre mit einem von ihr geliebten Mann verbracht hatte, eine Frau, die ihren eigenen Sohn aus Treue zu ihren Prinzipien verleugnet und den Rest ihrer Tage im bereitwilligen Dienst an denen verlebt hatte, die sie durch augenscheinlichen Zufall adoptiert hatten und für die sie sogar die Brötchen verdiente. Wie ein geduldiger Schäfer hatte sie die kleine Familie väterlich umsorgt und mütterlich an ihren umfangreichen Busen gedrückt. Nachdem sie auf demselben Friedhof wie der Arzt begraben worden war, erkannte Pelagia, daß sie nicht nur eine weitere Flamme behüten mußte, sondern auch noch einsamer geworden war. Sie hatte keine Vorstellung, wie sie ihr Leben führen sollte, und mit Furcht und Verzagtheit im Herzen übernahm sie Drosoulas Taverne und versuchte, sich durchzubringen.

Der nun völlig kahle Alexi, der vom ideologisch arktischen Klima der puritanischen Kommunistischen Partei ins subtropische der Sozialistischen Partei übergewechselt war, verfiel zunächst in Besorgnis und Selbstanklage, als er entdeckte, daß sein Erfolg als Anwalt ihn unmerklich in genau die Klasse versetzt hatte, die er zu verachten vorgab. Er war ein gepflegter Bourgeois mit einem großen Citroën, einem angeblich erdbebensicheren Haus mit Terrakottatöpfen, die von Geranien überquollen, vier Anzügen und einem Abscheu vor der Korruption und Unfähigkeit in der Partei seiner Wahl. Er sprach auf Versammlungen und Festen vollmundig für die Sozialistische Partei, aber in der Wahlkabine machte er verstohlen sein Kreuzchen bei Karamanlis und gab sich verzweifelt, als dieser die Wahl gewann. Er stellte einen Buchhalter ein und hinterzog so effektiv Steuern wie jeder andere Grieche, der etwas auf sich hielt und eine lange Tradition zu bewahren hatte.

Antonia hielt vier Jahre dem heftigen Begehren ihres Schoßes nach einer Leibesfrucht stand, da sie keinen Grund sah, einem Körper nachzugeben, der so unvernünftige und ideologisch verdächtige Forderungen stellte, bis sie sich schließlich mit ihm verschwor und ihm gestattete, sie die Einnahme der Pille vergessen zu lassen. Ebendeshalb war niemand ehrlicher überrascht als sie, als ihr Bauch so unangebracht anschwoll und sich ein Kind bildete. Sie und Alexi begannen wieder, in der Öffentlichkeit Händchen zu halten, starrten mit feuchten Augen auf Babys und Babykleidung und stellten lange Namenlisten zusammen, nur um sie wieder durchzustreichen, weil »ich einen gekannt habe, der so geheißen hat und ein Scheusal war«.

»Es wird ein Mädchen«, sagte Pelagia immer dann, wenn sie ihr Ohr an Antonias immer größer werdenden Bauch hielt. »Es ist so still, es kann nichts anderes werden. Du mußt sie unbedingt Drosoula nennen.«

»Aber Drosoula war so groß und ...«

»Häßlich? Das macht nichts. Wir haben sie trotzdem geliebt. Ihr Name sollte weiterleben. Wenn das Kind älter ist, sollte es erfahren, wie es zu seinem Namen gekommen ist und wer ihn getragen hat.«

»Ach, ich weiß nicht, Mama ...«

»Ich bin eine alte Frau«, verkündete Pelagia, der die Wiederholung dieses Refrains eine tiefe Befriedigung verschaffte. »Es könnte mein letzter Wunsch sein.«

»Du bist sechzig. Heutzutage ist das nicht alt.«

»Aber ich fühle mich alt.«

»Du siehst aber nicht so aus.«

»Ich hab dich nicht zum Lügen erzogen«, sagte Pelagia, die sich dennoch ungeheuer freute.

»Ich bin vierunddreißig«, sagte Antonia, »das ist alt. Sechzig ist bloß eine Zahl.«

Das kleine Mädchen entpuppte sich ohne den leisesten Zweifel als kleiner Junge, bestens ausgestattet mit einem faszinierend faltigen Skrotum und einem schlanken Penis, der sich zweifellos später als tauglich erweisen würde. Pelagia nahm das Kleinkind in die Arme und verspürte die ganze Trauer einer Frau, die ihr Leben lang Jungfrau und biologisch kinderlos geblieben ist, und nannte es Iannis. Sie rief es so oft bei diesem Namen, daß es den Eltern bald geraten schien, es nicht Kyriakos, Vassos, Stratis oder Dionisios zu nennen.

Wenn es Iannis gerufen wurde, lächelte es, und es bildeten sich Schaumbläschen, die aufplatzten und über sein Kinn liefen, und so wurde es Iannis. Es hatte eine resolute und störrische Großmutter, die mit ihm nur italienisch sprach, und Eltern, die ernstlich davon redeten, es auf eine Privatschule zu schicken, obwohl an den staatlichen eigentlich nichts auszusetzen war.

Alexi vertrat plötzlich wie selbstverständlich die Meinung, daß ein Mann seinem Sohn etwas hinterlassen sollte, wenn möglich an der Erbschaftssteuer vorbei, und so sah er sich nach guten Investitionen um. Er baute an einem unfruchtbaren Hang einen Block mit Ferienwohnungen und stattete die Taverne mit einer modernen Küche und Toiletten aus. Er überredete Pelagia, einen professionellen Koch anzustellen, beließ sie als Geschäftsführerin und teilte sich mit ihr den Gewinn. An den mit Leimfarbe getünchten Wänden befestigte Pelagia sämtliche Postkarten, die immer noch aus allen vier Ecken des Globus eintrafen, zusammen mit den bunten Geldscheinen fremder Währungen, die ihr Touristen überlassen hatten, die unter dem wohltuenden und vollmundigen Einfluß von Robola und Retsina großzügig und wunderlich geworden waren.

70
Wieder ausgegraben

Als Iannis fünf Jahre alt war und Christos Sarzetakis anstelle von Karamanlis gewählt wurde, konnte er bereits in sechs Sprachen »Guten Tag« und »Ist er nicht niedlich?« sagen. Das kam daher, daß er fast seine ganze Zeit unter der Aufsicht seiner Großmutter in der Taverne verbrachte, wo er von rosigen und rührseligen Fremden umgurrt wurde, die dunkelhäutige kleine Jungen mit schwarz umsäumten Ebenholzaugen gern hatten, solange sie nicht älter wurden und als Gastarbeiter in ihre Heimatländer kamen. Iannis trug die Brotkörbe an die Tische, linste reizend über die Tischdecke und verdiente genügend Trinkgeld, um sich einen Teddybär, ein ferngesteuertes Spielzeugauto und eine Nachbildung des Weltmeisterschaftsfußballs aus Hartplastik leisten zu können. Pelagia stellte ihn stolz ihren Gästen vor, und er streckte zuversichtlich und höflich die Hand aus, das Inbild des idealen Kindes, das in wohlhabenderen, aber gefühlloseren Ländern nicht mehr anzutreffen war. Seine altmodischen Manieren waren etwas wundersam Neuartiges, und er verzog nur die Miene, wenn dicke Frauen mit Mundgeruch und abfärbendem rotem Lippenstift ihn umarmten und abknutschten.

Iannis hielt sich deshalb ständig in der Taverna Drosoula auf, weil sein Vater neue Ferienappartements mit Swimmingpools und Tennisplätzen baute, während seine Mutter in einen vorsozialistischen Feminismus verfiel, der besagte, daß eine Frau die gleichen Rechte wie ein Mann hat, wenn es um kapitalistische Unternehmungen ging. Sie lieh sich Geld von ihrem Mann, um einen Laden zu eröffnen, und zahlte es gewissenhaft innerhalb von vier Jahren mit fünf Prozent Zinsen zurück. In der Bergotistraße in Argostoli eröffnete sie einen Souvenirladen. Zu kaufen gab es nachgemachte Amphoren, Gebetsperlen, in die Fustanella der Evzone gekleidete Puppen, Kassetten mit Sirtaki-Musik, Taucherbrillen, Statuetten von Pan, der mit offensichtlicher Konzentration seine Flöte spielte, aber auch eine prächtige und übertriebene Erektion vorwies, Eulen der Minerva aus Kalkstein, Postkarten, handgewebte Vorleger, die in Wirklichkeit maschinell in Nordafrika hergestellt wurden, Delphine, Götter, Göttinnen und Karyatiden aus Porzellan, Tragödenmasken aus Terrakotta, Silberschmuck, mit Mäandern verzierte Bettdecken, Schlüsselringe, die en miniature humorvoll Kopulationsbewegungen vorführten, winzige aufziehbare Busukis – die Saiten waren lockere Nylonfäden aus Fischernetzen –, die *Sonntags nie* oder *Alexis Sorbas* spielten, Ausgaben von Kazantzakis-Romanen in Englisch, düstere Ikonen mit authentischer Patina, die verschiedene Heilige zeigten, deren griechisch geschriebene Namen unentzifferbar und unglaubwürdig waren, Pflegemittel für Briten mit Sonnenbrand, Ledergürtel und Handtaschen, T-Shirts, auf die verschiedene Variationen der Botschaft »Mein Vater war in Griechenland und hat mir nichts als dieses lausige T-Shirt mitgebracht« aufgedruckt waren, Reiseführer und Sprachführer, Harpunenkanonen, Paracetamol, Strandtaschen, denen die Henkel sofort abfielen, Bastmatten, Papiertaschentücher und Kondome. Antonia präsidierte über diesem kunterbunten Warenlager und saß, den Daumen im Mund und die langen Beine in gezierter Anmut übereinandergeschlagen, strahlend weiß gekleidet wie immer an ihrer offenen Kassenlade (um keine Belege für das Finanzamt zu hinterlassen).

Bald eröffnete sie weitere Läden mit gleichem Angebot in Lixouri, Skala, Sami, Fiskardo und Assos. Um ihr feineres künstlerisches Gewissen zu beruhigen, unterstützte sie einen Töpfer, der wirklich schönen Gartenschmuck im klassischen Stil aus frostsicherer Terrakotta herzustellen hatte. Sie und Alexi besuchten Paris und Mailand mit der vagen Vorstellung, eine horrend teure Boutique in Athen zu eröffnen, und in dieser Zeit tat Alexi verächtlich die Argumente derjenigen ab, die seinen Reichtum umzuverteilen wünschten: »Antonia und ich geben Dutzenden von Leuten Arbeit. Indem wir uns bereichern, machen wir auch unsere Angestellten reicher, also kommt mir nicht mit diesem veralteten Mist, ja? Was wollt ihr denn? Wollt ihr, daß sie alle von der Stütze leben? Und habt ihr eine Vorstellung, wie viele Leute das Zeug herstellen, das wir verkaufen? Das sind nämlich Hunderte.«

Ihr Sohn wuchs zufrieden bei der Großmutter auf, ließ die Zehen ins erstaunlich klare Wasser im Hafen hängen und war von den umherflitzenden und quirligen Fischschwärmen ganz gebannt. An den Abenden saß die Familie vereint in der Taverne, manchmal vor dem Andrang, aber häufiger erst danach, und diskutierte laut in Italienisch und Griechisch, wozu Pelagia, die bereits von Wehmut über Iannis' Kindheit gepackt wurde, sagte: »Erinnert ihr euch, als ich ihm an der Mauer die Windeln gewechselt hab und er – wutsch – auf einmal gepinkelt und einen dicken goldenen Strahl herausgesprudelt hat, der auf der Katze gelandet ist? Und wie die Katze weggerannt ist und sich sauber geleckt hat, hach, und wir so haben lachen müssen, daß wir bald geplatzt sind? War das eine Zeit. Es ist jammerschade, daß sie groß werden müssen.« Und der kleine Junge lachte aus Anstand dazu und wünschte sich, seine Oma würde ihn nicht so in Verlegenheit bringen, aber dann ging er hinter die Mauer und probierte, wie weit oben er den feuchten Fleck anbringen konnte, indem er sich aus den Knien heraus hintüberbeugte und mit der Reichweite und Höhe experimentierte, die er mit seinem faszinierenden Anhängsel und dessen wundervoll goldenem Strahl erzielen konnte. Er hatte einen Freund namens Dimitri, der höher als er pinkelte, und er mußte noch einiges aufholen, bis er Wetten annehmen konnte. Er hatte dort auch ein Stück Kreide und führte Buch über all die schönen fremden Frauen, die ihn auf die Wange geküßt hatten, wenn sie sich am Urlaubsende verabschiedeten. Es waren schon einhundertzweiundvierzig, fast nicht mehr vorstellbar, und er konnte sich an kein einziges Gesicht mehr erinnern, bloß an einen allgemeinen und seligen Eindruck von glänzendem Haar und großen Augen, angenehmen Düften und schwammigen Brüsten, die sich an ihm flachdrückten und dann wieder ihre gewöhnliche Form annahmen. Nachts, nachdem er um Mitternacht fest schlafend in den Armen seines Vaters heimgetragen worden war, träumte er in einem Sprachenbabel von köstlichen Mädchen und dem Geruch von Feuchtigkeitscreme.

Als er zehn Jahre alt war, im Jahr der gegensätzlichen Koalition zwischen Kommunisten und Konservativen, heuerte Pelagia einen Busukispieler an, um ihre Gäste in der Taverne zu unterhalten. Er hieß Spiridon, war ein charismatischer Korfiote und hatte ein unerschöpfliches Repertoire. Er spielte die Busuki mit so vibrierender Virtuosität, daß er drei gleichzeitig zu spielen schien, und er konnte selbst die Deutschen dazu bringen, sich an den Schultern zu umfassen und mit Fußbewegungen wie das ungeduldige Hufescharren eines Pferdes im Kreis zu tanzen. Er verstand es ausgezeichnet, ein Stück *accelerando* zu spielen, indem er sehr langsam und schwülstig begann und allmählich schneller wurde, bis alle Tanzenden sich in ihren umherwirbelnden Gliedern verhedderten. Er kannte Wiegenlieder und Fischerlieder, klassische Stücke und neue Kompositionen von Theodorakis, Xarhakos, Markopoulos und Hadjidakis, und trug sie alle mit vollendeten Tremoli und außergewöhnlich synkopierten Improvisationen vor, die seinen Zuhörern die Lust am Tanzen nahmen, weil es noch besser war, zuzuhören.

Iannis verehrte den Busukispieler mit den breiten Schultern, dem gewaltigen schwarzen Bart und dem breiten Mund, der hundert blitzende Zähne (einschließlich eines goldenen) zu beherbergen schien, sowie sein Repertoire an Taschenspielertricks, mit denen er Eier aus den Ohren ziehen und Münzen mit einem Fingerschnippen verschwinden und wieder auftauchen lassen konnte. Pelagia mochte ihn ebenfalls, weil er sie stark an ihren verschwundenen Hauptmann erinnerte, und hin und wieder sehnte sich ihr Herz nach einer Zeitmaschine, die sie in die Tage der einzigen wahren Liebe ihres Lebens zurückversetzte. Sie dachte, daß die Seele des Hauptmanns sich vielleicht in den Fingern von jemand wie Spiridon eingenistet hatte, denn es kam ihr vor, daß selbst dann, wenn die Spieler starben, ihre vagabundierende Musik zu anderen Händen weiterzog und wieder auflebte.

Iannis' geheimer Wunsch war es, ein Gigolo zu werden, sobald er alt genug war. Diese »Kamakia« waren die griechischen Jungen, die vom Sex lebten, indem sie sich mit den unbehüteten und romantischen ausländischen Mädchen amüsierten, die auf der Suche nach wahrer Liebe und multiplen Orgasmen in den Armen einer Neuausgabe von Adonis, der ihnen bereitwillig den Kopf verdrehte, auf der Insel ankamen. Diese jungen Männer maßen sich eine so hohe Bedeutung für die Tourismusindustrie zu, daß sie schon davon redeten, eine Gewerkschaft zur Vertretung ihrer Interessen zu gründen. Charmant und kavaliersmäßig stifteten sie herrliche Erinnerungen und gebrochene Herzen und warteten am Flughafen, wenn ein Mädchen abgeflogen war, um sich an ein neues heranzumachen, das gerade einflog. In flauen Zeiten hingen sie auf ihren Mopeds herum und diskutierten über die Rangliste der sexuellen Vorzüge der verschiedenen Nationalitäten. Italienische Mädchen waren am besten, englische dagegen unbrauchbar, sofern sie nicht betrunken waren. Deutsche Mädchen waren Technikerinnen, spanische unbeherrschbar und melodramatisch, französische so eitel, daß man von Anfang an Verliebtheit heucheln mußte. Iannis inspizierte regelmäßig seine kleine Rute mit ihren unvorhersehbaren und schmerzhaften Erektionen und fragte sich, ob er je einen Orgasmus haben würde – was immer das auch sei – und ob und wann seine besondere Harpune aus ihren feuchten Träumen erwachen und wachsen würde.

Iannis entging es nicht, daß Spiridon bei den Mädchen beliebt war. Am Ende jeder Vorstellung zogen sie die roten Rosen aus den schlanken Vasen auf ihren Tischen und warfen sie ihm zu. Ihm fiel auf, daß Spiridon am frühen Abend herumging und die Dornen von den Stengeln entfernte, so sicher war er sich der Bombardierung mit Blumen. Er bemerkte auch, daß Spiridon sich immer mit den Armen um die Schultern von Mädchen mit glänzenden Nasen ablichten ließ, manchmal mit zweien oder vieren auf einmal, und daß bei diesen Gelegenheiten sein Grinsen von einem Ohr zum anderen ging, während sein Gesicht vor Stolz und Glück strahlte. Folglich verlangte Iannis eines Tages, Spiro solle ihm das Busukispielen beibringen.

»Deine Arme sind noch nicht lang genug«, sagte Spiro, »es wäre sinnvoller, mit einer Mandoline anzufangen. Sie ist eigentlich ähnlich, aber klein genug für dich. Du bist jetzt zehn und solltest vielleicht erst mit dem Busukispielen anfangen, wenn du vierzehn bist. Schau her ...« er legte dem Jungen das Instrument in den Schoß und streckte dessen linken Arm aus: »... dein Arm ist zu kurz, und deine Hand ist nicht groß genug, um den Hals zu umgreifen. Du brauchst eine Mandoline.«

Iannis war etwas enttäuscht. Er wollte genau wie sein Held sein. »Kannst du Mandoline spielen?« fragte er.

»Kann ich Mandoline spielen? Kann ich gehen und reden? So hab ich's gelernt. Ich bin der beste Mandolinenspieler, den ich je gehört habe, ausgenommen ein oder zwei Italiener. Tatsächlich ist die Mandoline das Instrument meines Herzens.«

»Wirst du es mir beibringen?«

»Du würdest eine Mandoline brauchen. Sonst könnten wir nur Theorie treiben.«

Iannis setzte seiner Mutter, seinem Vater und seiner Großmutter wegen der Mandoline aufdringlich zu. Antonia nahm den Daumen aus dem Mund und sagte: »Ich bring dir eine aus Athen mit, wenn ich das nächste Mal dort bin.« Es erübrigt sich zu sagen, daß sie es vergaß. »Ich besorg dir eine, wenn ich nach Neapel gehe«, sagte Alexi, der keine Ahnung hatte, wann er dorthin gehen würde und warum überhaupt. Schließlich sagte Pelagia: »Eigentlich haben wir schon eine, aber sie ist unter dem alten Haus begraben. Ich bin sicher, Antonio hätte nichts dagegen, wenn du sie ausgräbst.«

»Wer ist Antonio?«

»Mein italienischer Verlobter, der im Krieg gefallen ist. Ihm hat sie gehört. Du mußt doch eine Menge von ihm gehört haben.«

»Ach der. Wenn sie verschüttet ist, wird sie ganz vermodert und kaputt sein, oder nicht?«

»Ich glaube nicht. Mitten im Boden ist eine große Falltür gewesen, und sie lag in einem unterirdischen Versteck. Aber du wirst den ganzen Schutt nie allein wegräumen können, und ich würde es auch nicht erlauben. Es ist viel zu gefährlich.«

Iannis bettelte seinen Vater an, ein paar Arbeiter von einer seiner Baustellen abzustellen, was dieser versprach, aber nicht hielt, da er in Zeitnot geriet; das hatte damit zu tun, daß eine Flugzeugladung von Touristen bald in einem neuerbauten Komplex eintreffen sollte, wo noch nicht einmal die sanitären Installationen fertig waren. Alexi war von den Sorgen darüber wie gelähmt und keifte zum erstenmal in seinem Leben mit seinem Sohn, nur um ihn sofort danach in die Arme zu nehmen und sich zu entschuldigen.

Also wurde Spiridon an der Hand den Hügel hinaufgezerrt, wo sich ihm eine geisterhafte und traurige Ruine zeigte, die üppig mit vertrocknetem Gras und Dorngestrüpp überwuchert war, so daß die geborstenen Steine gerade noch aus dem Bewuchs herauslugten. Überall ruhten die stummen und verlassenen Überreste von Häuschen, die ganz den Anschein von Bedauern und Einsamkeit erweckten. Schräge Stufen führten ins Leere. Ein Gemeindeofen befand sich in beschwipster Schieflage, die gußeiserne Tür war in den Angeln festgerostet, und die Kacheln waren kurz davor, entweder in der Hitze oder im Frost zu zerspringen. Innen befanden sich eine Kolonie von Asseln und die verkohlten Überreste zahlloser vergessener Mahlzeiten, von Leuten verzehrt, die schon seit langem in alle Winde verstreut oder tot waren. »Jesus«, sagte Spiro, als er sich den Schauplatz stiller Trostlosigkeit besah, »in Korfu ist es nicht annähernd so schlimm gewesen. Macht dich das nicht traurig?«

»Es ist der trostloseste Ort«, bemerkte Iannis. »Ich komme hier zum Erkunden her und wenn ich wütend oder unglücklich bin.« Er deutete mit dem Finger. »Mein Urgroßvater ist hier gestorben. Ich bin nach ihm benannt. Oma sagt, er war der beste Arzt in Griechenland, und er hätte ein großer Schriftsteller sein können. Er konnte die Leute bloß durch Handauflegen heilen.«

Spiro bekreuzigte sich und sagte: »Maria beschütze uns.«

»Da hab ich schon 'ne Menge Sachen gefunden«, sagte Iannis, »aber das meiste ist kaputt.« Eine junge gestreifte Katze trottete davon, den Bauch von ungeborenen Kätzchen gebläht. »Sie kommt zum Eidechsenjagen her«, sagte Iannis und deutete wieder. »Sie ist sehr gut darin. Sie läßt immer den Schwanz übrig, und er krümmt sich immer noch ewig lang irgendwie von allein. Es ist toll.«

»Schau dir das an«, sagte Spiro und wies auf einen gewaltigen Olivenbaum, der in der Mitte gespalten war, am Stamm schon zu vermodern anfing, aber immer noch unzählige verdrehte schwarze Äste und kleine grüne Früchte trug. »Auf dem klettere ich herum«, sagte Iannis. »Da ist ein Ast, der ist gut zum Schaukeln. Der da.«

»Dann schwingen wir uns doch mal rauf«, schlug Spiro vor, und Iannis kletterte auf den Baum, während der andere hochsprang und sich hinhängte. Nebeneinander schwangen die beiden eine Weile vor und zurück, nützten die Biegsamkeit des Astes aus und ließen sich dann voll nüchterner und männlicher Zufriedenheit auf den Boden fallen. Spiro rieb sich die Hände und sagte: »Jetzt aber an die Arbeit, bevor es zu heiß wird. Ist dir klar, daß das sehr schlecht für meine Hände sein wird? Ich kann heute abend womöglich nicht spielen. Hast du gewußt, daß Gitarristen keinen Abwasch machen, weil es ihre Fingernägel aufweicht? Eine tolle Ausrede, hm?«

»Ich mach den Abwasch gern«, erwiderte Iannis. »Davon geht der ganze Dreck unter den Fingernägeln weg, und Großmutter bezahlt mich auch noch dafür.«

Sie gingen beide dort durch, wo einmal die Tür gewesen war, und kratzten sich bestürzt am Kopf.

Überall lag schrecklich viel Schutt. »Es ist nicht mehr so schlimm wie früher«, sagte Iannis entschuldigend, »mein Papa hat alle Fliesen, die nicht kaputt waren, weggebracht, und er hat die meisten Balken wieder für neue Häuser verwendet. Und die Oma ist hergekommen und hat alles, was nützlich war, ausgegraben.«

Spiro nahm einen Stecken und spießte ein blasses und erstarrtes Kondom auf. »Um Gottes willen!« rief er aus. »Scheißtouristen.« Er schleuderte es über die Büsche, und Iannis fragte: »Was ist das?«

»Na ja, junger Mann, das streifst du dir über deinen stolzen Freudenspender, wenn du keine Kinder machen willst.«

»Wie kann ich denn damit pinkeln? Muß ich es dann abnehmen?«

»Ja«, antwortete Spiro, der spürte, daß er sich auf einige langwierige Erklärungen einlassen müßte, wenn er nicht vorsichtig war. »Du nimmst es ab. Eigentlich stülpst du es nur über, wenn du es treibst, kapiert?«

»Ach so«, sagte Iannis, »das ist ein Kondom, nicht wahr? Davon hab ich schon gehört. Dimitri hat's mir gesagt.«

Spiro zog die Augenbrauen hoch, blies die Backen auf und seufzte. Diese Kinder. Er fing an, das Gerümpel herauszuwerfen, die gebrochenen Fliesen, die plattgedrückten Blechdosen, die langen und ekelhaften Streifen verschmierten Klopapiers (auch die Hinterlassenschaft von Touristen) und die unzähligen grünen Flaschen. »Das sind zwei Tage Arbeit«, sagte er, »ich schätze, wir müssen es einfach in Angriff nehmen.«

Bis zum nächsten Abend war in der Mitte des alten Bodens ein Platz leergeräumt, und staubige, zerbrochene

Steine und Fliesen waren zusammen mit zersplitterten und vermoderten Holzbalken einen Meter hoch an der Außenmauer aufgestapelt. Es gab auch einen Haufen mit Schätzen, die Iannis aufheben wollte: ein uraltes zerschmettertes Radio, dessen roter Zeiger auf der Skala bei »Napoli« festsaß, eine verbeulte Pfanne mit einem zackigen, durchgerosteten Loch im Boden, ein zerbrochener Spazierstock mit einem Silberknauf, ein intaktes Glas voller Schneckenhäuser, zwei verschimmelte Bücher mit dem Titel *The Complete and Concise Home Doctor*, ein Stethoskop, dessen Gummischläuche nicht mehr da waren und dessen Hörglocke eingedellt war, eine Fotografie in einem silbernen Rahmen mit gesprungenem Glas, in dem das Bild von zwei komischen Betrunkenen mit merkwürdigen Hüten steckte, die die Arme umeinandergeschlungen hatten; im Hintergrund war noch die winzige, aber prachtvolle nackte Gestalt eines gertenschlanken Mädchens mit einem ebenfalls dämlichen Hut zu sehen, das im Wasser herumplanschte. Er fand sogar ein ganzes Fotoalbum, das etwas feucht war, dessen Seiten an den Rändern von Insekten angenagt und in dem braune Wasserflecken elegant und delikat in welligen Mustern über die Seiten verteilt waren. Beim ersten Bild stand »Mama und Papas an ihrem Hochzeitstag«, und es zeigte in Sepia ein junges Paar, das sehr steif in so altmodischen Kleidern dastand, daß Iannis gar nicht glauben konnte, daß jemand wirklich einmal so angezogen gewesen war. Er blätterte es auf der Mauer durch: »Pelagias erste Schritte« – das Bild von einem Baby mit Rüschenhütchen, das erstaunt aufblickte. Er würde sie später seiner Oma zeigen, um herauszukriegen, was sie alle bedeuteten. Inzwischen war es schon ganz schön spannend, daß er ein Klappmesser mit einer festgerosteten Klinge, ein Gläschen mit einer getrockneten Erbse, die mit etwas Schwarzem und Flockigem verkrustet war, und einen modrigen Gedichtband von einem gewissen Andreas Laskaratos gefunden hatte.

Spiro versuchte, die Finger unter den Eisenring der langen Falltür zu stecken, aber der saß fest und ließ sich nicht hochklappen. Unter das Holz schob er die Spitze eines alten Schraubenziehers, den er gefunden hatte, aber der verbog sich wie ein Stück Weichkäse und brach ab. Er würde sich ein Brecheisen borgen müssen, weil zweifellos auch die Angeln im Rost erstarrt waren. »Warum drücken wir sie nicht einfach ein?« wollte Iannis wissen.

»Weil wir die Mandoline nicht zertrümmern wollen, deshalb. Ungeduld führt zu nichts.« Sie standen da, schauten die Tür an und kratzten sich am Kopf enttäuscht darüber, nun nicht mehr weiterzuwissen, nachdem sie schon so viel erreicht hatten. Da erst bemerkten sie einen sehr großen alten Mann in schwarzem Anzug und kragenlosem Hemd, der dichte silberne Stoppeln im Gesicht hatte und etwas gebückt im Eingang stand. »Was macht ihr da?« fragte er. »Ach du bist's, kleiner Iannis. Ich hab gedacht, ihr wärt Plünderer. Ich wollte euch schon ein paar Backpfeifen verpassen.«

»Wir versuchen, das aufzubringen, Kyrie Velisario«, sagte der Junge. »Es steckt fest, und da drin ist was, was wir haben wollen.«

Der alte Mann schlurfte herein und sah aus seinen wäßrigen Augen auf die Falltür. Iannis bemerkte, daß er eine rote Rose bei sich hatte. »Ich werde sie gleich hochheben«, sagte er, »aber laßt mich erst die Blume loswerden.« Er ging in den Hof und legte die Blume sehr behutsam auf die trockene Erde. »Normalerweise mach ich das im Oktober«, teilte er ihnen mit, »aber bis dahin bin ich wahrscheinlich schon tot, also leg ich sie früher hin.«

»Weshalb?« fragte Iannis.

»Junger Mann, da drunter liegt ein italienischer Soldat. Den hab ich selbst beerdigt. Ein sehr tapferer Mann, so groß wie ich. Ich hab ihn gern gehabt, er war sehr nett. Ich komm jedes Jahr her und leg die Blume hin, um zu zeigen, daß ich nicht vergessen habe. Niemand hat mich je dabei gesehen, aber wen kümmert das heutzutage schon? Wir haben jetzt andere Feinde, und es ist keine Schande mehr.«

»Du meinst, es ist ein echtes Skelett da unten?« fragte Iannis mit vor gruseliger Freude geweiteten Augen, während er insgeheim dachte, der Versuch, es auszugraben, würde ihm einen teuflischen Spaß machen. Er hatte schon immer einen echten Totenschädel haben wollen.

»Nicht bloß ein Skelett, ein Mensch. Er hat seine Ruhe verdient. Wir haben ihm eine Flasche Wein und eine Zigarette mitgegeben, und da unten ist kein schimpfendes Weib, das seine Knochen behelligt und sich ans Aufräumen macht, wenn er bloß seine Ruhe haben will. Er hat alles, was sich ein Mann nur wünschen kann.«

Spiro räusperte sich höflich, aber skeptisch. »Bemühen Sie sich nicht, diese Tür zu heben, mein Herr, ich hab es schon probiert, und es ging nicht.«

»Dann lassen Sie sich gesagt sein«, meinte Velisarios stolz, »daß ich der stärkste Mann Griechenlands, wenn nicht der Welt, gewesen bin. Soweit ich weiß, bin ich das noch. Sehen Sie den alten steinernen Wassertrog? 1939 hab ich den über meinen Kopf gehoben, und weder davor noch danach hat das jemand geschafft. Ich hab Mulis mit zwei Reitern drauf bis auf Brusthöhe gehoben.«

»Das stimmt, das stimmt«, fiel Iannis ein. »Davon hab ich gehört. Und Kyrios Velisarios hat das Dorf gerettet.«

»Geben Sie mir Ihre Hand«, sagte Velisarios zu Spiro, »und schauen Sie, was es auf Kephallonia früher für Männer gegeben hat. Bedenken Sie, daß ich achtundsiebzig Jahre alt bin, und dann stellen Sie sich vor, was ich mal gewesen bin.«

Etwas gönnerhaft lächelnd streckte Spiro die Hand aus. Velisarios umfaßte sie und drückte zu. Spiros Gesichtsausdruck wechselte von Bestürzung über Erschrecken zu blankem Entsetzen, als er spürte, wie seine Handknochen knarrten und krachten, als wären sie zwischen die Steine einer Ölpresse geraten. »Ah, ah, ah«, schrie er, während er in die Knie sank und die freie Hand in einer verzweifelten Beschwichtigungsgeste erhob. Velisarios ließ ihn los, und Spiro starrte auf seine Hand und bewegte jeden Finger einzeln, weil ihn der Gedanke entsetzte, nie wieder ein Instrument spielen zu können.

Velisarios bückte sich gemächlich und steckte die Fingerspitzen einer Hand in den Eisenring. Er neigte sich etwas zur Seite, um seine ganze Masse und Kraft voll einsetzen zu können, und mit einem plötzlichen zufriedenstellenden Reißen und Splittern von Holz und altem Eisen flog die Tür in einer Staubwolke auf, aus den Angeln gerissen und in vier Planken geborsten. Velisarios rieb sich die Hände, blies auf die Fingerspitzen und schien sich abrupt wieder in einen müden alten

Mann zu verwandeln. »Lebt wohl, meine Freunde«, sagte er und schlurfte gemächlich den Pfad zum neuen Dorf hinab.

»Unglaublich«, sagte Spiro, der sich noch immer die gequetschte Hand rieb. »Ich kann's einfach nicht glauben. Ein alter Mann wie er. Sind seine Söhne auch Riesen?«

»Er hat nicht geheiratet, er war mit dem Starksein zu beschäftigt. Hast du gewußt, daß auf Kephallonia ursprünglich die Riesen gelebt haben? Bei Homer steht das, sagt Oma jedenfalls. Ich möchte gern ein Riese sein, aber ich glaub, ich werd bloß mittelgroß.«

»Unglaublich«, wiederholte Spiro.

Alles im Versteck war in bestem Zustand, da es fast sechsunddreißig Jahre versiegelt gewesen war. Sie fanden ein uraltes deutsches Grammophon mit einem Satz Platten und einer Kurbel, eine große feingehäkelte Decke, etwas vergilbt, aber immer noch in allen Lagen in weiches Seidenpapier gewickelt, einen Soldatenrucksack voller Kriegsandenken, zwei Gurte mit Patronen, einen Stapel italienisch beschriebener Blätter und in einer schwarzen Blechschachtel einen weiteren, geschrieben in schöner griechischer Schrift, mit dem Titel »Eine persönliche Geschichte Kephallonias«. Dann gab es noch ein Stoffbündel, das einen Kasten enthielt, in dem die schönste Mandoline lag, die Spiro je gesehen hatte. Er drehte sie im Sonnenlicht um und um und war von dem exquisiten Schmuckstreifen, den prächtigen Einlegearbeiten und der vollkommenen Kunstfertigkeit der Holzspäne an der Bauchwölbung begeistert. Er besah sich die Mensur und entdeckte, daß der Hals nicht verbogen war. Vier Saiten fehlten, und die restlichen vier hatten einen schwarzen Belag und lagen locker auf den Bünden, da Corelli 1943 zur Einlagerung ihre Spannung gelöst hatte. »Das«, sagte er, »ist mehr wert als die Memoiren einer Hure. Iannis, da hast du großes Glück gehabt. Darauf mußt du besser aufpassen, als dir deine Mutter lieb ist, verstehst du?«

Doch Iannis war in diesem Augenblick mehr an dem Lee-Enfield-Gewehr interessiert, dessen Lauf fast seine Körpergröße hatte. In freudiger Begeisterung hatte er es auf die Hüfte gestützt und schwenkte es umher, wobei er Spiro auf den Hintern schlug und »Peng, peng, peng« schrie. Er richtete es nach oben in den Baum und drückte den Abzug durch. Das Gewehr zuckte mit einem entsetzlichen und nervenzerreißenden Krachen in seinen Händen, der Lauf krachte ihm an die Stirn, und aus dem Ast über ihm regneten Holzsplitter herab. Er ließ die klobige Waffe fallen, als hätte sie ihm einen starken elektrischen Schlag verpaßt, setzte sich hin und brach vor Schock und Schreck in Tränen aus.

71
Antonia singt wieder

Alexi nahm das Gewehr und die Munition in Beschlag. Er reinigte und ölte es sorgfältig und stellte es in sein Geheimabteil im Schrank. Er hatte eine sehr kleine Derringer, eine alte italienische Pistole mit ein wenig Munition und jetzt dieses wundervolle Gewehr, für Hekkenschützen eines der besten, das je hergestellt wurde. Er hatte seinen Lieblingsspruch umgewandelt zu »Wir haben nichts zu verlieren als unseren Besitz«, und kein Einbrecher oder kommunistischer Fanatiker würde eindringen oder eine Revolution anzetteln können, ohne daß er vorbereitet war. Er pflegte seine Zehennägel zwar immer noch nicht, aber er ersparte seiner Schwiegermutter das Stopfen, indem er seine löchrigen Socken einfach wegwarf. Auch wenn er dicker und verschwitzter geworden war, liebten er und Antonia (die er auch »Psipsina« nannte) sich mehr denn je, da sie vereint waren durch ihre gemeinsame Leidenschaft für ihre Unternehmen, die den Platz von Geschwistern für ihren Sohn einnahmen.

Was Pelagia betraf, so hatte Iannis sie noch nie so viel weinen sehen. Großmütter waren sentimentale Geschöpfe, sie vergossen sogar Tränen, wenn man ihnen eine am Strand gefundene Muschel gab, aber daß sie eine Woche lang weinte, ging über seinen Verstand.

Zuerst drückte sie die Mandoline an die Brust und jammerte »Oh, Antonio, *mio carino*, oh, Antonio«, wobei ihr Gesicht von Gefühlen aufgewühlt war und ihr die Tränen aus den Augen tropften, auf die Bodenfliesen fielen oder ihre Wangen herabrannen, worauf sie zwischen ihrem Kragen und ihrem verrutschten und faltigen Ausschnitt verschwanden. Dann hob sie den Stapel mit den italienischen Aufzeichnungen auf und drückte ihn an die Brust, wobei sie »Oh, Carlo, *mio poverino*, oh, Carlo« jammerte. Dann hob sie den Stoß mit den griechischen Aufzeichnungen auf und stöhnte »Oh, Papas, oh, Papakis«, und auch die Häkeldecke drückte sie an ihren Busen, während weitere Tränen ihr übers Gesicht strömten und sie die Hände an die Schläfen legte und klagte: »Ach mein armes Leben, das es nie gegeben hat, o Gott im Himmel, ach mein Leben, allein und wartend, ach ...« Dann fing sie wieder mit der Mandoline an, küßte und wiegte sie, als wäre sie ein Baby oder eine Katze. Sie spielte die rauschenden alten Platten immer wieder, drehte ungestüm an der Kurbel und verbrauchte alle Ersatznadeln aus dem kleinen Seitenfach, da jede nur einmal benutzt werden konnte. Alle Platten waren von einer Frau, die mit rauchiger Stimme wie aus sehr großer Ferne deutsch sang. Eine davon, die *Lili Marleen* hieß, mochte er, denn sie eignete sich prima zum Pfeifen auf der Straße. Die Platten waren sehr dick, ließen sich nicht biegen und hatten kleine rote Aufkleber in der Mitte. »Warum habt ihr denn keine Kassetten gehabt?« fragte er. Sie antwortete nicht, weil sie entweder das Klappmesser in der Hand drehte, das sie einst ihrem Vater geschenkt hatte, oder die

Gedichte von Laskaratos las, die er ihr dafür geschenkt hatte. Die Stimme der Poesie erfüllte ihre Seele so wie einst in den Tagen einer verblichenen Welt, über die niemand Buch geführt hatte.

Iannis tröstete seine Großmutter so gut, wie er es vermochte. Er setzte sich ihr auf den Schoß, obwohl er eigentlich schon ein bißchen zu alt dafür war, und tupfte mit einem bereits feuchten Taschentuch ihre Tränen ab. Er ließ sich ohne allzu großes Ungemach zahlreiche rippenbrecherische Umarmungen gefallen und fragte sich, wie er eine alte Frau mit ausgeleierten Wangen, Krampfadern und grauen Haaren, die so dünn waren, daß die rosa Schädeldecke darunter durchschien, nur so lieben konnte. Er blieb geduldig stehen, wenn sie wieder und wieder das Fotoalbum durchblätterte, die gleichen Auskünfte mit den stets gleichen Worten wiederholte und mit ihren fleckigen Fingern deutete: »Das ist dein Urgroßvater, er war Arzt, weißt du, er ist gestorben, als er uns beim Erdbeben rettete, und das ist Drosoula, die so etwas wie eine Tante war, die du nie kennengelernt hast, sie war groß und häßlich, aber die netteste Person auf der Welt, und das ist das alte Haus, bevor es zusammenfiel, und schau, das bin ich, als ich jung war – ist es zu glauben, daß ich je so schön war? –, und ich hab einen Baummarder in der Hand, der unser Haustier war, Psipsina, das war vielleicht ein drolliges kleines Wesen, und das ist Drosoulas Sohn Mandras – war er nicht hübsch? –, und er war Fischer, und ich bin einmal mit ihm verlobt gewesen, aber er hat ein schlimmes Ende genommen, Gott geb seiner Seele Ruhe, und das ist deine Urgroßmutter, die gestorben ist, als ich noch so jung war, daß ich mich kaum daran erinnern kann, es war Tuberkulose, und mein Vater hat sie nicht retten können, und das ist mein Vater, als er zur See fuhr, so jung, gütiger Gott, und schaut er nicht glücklich und quicklebendig aus? Er hat uns beim Erdbeben gerettet, weißt du. Und das ist Günter Weber, ein deutscher Junge – was aus ihm geworden ist, weiß ich nicht –, und das ist Carlo, der so groß wie Kyrios Velisarios gewesen ist, und er ist beim alten Haus beerdigt, er war so nett und hat eine eigene Traurigkeit gehabt, die er nie erwähnte, und das sind die Männer von »La Scala«, die alle betrunken singen, und das ist der Ölbaum, bevor es ihn gespalten hat, und das sind Kokolios und Stamatis; was ich dir von denen für lustige Geschichten erzählen könnte, alte Feinde, die sich immer um den König und den Kommunismus gestritten haben, aber die besten Freunde waren, und das ist Alekos, der lebt immer noch, weißt du, er ist älter als Methusalem und kümmert sich um seine Ziegen, und das ist der Peloponnes vom Ainos aus, und das ist Ithaka, wenn du dich auf der gleichen Stelle bloß umdrehst, und das ist Antonio, er ist der beste Mandolinenspieler auf der Welt gewesen, und ich sollte ihn heiraten, aber er ist getötet worden, und unter uns gesagt, das habe ich nie verwunden, und sein Geist kommt immer um die Biegung beim alten Dorf und verschwindet dann ...« Großmutter legte wegen der Tränen eine Pause ein. »... und das ist Antonio mit Günter Weber, die beide am Strand Unsinn machen, und was diese nackte Frau angeht, so weiß ich nicht, wer sie war, aber ich hab da so meinen Verdacht, und das ist Velisarios, wie er ein Maultier hochhebt – ist das nicht unglaublich? –, und schau dir diese Muskeln an, und das ist Pater Arsenios, als er noch sehr dick war. Er ist im Krieg immer dünner geworden und dann völlig verschwunden, ohne daß jemand erfahren hat, warum – ist das nicht sonderbar? –, und das ist die alte Kapheneia, wohin Papas, dein Urgroßvater, sich immer verzogen hat, wenn ich ihn für irgendwas gebraucht habe, und – hast du das gewußt? – ich bin die erste Frau gewesen, die dort hineingegangen ist ...«

Iannis starrte auf diese faltenlosen Gesichter aus uralten Tagen und wurde von einem unheimlichen Gefühl überwältigt. Offensichtlich gab es in jenen alten Tagen keine Farben, und alles bestand aus verschiedenen Grauschattierungen, aber das war es gar nicht. Ihn beschäftigte vielmehr, daß all diese Bilder in einer Gegenwart aufgenommen waren, einer Gegenwart, die vorbei war. Wie kann eine Gegenwart nicht gegenwärtig sein? Wie kam es, daß alles, was von so viel Leben blieb, nur aus kleinen Rechtecken fleckigen Papiers mit Bildern darauf bestand? »Yia, werde ich sterben?«

Pelagia blickte auf ihn herab. »Jeder stirbt einmal, Ianni. Einige sterben jung, andere alt. Ich werde bald sterben, aber ich hab meine Chance gehabt. Du stirbst, und dann kommt jemand anders, der deinen Platz einnimmt. ›Die Unsterblichen haben allem Menschlichen auf dieser fruchtbaren Erde eine zeitliche Frist gesetzt.‹ Das sagt Homer. Abgesehen von unserer Geburt ist das das einzige, wobei wir keine Wahl haben. Eines Tages – hoffentlich erst, wenn du ganz alt bist – wirst auch du sterben, also mach's nicht so wie ich. Mach aus allem das Beste, solange du kannst. Wenn ich tot bin, sollst du dich bloß an mich erinnern. Glaubst du, das wirst du? Oh, es tut mir leid, Ianni, ich wollte dich nicht aufregen. Nein, weine nicht, mein Lieber. Ich hab vergessen, wie jung du bist ...«

Iannis bat Antonia, ihm einige Saiten für die Mandoline zu besorgen, von der sie ihren Namen hatte, und sie versprach ihm, aus Athen welche mitzubringen. Alexi versprach, ihm welche zu kaufen, wenn er in Neapel war, obwohl er immer noch keinen Anlaß für die Reise dorthin gefunden hatte. Pelagia nahm Iannis im Bus mit nach Argostoli und kaufte ihm Saiten in einem Musikladen in einer der Seitenstraßen, die im rechten Winkel zu den Durchgangsstraßen den Berg hinaufführten. »Ich hab deine Eltern sehr gern«, sagte sie Iannis, »aber auf manche Dinge mußt du sie mit der Nase stoßen. Athen und Neapel! Was für ein Unsinn!«

Zurück in der Taverna Drosoula, säuberte Spiro die Mandoline sorgfältig und polierte sie. Er rieb Graphit von einer Bleistiftspitze in die Wirbelschrauben und drehte sie so lange, bis alles weich, ohne Quietschen, Knarren, Verzögerungen und irgendwelche Widerstände lief. Er zeigte dem Jungen, wie er das obere Saitenende durch den silbernen Saitenhalter ziehen und die Schlaufe mit den bunten Flaumbällchen an den richtigen Haken hängen sollte. Er zeigte ihm auch, wie er die Saiten so durchs Loch in den Wirbelschrauben stecken sollte, daß sie nicht so leicht rissen, wie er sie in die Kerben des Stegs und des Saitensattels zu legen hatte, nachdem er sie zuerst noch zum leichteren Stimmen mit etwas Graphit eingerieben hatte.

Er zeigte ihm, wie er mit Bedacht jede Saite stimmen mußte, indem er sich eine nach der anderen vornahm und dann wieder zum Anfang zurückkehrte. Er führte die Verwendung der Harmonik vor, um die richtige Position des Stegs zu finden, er erklärte, daß grundsätzlich jede Saite auf den siebten Bund des Saitenpaars darunter zu stimmen ist, und dann fing er zu spielen an. Er ließ drei einfache Akkorde erklingen, um seine Finger an die geringere Länge eines Mandolinenbunds zu gewöhnen, und dann trippelte er in einem raschen Tremolo eine Tonleiter herunter.

Iannis war so fest gebannt, wie die Saiten mit ihren sonderbaren Flaumbällchen am Saitenhalter hingen. Er nahm gläubig alle Anweisungen Spiros auf, daß er sie nicht im Sonnenschein stehen lassen, sie nicht feucht oder im Winter zu kalt werden lassen, sie nicht fallen lassen und mit der gleichen Spezialpolitur wie für die Busuki polieren sollte, daß er die Saiten zur Einlagerung lockern sollte, daß er die Saiten einen Halbton höher stimmen sollte, damit sie sich rascher einfügten ... Spiro sagte ihm voller Ernst, daß Iannis das Kostbarste in Händen hielt, was er je besitzen würde, und das erweckte in dem Jungen ein ehrfürchtiges und ehrerbietiges Gefühl, wie es ihn in der Kirche nie befiel, wenn Pelagia ihn dorthin zerrte. Nur Spiro und seine Großmutter durften die Mandoline berühren, und er wurde wütend, wenn jemand daranstieß.

Das sonderbarste war nur, daß er sie ja gewollt hatte, um damit später Mädchen beeindrucken zu können, aber mit dreizehn, als er schon ein ziemlich guter Spieler war, feststellte, daß Mädchen ein kompletter Reinfall waren. Ihr unergründlicher Auftrag im Leben war, einen zu frustrieren und zu verärgern und Dinge zu haben, nach denen es einen gelüstete, die sie aber nicht hergeben wollten. Kurz und gut, es waren hochnäsige und kapriziöse fremde kleine Wesen. Erst als er siebzehn war und seine Oma sich in ihrem stürmischen und ausgelassenen zweiten Frühling befand, traf er auf eines, das ihn vor Sehnsucht beinahe vergehen ließ. Sie war, als er Antonia zum Singen brachte, in der Nähe stehengeblieben, um ihm zuzuhören.

72
Eine unerwartete Musikstunde

Im Oktober 1993 war Iannis ungeduldige vierzehn Jahre alt und hatte gerade einen ganzen Sommer hinter sich, in dem er mit Spiridon öffentlich im Duo aufgetreten und mit roten Rosen bombardiert worden war. Um seine Großmutter nicht durch sein ständiges Üben aus der Fassung zu bringen – eigentlich, um sie nicht dauernd zum Weinen zu bringen –, war er in die Ruine des alten Hauses hinaufgegangen, um ganz allein zu spielen, und konzentrierte sich gerade ganz fest darauf, ein anständiges Tremolo hervorzubringen, indem er sein Handgelenk eher rotieren ließ, als es auf und ab zu schlenkern, was ihn nämlich erschöpfte und rasch aus dem Takt geraten ließ. Er biß sich vor Anstrengung auf die Lippe und bemerkte den alten Mann nicht, der näher trat und ihm mit kritischem, aber freudigem Interesse zusah. Er fuhr beinahe aus der Haut, als eine Stimme mit sehr merkwürdigem Akzent sagte: »Entschuldigen Sie, junger Mann «

»Huch!« rief er, »Sie haben mich aber erschreckt.«

»Zu jung für einen Herzanfall«, sagte der Mann. »Die Sache ist die, daß mir nicht entgangen ist, daß Sie etwas falsch machen.«

»Ich hab Schwierigkeiten mit diesem Tremolo. Es bricht dauernd ab.« Es tat gut, mit einem alten Mann auf gleicher Ebene zu reden. Alte Menschen waren oft so entrückt oder unbegreiflich, aber der hier hatte strahlende Augen und verbreitete eine energiegeladene und fröhliche Stimmung. Es kam ihm schmeichelhaft vor, seine Aufmerksamkeit zu haben, und so warf sich Iannis etwas in die Brust, um sich mehr wie ein Mann zu fühlen. Er war im Stimmbruch und brachte manchmal verstörende Jauler und Kiekser heraus, deshalb senkte er die Stimme so weit wie möglich und redete befangen wie die Großen, was einen Erwachsenen immer zum Lächeln bringt.

»Nein, nein, nein, das wird schon noch. Es ist Ihre linke Hand. Sie versuchen, den ersten und zweiten Finger für alles einzusetzen, und das geht nicht.« Er beugte sich herab und rückte die Finger des Jungen zurecht, wobei er sagte: »Schauen Sie, der erste Finger dämpft die Saiten am ersten Bund, der zweite dämpft die am zweiten Bund, der dritte die am dritten und der vierte die am vierten. Es ist zunächst noch anstrengend, weil der kleine Finger nicht besonders stark ist, aber dann brauchen Sie Ihre Hand nicht mehr zu verdrehen und vermeiden es dadurch, aus Versehen die Diskantsaiten zu dämpfen.«

»Das ist mir schon aufgefallen. Es ist äußerst ärgerlich.«

»Halten Sie immer das gleiche Verhältnis der Finger zu den Bünden ein, auf welcher Höhe der Saite Sie auch immer sind, und alles wird viel leichter.« Er richtete sich auf und fügte hinzu: »Ein wirklich guter Musiker ist immer zu erkennen, weil ein guter Musiker seine Hände anscheinend gar nicht bewegt und es so aussieht, als würde die Musik wie durch Zauber erzeugt. Wenn Sie meinem Rat folgen, werden Sie Ihre Hand kaum noch zu bewegen brauchen. Bloß Ihre Finger. Und das trägt auch dazu bei, daß das Instrument nicht mehr herumrutscht. Das ist immer das Problem bei einer rundbäuchigen Mandoline, und ich habe oft daran gedacht, mir eine portugiesische mit einem flachen Bauch zu besorgen. Ich bin nie dazu gekommen.«

»Sie scheinen eine Menge darüber zu wissen.«

»Das sollte ich auch. Ich bin fast mein ganzes Leben lang Mandolinenspieler von Beruf gewesen. Ich sehe schon, daß Sie gut werden.«

»Spielen Sie mir etwas vor?« fragte der Junge und bot ihm die Mandoline und das Plektrum an.

Der alte Mann fuhr mit der Hand in die Manteltasche und brachte sein eigenes Plättchen zum Vorschein. »Ich benutze immer mein eigenes, nehmen Sie es mir nicht übel«, sagte er. Er ergriff die Mandoline, legte sie unterhalb des Zwerchfells an den Körper, schlug versuchsweise einen Akkord an und spielte dann das Siziliano von Hummels Großer Sonate in G. Iannis blieb vor Staunen der Mund offenstehen, als der alte Mann unvermittelt aufhörte, die Mandoline umdrehte, sie mit äußerst ungläubiger Miene musterte und dann ausrief: »Madonna Maria, das ist ja Antonia.«

»Woher wissen Sie das?« fragte Iannis, zugleich überrascht und argwöhnisch. »Ich meine, Sie können doch nicht wissen, daß es Antonia ist, oder? Haben Sie sie schon vorher gesehen?«

»Wo haben Sie die gefunden? Wer hat sie Ihnen gegeben? Woher wissen Sie, daß sie Antonia heißt?«

»Die hab ich hier aus dem Loch heraufgeholt«, sagte Iannis und deutete auf das offene Verlies in der Mitte der Ruine. »Oma hat mir gesagt, sie sei da, und sie hat ihr diesen Namen gegeben, also hab ich sie auch so genannt. Oma hat sogar meiner Mutter den Namen Antonia gegeben, weil sie als Baby wie eine Mandoline geklungen hat.«

»Und ist deine Oma vielleicht Kyria Pelagia, die Tochter von Dr. Iannis?«

»Das bin ich. Ich heiße Iannis, nach ihm.«

Der alte Mann setzte sich neben den Jungen an die Wand und wischte sich, während er immer noch die Mandoline hielt, mit einem Taschentuch über die Stirn. Er schien sehr gespannt zu sein.

Iannis fiel die Narbe quer über eine Wange auf, die kaum von den Strähnen eines weißen Bartes verdeckt wurde. Plötzlich sagte der alte Mann: »Als Sie die Mandoline gefunden haben, fehlten da vier Saiten?«

»Ja.«

»Wissen Sie, wo sie sich befinden?«

»Nein.«

Die Augen des alten Mannes glitzerten, und er klopfte sich auf die Brust. »Sie sind da drin. Dr. Iannis hat mit ihnen meine Rippen zusammengeflickt, und ich habe sie mir nie rausmachen lassen. Ich war auch voller Kugeln, und der Arzt hat sie herausgeholt. Was halten Sie davon?«

Der Junge war tief beeindruckt. Seine Augen wurden größer. Da er nicht ins Hintertreffen geraten wollte, verkündete er: »Wir haben ein echtes Skelett da drüben.«

»Ja, das weiß ich. Das ist einer der Gründe, weswegen ich hier bin. Das ist Carlo Guercio. Er war der größte

Mensch der Welt. Und er hat mir das Leben gerettet. Er hat mich bei einer Exekution hinter sich gezogen.«

Der Junge war mittlerweile so beeindruckt, daß er völlig sprachlos war; ein Mann mit Mandolinensaiten in den Rippen, der vor einem Erschießungskommando gestanden und den Träger des Skeletts gekannt hatte? Das war besser, als Spiro zu kennen.

»Sagen Sie mir, junger Mann, lebt Ihre Großmutter noch? Ist sie glücklich?«

»Sie weint manchmal, schon seit wir Antonia und all die anderen Sachen hier aus dem Loch geholt haben. Und sie hat steife Knie, und ihre Hände zittern.«

»Und was ist mit deinem Großvater? Geht es ihm gut?«

Der junge schien verwirrt. Er kniff das Gesicht zusammen und fragte: »Welcher Großvater?«

»Nicht der Vater Ihres Vaters. Ich meine Kyria Pelagias Mann.« Der alte Mann wischte sich wieder über die Stirn und schien noch aufgeregter zu sein.

Der junge zuckte die Achseln. »Da gibt es keinen. Ich hab nicht mal gewußt, daß sie einen hatte. Ich hab einen Urgroßvater.«

»Ja, das weiß ich, das war Dr. Iannis. Verstehe ich Sie recht, daß Kyria Pelagia keinen Mann hat? Sie haben keinen Großvater?«

»Ich nehme an, daß ich einen haben muß, aber von dem hab ich nie gehört. Ich hab nur den Vater meines Vaters, und der ist halb tot. Das ist mein Vater auch die Hälfte der Zeit.«

Der alte Mann erhob sich. Er blickte sich um und sagte: »Das war ein wunderschöner Ort. Ich habe die besten Jahre meines Lebens hier verbracht. Und wissen

Sie was? Ich wollte einmal Ihre Großmutter heiraten. Ich denke, es ist langsam Zeit, daß ich sie wiedersehe. Übrigens, diese Mandoline war einmal meine, aber ich habe Sie spielen hören und möchte gern, daß Sie sie behalten. Ich verzichte auf meine Rechte.«

Als sie zu zweit den Hügel hinabgingen, sagte Iannis: »Der größte Mann der Welt ist Velisarios.«

»*Porco Dio,* lebt der auch noch?«

Iannis stolperte. »Wenn Sie derjenige sind, der Mandoline gespielt hat und Oma heiraten wollte ... heißt das dann, daß Sie der Geist sind?« Die üppige Herbstsonne brach kurz durch eine Wolke über Lixouri, und der alte Mann hielt nachdenklich inne.

73
Wiedergutmachung

Antonio Corelli, obwohl schon in den Siebzigern, spürte wieder einen gewissen jugendlichen Schwung in seinen alten Gliedern. Er stieß eine gußeiserne Bratpfanne weg und zuckte zusammen, als sie das Fenster hinter ihm einschlug. »*Sporcaccione! Figlio d'un culo!*« kreischte Pelagia. »*Pezzo di merda!* Mein ganzes Leben lang hab ich gewartet, mein ganzes Leben lang getrauert, mein ganzes Leben lang geglaubt, du wärst tot. *Cazzo d'un cane!* Und dabei lebst du, und ich bin die Dumme. Wie kannst du es wagen, so dein Versprechen zu brechen? Verräter!«

Corelli drückte sich auf dem Rückzug vor den scharfen Stößen des Besenstiels in seine Rippen an die Wand und hatte die Hände erhoben, um sich zu ergeben. »Ich habe es dir doch gesagt«, rief er, »ich habe geglaubt, du wärst verheiratet.«

»Verheiratet!« schrie sie erbittert. »Verheiratet? Kein Glück. Dank dir, *bastardo.*« Sie hieb wieder auf ihn ein und ging dann dazu über, ihm mit dem Besenstiel auf den Kopf zu hauen.

»Dein Vater hatte recht, als er sagte, du hättest was Wildes an dir.«

»Was Wildes? Hab ich nicht das Recht dazu, *porco*? Hab ich nicht das Recht dazu?«

»Ich bin deinetwegen wieder hergekommen. 1946. Ich bin um die Biegung gekommen, und da warst du mit deinem kleinen Baby, dem du gerade den Finger in den Mund gesteckt hast, und hast so glücklich ausgesehen.«

»War ich verheiratet? Wer hat dir das gesagt? Was geht das dich an, wenn ich ein Baby aufnehme, das jemand an meiner Türschwelle ausgesetzt hat? Hättest du nicht fragen können? Hättest du nicht sagen können: ›Entschuldige, Koritsimou, ist das dein Baby?‹«

»Bitte hör auf, mich zu schlagen. Ich bin jedes Jahr wieder hergekommen, das weißt du. Du hast mich gesehen. Ich habe dich immer mit dem Kind gesehen. Ich war so verbittert, daß ich nicht sprechen konnte. Aber ich mußte dich sehen.«

»Verbittert? Ich traue meinen Ohren nicht. *Du* verbittert?«

»Zehn Jahre lang«, sagte Corelli, »zehn Jahre lang war ich so verbittert, daß ich dich sogar umbringen wollte. Und dann habe ich gedacht, na ja, gut, ich bin drei Jahre weg gewesen, vielleicht hat sie geglaubt, ich würde nicht zurückkommen, vielleicht hat sie geglaubt, ich sei tot, vielleicht hat sie geglaubt, ich hätte sie vergessen, vielleicht hat sie einen anderen kennengelernt und sich verliebt. Solange sie glücklich ist. Aber ich bin dennoch immer wieder hergekommen, jedes Jahr, bloß um zu sehen, daß du wohlauf bist. Ist das Verrat?«

»Und hast du je einen Ehemann gesehen? Und hast du daran gedacht, was du mir angetan hast, als ich zu dir gerannt bin, und du bist verschwunden? Hast du an mein Herz gedacht?«

»Schon gut, ja, ich bin über die Mauer gesprungen und habe mich versteckt. Das mußte ich. Ich habe geglaubt, du wärst verheiratet, habe ich dir doch gesagt. Ich bin rücksichtsvoll gewesen. Ich habe nicht einmal nach Antonia gefragt.«

»Ha«, rief Pelagia, als sie plötzlich eine Eingebung bekam, »du hast sie dagelassen, um mir Schuldgefühle zu machen, ha? *Bestia.*«

»Pelagia, bitte, du bringst die Gäste hier schrecklich in Verlegenheit. Können wir nicht einen Spaziergang machen und am Strand darüber reden?«

Sie sah sich nach all den Gesichtern um, von denen einige grinsten, andere so taten, als würden sie woandershin schauen. Überall waren umgeschmissene Stühle und Tische, die Pelagia im höchsten Zorn aus dem Weg geräumt hatte. »Du hättest sterben und mich mit meinen Phantasien allein lassen sollen«, keifte sie. »Du hast mich nie geliebt ...« Sie stürmte aus der Tür und überließ es Corelli, vor den Gästen den Hut zu ziehen, sich wiederholt zu verneigen und zu sagen: »Bitte entschuldigen Sie uns.«

Zwei Stunden später saßen sie nebeneinander auf einem vertrauten Felsen und blickten hinaus auf die See, während sich die gelben Lichter des Hafens im dunkel gewordenen Wasser spiegelten. »Ich habe gesehen, daß du meine Postkarten erhalten hast«, sagte er.

»Auf Griechisch. Warum hast du Griechisch gelernt?«

»Nach dem Krieg ist alles herausgekommen. Abessinien, Libyen, Judenverfolgungen, Greueltaten, Tausende politische Gefangene ohne Prozeß, alles. Ich habe mich geschämt, zu den Angreifern zu gehören. Ich habe mich so geschämt, daß ich kein Italiener mehr sein wollte. Ich lebe jetzt schon seit fünfundzwanzig Jahren in Athen. Ich bin griechischer Staatsbürger. Aber ich fahre ziemlich oft nach Italien. Im Sommer gehe ich in die Toskana.«

»Und ich dagegen habe mich so geschämt, daß ich Italienerin werden wollte. Hast du je deine Konzerte geschrieben?«

»Drei. Ich habe sie auch auf der ganzen Welt gespielt. Das erste ist dir gewidmet, und das Hauptthema ist *Pelagias Marsch*. Erinnerst du dich noch?« Er summte ein paar Takte, bis er merkte, daß sie versuchte, nicht zu weinen. Sie schien im Alter ganz schön wankelmütig geworden zu sein, schwankte zwischen leidenschaftlichen Tränen und Tätlichkeiten. Sie hatte ihm sogar die dritten Zähne herausgeschlagen, die in den Sand gefallen waren und im Meer ausgewaschen werden mußten. Selbst jetzt hatte er einen brackigen, aber nicht unangenehmen Geschmack im Mund.

»Natürlich erinnere ich mich.« Sie ließ den Kopf sinken und wischte sich matt die Tränen ab. Plötzlich, aus keinem bestimmten Grund, sagte sie: »Ich fühle mich wie ein unvollendetes Gedicht.«

Corelli spürte einen Stich der Scham und drückte sich um eine Antwort. »Alles hat sich verändert. Alles hier ist früher so hübsch gewesen, und nun ist überall Beton.«

»Aber wir haben Strom und Telefon und Busse und Wasserleitungen und Kanalisation und Kühlschränke. Und die Häuser sind erdbebensicher. Ist das so schlimm?«

»Es war ein schreckliches Erdbeben. Ich bin dagewesen. Ich habe lange Zeit gebraucht, um dich wieder ausfindig zu machen und zu wissen, daß du unversehrt warst.« Er fing ihren erstaunten Blick auf und sagte: »Ich habe getan, was du mir geraten hast. Ich bin zur Feuerwehr gegangen. In Mailand. Du hast gesagt: ›Kämpf nicht mehr. Mach etwas Sinnvolles. Geh zur Feuerwehr‹, und das habe ich getan. Es war so wie beim Militär. Jede Menge Zeit zum Üben zwischen den Einsätzen. Als sie nach Freiwilligen gefragt haben, habe ich mich gleich gemeldet. Der Anblick hat mir das Herz gebrochen. Ich habe hart geschuftet. Und ich hatte eine schreckliche Erfahrung. Ich habe gesehen, wie sich Carlos Grab geöffnet und wieder geschlossen hat, und seine Leiche hat unten gelegen. Kleine Uniformfetzen, die Knochen zertrümmert und die beiden Münzen in den Augen.«

Es schauderte sie, und sie fragte sich, ob sie ihm das Geheimnis verraten sollte, das Carlo so vollständig für sich behalten hatte. Statt dessen fragte sie: »Hast du gewußt, daß Carlo und mein Vater diese Schmähschrift gegen Mussolini geschrieben haben? Kokolios hat sie gedruckt.«

»Ich hatte so meinen Verdacht. Aber ich habe beschlossen, es auf sich beruhen zu lassen. Wir haben in der Zeit doch alle ein bißchen Unterhaltung gebraucht, nicht wahr? Ich sehe, du hast noch meinen Ring.«

»Bloß weil ich Arthritis in den Fingern bekommen und ihn nicht mehr runtergebracht hab. Ich hab ihn enger machen lassen, damit er paßt, aber jetzt bereue ich es.« Sie blickte auf den aufsteigenden halben Falken mit dem Ölzweig im Schnabel und den Worten »Semper fidelis« darunter. Sie zögerte. »Aber hast du je geheiratet? Ich nehm es doch an.«

»Ich? Nein. Wie schon gesagt, bin ich jahrelang sehr verbittert gewesen. Ich bin zu allen Leuten schrecklich gewesen, besonders zu Frauen, und dann lief es mit der Musik, und ich bin auf der ganzen Welt rumgekommen, von einem Ort zum anderen geflogen. Ich habe die Feuerwehr verlassen müssen. Und du bist sowieso immer meine Beatrice gewesen. Meine Laura. Ich habe mir gedacht, wer will schon zweite Wahl? Wer will mit der einen zusammensein und dabei von der anderen träumen?«

»Antonio Corelli, ich seh schon, daß du mit deiner glatten Zunge immer noch Lügen erzählst. Und wie kannst du es aushalten, mich jetzt anzuschauen? Ich bin eine alte Frau. Wenn du mich anschaust, gefällt mir das gar nicht, weil es mich an das erinnert, was ich gewesen bin. Ich schäme mich, so alt und häßlich zu sein. Bei dir geht das schon in Ordnung. Männer bauen nicht so ab wie wir. Du siehst noch genauso aus, bloß alt und dünn. Ich sehe wie eine andere aus, das weiß ich. Ich wollte, daß du mich anständig in Erinnerung behältst. Jetzt bin ich bloß noch unförmig.«

»Du vergißt, daß ich immer hergekommen bin, um dir nachzuspionieren. Wenn du alles nach und nach ablaufen siehst, dann gibt es keinen Schock. Keine Enttäuschung. Du bist noch dieselbe.« Er legte seine Hand in ihre, drückte sie sanft und sagte: »Mach dir keine Sorgen. Ich bin nur eine kleine Weile bei dir, aber es ist immer noch Pelagia. Pelagia mit schlechter Laune, aber immer noch Pelagia.«

»Ist dir je aufgefallen, daß mein Baby ein Bastard hätte sein können? Ich hätte vergewaltigt worden sein können. Das ist mir fast passiert.«

»Das ist mir schon in den Sinn gekommen. Bei den Deutschen und dem Bürgerkrieg ...«

»Und?«

»Es hat etwas ausgemacht. Wir hatten ja unsere Vorstellungen von Unehre und verdorbener Ware, nicht? Ich gebe zu, es hat etwas ausgemacht. Gott sei Dank sind wir jetzt nicht mehr so dumm. Manche Dinge ändern sich zum Guten.«

»Der Mann, der versucht hat, mich zu vergewaltigen ... Auf den hab ich geschossen.«

Er sah sie ungläubig an: »*Vacca cane!* Du hast auf ihn geschossen?«

»Ich bin nie entehrt worden. Er war mein Verlobter vor dir.«

»Von einem Verlobten hast du mir nie was erzählt.«

»Du bist ja eifersüchtig.«

»Natürlich bin ich eifersüchtig. Ich habe geglaubt, ich wäre der erste.«

»Warst du aber nicht. Und versuch mir nicht zu erzählen, daß ich bei dir die erste war.«

»Die beste.« Die Gefühle regten sich etwas zu sehr in ihm, und er versuchte, sich zusammenzunehmen. »Wir werden sentimental. Zwei sentimentale alte Trottel. Schau ...« Er langte in seine Tasche und brachte etwas Weißes in einer Plastiktüte zum Vorschein. Er öffnete sie und zog ein altes Taschentuch heraus, das er schüttelte, um es auszubreiten. Es hatte nachgedunkelte, gelbgeränderte braune Flecken im Stoff. »... dein Blut, Pelagia, erinnerst du dich noch? Als wir Schnecken gesucht haben und du dir das Gesicht in den Dornen zerkratzt hast? Ich habe es aufgehoben. Ein sentimentaler alter Narr. Aber was soll's? Damit ist niemand zu beeindrucken. Nach all der Zeit haben wir ein Recht darauf. Es ist ein herrlicher Abend. Seien wir also sentimental. Es sieht ja niemand zu.«

»Iannis hat uns die ganze Zeit beobachtet. Er steckt hinter der Seilrolle am anderen Kai.«

»Der Teufelskerl. Vielleicht glaubt er, du brauchst Schutz. Auf dieser Insel hat es nie Geheimnisse gegeben, nicht wahr?«

»Ich möchte dir etwas zeigen. Du hast nie Carlos Aufzeichnungen gelesen, oder? Da hat es ein Geheimnis gegeben. Komm wieder in die Taverne und iß was, dann geb ich dir seine Aufzeichnungen. Wir machen einen ausgezeichneten Schneckenpilaw.«

»Schnecken!« rief er aus. »Ha, Schnecken. Das ist schon was. Ich weiß noch alles über Schnecken.«

»Komm ja nicht auf dumme Gedanken. Dafür bin ich zu alt.«

Corelli saß an dem mit einem karierten Plastiktuch gedeckten Tisch und las die starren alten Seiten durch, die an den Ecken gewellt waren. Die Handschrift war vertraut, der Tonfall und die Redewendungen ebenfalls, aber es war doch ein Carlo, den er nie gekannt hatte: »Antonio, mein Hauptmann, wir leben in schlechten Zeiten, und ich habe ganz stark das Gefühl, daß ich sie nicht überleben werde. Du weißt, wie das ist ...«

Während er las, zog sich seine Stirn zusammen, wodurch die Falten und Furchen noch betont wurden, und ein oder zweimal blinzelte er ungläubig. Als er fertig war, schob er die Aufzeichnungen wieder ordentlich zusammen, legte sie vor sich auf den Tisch und merkte, daß seine Schnecken kalt geworden waren. Er machte sich trotzdem über sie her, achtete aber nicht auf den Geschmack. Pelagia setzte sich ihm gegenüber. »Na?«

»Weißt du noch, daß du gesagt hast, du wünschtest, ich wäre tot? Damit du deine Phantasien behalten kannst?« Er tippte auf den Papierstapel. »Ich wünschte, du hättest mir das hier nicht gezeigt. Ich habe gerade erkannt, daß ich altmodischer bin, als ich dachte. Ich war völlig ahnungslos.«

»Er hat dich geliebt. Bist du angeekelt?«

»Traurig. Ein Mann wie er hätte Kinder haben sollen. Ich werde eine Weile brauchen ... Es ist ein Schock. Ich kann mir nicht helfen.«

»Er war nicht bloß irgendein Held, oder? Er war komplizierter. Armer Carlo.«

»Er wollte etwas tun, um das zu kompensieren. Der arme Mann, er tut mir so leid. Ich fühle mich schuldig. Die Männer haben ihn mit ins Bordell geschleppt. Was für eine Quälerei. Es ist schrecklich.« Er legte eine nachdenkliche Pause ein, dann kam ihm ein Gedanke. »Ich habe Günter Weber ausfindig gemacht. Es war nicht schwer – er hat die ganze Zeit von seinem Dorf geredet –, aber er hat gedacht, ich würde ihn aus Rache aufspüren, für die Kriegsverbrechenskommission oder so. Er hat mich angefleht. Auf Knien. Es war so erbärmlich, daß ich nicht wußte, ob ich lachen oder weinen sollte. Und weißt du, was? Er ist seinem Vater in den Kirchendienst gefolgt. Da hat er dann in seiner Pastorenkluft dagestanden und unterwürfig gewinselt. Ich habe es nicht aushalten können. Ich wollte ihm danken und ihn gleichzeitig schlagen. Ich bin einfach hinausgegangen und nie wieder zurückgekommen. Inzwischen ist er vielleicht im Irrenhaus. Oder er ist möglicherweise Bischof.«

Pelagia seufzte: »Ich hab immer noch Schwierigkeiten, zu den Deutschen nett zu sein. Ich will ihnen immer noch die Schuld für das geben, was ihre Großväter getan haben. Sie sind so höflich, und die jungen Frauen sind so hübsch. So gute Mütter. Ich habe Schuldgefühle, weil ich nach ihnen treten will.«

»Die armen Schweine werden ewig büßen. Deshalb sind sie so höflich. Jeder einzelne von ihnen hat einen Komplex. Aber wie ich höre, kommen die Nazis wieder her.«

»Alle büßen. Wir haben den Bürgerkrieg, ihr habt Mussolini und die Mafia und all die Korruptionsskandale, die Briten kommen her und entschuldigen sich für das Empire und Zypern, die Amerikaner für Vietnam und Hiroshima. Alle entschuldigen sich.«

»Auch ich entschuldige mich.«

Sie überging das. Sie hatte vor, alles so lange wie möglich hinauszuzögern – wenigstens ein bißchen, um sich zu entschädigen. Sie wechselte geschickt das Thema. »Iannis möchte, daß du ihm das Notenlesen ordentlich beibringst, und er fragt an, ob du nicht nächsten Sommer wiederkommst und mit ihm und Spiro spielst. Spiro ist schon heim nach Korfu gefahren, aber er ist sehr gut.«

»Spiro Trikoupis?«

»Ja. Woher kennst du ihn? Hast du uns so viel nachspioniert?«

»Er ist der beste Mandolinenspieler in Griechenland. Ich habe ihn vor Jahren kennengelernt. Er spielt die Busuki nur für Touristen. Im Winter kommt er manchmal nach Athen. Ich bin einmal in eine seiner Stunden in klassischer Busuki gegangen, weil die eigentlich nur eine große Mandoline ist und ich mir gedacht habe, warum nicht? Wir sind ins Gespräch gekommen; er kennt auch einige meiner Stücke. Er spielt sie sogar besser als ich. Das kommt vom Alter. Es macht die Finger lahm. Ich habe oft mit ihm gespielt. Iannis wird auch gut werden, das sehe ich schon.«

»Er will zum Mandolinenorchester von Patras.«

»Ganz nett und munter. Warum nicht? Für den Anfang ist es gut. In Italien hat es viele solcher Orchester gegeben, außer daß bei denen alle Instrumente in der Mandolinenform waren. Kannst du dir das vorstellen? Mandolinen-Bässe und -Celli? Es sah lustig aus.«

»Bist du denn sehr berühmt?«

»Nur in dem Sinne, daß andere Musiker schon von mir gehört haben. Ich habe eine Menge dummer Kritiken bekommen, die mich mit dem anderen Corelli vergleichen. Ich spiele damit herum. Ich bin ziemlich zynisch. Ich habe versucht, lauter so modernes Zeug zu komponieren. Du weißt schon, chromatische Reihen und Mikrotöne, alle möglichen Kracher und Knaller und Quietscher und Rasenmähertöne, aber bloß die Experten und Kritiker merken nicht, was das für ein schrecklicher Mist ist. Meine Vorstellung von der Hölle: Schönberg und Stockhausen.« Er zog eine Grimasse. »Um ehrlich zu sein, ich mag nicht mal Bartók, aber sag es niemand, und mir mißfällt selbst an Brahms, daß er von einer Tonart in die andere hüpft ohne die entsprechenden Übergänge. Ich habe erkannt, daß ich völlig altmodisch bin, also habe ich einen anderen Weg finden müssen, um innovativ zu sein. Weißt du, was ich gemacht habe? Ich habe alte Volkslieder genommen, auch einige griechische, und sie für ungewöhnliche Instrumente eingerichtet. In meinem zweiten Konzert gibt es einen irischen Dudelsack und ein Banjo, und rat mal: Die Kritiker waren begeistert. Dabei ist es genau in der gleichen Form, mit demselben Aufbau, den du auch bei Mozart oder Haydn oder sonstwem finden kannst. Es klingt auch gut. Ich bin bloß ein Schwindler, der darauf wartet, daß sie ihm auf die Schliche kommen. Ich spezialisiere mich darauf, neue Wege zu finden, um anachronistisch zu sein. Was hältst du davon?«

Pelagia betrachtete ihn etwas griesgrämig. »Antonio, du hast dich nicht verändert. Du schwatzt einfach drauflos und nimmst an, ich weiß, wovon du redest. Deine Augen leuchten auf, und du hebst ab. Du könntest genausogut türkisch sprechen, so wenig Sinn ergibt das für mich.«

»Das tut mir leid, mich hält eben die Begeisterung am Leben. Da vergesse ich mich. Ich habe sogar eine Menge pseudogriechischer Filmmusiken geschrieben. Wenn sie Markopoulos, Theodorakis oder Eleni Karaindrou nicht kriegen konnten, haben sie statt dessen mich gefragt. Schwindeln macht ungeheuer Spaß, meinst du nicht auch? Jedenfalls habe ich mich nun zur Ruhe gesetzt ... Eigentlich habe ich mir sogar gedacht ... Ich weiß nicht, was du davon hältst, aber ...«

Sie zog argwöhnisch die Brauen zusammen. »Ja? Was? Willst du mich wieder beschwindeln? Schon wieder?«

Er hielt ihrem Blick stand. »Nein. Ich möchte gern das alte Haus wieder aufbauen. Ich bin im Ruhestand und will an einem schönen Ort leben. Einem Ort voller Erinnerungen.«

»Ohne Strom und Wasser?«

»Eine Pumpe im alten Brunnen, eine kleine Filteranlage. Ich bin sicher, ich bekomme einen Stromanschluß, wenn ich ein paar Münzen in die richtigen Hände lege. Würdest du mir das Grundstück verkaufen?«

»Du bist komplett übergeschnappt. Ich weiß nicht mal, ob es uns gehört. Es gibt keine Unterlagen. Du wirst wahrscheinlich alle bestechen müssen.«

»Dann hast du also nichts dagegen? Ist dein Schwiegersohn nicht Bauunternehmer? Weißt du, damit es in der Familie bleibt.«

»Du weißt schon, wenn du ein richtiges Dach draufmachst, mußt du Steuern zahlen?«

»*Merda,* ragen deswegen bei allen Häusern verrostete Armiereisen oben raus? Damit sie unfertig aussehen?«

»Ja. Und wie kommst du auf den Gedanken, ich würde einen alten Ziegenbock wie dich in meinem früheren Haus wohnen lassen?«

»Ich würde dir was zahlen, wenn du zum Putzen kämst«, sagte er verschmitzt

Sie schluckte den Köder und nahm ihn beim Wort. »Was? Brauch ich noch Geld? Mit dieser Taverne? Und dem reichsten Schwiegersohn, den es überhaupt gibt? Hältst du mich für so übergeschnappt wie dich? Geh heim nach Athen. Lemoni aber würde es machen.«

»Die kleine Lemoni? Gibt es die auch noch?«

»Sie ist fett wie eine Fregatte geworden und schon Großmutter. Sie erinnert sich aber noch an dich. Barba C'relli. Sie hat auch nie die Explosion der Mine vergessen. Sie spricht immer noch davon.«

»Barba C'relli«, wiederholte er nostalgisch. Die Zeit war schon ein elendes Biest, daran war nicht zu rütteln. Schwache alte Arme konnten keine Großmutterfregatten mehr in die Luft werfen. »Von dieser Explosion habe ich immer noch Ohrensausen«, sagte er und schwieg einen Augenblick. »Habe ich also deine Erlaubnis, das Haus wieder aufzubauen?«

»Nein«, antwortete sie, immer noch hinauszögernd.

»Oh.« Er sah sie skeptisch an. Das Thema würde er zu einem späteren Zeitpunkt wieder aufgreifen, entschied er. »Ich werde dich morgen abend besuchen kommen«, sagte er, »mit einem Geschenk.«

»Ich will keine Geschenke. Dafür bin ich zu alt. Fahr zur Hölle mit deinen Geschenken.«

»Nicht direkt ein Geschenk. Eine Schuld.«

»Du schuldest mir ein Leben.«

»Ach ja. Dann bring ich dir ein Leben.«

»Blöder alter Kerl.«

Er kramte in seinen Taschen und holte einen tragbaren Kassettenrecorder heraus. Weiteres Kramen brachte eine Kassette in einer sehr edlen Verpackung zum Vorschein, die er aufriß. Er legte die Kassette in den Recorder und hielt ihr die Kopfhörer hin. Sie machte eine abweisende Geste, wedelte mit der Hand vor seinem Gesicht herum, als wollte sie eine Stechmücke verscheuchen. »Laß das, eher sterbe ich, als daß ich mir das aufsetze. Ich bin eine alte Frau, keine dumme Göre. Hältst du mich für einen Teenager, der mit so was auf dem Kopf vor sich hin wackelt?«

»Du weißt gar nicht, was dir entgeht. Die sind ausgezeichnet. Ich gehe jetzt. Laß dir von Iannis zeigen, wie er funktioniert, und hör es dir an. Bis morgen abend.«

Nachdem er fort war, hob Pelagia die Kassettenhülle auf und holte die Informationsbroschüre in Italienisch, Englisch, Französisch und Deutsch heraus. Sie war beeindruckt. Das Bild vorn zeigte Antonio Corelli mit Fliege und Frack, um zehn Jahre jünger, vielleicht sechzig Jahre alt, wie er blasiert grinste und die Mandoline in einem unwahrscheinlichen Winkel in der linken Hand hielt. Um besser gegen alles gewappnet zu sein, holte sie sich ein Glas Wein und nahm sich die Angaben vor. Sie stammten von einem gewissen Richard Usborne, einem

Engländer, der einer weiteren Anmerkung zufolge ein berühmter Kritiker und Rossini-Experte war. Sie fing an zu lesen. »Diese langerwartete Wiederveröffentlichung von Antonio Corellis erstem Konzert für Mandoline und kleines Orchester, das erstmals 1954 veröffentlicht und in Mailand mit dem Komponisten als Solisten uraufgeführt wurde, ist inspiriert von einer Frau, die in der Widmung ›Pelagia‹ genannt wird. Das Hauptthema im Zwei-Halbe-Takt wird nach einer kurzen Fanfare der Holzbläser sehr klar und emphatisch vom Soloinstrument vorgetragen. Es ist eine schlichte und eindringliche Melodie, die von einem der frühesten Kritiker als ›kunstvoll naiv‹ bezeichnet wurde. Im ersten Satz wird sie in der Sonatenform vorgeführt ...«

Pelagia überflog den Rest. Es war lauter hochtrabendes Gerede von einer Ausarbeitung in Fugenform und solches Zeug. Sie besah sich nun die kleine Reihe der Tasten mit Pfeilen, die in verschiedene Richtungen deuteten, steckte sich behutsam die Kopfhörer in die Ohren und drückte auf die winzige Taste, auf der »Play« stand. Erst rauschte es, aber dann setzte zu ihrem Erstaunen die Musik direkt in ihrem Kopf ein und nicht an ihren Ohren.

Als die Musik ihre Seele überflutete, weckte sie einen Strudel an Erinnerungen. Sie hörte *Pelagias Marsch* nicht nur einmal, sondern öfter. Fetzen davon in entstellten und absonderlichen Formen tauchten bei verschiedenen Instrumenten wie aus heiterem Himmel auf. Der Marsch wurde so kompliziert, daß er in dem gewaltigen Sturzbach an Noten in verschiedenen Rhythmen kaum mehr herauszuhören war. An einer Stelle wurde er zu einem Walzer (»Wie hat er denn das gemacht?« dachte sie), und kurz vor dem Ende kam ein Donnergrollen der Kesselpauken, so daß sie entsetzt die Kopfhörer ausstöpselte, weil sie glaubte, es hätte wieder ein Erdbeben gegeben. Hastig steckte sie sie wieder ein und erkannte, daß es tatsächlich das musikalisch porträtierte Erdbeben war, dem ein langes Lamento auf einem klagenden Instrument folgte, das, auch wenn sie es nicht wußte, ein Englischhorn war. Es wurde von einzelnen Paukenschlägen unterbrochen, die die Nachbeben sein mußten. Jeder kam so plötzlich und unvermutet, daß sie auf ihrem Sitz zusammenfuhr und ihr das Herz bis in den Hals hüpfte. Dann setzte wieder die Mandoline ein und marschierte voll Zuversicht durch eine Wiederaufnahme des Themas, bis sie schließlich immer leiser wurde. So leise, daß sie völlig verklang. Sie schüttelte das Gerät und fragte sich, ob die Batterien leer waren. So eine Musik sollte doch mit einem Schwall donnernder Akkorde aufhören? Sie drückte auf eine der Tasten zum Weiterspulen, aber der Recorder machte nur »klick«. Es war die falsche, also drückte sie die andere und wartete, bis das Band zurückgespult war. Diesmal hörte sie mehr als vorher, sogar ein Rattern, das genau wie die Maschinenpistolen in den Tagen des Massakers klang. Es gab auch einen leicht frivolen Teil, der wohl das Herumkriechen auf der Suche nach Schnecken sein mußte. Aber es blieb der unbefriedigende Schluß, der einfach in Stille verebbte. Sie blieb sitzen, fragte sich, was das sollte, und war sogar leicht ärgerlich, bis sie wahrnahm, daß ihr halbwüchsiger Enkel mit staunend aufgerissenem Mund vor ihr stand. »Oma«, sagte er, »du hast ja einen Walkman.«

Sie warf ihm einen ironischen Blick zu. »Der gehört Antonio. Er hat ihn mir geliehen. Und wenn du meinst, ich seh dämlich aus mit dem Ding auf dem Kopf, wie kommst du darauf, bei dir wäre es anders? Wenn du mit offenem Mund herumwackelst und falsch singst. Wenn es dir nichts ausmacht, macht es mir auch nichts aus.«

Er verkniff sich den Satz »Bei einer alten Frau sieht es doof aus«, lächelte statt dessen und zuckte die Achseln. Seine Großmutter erriet genau, was er dachte, und gab ihm einen leichten Klaps auf die Wange, der beinahe ein zärtliches Streicheln war. »Denk dir nur«, sagte sie, »Antonio wird das alte Haus wieder aufbauen. Ach, und übrigens, Lemoni hat mir erzählt, daß deine Mutter ihr gesagt hat, daß du deiner Mutter verraten hast, daß ich einen neuen Freund habe. Also das habe ich nicht. Und kümmere dich in Zukunft um deinen eigenen Kram.«

Corelli hatte am nächsten Abend größte Schwierigkeiten, den Kai entlang zur Taverna Drosoula zu gelangen. Er war eben nicht mehr so stark wie früher, und außerdem hatte er keine Erfahrung mit so was. Es nützte überhaupt nichts, wenn er zerrte und zog, und wenn er Kommandos im besten Kasernenhofton herausbellte, schien es auch nichts zu fruchten. Er hatte einen anstrengenden Tag gehabt.

Als er schließlich mühsam in die Taverne wankte und sich auf einen Stuhl fallen ließ, nahm Pelagia den Walkman ab, schaltete ihn sachverständig auf Rücklauf und fragte: »Und was willst du damit hier?«

»Es ist eine Ziege. Wie du siehst, habe ich dir ein Leben gebracht.«

»Das sehe ich, daß es eine Ziege ist. Glaubst du, ich erkenne eine Ziege nicht auf Anhieb? Was hat die hier verloren?«

Er starrte sie etwas kläglich an. »Du hast gesagt, ich halte meine Versprechen nicht. Ich habe dir eine Ziege versprochen, weißt du noch? Und hier ist eine Ziege. Und es tut mir leid, daß die alte gestohlen wurde. Wie du siehst, schaut die hier genauso aus.«

Pelagia hielt stand; sie hatte beinahe vergessen, wie köstlich das war. »Wer sagt, daß ich eine Ziege brauche? In meinem Alter? In einer Taverne?«

»Das ist mir egal, ob du sie brauchst. Ich habe sie versprochen, und hier ist sie. Genau so eine wie die andere. Verkauf sie meinetwegen. Aber wenn du gesehen hättest, wie schwer es war, sie ins Taxi zu kriegen, wärst du nicht so hartherzig.«

»In ein Taxi? Wo hast du sie denn her?«

»Vom Ainos. Ich habe den Fahrer gefragt: ›Wo kann ich eine gute, altmodische Ziege bekommen?‹, und er hat gesagt: ›Steigen Sie ein‹, und so sind wir an der Nato-Basis vorbei den Berg hinaufgefahren. Es hat Stunden gedauert. Dort war dieser alte Mann Alekos, und der hat mir diese Ziege verkauft. Ich bin beschummelt worden, das kann ich dir sagen, und dann habe ich den Fahrer doppelt bezahlen müssen, um sie herzubringen. Und wie sie gestunken hat. Da siehst du, was ich ausgestanden habe, und jetzt schreist und krächzt du mich an wie eine alte Krähe.«

»Eine alte Krähe. Du alter Narr.« Sie bückte sich und packte die Ziege mit einer Hand fest an der Nase. Mit der anderen zog sie die Lippen hoch und besah sich die gelben Zähne. Dann fuhr sie mit den Fingern durch das Fell an den Flanken und richtete sich wieder auf. »Es ist eine sehr gute Ziege. Sie hat Zecken, aber sonst ist sie in Ordnung. Danke schön.«

»Wie werden wir sie nennen?« fragte Iannis.

»Wir nennen sie Apodosis«, sagte Pelagia, die sich bereits mit dem Gedanken anfreundete, wieder eine Ziege zu haben, »und wir können sie an einen Baum binden und mit Essensresten füttern.«

»Apodosis«, wiederholte Corelli nickend. »Ein sehr passender Name. ›Wiedergutmachung‹. Könnte nicht treffender sein. Glaubst du, sie wird viel Milch liefern? Du könntest Joghurt machen.«

Pelagia lächelte; ihr ganzes Gesicht glänzte vor Herablassung. »Du kannst sie ja melken, wenn du willst, Corelli. Ich für meinen Teil versuche nur die weiblichen Tiere zu melken.« Sie deutete auf das üppige rosa Skrotum mit den beiden spitz zulaufenden Keulen darin. »Soll das ein Euter sein?«

»O coglione«, sagte er passend und vergrub das Gesicht in den Händen. Iannis bewunderte Leute, die fluchen konnten, besonders in fremden Sprachen, aber bei einem alten Mann kam ihm das sonderbar vor. Alte Menschen wollten einen immer deswegen ausschimpfen. Dieser Corelli war offensichtlich so sonderbar, wie seine Großmutter es allmählich wurde, so wie sie mit den Kopfhörern des Recorders in den dünnen grauen Locken herumhüpfte und affig lächelte, wenn sie sich unbeobachtet glaubte. Erst heute morgen hatte er sie vor dem Spiegel ertappt, wie sie mit verschiedenen Ohrringen aus Antonias Kramladen posierte und ihren Kopf auf eine Art neigte, die nur kokett genannt werden konnte.

»Morgen gibt es wieder eine Überraschung«, sagte Corelli, zog seinen zerbeulten Hut und verschwand.

»Meine Güte«, sagte Pelagia, das Herz schon voller unguter Vorahnungen. Ihr fiel ein, daß sie ihm ihre auf den neuesten Stand gebrachte »Persönliche Geschichte Kephallonias« zeigen sollte; es wäre womöglich interessant für ihn, zu erfahren, daß der wahre Grund für die Massaker der war, daß Eisenhower eigensinnigerweise alle Pläne Churchills zur Befreiung der Inseln verworfen und die italienische Luftwaffe sinnlos nach Tunesien statt nach Kephallonia geschickt hatte. Sie nahm an, er wußte, daß die Befehle für die Greueltaten von Hitler persönlich gekommen waren, aber vielleicht wußte er das auch nicht.

»Ist er dein Freund?« wollte Iannis hartnäckig wissen, obwohl diese Unterstellung bisher jedesmal zurückgewiesen worden war.

»Geh und mach den Abwasch, oder du kriegst kein Geld«, entgegnete seine Großmutter. Sie holte einen Kamm, um wie in alten Zeiten den Ziegenbock zu striegeln. Sie fragte sich, wo sie heutzutage einen jungen Baummarder finden könnte.

Nun aber, dachte sie, hatte der Hauptmann sich wirklich selbst übertroffen, als er vor der Tür mit quietschenden Bremsen, hochtourig brummenden Kolben und in einer stinkenden blauen Abgaswolke auftauchte. Pelagia stand mit den Händen auf den Hüften da und schüttelte langsam den Kopf, als er schwerfällig vom Motorrad stieg. Es war knallrot, sehr hoch, hatte dicke Profilreifen und sah wie eine Rennmaschine aus. Der Hauptmann drehte den Zündschlüssel um und schaltete den Lärm ab. Er klappte mit dem Fuß den Ständer heraus und stellte es ab. »Weißt du, wohin wir fahren? Wir schauen mal, ob es die ›Casa Nostra‹ noch gibt. Ganz wie in alten Zeiten ...« er klopfte auf die Lenkstange »... auf einem Motorrad.«

Pelagia lehnte ab. »Glaubst du wirklich, sie hat das Erdbeben überstanden? Und glaubst du im Ernst, ich würde mich auf so etwas setzen? In meinem Alter? Geh bloß weg und laß mich in Ruhe. Komm mir nicht mehr mit deinen verrückten Einfällen.«

»Ich habe es extra gemietet. Es ist nicht so schön wie das alte und macht einen schrecklichen Lärm wie eine Dose voller Nägel, aber es läuft prima.«

Sie sah dem alten Mann ins Gesicht und bemühte sich, ein Lächeln zu unterdrücken. Er trug einen lachhaften blauen, oben gewölbten Sturzhelm und eine verspiegelte Sonnenbrille; sie war neu, und er hatte vergessen, das Etikett abzumachen, das vor einer Wange herumbaumelte wie ein kleines Herbstblatt, das sich in einer Spinnwebe verfangen hat. Sie sah, wie ihr eigenes tadelndes Gesicht stereoskopisch in den Gläsern der Sonnenbrille reflektiert wurde, und schaute sich zu, wie sie die Hände mit den Handflächen nach außen hochhielt. »Aussichtslos. Ich bin zu alt, und du hast schon in jungen Jahren nicht mal geradeaus fahren können. Erinnerst du dich nicht mehr an all die Unfälle? Damals warst du verrückt, und jetzt bist du noch übergeschnappter.«

Er verteidigte sich. »Auf der alten Maschine sind wir hin und her geschlingert, weil ich dauernd Zwischengas geben mußte. An der hier ist alles automatisch.« Er hob die Hände und ließ sie wieder sinken, wie um anzudeuten, daß es keine Probleme geben würde, und winkte ihr dann.

»Nein«, sagte sie. »Meine Knie sind steif, ich kann nicht mal die Beine hoch genug heben.« Sie bemerkte auf einmal, daß er über dem Hemd ein buntes Kleidungsstück trug, das ihn genau wie die Hippies aussehen ließ, die Ende der sechziger Jahre auf der Insel aufgetaucht waren. Sie kniff die Augen zusammen, um besser sehen zu können, und erkannte, daß er die mit Blumen, Adlern und Fischen bestickte rote Samtweste trug, die sie ihm vor fünfzig Jahren geschenkt hatte. Sie tat so, als hätte sie sie nicht gesehen, und äußerte sich auch nicht dazu, aber es erstaunte sie, daß er sie die ganze Zeit so sorgfältig aufgehoben hatte. Sie war gerührt.

»Koritsimou«, sagte er, da er gemerkt hatte, daß sie ihr aufgefallen war, und rechnete damit, daß ihre ablehnende Haltung sich etwas gemildert hatte.

»Auf keinen Fall.«

»Willst du die ›Casa Nostra‹ nicht sehen?«

»Nicht mit einem Verrückten.«

»Du willst doch nicht, daß ich es umsonst gemietet habe?«

»Doch.«

»Ich habe es für zwei Tage. Wir können nach Kastro, Assos und Fiskardo fahren. Wir können uns auf einen Felsen setzen und nach Delphinen Ausschau halten.«

»Geh zurück nach Athen. Alter Spinner.«

»Ich habe dir auch einen Sturzhelm mitgebracht.«

»Ich trage kein Rot. Hast du mich je in Rot gesehen?«

»Dann fahr ich allein.«

»Na los.«

Es dauerte eine Ewigkeit, bis er sie überredet hatte. Als sie in gefährlicher Schräglage auf den steinigen Straßen herumkurvten, klammerte sie sich an seine Hüften, die Handknöchel weiß vor Angst, den Kopf zwischen seinen Schulterblättern vergraben, während der donnernde Motor in ihrem Unterleib eine Empfindung erzeugte, die zugleich angenehm wie durch und durch verstörend war.

Corelli merkte, daß sie sich noch verzweifelter an ihn klammerte als früher, und baute zynischerweise noch ein paar absichtliche Schlenker in das Schlingern ein, das besorgniserregend ungewollt war.

Pelagia umklammerte beharrlich seine Hüften. Sie merkte, daß er im Lauf der Jahre so viel zusammengefallen war, wie sie auseinandergegangen war. Plötzlich schwenkte er aufs Bankett zu, schlidderte etwas und wirbelte einen Sprühregen aus Splitt auf. »Gerasimos rette mich«, dachte sie, schlang, nach Geborgenheit heischend, die Arme ganz um seine Hüften und verschränkte die Finger.

Ein altehrwürdiges graues Moped puffte und knatterte an ihnen vorbei. Darauf boten nicht nur ein, sondern gleich drei Mädchen, die alle in den gleichen superkurzen weißen Kleidchen steckten, einen entzückenden Anblick. Corelli erhaschte einen Blick auf schlanke goldene Schenkel, knospende Brüste, geschwungene Brauen über schwarzen Augen und langes gelöstes Haar, das so dunkel war, daß es fast blau wirkte. Er hörte, wie sich in seinem Herzen eine Melodie meldete, etwas Freudiges, das den ewigen Geist Griechenlands einfing, ein griechisches Konzert. Bei der Komposition würde er nur an das Herumfahren mit Pelagia auf der Suche nach der »Casa Nostra« und das Vorbeiknattern dreier Mädchen in der köstlichsten ersten Blüte ihrer Freiheit und Schönheit denken müssen. Die Fahrerin des Mopeds hatte ihre Füße auf den Tank gestellt, das zweite Mädchen verfeinerte mit der Gestik eines Malers sein Make-up, wobei sie sich eines kleinen rosa Spiegels bediente, und das dritte saß gegen die Fahrtrichtung, und ihre in Sandalen steckenden Füße streiften fast die Teerdecke. Sie hatte eine völlig ernste Miene, während sie sich in die Zeitung vertiefte und mit den Fingern elegant zu verhindern suchte, daß die Seiten im Fahrtwind flatterten.

Nachbemerkung des Autors

Ich war bemüht, mich so wahrheitsgetreu wie möglich an die historischen Fakten zu halten, obwohl ich zum Beispiel die Bräuche zweier religiöser Feste miteinander verschmolzen habe. Was Kephallonia betrifft, so mußte ich das Beste aus dem wenigen machen, was es an Informationen gibt; es bedarf dringend eines Dr. Iannis oder einer Pelagia, um eine angemessene Geschichte der Insel zu verfassen. Vieles von dem, was ich geschrieben habe, basiert auf Hörensagen, temperiert durch Mythos und verschwommene Erinnerung, und natürlich ist Geschichte genau das. Zwei weitere Punkte:

Erstens schmälert der Umstand, daß sich die Division Acqui in Ionien einigermaßen anständig aufgeführt hat, keinesfalls die Greuel, die die italienischen Streitkräfte anderswo verübt haben.

Zweitens ist es unter gewissen weltfremden Intellektuellen seit langem Tradition, zu behaupten, daß die griechischen Kommunisten romantische Helden waren, die von den imperialistischen und doppelzüngigen Briten ungerechterweise unterdrückt wurden, um gegen den Willen des Volkes die Monarchie wiederherzustellen. So angenehm es sein mag, Illusionen und Mythen zu nähren, die mit dem eigenen politischen Vorurteil übereinstimmen – in diesem Fall verbietet auch nur die geringste Kenntnis der Primärquellen, ihnen Glauben zu schenken. Es war mir unmöglich, zu einem anderen Schluß als dem zu kommen, daß die griechischen Kommunisten, wo sie sich nicht als vollkommen nutzlos, perfide und parasitär erwiesen, unaussprechlich barbarisch waren. Nun, da der kalte Krieg vorbei ist, hat es keinen Zweck mehr, etwas anderes vorzugeben. Selbst Tito hat sie, offensichtlich voller Abscheu, schließlich im Stich gelassen, obwohl ihre Vorgehensweise, erlernt von ihm und den Nazis, mit jener identisch war, deren er sich mit so viel Zynismus und Erfolg gegen sein eigenes Volk und die unglücklichen italienischen Soldaten bedient hat, die in gutem Glauben für ihn in den Kampf gezogen sind. Wer wissen will, wie es im griechischen Bürgerkrieg zuging, muß sich nur vor Augen halten, was in Jugoslawien zur Zeit der Niederschrift dieses Buches geschah – nur daß in jenen früheren Tagen die Briten das Richtige anstatt des Vernünftigen getan und geholfen haben, den Krieg zu beenden.

Agapeton	Geliebter
Agora	Markt
Ai gamisou!	»Fick dich!«
Aira!	»Luft!«
Alithia	Wahrheit
Alithos anesti	»Er ist wahrhaftig auferstanden!«
Apokrea	Karneval, Fastnacht
Avgolemono	Suppe mit Ei und Zitrone
Babaoulia	ein Tanz
Ballos	der Tanz
Christopsomo	Weihnachtsstollen
Christos anesti	»Christus ist auferstanden!«
Daskalos	Lehrer, Anrede: Daskale
Divaratiko	ein Tanz
Dolmades	gefüllte Weinblätter
Efkaristo	»Danke schön!«
Elefteria	Freiheit
Enosis	Zusammensein, Vereinigung
Erchetai	»Er kommt!«
Feta	Schafskäse
Fustanella	Trachtenrock
Fustanellophoroi	Trachtenrockträger
Harmageddon	Weltuntergang
Heston	»Scheiß auf ihn!«
Iatros	Arzt, Anrede: Iatre
Kalamatianos	Kreistanz
Kalimera	»Guten Morgen!«
Kalispera	»Guten Abend!«
Kamakia	Strichjungen
Kapheneia	Versammlungslokal, Kneipe
Katharevousa	Gelehrtensprache, älteres Neugriechisch
Kefi	gute Laune
Kleftiko	Lammfleischgericht mit Weinblättern
Kokoretsi	Kutteln
Koritsimou	mein Mädchen

Kourabiedes	Butter-Nußgebäck
Kyria	Frau
Kyrie	Herr, feiner Mann
Loukomades	Krapfen, Pfannkuchen
Mangas	Straßenjunge, Casanova, Macho
Mayeritsa	Suppe aus Innereien, Ostergericht
Mega biblion, maga kakon	»großes Buch, großes Übel«
Mezedakia	gemischte Vorspeise
Paidia	Kinder, Jungs, »jetzt reicht's!«
Philotino	Ehrgefühl
Pretza	Prise
Psipsina	»Mieze!«, wird schönen Mädchen nachgerufen
Putanas yie	»Hurensohn!«
Syrtos	ein Kreistanz
Thei gemiesei	»Ich will ficken!«
Tsalimia	ein Tanz
Tsibouki	Dudelsack
Tsoureki	Ostergebäck
Vasilopeta	Neujahrsstollen

VICES ET VERTUS

LA SÉRIE INTÉGRALE

LYNDA CHANCE

GREY EAGLE PUBLICATIONS

Titre original : *The House of Rule (Rule's Obsession, Rule's Property, Rule's Addiction, Rule's Seduction)*

greyeaglepublications.com

Couverture : Alex McLaughlin

Traduction : Greta O'Keefe pour Valentin Translation

ISBN: 978-1-64366-702-7
Print ISBN: 978-1-64366-701-0

OBSESSION

1

Assis dans la salle d'attente du salon de coiffure, Damian Rule se demandait pour la centième fois pourquoi diable il continuait à fréquenter cet endroit, avec sa décoration sur le thème du sport. Peu pratique, loin de son appartement et de son bureau du centre-ville. De plus, l'atmosphère était envahissante, l'éclairage trop dur et le flot continu de commentaires sur des événements sportifs dont il se fichait diffusé par plusieurs écrans plats disséminés un peu partout.

En examinant la salle avec ses éléments de décor, il devait bien admettre que ni les employés qui y travaillaient ni la clientèle qui fréquentait l'établissement n'étaient le genre de personnes qu'il côtoyait au quotidien. Mais voilà, il y était entré un jour en désespoir de cause pour une coupe de cheveux alors qu'il se trouvait de ce côté-ci de la ville, et depuis, il ne cessait de revenir. Pour être honnête, la coiffeuse effectuait un travail tout à fait correct, mais pas au point d'être irremplaçable.

Lorsque la jeune femme en question vint le chercher pour son rendez-vous et se mit aussitôt à bavarder en fouillant dans le tiroir du haut de son meuble avant de commencer, Damian bloqua

mentalement le flot de paroles et laissa ses yeux se promener dans la partie de la pièce qu'il pouvait observer à partir du reflet dans le miroir.

Il ne vit pas tout de suite ce qu'il cherchait, mais il continua à regarder la glace. L'endroit était bondé, comme toujours. Plusieurs coiffeurs se déplaçaient, soit à leur poste de travail où ils s'occupaient des coupes, soit pour conduire les clients vers et depuis la rangée de lavabos. Après quelques minutes supplémentaires d'observation patiente, sa persévérance fut récompensée par un léger mouvement à l'arrière du magasin qui attira son attention. *Ahhhh... Elle est là !*

Sa tête brune était penchée sur quelque chose qu'elle mélangeait dans un petit bol, et à la vue de sa silhouette féminine et de ses yeux baissés, Damian ressentit dans son entrejambe le même serrement que chaque fois qu'il la voyait. Tout en continuant à la regarder, il comprit ce qui le ramenait sans cesse dans ce salon particulier. Il n'était pas venu ici pour l'emplacement, ni pour la coiffeuse qui lui coupait les cheveux, ni pour les événements sportifs diffusés pendant les horaires de bureau. Non, ce n'était rien de tout cela.

C'était pour la femme qu'il regardait maintenant. L'employée qui retenait son attention, celle qui s'appelait Angie.

Damian fit rouler les syllabes dans sa tête et laissa la connotation du mot éveiller une image dans son cerveau. Angie. Angela. *Ange*.

Sa bouche se tordit en un sourire. Ange. *Tu parles !*

La fille ne ressemblait pas du tout à un ange. À moins, bien sûr, d'intégrer le fait qu'elle pouvait sans aucun doute l'emmener au ciel avec ses lèvres pulpeuses.

Merde !

Il devait se la sortir de la tête, il le savait. Mais comment diable était-il censé y arriver, alors qu'il laissait sa verge le ramener ici chaque fois qu'il avait besoin d'une foutue coupe de cheveux ? Il venait dans ce salon de coiffure, il la surveillait depuis des mois.

C'était absolument, indéniablement incroyable, putain, qu'il ait réussi à rester assis à ne faire que l'observer pendant tout ce temps ! Elle lui tourneboulait les tripes, cette... *et merde !* Il prit une grande inspiration et s'obligea à se calmer. Il ne voulait pas penser à ce qu'elle lui faisait à l'intérieur.

Incapable de lutter, néanmoins, il continua à l'observer, comme si ses yeux étaient des aimants attirés par son métal. Son sexe gonfla dans son jean alors qu'il l'étudiait. Non, elle n'était pas un ange. En fait, elle était peut-être tout le contraire. Bien qu'elle se déplace avec une grâce naturelle, cette jeune femme n'était certainement pas née de la dernière pluie. Non, elle avait le regard sombre et enivrant de la malice. C'était une petite diablesse féminine, attirante et ne demandant qu'une chose : *être baisée.*

C'était une gothique *sexy*, mince et illisible.

Elle avait l'air de taille moyenne, peut-être un peu plus petite — impossible à dire parce qu'elle portait toujours des talons compensés noirs qui augmentaient sa taille et rendaient ses jambes, sous les bas noirs en résille, proprement sublimes. Damian n'avait aucun moyen de savoir si elle portait toujours des jupes courtes ou si c'était juste un heureux hasard, en tout cas, chaque fois qu'il la voyait, elle était en jupe si courte qu'il aurait presque pu jouir rien qu'en la reluquant. Elle était totalement incroyable, totalement baisable... en tout cas, absolument assez baisable pour qu'il revienne ici juste pour la mater encore et encore, en dépit de ses efforts pour l'éviter.

Chaque fois qu'il entrait ici, il s'attendait à découvrir que son esprit et sa libido lui avaient joué des tours. Il était impossible qu'elle soit aussi *sexy* qu'il l'avait imaginée la fois précédente.

Mais non, elle était tout aussi *sexy.*

Super *sexy*, mais pas toujours parfaite. Parfois, elle avait l'air lasse, indiscutablement fatiguée. Sauf que c'était justement là qu'il avait le plus envie de coucher avec elle, quand son maquillage n'était pas impeccable et que son sourire n'était pas bien en place, dans les moments où elle avait l'air si vulnérable qu'il ne désirait

rien plus que de la prendre dans ses bras et d'enrouler ses jambes autour de sa taille pour la pénétrer profondément.

Il n'aurait pas dû aimer la voir fatiguée, pourtant c'était le cas, parce que c'étaient les seuls moments où elle dérapait et se laissait aller à jeter un coup d'œil dans sa direction. La plupart du temps, elle l'ignorait ostensiblement.

Habillée comme elle l'était, on aurait pu imaginer qu'elle se la jouait, mais ce n'est pas le cas. C'était incongru, avec son apparence, mais elle ne lui adressait aucun signe, jamais elle n'avait essayé de flirter avec lui, ainsi que le faisaient la plupart des femmes.

Elle l'ignorait tout bêtement, comme s'il n'existait pas. Une attitude qui éveillait le chasseur en lui, mais il le retenait toujours et restait maître de la situation. Lorsqu'elle était fatiguée, cependant, et qu'il la surprenait à le regarder derrière ses longs cils, ses entrailles s'embrasaient et ses veines se nourrissaient de luxure. Son imagination se déchaînait : il se voyait traverser la pièce et la soulever, enfoncer les mains dans la chair douce de ses fesses et l'emporter dans l'arrière-salle. Il la déshabillerait complètement, puis il la prendrait debout, jusqu'à jouir fort au fond d'elle et qu'elle fonde autour de lui, le sexe chaud et humide, tandis qu'exploserait son orgasme.

Le fantasme de la baiser le titillait chaque fois qu'il venait ici, et il continuait à le titiller chaque fois qu'il repartait. Dans son cerveau, il l'avait déjà baisée de toutes les façons possibles et même plus. Il l'avait baisée debout, il l'avait baisée à quatre pattes, il l'avait baisée attachée à son bureau.

Il serra les dents et déglutit péniblement afin de dissiper ces images, en vain. Il avait nourri de très, très mauvaises pensées à propos de cette fille. Jamais encore dans sa putain de vie il n'avait eu de telles pensées au sujet de qui que ce soit.

D'habitude, quand il pensait au sexe, c'était seulement pour tirer son coup. Un soulagement physique, en somme. Mais pas avec cette fille. Il voulait l'attacher. Il voulait la contrôler.

Il prit une profonde inspiration pour calmer ses nerfs et laissa son regard parcourir sa silhouette, presque contre sa volonté. Il tâcha de se concentrer sur la situation concrète et de chasser les fantasmes de son cerveau. Mais la réalité ne cessait de l'envahir : il voulait se la faire davantage chaque fois qu'il la voyait. Et son cerveau analytique connaissait la raison de ce fantasme : c'était parce qu'elle n'était pas faite pour lui.

Elle était exactement le contraire du genre de femmes qu'il recherchait d'habitude. L'exact opposé de la créature qu'il épouserait au bout du compte. Une femme qui prendrait sa place à ses côtés et donnerait à sa vie personnelle le type de base conservatrice dont il avait besoin, en restant à l'arrière-plan pendant qu'il développerait l'entreprise familiale. Qu'il le veuille ou non, il était obligé de donner régulièrement des réceptions, et ces occasions ne feraient qu'accroître la taille et le rayonnement de la Rule Corporation.

Il savait qui il lui fallait : quelqu'un de parfaitement habillé, dans un style élégant et classique, quelqu'un de très instruit qui puisse divertir ses invités le moment venu. Mais pas la femme à laquelle sa mère avait fait allusion ces derniers temps. Jamais elle. Il lui fallait au minimum être attiré par celle qu'il finirait par épouser, or, Courtney Powell ne faisait même pas frémir son sexe, aussi gentille et jolie soit-elle. Elle était assez sympathique, agréable même. Seulement, il la connaissait depuis qu'elle était toute petite et la relation étroite que partageaient leurs mères respectives lui donnait presque l'impression qu'elle était de la même famille que lui.

Même si la femme que sa mère ne cessait de vouloir pousser dans ses bras ne ferait jamais l'affaire, il se rendait bien compte qu'il lui fallait quelqu'un de son monde, et pas une sorcière gothique qui portait des bracelets à pointes aux poignets, des chaînes qui pendaient à sa ceinture et une jupe si courte que l'on voyait presque ses fesses. Non, il lui fallait quelqu'un de raffiné, pas quelqu'un qui portait du fard à paupières noir et du rouge à lèvres

violet. Quelqu'un d'élégant, pas quelqu'un qui avait l'air de chanter des odes au seigneur du monde souterrain et qui ne voulait de lui que pour boire son sang.

Non, la fille dont il ne pouvait pas détacher les yeux n'était pas celle dont il avait besoin pour son avenir, alors autant s'interdire de la voir. Discrètement, il fit courir son regard le long de son corps, avec un regret presque douloureux. Il avait besoin d'une femme et celle-ci était tout bonnement inadéquate.

Mais parfaite pour la partie de jambes en l'air qu'il brûlait de partager avec elle.

~

ANGIE SE DÉTOURNA DE LA COULEUR QU'ELLE AVAIT PRÉPARÉE POUR Rita et faillit rentrer dans une Janice clairement paniquée. Le visage blême, sa collègue tenait son téléphone portable serré contre sa poitrine.

— Il faut que j'y aille. Que j'y aille tout de suite.

L'inquiétude contracta aussitôt le ventre d'Angie.

— Qu'est-ce qui se passe ?

— L'école a appelé. Bethany a une forte fièvre et vomit.

— Oh, pauvre bébé ! OK, pas de problème, je m'occupe de tes clients.

— Je vais courir la chercher et puis j'appellerai mes deux derniers rendez-vous de chez moi pour les annuler, mais tu peux t'occuper de lui ?

Les yeux de Janice s'élargirent encore plus lorsqu'elle pencha la tête en direction de l'homme qu'Angie avait commencé à surnommer, dans sa tête : Damian, le Diable incarné.

Son cœur se mit à battre la chamade. Son estomac se remplit de papillons, mais elle colla sur son visage l'expression d'un courage qu'elle était loin de ressentir, histoire de rassurer son amie.

— Bien sûr. Je vais m'occuper de lui. File t'occuper de Bethany.

— Merci. Je lui ai déjà lavé ses cheveux. Je récupère mes affaires et je me mets en route, d'accord ?

— Oui, pas de problème, répondit Angie en enlaçant rapidement Janice, dont elle percevait la tension. Tu es sûre que ça va ?

Sa collègue secoua la tête et elle fut surprise de voir des larmes dans les yeux de son amie. Qui la regarda comme si elle s'apprêtait à lui faire une énorme confession.

— Je suis en train de sombrer financièrement. Mes cartes de crédit sont si proches du maximum autorisé que c'en est ridicule. Quand Danny nous a quittées, il a tout pris et laissé mes comptes en chaos. Payer les honoraires du médecin me stresse tellement que j'en suis physiquement malade.

— Tu as assez ? demanda Angie avec inquiétude.

La jeune mère lâche un soupir.

— Tout juste.

— Et les ordonnances ? Tu as besoin d'aide pour payer les médicaments ?

— Non, je crois que ça va aller.

Angie ressentit une pique de colère contre ce père absent. Danny avait toujours été un connard, ce n'était pas nouveau. Mais Janice avait si bien caché ses problèmes financiers qu'Angie ne s'était douté de rien.

— Essaie de ne pas t'inquiéter, d'accord ? Concentre-toi sur le rétablissement de Bethany et ensuite, on trouvera une solution. J'ai des économies, je peux vous aider.

— Je ne peux pas prendre ton argent, Angie.

— On verra bien. Je sais qu'on peut se débrouiller. Au pire, je suis sacrément douée pour tirer un centime de la moindre bricole.

Les deux femmes s'embrassèrent à nouveau, et après le départ de son amie, Angie alla dans la pièce du fond, où elle compta lentement jusqu'à dix, le temps de prendre quelques inspirations stabilisatrices avant de retourner affronter l'inévitable. En se regardant dans le miroir, elle respira profondément et s'efforça de

calmer ses mains tremblantes avant de se tourner vers la porte avec détermination.

~

DAMIAN REGARDAIT AU-DELÀ DE SON REFLET DANS LE MIROIR POUR observer, enchanté, la jeune gothique s'approcher derrière lui.

— Alors, voilà, expliqua-t-elle aussitôt, Janice a dû partir parce que sa gamine est malade. Je m'appelle Angie et c'est moi qui vais vous couper les cheveux, aujourd'hui, si ça ne vous dérange pas.

Au son de sa voix à la fois féminine et rauque, le cerveau de Rule fut temporairement court-circuité, car tout le sang de son corps semblait se concentrer dans son entrejambe à la seule pensée qu'elle puisse toucher ses cheveux. Il serra les dents, passa les mains autour des bras du siège pour éviter de l'attraper et de l'attacher à lui. Pourrait-il rester assis sans bouger pendant qu'elle le touchait, sans la prendre dans ses bras et la transporter hors d'ici ? Il contracta ses abdominaux et hocha une fois la tête en réponse à sa question. Puis, fasciné, il la regarda porter un peigne noir à son cuir chevelu.

Ses mains avaient l'air délicates et douces, avec de beaux doigts fins qui se terminaient par des ongles effilés. Des ongles peints en noir. Le ventre de Rule se serra d'excitation, mais son cerveau luttait contre sa réaction involontaire autant qu'inappropriée.

Constatant que ses doigts au bout noir tremblaient imperceptiblement, il leva sans réfléchir une main et l'enroula autour d'un poignet veiné de bleu.

— Tout va bien ? lança-t-il.

Elle tourna les yeux vers lui dans le miroir, se passa la langue sur les lèvres et prit une profonde inspiration. Il voyait le pouls battre dans sa gorge, mais elle ne lui répondit pas. Il aurait parié son dernier dollar qu'elle ne pouvait pas, en fait, et il sut à la seconde même qu'il la troublait autant qu'elle le troublait.

Eh bien, merde alors !

Putain, bonne chance pour essayer de rester loin d'elle, maintenant, Rule !

~

Le gars était *sexy*, sans l'ombre d'un doute. Et il l'était encore plus de près. Mais bon sang, ça ne voulait pas dire qu'elle devait trembler, si ? Elle le contempla dans le miroir et réussit à s'éclaircir la gorge et à faire fonctionner ses cordes vocales suffisamment pour répondre à sa question.

— Oui, je vais bien. Juste une coupe, c'est ça ?

À ses mots, il resserra son emprise sur son poignet, envoyant une vague chaude à la jonction de ses cuisses, avant de laisser retomber sa main sur l'accoudoir du fauteuil.

— Juste une coupe.

Sa voix était grave et brusque, Angie en sentit la cadence profonde se répercuter à l'intérieur son corps, provoquant un afflux de sensations. Incapable d'arrêter son geste, elle lui passa les doigts dans les cheveux, comme pour en mesurer la longueur. Alors qu'elle commençait lentement la coupe, elle en profita pour l'examiner. Probablement au début de la trentaine, il portait toujours un costume sur mesure et il gardait ses cheveux très courts. Conservateur, de toute évidence. Elle aurait parié qu'il détestait se sentir attiré par elle. Car il l'était manifestement. Elle l'avait surpris en train de la regarder plus de fois qu'elle ne pouvait en compter.

Mais elle ne voulait pas être remarquée par un type comme lui, il ressemblait trop à son père. Angie savait qu'au fond, elle aimait son père, toutefois, il fallait bien admettre qu'ils n'étaient pas proches, même s'il avait été un père plutôt convenable. Il lui avait appris plus de choses sur l'argent et les finances qu'elle aurait jamais besoin d'en savoir et il s'était assuré qu'elle pourrait se débrouiller seule avant qu'il ne déménage à l'autre bout du pays. Hélas, il avait une addiction qu'elle n'appréciait pas ! Les femmes.

Sa mère était morte quand elle était jeune, et depuis, Angie avait connu plus de belles-mères qu'elle pouvait se rappeler, tant son père se lassait facilement.

Or, Damian le Diable dégageait cette même attitude. Le jugeait-elle, probablement injustement ? Oui, mais elle s'en fichait.

Janice lui avait raconté quelques semaines plus tôt qu'il lui avait posé des questions sur sa façon de s'habiller et qu'elle avait perçu la désapprobation dans le ton qu'il avait employé. Il n'aimait pas son style vestimentaire. Et cela convenait parfaitement à Angie. Elle se fichait de ce que les gens pensaient d'elle et elle ne voulait certainement pas être remarquée par un maniaque du contrôle comme devait l'être ce type, elle en était sûre. Et peu importait qu'il soit beau à tomber, peu importait la vitesse à laquelle il faisait battre son cœur ou celle à laquelle elle pensait pouvoir se noyer dans ses yeux lascifs si elle ne faisait pas attention.

Avait-il l'air de savoir s'y prendre au lit ? Absolument. Mais Angie n'avait pas de temps pour un type comme lui. Pas de temps et pas le désir d'être tentée. Alors, ça ne la dérangeait pas que les hommes trop conservateurs comme lui la reluquent généralement un peu trop longtemps avant de détourner le regard. Être dédaignée par des hommes d'affaires de son espèce était l'un des avantages, à la marge, du style gothique qu'elle s'était créé.

Ce n'était pas comme si elle était réellement gothique. En vérité, elle était même prête à admettre que son *look,* c'était pour la frime. Elle avait commencé à s'habiller en noir parce qu'elle avait trouvé quelques tenues adorables au centre commercial, et la réaction de ses clients masculins au salon avait été plus que positive. Ses pourboires avaient presque triplé chaque fois qu'elle portait du noir. Comme elle apprenait vite, cette rentrée inattendue d'argent l'avait convaincue d'assumer son nouveau personnage avec délectation, en achetant des tonnes d'accessoires et en se maquillant avec beaucoup d'ardeur. Pour ce qui avait été de passer à la coloration de ses cheveux, elle avait hésité, mais rien ne l'obligeait à se faire une couleur permanente, d'autant que les

dommages causés par les produits chimiques finiraient par s'étendre.

Alors qu'Angie lui coupait les cheveux, elle n'essaya pas de faire la conversation avec lui et se refusa à le regarder à nouveau dans le miroir, après avoir trouvé ses yeux rivés une fois sur son visage puis, sourcils froncés, sur ses seins. Ses petits seins à peine visibles, cachés sous un soutien-gorge léger et son t-shirt noir Nine Inch Nails préféré, bien ajusté.

Ses sourcils étaient restés froncés alors qu'il étudiait son chemisier et l'aspect sévère de ses traits la faisait frissonner. Mais de chaleur. Après avoir intercepté ce regard, elle évita de rencontrer à nouveau ses yeux. Au lieu de cela, elle se concentra sur son travail pour lui faire la coupe parfaite, et elle ne tarda pas à se perdre dans la sensation de ses cheveux humides sous ses doigts. Depuis quand une coupe de cheveux procurait-elle une sensation aussi intime ? C'était vraiment insensé, car elle pratiquait des coupes toute la journée, surtout aux hommes et aux garçons, le type de clientèle que le salon attirait. Alors, pourquoi devait-elle être aussi consciente de la proximité de cet homme, de la sensation que lui procuraient ses cheveux qui glissaient entre ses doigts et de la façon dont ses yeux restaient fixés sur elle comme s'il voulait la mettre à nu ?

Elle était perdue dans ces pensées inconfortables lorsque sa voix grave s'y immisça.

— Vous êtes très jolie, déclara-t-il d'un ton grave, rocailleux même, comme si les mots avaient été arrachés contre sa volonté à ses cordes vocales.

Cet aveu envoya à Angie une nouvelle vague de chaleur libidineuse qu'elle tenta d'ignorer. Elle trouva ses yeux dans le miroir, avant de détourner rapidement le regard pour répondre sèchement :

— Merci.

Sans le regarder directement, elle remarqua que son attention devenait encore plus scrutatrice.

— Quel âge avez-vous ?

Incapable de s'en empêcher, elle planta les yeux dans les siens dans le miroir.

— Et vous, quel âge avez-vous ? rétorqua-t-elle, sans répondre à sa question.

— Trente-quatre ans. (Il pinça les lèvres.) Et vous ?

Ses yeux marron foncé retenaient les siens en otage.

— Vingt-sept ans, parvint-elle à bredouiller.

Il ne pouvait pas s'occuper de ses affaires ?

Après sa réponse, le silence retomba entre eux et Angie eut toutes les peines du monde à empêcher ses mains de trembler.

Enfin, la coupe fut terminée et elle lui tendit un miroir pour qu'il inspecte son travail. Il le prit et le brandit avec un grognement de semi-approbation. Elle lui retira la blouse de protection des épaules et la secoua alors qu'il se levait.

Sans grand enthousiasme, il sortit de l'argent de son portefeuille. Tandis qu'elle regardait fixement le gros billet pour tenter de faire fonctionner son cerveau épuisé, il murmura :

— Gardez tout.

Sur quoi, il se retourna et sortit à grands pas.

Quelques semaines plus tard, Damian était debout, en train de se préparer un *cocktail* sur le buffet du salon de sa mère, lorsqu'une phrase de celle-ci pénétra enfin dans son cerveau.

— Tu veux que je fasse quoi ? demanda-t-il d'une voix retentissante, figé sur place.

Celle-ci posa sa tasse de café et se leva nerveusement pour fermer la porte afin qu'on ne puisse pas les entendre. Elle se dirigea ensuite vers lui avant de lui répondre calmement :

— Je veux que tu envisages de poursuivre ta relation avec Courtney et je pense que mon dîner de samedi soir serait un bon moment pour commencer.

Damian ferma les yeux sous l'effet de la frustration, avant de les rouvrir et de la regarder droit dans les yeux avec détermination.

— Tu plaisantes ? Il n'y a pas de relation entre nous, tu le sais très bien, d'ailleurs.

Comment diable avait-elle pu penser qu'il ressentait autre chose qu'un amour de type fraternel pour Courtney ? Lorsque sa mère avait ramené cette fille à la maison après la mort de ses parents, Damian avait déjà quitté le nid et elle était devenue presque comme une deuxième petite sœur pour lui. Il détestait l'admettre, mais il l'avait surtout ignorée, la casant avec Erin, la plus jeune de ses frères et sœur, et maintenant, quand il pensait à elles, toutes les deux formaient presque une seule unité : « les filles ».

— C'est une fille parfaite, Damian. Tu cours les femmes depuis bien trop longtemps et tu le dois à la mémoire de ton père et à la compagnie qu'il vous a laissée, à tes frères et à toi...

Damian serra les dents. Il aimait sa mère, mais cette fois-ci, elle était allée trop loin.

— Maman, la coupa-t-il, j'ai besoin que tu écoutes ce que je vais te dire, d'accord ? Je ne veux pas te faire de mal, mais tu dois comprendre ce qui se passe. Comment ça s'est passé.

Sa mère le regarda, une larme brillant dans les yeux.

— D'accord.

— Je t'aime et j'aimais papa. Tu le sais. (Il s'éclaircit la gorge. C'était sacrément dur pour lui, il aimait sa mère, et avec ses frères et sœur, ils avaient toujours essayé de la protéger. Sur un petit hochement de tête, il poursuivit.) Je sais que tu aimes Courtney comme une fille et qu'elle est gentille, mais je ne ressens pas pour elle ce que tu voudrais et tu dois arrêter d'essayer de me contrôler par la culpabilité. (Il guettait un signe dans l'expression de sa mère qui l'aurait assuré qu'elle enregistrait ses paroles.) Même si l'entreprise avait été florissante et qu'elle valait des millions, tu ne devrais pas me le rappeler sans cesse, ajouta-t-il en plissant les paupières. Mais maman, la société était dans le rouge, dans les

grandes largeurs, et tu le sais. La seule chose dont Nick, Garrett et moi avons hérité, c'était un camion de dettes. Il n'y avait pas d'actifs. Aucun putain d'actif, maman ! La société était au bord de la faillite. Tu n'as pas idée d'à quel point nos vies auraient été plus faciles si nous avions laissé tomber tout ça. (Il étudiait sa mère, qui l'écoutait en silence.) Mais nous ne l'avons pas fait. Nous avons honoré les dettes de notre père, nous t'avons laissée dans la maison où tu vivais depuis ton mariage, nous avons payé les études d'Erin et de Courtney sans chicaner, et si nous avons fait une erreur, c'était de trop vous protéger, les filles et toi, du monde réel.

Il prit une profonde inspiration et la regarda attentivement pour voir si elle acceptait la vérité, cette fois-ci. Car sa mère vivait dans son propre petit monde de conte de fées, et s'il y avait deux choses qu'il savait à son sujet, c'était d'abord qu'elle aimait ses enfants plus que tout, et ensuite qu'elle avait toujours la tête dans les nuages.

Elle tendit la main et lui toucha doucement la joue, un geste empli de tant d'amour et de tendresse qu'il en fut presque à gémir. Comment pouvait-il ne pas baisser les armes alors qu'elle était la personne la plus gentille et la plus compatissante qu'il connaisse ? Elle posa sur lui un regard un peu triste.

— Je sais, mon chéri, je n'aurais pas pu survivre sans vous, les garçons, et je suis vraiment désolée qu'il n'y ait pas eu plus de liquidités quand votre père est mort. (Elle inclina la tête et le dévisagea comme si c'était lui qui ne comprenait pas bien.) En revanche, il y avait cette police d'assurance-vie et la société elle-même était toujours intacte et faisait des bénéfices. Vous avez hérité de l'entreprise et regarde où elle en est, maintenant.

Un sourire aux lèvres, elle lui tapota la main comme si le monde et tout ce qu'il contenait étaient parfaits. Damian ferma les yeux un instant, déconfit. L'assurance-vie dont elle parlait avait à peine suffi à rembourser les prêts qui avaient été contractés au lendemain de la mort de son père. Elle n'avait pas entamé le reste de la dette. Ils avaient eu à peine assez d'argent pour payer les

funérailles, mais le montant des créances commerciales qui restaient après que l'assurance avait été épuisée les avait stupéfiés, ses frères et lui. Il aurait été tellement plus facile pour eux de se défaire de tout cela, de démarrer une nouvelle entreprise en partant de zéro ! Mais ils avaient pris les choses en main et décidé ensemble d'assumer la dette et de reconstruire l'entreprise familiale sur de nouvelles bases.

Sauf que sa mère ne le comprendrait jamais. Elle continuait à croire qu'on leur avait laissé une fortune et il en serait probablement ainsi jusqu'au jour de sa mort. Et c'était leur faute. Ils avaient travaillé comme des fous. Dès le début, ils avaient tout fait pour que leur mère et les filles n'aient jamais de problèmes.

Il était temps d'essayer une nouvelle approche avec elle. Si lui dire qu'il ne s'intéressait pas à Courtney de manière romantique ne suffisait pas à la convaincre, il devrait sortir ses gros sabots et le lui prouver d'une autre manière.

Il devait le lui montrer.

Après une longue journée stressante, Angie quitta le salon et traversa le parking en direction de sa voiture. Elle désirait une chose plus que tout : un bon bain bien chaud et plein de mousse. Ses muscles étaient douloureux et ses pieds lui criaient de s'asseoir.

Ayant sorti ses clés de son sac à main, elle en passa la sangle en travers de sa poitrine et était presque à sa voiture quand elle jeta un coup d'œil en arrière. Elle ralentit le pas aussitôt lorsqu'elle reconnut le grand homme nonchalamment adossé contre un véhicule garé à côté du sien, près de la portière côté conducteur. Plus d'un mètre quatre-vingt-cinq de muscles appuyés contre la Mercedes noire rutilante, avec l'assurance de qui a le monde et tout ce qu'il contient à ses pieds.

Elle le reconnut immédiatement, bien sûr. L'air se coinça dans

sa gorge au moment même où elle réalisait que les papillons devenaient fous dans son estomac.

Lorsqu'elle refusa de s'approcher, le Diable incarné se porta à sa hauteur et leva un sourcil arrogant de défi.

— Et maintenant, qu'est-ce que tu vas faire ?

Mordant l'intérieur de sa joue, Angie croisa ses bras, sur la défensive.

— Qu'est-ce que tu veux dire par là ? rétorqua-t-elle sur le même ton, puisqu'il se permettait de la tutoyer.

— Regarde autour de toi, ma puce. Il fait noir et il n'y a personne. Et si j'étais un inconnu qui te voulait du mal ? (Ses yeux flamboyaient, lançaient des flèches de feu.) Qu'est-ce que tu ferais, putain ? Ce ne serait pas ces ridicules boucles d'oreilles en lames de rasoir qui t'aideraient.

Angie prit un moment pour calmer son rythme cardiaque effréné alors qu'elle l'observait. C'était le soir, mais il était loin de faire complètement nuit. Le parking était bien éclairé, et quoique le but de la présence de cet homme ici soit douteux, elle ne pensait pas qu'il lui veuille du mal.

— Peut-être que j'ai une arme, osa-t-elle, caustique.

Il leva les yeux au ciel comme si elle n'avait pas un seul neurone en état de fonctionnement dans sa tête, puis la regarda fixement à nouveau.

— Tu as une arme ?

Bien sûr qu'elle n'avait pas d'arme !

— Et toi, tu es un inconnu qui veut me faire du mal ? riposta-t-elle, lui répétant ses propres mots.

Pourquoi l'accostait-il comme ça ?

— Si c'était le cas, chérie, tu serais dans le coffre de ma voiture à l'heure qu'il est.

2

Angie vit sa main se tendre vers l'élégant véhicule noir contre lequel il était appuyé. Elle lâcha une respiration contrôlée et resserra les bras autour de sa poitrine.

— Que veux-tu, exactement ?

Pendant quelques secondes seulement, le regard qu'il lui lança brilla d'une lueur purement sexuelle, brute, qui donnait à son visage un air renfrogné, puis ses traits se lissèrent et ses yeux se voilèrent.

— Tu as bousillé mes cheveux.

Et il a attendu si longtemps pour s'en plaindre ? Elle se redressa, immédiatement offensée. *OK, il veut le prendre sur ce ton ?*

— Ça me ferait bien chier !

— Tu es toujours grossière sans raison ? insista-t-il, à croire que la cuisiner était son droit suprême.

— Seulement quand j'en ai envie, putain ! rétorqua-t-elle, ravie à l'idée de l'énerver, mais sans toutefois savoir pourquoi.

Les narines de l'homme se dilatèrent et son regard tomba sur ses seins, puis sur son entrejambe. L'instant commençait à être surréaliste : ce type la reluquait comme s'il voulait trouver la

surface horizontale la plus proche et la coucher dessus. Et elle avait toutes les peines du monde à contrôler le tremblement de ses jambes et à maîtriser l'oxygène qu'elle faisait entrer et sortir de ses poumons. Après un bref silence, il demanda :

— Tu portes toujours du noir ?

Angie inspira brusquement devant l'expression ouvertement sexuelle de son visage et répliqua aussitôt :

— Et toi, tu dragues toujours des femmes que tu connais à peine ?

— Seulement quand je veux les baiser, et je ne te drague pas, répondit-il sèchement, de l'animosité plein la voix.

Les yeux d'Angie s'écarquillèrent — ce type cherchait à la faire sortir de ses gonds ! —, puis elle plissa les paupières.

— Tu es grossier. Éloigne-toi de ma voiture et fous le camp.

Il ne releva pas l'observation sur sa grossièreté et retourna au sujet de la coupe qu'elle lui avait faite.

— Regarde ce que tu as infligé à mes cheveux.

Il pivota de façon à lui montrer son profil.

D'où elle se tenait, elle ne voyait rien d'anormal dans ses cheveux. Elle était même parfaite, comme le reste de lui. Il avait de larges épaules sur un corps mince, un visage ciselé et une structure osseuse si masculine qu'elle dut déglutir avant de pouvoir formuler une réponse.

— C'est quoi, le problème ?

— Tu m'as tout bousillé. C'est de la merde !

— N'importe quoi ! C'est ça, ton excuse bidon pour venir me voir ici ?

Il leva un seul sourcil.

— Et si c'était le cas ?

— Je dirais que c'est du harcèlement.

Il l'étudia, comme s'il essayait de plonger dans ses pensées.

— Ce n'est pas la raison pour laquelle je suis ici. En revanche, il faut vraiment que tu fasses quelque chose pour mes cheveux.

— N'importe quoi !

Je suis sérieux, chérie.

— Je ne suis pas ta « chérie ». Ne m'appelle pas ché...

Il éclata d'un rire sans joie.

— Qui diable voudrait de toi comme chérie ? Je suis sûr que personne ne pourrait jamais te faire assez confiance pour s'endormir près de toi. Tu serais capable de m'enfoncer un pieu dans le cœur !

Angie n'arrivait pas à décider s'il était tout simplement grossier ou super, hyper odieux et grossier. En tout cas, il avait de toute évidence une lueur torride et sexuelle dans les yeux, quoi qu'il en dise. Elle opta donc pour la réponse qui ne lui permettrait pas de comprendre qu'elle devinait qu'il la voulait vraiment.

— Va te faire foutre !

Un silence de mort s'abattit sur lui et sa bouche se pinça tandis que ses yeux s'allumaient.

— Avec plaisir, bébé !

Une vague dévala le long du dos d'Angie, qu'elle ignora. Si c'était effectivement de la drague, c'était une technique différente de tout ce qu'elle avait jamais connu.

— Dans tes rêves, mec. Va-t'en !

— Je n'irai nulle part tant que tu n'auras pas accepté de réparer cette putain de coupe de cheveux !

Elle soupira, résignée.

— D'accord, très bien. Viens vendredi et je m'en occuperai.

— J'ai besoin que ce soit réparé d'ici demain matin.

— Eh bien, c'est un problème parce que je ne travaille plus jusqu'à vendredi.

— Tu peux faire ça ce soir. Tout de suite. On peut aller à mon appart.

Le ventre d'Angie se serra et le peu de contrôle qu'elle conservait encore menaça de s'envoler, mais elle tint bon.

— Tu plaisantes, là ! Alors que tu viens de me menacer ?

Il réagit en se redressant de toute sa hauteur, dans une posture qui n'avait plus rien de désinvolte.

— Comment ça, je t'ai menacée ?

— Qu'est-ce que c'était que toutes ces conneries sur les inconnus qui pourraient me faire du mal et le fait qu'il fasse nuit ?

— Ce n'étaient pas des menaces, pour l'amour de Dieu, c'était de l'inquiétude ! lança-t-il avec impatience, à croire qu'on lui arrachait les mots de la gorge.

— De l'inquiétude ?

Il leva un sourcil arrogant.

— Tu te crois à l'épreuve des balles, chérie ? Tu n'as pas pensé que tu risquais d'attirer l'attention d'êtres indésirables, dans cet accoutrement ?

Il détourna les yeux pour balayer le parking du regard, avant de reporter son attention sur elle. Qui était ce type qui pensait pouvoir donner son avis sur la façon dont elle vivait sa vie ? Elle s'efforça néanmoins de tempérer sa réponse.

— Nous sommes dans un quartier sûr. Il ne va rien se passer.

Il secoua la tête avec une expression peinée, mais changea de sujet.

— J'ai besoin de te parler.

Enfin ! Il en venait au but. Elle savait que l'histoire de ses cheveux n'était qu'un prétexte.

— À quel propos ?

— Je ne veux pas en discuter ici. Tu veux bien qu'on aille ailleurs ?

Elle pouvait bien lui accorder une minute de son temps, parce qu'il venait au salon depuis longtemps, mais aller quelque part avec lui…

— Hum, pas vraiment !

— Écoute, je ne te veux aucun mal, mais j'ai besoin que tu me rendes un service.

OK, maintenant, c'était un peu trop intrigant pour être ignoré, même par Angie.

— Un service ?

— Oui, répondit-il brièvement.

La jeune femme l'observa un moment, essayant de prendre la mesure de cet homme. Quand elle lui répondit, elle opta pour une touche d'humour.

— Quelque chose à voir avec le fait que je coupe les cheveux comme une reine ?

Une expression durcit ses traits.

— Non. Quelque chose à voir avec le fait que, même si tu portes des bijoux bon marché en forme de crâne et du rouge à lèvres violet, tu n'en es pas moins complètement baisable.

— Je suis désolée… quoi !?

— J'ai dit que tu es très baisable…

— J'avais entendu la première fois, mec ! Tu racontes n'importe quoi et m'insulter ne te mènera nulle part.

L'expression des yeux de Damian durcit, une lueur à la fois sombre et sexuelle brillait toujours au premier plan.

— Je ne veux pas t'insulter, mais c'est la vérité. Tu ressembles à la fille de Satan.

Elle leva le menton et lui adressa un regard noir.

— Merci de t'en rendre compte, mais ça n'explique rien.

Le regard de l'homme glissa sur le corps d'Angie, avant de remonter vers son visage.

— Tu es exactement ce dont j'ai besoin, parce que tu es la quintessence de ce que je ne veux pas.

La coiffeuse ne put réprimer sa perplexité.

— Hein ?

— Tu ressembles à la fille du diable et pourtant, tu es *sexy* en diable. Absolument rien à voir avec ce qui convient à un homme comme moi.

— D'accord… (Angie avait lâché le mot dans un souffle, une petite boule d'excitation et de déception nouée au creux de son ventre.) J'avoue que je suis un peu hors de mon élément, là. (Elle prit une inspiration.) Je ne sais pas ce que tu veux, je ne connais même pas ton nom de famille, mais je suis presque sûre que tu m'insultes.

— Je ne veux pas me montrer insultant. (Il se tut un moment pour la contempler.) Nous venons de deux mondes différents…

— Oui, et je pense que ça doit rester ainsi, répondit aussitôt Angie.

Mais déjà, il poursuivait comme s'il n'avait jamais été interrompu :

— Il serait tout à fait crédible que je ne puisse pas te résister. (Ses yeux passèrent encore une fois sur elle, et lorsqu'ils remontèrent trouver les siens, elle y lut une mise en garde.) Totalement faux, mais néanmoins crédible.

Il s'éloigna de sa position initiale et franchit les cinq pas qui les séparaient pour venir lui tendre la main.

Très prudemment, Angie mit sa main dans la sienne et sa paume fut rapidement enfermée dans une poigne ferme et musculeuse.

— Damian Rule.

Angie se passa la langue sur les lèvres tandis que l'inquiétude et l'excitation lui crispaient le dos.

— Angie Ross.

— Ravi de te rencontrer officiellement, chérie. Tu as un peu de temps à m'accorder ? Il y a un restaurant en bas de la rue et je te promets de ne pas te retenir longtemps.

La jeune femme savait parfaitement qu'elle devait refuser, rien de bon ne pouvait sortir d'une rencontre entre eux. Il était insultant, agressif et bien trop séduisant pour qu'elle soit en sécurité. Mais la raison pour laquelle elle allait accepter, elle le savait, était simple. Elle était curieuse. Elle mourait d'envie de savoir ce qu'il voulait.

Haussant les épaules, elle nomma le restaurant le plus proche avec un bar attenant qu'il apprécierait peut-être.

— Oui, c'est bien celui-là, confirma-t-il.

Elle retira sa main de la sienne.

— Je te rejoins là-bas.

Damian prit une banquette dans un coin et se tint raide en attendant l'arrivée de sa jolie gothique. Elle arriva cinq minutes après lui, et même si la courtoisie lui aurait dicté de se lever à son entrée, la réaction physique très visible qu'elle faisait naître chez lui ne lui permit pas de quitter son siège.

C'était une impulsion qu'il allait devoir maîtriser, mais sans doute le temps passé avec elle diminuerait son attrait. En tout cas, il n'avait pas l'intention de faire quoi que ce soit à ce sujet. Il n'allait pas coucher avec elle. *Non ! Non ! Non !* Il avait besoin de passer un arrangement professionnel avec elle et il ne pouvait pas souiller cela avec un échange de fluides corporels, quel que soit l'effet qu'elle lui faisait.

Elle se glissa sur le siège en face de lui et lança sans autre forme de préambule :

— Alors, qu'est-ce qu'il y a ?

— J'ai déjà commandé un verre, que prends-tu ?

Elle détourna le regard vers le serveur qui était venu se planter à ses côtés. Damian ressentit immédiatement une perte de connexion quand elle rompit le contact visuel. Puis, au moment où elle adressa un sourire Ultrabright au nouvel arrivant, l'homme d'affaires éprouva une poussée de colère brûlante, sorte de coup violent porté à son équilibre, à ses sens étourdis par la beauté qui transformait son visage. Ce sourire, il le voulait pour lui-même.

— Je vais prendre un Coca Light, s'il vous plaît, répondit-elle au serveur sur un ton si féminin et agréable que Damian serra les poings.

L'homme la fixa un instant de trop à son goût, et lorsque l'employé du bar se détourna, il tâcha de se ressaisir en la contemplant attentivement.

— Tu ne penses pas que tu devrais prendre quelque chose de plus fort ?

Elle haussa un sourcil parfait.

— Je vais en avoir besoin ?

— Non. J'ai juste pensé qu'on pourrait rendre la chose plus facile en partageant un verre.

— L'anesthésie par l'alcool ? Pas ce soir, merci. Je dois conduire et je n'ai pas beaucoup mangé, aujourd'hui.

Une fois les boissons disposées devant eux, Damian demanda deux menus. Il n'avait pas faim, mais elle si, manifestement.

Lorsqu'ils furent à nouveau seuls, il observa les épaules raides de la jeune femme et tenta de la mettre à l'aise en admettant son mensonge précédent.

— Tu n'as pas abîmé mes cheveux.

Sans prendre la peine de lever les yeux, elle étudiait son menu.

— Sans déconner ! Pourquoi tu as dit ça, alors ?

— C'était un réflexe. Tu avais l'air prête à filer et j'ai pensé que ça te retiendrait quelques secondes de plus.

Cette fois, les yeux d'Angie remontèrent vers lui et elle demanda sur un ton neutre :

— Qu'est-ce que tu me veux ?

Il ne voulait pas répondre à sa question tout de suite.

— J'espère que tu vas commander quelque chose. Je n'aime pas l'idée de te priver de ton souper.

Elle soutint son regard pendant une seconde, avant de le reporter sur le menu. Le serveur réapparut et elle commanda une entrée.

— C'est tout ce que tu veux ? demanda Damian.

La portion était si petite qu'elle n'aurait pas suffi à garder un oiseau en vie.

— Tu vas en manger la moitié ? l'accusa-t-elle.

— Je pourrais, dit-il, car la perspective de partager la nourriture de la jeune femme lui apparaissait comme particulièrement sensuelle.

Elle se retourna vers le serveur.

— Je vais prendre le poulet grillé et la poêlée de légumes.

Sitôt que le serveur eut fait demi-tour, Damian réussit à calmer son excitation et tenta de se concentrer sur le travail.

— J'ai besoin de ton aide samedi soir. Tu es libre ?

Les yeux d'Angie se rétrécirent pour ne plus former que deux fentes suspicieuses.

— Quel genre d'aide ?

— J'ai besoin d'une cavalière pour un dîner.

La fille était intelligente, Damian la voyait additionner le peu d'informations qu'il avait déjà laissé échapper et en déduire, sinon ses véritables raisons de lui demander pareil service, du moins une partie.

Elle croisa les bras et se cala contre le dossier de son siège. On aurait dit qu'elle s'essayait à une allure décontractée, mais Damian n'était pas dupe. Sa voix était plate lorsqu'elle répéta peu ou prou ce qu'il lui avait asséné plus tôt :

— Une femme comme moi ne convient pas à un homme d'affaires comme toi… et pourtant, il faut faire croire à quelqu'un que tu t'intéresses sérieusement à moi ?

Damian inclina imperceptiblement la tête.

— Jusque-là, c'est correct.

— Qui essaies-tu de berner ?

La fille était douée, elle comprenait vite.

— Nous essayons de berner ma mère.

Elle secoua légèrement la tête et laissa échapper un demi-sourire.

— Il n'y a pas de « nous ». Je n'ai rien accepté.

— Je te paierai pour ton temps, lui proposa-t-il brusquement.

— Évidemment que tu me paieras ! Le samedi est mon jour le plus lucratif au salon, je ne voudrais pas le perdre !

— Mille dollars maintenant et mille quand la soirée est terminée.

— Putain de merde. Deux mille dollars juste pour un dîner ? (Ses traits se teintèrent de méfiance.) Rien d'autre ?

— Juste un dîner de gala. Rien d'autre, même si on doit avoir

l'air impatients de se retrouver seuls, toi et moi. Enfin, si tu te sens à la hauteur du défi.

La première chose qu'il vit, ce fut le calcul : de toute évidence, la perspective de gagner deux mille dollars en une seule soirée pour un travail minime, voire inexistant lui donnait à réfléchir. La deuxième chose qu'il vit, ce fut une question, car elle fit glisser son regard sur lui comme si elle réfléchissait à l'idée de se retrouver seule avec lui. Damian sentit aussitôt un coup à l'aine parce qu'il imagina la même chose. Ce n'était pas difficile : être seul avec elle était une chose à laquelle il pensait souvent. Elle entrouvrit lentement les lèvres et son visage se transforma en une expression très provocatrice. Tout à coup, le pantalon de Damian devint trop serré. Et quand elle répondit, ce fut d'une voix sensuelle, qui ne ressemblait en rien à ce qu'il avait entendu auparavant.

— Je suis presque sûre que je pourrais faire croire à un tas de gens que je suis amoureuse de toi.

Il suivit du regard, presque envoûté, la main qu'elle leva pour prendre une mèche de cheveux qu'elle se mit à faire tourner autour de ses doigts et la mèche qu'elle approcha de sa bouche. Comment pouvait-il ne pas se concentrer sur ses lèvres pleines ? C'était une tactique évidente pour éveiller son attention sexuelle et il était également plus qu'évident qu'elle jouait un rôle, et qu'elle soit maudite si elle n'était pas crédible ! Elle haussa une épaule délicate et poursuivit :

— Je suppose que, pour deux mille dollars, je pourrais aussi prétendre que tu n'es pas un vrai connard pendant quelques heures.

Damian haussa un sourcil. Ses paroles avaient été insultantes, mais la façon dont elle les avait ronronnées donnait l'impression qu'elle brûlait de lui enlever ses vêtements... avec les dents. Oui, si elle pouvait continuer comme ça, elle s'en sortirait très bien. Sa mère avalerait l'hameçon, la ligne et le plomb. Elle comprendrait enfin qu'il n'avait pas le moindre intérêt sentimental pour Courtney et le laisserait à nouveau tranquille.

Alors, tu vas le faire ? lui demanda-t-il.

— Bien sûr, pourquoi pas ?

Damian était heureux d'obtenir ce qu'il voulait, même s'il devait admettre que le côté mercenaire de la fille ne lui plaisait qu'à moitié. Son ton avait rapidement changé lorsqu'il avait été question de deux mille dollars. C'était un repoussoir, mais finalement, c'était aussi une bonne nouvelle, parce qu'il avait besoin de quelque chose pour atténuer la terrible attirance qu'il ressentait lorsqu'il était auprès d'elle.

Il sortit sa carte de visite et prit un moment pour y noter son numéro de téléphone portable avant de la lui remettre.

— Mes coordonnées. Une voiture viendra te chercher à dix-huit heures précises samedi soir. Appelle et laisse ton adresse à ma secrétaire. Si tu as besoin de me parler personnellement, appelle sur mon portable.

— Comment dois-je m'habiller ?

— Dans ce genre-là, bien sûr, dit-il en désignant la tenue qu'elle portait.

Elle plissa les paupières, l'air confuse.

— Humm, la fête sera assez formelle, n'est-ce pas ? Ou est-ce que ce sera juste ta mère et nous ?

— Non, ses dîners comptent généralement de douze à seize invités.

Elle prit une profonde inspiration.

— Bien. Je dois porter une robe de cocktail, au moins, je pense.

— D'accord. Mais choisis-la noire et n'atténue pas l'élément gothique de ton *look*.

— OK. Cela dit, je dois t'avertir qu'un style plus habillé paraîtra plus soigné.

— Cheveux noirs et rouge à lèvres violet ?

— Si c'est ce que tu veux, accepta-t-elle sans hésiter.

— C'est ce que je veux.

La voiture qui récupéra Angie le samedi soir comportait un détail auquel elle ne s'attendait pas : Damian sur la banquette arrière. Pour une raison ou une autre, elle avait cru qu'elle le retrouverait directement à la fête.

Alors qu'elle s'installait à côté de lui, elle tâcha d'ignorer son examen minutieux. Essayant de se calmer, elle s'efforça plutôt de se concentrer sur l'argent promis, qui aiderait Janice à se sortir de la situation où elle se trouvait.

Elle fixa son attention sur la ceinture de sécurité, et voyant qu'il ne parlait pas et que la voiture redémarrait, elle se cala contre son siège. Continuant à sentir ses yeux lui brûler le corps, elle posa ses paumes à plat contre le cuir de la banquette et lui lança, d'un ton de défi :

— Tu aimes ce que tu vois ?

Sa mâchoire se crispa, ses épaules remplissaient sa veste.

— Absolument. Et c'est la raison pour laquelle tu es ici.

— Parce que ta mère doit y croire ?

Il inclina la tête en signe de confirmation, ses traits ne révélant rien de ses pensées.

Elle déglutit péniblement en tentant d'ignorer les coups redoublés de son cœur, qui s'était emballé depuis qu'elle s'était installée à côté de lui.

— Alors, c'est quoi, l'histoire ?

— Il n'y a pas d'histoire. Tout ce qu'il nous faut jouer, c'est la complète vérité, sauf pour la partie concernant le paiement que tu reçois.

— OK. (Elle s'éclaircit la gorge et osa enfin poser la question qui la préoccupait depuis qu'elle avait accepté ce plan.) Il n'y aura pas de DPA, on est d'accord ?

Pendant un moment, il lui renvoya un regard vide, puis ses lèvres s'étirèrent sur un sourire canaille, parfait avec ses dents blanches et droites.

— Des démonstrations publiques d'affection ?

Elle relâcha son souffle, essayant de se rappeler exactement pourquoi elle ne pouvait pas risquer de contacts intimes entre eux.

— Ouais, confirma-t-elle.

Un froncement de sourcils plissa le front de son interlocuteur.

— Je ne pense pas, répondit-il, et son expression se fit plus grave. Je suppose que tu attends de moi que je renonce à toi après la fin de cette soirée, c'est ça ?

Prise au dépourvu, Angie eut la désagréable impression que son estomac tombait à ses pieds, mais elle parvint à hocher la tête, ses yeux rivés aux siens.

À sa confirmation non verbale, il répliqua brusquement :

— Alors non, pas de contact inutile.

Puis, contrairement à ce qu'il venait d'affirmer, il tendit la main et lui souleva le menton, faisant basculer son visage vers le sien. Les nerfs à fleur de peau, Angie essaya de refouler le plaisir que son contact créait en elle.

— Tu es plutôt pas mal en version chic, mais je me souviens très bien d'avoir demandé le *look* gothique, dit-il d'une voix qui contenait à la fois irritation et un soupçon d'accusation.

Le cœur d'Angie tonnait dans sa poitrine quand il lui passa la main sur la joue et qu'elle sentit la pulpe rugueuse et suprêmement masculine de ses doigts. Il lui fallait toute la matière grise qui lui restait pour se concentrer sur la conversation.

— J'ai fait le plus gothique que je pouvais tout en conservant ma dignité. J'ai vingt-sept ans, pas dix-sept. (Son souffle s'accéléra alors que les doigts se resserraient sur sa peau et elle dut forcer ses cordes vocales à continuer de travailler.) Robe noire, bas noirs, cheveux et ongles noirs. Qu'est-ce qu'il te fallait de plus ?

Les yeux de Damian tombèrent sur sa bouche et s'y attardèrent, avant de remonter et de la gifler de leur expression dure et implacable.

— Je me souviens nettement d'avoir demandé le rouge à lèvres violet.

Alors que l'odeur titillante de son après-rasage déferlait vers elle, Angie secoua la tête.

— Ça n'allait pas avec la robe, dit-elle doucement.

— Je te paie deux mille dollars. Je veux le rouge à lèvres violet. Tu l'as dans ton sac ?

Elle l'avait jeté dans son sac, oui, au cas où.

— Oui.

— Mets-le, grogna-t-il, un doigt glissant sur sa lèvre inférieure.

Angie batailla avec le fermoir de son petit sac à bandoulière noir et sortit le rouge à lèvres, sans cesser de lutter contre ses nerfs. La main de Damian retomba et la jeune femme fit coulisser le haut du tube et entreprit d'appliquer la couleur vive et criarde. Elle n'avait pas besoin de miroir, sa belle-mère de l'époque de son adolescence lui avait appris à appliquer du rouge à lèvres sans en avoir un, lui disant que c'était quelque chose que toute femme devait savoir faire en un clin d'œil. C'était difficile avec les doigts qui tremblaient, mais une fois la tâche accomplie, elle se retourna vers lui.

Son regard s'aiguisa pendant qu'il la scrutait, une lueur dangereuse lui alluma les yeux alors qu'ils passaient sur elle. Puis il pinça les lèvres, comme s'il était énervé par quelque chose, et le sang pulsant furieusement dans ses veines, Angie l'entendit siffler :

— Putain, ouais, *sexy* en diable !

Son pouls s'accélérant de façon erratique, la coiffeuse le regarda, comme en transe, qui sortit un mouchoir de soie de sa poche et commença à lui essuyer les lèvres, le tissu passant et repassant sur sa peau jusqu'à ce qu'elle sache qu'il ne pouvait plus y rester la moindre trace de couleur. Lorsqu'il eut fini, il recula contre le dossier, sans la quitter de son regard fixe et attentif. Angie avait du mal à former des mots.

— Pourquoi tu as fait ça ?

Au moment où elle devait bien admettre qu'elle mourait d'envie qu'il la touche, il répondit d'une voix grave :

— Tu avais raison. Ça ne fonctionne pas. Il y a *sexy*... et puis il y

[illegible]. Tu n'as pas besoin d'aide et je n'ai pas besoin de complications.

Le cœur d'Angie retomba à ses pieds, de déception cette fois, même si elle savait bien qu'il avait raison. Il n'avait pas besoin de complications et elle avait encore moins besoin de quelqu'un comme lui dans sa vie. Même si… l'idée de coucher avec lui était si tentante qu'elle lui enflammait les sangs.

La voiture s'arrêta devant une maison inondée de lumière et de mouvement. L'atmosphère semblait conviviale et ils n'étaient même pas encore descendus du véhicule. Elle passa les mains sur sa jupe en s'efforçant de maîtriser ses émotions indisciplinées.

Angie agrippait sa coupe de champagne d'une main tremblante. Elle n'écoutait que d'une oreille les conversations qui se déroulaient autour d'elle.

Hélas, elle comprit bien vite que c'était une erreur ! Car il était plus qu'évident que la mère de Damian essayait de le caser avec la jeune femme qui lui avait été présentée sous le nom de Courtney Powell.

Lorsqu'ils étaient arrivés dix minutes plus tôt, madame Rule avait eu l'air effondrée en voyant Angie avec son fils. Alors qu'elle les guidait parmi ses hôtes, la mère de Damian avait présenté la jeune femme à l'invitée de son fils comme « ma filleule et la très, très chère amie de Damian » et la nouvelle venue avait assimilé l'allusion pas si subtile que ça au fait que son fils était déjà pris.

S'attendant à ne pas aimer cette Courtney pour une raison qu'elle n'arrivait pas à comprendre, Angie avait été surprise de constater que celle-ci semblait assez gentille. Lorsqu'elles avaient été présentées, la « très, très chère amie de Damian » avait eu l'air très soulagée en constatant que celui-ci était venu accompagné. Elle avait adressé à Angie un sourire empreint d'une réelle chaleur.

Sa mère, en revanche, semblait vraiment déçue et Angie

ressentit une culpabilité soudaine qu'elle ne s'attendait pas à ressentir vis-à-vis de ce subterfuge.

Maintenant, plantée au milieu du salon de ce « minimanoir », elle buvait du champagne et essayait de tenir sa part de la conversation, tandis que leur hôtesse l'interrogeait gentiment. Damian avait été entraîné ailleurs par un homme qu'elle croyait être une connaissance d'affaires et il se tenait à l'autre bout de la pièce dans un cercle plus large d'invités, dont Courtney. C'était sa mère qui avait fomenté cela, Angie voyait à la crispation de la mâchoire de son cavalier que cette tactique l'avait mis en colère. Il ne semblait pas ennuyé par la jeune femme, juste... pas intéressé. La coiffeuse, pour sa part, ne pouvait s'empêcher d'être un peu désolée pour elle, même si elle avait compris que la fameuse Courtney ne voulait pas de l'attention de Damian.

Angie était clouée sur place, sachant très bien qu'elle n'aurait pas dû accepter cet arrangement. Elle commença à compter les heures qui la séparaient de la fin de la soirée et du moment où elle pourrait disparaître de la vie de ces gens aussi vite qu'elle y était entrée. Si ce n'était Janice et cette façon apparemment simple de gagner rapidement de l'argent pour son amie, elle n'aurait jamais accepté ce mensonge.

— Que faites-vous dans la vie, mon petit ? demanda la mère de Damian, alors que l'homme à la gauche d'Angie épiait leur conversation et se rapprochait un peu trop à son goût.

— Je suis coiffeuse.

Elle prit une autre gorgée et tenta de sourire et de s'éloigner discrètement de l'inconnu sans attirer l'attention.

— Vous possédez votre propre salon ? voulut savoir la mère de Damian.

— Non.

Angie donna le nom du salon où elle travaillait, même si elle était bien certaine que ces gens ne savaient même pas qu'il existait, et encore moins où il était situé.

— Et c'est là que vous avez rencontré mon fils ?

La question était posée sans animosité apparente.

— Oui, madame.

Angie força le sourire à rester sur ses lèvres alors qu'elle essuyait une goutte de condensation sur son verre.

— Votre maquillage est très inhabituel.

La mère de Damian la contemplait avec curiosité, mais pas de manière grossière, au grand soulagement la jeune femme.

— Merci. Je crois qu'il me va bien.

— Eh bien, oui, ça vous va très bien ! Et je le pensais comme un compliment. Vous êtes très belle, précisa madame Rule sur un ton doux et sincère.

Voilà qui était gentiment dit. Angie savait pertinemment qu'elle n'était pas belle, mais comment pouvait-elle ne pas apprécier cette femme qui prétendait le contraire ? Après la surprise qu'elle avait eue en découvrant que son fils n'était pas venu seul, la dame s'était pourtant mise en quatre pour faire en sorte qu'elle se sente la bienvenue. Qu'est-ce que Damian espérait accomplir avec cette ruse ?

— Merci. J'adore votre robe.

Angie n'avait jamais été très douée pour la conversation et elle espérait ne pas se montrer trop maladroite.

— Oh, cette vieille chose ? s'exclama madame Rule en lissant les plis de sa robe. C'est une de mes préférées.

La jeune femme jeta un coup d'œil à la pièce magnifiquement décorée.

— Vous avez une très belle maison.

— Merci beaucoup, ma chérie. J'aime cette vieille bâtisse, c'est là que nous avons élevé nos enfants.

Angie balaya rapidement l'endroit du regard. La maison était peut-être vieille, mais elle était immaculée et modernisée. Elle prit une gorgée de champagne et se lança sur le sujet dont elle était sûre que son interlocutrice l'apprécierait — ce qui lui éviterait de parler d'elle.

— Combien d'enfants avez-vous ?

— Une fille, qui est ma plus jeune, Erin. Elle ne pouvait pas être ici ce soir. Et trois fils. Nick vit en ville, mais il m'a dit qu'il ne pouvait pas venir non plus, aujourd'hui, ajouta-t-elle avec une expression qu'Angie ne réussit pas à déchiffrer. Et mon plus jeune fils, Garrett, est à l'étranger. Mais bien sûr, Courtney est ici et elle aussi est comme une fille pour moi.

— Vous devez être très proches, alors, commenta Angie, ne sachant pas comment répondre.

Un bref instant, elle se demanda quelles avaient été l'enfance et l'adolescente de Damian avec autant de frères et sœurs. Étant enfant unique, avoir un frère ou une sœur était quelque chose qui lui manquait quand elle avait le temps d'y réfléchir.

— Eh bien, je l'ai élevée depuis ses dix-sept ans. Sa mère était ma meilleure amie.

— Je suis vraiment désolée, dit Angie, ne sachant pas vraiment comment réagir, alors qu'un regard angoissé passait sur le visage de son interlocutrice.

La jeune femme y perçut une telle douleur qu'elle supposa Courtney orpheline. Elle détourna le regard un instant, pour donner une seconde à son hôtesse afin qu'elle reprenne contenance.

Alors que ses yeux se posaient sur la pièce, elle remarqua un homme grand qui entrait par une porte latérale. Il regarda autour de lui, comme si ce seul regard lui suffisait pour appréhender tout ce que la pièce contenait. Angie prit une brusque inspiration en remarquant sa ressemblance indéniable avec Damian.

Une fois que madame Rule eut retrouvé son calme et commencé à parler de son plus jeune fils et de ses voyages, elle observa subrepticement le nouveau venu, qui venait de se glisser derrière Courtney à pas silencieux pour enrouler ses doigts autour de son poignet. La jeune femme pâlit alors qu'elle se figeait, sans toutefois libérer sa main, et l'homme, sans doute l'un des frères de Damian, se pencha et lui chuchota quelque chose à l'oreille. Son visage se vida de toute couleur, puis s'embrasa immédiatement, et

avant qu'Angie ne puisse en voir plus, l'homme l'avait brusquement entraînée hors de la pièce.

La manœuvre s'était accomplie si rapidement et silencieusement qu'elle doutait que quelqu'un d'autre l'ait remarquée. Damian ne semblait pas se rendre compte que Courtney, à côté de lui l'instant d'avant, n'était plus là alors qu'il continuait à converser avec les hommes autour de lui.

Madame Rule s'excusa sous prétexte d'aller vérifier le dîner, et aussitôt, l'homme qui rôdait à côté d'Angie la fixa des yeux, ce qui la fit frissonner de dégoût. Il déplaça son regard gluant de haut en bas sur son corps et en réaction, elle sentit son estomac se nouer.

— Alors, comme ça, vous coupez des cheveux pour vivre ? lui demanda-t-il d'un ton nasillard et prétentieux.

La jeune femme s'écarta d'un pas ostensible.

— Ouais.

Il avait les yeux brillants et elle se sentait de plus en plus nauséeuse.

— Vous faites aussi des massages ?

Angie n'eut pas le temps de formuler une réponse ou, d'ailleurs, de se sentir insultée. Un bras venu de derrière se faufila autour de sa taille, en même temps qu'elle était attirée contre un corps dur et chaud, à peu près aussi souple que de l'acier finement trempé.

— Robertson ! siffla Damian à mi-voix. Je crois que ni le ton ni la question ne me plaisent !

Angie vit le sang quitter le visage du sale type alors qu'il reculait.

— Je n'ai rien voulu sous-entendre.

— Non ? cracha Damian.

— J'essayais juste de faire la conversation.

L'expression dure de l'homme d'affaires faisait mentir le signe de tête aimable qu'il adressa à son interlocuteur.

— Tu sais, je ne t'ai jamais apprécié. Je t'ai supporté seulement parce que ma mère semble goûter ta compagnie. (Angie sentit les doigts de Damian se resserrer sur sa taille alors que ses mots

devenaient menaçants.) Mais les paris sont ouverts si tu essaies, de quelque façon que ce soit, de t'amuser avec ma copine ici présente. Si tu l'insultes encore une fois, tu te retrouveras sans un ami dans cette ville, et tellement vite que tu en auras la tête qui tourne. Tu me comprends, mec ?

Le visage de l'autre homme prit une teinte encore plus pâle.

— Ouais.

Sur quoi, Robertson pivota et s'enfuit de la pièce. Angie se retrouva quasi seule avec Damian, son bras toujours passé autour de sa taille. Elle déglutit en s'efforçant de digérer la scène qui venait de se dérouler.

— Waouh ! balbutia-t-elle en se tournant face à lui, tandis que de son autre bras, Damian l'enfermait complètement dans son étreinte. Et moi qui me croyais bonne actrice. (Elle lui tapa sur l'épaule, parce qu'elle était terrassée et ne savait pas quoi faire d'autre.) C'était incroyable.

Il la fixa un peu trop longtemps et Angie sentit le contenu de son ventre se transformer en bouillie. Sa voix, lorsqu'il répondit, était profonde et sûre.

— Ce n'était pas de la comédie, fit-il en secouant la tête comme pour l'éclaircir. Je ne sais pas ce que c'était, mais ce n'était pas de la comédie.

Là-dessus, il la prit par la main et la conduisit dans la salle à manger pour rejoindre les autres invités qui s'y rassemblaient.

3

La limousine s'arrêta devant son immeuble et resta à tourner au ralenti, l'écran vitré de protection remonté pour fournir à l'arrière de la voiture une intimité avec laquelle Angie n'était pas tout à fait à l'aise. Le reste de la soirée avait été long et fastidieux, uniquement parce que ses nerfs étaient à vif. Après la scène avec ce Robertson, la fête s'était déroulée sans problème, tous les autres invités l'ayant acceptée et incluse comme si elle était l'une des leurs.

Et maintenant, alors qu'ils étaient assis sur la banquette arrière, le paiement ayant déjà été effectué — détail qui la gênait, même si elle n'avait pas d'autre choix que d'accepter —, elle colla un sourire sur ses lèvres et tendit la main, déterminée à donner à Damian une poignée de main professionnelle avant de quitter l'habitacle.

— Eh bien, au revoir !

Il la regardait du haut de son arrogance exaspérante, d'abord le visage, puis chaque centimètre de son corps. Quelque chose d'intense s'enflamma entre eux et le cœur d'Angie palpita. L'attente prolongée de son contact était presque insupportable. Lentement,

il posa la paume contre la sienne, enroulant les doigts autour de sa main, serrant, mais ne lâchant pas.

— Tu as l'intention de t'en tirer avec une poignée de main ?

Sa voix était grave, mais douce et elle fondit, là, sur la banquette où elle était assise. Son pouls battait et elle pouvait à peine former un mot en songeant à ce qu'il sous-entendait.

— Oui ?

Le mot, qui aurait dû être une affirmation, sonnait comme une question, même à ses propres oreilles. Il fronça les sourcils, visiblement incapable d'imaginer qu'elle puisse vouloir lui échapper.

— Après tous ces petits regards *sexy* que tu m'as lancés depuis l'autre bout de la table du dîner ?

Il lui avait aussi lancé des regards *sexy* toute la soirée, et même maintenant, l'expression de son visage était à la fois séductrice et pleine d'attraction virile.

— Je pensais que c'était ce que tu attendais de moi. Tu as dit qu'il fallait que ça ait l'air vrai.

Son regard fixe s'enfonçait en elle, affolant les papillons dans son ventre.

— Tu es allée bien au-delà de ce que j'attendais.

Avait-il compris qu'elle n'avait pas eu besoin de jouer la comédie ? Mortifiée, elle tenta de le détourner de la vérité.

— Je suis désolée. Je n'ai jamais pris de cours de théâtre ou quoi que ce soit d'autre. Je jouais à l'intuition.

— OK, alors, maintenant, voici la question à soixante-quatre mille dollars. (Il glissa un doigt sur sa joue.) Est-ce que tout ça était bien un rôle ?

La flamme qui couvait dans ses yeux commençait à la paniquer. Ce serait une tellement mauvaise idée, peu importait ce que le picotement entre ses cuisses lui disait !

— Que... que veux-tu dire ?

— Tes petits regards torrides indiquaient que tu ne voulais rien

plus que me déshabiller. (Il leva les yeux de ses lèvres et ses yeux captèrent les siens.) C'est le cas ou je les ai mal interprétés ?

Merde !

— Euh…

— Ce serait très bon, tu sais ?

Dieu, ce qu'il sentait bon ! *Concentre-toi, Angie.*

— Oui, mais ce ne serait pas une bonne idée, réussit-elle à répliquer, les yeux collés aux siens.

— Je suis d'accord avec toi.

Le cœur de la jeune femme manqua de s'arrêter quand les doigts de Damian tombèrent sur le renflement de sa poitrine. Sans lâcher ses yeux du regard, il passa le pouce une seule fois sur son mamelon et elle se figea.

— C'est une mauvaise idée, confirma-t-il. (Son regard se posa sur sa poitrine et il siffla entre ses dents serrées.) Une putain de mauvaise idée !

Angie s'efforçait de garder le contrôle de son corps, mais c'était pratiquement impossible. Son cœur battait si vite qu'elle pouvait à peine parler.

— Mauvaise idée... rien en commun, bredouilla-t-elle.

— Je n'irais pas aussi loin.

La paume de sa main enveloppa entièrement son sein et le serra juste assez fort pour que le plaisir immédiat qu'elle ressentit soit augmenté par un petit frisson de douleur. Le regard de Damian s'éleva et resta rivé à ses yeux tandis qu'il ajoutait de sa voix rauque :

— Nous avons une chose en commun. (Nouvelle pression, puis son pouce se posa sur son téton.) On a tellement envie de s'envoyer en l'air ensemble que c'est quasi insupportable.

Angie essaya de se dégager, mais il enroula sa main puissante autour de son bras.

— Pas si vite. On ne fait que parler. Tu peux effacer cet air effarouché de ton visage.

Le sang qui affluait dans ses veines l'étourdissait, mais elle ne tenta plus de s'enfuir.

— Je n'ai pas peur.

— Non ? fit-il, l'air peu convaincu.

Elle secoua la tête.

— Le fait que je veuille te ramener chez moi, te mettre à poil et m'enfoncer en toi par-derrière ne te fait pas peur ? Même pas un peu ?

Angie était comme hypnotisée, incapable de répondre tant l'image évoquée faisait monter une chaleur humide entre ses cuisses.

Les yeux de Damian coururent sur ses lèvres avant de se heurter à nouveau aux siennes.

— Le fait que j'aie faim de toi au point de brûler de t'attacher sur une surface plane et te faire des choses obscènes et salaces ne t'effraie pas ?

Oh ! Mon. Dieu ! Angie ne savait si son pouls battait si vite qu'elle ne le sentait plus ou s'il avait complètement cessé de battre.

— Quel... quel genre de choses ?

— Chérie, ta question n'est pas juste de savoir si tu as toujours l'intention de t'en sortir indemne ce soir.

Elle sentit son visage se vider de son sang. Elle ne pouvait pas se permettre d'avoir une relation avec ce type. Une sorte de réflexe d'autoconservation lui hurlait de sortir de la voiture.

— OK. Je retire ma question.

~

Laisse tomber, Rule.

Tu joues avec le feu.

Se venger de la petite sorcière avec des regards et des insinuations, c'était une chose.

Lui prendre un sein dans la main et lui dire exactement ce qu'il voulait, c'était aller trop loin : il ne faisait que se punir lui-même,

parce qu'il savait qu'il ne pouvait pas l'avoir. Enfin, si, il pouvait probablement l'avoir, *stricto sensu,* seulement une putain de palpitation dans sa tête l'avertissait qu'une fois qu'il l'aurait eue, il aurait bien du mal à la laisser partir. Et pourtant, bon sang, il ne pouvait pas s'empêcher d'aggraver la situation ! Sa foutue main était toujours enroulée autour de sa poitrine, qui suivait les ordres de sa verge, et sa putain de bouche était sur pilote automatique.

— Il est trop tard pour la retirer, ta question.

Elle cligna des paupières. Elle était si proche qu'il voyait le pouls battre contre la colonne blanche et soyeuse de son cou. Sans la quitter des yeux, parce qu'il en était bien incapable, il fit glisser la main de sa poitrine et la saisit à la gorge. Il sentit son pouls s'emballer et frémir, il vit ses yeux se fermer avant de s'ouvrir à nouveau sous l'effet de la panique. Il sentit ses propres narines se dilater en réaction. Oh, oui, il voulait coucher avec elle ! Il mourrait probablement s'il ne pouvait pas. Il mourrait, d'ailleurs, parce qu'il ne pouvait pas se permettre de s'envoyer en l'air avec elle.

Il ne pouvait pas l'avoir, pourtant il ne pouvait pas s'empêcher d'appuyer sur sa gorge, il ne pouvait pas empêcher sa bouche de venir vers son oreille.

— Ton corps a-t-il déjà appartenu à quelqu'un ? Parce que c'est comme ça que ça se passerait entre nous. (Il lui mordit le lobe et l'aspira dans sa bouche, savourant son goût, son odeur, avant de poursuivre.) Si tu étais à moi, le monde extérieur croirait que tu as une vie normale, tu pourrais même avoir l'impression que tes journées t'appartiennent. Mais ce serait une illusion, il n'y aurait pas que la baise, entre toi et moi. Si jamais tu commettais l'erreur de coucher avec moi, ce ne serait pas seulement du sexe. Donc autant te prévenir maintenant. Tu m'appartiendrais. Je posséderais ton corps, je posséderais tes orgasmes. Je te déshabillerais, t'allongerais et jouerais avec ton corps à ma guise, avant de t'accorder le soulagement. Ne te méprends pas, tu ne voudrais jamais t'éloigner de moi, en revanche, chérie, ta vie telle que tu la

connais serait terminée. Alors, avant que tu ne me laisses te convaincre de venir dans mon lit, comprends que je suis un peu fou quand il s'agit de toi. C'est la raison pour laquelle je n'ai rien tenté auparavant et c'est la raison pour laquelle je vais te laisser t'échapper sans rien faire ce soir. Je vais m'efforcer de rester loin de toi, mais je ne sais pas combien de temps je vais pouvoir y arriver. Alors, si je viens te voir dans le futur en te racontant que ce ne sera que pour le *fun,* toi et moi, ne me crois pas, putain ! Ce serait un mensonge pur et dur. Considère ces paroles comme le seul avertissement que tu recevras. Je vais te laisser t'enfuir ce soir, mais avant que tu partes, je dois te goûter.

Sur quoi, Damian s'éloigna de son oreille pour aller coller la bouche sur ses lèvres et prendre le baiser dont il avait besoin pour conserver sa santé mentale. Les lèvres d'Angie étaient douces et tremblantes. Il tâcha d'être délicat, seulement, impossible de savoir s'il y parvenait. Si c'était le seul baiser qui lui soit jamais permis, il devait le rendre important. Il s'immisça en elle, qui avait le goût de la drogue la plus douce. Il s'imagina l'embrasser entre les cuisses, y insinuer la langue et goûter à la magie qu'il savait y trouver.

Elle se mit à miauler entre ses bras et il resserra son étreinte. Son odeur envoyait un désir brûlant dans ses veines, sa verge était dure, pulsait à une cadence qui lui criait de relever la jupe d'Angie et de déchirer ses sous-vêtements. Ses muscles abdominaux se crispaient sous l'effet d'un désir cru : elle était tout ce dont il avait toujours rêvé. Plus. Elle était plus.

Elle aspirait de l'oxygène dans ses poumons par de petites inhalations rapides et il sentit un grognement jaillir de sa gorge au moment même où il glissait la main sous sa jupe. Il y trouva des bas. Des bas à hauteur de cuisse qui ne l'entraveraient pas le moins du monde. Il enfonça la langue plus profondément dans les recoins de sa bouche, avant de la retirer.

— Tellement envie de toi !

Ses mots étaient sortis du fond de sa gorge. Il envahit à nouveau sa bouche, alors que sa main trouvait le petit triangle qui

recouvrait sa chaleur féminine. Même à travers le fin tissu, il devinait qu'elle était complètement lisse. Épilée. Rasée de près. C'était tellement érotique, putain, qu'il dut crisper ses muscles pour garder le contrôle ! Il s'efforçait de lui prodiguer des caresses légères et taquines, parce qu'il refusait de l'effrayer, mais il savait qu'il échouait. Il devait se retenir de toutes ses forces pour y aller lentement, et malgré ses efforts, il sentait la subtile tension de ses muscles et savait qu'il devait faire attention. Il lui écarta les genoux, le matériau fragile de sa culotte du cœur humide dans lequel il *devait* s'enfoncer et plaça le majeur à l'entrée de sa vulve, prêt à l'envahir. Alors, il s'éloigna de sa bouche et observa l'expression de son visage, attendant qu'elle ouvre les yeux.

LES NERFS D'ANGIE SE TENDIRENT ENCORE QUAND ELLE SENTIT SES genoux s'écarter et sa culotte poussée de côté. Elle ouvrit alors les yeux et découvrit Damian en train de la dévisager.

— Je croyais... Je croyais qu'on ne devait pas faire ça.

— On ne va pas baiser. Je ne vais pas te baiser. Il faut juste que je te sente.

Angie réalisa vaguement que sa façon habituelle de parler, plutôt élégante, était tombée aux oubliettes et qu'il grognait désormais comme un homme des cavernes. Elle ne se rendait plus compte de rien, hormis du doigt épais et rugueux qui tournait autour de son ouverture et la taquinait.

Elle ne pouvait pas le laisser faire.

Malgré elle, son monde était rempli de lumières, une flèche de plaisir aiguisée la transperçait et ses yeux se fermèrent, comme mus par leur volonté propre.

Elle savait qu'il ne lui restait qu'une ou deux secondes avant qu'il ne plonge à l'intérieur, et à l'encontre de tout ce que son corps réclamait à grands cris, elle glissa la main entre eux et saisit celle de Damian. Il lâcha un son à mi-chemin du sifflement animal,

comme une menace de revanche, mais après un bref moment plein de tension, il la laissa contrôler le mouvement de sa main suffisamment longtemps pour qu'elle l'éloigne un peu de son corps. L'étau qu'il imprimait au tissu se relâcha juste assez pour que sa culotte se remette en place et la couvre.

Elle rouvrit les yeux et ils se regardèrent fixement, pantelants. Elle lui relâcha la main, et instantanément, il retourna vers son entrejambe et recommença à la toucher à travers le tissu de ses sous-vêtements : en quelques secondes, sa culotte était complètement humide.

Ses dentelles n'offraient que peu de protection ; le toucher de Damian était presque aussi agréable que sans la barrière de la matière. Ses yeux retenaient les siens, aiguisés et attentifs, refusant de la laisser regarder ailleurs. La réaction d'Angie fut rapide et violente. L'excitation la tenait sous sa coupe et elle se mit à onduler contre sa main, dans un mouvement subtil qu'elle tâchait de contrôler, mais suffisant pour l'envoyer au bord du précipice, si rapidement qu'elle en fut presque paniquée.

Il passait les doigts sur le tissu dans un mouvement provocateur, glissant sur la fente qui dissimulait son ouverture mouillée, jusqu'à son clitoris, puis de nouveau en arrière. Grinçant des dents, il lança d'une voix gutturale une phrase saccadée qui reflétait sa propre lutte pour garder le contrôle.

— Te faire jouir comme ça.

Ses mots lui firent une peur de dingue. Au point qu'elle en oublia l'excitation. Elle ferma les yeux, comme pour l'exclure de son univers. Elle ne voulait pas qu'il la fasse jouir. C'était trop tôt, trop intime, beaucoup trop intime, et elle ne le connaissait pas ni ne lui faisait assez confiance pour lui permettre de la voir perdre tout contrôle. Bref, elle retomba brutalement sur terre et se raidit sous ses doigts.

Il dut sentir son changement d'attitude, car sa main se resserra sur elle une fraction de seconde avant de la libérer. Avec une précision glaciale, il porta la main à ses cheveux, qu'il prit dans son

poing. Elle ouvrit la bouche pour essayer de parler, mais la referma, réduite au silence par son expression sombre et frustrée. En voyant ainsi ses traits se transformer, elle sentit son cœur tonner à ses oreilles.

Il la maintenait fermement dans son étau, sans qu'elle comprenne s'il se testait lui ou s'il la testait elle. Sa maîtrise semblait sur le fil du rasoir, il pouvait aller dans les deux sens et elle se tint parfaitement immobile, malgré son envie de ficher le camp, car elle aspirait à rester dans l'irrésistible prison de ses bras pendant quelques secondes encore. Elle lâcha un bref halètement alors qu'un frisson lui parcourait l'échine et qu'il continuait à la fixer d'un regard empreint d'un désir à peine dissimulé.

Sur un sifflement affamé, il laissa retomber sa main sur sa poitrine. Le visage d'Angie pâlit. Mince, tout allait recommencer !

Il sentit sa réaction de défense et poussa un grognement guttural en relâchant son sein.

— Merde !

Il ôta la main de ses cheveux et se cala contre le dossier de la banquette, la mâchoire serrée alors qu'il détournait le regard pour regarder par la fenêtre. Il prit plusieurs grandes inspirations et fit craquer ses articulations.

— Bonne nuit, lâcha-t-il sèchement.

Angie prit une brusque inspiration, alors que la déception et le soulagement se mêlaient en elle. Elle posa sur lui un regard interrogateur tout en baissant hâtivement sa jupe sous ses genoux.

Il se retourna pour lui faire face.

— Vas-y. Sors de la voiture.

La jeune femme eut un moment de recul devant la brutalité de son ordre et posa la main sur la poignée de la portière, mais elle hésitait encore, même si elle ne comprenait pas pourquoi.

Elle vit les muscles de Damian se tendre et ses narines se dilater.

— Tu te souviens de mon avertissement ? demanda-t-il, les

yeux plissés, presque menaçants. Tu ferais mieux de sortir de la voiture, Angie, de profiter de l'occasion que je te donne là.

Elle le regarda pendant trois secondes, pleine d'appréhension, puis elle suivit le conseil qui lui était donné, ouvrit la portière et s'enfuit.

UNE SEMAINE PLUS TARD, DAMIAN SE FUSTIGEAIT EN SILENCE pendant qu'on lui coupait les cheveux. *Putain de merde !* Qu'est-ce qui clochait chez lui pour qu'il ne puisse pas rester loin de cet endroit ? Pour commencer, il aurait facilement pu tenir une semaine de plus avant de faire rafraîchir sa coupe, mais revenir ici... Il lui fallait un putain d'examen de la tête !

La coiffeuse, Janice, était exceptionnellement bavarde aujourd'hui, et malgré ses efforts pour la noyer dans ses pensées en cherchant des yeux la petite sorcière, il ne put s'empêcher d'entendre au moins la moitié de ce qu'elle disait.

— Bref, je ne vous remercierai jamais assez.

Il tourna les yeux vers elle.

— Je suis désolé, quoi ?

— Merci pour l'argent. Je veux dire, je me rends compte qu'il vient en fait d'Angie, mais c'est vous qui le lui avez donné, et sans votre générosité à tous les deux, je serais toujours dans le pétrin. Je ne peux pas vous dire ce que cela signifie pour moi. Je suis sûre qu'Angie vous a parlé de la situation dans laquelle mon ex nous a laissées, ma fille et moi.

Tandis qu'elle babillait, Damian ne pouvait se concentrer que sur une seule chose : sa jolie gothique n'avait pas gardé l'argent. Elle l'avait donné à son amie, anéantissant par ce geste toutes les pensées désobligeantes qu'il avait pu nourrir sur son côté mercenaire.

Il serra les dents. Il voulait la considérer comme une mercenaire. Il devait la considérer comme une femme avide et

âpre au gain. Il n'aimait pas les femmes cupides. En fait, il pouvait admettre maintenant qu'il avait peut-être eu une arrière-pensée en lui donnant l'argent et en fixant d'emblée un rendez-vous avec elle. Il avait voulu avoir une mauvaise opinion d'elle.

Mais voilà, elle avait gâché ce sentiment. Non seulement elle n'était pas cupide, mais elle avait prouvé qu'elle était attentionnée et désintéressée.

Merde ! Ça le rendait furax rien que d'y penser.

Il n'était pas sorti de l'auberge !

~

ANGIE TERMINA SON SANDWICH ET LEVA LES YEUX APRÈS AVOIR essuyé le comptoir de la petite kitchenette.

Son estomac se contracta quand elle découvrit Damian dans l'encadrement de la porte. Il jeta un regard à droite, puis à gauche, avant de concentrer son attention sur elle avec une attention inflexible. Il fit un pas en avant, et, horrifiée, elle le vit claquer la porte, puis la fermer à clé. Voilà qu'elle se retrouvait enfermée avec lui dans la petite pièce.

— Qu'est-ce que tu fabriques là, au juste ? lança-t-elle d'une voix suraiguë qui lui montait de la gorge, alors même qu'elle essayait de paraître sereine. Tu n'as pas à être ici !

— Je pense que tu as tort. (Il leva les mains avec une arrogance suprême pour indiquer sa position.) La preuve, c'est que j'y suis, non ?

— Tu avais un rendez-vous ?

Il croisa ses bras.

— Sinon, pourquoi serais-je ici ?

Ses cheveux avaient l'air fraîchement coupés.

— Tu ne peux pas revenir, répéta-t-elle, ébahie.

— J'ai un problème avec toi dont nous devons discuter.

Le regard qu'il lui lança lui donna la chair de poule et elle

recula jusqu'à ce que son dos touche le comptoir et qu'elle ne puisse pas aller plus loin.

— Qu'est-ce que j'ai fait, maintenant ?

Elle avait essayé, chaque minute de chaque jour depuis qu'elle était sortie de sa voiture, de ne pas penser à lui, mais c'était une tâche impossible.

— Tu as donné l'argent, répliqua-t-il, accusateur.

Angie ferma les yeux en essayant de comprendre où était le problème.

— Et alors ? C'était mon argent, non ? Tu me l'as donné et moi, je l'ai donné à Janice.

— Tu n'aurais pas dû faire ça, dit-il d'une voix qui promettait un châtiment.

— Pourquoi ? Elle en avait plus besoin que moi.

Pour une raison qui lui échappait, son commentaire sembla faire à Damian l'effet d'un coup en plein torse et elle le vit tressaillir. Il resta silencieux, mais avança de plusieurs pas jusqu'à venir se poster juste au-delà de la zone de confort de la jeune femme. Elle prit une inspiration pour se calmer.

— Écoute, je suis désolée si tu espérais que je le dépense pour m'acheter... une garde-robe plus appropriée ou quelque chose comme ça, mais je croyais pouvoir faire ce que je voulais de ce qui m'appartenait.

Ses lèvres généreusement incurvées s'ouvrirent sur un ricanement.

— Cet argent était à toi. Mais tu étais censée vouloir le garder pour toi.

D'un seul coup, Angie crut comprendre.

— Oh ! OK. Tu pensais que j'étais une petite salope avide et maintenant, tu es énervé de découvrir que non. Eh bien, dommage pour toi ! (Une poussée de colère durcissait sa voix et chaque courbe de son corps exprimait le défi.) Alors, tu peux partir, maintenant.

Il ne bougea pas d'un muscle. À l'exception du nerf qui

tressautait dans sa joue, il était absolument immobile et l'observait, tel un animal prêt à bondir. L'accusation dans ses yeux se fit menace, sinistre même, mais le désir présent juste sous la surface mettait Angie en hyperventilation.

Alors qu'elle était comme enracinée dans le sol, il s'approcha de deux pas supplémentaires et leva la main vers ses cheveux. Il le fit très lentement, comme s'il lui donnait une chance de repousser son avance, et lorsqu'elle devint trop paralysée pour bouger, ses doigts se posèrent dans ses cheveux et traversèrent leur épaisseur pour atteindre son crâne. Maintenant qu'il la tenait captive, il se pencha et lui mordit la lèvre inférieure, juste une petite morsure, mais qui reflétait son impatience et envoya une vague de chaleur palpiter et irradier les veines d'Angie.

Elle ferma les yeux. Au même moment, elle sentit la main de Damian se resserrer sur son cuir chevelu et son bras s'enrouler autour de sa taille.

— Oui, tu étais censée être cupide ! lâcha-t-il avec colère. Je n'aime pas les femmes cupides.

Les yeux d'Angie s'ouvrirent pour le trouver en train de la contempler, les narines dilatées. Ses paroles belliqueuses la frappèrent au cœur.

— Connard ! cracha-t-elle.

Une expression féroce passa sur les traits de l'homme et il sembla vouloir la secouer, mais il ne le fit pas.

— C'est pas mignon, ça ! rétorqua-t-il sur le même ton.

Si possible, ses mains se firent encore plus semblables à un étau.

— Dommage si ça ne te plaît pas. Tu n'es pas mon patron, alors ne me dis pas comment agir.

— J'en ai rien à foutre d'être ton patron. Je ne veux pas te dire comment agir. Tout ce que je veux, c'est... Te. Bai-ser.

Elle prit une rapide inspiration et ignora le picotement entre ses jambes.

— Dommage pour toi ! T'es un salaud ! Un putain de...

La phrase de la jeune femme fut interrompue par la bouche qu'il posa sur la sienne, et alors, toute pensée dans sa tête se mua en chaleur, une chaleur sidérante qui lui glissa le long de la colonne vertébrale en se coagulant dans ses veines. Une vague de plaisir immense inonda chaque cellule de son corps, une sensation inouïe d'explosion interne qui la consuma tout entière. Son sang se mit à pulser rapidement alors que les bras de Damian la retenaient prisonnière et que sa féminité n'était pas de taille face à sa virilité masculine. Il l'étreignait avec une violence à peine réprimée qui l'excitait tellement qu'elle arrivait à peine à respirer.

Angie s'accorda environ dix secondes pour profiter de son baiser, peut-être vingt, peut-être trente, puis elle glissa les bras entre eux et le repoussa. Le torse de Damian était comme un mur de fer, immuable, et elle se surprit à poser les doigts sur ses muscles, testant sa force et essayant sans grand succès de s'obliger à s'écarter.

Il dut percevoir ses émotions contradictoires, car il leva la tête, ses prunelles se dilatant avant de se concentrer sur elle. Une teinte de rouge lui colorait les pommettes et la ferveur reflétée dans ses yeux la fascina autant qu'elle l'inquiéta : jamais elle n'allait réussir à se tenir sur ses deux pieds. Lorsqu'il parla, sa voix était bourrue.

— Je suis peut-être un connard, mais c'est ta faute. Si tu n'étais pas aussi belle, peut-être que ma tête ne serait pas aussi embrouillée.

Pendant qu'il s'adressait à elle, le bras qui la retenait glissa et les doigts de Damian se saisirent de la partie charnue de ses fesses, qu'ils serrèrent, envoyant de nouveaux courants de chaleur électrique le long de son échine.

— Ce serait bon, mon ange, affirma-t-il, plein d'assurance. À quelle heure tu finis ?

Brusquement, la question traversa ses neurones embrouillés et elle comprit ce qu'il lui demandait.

— À quelle heure je finis ? C'est tout ? Où sont les mots doux ?

L'arrogance et la vanité de ce type ne connaissaient pas de

limites, apparemment. En attendant sa réponse, Angie dut admettre que si elle ne risquait pas de tomber amoureuse de lui, elle était captivée par sa force et sa masculinité indéniables. Elle savait qu'elle n'aurait pas dû, mais c'était bel et bien le cas. La fenêtre de tir où elle pouvait encore imposer sa volonté se rétrécissait, elle se sentait littéralement tomber sous son charme pendant qu'elle se demandait pour la millionième fois comment ce serait de coucher avec lui. Elle brûlait de s'envoyer en l'air avec ce type, un constat qui l'exaspérait plus que tout. Comment pouvait-elle vouloir coucher avec quelqu'un qu'elle n'aimait même pas ?

Il plissa les paupières, en pleine confusion.

— Des mots doux ?

— Tu m'as prévenue que tu risquais d'essayer de me convaincre de coucher avec toi. Alors quoi ? Tu ne veux même pas prendre cette peine ?

Il haussa une épaule, sans toutefois faire mine de la libérer.

— D'accord. Que penses-tu de ça ? (Froncement de sourcils concentré.) Tu es magnifique et ce ne serait pas bon seulement pour moi. Je pourrais te faire grimper aux rideaux, bébé !

Alors que ses mots pénétraient son esprit embué, Angie recommença à le repousser.

— Oh, bon sang ! (Il la laissa partir après une minute d'hésitation et elle traversa la petite pièce avant de se retourner pour lui faire face.) Tu es incroyable !

— Que veux-tu que je te dise exactement ? demanda-t-il d'un ton égal.

Elle secoua la tête, médusée.

— Rien. Rien du tout.

Il croisa les bras.

— Tu ne fais que nier l'inévitable.

Cette fois, ses mots avaient été d'acier. Angie leva les yeux au ciel.

— Oui, non, je ne crois pas.

— Tu crois que tu peux rester loin de moi ?

Sa question contenait un soupçon de moquerie, une vantardise arrogante.

— Ça va sûrement être dur, avec ton éloquence si convaincante et tout ça, mais je vais essayer.

— Tu te moques de moi, constata-t-il avec un froncement de sourcils.

— Un peu, oui.

— Tu trouves ça drôle ?

Son ton, bien que contrôlé, sonnait soudain comme un mauvais présage.

— Pas vraiment. Je ne suis juste pas intéressée.

Angie se mordit la lèvre. Comment avait-elle réussi à énoncer un mensonge aussi éhonté ?

Il l'étudia un moment dans un silence contrôlé, des myriades d'expressions traversant ses traits.

— On verra bien.

Sur ce, il tourna les talons et sortit. Ce ne fut qu'après l'avoir vu quitter le bâtiment qu'Angie put recommencer à respirer normalement.

~

QUELQUES JOURS PLUS TARD, ANGIE TERMINAIT UNE COUPE EN SE fustigeant pour son incapacité à se concentrer comme d'habitude. L'épisode avec Damian Rule l'avait empêchée de vivre normalement : elle ne savait pas pourquoi, mais elle se sentait différente. Le défi qu'il lui avait lancé de réussir à rester loin de lui la perturbait, et soudain, elle comparait chaque homme qu'elle voyait dans la rue ou avec qui elle entrait en contact au salon à lui. À son grand dam, aucun ne lui arrivait à la cheville. Alors qu'elle balayait son poste après le départ d'un client, la réceptionniste, une fille appelée Amber, s'approcha d'elle.

— Il y a une dame qui veut te voir.

— Qui est-ce ? demanda Angie, qui aurait bien aimé avoir

quelques minutes avant son prochain rendez-vous pour se calmer les nerfs.

— Je n'ai pas demandé.

La fille retourna à l'avant du salon et Angie la suivit. La mère de Damian fit un pas vers elle. Avant que la coiffeuse ne puisse reprendre son souffle, elle l'enveloppa d'une chaleureuse accolade.

— Surprise de me voir ?

Surprise, c'était un doux euphémisme. *Pensez au diable et sa mère apparaît.*

— Bien sûr. Comment allez-vous, madame Rule ?

— Je vais bien, ma chérie. J'étais dans le quartier et j'ai eu envie de venir voir votre petite boutique. C'est joli. (Elle regardait autour d'elle en souriant.) Avez-vous le temps de vous éclipser un moment ? J'aimerais vous emmener déjeuner et nous pourrions avoir une longue et agréable discussion.

Une discussion ? Euh, non merci !

— J'aimerais bien, mais je ne fais pas de pause et j'ai des rendez-vous prévus toute l'après-midi.

L'expression avenante de son interlocutrice retomba.

— Oh, flûte ! Quel dommage ! Je vais peut-être prendre un rendez-vous pour que vous me coiffiez la semaine prochaine. Je cherche quelqu'un de nouveau, de toute façon. Comme ça, on aura tout le temps de parler.

— Merveilleux !

Pas merveilleux du tout ! Angie prit une carte à la réception et la lui remit.

— Appelez quand vous voulez. Je serai honorée de vous coiffer.

— On peut programmer le rendez-vous maintenant ?

Angie hésita.

— Euh... Je ne vois pas ce qui nous en empêcherait.

Et merde !

Elle prit l'agenda et les deux femmes se mirent rapidement d'accord sur une date et une heure, puis madame Rule l'étreignit rapidement et se tourna vers la porte. Mais avant qu'Angie puisse

pousser un soupir de soulagement, sa future cliente s'arrêta et lui lança :

— Vous êtes aussi mignonne qu'un petit bouton de fleur. Sachez que je n'ai pas mis longtemps à réaliser que vous seriez parfaite pour Damian. Vous avez l'air d'être une fille spontanée et c'est exactement ce dont mon fils a besoin avec la vie rigide qu'il insiste pour mener.

Faute de savoir comment réagir ou quoi dire, la jeune femme répondit en bredouillant :

— Merci… beaucoup. Je vous vois la semaine prochaine.

— Je serai là à la première heure, mon petit.

Super ! Juste ce qu'Angie redoutait.

Pour son jour de congé, Angie se retrouva devant un grand bâtiment de verre et d'acier en plein centre-ville. Elle contempla le gratte-ciel, puis la carte de visite que Damian lui avait remise : oui, elle était au bon endroit.

Avait-elle pris la bonne décision en venant ici ? Elle l'ignorait. Elle avait commencé à perdre le sommeil à force de s'inquiéter pour son rendez-vous avec la mère de Damian la semaine suivante, et elle ne savait pas quoi faire. Devrait-elle le lui dire ? Avait-il la moindre idée du fait qu'au lieu de la regarder avec mépris, sa mère semblait en fait l'apprécier ?

Et pourquoi n'avait-elle pas simplement pris son téléphone pour l'appeler ? Il aurait été si simple de lui apprendre la future visite de sa mère au salon ! Mais non, elle n'avait pas choisi cette option. Elle se tenait devant son immeuble, refusant de croire que la raison en était qu'elle ne pouvait pas rester loin de lui — à l'instar du défi qu'il lui avait lancé.

Car elle pouvait tout à fait se passer de lui si elle le voulait. Bien sûr ! Sa libido ne pouvait pas contrôler ses actes, pas si elle le lui interdisait.

Mais qui disait qu'elle ne devait pas s'autoriser à le voir ? Qui se souciait vraiment de savoir s'il avait raison ? Il ne s'agissait pas de déterminer qui avait raison ou qui avait tort, là ! Elle était empêtrée dans ses propres émotions et cela n'avait rien à voir avec la raison.

Elle admettait volontiers qu'il était l'un des hommes les plus fascinants qu'elle ait jamais rencontrés, et l'étincelle d'excitation qu'elle ressentait rien qu'en regardant l'immeuble où il travaillait remplissait sa vie banale d'animation.

Le cœur battant à un rythme erratique, elle se redressa et franchit les portes vitrées.

~

DAMIAN CRIA : « ENTREZ ! » ET LEVA LES YEUX POUR DÉCOUVRIR SA secrétaire sur le seuil de son bureau.

— Qu'est-ce que vous n'avez pas compris, exactement, dans : « Qu'on ne m'interrompe pas » ? aboya-t-il d'un ton dont il avait tâché de contrôler l'impatience sans y parvenir.

La voyant sursauter, il ressentit une petite pointe de culpabilité. Il était dans tous ses états depuis quelques semaines, sans comprendre lui-même ce qui lui arrivait.

— Je suis désolée, monsieur, mais la situation semble sortir un peu de l'ordinaire.

— Qu'est-ce qui semble sortir de l'ordinaire, précisément ?

— Il y a une femme ici qui demande à vous voir...

— En quoi cela sort-il de l'ordinaire ? cracha Damian.

S'il avait donné des instructions précises, c'était qu'il croulait sous le travail, or les femmes qui se présentaient occasionnellement à son bureau tentaient sans but précis de l'empêcher de mener ses tâches à bien.

— Elle a une carte avec votre numéro de portable personnel et elle est... différente.

La gorge de Damian se contracta sous l'effet d'une soudaine tension sexuelle.

— Quel est son nom ? parvint-il à demander, luttant contre son excitation à la seule pensée de la petite sorcière réclamant l'accès à son bureau.

Pas besoin de péter un câble, Rule, ce ne sera pas elle.

— Angela Ross.

Damian sentit sa température monter en flèche. Ses muscles abdominaux se crispèrent.

— Faites-la entrer. Et pas d'interruption pendant qu'elle est là. Compris ? Je me fiche que le président des États-Unis appelle. Je me fiche que le bâtiment prenne feu. Pas d'interruption !

— Oui, monsieur.

Sa secrétaire se retourna avec un soulagement visible et Damian se leva pour contourner son bureau et attendre la petite sorcière avec une impatience mal dissimulée.

~

ANGIE SUIVIT LA SECRÉTAIRE DE DAMIAN À TRAVERS CE QUI LUI FIT l'effet de kilomètres de moquette épaisse, puis elle entra dans le bureau au moment indiqué. Elle était encore en état de choc : elle avait découvert à la réception que non content de travailler dans la tour du centre-ville, il était le propriétaire de l'immeuble.

Elle entendit la porte se refermer derrière elle sur un cliquetis, et le cœur serré, elle hésita à pénétrer plus avant dans la grande pièce. Son regard fut immédiatement capté et retenu par les yeux sombres d'un Damian appuyé contre un bureau en acajou massif, complètement immobile, qui attendait manifestement son arrivée. Son regard était à la fois aiguisé et brûlant. La posture détendue de son corps semblait incompatible avec l'électricité presque tangible qui émanait de lui par vagues.

Le pouls battant la chamade, la jeune femme s'immobilisa complètement. Avant qu'elle n'ait pu s'exprimer, il s'écarta du

bureau et vint à sa rencontre, les muscles tendus et les prunelles reflétant un but précis. L'espace entre eux rétrécit rapidement alors que les yeux de Damian tombaient sur la gorge d'Angie, puis passaient sur l'ensemble de son corps avant de remonter vers son visage.

C'en était fini du sourire, son expression durcit imperceptiblement et un crépitement emplit l'air alors que ses traits sombres reflétaient une faim atavique et sévère qui manqua de mettre la jeune femme à genoux alors qu'il se tenait à moins de vingt centimètres d'elle, dans toute sa masculinité.

Il resta presque indolent l'espace de trois secondes, avant de tendre la main et de saisir la sienne de sa force dominatrice qui ne lui laissait pas une once de choix.

— Merci, putain ! marmonna-t-il d'une voix râpeuse et gutturale.

Deux mots qui, elle ne le savait pas encore, contenaient une évocation de ses intentions futures la concernant.

4

L'oxygène gela dans les poumons d'Angie, qui sentit, avec une certaine contrariété, alors que Damian venait de refermer les bras autour d'elle, son sang brûler d'un besoin désespéré de lui céder. Il était trop beau, trop convaincant, trop autoritaire pour qu'elle continue à se refuser à lui. Elle avait déjà passé en revue les arguments dans sa tête, elle ne serait pas capable de trouver la volonté nécessaire pour continuer à nier ce qu'ils désiraient tous les deux. Elle avait eu ce débat intérieur passionné pendant des jours et des jours : *Reste loin de lui.* Non. *Il est mauvais pour toi.* Je m'en moque. *Tu pourrais souffrir.* Je prends le risque.

Son esprit était un tourbillon alambiqué, alors qu'elle se tenait figée dans son étreinte. Les doigts enroulés autour de ses bras, il la tira vers lui, jusqu'à ce que le haut de sa poitrine se heurte aux plaines dures de son estomac. Une puissante prise de conscience la frappa aussitôt, un besoin si puissant qu'elle pouvait à peine respirer. La bouche de Damian fondait vers la sienne, et tandis qu'elle essayait désespérément de tenir debout, il la propulsa vers l'arrière, le dos contre la porte.

Une main musclée la libéra et elle entendit le cliquetis de la clé

qui tournait dans la serrure derrière elle. Un délicieux frisson d'anticipation lui échauffa le sang. Elle n'était pas venue ici pour cela. Elle leva les yeux vers deux prunelles marron enfiévrées qui la fixaient et se sentit saisie par leur puissant magnétisme. Les battements de son cœur martelant à ses oreilles, elle ne savait pas déterminer si le pouls qu'elle sentait battre venait de sa poitrine à elle, ou de la sienne à lui. Sa réaction vis-à-vis de lui était si rapide et si violente qu'elle n'en revenait pas. En tout cas, rien dans son expérience passée ne s'était approché, même de loin, des sensations envahissantes qu'il lui inspirait.

Elle baissa le regard vers la base de la gorge de Damian. Elle était bronzée et striée de muscles tendus. Le pouls y battait nettement, montrant le sang qui circulait rapidement dans ses veines. Il envahissait son espace personnel comme si c'était son dû, jambes écartées de part et d'autre des siennes, il la retenait prisonnière. Il pressait son corps si étroitement contre le sien qu'elle pouvait sentir ses pulsations. Son érection, contre elle, était dure et chaude et elle enflammait ses sens à un degré dangereux.

— Tu abandonnerais aussi facilement ?

Sa voix était brusque et arrogante. De sa main libre, il plongea dans ses cheveux et lui souleva le visage, la contrôlant facilement, ne lui permettant aucun mouvement pour se détourner de lui, même si elle l'avait voulu.

Ces mots la ramenèrent à la réalité : elle n'était pas là pour une partie de jambes en l'air avec lui en plein après-midi. Vraiment pas, même si elle devait se forcer à s'en souvenir. Elle était là pour lui parler de sa mère et elle devait se concentrer sur ce point.

— Non.

— Non ?

Comme si leur conversation et ce que leurs corps faisaient étaient deux choses différentes, il immisça une jambe entre les siennes d'un mouvement rapide et saccadé, lui écartant les cuisses.

— Tu veux jouer à la manipulation psychologique avec moi ?

La sensation de sa cuisse musclée coincée contre le point le

plus intime de son anatomie lui coupa presque le souffle. Ses capacités de communication réduites à néant, elle ne put que répéter :

— Manipulation psychologique ?

Il lui lâcha le menton et posa la main sur sa poitrine, trouvant et serrant son téton. La sensation explosa dans un kaléidoscope de couleurs.

— Manipulation psychologique, petite sorcière. Pourquoi es-tu ici si ce n'est pas pour me céder ?

Angie sentit le frôlement de son pouce contre son mamelon alors qu'une chaleur humide inondait sa culotte.

— J'ai... J'ai quelque chose à te dire, parvint-elle à bredouiller, se rappelant vaguement qu'ils devaient discuter de quelque chose à propos de sa mère, mais n'ayant pas la moindre idée de ce que c'était tant son cerveau était embrouillé.

Il approcha la bouche de son oreille.

— Moi aussi, j'ai quelque chose à te dire. (Le souffle chaud de Damian contre son oreille lui donna des frissons de plaisir au creux du ventre et les mots qui suivirent faillirent la faire s'évanouir.) Je veux te mettre nue et te prendre par-derrière. (Il glissa les mains entre eux, et à coups de gestes rapides, entreprit de déboutonner son pantalon.) Mais d'abord, je vais te baiser avec ma langue jusqu'à ce que tu hurles.

Et il baissa presque violemment son pantalon le long de ses hanches. Le cœur d'Angie battait la chamade, sa peau la picotait au vague souvenir de quelque chose qu'il lui avait dit auparavant.

— Attends...

Il l'interrompit avec ses lèvres sur les siennes, la langue enfoncée profondément à l'intérieur de sa bouche. La chair de poule courait sur sa peau maintenant que le désir, chaud et puissant, la tenait sous sa coupe. Elle n'arrivait pas à reprendre son souffle lorsqu'il lui caressait la langue avec la sienne, et dans un mélange de panique et d'excitation, elle sentit son pantalon glisser jusqu'à ses genoux.

Impatient, il tira sa culotte sur le côté, et en cadence avec ses coups de langue, il enfonça en elle un doigt épais. Au moment de l'introduction, le corps de la jeune femme se cambra et Damian en profita illico pour pousser plus loin à l'intérieur. Elle ne put que se serrer autour de ce doigt fort, et ajuster imperceptiblement sa position, pour lui donner plus d'espace. L'arrière de sa tête heurta la porte alors que ses jambes flageolaient et que ses genoux tremblaient pendant qu'il la faisait sienne rien qu'avec ses mains.

La bouche de Damian quitta la sienne, et avec son doigt, il trouva et titilla un point au fond d'elle. Aussitôt, elle ouvrit les yeux et le trouva en train de la fixer, narines dilatées.

Des courants de désir explosifs la traversaient, son cœur battait si fort qu'il en était presque douloureux. Le sang pulsait dans ses veines et s'accumulait à l'endroit où il la caressait. Elle ferma les yeux, mais dut aussitôt les rouvrir, car elle entendit son grognement menaçant.

— Ne ferme pas les yeux quand je te fais jouir !

Quelque chose dans cette demande envoya une flèche à travers le plaisir qu'Angie ressentait. Brusquement, l'avertissement qu'il lui avait donné quelques jours plus tôt revint lui traverser la tête en une série de signaux d'alarme. Elle le fixa du regard, puis secoua la tête.

— Non.

En apparence, il semblait ne vouloir que du sexe, mais tout ce qu'elle entendait, c'était le fil de soie de la prudence qui résonnait dans sa mémoire. *Il n'y aurait pas que la baise, entre toi et moi. Si jamais tu commettais l'erreur de coucher avec moi, ce ne serait pas seulement du sexe. Donc autant te prévenir maintenant. Tu m'appartiendrais.*

Il retroussa les lèvres dans un sourire mauvais qui dévoilait ses dents.

— Non quoi ?

— Je ne veux pas que tu me fasses jouir.

Tout en parlant, elle se mit à le repousser pour essayer de se

libérer. Son cerveau fonctionnait à nouveau, pour le moment du moins, et il passait outre les besoins de son corps. C'était l'une des choses les plus difficiles qu'elle ait jamais eu à faire, mais elle ressentait le besoin soudain et irrésistible d'écouter son cerveau et non sa libido.

Un grognement furieux sortit de la gorge de Damian alors qu'elle glissait les deux mains autour de son bras, essayant de le déloger de son corps. Il lutta contre elle pendant deux secondes, avant de quitter la jonction de ses cuisses.

La menace sexuelle immédiate avait disparu, mais avant qu'elle ne puisse pousser un soupir de soulagement, il lui enfonça les mains dans les cheveux et lui enserra le crâne avec force, les doigts mordant dans son cuir chevelu. Regard accusateur et brûlant à la fois, il lâcha avec un mépris glacial :

— Tu fais exprès d'être une allumeuse ? Es-tu venue ici avec l'intention de jouer à un putain de jeu avec moi ? Parce que je t'assure que je n'aime pas ça.

Ses yeux la clouaient sur place. Sa mâchoire était serrée, un tic visible faisait tressauter sa joue et il semblait prêt à attaquer. Elle se passa la langue sur les lèvres, soudain sèches, et secoua la tête.

— C'est ta... ta mère.

Ses yeux se rétrécirent.

— Quoi, ma mère ?

— Je suis venue ici pour te dire... (Angie prit une inspiration dans l'espoir de calmer son rythme cardiaque endiablé.) Je suis venue te dire qu'elle était passée me voir.

— Quand ? lança-t-il d'une voix rauque.

— Il y a quelques jours. Elle a pris un rendez-vous pour la semaine prochaine, afin que je la coiffe. Mais elle a été très claire sur le fait qu'elle veut parler de nous.

— De nous ?

Angie hocha la tête avant de pouvoir formuler une réponse.

— De toi et moi.

Il relâcha imperceptiblement son étau et elle voyait presque tourner les rouages de son cerveau.

— C'est pour ça que tu es là ? Dans mon bureau ?

Elle hocha à nouveau la tête.

— Je ne sais pas ce que tu veux que je lui dise. Je n'ai pas envie de continuer à jouer la comédie. Mais c'est ta mère et c'est vraiment à toi de décider.

Il laissa retomber les bras, lâcha sa tête, mais ne s'éloigna pas d'elle pour autant. Un doigt glissa le long de la joue d'Angie avant qu'il ne pose les avant-bras de chaque côté de sa tête, formant un étau auquel elle ne pouvait pas échapper. L'expression de Damian s'apaisa et s'assombrit aussi.

— Est-ce que je te dois des excuses ?

La question elle-même fit à Angie l'effet d'un acte de contrition et son rythme cardiaque descendit d'un cran.

— Je pense que ça va aller.

— J'ai été brutal avec toi, murmura-t-il, sans que ses traits trahissent quoi que ce soit, mais les mots eux-mêmes l'apaisèrent.

— Tout va bien.

Après une légère hésitation, elle posa les mains sur les hanches de l'homme d'affaires, légères, à la fois parce que son contact lui manquait et pour montrer qu'elle n'avait aucune animosité. De son côté, il lâcha la porte et la reprit par le menton, qu'il souleva doucement.

— J'ai du mal à rester loin de toi, dit-il, comme s'il avouait son plus grand péché.

Stupéfaite par son honnêteté, Angie n'essaya pas de contenir sa réponse :

— Moi aussi, j'ai du mal.

Il lui caressa la lèvre inférieure alors que son visage se tendait.

— Peut-être qu'on devrait faire quelque chose pour remédier au problème.

Elle rougit et secoua la tête, consciente de son regard perçant sur elle.

— Tu m'as déconcertée, avec ta mise en garde de l'autre jour.

Il vint poser le front contre le sien.

— C'était une piètre tentative pour te faire fuir, murmura-t-il.

Le cœur d'Angie se mit à battre à tout rompre dans sa poitrine.

— Je pense que ça a marché.

— Oublie ce que j'ai dit.

À ces mots, l'air autour d'eux s'électrisa, mais elle s'efforça de se raccrocher à sa volonté.

— Je ne sais pas si je peux. Tu avais l'air assez sérieux quand tu l'as dit.

— J'étais en colère contre ma mère ce jour-là et je me suis vengé sur toi.

Angie ignorait si elle le croyait vraiment, mais sa curiosité était éveillée.

Il remonta la main le long de sa pommette avant de glisser vers le bas pour toucher à nouveau sa lèvre. Un frisson la traversa, mais elle fit semblant de ne pas être affectée.

— Alors, qu'est-ce que tu suggères ? demanda-t-elle.

Il haussa les épaules dans une attitude nonchalante à laquelle elle ne crut pas un instant.

— On n'est pas obligés de laisser la situation dégénérer, ajouta-t-il d'une voix contrôlée, mais sans vraiment répondre à sa question.

Essayait-il de la convaincre de faire quelque chose, comme il l'en avait avertie ? Elle déglutit péniblement.

— Et par-là, tu sous-entends que rien de sérieux ne doit se passer entre nous ?

Son doigt continuait de se promener de gauche à droite sur sa lèvre inférieure.

— Rien de sérieux.

Elle ressentit une autre vague d'excitation. Toutefois, elle ne savait pas s'il fallait le croire.

— Cool ?

Ce mot sembla le peiner, mais il acquiesça assez vite.

— Bien sûr.

— Et ta mère ?

Il l'observa d'un œil critique.

— Quoi, ma mère ?

— On lui dit la vérité ? Que notre relation est sans attache ? précisa-t-elle.

Un muscle tressauta dans sa mâchoire.

— Non. Moins elle en sait, mieux ça vaut. En ce qui la concerne, nous sommes amis, rien de plus, pas de relation.

— Juste amis ?

— Juste amis, confirma-t-il.

Angie s'éclaircit la gorge.

— Et nous le sommes ?

Les doigts de Damian quittèrent son visage pour passer dans ses cheveux.

— Quoi ?

Le pouls à nouveau erratique, elle précisa sa pensée :

— Sommes-nous amis ?

Le regard de l'homme devint soudain presque glacé, alors qu'il tombait sur ses lèvres et s'y attardait. Finalement, il releva les yeux, mais prit son temps pour répondre.

— Bien sûr. Pourquoi pas ?

Pourquoi avait-elle l'impression qu'ils ne parlaient pas de la même chose ?

— Je ne peux pas... Je ne vois pas de raison particulière.

Un demi-sourire lui tordit les lèvres.

— En tant qu'ami, me laisserais-tu t'inviter à dîner ce soir ?

Les papillons qui fredonnaient dans son ventre s'envolèrent et se mirent à battre des ailes contre son sternum, car elle savait qu'un dîner n'était certainement pas la seule chose qu'il avait en tête. *Dis non ! Dis non ! Dis. Non !* Elle attendit une longue seconde avant de lâcher :

— OK.

Une expression satisfaite lui traversa le visage.

— Alors, très bien. Je ne vois pas pourquoi nous ne pourrions pas être amis !

Ce soir-là, la sonnette de sa porte retentit à dix-neuf heures pile. Sachant qu'il allait venir la chercher, les nerfs d'Angie avaient été mis à rude épreuve durant le reste de la journée et maintenant, alors qu'elle ouvrait la porte, elle prit une profonde inspiration pour le découvrir négligemment appuyé contre le cadre.

— Salut.

Ce fut un croassement plus qu'un mot qui lui monta de la gorge.

Il baissa les yeux sur ses escarpins noirs et une tension subtile sembla s'emparer de son corps.

— Bonjour.

— Je suis prête.

Il tendit le cou pour regarder à l'intérieur de son appartement, sans toutefois esquisser le moindre mouvement pour entrer. Il reporta ensuite son attention sur elle et inclina la tête pour l'inviter à le suivre.

— Allons-y.

Angie referma et verrouilla sa porte, les doigts fébriles, et alors qu'ils descendaient l'escalier extérieur, elle dut s'accrocher fermement à la rampe, tant les talons de ses chaussures et les tremblements de ses membres rendaient sa progression plus difficile que d'habitude.

Il ne chercha pas à la presser pendant qu'il la guidait jusqu'à sa Mercedes. Il lui ouvrit la portière et s'écarta pour la laisser s'installer. La portière se referma d'un claquement silencieux, et pendant qu'il contournait la voiture, Angie s'efforça de calmer ses nerfs en prenant quelques inspirations profondes.

En vain : tout ce à quoi elle aboutit, ce fut de commencer à hyperventiler.

Le temps qu'il ouvre la portière côté conducteur, qu'il s'asseye et mette le contact, elle n'avait pas réussi à ramener son rythme cardiaque à une cadence confortable. Elle balaya des yeux l'intérieur de l'élégant véhicule, le luxe des accessoires, et sut, sans l'ombre d'un doute, qu'ils vivaient sur des planètes différentes.

Il la regarda, mais resta silencieux. Le moteur tournait au ralenti. Au bout d'un moment, elle fut incapable de supporter davantage son regard pénétrant.

— Quoi ?

Il poussa un soupir, se pencha, tira la ceinture de sécurité par-dessus son épaule et la boucla. Le cœur d'Angie se mit à battre à un rythme effréné. Le simple baiser qu'il lui déposa sur le front faillit lui faire perdre la tête tant ses nerfs étaient à vif. Elle était exaltée. Et terrifiée.

Sur le trajet jusqu'au restaurant, il ne prit pas la peine de lui faire la conversation, d'autant qu'il s'écoula peu de temps avant qu'ils se retrouvent assis à une table d'angle avec une bouteille de vin entre eux.

— Tu n'as pas mis de rouge à lèvres, commenta-t-il sur un ton légèrement accusateur.

Elle avala une gorgée de son vin avant de répondre :

— Tu as dit que c'était *too much*.

— Ça aurait été « *too much* » si j'avais été forcé d'assister au spectacle d'une pièce remplie d'autres hommes qui t'auraient regardée comme du gibier.

Le feu qui couvait dans les yeux de Damian, combiné à ses mots de velours, alluma une exquise douleur au creux du ventre d'Angie.

— Ah !

— Ah, quoi ?

Par-dessus la table, il prit sa main dans les siennes et commença à jouer avec ses doigts. Le cœur de la jeune femme battait la chamade.

— D'accord... Tu veux donc que je porte du rouge à lèvres ?

Il l'étudiait sans chercher à se cacher.

— Je veux que tu portes du rouge à lèvres quand il n'y a que toi et moi, comme ce soir.

Elle sentait le sang bouillir au bout de ses doigts, là où il la caressait.

— On verra ça.

Ce fut la seule réponse qu'elle parvint à lui donner. Il leva un sourcil moqueur.

— On verra ?

Elle haussa une épaule.

— Cool, on a dit, non ? répliqua-t-elle sur un ton de défi, histoire de lui rappeler leur accord, qui n'incluait certainement pas la possibilité pour lui de lui donner des ordres.

Il lui lâcha la main et se cala contre le dossier de son siège, récupérant son verre de vin. Voyant qu'il se contentait de l'observer de l'autre côté de la table, elle insista :

— Pas vrai, Damian ?

Après l'avoir examinée pendant ce qui devint presque trop long pour être confortable, il lâcha :

— On verra.

Sa façon de répéter ses propres mots, mais en les retournant contre elle la fit trembler, et à cet instant, elle dut admettre qu'elle ressentait une attirance totale et sans équivoque pour cet homme. Essayant de se ressaisir, elle s'arracha à son indéniable magnétisme en ouvrant le menu et en y baissant les yeux.

~

Il n'y avait guère de doute dans l'esprit de Damian que lorsqu'il mourrait, il irait en enfer. Tout droit en enfer. Il savait déjà qu'il était condamné et son arnaque avec Angie allait sceller son sort. Il avait presque merdé au-delà de ce qui était réparable en lui lançant cet avertissement idiot. À quoi avait-il bien pu penser ?

Il connaissait la réponse à cette question : il avait essayé de l'effrayer parce qu'il savait très bien qu'il n'aurait pas la volonté de s'éloigner d'elle tout seul. Il avait donc voulu se priver du pouvoir, et bon sang, ça avait bien failli marcher !

Mais maintenant, il était sur la bonne voie pour réparer son erreur et elle tombait dans le panneau, Dieu merci ! Oui, elle se faisait avoir à cent pour cent, et avant la fin de la nuit, il l'aurait dans son lit. Or, c'était tout ce qui comptait. *J'emmerde le reste du monde !*

Il s'en foutait qu'elle ne lui convienne pas. Ses frères pouvaient tous les deux aller se faire voir. Il la garderait, et aussi longtemps qu'il voudrait d'elle. Après tout, combien d'argent fallait-il encore à sa famille ? Il n'avait pas vraiment besoin d'une femme, merde, il s'en était passé pendant tout ce temps, il pouvait continuer encore un peu. Ses frères et lui baignaient déjà dans le fric, ils avaient plus d'argent qu'ils ne pouvaient en dépenser en plusieurs vies. Donc, il n'avait pas besoin de penser à l'entreprise.

Pour une fois, il allait avoir ce qu'il voulait. Depuis le jour de la mort de son père, Damian avait vécu et respiré l'entreprise. Avec ses frères, il en avait assumé les charges considérables et chaque jour de sa vie depuis lors avait été consacré à rapporter de l'argent et à assurer le confort de sa mère et des filles.

Certes, il aimait l'argent, il ne pouvait le nier. Il éprouvait de la satisfaction à conclure des affaires et à voir leur fortune doubler. Et puis, il y avait d'autres avantages : les femmes, l'immobilier, le respect. Il admettait bien volontiers qu'il aimait sa vie et tout ce qui s'y rattachait. Il n'avait peur ni de travailler dur, ni de voyager, ni des responsabilités, en fait, il aimait tout cela.

Une seule chose le rendait nerveux : l'idée de devoir se lier à une femme uniquement pour le bien des affaires. Il voulait choisir sa propre femme et détestait l'idée de penser d'abord à l'entreprise, même quand il s'agissait de quelque chose qui pouvait potentiellement nuire à son bonheur, putain !

Mais il n'allait pas s'en soucier maintenant. Il se donnait la

permission de faire ce qu'il voulait pendant un certain temps, une espèce de congé sabbatique, loin de la pression de trouver la bonne épouse. Parce que, de toute évidence, c'était la mauvaise qu'il voulait. Alors, pour changer, il allait faire quelque chose d'égoïste.

Sa décision prise, il oublia ses responsabilités et se plongea dans la perspective alléchante de clouer Angie à son lit.

Mais d'abord, il fallait finir le dîner.

Il l'observait de l'autre côté de la table, la couleur rehaussée de ses pommettes lui donnant une carnation rosée qui accentuait l'ovale délicat de son visage. Ses cheveux étaient brillants et sains, qui tombaient en boucles luisantes autour de ses épaules : une beauté exotique. Il lui vint soudain à l'esprit que cela allait vraiment arriver, ce fantasme qui le poursuivait depuis des mois était là, à portée de main.

Elle releva les yeux du menu et leurs regards se croisèrent. Aussitôt, il sentit monter dans ses veines un besoin agressif et sauvage. Il dut lutter pour rester assis, tant la pulsation de son sang était persuasive, qui le suppliait de l'entraîner hors du restaurant à la seconde même. Il savait qu'il ne pouvait pas se comporter ainsi et c'était une épreuve pour son contrôle que de paraître calme. Il saisit le rebord de la table pour éviter de tendre la main vers elle et de l'inviter à se lever de son siège. Ses phalanges blanchirent sous l'effort.

Son attention toujours concentrée sur elle, il vit ses yeux s'écarquiller imperceptiblement et un petit tremblement secouer sa joue. Il comprit tout de suite qu'elle était un peu agitée, elle aussi, peut-être même effrayée, un constat qui, au lieu de le mettre mal à l'aise, lui permit de réaliser que son appréhension était un puissant aphrodisiaque pour le prédateur qui sommeillait en lui. Quand il sentit son odeur, un besoin primaire menaça de le submerger. Ses muscles se contractèrent à mesure que son membre s'engorgeait et devenait rigide. L'envie de s'accoupler à elle, animale, prit le dessus sur ses sens dans un élan qu'il dut restreindre physiquement. Comme un test visant à voir s'il

réussissait à rester sur son siège. Alors qu'il s'adossait à la banquette avec un faux air d'indolence, il apaisa la bête en lui en s'autorisant à la toucher.

Avec leurs yeux qui se retenaient toujours, il lui prit la main et entremêla leurs doigts.

5

Alors que Damian lui emprisonnait la main de sa poigne inébranlable, Angie commençait à paniquer, l'air de rien. Elle ne pouvait décrire l'expression de son visage que d'une seule façon. *Possessif.* Il la contemplait en silence, comme s'il pouvait bondir à tout moment. Il ressemblait à un prédateur qui attend son heure et elle se sentait comme la proie sur le point d'être dévorée.

Incapable de contrôler son instinct, elle brisa le contact visuel et baissa les yeux vers son corps tendu à l'extrême.

Ses épaules massives étaient soulignées par la chemise décontractée qu'il portait, dont le tissu collait à ses muscles bandés. En cet instant, il ne ressemblait pas à un homme d'affaires. Son regard était trop puissant, son air arrogant était presque trop visible, à croire que rien ne pouvait l'atteindre. Comme s'il possédait une sorte de connaissance intérieure qui lui garantissait qu'il sortirait toujours gagnant.

Angie se sentait comme le butin d'un jeu qu'il était sur le point de remporter. Son pouls lui battait fort aux oreilles alors qu'elle fixait des yeux sa main prisonnière dans la sienne. Ses doigts

étaient longs, leurs extrémités émoussées et calleuses. Ils s'enroulaient autour de sa main comme si son droit de propriété était acquis. Angie sentait qu'il était prêt à entrer en action et à resserrer sa prise si elle osait ne serait-ce que respirer de travers.

Elle essaya de vaincre les réactions involontaires de son corps qui pourraient lui accorder encore plus de pouvoir sur elle. Inutile d'avoir un handicap pour l'instant. Au prix d'un effort surhumain, elle parvint à afficher une mine sereine et s'efforça d'empêcher son pouls de déraper. Dire qu'elle le trouvait dérangeant était un euphémisme : son regard était vif et évaluateur, mais ses yeux étaient emplis d'une distance qui refusait de montrer le feu intérieur sauvage qu'elle savait pourtant battre dans ses veines.

Il la voulait. C'était incontestable.

Dans la profondeur torride de ses prunelles, il y avait plus qu'une invitation, il y avait une possession primitive, une détermination impitoyable et inflexible qui auraient dû la faire partir en courant. Pourtant, elle n'en fit rien. Elle restait assise, clouée à son siège, hypnotisée par sa force païenne, envoûtée par sa posture d'autorité qui exigeait son assentiment.

C'est puissant, son truc !

Le cœur d'Angie battait de façon irrégulière, car tout le temps du dîner, il la couva de ses yeux de faucon sans que leur intensité faiblisse jamais.

Ils parlèrent de choses sans importance puis, bien trop tôt pour son confort, ils avaient fini de manger et Damian avait payé la note. Il l'emmena dans une nuit d'encre. Peu après, ils prenaient la direction de l'autoroute, mais pas dans le sens qui aurait dû la ramener chez elle, rien à voir. En revanche, tout à voir avec les intentions de Damian à son égard.

Elle savait où ils allaient.

Sa main tenait la sienne par-dessus la console, ses doigts jouaient avec les siens et un pouce appuyait sur son pouls, ce qui accélérait son rythme cardiaque.

S'ils échangèrent peu de mots, Angie savait pourtant où la soirée se terminerait. Et c'était ce qu'elle voulait, de façon indéniable. Comment aurait-elle pu ne pas le vouloir ?

Damian était beau, riche et convaincant, et elle n'était qu'une femme, après tout ! Une palette d'émotions la traversait, toutes déroutantes, mais toutes la ramenant à une conclusion : elle voulait coucher avec lui.

Et rien ne pouvait changer cet état de fait.

Il conduisit jusqu'à l'ouest de la ville, où les terrains étaient très chers, et bien que le résultat soit le même, elle se rendit compte qu'il ne l'emmenait pas à son appartement. Peu après, il s'engageait dans une allée protégée par une haute clôture en fer forgé. Il appuya sur un bouton du tableau de bord et la barrière commença à s'ouvrir.

Alors qu'il remontait la longue allée, Angie retrouva enfin sa voix.

— Où sommes-nous ?

— Chez moi.

Une tension soudaine la saisit quand elle vit la taille du bâtiment.

— Je pensais que tu vivais dans un appartement.

Il pivota pour s'engager en marche arrière dans le parking.

— J'ai un appartement aussi, pour plus de commodité, répondit-il. (Ses yeux brillaient comme de la roche volcanique noire.) Mais c'est ici que j'habite.

Il s'arrêta sur l'une des quatre places de parking, et alors qu'il l'escortait hors du garage, les lumières automatiques s'allumèrent, qui éclairèrent l'ensemble des véhicules garés là. Angie distingua un Range Rover haut de gamme, un *pick-up* pas très bien entretenu qui semblait avoir connu des jours meilleurs et une voiture de sport luisante et basse, mais dont elle n'avait aucune idée de la marque.

La maison elle-même n'était rien moins qu'un manoir. Plus

grande encore que celle de la mère de Damian. Angie n'était jamais entrée dans un logement de cette taille ou de ce genre auparavant, et elle était plus intimidée qu'elle ne voulait l'admettre.

Alors qu'il la conduisait à l'intérieur et qu'elle découvrait le volume des pièces et l'ameublement, elle réalisa qu'il était beaucoup, beaucoup plus riche qu'elle ne l'avait imaginé. Elle aurait dû s'en rendre compte lorsqu'elle avait découvert qu'il était propriétaire de la tour d'affaires. Elle déglutit péniblement et s'immobilisa pour regarder autour d'elle. Les pièces étaient parfaites, d'un style traditionnel rehaussé d'une touche de modernité. Angie n'avait aucune idée de ce qu'elle voyait réellement. Elle n'avait jamais fréquenté un monde comme celui-ci auparavant, toutefois, elle constata instantanément que les murs étaient couverts d'œuvres d'art, et pas de simples éléments de décoration. Dans toutes les pièces, des meubles élégamment dépouillés aux éléments subtils se mariaient à des objets au style outrageusement victorien et pourtant, le tout coexistait harmonieusement.

Alors qu'elle restait figée par la surprise, comme en transe, Damian redescendit les quelques marches jusqu'à l'endroit où elle se tenait, et avec détermination, lui attrapa le poignet pour l'entraîner dans l'escalier monumental.

Le frisson qui parcourut Angie lui coupa le souffle et elle trébucha avant de reprendre rapidement pied. Avec son ventre noué par le constat de la richesse de cet homme et la chaleur qui s'épanouissait entre ses cuisses, elle arrivait à peine à faire fonctionner son cerveau.

Ce fut donc en mode pilote automatique qu'elle le suivit dans l'escalier.

Il emprunta un couloir, ouvrit une porte et la guida à l'intérieur de ce qui était manifestement sa chambre. Elle vit des meubles massifs et un salon sur la gauche, mais ce fut tout le temps qu'il lui accorda avant de la tirer jusqu'au lit. Il recula jusqu'à s'y asseoir, et

cuisses écartées, il l'attira vigoureusement entre elles. Sans laisser planer aucun doute quant à son objectif, il passa sa chemise par-dessus sa tête et l'envoya au sol.

Privée de tout contrôle, Angie hoqueta en prenant la mesure de son physique impressionnant. Ses biceps étaient d'acier, son torse sculpté de muscles si dessinés qu'ils semblaient tout aussi durs. Les nerfs de son cou étaient tendus et son pouls y battait très fort, au rythme du sang qui devait fuser dans ses veines. Le monde se mit à tourner et à frémir sur son axe quand il lui passa un bras autour de la taille tout en attirant sa tête vers lui de l'autre main, jusqu'à ce que leurs lèvres se touchent presque. Les yeux ouverts, il marqua une pause avant de continuer.

— Ça va être bon.

Ses prunelles reflétaient une lueur dure, presque démoniaque, mais ses mots étaient sensuels, comme s'il lui confiait un secret qu'il savait être la vérité.

Une secousse la parcourut, et le pouls battant de façon alarmante, elle répondit de la seule façon qu'elle connaissait, la franchise !

— Je sais.

Il immobilisa la main contre son dos, l'attirant lentement, inexorablement vers lui. Ses seins se posèrent contre les plaines dures de son torse et un frisson qu'elle ne put réprimer la traversa.

Un lien tangible et magnétique se noua entre eux alors que sa main caressait les contours du dos de Damian. Sa réaction à son contact fut rapide, presque violente. Il ne la quitta pas des yeux, sans chercher à cacher son excitation. Il évaluait ses réactions et elle sentait son sang cogner dans toutes ses extrémités.

Sans cesser de la caresser, il s'arrêta sur ses hanches. Ses doigts lui mordaient la chair. Elle prit une brusque inspiration à ce contact possessif. De son côté, elle brûlait aussi de laisser ses mains courir sur lui, mais elle voulait attendre que son pouls se calme quelque peu pour atteindre un certain niveau de contrôle. Alors

que des frissons de désir se propageaient à travers son organisme, elle réalisa vaguement que sa respiration à lui aussi était saccadée. Il faisait entrer et sortir l'oxygène de ses poumons à un rythme effréné, sa poitrine se soulevait et s'affaissait, comme si respirer constituait un effort.

Il vint alors poser les lèvres sur le côté de son visage et elle sentit le goût capiteux de son baiser glisser de sa pommette à son oreille. Une délicieuse sensation lui courut le long de l'échine, qui la priva de ses ultimes capacités de réflexion. Son monde devint sensoriel : tout ce qu'elle éprouvait n'était plus qu'une sensation enivrante alors qu'il se frayait un chemin le long de son cou jusqu'à ses épaules.

Elle l'attrapa par les biceps et la force dure et musculeuse sous la pulpe de ses doigts produisit un tel contraste avec son propre corps que ses genoux flageolèrent. Elle mourait d'envie qu'il l'embrasse sur la bouche, mais l'extase provoquée par l'attention qu'il lui prodiguait ailleurs ne lui permettait pas de le détourner de son chemin.

Il l'attira plus étroitement dans son giron en refermant les jambes autour d'elle, et comme s'il savait qu'elle ne pouvait pas s'échapper, il relâcha alors ses hanches et passa les mains entre eux. Il entreprit de déboutonner son chemisier, rapidement et avec une détermination fébrile. Son regard était concentré à cent pour cent sur ce qui se trouvait sous le tissu et un tic perceptible lui crispa la joue.

Alors qu'il ouvrait les pans de son vêtement et que les courbes blanches de ses seins se dessinaient à travers la dentelle de son soutien-gorge, la jeune femme sentit le mouvement réflexe des épaules de Damian sous ses paumes. Il inspira profondément et repoussa le chemisier jusqu'à ce qu'il aille tomber au sol. Puis il lâcha dans un grognement :

— Tu n'as pas idée des efforts que je déploie pour y aller lentement.

Ses yeux montèrent vers elle et Angie fut frappée par l'impatience torturée qu'elle y lut. Sur une autre profonde inspiration, il poursuivit :

— Mais je suis sur le point de perdre les pédales et là, ça va aller vite.

Les mains de Damian s'agrippèrent à ses épaules alors qu'il attendait une réponse et Angie tâcha de faire fonctionner son cerveau court-circuité, mais tout ce à quoi elle parvint fut un hochement de tête.

Ayant reçu son accord, il lui prit les seins au creux de ses paumes et les serra, dégrafant ainsi l'attache frontale de son soutien-gorge, ce qui libéra sa chair de toute contrainte. Il commença à lui passer les pouces sur les mamelons, des deux côtés à la fois, et dans un ultime moment de lucidité, Angie demanda :

— Tu as des préservatifs ?

Les mains de Damian s'immobilisèrent et ses yeux montèrent se river aux siens.

— Tu prends une contraception ?

La jeune femme sentit son regard pénétrant comme s'il essayait d'entrer dans sa tête et d'en voir tous les secrets. Elle ne savait pas pourquoi elle s'en souciait, peut-être cela avait-il un rapport avec la menace qu'il lui avait faite de la posséder au sens propre si elle couchait avec lui. Il avait immédiatement reculé, mais pourquoi lui dirait-elle plus que ce qu'il avait besoin de savoir ? Un ruban de doute l'enveloppa — bon sang, qu'était-elle en train de faire ? — qu'elle tenta d'ignorer, mais elle n'avait d'autre choix que de lui donner une réponse. Alors, elle haussa les épaules.

Elle vit ses yeux se durcir imperceptiblement.

— Je suis *clean*. Tu es *clean* aussi, pas vrai ?

— Bien sûr !

— Alors, nous n'avons pas besoin de protection. Sauf si tu n'es pas sous contraceptif ?

Pourquoi avait-elle l'impression que ses questions n'avaient pas

grand chose à voir avec d'éventuelles MST que l'un ou l'autre d'entre eux pourraient avoir ? Il s'intéressait plutôt au fait de savoir si elle prenait la pilule. Il n'était pas le type de gars qui la pousserait à avoir des relations sexuelles non protégées, surtout pas la première fois. Autrement dit, il voulait savoir si elle était protégée contre une grossesse. Et quel mal y avait-il exactement à lui avouer qu'elle ne l'était pas ? Tout cela lui traversa l'esprit en une seule pensée, alors que des frissons brûlants continuaient à lui embraser les veines. Soudain, son cerveau perdit sa concentration et elle oublia pourquoi elle n'aurait pas dû lui donner la réponse qu'il attendait.

— Je ne prends rien.

La satisfaction, dans sa forme la plus pure, se peignit sur les traits de Damian avant que son visage ne se voile. Il tendit une main et sortit un préservatif du tiroir du haut de la table de nuit, tout en gardant sa partenaire verrouillée à lui de l'autre bras.

Il posa le préservatif à portée de main, et sans crier gare, vint river les lèvres aux siennes, les doigts resserrés autour de ses fesses, broyant sa chair et envoyant des papillons dans son ventre. Alors qu'il enfonçait la langue dans sa bouche, elle sentit la vibration de son gémissement au plus profond de sa poitrine.

Une chaleur humide l'inonda et toutes les pensées qui n'étaient pas Damian quittèrent son esprit alors qu'elle se concentrait sur l'incroyable sensation. Il lui tourna la tête pour l'incliner comme il lui convenait et Angie tomba dans son baiser, sans penser à l'avenir et sans se demander si elle ne commettait pas une énorme erreur. Elle savait que ce qu'il lui faisait ressentir n'avait rien à voir avec la raison, d'ailleurs, à ce moment précis, elle ne s'en souciait pas vraiment.

Elle s'autorisa ce qu'elle désirait désespérément : se laisser aller à ses sensations. Un nœud fébrile s'installa au creux de son ventre tandis qu'un besoin torride se développait dans ses membres. Elle enroula les bras autour du cou de Damian et se jeta à corps perdu

dans un baiser qui lui faisait serrer les cuisses d'un désir douloureux.

Le baiser qu'il lui donnait contenait une passion féroce et affamée et elle ressentait une excitation physique quasi animale. Le premier contact de ses lèvres fut lent, enivrant, mais il dégénéra rapidement en une possessivité affirmée pleine d'urgence. Angie sentit le coup de langue, puis la morsure des dents de Damian sur ses lèvres. Glissant une main entre eux, il s'installa autour de sa poitrine dans un étau si puissant qu'elle en frissonna, puis il parla contre ses lèvres, sans prendre le temps de s'éloigner d'elle.

— Super. *Sexy*.

Il serra le téton en même temps qu'il lui mordait la lèvre inférieure et une flèche de désir, aiguë et lancinante, la frappa de plein fouet.

Son baiser devint alors féroce, dominateur dans son agressivité, et elle se perdit dans son contrôle. Mais c'était un sentiment grisant, un sentiment parfait puisqu'elle le laissait prendre l'initiative et n'avait le droit que de ressentir. Les bras fermement accrochés à son cou, tandis que le frottement répété de son pouce sur son mamelon envoyait des flèches de feu le long de sa colonne vertébrale pour atterrir dans une mare brûlante entre ses cuisses, elle s'épanouit et se sentit mouiller, et quand elle commença à onduler contre lui, ce fut sans plus contrôler du tout ses propres mouvements.

Le coup de langue de la passion était explosif entre eux. Avec le cœur qui lui tonnait aux oreilles, elle frissonna lorsque la bouche de Damian quitta la sienne et que ses mains glissèrent vers le bas pour lui arracher ses vêtements, animées d'une détermination féroce. Elle laissa échapper un petit gémissement d'impatience fébrile, et interprétant mal son cri, il lui saisit le poignet, comme pour l'empêcher de prendre la fuite. Un grognement menaçant monta même de sa gorge. Il avait tout faux, cependant : pas question pour elle de s'éloigner de lui. Son inflexibilité ne faisait d'ailleurs qu'augmenter son excitation.

— N'essaie pas de me fuir, cracha-t-il en poussant son bas de vêtement.

Il la souleva d'une poigne d'acier par les hanches et pivota jusqu'à ce qu'elle soit allongée, ancrée au matelas, tandis qu'il se penchait sur elle. Il se releva légèrement pour ôter ses chaussures et ses chaussettes, puis il monta complètement sur le lit. Ses mouvements la rendaient folle, comme une addiction qu'elle ne contrôlait pas, et avec une précision qui la laissait pantelante, il coinça une cuisse dure comme l'acier entre les siennes et la maintint collée au lit.

Ses mains lui encerclèrent les poignets et les lui soulevèrent au-dessus de la tête, empêchant ainsi tout mouvement qu'elle aurait pu tenter. Une lance de désir ardent et brûlant lui vrilla le ventre lorsqu'elle plongea le regard dans ses prunelles d'or fondu.

Son sang fusait fiévreusement dans ses veines, comme autant de vagues de plaisir. Avec un sentiment de bonheur douloureux, elle remua les poignets dans son implacable étau. Constatant qu'il ne relâchait pas d'un pouce, elle fut submergée par une déferlante d'excitation, comme une rivière de chaleur qui la retenait captive.

Les yeux de Damian se rétrécirent et s'assombrirent, mais ses mains continuaient à la maintenir avec une force brute. Son genou poussait contre la jonction de ses cuisses sans ménagement, clouant le bas de son corps au matelas.

— Arrête de te battre contre moi, siffla-t-il. Ça ne te mènera nulle part. (Une domination toute masculine peignait ses traits alors qu'il retroussait les lèvres.) Voici comment on va jouer : tu as droit à un mot qui me fera reculer. (Il l'étudia avec une autorité magistrale, provoquant des frissons de chaleur dans les veines d'Angie.) Tu peux le deviner, ce mot ?

Elle trembla dans son étreinte en tâchant de faire fonctionner ses neurones assez longtemps pour suggérer :

— Stop ?

Il leva le menton en signe d'assentiment.

— C'est le mot. Tu dis « stop » et j'arrête. Mais c'est le seul mot

qui marchera, tu comprends ? (Elle hocha la tête et il continua.) Je te préviens, rien d'autre ne fonctionnera. Je suis déjà trop loin, putain, pour comprendre pourquoi tu essaies de me repousser ! admit-il, la mâchoire serrée. Tu cherches à te libérer ?

Ses yeux s'écarquillèrent en dénégation : l'idée qu'il la laisse partir la rendait folle d'inquiétude. Elle secoua la tête.

— Non.

— Tant mieux, parce que je ne te laisserai pas partir.

Il lui lâcha un poignet et ramena sa main vers le bas pour lui passer les doigts dans les cheveux, autre geste de possessivité primale. Son regard intense était irrésistible alors qu'il l'étudiait.

— Rappelle-toi ce que tu dois faire pour m'arrêter, bébé, parce que c'est la seule échappatoire que tu auras.

Cet avertissement embrasa l'air entre eux. Il pencha la tête et l'embrassa. Angie sentit sa faim de loup dans la pression de ses lèvres et le coup de langue qu'il lui donna. Son *aura* sensuelle la submergea et elle se mit à haleter tandis qu'un désir irrésistible lui contractait le ventre. Il l'embrassait avec fermeté et assurance, buvant à sa bouche et avalant l'air qu'elle expirait comme s'il ne pouvait pas s'approcher assez.

Elle ressentait la même chose. De sa seule main libre, elle plongea les doigts dans les muscles de son épaule, sentant sa dureté sous son contact. Sa peau était exquise, son odeur lui enflammait les sens et la façon dont il attaquait sa bouche, comme s'il n'avait aucun contrôle face à elle, envoyait des étincelles de plaisir animal danser le long de ses terminaisons nerveuses.

Elle sentit les vibrations d'un grognement sourd partir de la gorge de Damian et remonter par sa bouche pour se déverser dans la sienne. Le son brut et sauvage alluma un frisson torride, tant elle ressentait un besoin dévorant de se soumettre au pur plaisir qu'il induisait en elle.

Il lui retira sa bouche et la regarda fixement. Essayant d'aspirer un peu de l'air dont elle avait tant besoin, elle soutenait son regard avec fascination. Il détourna les yeux, comme à

regret, pour jeter un coup d'œil vers le bas et Angie se rappela que le seul vêtement qu'elle portait était son soutien-gorge dégrafé.

Elle était allongée, haletante, lorsqu'il la libéra pour saisir à deux mains et faire glisser les bonnets de son soutien-gorge. Ses tétons se dressèrent immédiatement. À cause de l'air froid ou de son regard brûlant ? Elle l'ignorait.

Elle vit les pommettes de Damian se teinter de rouge et ses narines se dilater quand il passa les pouces sur le bout rose de ses seins. Un courant électrique la traversa et lui cambra le dos. Face à son mouvement réflexe, il reposa les yeux sur elle et captura son regard. Levant une main, il lui souleva une mèche de cheveux avec une infinie délicatesse et l'entortilla lentement entre ses doigts. Ce geste calme, presque placide ne ressemblait en rien à ce qu'elle avait vu de lui jusqu'alors, et il la déstabilisa. Son cœur battait fort dans sa poitrine, dans l'attente du prochain mouvement qu'il esquisserait.

Son érection appuyée contre sa jambe, il semblait lutter pour se contenir. Ses doigts lui serraient tellement les cheveux qu'elle n'aurait pas pu bouger si elle avait essayé. Il lui pressa un doux baiser sur les lèvres avant de regarder à nouveau vers le bas.

— Tu es encore plus jolie que je ne l'aurais cru, lâcha-t-il avec respect.

Il l'examina attentivement, longuement, et sa voix, lorsqu'il parla, lui sembla déchirée.

— Tu n'as pas idée de ce qu'il m'en a coûté de rester loin de toi pendant si longtemps.

Angie ne savait pas quoi répliquer, et lorsqu'il baissa la tête sur son sein, qu'il prit son mamelon dans sa bouche et le suça, la moindre réponse qu'elle aurait pu lui donner s'envola de son cerveau tandis qu'une multitude de couleurs explosaient dans sa tête.

Il se mit à lui lécher le sein, buvant à son téton et attachant sa bouche à la chair tendre juste au-dessus de la pointe, qu'il

commença à sucer sur un rythme qui mit définitivement un terme à tout processus de pensée pour Angie.

Il lui relâcha les cheveux, enroula un bras autour de sa taille et la souleva. Impitoyable, il déplaçait sa bouche d'un sein à l'autre, au point qu'elle avait même du mal à respirer. Son excitation devint si intense qu'elle crut bien jouir de ce simple contact de Damian sur ses tétons.

Elle se mit à gémir et il la libéra pour, presque violemment, finir de se déshabiller, arrachant le reste de ses vêtements. Il revint vers elle, complètement nu, et Angie voulut le prendre dans ses bras, mais il lui refusa cette étreinte, préférant placer les mains autour de ses cuisses et la forcer à les écarter. Il se glissa alors entre ses jambes, les yeux rivés sur son intimité, ouverte à son regard et vulnérable.

Angie ressentit un million d'émotions à la fois. Son premier réflexe fut de se couvrir, parce que la lumière était toujours allumée et qu'elle se sentit traversée par un sentiment de pudeur aigu et incontrôlable. Mais une excitation chaude et douce glissait aussi le long de sa colonne vertébrale face à l'expression de luxure crue et sans fard peinte sur le visage de Damian. Alors qu'il continuait à regarder entre ses jambes, comme hypnotisé, un grognement lui monta du torse, jaillissant de sa gorge avec une telle force qu'il secoua le lit.

— Besoin. De. Te. Baiser.

Cet aveu alluma une bouffée de chaleur entre les cuisses de la jeune femme, en même temps qu'un désir absolu lui coupait le souffle.

Les deux mains sur le sexe d'Angie, il écarta ses petites lèvres pour l'observer tout son soûl. Une tension subtile lui secoua les épaules, et la tenant ainsi ouverte d'une main, il insinua son long majeur en elle. La jeune femme poussa un cri, emportée par la sensation. Le grognement qui lui répondit cette fois monta du plus profond des entrailles de Damian, tandis qu'il bougeait son doigt à l'intérieur d'elle.

Perdue dans un monde de sensations exquises, Angie tendit le bras et trouva son membre dur. À peine l'eut-elle touché cependant qu'il s'écarta et repoussa sa main.

— Tu veux déjà en finir ? grogna-t-il.

Elle commença à secouer la tête de droite à gauche sur l'oreiller — *non, oh non !* — et il retira les doigts de son intimité. Il leva les mains vers elle, le geste autoritaire.

— Les mains. Maintenant.

— Quoi ?

— Donne-moi tes mains.

Un afflux d'anxiété le disputant à la faim primitive qui coulait dans ses veines, Angie tendit lentement ses mains. Il lui saisit les poignets et les plaqua de chaque côté de ses hanches dans un étau qui la dominait et lui donnait, à lui, le contrôle absolu. Dès qu'elle fut immobilisée, il ne perdit pas de temps et plongea la tête entre ses cuisses, où il posa la bouche et commença à l'embrasser de la manière la plus intime qui soit.

Un besoin sexuel, chaud et féroce s'abattit sur elle, lui plaqua le dos au matelas lorsqu'il commença à la lécher, à grands coups de langue de haut en bas et de bas en haut. D'avant en arrière, encore et encore, jusqu'à ce qu'elle se retrouve embrasée d'un désir si profond qu'elle n'aurait pas pu le décrire si elle y avait été contrainte.

Il colla la bouche à son clitoris et passa les dents dessus, allumant une sensation si indescriptible qu'elle vit des étoiles. Quand il leva la tête, son expression était de marbre.

— Je vais lâcher tes mains. Ne bouge pas, tu m'as compris ? ordonna-t-il.

Angie lâcha un petit miaulement.

— Je suis sérieux, Angie. Si tu bouges d'un pouce, tu le regretteras. Hoche la tête si tu comprends.

Elle opina du chef et il lui lâcha immédiatement les mains. Elle les enfonça dans le drap, qu'elle prit dans ses poings pour les immobiliser pendant que la bouche de Damian retournait à son

clitoris. Dans le même instant, elle sentit le doigt de son amant s'enfoncer en elle, et avec une myriade de couleurs qui tournoyaient dans sa tête, elle endura ce plaisir aussi longtemps qu'elle le put, avant de commencer à céder sous ses caresses.

Un gémissement lui monta du fond de la gorge, et alors qu'il bougeait son doigt en elle et mordillait son clitoris presque jusqu'à la douleur, Angie explosa dans une pluie de sensations de feu.

DAMIAN ALLAIT PERDRE LES PÉDALES. IL ALLAIT SÉRIEUSEMENT perdre les pédales s'il ne pouvait pas entrer en elle maintenant. *Maintenant !*

Il retira aussi doucement que possible le doigt fiché dans le sexe d'Angie et se mit à genoux. Serrant les dents pour se retenir de plonger en elle sans protection, il récupéra le préservatif sur la table de chevet et déchira le plastique avec ses dents. Son sexe dressé dans une main, il déroula le latex de l'autre.

Puis il se positionna entre ses cuisses et les lui ouvrit en calant les genoux entre ses jambes. Il aurait voulu lui dire quelque chose, mais toute parole était impossible. Il avait l'impression d'être sur une corde raide et ne pensait pas que son cœur pourrait continuer de battre s'il n'entrait pas en elle.

Baissant les yeux, il découvrit que l'expression euphorique d'Angie s'estompait, au point de déserter complètement ses traits. Elle jeta un regard vers son sexe et écarquilla les yeux : quelque chose qu'il ne pouvait que décrire comme de l'inquiétude se peignit alors sur son visage. *Putain de merde !* Il savait ce qu'elle voyait. On pouvait qualifier sa verge de grosse. Quand il était plus jeune, il en était fier. Mais plus tellement maintenant.

Sa taille n'était rien d'autre qu'un obstacle, en matière de sexe. Il avait appris à choisir des femmes qui avaient l'air de lui correspondre physiquement. Sauf qu'il n'y avait rien de tel chez

Angie. *Rien*. Elle était petite et délicate et son doigt en elle n'avait fait que lui confirmer qu'elle aurait du mal à le recevoir.

En l'étudiant maintenant, la peur qu'il ressentait était double : qu'elle s'enfuie avant qu'il ne puisse lui prouver à quel point ils iraient bien ensemble, et pour la première fois depuis son adolescence, la peur de la perdre avant d'avoir pu enfoncer son membre là où il devait aller.

Putain de putain de merde ! Elle lui donnait l'impression d'être retombé en adolescence, merde !

Incapable d'attendre plus longtemps, il positionna son érection contre sa vulve et commença à pousser. Les dents serrées, il se concentra, même si tout ce qu'il voulait, c'était plonger à l'intérieur. *Lentement, Rule*. Il devait y aller lentement. *Ressaisis-toi. Vas-y. Lentement.*

À travers la bulle de silence tendu qui emplissait la pièce, Damian n'entendait pourtant qu'une seule chose : sa propre respiration rauque soulignée par le soudain hoquet d'Angie lorsqu'il entama l'inexorable poussée à l'intérieur de son sexe. Il sentit son souffle s'accélérer et la tension s'emparer d'elle, parfaitement immobile. Il déglutit et grogna alors que sa chaleur humide se refermait autour de son gland, lui donnant un aperçu taquin du plaisir qu'il allait trouver là, si seulement il parvenait à entrer.

Il poussa à nouveau, essayant d'atteindre quelques centimètres de profondeur, mais les muscles internes d'Angie se crispèrent et elle leva les mains contre son torse dans un mouvement de défense. Elle ne le repoussa pas, *Dieu merci*, elle garda juste ses mains là, comme si elle était prête à lui demander d'arrêter. Une goutte de sueur perla sur son front. Elle était si serrée que le cerveau de Damian était proche de l'implosion. Le long de sa colonne vertébrale, une langue de feu tentatrice l'incitait à pousser de nouveau, mais il exerçait sur ses sens un contrôle impitoyable en se rappelant la définition de la lenteur. Il combattit le prédateur en lui pour, avec une discipline étudiée, s'enfoncer un peu plus.

Et s'arrêter instantanément lorsqu'elle poussa un petit gémissement alarmé et lui enfonça les ongles dans la peau, comme autant de poignards. Il la sentit prendre une brusque inspiration et la retenir : elle paniquait en silence, il le savait. Bon Dieu, il avait besoin de temps ! Il avait besoin de temps avant qu'elle ne refuse d'aller plus loin. Dans cet esprit, il s'attela à la calmer. Les bras de chaque côté de sa tête, il amena la bouche contre son oreille. Il prit d'abord un moment pour se calmer lui-même en aspirant de l'oxygène à plusieurs reprises pour ralentir son rythme cardiaque.

Il était dur comme la pierre, le sang pulsait furieusement dans ses veines, alimentant une érection si raide qu'il était douloureux de ne pas continuer à pousser. Il serra un poing autour du drap et l'autre dans les cheveux de sa partenaire et s'efforça de parler en luttant contre son excitation.

— Eh, bébé, ça va, chuchota-t-il. Ça va rentrer.

Le gémissement de dénégation qui lui répondit lui fit l'effet d'un coup de poing en pleine tête.

— Chut, chut ! marmonna-t-il de façon décousue pour essayer de l'apaiser. Tu t'en sors bien, bébé. Reste immobile une minute de plus, d'accord ? Je te promets que ça ne fera pas mal si tu me laisses y aller doucement.

Elle relâcha son étreinte, tout en restant allongée à l'écouter comme si sa voix était la seule ancre qu'elle avait à sa disposition.

— C'est ça, ma chérie. Détends-toi. Peux-tu détendre tes muscles pour moi ?

Il pressa la bouche sur son oreille et posa un baiser, juste un effleurement, sur son lobe.

— Je ne veux pas te faire de mal.

Il saisit le lobe entre ses dents et tira légèrement. La respiration d'Angie s'arrêta, puis une partie de sa tension quitta son corps. Le soulagement, chaud et doux, descendit le long du dos de Damian.

— Tu es si douce ! La dernière chose au monde que je veuille, c'est te faire du mal.

Elle émit un bruit minuscule, infime, et Damian glissa une

main pour appuyer un doigt sur son clitoris. Avec un contrôle dont il ne se serait pas cru capable, il prit le temps de dessiner plusieurs cercles sur sa chair soyeuse, jusqu'à ce qu'elle gémisse à nouveau. Un autre élan de soulagement le saisit à la gorge alors qu'elle se cambrait contre lui et il sentit un soudain afflux d'humidité autour de son gland.

Remerciant la divinité, quelle qu'elle soit, qui l'écoutait manifestement, il souleva le bassin et poussa d'un coup sec et ferme, qui ne lui permit toutefois de s'enfoncer que de deux ou trois centimètres supplémentaires. Ses entrailles se crispaient sous la violence de son désir, il en était à ce seuil incroyable, tendu où il avait besoin que le corps de sa partenaire lui cède. Avec un grognement, il se retira pour plonger à nouveau.

Encore une fois, elle retint son souffle et ses doigts se renfoncèrent dans la peau de Damian, comme une mise en garde.

Elle était étroite, plus serrée que ce à quoi il s'était attendu lorsqu'il fantasmait sur elle, et ce constat suffit à envoyer pulser en lui un battement sourd et animal. Il voulait la pénétrer entièrement, c'était si fort qu'il avait le goût de ce besoin sur la langue, mais il savait qu'il ne pouvait pas. Elle se tenait trop immobile, retenant presque son souffle, comme si elle s'attendait à souffrir, et sa peur, il ne l'assumait pas. Redoublant d'efforts, il continua à jouer avec son clitoris tout en essayant de la séduire avec des mots. Des mots vrais, d'ailleurs, ce détail ne lui échappait pas.

— Je n'ai jamais rien ressenti d'aussi bon. Même moitié moins bon. J'ai su que ce serait bien dès la première fois où je t'ai vue.

Il vint l'embrasser sur les lèvres, puis se haussa suffisamment pour voir son visage. Elle avait les yeux fermés, mais l'expression concentrée.

— Tu es si jolie, bébé. C'est si bon d'être en toi !

Dans une brume de désir absolu, il vit l'expression de son visage se transformer en fascination, tandis qu'elle restait parfaitement immobile et l'écoutait.

— Tu t'en sors à merveille, chérie, tu restes calme, comme je te l'ai demandé. Tu es une gentille fille, obéissante.

Incapable de s'en empêcher, frappé par un flot d'émotions et de possessivité sauvage, il se pencha et lui mordilla doucement la lèvre. Elle lâcha un cri, et en même temps, il sentit une autre vague d'humidité qui lui permit de s'enfoncer plus profondément.

6

Damian grogna en même temps qu'Angie gémissait. Se soulevant, il entama un mouvement caressant, poussant un peu plus chaque fois, jusqu'à être complètement fiché en elle. Satisfait et excité jusqu'à la moelle, il se haussa sur les mains, puis se cala sur les coudes et l'observa.

Elle avait les yeux fermés et il ressentait un désir si fort qu'il ne pouvait le contenir.

— Angie. Ouvre les yeux.

Elle prit deux secondes, puis ses paupières se décollèrent et elle l'observa.

— Ça y est, annonça-t-il avec un triomphe irrépressible. Et ça fait du bien ! Putain, c'est parfait ! (Il se retira pour mieux replonger d'un coup et vit les yeux d'Angie se refermer.) Non ! grogna-t-il. (Elle rouvrit les paupières et elle le regarda à travers des paupières lourdes.) Est-ce que je te fais mal ? Non, je sais que non, poursuivit-il sans attendre de réponse et avec une certaine satisfaction.

Elle secoua la tête.

Appuyé sur un seul un bras, il glissa l'autre main vers son

clitoris et le massa en même temps que son membre l'emplissait, si près de l'endroit où il la caressait, ajoutant une autre dimension à son plaisir.

— Tu veux jouir encore ? (Les pupilles d'Angie se dilatèrent, mais elle resta silencieuse, alors il répondit à sa place.) Je pense que tu veux jouir encore.

Secouant la tête, elle chuchota :

— Je ne pense pas pouvoir.

— Non ?

Il la vit déglutir et de nouveau secouer la tête.

Elle avait peut-être des doutes, mais Damian, lui, n'en avait pas, car il sentait sa douce moiteur qui l'entourait. Il entama une série d'assauts fermes et brefs, et à chaque poussée, il frappait cet endroit au plus profond qui, il le savait, la rendrait folle. En quelques secondes, elle se mit à pousser des gémissements gutturaux. Et en moins d'une minute de ce traitement, elle referma les yeux et lui aussi.

La fureur de leur étreinte, la chaleur les consumant tous les deux, il laissa ses réflexes instinctifs prendre le dessus. Il la caressa fort et profondément, lui prenant ce dont il avait besoin, ce qu'il sentait nécessaire pour pouvoir continuer à respirer. Sur un ultime va-et-vient, dur et impitoyable, il les poussa tous les deux dans un monde de plaisir sublime. Elle lâcha un cri aigu, et fermement ancré en elle, il vogua sur les spasmes de l'orgasme et il la rejoignit par-dessus bord dans un plaisir si intense qu'il en resta stupéfait.

Après la redescente, Damian essaya de s'éclaircir la tête, mais il lui était impossible de réfléchir. Il se laissa glisser sur le flanc, se retirant aussi doucement qu'il le pouvait pour permettre à Angie d'inspirer profondément. Lui-même aspirait l'oxygène comme s'il venait de courir un marathon, et avant d'avoir eu le temps de faire taire son envie, il la prit contre lui et l'enlaça d'un bras autour de sa taille alors qu'il était allongé sur le dos.

Un sentiment de possession le submergea, qu'il tenta aussitôt de refouler. Une émotion sombre et latente, venue du plus profond

de son âme, lui vint brusquement à l'esprit et il sentit l'agressivité monter dans ses veines. Le simple fait de s'arracher à elle provoquait un conflit dans son cerveau : il devait lutter contre un désir, un besoin irrépressible de ne jamais la lâcher.

Mille pensées le frappaient de toutes parts. Celle qui concernait l'aspect physique — c'était la meilleure partie de jambes en l'air de sa vie — étant la plus entêtante, au point qu'il lui suffisait de repenser à leur étreinte pour durcir à nouveau. En fait, il se retrouvait déjà en érection. La sensation qu'elle lui procurait était comme une addiction : elle était douce et féminine et son désir de la faire sienne le déboussolait, car sa tête luttait contre. Rien n'avait changé et il devait s'en souvenir. Elle n'était toujours pas faite pour lui. Peut-être que cette partie de jambes en l'air avait été la meilleure de sa vie, mais le sexe n'était pas tout. Il devait se rappeler les autres qualités qui comptaient dans une relation. Il y avait la compatibilité, l'amitié et ce truc insaisissable dont il entendait toujours parler, mais auquel il ne croyait pas vraiment : l'amour.

Et puis quoi encore ? Ça n'avait pas vraiment d'importance. C'étaient des problèmes qu'il devrait affronter au bout du compte, mais il ne devait penser que sur le court terme, du moins pour le moment. Il ne faisait aucun doute qu'elle se sentait très bien dans ses bras, alors pour l'instant, c'était là qu'elle resterait. Ce qu'il lui avait dit lorsqu'il avait essayé de la convaincre de coucher avec lui lui revint soudain en mémoire. Rien ne devait être sérieux. C'était un *mantra* qu'il fallait respecter. Alors même qu'il y réfléchissait, il se demandait si c'était viable ou non. Pouvaient-ils maintenir une liaison à la fois occasionnelle et fluide ? Alors qu'il resserrait son bras autour d'elle, il admit une certaine difficulté sur ce point. Or, pourquoi ne serait-il pas facile de garder une liaison *cool* ?

Il ne se sentait pas *cool*.

Et il ne savait pas s'il lui serait possible un jour de n'être que *cool* avec Angie.

Si quelqu'un avait dit à Angie, quelques mois plus tôt, qu'elle aurait du mal à discuter avec la mère de Damian, qu'elle devrait lui répéter en boucle que son fils et elle n'étaient qu'amis, elle ne l'aurait pas cru.

C'était pourtant vrai. Elle avait beaucoup de mal. Pourtant, la scène se reproduisait chaque fois que la dame venait se faire coiffer.

Alors que madame Rule était assise sur le siège à son poste, Angie ne pouvait pas s'empêcher de culpabiliser de devoir perpétuer ce mensonge. Peut-être que la chose aurait été plus facile s'il n'y avait eu qu'une seule nuit entre eux. Mais ça n'était pas le cas. Peut-être que la chose aurait été plus facile si cela n'avait été qu'une ou deux semaines de tension sexuelle torride. Mais ça n'était pas le cas. Cela faisait des mois. Des mois et des mois d'une liaison brûlante où ils passaient presque toutes leurs nuits ensemble. Toutes les nuits où aucun des deux n'avait autre chose de prévu, ils avaient fini au lit ensemble.

Damian s'était présenté à son appartement le lendemain soir de leur premier « rendez-vous », sans aucun avertissement préalable, et en quelques minutes seulement, Angie s'était retrouvée cul nu et accrochée à lui, plus que prête pour un deuxième *round.* Un rendez-vous s'était transformé en deux rendez-vous et les semaines s'étaient transformées en mois.

Peut-être n'était-ce que *cool* et passager, peut-être pas, en tout cas, ce n'était certainement pas une simple amitié, contrairement à ce qu'elle répétait à sa mère chaque fois que cette dernière venait au salon.

— Oui, je le trouve vraiment bel homme, répondit-elle en se mordant l'intérieur de la joue.

Elle était en train d'appliquer à sa cliente les mèches qui donneraient les reflets dont sa chevelure avait bien besoin. Il lui avait fallu un certain temps pour la convaincre d'autoriser les

mèches, mais désormais, la mère de Damian aimait bien et semblait ne faire confiance qu'à Angie pour les lui faire.

— Dans ce cas, pourquoi êtes-vous juste amis, tous les deux ? demanda Justine Rule pour ce qui pouvait bien être la centième fois d'une voix où pointait la frustration.

Angie tenta d'étouffer la mise en garde qui claqua dans sa tête — rien de bon ne pouvait sortir de cette conversation — en même temps qu'elle s'efforçait de rester aussi proche de la vérité à travers le tissu de mensonges qui sortaient de sa bouche.

— Nous n'avons pas grand-chose en commun, je pense.

— Il vous aime bien, je le vois. Le soir de mon dîner de fête, il ne pouvait s'empêcher de vous regarder, mon petit, affirma madame Rule avec une tendresse envers Angie qui la fit culpabiliser encore plus.

Elle sentit une poussée de chaleur lui envahir les pommettes.

— Je suis sûre que vous exagérez. Nous ne nous connaissons pas très bien. Juste du salon, en fait.

— Il devait pourtant vouloir que vous l'accompagniez, ce soir-là. Je ne comprends pas. A-t-il au moins laissé entendre qu'il avait envie de vous revoir ?

Une boule dure monta et se logea dans la gorge d'Angie. Madame Rule avait une idée fixe, aujourd'hui, impossible de la distraire comme elle le faisait d'habitude. *Fichu Damian, incapable d'être honnête avec sa mère !* Répondre à cette question aurait été un mensonge éhonté, ce qui la mettait très mal à l'aise.

— Non, il n'a pas mentionné grand-chose ce soir-là. J'ai eu l'impression qu'il avait juste besoin d'une cavalière pour la soirée.

— Vous devinez pourquoi, n'est-ce pas ? fit madame Rule sur un air de conspiratrice.

— Euh…

— Parce qu'il n'aime pas que je m'occupe de ses affaires. Mais parfois, je ne peux pas m'en empêcher : j'adore Courtney et je veux la garder dans ma famille. La marier avec l'un de mes fils serait un moyen d'y parvenir. Mais je suppose que Damian la considère

comme une sœur. Bref, c'était sa façon à lui de me donner une leçon, je pense.

Angie haussa les épaules. Peut-être en effet Damian considérait-il cette fille comme une sœur, en revanche, il était évident que ce n'était pas le cas de l'un de ses frères.

— Peut-être bien, éluda-t-elle. Mais il est adulte, madame Rule. Je suis sûre qu'il trouvera quelqu'un en temps voulu.

— Eh bien, il prend trop de temps ! Il serait plus heureux s'il s'installait avec une femme.

Angie sentit un nœud se former dans son estomac et ne put s'empêcher de demander :

— Est-ce qu'il sort beaucoup, alors ?

— Oh, là, là oui ! Même si je ne sais pas si j'appellerais ça « sortir ». Il voit beaucoup de femmes, mon petit, mais elles semblent interchangeables. Enfin, je ne l'ai vu avec personne dernièrement. C'est pourquoi je pense que vous seriez parfaite pour lui. Vous êtes si séduisante et... et... (Elle s'arrêta, comme pour chercher le mot juste afin de décrire le style d'Angie.) Et rayonnante !

La jeune femme sourit à sa cliente dans le miroir.

— Merci.

Elle réalisa à cet instant que Damian ne comprenait pas bien sa mère. Il avait emmené Angie à son dîner en pensant que celle-ci ne l'aimerait pas à cause de son apparence, et ce n'était pas du tout le cas. Cette femme ne semblait pas du tout la juger, ce qui était tout à son honneur.

Alors qu'elle mettait le bonnet sur la tête de madame Rule avant de la conduire au poste de séchage des cheveux, Angie jeta un coup d'œil à l'entrée du magasin et aperçut son prochain rendez-vous, un homme d'âge mûr qui était son client depuis longtemps. Elle lui sourit, sachant qu'elle aurait tout le temps de le caser pendant que la mère de Damian était sous le sèche-cheveux.

La voyant sourire, il se leva et les intercepta alors que madame Rule et elle traversaient la salle.

— Comment allez-vous, mon petit ? demanda-t-il à Angie.

Elle vit son regard s'éloigner d'elle pour se poser sur sa cliente.

— Très bien, et vous-même ? demanda-t-elle, sincère.

Elle aimait beaucoup cet homme, c'était un adorable quinquagénaire. Son fils et lui étaient ses clients depuis longtemps.

Il ne quittait plus madame Rule des yeux et Angie fut sidérée de voir celle-ci rougir.

— Vous pourriez me présenter, tout de même ! grommela-t-il, bourru, en désignant sa cible du menton.

La coiffeuse prit une profonde inspiration, balançant entre l'amusement et la panique. Pourquoi avait-elle le sentiment que Damian n'aimerait pas que sa mère se fasse draguer ? Or, vu le regard de cet homme, c'était exactement ce qui allait probablement se passer.

— Madame Rule, voici Rick Harris, un client de longue date, devenu un ami. Monsieur Harris, je vous présente Justine Rule.

Monsieur Harris prit la main de madame Rule et l'embrassa. Angie ne put réprimer un sourire en voyant les joues de sa cliente se colorer sous l'effet de la panique, tandis que sa main libre s'envolait vers sa tête, comme si elle se souvenait seulement maintenant du bonnet qu'elle portait le temps que sa couleur se fixe.

Angie eut pitié d'elle et la conduisit, rougissante et bégayante, jusqu'à son siège, où elle régla la chaleur et la minuterie.

Elle allait se détourner, mais s'immobilisa quand des doigts tremblants lui attrapèrent la main. Elle baissa les yeux vers Justine.

— Il est très bel homme pour son âge, n'est-ce pas ? demanda la mère de Damian.

Angie savait qu'elles ne parlaient plus de Damian, et elle jeta un coup d'œil à Rick Harris, qu'elle observa un moment. Il était effectivement bel homme pour un quinquagénaire, chose qu'elle avait toujours sue. Le fils de Justine aussi était exceptionnellement beau.

— Oui, c'est vrai.

— Et il est… ?

— Il est quoi ? demanda la coiffeuse.

La mère de Damian jeta un autre coup d'œil à travers la pièce avant de reporter son attention vers la jeune femme.

— Un monsieur bien ?

Angie sourit, soulagée de pouvoir rassurer sa cliente sur ce point.

— Oui, il est toujours respectueux. C'est un amour, en fait.

— Est-il marié ? demanda madame Rule alors que son regard faisait la navette entre monsieur Harris et Angie.

— Non, sa femme est morte il y a plusieurs années.

— Oh !

Angie observa un instant la mère de Damian. Plus très jeune, elle restait belle femme et prenait bien soin d'elle. Il était évident que Damian avait hérité d'elle au moins une partie de son physique avantageux. En l'étudiant, la coiffeuse percevait clairement le mélange contradictoire de désarroi et d'excitation qu'elle ressentait en étant scrutée avec autant d'audace.

— Que souhaitez-vous que je lui réponde, s'il m'interroge sur vous ?

— Je ne… Je ne…

La prenant en pitié, Angie lui tapota la main et lui murmura, conspiratrice à son tour :

— Je trouverai quelque chose si ça se présente. Je gagnerai du temps, d'accord ?

— Vous croyez qu'il va vous questionner ?

La jeune femme jeta un coup d'œil par-dessus son épaule et vit clairement l'homme qui regardait dans leur direction.

— Oh oui, il va me questionner !

La mère de Damian rougit encore une fois, et sur ces mots, Angie se tourna vers monsieur Harris pour lui offrir son attention.

~

Ce soir-là, après avoir été entraînée dans la chambre, déshabillée et amenée à un orgasme explosif, Angie remonta le drap sur ses seins nus et tourna les yeux vers Damian. Il semblait soit endormi, soit plongé dans ses pensées. Elle savait ce qu'elle devait faire.

— Ta mère m'a sacrément cuisinée, aujourd'hui.

Il ôta son bras de ses yeux et soutint son regard.

— Elle avait encore rendez-vous chez le coiffeur, aujourd'hui ? (Angie hocha la tête en grimaçant. Il fronça les sourcils.) Elle a été pénible ?

— Elle n'était pas pénible, Damian. Elle est gentille, mais elle a posé beaucoup de questions tendancieuses. Encore une fois.

— Et ?

Elle haussa les épaules, un mouvement qui attira l'attention de Damian sur son épaule nue. Son ventre se serra tandis que les papillons s'y réveillaient aussitôt. Les papillons n'étaient-ils pas censés s'en aller au bout d'un moment ? Quand cela cesserait-il de se produire, exactement ? Essayant de maîtriser son corps indiscipliné, elle répondit :

— Elle a posé des questions sur beaucoup de choses. Elle voulait me faire parler de ton physique, elle voulait savoir si on s'était vus récemment, si tu semblais t'intéresser à moi.

Il plissa le front et un muscle se mit à tressauter dans sa mâchoire. Il était évident qu'il était en colère contre l'ingérence de sa mère et Angie ne voulait pas aggraver la situation.

— Elle n'insinuait rien de spécial, il est évident qu'elle t'aime beaucoup. Je lui ai encore opposé le terme d'« amis », mais j'ai la sensation de mentir. Je comprends que c'est *cool* entre nous, ajouta-t-elle en agitant la main, mais j'ai dû prétendre que nous ne nous étions pas du tout vus et je ne suis pas à l'aise.

— Quel est le problème ? Le rendez-vous est terminé, et même si elle revient au salon, tu ne devrais pas avoir à la supporter avant un mois ou plus.

Angie secoua la tête.

— Faux. Elle revient la semaine prochaine.

— Pourquoi, putain ?

— Elle dit qu'elle apprécie le temps que nous passons ensemble et qu'elle veut se faire plaisir à nouveau. Comme elle n'aime pas les massages… (Angie lui répéta les mots de sa mère.) Elle va venir pour un traitement de fond et un changement de style.

— Merde ! grogna-t-il entre ses dents serrées.

— Je ne vais pas continuer à lui mentir, Damian.

— Qu'est-ce que tu vas lui dire ? Qu'on baise comme des lapins dès qu'on en a l'occasion parce que je ne peux pas garder mes putains de mains loin de toi ?

Une lame douloureuse transperça le cœur de la jeune femme.

— Ce n'est pas très délicat, commença-t-elle, avant d'ajouter : comment crois-tu que je me sente ?

La bouche de Damian semblait cerclée de glace.

— Qu'est-ce qu'il y a de mal à ça ? C'est la vérité.

— Tu veux dire que tu viens ici seulement parce que tu ne peux pas t'en empêcher ? Que tu n'as pas envie de me voir, en réalité ?

Ses yeux se rétrécirent pour devenir deux fentes alors qu'il la dévisageait en silence. Angie s'agrippa au drap pour s'asseoir, alors qu'une douleur immédiate lui enveloppait le cœur.

— C'est ça, n'est-ce pas ? Tu voudrais rester loin de moi, en fait. Alors, c'est quoi qui t'attire exactement ? Le côté gothique ? lança-t-elle d'un ton qu'elle voulait garder neutre, dans l'espoir de ne pas trahir sa douleur. Ça te change de ce que tu as eu avant et ça rend le sexe à nouveau excitant pour un gars cynique comme toi ?

Il pinça les lèvres d'un air mécontent.

— Je n'ai jamais prétendu une chose pareille.

— Inutile, lâcha-t-elle, posant les pieds au sol. Je vais prendre une douche. Tu peux en profiter pour partir.

Il se redressa sur un coude et se pencha en avant, lui attrapant la main d'un geste brusque et emprisonnant son poignet entre ses doigts.

— Tu crois que tu peux te débarrasser de moi aussi facilement, bébé ?

Sa bouche se tordit, et si c'était censé être un sourire, il était sans joie. Alors que sa prise se resserrait et qu'il commençait à l'attirer contre lui d'un geste ferme et inexorable, le rythme cardiaque d'Angie s'accéléra. Elle prit plusieurs bouffées d'oxygène rapides. Pas question de le laisser faire, même si le simple contact de sa peau contre la sienne l'enivrait.

— Je n'ai pas de problème avec une relation *cool,* Damian, commença-t-elle, assaillie par une amertume qu'elle ne voulait pas ressentir. J'ai un problème avec le fait que tu te détestes parce que tu ne peux pas rester loin de moi.

Il la tira vers lui jusqu'à ce qu'elle perde l'équilibre et atterrisse les mains sur son torse.

— Je n'ai pas dit ça. Ne me fais pas dire ce que je n'ai pas dit.

— Et pourtant, c'est bien ce que tu dis.

Elle fut frappée par une pointe de déception. Comment avait-elle pu laisser s'épanouir des sentiments pour lui alors qu'elle s'était justement répété de ne pas le faire ? Il était évident qu'il ne ressentait pas la même chose.

— Je suis poisseuse et fatiguée. J'ai besoin d'une douche.

— Je ne suis pas prêt à partir.

— Bien. Reste.

Sur quoi, elle se rassit et tira sur son poignet, qu'il conservait prisonnier de ses doigts. Il plissa les paupières en signe d'avertissement silencieux, mais finit par la relâcher. Elle s'enfuit dans la salle de bains pour prendre une douche, et avec un peu de chance, trouver un peu de paix.

Le lendemain matin, Janice posa sur Angie un regard surpris.

— Tu veux faire quoi ?

Angie leva les yeux au ciel.

— Je veux revenir à ma couleur naturelle pour quelque temps.

— Pourquoi ? Je pensais que tu appréciais tous les pourboires que ce *look* t'apportait.

— Je ne vais pas complètement y renoncer, fit-elle en haussant les épaules. (Puis elle se ravisa.) Ou peut-être que si. Mais je vais y aller progressivement. En commençant par les cheveux. (Elle sourit.) En revanche, je ne change rien sur la musique. Pas touche à la musique !

Janice esquissa un sourire en coin.

— Tu l'aimes trop, ton rock alternatif. Ça a quelque chose à voir avec Damian ? demanda-t-elle, redevenue sérieuse.

— Peut-être.

Angie savait que c'était le cas. Elle s'était bien amusée avec lui, mais à un moment donné, l'aspect *cool* de leur relation ne lui convenait plus. C'était une direction qui ne lui plaisait pas. S'il voulait en finir, il n'avait qu'à rompre. Cela ne la tuerait pas. L'attitude de cet homme la mettait mal à l'aise, rabaissait son estime d'elle, alors, autant y mettre un terme.

Elle commençait à se sentir utilisée. Bien sûr, elle avait cédé assez rapidement et c'était peut-être sa faute. Un vieil adage disait : « Pourquoi acheter la vache quand on peut avoir le lait gratuit ? » et décrivait assez bien ce qu'elle ressentait, mais il n'y avait pas que ça. Damian ne lui permettait pas très souvent de voir l'intérieur de lui, voire pas du tout. Il maîtrisait ses émotions.

Or elle avait besoin de savoir s'il l'appréciait pour la personne qu'elle était ou pour le personnage qu'elle avait développé. Car s'il ne l'aimait pas, elle devait cesser de le voir. Et la réaction qu'il aurait face au changement qu'elle envisageait serait une indication de ce qu'il ressentait vraiment. Elle n'allait pas revenir à un *look* conservateur pour mieux correspondre à ce qu'il attendait d'une femme. *Non*. Elle ne se rabaisserait jamais de cette façon. Elle cherchait juste un moyen simple et rapide de déterminer si son apparence normale, quotidienne, la personne qu'elle était vraiment

suffisait à susciter l'intérêt de Damian. C'était aussi simple que cela.

— Alors, c'est lié à lui ? insista Janice.

— Je veux voir si c'est moi ou mon *look* gothique qu'il apprécie. C'est si terrible que ça ?

— Non. Pas du tout.

— Tu crois qu'on peut me caser aujourd'hui ? Entre deux clients ?

— Je peux trouver du temps si tu peux aussi, mais tu vas peut-être devoir te promener pendant quelques heures avec le produit sur la tête.

— Ce n'est pas un problème. C'est un salon, après tout !

La porte tinta sur le premier client et Janice inclina la tête vers l'homme qui entrait.

— Commençons juste après lui.

Après une matinée extrêmement chargée où elles n'avaient pas eu le temps de s'occuper de ses cheveux, le téléphone sonna entre deux clients et Angie décrocha pour découvrir une Justine Rule extrêmement agitée à l'autre bout du fil.

— Nous sommes allés dîner hier soir, annonça celle-ci sans préambule.

La jeune femme était à la fois sidérée et contente, car elle devina tout de suite qui était ce « nous ».

— Vous êtes sérieuse ?

— Oui, et nous y retournons ce soir.

— Waouh ! C'est super, madame Rule !

— Justine. Cela fait plusieurs fois que je vous demande de m'appeler Justine.

— Oui, madame... Justine, corrigea Angie, consciente qu'il n'y avait aucune chance qu'elle appelle la mère de Damian par son prénom, du moins pas dans un avenir proche.

— J'ai besoin de vous poser une question, chérie. Je n'ai aucune amie avec qui je me sente assez à l'aise pour avoir cette discussion. Elles sont toutes mariées et plutôt conservatrices. J'ai pensé à interroger Courtney, mais ce serait presque pire que de demander à Erin et je ne peux pas me résoudre à le faire. Et puis, je ne voudrais pas que ce soit *too much*, c'est comme ça que vous dites, vous, les jeunes, non ? Bref, ça vous dérange ?

— Non, allez-y.

Angie tenait le téléphone entre son oreille et son épaule pendant qu'elle balayait le sol, certaine que la question porterait sur les vêtements ou les chaussures et sur ce qui était élégant ou approprié. Comment sa mère pouvait-elle être si douce alors que Damian pouvait se comporter comme un tel connard ?

Après une hésitation, son interlocutrice se lança :

— Eh bien... il va bientôt vouloir coucher avec moi, n'est-ce pas ? Les gens n'attendent plus très longtemps avant de faire l'amour, de nos jours, si ?

Angie faillit s'étrangler et le manche du balai tomba par terre avec un bruit cacophonique alors qu'elle s'agrippait au téléphone pour l'empêcher de faire de même.

— Je suis désolée, quoi ?

— Oh, mon Dieu ! Je n'aurais probablement pas dû le formuler comme ça. Mais je n'ai personne d'autre à qui demander et la situation me tracasse pas mal. Et puis, c'est votre faute, parce qu'il est très facile de vous parler et que vous ne semblez jamais juger les gens.

Angie alla dans la pièce du fond et referma la porte pour avoir un peu d'intimité.

— C'est bon. Laissez-moi réfléchir une minute. Je ne m'attendais pas à ça, vous comprenez ?

— Oui, bien sûr, chérie, prenez tout le temps qu'il vous faut.

Angie essayait de se calmer. Pouvait-elle avoir une conversation pareille avec quelqu'un d'une génération complètement différente ?

— Alors, je déteste être impolie, mais puisque vous me posez des questions sur le sexe, je vais devoir, moi, vous poser une question indiscrète, mais seulement pour avoir une image claire de la situation. (Elle prit une profonde inspiration.) Quel âge avez-vous ? Et savez-vous quel âge a Rick ? Je ne le lui ai jamais demandé.

— J'ai cinquante-quatre ans, et lui cinquante-deux, je l'ai découvert hier soir.

Un sentiment de joie submergea Angie, par surprise.

— Un homme plus jeune que vous, madame Rule ? *Cool !*

— Oui, bon, mon mari avait dix ans de plus que moi, donc là, c'est très différent.

Angie prit une profonde inspiration et la relâcha, se préparant à répondre à la question.

— Oui, il va vouloir coucher avec vous si la relation continue.

— C'est ce que je pensais. (La jeune femme pouvait presque voir la mère de Damian se tordre les mains.) Qu'est-ce que je fais ?

Son fils la tuerait si jamais il découvrait cette conversation. *Au diable Damian, c'est un connard !*

— Hum, vous avez envie de coucher avec lui ?

— Oui, entre vous et moi, c'est une perspective assez excitante. Je n'ai jamais couché avec quelqu'un d'autre que mon mari. J'étais jeune quand on s'est mariés, et après sa mort, j'ai été tellement dévastée que je n'ai jamais voulu personne d'autre, même si on m'a un peu courtisée. Il est parti depuis sept ans et il est peut-être temps. Je ne veux pas rester seule pour toujours, j'ai besoin de vivre ma propre vie. Je vois bien que ça dérange les enfants quand je suis trop collante et curieuse.

Angie s'efforçait de faire comme si elle parlait à une femme ordinaire et non à la mère de Damian.

— Je ne suis pas une experte en matière de sexe et de relations. J'ai une tante et un oncle qui ont à peu près votre âge, seulement, ils sont mariés depuis toujours et je doute sérieusement que le sexe occupe une grande place dans leur vie. De toute façon, si c'est le

cas, je ne veux pas y penser. Je ne connais donc pas vraiment de personnes de votre âge qui soient novices en matière de rencontres, mais je suis sûre que ça se fait tout le temps. Je veux dire, avec tous les sites de rencontres sur Internet et tout ça.

— Je ne sais pas pourquoi ça m'inquiète autant, mais bref, je ne sais pas comment enchaîner.

L'agitation était très prégnante dans sa voix. Angie décida d'y aller franco.

— OK, alors voilà. Je suppose qu'à votre âge, il n'y a pas de risque de grossesse.

— Aucun.

— Soit, mais vous devez quand même utiliser des préservatifs, vous le savez ? C'est pour se protéger contre les MST, le VIH et d'autres maladies. C'est la règle.

— Oh, bon sang, je me doutais que vous alliez dire ça !

— Je sais que monsieur Harris a l'air d'un *gentleman,* mais j'ai vu la façon dont il vous regardait et qui sait s'il n'a pas eu de multiples relations depuis la mort de sa femme ? Il porte son deuil depuis qu'elle est décédée et c'était il y a quelques années, mais ça ne veut pas dire qu'il n'a pas essayé de soulager son chagrin auprès d'autres femmes, vous savez !

Angie secoua la tête, incrédule : elle était vraiment en train d'avoir cette conversation ? Voyant que seul le silence lui répondait, elle poursuivit néanmoins :

— Je ne dis pas qu'il a passé son temps à traîner à droite et à gauche, mais comme nous ne savons pas, vous devez l'obliger à utiliser un préservatif.

Bon Dieu, elle se sentait à la place d'une mère sermonnant sa fille ! Une fille qui n'était pas censée vouloir de relations sexuelles, mais elle devait s'assurer qu'elle serait prudente si elle le faisait. *Oh, mon Dieu, je vais faire une mère terrible !* En réalité, Angie ne se souciait pas de savoir si madame Rule était sexuellement active ou non. En fait, elle trouvait plutôt *cool* l'idée qu'elle ait une vraie vie : c'était bien de penser qu'on pouvait encore être une créature

sexuée, même après la ménopause. Damian, en revanche, n'allait pas aimer. *Qu'est-ce que ça peut me faire ?* Elle avait été bouleversée, la nuit précédente, et il s'en était si peu soucié qu'il s'était endormi sans tarder.

— Devrais-je avoir des préservatifs sur moi ? Juste au cas où ? demanda madame Rule, un peu essoufflée.

— Oh, mon Dieu ! souffla Angie, qui visualisait déjà la virée *shopping*. Vous sentez-vous le courage de les acheter ?

Un silence lourd lui répondit à l'autre bout du fil.

— Je ne suis pas sûre.

La coiffeuse essaya de s'imaginer à cinquante-quatre ans, sur le point de faire l'amour pour la première fois depuis sept ans, et elle fut prise de pitié.

— OK, écoutez : je vais aller en acheter ce soir. Passez demain et j'aurai une boîte pour vous.

— Merci beaucoup, ma chérie. Je vous dois une fière chandelle.

— Pas de souci. Pour ce soir, cependant, vous le gardez à distance, d'accord ? Parce que vous ne serez pas préparée. On a beaucoup de monde au salon, aujourd'hui, je ne peux pas m'échapper, sinon j'irais les chercher maintenant.

— C'est bon, je passe demain. J'apprécie plus que vous ne le pensez, Angie. Je savais que vous étiez la personne idéale à qui en parler. Maintenant, qu'est-ce que je dois faire d'autre, le moment venu ?

— Ce que vous devez faire ? (*Alors là, pas question ! Je ne m'embarque pas là-dedans !*) Je n'en ai aucune idée. Peut-être vous contenter de suivre ses suggestions ? répondit Angie, pressée de raccrocher.

— D'accord, oui. C'est ce que je pensais. Et après ce soir, j'aurai un préservatif caché dans mon sac au cas où.

— D'accord. Juste au cas où.

— Dites-moi, mon petit, où je peux acheter de très jolis sous-vêtements ? Je veux dire, vraiment jolis, des ensembles assortis. De la dentelle. Vous voyez le tableau ?

Angie imagina Damian découvrant qu'elle avait indiqué à sa mère où acheter de la lingerie fine en pensant à un homme. Elle se frotta les tempes, un mal de tête dû au stress commençait à la taquiner. Oh non, pas question qu'elle lui rapporte cette conversation téléphonique ! Heureusement, sa mère reprit la parole avant qu'elle n'y soit obligée.

— Il y a un magasin au centre commercial : Victoria's Secret. Je n'y suis jamais entrée, mais croyez-vous que ce soit le bon endroit ?

Angie poussa un soupir de soulagement, comprenant qu'elle était sur le point de raccrocher et de mettre cette conversation inconfortable derrière elle.

— Bien sûr, commencez par Victoria's Secret.

~

Elles avaient été si occupées au travail ce jour-là qu'Angie avait encore la teinture noire dans les cheveux quand elle rentra chez elle ce soir-là, un sac de pharmacie à la main. Elle le jeta sur la petite table de la kitchenette et alla prendre une douche rapide.

Elle se sentait particulièrement nerveuse, ce soir-là, toujours bouleversée par l'insensibilité de Damian la veille. Elle ne voulait pas être là si et quand il se pointerait. Car elle savait qu'il viendrait. Enfin, elle n'en était pas certaine, mais elle le pensait. Forte de cette idée, elle prit son téléphone et lui envoya un SMS dès qu'elle se fut séchée et eut enfilé un jean et un t-shirt.

« Je ne serai pas à la maison ce soir. À plus tard. »

Facile, non ?

Faux. Un SMS lui répondit trois secondes plus tard.

« Où vas-tu ? »

Angie ne prit pas le temps de réfléchir, elle saisit sa réponse.

« Sortie. »

« Où ? »

Elle se raidit en se concentrant sur ce mot, unique et tyrannique, et recommença à taper.

« Il n'y a rien de cool dans cette demande. »

Sa réponse lui revint dans l'instant.

« Rien à foutre que ce soit cool ! »

Elle hoqueta. Dire qu'elle était terrassée serait un euphémisme. Et en plus de cela, elle ne savait pas comment réagir. Soudain plus nerveuse que cinq secondes plus tôt, elle enfila une paire de tongs et attrapa son sac et ses clés, prête à quitter l'appartement à la seconde même.

Elle ouvrit la porte d'entrée et un frisson immédiat lui descendit l'échine. Damian se tenait sur le seuil, plus d'un mètre quatre-vingts de testostérone pure, les mains appuyées de chaque côté du cadre de sa porte, qui l'emprisonnait littéralement à l'intérieur de son appartement.

L'idée folle la traversa de se jeter sous l'un de ses bras, et avant même d'y réfléchir davantage, elle se précipita vers la liberté.

Il se baissa, l'attrapa par la taille et la souleva. La tenant en l'air avec un bras avec une force indiscutable, il entra dans l'appartement et referma la porte d'un coup de pied derrière lui.

7

Le corps d'Angie se tendit, et sitôt que Damian la reposa sur ses pieds, elle s'éloigna de lui.

Erreur de débutante. Après avoir couché avec lui pendant si longtemps, elle aurait dû savoir quelle serait sa réaction à ce mouvement. Mais elle n'arrivait pas à réfléchir. Elle était en pilote automatique, son cerveau limbique effectuant le travail de réflexion à sa place et ses réflexes prenant le relais à partir du moment où elle avait cédé à son instinct : le combat ou la fuite.

Elle aurait dû se rebiffer, ne pas éviter la confrontation verbale avec lui. Cela l'aurait surpris et elle aurait peut-être eu une chance de gagner la bataille qui s'était soudain engagée entre eux. Au lieu de cela, elle s'était trompée et il la suivait déjà à travers la pièce.

Là, elle s'enfonça encore plus dans l'erreur en continuant à reculer, sans lui tourner le dos, jusqu'à ce que sa colonne vertébrale heurte le mur. Il s'arrêta à une vingtaine de centimètres et posa une main sur le stuc au-dessus de sa tête. Puis il se pencha, en la jaugeant de toute sa hauteur.

— Tu comptais aller où ?

La question fut posée doucement, d'une voix de soie, mais avec une touche d'acier qu'il ne pouvait pas masquer.

Elle secoua la tête, refusant de lui donner une réponse. Le regard brûlant de Damian la clouait au mur.

— Tu comptais aller où ? répéta-t-il, d'un ton froid qui baissa d'un degré encore.

Elle passa la langue sur ses lèvres trop sèches.

— Dehors.

Les yeux de Damian tombèrent sur sa bouche avant de capturer à nouveau son regard.

— « Dehors », ce n'est pas une réponse.

— C'est la seule que tu auras.

Sa voix n'était pas agressive, elle était douce, mais de toute évidence, il prit le contenu de ses propos comme un défi. Ses muscles se crispèrent et il lui adressa un regard sombre et hostile.

— Puisque tu te refuses à me répondre, j'en déduis qu'au lieu de partir, tu préfères rester ici et te battre avec moi. (Il la saisit par les avant-bras et la maintint dans un étau punitif.) Autrement dit, je suis plus important que ce que tu avais prévu, en supposant que tu aies prévu quoi que ce soit.

Ses mots arrogants et condescendants la transpercèrent et la douleur résiduelle qu'elle ressentait se tarit lorsque sa poitrine commença à brûler de colère.

— Oh, va te faire foutre ! lâcha-t-elle sans hésiter.

Et si je lui balançais un coup de pied dans les valseuses, là ? Bien fort ? Presque étouffée par la fureur, elle poussa ses mains de toutes ses forces, mais il ne voulait toujours pas la libérer.

— Lâche-moi, Damian !

— Je ne pense pas, bébé. (Une main glissa sous son menton et le souleva.) Il se passe quelque chose que je n'aime pas et je veux savoir ce que c'est.

Sa mâchoire se crispa dans la paume de son amant.

— Tu veux savoir ce que c'est ? répéta-t-elle, si furieuse qu'elle pouvait à peine parler.

Il hocha la tête et lui passa le pouce sur la lèvre inférieure alors que ses prunelles s'allumaient d'une chaleur qu'elle se força à ignorer.

Elle serra les dents.

— Tu es un connard !

Ces mots le touchèrent là où ça faisait mal, car le pouce de Damian appuya plus fort sur sa lèvre inférieure, la pressant contre ses dents. Il lui adressa un regard brûlant et accusateur.

— C'est à propos d'hier soir ? Je pensais qu'on avait dépassé ce stade.

Dépassé ça ? Se pouvait-il vraiment qu'il soit aussi nigaud ? Il était endormi quand elle était sortie de la douche et parti quand elle s'était réveillée ce matin. Comme d'habitude, il s'était faufilé dehors au milieu de la nuit, comme s'ils avaient quelque chose à se reprocher. Elle fut submergée par une nouvelle vague de colère.

— Dis donc, y'en a, là-dedans !

Les yeux de Damian se changèrent en deux fentes scintillant de colère. Il lui lâcha un bras et enfonça les doigts dans ses cheveux, qu'il captura dans son poing.

— Je n'aime pas ce petit ton, chérie.

— Et alors, qu'est-ce que tu vas faire ? rétorqua-t-elle, menton relevé, expression belliqueuse.

— Tu ne vas pas tarder à le découvrir, si tu persistes dans cette attitude.

Cette attitude ? Ce petit ton ? *Son* attitude ? En rage, elle soutenait son regard.

— Tu n'aimes pas mon « petit ton » ? Et le tien, alors ? « Je n'aime pas ton petit ton », imita-t-elle. Tu n'essaierais pas de m'effrayer en insinuant que tu vas me faire du mal ou quelque chose comme ça ?

Il eut l'air ébahi.

— Putain, mais non !

— Oui, ben, pourtant, tu me menaces manifestement de quelque chose...

Elle fut coupée dans sa lancée quand, avec l'air de la plus grande frustration, il baissa la tête et plongea sur sa bouche. Sans demander la permission, sa langue plongea, comme en imitation de l'acte sexuel. Il l'empala, puis effectua un mouvement de va-et-vient, sur un rythme féroce qui lui fit heurter le mur. Il lui entoura la taille d'un bras pour la stabiliser, tout en maintenant fermement sa tête de l'autre main.

Il l'embrassa à plusieurs reprises, un grognement bas et guttural montant de son torse qu'il pressait contre elle, en même temps que son érection pulsait contre la chair plus douce du ventre de la jeune femme. À la seconde où Angie se sentit sur le point de céder à son charme érotique, elle se remit à le combattre. Elle ne pouvait pas être aussi facile. Elle ne le serait pas.

À cet instant, comme un éclair, elle s'avoua à elle-même qu'elle voulait *gagner*. Connard ou pas, elle l'aimait bien, elle l'aimait beaucoup. Peut-être pas au point de l'épouser un jour, mais elle avait besoin de temps pour comprendre ce qu'elle ressentait pour lui. Or, si elle continuait à le laisser faire ce qu'il voulait dans tous les domaines, elle l'ennuierait à pleurer d'ici quelques semaines. Elle était déjà surprise qu'il soit toujours aussi excité par elle. N'empêche, elle n'aimait pas la direction que prenaient ses pensées, car elle ne voulait pas jouer avec lui. *Mais comment diable es-tu censée gagner si tu refuses de jouer à ce jeu stupide en premier lieu ?*

Avec cette pensée à l'esprit, elle lui retira sa bouche, détourna la tête, puis plaqua les mains contre son torse et se mit à pousser. Un bruit de protestation menaçant sortit de la gorge de Damian alors qu'il se pressait contre elle pour l'épingler au mur. Ses poings tombèrent entre eux et il lui écarta les mains. Et à coup de gestes rapides et méthodiques, il entreprit de baisser la fermeture éclair de son jean.

Un vent de panique souffla sur Angie. En ramenant les mains vers son torse, elle recommença à le repousser, mais c'était inutile, il était comme inamovible malgré ses efforts inutiles. Pire, il continuait à œuvrer sur ses vêtements. Dans un dernier effort

pour sauver sa dignité avant de s'effondrer et de lui céder à nouveau, elle employa le mot qu'elle n'avait encore jamais utilisé au cours de leur relation.

— Stop !

Les mains de Damian s'immobilisèrent entre eux et il resta immobile pendant un moment. Puis il leva la tête et la regarda dans les yeux.

— Stop, répéta-t-elle, dans un chuchotement, cette fois.

Un air torturé traversa les traits de son amant et il se mit à prendre d'énormes bouffées d'oxygène. Finalement, il la libéra et s'éloigna lentement pour traverser la pièce et appuyer les mains contre la table de la kitchenette. Il pencha la tête, inspirant profondément. La tension était visible dans chaque ligne de son corps.

En regardant son dos raide, Angie réalisa que c'était la plus grande émotion qu'il lui ait jamais montrée. Sa posture semblait presque vulnérable et il n'était pas parti en trombe comme elle s'y attendait à moitié. Prise d'un besoin aigu de dire quelque chose pour améliorer la situation entre eux, elle s'éclaircit la gorge et lui offrit un petit rameau d'olivier.

— Je sortais juste faire quelques courses.

Il entendit ses mots. Elle le savait, car elle vit sa poitrine se soulever avant qu'il ne se redresse de toute sa hauteur. Il ne se retourna pas pour autant, il se mit juste debout, les yeux rivés à la table, et demanda :

— Pourquoi tu ne me l'as pas dit d'emblée ? Pourquoi ? Pourquoi m'avoir laissé imaginer des conneries ? C'est quoi, le problème, putain ?

Son dos était rigide et Angie ne bougeait plus, ne sachant que dire sans révéler ses sentiments. C'était bien trop tôt et elle était trop confuse pour savoir exactement ce qu'elle ressentait, de toute façon. Et à quel genre de « conneries » avait-il pensé ? *Est-il jaloux ?*

Voyant qu'elle ne répondait pas, il se passa une main dans les

cheveux, prit un sac sur la table et se retourna. Elle sursauta. Son appartement était toujours impeccable et ce sac qui n'était pas à sa place constituait une anomalie qui avait sans doute attiré son attention.

— Tu as déjà fait des courses, accusa-t-il.

Angie sentit son haleine se figer en pensant à ce que contenait l'emballage. Ce serait tellement plus facile s'il ne l'ouvrait pas ! Aurait-elle cette chance ?

Elle sentit son visage se vider de son sang et *putain*, elle ne pouvait quitter ce fichu sac des yeux. La panique était probablement inscrite sur son visage, cela dit. Il était plus qu'évident qu'il avait remarqué sa réaction accablante.

Il contracta la mâchoire, raidit ses muscles et sa bouche se tordit sur un rictus désagréable. La peur emplit le ventre d'Angie, même si elle n'était coupable de rien. Elle sentit ses jambes trembler sous elle tandis qu'il regardait le sac dans sa main, l'air perplexe. Elle avait une seconde pour essayer de l'arrêter : elle s'approcha, prête à le lui arracher des mains.

Mais elle arriva trop tard. Il leva le bras et renversa le sac. Son contenu, une simple boîte rectangulaire de préservatifs, tomba sur le sol moquetté. Le regard de Damian resta braqué dessus pendant quelques secondes de trop, comme s'il essayait de comprendre ce qu'il voyait, puis il donna un coup de pied à la boîte, qui traversa la pièce, et reporta sur Angie un regard accusateur.

La réaction qu'il avait n'était pas de celles qu'elle aurait prévues. Elle pensait qu'il allait crier, se mettre en colère et menacer, peut-être pire. Et elle était immensément soulagée qu'il n'en fasse rien. N'empêche, elle était horrifiée de se voir regardée comme si elle avait commis un double meurtre de sang-froid.

Puis il se détourna simplement et traversa la pièce, manifestement sur le point de franchir la porte et de quitter sa vie pour toujours.

Angie paniqua.

— Ce ne sont pas les miens ! lui cria-t-elle.

Il s'immobilisa et se retourna lentement. L'expression de son visage en disait long : il ne la croyait pas.

— N'importe quoi !

Elle secoua la tête.

— C'est vrai.

Une fureur brûlante enflammait les yeux de son amant.

— Tu couches avec quelqu'un d'autre ?

Elle en eut le souffle coupé.

— Non !

— Tu t'attends à ce que je te croie ? Tu prends la pilule depuis quoi, deux mois, maintenant ? On n'en utilise plus. Pourquoi tu aurais besoin de préservatifs, putain ?

L'expression de son visage était malveillante et Angie en eut un frisson. Mais elle devait bien admettre que cette boîte de préservatifs avait l'air suspecte. Soudain, elle sut qu'elle se trouvait face à une alternative. Soit elle le perdait, soit elle lui disait la vérité. À quoi bon couvrir sa mère ? C'était une femme adulte et libre de faire ce qu'elle voulait. Elle ne devait certainement pas avoir de comptes à rendre à son fils. Si Angie continuait à être évasive, rien de bon ne pourrait en résulter. Il ne la croirait pas, il penserait qu'elle mentait, ce qui était le cas, et il n'y avait que deux issues possibles. Soit il passait la porte et elle ne le reverrait plus jamais, soit leur relation devenait soupçonneuse. *Ce serait horrible !*

Elle ne se pensait pas capable de supporter l'une ou l'autre de ces possibilités pour le moment. Elle ne voulait pas le perdre aussi vite, elle n'était pas prête. Les mains moites, elle prit la seule décision mature possible.

— Je peux t'expliquer, mais... tu ne vas pas aimer.

Percevant le tremblement de sa voix, il lui demanda à nouveau :

— Tu couches avec quelqu'un d'autre ? (Elle secoua la tête avec véhémence.) Tu as l'intention de coucher quelqu'un d'autre ?

Lorsqu'elle secoua à nouveau la tête, ses traits se détendirent quelque peu, mais seulement de façon infime. Il revint dans la pièce, s'appuya contre la table et croisa les bras.

Explique.

— Ce ne sont pas les miens. Je veux dire… Je les ai achetés pour quelqu'un d'autre.

Il leva un sourcil, visiblement incrédule, baissa la tête et attendit qu'elle continue.

Les mots coincés dans la gorge, elle anticipait sa fureur. Bien sûr, sa colère allait changer de motif, elle ne serait pas dirigée contre elle de façon aussi catastrophique, mais il serait toujours furieux. La voyant hésiter, il insista :

— Tu insinues que quelqu'un, à notre époque, est gêné d'acheter des préservatifs ? Tu t'attends à ce que je te croie ? Tu as un frère de quinze ans dont tu ne m'as pas parlé ?

Il lâcha un grognement sarcastique.

— Damian, tenta-t-elle de l'apaiser, ce ne sont que des préservatifs. Ce n'est pas grave.

— Je veux un nom. Essaie de me convaincre que tu me dis la vérité, aboya-t-il, sans plus la moindre trace de patience.

Elle prit une inspiration.

— Ils sont pour ta mère.

On aurait dit un boxeur sur un *ring* qui vient d'entendre sonner la cloche en sa défaveur. Il secoua la tête, comme pour essayer de se dégager.

— Quoi ?

Au lieu de répondre à sa question, Angie secoua la tête et lui dit le fond de sa pensée.

— J'ai l'impression d'avoir trompé ta mère. (Elle prit une profonde inspiration.) Comme si je venais de la pousser sous un bus.

— Ma mère ?

La jeune femme haussa les épaules.

— Je suis bien certaine que tu n'étais pas censé le découvrir.

— Ce sont des conneries. Tu inventes. Tu sais très bien que je ne peux pas vérifier ton histoire. (Il se détourna, avant de se

concentrer à nouveau sur elle.) Ma mère ! Tu veux vraiment te lancer là-dedans ?

Il continua à la dévisager quelques secondes d'un regard cinglant, tandis qu'elle restait silencieuse.

Puis l'expression de Damian devint indécise et elle devina qu'il se demandait si c'était vrai ou non. Elle ne voulait pas insister, sauf que c'était la vérité.

— Je comprends qu'il s'agit de ta mère, mais c'est une femme adulte. Ton père est mort depuis sept ans et elle est enfin prête à passer à autre chose. Elle est toujours vivante, toujours vibrante...

— Putain de merde ! siffla-t-il, sidéré. Tu dis la vérité !

Angie prit une profonde inspiration et hocha la tête.

— Ma mère a des relations sexuelles avec quelqu'un ?

La jeune femme se détendit un peu et ses lèvres se retroussèrent.

— Eh bien, pas encore tout à fait, mais...

Elle se tut lorsqu'il leva la main d'un mouvement brusque.

— N'en dis pas plus. Je ne veux pas savoir.

Son esquisse de sourire s'épanouit totalement.

— Je comprends. Mais pense à moi qui ai dû avoir une discussion sur le sexe avec elle !

— Arrête ! (Il plissa les yeux tout en levant la main.) Pas un mot de plus. Je ne veux pas savoir. Je ne veux même pas y penser.

Angie hocha la tête, heureuse que sa fureur ait diminué. Elle ressentait encore un certain malaise après la façon dont il avait réagi et les choses qu'il avait dites la nuit précédente, mais elle devait traverser un pont à la fois.

Ils s'observèrent en silence pendant quelques secondes.

— Tu veux toujours sortir un moment ? lui demanda-t-il. Ça m'a foutu en l'air. J'ai besoin d'un verre. Tu as mangé ?

— Je prendrais bien un verre, admit-elle.

— Allons-y.

Une heure plus tard, ils terminaient de manger. Alors qu'ils attendaient l'addition, Damian se pencha et lui prit la main. Il n'avait bu qu'un seul verre avec son repas, mais l'alcool l'avait tout de même un peu adouci et Angie sentait la chaleur de sa paume brûler la sienne alors qu'il entremêlait leurs doigts. Il pinça la bouche en la regardant et lui avoua d'une voix gutturale :

— Voir ces préservatifs tomber de ton sac, ça m'a tué.

Il parlait si bas et avec un tel degré de vulnérabilité qu'Angie fut titillée par une chaleur aguicheuse. Un Damian vulnérable, voilà qui était nouveau. Et qui lui faisait oublier son attitude insensible de la nuit précédente. Elle sentit son cœur accélérer.

— Je suis désolée, fit-elle, ne sachant pas exactement quoi dire.

Il lui passait lentement son pouce sur la main.

— Je dis juste que je n'ai pas aimé la sensation… la pensée de toi au lit avec un autre homme.

— Tu n'as pas à t'inquiéter de ça, murmura-t-elle.

Les yeux de Damian scintillèrent et refusèrent de la libérer de leur emprise.

— Tu es sûre ?

Elle baissa la tête.

— Oui.

— Est-ce quelque chose dont tu t'inquiètes aussi ? demanda-t-il, les sourcils froncés. Tu crois que je couche encore avec d'autres femmes, ou tu t'en fiches ?

Son pouls s'accéléra.

— Bien sûr que je m'en soucie ! Mais je sais que tu ne le fais pas. Que tu ne ferais pas ça. On s'était mis d'accord là-dessus quand j'ai commencé à prendre la pilule.

Il secoua la tête.

— On a tourné autour du pot, en fait. Il faut peut-être en parler clairement. Peut-être que je veux t'entendre dire haut et fort que c'est juste toi et moi. (Il l'examina attentivement, intensément.) Parce que c'est ce que je ressens. Je n'ai pas regardé une autre femme depuis toi. Je n'en ai pas eu envie.

Son aveu la fit sourire.

— Tu n'as pas eu le temps. On s'est vus presque tous les soirs, tu te rends compte ?

Les prunelles de Damian s'embrasèrent à ce rappel et ses doigts se resserrèrent sur les siens.

— Je sais. J'aimerais que ça reste ainsi et que tu me dises que c'est juste toi et moi. Je veux l'entendre.

Elle passa les doigts sur sa main.

— C'est juste toi et moi.

Son expression ne changea pas, mais il hocha la tête, comme si c'était quelque chose qu'il savait déjà, mais qui était maintenant confirmé.

— Tant que nous sommes ensemble, tu n'as pas à t'inquiéter de quoi que ce soit, reprit-il d'une voix plus grave. Je vais m'occuper de toi... de tout ce dont tu as besoin. Tout ce que tu veux.

Elle déglutit et hocha la tête en tâchant de ne pas penser à ce que ce serait s'ils n'étaient pas ensemble. Les yeux de Damian restèrent collés aux siens tandis qu'il continuait :

— Il n'y a que deux choses que je veux de toi... deux choses dont j'aie vraiment besoin. (Le pouls d'Angie battait la chamade alors qu'elle attendait avec impatience de le voir continuer.) Personne d'autre ne te touche... et je veux que tu te soumettes totalement au lit.

À ces mots, la jeune femme sentit sa respiration lui échapper dans un souffle enivré.

— Je pensais... Je pensais t'avoir déjà donné ça.

Les yeux de Damian la retenaient prisonnière.

— Peut-être... Peut-être pas. À partir de maintenant, je veux que tu m'appartiennes complètement, je veux certains droits sur ton corps.

Angie fut secouée par une sorte d'hystérie à l'idée de ce que pouvaient impliquer ces paroles. Tentant de ravaler son inquiétude, elle demanda :

— Tu parles de me faire mal au nom du plaisir ?

Les yeux de Damian devinrent deux fentes et il secoua immédiatement la tête.

— Absolument pas.

Même en le voyant nier, elle sentit son sang pulser furieusement dans ses veines affolées.

— Tu en es sûr ? Je ne peux pas faire ça.

Il secoua la tête plus vigoureusement, cette fois-ci.

— Il n'y a absolument pas une once de moi qui veuille te faire du mal. L'idée que tu puisses ressentir une douleur quelconque, et particulièrement de mes mains, m'horrifie. Ça ne m'excite pas du tout. Si ça peut te réconforter, je t'en fais la promesse.

Malgré le soulagement, elle était encore confuse.

— Je ne comprends pas ce que tu me demandes que je ne te donne pas déjà, dans ce cas.

— J'aimerais que tu fasses ce que je t'ordonne, Angie. Au lit... voilà ce que je veux dire. Quand on est au lit ensemble, je veux que tu me laisses le contrôle, que tu me donnes ton accord total.

— Est-ce que tu veux dire... est-ce que tu sous-entends que tu ne veux pas avoir à arrêter si je te dis d'arrêter ?

Les traits crispés, il se mordillait la lèvre inférieure au point qu'elle blanchit.

— Ce n'est pas ce que je dis. J'arrêterai toujours si tu me le demandes.

Elle secoua la tête lentement, perplexe.

— Alors, je ne comprends pas.

Il prit son autre main et entremêla ses doigts aux siens, jusqu'à ce que leurs paumes se touchent.

— Je ne sais pas comment t'expliquer, car je n'ai jamais ressenti un tel besoin avant de te rencontrer. Je n'ai jamais eu ce désir avec une autre femme. (Un regard torride et animal éclaira les lignes de son visage alors qu'il tentait de s'expliquer.) J'arrêterai toujours si tu me le demandes. Ce que je dis, c'est que je n'ai pas envie que tu me demandes d'arrêter.

Angie sentit son ventre se serrer et ses mains se ramollir. La

seule chose qui les retint de tomber, ce furent les doigts entrelacés aux siens.

— Sauf que c'est ma seule issue.

Il hocha la tête.

— Et tu l'auras toujours. Mais je veux que tu l'utilises avec modération, bébé, compris ? (Un crépitement emplit l'air entre eux, une force de vie païenne et primitive, si puissante qu'elle était presque tangible.) Angie, depuis la première fois que je t'ai vue, je me débats avec ce désir.

— Comment ça ?

— Tu te souviens de ce que je t'ai dit, de ce contre quoi je t'ai mise en garde ?

Dans son cerveau plus que confus, elle retrouva le jour en question et tâcha de se remémorer son avertissement exact, mais l'agitation qu'elle ressentait était trop forte.

— Je me souviens que tu m'avais conseillé de ne pas coucher avec toi.

— Ce que je t'ai dit ce jour-là était la vérité. Mais ensuite, j'ai menti et je t'ai quand même convaincue de coucher avec moi. (Il serra ses doigts sur les siens.) Je veux que tu m'appartiennes, Angie, posséder chacun de tes orgasmes. Je veux que tu sois à moi, que tu fasses ce que je veux. Je ne veux pas te demander la permission ni m'inquiéter de recevoir un refus. Dès que je t'ai vue, j'ai ressenti une envie que je peux à peine contrôler de mettre les mains sur toi et de savoir que je peux te faire tout ce que je veux, que rien ni personne ne peut m'en empêcher. Peut-être que c'est mal, je ne sais pas, putain ! Je n'ai jamais éprouvé ce sentiment de ma vie.

— Je ne sais pas... quoi dire.

Il poursuivit comme si elle n'avait pas parlé :

— Je ne te ferai jamais de mal physiquement, du moins pas que je puisse empêcher. Ce n'est pas de cela qu'il s'agit, insista-t-il. (Il laissa tomber une de ses mains et lui saisit le poignet dans un étau qu'elle savait impossible à briser à moins qu'il ne l'y autorise.) Tu m'enivres. Ton odeur me rend fou. Je ressens un besoin

irrépressible de prendre tout ce qui est bon et précieux en toi, de t'enfermer dans ma chambre et de te prendre comme un fou. Je veux prendre tout ce qui est pur et sain que tu caches derrière ton masque gothique et le forcer à sortir pour que je puisse le toucher. Le contrôler. Je veux te contrôler.

— Tu me fais peur.

Il recula aussitôt de la table, l'air gêné, mais sans la libérer pour autant.

— Il vaudrait peut-être mieux que je la ferme.

— Peut-être, oui, acquiesça-t-elle très sérieusement.

Le silence se fit entre eux, avec le doux bourdonnement du restaurant en arrière-plan. Ils restèrent assis sans bouger quelques instants, le pouce de Damian sur le poignet d'Angie, appuyant sur un pouls qu'elle savait affolé. Finalement, ce fut lui qui reprit la parole.

— Dis-le encore.

Elle passa la langue sur ses lèvres sèches.

— Dire quoi ?

— Dis-moi que tu ne couches qu'avec moi.

— Je ne couche qu'avec toi, répéta-t-elle doucement.

Il hocha la tête alors que ses traits se durcissaient.

— Et maintenant, dis que tu es à moi.

Angie savait ce qu'il lui demandait. Il lui demandait d'acquiescer à tout ce qu'il venait d'exposer sur leur relation. En quoi cela pourrait-il être différent de ce qu'elle connaissait déjà avec lui ? S'il ne voulait pas lui faire de mal, ce qu'elle croyait totalement, alors, en quoi leur relation sexuelle serait-elle changée ? Elle ne pensait pas que ce serait différent, c'était juste une sorte de jeu d'esprit qui l'excitait. Il était déjà suprêmement, complètement dominateur au lit et elle le laissait faire, parce qu'elle adorait ça. Il n'y avait rien qu'elle n'adorait déjà au lit avec lui. C'était donc une sorte de formalité. Du moins ce fut ce qu'elle choisit de se dire.

— Je suis à toi, dit-elle à la hâte, avant de se dégonfler.

La chaleur satura ses sens alors même qu'elle entendait ses propres mots. Un air de satisfaction absolue passa sur les traits durs de son amant.

— Alors, voilà.

Il paya l'addition et la raccompagna à la voiture avec une nouvelle urgence, la main dans le creux de son dos.

~

Alors que Damian conduisait Angie chez lui, le même fantasme qui lui bousillait le cerveau hurlait désormais dans son corps tout entier. C'était tout simple, en réalité. Ils avaient fait l'amour plus de fois qu'il ne pouvait en compter, dans plus de positions qu'il ne pouvait se rappeler, mais il s'était toujours retenu de lui faire la seule chose qui le faisait saliver de désir.

Il voulait la tenir prisonnière sous lui et la prendre par-derrière. Il voulait la prendre à quatre pattes.

Il avait toujours voulu la prendre à quatre pattes et la seule raison pour laquelle il s'en était abstenu, c'était la disparité de leurs tailles et l'apparente innocence d'Angie en matière de sexe. Il était évident qu'elle n'était pas vierge lors de leur première relation, non, ce n'était pas ça, mais elle affichait parfois une expression déconcertée. Certaines des choses qu'il lui faisait semblaient la prendre au dépourvu. Ses yeux s'écarquillaient, elle avait l'air secouée et il voyait son corps trembler.

Il y était allé doucement avec elle, au moins dans son esprit.

Mais maintenant qu'ils avaient réglé certaines choses entre eux et qu'elle avait dit être exclusivement à lui, de son plein gré, tout cela envoyait dans son sang un afflux de pulsions primales qu'il ne pouvait pas ignorer.

Il devait la clouer au lit, la retourner, la mettre à genoux et plonger en elle.

Il avait besoin de cela comme il avait besoin d'air pour respirer.

Les doigts serrés autour de son poignet, il nota que son

comportement était un peu plus soumis et silencieux que d'habitude lorsqu'il la conduisit dans sa chambre. Ce constat aurait dû le calmer, mais non. Il produisit même l'effet inverse. Il sentit ses muscles abdominaux se crisper, la peau de son visage s'étirer sur ses pommettes et son érection devint si insistante qu'il avait l'impression de pouvoir exploser dès le premier coup de doigts sur son clitoris.

Cette pensée suffit à augmenter encore l'afflux de sang vers son sexe. Oui, putain, il avait besoin de son clitoris ! Ses narines se dilatèrent alors qu'il poussait la porte de la chambre à coucher et positionnait Angie contre le battant. Son cerveau était sur le point d'exploser à la perspective du plaisir. Une pensée lui trottait dans la tête : il n'avait plus besoin d'être aussi prudent, il n'y aurait pas de mal à ce qu'elle sache à quel point il était fou d'elle. Elle n'allait pas s'enfuir.

Il glissa les mains sous son t-shirt et le lui passa par-dessus la tête dans un mouvement rapide avant de le jeter de côté. Aussitôt, il posa ses yeux brûlants sur les contours pâles de ses seins et remarqua ses inspirations rapides alors qu'elle se plaquait contre la porte. À la vue de la peau blanche et pâle au-dessus du soutien-gorge, son désir animal monta d'un cran supplémentaire.

— À moi ! siffla-t-il sans retenue, son doigt courant sur les globes pâles. On essaie les nouvelles règles.

Et sans attendre de réponse, il agrippa le milieu de son soutien-gorge et tira vers le bas jusqu'à ce que ses tétons émergent du tissu.

8

Damian lâcha un grognement qu'il ne chercha pas à contrôler et tira plus fort jusqu'à ce que les petits seins blancs d'Angie remontent par-dessus le tissu et que son soutien-gorge soit maintenu en dessous, l'enserrant dans une torsade de tissu. Une flèche de désir brut transperça les veines de l'homme à la vue de cette scène. Il pressa les pouces sur ses tétons, les enfonçant jusqu'à ce qu'elle laisse échapper un hoquet, puis il relâcha et commença à caresser à plusieurs reprises. De la pulpe du pouce, de droite à gauche, encore et encore, jusqu'à ce qu'Angie et lui halètent ensemble et qu'il ait l'impression d'avoir littéralement la bave aux lèvres.

Le feu couvait le long de son échine et il ressentit l'envie urgente de prendre son clitoris entre ses dents. Mais il refusait de lâcher ses tétons. Elle avait les yeux fermés, la tête contre la porte, immobile dans son étreinte, respirant si fort qu'il ignorait comment elle faisait pour ne pas hyperventiler.

— Ouvre les yeux.

Elle poussa un doux gémissement, mais ses yeux restèrent clos, bien que son front se plisse sous l'effet de la concentration.

Angie ! grogna-t-il. Ouvre les yeux. Maintenant !

Elle se raidit juste un peu, pourtant ses yeux s'ouvrirent immédiatement et se heurtèrent aux siens. Elle avait l'air complètement choquée et il y eut un moment fugace où il se crut incapable d'attendre pour s'enfoncer en elle. Non, Angie à quatre pattes pourrait venir plus tard. Il serra un mamelon d'une main, tandis qu'il enfonçait l'autre dans ses cheveux pour lever son visage vers le sien et la regarder fixement.

— Je veux que tu enlèves ton jean. (Les paupières papillonnantes, elle avait les yeux voilés par la passion.) Fais-le maintenant. Tout de suite.

Elle hésita, les yeux écarquillés.

— Angie, fit-il d'une voix râpeuse en guise d'avertissement.

Maladroitement, mais sur-le-champ, ses mains tombèrent entre eux et elle commença à se débattre avec le bouton de son jean.

Une sensation enivrante de possession le remplit. S'il avait été un lion, il n'aurait pas pu contenir son rugissement de triomphe.

ANGIE LÂCHA UN PETIT HALÈTEMENT, CHERCHANT À INHALER suffisamment d'oxygène pour faire fonctionner son cerveau. C'était presque impossible. Elle n'avait jamais été aussi excitée de sa vie. Le contrôle absolu que Damian gardait toujours sur ses émotions avait disparu, emporté comme poussière dans le vent.

À sa place, une force intransigeante qui la captivait.

Ses doigts tremblants et maladroits se débattirent avec le bouton de son jean, jusqu'à ce qu'avec un grognement d'impatience, il se mette à genoux et lui écarte les mains. Le bouton lâcha et la fermeture éclair descendit, les mains de Damian se posèrent sur ses hanches, puis baissèrent le jean et le sous-vêtement le long de ses jambes. Il lui souleva chaque pied à tour de rôle, poussa le tissu et l'en débarrassa. Elle se retrouva

adossée contre la porte, ne portant plus que son soutien-gorge emmêlé.

Attrapant une des jambes Angie, il la passa par-dessus son épaule. Ses pensées se dispersèrent quand elle se sentit complètement exposée. Une vague de feu se déversa sur elle et une chaleur humide pulsa entre ses cuisses. Elle flageola.

Il écarta les lèvres de son sexe et y passa la langue, de haut en bas, et encore, de haut en bas. Le feu descendit le long de l'échine d'Angie et un gémissement lui échappa des lèvres. Le pouce de Damian vint lui frotter le clitoris, l'exposant à sa bouche affamée, et il la mordilla, s'arrêtant juste avant la douleur. Elle retint son souffle alors que la chaleur incendiaire coulait de sa tête à ses orteils et revenait.

Un grondement monta du torse de Damian pendant qu'il la tenait ouverte, aussi large que possible, et il plaqua la langue contre elle, la léchant de haut en bas, encore et encore jusqu'à ce qu'elle se pense sur le point de s'embraser.

Il la relâcha un instant pour lui siffler :

— Donne-moi tes mains.

Elle déglutit avec peine, mais lui obéit sans poser de question. Elle se pencha et il lui prit les mains, qu'il posa sur les lèvres de son sexe.

— Tiens-toi ouverte pour moi. Juste comme ça.

Une flèche d'excitation stupéfiante s'enfonça dans le creux de son ventre quand elle entendit sa demande bourrue et à l'idée de la position dans laquelle il l'avait mise. Elle s'écarta néanmoins et sentit l'humidité de son corps s'écouler le long de sa cuisse.

D'une main, il lui saisit un sein pendant qu'elle se tenait ouverte pour sa bouche. Il passa la langue de haut en bas, trois, quatre, cinq fois, puis il lui prit le clitoris entre les dents. À l'instant où elle les sentit, ainsi que ses pouces râpeux sur ses mamelons, un brasier lui fit cambrer le dos et elle laissa échapper un gémissement incontrôlable de plaisir. Elle avait besoin de jouir. Elle se mit à onduler contre sa bouche, la double sensation de ses doigts serrant

ses tétons et du mouvement de succion sur son clitoris était presque trop forte à supporter. Elle gémit à nouveau, et sans réfléchir, elle se libéra une main et lui enfonça les doigts dans les cheveux.

Il retira sa bouche et gronda :

— Angie !

Elle hoqueta et ôta la main de ses cheveux pour la reposer où il l'exigeait.

Il la récompensa instantanément en faisant tourbillonner sa langue de haut en bas, avec une précision impitoyable. Elle se mit à crier, elle était proche, et lorsqu'il lui relâcha un sein pour ramener sa main entre ses jambes, elle prit une rapide inspiration.

Le doigt de Damian s'immobilisa sur sa vulve et il ouvrit la bouche.

— Regarde-moi.

Angie ouvrit les yeux et les baissa. L'image érotique qu'elle découvrit, avec Damian agenouillé entre ses cuisses, faillit la faire basculer. Elle s'accrocha au bord du précipice.

— Ne me quitte pas des yeux, compris ?

Les narines dilatées, elle hocha la tête d'un petit mouvement rapide.

Il enleva son doigt juste assez longtemps pour le porter à sa bouche, et les yeux dans les siens, il le mit dans sa bouche jusqu'à la jointure, puis le ressortit, luisant maintenant d'une chaude humidité.

Le ventre d'Angie se serra, des vagues de plaisir la traversaient alors qu'il ramenait le doigt entre ses cuisses, prêt à l'empaler dessus. Il serra son téton dans un mouvement répété pendant qu'elle le regardait fixement. Les yeux brillants, il marmonna d'un ton rugueux :

— Fais-toi jouir, bébé. Je veux que tu le sentes avant que je te prenne.

Enflammée par ces paroles torrides, elle ferma les yeux par réflexe, et en quelques secondes, pour son grand plaisir, il avait

plongé le doigt en elle et capturé son clitoris entre ses dents, qu'il se mit à frotter contre.

Les tremblements s'intensifièrent, ses muscles étaient prisonniers d'une tension intense et son corps se mit à la picoter de la tête aux pieds. Sa bouche lapant, son doigt entrant et sortant, ses doigts pinçant le mamelon avec la pression parfaite... Elle explosa entre ses mains, des vagues de chaleur déferlant autour d'elle. Maintenue par une étreinte féroce dans le rythme érotique de son puissant orgasme, il fallut plusieurs secondes avant qu'Angie n'ouvre les yeux et ne les baisse.

Face à ce qu'elle vit, ses genoux faillirent se dérober sous elle. Si elle n'avait pas eu la porte dans son dos pour la stabiliser, elle serait tombée à ses pieds. Damian était accroupi, la bouche luisante de ses sucs, une expression sauvage gravée sur le visage. Il la libéra de son emprise intime pendant qu'elle essayait de reprendre son souffle, mais avant qu'elle en ait le temps, il se redressa et la souleva.

D'un bras passé sous son dos et l'autre sous ses jambes, il la porta jusqu'au lit, où il la jeta. Sans la quitter des yeux, il se dépouilla de tous ses vêtements en quelques gestes brusques et rapides.

— Tu as aimé ? lui demanda-t-il d'une voix primitive et gutturale.

Encore essoufflée, elle ne put que hocher la tête, car l'excitation commençait à se faire sentir, une fois de plus, au creux de son ventre.

Alors qu'il posait un genou sur le lit, il lâcha :

— C'est bien, bébé. C'est très bien, parce que maintenant, c'est mon tour.

Tandis que le désir crépitait à nouveau entre eux, Angie remarqua une petite différence dans son comportement et ses paroles. Ses mouvements n'étaient pas aussi fluides que d'habitude et il avait omis un petit mot dans sa phrase. Il manquait le mot :

« D'accord ? » à la fin, deux petites syllabes qui auraient fait de la phrase une question.

Conclusion : il ne le lui demandait pas, il le lui annonçait.

Avant qu'elle ait pu y réfléchir, ses pensées se dispersèrent quand elle le vit ramper sur elle à quatre pattes. Elle était allongée sur le dos et il s'arrêta au-dessus d'elle, les genoux de chaque côté de ses hanches et les paumes de ses mains à plat sur le matelas de part et d'autre de sa tête.

Son regard s'accrocha au sien, ses narines se dilatèrent. Il y avait une possessivité agressive dans son regard.

Il regarda vers le bas, et d'un geste rapide, dégrafa son soutien-gorge, qu'il jeta au loin. Un léger froncement de sourcils lui barra le front alors qu'il examinait ses seins en faisant courir un doigt sur les globes pâles.

— Je t'ai fait mal ?

Angie suivit son regard et découvrit les marques rouges où l'élastique du soutien-gorge avait mordu sa peau et laissé une vilaine trace. Elle ne s'en était même pas rendu compte et n'avait en tout cas ressenti aucune douleur.

— Non.

Il replaça les paumes de chaque côté de sa tête, et d'un mouvement qui fit saillir ses muscles, il se pencha et passa la langue sur l'imperfection de son sein, comme pour l'apaiser, ou pour la faire disparaître. Angie fut transpercée d'une flèche de plaisir brut. Pas uniquement sexuel, non, les émotions qui couraient dans ses veines étaient plus complexes que cela. Elle éprouvait un plaisir émotionnel de le voir s'inquiéter.

Il fit courir ses lèvres jusque dans son cou et les lia à sa bouche, pour un baiser renversant qui l'amena à s'interroger sur sa santé mentale en ce qui le concernait.

À chaque coup de langue contre la sienne, Angie était frappée d'un picotement dans le ventre et d'une secousse au cœur. Alors qu'elle s'accrochait à ses épaules, l'excitation suivit peu après. Ses

cuisses se mirent à trembler à nouveau, crispation que vint adoucir un nouvel afflux d'humidité.

Il retira sa bouche de la sienne, ouvrit les yeux et la regarda fixement en respirant profondément. Pendant qu'elle soutenait son regard, son cœur battait à un rythme saccadé, aussi bien dans sa poitrine qu'au creux de son intimité, entre ses cuisses.

Alors que le sang lui battait dans les veines à une cadence erratique, elle vit ses traits prendre un aspect sombre, presque animal. Tentant d'assimiler les émotions qui se manifestaient sur son visage, elle fut prise de court lorsqu'il lui passa la main sous le dos et qu'il se redressa à genoux. D'un bras puissant, il la retourna et elle se retrouva face contre le matelas. Avant qu'elle ne puisse remettre son cerveau en état de marche, le bras toujours enroulé autour de son ventre, il s'était positionné pour la mettre à quatre pattes.

Son corps dur et nu était pressé contre son dos, son érection collant à ses fesses. Un torrent incroyablement chaud la traversa quand elle constata la position dans laquelle elle se trouvait. Elle prit une inspiration et la relâcha avant de continuer à respirer à un rythme au mieux sporadique.

Le bras de Damian était comme un étau autour de sa taille et il se pencha sur elle, la bouche près de son oreille. Il respirait tout aussi péniblement qu'elle, qu'un plaisir sans limites tenait sous sa coupe en attendant son prochain mouvement.

Il ne parlait pas ; elle ne pensait pas qu'il le puisse, tant il respirait fort près de son oreille. La main qu'il avait passée sous elle la serrait fort, puis s'approcha de son sein, dont il pinça le téton entre le pouce et l'index.

Elle laissa échapper un cri et il recommença. Il poussait contre elle, son torse se déplaçant contre elle dans une imitation de l'acte sexuel, puis les doigts de Damian lâchèrent son mamelon pour glisser jusqu'à son clitoris. Il écarta le pli qui le protégeait, puis commença à le caresser, la respiration rauque et de plus en plus forte.

Sa bouche s'ouvrit contre l'arrière de son épaule et il y déposa une ligne de baisers humides jusqu'à ce qu'il arrive à la courbe de son cou. Il la lécha une fois, puis il ouvrit les dents et les planta dans sa chair, un peu comme un étalon le ferait avec une jument pendant l'accouplement. Angie émit un son aigu alors qu'un éclair la transperçait. Elle tendit les fesses vers lui, incapable de contrôler son mouvement.

Il gémit du plus profond de sa poitrine et libéra à la fois son clitoris et son cou. S'étant redressé, il l'agrippa par les hanches pour la maintenir bien en place.

Angie sentit une pression, une énorme pression, qui poussait entre ses cuisses. Elle était prête, plus qu'excitée, elle était prête et attendait, le souffle suspendu alors que la perspective du plaisir dansait dans sa tête.

De toutes ses forces, Damian se retenait de se jeter sur Angie et de la pilonner. Ses abdominaux étaient serrés, sa verge prête à l'empaler. Il prit une inspiration et la tira par les hanches jusqu'à ce qu'elle soit exactement où il avait en besoin.

Il pressa son gland contre sa chaleur, la moiteur enivrante entre ses cuisses et effectua un petit mouvement de rotation jusqu'à ce que tous ses neurones s'envolent de son cerveau. Il était poussé par l'instinct, par le besoin de la prendre, par le besoin de la pilonner jusqu'à ce qu'il explose et que sa semence gicle et la remplisse complètement.

Merde, il avait besoin de ça maintenant !

Cédant au désir dévorant dont il avait brûlé, il enfonça son érection en elle d'un seul coup long et régulier jusqu'à la garde, jusqu'à atteindre son col. En retour, des vibrations de plaisir lui descendirent le long de l'échine pour lui saisir les testicules.

Un cri guttural explosa dans la pièce, qui venait de lui. Il était

sur le point de perdre tout contrôle et ne pensait pas pouvoir s'en empêcher.

Entendant le gémissement d'Angie se mêler au sien, il sentit son humidité tout autour de lui et se mit à caresser son corps, de l'intérieur comme de l'extérieur, jusqu'à ce que le peu de cerveau disponible qui lui restait se détache de lui et qu'il devienne un animal purement physique.

Éperonné par son plaisir et son besoin d'elle, il l'assaillit de son sexe épais et dur comme jamais. Au bord de l'orgasme, une envie incontrôlable de la posséder le prit par le cœur et il enfonça les doigts plus profondément dans sa peau.

Incapable de s'arrêter, il la souleva du matelas jusqu'à ce que la seule chose qui la maintienne en position soit ses mains sur le lit et son sexe fiché en elle.

Elle émit un long cri continu, et au son de sa libération imminente, il perdit complètement les pédales. Il se mit à la pénétrer de plus en plus fort, encore et encore, de plus en plus fort, jusqu'à ce que son monde explose en mille morceaux autour de lui.

Quand l'orgasme le terrassa, il s'immobilisa au fond d'elle, aussi profondément qu'il le pouvait, et laissa la paix et la béatitude provoquée par Angie s'immiscer dans son organisme et s'infiltrer dans ses veines.

Finalement, son cœur s'immobilisa. Il savait qu'elle aussi avait trouvé son plaisir, alors il tomba sur le flanc en l'attirant contre lui, mais refusant de s'extraire de son corps.

Pas encore. Il avait besoin de cette sensation pendant un moment encore, de rester en elle quelques secondes de plus. C'était sûrement tout ce dont il avait besoin avant de se sentir à nouveau normal.

Trois jours plus tard, quand Angie ouvrit sa porte à Damian, ses cheveux avaient repris leur couleur normale, un blond cendré.

Elle avait décidé de jouer l'effet de surprise jusqu'au bout, et au lieu d'être couverte de noir de la tête aux pieds, puisqu'il faisait chaud et que l'été approchait, elle était vêtue d'un jean blanc coupé à mi-mollet et d'un haut rose à manches courtes.

Elle portait des bijoux en argent, un maquillage discret et ses ongles, des doigts comme des orteils, étaient peints en rose coquille d'huître.

Personne dans la rue n'aurait reconnu la fille qu'elle avait été vingt-quatre heures auparavant.

Alors qu'elle ouvrait la porte et reculait d'un pas avec un petit sourire, le calme apparent qu'elle lui présentait n'avait rien à voir avec ce qu'elle ressentait au fond. Car à l'intérieur, elle frémissait.

Qu'allait-il penser ? Elle savait qu'elle n'était que vaguement jolie, qu'il n'y avait pas de quoi faire un pataquès de son physique. Elle avait un corps potable, surtout parce qu'elle y travaillait dur — au moins quarante-cinq minutes d'exercice devant ses émissions de *coaching* télévisé préférées, quatre ou cinq fois par semaine.

Mais avec son maquillage discret, c'était la vraie Angie qu'elle lui présentait. La personne qu'elle avait été jusqu'à l'astuce mise en place un an auparavant, celle qu'elle avait toujours eu l'intention de redevenir.

Bien sûr, il l'avait vue plusieurs fois sans maquillage, elle prenait généralement une douche après leurs ébats, avec ou sans lui, donc son visage lui-même ne serait pas une surprise pour lui. Mais avec le blond foncé de ses cheveux, qui savait comment il réagirait ? Lorsque l'image de la mauvaise fille disparaîtrait, son intérêt pour elle se prolongerait-il ?

Alors qu'elle tenait la porte ouverte, la première chose qu'elle vit, ce fut une rapide expression de plaisir passer sur ses traits lorsque leurs yeux se rencontrèrent. Sachant que ce regard était simplement dû au fait de la revoir, Angie ne put pas s'empêcher d'en concevoir une certaine satisfaction : lui non plus ne pouvait pas masquer ses sentiments pour elle, quels qu'ils soient.

Mais ensuite, il fronça les sourcils tandis qu'il la jaugeait de la tête aux pieds. Son corps se raidit comme s'il venait de recevoir un uppercut. Toutefois, elle n'eut pas le temps d'être déçue, car il fit immédiatement un pas en avant et envahit son espace personnel.

Un bras s'enroula autour de sa taille, et de l'autre main, il lui releva le menton. Il sourit comme s'il ne pouvait pas s'en empêcher et ses yeux se reposèrent sur elle, puis sur ses cheveux pendant un moment avant de plonger à nouveau dans les siens.

— Qu'est-ce que c'est que ça ? demanda-t-il d'une voix sombre et enivrante.

Le cœur battant fort dans ses oreilles, Angie prit une profonde inspiration et haussa les épaules.

— Moi.

Il fronça les sourcils, ce qui lui donna l'air à la fois confus et satisfait, et il secoua la tête.

— Non, ce n'est pas toi.

Elle l'étudia pour évaluer sa réaction.

— Si, c'est vraiment moi.

La repoussant à bout de bras, il la fit pivoter, l'examinant comme s'il inspectait chaque centimètre carré de son corps. Quand elle lui fit face à nouveau, il arqua un sourcil et demanda :

— Blonde ?

— Blond foncé, précisa-t-elle. Châtain clair, en fait.

Il éclata de rire, les yeux brillants.

— Il n'y a rien de clair chez toi.

— Non ? lui lança-t-elle d'un ton de défi.

Il secoua la tête tandis que ses doigts remontaient et passaient entre ses cheveux.

— C'est vrai ? C'est ta couleur naturelle ?

— Tu n'imaginais pas que j'étais noir de jais, si ?

— Non, ça, je l'avais deviné. Pas avec ton teint pâle.

Voyant qu'il n'ajoutait plus rien, elle croisa les bras, sur la défensive.

— Qu'est-ce que tu en penses ?

Ses prunelles brûlantes ne lâchaient pas celles de son amant.

— D'emblée, je dirais que j'aime bien. (Il inclina la tête, comme s'il débattait avec lui-même, puis se pencha et lui attrapa le poignet.) Mais il me faut quelque chose d'un peu plus global pour me prononcer.

Sur ce, il se retourna, ferma la porte à clé et l'entraîna vers la chambre, dans un but évident.

~

Plusieurs semaines supplémentaires s'écoulèrent et Angie s'attachait de plus en plus. Elle faisait plus que s'attacher, elle tombait amoureuse, avalait l'hameçon, la ligne et la canne à pêche.

Merde !

Que faire... *que faire ?*

Son changement de *look* n'avait même pas fait ciller Damian. Il la traitait exactement pareil. Il la regardait de la même façon, il lui faisait l'amour de la même façon.

Elle savait donc maintenant que ce n'était pas son *look* gothique qui l'avait fait craquer. C'était elle.

Et ce constat la rendait heureuse, vraiment.

Sauf que soudain, leur amitié torride et *cool* s'était transformée en une relation sérieuse et torride.

Damian semblait vouloir qu'ils passent tout leur temps libre ensemble, même lorsqu'il était en déplacement. Il avait effectué plusieurs voyages à New York pour affaires, et comme il était rentré du premier avec un air renfrogné, il l'avait invitée à l'accompagner dans tous ses déplacements suivants. Seulement, comme elle devait travailler, elle n'avait pas pu s'échapper, pas même une fois, ce qui avait eu l'air de le frustrer, sans qu'elle puisse rien y faire.

Il devait repartir pour une semaine cet après-midi-là et Angie savait qu'il rongeait son frein, parce qu'il voulait qu'elle l'accompagne. Elle devait admettre qu'elle aurait bien aimé, mais

elle n'avait pas la possibilité de prendre de congés et puis il lui fallait bien avoir un boulot... non ?

Il était trop tôt pour que les choses changent entre eux, pensait-elle alors même que le souvenir de la nuit passée battait encore dans ses veines. Leurs ébats amoureux ne s'étaient pas refroidis depuis qu'ils étaient ensemble. Au contraire, ils devenaient de plus en plus torrides au fil des jours.

La nuit précédente, dans l'appartement du centre-ville de Damian, avait été... extrême. Angie rougit en y repensant. La première fois, il l'avait prise contre le mur de la chambre, et la deuxième, par terre à côté du lit. Et comme si cela ne suffisait pas, la troisième fois, il l'avait portée jusqu'à la fenêtre panoramique qui dominait la ville et l'avait prise debout, face à la vitre et au magnifique ciel du soir. Le torse plaqué contre son dos, il lui avait ordonné de garder les yeux ouverts.

Le souvenir la submergea. La pièce était sombre. Ils voyaient dehors, mais personne n'aurait pu distinguer à l'intérieur, même s'ils ne s'étaient pas trouvés au vingtième étage. Elle était encore sensible, après leurs premières séances dans la chambre, alors il avait pris son temps, s'accroupissant et lui écartant les jambes pour la préparer à le recevoir.

Puis il s'était redressé, avait ajusté sa position et avait plongé en elle par-derrière. Elle avait hoqueté alors que la sensation glissait le long de son échine. Il avait déjà joui deux fois au cours des dernières heures, ce qui le rendait plus tranquille et autorisait le jeu de la séduction. Alors qu'il allait et venait lentement en elle, les mains sur ses hanches, il déposait des lignes de baisers le long de son cou pour remonter jusqu'à son oreille.

— Tes yeux sont ouverts ?

— Oui.

— Dis-moi ce que tu vois.

Angie avait déjà toutes les peines du monde à mettre de l'ordre dans ses pensées alors qu'il entrait et sortait tranquillement de son sexe en une suite d'allers-retours inexorables.

— Je vois… des lumières. Et des bâtiments. Des nuages. C'est… c'est beau.

— C'est toi qui es belle, avait-il murmuré.

Sur quoi, il avait plongé tout au fond d'elle et s'était immobilisé là, les mains sur ses seins, presque avec révérence, pour lui caresser la peau.

Elle en avait eu le souffle coupé. Lentement, il avait écarté les cheveux de son oreille et murmuré :

— Tellement, tellement belle !

La caresse de sa voix l'avait fait frémir et elle avait lâché un petit gémissement.

— Je peux te donner cette vue, Angie.

L'esprit presque explosé au contact de ses mains si douces, elle comprenait à peine le sens de ses mots.

— Quoi ?

— Tout ce que tu as à faire, c'est d'emménager ici avec moi, chuchota-t-il alors que ses mains lui couraient le long des flancs et remontaient.

— Je ne…

Incapable de réfléchir, Angie s'interrompit.

Il avait fait glisser sa bouche sur son épaule et mordu dans sa chair comme pour la soumettre. Elle n'avait pas besoin d'être maîtrisée, elle était déjà soumise dans ses bras. Il l'avait mordillée ici et là, puis il avait soufflé sur sa peau, afin de l'apaiser.

— J'aime ta peau. (Il avait léché l'endroit qu'il avait mordu.) J'aime ton odeur, bébé. Tu es si douce, putain ! (Il avait pris un peu de recul et replongé en elle.) J'aime quand tu jouis. (Sa bouche s'était déplacée vers son oreille, il lui avait mordu le lobe et sa voix, quand elle était revenue, était plus forte, presque dure.) J'aime que tu ne me dises pas le mot « non ».

Il s'était retiré, l'avait retournée si bien que son derrière nu s'était retrouvé pressé contre le carreau froid. Il lui avait levé une jambe, puis il avait replongé en elle. La sensation de froid dans son

dos et de chaleur à l'avant était si forte qu'elle avait comme enflammé l'oxygène dans les poumons d'Angie.

Fiché au fond d'elle, il lui avait soulevé le menton jusqu'à ce qu'elle n'ait plus d'autre choix que de le regarder fixement.

— Je veux que tu emménages ici avec moi. Je veux que tu quittes ton appartement.

Il n'y avait plus trace de séduction dans sa voix, le ton comme les mots étaient devenus inflexibles et exigeants.

Alors qu'elle le regardait fixement, un courant de plaisir et de panique avait déferlé sur elle. Elle était restée silencieuse tandis qu'il poursuivait :

— Quand je rentrerai du travail, je veux que tu sois là. Je veux que tu dormes dans mon lit chaque nuit sans poser de questions. Je veux savoir où tu es et que tu es en sécurité quand je ne suis pas avec toi.

Avec chacun de ces mots, les assauts devenaient plus forts, plus déterminés, si bien que l'excitation était revenue rugir en elle. Il lui avait lâché le menton, et ensemble, ils avaient regardé où ils étaient joints. Le spectacle était plus qu'érotique, il était profondément sexuel. Il ne leur avait pas fallu plus de quelques minutes pour qu'ils explosent dans les bras l'un de l'autre alors que la vague déferlait sur eux.

Dans les instants qui avaient suivi, il l'avait délicatement libérée et reposée sur ses pieds. Il l'avait conduite à la salle de bains où il l'avait nettoyée doucement et patiemment. Lorsqu'elle était montée dans le lit sur des jambes encore tremblantes, il l'avait suivie et prise dans ses bras.

Elle était désormais couchée sur le dos. Alors il s'était tourné vers elle, et s'appuyant sur un coude, s'était penché sur elle.

— Je veux une réponse.

Tiraillée par des sentiments contradictoires, elle avait tenté de lui répondre :

— Je ne sais pas. Ça demande réflexion.

— Non, pas du tout. C'est simple... il n'y a rien à penser, avait-il répliqué, très déterminé.

Angie s'accrochait à sa résolution en s'attardant sur les problèmes logistiques d'un tel arrangement.

— Le salon est si loin d'ici !

Les yeux de Damian avaient scintillé, mais il était resté silencieux. En l'observant, elle avait soudain été frappée par un constat.

— Tu veux que je quitte mon travail ! s'était-elle écriée.

Il avait incliné la tête, toujours muet, se contentant de la contempler avec ses yeux de faucon.

— Je ne sais pas si je peux en trouver un autre par ici, avait-elle repris, sachant très bien qu'elle le testait, essayant d'entrer dans sa tête pour savoir ce qu'il pensait.

Il avait plissé les paupières et il avait commencé à secouer la tête, lentement, de droite à gauche.

— Je dois travailler, avait-elle protesté, à demi paniquée. (Il continuait à secouer la tête. Fort. De plus en plus fort.) Je n'ai pas d'argent. Je veux dire, pas assez...

— Tu n'as pas besoin d'argent, Angie. Tu n'as besoin de rien.

Ses mots étaient fermes, sa conviction totale. Elle avait pris une inspiration pour se calmer.

— Tu veux m'entretenir ?

— Oui, avait-il répondu sans équivoque.

— Pourquoi ?

Interdiction de s'emballer. Elle le connaissait. Ce ne serait rien de plus qu'une commodité pour lui. Ce n'était pas comme s'il voulait l'épouser. Il voulait que ce soit pratique et elle devait s'en souvenir.

— Parce que je veux que tu sois là, avait-il répondu d'un ton plat, comme s'il était lassé du débat et ne voulait pas qu'elle l'interroge davantage.

Elle s'était tue pendant un moment, puis :

— Je vais devoir y réfléchir.

Les yeux de Damian s'étaient plissés, comme s'il était en colère ou mécontent. Puis il s'était retourné, avait éteint la lampe et Angie avait aussi roulé sur le côté, mais elle avait très peu dormi.

QUAND SON TÉLÉPHONE PORTABLE SONNA, ANGIE FUT RAMENÉE À LA réalité. C'était Justine. Elle passa le doigt sur l'écran pour décrocher. Au vu de l'heure, elle savait que Damian était sur le point d'embarquer pour New York. Ils n'avaient rien réglé entre eux, la veille au soir.

— Bonjour, fit-elle en coinçant le téléphone entre son épaule et son oreille alors qu'elle en profitait pour ranger son poste de travail.

— Bonjour, ma chérie. Comment allez-vous ?

La culpabilité envahit Angie. Elle était en panique, en réalité, à force de réfléchir pour savoir si elle devait emménager avec le fils de cette femme.

— Je vais bien, mentit-elle. Et vous ?

— Très bien. La romance est florissante, répondit madame Rule avec un soupçon d'humour.

— C'est génial !

— Oui, en effet. Écoutez, mon petit, je donne une petite fête samedi soir et je souhaite vraiment, vraiment que vous passiez me voir après le travail si vous pouvez. Ce n'est rien de formel... pas un repas assis, juste des boissons et des amuse-gueules, un buffet, quoi !

Un léger malaise s'empara d'Angie. Damian ne serait pas là, mais ça ne devait pas avoir d'importance. En fait, cela devrait être plus facile, puisqu'il refusait toujours de mettre sa mère au courant de leur relation.

De plus, Angie, qui aimait bien cette femme, était heureuse qu'elle semble enfin penser à elle-même.

— Ça a l'air sympa. Dois-je apporter quelque chose ?

Non, rien du tout. En revanche, sachez que Damian ne viendra pas. Je ne sais pas si vous lui avez parlé, mais il ne sera pas en ville.

Culpabilité. Culpabilité. Culpabilité. La jeune femme resta silencieuse, et après une courte pause, madame Rule continua :

— Quoi qu'il en soit, Rick désire être présenté à quelques-unes de mes personnes préférées, or, vous êtes sur la liste, ma chérie. Mais ce n'est pas seulement ça. Comme il vous connaît déjà, ce serait plaisant pour lui de voir un visage familier, vous ne pensez pas ?

— C'est adorable. Oui, je pense que c'est une bonne idée. Vous êtes sûre que vous ne voulez pas que j'apporte quelque chose ?

— Rien, chérie. Juste votre adorable petite personne.

— OK. Euh… qu'entendez-vous par « rien de formel », au fait ? insista Angie.

— Que vous pouvez vous habiller comme vous voulez. Décontracté.

— Qu'est-ce que vous allez porter, vous ?

Dans le monde d'Angie, « décontracté » signifiait en jean ou en short, toutefois, elle ne pensait pas que la notion de la décontraction vestimentaire selon madame Rule soit la même.

— Je vais porter une robe-fourreau. Je l'ai depuis des années, mais c'est un classique. Elle est bien coupée... et je me sens vraiment bien dedans. J'en suis encore à ce stade de la relation où je m'inquiète de ces choses-là.

Angie percevait de l'excitation dans la voix de son interlocutrice.

— D'accord, je mettrai une robe d'été, alors. Qu'en pensez-vous ?

— Ça me paraît parfait, chérie. Je sais que vous serez charmante. Courtney a mentionné qu'elle porterait quelque chose du même genre, il me semble. Bon, vous souvenez-vous du trajet pour venir à la maison ?

— Oui, madame, je suis sûre que je devrais pouvoir trouver.

9

Le reste de la semaine se traîna en longueur pour Angie. Le travail était épuisant, et chaque minute de libre à sa disposition, elle s'inquiétait de la décision qu'elle allait devoir prendre au retour de Damian.

Au fond, elle savait déjà qu'elle voulait emménager avec lui. En revanche, elle n'était pas ravie de quitter son travail. Elle avait besoin de se débrouiller seule, de gagner son propre argent. S'il leur arrivait quelque chose, s'ils se séparaient, elle ne voulait pas se retrouver à la rue, sans revenu ni endroit pour vivre.

Il lui vint à l'esprit qu'elle pourrait lui proposer un compromis. Peut-être que pendant la semaine, elle pourrait rester chez elle, et ses jours de congé, elle viendrait habiter chez lui. Ce n'était pas la meilleure idée du monde, mais c'était tout ce qui lui venait. D'ailleurs, ça ne différait guère de leur routine actuelle, sauf qu'ils ne l'avaient jamais explicitée à voix haute.

Elle se raccrochait à l'espoir que sa suggestion pourrait l'apaiser, mais les SMS qu'elle reçut de lui pendant la semaine lui firent comprendre qu'il n'accepterait pas l'idée.

Le premier était arrivé le matin suivant son départ.

Hyper mal dormi.

À quoi elle avait répondu :

Je suis désolée. Matelas inconfortable ?

Non, le matelas était OK.

Elle tapa une réponse rapide.

Ce doit être difficile d'être loin de chez soi.

La réponse de Damian lui parvint instantanément.

C'est difficile d'être loin de toi.

En lisant son message, Angie sentit la chaleur envahir ses veines, et à cet instant, elle décida de ne plus jouer.

Tu me manques.

Il n'avait pas répondu, sans doute parce qu'il avait été appelé par ses relations d'affaires, ou parce qu'il estimait que ses sentiments à lui avaient déjà été explicités. Et c'était le cas. Elle savait qu'elle lui manquait.

Le lendemain matin, le message qu'elle reçut était plus abrasif, mais pas moins déconcertant.

Pourquoi ne pas quitter ton putain de boulot et prendre un vol pour me rejoindre ici ?

Angie fixa l'écran pendant que le sang pulsait furieusement dans ses veines. Elle hésita, ne sachant comment répondre. Les secondes se transformèrent en minutes et finalement, elle tapa :

Je ne peux pas.

Elle n'avait plus reçu de nouvelles depuis.

Le samedi soir, après le travail, Angie rentra chez elle, se doucha et se changea avant de se rendre à la maison des Rule. La veille, elle s'était aspergée de spray autobronzant et se sentait bien dans sa robe d'été qui lui arrivait aux chevilles et dans ses sandales. Elle avait oublié ce que c'était que de porter de la couleur. Abandonner le noir lui donnait presque l'impression de sortir d'une période de deuil.

Lorsqu'elle arriva, la porte lui fut ouverte par un homme qu'elle reconnut. C'était celui qui avait emmené Courtney de la dernière fête à laquelle elle avait assisté et il n'y avait

absolument aucun doute dans son esprit : c'était l'un des frères de Damian. La porte grande ouverte, il la dévisagea sur le seuil et haussa un sourcil. Un courant électrique glissa le long de l'échine d'Angie. La ressemblance était sidérante. Les deux frères Rule étaient grands, taciturnes et indéniablement beaux. Ils avaient tous deux des cheveux foncés et ondulés, le teint presque basané, comme s'ils appartenaient au grand *melting-pot* ethnique de l'Amérique.

— Salut, dit-elle, trébuchant presque sur le mot alors qu'il continuait à la fixer du regard.

Il s'arrêta de la dévisager, puis ouvrit la porte en grand.

— Entrez.

— Merci.

Alors qu'elle franchissait le seuil et regardait autour d'elle, il lâcha derrière elle :

— Tu appartiens à Damian.

Elle s'arrêta net et pivota pour lui faire face.

— Je n'appartiens à personne.

— Bien sûr !

Avant qu'elle ait eu le temps de répondre, Justine apparut, grand sourire et coupe de champagne à la main.

— Angie, ma chérie. (Elle se pencha et la serra dans ses bras, si fort qu'elle faillit renverser le contenu de son verre. Tout sourire, la jeune femme lui rendit son accolade.) Je vois que vous avez rencontré mon deuxième fils, Nick.

— Oh ! Pas vraiment. (Angie fit de nouveau face à l'homme et lui tendit la main, espérant que la gêne qu'elle ressentait n'était pas trop visible.) Angie Ross.

Il lui prit rapidement la main et la relâcha sans s'attarder.

— Nick Rule.

Avant qu'Angie ne puisse ajouter un mot, Justine lui saisit la main et l'entraîna à l'intérieur, tout en chuchotant :

— Il n'est pas pour vous, chérie. Il faut encore laisser le temps à Damian de se sortir les doigts du cul.

Les mots étaient si incongrus, ils formaient un tel hiatus avec l'apparence de la dame qu'Angie trébucha et se mit à rire.

— Vous trouvez ça drôle ?

— Oui, très.

— Eh bien, c'est pourtant vrai ! Il doit se rendre compte que vous seriez parfaite pour lui, mais en attendant, venez rencontrer le fils de Rick, Caiden. Il a à peu près votre âge, peut-être un peu plus jeune, et il est absolument adorable.

Alors qu'Angie était pratiquement traînée à travers une pièce pleine de monde et que son hôtesse et elle venaient se poster devant Rick et son fils, la jeune femme déclara en souriant :

— Je connais déjà le fils de Rick. Je suis aussi sa coiffeuse.

Caiden se pencha pour embrasser Angie sur la joue, puis ce fut le tour de son père.

— Vous lui coupez les cheveux aussi ? s'extasia madame Rule, avant de se tourner vers Rick. Tu ne m'avais pas dit qu'ils se connaissaient déjà.

Alors qu'Angie et Caiden échangeaient un regard, elle comprit soudain de quoi il retournait : Justine essayait de les caser ensemble. Elle ne changerait donc jamais ? Se retrouvant désormais du côté des bénéficiaires de ses manipulations, Angie comprit soudain pourquoi madame Rule rendait son fils fou.

Après avoir bavardé quelques minutes, les quinquagénaires s'excusèrent et l'hôtesse entraîna son amoureux, sans doute pour donner aux jeunes gens un peu de temps en privé. La coiffeuse leva les yeux au ciel et reporta son attention sur Caiden, qu'elle connaissait depuis deux bonnes années.

— Elle essaie de nous coller ensemble !

— En fait, elle a déjà essayé de me caser avec toutes les femmes qui sont ici ce soir.

Angie se pencha plus près et murmura :

— Pourquoi ? Elle ne sait pas que tu es *gay* ?

Il eut l'air stupéfait.

— Justine ? Bon sang, même mon père n'est pas au courant !

Angie balaya la pièce du regard, se demandant si elle devait s'occuper de ses affaires, et repéra Courtney qui parlait à une jeune femme aux cheveux bruns dont les yeux lui étaient familiers. Remarquant son regard, Caiden lui expliqua :

— La blonde, c'est Courtney, la filleule. La brune, c'est la fille, elle s'appelle Erin.

Angie détourna le regard, ne souhaitant pas la fixer.

— J'ai déjà rencontré Courtney, mais pas Erin.

— Oh, tu lui seras présentée ! Justine est dans son élément, ce soir.

— Tu ne l'aimes pas ? demanda Angie, faisant référence à Justine Rule.

— Si, en fait, je l'aime bien. Elle est exactement ce dont mon père a besoin, mais c'est son côté entremetteuse qui me pose problème.

Angie se tut, au bord de craquer et de lui révéler ce qu'elle savait, puis elle décida de se lancer. Oui, elle allait le lui dire.

— Viens, on va se balader un peu. Je veux te dire quelque chose et tu auras peut-être besoin d'un peu d'intimité.

Il posa sur elle un regard perplexe, mais la suivit. Elle s'arrêta pour prendre un verre de champagne sur une table d'appoint et il l'imita. Jetant un coup d'œil autour d'elle comme si elle allait se mêler à la foule, Angie quitta la pièce aussi subrepticement que possible et se dirigea vers un couloir qui semblait assez calme.

Elle arriva devant une porte ouverte sur une bibliothèque, y entra, Caiden sur ses talons. Refermant la porte, elle prit une gorgée de champagne pour se donner du courage.

— Qu'est-ce qu'il y a ? demanda le jeune homme.

Elle s'efforça d'aborder le sujet avec précaution.

— Depuis combien de temps nous connaissons-nous ?

Il haussa les épaules.

— Quelques années, je dirais.

Angie hocha la tête et lui adressa un sourire doux-amer.

— Je t'apprécie beaucoup. J'ai toujours aimé te couper les

cheveux. Tu es *cool*, ajouta-t-elle avec un petit sourire. J'aime aussi beaucoup ton père.

Caiden fronça les sourcils comme s'il se préparait au pire.

— Bon…

— J'essaie de ne pas me mêler des affaires des autres, tu sais ?

Maintenant, il avait l'air vraiment confus.

— Crache le morceau, Angie.

Celle-ci prit une profonde inspiration.

— Mec, ton père sait déjà que tu es *gay*.

Le visage du jeune homme blêmit et il eut l'air sidéré.

— Pas possible ! (Elle hocha la tête avec compassion.) Comment tu le sais ?

Sans le quitter des yeux, elle répondit d'une voix empreinte d'empathie.

— Je ne me souviens pas de la conversation exacte. Je sais que c'était avant que je te rencontre. Je lui coupais les cheveux, un jour, et il m'a dit qu'il avait un fils qui venait de rentrer de l'université. Puis il m'a demandé si je pouvais prendre un nouveau client.

— Et ?

— En plaisantant, j'ai répondu quelque chose comme : « Avec plaisir, s'il est aussi bel homme que vous. »

Angie le scrutait, en quête d'une réaction. Elle ne le connaissait pas si bien que ça, mais elle comprenait que faire son *coming-out* était une chose difficile pour beaucoup de gens, surtout quand il s'agissait de leurs parents.

— Et puis ? demanda-t-il avec une grimace.

— Caiden, fit-elle, voulant l'apaiser. Il était déjà évident pour moi, avant même que je te rencontre, que ton père t'aime et qu'il est fier de toi. Il m'a juste répondu : « Mon fils me ressemble, mais ne vous faites pas trop d'illusions, il est homosexuel. » (Angie lui sourit pour atténuer la brutalité de ses paroles, puis elle poursuivit.) Il l'a dit avec beaucoup de fierté, comme si tu étais la lumière de sa vie et que tu ne pouvais rien faire de travers. Il ne

m'était jamais venu à l'esprit avant ce soir que tu ne sois pas au courant.

Il recula d'un pas et tomba sur le canapé. Angie l'y rejoignit pour s'asseoir à côté de lui, lui prendre la main et la tapoter doucement.

~

DAMIAN TRAVERSA LE PARKING DE L'AÉROPORT ET MONTA DANS SA voiture. Il démarrait à peine au moment où son téléphone portable sonna.

Laissant le moteur tourner au ralenti, il décrocha.

— Quoi ? lança-t-il brièvement, ne voulant rien d'autre que retrouver Angie le plus vite possible.

— Et putain, bonsoir à toi aussi, grand frère ! grogna Nick avec sarcasme.

Damian souffla et essaya d'adopter un ton plus raisonnable, alors même qu'il mettait l'appel sur haut-parleur et prenait la route.

— Qu'est-ce qui se passe, Nick ?

— Où es-tu ? Toujours à New York ? demanda son frère sur son habituel ton blasé.

L'aîné jeta un coup d'œil à la pendule du tableau de bord.

— Non. Je suis à la maison. Je quitte juste l'aéroport.

— Très bien. Alors tu vas pouvoir gérer cette merde ! dit sèchement son frère.

L'irritation s'empara de Damian.

— Quelle merde, exactement ?

— Notre chère mère donne une fête en ce moment même...

L'irritation se transforma en colère frustrée.

— Putain, non !

— Donne-moi une minute. Tu vas être ravi d'entendre ce que j'ai à te dire, reprit Nick comme s'il était au courant de quelque chose d'important.

— Et ce serait quoi, ce quelque chose ? demanda Damian, perdant patience.

— Ta femme est ici, annonça son cadet d'un ton plat.

— Ma femme ?

— C'est ce que j'ai dit, oui.

Une pointe d'agressivité lui hérissait le poil.

— Comment tu es au courant, pour ma femme ?

— Je l'ai vue ici, lors de la dernière fête. Celle que tu avais amenée et qui, apparemment, t'a chamboulé la tête au point que tu croies que personne ne remarque que tu es sens dessus dessous ?

— Tu t'imagines encore des choses, Nick, nia-t-il, refusant que son frère s'immisce dans ses affaires personnelles. Et tu n'étais même pas présent à la dernière fête.

— Je ne me suis peut-être pas montré, mais j'étais là. Et j'ai vu ta femme. Je parle de la petite gothique qui n'est plus gothique.

À ce stade de la description, les nerfs de Damian se crispèrent plus encore.

— Et alors ?

Tandis qu'il filait sur l'autoroute, une tension soudaine le poussa à se diriger vers la maison de sa mère au lieu de celle d'Angie. Bien qu'à contrecœur, Damian devait admettre que Nick en savait manifestement plus qu'il ne le pensait.

— Comme je le disais, elle est ici et elle est, en ce moment, enfermée dans la bibliothèque avec un homme qui, comme nous le savons tous les deux, n'est pas toi, répondit Nick sur un ton si exagérément « monsieur Je-sais-tout » que Damian fut tenté de lui carrer son poing dans la figure.

Et ajouté à ce soudain besoin de frapper son frère, il ressentit une telle secousse de jalousie qu'il faillit faire une embardée. Il prit trois grandes inspirations et se concentra sur sa conduite.

Voyant qu'il gardait le silence, Nick poursuivit :

— Tu es en route ?

— À ton avis ? aboya Damian.

— Très bien, alors. Je te vois tout à l'heure.

— Attends...

— Quoi ?

— Qu'est-ce que tu comptais faire exactement si j'avais encore été à New York ?

— C'est une question facile, grand frère. Quoi que tu m'aies ordonné de faire, putain, j'aurais couvert tes arrières !

Damian laissa échapper un soupir.

— Ouais.

Son frère mit fin à l'appel et il fit de même.

DAMIAN TRAVERSA LA MAISON DE SA MÈRE SANS LAISSER À PERSONNE le temps d'engager la conversation avec lui. Il repéra Nick qui rôdait autour de Courtney avec une expression furax. Il continua à traverser la pièce, mû par un objectif unique. Il ne rencontra le regard de son frère que brièvement, mais ce fut assez pour que celui-ci lui indique, d'un geste de la tête vers la bibliothèque, qu'Angie se trouvait toujours là-bas.

Il fit craquer ses articulations et poursuivit sa progression sur la moquette sans ralentir. Arrivé devant la porte qu'il cherchait, il tourna la poignée, et sans frapper, entra.

À pas silencieux, il alla se poster derrière le canapé. Angie et l'inconnu étaient assis côte à côte, se tenant la main, visages proches, engagés dans une conversation à voix basse.

Une rage comme il n'en avait jamais connu lui saisit l'échine et lui remonta jusqu'à la gorge. Il contourna le canapé et se planta là, les muscles prêts à l'attaque.

Sa maîtresse leva les yeux, et, plus lentement, le jeune homme avec lequel elle était assise. C'était un beau garçon, ridiculement beau, et Damian perdit les pédales.

— Tu as deux putains de secondes, Angie ! Commence à parler, maintenant !

Angie blêmit en découvrant l'expression de Damian. Elle l'avait déjà vu en colère, bien sûr, mais rien de comparable à cela. Il était fou de rage, il n'y avait pas d'autre mot pour le décrire. Une angoisse lui parcourut les veines.

— Je te croyais en déplacement.

Il fit un pas en avant, exsudant l'agressivité prégnante de chaque ligne de son corps.

— Mauvaise réponse, bébé.

Devant la fureur croissante de Damian, Angie sentit Caiden se crisper à côté d'elle et commencer à se lever pour tenter de s'éloigner. Mais elle ne lui lâcha pas la main, elle le retint près d'elle, assis. Rien de bon ne pouvait résulter de ces deux hommes debout face à face, même si Caiden tentait de l'éviter, avec Damian enragé comme il l'était.

Elle tâcha de s'expliquer.

— Voici... Voici Caiden. C'est le fils de Rick.

— Je me fous de savoir le fils de qui il est ! (Damian transféra son regard sur le jeune homme assis à côté d'elle.) Lâche sa main ! Maintenant ! Ou je vais le faire pour toi !

Caiden commença à agiter la main, comprenant sans doute que la rage du nouveau venu était le résultat direct du fait qu'Angie était assise à côté de lui. Elle la lui rendit, puis se leva et se posta entre les deux hommes.

— Je suis contente que tu sois rentré, déclara-t-elle à Damian, afin de le calmer. Caiden était sur le point de partir, se hâta-t-elle d'ajouter, souhaitant protéger le fils de Rick.

Damian restait immobile, les muscles crispés.

— Non, il n'était pas sur le point de partir.

Angie s'efforçait de contrôler les papillons qui lui dansaient dans le ventre.

— C'est censé vouloir dire quoi, au juste ?

— Ça veut dire qu'il peut rester exactement où il est jusqu'à ce que je décide si je vais le laisser vivre ou non.

— Damian...

— Oh, pour l'amour de Dieu, Angie ! intervint Caiden, toujours assis sur le canapé. Dis-lui la vérité !

Les yeux de Damian se rétrécirent, les veines de son cou gonflèrent et il sembla prêt à partir en vrille. Angie jeta un coup d'œil à Caiden.

— N'aggrave pas les choses...

— J'essaie au contraire de les régler. Nous n'avons pas besoin d'animosité entre nous. Bon sang, mon père va probablement épouser sa mère...

— Quoi ?! s'écria Damian, l'air de plus en plus en colère.

— Calme-toi ! hurla Angie.

Celui-ci serra les poings.

— Je veux savoir ce que tu fais ici avec lui seule, et il vaut mieux que quelqu'un commence à me donner des réponses satisfaisantes, sinon ça va être l'enfer, menaça-t-il en l'attirant dans le cercle de ses bras pendant qu'il parlait.

Il la fit tourner, de façon que son dos soit appuyé contre sa poitrine et que ses bras autour de sa taille soient comme des étaux d'acier. Dans cette position, la jeune femme ne pouvait pas voir son amant, mais elle savait que ses paroles suivantes étaient adressées à Caiden.

— Tu la vois, connard ?

Angie faillit grimacer en voyant le visage de son client blêmir.

— Je la vois.

— Elle est à moi, siffla Damian avec une violence à peine contrôlée.

Caiden avait une expression qui disait clairement qu'il n'en croyait pas ses oreilles.

— Mec, je ne veux pas d'elle.

Après, tout se passa en même temps.

La porte de la bibliothèque s'ouvrit, Justine et Rick entrèrent.

Damian ne parut même pas les remarquer, car son attention était restée concentrée sur son rival.

— Non ? Alors, pourquoi tu t'accrochais à sa main comme si tu en avais le droit, putain ?

Au moment où il grognait sa question, son amante sentit une forte poussée de testostérone monter dans ses muscles et elle sut qu'il allait l'écarter pour bondir sur Caiden.

Lequel dut aussi percevoir l'imminence de la menace, car il ouvrit la bouche pour commencer à se défendre. Angie savait quels mots étaient sur le point de sortir de ses lèvres : il allait dire à Damian la vérité sur sa sexualité. Mais il n'en eut pas eu l'occasion.

Un seul regard suffit à Rick pour évaluer la situation : il s'avança jusqu'à se tenir juste à côté du canapé, auprès de son fils. Angie savait ce qu'il voyait, ce qu'il entendait et ce que Justine voyait également. Il devait être clair pour tout le monde dans la pièce que la relation entre l'aîné des Rule et elle était tout sauf *cool*. Pris en flagrant délit. Ce dernier avait les bras enroulés autour d'elle comme s'il la possédait, elle et tout ce qui la concernait.

Elle savait sans avoir besoin de le regarder que la jalousie dans sa voix devait se refléter sur son visage et dans son comportement physique. Ce ne fut donc pas une surprise que Rick aboie à Damian :

— Reculez ! (Sur ce, il posa la main sur l'épaule de Caiden dans une posture protectrice et sans lâcher Damian des yeux.) Mon fils n'est pas intéressé par votre femme. Il est *gay*. Laissez-le tranquille, putain !

Angie sentit la tension s'évacuer lentement du corps de son amant, mais un autre type de crispation, plus subtile, prit ensuite le dessus. La menace immédiate quant à sa « femme » étant neutralisée, elle savait qu'il appréhendait maintenant la dynamique des autres personnes présentes dans la pièce et ce que cela signifiait pour lui.

Caiden jeta un coup d'œil à son père et celui-ci soutint son

regard. La jeune femme réalisa alors qu'ils assistaient tous à une réunion qui aurait dû être privée.

Caiden se leva, et après un moment de gêne, Rick et lui s'étreignirent. Lorsqu'ils se relâchèrent, Damian s'éclaircit la gorge.

— Tu es *gay* ?

Angie se figea dans ses bras, et réagissant d'une manière qu'elle était bien incapable de contrôler, elle enfonça son bras en arrière jusqu'à ce que son coude heurte le ventre de Damian.

Caiden vit le mouvement, sourit et hocha la tête.

— Angie et moi ne sommes que des amis. (Il soutint le regard de Damian comme s'il le défiait, puis, prudemment, il lui tendit la main.) Caiden Harris.

Damian garda un bras autour d'Angie et lui tendit sa main droite.

— Damian Rule.

Les deux hommes se serrèrent la main. Du nouveau point de vue d'Angie aux côtés de Damian, elle le vit ensuite tendre la main à Rick, qui ne la saisit pas immédiatement.

L'homme âgé croisa les bras et fronça les sourcils. Puis il transféra son regard vers sa jeune amie, et avec une expression très paternelle, il lui demanda :

— Est-ce que ça va ?

— Je vais bien, répondit-elle avec un petit sourire. Voici Damian, dit-elle à Rick, espérant lui faire serrer la main du fils aîné de Justine.

— Je m'en doutais bien, répliqua son interlocuteur en acceptant enfin la main du jeune homme, mais avec peu de chaleur. Vous avez tendance à vous emporter pour un oui ou pour un non, pas vrai ? le titilla-t-il alors que Justine Rule se glissait à côté de lui.

Depuis la porte de la bibliothèque, elle avait observé la scène sans intervenir, mais maintenant, elle se tenait à côté de Rick et étudiait son fils comme s'il lui était poussé une tête supplémentaire. Elle regarda tour à tour Damian et Angie, l'air vraiment perplexe.

— J'essaie de comprendre… (Lorsque son aîné haussa les épaules en silence, elle se tourna vers Rick et changea de sujet, ne serait-ce qu'un instant.) Pourquoi ne m'as-tu pas dit que ton fils est *gay* ? Tu ne penses pas que ça aurait pu lui éviter une expérience désagréable ? J'aurais pu m'abstenir d'essayer de le caser avec toutes les femmes de la soirée ! (Sans attendre de réponse, elle s'adressa à Caiden.) Je suis désolée, mon chou.

— Pas de problème. Je comprends. Et comme Angie me connaît depuis un certain temps… ce n'est pas bien grave, conclut-il avec un regard noir à Damian.

Cette allusion à la jeune femme rappela sa présence à Justine, qui se tourna à nouveau vers le couple avec un froncement de sourcils interrogateur.

— Angie chérie, m'aurais-tu menti par omission ?

Celle-ci prit une profonde inspiration et avoua :

— Oui, madame. Je suis désolée.

— Eh bien, tu es pardonnée, bien sûr, mais pourquoi ? (Avant que la jeune femme puisse répondre, madame Rule jeta un coup d'œil vers Damian.) Peu importe, ma chère enfant. Je connais la réponse.

Elle avait l'air un peu blessée et son fils aîné eut la bonne grâce de rougir.

— Maman…, commença-t-il, avant de se racler la gorge.

— Oui ? demanda celle-ci, comme si elle n'était pas du tout attristée.

Damian jeta un coup d'œil aux deux autres hommes et Angie sut que ni l'un ni l'autre n'aurait suffisamment pitié de lui pour partir de son plein gré, pas après la façon dont il avait agi.

— Je suis désolé de t'avoir induite en erreur, finit-il par lâcher en se tournant vers sa mère.

— Induite en erreur, chéri ? répéta-t-elle d'une voix très douce qu'Angie n'avait jamais entendue.

— Je suis désolé de t'avoir menti, précisa Damian.

Madame Rule inclina la tête avec grâce et son fils poursuivit :

— J'aimerais te présenter correctement à Angie Ross, ma... ma...

Justine s'arrangeait pour afficher une expression parfaitement neutre et Angie faillit craquer tandis qu'elles échangeaient un rapide regard.

— Ta quoi, Damian ? insista la mère de famille.

Celui-ci savait qu'il était coincé, c'était évident à son expression.

— Ma femme. Ma petite amie. Ma meilleure moitié. (Il s'arrêta de parler et attira Angie dans ses bras avant de continuer.) La femme qui me rend fou. La femme qui me donne envie de tuer des hommes innocents. (Celle-ci sentit se réveiller les papillons dans son ventre.) Désolé, mec, ajouta-t-il à l'attention de Caiden, qui se contenta de hausser les épaules. Que veux-tu que je te dise de plus ? reprit Damian, de nouveau pour sa mère. Elle est la raison pour laquelle je ne suis pas intéressé par les femmes que tu mets sur mon chemin, elle est la raison pour laquelle j'ai raccourci mon voyage de trois jours. (Il prit une grande inspiration.) Est-ce suffisant ou faut-il que je continue ? C'est elle qui me calme, qui me rend heureux, qui dort dans mon...

Justine Rule leva la main.

— Ça suffit, chéri. Ta mère a compris, résuma-t-elle avec humour.

Sur ce, elle s'approcha de Damian et Angie s'écarta pour la laisser serrer son fils dans ses bras.

— Je trouve que ça ne s'est pas si mal passé, pas vous ? leur demanda-t-elle à tous les deux, après avoir aussi embrassé Angie.

Celle-ci répondit d'un sourire et secoua la tête, mais Damian se contenta d'une grimace.

Justine se tourna vers l'ensemble du groupe.

— On a éclairci beaucoup de choses, ce soir. Je n'essaierai plus de marier Caiden. En tout cas, pas avec des femmes, nuança-t-elle en souriant. Et j'essaierai à l'avenir de ne pas me mêler des amours de mes autres enfants comme je l'ai fait avec Damian. Il vaut mieux que je reste en dehors de leur vie personnelle, je pense. J'allais

essayer de réunir Courtney et Nick, mais j'ai appris de mes erreurs. Je vais laisser mon fils tranquille et trouver à Courtney d'autres jeunes hommes sympathiques parmi lesquels faire son choix.

— Maman…, commença Damian.

— Quoi, chéri ?

— Peu importe. Je suis sûr que tu sais ce qui est le mieux.

— J'en suis sûre aussi.

10

Après la fête, comme ils avaient tous deux leur véhicule, Damian suivit Angie jusqu'à son appartement. Et pendant tout le trajet, il repensa à la scène de la bibliothèque. Pour ce que ça valait, il devait admettre que sa mère avait raison. Ça ne s'était pas si mal passé.

Maintenant, elle était au courant pour eux, et comme elle aimait bien Angie, elle allait enfin le laisser tranquille, elle n'exercerait plus sur lui ses fichus talents d'entremetteuse.

Et ça, c'était forcément une bonne nouvelle.

Alors, pourquoi avait-il encore l'impression qu'une brûlure d'acide persistait dans son estomac et qu'elle refusait de disparaître ?

Il continua à réfléchir à la question. Peut-être que ça avait marché. Peut-être qu'il n'avait pas de raison de s'inquiéter. Le mec était *gay*. Mais Damian avait eu trente minutes pour mijoter et bouillir après l'appel téléphonique de son frère. Une demi-heure pour imaginer le pire scénario, celui d'Angie avec un autre homme.

La brûlure dans son estomac s'intensifia. Il essaya de la chasser en expirant profondément. Alors qu'il garait la voiture et suivait

Angie à l'étage, il tenta encore de se raisonner. Il s'agissait d'un simple malentendu. Un quiproquo. C'était tout. Elle n'avait rien fait de mal, elle n'avait pas été infidèle, en aucune façon.

Alors, pourquoi diable était-il aussi énervé ?

Au fond de lui, il connaissait la réponse. Parce qu'il n'avait pas droit à cent pour cent, sans restriction, sans équivoque, des pensées d'Angie. À son corps. À sa personne.

Or, c'était ce qu'il voulait.

C'était ce qu'il voulait avec elle, putain !

Et il n'y avait qu'une seule façon de l'obtenir.

Donc, il commencerait à œuvrer à ce problème le lendemain. Mais pour l'instant, cela faisait quatre jours qu'il n'avait pas été seul avec elle. Quatre jours qu'il ne l'avait pas tenue nue entre ses bras. Quatre jours qu'il ne l'avait pas pénétrée ni n'avait exigé sa soumission absolue.

Ouais. *Putain, ouais !* Tout le reste pouvait attendre. Il voulait ce qu'il voulait et il le voulait maintenant.

~

IL AGISSAIT COMME S'IL ÉTAIT TOUJOURS EN COLÈRE, POURTANT, Angie ne pensait pas qu'il le soit. Cependant, il y avait un changement dans son attitude.

Elle s'attendait à ce qu'il la suive jusqu'à son appartement et lui pose un ultimatum, à savoir qu'elle emménage avec lui. Elle savait que c'était ce qu'il voulait, cependant, ce n'était pas ce qui semblait l'intéresser pour le moment.

Il est vrai qu'ils ne s'étaient pas vus depuis quatre jours.

De l'endroit où elle se tenait dans la kitchenette, elle le vit clairement qui fermait et verrouillait la porte d'entrée. Il se pencha, passa son polo par-dessus sa tête et le jeta. Elle posa les yeux sur les muscles de son ventre et prit une brusque inspiration. Il était de plus en plus *sexy* chaque jour.

Il enleva ses chaussures et ses chaussettes, tira sur la ceinture

autour de sa taille, la laissa tomber au sol. Sans la quitter des yeux, il franchit les quelques pas qui les séparaient pour se poster juste devant elle. Entourant son poignet de ses doigts, il l'entraîna dans la chambre et la coucha sur le lit.

Angie se passa la langue sur les lèvres, un feu courant à travers son corps.

— Tu as une idée fixe, ce soir, on dirait.

— Je ne sais pas, tu crois ? demanda-t-il doucement, presque dangereusement.

Elle déglutit avec peine et hocha la tête.

Il l'attrapa par le bassin, remonta sa robe jusqu'à la taille, baissa et enleva sa culotte. L'ayant jetée par terre, il lui releva le menton d'un doigt.

— Parlons de ce que tu as fait ce soir. On va commencer par les choses bien. (Les yeux plantés dans les siens, il lui enfonça les doigts dans les cheveux, l'emprisonnant dans un étau.) J'ai bien réfléchi et je me rends compte que tu étais seule avec lui à cause de ma mère. Elle lui a jeté des femmes dans les bras toute la soirée, c'est ça ?

Quand Angie hocha la tête, il continua :

— Donc tu le réconfortais, parce que tu étais la seule à savoir qu'il était *gay*, c'est ça ?

Elle s'éclaircit la gorge.

— Oui, à peu près. Je lui disais aussi que son père était déjà au courant de sa sexualité. Caiden pensait que Rick ignorait son homosexualité et je lui ai annoncé qu'il avait tort.

— Eh bien, c'était sympa de ta part, lâcha-t-il après une pause, mais d'une voix monocorde.

— Je pense que oui, répliqua-t-elle, légèrement sur la défensive. J'ai dû en débattre avec moi-même.

— Sache donc que j'apprécie ta gentillesse. La belle personne que tu es...

Angie le sentait venir.

— Mais ?

— Mais le truc, c'est que je me fous qu'il soit *gay*. OK, son homosexualité est la seule chose qui lui a évité d'aller aux urgences, ce soir, mais en ce qui te concerne, tu ne peux pas être seule avec lui. Lui ou tout autre homo. Pigé ?

— Pourquoi ?

— Pourquoi ? répéta-t-il comme s'il ne l'avait pas bien entendue.

— Oui, pourquoi ?

Ses doigts se resserrèrent sur son cuir chevelu.

— Parce que les hommes, même les *gays,* ont un pénis. Ils ont des couilles. (Sa voix se durcit.) Trop d'entre eux sont bisexuels. Crois-moi, s'il y a une femme au monde qui puisse rendre hétéro un homme *gay,* c'est bien toi, bébé !

Captive de ses bras, Angie l'écoutait avec sidération. De toute évidence, son opinion était celle d'un hétérosexuel. Un point de vue très hétérosexuel. Tellement hétéro qu'il était incapable de voir que la plupart des hommes homosexuels n'étaient que ça : homosexuels. Elle pouvait essayer de le lui expliquer, elle pouvait soutenir que tout comme lui ne s'intéressait pas sexuellement aux autres hommes, les hommes *gay* ne s'intéressaient pas sexuellement aux femmes. Mais le problème, c'était que ses remarques allaient entrer par une oreille et sortir par l'autre. Damian ne comprendrait pas. Pas parce qu'il n'était pas intelligent, mais parce qu'il était trop mâle.

Elle resta silencieuse alors que toutes ces pensées lui trottaient dans la tête et qu'il poursuivait :

— D'ailleurs, parlons un peu de la fête, reprit-il, les lèvres pincées. Supposons qu'un homme hétéro t'ait vue partir avec lui avec l'intention de vous retrouver seul à seule. Supposons que cet homme hétéro ne sache pas que le type était *gay*. Tu sais ce qu'il penserait ?

— Que penserait-il ? demanda-t-elle, cherchant à comprendre comment l'esprit de Damian fonctionnait.

— Il penserait que tu es disponible, bonne à prendre. Il

penserait qu'il a peut-être une chance avec toi, lui aussi. (Son expression s'assombrit sous l'effet de la colère.) Et ensuite, tu te retrouves avec des hétéros qui te draguent parce qu'ils pensent que tu es disponible.

— Damian...

— Méfie-toi, Angie ! la mit-il doucement en garde.

— Tu vas un peu trop loin.

— Vraiment ? (Elle hocha la tête.) Je ne pense pas, moi, continua-t-il, le menton projeté en avant. Je te dis ce que je ressens, je t'explique ce que j'attends. (Il s'approcha, alignant brusquement son torse avec le sien.) Et je te dis que tu ne peux pas être seule avec un homme. Aucun homme. Aucun homme, putain, c'est inacceptable !

— Mon père...

— OK. Ton père, cracha-t-il. Si jamais je le rencontre un jour, je devrai lui faire confiance pour ne pas être un pervers. Mais personne d'autre. L'homosexualité n'est pas une excuse pour que tu sois seule avec un homme, le fait que ton interlocuteur soit déjà marié n'en est certainement pas une non plus. Personne, putain, personne n'a le droit d'être seul avec toi, compris ? Si je t'attrape encore une seule fois avec un homme, poursuivit-il alors qu'elle le dévisageait, je lui casse la gueule, et toi...

— Quoi, moi, Damian ? l'interrogea-t-elle sans bouger un seul muscle. (Elle était absolument captivée, mais elle n'allait pas l'admettre.) Qu'est-ce que tu me ferais ?

— Tu es sur le point de le découvrir, bébé.

Avec cette menace suspendue au-dessus d'eux, Angie n'eut pas à attendre longtemps. Damian se pencha, et d'un seul coup, il lui remonta sa robe d'été par-dessus la tête et la laissa tomber par terre. Comme la robe était doublée et qu'il lui avait déjà retiré ses sous-vêtements, elle se retrouvait nue, à l'exception de ses talons hauts. Le pouls de la jeune femme frémit et s'accéléra lorsqu'il dévora sa peau nue du regard. Le visage soudain échauffé, elle sentit un tic lui crisper de temps à autre la joue.

Il porta les mains à sa taille et attira son bassin contre le sien, dans une démonstration immédiate de son agressivité.

— Tu sais ce que ça me fait, quatre putains de jours sans toi ?

Alors que ses mains glissaient vers le bas et lui mordaient les hanches, une vague de chaleur humide s'accumula entre les cuisses d'Angie.

— Ça te rend dingue ? réussit-elle à bredouiller.

Il remonta les mains en suivant la courbe de sa taille, puis les baissa à nouveau.

— Tu trouves ça drôle, mais moi, je te dis que c'est inacceptable.

Pendant qu'il parlait, ses narines se dilatèrent et il la lâcha d'une main pour commencer à enlever le reste de ses vêtements. Il baissa pantalon et caleçon d'un geste rapide et s'en débarrassa. Complètement nu maintenant, il la reprit par les hanches, son érection dressée entre eux.

D'une main puissante, il lui agrippa la nuque et y exerça une pression, tirant sur ses cheveux et lui soulevant le menton pour qu'il puisse atteindre ses lèvres. Dans les yeux qu'il avait plongés au fond des siens, elle lisait un besoin brûlant.

— Tu n'as pas la moindre idée de ce que je ressens pour toi, c'est ça ?

Elle sentit ses poumons se contracter et son cœur cessa presque de battre. L'excitation et le désir la paralysaient.

— Il y a une raison pour laquelle je deviens dingue, reprit-il, les pupilles dilatées. Il y a une raison pour laquelle je suis si fou de toi.

La respiration d'Angie s'immobilisa alors qu'elle continuait à le regarder dans les yeux en essayant de ne pas s'évanouir. Il se tut et elle n'entendit plus que son propre pouls battant fort dans ses oreilles pendant qu'elle attendait.

Il resserra son étau autour d'elle, et avec un grognement soudain montant du fond de sa poitrine, il la souleva, alla la déposer sur le lit et s'approcha d'elle, insinuant les jambes entre ses cuisses et pressant son torse contre le sien. Prenant ses mains, il en écarta les doigts si bien que leurs paumes se retrouvèrent pressées

l'une contre l'autre. Puis il les amena au-dessus de sa tête et les maintint sur le matelas. Une vague de plaisir étourdissante parcourut l'échine d'Angie. Puis, transférant ses deux mains dans l'une des siennes, il fit descendre l'autre entre eux, pour guider son sexe jusqu'à sa fente humide.

Son érection pulsait dangereusement entre eux, tout au bord du sexe d'Angie, alors qu'il retenait son regard. Les yeux dans les yeux, il enfonça son gland en elle. Le plaisir afflua aussitôt dans ses veines et elle ferma les yeux.

Il lui serra les mains et poussa les hanches vers l'avant pour entrer plus profondément.

— Ouvre les yeux.

Les paupières d'Angie se soulevèrent et elle resta pantelante, déjà essoufflée.

— Pourquoi tu me rends si fou, Angie ?

Elle secoua la tête contre l'oreiller.

— Je ne sais pas.

Il grogna et la pénétra d'un centimètre supplémentaire, arrivant au point où il l'étirait le plus.

— Si, tu le sais, affirma-t-il. (Sa voix baissa et son expression se fit presque douce.) Tu sais pourquoi je deviens dingue en ta présence.

Il baissa les yeux, mais ne les ferma pas complètement alors qu'il reculait le bassin puis, d'une longue poussée régulière, l'empalait. La profondeur de son plaisir, elle l'avait là, sous les yeux : la réaction involontaire de Damian, dont les yeux se révulsèrent, provoqua une réaction réflexe en elle.

Un désir brûlant et féroce germa, s'épanouit en elle.

Il frissonna, puis parut retrouver son contrôle alors qu'il commençait à balancer le bassin d'avant en arrière, dedans, dehors, sur un rythme totalement enivrant pour les terminaisons nerveuses déjà sensibilisées d'Angie.

Les yeux brûlants de Damian restaient braqués aux siens alors que son orgasme commençait à monter. Il était absolument

magnifique, avec une expression d'animal affamé. C'était pour elle. Elle savait que c'était pour elle. Elle le sentait.

À mesure que le plaisir sexuel et émotionnel envahissait ses sens, elle sentit qu'elle allait basculer. La passion s'intensifia, elle commença par voir une explosion de couleurs. Poussant un petit cri, elle jouit dans son étreinte, il se raidit contre elle et augmenta la cadence de ses assauts, plus forts et plus chauds.

Il lui lâcha les mains et lui souleva le menton en continuant ses va-et-vient. Les doigts resserrés autour de son visage, il sourit et lâcha sur un ton plein de respect :

— C'est parce que je t'aime.

Le monde d'Angie explosa en même temps que celui de Damian et sa semence jaillit, se répandant en elle. Des vagues de plaisir se précipitèrent dans son corps alors que les mots parvenaient à son cerveau. Ils continuèrent à onduler sur la fin de leur orgasme, puis il retomba sur elle, se tenant toutefois assez haut pour qu'elle puisse respirer.

Elle se concentrait sur l'inspiration et l'expiration, tandis que des étoiles dansaient dans sa tête et qu'un frisson de plaisir se répandait dans ses veines.

Au bout d'une minute environ, il se releva et se tint au-dessus d'elle. Leurs regards se heurtèrent et il l'étudia attentivement, longuement. Face à son silence, toute trace de plaisir résiduelle dans son expression risquait de se dissoudre. Avant que cela n'arrive, Angie lui noua les mains autour du cou et le maintint en place.

Les yeux dans les siens, elle se jeta dans le vide.

— Je t'aime aussi.

Un frisson le secoua alors qu'il prenait une profonde inspiration. Fermant les paupières, il murmura :

— Dieu merci ! (Il ouvrit à nouveau les paupières pour hocher la tête d'un air satisfait.) D'accord. C'est bien.

Une flèche de joie transperça le cœur d'Angie.

— Oui, c'est bien.

Il se pencha et l'embrassa longuement, tranquillement, puis il releva la tête et la contempla avec une nouvelle lueur dans les yeux.

— C'est l'heure du deuxième *round,* bébé.

Ses yeux s'enflammèrent et elle lui sourit spontanément, permission tacite dont il avait besoin.

~

QUAND ANGIE SE RÉVEILLA, ELLE S'ATTENDAIT À UN DIMANCHE matin paresseux. Mais elle tendit la main et constata que Damian n'était plus là. Il l'avait tenue éveillée jusqu'à l'aube ou presque, la punissant de la manière la plus agréable possible, tout comme il l'en avait menacée, et à présent, elle paniquait presque en découvrant l'heure.

Il était déjà midi.

Repoussant les couvertures pour sortir du lit, elle trouva son mot. « *Suis sorti nous chercher quelque chose à manger.* » Elle n'avait aucune idée de l'heure à laquelle il était parti, mais elle se dépêcha d'aller prendre sa douche. Elle était en train de finir de s'habiller quand elle l'entendit rentrer. Regrettant de n'avoir pas eu le temps de se maquiller un peu, elle passa dans le salon.

Depuis l'embrasure de la porte, elle le regarda laisser tomber ses clés et les plats du traiteur sur le comptoir de la cuisine. Puis il releva les yeux et l'observa en silence pendant un moment.

— Salut.

— Salut, répondit-elle doucement.

Les mots qu'ils avaient prononcés la veille n'avaient pas été répétés, mais non, cela ne signifiait pas que les sentiments avaient disparu.

— J'ai apporté à manger, dit-il sur un ton hésitant qu'elle ne se rappelait pas lui avoir entendu auparavant.

Elle hocha la tête et s'éclaircit la gorge.

— J'ai lu ton mot.

Sans la lâcher des yeux, il contourna le comptoir et s'y appuya

contre pour l'étudier, les bras croisés. Malgré l'espace qui les séparait, ce regard lui fit monter le sang aux joues et tourner la tête. Elle déglutit et se raidit. Quelque chose était sur le point de se produire. Allait-il lui réitérer son ultimatum pour qu'elle emménage avec lui ?

Lorsqu'il se passa les doigts dans les cheveux, elle vit sa main trembler et sentit son ventre se nouer en réaction. Il baissa les yeux sur ses jambes nues, puis remonta le regard. La tension crispait ses muscles et sa voix, lorsqu'elle sortit, n'avait plus sa force habituelle.

— Je ne peux pas continuer comme ça, Angie. Ça me rend fou. Tu penses sans doute que c'est trop tôt, mais je ne peux vraiment pas vivre sans toi.

Une joie intense et féroce la prit sous sa coupe alors qu'elle attendait la suite. Il repoussa le comptoir et se dirigea vers elle. S'étant approché, il lui releva le menton.

— Je suis sur le point de faire quelque chose qui m'effraie à mort, avoua-t-il en resserrant sa prise sur sa mâchoire. Si tu me rejettes, si tu dis non, je vais mourir. Je veux juste que tu le saches. (Son pouce glissa sur sa lèvre inférieure et sa voix s'adoucit un peu en même temps qu'un demi-sourire passait sur ses traits.) Mais pas de pression, d'accord ?

— OK ? chuchota-t-elle en s'efforçant de respirer pour ne pas s'évanouir.

Putain ! Merde ! Putain de merde... Putain de merde !

Alors qu'il passait le pouce sur sa lèvre inférieure, brusquement, une sorte de paix s'installa sur ses traits.

— Je t'aime.

Elle se mordit la lèvre tandis que des larmes lui montaient aux yeux.

— Je t'aime aussi.

— Tellement, bébé ! chuchota-t-il, les pouces tendus vers ses yeux pour en effacer les larmes.

Ils continuèrent à se dévisager. Le lien émotionnel était

puissant entre eux, puis il plongea une main dans sa poche et en sortit une petite boîte carrée. Angie baissa les yeux, hoqueta, puis les larmes se mirent à couler plus librement.

Tombant sur un genou, il lui prit la main gauche. Secouée par une joie indicible, elle le regarda ouvrir l'écrin et lui montrer la bague à l'intérieur. Un gros diamant étincelant, de forme carrée, était posé dans toute sa gloire rayonnante sur un lit de velours bleu foncé. Son cœur s'arrêta avant de se relancer à une cadence décuplée. Il sortit la bague de la boîte et la lui passa à l'annulaire gauche.

Relevant les yeux, il les plongea dans les siens.

— Angie. Je t'aime, répéta-t-il.

Incapable de parler, elle se contenta de hocher la tête. Après l'avoir étudiée attentivement, il lui demanda :

— Veux-tu être ma femme ?

Submergée par le bonheur, elle se mit à hocher frénétiquement la tête. Le soulagement, vif et puissant, prit le dessus sur ses traits alors qu'il poussait la bague à son doigt. Gardant sa main fermement dans la sienne, il se pencha, et d'un baiser, confirma le sens de l'anneau.

Alors qu'elle tentait de maîtriser ses larmes, il se releva de toute sa hauteur et l'enferma dans une étreinte puissante. Il la berça doucement, d'avant en arrière, puis s'arrêta et fit basculer son visage vers le sien.

— C'est ce que tu veux ? demanda-t-il avec un froncement de sourcils inquiet.

— Oh, mon Dieu, oui !

Il sourit, l'embrassa sur le front et lui répéta ce qu'il affirmait depuis le début :

— Ça va être bien, bébé.

ÉPILOGUE

L'interphone sonna sur le bureau de Damian et il fut légèrement agacé par cette interruption, irritation immédiatement atténuée par une subtile excitation lorsque son imagination lui proposa une image d'Angie. Sa petite sorcière viendrait-elle aujourd'hui ?

La voix froide et polie de sa secrétaire emplit la pièce.

— Monsieur Rule, votre épouse est là pour vous voir.

Ces mots frappèrent Damian en plein bas-ventre.

— Faites-la entrer.

Il posa son stylo et se mit souplement debout. Contournant son bureau, il s'y appuya et attendit. Son pouls battait fort dans ses oreilles, car la promesse de ce qui l'attendait lui faisait bouillir les veines.

La porte s'ouvrit. Angie jeta un coup d'œil dans la pièce avant d'entrer et de refermer derrière elle. Se tournant vers lui, elle s'adossa au panneau de bois massif et attendit, une expression placide et neutre sur le visage. Damian savait quels efforts elle devait déployer pour la conserver.

Alors qu'il laissait courir ses yeux le long du *trench-coat* beige

passe-partout qu'elle portait — il lui descendait jusqu'à quelques centimètres au-dessus de ses talons aiguilles —, Damian ressentit une flèche d'excitation aiguë le transpercer. Angie restait silencieuse et il plissa les yeux en essayant de ne pas laisser la réprimande ou le désir s'infiltrer dans sa voix.

— Verrouille la porte.

Les mains tremblantes, elle tâtonna derrière elle et fit glisser le verrou.

Une faim primitive et sauvage s'empara des tripes de Damian et se mêla au mécontentement exaspérant qui le saisissait à la gorge.

— Nous avons un problème, bébé.

Elle prit une profonde inspiration et la relâcha en soutenant son regard. Soulevant son menton en signe de défi, elle baissa les yeux jusqu'au renflement de son pantalon, avant de remonter les fixer à nouveau sur son regard.

— Ah oui ?

Sans la lâcher des yeux, il hocha la tête.

— Le *trench-coat* m'amène à penser que tu es nue en dessous, et si je dois admettre que c'est une pensée très enivrante, je crois que tu n'irais pas tenter ça. (Il haussa un sourcil alors que ses muscles se crispaient.) J'ose espérer que tu n'as pas traversé la ville en voiture, puis le parking à pied et pris l'ascenseur… cul nu ?

Il y avait, dans le rouge qui avait envahi les pommettes de la jeune femme, un soupçon d'excitation sexuelle qu'elle ne pouvait pas lui cacher.

— Je ne suis pas cul nu, protesta-t-t-elle doucement.

— Tu as plutôt intérêt, Angie.

— Je ne le suis pas, répéta-t-elle en secouant la tête.

Elle posa les mains sur le manteau qu'elle portait. Les ondulations soyeuses de ses cheveux s'enroulaient autour de ses épaules : Damian banda les muscles de son ventre, s'imaginant enfoncer les mains dans ses cheveux et la maintenir emprisonnée. Comme il se formait une image d'elle allongée, jambes écartées sur son bureau, elle porta les doigts à la ceinture de son manteau et la

dénoua. Damian restait complètement immobile, presque trop effrayé pour bouger. Elle haussa les épaules et le manteau tomba au sol. Elle l'enjamba, puis retourna s'adosser contre le mur dans un soupir.

— Maintenant, je suis nue.

Damian se tendit et sentit le coup de poing pile là où elle avait visé. Des vagues de désir brut déferlèrent le long de sa colonne vertébrale, son sexe durcit au maximum. À l'exception des talons aiguilles, elle était complètement, indéniablement nue, même pas un petit bout de culotte en dentelle pour lui couvrir la peau.

En la regardant de haut en bas, il perçut ses doutes vis-à-vis de ce qu'elle avait fait. Elle n'avait aucun moyen de savoir exactement comment il allait réagir et elle prenait un risque avec ses émotions toujours changeantes pour ce qui la concernait.

Et il était furieux, sans le moindre doute. Mais il était aussi tellement excité qu'il ne savait pas combien de temps encore il allait pouvoir contenir ses émotions. Une pulsion vorace cognait dans son sang, tandis qu'il la regardait commencer à s'inquiéter de le voir rester complètement immobile. Elle prit une inspiration, les paumes de ses mains s'aplatirent contre le mur à côté d'elle et les muscles féminins de son abdomen tressautèrent et frémirent.

Un autre afflux de sang se précipita vers sa verge alors qu'il s'écartait du bureau et s'avançait vers elle.

— Les jumelles sont à l'école ?

Il le savait, mais il aimait que tout soit organisé à l'intérieur de son cerveau avant de lâcher prise et de laisser l'animal purement physique en lui prendre le dessus.

Elle hocha la tête et exhala une respiration provocatrice tandis qu'il traversait la pièce d'un pas régulier.

— Tu as encore du mal à t'adapter sans elles, maintenant qu'elles sont en cours préparatoire ? Ça fait trois semaines, bébé.

— Tu sais qu'elles me manquent, chuchota-t-elle en le regardant approcher.

Il lui attrapa les poignets et les monta au-dessus de sa tête dans un mouvement qui la retenait prisonnière.

— Tu veux qu'on en fasse un autre, alors ?

Il insinua sa cuisse entre ses jambes et la cala contre son mont de Vénus. Il vit ses pupilles se dilater et son souffle rester bloqué dans sa gorge.

— Peut-être, haleta-t-elle.

— Je pensais qu'on était d'accord pour en vouloir un autre, insista-t-il en se penchant pour lui mordiller la lèvre inférieure, qu'il relâcha aussi vite qu'il l'avait serrée entre ses dents.

— On en veut un autre, fit-elle entre deux hoquets.

— Mais ?

Elle soutenait son regard, malgré ses paupières qui retombaient avec une langueur si enivrante qu'il avait toutes les peines du monde à se retenir de grimacer. Ses mots, lorsqu'elle répondit, étaient tremblants :

— Je ne me sens pas dans la peau d'une maman, là, tout de suite.

— Non ? Comment te sens-tu ?

D'une main, il lui enserra les deux poignets tandis que sa main libre descendait pour empoigner un sein laiteux et doux.

— Comme ta femme, répondit-elle d'une voix rauque.

— Ah bon ? ironisa-t-il.

Le feu crépitait le long de son échine. L'anticipation du moment était presque plus forte qu'il ne pouvait le supporter.

Elle hocha la tête et il serra les doigts qui retenaient ses poignets captifs. Il lui plaqua le torse contre la poitrine, la menaçant de sa force masculine.

— Ma femme n'irait pas traverser la ville nue, répliqua-t-il, revenant à la raison pour laquelle la tension le tenait encore en haleine. (Il se mit à onduler contre elle, tout en concentrant son regard sur ses yeux.) Dis-moi la vérité.

Elle se passa la langue sur les lèvres et balança le bassin en petit cercle, comme pour le supplier silencieusement de lui en donner plus.

— Ils sont dans mon sac.

— Qu'est-ce qu'il y a dans ton sac ?

— Mes vêtements. Je me suis changée dans les toilettes de ta salle d'attente.

Pour la première fois, Damian remarqua le sac surdimensionné qu'elle avait apporté et qui se trouvait maintenant abandonné par terre, à ses pieds. Ses émotions se modifièrent et la colère résiduelle qu'il avait ressentie se dissipa au point de s'envoler complètement lorsqu'il prit conscience qu'elle avait avant tout cherché à lui faire plaisir. Ce constat fit monter d'un cran supplémentaire son addiction à cette femme.

— C'est bien, approuva-t-il, prenant un téton qu'il pinça et fit rouler entre ses doigts. Tu es adorable, tu sais ça ?

Elle accéléra les mouvements de son bassin et Damian ne put pas tenir une seconde de plus. La prenant par les hanches, il la porta à travers la pièce et la coucha sur son bureau. Dès qu'il lui eut écarté les cuisses, il s'immisça entre elles. Ayant défait sa ceinture et baissé sa fermeture éclair, il plongea à l'intérieur, jusqu'au fond, d'un seul coup.

Elle laissa échapper un hoquet et vint cramponner les mains à ses épaules. Son impatience fébrile envoya un autre coup de chaleur dans les veines de Damian, qui se manifesta dans la violence de ses assauts, entrant et sortant à un rythme qui, il le savait, ne tarderait pas à la pousser au bord du précipice.

Il avait besoin qu'elle soit prête à basculer, car il était sur le point de perdre les pédales lui-même. Après tant d'années, il ne se lassait pas d'Angie. Son besoin, le feu étaient toujours là, ceux qu'il éprouvait pour elle et qui couvaient toujours juste sous la surface. Alors qu'il continuait à aller et venir, il leva la main et ses doigts s'emmêlèrent dans ses cheveux, geste de possession irrépressible. Ses yeux s'ouvrirent et elle émit un son rauque et saccadé, tandis que leurs regards se croisaient et se retenaient.

Les narines d'Angie se dilatèrent et elle poussa un autre petit

gémissement. Il serra plus fort le poing dans ses cheveux. Ses yeux s'arrondirent et elle respira tant bien que mal.

— Je t'aime, gémit-elle en soulevant les hanches.

Un besoin chaud et féroce s'installa au creux des reins de Damian.

— Je t'aime aussi. Pour toujours, grogna-t-il alors que ses lèvres tombaient sur les siennes.

Il l'embrassa profondément, et tandis que leurs langues tournoyaient, il ressentit le moment où le plaisir s'emparait d'eux. Relevant la tête, il la trouva en train de le regarder. La chaleur était si brûlante dans ses yeux qu'il craqua. Inondé d'amour et de désir, il l'attira contre lui et passa par-dessus bord avec elle.

Elle cria son nom et s'envola avec lui vers l'orgasme.

Plaqués l'un contre l'autre, ils restèrent étendus ensemble jusqu'à ce que leur respiration se calme. Alors, il se releva et s'appuya sur les coudes.

Les yeux d'Angie brillaient d'un éclat féminin.

— Joyeux anniversaire, dit-elle doucement.

Il se pencha et l'embrassa, une fois, sur les lèvres.

— C'est le meilleur cadeau d'anniversaire de tous les temps.

Elle le frappa sur l'épaule.

— Tu savais que je n'aurais pas traversé la ville en voiture avec un simple *trench-coat* pour tout vêtement !

Il haussa les épaules.

— Tu m'as déjà obligé à me poser des questions, bébé.

Son sourire taquin disparut et un air sérieux apparut dans ses yeux.

— Tu le pensais vraiment ?

— Si je pensais quoi ?

— Qu'on devrait essayer de faire le troisième ?

— Oui, absolument. J'en veux un autre. Pas toi ? Tu n'as pas changé d'avis ?

Elle secoua la tête.

— Je suis prête.

Il sourit. Une immense satisfaction le tenait dans ses griffes.

— Je pense qu'il est temps. Je sais que les filles seront ravies d'avoir un bébé avec qui jouer.

— Et si ce n'est pas un garçon ? demanda Angie, un peu inquiète.

Il haussa les épaules, indifférent.

— Alors ce sera une fille.

— Ça ne te dérangerait pas ?

— Tu sais que je me fiche que ce soit une fille ou un garçon. (Il se pencha et lui effleura le front de ses lèvres.) Tout ce que je veux, c'est que les enfants et toi soyez en sécurité et en bonne santé. (Il lui passa les doigts dans ses cheveux et l'étudia attentivement.) C'est tout ce qui compte pour moi.

Elle lui offrit ce sourire spécial qu'elle lui réservait et son cœur gonfla.

— Je t'aime tellement ! murmura-t-elle.

Il se pencha et lui embrassa les lèvres, doucement, mais avec possessivité.

— Je t'aime aussi, bébé. Tu ne sauras jamais à quel point.

POSSESSION

PROLOGUE

Six ans plus tôt

Fermant les yeux, Courtney s'adossa contre la baignoire et chercha un indice, rien qu'un seul, de bonheur. Ne trouvant rien, elle rouvrit les paupières en poussant un soupir de défaite. Prenant une poignée de bulles, elle les laissa lentement glisser entre ses doigts.

Un dix-huitième anniversaire était censé être amusant, excitant, *joyeux*.

Pour elle, cette journée ne contenait rien de tel. Depuis qu'elle avait emménagé dans la maison des Rule l'année précédente, son seul but était de continuer à respirer. Ce n'était pas comme si elle était suicidaire, car elle ne l'était pas : tout ce qu'elle voulait, c'était que le temps passe pour que le chagrin dans son cœur commence à s'estomper.

Peu lui importait que sa vie soit ennuyeuse. Son cœur était si plein d'angoisse qu'il se fichait de n'avoir pas d'amis proches sous

la main. Son seul but était de continuer à vivre, d'avancer, jour après jour, dans la tristesse. Au fond de son cœur, elle se rendait compte qu'elle ne faisait guère plus que survivre, qu'elle ne vivait pas vraiment. Pourtant, la plus petite lueur d'espoir demeurait qu'un jour, elle veuille enfin *vivre à* nouveau, qu'elle trouve l'amour et le bonheur, qu'enfin, elle ne soit plus aussi seule.

Elle inspira profondément et retint l'air dans ses poumons. En fermant les yeux, elle s'enfonça sous l'eau et commença à compter. Combien de temps parviendrait-elle à retenir sa respiration ? Est-ce que cela avait de l'importance ? Quand exactement sa vie allait-elle s'améliorer ? Quand la douleur s'estomperait-elle et le choc commencerait-il à s'atténuer ?

Perdre ses parents si jeune ne pouvait être que dévastateur, mais après presque une année entière, les choses auraient sûrement dû commencer à aller mieux, non ? Bien sûr, elle savait que ce n'était pas si simple. Elle n'avait pas seulement perdu ses parents, elle avait aussi été séparée de ses amis, car les Rule vivaient à Saint-Louis, très, très loin de son État natal, la Floride. Et elle n'avait pas eu d'autre choix que de s'en aller ; elle n'avait personne d'autre et nulle part où aller. Aucun de ses parents n'avait eu de frère ou de sœur, et Courtney était née si tard dans leur vie que ses grands-parents étaient eux aussi partis. Elle n'avait plus aucune famille : pas de frères et sœurs, pas de tantes, pas d'oncles, pas de cousins… rien.

Elle remonta à la surface de l'eau et s'assit pour prendre une profonde inspiration, forçant l'oxygène à pénétrer dans ses poumons affamés.

Tout le monde ici était si gentil avec elle ! Madame Rule avait été la meilleure amie de sa mère, ainsi que la marraine de Courtney, et après l'accident, elle l'avait accueillie sans hésiter un instant.

— Tu ne dois jamais m'appeler madame Rule, chérie. C'est ta maison, maintenant, et ça le sera toujours. Ma famille est ta famille, désormais, je veux que tu le saches.

— Comment dois-je vous appeler ?

Courtney se souvenait d'avoir posé la question à travers un nuage de douleur. Un regard d'extrême compassion était passé sur les traits de son interlocutrice, qui avait noué les bras autour d'elle.

— Je te proposerais bien de m'appeler *maman*, mais nous savons toutes les deux que Jenny était ta mère et que je ne pourrai jamais prendre sa place, et je ne le voudrais pas non plus. Tu veux m'appeler Justine ?

— OK.

— Même si elle avait quelques années de plus que moi, ta mère était ma meilleure amie. (La quinquagénaire avait dégluti, comme si elle essayait de contenir sa propre douleur, avec l'air de prendre sur elle pour ne pas pleurer, puis elle continua doucement.) Je l'aimais comme une sœur. Nous la pleurerons et nous nous souviendrons d'elle ensemble, d'accord ?

Courtney savait que les choses n'avaient pas été aussi faciles pour sa marraine qu'elle avait bien voulu le montrer : son propre mari était mort de façon soudaine d'une crise cardiaque seulement six mois plus tôt, et Courtney savait qu'il avait été l'amour de la vie de Justine. La jeune fille s'efforçait de ne pas se considérer comme le nouveau projet thérapeutique de sa désormais tutrice, parce que ce n'était pas juste vis-à-vis de celle-ci, mais parfois, c'était ce qu'elle ressentait.

Tous les enfants de Justine étaient déjà grands et avaient quitté la maison lorsque Courtney était venue vivre avec elle. Ses trois fils, ainsi que la plus jeune, sa fille, Erin, seulement âgée d'un an de plus qu'elle, mais qui était déjà partie pour l'université lorsqu'elle avait débarqué à Saint-Louis. Elle venait souvent pour le week-end, cependant, et se montrait gentille avec Courtney chaque fois qu'elle la voyait. La jeune femme paraissait heureuse que quelqu'un vive à la maison avec Justine : ainsi, elle n'avait pas à se sentir coupable de partir à l'université alors que sa mère pleurait encore si intensément la perte de son mari.

Erin était adorable, elle devait l'admettre : chaque fois qu'elle la

voyait, la jeune Rule essayait de la mettre à l'aise et de lui donner l'impression qu'elle avait réellement rejoint leur famille, allant jusqu'à l'appeler « petite sœur », comme si elles partageaient un lien plus profond qu'en réalité.

Les frères d'Erin étaient plus âgés et Courtney les voyait rarement. Ils dirigeaient ensemble l'entreprise familiale, non pas qu'ils aient eu beaucoup le choix en la matière, d'après ce qu'elle pouvait en dire. Lorsque leur père était mort de façon si inattendue, ils avaient accepté la responsabilité de l'entreprise et, par la suite, travaillé si dur qu'ils n'étaient guère plus que des étrangers pour Courtney. À commencer par Damian, l'aîné. C'était surtout sur lui qu'était retombée la responsabilité et la jeune fille pouvait compter sur les doigts d'une main le nombre de fois où elle l'avait rencontré. Soit il rendait visite à sa mère quand elle était dans sa nouvelle école, soit il ne venait pas du tout, elle l'ignorait. Et elle ne connaissait pas mieux le plus jeune frère, Garrett. Il vivait hors de l'État et fréquentait une école supérieure : de toute évidence ses aînés le préparaient à un poste dans l'entreprise.

Et puis il y avait Nick, le frère du milieu. Elle se sentit soudain à cran du simple fait de penser à lui. Lui, elle le connaissait un peu mieux, car comme Damian, il vivait ici, à Saint-Louis. Mais à seulement vingt-quatre ans, il était encore assez jeune pour que sa mère s'inquiète de son bien-être. Justine avait emmené Courtney plusieurs fois dans l'appartement de son fils pour lui déposer des repas chauds ou des courses : s'assurer qu'il était bien nourri semblait apaiser l'esprit de sa mère.

Non, Courtney ne connaissait pas très bien les frères et sœur Rule. Pourtant, ils seraient tous ici ce soir pour son dîner d'anniversaire. Justine avait invité énormément de gens, mais ils étaient plus âgés, tous adultes, pour la plupart dans la trentaine ou la quarantaine.

Courtney voyait comme un triste reflet de sa vie le fait qu'elle n'ait pas un seul ami à elle avec qui partager cette journée. C'était

triste, vraiment triste, et malheureusement, cela ne semblait pas vouloir aller mieux.

Elle prit une profonde inspiration et s'immergea à nouveau.

Courtney s'autorisa à pleurer pendant une heure ce soir-là, avant de laver ses larmes et de se maquiller. Ses parents lui manquaient toujours, c'était comme une blessure ouverte dans son cœur qui ne guérissait pas. Mais le jour de ses dix-huit ans, elle ressentait leur perte encore plus intensément.

Sachant qu'elle était en avance, mais fatiguée d'être enfermée dans sa chambre, elle descendit l'escalier avec la nouvelle robe que sa marraine avait insisté pour lui offrir. S'il y avait une chose que Courtney savait être vraie à propos de Justine, c'était qu'elle avait le sens du style. Ce talent se reflétait partout : dans les vêtements que toutes deux portaient et dans la maison qu'elle avait créée pour sa famille.

Lorsque la jeune fille se vit dans le miroir portant la robe pour la première fois, cela ne fit guère de doute : son enfance était derrière elle. Qu'elle soit prête ou non, elle avait atteint son dix-huitième anniversaire et, avec lui, son statut d'adulte.

Malheureusement, cette transition ne lui procurait guère de joie.

Elle traîna quelques minutes en bas, mais elle était en avance pour sa fête d'anniversaire, comme elle l'avait prévu, et les seules personnes qu'elle croisa étaient les traiteurs et la gouvernante. Peignant un sourire sur ses lèvres, elle les remercia en découvrant tout le travail accompli. En quittant la cuisine, elle se dirigea vers les portes-fenêtres et admira la piscine, les lumières scintillant dans le noir donnaient à l'eau un reflet chatoyant. Alors qu'elle se tenait là, un nouveau nœud d'angoisse s'installa au creux de son ventre, en même temps qu'une douleur familière et solitaire la submergeait.

Quand elle était petite, sa famille n'avait pas le même style de vie que celui des Rule. Ils n'avaient jamais eu de piscine dans leur jardin, mais ses parents l'avaient emmenée dans un parc aquatique chaque année en été : la Floride en était truffée. Alors que les souvenirs l'envahissaient, un sourire doux-amer passa sur ses traits et une larme coula sur sa joue.

Elle l'essuya d'un revers de la main et prit une inspiration pour obliger son chagrin à rester sous la surface. Elle ne pouvait *plus* pleurer. Elle ne s'autorisait à craquer qu'à l'étage, dans « sa » chambre, où personne ne pouvait deviner la véritable profondeur de sa peine.

Pourquoi dire à cette merveilleuse famille qu'elle ne s'en remettait pas ? Ce n'était pas comme s'ils pouvaient y changer quelque chose. Ils avaient leurs propres problèmes, faisaient face à leurs propres chagrins avec la mort de monsieur Rule, sans parler de la complexité des affaires qu'il avait laissées derrière lui. Courtney savait surtout qu'elle ne voulait pas accabler Justine. Certains jours, la pauvre femme semblait avoir du mal à tenir le coup. La jeune fille prit une inspiration saccadée alors qu'une autre larme s'échappait pour couler le long de sa joue.

Elle redressa les épaules, refusant de céder à ses regrets, et décida de remonter dans sa chambre pour attendre. Elle se détourna des portes, mais s'arrêta immédiatement. Ce qu'elle découvrit lui tira un petit cri. Nick Rule se tenait à moins d'un mètre, la contemplant dans un silence troublant.

L'oxygène resta coincé dans sa gorge et elle leva les mains pour tâcher d'effacer les preuves de son chagrin.

Il l'observait sans un mot, les sourcils froncés car il avait sans doute vu les larmes qu'elle n'avait pas pu contenir. Totalement immobile, Courtney se mordait la lèvre et essayait de sourire. Le résultat s'avéra tremblotant, un échec, en somme. Embarrassée, elle détourna les yeux pour regarder le sol, sans s'occuper du regard de Nick qui passait sur son corps, puis remontait.

Alors qu'elle continuait à fixer le tapis, il lança brusquement :

— Tu vas bien ?

Devant la marque de compassion inattendue qu'elle perçut dans sa voix, elle ferma les yeux, au désespoir, mais ne put empêcher son visage de se plisser. Alors que les larmes lui coulaient sur les joues, elle répondit à sa question en secouant la tête. Puis, consternée d'être un fardeau, elle changea de sens et hocha plutôt la tête.

Il lâcha un petit rire rauque, sans joie, et même les yeux fermés, elle sut qu'il était venu se placer juste devant elle. Il lui releva le menton d'un seul doigt et elle ouvrit les yeux pour fixer les siens. Le pouce de Nick lui caressa la pommette et elle fut frappée par une étrange sensation dans son ventre qu'elle n'avait jamais ressentie auparavant… mais il ne faisait guère de doute dans son esprit qu'elle avait quelque chose à voir avec l'évidente masculinité de son interlocuteur.

— C'est dur, hein ? demanda-t-il d'une voix rugueuse.

Elle hocha la tête alors que les larmes continuaient à couler silencieusement sur ses pommettes.

Une main sur sa joue, il leva l'autre et, presque machinalement, attrapa une mèche de ses cheveux blonds.

— Tu as le droit de pleurer, ma puce. Tous les droits du monde, reprit-il plus doucement, tandis que son pouce continuait à lui caresser la joue d'un geste doux et apaisant. Je comprends ce que tu traverses… du moins, un peu.

Il avait rivé ses yeux aux siens. Elle l'écoutait en silence, laissant ses tendres caresses et ses paroles chaleureuses et apaisantes la traverser et la réconforter.

— Perdre mon père, c'était dur, dit-il en laissant échapper une bouffée d'air torturé. Mais j'étais plus âgé que toi, et ce n'était qu'un seul parent. (Ses lèvres se pincèrent tristement et Courtney s'accrocha à ses yeux bruns et chaleureux.) J'ai essayé d'imaginer ce que ça doit faire d'être à ta place, mais honnêtement, je n'y arrive pas.

Ses mots étaient compatissants, chaleureux, et ils l'apaisaient

tout en lui donnant le frisson. Ils lui rappelèrent surtout ce qu'elle avait perdu et provoquèrent un nouveau flot de larmes.

Elle referma les yeux, mais il lui releva le menton pour qu'elle le regarde. Et elle se plia à son exigence : elle ouvrit ses paupières et plongea dans ses prunelles sombres et passionnées alors qu'il se remettait à parler.

— Tu es forte, ma puce. Je n'ai jamais rencontré quelqu'un de plus fort. Quand je pense à ce que tu as enduré... (Il prit une profonde inspiration.) Être parachutée dans cette maison, sachant que nous étions encore nous-mêmes sous le choc... ne jamais nous demander d'aide... ne jamais attendre d'attention. Ne crois pas que je n'ai pas remarqué la force et la maturité qu'il t'a fallu. Perdre ses deux parents à dix-sept ans, être arrachée à sa maison et à ses amis...

Un chagrin aigu la transperça.

— Arrête, bredouilla-t-elle en sanglotant, avant de baisser les yeux, dans un mélange d'angoisse et de gêne.

— Putain !

L'entendant jurer, elle releva aussitôt les yeux, sous le choc, tant le mot et le ton étaient décalés par rapport à la façon dont il s'était comporté dans les derniers instants.

Elle découvrit une expression amère sur ses traits.

— Je suis désolé. *Je suis vraiment désolé !* J'essaie d'arranger les choses, mais je...

Soudain, Courtney se haussa et lui posa les doigts sur les lèvres, en les pressant légèrement pour arrêter le flot des mots. Il ne lui devait pas d'excuses.

Elle vit ses yeux se faire plus perçants, puis devenir deux fentes. Elle sentit son souffle chaud au bout de ses doigts. La main sur sa joue se resserra tandis que les doigts dans ses cheveux la saisirent plus fermement, au point qu'elle en sentit la traction sur son cuir chevelu.

Les lèvres de Nick étaient chaudes et fermes à son contact et, effrayée par cette intimité, elle haleta. Face à sa réaction, il se

figea complètement : Courtney sentit une tension lui raidir les muscles.

Elle n'en revenait pas d'avoir eu l'audace de toucher ses lèvres. Ôtant sa main avec horreur, elle la cacha derrière son dos, serrant inconsciemment les doigts, comme pour ne pas laisser sa chaleur s'échapper.

Essuyant ses larmes de l'autre, elle baissa à nouveau les yeux et attendit qu'il parle. Elle était consciente qu'il respirait profondément, presque comme s'il était essoufflé, mais au bout d'un moment, il sembla se calmer.

Il plongea une main dans sa poche et en sortit une petite boîte.

— J'ai quelque chose pour toi.

Elle releva la tête, surprise.

— Un cadeau d'anniversaire ?

Il haussa les épaules.

— Je suppose qu'on peut appeler ça comme ça. Mais je veux que tu l'ouvres maintenant, avant que tout le monde arrive. Tu es d'accord ?

Elle hocha la tête alors qu'un vieux rituel lui revenait en mémoire. Elle ferma les yeux, tendit les mains, paumes en l'air, l'une sur l'autre.

Sans un mot, elle attendit son cadeau, jusqu'à ce qu'il se racle enfin la gorge.

— Que fais-tu ? demanda-t-il doucement, perplexe.

Elle rouvrit aussitôt les yeux, submergée par la gêne et une autre vague de tristesse. Rapidement, elle reposa les mains sur ses hanches. Elle n'arrivait à rien de bien, aujourd'hui, décidément !

— Rien, je suis désolée. (À son grand désarroi, ses yeux se remplirent à nouveau de larmes et elle marmonna, contrite :) Je passe une mauvaise journée.

— Ma puce… (Il se pencha et, très brièvement, lui embrassa le front.) Dis-moi pourquoi tu as fait cette chose avec tes mains. Je sais que ça doit vouloir dire quelque chose.

Après ce baiser, même bref, et l'emploi de ce petit nom

affectueux, elle sentit à nouveau les papillons s'affoler dans son ventre. Il était plus âgé, beau, et bien sûr, elle pouvait avoir le béguin pour lui. C'était normal, n'est-ce pas ? Elle décida de ne pas approfondir la question et lui donna une réponse, quitte à passer pour une gamine.

— Avant que mes parents ne m'offrent un cadeau, ma mère me disait : « Ferme les yeux et tends les mains. » (Elle prit une inspiration saccadée au souvenir aigre-doux, avant d'admettre :) Et ça me manque.

Entendant son explication, Nick passa les bras autour d'elle et il la tint serrée contre la chaleur de son corps. Ses mains lui couraient le long du dos en une caresse apaisante et consolante alors qu'elle se tenait immobile dans son étreinte, respirant son parfum et prenant le réconfort qu'il lui offrait. Le corps du jeune homme était grand, fort et chaud et elle posa la tête sur sa poitrine et laissa sa masculinité solide et rassurante s'insinuer dans son âme. Il la berçait, tout en murmurant des paroles apaisantes à son oreille. Il la tint dans ses bras pendant de longues minutes tandis que ses larmes séchaient, puis il se pencha et murmura :

— Ferme les yeux et tends les mains.

À ses mots, Courtney se sentit comme plongée dans un bain de réconfort et de nostalgie, et prise d'un élan de tendresse pour ce qu'il avait fait. Sourire aux lèvres, elle leva les yeux et murmura :

— Merci.

Il inclina la tête et lui montra une minuscule boîte, qu'il tint en l'air entre eux, en attendant qu'elle se conforme à sa demande. Le sourire toujours aux lèvres, elle ferma les yeux. Très prudemment, elle leva de nouveau les mains. En quelques secondes, la boîte fut placée dans ses paumes et elle ouvrit les yeux.

— Qu'est-ce que c'est ?

— Ouvre, dit-il doucement.

Pour la première fois depuis plus d'un an, elle fut prise d'un sentiment de hâte, d'impatience et de plaisir. Elle repoussa le couvercle vers le haut et la boîte s'ouvrit. À l'intérieur, elle trouva

un petit cœur en argent décoré de trois pierres précieuses de couleurs différentes, suspendu à une chaîne délicate. Elle le contempla un instant, puis releva les yeux vers lui, perplexe.

Il la dévisageait attentivement et elle fronça les sourcils, en pleine confusion, avant de reporter son attention sur le bijou.

Sans plus attendre, il lui prit le boîtier de ses doigts tremblants et enleva la breloque et la chaîne, reposant la boîte sur une table d'appoint. Il lui tendit le bijou pour qu'elle puisse mieux le voir.

— C'est joli, chuchota-t-elle.

— Tu aimes ?

Elle hocha la tête et tendit un doigt pour toucher le cadeau, comme si elle s'attendait à ce qu'il disparaisse tout d'un coup.

— Tu sais ce que c'est ? demanda Nick de sa voix grave.

Ce bijou lui rappelait quelque chose, mais il se tenait si près qu'elle ne pouvait pas faire fonctionner son cerveau correctement. Elle secoua la tête.

— Ce sont des pierres porte-bonheur.

Elle releva les yeux, le cœur battant.

— Chacune représente une naissance : la tienne, celle de ta mère et celle de ton père, précisa-t-il. Je l'ai fait faire pour toi.

Le plaisir et la douleur s'emparèrent ensemble de son ventre. Leurs pierres de naissance ! Quelque chose qu'elle pourrait toujours porter pour garder son unité familiale intacte, du moins dans son cœur. Un minuscule sentiment d'appartenance s'installa à nouveau en elle. Le bijou était si parfait qu'elle avait hâte de le porter. Mais elle n'arrivait pas non plus à se faire à l'idée que Nick ait pu entreprendre quelque chose de si spécial pour elle. *Je dois le remercier*. Elle s'éclaircit la gorge et se passa lentement la langue sur les lèvres.

— Nick, commença-t-elle, mais elle s'arrêta brusquement quand il prit une brusque et forte inspiration.

Elle leva les yeux et trouva son regard figé sur ses lèvres. La mâchoire de Nick se serra et son cou se crispa dans une expression qui ressemblait à de la tension. Lentement, presque comme s'ils y

étaient contraints, ses yeux quittèrent sa bouche et vinrent rejoindre les siens. Une étrange sensation emplit l'air pendant le long silence qui s'installa.

Finalement, Courtney ne put supporter davantage ce contact visuel et elle regarda à nouveau le petit bijou qu'il continuait à tenir fermement entre ses doigts.

— Puis-je l'avoir, s'il te plaît ?

Il s'éclaircit la gorge, sembla se ressaisir et lui déposa le cœur dans sa paume retournée. En dépit des étranges émotions qui tourbillonnaient en elle, Courtney s'obligea à sourire et essaya d'accrocher la chaîne derrière son cou. Elle se débattit maladroitement et, lorsqu'elle soupira de frustration, il repoussa ses mains et la fit pivoter.

Il lui souleva les cheveux dans le cou et les lui passa sur une épaule. Ayant accroché le collier, il la refit pivoter et lui posa les mains sur les épaules. Elle jeta un coup d'œil vers sa poitrine et y saisit la breloque.

— J'aime beaucoup, dit-elle en souriant et en levant les yeux vers lui avec plaisir.

Sans aucun signe avant-coureur de la tempête à venir, la tête de Nick s'approcha. Ses lèvres se posèrent sur les siennes et la première chose dont Courtney eut conscience, ce fut un rugissement dans ses oreilles. Elle n'avait été embrassée qu'une seule fois auparavant, à seize ans, et le baiser avait été rapide et désordonné.

Là, c'était différent.

Nick prit le contrôle total. Ses lèvres étaient chaudes et fermes, glissant sur les siennes lentement, d'avant en arrière, dans une caresse qui la tenait envoûtée. Inconsciemment, elle relâcha son pendentif et leva les mains sur ses épaules pour y trouver un soutien dans un monde qui était d'un coup parti en vrille.

Face à sa réaction, il lui passa un bras autour de la taille et il l'approcha de lui, tandis qu'il lui prenait la nuque dans sa paume, lui avançait la tête et la maintenait en place. Lorsque son torse

toucha le sien, elle haleta, ses lèvres s'entrouvrirent. Il prit l'avantage sans hésiter, sa langue glissant à l'intérieur et s'entrelaçant avec la sienne.

Un feu d'artifice explosa instantanément dans la tête de la jeune fille.

Son goût et son parfum la submergèrent immédiatement et son monde rétrécit pour être tout entier contenu dans cette pièce et son étreinte. Alors qu'il continuait à l'embrasser, une chaude et douce douleur commença à lui envahir les veines. Quand il enroula sa langue autour de la sienne, comme pour en demander plus, elle lui donna timidement ce qu'il semblait vouloir. Elle poussa sa langue vers la sienne et, peu à peu, prit part au baiser.

Il resserra son étreinte, devenant dur comme l'acier, son baiser plus féroce. Un gémissement monta de son torse et il ôta la bouche de la sienne juste assez longtemps pour lui mordiller la lèvre inférieure, avant d'y retourner. Ce geste coupa le souffle de Courtney. Tremblante, elle s'écarta, glissant les mains de ses épaules à son torse pour tenter de le maintenir à bout de bras, afin de l'étudier.

Il ouvrit brusquement les yeux et ils se dévisagèrent, aussi essoufflés que s'ils venaient de courir un marathon.

Malgré sa confusion, Courtney vit l'expression de Nick changer lorsqu'il se rendit compte de ce qu'il avait fait. Le plaisir résiduel, sur son visage, disparut au profit d'une expression torturée, à mi-chemin entre horreur et incrédulité.

— C'est bon, chuchota-t-elle en essayant d'apaiser son air anxieux.

— Non, ce n'est pas bon, protesta-t-il, sans toutefois la libérer.

— C'était un accident, murmura-t-elle.

Il soupira et secoua la tête en guise de réfutation.

— Un accident auquel je pense depuis des semaines.

Elle sentit son visage se vider de son sang, une stupeur la traverser.

— Merde ! Je mérite le peloton. (Il s'éloigna brusquement, la

relâcha et recula pour se détourner et, tout aussi rapidement, se retourna pour lui faire face à nouveau.) Je parie que ton éducation scolaire chrétienne et exclusivement féminine ne t'a pas préparée à ça, n'est-ce pas ? demanda-t-il avec une colère qu'elle savait dirigée contre lui-même et non contre elle.

Elle secoua la tête, sans même envisager de lui mentir.

Il s'éloigna d'un pas de plus et elle se sentit aussitôt abandonnée, presque perdue.

Alors qu'il l'observait, tellement d'émotions différentes se croisaient sur son visage que Courtney n'essaya pas d'en identifier une seule. Au bout d'un moment, il prit une grande inspiration et se passa les doigts dans les cheveux, les ébouriffant complètement. Son expression s'adoucit.

— Ma puce, je suis désolé. S'il te plaît, ce qui vient de se passer ne doit pas t'effrayer. Ça ne se reproduira pas. Tu es en sécurité avec moi, je te le promets. (Il secoua la tête.) Je n'en reviens pas d'avoir été aussi inconsidéré !

— C'est bon, répéta-t-elle, réagissant davantage au ton de sa voix qu'à ses paroles.

— Ce n'est pas bien, non. Je suis une merde, un crétin ! (Il serra la mâchoire.) Je veux que tu oublies ce qui s'est passé, d'accord ?

Courtney avait toutes les peines du monde à se tenir debout sans tomber et à le regarder, pour le reste, son cerveau était en plein court-circuit.

— D'accord ? insista-t-il, souhaitant manifestement qu'elle se conforme à quelque chose.

— D'accord, quoi ? demanda-t-elle, confuse, les sens sursollicités.

Il serra les dents.

— Je veux que tu oublies ce qui vient de se passer. Tu peux faire ça pour moi ?

Oublier son baiser ? Pas question ! Non, non ! Ça n'arrivera pas.

— OK, mentit-elle dans un murmure.

— Bien. (Il s'éclaircit la gorge et changea de sujet.) Alors, tu aimes ton cadeau ?

Se souvenant du collier, elle hocha la tête, le reprit et le fit tourner entre ses doigts, comme pour se rappeler le plaisir de son présent à travers son état de choc.

— Joyeux anniversaire, dit-il d'un ton raide.

— Merci, répond-elle un peu maladroitement.

Il la regarda en silence pendant un peu trop longtemps, puis il lâcha d'un ton vaincu.

— J'ai besoin d'un verre.

Il se dirigea vers le buffet et entreprit de se préparer un *cocktail*.

Quelques secondes plus tard, Courtney entendit la porte d'entrée s'ouvrir. Au bout d'un moment, Erin arriva dans la pièce, rayonnante. Elle adressa un sourire à son frère, puis un signe à Courtney.

— Joyeux dix-huitième anniversaire, petite sœur, la taquina-t-elle en l'enveloppant dans une chaleureuse étreinte.

Tout en serrant Erin dans ses bras, celle-ci jeta un coup d'œil par-dessus l'épaule de la jeune femme et vit Nick les regarder avec une irritation mal dissimulée. Ses nerfs en prirent un autre coup. Elle ne lisait certainement pas correctement son expression : ses traits exprimaient une rage, pleine de ressentiment. Ses jambes étaient écartées et ses dents serrées, la tension semblait le tenir sous sa coupe.

Alors qu'elle continuait à l'observer par-dessus l'épaule d'Erin, elle sentit que son froncement de sourcils ne faisait que s'intensifier. Il la regardait aussi, intensément, captivant son regard, le verrouillant de ses yeux. Et sans ciller, il leva son verre d'alcool et l'avala d'une traite.

1

Six ans plus tard

Nick leva un regard renfrogné sur Damian, qui venait d'entrer dans son bureau sans y être invité et jetait un dossier sur son bureau. N'appréciant pas l'interruption, il jeta son stylo.

— Qu'est-ce que je suis censé faire avec ça ? grommela-t-il.

Ignorant l'humeur acide de son frère, l'aîné inclina la tête vers le dossier.

— Garrett est de nouveau à la pêche aux propriétés sur la côte Est. J'ai besoin que tu y jettes un coup d'œil et que tu prennes une décision quand tu en auras l'occasion. Ça m'a l'air bien, mais tu as l'expérience de l'immobilier en Floride, pas moi.

Se remémorant en silence la véritable raison de ses nombreux voyages en Floride, Nick ouvrit le dossier. Avec un grognement interrogatif, il balaya la page de titre du regard et découvrit plusieurs photos en couleur.

— Encore un hôtel ? Qu'a-t-il de si différent, celui-là, pour que je doive prendre une décision ? J'ai confiance en son jugement. Pas toi ?

— Si, mais cette fois, il y a un peu plus que l'achat, la restructuration et la vente pour un bénéfice rapide.

Avec cette déclaration, Damian avait attisé l'attention de Nick, qui releva les yeux vers lui.

— Qu'est-ce qu'il y a ?

— Il veut le garder, répondit Damian sans détour.

— Le garder ? Pour quoi faire ? La Rule Corporation ne garde rien. Du moins, très rarement. Garrett ne comprend pas comment on fait des profits ? Doit-on le renvoyer poser ses fesses sur les bancs de l'école ?

— C'est un peu tard pour ça, s'esclaffa Damian, jetant un coup d'œil par la fenêtre, puis revenant au dossier. Bref, jettes-y un coup d'œil, OK ? En fait, je pense que c'est une bonne idée. Tu sais qu'il veut se diversifier depuis un moment déjà. Et selon moi, c'est probablement une sacrée bonne idée, cette diversification. Or, il faut bien commencer quelque part, ça pourrait tout à fait être de l'immobilier. Putain, regarde combien d'argent on a gagné depuis qu'on a acheté ce bâtiment !

Nick inclina la tête en signe d'acquiescement. Il ne faisait aucun doute que l'achat de la tour du centre-ville avait été un coup de génie. Et c'était l'idée de leur plus jeune frère.

— Je vais y jeter un coup d'œil, mais je t'avertis, je n'ai pas le temps de diriger une autre filiale. Tu as une idée de la quantité de déplacements que ça impliquerait ? Il faudrait embaucher de nouvelles personnes.

— Garrett peut s'en occuper, puisqu'il a la main dessus. Mais il faut admettre que le gamin est sur la bonne voie. Nous avons presque doublé nos bénéfices avec les loyers que nous tirons de ce seul bâtiment.

— C'est vrai, convint Nick, l'œil sur les photos devant lui.

Damian hésita un moment avant de poursuivre.

— En parlant du bâtiment… tu ne vas pas aimer ça…

— Quoi ? demanda Nick, relevant la tête et plissant les paupières, déjà énervé rien que par le ton dans la voix de son frère.

— *Ta* chère mère…

— La mère de qui ? l'interrompit aussitôt Nick.

Il n'aimait pas l'entame sarcastique de son frère

— *Notre* mère, admit Damian avec un sourire moqueur. Comme elle redécore la maison, elle a demandé si elle pouvait utiliser le *penthouse*…

— Je *vis* dans ce putain de *penthouse*, le coupa encore Nick avec une impatience qu'il ne pouvait pas contenir.

— Je sais bien. C'est évidemment pour ça que j'ai fait précéder mon annonce de : « Tu ne vas pas aimer », répliqua platement Damian.

— Ne me dis pas que tu lui as donné une carte-clé ! cracha Nick.

— Non, fit son frère avec un sourire narquois.

Nick étudia l'expression du visage de son frère avec une colère grandissante, tout en se préparant instinctivement à ce qui allait suivre.

— Ne me fais pas mariner, siffla-t-il.

— Je ne lui ai pas donné de clé. (La bouche de Damian se tordit sur un rictus content de lui, puis il lâcha sa bombe.) Je l'ai donnée à Courtney.

Tous les muscles du corps de Nick se crispèrent, l'oxygène se bloqua au niveau de sa gorge.

— Quand Courtney est-elle rentrée ? réussit-il à laisser échapper.

— Hier, je pense, répondit son aîné sans détour.

— Quand l'as-tu vue ? demanda Nick, en essayant de ne pas donner l'impression qu'il interrogeait son frère, mais à peine conscient que ses mots devenaient abrupts à mesure que son corps se tendait.

— Hier soir, à la maison. Toute belle, elle a bien grandi. Et enfin

perdu cette silhouette de petite fille un peu dodue. Je lui ai donné ma carte-clé et celle de Garrett aussi. Il n'en aura pas besoin, puisqu'il vit à la maison du lac quand il ne voyage pas. La seule autre carte est la tienne. Ne la perds pas, putain !

Nick haussa un sourcil, exprimant son irritation face à cet avertissement inutile. Il resta silencieux, à se demander si son langage corporel n'indiquait pas que ses émotions venaient de se déplacer en territoire dangereux.

Damian poursuivit, à moitié contrit :

— Tu sais que je ne voulais pas, mais qu'est-ce que j'étais censé faire ?

Les muscles de Nick se raidirent et il dut produire en effort conscient pour rester concentré sur le sujet sans donner d'indications sur ses véritables pensées.

— Dire « non » à maman ? Lui proposer de l'héberger dans un hôtel ? L'accueillir chez toi ? suggéra-t-il.

— Je ne pouvais pas, protesta Damian. Ma maison est trop loin de la ville et Courtney a des entretiens d'embauche prévus cette semaine.

— Courtney ? Qu'est-ce qu'elle a à voir avec ça ? demanda Nick, confus.

Son frère le regardait comme s'il lui était poussé une tête de plus.

— Tu es bête ou quoi ? Qu'est-ce que tu as, aujourd'hui ? Je t'ai dit qu'elle était rentrée de l'université. Je t'ai dit que je lui avais donné les cartes d'accès à l'appartement. Où penses-tu qu'elle va vivre, exactement ? Si maman ne peut pas rester dans la maison pendant les travaux, comment penses-tu que Courtney le pourrait ?

Nick poussa un long soupir volontairement bruyant, cependant qu'il essayait de faire fonctionner son cerveau. *Continue cette putain de conversation, Rule ! Tu peux le faire. Remets ta putain de tête à l'endroit et sors-la de la culotte de cette fille.*

Il s'efforça de poser une question qui n'apparaîtrait pas suspecte à son frère.

— Je suppose que je n'ai pas voix au chapitre dans cette affaire ?

— Écoute, Nick, je suis désolé. Ce ne sera que pour quelques semaines, d'accord ? Peut-être moins. Le *penthouse* comporte quatre suites. Tu ne te rendras même pas compte qu'elles y vivent.

Nick fronça les sourcils, mais répondit :

— Bien.

— Bien ? Tu abandonnes aussi facilement ? demanda Damian avec incrédulité.

Abandonner ? Certes, l'idée de sa mère vivant sous le même toit que lui pendant quelques semaines était terrifiante. Mais Courtney… C'était une tout autre histoire.

— Que veux-tu que je dise, Damian, merde ? Tu ne me laisses pas vraiment le choix.

— J'apprécie que tu ne fasses pas de vagues. Elles sont probablement en train d'emménager au moment où nous parlons.

Les lèvres pincées, Nick renvoya son frère.

— Tu vas m'être redevable, et sacrément redevable, mon salopard !

— Ouais, ça, je m'en doutais, répondit Damian.

Sur quoi il tourna les talons et quitta la pièce.

~

COURTNEY DÉFIT SES VALISES DANS LA DEUXIÈME SUITE DU *penthouse* de la Rule Corporation. L'appartement contenait quatre suites et maintenant, il n'en restait plus qu'une seule de vide. Plus tôt dans la journée, Justine Rule s'était installée dans la troisième, mais elle était déjà partie pour une réunion avec les entrepreneurs qui restauraient sa maison. Ce matin, lorsque Courtney et sa marraine étaient arrivées ensemble à l'appartement, cette dernière s'était montrée aussi aimante et prévenante qu'elle l'avait toujours

été, insistant pour que la jeune fille prenne la suite la plus spacieuse disponible.

Bien sûr, Nick occupait déjà les pièces les plus vastes. Heureusement ou malheureusement, Courtney ne pouvait pas trancher, la suite où elle s'installait se trouvait être la plus proche de la sienne. Elle poussa un soupir. *Nick*. Il était son ennemi juré autant que son sauveur. La jeune femme savait que les termes étaient incohérents et, en y réfléchissant, elle haussa les épaules. Nick était ce qu'il était et il n'y avait pas moyen de le changer.

Il y avait plusieurs années, que la décision ait été tirée à pile ou face ou qu'il s'agisse d'une simple question de logistique, elle ne savait pas, celui-ci avait réquisitionné tout l'appartement pour son usage personnel, et Courtney savait, d'après ce que Justine lui avait dit, qu'il ne serait pas ravi de partager son espace avec des invités.

Un sourire mesquin lui étira les lèvres à cette pensée. *Dommage pour toi, mon gars !*

Nick faisait comme il l'entendait depuis beaucoup, beaucoup trop longtemps. Une vilaine pointe de mécontentement la piqua, dont elle n'arrivait pas à se débarrasser.

C'était incroyable, incroyablement *incroyable !* Elle avait vingt-quatre ans.

Vingt. Quatre. Ans.

Et toujours vierge.

Comment cela s'était-il produit ? Elle aimait se considérer comme une fille normale et elle était certainement en bonne santé. Mais comme une évidence, à un moment donné, elle était devenue la propriété de Nick Rule et jamais il ne lui permettait d'oublier ce fait.

Pour le reste de la famille Rule, elle n'était que Courtney Powell. Orpheline, membre de la famille élargie, filleule et ex-pupille de Justine Rule.

Mais pour Nick, elle était… quelque chose de plus. Quoi exactement, elle l'ignorait. Personne d'autre dans la famille ne semblait savoir ce qui se passait dans sa tête. Courtney analysa une

nouvelle fois cette pensée et, bien qu'elle n'en soit pas tout à fait certaine, elle se dit que Damian devait avoir une idée de la façon dont Nick la traitait et que, dans le cas contraire, elle ne voyait pas comment il avait pu ne pas s'en rendre compte.

Certes, il avait fallu un certain temps à Courtney pour comprendre Nick — et elle n'avait pas encore assemblé toutes les pièces du puzzle. Mais ça commençait à venir, elle finirait par l'analyser. Et le fait de vivre si près l'un de l'autre allait l'aider, il le fallait.

Secouant un autre chemisier pour le défroisser et le suspendre sur un cintre, elle songea que ce n'était probablement que son imagination, mais elle sentait presque l'odeur de Nick flotter dans l'appartement. La seule pensée d'être dans sa maison pendant quelques semaines, même avec sa mère à ses côtés, lui faisait flageoler les genoux.

Qu'il soit maudit !

Il avait *toujours* eu cet effet sur elle. Même depuis le tout début.

Nick, Nick, Nick, elle l'avait toujours eu dans la tête. *Toujours.* Mais son processus de réflexion était tellement obscurci par le chagrin qu'il lui avait fallu des années pour comprendre qu'elle comptait aussi pour lui.

Au départ, elle avait cru que ses sentiments étaient unilatéraux. Bien sûr, il y avait eu ce baiser fou le jour de ses dix-huit ans, mais à l'époque, elle n'avait pas la moindre idée de ce qui l'avait provoqué. Peut-être s'agissait-il d'un simple accès de compassion de sa part ou simplement d'un pur hasard : peut-être pensait-il à quelqu'un d'autre. La seule chose qu'elle avait comprise, à l'époque, c'était qu'à sa façon, il tenait à elle, d'une manière qu'elle ne pouvait pas cerner, toutefois elle savait que ce n'était pas de la même manière qu'elle commençait à tenir à lui.

Après son anniversaire, il avait recommencé à l'ignorer, comme un membre parmi tant d'autres de la population féminine, comme il l'avait fait auparavant, ne la traitant que de manière semi-amicale, lorsqu'il daignait la remarquer. Elle avait donc fait de son

mieux pour le chasser de son esprit et continuer à reconstruire sa vie comme elle essayait de le faire depuis son arrivée à Saint-Louis.

Sa dernière année de lycée n'avait été qu'un long test de persévérance. Après le décès de ses parents dans l'accident de voiture, madame Rule avait transféré Courtney de sa prestigieuse école pour filles en Floride à une école encore plus prestigieuse dans la banlieue de Saint-Louis.

Une fois diplômée du lycée, la jeune fille n'avait trouvé ni le désir ni le courage d'aller à l'université. Elle avait eu l'intention de retourner en Floride et d'y retrouver ses amis, mais elle hésitait, presque effrayée à l'idée de se déraciner à nouveau. Elle avait donc passé ses deux premières années après le lycée dans un petit centre universitaire de la banlieue de Saint-Louis, à la fois pour tremper les pieds dans le monde étudiant et pour ne pas avoir à quitter Justine, qui était devenue sa mère de substitution.

Nick avait pratiquement ignoré Courtney pendant toute la période où elle avait fréquenté cet établissement et sa fierté lui avait ordonné de l'ignorer aussi. Cela s'était avéré extrêmement difficile, après leur baiser de folie, mais elle s'était efforcée de gérer ça du mieux qu'elle pouvait. Parfois, cependant, elle ne pouvait s'empêcher de se sentir blessée. Il lui souriait, mais cela semblait forcé. C'était comme s'il ne la voyait pas, comme si elle était une nuisance qu'il devait supporter.

Il était impossible, même à l'époque, de ne pas se rendre compte que Nick la traitait différemment du reste de la famille. Mais quand avait-elle commencé à comprendre que c'était parce qu'il était attiré par elle et qu'il essayait de se contrôler ? Sans doute au bout d'un bon moment passé à l'université en Floride : au bout d'un certain temps, les véritables sentiments de Nick ne pouvaient plus être remis en question. Mais avec le recul, elle s'était rendu compte qu'il y avait eu des indices avant même qu'elle ne quitte Saint-Louis, même si elle ne les avait pas vus à l'époque. Les souvenirs commencèrent à affluer et elle se laissa emporter.

Sur le plan académique, ses deux années à l'université avaient été du gâteau. Heureusement, avoir de bonnes notes avait toujours été facile pour elle et pendant ces deux années, lorsque les mois d'été étaient enfin arrivés, Courtney s'était retrouvée à passer beaucoup de temps dans la piscine du jardin. Elle appréciait la subtile coloration du bronzage sur sa peau, et se prélasser une heure environ allongée sur un matelas gonflable ici et là était une activité incroyablement paisible.

À ce moment-là, Garrett était rentré de l'école supérieure. Tout en se cherchant un endroit où vivre, il avait temporairement réintégré son ancienne chambre et Courtney avait enfin eu l'occasion de faire sa connaissance. Les quelques fois où il était revenu pour les vacances n'avaient pas suffi à effleurer la surface de sa personnalité. Même s'il n'avait qu'un an environ de moins que Nick, Courtney le trouvait plus accessible que ses deux frères. Peut-être parce qu'il était plus jeune que Damian et que Garrett au moins ne l'avait jamais attrapée et embrassée comme Nick l'avait fait. En tout cas, parce qu'elle se sentait plus à l'aise avec le plus jeune des frères Rule, une profonde camaraderie s'était développée entre eux, qu'elle commençait seulement à expérimenter aussi avec Erin.

C'était comme si elle avait enfin un frère, mais d'une manière très adulte, et pendant les trois semaines où il s'était installé avant d'assumer ses responsabilités au sein de la Rule Corporation, tous deux étaient devenus proches. Ils avaient eu de nombreuses et profondes discussions philosophiques, parlé de cinéma et de télévision, débattu de l'impact de la technologie numérique sur la littérature, discuté de politique internationale, de religion, de la portée de l'univers et de la présence ou non d'autres êtres « ailleurs ». Garrett lui avait fait part de confidences dont elle ne pensait même pas qu'il se soit ouvert à ses frères. Ils avaient ri et s'étaient disputés, mais Courtney n'avait jamais ressenti pour lui

autre chose qu'une amitié et un respect profonds de type fraternel… et elle n'avait jamais non plus ressenti autre chose qu'une relation fraternelle en retour.

Cette vérité avait été soulignée un jour où Erin les avait rejoints et où tous les trois avaient passé un peu de temps ensemble. Courtney avait remarqué que Garrett semblait la traiter *exactement* comme il traitait sa sœur. Loin de la contrarier, ce constat avait produit l'effet inverse : elle s'était sentie plus enracinée dans le giron familial. Oui, elle s'enracinait et ce savoir l'enveloppait d'un sentiment de satisfaction qu'elle n'avait pas ressenti depuis longtemps.

Garrett se comportant comme si elle n'était pas une femme sans lien de parenté avec lui, tous les deux flottaient dans la piscine un soir où le soleil commençait à peine à baisser, après qu'elle avait passé la matinée à l'aider à porter ses premiers cartons dans son nouvel appartement. Justine était assise sous un parasol pour discuter avec eux, mais elle était entrée dans la maison quelques minutes pour vérifier le dîner.

Lorsque sa mère s'était éloignée, Garrett avait tiré sur la bouée de Courtney et l'avait approchée de lui, si bien que leurs têtes se trouvaient toutes proches. Couché sur le ventre, il avait immobilisé le matelas gonflable de la jeune femme avec ses bras et avait jeté un coup d'œil à la maison pour s'assurer que sa mère était à l'intérieur.

— Le test ADN est revenu. Cette salope a menti, avait-il alors lâché.

— Oh, Dieu merci ! s'était exclamée Courtney, submergée par le soulagement.

— Ouais. Elle n'est rien de plus qu'une sale p… une putain ! Je déteste les femmes, bordel ! jura-t-il avec véhémence. Toutes autant qu'elles sont, putain ! Elles ne pensent qu'à profiter d'un homme pour sa fortune. J'te jure, Courtney, que je ne ferai plus jamais confiance à une femme.

La fureur dans sa voix était si profonde que Courtney en avait

été inquiète. Elle aurait dû entendre de la douleur dans cette voix, mais non. Le ton était empreint de fureur. Saisissant son flotteur des deux côtés alors qu'elle relevait la tête, elle s'était aussitôt efforcée de le calmer.

— Ça va juste prendre un peu de temps, d'accord ? Il y a des femmes bien comme il y en a de mauvaises… tu en trouveras une bien.

— J'en veux pas. J'en ai pas besoin, putain ! Je vais t'épargner les détails, mais disons juste que je serai bien plus prudent à l'avenir.

Devant son regard déterminé, le cœur de Courtney s'était serré pour lui.

— Garrett…

— Non, j'en ai fini. Je voulais juste t'annoncer le résultat. Parlons d'autre chose…

Ses paroles avaient été interrompues par une voix grave et tonitruante :

— Que se passe-t-il ?

Courtney et Garrett avaient tous les deux levé les yeux pour découvrir Nick, debout au bord de la piscine, les jambes écartées, la bouche pincée sur une ligne irritée et menaçante.

Ne ressentant manifestement aucune culpabilité ni gêne de se trouver aussi proche de Courtney, Garrett avait répondu à son frère sans lâcher sa bouée.

— Pas grand-chose, mec. On profite. Va te changer et ramène tes fesses ici. (Lâchant son flotteur, Garrett avait tenté d'éclabousser Nick.) Allez, l'eau est super bonne !

Nick avait fait un pas en arrière et son expression s'était fermée complètement. Il s'était détendu un peu, toutefois sa réponse n'en avait pas été moins sèche.

— Pas le temps. Le dîner est presque sur la table.

Voyant que ni Garrett ni Courtney ne quittaient la piscine, Nick avait changé de proie et plongé son regard sur elle.

— Sors de là, Courtney. Tu as déjà l'air gelée, avait-il ordonné en termes implacables.

— Non, l'eau est chaude. Elle est bien…

L'argument de Garrett avait été interrompu lorsque Nick avait lancé un regard muet à son frère.

— Elle sort juste d'une mauvaise grippe. Tu veux qu'elle rechute ?

L'air surpris, Garrett avait jeté un coup d'œil à Courtney.

— C'était quand ?

Elle avait jeté les yeux au ciel, comme pour lui signifier que Nick exagérait.

— Le mois dernier. Je vais bien, maintenant, avait-elle répondu d'un ton neutre, refusant d'obéir sitôt que Nick lui en donnait l'ordre.

Ce dernier avait fait craquer ses articulations, un antagonisme soudain qu'il n'avait pas montré auparavant semblant remonter à la surface.

— Sors ton cul de là, maintenant ! avait-il aboyé.

Comme si on l'avait appelée, Justine avait franchi à cet instant la porte-fenêtre ouverte.

— Chérie, Nick a raison, malgré son choix de mots effroyable. Il se fait tard et tu risques de prendre froid. N'oublions pas que tu as perdu plus de deux kilos pendant ta maladie et que tu as failli attraper une pneumonie. (Son regard s'était porté sur son plus jeune fils.) Garrett, je réalise que tu ne savais pas qu'elle avait été malade, mais ne sois pas un mauvais exemple, d'accord ?

Garrett allait pour sortir de la piscine.

— Si vous ne me dites pas ce genre de conneries, comment je suis censé le savoir ?

Justine avait incliné la tête sur le côté.

— Ton langage, chéri, l'avait-elle réprimandé doucement, en se déplaçant afin d'aller chercher une serviette pour son fils. Nick, sois gentil de donner une serviette à Courtney.

Courtney avait nagé jusqu'aux marches et entrepris de les monter lentement pour sortir de l'eau. Alors que Justine retournait à l'intérieur, Garrett sur ses talons, faisant un commentaire sur le

fait qu'il était affamé. Nick les avait suivis des yeux. Lorsqu'ils avaient été hors de vue, sa posture s'était détendue quelque peu. Puis il s'était retourné vers Courtney avec une serviette ouverte et prête. Une tension soudaine était apparue sur ses traits lorsqu'elle était venue se poster devant lui. Sa grande carcasse avait semblé s'immobiliser et soudain, gênée d'être trempée dans un petit bikini alors qu'elle n'avait pas été gênée le moins du monde auparavant, Courtney avait baissé le visage pour lâcher le regard trop pesant qu'il lui lançait.

Il l'avait enroulée dans une grande serviette qui la couvrait des épaules aux genoux et elle en avait saisi les deux extrémités au niveau du cou pour les joindre. Pieds nus alors qu'il portait des chaussures, elle était très consciente de la façon dont il la dominait, encore plus que d'habitude.

Une main virile serrée autour de son épaule, il lui avait soulevé le menton d'un doigt déterminé. Comme il se penchait dans une posture dominatrice, Courtney avait perdu la bataille et l'avait regardé dans les yeux.

— Tu dois faire plus attention, avait-il ordonné.

Elle s'était passé la langue sur les lèvres, étourdie par la situation où elle se retrouvait soudain. Nick ne lui avait pas montré autant d'attention depuis des mois, même si celle qu'il lui accordait là n'était que de la colère.

— Je vais bien.

Éclatant d'un rire sans joie, il avait haussé un sourcil, l'air pas ravi du tout.

— C'est un fait, ma puce. (Avant qu'elle n'ait eu le temps de digérer le sens de sa phrase, ses traits étaient redevenus menaçants.) Je te dis que tu dois faire attention et t'assurer de ne pas faire de rechute, compris ?

Une fois de plus, le cerveau en mille morceaux à cause de Nick Rule, elle avait hoché la tête, trop muette pour même penser à se disputer avec lui.

— Va t'habiller, avait-il ordonné.

Elle était restée à le dévisager quelques secondes seulement, désorientée par ses sautes d'humeur, puis elle avait tourné les talons et filé…

Courtney émergea de ses souvenirs. Après l'épisode de la piscine, Nick était resté absent de chez lui pendant plusieurs longues semaines. Lorsqu'il était enfin revenu, c'était au mieux de façon sporadique, et il ne lui avait accordé que peu d'attention. Mais un autre souvenir la frappa. Cet incident s'était produit plusieurs mois après le premier, elle avait alors vingt ans.

Courtney s'était fait des amies occasionnelles à Saint-Louis, mais aucune n'était comparable aux amies de toujours qu'elle avait laissées en Floride. Jill et Trish étaient colocataires à l'université de Floride. Elles avaient supplié Courtney de s'y inscrire et de revenir auprès d'elles. Lorsque leur troisième colocataire avait quitté l'école de manière inattendue, laissant une chambre inoccupée dans leur appartement, les deux filles avaient intensifié leur campagne pour que Courtney les rejoigne.

Celle-ci avait retrouvé un sentiment d'appartenance, le sentiment d'avoir enfin des amies et, de manière inattendue, pour la première fois depuis la perte de ses parents, elle éprouvait de nouveau du plaisir. Cela avait pris des années, mais finalement, elle commençait à se préoccuper de son avenir. Elle *voulait* aller en Floride.

Avec la bénédiction de Justine et la promesse d'une aide financière, elle avait posé sa candidature et son transfert avait été accepté. Le lendemain soir de l'ouverture de sa lettre de validation et de son annonce enthousiaste de la bonne nouvelle à sa marraine, elle avait entendu une dispute venant du bureau du rez-de-chaussée. Les voix étaient si fortes qu'elle s'était figée sur place.

Justine était sortie faire du shopping avec des amies et, de toute évidence, Nick et Damian étaient arrivés avant que leur mère ne soit rentrée. Courtney avait facilement reconnu leurs voix, l'échange houleux entre les frères l'immobilisant alors qu'elle

passait devant la porte, qui n'était entrouverte que de quelques centimètres.

La voix de Nick était la première que Courtney avait reconnue et elle était remplie d'une telle fureur que ses genoux en avaient flageolé.

— Conneries !

— Qu'est-ce qui ne va pas chez toi, Nick ? avait aboyé Damian.

— Rien. Il n'y a rien qui cloche chez moi. Qu'est-ce qui ne va pas chez toi pour que tu penses acceptable de voir Courtney s'enfuir à l'autre bout du pays ?

À son nom, elle avait renoncé à faire mine de ne pas écouter et s'était appuyée contre le mur, les paumes plaquées aux lambris.

— Elle a vingt ans, continuait Damian. Nous avons laissé Erin partir alors qu'elle n'avait que dix-huit ans.

— Erin est restée dans l'État, avait hurlé Nick. À seulement quelques heures d'ici. C'est totalement différent.

— Nick, calme-toi et réfléchis. Garrett est allé à l'école au Texas et ça ne te posait pas de problème.

— J'étais trop jeune pour m'en soucier… J'étais moi-même encore à l'école. En plus, Garrett est un mec. Ce n'est pas la même chose.

Toujours plaquée au mur, elle avait entendu le soupir de Damian avant qu'il ne parle.

— C'est donc parce que c'est une fille ? Les règles ne sont pas les mêmes ?

— Mais non, putain, elles ne sont pas les mêmes !

— Comment vas-tu lui expliquer ça ? avait voulu savoir Damian. Parce que ne compte pas sur moi pour lui annoncer qu'elle ne peut pas y aller.

— Je ne compte pas lui expliquer quoi que ce soit, avait craché Nick. Je te dis juste qu'on ne paiera pas ses frais de scolarité, pas si elle veut aller jusqu'en Floride. Ça n'arrivera pas, fin de la putain de conversation !

S'était ensuivi un long moment de silence avant que Damian ne réponde :

— Tu es déraisonnable et je vais faire comme si tu n'avais jamais prononcé cette phrase. Ça fait trois ans que cette fille est au comble du chagrin. Tu sais que c'est vrai, c'est évident pour tout le monde. (Il y avait encore eu un silence pendant lequel Courtney avait retenu son souffle en attendant que Damian continue.) Ce n'est pas une situation lambda, Nick. Courtney veut retourner en Floride pour être avec ses amies. Pourquoi refuses-tu de lui donner une chance d'être heureuse ? C'est une gentille fille, elle mérite mieux dans la vie que ce qu'on lui a fait subir.

— C'est vrai, Damian, avait sifflé Nick. Réfléchis-y bien. C'est effectivement une gentille fille.

Le flot de paroles s'était interrompu et Courtney n'avait plus rien entendu pendant un instant.

— Que fais-tu ? avait soudain demandé Damian.

— Je fais une recherche. L'université de Floride, c'est ça ? C'est celle-là ? À Gainesville ?

— Ouais, avait craché Damian.

Le silence s'était étiré encore plusieurs secondes et Courtney avait compris que Nick cherchait l'école sur Internet. Lorsqu'il avait repris la parole, il semblait encore plus en colère qu'auparavant.

— Pas question !

— Quoi ? avait demandé Damian avec résignation.

— Cinquante mille étudiants, merde ! Cinquante mille, avait répété Nick avec rage. Tu veux me dire comment Courtney va s'intégrer avec tant de gens alors qu'elle n'est habituée qu'à un minuscule centre universitaire et avant ça, à des écoles privées réservées aux filles ?

— Nick, prenons un verre et discutons-en de manière plus rationnelle.

— Il n'y a rien à dire et je ne veux pas d'un putain de verre !

— Et tu veux quoi, exactement ? avait demandé Damian.

Maman ne va pas croire que nous n'avons pas assez d'argent pour les frais de scolarité. C'est un montant insignifiant pour nous et elle le sait. Que vas-tu lui dire ?

— Je vais lui dire la même chose qu'à toi. Courtney n'est pas prête pour une école de cette taille. Elle n'est pas prête à vivre aussi loin de chez elle…

— Mais merde, Nick, la Floride, *c'est* chez elle ! Tu peux faire comme si c'était ta petite sœur tant que tu veux, mais ça ne te donne pas le droit…

— Ce n'est pas ma putain de sœur !

Le venin qu'elle avait soudain perçu dans la voix de Nick l'avait fait reculer. Elle avait toutefois continué d'écouter, sous le choc, alors qu'il poursuivait :

— C'est une fille innocente et toi, ça ne te pose pas de problème de la jeter dans la gueule du loup. Tout ce que j'essaie de faire, c'est la protéger !

Il y avait eu un silence soudain et, dans son imagination, Courtney avait vu les deux hommes se tenir face à face et se toiser.

— J'ai besoin d'un verre, avait dit Damian, quelques secondes avant que Courtney n'entende des bruits de pas.

Rapidement, elle s'était redressée, écartée du mur et préparée, le cœur battant. La porte du bureau s'était ouverte et les pas de Damian avaient ralenti lorsqu'il l'avait vue rôder dans le couloir. Il s'était approché d'elle et l'avait regardée, le visage figé sur une expression tendue.

— Tu as entendu ?

Elle avait hoché la tête tout en s'efforçant de faire fonctionner ses cordes vocales.

— Un peu, avait-elle finalement répondu.

Damian lui avait adressé un regard plein de commisération.

— Ne t'inquiète pas pour Nick. Je finirai par le convaincre, l'avait-il rassurée. On couvrira tes dépenses, OK ?

Elle avait changé de position, mal à l'aise, mais avait tâché de sourire.

— Merci. Je vous rembourserai, lui avait-elle répondu sincèrement.

Damian lui avait adressé un regard pénétrant, puis un demi-sourire.

— Non, pas question, n'y pense même pas ! On veille sur les nôtres, or tu es l'une des nôtres, maintenant.

Courtney avait ressenti une vague de chaleur alors même qu'elle réalisait que c'était le plus grand nombre de mots que Damian lui ait jamais dits en une fois. Il avait secoué la tête comme pour la vider et avait ajouté :

— Je vais le laisser mijoter un peu pendant que je me sers un verre. Tu veux quelque chose ?

— Non merci. Je pense que je vais essayer de le calmer, avait-elle dit en désignant le bureau d'un geste de la tête.

Damian avait eu l'air stupéfait.

— Fais attention. Il n'est pas content. Je ne sais pas pourquoi il pense que ton avenir relève de ses prérogatives, mais à l'évidence, c'est le cas.

Courtney lui avait offert un sourire tremblant.

— Merci pour l'avertissement.

Damian s'était éloigné. Sur une profonde inspiration, Courtney était entrée dans le bureau et avait refermé la porte. Elle s'y était appuyée, attendant que Nick la remarque.

Il était campé face à la fenêtre, le regard tourné vers l'extérieur et les muscles de ses larges épaules visiblement tendus, comme s'il anticipait une autre confrontation avec son frère. Alors qu'il commençait lentement à se détourner de la fenêtre, il avait écarté les jambes, comme prêt à attaquer.

— Tu ne me feras pas changer d'avis. (Sa mâchoire était serrée et sa voix empreinte d'une détermination intimidante.) Il n'est pas question qu'elle…

Ses paroles s'étaient brusquement tues lorsqu'il l'avait découverte contre la porte. Leurs regards s'étaient croisés et elle avait ressenti la même chaleur déferler sur ses veines que chaque

fois qu'elle le voyait. Lorsqu'il avait pris conscience de sa présence, on aurait dit qu'une métamorphose s'était produite en lui ; sa posture agressive s'était détendue alors que la colère s'éteignait lentement et que ses traits s'adoucissaient.

Ils se tenaient de chaque côté de la pièce et s'étudiaient en silence. Courtney avait été la première à prendre la parole et elle l'avait fait de manière hésitante :

— Tu ne veux pas que je parte à l'université ?

Il avait poussé un long soupir et répondu très gentiment :

— Je n'ai pas dit ça. Je parlais de la Floride.

— Je ne comprends pas.

— Qu'as-tu entendu ? avait-il demandé avec un froncement de sourcils.

— Beaucoup. Je n'aurais probablement pas dû, mais je l'ai fait. (Elle avait vu ses yeux s'obscurcir.) Tu ne veux pas que je sois heureuse ?

Il avait pincé les lèvres et ses épaules s'étaient affaissées.

— La seule chose que je veux, c'est que tu sois heureuse, au contraire.

— Je veux aller en Floride, Nick, avait-elle fait avec un regard implorant. S'il te plaît, laisse-moi y aller.

Elle l'avait vu sursauter, comme s'il avait pris un coup.

— Ma puce, tu es si jeune ! (Il avait secoué lentement la tête comme s'il soupesait la question, mais en sachant que ce n'était pas une bonne idée.) Tu as été trop protégée.

Elle avait secoué la tête à son tour, en désaccord avec lui sur sa trop grande jeunesse, mais incapable de parler.

— Tu ne penses pas avoir été surprotégée ? avait-il insisté.

Oh oui, elle savait qu'elle avait été protégée ! Sans quoi, elle n'aurait pas été là maintenant, à s'imaginer amoureuse de lui, alors qu'il ne la voyait que comme un fardeau dont il fallait se soucier. Mais elle ne pouvait pas lui dire ces choses.

— Ça va aller. Je suis intelligente, tu le sais, avait-elle plaidé avec douceur, sachant qu'elle devait adopter un ton adéquat. Je

ferai les bons choix et me tiendrai à l'écart des problèmes. Tu n'auras pas à t'inquiéter pour moi.

Il l'écoutait en silence, pourtant son expression semblait montrer que ses mots le peinaient.

— S'il te plaît, Nick. Je vais étudier, j'aurai de bonnes notes, et je... Je te rembourserai.

Il avait plissé les yeux.

— Ce n'est pas une question d'argent. Ça n'a rien à voir avec l'argent.

Elle avait ressenti un frisson en réponse au regard qu'il avait posé sur elle, intense, et tout ce qu'elle avait pu faire, c'était chuchoter :

— S'il te plaît.

Il l'avait regardée attentivement, comme s'il était déchiré en deux. Puis il s'était détourné pour faire quelques pas, avant de se retourner brusquement vers elle.

— Promets-tu... Jures-tu devant Dieu que tu feras attention ? (Retenant son souffle, elle avait hoché la tête.) Tu promets de m'appeler si tu as besoin de quoi que ce soit ? Promets-tu que tu m'appelleras même si tu te fourres dans les problèmes ?

— Oui, avait-elle chuchoté.

Ses traits avaient durci comme la pierre.

— Promets-tu de ne pas faire de bêtises et de ne pas t'attirer d'ennuis ?

Elle avait souri et hoché la tête. Le regard de Nick était devenu plus sérieux que jamais. Il avait pris une profonde inspiration et demandé :

— Promets-tu de revenir à la maison après avoir obtenu ton diplôme ?

L'oxygène était resté bloqué dans ses poumons et elle avait dégluti.

— Je te le promets.

Il la regardait fixement, pourtant, Courtney avait l'impression qu'il se parlait à lui-même.

— Je devrais être fusillé, avait-il marmonné.

Courtney entama sa remontée à la surface depuis ce souvenir vieux de quatre ans. Elle se rappela l'excitation qui s'était emparée d'elle à ses paroles.

— Je peux y aller ? lui avait-elle demandé.

Elle n'oublierait jamais son soupir contrit et la réponse qu'il semblait avoir été forcé de donner.

— Tu peux y aller.

Le souvenir s'effaça et elle suspendit un autre chemisier. Elle frissonna en réalisant qu'elle le reverrait bientôt, probablement dans quelques heures. Et elle tâcha de contrôler le tremblement involontaire de ses jambes à cette pensée.

Mais c'était impossible.

Nick Rule l'avait toujours fait trembler et jamais ça ne changerait.

2

Nick pianota sur son bureau avec impatience.

Courtney était là-haut, seule. Au sommet du bâtiment. Dans *son penthouse*.

Il le savait, parce que sa mère était entrée dans son bureau peu de temps après le départ de Damian et l'avait embrassé pour le remercier de les avoir laissé emménager chez lui. Elle lui avait annoncé qu'elle allait s'absenter tout l'après-midi pour choisir des échantillons de parquet. Voulait-il qu'elle prenne quelque chose pour le souper au retour ?

Il avait souri distraitement et répondu :

— Pourquoi pas ?

Après qu'elle avait quitté son bureau, Nick avait fixé un moment son écran sans le voir, avant de fermer les fenêtres de son ordinateur et d'avertir sa secrétaire qu'il sortait. Il avait attendu aussi longtemps qu'il lui avait été possible, puis il avait craqué et pris l'ascenseur jusqu'au dernier étage du bâtiment. Pendant la montée, il bouillonnait de frustration. La chose la plus difficile qu'il ait jamais faite dans sa vie avait été de permettre à Courtney d'aller étudier en Floride. C'était dix fois plus dur que de rester

loin d'elle lorsqu'elle habitait dans la maison de sa mère… cinquante fois plus dur… cent fois plus dur.

Quand elle vivait chez sa mère et qu'elle allait à l'université, il pouvait passer prendre régulièrement de ses nouvelles. Il la gardait ainsi à l'œil, même si cela impliquait de débarquer chez sa mère beaucoup plus souvent qu'il l'aurait souhaité. Courtney était là, il pouvait étudier son regard et essayer de repérer le moindre changement que ses émotions avaient pu subir. Il avait la possibilité de la regarder, même s'il était privé de celle de la toucher. Il avait découvert que ne pas la toucher, alors que c'était une pure souffrance, était aussi une chose avec laquelle il pouvait vivre, même péniblement. Après le terrible faux pas commis le jour de ses dix-huit ans, il avait supporté de ne pas la toucher en attendant qu'elle grandisse, qu'elle devienne moins vulnérable avec le temps.

Il avait lutté tout du long avec sa conscience. Courtney était une orpheline qui vivait dans la maison familiale, pour l'amour de Dieu ! Il devait absolument la laisser tranquille. Sa famille l'avait accueillie comme si elle était l'une des leurs, pourquoi ne pouvait-il pas ressentir la même chose ?

Parce que ce n'était pas ce qu'il ressentait pour elle, cela n'avait jamais été le cas. Elle n'était pas un membre de leur famille.

Elle n'était pas sa sœur. Elle n'était même pas sa demi-sœur. Elle ne portait pas leur nom et il n'y avait pas un gramme de sang partagé entre eux. Il avait beau essayer d'oublier ces faits, il n'y arrivait pas. Il était intrigué par elle depuis le moment où elle était venue à Saint-Louis, même s'il ne comprenait pas exactement pourquoi. Certes, elle était jolie, même à l'adolescence, même si c'était une beauté tranquille dont elle ne semblait pas consciente elle-même.

Mais c'était sa personnalité affirmée, sa force de caractère qui avaient retenu son attention, du moins au début. Elle n'était qu'une gamine, et en réalité, les émotions qui le tenaillaient aujourd'hui ne s'étaient pas transformées en engouement avant des mois, voire

presque un an. Néanmoins, à la seconde où il avait réalisé que son dix-huitième anniversaire était proche, la curiosité et la compassion qu'il éprouvait pour elle s'étaient changées en pensées sexuelles. Il voulait la prendre dans ses bras et lui caresser les cheveux, puis l'allonger sous son corps et lui caresser le corps.

À ce moment-là, elle était devenue un être qu'il désirait ardemment et qu'il ne pouvait pas avoir. Il s'était fait l'effet d'un détraqué, mais il n'avait jamais pu se débarrasser de son besoin d'elle. D'ailleurs, laisser Courtney partir en Floride avait été la chose la plus difficile qu'il ait jamais faite. Cela ne devait durer que deux ans, mais avec les études supérieures, c'était devenu quatre ans.

Maintenant, elle était de retour et elle avait grandi. Elle ne serait plus aussi vulnérable.

Et plutôt mourir que de la laisser partir à nouveau.

Il s'appuya contre la paroi de l'ascenseur qui s'élevait vers le sommet du bâtiment et s'efforça de contenir la tourmente qui s'abattait sur lui, mais c'était impossible.

Courtney était de retour. Elle était à lui.

Et dans quelques instants, elle connaîtrait cette vérité.

~

Courtney commença par empiler ses chaussures sur l'étagère intégrée au fond du placard. Elle avait beau tâcher de garder l'esprit concentré sur quelque chose de productif, comme la préparation de ses entretiens d'embauche, elle n'arrivait pas à chasser Nick de son esprit. Si la dispute qu'il avait eue avec Damian avant qu'elle ne parte pour la Floride, il y avait tant d'années, avait été violente, elle n'était toujours pas comparable à son comportement pendant ses quatre années d'absence.

Lorsque Courtney avait quitté Saint-Louis, son plan initial était de ne partir que les deux ans qu'il lui faudrait pour terminer sa licence. Justine avait fait le voyage dans la voiture de Courtney,

conduisant avec elle une partie du trajet. Sa marraine était restée quelques jours, l'aidant à s'installer dans son appartement hors campus avec ses copines, avant de s'envoler pour le Missouri.

Les premiers mois en Floride étaient passés très vite pour Courtney. S'installer dans les cours et se familiariser avec l'immense université était en fait secondaire ; rattraper le temps perdu avec ses amies, telle était sa priorité et cela avait été merveilleux, incroyable. Exactement ce dont elle avait besoin sur le plan émotionnel, et les restes de son profond chagrin avait enfin commencé à s'estomper.

Même si elle s'amusait à l'école et qu'elle s'adaptait bien, toutefois, elle avait été surprise que Saint-Louis lui manque autant. Cela l'avait troublée. Comment pouvait-elle avoir le mal du pays alors qu'elle était enfin rentrée chez elle ? Pourtant, elle n'avait pas l'impression d'être chez elle, le Missouri lui manquait. Justine et elle s'étaient rapprochées au fil des ans, sa marraine étant devenue une seconde mère pour elle ainsi qu'une amie, et elles se parlaient donc souvent au téléphone. Justine s'était toujours impliquée dans la vie de Courtney et lui posait souvent des questions sur les garçons. Et au début de son séjour en Floride, du moins, Courtney lui répondait toujours la vérité. Parfois, il y avait quelque chose à dire, parfois non.

Au bout de quelques mois, la jeune femme s'était intéressée à un membre d'une fraternité. Le garçon n'était évidemment pas comparable à Nick, mais Courtney savait qu'elle devait s'en remettre, se remettre de son affection à son égard. Il lui avait semblé à l'époque que, bien que ce dernier soit protecteur envers elle, leurs sentiments n'étaient pas à l'unisson. Et ce garçon de la fraternité s'intéressait à elle, sans compter qu'en plus, il était intelligent et beau.

Rétrospectivement, Courtney savait qu'elle avait sans doute un peu trop parlé de lui à Justine, mais elle ne pouvait pas deviner quelle serait la réaction de Nick lorsqu'il l'apprendrait.

Il s'était présenté à sa porte en moins de vingt-quatre heures. Il

avait parcouru près de deux mille kilomètres en avion à travers le pays et s'était présenté sans prévenir. Il avait une excuse toute prête, quelque chose comme un bien à visiter non loin de là. Il avait insisté pour rencontrer non seulement ses colocataires, mais aussi « le gamin dont tu as parlé à ma mère. » Courtney avait essayé de refuser, mais Nick s'était montré inflexible.

Il avait obtenu ce qu'il exigeait et rencontré son nouveau petit ami. Courtney se rappelait encore comment l'expression de Nick s'était figée, comment ses muscles étaient devenus rigides. Il avait suffi d'un regard féroce et d'un avertissement sévère et le garçon s'était enfui pour ne plus jamais revenir.

Courtney était plus que verte.

Mais Nick avait balayé sa colère d'un revers de la main, comme si elle ne signifiait rien, et l'avait emmenée au restaurant, où il l'avait interrogée pendant quelques heures sur ses cours, ses professeurs et ses amis.

Après quoi, il était reparti dans le Missouri. Cela avait pris plusieurs semaines, mais elle avait lentement surmonté sa colère et repris sa vie en main. Il était étonnant, avec le recul, qu'elle n'ait pas reconnu la jalousie de Nick pour ce qu'elle était. Pourtant, elle n'en avait rien vu et sa vie avait continué. Il avait fallu encore plusieurs mois à Courtney pour trouver un autre garçon qui l'avait suffisamment intriguée pour qu'elle commence à sortir avec lui.

Et là, le même cycle infernal s'était reproduit : elle l'avait mentionné à Justine, Nick avait débarqué à l'improviste et son nouveau petit ami avait été expédié en vitesse.

C'est alors qu'elle avait eu ses premiers doutes sur tout ce qu'elle croyait vrai à propos de Nick lorsqu'elle avait quitté Saint-Louis. Comment pouvait-elle rester aveugle, alors qu'il semblait prêt à traverser la moitié du pays en avion juste pour se débarrasser de ses petits amis ?

C'était déroutant, suspect même, parce que c'étaient les seules fois où elle avait eu des nouvelles de lui. Mais au bout de plusieurs mois, elle avait commencé à penser que tout cela n'était que le fruit

de son imagination et que la probabilité que Nick ait des sentiments plus profonds pour elle était presque nulle. Alors, juste pour être sûre, quand elle avait entamé une nouvelle relation, elle n'en avait pas parlé à Justine.

Mais le problème était que personne n'arrivait à la cheville de Nick Rule. Pas un seul baiser ne pouvait être comparé à celui qui était si profondément gravé dans sa mémoire qu'elle pouvait le conjurer jour et nuit. Personne ne pouvait faire trembler ses genoux et il n'y avait absolument personne à qui elle tenait assez pour se séparer de sa virginité.

Elle ne la gardait pas exprès pour Nick. *Non, absolument pas !*

Bref, quelle que soit la raison, le résultat était le même : son intérêt pour les relations amoureuses diminuant au fil des mois, elle avait mis ses affections en veilleuse et s'était jetée à corps perdu dans ses études et les sorties avec ses amies.

Elle commençait à aimer la vie d'étudiante. Elle travaillait beaucoup, faisait beaucoup la fête et allait à la plage chaque fois qu'elle le pouvait. Elle avait la liberté d'essayer des choses qu'elle n'avait jamais tentées auparavant. Cabines de bronzage, strings, shots de tequila.

Soudain, la vie redevenait amusante. Ses parents s'étaient mués en un souvenir sentimental toujours présent dans son cœur, mais finalement, la vie était redevenue vraiment amusante.

Tout s'était très bien passé pendant un certain temps, sauf que les quelques voyages qu'elle avait récemment faits à Saint-Louis ne lui avaient pas donné satisfaction. Pour une raison ou une autre, Nick et elles ne s'étaient jamais trouvés à la maison en même temps. Et cela la dérangeait. Était-ce une coïncidence ou intentionnel de la part de celui-ci ?

Un soir, au milieu de la semaine, alors qu'elle révisait pour un examen, elle s'était rendu compte qu'elle n'arrivait pas à se concentrer, malgré tous ses efforts. À ce moment-là, elle était au deuxième semestre de sa deuxième année en Floride, sur le point de passer sa licence. Alors, pourquoi avait-elle soudainement le

mal du pays ? Et puis, elle avait compris : cela faisait presque un an qu'elle n'avait pas vu Nick. Et quand elle avait réalisé cela, il avait commencé à lui manquer. Il lui manquait énormément.

À tel point qu'elle avait fait une chose à moitié diabolique.

D'accord, une chose vraiment diabolique.

Elle ne pouvait littéralement pas s'empêcher de penser à Nick et, bien sûr, elle se rappelait les fois où il avait pris l'avion depuis la Floride pour venir se débarrasser de ses petits amis. N'étaient-ce que des coïncidences ou non ? Plus elle réfléchissait sur le peu de preuves dont elle disposait, plus l'idée s'ancrait dans sa tête. En peu de temps, elle avait développé une hypothèse : il était venu en Floride dans le but exprès de se débarrasser de ses petits amis, et non pour visiter des propriétés, comme il l'avait prétendu. Une idée folle, peut-être pas si folle que ça, mais plus il lui manquait, plus son raisonnement semblait solide.

C'est alors qu'elle avait imaginé un plan brillant pour tester son hypothèse. *Et diabolique, c'est sûr.* Bien qu'elle ne fréquente personne à l'époque, et ce depuis pas mal de temps, elle avait plusieurs amis hommes et l'un d'entre eux était exceptionnellement brillant et beau. Incapable de s'en empêcher, elle avait décroché son portable et appelé Justine. Et elles avaient eu une charmante discussion d'une heure sur tout ce qui se passait sous le soleil.

Nick s'était pointé le vendredi après son dernier cours.

Ses colocataires étaient à Daytona Beach pour le week-end, mais Courtney n'avait pas eu envie de se joindre à la fête, car elle avait souffert de crampes plus tôt dans la journée. Ce soir-là, ses crampes étaient à peu près maîtrisées, grâce à trois ibuprofènes et un coussin chauffant. Elle était sur le canapé à regarder la télévision en short pyjama lorsque la sonnette avait retenti.

Elle avait jeté un coup d'œil à la porte et son cœur s'était serré, puis avait commencé à battre plus rapidement. *Pas possible !* Ça ne pouvait pas être lui.

Cela ne pouvait pas être vrai.

Lentement, elle s'était levée et avait marché jusqu'à sa porte, remerciant le Bon Dieu car, malgré ses maux de ventre, elle était allée en classe ce jour-là, ce qui signifiait que ses cheveux étaient propres et qu'elle était toujours maquillée.

Elle regarda à travers le judas et faillit avoir un infarctus.

Merde ! Son stratagème avait marché.

Et c'était le jour où sa vie avait changé. Le moment exact où elle avait su. Elle ne savait pas exactement ce qu'elle avait su, mais elle avait su que Nick était attiré par elle. Elle avait su à cet instant, en regardant par le judas, alors que Nick se tenait sur le pas de sa porte, le visage crispé par l'irritation, qu'il était jaloux et possessif et qu'il ne la considérait pas comme une petite sœur.

Elle avait ouvert la porte, oubliant son pyjama léger, essayant seulement de contenir les violents battements de son cœur.

— Salut, avait-elle lancé en essayant d'avoir l'air agréablement surprise alors qu'elle le dévorait des yeux, si heureuse de le voir qu'elle voulait se jeter sur lui.

Stupéfaite de la nouvelle vision qu'elle avait de lui.

Nick ne lui avait pas répondu ni n'avait tenté de l'embrasser. Tout ce qu'elle avait vu, c'était un homme de plus d'un mètre quatre-vingt-cinq énervé sur le pas de sa porte. Il se tenait immobile, les mains posées sur le cadre au-dessus de sa tête. Il portait des vêtements très décontractés et un t-shirt moulant qui lui collait au ventre, soulignant les tablettes de chocolat en dessous. Ses biceps étaient bombés alors qu'il serrait les mains, agrippant le bois au-dessus de lui.

— Tu vas me laisser entrer ? avait-il demandé, les yeux rivés sur elle, paupières plissées.

Luttant contre les papillons dans son ventre et incapable de répondre, tant elle était sidérée que Nick ait des sentiments pour elle, elle avait hoché la tête et ouvert la porte en grand.

Il était entré et avait jeté un regard suspicieux sur l'appartement vide.

— Où sont tes amies ?

— Parties à la plage pour le week-end, avait-elle répondu platement.

Il avait fait un nouveau pas en avant et claqué la porte, ramenant le pêne en place dans un clic retentissant.

— Quelle plage ?

Déglutissant avec peine, le sang battant si vite que son cerveau tournoyait, elle avait réussi à bredouiller :

— Daytona.

— Pourquoi tu n'es pas avec elles ? avait-il demandé, s'appuyant contre la porte et passant un pied sur l'autre dans une posture faussement nonchalante.

Refusant de préciser qu'elle y serait allée si elle n'avait pas eu mal au ventre, elle s'était tue un moment de trop.

— Parce que tu n'as pas assez d'argent ? avait-il lancé sur un ton qui laissait entendre qu'il ne croyait pas que ce soit la vraie raison.

Courtney avait toutes les peines du monde à suivre la conversation, parce qu'elle était encore bouleversée par sa présence dans son appartement.

— Non, j'en ai assez, avait-elle marmonné.

— C'est bien sûr ? Je peux augmenter ton argent de poche si tu as besoin de plus, avait-il déclaré sur un ton neutre qui réussissait à donner l'impression qu'il l'appâtait.

L'esprit de Courtney s'emballait. Son stratagème avait fonctionné. Il était là. Il était là. Il. Était. Là. *Mon Dieu !*

— Non, c'est bon. Je n'avais pas envie d'y aller, c'est tout.

Ce baiser. Oh, Bon Dieu ! Ce baiser le jour de ses dix-huit ans. Il était sincère. Il était bel et bien pour elle. Elle avait pris une grande inspiration, puis une autre. Pas question de se mettre à hyperventiler.

— Tu n'avais pas envie d'y aller, avait-il répété platement, comme s'il ne la croyait pas. Avec tes copines. À la plage. Tu veux que je croie un bobard pareil ?

Elle avait écarquillé les yeux, alors que son cœur continuait de battre à tout rompre.

— C'est la vérité.

Il avait retroussé les lèvres sur un rictus mauvais.

— Où est-il ?

Oh, mon Dieu ! Oh ! Mon. Dieu ! Sérieusement, il était vraiment jaloux.

— Où est qui ? avait-elle demandé de la manière la plus égale possible.

— Ton nouveau petit ami, avait-il craché, sans plus chercher à masquer sa colère.

Ses muscles s'étaient crispés quand elle avait compris à quel point il était furieux. Et qu'elle l'avait induit en erreur pour le faire venir.

— Je n'ai pas de nouveau petit ami, s'était-elle empressée de nier.

Il avait croisé les bras.

— Courtney, avait-il soupiré. J'ai eu une longue journée. Ce vol a été pénible. Je veux la vérité.

Elle avait levé le menton alors qu'un lent et insidieux sentiment d'égalité l'emplissait. Ils étaient à égalité. Il se souciait d'elle comme elle se souciait de lui. Bon sang, c'était littéralement trop à encaisser ! Où iraient-ils passer leur lune de miel ? Pensait-elle trop loin ? *Arrête, Courtney !*

— Je ne sais pas de quoi tu parles.

Il avait pincé la bouche en signe d'irritation.

— Tu as dit à ma mère que tu avais un nouveau petit ami.

Elle avait secoué la tête.

— Pas du tout. Quand ça ?

Et elle ne lui avait pas dit ça, pas vraiment. Elle avait seulement un peu trop parlé du bon ami. Le regard de Nick la transperçait.

— En début de semaine.

En même temps qu'il parlait, son regard était descendu jusqu'à ses pieds nus, dont il semblait étudier les ongles d'orteils roses, avant de remonter et de se poser sur ses jambes d'une manière qui

avait déclenché un afflux de chaleur humide entre les cuisses de Courtney.

— C'est pour ça que tu es ici ? avait-elle demandé doucement, d'un air tout à fait innocent.

Peut-être trop innocent. À sa question, ou peut-être était-ce à cause du ton qu'elle avait employé, il avait relevé les yeux vers son visage et s'était complètement figé… Et il était clair pour elle à cet instant-là qu'il avait soudain compris que quelque chose se tramait.

Il l'avait dévisagée attentivement pendant un long moment, le regard devenu perçant alors qu'une tension subtile envahissait ses traits.

— Qu'est-ce que tu essaies de me faire, bébé ? avait-il demandé à voix basse.

Courtney s'était mordillé la lèvre inférieure et avait secoué la tête, le cœur battant. *Bébé ?* Bon Dieu, il l'avait appelée « bébé » ?

— Rien, avait-elle chuchoté, les yeux dans les siens, son pouls s'accélérant de seconde en seconde.

Il l'avait observée en silence pendant un moment, puis il avait semblé se secouer, de façon presque littérale.

— Est-ce que tu me mens ? Tu as dit à ma mère que tu avais un petit ami, avait-il répété, à la fois accusateur et confus, comme si pour une fois il ne maîtrisait pas tout.

— Non. J'ai peut-être parlé d'un de mes amis, mais ce n'est en aucun cas un petit ami.

— Tu es en train de me dire qu'elle t'a mal comprise ? avait-il demandé avec incrédulité.

— Je suppose, avait-elle éludé.

Il avait secoué la tête de façon sévère, sans la croire, de toute évidence.

— Laisse-moi reprendre, que je comprenne bien : tu lui as fait croire à dessein que tu avais un nouveau petit ami.

— Non…

— Si, avait-il répliqué d'une voix douce mais ferme. Pourquoi as-tu fait ça ?

Elle avait encore secoué la tête, pas prête à admettre la vérité et ne sachant pas comment formuler ce qu'elle ressentait.

— Pourquoi ? avait-il à nouveau demandé, plus succinctement cette fois, exigeant une réponse à sa question.

Le sang coulait trop vite dans les veines de Courtney, qui soutenait ses beaux yeux bruns. En le regardant à travers ses cils, elle avait avoué dans un murmure :

— Parce que tu me manquais.

À son aveu, il s'était figé, étonnamment immobile pendant une seconde. Puis il avait fermé les yeux et s'était adossé, pour se soutenir, au plâtre du mur.

Quand il avait ouvert les yeux, elle ne savait pas quoi dire. Ni quoi faire, ni comment agir, ni comment arrêter l'éclosion sauvage de couleurs sur son visage, qui révélait encore plus ses sentiments. Il avait froncé les sourcils et l'avait étudiée quelques secondes avant que son regard ne se porte à nouveau sur son corps. Pour la première fois, elle s'était rappelé qu'elle était en pyjama.

— Courtney, nous avons un problème, bébé.

Son pouls avait adopté un rythme encore plus rapide.

— Il n'y a pas de problème, avait-elle protesté.

— Tu ne penses pas, ma puce ?

Elle avait secoué la tête.

Il l'avait fixée du regard et sa bouche s'était tordue en une grimace douloureuse. Courtney voyait qu'il réfléchissait, qu'il analysait la situation. Elle était restée sans rien dire, le laissant prendre les rênes. Au bout d'un moment, il avait semblé renoncer et avait demandé :

— Je t'ai manqué ?

Lentement, elle avait hoché la tête.

Après une courte hésitation pendant laquelle il l'avait contemplée en silence, il avait levé son poing et commencé à se

frotter le menton, comme si l'idée qu'il lui ait manqué lui causait des frictions à l'âme. Ses yeux soutenaient les siens.

Devant son silence persistant, elle s'était éclairci la gorge.

— Je ne pensais pas vraiment que tu viendrais, avait-elle admis doucement, ce qui était la vérité.

À ses mots, et au sens qu'ils sous-tendaient, il s'était figé tout entier.

— Mais je suis là, avait-il lâché, avant qu'un gémissement grave ne lui monte du fond de la gorge. Il faut que je parte d'ici avant de faire une connerie.

— Ne pars pas, l'avait-elle imploré.

Il avait à nouveau croisé les bras, comme pour se défendre contre elle. Lorsqu'il avait repris la parole, c'était avec des mots durs, comme s'il était parvenu à une décision pour laquelle elle n'aurait pas son mot à dire.

— Combien de mois encore ? Trois ?

Elle savait ce qu'il lui demandait. Elle aurait fini l'université dans trois mois.

— Ouais.

— Quels sont tes projets ? Tu rentres à la maison, n'est-ce pas ?

Depuis quelque temps, le mot « maison » était source de confusion pour Courtney. La Floride n'était-elle plus sa maison ? Était-elle maintenant chez elle dans le Missouri ? En fait, le seul endroit où elle voulait être, c'était là où se trouvait Nick. Mais elle ne pouvait pas le lui avouer. Il était déjà assez malheureux de savoir qu'il lui manquait tellement qu'elle avait menti pour l'obliger à venir la voir.

— Ouais, probablement.

— Probablement ? Qu'est-ce que ça signifie ?

— Je dois trouver un emploi. Si possible, je veux vivre dans un endroit qui me soit familier. C'est-à-dire soit la Floride, soit le Missouri.

— Saint-Louis, avait-il exigé.

Elle avait hoché la tête, mais avait nuancé son geste par un :

— Peut-être.

Sur sa réponse, il s'était repoussé du mur et avait avancé. Elle avait senti son ventre se serrer, une chaleur l'envahir. Il s'était immobilisé à moins de deux pas et avait paru se ressaisir. Ses traits s'étaient alors crispés comme si ses mouvements étaient suspendus.

— Tu m'avais promis de revenir à Saint-Louis.

— Je sais.

— Tu dois tenir parole. Ta promesse est la seule raison pour laquelle je t'ai laissé partir.

À voir son regard, elle avait eu l'impression de devoir régler quelque chose avec lui.

— Nick, avait-elle commencé lentement, tu ne m'as pas « laissé partir ». Je ne suis pas à toi, tu n'as pas à me contrôler.

Elle l'avait observé, notant la colère qui se répandait lentement sur son visage à la suite de ses paroles. Elle avait continué, en s'efforçant de manifester un peu d'indépendance — chose dont, franchement, elle n'avait rien à fiche.

— Je veux retourner à Saint-Louis. Si je ne trouve pas de travail ici, alors, après mon diplôme, je…

Il lui avait coupé la parole, entrant dans son espace personnel avec un regard furieux.

— Pas à moi ?

Elle avait reculé d'un pas et il l'avait suivie jusqu'à ce qu'elle heurte le dossier du canapé. S'il ne la touchait pas, la menace était pourtant là. Lorsqu'elle s'était arrêtée, il avait répété, incrédule :

— Pas à moi ?

Et il était venu toucher le collier qu'elle portait toujours. Son cœur battait fort dans ses oreilles alors qu'il saisissait le pendentif. Les paupières plissées, il avait répété pour la troisième fois, avec une férocité indéniable :

— Pas à moi ?

L'air bloqué dans sa gorge, elle avait secoué la tête, prisonnière de son regard.

Il avait incliné la tête, comme traversé par une pensée perfide.

— Si tu ne m'appartiens pas, à qui penses-tu appartenir ? avait-il demandé d'une voix trop mielleuse pour refléter la moindre douceur.

Comme elle restait muette, il avait poursuivi :

— Je ne vois personne d'autre qui s'occupe de toi. Je ne vois personne d'autre qui traverse la moitié du pays en avion pour s'assurer que tu vas bien et qu'un enfoiré n'essaie pas de profiter de toi. (Il avait pris une brusque inspiration.) Et à ton avis, qui paie tes factures ?

Elle avait dégluti et s'était écartée de lui, sentant la traction de la chaîne autour de sa gorge, mais il ne l'avait pas lâchée pour autant. Elle avait baissé les yeux vers les nerfs tendus de son cou, puis était remontée vers le feu de ses yeux, tandis qu'il continuait :

— Selon toi, qui a payé pour ce petit pyjama de rien du tout que tu portes ? Qui paie tous tes vêtements, la nourriture que tu manges, l'argent de poche que tu reçois ? (Ses yeux retenaient les siens avec une intensité impitoyable.) Qui a payé la jolie petite voiture que tu conduis ?

Courtney avait soudain éprouvé une culpabilité immense à la pensée de toutes les choses que sa famille lui avait fournies au fil des années. Elle s'était passé la langue sur les lèvres et avait murmuré :

— La Corporation.

Il avait secoué la tête, comme si elle avait tout faux, et une nouvelle agitation s'était emparée de ses sens.

— Ce n'est pas la société ? avait-elle demandé doucement.

— Non. Pas la société, avait-il demandé, les yeux rivés aux siens. Moi. Juste moi.

— Pour… pourquoi ? avait-elle bégayé. Je ne comprends pas.

— Y'a rien à comprendre, ma puce. (Il avait levé sa main libre et lui avait pris une mèche de cheveux, qu'il entortillait entre ses doigts.) Damian a assumé la responsabilité d'Erin. Tu es venue ensuite et je t'ai eue.

— Tu m'as eue ? avait-elle glapi alors que les doigts de Nick continuaient de s'entortiller dans ses cheveux.

— Façon de parler, avait-il répondu lentement en écartant sa main. Disons que j'ai assumé la responsabilité de tes frais.

Courtney avait senti un bourdonnement lui emplir la tête.

— Justine…

Il l'avait interrompue :

— … n'a pas d'argent à elle. Elle ne possède pas la société. Notre père était un homme bon, mais il est mort criblé de dettes. Ce que tu vois, nous l'avons construit à partir de rien, tous les trois. Tout l'argent de notre mère lui vient de nous.

Son rythme cardiaque s'était arrêté avant de reprendre, bien trop vite, à cette nouvelle vision de la situation.

Tenant toujours le pendentif d'une main, il lui avait relâché les cheveux et avait passé un seul doigt sur sa pommette dans une caresse douce, mais possessive.

— Maintenant, tu veux te disputer avec moi à propos de ta dépendance à mon égard ?

Elle était restée complètement immobile et se concentrait sur sa respiration.

— Mais ce n'est pas vraiment une question d'argent, pas vrai ?

L'agacement lui avait assombri le visage et l'avait transformé en un masque implacable.

— Voici ce qui va se passer. Tu vas finir l'université et rentrer à Saint-Louis, exactement comme tu l'as promis. Une fois que ce sera fait, nous aviserons. Mais tu me dois bien ça, Courtney, tu comprends ?

Elle avait hésité un moment avant de répondre, frustrée par des émotions contradictoires.

— Tu me comprends, Courtney ? avait-il croassé.

— D'accord.

Il l'avait regardée en face, comme pour mesurer l'honnêteté de son accord.

— D'accord, avait-il répété alors. En attendant, tu restes à

l'écart des hommes. Tu restes à l'écart des garçons. Tu n'as pas besoin de distractions et je n'ai pas besoin de ce foutu mal de tête.

Elle avait senti son souffle se coincer dans sa gorge face à cette exigence.

— Tu m'as compris ? avait-il insisté face à son silence. Tu es encore trop jeune pour ces conneries et je te jure que je ne peux pas m'en occuper maintenant. Compris ?

Trop jeune ? Bon Dieu, elle avait vingt-deux ans ! Elle avait baissé les yeux, mais hoché la tête. Accepter cette demande était facile, parce qu'en réalité, tous les autres hommes étaient pratiquement invisibles pour elle.

Ayant reçu sa confirmation non verbale, il avait pris une profonde inspiration.

— OK, c'est bon ?

Quand elle avait hoché la tête à nouveau, il avait reposé le pendentif, très soigneusement, sur le haut de son pyjama. Il s'était déplacé lentement, puis avait noué ses deux bras autour d'elle et l'avait enveloppée contre son torse dans l'étreinte qu'elle désirait depuis des mois. Courtney avait fermé les yeux et absorbé sa puissance. Respirant son parfum, elle s'était sentie se détendre contre lui. Presque immédiatement, il avait resserré les bras.

La bouche de Nick était venue se poser contre son oreille et il avait murmuré :

— Tu m'as manqué aussi.

Son souffle lui avait raclé les poumons et, étourdie, elle avait fermé les yeux pour profiter de son étreinte.

Il l'avait tenue ainsi pendant quelques minutes, puis il s'était écarté et lui avait déposé un baiser fugace sur le front.

— Je te vois dans trois mois, d'accord ?

— OK.

— Fais attention à toi.

— Ouais, toi aussi.

Il l'avait observée attentivement un moment, puis il l'avait libérée, s'était détourné et était sorti de l'appartement.

Bien sûr, cela n'avait pas fonctionné comme il l'avait prévu. Elle avait reçu la bourse d'études supérieures qu'elle avait demandée. Elle était restée deux ans de plus en Floride et cela lui avait permis de tester sa force d'âme : elle avait terminé les cours dont elle savait qu'elle aurait besoin pour son avenir.

Et bon Dieu, Nick était furieux de ce retard : elle savait que ces deux années supplémentaires l'avaient presque rendu fou !

Mais ces années étaient maintenant révolues.

Et elle était enfin rentrée, comme il l'avait demandé.

Sauf qu'à présent, il était temps qu'elle obtienne ce qu'elle voulait, pour changer.

Et ce qu'elle voulait, c'était Nick Rule.

3

Courtney revint au présent en entendant un bruit derrière elle. Une paire de sandales à talons bas serrée contre sa poitrine, elle se retourna, le cœur au galop. Nick se tenait bien à l'intérieur de sa chambre, à la porte de son *dressing,* comme s'il était le propriétaire de l'endroit, ce qui était le cas, en y réfléchissant. Il l'observait en silence et elle sentait le sang battre furieusement dans ses veines.

Comme elle ne se rendait habituellement à Saint-Louis que pour les vacances importantes, cela faisait des mois qu'elle ne l'avait pas vu. Ses cheveux foncés étaient indisciplinés et avaient besoin d'être dépointés, et le sillon entre ses sourcils semblait plus prononcé que d'habitude.

Voyant qu'il restait muet, elle s'éclaircit la gorge.

— Ta mère est partie il y a quelques minutes. Tu viens de la manquer.

Il continua de la fixer un instant, promenant les yeux sur son corps, avant de les tourner vers le contenu du *dressing*. Alors qu'il étudiait les affaires qu'elle y avait rangées, un air satisfait passa sur ses traits avant que ses yeux ne reviennent sur les siens.

— Tu crois que je suis venu ici pour voir ma mère ?

Elle savait bien que non. Il avait raccourci sa journée de travail pour une raison. *Pour me voir.* Elle savait qu'il était toujours en colère. Il était en colère et impatient chaque fois qu'elle lui parlait depuis deux ans. Certes, ces moments avaient été au mieux sporadiques, mais qu'aurait-il voulu qu'elle fasse ? Qu'elle refuse une excellente occasion de décrocher un master sans aucuns frais de scolarité ? Et pour quoi ? Il ne lui avait jamais rien promis.

Les promesses n'avaient jamais été le point fort de Nick. Non, sa spécialité, c'étaient plutôt les menaces.

Elle refusa de répondre à sa question et il continua à propos de sa mère.

— Je l'ai vue en bas. Au cas où elle ne t'aurait pas prévenue, elle ne sera pas de retour avant des heures. (Il la regarda droit dans les yeux alors que sa voix s'aggravait encore.) D'ailleurs, elle ne pourrait pas retourner dans l'appartement même si elle essayait. J'ai temporairement changé le code.

Une autre menace mal dissimulée. Une avec des implications sexuelles qui firent battre son cœur à coups redoublés. Même si elle reconnaissait la menace pour ce qu'elle était, la respiration de Courtney s'accéléra et elle dut se concentrer afin de la contenir. Alors qu'il la regardait avec une lueur possessive dans les prunelles, son sang s'échauffa encore, mais elle réussit à passer outre le sous-entendu sexuel et provocateur pour répliquer froidement :

— Comment vas-tu, Nick ?

Elle était fière de son ton égal, mais en même temps, elle ne put pas s'empêcher de se détourner et de tripoter ses chaussures. Celles qu'elle tenait dans ses mains, elle les rangea en en ajustant une autre paire simplement pour garder ses mains occupées.

Voyant qu'il ne répondait pas, elle se retourna lentement pour lui faire face. Il se tenait debout, les bras appuyés sur le cadre de la porte, et le *dressing* sembla soudain rétrécir pour l'enfermer dans

son espace réduit. Elle n'arrivait pas à déchiffrer l'expression de son visage : il avait les traits voilés et illisibles.

Sous son regard attentif, ses genoux flageolèrent et son ventre se mit à frémir. Au bout de quelques instants, il plissa les paupières et annonça sèchement :

— J'ai quelques questions.

Des papillons prirent leur envol dans son ventre.

— OK, accepta-t-elle aussi calmement qu'elle le put.

— Es-tu rentrée à la maison pour de bon ? demanda-t-il aussitôt.

L'oxygène se coinça dans les poumons de Courtney.

— Je pense que oui. Du moment que je trouve un travail…

Il ignora la deuxième partie de sa déclaration pour l'interrompre.

— Tu es adulte, maintenant ?

Son pouls s'accéléra encore alors que le torse de Nick s'approchait de manière infinitésimale. *Contrôle, Courtney. C'est toi qui as le contrôle.*

— Je suis adulte depuis des années, maintenant.

Il pinça les lèvres en entendant sa détermination, puis il les tordit sur une moue de défi.

— Tu en es sûre ?

Le cœur de Courtney s'arrêta avant de repartir. Incapable de faire fonctionner ses cordes vocales, elle hocha la tête.

Il baissa les yeux et les fit courir lentement le long de son corps avant de les relever vers les siens. En retirant ses mains de l'encadrement de la porte, il vint poster face à elle sa carrure menaçante et fit un pas à l'intérieur du *dressing*, un pas qui criait « *intimidation* ». Il referma la porte derrière lui dans un claquement.

Oh, merde ! OK. Il veut faire ça maintenant. Maintenant, cependant, ce n'était pas le plan de Courtney. Elle n'avait même pas eu l'occasion de lui en donner pour son argent. Ou de planifier sa stratégie. Pour jouer la distance peut-être ? Pour lui montrer

qu'elle avait le contrôle, maintenant, et pas lui ? *Oui.* Elle avait prévu de se venger en lui faisant vivre l'enfer… Or, elle avait besoin de temps pour lui en faire baver.

Comme la taille et la carrure de Nick dominaient l'espace, celui-ci s'en trouva immédiatement rétréci, les quatre murs se refermant autour d'eux. Croyait-elle vraiment que c'était elle qui contrôlait la situation ? L'idée s'enfuit alors qu'elle comptait rapidement les portes que Nick avait fermées pour l'emprisonner avec lui. La porte du *penthouse,* la porte de la chambre, la porte du *dressing. Trois putains de portes !*

Pas d'échappatoire, même si elle en avait voulu une. Ce qui n'était pas le cas. Les papillons dans son ventre et les battements rapides de son cœur en disaient long à ce sujet.

Il fit quatre autres pas en avant jusqu'à ne plus être qu'à quelques centimètres. Ses muscles souples se tendaient, ses traits se transformaient en granit d'une puissance intimidante. Levant les bras, il posa les mains sur l'étagère intégrée derrière elle, la mettant en cage. Il ne la touchait pas, mais il était si proche que Courtney pouvait sentir chaque respiration qu'il prenait, le frisson qui traversait son imposante carrure.

Retenant son souffle, elle attendait qu'il la touche, pendant qu'un bruit fort, comme un jet d'eau, lui remplissait les tympans.

Six ans. Cela faisait six ans qu'il ne l'avait pas embrassée. Chaque jour depuis avait été une attente insupportable.

Une grande main vint lui soulever le menton, ses doigts écartés frôlant son cou comme si sa peau lui appartenait. Ses yeux étaient brûlants, sa voix rauque.

— Tu sais de quoi il s'agit. Tu m'as découvert il y a quelques années, n'est-ce pas ?

Vu comme son cœur battait, elle savait qu'il n'y avait aucune raison de le nier.

— Oui, répondit-elle en déglutissant.

En la prenant dans sa poigne intraitable, il plongea l'autre main dans sa poche avant, tandis que ses yeux tenaient les siens avec une

concentration fulgurante. Il agita un petit carré de plastique entre eux. Il le lui montrait, presque dans un geste de défi, avec une fausse négligence qui ne la trompait pas un instant. Alors qu'elle détachait le regard du sien pour le fixer sur le petit objet, elle sentit son visage s'empourprer quand elle comprit qu'il s'agissait d'un préservatif.

Une pulsation chaude s'installa au creux de son ventre alors que son regard se heurtait à nouveau au sien. Ses yeux étaient déterminés, fascinants, brûlants, et son ventre tournoyait sauvagement alors que son attention restait absorbée à cent pour cent sur son visage.

Elle eut le souffle coupé en découvrant l'intensité déterminée de son expression sur ses traits durs comme la pierre. Un grésillement brut et sexuel crépita entre eux alors que ses yeux s'étrécissaient et que sa bouche se figeait en une ligne déterminée.

— Juste pour info, j'ai été un saint avec toi. Je suis encore un saint avec toi…

Elle lâcha un bref soupir, furieuse qu'il les ait fait attendre si longtemps.

— Ne le sois pas, le coupa-t-elle. Ça fait trop longtemps. J'en ai assez que tu sois aussi sage…

Il n'en fallut pas plus pour le convaincre : sa bouche approcha. Ses lèvres se posèrent sur les siennes et il vint lui passer la main dans les cheveux. Là, il serra les doigts et empoigna ses mèches sous l'effet de l'électricité qui crépitait entre eux. Ce mouvement entrouvrit les lèvres de Courtney et, alors que sa langue l'envahissait, elle ressentit une grande vague de soulagement, comme si elle était enfin rentrée à la maison.

Son torse contre elle, il ôta le bras du mur derrière pour l'enrouler autour de sa taille dans un étau sans merci. Sa langue tourbillonnait autour de la sienne, et avec les lumières qui dansaient dans sa tête, Courtney réalisa vaguement que ce baiser ne ressemblait en rien à celui qu'il lui avait donné six ans auparavant.

Ce baiser parlait de possession, de force dominatrice, de propriété incontestable.

De sexe pur.

Un délice entêtant coulant dans ses veines, elle leva le menton d'un cran et l'embrassa en retour avec tout ce qu'elle avait. Au son de son grognement sourd, elle lui noua les bras autour du cou et se haussa sur la pointe des pieds, mourant d'envie de sentir chaque centimètre de Nick contre elle. La faim, immédiate et aiguë, glissa le long de son échine et se transforma en une fièvre brûlante entre ses cuisses. Ses seins lui faisaient mal à l'endroit où ils s'appuyaient contre lui, ses tétons devenant de petits points d'excitation aiguisés.

Le torse de Nick vibrait d'impatience lorsqu'il la relâcha et, avec des mouvements rapides et pressés, il prit le préservatif entre ses dents et le maintint là pendant que ses mains glissaient vers son pantalon et qu'il commençait à travailler sur son bouton et sa fermeture Éclair. Elle déglutit, et avec une sensation qui n'était pas sans rappeler le choc, elle posa les mains sur ses biceps tout en le regardant baisser son pantalon sur ses hanches, emportant sa culotte avec.

Son esprit tourbillonnant, ses émotions en ébullition, songeant quelque part dans un coin de sa tête qu'ils auraient dû partager un dîner tranquille à la lumière des chandelles, elle leva les yeux et trouva les siens rivés à la peau blanche qu'il avait mise à nu. Son visage se teinta de rouge lorsqu'un tic se mit à pulser dans sa joue et toute pensée de romance déserta le cerveau de Courtney tandis que son corps se mettait à hurler son désir.

Il souleva un grand pied masculin et, avec la semelle de sa chaussure, finit de pousser son pantalon et sa culotte jusqu'au sol.

— Lève les pieds, siffla-t-il à travers ses dents serrées, le préservatif toujours entre elles.

Dans les oreilles de Courtney, ça rugissait, pourtant elle s'efforça d'obtempérer. Elle s'emmêla dans ses chaussures et ses vêtements. Avec un bruit semblable à celui d'un animal en

souffrance, Nick se pencha, et avec peu de délicatesse mais beaucoup d'efficacité, il retira chaussures et pantalon pour les jeter de côté.

Il la tenait à bout de bras, le préservatif toujours entre ses dents. Ce fut avec un sentiment d'anticipation et de surprise face à la rapidité des choses que Courtney le regarda faire, non sans tâcher de réguler sa respiration.

Il ôta le préservatif de sa bouche et tendit la main avec laquelle il le tenait pour lui soutenir le dos. De l'autre, il la saisit par la hanche et serra. Elle déglutit avec peine et son corps sursauta à son contact.

Il avait les yeux braqués vers l'endroit où ses cuisses nues se rejoignaient et le son qu'il produisit était de nature animale.

— J'ai une autre question à te poser, mais comprends-moi quand je te dis que si je reçois la mauvaise réponse, je pars d'ici pour aller commettre un meurtre au premier degré, pigé ?

Le souffle coupé, elle devina intuitivement quelle serait sa question.

Une vague de colère monta et vint se mêler à la marée brûlante du désir qu'elle ressentait. Comment osait-il s'attendre à ce qu'elle soit encore vierge ? Furieuse contre elle-même à ce moment-là pour avoir conservé sa virginité, furieuse contre lui pour s'y être attendu, elle se raidit.

Alors qu'il levait le visage et la regardait fixement dans les yeux, elle se demanda si elle devait le soulager. Méritait-il la vérité ? Méritait-il de savoir qu'elle était encore vierge ? Pourquoi l'avait-elle attendu, d'ailleurs ? Il n'avait certainement pas été abstinent pendant six ans, bien qu'elle n'en ait pas la preuve irréfutable, car elle ne l'avait jamais vu ramener une femme chez sa mère pendant la période où elle y avait vécu ou lorsqu'elle lui rendait visite. *Pas même une seule fois.*

De plus, elle n'avait jamais entendu sa mère ou ses frères et sœur parler d'une femme en rapport avec Nick. *Jamais.*

Elle avait même cherché son nom sur Internet en essayant de

trouver des informations sur lui. Dieu merci, elle s'était retrouvée chaque fois bredouille. Elle avait déniché des tonnes de récompenses scolaires, des tonnes d'informations sur l'entreprise, mais à son grand soulagement, pas une seule photo de Nick avec une femme ou même une simple référence à une femme.

S'il avait couché avec quelqu'un d'autre, il avait été très prudent pour empêcher que des informations de cette nature ne lui parviennent. Il n'aurait jamais voulu la blesser de cette façon. Courtney en était aussi sûre qu'elle l'était, désormais, du passage de leur relation à un nouveau stade.

Alors qu'il continuait à la contempler sans parler, il semblait avoir peur de la réponse qu'elle pourrait donner à sa question. Elle se passa la langue sur les lèvres et lui dit :

— Je suis censée avoir pigé quoi ?

Ses yeux devinrent deux fentes brillantes et menaçantes.

— Tu sais ce que je veux savoir.

Elle prit une respiration pour se calmer et tâcha de gagner du temps.

— Ah bon ?

Ses narines se dilatèrent et elle savait qu'il produisait un effort pour contrôler son humeur.

— Tu es à moi. *Seulement à moi.* Je le sais, tu le sais, et maintenant, je veux t'entendre le dire.

L'arrogance de ce type ! Comment pouvait-elle l'aimer autant ? Avait-elle tort de lui en vouloir ? Peut-être que c'était sa faute à elle, après tout ! Elle aurait facilement pu se débarrasser de sa virginité si elle l'avait voulu. Elle était juste énervée qu'il ait attendu si longtemps pour être enfin avec elle. Une attente au-delà du ridicule. Ils auraient pu être ensemble chaque fois qu'il était venu en Floride. Chaque fois qu'elle venait à Saint-Louis pour les vacances. Elle n'aurait pas refusé et en plus, il devait le savoir. Elle n'hésita qu'un instant encore, puis répondit de manière volontairement désinvolte :

— Je suis à toi.

Sa réponse nonchalante aiguisa son regard, qui se fit dangereux. Un froncement de sourcils furieux apparut, alors qu'il glissait la main de sa hanche nue jusqu'au V entre ses cuisses, où il la saisit avec force.

— Ce n'est pas le moment de te foutre de moi, bébé.

Courtney étouffa un cri alors que la chaleur lui bouillonnait dans les veines. Aucun homme ne l'avait jamais touchée à cet endroit. Un autre coup de colère lui fit rugir le sang à cette pensée. Cet enfoiré l'avait gardée si naïve qu'elle n'avait même jamais été touchée. Ce n'était peut-être pas entièrement sa faute, mais à ce moment-là, Courtney s'en fichait ; elle le blâmait, lui. À cette pensée, ses sentiments partirent dans tous les sens. Elle était furieuse ; elle était aussi tellement excitée qu'elle pouvait à peine se tenir debout sans que ses genoux flanchent sous elle.

Submergée par l'émotion, elle leva les mains et les posa de part et d'autre de son visage. Sur la pointe des pieds, elle poussa la poitrine vers l'avant et alla poser les lèvres sur les siennes. Elle l'embrassa avec chaque once d'émotion qu'elle ressentait, et en quelques secondes, il gémissait et lui fourrait la langue entre les lèvres. Sa main était chaude, son étau brûlant sur ses parties intimes ; les jambes tremblantes, elle succomba à leur baiser et commença à ressentir une sorte de désir dont elle n'avait eu qu'un aperçu, les fois où elle s'était touchée en fantasmant sur lui.

Il l'embrassa longuement, fort, profondément, comme si elle lui appartenait, à lui et à lui seul. Ses jambes se mirent à flageoler lorsqu'il la saisit par les fesses, nues, d'une poigne forte. Elle sentit le plastique qu'il tenait encore dans sa main lui picoter les fesses, sensation tactile qui la fit tomber encore plus loin dans les profondeurs du désir.

La respiration irrégulière, il éloigna sa bouche de la sienne et, la tenant toujours d'une main devant et de l'autre derrière, il ouvrit les yeux et la regarda fixement. Il inspira fortement et lâcha :

— J'ai besoin de la vérité.

Déglutissant avec peine, elle secoua la tête, lui refusant obstinément une réponse.

Ses yeux flamboyèrent et ses mots, quand il reprit la parole, furent tranchants.

— Courtney, il y a un problème plus immédiat que mon putain d'*ego,* ici. Si tu ne me dis pas la vérité, je risque de me faire une fausse idée et de ne pas prendre les précautions nécessaires. (Ses yeux retenaient les siens alors que son contrôle semblait lui échapper et il reprit, d'une voix plus rauque encore :) Tu me comprends, bébé ? Je suis déjà à moitié fou : s'il y a un risque que je te fasse du mal, tu ferais mieux de me le dire tout de suite.

Le sens de ses propos la frappa d'un coup.

C'était probablement ridicule, mais lorsqu'elle réalisa que Nick avait suffisamment de testostérone pour arrêter un train en marche et qu'en plus, il était impatient, son visage pâlit et elle soutint son regard sans parler, en proie tout à coup à une véritable crainte.

Il resserra l'étau de ses mains pour exiger une réponse.

— J'ai besoin de quelque chose. Donne-moi ce dont j'ai besoin pour continuer.

Elle prit une profonde inspiration, soutint son regard et se décida parce qu'au fond, non seulement elle méprisait la douleur, quelle qu'elle soit, mais elle ne pouvait perdre sa virginité qu'une seule fois, et même si Nick et elle étaient debout dans un *dressing,* elle voulait que ce soit spécial entre eux.

— Fais attention, murmura-t-elle.

Il la fixa pendant deux secondes avant de fermer les yeux et de se pencher vers elle. Il posa doucement les lèvres sur son front et l'embrassa, comme pour lui donner sa bénédiction — Courtney ne pouvait pas le décrire autrement.

On aurait dit qu'un interrupteur avait été actionné à l'intérieur de Nick. L'homme sexuellement agressif d'il y avait quelques instants avait disparu ; à sa place, c'était le Nick du jour de ses dix-huit ans.

D'un mouvement doux, la prenant par la main, il la fit sortir du placard et la conduisit dans sa chambre. Il se dirigea vers le lit, mais en se retournant rapidement, il la prit dans ses bras et la transporta hors de la chambre, dans le couloir qui conduisait à son enfilade de pièces.

Il était sur le point de la déposer sur le lit quand ils entendirent frapper à la porte, dans le vestibule attenant à l'ascenseur. Le bruit était fort, cacophonique même, car il résonnait dans l'air et l'emprise de Nick sur Courtney se resserra immédiatement. Ils regardèrent tous deux vers la porte et entendirent alors la voix de Garrett.

— Nick ! C'est quoi ce bordel ? Tu es là ou pas ?

Courtney sentit le corps de Nick se crisper en même temps que sa tête s'approchait de son oreille pour lui murmurer dans un souffle :

— Pas un mot. Ne bouge pas un muscle. Je ne le laisse pas entrer.

Réalisant qu'elle était à moitié nue et que Garrett devait savoir qu'ils étaient dans l'appartement, elle commença à se tortiller pour se dégager des bras de Nick. Mais il resserra encore les mains, comme s'il n'allait pas la laisser partir, jusqu'à ce que son frère change de tactique en criant :

— Courtney ! Je sais que tu es là. J'ai besoin de te parler. Viens ouvrir la porte, bon sang !

Nick émit un grognement guttural.

— Laisse-moi descendre, lui siffla-t-elle, et avec un faible grondement de colère, il desserra les bras.

Elle ne se le fit pas dire deux fois. Courant jusqu'à sa chambre, puis jusqu'à son armoire, elle enfila le jean et la culotte que Nick lui avait retirés cinq minutes auparavant.

Soixante secondes plus tard, elle ouvrait la porte d'entrée, sans chaussures, et laissait entrer un Garrett visiblement énervé.

Nick se tenait près du buffet de la salle à manger, prêt à se verser un verre. Courtney n'en revenait pas : il laissait

transparaître son agitation en se préparant un *cocktail* au beau milieu de l'après-midi ! Pour autant qu'elle sache, il ne buvait jamais pendant la journée, à moins d'y être absolument obligé pour des raisons professionnelles, mais certainement pas un jeudi après-midi normal. Enfin, elle était partie depuis un certain temps. Qui sait ?

— Salut, lança-t-elle alors que Garrett entrait en les regardant, d'abord elle, puis son frère avec un regard soupçonneux.

— Qu'est-ce qui se passe, putain ? demanda-t-il en continuant à passer de l'un à l'autre.

Courtney avait conscience que ses cheveux étaient en bataille et que ses joues devaient être rougies. Elle jeta un coup d'œil à Nick, qui grimaçait en avalant un verre de son bourbon. Il ne chercha même pas à répondre à son frère. En fait, il ne jeta même pas un coup d'œil dans sa direction.

— Rien, répondit Courtney à Garrett avec la plus grande neutralité possible. Je déballais mes affaires dans le *dressing* et je ne t'ai pas entendu. Et mon câlin, alors ?

Avec un autre regard interrogateur dans la direction de Nick, Garrett la prit dans ses bras et l'embrassa.

— Félicitations.

— Merci, dit-elle en levant les yeux vers lui.

— Nous sommes tous fiers de toi, tu sais.

Sa voix grave résonnait dans la pièce. Le plaisir envahit Courtney, heureuse du compliment.

— Je sais. Merci.

Alors qu'il lui ébouriffait les cheveux et la relâchait, elle jeta subrepticement un coup d'œil à Nick, qui les observait d'un air renfrogné.

Courtney recula tandis que Garrett, lui, reportait son attention sur son frère.

— Pourquoi tu bois ? Il est quatorze heures.

— Tu es qui ? Ma mère ? ricana Nick.

Le jeune homme plissa les yeux et posa les mains sur ses

hanches. Ignorant la boutade sarcastique de son aîné, il l'interrogea avec une colère manifeste :

— Qu'est-ce qui t'arrive, Nick ? Tu essaies de t'occuper de Courtney ? Je te l'ai dit : je m'en occupe. Je te le répète depuis six mois.

Celle-ci prit une profonde inspiration, perplexe. *S'occuper de moi ? Mais qu'est-ce qui se passe ?*

Nick reposa brusquement son verre sur la surface de verre du buffet et se tourna enfin vers son frère, les yeux illuminés de rage.

— Et moi, je t'ai dit qu'il n'y a pas moyen qu'elle fasse le tour du monde avec toi. Pas. Moyen. Putain !

Faire le tour du monde ? Courtney était sûre d'avoir raté quelque chose. Essayant de comprendre la dynamique nouvelle dans la pièce, elle regarda les deux hommes tour à tour.

— Tu n'es pas son putain de tuteur, Nick ! C'est une femme adulte, maintenant, et elle peut prendre ses propres décisions, rétorqua Garrett.

Courtney en avait assez.

— Qu'est-ce qui se passe, ici ? L'un d'entre vous ferait mieux de commencer à m'expliquer. Et arrêtez de parler comme si je n'étais pas dans la pièce.

Les frères continuèrent à se fusiller du regard, puis ils rouvrirent la bouche en même temps.

— Je te veux pour le service Acquisitions, annonça Garrett.

— Tu vas travailler à la Restructuration, déclara Nick en la regardant directement de ses yeux perçants.

Garrett se retourna et jeta à Nick un regard incrédule.

— Tu as déjà plus qu'assez de personnel à la Restructuration. Je vais construire cette putain de *holding* avec ou sans le soutien de la Rule Corporation et Courtney vient avec moi.

— Que veux-tu dire par là, bordel ? s'enflamma Nick.

La voix de Garrett se fit plus grave et la maîtrise que Courtney y entendit était presque effrayante. D'où lui était venue l'idée que cet homme était plus accessible que ses frères ?

— J'en ai sacrément marre que mes frères me disent ce que je peux et ne peux pas faire. Il est temps de commencer à gagner vraiment de l'argent et je sais exactement comment m'y prendre. Si Damian et toi voulez en être, très bien, sinon je le ferai moi-même, et j'embarque Courtney avec moi.

— Bon sang, Garrett, tu ne crois pas qu'on gagne déjà « vraiment de l'argent » ? s'exclama Nick, incrédule.

— Il est temps de s'étendre, Nick. L'effet de levier structurel, c'est de cela qu'il s'agit. On peut se faire une putain de tonne de blé !

Les deux hommes se regardaient fixement pendant que Courtney essayait de se ressaisir. Les dissensions dans la famille n'étaient pas une bonne chose.

Devant le silence persistant de Nick, Garrett commença à exposer son idée :

— Ce sera simple. Nous formons une SARL d'investissement. Nous la finançons, nous ouvrons des filiales…

Son frère lui coupa la parole d'un ton qui dégoulinait d'impatience.

— Je sais comment fonctionne une *holding,* Garrett. Mais il y a un problème que tu ne prends pas en compte : Damian et moi n'aimons pas les dettes. D'aucune sorte. Et tu le sais.

Garrett plissa les paupières et grinça des dents, si bien que Courtney jeta un coup d'œil à Nick. Alors que le silence s'étirait, électrique, entre les deux hommes, elle prit une profonde inspiration et donna son avis :

— Oui, mais le risque serait minime. C'est une idée géniale.

Nick se tourna vers elle avec une expression qu'elle ne pouvait pas déchiffrer, mais elle ne cilla pas pour autant et continua :

— Tu devrais au moins y réfléchir, Nick. Comme l'a dit Garrett, vous pourriez financer les investissements par le biais d'une série de SARL. Il suffirait de verser un petit pourcentage fixe à chacune d'entre elles et d'établir un accord d'exploitation qui permettrait à d'autres investisseurs d'y participer. (Voyant que les deux frères

écoutaient avec attention, Courtney poursuivit :) Si le reste de la dette pour chaque investissement était financé par des prêts garantis et sans recours, alors, le risque réel serait négligeable.

Quand elle se tut, Nick semblait sidéré tandis que Garrett, tout sourire, annonçait :

— Je t'avais dit que ce MBA te serait profitable ! Et toi, ajouta-t-il à l'attention de son aîné, je te l'ai dit : elle est à moi.

Lorsque les deux derniers mots franchirent les lèvres du jeune homme, Nick pivota vers son frère, le regard noir.

— Elle n'est pas à toi et tu ferais mieux de ne plus jamais répéter une ineptie pareille.

Un long moment de silence surchauffé emplit la pièce alors que les deux frères se regardaient fixement.

— C'est quoi le problème, Nick ? siffla Garrett.

— C'était ton idée qu'elle reste ces deux années supplémentaires en Floride ? demanda Nick avec insistance.

— Non, j'ai seulement soutenu sa décision d'obtenir un master, répliqua Garrett.

Alors que celui-ci regardait son frère avec un air perplexe, Nick prit une profonde inspiration et revint à la conversation initiale.

— Nous avons deux problèmes, ici. L'un est la question de la création d'une société holding et si nous allons le faire…

— Je vais le faire, l'interrompit Garrett. La question est de savoir si mes frères veulent s'associer à moi ou non.

Nick lui lança un regard noir.

— Et l'autre question, poursuivit-il, concerne Courtney. Elle ne travaillera pas pour toi, et c'est définitif.

Celle-ci ressentit une vive colère. Bon sang, on prenait une décision à sa place !

— Pardon ? ironisa-t-elle. Je n'ai pas bien entendu.

— Tu ne travailleras pas pour lui, répéta Nick en tournant son regard furibond vers elle.

Soudain tellement en colère qu'elle pouvait à peine respirer, elle siffla :

— Je ne pense pas que cette décision t'appartienne.

Nick soutint son regard, puis jeta un coup d'œil à Garrett, qui s'était soudain immobilisé et les observait à nouveau avec suspicion.

Nick reporta alors son attention sur Courtney, qui devina qu'il essayait de contrôler son impatience — c'était au moins ça.

— Il voyage partout dans le monde, ma puce. Personnellement, je pense que nous gagnons assez d'argent aux États-Unis, mais s'il veut partir en faire ailleurs, je ne peux pas l'en empêcher. Les voyages à l'étranger sont dangereux, tu n'iras donc pas.

Courtney dévisagea Nick. Pourquoi était-elle surprise ? C'était exactement sa méthode d'action. Et pour quelle raison cela la choquait-il, spécialement maintenant ? Elle l'ignorait. Peut-être parce qu'elle avait deux ou trois pensées autres qui réclamaient de la place dans son cerveau. La première et la plus importante était le fait que Nick ne pouvait pas s'en tirer en la traitant comme si elle était sa marionnette. La seconde, c'était que, dans ce cas précis, il allait être difficile d'affirmer son indépendance, parce qu'elle ne voulait pas voyager à l'étranger pour les affaires. À l'intérieur des États-Unis, cela ne lui poserait pas de problème, mais dans un avenir proche, elle ne voulait pas vivre une valise à la main et elle n'était pas une voyageuse dans l'âme.

Qu'était-elle donc censée dire ? Elle décida de passer outre son comportement excessif et se tourna vers Garrett.

— Merci d'avoir une telle foi en mes capacités. Même si ton frère a tort quand il pense qu'il peut prendre des décisions à ma place… (Elle pivota et jeta un regard à Nick pour faire bonne mesure avant de se retourner vers Garrett.) Quoi qu'il en soit, je n'ai pas envie de voyager à travers le monde.

— Vous avez tous les deux tort, lâcha aussitôt Garrett. Je n'ai pas du tout besoin de toi à l'étranger. J'ai besoin de quelqu'un de concentré, de fiable et d'ambitieux pour diriger les choses ici pendant mon absence. Tu es la personne parfaite. Tu es intelligente, nul n'ira le nier. Tu fais partie de la famille, donc ta

loyauté n'est pas en cause. Mais je suis désolé si nous sommes partis du principe que tu voudrais travailler avec nous. Erin s'est parfaitement intégrée et nous avons juste supposé, après ton retour, que tu voudrais toi aussi te joindre à nous. Si j'ai eu tort, je m'en excuse.

— Non, c'est bon. Je suis honorée que vous ayez une si haute opinion de moi.

— Mais merde, Courtney, il n'y a pas que ça ! précisa Garrett. Bien sûr, ça aide que tu sois brillante. Mais tu fais partie de la famille. Bien sûr, c'est toi qui décides. Même si Nick et moi n'arrivons pas à nous mettre d'accord sur la division qui t'aura dans ses rangs, tu auras toujours une place dans la société si tu en veux une. (Il jeta un coup d'œil à son frère pour corroboration.) Dis-le-lui, Nick.

Courtney jeta un coup d'œil à l'interpellé et ne fut pas le moins du monde surprise de ce qu'elle vit. Un masque était descendu sur ses traits, mais son langage corporel en disait long. Il avait les bras raides, collés aux flancs, et ses muscles étaient crispés comme de l'acier. Bien qu'elle ne puisse lire son regard, ses traits lui disaient tout ce qu'elle devait savoir. La peau de son visage était tendue sur ses pommettes, sa mâchoire verrouillée. Lorsqu'il répondit enfin, sa voix était plate et sèche :

— Bien sûr. La famille d'abord. (Son regard quitta le sien pour se fixer sur Garrett.) On a fini ? J'ai du travail.

4

Courtney se raidit, consternée que Nick ait quitté le *penthouse* aussi brusquement.

Garrett lâcha le souffle qu'il semblait retenir depuis la fuite de son frère.

— Ne fais pas attention à lui. Il veut tout contrôler, comme Damian. Alors, tu en es ?

Est-ce qu'elle en était ? Elle aurait bien aimé, mais elle ne voulait pas travailler directement pour Nick. Travailler pour Garrett, par contre, ce serait parfait, surtout si elle n'avait pas à voyager tout le temps.

— Ça a l'air génial, mais j'ai quelques entretiens d'embauche prévus. Je voudrais vraiment les passer.

— Bien sûr, vas-y. En fait, ce sera une bonne expérience pour toi quand tu commenceras à devoir embaucher des gens pour nous, ajouta-t-il avec un regard approbateur.

Elle lui sourit.

— Penser de cette façon va me faciliter les entretiens.

Les lèvres de Garrett se retroussèrent sur un sourire.

— Absolument. Et quand tu auras fini, je pense que tu vas aimer ta première mission avec nous.

— Ah oui ? demanda-t-elle, curieuse.

— Ouais.

— Tant que tu ne m'envoies pas dans des endroits fous où aucune personne normale ne voudrait aller.

— Ah non ? la taquina Garrett. Et si je te disais que j'ai besoin de toi en Floride pour quelques semaines ?

À ces mots, un fort courant de plaisir la traversa. La Floride, ce serait parfait. S'éloigner de Nick pendant un certain temps et planifier sa stratégie, ce serait encore mieux.

— Marché conclu, accepta-t-elle avec joie.

— Bienvenue à bord.

ASSIS À SON BUREAU, NICK PRESSAIT LES DOIGTS SUR SES TEMPES. Il avait pris trois ibuprofènes, mais les analgésiques ne faisaient pas encore leur effet.

Pourquoi ses sentiments envers Courtney lui donnaient-ils parfois l'impression d'être vaguement… incestueux ? La culpabilité lui brûlait le sang. Pour la centième fois, il se le répétait : *elle n'est pas ma sœur*. Aucun lien de sang. Des noms de famille différents. Ils n'avaient jamais vécu dans la même maison au même moment. *Rien de mal à mes sentiments pour elle.*

Et tant mieux. Parce qu'il voulait l'avoir. Il ne pouvait, ne voulait plus attendre. Ses bourses devenaient douloureuses, à force de désir réprimé. Courtney était à lui, elle l'avait toujours été, et sa famille et elle devaient juste se rendre à l'évidence.

Trois semaines plus tard

* * *

COURTNEY S'ÉLOIGNA DES ENTREPRENEURS CHARGÉS DE LA rénovation, sur le point de s'arracher les cheveux. Pourquoi ne pouvaient-ils pas suivre des instructions simples ? C'était comme si quelqu'un sabotait tout ce qu'elle entreprenait. Comment les choses pouvaient-elles aller si mal tout le temps ? Ce voyage en Floride était censé être simple. Rien de plus qu'une rénovation d'hôtel. Nick se cachait-il quelque part, qui sabotait sa vie pour l'obliger à revenir en courant à Saint-Louis ?

Elle retourna dans le bureau et jeta son carnet sur le bureau qui lui avait été assigné. De l'autre côté de la pièce, elle regarda la jeune femme qui travaillait pour l'hôtel depuis qu'elle était adolescente. Maria avait à peu près son âge, peut-être un peu plus jeune, mais c'était là que s'arrêtait leur ressemblance. Tandis que Courtney était blonde et de taille moyenne, cette fille était brune, petite de taille, mais voluptueuse à tous les autres égards.

Lorsque la jeune femme leva les yeux, elle ne put dissimuler un regard furibond et la vérité frappa Courtney d'un seul coup : c'était elle, la coupable. Cette fille était l'épine dans son pied. Elle était la personne qui sapait tous les ordres qu'elle donnait. Courtney comprit en un instant combien il aurait été facile pour cette femme d'accomplir ses manipulations.

Sans un mot, elle se détourna et monta à l'étage dans la suite qu'elle utilisait depuis son retour en Floride. Elle sortit son téléphone portable et appuya sur le bouton qui la mettrait en relation avec Garrett, sans se soucier du décalage horaire.

Sitôt qu'il décrocha, elle attaqua :

— Je suis sur le point de virer Maria, annonça-t-elle sans masquer la fureur dans sa voix.

Un silence de mort lui répondit à l'autre bout de la ligne.

— Tu m'as entendu, Garrett ?

— Ouais. (Il s'éclaircit la gorge, la voix *groggy*.) Alors, qu'est-ce qui se passe ? Quel est le problème ?

— Cette fille, c'est le renard dans le poulailler, voilà ce que c'est. Elle modifie les commandes, détourne les livraisons, manipule tous les ordres que je donne, bref, elle fait traîner cette rénovation. Elle n'est pas de notre côté.

— Ouais, OK, je t'entends. Tu peux me faire une faveur et me laisser le temps de rentrer aux États-Unis, d'abord ?

— Combien de temps ? demanda Courtney de manière succincte.

— J'ai tout terminé, ici. En fait, j'ai déjà réservé un vol pour demain matin.

N'ayant jamais renvoyé personne auparavant et n'étant pas vraiment impatiente de le faire, Courtney prit une profonde inspiration.

— Tu veux t'en occuper ?

— Oui. Les entrepreneurs en sont à quel stade ? Ils finissent quand ? demanda Garrett.

— Environ une semaine ou deux pour la rénovation de l'extérieur, si rien d'autre de désastreux ne survient, répondit Courtney, quelque peu calmée.

— OK. Tu veux faire une pause avec le papier de verre et la sciure de bois pendant un moment ? Tiens bon et quand j'arrive, tu pourras retourner à Saint-Louis et commencer à organiser les choses dans ton nouveau bureau, d'accord ?

— Ça me paraît bien. Mais Garrett…

Si Courtney était un peu apaisée, elle restait en colère.

— Oui ?

— Je suis très sérieuse. Cette petite sorcière fait de ma vie un enfer depuis le premier jour et elle ne l'emportera pas au paradis.

Le silence s'étira trois secondes avant que Garrett ne réponde d'une voix rauque, en lui promettant un châtiment qui faillit éveiller la pitié de Courtney.

— Crois-moi, elle aura ce qu'elle mérite.

GARRETT ÉTAIT ARRIVÉ EN RETARD LE LENDEMAIN ET COURTNEY, une fois n'était pas coutume, n'avait jamais été aussi heureuse de quitter la Floride.

Elle avait prévu de prendre un taxi pour regagner le *penthouse,* mais Justine avait insisté pour passer la prendre à l'aéroport.

Dans la voiture, elle posa enfin la tête contre le siège et ferma les yeux, soulagée.

— La maison est terminée ? demanda-t-elle à madame Rule.

— Oui, chérie, et c'est magnifique ! Dès que tu auras emménagé à nouveau, je pense qu'on devrait faire une petite fête, tu n'es pas d'accord ? (Sans laisser à Courtney le temps de répondre, Justine continua :) J'espère bien, parce que je l'ai déjà planifiée.

La jeune femme gémit intérieurement. Les fêtes de sa marraine étaient toujours une excuse à peine voilée pour que cette dernière exerce ses talents d'entremetteuse. Qui seraient les victimes de ses machinations, cette fois-ci ?

Sa marraine poursuivait :

— Quelque chose de tranquille, peut-être une quinzaine d'invités. Garrett n'est pas là, bien sûr, et ne pourra pas venir, mais je ne vois pas pourquoi le reste de mes enfants ne se joindrait pas à nous.

— Nick n'est toujours pas rentré, l'avertit Courtney, sachant qu'il était toujours sur la côte Ouest.

Son voyage précipité en Californie était la seule raison pour laquelle elle avait conservé sa virginité.

— Oh, c'est vrai ? Il ne part jamais bien longtemps. Peut-être qu'il reviendra à temps, répondit Justine.

Courtney gardait les yeux fermés : ses longues heures de travail commençaient à la rattraper pendant que son interlocutrice continuait à lui détailler son projet de fête. Justine fit un commentaire sur les plats à servir, les couples qu'elle inviterait. Au bout d'un moment, Courtney sentit qu'elle s'endormait et n'entendit plus que des bribes du monologue.

— Damian viendra... beau garçon... Je pense que vous feriez un

couple adorable, tous les deux. Je sais que tu penses forcément pareil, n'est-ce pas, ma chérie ? D'autant plus qu'il n'y a personne de spécial dans vos vies en ce moment.

Les yeux de Courtney s'ouvrirent et sa tête pivota vers Justine alors que l'incrédulité la consumait.

— Je suis désolée, quoi ?

Sa marraine ne répéta pas, trop concentrée sur un changement de voie dans une circulation intense et Courtney redemanda avec impatience :

— Vous avez dit quelque chose à propos de Damian… et moi ? fit-elle, incapable de contenir le cri à moitié horrifié qui sortit de sa gorge.

— Eh bien, oui, ma chérie ! Ne penses-tu pas qu'il est parfait… et beau ? Évidemment, je sais que je suis partiale, car c'est mon fils, mais tu ne peux pas nier qu'il est beau.

Courtney ne put empêcher sa mâchoire de se décrocher. Damian… et elle ? L'idée était absurde. Ridicule. Damian était comme un… un frère pour elle… un frère aîné distant, du genre « je suis trop occupé pour m'occuper de toi ». Était-il beau ? Sans aucun doute. Si on appréciait le style homme d'affaires cynique, au visage de marbre, totalement absorbé par son travail.

Elle se sentit immédiatement coupable de la sévérité de son évaluation. Elle aimait sincèrement Damian. Vraiment. Mais pas d'une manière romantique. *Mon Dieu, non !* L'idée était terrifiante.

Devant son silence persistant, Justine lui jeta un coup d'œil.

— Oh, chérie, tu dormais ? Je suis désolée. Ferme les yeux à nouveau. On sera à la maison dans un moment.

Courtney ne se le fit pas dire deux fois et baissa rapidement les paupières.

~

Les deux journées suivantes passèrent à la vitesse de l'éclair. Courtney traita la référence de Justine à une relation avec Damian

comme si sa marraine n'en avait jamais parlé. Au lieu de quoi, elle se jeta à corps perdu dans son nouveau travail. Tous les matins, Garrett lui envoyait par *e-mail* une liste d'instructions, si méticuleuses qu'elle avait rarement besoin de conseils supplémentaires.

Elle passait ses soirées à déménager ses affaires de l'appartement de Nick à la maison de Justine. Mais même ce mode de vie devait être temporaire : elle avait besoin de son propre logement.

Comme Nick était absent pendant quelques jours, cela lui facilitait la tâche, car il ne pouvait pas venir l'interrompre pendant qu'elle remplissait ses valises. Non pas qu'elle ait eu l'occasion de tout déballer, elle n'avait passé que quelques nuits au *penthouse* avant de retourner en Floride pour Garrett.

Mais même si Nick n'était pas là, cela ne signifiait pas qu'il s'abstenait de souffler le chaud et le froid sur elle par SMS.

Le premier texto arriva le soir suivant son retour à Saint-Louis.

Tu es de retour à la maison ?

Garrett l'avait sans aucun doute mis au courant. Sa réponse fut donc courte et douce.

Oui.

Que fais-tu ?

Hmmm. Il n'allait pas aimer. Pourquoi ne pas en finir et lui dire la vérité ?

Je retourne chez ta mère.

Pourquoi ?

Parce que c'est là que je vis.

Son SMS de réponse lui parvint immédiatement.

Plus maintenant.

Waouh ! OK. Voilà qui était direct. Comment répondre ?

Tu as l'intention de dire à ta mère que je vis avec toi ?

Elle le découvrira tôt ou tard.

Probablement plus tôt que tard. Elle donne une fête demain soir et devine ce qu'elle a en tête, cette fois-ci ?

Impossible de savoir.

Courtney prit une profonde inspiration et commença à taper.

Elle essaie de me caser avec ton frère.

Nick avait répondu en quelques secondes jusqu'à présent, mais soudain, il ne lui parvenait plus rien de sa part.

Courtney attendit. Et puis elle attendit encore. Et puis elle envoya un message.

Nick ?

Oui ?

Pfff ! Parfois, il fallait vraiment lui tirer les vers du nez !

Que penses-tu de ça ?

Garrett n'est pas en ville, donc je suppose qu'elle parle de Damian ?

Oui.

Sa réponse lui parvint rapidement.

Soit elle est folle, soit elle sait qu'il se passe quelque chose entre nous.

Courtney fixa les mots du regard et déglutit péniblement. C'était vrai. Nick et elle le savaient tous les deux : il y avait bel et bien quelque chose entre eux. Mais Justine l'avait-elle compris ? Essayait-elle de mettre Damian dans le coup pour forcer Courtney à passer aux aveux ? Ou à provoquer une confrontation avec Nick ? Elle prit une profonde inspiration et réfléchit. Aucun doute n'était permis, Justine pouvait être rusée quand elle le voulait.

Bon Dieu ! Pauvre Damian ! Voilà qu'il était pris au milieu de tout ça. Courtney en était presque embarrassée. Savait-il au moins ce que sa mère mijotait ?

Elle attendit trop longtemps pour répondre et son téléphone vibra de nouveau sur la réponse de Nick.

Peu importe. Ne quitte pas le penthouse.

Jetant un coup d'œil au dernier carton, qu'elle avait l'intention de déplacer le soir même, elle poussa un soupir.

C'est déjà en cours.

Il ne vaut mieux pas.

Si.

Pas de réponse. Courtney chargea le carton restant dans sa

voiture et actionna le démarrage. Au moment où elle s'apprêtait à quitter la place de parking, son téléphone vibra de nouveau.

Elle fit glisser le doigt sur l'écran et découvrit le message de Nick.

T'as intérêt à rester loin de Damian.

Elle étudia les mots et une chaleur sourde se répandit dans ses membres : Nick ne pouvait pas contenir sa jalousie, même par texto. À son tour, elle lutta pour maîtriser le plaisir qui envahissait son sang, car en réalité, il n'y avait rien de bon dans la jalousie. Hélas, elle perdit rapidement la bataille et elle ne put empêcher un petit sourire d'étirer ses lèvres !

N'empêche, elle ne lui fit pas le plaisir de donner une réponse à son texto.

~

Nick atterrit à l'aéroport international Lambert-Saint-Louis, et quarante-cinq minutes plus tard, il se garait quelques maisons plus bas que celle de sa mère, récemment rénovée. La fête à laquelle il avait refusé d'assister semblait battre son plein, avec des lumières flamboyantes et une allée circulaire pleine de véhicules de luxe.

Il n'était pas d'humeur à faire la fête, à se plier à des bavardages inutiles ou à s'occuper de sa mère et de ses amis.

Alors, pourquoi était-il ici ? Il faisait confiance à Damian. Seulement voilà, Nick n'avait jamais joué franc jeu ni réclamé Courtney pour lui-même. Son frère ne pouvait pas connaître ses intentions. Il valait donc probablement mieux prévenir cette collision-là s'il le pouvait.

Contournant la maison, il entra par la porte arrière et évita l'escalier secondaire pour arriver au point où la zone de séjour se confondait avec le couloir du fond. Il pouvait voir les invités d'ici, mais eux non, à moins de regarder l'endroit exact où il se tenait.

Il n'avait pas l'intention de se joindre à la fête. Juste d'observer.

Et de son poste, il pouvait clairement voir le salon et l'entrée principale.

Il balaya la pièce du regard et repéra immédiatement Courtney. Elle portait une robe jaune vif qui donnait à sa peau et à ses cheveux un aspect lumineux. La matière lui moulait la poitrine et accentuait les courbes de ses seins. Même à cette distance, il voyait qu'elle portait le pendentif qu'il lui avait offert des années plus tôt. Ce qui n'était pas une surprise, car à sa connaissance, elle le portait toujours.

Alors qu'elle discutait avec une amie de sa mère, il la vit porter les doigts au bijou et le tripoter.

Sa chaîne. Enroulée autour de son cou. Un fort sentiment de possession lui secoua la colonne vertébrale et alluma une chaleur lancinante dans son jean. Il regardait la courbe de ses lèvres quand il entendit Damian franchir la porte d'entrée. Nick vit clairement le visage de Courtney blêmir lorsqu'elle remarqua son frère, mais ses couleurs lui revinrent à toute en force et ses traits se transformèrent aussitôt en un sourire radieux.

C'est quoi, ce bordel ?

En tournant la tête vers l'endroit où elle regardait — l'entrée principale —, il comprit immédiatement ce qui lui avait procuré du plaisir. Damian avait amené une femme.

Nick ne put réprimer le plaisir et la satisfaction mauvaise qui fusèrent en lui devant l'acte de rébellion de son frère contre leur mère envahissante.

Il regarda Courtney suivre Justine jusqu'à l'endroit où celui-ci se tenait avec la femme qui l'accompagnait, attendant son tour pour saluer le couple. Quand Damian eut fait les présentations et que sa mère les eut accueillis, Courtney leur adressa un sourire et lui déposa un baiser sur la joue.

Toujours camouflé dans l'ombre, un peu de surpris, Nick observa la fille que Damian tenait collée à son flanc dans une étreinte possessive. Elle ne correspondait pas du tout au style conservateur habituel de son frère : ses vêtements tendaient

définitivement vers le gothique. Elle était jolie, sans aucun doute, et il ne faisait aucun doute non plus que son aîné la serrait contre lui d'un bras plus que possessif.

Nick n'avait jamais vu cette expression sur le visage de son frère auparavant et il doutait qu'il puisse jouer la comédie aussi bien rien que pour berner leur mère.

Intéressant. *Putain, très intéressant !*

Nick était sur le point de se détendre un peu quand sa mère se mit à l'ouvrage et lança sa manœuvre. *Oh merde !* En moins de temps qu'il ne fallait pour le dire, la manipulatrice avait réussi à séparer Damian de sa compagne et coincé la pauvre fille, qu'elle interrogeait à présent, ou du moins était-ce ce que Nick devinait depuis son poste d'observation.

Plusieurs hommes d'affaires retinrent Damian et, d'une manière ou d'une autre, Courtney se retrouva dans le même cercle d'invités, juste à côté de son frère.

D'où il se tenait, Nick distinguait les lignes menues de son corps alors qu'elle se tenait complètement immobile au milieu de ces hommes. Il pouvait voir le sourire de circonstance qui se dessinait sur son visage, la courbe féminine de sa taille et… Son sexe gonfla et pulsa dans son pantalon. Il essaya de combattre son excitation, mais cela ne servit à rien. Sa verge palpitait d'un besoin primitif.

Lorsqu'il jeta un coup d'œil sur le cercle des invités et qu'il vit une paire d'yeux masculins rivés sur le devant de la robe de Courtney, il perdit les pédales. Une furie brûlante s'alluma en lui, mais au moment précis où Nick allait sortir de sa cachette et faire une scène, Damian posa une question au connard et le regard dudit connard fut forcé de quitter Courtney, entraîné qu'il était dans sa conversation.

Nick se détendit un peu mais, rattrapé par le besoin d'avoir sa cible à portée de main, il profita de l'occasion pour se glisser dans le couloir et entrer par une porte latérale qui s'ouvrait directement derrière Courtney. Il approcha derrière elle en silence. Ne voulant

être vu par personne, il se faufila derrière une grande plante en pot et un paravent chinois, les utilisant comme couverture alors qu'il s'avançait jusqu'à quelques centimètres de son dos délicat. Subrepticement, il se pencha et huma le parfum de ses cheveux et de son cou. Alors que sa fragrance lui pénétrait dans le sang, il perçut la tension subtile qui envahissait le corps de Courtney et il sut qu'elle avait senti une présence derrière elle.

Rechignant toujours à se joindre à la fête et voulant la jeune femme pour lui tout seul, il ne perdit pas une seconde : enroulant les doigts autour de son poignet, il se pencha vers son oreille et souffla, afin qu'elle et elle seule puisse l'entendre :

— Pas un son.

Elle se raidit, mais resta figée sur place. Levant les yeux, Nick remarqua que tous les yeux étaient tournés vers Damian, qui dirigeait la conversation. Il y vit sa chance et la saisit. Saisissant fermement le poignet de Courtney, il la tira à reculons de quelques pas, puis se retourna et l'entraîna hors de la pièce.

~

Au milieu du cercle d'hommes, Courtney s'efforçait de rester concentrée sur la conversation, mais les produits dérivés étaient un sujet qui l'ennuyait à mourir. Elle avait détesté ce cours en particulier en classe et, jusqu'à ce jour, il lui était difficile de faire mine de s'intéresser.

Pendant qu'elle écoutait donc d'une oreille distraite Damian qui contrôlait la conversation, elle se tenait à côté de lui et se demandait comment elle s'était retrouvée là.

Encore un coup de Justine ! Sa marraine était tenace lorsqu'elle voulait quelque chose pour l'un de ses enfants et Courtney sentit son ventre se nouer. Que voulait exactement Justine et qui visait-elle avec ses complots, maintenant ? Incapable de contenir ses soupçons, elle laissa son regard traverser la pièce et vit sa marraine sourire à la cavalière de Damian, une femme qui lui avait été

présentée sous le nom d'Angie Ross. Si Justine avait vraiment voulu que Courtney et Damian se mettent ensemble ce soir, elle ne laissait en tout cas rien paraître quant à sa déception de voir la soirée contrecarrer ses plans. Madame Rule parlait avec animation à la cavalière de celui-ci, comme si elle était sincèrement heureuse que son fils aîné l'ait amenée avec lui.

Angie Ross semblait n'avoir que quelques années de plus que Courtney, et encore, et elle était vraiment exquise, si l'on voyait au-delà des apparences. Elle était différente du genre de femme que se choisissait habituellement Damian, avec sa peau pâle accentuée par des cheveux noirs et son maquillage outrancier. Sa tenue et son maquillage ressemblaient presque à un camouflage, comme si elle se cachait du monde, ou peut-être dissimulait-elle simplement sa véritable personnalité à Damian. Comment le savoir ? Mais plus Courtney l'observait subrepticement, plus la jeune femme lui paraissait hors de son élément, perdue au sein d'un groupe de personnes avec lesquelles elle n'était pas à l'aise. Elle remarquait le léger tremblement de son corps, suggérant qu'Angie ne voulait rien d'autre que s'enfuir. Courtney se prit à plaindre la pauvre fille de se retrouver dans cette situation. Avec l'intention de s'échapper de l'endroit où elle se tenait pour aller lui parler et tâcher de la mettre plus à l'aise, elle était sur le point de faire le geste de s'excuser quand, inexplicablement, une drôle de sensation lui titilla l'échine.

Brusquement, sans aucune explication, un frisson lui picota la peau alors qu'elle sentait quelqu'un arriver juste derrière elle. Elle prit une bouffée d'oxygène tandis qu'une chaleur lui léchait le cou et des muscles d'acier venaient se plaquer à son dos. Une odeur enivrante l'enveloppa et envahit ses sens. Un seul homme portait ce parfum étonnant.

Mais il était censé être absent.

Sitôt que cette idée l'eut traversée, des doigts rugueux et masculins la saisirent au poignet dans un étau qu'elle savait absolument impossible à briser. Non pas qu'elle ait l'intention

d'essayer. La chaleur, immédiate et envahissante, lui parcourut tout le dos et elle dut réprimer un gémissement alors que la sensation se répandait en elle.

Nick.

Bon Dieu ! *Nick !*

Les doigts autour de son poignet étaient destinés à lui communiquer sa possessivité, en la tenant fermement, presque jusqu'à la douleur. Elle fut frappée par des émotions contradictoires : elle se sentait à la fois sans défense et puissante alors qu'elle inspirait et expirait de manière saccadée et restait parfaitement immobile, en attendant le prochain mouvement de son geôlier. Une vague humide vint mouiller sa culotte alors qu'elle était inondée de chaleur. Son ventre se serra sous l'effet du désir pendant qu'il la tenait emprisonnée d'une seule grande main qui encerclait les petits os de son poignet, un pouce plaqué sur son pouls et ses muscles bandés plaqués contre son dos.

Il remonta la bouche de son cou jusqu'à son oreille et elle sentit le grésillement dangereux de sa force dominatrice quand il siffla :

— Pas un son.

Le ventre vrillé par le désir, elle se laissa entraîner en arrière et, en quelques secondes, il l'avait arrachée à la foule et emmenée de la pièce. Il ralentit leurs pas dans le couloir sombre qui menait à la cuisine et la fit pivoter contre le mur. Les doigts d'une de ses mains s'enfoncèrent dans ses cheveux et ceux de l'autre vinrent lui prendre le menton pour le soulever jusqu'à ce qu'elle soit obligée de le regarder dans les yeux. Le rouge teintait ses pommettes et sa mâchoire fortement crispée, il l'examinait minutieusement. Ses yeux coururent sur son visage, étudiant ses lèvres, ses yeux et ses cheveux pendant quelques secondes avant qu'il ne lâche brusquement :

— Allons-y.

Elle déglutit à grand-peine et tenta de maîtriser ses émotions.

— Aller… où ?

Il pinça les lèvres.

— Je ne t'ai pas vue depuis presque un mois. Où crois-tu que je veuille aller ? Loin d'ici. Au *penthouse*. Où est ton sac à main ?

— Je ne peux pas partir maintenant, chuchota-t-elle, affolée.

Le regard de Nick se fit mauvais et ses lèvres se serrèrent sur une expression implacable.

— Oh que si ! répliqua-t-il avec une assurance qui lui noua le ventre.

Alors que son regard attentif restait fixé sur le sien avec une exigence sans faille, le rythme cardiaque de Courtney s'accéléra et ses jambes commencèrent à flageoler.

— Le dîner… le dîner n'a pas encore été servi. Tout le monde remarquera mon absence.

Une expression dure et sombre passa sur les traits de Nick, mais au lieu d'une réprimande verbale, il secoua la tête avec une autorité lente bien qu'inflexible, du genre qu'on ne remettait pas en question.

Elle ouvrit pourtant la bouche pour contester.

— Nick…

D'un geste rapide comme l'éclair, il leva la main qu'il lui avait posée sous le menton et la lui plaqua sur la bouche, étouffant tous les mots qu'elle avait l'intention de prononcer. Elle aspira par le nez, tandis que son pouls commençait à battre à tout rompre derrière son sternum. Elle sentit ses prunelles se dilater à mesure qu'il s'approchait, qu'il envahissait le peu d'espace qui les séparait.

— Tu as deux possibilités, ma chérie, annonça-t-il d'un ton sans équivoque. Nous pouvons partir et aller à l'appartement, ou bien je te porte sur-le-champ à l'étage, jusqu'à ton lit. (Ses yeux s'allumèrent d'une lueur sauvage et il ajouta :) Le lit qui était le mien avant de devenir le tien. Tu sais combien de fois j'ai fantasmé sur toi couchée dans mon ancienne chambre ?

Derrière la poigne intransigeante qui lui bâillonnait la bouche, elle déglutit et réussit à secouer un peu la tête.

Il lâcha son regard pour baisser les yeux sur ses seins, avant de les relever avec une lueur nouvelle, sensuelle cette fois.

— Plus de fois que je ne peux m'en souvenir. Je connaissais chaque centimètre de cette pièce. Je pouvais t'y imaginer, triste et seule. Je voulais te réconforter, bien sûr, mais je suppose que tu sais pourquoi j'ai préféré ne pas prendre le risque. (Courtney sentit sa position devenir encore plus rigide alors qu'il admettait :) Tu éveilles en moi des trucs que personne d'autre n'a jamais approché, tu le sais, ça ?

Elle se contentait de fixer sans ciller ses fascinantes prunelles marron tout en buvant ses paroles. Il baissa le menton tandis que ses yeux la transperçaient.

— Ça fait longtemps, Courtney. C'est comme si je t'avais attendue toute une vie. Mais maintenant, l'attente est terminée, tu comprends ? Je t'ai laissé aller à l'école à des kilomètres d'ici, ajouta-t-il d'un ton sec. Ça a failli me tuer. J'ai attendu que tu finisses tes études et Dieu sait que ça a bien failli m'enterrer. J'ai même tenu ma foutue langue quand tu as décidé de retourner en Floride pour les conneries de Garrett alors que tu aurais dû être en Californie avec moi. Mais comprends-moi : je ne plaisante pas quand je te dis que j'ai fini d'attendre. Pigé ?

Que répondre ? Il avait toujours une main plaquée sur sa bouche. Elle n'aurait pas pu parler même si elle avait su quoi dire. Elle tenta de transmettre ses sentiments avec les yeux, mais elle n'avait aucun moyen de savoir si cela marchait.

Dans ses cheveux, les doigts de Nick devinrent impitoyables. Il se pencha et retira la main de sa bouche, mais avant qu'elle ne puisse produire le moindre son, il y avait écrasé ses lèvres. Il lui enfonça sa langue dans la bouche et commença à l'embrasser comme si c'était la chose la plus importante au monde pour lui. Des étoiles explosèrent dans la tête de Courtney. *Mon Dieu, moi aussi, je t'ai attendu !* Toute sa vie. Elle n'avait jamais tenu à personne comme elle tenait à Nick. Elle l'aimait tellement qu'elle ne voyait pas clair.

Alors, elle lui rendit son baiser. Il inclina la tête au-dessus d'elle et c'était comme s'il étanchait une soif longtemps éprouvée. Elle

avait tout aussi soif. De petits gémissements lui montaient de la gorge, un bruit qui l'amena à relever la tête pour l'observer.

— Je sais que toi aussi, tu veux être avec moi, déclara-t-il, catégorique.

— Oui, admit-elle aussitôt.

Les papillons s'agitèrent dans son ventre.

— Alors, qu'est-ce que tu choisis ? Je dois admettre que j'aime bien l'idée de sceller notre relation à l'étage dans cette chambre si particulière.

Un malaise envahit la jeune femme.

— Pas avec la fête en cours. S'il te plaît, Nick…

Ses traits se radoucirent.

— D'accord, bébé. Tu veux retourner à l'appartement ?

— Je veux rester jusqu'à la fin de la fête pour que ta mère ne pose pas un million de questions.

Il secoua la tête.

— On part. Mais va t'excuser. Dis-lui que tu as mal à la tête…

— C'est toi, mon mal de tête, souffla-t-elle avec un léger sourire.

Il plissa les paupières, reconnaissant son ton taquin.

— Dis-lui que tu vas à l'appartement, parce que tu as besoin d'un peu de calme. Elle ne sait pas que je suis de retour en ville, elle ne s'étonnera pas que tu souhaites t'éloigner un peu du bruit. En plus, comme Damian a amené un rencard, si tu pars, les chiffres redeviennent pairs.

— Elle se fichera bien de ça. Elle s'inquiétera…

Du pouce, il lui caressa le menton.

— Bébé, elle s'inquiète toujours pour l'un d'entre nous.

Alors même que ces mots sortaient de sa bouche, Courtney vit le visage de Nick s'assombrir et son air se renfrogner. Et elle comprit pourquoi : il venait de l'intégrer aux enfants de Justine, avec ses frères et sœur, et il était évident qu'il n'aimait pas l'idée. Il avait toujours eu un problème avec ça, mais que pouvait-elle y faire ? La mère de Nick l'avait élevée pendant la dernière partie de

son adolescence, Justine était sa marraine et avait également été sa tutrice. Courtney ne pouvait rien faire contre et elle n'y pouvait rien non plus si la situation faisait culpabiliser Nick.

En revanche, elle savait une chose. Celui-ci avait raison. Le moment était venu. Elle était aussi fatiguée d'attendre que lui.

— Je vais chercher mon sac et lui annoncer que je pars. Je te rejoins au *penthouse,* d'accord ?

5

Nick ne voulait pas vraiment que Courtney le suive. Il la voulait attachée à l'intérieur de son véhicule, assise à côté de lui. Il la voulait sans moyen de transport, qu'elle ne puisse pas quitter le *penthouse*, pour le cas où, par inadvertance, il ferait quelque chose qui la contrarierait ou l'énerverait.

Bref, il la voulait tout court. Et qu'est-ce qu'il y avait de mal à ça ?

— Je préférerais que tu viennes avec moi, mais ta voiture doit partir d'ici pour qu'on ne se pose pas de questions.

Il la dévisagea attentivement, essayant de jauger ce qui se passait dans son cerveau. Il en avait assez de ce subterfuge. Il voulait que tout soit clair, mais pas que Courtney soit bouleversée.

— Tu ne veux pas qu'on te pose de questions, n'est-ce pas ?

Elle secoua la tête.

— Pas encore.

Il voulait bien lui accorder de garder leur relation secrète pendant quelques jours, le temps qu'elle se fasse elle-même à l'idée, mais cette situation n'allait pas durer indéfiniment. Elle était à lui et il voulait que toute sa famille le sache.

— OK, très bien. Mais prends d'autres vêtements si tu en as besoin, parce que tu vas au moins rester pour la nuit, peut-être même pour quelques jours.

Quoiqu'il prononce ces mots, il savait que c'était de la pure connerie. Elle n'allait plus jamais retourner chez sa mère. *Pas question !*

Et avec la possessivité sans limites qui coulait dans son sang, il n'y avait aucun doute qu'elle réaliserait cette vérité plus tôt que tard.

~

LORSQU'ILS ARRIVÈRENT AU PARKING SOUTERRAIN SOUS LE BÂTIMENT de la Rule Corporation, Nick guida Courtney jusqu'au *penthouse* par l'ascenseur privé. Il s'appuya contre la paroi du fond et tâcha de contrôler la testostérone qui bouillait dans ses veines. Son visage rougi et la bretelle de sa robe d'été tombée d'une épaule lisse et blanche n'aidaient pas non plus.

Elle remonta la bande de tissu sans le regarder, les yeux fermement rivés aux portes devant elle, comme si elle n'avait aucune issue de secours.

Eh bien, merde ! Elle n'en avait pas. Il était sur le point de s'en assurer.

Il détourna les yeux avec une impatience croissante et étudia l'affichage numérique alors que l'ascenseur montait. Il était sur le point de mettre Courtney Powell dans son lit. *Il était temps, putain !* Il prit une profonde inspiration et la laissa lentement sortir en s'efforçant de reprendre le contrôle. Six ans. *Six ans !* L'interminable durée de son attente. *Ce n'est pas grave. Ben voyons !*

Ces six années avaient été un enfer, mais il aurait pu attendre plusieurs années encore s'il avait fallu.

Il aurait attendu toute une vie pour Courtney, s'il n'avait eu d'autre choix.

Il l'aimait à ce point.

Il serra la mâchoire et s'empêcha de tendre la main pour la saisir. Il fit courir ses yeux sur la fine ligne de son dos tandis que l'impatience s'emparait de lui. Savait-elle qu'il l'aimait ? Elle savait très bien qu'il la voulait. Mais savait-elle qu'il l'aimait avec tout ce qu'il avait à donner, et ce depuis toujours ?

Merde ! Ses frères pourraient y voir un problème. Il aurait dû s'en soucier, il aurait dû.

Eh bien, non ! Plus maintenant.

Les portes de l'ascenseur s'ouvrirent, et d'une main ferme dans le bas de son dos, il l'escorta à l'intérieur de son *penthouse* et vers l'avenir qu'il avait tracé pour elle.

~

LES LUMIÈRES ÉTAIENT TAMISÉES QUAND COURTNEY SUIVIT DANS SA suite Nick, qui agrippait sa main dans un étau indéfectible. Ses battements de cœur étaient inhabituellement calmes, compte tenu de ce qu'ils s'apprêtaient à faire. Était-elle en état de choc ou juste en transe ? Quoi qu'il en soit, elle était contente que son pouls soit régulier : ainsi, elle paraissait maîtriser ses émotions.

Parce que vraiment, en un moment pareil, cela aurait pu être exactement l'inverse.

Elle obtenait *enfin* ce qu'elle voulait. Ce qu'elle voulait depuis qu'elle avait dix-huit ans. Dix-sept ans, en fait, mais qui comptait ?

Elle allait avoir Nick.

Ou plutôt, elle était sur le point de coucher avec lui.

Son pouls commença à s'emballer alors que la réalité et cette vérité se faisaient jour.

Lorsqu'il verrouilla la porte de la chambre et se retourna, elle prit une profonde inspiration et lâcha :

— Je prends la pilule.

Il se figea un instant, semblant digérer ses paroles.

— Depuis quand ?

Elle déglutit. *Comment répondre à cette question ?*

— Depuis… depuis l'incident du placard.

Il ne répondit pas et elle ne parvint pas à déchiffrer son expression, mais elle devait ajouter quelque chose, car ses nerfs étaient trop tendus pour sortir le fameux « incident » de son esprit.

— Tu sais que je n'ai jamais fait ça avant.

Après avoir prononcé ces mots, elle laissa échapper un profond soupir de soulagement. Même si elle avait déjà fait allusion à sa virginité, elle voulait admettre la vérité.

Elle vit l'expression de Nick changer, et cette fois, elle n'eut aucun problème à la déchiffrer : c'était une satisfaction brûlante.

— Je n'en étais pas complètement sûr, mais je suis coupable d'avoir espéré que ce soit le cas.

Courtney s'éclaircit la gorge, voulant connaître la réponse à une question qui la préoccupait.

— Nous avons attendu très longtemps… mais tu n'aurais pas dû nous faire attendre si longtemps. Ce n'était pas juste. Que ferais-tu, que dirais-tu si je n'étais plus…

Elle se tut. Il secoua la tête, malgré un air douloureux sur ses traits.

— Ça n'aurait pas d'importance. Je ne peux pas nier que je la veux : je veux ton innocence. Mais je te désire plus que ça. Tu ne le comprends peut-être pas, mais je n'avais pas le choix. J'ai dû te laisser partir… Je devais te donner le temps de grandir… et maintenant, je te prendrai comme je te trouverai et je remercierai Dieu chaque jour de t'avoir.

— Alors, il n'y a que toi et moi ? demanda-t-elle, ne voulant garder aucune question sans réponse dans son cœur.

— Putain, oui ! Je ne supporte plus d'être séparé de toi. Pas question !

Elle reprit son souffle et continua, satisfaite de sa réponse — oh oui, elle lui plaisait jusqu'aux os !

— Alors, je ne veux pas avoir à utiliser un préservatif, du moins, pas cette première fois. Ce sera possible ?

Heureusement, sa voix était stable.

Son regard s'aiguisa et il parcourut les quelques mètres qu'il lui fallait pour l'atteindre. Prenant le sac suspendu à son bras, il le jeta sur le côté. Les yeux rivés aux siens, il vint poser les paumes sur ses épaules nues.

— Pourquoi ça ne serait pas possible ?

Courtney sentit son rythme cardiaque s'accélérer et il lui fallut tout ce qu'elle avait de contrôle pour continuer à respirer de façon régulière.

— Tu vas m'obliger à te poser des questions sur ta santé personnelle, Nick ?

Très subtilement, il resserra les doigts sur sa peau et sa voix baissa d'une octave.

— Je n'en reviens pas que tu penses avoir besoin de demander, mais vas-y.

Peut-être se fichait-il pas mal qu'elle doute de lui, mais elle devait tenir compte de sa propre santé, elle n'était pas stupide.

— Est-ce que c'est sans danger ? Es-tu sûr que tu… ne me transmettras rien ?

Son regard devint acéré et sa bouche se pinça, mais il lui donna la réponse qu'elle cherchait.

— Oui, c'est sans danger. Et oui, j'en suis sûr.

Courtney poussa un soupir de soulagement. Non seulement pour sa réponse, mais aussi pour avoir eu le courage de l'affronter sur ce point. Elle ne voulait pas perdre sa virginité avec un préservatif entre eux : cela semblait moins romantique, en quelque sorte.

Elle se passa la langue sur les lèvres alors qu'il lui entourait la taille d'un bras et elle leva les yeux vers lui.

— Est-ce que ça te permet de te sentir mieux, ma puce ? demanda-t-il d'un ton plus doux.

Elle sentit la couleur lui monter aux joues.

— Oui.

— Je ne ferais jamais rien qui puisse te blesser ou mettre ta

santé en danger. Plutôt me couper le bras droit. (Devant son silence, il insista :) D'accord ?

Elle inspira lentement.

— D'accord, parvint-elle à lâcher, mais ce n'était guère plus qu'un murmure.

C'était comme si elle avait utilisé toutes ses forces pour poser ses questions et, maintenant, son esprit se tournait vers l'acte lui-même, vers ce qui allait se passer. Elle ne prenait pas cela à la légère, elle avait attendu trop longtemps pour que ce ne soit pas une décision et un moment cruciaux dans sa vie.

Alors que ses beaux yeux marron fixaient les siens, il fit glisser une bretelle de sa robe de soleil sur son épaule, puis l'autre. Le sang échauffé, elle sentit ses propres pupilles se dilater. En voyant sa réaction, il baissa les yeux vers son corsage en forme de cœur, maintenu en place par ses seins, puis, lentement, il lui passa les mains dans le dos et fit glisser sa fermeture Éclair jusqu'en bas.

Lorsque son corsage se desserra, elle laissa échapper un petit hoquet. Le vêtement était doublé, de sorte que la seule chose qui lui restait en dessous était une minuscule culotte en satin.

Elle baissa les yeux et vit Nick attraper le tissu de sa robe dans ses deux poings. Il lui suffit d'un petit geste pour que le vêtement tombe à ses pieds. Elle continuait à regarder fixement entre eux, un petit souvenir, un frisson de *déjà-vu* lui chatouillant les terminaisons nerveuses et se mêlant à la conscience sexuelle qui battait dans son sang. Elle s'était tenue à cet endroit même devant lui, les yeux baissés vers le sol, à essayer de contenir l'émotion brute qu'elle ressentait pour lui.

Alors qu'elle était là, presque entièrement nue devant lui, la tension sexuelle sembla se propager dans sa grande carrure et elle sut, sans même le vérifier, qu'il contemplait ses seins dénudés. Elle essaya de se redresser tandis qu'elle serrait les poings contre ses flancs pour empêcher ses mains de monter couvrir sa poitrine. En rêver, c'était une chose ; être presque nue devant lui en était une tout autre.

Les mains de Nick trouvèrent les siennes et les serrèrent, les maintenant sur les côtés, mais son geste était doux, ses pouces effectuant des allers-retours apaisants sur sa peau. Il s'éclaircit la gorge.

— Je tiens à ce que tu saches quelque chose… juste pour info.

Alors qu'elle continuait à regarder le sol, il relâcha l'une de ses mains et un doigt énergique fit pression sur son menton jusqu'à ce qu'elle soit obligée de lever son visage vers le sien.

Leurs yeux se nouèrent tandis que son pouce lui effleurait la lèvre inférieure dans une caresse si douce et si délicate que les genoux de Courtney faillirent se dérober. Alors qu'elle attendait qu'il continue, son pouls s'emballa de façon erratique. Il la regardait en silence, sa respiration à l'unisson de la sienne. Son visage avait pris une expression aussi douce qu'un hommage. Ses yeux reflétaient quelque chose qu'elle n'avait qu'entrevu dans le passé, mais maintenant, c'était là, non caché, bien visible entre eux.

Devant cette expression, son cœur se mit à tambouriner dans sa poitrine. Elle fut sidérée de sentir une larme couler sur sa joue, anticipant ce qu'il pourrait dire. Il esquissa un petit sourire en coin et essuya la larme d'un doigt délicat. Prenant une profonde inspiration, il sembla se préparer, puis il déclara sans équivoque :

— Je suis amoureux de toi, Courtney.

Un bonheur absolu et sans limites explosa en elle. L'espace d'un battement de cœur, elle ferma les yeux en se mordillant la lèvre. Lorsqu'elle rouvrit les paupières et que leurs regards se nouèrent, les yeux de Nick s'emplirent à leur tour de larmes alors même qu'elle lui offrait un sourire tremblotant. Devant sa réaction, il lâcha un rire étouffé et joyeux et ses doigts lui lâchèrent le menton pour s'enfoncer dans ses cheveux. Son autre bras s'enroula autour de sa taille, la ramenant contre son torse.

— Je t'aime, ma puce, répéta-t-il. Je t'ai toujours aimée et je t'aimerai toujours.

La gorge nouée, elle essaya de prononcer quelque chose, voulut lui dire qu'elle l'aimait aussi, mais elle ne trouva pas la force de

former les mots. Le simple fait de respirer utilisait tout l'oxygène à sa disposition. Elle essuya avec le dos de sa main la traînée humide sur ses joues et se racla la gorge. Hochant d'abord vigoureusement la tête, elle esquissa un sourire éclatant. Relâchant ses cheveux, il fit courir ses doigts jusqu'au bijou suspendu à une chaîne qui reposait sur sa poitrine. Il le souleva, le tint fermement entre ses doigts et lui demanda, presque avec hésitation :

— Tu m'aimes ?

Elle ouvrit la bouche et ses lèvres frémirent.

— Oui, murmura-t-elle.

C'était tout ce dont elle était capable.

Il ferma les yeux pendant deux secondes et elle lut un profond soulagement sur son visage. Lorsqu'il les rouvrit, il relâcha son pendentif et posa à nouveau les doigts sur son menton.

— Tu peux me le dire ?

Une flèche de désir féroce la transperça lorsqu'elle entendit la pointe de vulnérabilité dans sa voix.

— Je t'aime, Nick.

— C'est vrai ? demanda-t-il.

Sa voix, en quête d'une confirmation, était devenue plus grave.

Alors la sienne lui revint pleinement.

— Oui. Je t'aime de tout mon cœur et je t'ai toujours aimé, depuis mon adolescence. Je t'ai toujours aimé, Nick. Il n'y a jamais eu que toi.

Ses paroles semblaient être le baume dont il avait besoin, car une expression de joie détendit son visage. Et puis, en un éclair, ses traits en vinrent à exprimer une possessivité pure et simple. Alors que l'étreinte de Nick se resserrait encore, Courtney sentit son ventre se retourner devant sa transformation soudaine. Lorsqu'il parla, il y avait une sorte de menace captivante, de possession sans équivoque dans sa voix.

— C'est donc bien ça. Tu es à moi. (Le bras autour de sa taille se resserra inexorablement.) Tu as toujours été à moi, mais maintenant, c'est officiel.

Courtney prit une inspiration et se lança.

— Si je suis à toi, alors tu es à moi, déclara-t-elle d'une voix ferme.

Elle ne posait pas une question, elle énonçait un fait. Et c'était d'autant plus difficile qu'elle ne portait que ses escarpins et une culotte, que le grand corps de Nick était partout autour d'elle, rayonnant d'une masculinité immense, ses intentions immédiates bien visibles.

Pourtant, il n'argumenta pas : ses lèvres dessinèrent un sourire appétissant qui mit ses veines en fusion.

— Ouais. C'est comme ça que ça va marcher entre nous, déclara-t-il avec inflexibilité. Tu es à moi, je suis à toi, et si quelqu'un essaie de se mettre entre nous, il découvrira rapidement que ça ne fonctionne pas comme ça. Ma famille semble penser que tu lui appartiens. Mais non, ça ne va pas marcher comme ça, plus maintenant.

Il ôta la main de son visage et alla la poser sur sa poitrine, qu'il prit dans sa paume. Elle lâcha un petit soupir lorsqu'il passa le pouce sur son mamelon.

— N'est-ce pas, bébé ? Rien ni personne ne se mettra entre nous. Nous allons de l'avant en partant de ce principe. Tu es d'accord ?

— Oui, répond-elle simplement.

Alors qu'il continuait à faire glisser son doigt d'avant en arrière sur son téton turgescent, les yeux de Courtney commencèrent à se fermer et l'excitation à se répandre dans ses veines.

Elle sentit ses lèvres sur son front alors qu'il la tenait près de lui.

— Je te donnerai tout ce que tu veux.

— Je ne veux que toi, marmonna-t-elle contre son torse.

— Ce sera facile, alors.

Sur ce, il la souleva, un bras sous le dos et l'autre sous les genoux, et la porta à travers la pièce, avec le mouvement fluide d'un félin de la jungle, jusqu'au lit *king-size*. Il la fit tomber au

centre du matelas, puis, sans perdre une seconde, il recula et entreprit de se déshabiller.

Les yeux rivés sur son visage, il ôta chaussures et chaussettes. Les narines dilatées et le cœur battant la chamade, elle le regarda tirer sur sa ceinture de créateur. Lorsqu'elle releva les yeux, il commençait à arracher les attaches de sa chemise et, d'un haussement d'épaules, il fit tomber le vêtement à ses pieds.

Son torse était massif et tonique, ses muscles durs. Elle parvint tant bien que mal à respirer en le regardant se déshabiller. Elle l'avait déjà vu torse nu, bien sûr, à la piscine, dans le jardin de sa mère. Mais jamais auparavant elle ne l'avait vu tel qu'il était maintenant, ses pectoraux se soulevant et tombant alors qu'il se battait pour aspirer de l'oxygène.

Quand il posa les mains sur la fermeture Éclair de son pantalon, ses yeux tombèrent sur ses seins. Il contracta la mâchoire et, comme il baissait son pantalon, Courtney, nerveuse, détourna les yeux. D'un geste précipité, elle enleva ses chaussures, écarta les couvertures et se glissa en dessous. Elle voulait ce qui était sur le point de se produire, sans l'ombre d'un doute, mais elle se sentirait plus tranquille si elle était dans le lit et non dessus.

Alors qu'elle s'installait sous les couvertures, elle perçut le flou d'un mouvement. Des muscles durs, une peau bronzée et un homme nu, tout simplement nu se glissaient avec elle sous les draps.

Elle était couchée sur le dos et il vint se coller contre elle, sur le flanc, le drap tombant jusqu'à leurs hanches. Il lui enroula un bras autour de la taille, son grand corps se pressant contre elle alors qu'il se penchait. Il resserra la main sur sa taille et Courtney ressentit une forte attirance sexuelle lorsqu'elle jeta un coup d'œil vers le bas et vit son bras sombre et viril contre la peau plus claire de son ventre à elle.

Il baissa la tête et plaqua la bouche autour de son mamelon. Immédiatement, une vague de chaleur la submergea. Les doigts de

Nick se resserrèrent à sa taille et la caressèrent. Il lui lécha d'abord doucement le téton, une fois, puis à nouveau.

Alors la douceur disparut, quand il aspira son téton avec un grognement et tira, suçant si fort que la sensation descendit jusqu'entre ses cuisses.

Le désir explosa dans la tête de Courtney. À son gémissement, il remonta la main qu'il avait posée sur sa taille et enferma son autre sein avec lequel il commença à jouer, le soupesant dans sa paume et caressant ensuite le mamelon avec son pouce. Cette accumulation de caresses poussa la jeune femme à arquer le dos, à soulever le bassin. Elle se sentit inondée par une chaleur humide alors que les lèvres de Nick tiraient de plus en plus fort sur son mamelon.

Elle gémit à nouveau et il grogna en réponse, puis il éloigna la main de sa poitrine, la fit descendre le long de sa poitrine pour atterrir entre ses jambes. Il s'arrêta là, sur le satin de son sous-vêtement puis, d'un geste brusque, il s'écarta, lui enleva sa culotte, qu'il jeta sur le côté.

Il se mit à genoux et contempla son corps nu. Courtney se sentit enflammée par une langue de feu. En la regardant, il glissa un doigt entre ses seins, le long de son ventre pour finir à l'endroit où ses jambes se rejoignaient. Les muscles de son ventre frémirent alors que, lentement, il déplaçait sa main vers le bas et la plaquait à nouveau là, sauf que cette fois-ci, elle était nue et la sensation fut encore plus exquise. Elle gémit et les yeux de Nick se posèrent sur elle avec la même intensité que ses doigts à la jonction des cuisses.

Ils se dévisagèrent longuement, Courtney tâchant de contrôler sa respiration. Et Nick respirait tout aussi fort. Alors qu'il restait concentré sur elle, il écarta ses replis et trouva son ouverture. Lacérée par son regard avide, elle tressaillit. La peau de son visage se tendit lorsqu'il répéta :

— Tout ce que tu veux, bébé. (Pendant qu'il parlait, son doigt dessinait le contour de sa vulve humide.) C'est bon, chérie. Je veux ce que tu veux, d'accord ?

Elle hocha la tête.

— Je veux les couvertures.

Il balaya une dernière fois son corps nu du regard, et rapidement, rabattit les couvertures sur eux avant de reprendre sa position initiale, allongé à côté d'elle. De nouveau, sa main glissa jusqu'à sa chaleur humide et s'y attarda.

— Il faudra que tu t'habitues à ce que je te regarde.

Elle mordilla sa lèvre inférieure.

— Pas ce soir.

Après avoir plaqué sur ses lèvres un baiser prolongé, il convint :

— D'accord, pas ce soir.

Sur quoi, il s'écarta, et pendant une seconde, ils s'étudièrent l'un l'autre avant que les lèvres de Nick ne tombent à nouveau sur les siennes. Le baiser qu'ils partagèrent était charnel, souligné par sa main qui la tenait intimement. Courtney noua les bras autour de son cou et s'abandonna aux sensations qui affluaient à travers son corps.

6

Nick avait l'impression que sa vie s'était enfin installée dans un monde parfait. Courtney était là, avec lui, dans son lit, et que Dieu lui vienne en aide, ils seraient ensemble pour toujours. *Je le jure devant Dieu.* Pas question de vivre sans elle une journée de plus.

La sensation d'elle était parfaite. Son odeur : *parfaite.* Sa peau : *comme de la soie.* Il insinua un doigt dans la chaleur humide dont il rêvait depuis des années. *Oh oui ! Parfaite.*

Alors qu'il faisait tourner son doigt à l'intérieur de son étroit fourreau, tout en exerçant de la paume une pression sur son clitoris, il la sentit tressaillir, puis crisper les bras autour de son cou. Sa réaction, il la sentit comme une flèche de désir directement dans son entrejambe et leur baiser explosa.

Elle commença à le lécher et à le mordre, et la conscience soudaine qu'il n'allait pas pouvoir tenir longtemps faillit le paniquer. Il serra les dents et, tâchant de préserver sa modestie autant que possible pour qu'elle ne s'inquiète de rien, il mit fin au baiser et se faufila vers le bas, sous les couvertures, jusqu'à ce que sa tête se trouve entre les jambes de Courtney.

Il lui écarta les genoux d'une pression des mains et embrassa l'intérieur de ses cuisses jusqu'à ce qu'il atteigne sa féminité moite. Un grognement lui échappa alors qu'il lui passait les jambes par-dessus ses épaules. Elle se raidit, mais seulement l'espace d'une seconde, et alors qu'il glissait ses doigts dans ses délicats replis pour les séparer, il la sentit se décrisper un peu.

— C'est ça, bébé ! Détends-toi, murmura-t-il.

Il la lapa, de bas en haut, puis répéta l'action. Son goût eut un effet instantané sur lui : la dépendance. Il l'agrippa par le bassin, releva les yeux et trouva ses prunelles brûlantes sur lui.

— Tu aimes ça ?

— Oui, haleta-t-elle.

Il recommença : il passa la langue de haut en bas. À peine conscient qu'il lui laisserait probablement des bleus sur les hanches tant il la serrait, il baissa puis remonta les mains pour s'ouvrir à l'essence de son corps. Son goût, son odeur recelaient un attrait qu'il ne pouvait pas nier et, s'il avait eu déjà le béguin pour elle auparavant, il savait maintenant que son envie de la voir ne disparaîtrait jamais.

En voulant plus, il remonta les doigts jusqu'à la soie d'un mamelon et tira dessus, le faisant tourner entre ses doigts et son pouce jusqu'à ce qu'il se transforme en une petite crête si turgescente qu'elle le rendait presque fou.

Courtney émit une sorte de miaulement guttural et leva les hanches, le suppliant de lui en donner plus.

Il obtempéra immédiatement.

Ramenant sa main vers le bas, pendant que des dents il s'emparait de son clitoris, il fit glisser son majeur vers le haut et à l'intérieur d'elle, jusqu'à ce qu'il ne puisse pas aller plus loin. Elle retint un cri et Nick sentit son front se voiler de sueur. Elle était serrée. *Tellement serrée !*

Il essaya de prendre un peu de contrôle de lui. Il pouvait le faire. Il pouvait la faire jouir comme ça, il devait le faire. Parce que

sinon, à la seconde même où il la pénétrerait, il allait exploser. Il avait attendu trop longtemps.

Redoublant d'efforts, il se concentra sur les doux bruits qu'elle faisait, tout en léchant son clitoris, le mordillant, le léchant à nouveau. Encore et encore, en même temps qu'il bougeait son doigt à l'intérieur, contre son point G.

Elle était proche, il le savait, et alors qu'une nouvelle vague de convoitise le frappait de plein fouet, elle poussa un doux gémissement et commença à jouir. Ses doigts se serrèrent dans ses cheveux et tirèrent dessus. Elle arqua le corps sous ses mains.

Elle cria et il sut qu'elle basculait par-dessus bord. Une satisfaction vive et féroce se mêlait au besoin vorace qui lui courait le long de l'échine alors que ses muscles se contractaient pendant qu'il la laissait surfer sur son orgasme.

Au bout d'un moment, elle se calma et, comme il ne se contrôlait plus guère, il la relâcha, se mit à genoux et s'approcha d'elle, lui écartant plus largement les jambes pour se positionner entre elles. Le feu le saisit aux tripes, lui brûlant le dos, et un besoin primitif, totalement hors de son contrôle, exigea qu'il la fasse sienne à l'instant même.

L'anticipation le prit à la gorge et ses abdominaux se raidirent en bandes d'acier alors que son érection faisait saillie entre eux deux. Mû par un désir qu'il n'avait jamais ressenti auparavant, il lui leva les bras au-dessus de la tête, les retenant d'une main, et les maintint épinglés au matelas.

Avec une faim animale rugissant dans ses veines, il guida la tête de sa verge vers l'ouverture douce et humide qu'il désirait depuis des années.

~

COURTNEY COMMENÇAIT SEULEMENT À REFAIRE SURFACE APRÈS LES effets époustouflants de son orgasme lorsqu'elle se retrouva prise

et capturée sous le corps robuste de Nick. Il tenait ses mains emprisonnées avec des doigts fermes, son corps dominant complètement le sien alors qu'il se tenait entre ses cuisses ouvertes.

Son souffle s'arrêta, son cœur manqua un battement quand elle rouvrit les yeux et le découvrit en face d'elle, à quelques centimètres seulement. Les narines dilatées et un tic tressautant sauvagement dans un visage rougi. Il pinça les lèvres, ses dents grincèrent alors qu'il positionnait son érection directement contre sa fente et la maintenait là, suspendu au-dessus d'elle.

Sans un mot ni un son, il retenait ses yeux captifs aussi impitoyablement qu'il bloquait ses mains au-dessus de sa tête. Implacable. Elle tira un peu sur ses bras, testant la force de son étau.

Il ne bougea pas.

Il secoua la tête comme pour lui indiquer qu'il refusait de la libérer, et en même temps, il fit pivoter son gland, avant de l'enfoncer en partie à l'intérieur.

Ses yeux s'ouvrirent plus largement lorsqu'elle se sentit ainsi étirée. Elle le vit froncer les sourcils : le désir était facile à lire sur son visage avec ses lèvres qui se tordaient.

— Tu aimes ça ?

Elle se passa la langue sur les lèvres et son pouls s'accéléra.

— Je pense… Je pense que oui, bégaya-t-elle.

Plissant le front, il se pencha et l'embrassa. Sa langue s'enfonça profondément dans sa bouche et déclencha un feu d'artifice dans la tête de Courtney. Au même moment, il lui prit un sein dans sa paume et commença à manipuler le mamelon à sa guise.

Oh oui, elle aimait ça !

Ce double assaut faillit lui faire perdre la tête. Ses hanches se soulevèrent frénétiquement, sa respiration devint courte.

Il souleva sa bouche de la sienne et ses yeux se rouvrirent pour la regarder fixement, tandis que ses doigts lui caressaient le mamelon. Et pendant ce temps, il s'enfonçait plus profondément, pénétration facilitée par sa chaleur humide.

— Tu aimes ça ? demanda-t-il à nouveau, comme si sa première réponse ne l'avait pas satisfait.

— Nick…

Il s'enfonça plus profondément et pinça son mamelon. Elle ferma les yeux sous l'effet de l'extase alors qu'elle ressentait pour la première fois la longueur et la largeur de son membre viril en elle.

— Tu aimes ça, bébé ? voulut-il à nouveau savoir.

— Oui.

Ayant enfin sa réponse, il enfonça le dernier centimètre et resta fiché là.

— Nick…

— Ouais, siffla-t-il, la bouche sur son oreille.

— Je veux te toucher, s'il te plaît.

Il lui relâcha immédiatement les mains et elle en enroula une autour de son cou et passa les doigts dans ses cheveux avec l'autre. Il se releva pour la regarder dans les yeux lorsqu'il effectua son premier va-et-vient. Elle hoqueta.

— Tu es tellement serrée ! siffla-t-il avec révérence, les yeux embrasés par un désir animal.

Elle se sentait remplie de lui et c'était la chose la plus intense, la plus étonnante qu'elle ait jamais ressentie dans sa vie. Oui, elle avait éprouvé une certaine douleur, mais elle était si profondément envahie par son besoin de lui qu'elle l'avait à peine ressentie.

— C'est bon ? cracha-t-il.

— Oui, dit-elle.

Ses paupières se fermaient à mesure que le plaisir s'installait entre eux.

— Ouvre les yeux, exigea-t-il lors de son prochain assaut.

Elle obéit et le trouva en train de regarder droit dans son âme. Il plongea, puis il ressortit, puis il entra de nouveau et il s'immobilisa. Plongeant les mains dans ses cheveux, il lui maintint la tête face à lui.

— Je t'aime.

Pendant un moment, ses yeux se fermèrent par réflexe avant de se rouvrir, alors qu'une autre vague d'extase la traversait.

— Je t'aime aussi.

Il gémit et se remit à balancer le bassin.

— Tu me rends fou, grommela-t-il en recommençant à l'assaillir, avec des mouvements plus durs, moins contrôlés. Mon Dieu, j'espère que tu aimes ça !

Le monde de Courtney était à nouveau en train de déraper : il touchait un point à l'intérieur qui lui faisait un effet dingue.

— J'aime ça… J'adore ça !

— C'est bien. (Il plissa les yeux, le regard soudain primitif.) Je veux que tu aimes ça. Tu dois aimer parce que c'est tout. Personne d'autre ne posera jamais un doigt sur toi, pas tant que je suis en vie et que je respire.

Ses mots lui firent dérailler le cœur alors qu'il enfonçait plus fermement les doigts dans ses cheveux et que ses yeux brûlaient dans les siens. Il se mit à l'assaillir sans relâche et, alors qu'il se raidissait et commençait à basculer par-dessus bord, Courtney le suivit et l'entendit à peine dire :

— Je ne te laisserai plus jamais repartir.

Le dimanche matin fut presque tranquille. Courtney n'avait jamais dormi dans les bras d'un homme auparavant et, chose surprenante, même avec ses émotions en bataille, elle avait réussi à s'endormir assez facilement. Tout au long de la nuit, elle s'était réveillée plusieurs fois et s'était retrouvée prise dans un étau qui lui faisait presque croire que Nick ne dormait pas.

Mais si.

Ce matin-là, il appela pour qu'on leur livre le petit déjeuner, et après avoir mangé, Courtney s'échappa dans « sa » suite, dont elle avait verrouillé la porte pour prendre la douche, dont elle avait grand besoin. Elle ressortit environ une heure plus tard et trouva

Nick qui la contemplait depuis son siège sur le canapé, les yeux voilés.

Elle ralentit le pas en le voyant tapoter le siège à côté de lui. Ses cheveux étaient humides comme s'il sortait seulement de sa propre douche. Il portait un jean délavé et rien d'autre : des papillons s'envolèrent dans le ventre de Courtney alors qu'elle se dirigeait lentement vers lui.

Lorsqu'elle se présenta devant lui, il lui prit fermement une main et tira jusqu'à ce qu'elle tombe assise sur ses genoux. Sa main se dirigea vers la peau nue de ses cuisses, révélée par le short qu'elle portait. Il glissa les doigts le long de sa jambe dans une caresse forte et intime, sans la quitter des yeux.

— Ça va ? demanda-t-il d'une voix grave.

Au premier contact, une vague de pur plaisir s'abattit sur le corps de Courtney. L'inquiétude qu'elle entendait dans la voix de Nick et qu'elle voyait sur ses traits faillit l'achever. Mais ensuite, elle détourna le regard de son expression inquisitrice et regarda l'étau que ses doigts refermaient sur sa cuisse. Elle allait très bien, elle était physiquement en forme, comme il le demandait, pourtant prendre conscience que la nuit précédente avait donné une nouvelle direction à leur relation était un peu ahurissant.

Certes, elle aimait Nick et elle voulait être avec lui, mais pourquoi avait-elle soudain l'impression qu'elle n'aurait plus jamais le choix en la matière ? Souhaitait-elle l'avoir, d'ailleurs ? Alors qu'elle acquiesçait à sa question, elle tint un débat interne. Était-il vraiment important qu'il soit le type d'homme à prendre le contrôle total ? Elle avait toujours su que ce serait le cas, alors, pourquoi cette vague de scrupules maintenant ? Cela ne lui avait jamais semblé important auparavant. En fait, elle savait sans l'ombre d'un doute que son caractère, sa personnalité étaient en partie la raison pour laquelle elle avait été d'emblée attirée par Nick. Mais maintenant, face aux conséquences de leurs ébats amoureux et à la conscience de ce qui arrivait dans le présent, toute la situation était plus que déconcertante.

Si elle allait au fond des choses, elle lui faisait confiance, en vérité. Elle l'aimait au-delà de ce qu'elle aurait pu imaginer et savait avec une conviction profonde qu'il ne l'aimait pas seulement, mais qu'il l'adorait et qu'il ne lui ferait jamais de mal. Elle avait toujours su, au fond d'elle, que Nick attendait qu'elle grandisse, même si cela avait été un énorme effort de maîtrise pour lui. Elle prit une profonde inspiration et la relâcha lentement.

Elle serait toujours en sécurité avec lui. *Pourquoi s'inquiéter d'autre chose ?* Elle sentit les muscles de son ventre se détendre alors que la paix s'immisçait dans ses veines. Satisfaite, elle se replongea dans son regard inquisiteur et murmura :

— Je vais parfaitement bien.

L'air pleinement satisfait, il la souleva d'un mouvement brusque qui la fit sursauter et l'attira sur lui jusqu'à ce qu'elle chevauche ses cuisses. Elle posa les mains sur ses épaules à la recherche de stabilité alors que son cœur se mettait à battre la chamade.

— Es-tu prête à débuter ton éducation ? lui demanda-t-il, diabolique, en soulevant son t-shirt, qu'il jeta par terre.

Lorsque ses seins nus entrèrent en contact avec son torse, le cœur de Courtney manqua un battement.

Comme elle ne réagissait pas, il porta les doigts vers la fermeture de son short et, avec des mouvements rapides, il entreprit de lui enlever le reste de ses vêtements.

— Je vous ai posé une question, mademoiselle Powell, insista-t-il d'un ton sinistre qui ne laissait transparaître qu'un soupçon de taquinerie sous l'acier.

Alors que sa peau nue émergeait et que sa respiration devenait laborieuse, une sensation de puissance enivrante s'empara de Courtney. Refusant de laisser transparaître le moindre soupçon de timidité, elle refoula ses hésitations et ne s'autorisa qu'à ressentir le désir qui ne tarda pas à s'emparer de son sang. Descendant de ses cuisses, elle glissa à genoux entre elles. Combien de fois en avait-elle rêvé ? Elle n'allait pas attendre une seconde de plus pour en faire l'expérience.

Les doigts sur le bouton et la fermeture Éclair de son jean qu'elle commença à triturer, elle leva les yeux vers des prunelles marron foncé qui devinrent soudain noires de désir animal.

— Oui, monsieur, murmura-t-elle. Tout ce que vous voudrez, monsieur, dit-elle en baissant la fermeture Éclair.

Elle le sentit inhaler brusquement puis, la mâchoire crispée, il l'aida à pousser son jean et son caleçon vers le sol.

Devant l'érection de Nick pour la première fois en plein jour, Courtney ferma les yeux pendant une seconde alors que la chaleur sexuelle lui faisait battre plus vite le pouls. *Bon sang !* Pas étonnant qu'elle se soit sentie si étirée la nuit précédente !

Les yeux baissés vers son entrejambe, elle le vit serrer les poings et l'entendit prendre une puissante inspiration. Courtney ôta une main de son genou, où elle se tenait en équilibre, et l'enroula autour de la base de sa verge.

Aussitôt, il s'adossa tout au fond du coussin du canapé. Relevant les yeux de son membre engorgé au point qu'il paraissait en colère, elle retrouva le regard de Nick. Il fixait la main qui le tenait, les dents serrées, comme s'il avait peine à conserver le contrôle. Curieuse et incapable de s'arrêter, mourant d'envie de l'explorer, elle passa la pulpe des doigts, juste un effleurement, sur la peau lisse et soyeuse qui recouvrait une chair aussi dure que l'acier. À son contact, il dévoila encore un peu plus les dents, prenant l'expression d'un animal enragé.

Supposant qu'elle avait fait quelque chose de mal, elle écarta sa main et la reposa sur son genou.

Un grognement monta du fond de la gorge de Nick, qui s'empara de cette main et la ramena à lui, pour lui enrouler de nouveau les doigts autour de son sexe, la tenant là avec une poigne puissante. Levant aussitôt les yeux vers lui, elle les noua aux siens, tandis que chacun aspirait l'oxygène dont il avait tant besoin.

Le cœur de Courtney battait si fort qu'il lui faisait presque mal, elle pouvait sentir le pouls battre dans son érection aussi, tandis que sa grande main continuait à maintenir la sienne en place avec

une force défiant la mort, comme pour lui faire savoir sans équivoque qu'il ne voulait pas être lâché.

Après un bref instant, il demanda, les dents serrées :

— Tu m'aimes, Courtney ?

Son ventre effectua un saut périlleux en réaction.

— Oui.

Les pupilles de Nick se dilatèrent.

— Tu veux faire de moi le plus heureux des enfoirés de la Terre ?

Une chaleur en fusion lui coula dans les veines et elle hocha la tête, le cerveau traversé par un éclat d'excitation.

— Tu es sûre ?

— Oui, répondit-elle rapidement, fascinée par ses yeux marron foncé.

— Tu sais ce que je veux, n'est-ce pas ?

Elle hocha à nouveau la tête, jetant un coup d'œil à l'endroit où il tenait encore la main capturée autour de son érection.

— Je ne sais pas vraiment comment m'y prendre, en fait, avoua-t-elle doucement.

— Crois-moi, mon cœur, tant que tu ne lâches pas prise, rien ne peut aller de travers.

Face à son ton rassurant, une nouvelle pointe de désir sexuel lui dévala le long de l'échine et atterrit entre ses jambes.

— Je vais lâcher prise, mais ça ne veut pas dire que tu doives en faire autant, d'accord ? fit-il d'une voix rauque.

— D'accord, répondit-elle en regardant comment il retirait lentement sa main de la sienne, puis la serrait contre son flanc.

En même temps qu'elle percevait le pouls de son érection dans sa main, elle sentit une main sensuelle glisser le long de sa gorge et se diriger vers son téton. La chaleur l'engloba tout entière et un afflux d'humidité ruissela entre ses cuisses. Elle se balança vers lui en glissant ses doigts de haut en bas sur sa longueur durcie, dans un mouvement hésitant.

Il gémit à nouveau et, tandis qu'une main restait sur son

mamelon, l'autre se posa sur le sommet de son crâne. Elle leva les yeux tout en faisant de nouveau glisser les doigts de haut en bas. Elle vit ses yeux se révulser et une expression de plaisir dur s'installa sur son visage.

Elle le regarda se ressaisir et, à sa troisième caresse, la main qu'il tenait sur sa tête prit le contrôle de ses mouvements. D'un geste subtil mais ferme, il commença à attirer sa tête vers lui. Elle prit une inspiration rapide alors qu'il commençait à lui pincer le mamelon plus fort jusqu'à ce qu'elle sente sa poitrine et sa tête s'en approcher.

Comme il lui malaxait pleinement la poitrine à présent, elle ne put pas se contenir plus longtemps et se pencha pour le goûter pour la première fois.

~

NICK ÉTAIT AU PARADIS. UNE SEULE CHOSE AURAIT PEUT-ÊTRE PU LE rendre plus heureux : que la même scène se produise avec une alliance au doigt de Courtney. Mais il traverserait ce pont plus tard.

En ce moment, il lui fallait toute la retenue possible pour ne pas perdre le contrôle et se vider ici et maintenant.

Le premier coup de langue timide fit monter le rouge aux joues de Courtney. Il se crispa, presque effrayé qu'elle fasse une grimace et qu'elle interrompe ce qu'elle faisait, mais — merci, putain ! — non, cela ne se produisit pas.

Non, la petite sorcière ouvrit complètement la bouche et l'aspira. Pendant ce temps, il continuait de lui caresser les seins pour s'assurer chez elle d'un état de désir élevé.

Cela fonctionna. Elle laissa échapper un petit gémissement et commença à le dévorer presque. Elle était nouvelle dans le jeu, sa main et sa bouche s'avéraient maladroites, mais au lieu de le refroidir, ses gestes produisaient exactement l'effet inverse. Peu importait que ses mouvements ne soient pas coordonnés, car elle

était tellement dans ce qu'elle faisait que ce n'était pas du tout gênant ; non, c'était le paradis à l'état pur.

Nick savoura son inexpérience avec un plaisir qui était presque trop intense. Une image lui passa brièvement devant les yeux, celle de la fois où il l'avait embrassée le jour de ses dix-huit ans. Elle était merveilleusement innocente à l'époque aussi et ce qu'il vivait maintenant n'en était ainsi que magnifié, mille fois meilleur. La compensation ultime de la patience dont il avait dû faire preuve pendant les six dernières années avait sans aucun doute été le moment où il l'avait fait jouir, mais là, c'était carrément bon et merde, il méritait bien toutes ses caresses !

La tête de Courtney entre ses cuisses et ses doigts emmêlés dans les cheveux de la femme qu'il aimait, il ferma les yeux un instant seulement avant de les rouvrir. C'était le paradis à l'état pur et il n'allait pas en manquer une seule seconde. Voir Courtney s'enrouler autour de sa verge, c'était presque mieux que de la sentir.

Presque.

En la regardant, un sentiment d'urgence incontrôlable s'empara de lui. La prenant sous les bras, il la hissa vers le haut jusqu'à ce qu'elle n'ait plus d'autre choix que de lâcher prise. Quand ses yeux se rouvrirent et se concentrèrent sur lui, ils étaient allumés par un désir si fort qu'il fit monter le pouls de Nick en flèche.

— Plus tard, gronda-t-il.

Presque malgré lui, il l'attira brusquement contre lui, pour qu'elle le chevauche une fois de plus.

Désormais hors de contrôle, il passa les doigts entre ses jambes et sentit la chaleur humide qui lui disait qu'elle était aussi folle de désir que lui.

— Est-ce que je le fais mal ? demanda-t-elle en s'appuyant complètement sur lui.

— Non, lâcha-t-il dans un son étranglé.

Comment pouvait-elle avoir des doutes quand il avait été à

deux doigts de jouir ? Il déplaça son doigt jusqu'à ce qu'il soit à l'intérieur, là où il avait besoin de le sentir.

— Ta bouche est parfaite, mais je veux ça.

Elle poussa un gémissement en réponse alors que sa poitrine se balançait vers son torse. Il attrapa un mamelon entre ses lèvres et commença à le frotter contre son palais. Doux Jésus, rien n'avait jamais été aussi bon dans toute sa vie de solitude !

Ne pouvant plus attendre, il retira son doigt et la souleva jusqu'à ce qu'elle s'enfonce sur son sexe. Elle haleta et il lui prit le visage à deux mains et la maintint fermement. Ils se regardèrent fixement pendant qu'elle le prenait en elle et, une fois qu'elle fut assise au maximum, ils fermèrent tous les deux les yeux sous l'effet de l'extase.

Elle commença à onduler sur lui dans un mouvement aussi vieux que le monde et, alors qu'elle se soulevait et s'abaissait, répétant les mouvements, Nick serrait les dents et ne pouvait empêcher ses mains de toucher chaque centimètre accessible de la peau de Courtney. Il lui caressa l'échine, ses doigts se déplaçant de haut en bas sur les plaines de son dos avant de revenir aux tétons pointés et durs qui le fascinaient.

Il sentait le plaisir enfler en lui, le sang affluer dans son sexe et approcher le moment où il allait basculer, mais plus que tout, il voulait qu'elle jouisse avec lui. Il porta les doigts sur son clitoris et, sans interrompre le mouvement, il le frotta jusqu'à ce qu'ils soient prêts à passer ensemble par-dessus bord.

Sa verge durcit une dernière fois sous l'afflux du sang et du sperme alors que Courtney commençait à émettre un gémissement sans fin : elle était là. Il la laissa surfer sur son orgasme tandis que le sien commençait à court-circuiter ses neurones. Le corps de la jeune femme se raidit et ils gémirent ensemble jusqu'à ce qu'il arrive au bout de sa maîtrise et doive se fondre en elle de toutes les manières possibles.

Il la saisit par la nuque et fusionna sa bouche avec la sienne. Poussant sa langue à l'intérieur, il resta là, perdant toute notion du

monde extérieur, du temps, de toute autre chose que de Courtney alors qu'elle explosait de plaisir autour de lui.

Lentement, il commença à descendre et il libéra sa bouche. Ses mains glissèrent autour d'elle tandis qu'elle s'affaissait contre lui et posait la tête sur son épaule.

Elle prit une profonde inspiration, puis une autre.

Elle resserra instinctivement les mains lorsqu'il approcha les lèvres de son oreille, incapable de retenir les mots qui sortirent de sa bouche.

— Je ne te laisserai jamais partir. Jamais.

Le lendemain matin, Courtney avait disparu de l'appartement. Alors que Nick traversait le couloir de son bureau vers le sien, une chaleur étouffante envahissait tout son être. La nuit qui venait de s'écouler avait été parfaite. C'était comme si les six années précédentes avaient disparu et maintenant, il pouvait enfin avoir la seule chose qu'il désirait par-dessus tout.

Mais quand il arriva à son bureau, sa secrétaire l'informa que Courtney prenait un avion pour le Texas.

— Pour où, exactement ? demanda-t-il, tellement énervé qu'il ne put contrôler son ton.

Embauchée à seule fin d'aider Courtney, la femme ne travaillait dans la société que depuis peu de temps. Levant les yeux vers lui, elle blêmit et Nick s'efforça de maîtriser son impatience croissante. Elle déglutit.

— Houston, monsieur.

— Avez-vous une idée de la raison de ce déplacement ? demande-t-il, tâchant de sourire, mais trouvant l'exploit irréalisable.

— Je crois que ça a quelque chose à voir avec une parcelle de terrain.

Nick remercia la secrétaire, alla directement à l'ordinateur de

son bureau et commença à parcourir les dossiers d'acquisition en cours. Rien. Il ne trouva aucune raison à la présence de Courtney à Houston. Que manigançait encore son frère, merde ? Nick prit une profonde inspiration et décrocha son téléphone, se préparant à contacter Garrett pour obtenir des réponses, mais avant qu'il ne puisse établir la connexion, son téléphone vibra sur un message entrant. Il fit glisser la barre et ressentit un vif soulagement : le texto le rassurait sur le fait que Courtney était partie à Houston pour affaires et ne l'avait pas fui intentionnellement.

Ton frère est un esclavagiste.

Nick tapa une réponse, sans même prétendre qu'il ne savait pas où elle se trouvait.

Tu es toujours à l'aéroport ? Fais demi-tour et je dirai à Garrett que tu travailles pour moi, maintenant.

Lol, non. Je ne peux pas travailler pour toi. :)

Non ?

Non.

Pourquoi ?

Sa réponse arriva rapidement :

Après ce week-end ? Je pense que tu le sais.

Le week-end a été bon.

Oui, très bon. J'embarque maintenant.

Nick prit une inspiration rapide et tapa sa réponse.

Fais attention à toi et dis-moi quand tu auras atterri en toute sécurité.

OK. Je t'aime.

Le cœur de Nick se serra lorsqu'il lut ces mots.

Je t'aime aussi. Reviens à la maison dès que tu peux.

J'aimerais que tu puisses monter au ciel avec moi.

Nick ne résista pas à l'opportunité de la taquiner.

Ça va arriver, bébé. On a juste besoin d'entraînement.

:-O !!

À sa réponse, il partit d'un rire si sonore qu'il résonna à travers son bureau.

Rentre à la maison aussi vite que tu peux ou je vais réduire mon frère

en bouillie.

Je serai à la maison dans une semaine environ.

Sois prudente.

Toi aussi.

Nick était si impatient qu'il avait l'impression d'être sur le point de se casser en deux. Le voyage d'une semaine de Courtney s'était transformé en un mois et, à peu près au moment où elle concluait son affaire au Texas, il avait été rappelé en Californie. Alors, après deux mois de folie et de fatigue, ils étaient enfin de retour à Saint-Louis ensemble.

Bien sûr, il n'avait pas pu rester loin d'elle pendant ces deux mois de vie intense ; il avait craqué plusieurs fois et pris un vol juste pour dormir dans son lit et être avec elle pendant quelques heures. Bien que ces voyages aient réussi à le défouler, ces courts interludes entre eux n'avaient même pas effleuré la surface de ce dont il avait besoin avec elle pour son avenir.

Alors maintenant, avec l'irritation, la souffrance due à leur séparation forcée qui lui brûlait les lèvres, même si c'était pour des raisons professionnelles, Nick était déterminé à tout mettre en œuvre pour lier Courtney à lui pour toujours.

Le lundi matin, Courtney eut soudain la chair de poule. Elle leva les yeux de son écran d'ordinateur pour regarder la porte de son bureau afin d'en connaître la raison. Nick se tenait sur le seuil, qui l'observait attentivement. Elle ôta son stylo de sa bouche et le reposa, s'adossant au dossier de son fauteuil. *Tu parles d'une efficacité !* Dire que sa secrétaire était censée protéger son intimité ! Précaution bien inutile face à l'un des frères Rule !

— Tu es occupée ? demanda-t-il.

— Vous me payez pour être occupée, rétorqua-t-elle.

— Je ne te paie pas. Garrett, peut-être. Techniquement, c'est la société qui te paie.

Elle leva les yeux au ciel et secoua la tête.

— Peu importe.

— Sérieusement, tu peux t'échapper pour le déjeuner ? Mais attention, tu vas être absente pendant plusieurs heures.

Elle fronça les sourcils. Nick n'avait pas pour habitude de penser à autre chose qu'au travail pendant les heures de bureau.

— Qu'est-ce qui se passe ? s'enquit-elle.

— Rien de spécial. J'ai réussi à me trouver du temps et je veux le passer avec toi.

— On ne peut pas commencer à se tirer en douce alors qu'on est censés travailler, Nick.

Il se raidit, un mouvement quasi imperceptible.

— On ne va pas en faire une habitude. Aujourd'hui sera une exception. Les choses se sont finalement arrangées et j'ai besoin de temps avec toi, j'ai besoin de savoir que tu vas bien.

Ces mots la touchèrent en plein cœur et son expression s'adoucit.

— Je vais bien, tu le sais

— Courtney, insista-t-il, le ton sec soudain. Achève ce que tu es en train de faire et retrouve-moi en bas dans une demi-heure.

Ce n'était pas une question.

— Alors, on ne va pas seulement monter à l'étage ?

— Pour un petit coup rapide ? Non, je vais quand même te nourrir, répondit-il avec un demi-sourire.

Elle sourit en retour.

— Très bien. En bas, dans une demi-heure.

Courtney s'installa confortablement dans le siège en cuir de la BMW de Nick. Ils se rendaient vers le bord de la rivière et elle

pensait que son compagnon visait un restaurant à proximité. Mais alors que la voiture avalait les kilomètres et que Courtney voyait le Gateway Arch en passant devant la zone, elle comprit qu'il se dirigeait en fait vers l'Illinois, de l'autre côté du Mississippi.

Quelques minutes plus tard, elle jeta un coup d'œil vers Nick et étudia son profil tandis qu'il conduisait.

— Où allons-nous ?

— Je ne sais pas. Je ne fais que conduire.

— Pourquoi ?

Il la regarda une seconde avant de se retourner vers la route.

— J'avais besoin de t'avoir pour moi, bébé. C'est si dur à comprendre ?

Le plaisir envahit Courtney, notamment au niveau de l'entrejambe.

— Je suppose que non, sourit-elle.

— Tu veux admirer l'éruption ? demanda-t-il.

Courtney savait qu'il parlait du Gateway Geyser sur les rives de l'Illinois, la deuxième plus haute cascade du monde et toile de fond du Saint-Louis Arch, qui se trouvait du côté du Missouri. La cascade ne coulait pas en continu, seulement trois fois par jour, à certaines périodes de l'année.

— Bien sûr, ça a l'air sympa.

Elle n'avait vu la cascade que deux fois et c'était toujours incroyablement impressionnant.

Lorsque Nick gara la voiture et qu'ils s'approchèrent de la plate-forme pour profiter de la vue, il lui prit la main sur le chemin. Quand ils arrivèrent au sommet, il se plaça derrière elle et enroula ses bras autour d'elle en posant légèrement le menton sur le sommet de sa tête.

La vue était incroyable. La ligne d'horizon de Saint-Louis et le Gateway Arch avec le puissant fleuve Mississippi en face étaient magnifiques. À midi, lorsque l'éruption commença, Courtney frissonna de plaisir et les bras de Nick se resserrèrent autour d'elle. Ils observèrent le spectacle dans un silence complice et, quand

l'éruption fut terminée, ce dernier la fit pivoter dans ses bras et l'embrassa comme s'il n'y avait pas de lendemain, sans prêter attention aux touristes qui les entouraient.

Les jambes de Courtney flageolaient encore sur le trajet de retour vers sa voiture.

Elle avait la gorge nouée, sachant qu'elle garderait ce souvenir pour toujours. Nick se pencha sur elle, attacha sa ceinture et lui passa les doigts sur la pommette.

— Tu veux aller déjeuner à Belleville ?

Totalement bouleversée par le tour romantique inattendu que prenait la journée, Courtney hocha la tête.

— D'accord.

Nick sourit comme si elle venait ainsi de lui faire le plus grand plaisir, puis il lui tapota le nez avant de se retourner et de démarrer.

La route vers Belleville, Illinois, prit moins d'une demi-heure et bientôt, ils étaient assis dans un restaurant tranquille avec deux verres de vin entre eux.

— De l'alcool en journée, Nick ? demanda-t-elle, surprise et encore un peu gênée parce que le serveur lui avait tendu une carte.

— C'est une occasion spéciale.

— Ah bon ? s'étonna-t-elle en faisant tourbillonner le liquide dans son verre.

Leurs plats arrivèrent, et dès que le serveur les laissa, Nick trinqua avec elle.

— C'est toujours spécial quand je suis avec toi.

Le cœur de Courtney s'emballa pour de bon. Jamais en un million d'années elle n'avait pensé que Nick pouvait être aussi charmant et romantique.

Après un verre de vin et un repas des plus agréables, ils s'en retournèrent à la voiture. Courtney ne fit pas attention à la direction qu'ils prenaient.

Elle jeta un coup d'œil lorsque Nick déboucha sur un autre parking quelques minutes plus tard. Un grand et imposant

bâtiment se dressait devant eux. Elle prit une brusque bouffée d'air, le cerveau en folie lorsqu'elle réalisa soudain que leur petite escapade touchait enfin au but vers lequel Nick tendait depuis le début.

— Où sommes-nous ? demanda-t-elle doucement, essayant de faire travailler ses cordes vocales tout en regardant avec suspicion l'immense bâtiment à l'allure gouvernementale.

— Au Palais de justice, annonça-t-il juste avant de sortir du véhicule et de le contourner pour la rejoindre.

Il ouvrit sa portière, et comme si un brouillard l'enveloppait, elle détacha sa ceinture de sécurité alors qu'il lui prenait la main. Elle se mit debout dans une sorte de transe et passa la sangle de son sac autour de sa poitrine en fixant l'immense bâtiment. Il repoussa la portière de la voiture, qui se referma dans un léger claquement. Il commença à l'entraîner à sa suite, mais ses pieds refusaient d'avancer.

— Que faisons-nous ici ? demanda-t-elle plus fermement, retrouvant enfin sa voix.

Il s'arrêta et se tourna vers elle, ce qui la fit reculer jusqu'à ce que son derrière touche l'aile brillante de la voiture. Il vint se plaquer contre elle et baissa les yeux sur son visage levé vers lui.

— À ton avis ?

Elle secoua la tête, refusant de répondre, refusant de deviner. Si ce qui se passait était ce qu'elle croyait, elle allait être bouleversée.

Il lui tendit la main et lui prit le menton entre les doigts dans un geste qui lui donnait envie de se soumettre, mais en même temps, tout autant envie de lui échapper. En guise de compromis, elle resta complètement immobile et ne fit ni l'un ni l'autre. Le pouce de Nick lui courait sur la lèvre inférieure, y allumant une lame de feu. Ces fichus papillons s'envolèrent dans son ventre, contre sa volonté, car elle avait la tête qui lui tournait. Il ouvrit la bouche et les mots qu'elle redoutait d'entendre en sortirent.

— Nous allons obtenir un certificat d'autorisation de mariage.

7

Courtney se sentit cligner des yeux alors que ses émotions tourbillonnaient face à l'annonce de Nick. *Où était sa demande en mariage ?* Était-il en train de lui annoncer qu'ils allaient se marier sans qu'elle ait son mot à dire ? Oui, c'était un bel après-midi romantique... mais ce n'était pas suffisant. Où était sa bague ? Où étaient les mots ? Elle continuait à le regarder, médusée, tout en essayant de ne pas être blessée par son attitude.

Elle jeta un coup d'œil au bâtiment, puis reporta son attention sur Nick, un nœud se formant dans son ventre. Très doucement, elle secoua la tête. Devant sa réaction, il fronça les sourcils.

— Non ? demanda-t-il, incrédule.

Elle secoua à nouveau la tête.

Il lui prit la main, et l'espace d'un instant, Courtney crut qu'elle allait obtenir au moins une partie de ce qu'elle attendait, peut-être une demande tardive. Mais brusquement, il tourna sa main jusqu'à la plaquer contre son flanc. En même temps, il l'étreignit de son autre bras, si bien qu'elle se retrouva bel et bien sous son contrôle physique.

— Quel est le problème, bébé ?

Courtney ne voulait vraiment, vraiment pas lui dire qu'elle était blessée, alors elle s'y prit autrement.

— Je suis sûre que nous n'avons pas les bons documents. Nous avons sûrement besoin de quelque chose de plus qu'un permis de conduire, tenta-t-elle en produisant des efforts surhumains pour s'exprimer avec des mots neutres.

— J'ai ton passeport et ton certificat de naissance.

Des cloches commencèrent à sonner dans ses oreilles, la colère à se mêler à la douleur qu'elle ressentait.

— Quoi ? demanda-t-elle.

Il pinça les lèvres lorsque, sans doute, il réalisa que son plan ne se déroulait pas comme il l'avait prévu.

— Encore une fois, quel est le problème ?

— Je suis désolée, j'essaie de comprendre, répondit-elle en le fixant du regard. Tu t'es servi dans mes documents personnels ? Tu les as demandés à ta mère ?

— Non, je les ai pris dans le coffre. Ce n'est pas grave.

— Pas grave ? (Son dos se raidit et elle tira sur son bras, observant l'homme d'un œil réprobateur.) Lâche-moi !

— Pas question.

— Nick ! siffla-t-elle, furieuse.

Il ne lâchait pas prise. Son visage se rapprocha du sien, l'impatience peinte sur ses traits.

— Je ne comprends pas, Courtney. Tu n'avais pas compris qu'il s'agissait de mariage, au bout du compte ? Il a toujours été question de mariage, depuis aussi longtemps que je m'en souviens, putain !

Bouillonnante de rage et de douleur, elle ne put contenir la larme qui roula le long de sa joue et qu'elle essuya rapidement, ne voulant pas montrer sa faiblesse. Mais le bateau avait pris la mer. Elle se savait au-delà du point où elle pouvait encore ménager sa fierté, où elle pouvait contenir sa douleur.

— J'ai toujours deviné qu'il s'agissait de mariage, admit-elle. J'ai toujours espéré qu'il s'agissait de mariage. (Elle baissa le

visage et ses yeux s'emplirent de larmes lorsque le nœud du chagrin explosa au creux de son ventre.) Mais je voulais une demande en mariage, Nick. Je voulais une bague, marmonna-t-elle. (Elle déglutit et leva les yeux vers lui, sa colère revenant de plein fouet.) Et toi, au lieu d'une demande en mariage, tu me voles mes papiers ? C'est vraiment un sale coup de ta part ! C'est merdique !

Nick se figea, mais resta silencieux. Mille émotions différentes se peignaient sur son visage et elle en reconnaissait facilement quelques-unes : la souffrance, la colère, le remords, la passion, le choc, l'impatience. Elle se concentra sur le remords, essayant de lui faire voir ce qu'il avait fait.

— Tu ne comprends donc pas ? Tu es le seul que j'aie vraiment. Tu es la seule personne dans ma vie qui m'aime pour moi.

Elle le fixait des yeux tandis qu'il soutenait son regard en silence, en écoutant attentivement son discours. Sa voix se chiffonna alors que les larmes commençaient à couler librement et qu'elle reconnaissait l'inquiétude flagrante qui se manifestait maintenant sur le visage de Nick.

— Ta famille ne compte pas vraiment, parce qu'on m'a imposée à elle, tu vois ? (Elle fit une grimace et détourna le regard avant de remonter à contrecœur les yeux vers les siens.) Je n'ai pas de parents sur qui compter si on me maltraite. Tu es tout pour moi. Je t'aime avec tout ce que j'ai et je suppose… j'ai dû m'imaginer que tu comprendrais que ce moment devait être spécial pour moi… à quel point t'appartenir est important pour moi… que tu m'appartiennes… Je pensais que tu tiendrais compte de mes sentiments et que tu comprendrais mon besoin des mots, des gestes, du rituel…

Sa voix s'éteignit lorsqu'elle tendit sa main libre et la lui plaqua sur le torse, essayant de transmettre ses émotions refoulées et recherchant en même temps la stabilité.

Courtney sortit de sa diatribe dans un silence absolu. Nick la regardait avec une expression mêlant regret et horreur. Tenant ses

mains entre les siennes, il déglutit péniblement et sa mâchoire tressauta.

— Bébé, je suis désolé. Je suis... Je ne sais pas quoi dire.

Le tourment de Nick la radoucit. Elle secoua la tête, juste une fois.

— Tu n'as pas besoin de dire grand-chose. Je ne vais pas laisser une petite erreur tout gâcher. Dis-moi juste que tu veux m'épouser. Dis-moi que tu me protégeras et que tu seras ma famille. (Elle prit une inspiration.) Si tu me promets ça, je te pardonnerai de prendre mes affaires sans demander, j'entrerai dans ce Palais de justice avec toi et nous obtiendrons un certificat d'autorisation de mariage, parce que je veux tellement t'épouser que je n'arrive à penser à rien d'autre.

~

Nick était consterné d'avoir merdé à ce point. Courtney était ouverte et honnête avec lui, mais il y avait encore une partie de lui qui essayait de se cacher de la vérité et cela ne pouvait plus durer.

Aucun doute, il devait régler ce problème et le régler maintenant. Il n'y avait qu'une seule façon de le faire : en lui avouant toute la vérité. Il devait arrêter d'être une chochotte effrayée, un gros nul, et commencer à agir comme un homme. Il savait qu'elle l'aimait. Elle venait de le dire, encore une fois. Et il savait qu'elle le pensait.

Lâchant ses mains, très doucement, il lui passa un bras dans le dos pour la soutenir et, de l'autre, leva son menton pour plonger dans les beaux yeux bleus qui le fascinaient depuis plus d'années qu'il ne pouvait en compter.

— Je t'aime. Je t'aime depuis ton adolescence et j'ai attendu toute ma vie solitaire, j'ai l'impression. Je t'ai attendue, toi. Tout ce que j'ai toujours voulu, c'est que tu m'aimes en retour et que tu m'épouses, que tu me laisses être ta famille. (Il regarda le beau

visage qui était comme une dépendance pour lui.) Bébé, c'est toi qui ne comprends pas. Tu es mon obsession, tu es ce pour quoi j'ai travaillé et vécu toute ma vie. Je ne veux pas seulement être celui qui te protège, je fantasme sur toi depuis que tu es jeune.

Il se pencha et l'embrassa sur le front, en se forçant à la tenir doucement et non dans un étau si serré qu'elle ne pourrait pas respirer.

Quand il baissa à nouveau les yeux, elle soutenait son regard comme qui s'accroche à une bouée de sauvetage, alors il continua, décidé à lui ouvrir son cœur en entier.

— Sois en colère contre moi, s'il le faut, mais oui, j'ai orchestré cette journée pour que tu sois là. Je ne sais pas pourquoi je me sens si vulnérable quand il s'agit de toi, je ne le sais vraiment pas. Tu es la seule chose ou personne que j'aie peur de perdre, de décevoir : j'en ai des sueurs froides rien qu'à y penser. Alors, oui, aujourd'hui, tout était prévu. Mais il y a pire, bébé. Puisque j'en suis aux aveux, autant te le dire aussi.

Il la regarda, hésitant à lui faire savoir à quel point il était dans la panade.

— Dis-moi, chuchota-t-elle.

Il serra les dents et se lança.

— Les deux derniers mois ont été un enfer pour moi, parce que nous n'étions pas ensemble alors que j'ai tellement besoin de savoir que tu m'appartiens. (Il prit une profonde inspiration et laissa sortir le reste de sa confession, en espérant qu'elle ne le prendrait pas pour un fou.) Je t'ai intentionnellement fait traverser la frontière de l'État, parce que l'Illinois n'impose qu'une période d'attente de vingt-quatre heures au lieu de trois jours, comme dans le Missouri.

En entendant les aveux de Nick, Courtney ouvrit des yeux ronds et se mit à se balancer sur ses pieds. S'il ne l'avait pas retenue, elle serait tombée par terre.

— Je suis désolé, reprit-il rapidement. Je suppose que j'essayais de te forcer à m'épouser demain parce que… parce que… Je ne sais

pas pourquoi. Je crois que j'ai très peur que tu t'éloignes de moi ou quelque chose comme ça. (Elle ne dit toujours rien.) Je ne peux pas le supporter, tu comprends ? Je ne peux pas prendre ce risque.

Il vit le pouls dans son cou frémir. Finalement, elle s'éclaircit la gorge et demanda :

— Tu veux te marier *demain ?*

— Ouais. Je le veux plus que la vie elle-même, putain !

Elle le dévisagea, ébahie, puis se passa la langue sur les lèvres.

— Et si je suis d'accord, tu… m'offriras une bague ?

À sa question, une autre flèche traversa le cœur de Nick.

— Chérie, je suis un idiot fini. (Il baissa la tête et grimaça, avant de regarder son visage tant aimé.) Tu n'as pas idée ! Elle est dans la boîte à gants, admit-il en se passant la langue sur les lèvres.

— Il y a une bague dans la boîte à gants ? répéta-t-elle, sous le choc.

— J'ai l'esprit obnubilé par une seule chose depuis hier, depuis que nous sommes tous les deux revenus en ville. J'ai la bague depuis si longtemps qu'en vérité, j'ai été égoïste aujourd'hui, pensant à mes besoins, voulant t'attacher à moi, sans songer à ce dont tu avais besoin, toi.

Sans la lâcher, il les guida jusqu'à la portière côté passager et l'ouvrit. Il fit asseoir Courtney, les jambes à l'extérieur de la voiture, et il ouvrit la boîte à gants. Introduisant la main dans le compartiment, il en sortit un petit boîtier de velours et le tint là, entre eux. De l'autre main, il lui caressa les cheveux pendant plusieurs longues secondes tandis qu'elle regardait la boîte.

Puis il s'accroupit devant elle.

— Bébé, tu veux bien faire quelque chose pour moi ? murmura-t-il. (Lorsqu'elle hocha la tête, tout en continuant à regarder la boîte, il déglutit et reprit :) Veux-tu fermer les yeux et tendre les mains ?

Elle leva la tête et ses yeux rencontrèrent ceux de Nick. Il vit les larmes qui nageaient là, il vit son sourire tremblotant et il ressentit au fond des tripes une douleur comme jamais il n'en avait connu

auparavant. Elle ferma les yeux et, les doigts frémissants, elle tendit les paumes vers lui. Il y déposa la boîte, mais sans la lâcher, enveloppant le boîtier et ses mains.

— Je prendrai toujours soin de toi, Courtney. Je le jure devant Dieu, je serai l'homme que tu veux que je sois. Je serai ta famille, je vénérerai le sol sur lequel tu marches.

En ouvrant le couvercle, il prit la bague de trois carats et souleva la main gauche de Courtney. Elle écarta ses doigts tremblants.

— Veux-tu m'épouser ?

Les yeux de Courtney s'emplirent de nouvelles larmes et une poussée d'émotion fit déferler une vague brûlante dans son dos. Oh oui, il allait s'occuper d'elle ! Il la traiterait avec des gants tout doux, comme il le faisait avant que sa possessivité égoïste ne prenne le dessus. Mais à quoi pensait-il ? Courtney était spéciale. Elle avait besoin de quelque chose de lui qu'il était déterminé à lui donner.

Alors qu'il la regardait fixement dans les yeux, elle murmura :

— Oui.

Il ferma brièvement les paupières, soulagé, puis il les rouvrit et glissa la bague à son doigt. Baissant la tête, il embrassa son annulaire avec révérence.

— Tu veux bien entrer dans le tribunal avec moi, maintenant ? chuchota-t-il après avoir dégluti avec peine.

— Oui.

— Et juste pour qu'il n'y ait plus de confusion ou de désaccords, nous reviendrons demain et nous nous marierons ?

— Oui.

— Nous ne l'annoncerons à personne tant que l'affaire ne sera pas conclue, parce que je ne veux pas prendre de retard. Ma mère essaierait de nous arrêter… elle voudrait organiser un grand mariage…

— Je ne veux pas d'un grand mariage, l'interrompit Courtney.

Je ne pourrais pas supporter de ne pas avoir mon père pour m'accompagner à l'autel.

Putain, quel connard je fais ! Pourquoi avait-il seulement évoqué le sujet des noces ? Comment avait-il pu ne pas y penser ? Il n'avait envisagé la chose que de son point de vue, du retard qu'il refusait de laisser prendre à leur mariage. Il venait de recommencer. Elle avait raison, il était égoïste et il devait apprendre à faire mieux. Dès maintenant. Il se pencha à nouveau et lui embrassa le front une fois de plus.

— Bon, alors, c'est un secret jusqu'à ce que ce soit fait, mais ensuite, tout le monde sera au courant, d'accord ?

Elle éclata d'un rire radieux et essoufflé.

— D'accord.

Dieu merci !

Plus tard dans la nuit, Courtney fit l'expérience du plus doux des ébats qu'elle ait connu dans sa vie amoureuse, certes courte. Nick avait été incroyable, caressant lentement chaque centimètre carré de sa peau, comme s'il était envoûté.

Alors qu'elle restait éveillée, à écouter sa respiration profonde, les cellules de son cerveau se déchaînaient. *Mon Dieu, il m'aime vraiment !*

Il avait suffi d'une petite conversation, deux minutes pour lui dire ce qu'elle attendait de lui, quelques larmes bien réelles, et il avait écouté chaque mot. Il l'avait écoutée, et ce soir, il avait vénéré son corps, chaque contact était doux, chaque caresse remplie d'amour et d'un profond besoin d'elle.

Elle ferma les yeux de ravissement. Ils allaient être si heureux ensemble ! Ils s'aimaient tellement, se faisaient confiance, avaient besoin l'un de l'autre, ils s'emboîtaient comme le *yin* et le *yang*.

La vie était si belle ! Enfin, la vie était belle…

Rien ne pouvait aller de travers.

Désormais femme mariée, elle ne vécut pas la route du retour sur le Mississippi comme une heure plus tôt. Courtney n'arrivait pas à mettre le doigt sur ce que c'était exactement, mais Nick lui tenait la main un peu plus serrée qu'auparavant. Il contrôlait le volant avec sa main gauche, pendant que sa main droite tenait la sienne au-dessus de la console et faisait tourner la bague de fiançailles et l'alliance autour de son doigt. Elle regarda sa main à lui sur le volant, où elle vit, une fois de plus, l'anneau à son doigt qui correspondait au sien.

Un frisson de plaisir dansa le long de son échine.

Cet homme était à elle. À elle, bon Dieu !

Il la regarda brièvement avant de se retourner vers la route.

— Passons à la maison pour récupérer d'autres affaires à toi. On va annoncer la nouvelle à maman et elle se chargera de faire passer le mot. Plus tard, ce week-end, nous pourrons prendre le reste de tes affaires et tu emménageras complètement. Ça te va ?

— Mm-hmm, acquiesça-t-elle.

Elle serait d'accord avec à peu près n'importe quoi, en ce moment. Son cerveau flottait quelque part dans un état de bonheur et d'excitation.

— Tu as l'air heureuse, constata-t-il avec un grognement de satisfaction.

Elle sourit et serra ses doigts sur les siens.

— C'est parce que je *suis* heureuse.

— Garrett va être furieux que tu arrêtes de voyager, prédit Nick avec aussi une forme de détermination dans la voix.

Courtney leva les yeux au ciel. Elle voyagerait si elle en avait envie, mais elle traverserait ce pont plus tard. Rien ne viendrait gâcher l'euphorie qui coulait dans son sang pour le moment.

Voyant qu'elle ne faisait pas de commentaire mais se contentait de sourire, il sourit en retour, puis changea de sujet :

— Quand veux-tu qu'on commence à travailler sur un bébé ? Je suis prêt dès que tu l'es, la taquina-t-il. Qu'est-ce que tu en penses ?

Le ventre de Courtney se serra et elle sentit son visage se vider de ses couleurs. Rien ne pouvait gâcher l'euphorie qui coulait dans son sang en ce moment… sauf une allusion pareille.

— Qu-quoi ? bégaya-t-elle.

Nick freina alors que la voiture arrivait à un feu rouge et la regarda d'un air interrogateur.

— Je plaisante, bébé. Je ne vais pas te partager avant très, très longtemps. (Il lui passa une main dans les cheveux en souriant.) À moins d'un accident qui me priverait du choix, plaisanta-t-il.

Heureusement, le feu repassa au vert et Courtney n'eut pas à répondre. Le bonheur venait de s'éteindre, dégonflé comme un ballon qui éclate brutalement. *Merde !* Le bonheur venait de sortir de sa vie. Pourquoi n'avait-elle pas pensé à ça ?

Alors qu'ils traversaient la ville, Courtney savait qu'ils ne pouvaient pas parler du mariage à Justine, pas encore. Pas avant qu'ils aient eu une conversation. Alors que Nick s'apprêtait à prendre l'autoroute vers la maison de sa mère, elle l'arrêta.

— Nick, parvint-elle à lâcher avec une crainte mal dissimulée.

Au ton de sa voix, il tourna les yeux.

— Oui ?

— Allons d'abord à l'appartement, d'accord ?

— On vient juste de décider d'aller annoncer la nouvelle à maman et de prendre certaines de tes affaires, s'entêta-t-il.

— Oui, je sais, mais j'ai changé d'avis. Je ne me sens pas très chaude. Tu peux me ramener au *penthouse* ? S'il te plaît ?

Les traits de Nick se durcirent, mais il tourna dans la bonne direction. Les cinq minutes qu'il leur fallut pour arriver dans le parking souterrain comptèrent parmi les plus longues de la vie de Courtney. La terreur s'était installée comme un poids mort dans son ventre.

Mais elle devait le lui dire. Elle le savait. Et puis elle devrait le

laisser partir. Elle aimait Nick, mais elle devrait le laisser partir. Pour son bonheur.

Afin de l'empêcher de trembler, elle se mordit la lèvre jusqu'à sentir le goût du sang.

Les minutes dans l'ascenseur furent parmi les instants les plus confus de la vie de Nick. Tout avait été sacrément parfait pendant la journée. Courtney avait porté du blanc à la cérémonie, comme il le lui avait demandé. Il n'avait aucune idée du type de fleurs qu'elle voudrait ou si elle en voudrait. Il lui avait acheté une dizaine de roses à longue tige, une fleur à épingler sur sa robe, une autre qu'elle pourrait porter au poignet et enfin, un bouquet de fleurs qu'elle pourrait arborer si tel était son choix. Elle avait l'air sidérée par toutes ces fleurs, mais elle avait souri et jeté ses bras autour de lui.

Ils avaient fait l'amour avant de partir pour le Palais de justice de Belleville, où ils étaient retournés exactement vingt-cinq heures après avoir dégoté l'autorisation de mariage. S'ils avaient tardé, c'était parce que Nick avait ruiné la coiffure et le maquillage de Courtney et qu'elle avait insisté pour se rajuster. Elle était belle et décoiffée et il avait failli lui refuser ce délai, tellement il était pressé de passer à l'acte, mais il avait ravalé son agressivité et s'était montré prévenant.

La cérémonie elle-même avait été rapide, mais Courtney avait paru heureuse. Elle avait été d'accord avec tout ce qui se passait toute la journée. Certes, il y avait bien eu cette blague sur le fait qu'elle ne voyagerait plus, mais bon sang, il n'avait pu s'en empêcher ! De toute façon, ce n'était pas le problème. Il l'avait vue lever les yeux au ciel comme s'il n'était pas son patron, mais le sourire n'avait jamais quitté ses yeux.

Pas avant qu'il ait parlé d'un bébé.

Avec ce sujet, toute joie avait déserté son visage et elle était

devenue blême, l'air presque malade et décharnée en quelques secondes.

Bon sang ! Qu'est-ce qui clochait chez lui, bon sang ? Pourquoi ne pouvait-il pas apprendre de ses erreurs ? Pourquoi ne pouvait-il pas anticiper comme un être humain raisonnable et comprendre les choses du premier coup ?

Bien sûr, une discussion sur le fait d'avoir des enfants si tôt pouvait effrayer ou inquiéter. Il y avait de nombreuses raisons à cela, et comme un crétin, il avait laissé échapper quelque chose qui aurait dû être abordé avec précaution.

Elle avait raison. Il était irréfléchi. Insensible. Mais il jurait devant Dieu qu'avant la fin de la journée, il aurait un putain d'indice sur la clé du problème et il lui donnerait tout ce qu'elle voulait.

Parce qu'il voulait une seule chose dans la vie, et c'était Courtney Powell. *Non, efface ça. Courtney Rule.*

Oh oui ! Il aimait la sonorité de ce nom. Quoi qu'il se soit passé, il était trop tard pour qu'elle s'éloigne de lui maintenant. Il devait arrêter de s'inquiéter autant. Elle l'avait épousé. Elle était à lui, maintenant. Il allait réparer sa bévue d'une manière ou d'une autre, et au bout du compte, il apaiserait les craintes qu'engendrait l'idée d'avoir des enfants.

Oui, il voulait des enfants un jour. Mais ils étaient encore jeunes. Tout pouvait arriver. Peut-être qu'ils auraient une maison pleine d'enfants, peut-être qu'ils n'en auraient pas.

En fin de compte, tout ce qu'il voulait, c'était que Courtney soit heureuse. Enfin, heureuse avec lui.

Oui, c'était tout ce qu'il voulait.

~

COURTNEY ENTRA DANS SA SUITE À LA SECONDE OÙ LES PORTES DE l'ascenseur s'ouvrirent. Sachant qu'elle ne pouvait pas remettre la discussion à plus tard, elle quitta rapidement sa robe blanche afin

de se mettre en jean et t-shirt, prête pour ce rappel particulier de ce qui avait commencé comme le plus beau jour de sa vie.

Qu'est-ce qui n'allait pas chez elle ? Pourquoi ne pouvait-elle pas vouloir un bébé ? Cette question était folle ; elle voulait un enfant. Elle en voulait un désespérément. Mais comment pouvait-elle être égoïste au point de mettre un enfant au monde juste parce qu'elle en désirait un ? Qu'adviendrait-il de ce bébé si quelque chose arrivait à Nick et elle ? Il serait abandonné tout seul au monde, tout seul pour faire face au chagrin et à une douleur écrasante. Courtney refusait de prendre le moindre risque que cette situation se produise.

Le souvenir de ce qu'elle avait vécu lui revint avec une violence impitoyable. Une panique froide s'empara de ses veines à l'évocation du traumatisme. Car oui, elle devait l'admettre, cela avait été traumatisant. Avec le recul, elle savait qu'elle n'aurait pas dû si bien cacher sa douleur à Justine. Elle avait tellement essayé d'alléger le fardeau de sa tutrice ! Mais en réalité, elle n'était guère plus qu'une enfant et elle avait fait ce qu'elle pensait être le mieux à l'époque. Maintenant, elle comprenait qu'elle aurait eu besoin d'aide. Peut-être que si elle avait bénéficié de conseils, les choses auraient été différentes aujourd'hui.

Mais voilà, ça n'était pas ainsi.

Tremblante, elle se préparait à affronter Nick. Elle ne voulait pas avoir d'enfant. Elle ne pouvait pas. C'était un chagrin avec lequel elle devait vivre, mais il n'y avait aucune raison pour que Nick ait à endurer le même vide dans sa vie. Elle l'aimait trop pour envisager cette éventualité.

Le cœur serré, elle retourna dans le séjour, pas du tout surprise de voir Nick tendu, debout près de la baie vitrée, un verre à whisky à la main.

À son entrée, il se tourna et descendit le contenu de son verre. Tentant de calmer ses nerfs, elle s'assit sur le siège à côté du canapé et patienta.

Elle n'eut pas à attendre longtemps. Il posa le verre, mais au

lieu de s'asseoir sur le canapé comme elle l'avait prévu, il vint directement devant elle, dans son espace personnel et lui écarta les jambes de ses mains posées sur ses genoux. Il s'accroupit entre elles en poussant un soupir. D'une main douce, il lui passa les doigts dans les cheveux et la regarda, le cœur au fond des yeux.

— Chérie, je n'aurais pas dû dire ce que j'ai dit. Bien sûr, il n'y a pas d'urgence. Bébé, tu t'inquiètes pour rien.

Incapable de contrôler son besoin de le toucher, elle enfonça les doigts dans ses cheveux. L'alchimie qui avait toujours été si forte entre eux n'avait pas diminué. Elle soutenait son regard pendant qu'elle savourait ce qui avait eu lieu, même si cela n'avait été que de courte durée. Avec les mots qu'elle s'apprêtait à prononcer, tout allait changer entre eux.

Elle prit une inspiration pour retrouver ses esprits et se lança :

— Je suis désolée que le sujet d'un bébé ne soit jamais posé entre nous avant. Je ne sais pas pourquoi il n'est jamais venu. (Elle déglutit.) Bien sûr que tu veux fonder une famille, poursuivit-elle alors que ses yeux s'emplissaient de larmes et qu'elle haussait les épaules, lâchant son compagnon pour mettre les mains sur ses genoux. Je ne peux pas avoir d'enfant, Nick.

Il se tut un instant et, même si elle regardait ses propres mains, elle savait qu'il l'étudiait attentivement. Puis il demanda avec précaution :

— Pourquoi, ma chérie ? Y a-t-il un problème physique qui t'empêche de porter un bébé ?

Elle se mordit la lèvre et secoua la tête. Sa tristesse formait une balle de plomb dans son ventre.

— Qu'est-ce qui ne va pas, alors ? murmura-t-il en passant le pouce le long de sa pommette.

Elle prit une profonde inspiration et releva le visage, mais en gardant les yeux baissés.

— Être orphelin, c'est… c'est dévastateur, répondit-elle, bien que ce ne soit que la partie émergée de l'iceberg.

Il tressaillit au son de ses paroles et la caresse sur son visage se fit plus pressante.

— Oui, mais maintenant, tu m'as, moi. Nous sommes là l'un pour l'autre.

Sa voix reflétait la confusion, une réelle préoccupation, et en même temps, la possession ultime.

Courtney se mordillait toujours la lèvre, mourant d'envie de se blottir dans ses bras. Elle savait ce qu'il allait dire, qu'ils n'étaient pas obligés d'avoir des enfants. Mais elle savait aussi qu'il *voulait* une famille, qu'il méritait sa propre famille. Et il pouvait encore l'obtenir. Malheureusement, pas avec elle.

Se mordillant la lèvre, alors qu'il fixait son visage, elle détourna les yeux, incapable de soutenir son regard. Des larmes coulèrent sur ses joues, qu'elle balaya.

— Je sais que la perte de ton père a été dure pour tes frères et sœur et toi. Je ne veux pas… Je ne veux pas minimiser cette perte. Mais tu avais toujours ta mère et la maison dans laquelle tu avais grandi. Tu avais une stabilité dans ta vie, argua-t-elle, avant de se taire soudain pour réfléchir à ce qu'elle allait dire ensuite.

Les doigts de Nick devinrent caressants contre son cuir chevelu.

— Je me rends compte que tu as souffert, bébé. Je l'ai toujours su. C'est l'une des raisons pour lesquelles j'ai toujours eu envie de m'occuper de toi. Tu ne comprends donc pas ?

Elle hocha la tête.

— Si, je sais et je t'aime pour cette raison. (Elle trouva finalement le courage de rencontrer ses yeux.) C'est si triste, tu sais !

— Pourquoi faut-il que ce soit triste ?

Il avait posé la question avec quelque chose d'approchant la panique dans sa voix.

Elle détourna encore le regard.

— Je ne peux pas te donner la famille que tu souhaites, je ne peux pas. Je ne pourrai jamais, *jamais* mettre un enfant au monde,

sachant qu'il est susceptible de traverser ce que j'ai vécu. (Sa gorge commença à lui faire mal à force de larmes non versées, mais elle devait persévérer avant de s'effondrer, elle devait lui faire comprendre.) Si je n'ai jamais de bébé, alors, il n'y a aucun risque qu'il perde son papa et sa maman, tu comprends ?

Le silence était total dans la pièce, à l'exception du tic-tac de l'horloge antique sur la cheminée. Au bout de quelques secondes, elle sentit la main de Nick lui lâcher les cheveux, puis lui soulever le menton. Ses yeux rencontrèrent les siens et elle fut immédiatement frappée par l'angoisse qu'elle y vit se refléter. Et ce n'était pas de l'angoisse à la pensée de la perte d'un enfant, non ; elle savait que c'était de l'angoisse vis-à-vis de ce qu'*elle* ressentait. Sa voix était rude et implacable lorsqu'il reprit la parole.

— Alors nous n'en aurons pas. C'est aussi simple que ça.

Courtney ferma les yeux et se mit à sangloter, cette fois.

— Je savais que tu dirais ça, lâcha-t-elle entre ses larmes.

Et elle se mit à pleurer encore plus fort, secouant la tête en même temps. Plus elle pleurait, plus elle balançait la tête.

Nick essaya de la prendre dans ses bras, mais elle repoussa ses mains et se leva pour traverser la pièce avant de lui faire à nouveau face. Elle croisa les bras, dans une posture défensive.

— Je t'aime.

Elle vit de la douleur et de la confusion dans ses yeux, alors elle essaya de lui faire comprendre combien elle l'aimait. Elle prit une profonde inspiration et continua plus doucement :

— J'aime que tu m'aies attendue toutes ces années. J'aime que tu sois incapable de cacher ton impatience. J'aime ton égoïsme à mon égard, quand tu oublies parfois de penser à moi en premier. J'aime ta façon d'être. Et j'aime l'homme que tu es devenu. (Elle s'arrêta alors que sa voix s'éteignait et passa la langue sur les lèvres.) Mais nous ne pouvons pas nous marier. Je ne peux pas avoir les enfants que tu veux, je le sais. (Elle se mordit la lèvre et prit une inspiration saccadée.) Je t'aimerai toujours et je te promets, je le jure devant Dieu, que j'aimerai les enfants que tu auras un jour. (Elle déglutit,

forçant les mots à sortir.) Et je te promets de ne pas te créer d'ennuis. Je... Je serai heureuse pour toi, conclut-elle en sanglotant, et pour la femme que tu finiras par épouser.

Sur ces mots, Courtney tourna les talons et s'enfuit vers sa suite en fermant la porte derrière elle.

~

NICK RECULA DE QUELQUES PAS VACILLANTS JUSQU'À TOMBER SUR LE canapé. Il se prit la tête entre les mains pour pousser un gémissement torturé et tremblant. Bon sang, qu'avait-elle traversé ? Il savait qu'elle avait souffert, mais pourquoi n'avait-il pas vu exactement à quel point la mort de ses parents l'avait marquée ?

S'il l'avait réalisé, si elle ne l'avait pas aussi bien caché, il aurait fait les choses différemment. Comment, il ne le savait pas exactement. Il aurait dû voir qu'elle avait besoin d'une aide professionnelle, qu'elle avait besoin de conseils pour gérer son deuil. Il aurait peut-être dû l'épouser dès qu'elle avait eu ses dix-huit ans. Alors, au moins, il aurait pu la tenir dans ses bras toutes les nuits, être là pour elle pendant les six dernières années, lui apporter du réconfort tous les jours. Lui faire sentir qu'elle avait sa place, qu'elle n'était pas seule, lui faire comprendre qu'elle était aimée.

Sa douleur était si profonde qu'elle lui était presque incompréhensible, bien que d'une certaine manière, il saisisse sa logique.

Sa Courtney, effrayée, émotionnellement fragile, courageuse et généreuse, essayait de protéger ses enfants à naître. Elle aimait tellement l'idée de ses futurs enfants qu'elle renonçait à les connaître, à les avoir, juste pour les protéger de la douleur qu'elle-même avait endurée.

C'était une souffrance qu'elle porterait toute sa vie. Nick vit soudain son avenir tel qu'elle le voyait. Ce n'était pas quelque

chose qu'il voulait pour elle, mais il ne serait peut-être pas en mesure d'en changer l'issue. Si elle continuait à refuser d'avoir des enfants, elle ne connaîtrait jamais la joie d'être mère et cette perspective le rendait très triste pour elle.

Mais il y avait une chose qu'elle ne pouvait pas dissimuler. Elle le voulait dans sa vie comme mari, il le savait, même si elle semblait déterminée à le libérer de leur promesse. *Oui, ben, pas question !* Jamais il ne voulait être libéré de Courtney. Il n'y avait aucune raison au monde pour justifier qu'elle le quitte. Nick n'était même pas effleuré par l'idée de sa propre perte. Il ne lui vint pas à l'esprit qu'il ne pourrait jamais être père. Tout ce qui l'intéressait, c'était le bonheur de Courtney et le fait d'être avec elle. Être là pour elle en tant que mari, amant, protecteur, tout ce dont elle avait besoin. Pour toujours.

Le fait qu'elle ait déclaré qu'ils ne pouvaient pas se marier l'avait presque anéanti. Dieu merci, ils étaient déjà mariés et elle n'avait plus le choix. Dieu merci, ils n'avaient jamais eu cette conversation sur les enfants avant d'avoir échangé les vœux qui la liaient à lui pour toujours.

Il prit une inspiration pour recouvrer son calme, puis une autre. Il pouvait renoncer à avoir des enfants s'il le fallait. Les enfants, pour lui, étaient un bonus dont il pouvait se passer, si nécessaire. Parce qu'il n'était pas question une seconde, merde, qu'il abandonne Courtney !

NICK GARDAIT L'ŒIL RIVÉ À LA PORTE DE COURTNEY, MAIS PAS UNE fois elle ne tenta de quitter sa suite de la nuit.

Le lendemain matin, ses traits étaient tirés, mais elle était habillée pour le travail lorsqu'elle arriva dans la salle de séjour. Il se tenait dans la cuisine, à boire une tasse de café, quand elle se dirigea vers l'ascenseur.

— Tu descends ?

Oui, dit elle en gardant les yeux sur la porte.

— À plus tard, alors.

Nick la regarda faire un signe de tête, puis monter dans l'ascenseur.

CINQ FOIS CE JOUR-LÀ, IL PASSA DEVANT SON BUREAU ET, CINQ FOIS, il la vit tranquillement à l'intérieur. La première fois, par la porte entrouverte, il remarqua immédiatement qu'elle ne portait pas ses bagues. Ce qui l'énerva, le bouleversa, mais il se contenta d'ôter la sienne et de la glisser dans sa poche, un geste qui, l'espérait-il, était une preuve de respect vis-à-vis de ses souhaits. Ce qu'ils vivaient était réservé à eux deux ; il n'allait pas lui rendre la tâche plus difficile qu'elle ne l'était déjà.

Elle dut le voir passer, car sa porte resta ensuite complètement fermée. À dix-sept heures pile, il repassa. La porte de son bureau était ouverte, mais Courtney n'était pas là. Grimaçant, il prit l'ascenseur pour monter.

Dieu merci, il l'entendit se déplacer dans sa suite.

Ne souhaitant pas lui mettre la pression, faisant de son mieux pour se montrer prévenant, il passa une commande pour le dîner et alla prendre une douche en attendant qu'elle soit livrée.

Une heure plus tard, il frappa à sa porte.

— Coucou. Tu veux venir manger avec moi ?

Quelques secondes s'écoulèrent, puis la porte s'ouvrit. Elle était vêtue d'un jean délavé et d'un t-shirt de l'université, et sans croiser son regard, elle se rendit à la cuisine.

Il s'appuya contre le comptoir pour la regarder ouvrir les boîtes et la vue de son annulaire nu manqua de lui faire perdre les pédales.

En silence, elle lui prépara une assiette, puis une version plus modeste pour elle-même. Ils mangèrent ensemble, assis sans rien

dire sur les tabourets de bar. Sitôt qu'elle eut consommé sa petite portion, elle quitta la pièce en marmonnant :

— J'ai mal à la tête. Je vais faire trempette dans la baignoire. Bonne nuit.

— Bonne nuit, grinça-t-il, dévoré par un mélange de frustration et d'impuissance.

PENDANT DEUX SEMAINES ENTIÈRES, LEURS JOURNÉES ET LEURS soirées suivirent la même routine. Ils allaient travailler, montaient à l'étage, mangeaient en silence, puis Courtney s'enfermait dans sa chambre.

Depuis que la jeune femme avait commencé à travailler dans la Rule Tower, elle n'avait passé que très peu de nuits dans la maison avec sa mère, et seulement lorsqu'il était en déplacement. Nick supposait que la famille les imaginait en colocataires partageant le *penthouse*. Il n'en avait parlé à personne et les affaires de Courtney étaient toujours réparties entre les deux logements.

Elle ne voulait toujours pas s'ouvrir à Nick, et jour après jour, il continuait à lui donner le temps de se reprendre en main, la laissant presque entièrement à elle-même. Mais chaque fois qu'elle quittait le bâtiment, ce qui était rare, il éprouvait une poussée de panique et devait se forcer à ne pas exiger qu'elle reste, à ne pas la suivre, à lui laisser un peu d'espace.

Regardant finalement la vérité en face, il comprit qu'il avait peur de la pousser, trop effrayé qu'elle mette alors fin au mariage. Ce constat ne lui plut pas, il l'énerva même. Rester ainsi sans réagir allait à l'encontre de tous ses instincts.

D'ailleurs, à mesure que les jours et les nuits passaient sans aucune ou très peu d'interaction entre eux, il sentait sa colère et sa frustration commencer à bouillir à la surface. Il ne pourrait pas continuer ainsi bien longtemps, il en aurait vite assez de cette vie

de merde. Le temps qu'il lui avait accordé pour réaliser qu'ils étaient faits l'un pour l'autre était presque écoulé.

Son humeur tombant encore plus bas, il se souvint de leur dernière vraie conversation, où elle lui avait si joliment dit qu'elle aimait l'homme qu'il était devenu, qu'elle l'aimerait pour toujours, tout en lui expliquant pourquoi ils ne pouvaient pas être ensemble. Le ressentiment enfla comme une bombe à retardement dans ses tripes.

Alors comme ça, elle aimait l'homme qu'il était devenu ? C'était très bien, parce qu'elle allait découvrir que cet homme-là avait toujours obtenu ce qu'il voulait. Or, en l'occurrence, ce qu'il voulait, c'était qu'elle soit sa femme pour toujours.

Ouais, putain, tant mieux si elle aime l'homme que je suis devenu !

Car elle était sur le point d'apprendre à connaître cet homme un peu plus en profondeur.

8

Nick atteignit son point de rupture le lendemain et il n'était pas question qu'il laisse Courtney lui échapper à nouveau. Il ouvrit une bouteille de vin et lorsqu'il l'appela — elle était dans sa chambre — pour dîner, il avait déjà tout préparé dans le salon en vue d'un repas décontracté sur la table basse.

Il avait choisi un film nouvellement sorti, un téléchargement instantané. Aussi, dès qu'elle s'assit, lui demanda-t-il si elle l'avait vu. En secouant la tête, elle jeta un coup d'œil autour d'elle avec un air légèrement paniqué, avant de s'enfoncer à contrecœur dans le canapé où il avait stratégiquement placé son repas à côté du sien.

Il savait que le changement de lieu et la bouteille de vin lui valaient cette mine apeurée, mais merde, il se battait pour sa vie, là, pour leur bonheur à tous les deux ! Chassant l'anxiété de son esprit, il refusa de changer le cap qu'il avait choisi pour la soirée.

Alors qu'ils ramassaient leurs assiettes, il appuya sur la télécommande pour lancer la comédie légère. Il avait tout prévu. Rien ne pouvait aller de travers. Plus tôt, il avait pris une pause dans son travail et s'était glissé à l'étage dans sa suite, où il avait

facilement trouvé le boîtier qui contenait la bague de fiançailles et l'alliance de Courtney.

Il était prêt à reléguer leurs problèmes derrière eux et à commencer leur vie ensemble. Il voulait Courtney et il exigeait que ces conneries cessent. Sa famille devait savoir qu'ils étaient mariés, Courtney devait les accepter, lui et leur mariage, et lui accorder pour toujours des droits exclusifs sur elle. Il voulait qu'elle se soumette et pas plus tard que ce soir. Le sexe en faisait partie et il était plus que prêt à la séduire pour y parvenir.

Nick savait qu'il n'était pas très romantique. Pourtant, il faisait des efforts et il priait comme un fou pour qu'elle s'en rende compte. Elle le devait, sinon son bonheur était fichu.

Le film en était à la moitié et leur repas touchait à sa fin quand il prit la bouteille de vin et lui remplit à nouveau son verre. Elle garda les yeux rivés sur la télévision, lui avait les siens sur elle, et posant son propre verre, il se rapprocha jusqu'à ce qu'il n'y ait plus d'espace entre eux. Il enroula son bras autour de l'arrière du canapé et commença à faire tourner une mèche des cheveux blonds de la jeune femme entre ses doigts.

Elle inspira calmement, le pouls de son cou frémit et le vin dans son verre se renversa un peu.

Il lâcha un souffle entre ses dents, tout son sang se précipitant au niveau de son entrejambe, puis il lui prit le verre de ses doigts tremblants et le posa à côté du sien.

Le regard de Courtney resta collé à la télévision, mais ses paupières se baissèrent juste assez pour lui indiquer qu'elle ne voyait rien à l'écran.

Il appuya sur un bouton de la télécommande afin de couper le son et sans attendre, il l'obligea à tourner son visage vers le sien avec un doigt pour pouvoir l'étudier.

Elle se laissa faire, mais ferma les yeux en représailles.

Il décida de laisser filer ce petit acte de rébellion.

Il se pencha et l'embrassa sur les lèvres, plus doucement qu'il avait jamais imaginé être capable de le faire. Un murmure sonore

s'échappa de ses lèvres et il appuya plus fermement. Il prit son temps, se forçant à aller lentement tandis que tous les instincts de son corps lui criaient de lui arracher son pantalon et d'écarter ses cuisses. Il serra la mâchoire et conserva son rythme lent.

Il l'embrassa le long de la ligne de sa mâchoire, le long de la petite coquille de son oreille et jusqu'à ses lèvres.

Quand il sentit une petite main tremblante dans ses cheveux, il sut qu'il était proche de la victoire.

Il lui ouvrit la bouche avec sa langue et la vénéra avec tout ce qu'il avait en lui. *Facile à faire.* Lorsque ses doigts se resserrèrent et qu'elle haleta, il approcha la tête de son sein et commença à caresser le mamelon avec sa bouche et sa langue.

Elle gémit, un petit son chaud, et bientôt, son t-shirt se retrouva saturé à cet endroit. Ayant besoin de quelque chose de plus, il fit courir sa main jusqu'au V doux entre ses jambes. Le short qu'elle portait était en tissu éponge et, bien qu'il se soit donné du mal pour y aller doucement, il ne supporta pas une seconde de plus de ne pas la toucher intimement. Ses doigts se faufilèrent à l'intérieur de son short et glissèrent le long de sa peau, repoussant ses sous-vêtements.

Quand il sentit sa chaleur humide, il faillit perdre les pédales. Elle était prête pour lui. Il insinua son doigt à l'intérieur, tout en manipulant son mamelon avec ses dents à travers la fine matière en coton de son t-shirt.

Elle se mit à miauler du fond de sa gorge et Nick souleva sa bouche assez longtemps pour passer les doigts autour du tissu de son short et de sa culotte, qu'il lui retira pour les laisser tomber sur le sol.

Levant les yeux, il découvrit son visage paniqué, alors même qu'elle respirait fort, en tandem avec lui.

Ne voulant rien d'autre que l'apaiser, il glissa une main sous le coussin du siège et sortit les anneaux qu'il y avait cachés. Il passa rapidement une alliance à son propre doigt et, en regardant les yeux de Courtney s'écarquiller, il lui leva la main gauche pour

pousser les deux bagues le long de son doigt à elle. Puis il lui referma les doigts et embrassa le petit poing, tout en la dévisageant.

Elle se mordit la lèvre et commença à secouer la tête. Ne voulant pas qu'elle ait le temps d'exercer une pression sur lui, il remit la bouche sur la sienne alors que sa main se déplaçait entre ses cuisses.

En quelques secondes, elle redevint chaude, même si Nick mourait un peu à l'intérieur de savoir qu'il la séduisait contre sa volonté.

Il ne pouvait pas s'en empêcher ; il avait besoin de cet acte entre eux. Il avait besoin d'elle dans ses bras et dans son lit à nouveau. Il perdrait toute raison s'il ne pouvait pas atteindre ce but et il en avait besoin rapidement. Continuant à la titiller avec sa bouche et ses mains, il se débarrassa de sa chemise, son jean et ses sous-vêtements alors qu'elle était incapable de s'en apercevoir.

Puis il se mit à genoux au sol devant elle et attira ses fesses jusqu'au bord du canapé, sa main retournant machinalement vers son mont de Vénus. Écarquillant les yeux, elle prit une brusque inspiration et il comprit à ce moment qu'elle avait retrouvé ses facultés. Un constat qui faillit le tuer.

— Nick, non !

— Non ?

Mon Dieu, je vais mourir !

Son visage se froissa lorsqu'elle posa la main sur la sienne et essaya de l'empêcher de lui caresser le clitoris.

— Je ne peux pas faire ça. On ne peut pas faire l'amour.

— Pourquoi pas, bébé ? demanda-t-il, forçant sa voix à conserver un certain degré de normalité.

Au même moment, alors qu'ils se regardaient dans les yeux, il lui saisit les doigts, là où ils étaient serrés fort sur sa main. Les entourant de la sienne, avec une douceur extrême, il les amena sur son clitoris jusqu'à ce qu'elle se touche elle-même, sa propre main tenant ses doigts captifs à cet endroit.

Elle haleta et essaya de s'éloigner de cette nouvelle intimité, mais avec une forte emprise, il tint sa main au-dessus de son monticule, pendant qu'ils le caressaient ensemble. Nick jeta un coup d'œil vers le bas. L'érotisme de la scène était presque plus qu'il ne pouvait en supporter.

Elle commença à pousser les hanches vers sa main, de minuscules et douces poussées, mais son cerveau luttait toujours contre son corps parce qu'elle dit :

— On ne peut pas faire l'amour ou on ne pourra pas obtenir une annulation.

L'absurdité de cette idée le frappa et il aboya un rire caustique. C'était ça qu'il y avait dans son cerveau de petite folle ?

— Il n'est pas question d'obtenir une annulation, putain ! cracha-t-il.

— S'il te plaît, Nick, supplia-t-elle. Je suis trop confuse en ce moment.

Ce qui se passait dans son esprit n'était pas quelque chose que Nick comprenait complètement, mais il se souvenait de son discours, le jour où il l'avait manipulée pour qu'elle l'accompagne au tribunal. Et maintenant, même si cela risquait bien de le tuer, il savait qu'il devait être l'homme qu'elle voulait. Il ne désirait rien d'autre que d'être cette personne, elle devait comprendre qu'elle ne pouvait pas vivre sans lui.

— D'accord, ma puce, l'apaisa-t-il en lui promettant quelque chose qui allait à l'encontre de son propre désir et le prenait à la gorge. Mais j'ai besoin de te toucher, au moins, insista-t-il, cajoleur. Juste te toucher, sans pénétration, je te le promets. OK ?

Ses yeux s'enflammèrent lorsqu'elle saisit le sens de ses propos. *Pas de rapports sexuels, mais ils pouvaient jouer.* Quelques secondes de tension s'écoulèrent, où ils se regardèrent dans les yeux, tandis que Nick continuait à la caresser, tentant de la séduire pour qu'elle accepte.

— D'accord, murmura-t-elle finalement.

— J'aime te toucher, j'en ai follement envie, lâcha-t-il lentement

en continuant à taquiner son clitoris avec ses doigts sur les siens. Tu le veux aussi, bébé, n'est-ce pas ?

Elle hocha la tête, et dès ce mouvement, il fit glisser sa main vers le bas et trouva son ouverture humide, où il immisça un doigt. Il l'entendit reprendre son souffle, puis bientôt, elle s'arqua contre lui d'une manière qui lui disait qu'elle était tout à fait prête. Mais bon sang, lui aussi était prêt ! Il était fou d'elle, il fallait qu'il jouisse.

Il leva les yeux. Aussi doucement que possible, il retira son doigt et l'allongea sur le canapé. Elle était souple dans ses bras, ce dont il profita pour lui passer son t-shirt par-dessus la tête.

Il se mit debout et appuya un genou sur le canapé où elle était allongée sur le dos, puis posa un doigt sur un téton pointé et pulpeux. Le corps de Courtney réagit par saccades. Elle avait l'air complètement impuissante et cela excitait Nick par-dessus tout, le rendant encore plus dur qu'il ne l'était déjà.

— Tu me fais confiance ? demanda-t-il brièvement, sachant exactement ce qu'il voulait s'il ne pouvait pas la pénétrer avec son sexe.

— Oui, souffla-t-elle.

La regardant une seconde de plus, tirant une fois de plus sur son petit mamelon ferme, il la lâcha et tourna son corps jusqu'à ce qu'elle soit couchée sur le flanc, face à la pièce, face à lui. Avec son genou sur le canapé à côté d'elle, il remit la main sur sa poitrine pendant un moment, voulant la garder aussi excitée que possible, puis il emprisonna son mont de Vénus dans sa paume.

Au bout de quelques secondes de ce traitement, elle se remit à onduler et, tombant à côté d'elle, il s'allongea aussi, mais tête-bêche, le visage entre les cuisses et son entrejambe à lui si près de sa petite bouche douce qu'il dut se mordre l'intérieur de la joue jusqu'à sentir le goût du sang pour pouvoir garder un minimum de contrôle.

Il l'entendit réprimer un gémissement et ne perdit pas de temps : il posa les mains sur elle, écartant ses doux replis moites si

bien qu'il eut bientôt sous les yeux sa petite ouverture chaude. Un coup de langue vers le bas, puis vers le haut, il répéta le mouvement cinq ou six fois jusqu'à ce qu'elle gémisse bruyamment et saisisse son érection dans sa main.

Il faillit exploser à son contact.

Elle le tenait fermement et il glissa un doigt à l'intérieur d'elle, vers le haut, jusqu'à toucher son point G. Alors, il devint égoïste, incapable de s'arrêter, et commença à la lécher, la frotter et la titiller de la manière la plus agréable pour lui… mais en continuant les mouvements qui le rendaient fou, il comprit que la raison pour laquelle il aimait ça, c'était parce que c'était exactement ce qu'elle aimait le plus.

Et ça fonctionnait, parce qu'elle saisit sa verge encore plus fort, dans un étau qui lui disait qu'elle était aussi désespérée que lui. Il lâcha un grognement guttural et exprima ce qu'il ressentait :

— Ta bouche, bébé. Je veux ta bouche.

Elle ne se le fit pas dire deux fois, elle le prit dans sa bouche et se mit à le sucer. Perdant aussitôt toute maîtrise de lui, il s'appuya contre elle et caressa sa bouche en ondulant du bassin, dedans, dehors, à peine conscient qu'elle gardait sa main autour de la base de son sexe pour garder un certain contrôle de la situation. De son côté, il continuait à l'adorer avec ses dents et sa langue, lui prenant et lui donnant. Incapable de se retenir, avec le feu qui descendait le long de son échine et l'embrasait d'un plaisir incontrôlable, il sentit qu'il commençait à jouir dans sa bouche.

C'était incroyable, fantastique, mais il voulait plus. Il devait ressentir son plaisir à elle. Il avait besoin qu'elle jouisse avec lui, pour lui.

Il redoubla de mouvements de la bouche, mordilla son clitoris, inséra deux doigts dans son étroit fourreau et, comme le gémissement de Courtney déchirait l'air, il sut avec certitude qu'elle était en train de jouir avec lui.

Courtney se redressa dans un tourbillon d'émotions et s'éloigna de Nick, puis du canapé. La position dans laquelle ils étaient… ce qu'ils venaient de faire… ce qu'elle venait d'avaler…

Elle ramassa ses vêtements par terre et le regarda avec incrédulité. Il se mettait lentement en position assise, comme si ce qu'ils avaient fait n'avait rien d'extraordinaire. Sa nonchalance ne la calmait pas du tout. Il était complètement nu, son sexe était encore dur et luisant, son visage avait un air légèrement interrogateur.

Ses émotions étaient dans la tourmente, incontrôlables. OK, ils n'avaient pas eu de rapport sexuel. Il lui avait accordé ça. Mais ce qu'ils avaient fait… la façon dont il s'était glissé en face d'elle et avait pris… Bon sang, elle l'avait lu dans *Cosmo*, mais n'avait jamais vraiment pensé à le faire elle-même.

Malgré tout, elle ne pouvait toujours pas rester mariée avec lui. Même si elle le voulait. Pourquoi n'avait-elle pas encore déménagé de l'appartement ? Plantée là, indécise, elle se dit qu'elle devait arrêter d'être stupide et vivre heureuse avec lui, pour l'amour de Dieu ! Mais elle ne pouvait pas. Pas encore. Baissant les yeux, elle vit les bagues à son doigt et quelque chose se brisa. Elle se couvrit le visage de ses mains et émit un son puissant et torturé de frustration mêlée d'angoisse.

Lorsqu'elle retira les mains de son visage, il la contemplait toujours, mais un masque était tombé sur ses traits, lui cachant ses pensées. Elle déglutit, secoua la tête, puis elle arracha les bagues de son doigt. Elle les posa sur la table à côté de son verre de vin et s'enfuit dans sa chambre en fermant la porte derrière elle.

~

Le lendemain matin, Courtney était déjà partie de l'appartement quand Nick sortit de sa suite. Bien qu'il n'ait rien remarqué d'anormal, après la nuit précédente, il avait un mauvais

pressentiment logé au fond des tripes. Il entra dans sa chambre, vérifia tout par deux fois, mais elle n'était définitivement pas là.

Il refusait de laisser monter l'anxiété ou la colère. Après être descendu par l'ascenseur, il se rendit directement au bureau de la jeune femme. Elle n'était pas là. Il était encore trop tôt pour que sa secrétaire soit à son poste, il ne pouvait donc pas l'interroger.

Il se retourna et se dirigea vers son propre bureau, respirant profondément, les mains serrées contre les flancs alors qu'il tentait de contenir la tourmente qui faisait rage dans ses veines. Debout devant les grandes fenêtres qui surplombaient la ville, Nick maîtrisait à peine la violente fureur et la peur qui lui criaient de passer son poing à travers la vitre.

Il n'était qu'à quelques secondes de perdre les pédales quand il sentit son téléphone vibrer. Prenant une profonde inspiration, il ouvrit le SMS.

Garrett a besoin de moi au Texas. Je suis sur le point de prendre un vol.

Des émotions jumelles le saisirent à la gorge. Un : il allait assassiner son frère. Deux : il ne savait pas exactement quelle était la deuxième émotion, mais ça ressemblait beaucoup à du soulagement. Même s'il détestait les voyages de Courtney, se déplacer pour le compte de la Rule Corporation était une bien meilleure raison que de le fuir, lui et ce dans quoi il l'avait attirée la nuit précédente.

Il tapa une réponse, même si elle était loin de ce qu'il voulait vraiment dire.

Sois prudente et dis-moi quand tu auras atterri en toute sécurité.

Sa réponse lui parvint rapidement.

OK

Nick fixa les deux lettres. OK. *OK ?* C'était tout ? C'était quoi, ce bordel ? Où était son « Je t'aime » ? Et pourquoi ne pouvait-il pas taper les mots et le lui dire en premier ?

Bon Dieu, ça s'annonçait encore plus difficile qu'il ne l'avait cru !

9

Nick savait exactement quand Courtney serait de retour et il avait tout parfaitement planifié. Les semaines où elle avait été absente avaient été infernales, et si à l'heure actuelle, elle ne voulait pas porter sa bague, alors il n'avait qu'une seule mission en tête : la séduire pour qu'elle consomme leurs vœux de mariage. Son sexe durcit rien qu'à repenser à la dernière fois où ils avaient été ensemble. La séduction avait fonctionné auparavant, elle devait fonctionner à nouveau.

Il ne pouvait plus le supporter. Leur mariage devait être consommé.

Lorsque l'ascenseur s'ouvrit sur le *penthouse* et que Courtney franchit la porte, Nick sentit l'atmosphère s'enflammer. Il était assis sur le canapé comme un tigre en cage, délibérément pieds nus et ne portant que son jean, à écouter le bourdonnement de la télévision tout en surveillant la porte, à l'affût de son arrivée.

En entrant dans la pièce, elle le regarda, les yeux rivés sur son torse nu, avant de détourner rapidement les yeux.

— Salut, marmonna-t-elle.

Sentant la tension si forte qu'elle était sur le point de se

rompre, Nick se mit debout et s'approcha d'elle, prit sa valise et la lui porta directement dans sa suite.

— Nick…

— Ouais ? demanda-t-il avec un soupçon de défi, sachant qu'elle était à la traîne derrière lui.

Dès qu'il fut dans la pièce, il lâcha la valise dans l'encadrement de sa porte et, en se retournant, l'attrapa par la main et l'attira à lui pour la plaquer contre le mur.

COURTNEY ESSAYAIT DE RESPIRER DE MANIÈRE ÉGALE ET DE GARDER le contrôle, mais c'était impossible face à Nick.

Il était physiquement plus fort qu'elle, peut-être aussi plus malin, en tout cas il était sans conteste plus habile à ce jeu du chat et de la souris qu'ils avaient entamé. Alors qu'il la tenait clouée au mur, elle se rendit compte que les semaines de séparation qu'ils avaient subies n'avaient pas arrangé la situation. Elle le désirait. Elle avait besoin de lui. Elle était encore complètement désorientée, mais une chose ne faisait aucun doute : elle le voulait autant qu'il la voulait elle. Elle le voudrait toujours.

Ses mains la libérèrent de leur emprise, mais seulement pour lui arracher ses vêtements à coups de mouvements brutaux et saccadés. Haletant doucement, elle le laissa faire à sa guise, car c'était aussi ce qu'elle voulait. Lorsqu'elle fut complètement nue, il approcha la bouche et posa une main sur sa poitrine dans un geste de possessivité pure. L'embrassant avec une fougue impitoyable qu'elle n'essaya même pas de combattre, il fit courir ses mains de haut en bas sur son corps nu. Sa virilité était une addiction qu'elle ne pouvait nier : elle commença à sombrer sous son charme.

Si la main de Nick glissa de sa poitrine, sa bouche resta sur la sienne et elle eut à peine le temps de se rendre compte qu'il descendait son jean et l'enlevait. Déjà, il revenait vers elle et lui écartait les jambes, mais il sembla soudain changer d'avis et la

souleva dans ses bras, la porta dans son lit et l'y déposa au centre. Puis il la rejoignit sur le matelas, s'immisçant entre ses cuisses. Elle glissa les mains sur son torse, tâtant ses abdominaux en tablettes de chocolat. L'excitation lui descendit le long de l'échine et elle sentit une chaleur humide entre ses cuisses.

Son toucher était enivrant, une compulsion séduisante qu'elle n'apprendrait jamais à surmonter, quoi qu'il arrive entre eux, elle le savait. Elle repoussa toutes les pensées inutiles de son esprit et l'embrassa en retour. Elle descendit la main et trouva son érection, plus dure et plus rigide qu'elle ne l'avait jamais connue. Était-ce juste son imagination ?

Quand il souleva la bouche, elle ouvrit les yeux : il était en train de la regarder avec une exigence masculine sans équivoque. Ses jambes forcèrent les siennes à s'écarter.

— Je veux être en toi. Tout de suite, à l'instant même, ma magnifique petite femme.

Courtney hoqueta et se figea sous son corps. Ce furent les mots « ma femme » qui la tirèrent de sa transe. Bon sang, pourquoi ce rappel maintenant ? Elle ne pouvait pas être sa femme, n'est-ce pas ?

— Nick… Je… Je ne suis pas ta femme, chuchota-t-elle.

— Quoi ?

Il lui saisit les mains et les lui leva au-dessus de la tête. En les tenant avec l'une des siennes, il se pencha et amena la pointe de son érection contre son ouverture humide. Et il se tint là, immobile. Devant son silence, il demanda :

— Explique-moi ça.

Mon Dieu, c'est si bon de l'avoir comme ça ! Se battre contre elle-même était bien plus difficile que de le combattre, lui.

— Je pense qu'on devrait l'annuler…

Il laissa échapper un rire amer.

— Tu me demandes encore d'arrêter ? Je n'y crois pas, cette fois. (Le bout de sa verge étant exactement là où il voulait aller, il

se pencha et commença à caresser son clitoris.) Je suppose que tu ne veux pas que je fasse ça non plus, c'est ça ?

Les yeux de Courtney roulaient à l'arrière de sa tête pendant qu'il la caressait à l'endroit où elle en avait le plus besoin. Lorsqu'elle se concentra à nouveau, elle put clairement voir l'expression de retenue sur son visage et combien se contenir lui coûtait. Elle essaya d'ignorer ses doigts magiques et murmura :

— Si nous faisons l'amour, nous ne pourrons pas obtenir une annulation.

— Nous n'allons pas obtenir une putain d'annulation ! siffla-t-il. C'est ridicule et archaïque.

— Peut-être bien. Mais c'est vrai. Si nous avons des relations sexuelles, le mariage ne peut pas être annulé.

Alors qu'il continuait à se tenir au-dessus d'elle, une goutte de sueur glissa sur sa tempe.

— Je ne veux pas d'une annulation.

Il s'arrêta un instant et Courtney ne put s'empêcher de se demander à quoi il pensait. Quand il reprit la parole, il prononça la dernière parole à laquelle elle s'attendait :

— Si tu veux partir, il faudra qu'on divorce, d'accord ?

Courtney mordilla sa lèvre inférieure.

Voyant qu'elle ne répondait pas, il continua à la toucher avec ses doigts exaspérants et habiles.

— Tu es d'accord avec ça, bébé ? demanda-t-il, comme s'il mourait d'envie d'être en elle.

Ses doigts se firent implacables et elle ressentit un besoin irrépressible de le sentir en elle.

— D'accord, fit-elle en prenant une profonde respiration.

À la seconde même où elle lâcha le mot, il s'enfonça en elle.

Courtney en ressentit les réverbérations tout le long de sa colonne vertébrale. *Mon Dieu, ça faisait si longtemps !* Il lui avait tellement manqué ! Il se retira, ajusta ses cuisses et replongea à l'intérieur. Elle fut assaillie d'une nuée d'étoiles. La fixant droit dans les yeux, il continua à pousser. C'était bien avant, chacune de

leurs étreintes avait été bonne, mais il y avait quelque chose, cette fois, quelque chose qui la rendait spéciale. Tout à coup, Courtney comprit : ils consommaient leur mariage.

Elle était sa femme, maintenant. Pour de vrai et pour de bon.

Peut-être pas pour toujours, mais au moins pour le moment.

Elle ne pouvait pas prétendre qu'elle ne l'aimait pas et il ne prétendait pas qu'il ne l'aimait pas. Oubliant pour l'instant l'angoisse qu'elle savait ne pas encore être derrière eux, elle se laissa aller et céda au besoin qu'elle avait de lui.

Nick était son amant idéal. Il connaissait son corps et l'endroit exact qu'il devait frotter. Il s'y attela d'ailleurs, poussant jusqu'à l'intérieur et s'y maintenant fiché. Il baissa une main et retrouva son clitoris, alors, portée par un élan de plaisir, elle se mit à onduler contre lui tandis que ses coups de reins devenaient plus puissants de seconde en seconde.

Il se redressa à genoux et l'emmena avec lui, la forçant à s'enfoncer sur lui, l'empalant si profondément qu'elle haleta. Rien n'avait jamais été aussi bon. Il la souleva par les fesses et elle le tint par les épaules. Il la caressa à nouveau, trois, quatre, cinq fois, jusqu'à ce qu'avec un grand rugissement guttural, il explose en elle.

Elle glissa vers l'extase et le suivit par-dessus bord.

~

COURTNEY SE RÉVEILLA LENTEMENT LE LENDEMAIN MATIN, APRÈS un sommeil profond, l'esprit et le corps repus. La nuit précédente lui revint en mémoire et elle laissa le souvenir de leurs ébats amoureux se préciser en elle alors qu'elle était complètement réveillée, se demandant si Nick était dans le lit à ses côtés. Elle ouvrit les yeux et essaya de se concentrer. Les bras étroitement enroulés autour d'un oreiller, elle était allongée sur le ventre.

En soulevant la poitrine et en regardant autour d'elle, elle constata qu'elle était seule, Nick avait manifestement disparu de la

pièce. Elle soupira, jeta l'oreiller sur le côté et vérifia à deux fois quand son regard tomba sur sa main gauche.

Sa bague de mariage et sa bague de fiançailles étaient à nouveau à son doigt.

Elle n'avait pas senti quand il les lui avait mises et elle ne savait pas ce qu'elle pensait de la liberté qu'il avait prise. Mais leur étreinte de la veille avait fait d'elle sa femme… Le constat lui donnait des frissons partout.

Elle soupira à nouveau. Si seulement elle pouvait se contenter de se laisser porter par le courant !

Et puis une idée la frappa. Pourquoi ne le pourrait-elle pas ? Le mariage était maintenant consommé, il n'était pas question d'annulation. Certes, il y avait quelques autres raisons au XXIe siècle pour autoriser une annulation, et bien qu'elle ait reconnu que le contact de Nick la rendait folle, elle ne pensait pas qu'un plaidoyer pour raison de folie soit accepté.

Sortant du lit, elle ôta les anneaux et les plaça soigneusement sur la table de chevet. Elle n'allait pas céder aussi facilement. Nick méritait toujours tout ce qu'elle ne pouvait lui donner. Penser aux enfants perforait comme une saillie dans son cœur et elle n'était certainement pas prête à l'annoncer à la famille. Sous la douche, elle se demanda ce que la journée lui réservait.

~

NICK JETA UN COUP D'ŒIL DANS SA CHAMBRE LORSQU'IL ENTENDIT LA douche couler. En entrant, il s'immobilisa et inhala le doux parfum persistant de Courtney. *Ma femme.* Il laissa se répandre et s'installer la paix intérieure de savoir qu'elle était là, du moins pour le moment.

Il prit une inspiration et regarda le lit froissé où tant de ses fantasmes les plus profonds s'étaient réalisés dans l'obscurité de la nuit. Il ne put contenir un sourire malicieux et satisfait.

Et puis ses yeux tombèrent sur la table de chevet et il vit les anneaux d'or scintillants qu'elle avait encore une fois enlevés.

Sa bonne humeur retomba, l'irritation dans sa forme la plus pure le saisissant par la gorge et dégoulinant à gouttes sanguinolentes le long de son dos. Il sentit une vague de ressentiment s'élever et s'emparer de lui, menaçant de lui faire perdre la dernière once de discipline et de patience qu'il avait tant essayé de maintenir.

Le fait d'être prévenant et doux n'avait jamais permis à un homme d'aller où il voulait.

Fait chier !

Elle voulait se battre ?

Qu'elle se prépare à la guerre !

~

La semaine suivante fut un enfer pour les nerfs de Nick. Chaque soir, après le repas où ils n'avaient pas eu de conversation sérieuse, il prenait Courtney dans ses bras, la transportait dans sa suite et lui faisait l'amour.

Lui faire l'amour était le seul moyen qu'il connaisse pour communiquer avec elle, semblait-il. Il essayait de lui faire entrer l'évidence dans la tête. Il l'aimait. Il la désirait. Il avait besoin d'elle, pas seulement aujourd'hui, mais pour toujours.

Bien qu'il n'ait pas prononcé ces mots exacts, ses sentiments devaient être clairs.

Oui, ses sentiments pour elle *étaient* clairs, forcément.

Pourtant, putain, ça ne ratait jamais : il lui glissait ses bagues au doigt après qu'elle s'était endormie, mais chaque matin, il les retrouvait sur la table de nuit.

La situation le rendait lentement fou.

~

Le samedi, Courtney était assise sur une banquette à côté de Nick, dans un petit bistro de l'ouest de la ville. Ils s'efforçaient de déjeuner tranquillement, mais il était évident qu'ils étaient à la fois crispés et malheureux.

Elle savait que rien de tout cela ne devait être facile pour lui, pourtant, cet après-midi, il semblait plus contrarié que d'habitude. Était-ce parce qu'elle avait encore enlevé ses bagues le matin ? Il devait savoir que c'était le seul moyen pour elle d'exprimer sa rébellion, de lui signifier qu'elle n'était pas installée dans leur mariage.

La veille, il avait eu l'air très content et elle comprenait pourquoi : elle lui avait dit qu'elle l'aimait deux fois pendant la nuit. Elle n'avait pas pu s'en empêcher, il lui avait fait l'amour avec une adoration qu'elle avait ressentie jusque dans sa moelle. Mais cela ne l'avait pas empêchée d'enlever ses bagues au matin. *Idiote et perdue, voilà ce que je suis.* Elle ne pouvait pas lui reprocher d'être en colère contre elle. Elle était fâchée contre elle-même.

Et maintenant, bien qu'il tâche de se contenir, il ne faisait aucun doute que Nick était furieux.

De l'autre côté de la salle du restaurant, un jeune couple avec deux petits enfants était assis. Les gamins étaient bruyants et turbulents, et lorsqu'elle jeta un coup d'œil à Nick, il contemplait la famille avec une expression pensive, presque nostalgique, sur son visage.

Les entrailles de Courtney se nouèrent de chagrin. Alors qu'elle prenait son verre de Coca light, ce qu'elle vit dans son expression était si bouleversant pour elle que ses doigts se mirent à trembler. Une seconde plus tard, le verre glissa de sa main et les glaçons ainsi que le soda se répandirent sur la table puis, à son grand effroi, sur Nick.

Il pivota vers elle, lisant sans doute sur son visage l'émotion qu'elle ne pouvait pas dissimuler.

Ignorant le liquide poisseux qui coulait sur sa chemise et imbibait son jean, ses yeux prirent une teinte sombre et orageuse.

— Je n'ai pas besoin d'enfants, siffla-t-il en vidant d'une traite le reste d'eau dans son verre.

Elle déglutit, mais ne répondit rien, et comme ils avaient déjà fini leur repas, Nick paya la note et l'accompagna dehors. Dans le vestibule du restaurant, avant les portes principales, Courtney jeta un coup d'œil au présentoir de journaux et de prospectus. L'un d'eux proposait des exemplaires gratuits d'un magazine immobilier offrant des appartements à louer, ce dont elle prit note mentalement, sachant que si elle avait l'intention de se délier de ce mariage, ce serait sans doute plus facile de le faire vite plutôt que d'attendre indéfiniment.

Reportant son attention devant elle, Courtney vit Nick qui l'observait attentivement, un masque de fureur sur les traits. Et tout en marchant, elle savait que ce n'était pas son imagination : la main qu'il avait posée au bas de son dos devint plus possessive.

Lorsqu'ils entrèrent dans le *penthouse,* les clés de Nick heurtèrent la table à côté de la porte et ses doigts enserrèrent le poignet de Courtney.

— Je vais aller prendre une douche rapide et quand je reviendrai, tu as intérêt à être prête à parler. Compris ?

La jeune femme prit une profonde inspiration et fit la seule chose dont elle soit capable en cet instant : elle hocha la tête.

CINQ MINUTES PLUS TARD, NICK RESSORTIT DE LA SALLE DE BAINS, pieds nus, vêtu d'un jean et de rien d'autre. En passant une serviette dans ses cheveux, il quitta la chambre avec la ferme intention de se confronter à Courtney.

Il était tellement énervé qu'il avait presque le goût de sa colère dans la bouche.

Des choses devaient être réglées entre eux et ça se passerait maintenant, à l'instant même. Quand il traversa l'appartement, il comprit immédiatement.

Elle était partie.

Maudissant plusieurs saints, Dieu et sa mère, Nick prit son téléphone et essaya le portable de Courtney. Pas de réponse.

Putain de merde !

Trois minutes plus tard, il était complètement habillé, clés en main. Faisant de son mieux pour ne pas paniquer ou s'en vouloir de l'avoir poussée trop loin et trop vite, il descendit au parking et constata que sa voiture avait disparu de sa place habituelle.

Jurant à mi-voix, il réfléchit, puis décida de se rendre chez sa mère. Lorsqu'il vit la petite Volvo rouge de Courtney dans l'allée circulaire, il ne put contenir le sentiment de soulagement qui l'envahit. Un soulagement qui se mêlait à une colère brute et animale.

Entrant à pas silencieux, il trouva sa mère et Courtney dans le salon. Si cette dernière lui tournait le dos, sa mère l'aperçut et lui adressa un sourire qui semblait vouloir lui communiquer quelque chose, sans qu'il comprenne quoi.

— Nick, mon chéri, lança-t-elle en tapotant la place à côté d'elle sur le canapé, en face de la chaise où Courtney s'était assise. Viens te joindre à nous.

— Bien sûr, répondit-il, mais il s'approcha d'abord du buffet.

Il n'avait pas vraiment besoin d'un verre, il n'en voulait même pas, ce dont il avait besoin, c'était d'un moment pour inspecter la pièce, maîtriser son humeur et se faire une idée de celle de Courtney. Sous prétexte de se servir un verre, il y parvint, du moins suffisamment pour respirer de façon uniforme. Alors qu'il préparait un bourbon très léger avec de l'eau, il demanda :

— Quelqu'un veut un verre ?

Les deux femmes ayant refusé, il se dirigea vers le canapé et embrassa sa mère sur la joue.

— Que se passe-t-il ? demanda-t-il aussi normalement que possible, son regard se dirigeant vers Courtney, qui devint blême alors qu'il s'asseyait.

Il pinça les lèvres et son humeur perdit encore un cran d'agressivité.

— Pas grand-chose, chéri, répondit Justine. Courtney est fatiguée de faire des allers-retours entre ici et l'appartement et elle essaie de décider où vivre, lui expliqua sa mère avec ce qui semblait être une nonchalance forcée.

Nick haussa un sourcil et fixa sa cible de l'autre côté de la table basse.

— Elle est « fatiguée » ?

Quitter l'appartement ? Alors là, pas question ! De sa position sur le canapé, il pouvait fixer *sa femme* autant qu'il voulait sans que sa mère s'en aperçoive, et il ne s'en priva pas. Tout en gardant Courtney dans son champ de vision, il prit une bonne gorgée de sa boisson, puis posa le verre en équilibre sur son genou.

— Voyons, il y a de la place pour nous deux dans l'appartement !

— C'est exactement ce que je lui ai dit, répondit sa mère. Et puisqu'elle travaille dans la tour, pourquoi voudrait-elle prendre la voiture jusqu'ici et rentrer dormir ici la nuit ? (Sur ces mots, elle se tourna vers Courtney.) Chérie, tu n'as pas à t'inquiéter pour moi. J'ai appris à aimer vivre seule pendant tes années de faculté. Je le fais depuis un bon moment, maintenant. Bien sûr, tu peux vivre ici si tu veux, j'adorerais t'avoir, mais ne penses-tu pas que ce serait fatigant de devoir faire le trajet deux fois par jour ?

Alors que Nick écoutait le discours de sa mère et attendait la réponse de Courtney, il se rendit compte qu'il avait eu raison lors de sa précédente évaluation quelques mois plus tôt : sa mère était au courant. De toute évidence, elle ne savait rien de leur mariage, mais elle savait qu'il se passait quelque chose entre eux deux. Et comme elle essayait de convaincre Courtney de rester dans l'appartement, Nick put constater que sa mère approuvait cette relation. Pour cette raison, il lui pardonnait volontiers ses machinations. Pauvre Damian, qui avait été pris au milieu de tout ça ! Car la tentative de sa

mère n'avait été que cela, un stratagème destiné à rendre Nick jaloux. Mais maintenant, il se demandait si Courtney l'avait enfin compris elle aussi. Elle devait bien réaliser que sa mère essayait en fait de les pousser l'un vers l'autre, et non Damian et Courtney, comme elle l'avait prétendu avant cette satanée fête d'il y avait plusieurs mois.

Cet état de fait allait certainement jouer en sa faveur, ce soir.

En reportant son attention sur Courtney, assise timidement sur son siège, faisant de son mieux pour ne pas le regarder, Nick sentit son agressivité remonter en flèche. Mais étant le mari attentionné qu'il était, il décida de lui épargner tout chagrin devant sa mère. De plus, il en avait assez ; il devait lui parler seul à seule.

Posant son verre sur la table basse en verre, il se mit debout. Sans se soucier de ce que sa mère penserait, sachant en fait qu'elle approuverait son geste, il se dirigea vers Courtney et lui prit la main, pour la tirer de son siège.

— Allons jeter un coup d'œil à ta chambre et voir si l'idée de vivre ici est même réalisable. Tu as besoin d'un poste de travail, maintenant, et d'un *dressing* plus grand.

La maison de sa mère était si immense qu'il entendait le ridicule de ses paroles, mais il s'en contrefichait, elles n'étaient qu'une excuse. Il entraîna donc Courtney hors de la pièce et jusqu'en haut des escaliers, puis dans la chambre qu'elle avait toujours utilisée.

Fermant la porte derrière eux, il tourna la clé dans la serrure, s'appuya contre le battant et croisa ses bras. Courtney s'avança vers le centre de la pièce, essayant manifestement de l'ignorer, mais Nick la vit trembler subtilement. Ses tempes se mirent à palpiter lorsqu'elle se rendit vers le lit, où elle prit un peignoir, le seul objet non rangé de toute la pièce, et le suspendit dans son placard. Puis elle se dirigea vers la table de chevet et redressa la photo de ses parents, qui y était toujours conservée. Voyant qu'elle continuait à l'ignorer en se déplaçant vers sa commode et en ouvrant le tiroir du haut, il en eut assez.

— Courtney, exigea-t-il. (Elle continuait de tripoter le contenu

de son tiroir comme si elle était seule dans la pièce.) Courtney, répéta-t-il. Regarde-moi.

Avec une réticence ostentatoire destinée à l'énerver, elle se tourna vers lui. Et cela fonctionna pendant une fraction de seconde, jusqu'à ce qu'il voie ce qui se cachait dans ses yeux. Car alors, sa mauvaise humeur s'éteignit tandis que son cœur se serrait. Le besoin. Pur et simple. Besoin. De lui. Réalisant qu'il n'était pas le seul à ressentir de l'angoisse, il déglutit et ses muscles se détendirent un peu.

— Allez, bébé ! Rentrons à la maison !

Elle secoua la tête sur un soupir désespéré. Devant son refus obstiné, il tenta de tempérer à la fois sa voix et son impatience.

— Chérie, on va régler ça, mais on va avoir besoin d'un peu d'intimité pour ça.

— Il n'y a rien à régler, répliqua-t-elle doucement en regardant le sol.

— Eh bien, puisque tu es *ma femme,* je vais devoir être en désaccord.

Elle leva les yeux.

— Ce n'est pas *ton* choix, Nick. J'ai mon mot à dire là-dessus.

Désormais furieux, il aspira de l'oxygène à travers ses dents serrées.

— Non, je ne crois pas.

Il vit son regard s'acérer.

— Ne sois pas comme ça.

La mâchoire crispée à l'extrême, il écarta les jambes.

— Je perds patience, là, alors, prends tout ce dont tu pourrais avoir besoin. Je suis prêt à partir.

— Je ne repars pas avec toi.

Tous les muscles de son corps se contractèrent à nouveau.

— Je crois que tu te trompes.

Hésitante, elle secoua la tête.

Nick prit une profonde inspiration et essaya de ne pas perdre les pédales. Il s'efforça aussi de se rappeler que Courtney pensait

agir pour son bien à lui. Elle avait tort, mais il devait quand même être doux avec elle. Où était-il quand on lui avait donné des leçons sur la douceur ? Il serra les dents et tâcha d'adopter un ton calme.

— T'est-il venu à l'esprit que ma mère est manifestement au courant pour nous ? Elle veut que nous soyons ensemble, bébé. Elle t'aime et tient à ce que tu restes dans la famille. Elle est intelligente. Elle a probablement compris, il y a des années, que j'en pinçais pour toi. Pourquoi crois-tu que j'aie été la première personne qu'elle appelait chaque fois qu'un gars te tournait autour quand tu étais en Floride ?

Tout en prononçant ces mots, il comprit qu'il commençait à peine à se figurer l'ampleur des manipulations passées de sa mère.

Nick se redressa de toute sa hauteur devant le visage de Courtney, qui pâlissait. Voyant qu'elle restait silencieuse, le visage fermé, comme si elle campait sur sa position, il poussa la porte et se dirigea vers elle à grands pas.

— On peut la jouer de plusieurs façons, annonça-t-il, menaçant, perdant presque complètement patience et cherchant à la faire obéir sur-le-champ. Tu peux prendre d'autres affaires si tu en as besoin et rentrer avec moi à la maison, là où tu dois être, ou je peux rester ici ce soir. (Il se tut un instant.) Avec toi. Dans cette pièce. (Il lui laissa comprendre ses propos, avant de continuer :) Crois-moi, ma mère adorerait que ça arrive. Elle insisterait pour un mariage dès demain matin et tu le sais aussi bien que moi. Tu veux que ça arrive ?

Elle fronça les sourcils et ses yeux se noyèrent de larmes. Une expression de chagrin immense passa sur son visage.

— Pourquoi me fais-tu ça ?

Il s'arma de courage pour affronter sa détresse. Pensait-elle vraiment qu'il allait simplement la laisser partir ? Il refusait de la perdre. C'était exclu. Il ne la perdrait pas. Pas question. Incapable de cacher ses sentiments, il demanda d'une voix brusque :

— Tu te moques de moi ? Pourquoi toi, tu me fais ça ?

Le rose colora les pommettes de Courtney.

— Tu sais très bien pourquoi.

Cette fois, ce fut Nick qui secoua la tête.

— Tu n'as pas les idées claires. Je suis fatigué d'attendre. Prends tes affaires.

Elle resta complètement immobile pendant un moment, l'air étourdie.

— Tu ne dormirais pas ici avec moi, argua-t-elle. Pas avec ta mère dans la maison. Ce serait bien trop gênant. Pour nous tous.

Nick noua les yeux aux siens, luttant à la fois contre l'excitation et la colère. Il savait qu'elle essayait de bluffer son petit cœur. Elle avait besoin de l'apprendre, et maintenant : il ne bluffait jamais.

— Pari tenu, lui lança-t-il sur un air de défi et un ton qui exigeaient sa capitulation immédiate.

Alors qu'elle le regardait fixement, luttant manifestement pour conserver son contrôle, Nick repéra l'instant précis où elle comprit qu'elle avait perdu ce combat particulier. D'un geste gracieux qui lui noua le ventre, elle se détourna de lui, alla jusqu'à son *dressing* et prit un petit sac sur l'étagère du haut.

Il laissa échapper une lente expiration soulagée, refusant de penser à la façon terrible dont les choses auraient pu se terminer.

10

Courtney arriva au pied de la tour sept minutes avant Nick : *Battu !* songea-t-elle, extrêmement satisfaite. Traversant le *penthouse* au pas de charge, elle avait eu tout le temps d'atteindre sa suite d'origine et de verrouiller la porte de sa chambre contre son éventuelle intrusion. *Possible.* Il allait essayer d'entrer dans sa chambre d'une seconde à l'autre. Après s'être changée, elle entreprit de défaire son sac, non pas parce qu'elle était heureuse d'être encore là, mais parce qu'elle ne voulait pas que ses vêtements se froissent.

Les bruyants coups à sa porte la firent sursauter, même si elle s'y attendait tôt ou tard.

— Courtney ! Ouvre cette foutue porte !

Elle regarda la porte en question tout en essayant de garder une respiration régulière.

— Non. Je suis là où tu voulais que je sois. Maintenant, va-t'en, répondit-elle assez fort pour qu'il l'entende, mais en évitant toutefois de crier.

Malheureusement, Nick ne voyait pas d'inconvénient à brailler, lui.

Ouvre. La. Porte. Maintenant.

— Va. T'en, répliqua-t-elle en séparant les syllabes comme lui.

Courtney s'allongea sur son lit et attendit, sachant très bien qu'il s'agissait d'une nouvelle bataille qu'elle allait perdre.

— Tu veux que je défonce ta putain de porte ? demanda-t-il, changeant de tactique, d'une voix presque agréable.

— Non, pas du tout, répondit-elle avec une fausse douceur.

— Alors, fais un choix. Tu as cinq secondes.

Le pouls de Courtney se mit à marteler.

— Cinq.

Le mot sortit de nulle part, dur et menaçant. Il semblait encore plus en colère qu'elle ne l'avait imaginé. Cependant, elle ne pensait pas qu'il irait jusqu'à défoncer la porte.

— Quatre.

Pourrait-il enfoncer la porte ? Probablement, mais il serait obligé de la faire réparer ensuite.

— Trois.

Merde !

— Deux.

Courtney ouvrit et le regarda fixement. Incrédule, elle vit la clé dans sa main.

— Tu as la clé de ma chambre ?

L'expression de Nick était furieuse, mais sa posture désinvolte. Il était pieds nus, ayant visiblement enlevé ses chaussures et ses chaussettes pendant qu'il comptait devant sa porte et le fait qu'il ait commencé à se déshabiller fit battre son cœur encore plus fort.

— Ouais. Je pourrais défoncer la porte, mais pourquoi ne pas utiliser la clé ?

— Alors, tu m'as menti ? Essayais-tu de me faire peur ? Tu n'as pas pensé que la menace d'utiliser la clé serait suffisante ? Il fallait menacer de défoncer ma porte ?

Il haussa les épaules, feignant l'indifférence, et fit un pas en avant tandis qu'elle reculait d'autant.

— Tous les coups sont permis, en amour comme à la guerre.

Elle l'étudia un instant, voyant l'acier dans son comportement qu'il faisait peu d'efforts pour cacher. Soudain fatiguée de ce chagrin, la moitié de son agressivité s'envola.

— Alors, c'est l'amour ou la guerre ? demanda-t-elle doucement.

Plissant les paupières, il empocha la clé.

— Je pense que c'est l'amour, mais évidemment, tu veux en faire une guerre.

Les battements du cœur de Courtney triplèrent de vitesse, à la fois à cause de son regard et parce qu'il pouvait déverrouiller sa porte à tout moment, elle le savait.

Elle raidit le dos alors que Nick faisait un autre pas en avant, puis un autre jusqu'à ce qu'il l'ait plaquée contre le mur. Il lui leva une main et la lui tint au-dessus de la tête, pressant son torse contre le sien.

Quand il baissa les yeux vers elle, Courtney ne put rater le feu dans ses yeux. Tenant sa main captive contre le mur, il s'appuya contre elle, les muscles tendus, le corps rigide lorsqu'il parla.

— Je suis sur le point de te montrer combien je t'aime, combien tu as tort de vouloir t'éloigner de moi, mais j'ai une chose à te dire d'abord.

Son inflexion changea sur les derniers mots et Courtney entendit la colère dans sa forme la plus pure filtrer dans le ton de sa voix. Quand il tomba dans un silence lugubre, elle déglutit et se prépara à la suite. Le regard vrillé au sien, il continua dans un sifflement puissant :

— Si jamais je te surprends à conduire aussi vite à nouveau, tu vas le regretter, tu comprends ?

Le ton était devenu si agressif qu'elle se figea, incapable de bouger ou de parler.

— Tu me comprends, Courtney ? Je le jure devant Dieu : si tu prends encore un risque comme ça, j'arracherai personnellement le pantalon de ton petit cul et je te donnerai une fessée si forte que tu auras des cloques pendant une semaine. (Ses poumons cessèrent

de fonctionner face à cette menace. Les traits de Nick s'assombrirent et devinrent encore plus orageux.) Tu m'as entendu, bébé ?

Courtney déglutit péniblement tout en réfléchissant à ses choix. Elle savait qu'elle avait été un peu négligente, mais elle n'était pas prête à l'admettre maintenant.

— J'étais prudente. Je sais conduire, riposta-t-elle, à un battement de cœur de l'attitude belliqueuse.

Le regard de Nick se fit encore plus acéré et sa mâchoire se crispa sur une expression de colère pure et inaltérable.

— Mauvaise réponse, putain !

Sur quoi, ses bras puissants l'écartèrent du mur et l'amenèrent sur le lit. Elle voulut tirer sur sa main et enfoncer les talons dans le sol alors qu'il reculait vers le lit pour s'y asseoir. C'était inutile, il était trop fort et, alors qu'il la tirait vers le bas et sur ses cuisses, dans la posture classique de qui va recevoir une fessée, Courtney commença à se débattre sérieusement.

— Lâche-moi ! lança-t-elle haut et fort, secouant la tête en se repoussant des jambes pour essayer de s'enfuir.

Impossible. Nick lui passa un bras musclé à l'arrière des cuisses pour la maintenir en place.

— Tu ne conduiras plus jamais aussi vite, compris ? insista-t-il d'un ton énervé.

Courtney ne pouvait plus du tout bouger les jambes et la panique commença à s'installer alors qu'elle essayait de faire pivoter son corps vers le sien pour éloigner ses fesses de sa ligne de tir, mais il la maintenait trop fort.

— Je veux divorcer !

Espérant l'amener à interrompre ce qu'il s'apprêtait à faire, elle lui envoya plusieurs coups de poing sur un bras, jusqu'à ce qu'elle réalise que ses tentatives étaient inutiles et qu'elle ne faisait que se meurtrir. Quand elle le sentit baisser son shorty de satin et le froisser autour de ses cuisses, exposant ses fesses nues, elle devint folle.

— Arrête ! Bon sang, Nick, arrête !

— Tu ne vas pas divorcer, cria-t-il alors que sa main s'abattait en une seule claque, pour ensuite rester là, serrée sur le lobe d'une fesse.

Elle lui frappa encore la jambe, essayant de le pousser à arrêter.

— Laisse-moi me lever. Ne t'avise pas de recommencer.

Les doigts de Nick continuaient à lui serrer les fesses de façon menaçante.

— Vas-tu arrêter de conduire comme une sauvageonne ? cria-t-il. Et tu ferais mieux de répondre correctement, cette fois, tu piges, bébé ?

Sur ce, il lui enleva complètement son short d'un geste preste et le jeta sur le côté, ne la laissant pas se relever, contrôlant ses mouvements d'un bout à l'autre.

Devant son mutisme furieux, il la souleva jusqu'à ce qu'elle soit obligée de l'enjamber, leurs poitrines se cognant l'une contre l'autre, et elle en profita pour lui marteler le dos.

— Tu ne peux pas me frapper !

— Je ne t'ai pas « frappée », riposta-t-il en ricanant. Je t'ai donné une tape sur le cul. Une seule.

— Tu ne peux pas me donner une tape sur le cul. (Voyant qu'il la dévisageait sans répondre, elle le frappa à nouveau, cette fois sur l'épaule.) Tu me comprends, connard ?

Il ignorait ses coups, comme s'ils n'étaient rien d'autre qu'une vilaine mouche qui se posait sur lui.

— Tu ne peux pas conduire aussi vite. Tu vas te tuer ou tuer quelqu'un d'autre. Je ferai tout ce qu'il faut pour que ça n'arrive pas. Et ne me traite pas de connard.

— Eh bien, me menacer de la fessée ne fait pas partie de tes prérogatives. Tu penses que je vais rester mariée avec un type qui me maltraite ? Putain de merde ! Tu ferais mieux de trouver un autre moyen de faire passer ton message.

À ses mots, qu'il prit manifestement comme un défi, il la fit

pivoter de manière qu'elle soit couchée sur le dos. Au-dessus d'elle, figure menaçante, il n'affichait que peu ou pas de remords.

— Nous pouvons passer à la deuxième option, alors. Je peux te soumettre de cette façon, et crois-moi, il n'y a rien que j'aimerais davantage.

Il la regarda dans les yeux, puis son regard courut sur ses cheveux et son visage, descendit le long de sa poitrine pour atterrir là où ses cuisses nues se rejoignaient. Il fronça les sourcils, et finalement, alors qu'il commençait à respirer plus régulièrement, il lâcha d'une voix rauque :

— Je sais que je ne t'ai pas fait mal.

— Si !

C'était faux, en réalité, mais elle était toujours furieuse. Toute trace de douceur quitta le visage de Nick.

— Tu m'as fait mal aussi.

Soudain abasourdie par la douleur qu'elle voyait gravée sur ses traits, elle fut prise de court quand la bouche de Nick s'écrasa sur la sienne. Son baiser était fort, féroce, annihilant. Sa langue se mit à pousser de manière possessive et il lui prit la bouche, entrant et sortant comme s'il n'en avait jamais assez. Son parfum lui montait à la tête, ce puissant aphrodisiaque qui ne manquait jamais de la séduire. Alors que le baiser se poursuivait, contre sa volonté, Courtney commença à fondre dans ses bras.

Il s'écarta juste assez longtemps pour enlever sa propre chemise et le caraco de Courtney. Elle était maintenant complètement nue et il la maintenait clouée au lit, une main sur sa poitrine. Ses doigts produisaient un effet magique sur le mamelon qu'ils pétrissaient et la jeune femme perdit toute pensée et toute raison.

Il leva la tête et grogna encore :

— Tu ne peux pas conduire de façon aussi imprudente. Je mourrais si quelque chose t'arrivait, compris ?

— Nick…

— Je mourrai si je te perds. C'est aussi simple que ça, putain !

exhala-t-il en s'éloignant pour baisser son jean et son sous-vêtement.

Il revint vers elle et s'immisça entre ses cuisses, prêt à l'empaler. Levant la tête, il la fixa du regard. Ils haletaient à l'unisson.

— Tu me tues, grogna-t-il, s'arrêtant au bord de sa vulve.

— Ça me tue aussi, répondit-elle en levant la main pour la lui faire courir dans les cheveux.

— Je t'aime, grogna-t-il, sans paraître trop heureux.

— Je t'aime aussi, répliqua-t-elle, les émotions à fleur de peau, juste avant que sa bouche ne revienne sur la sienne.

Il l'embrassa fort, longtemps, avec exigence.

Et puis, sans crier gare, il détacha sa bouche de la sienne et la regarda dans les yeux. En se déplaçant, il passa de force un genou entre ses jambes, le poussa contre son mont de Vénus dévoilé, sans protection.

— Es-tu ma femme ?

Elle inspira profondément, essayant de contrôler la fièvre qui couvait dans son sang.

— Oui, mais…

— Pas de « mais ». C'est une question à laquelle on ne peut répondre que par « oui » ou par « non ». Es-tu ma femme ?

— Nick…

— C'est une putain de question simple, bébé ! Es-tu ma femme ?

Elle lâcha un souffle.

— Oui.

— Et tu veux le rester ?

Il soufflait comme un enragé au-dessus d'elle, ses mots devenant brûlants. Quand elle resta muette, il reprit :

— Cette scène au restaurant, c'étaient des conneries et tu le sais. Je me fous des enfants. Je me fous de fonder une famille. Combien de fois dois-je encore te le répéter ? Que dois-je faire pour que tu saisisses le message ?

Il montait, forcément. Courtney se passa la langue sur les lèvres et bégaya :

— Peut-être en… peut-être en ne regardant pas avec une telle mélancolie les enfants que tu vois ?

Son expression se figea.

— Laisse-moi te demander quelque chose, bébé. (Ses mains se tendirent vers elle alors qu'il les plaçait au-dessus de sa tête.) Les bambins, c'est mignon, non ? Un peu comme les chiots. Ose me dire que tu ne les trouves même pas mignons ? Tu me reproches de jeter un coup d'œil sur deux enfants ?

Retenant son souffle, elle secoua la tête. Il pinça les lèvres.

— Nous n'avons jamais vraiment eu de conversation sérieuse à ce sujet. La raison pour laquelle tu as si peur d'avoir des enfants.

Elle plissa les paupières, déglutit alors qu'il continuait à presser son genou contre elle.

— Je t'ai expliqué pourquoi.

Nick rivait toujours sur elle son regard brûlant pendant que ses mains tenaient les siennes captives contre le matelas.

— Tu as promis de me chérir « pour le meilleur et pour le pire ». Je comprends que tu imagines ça comme un énorme problème, mais je te dis que nous n'avons pas besoin d'avoir des enfants. Tu veux que je te le prouve ? Je pourrais aller me faire faire une vasectomie et il n'y aurait plus de raison de se battre.

Elle le repoussa, horrifiée par sa suggestion.

— Je te l'interdis !

— Oh, alors maintenant, c'est à toi de décider ce que je fais avec mon corps ? Ça ne semble pas très juste, vu que tu ne me donnes pas le choix pour notre mariage. (Les mots de colère une fois échappés de sa bouche, il souffla un peu, comme pour se calmer.) D'accord. Tu ne veux pas me priver d'enfants. J'ai compris ça. (Le flot de ses paroles se tut un moment, puis il se radoucit.) Tu es gentille. C'est pour ça que je t'aime. (Elle sentit son cœur fondre, mais elle resta silencieuse et il continua :) Alors, parlons d'avoir des enfants.

Courtney sentit ses yeux s'enflammer sous l'effet de la panique. Elle recommença à le pousser et la patience de Nick parut exploser. Il la tint de plus en plus serrée, avec possessivité, de manière protectrice.

— Voici la chose que tu ne comprends pas : tu n'as pas le choix de passer ou non le reste de ta vie avec moi. C'est la partie de cette putain d'équation qui te manque. *Pas le choix*. Je suis ici, je ne pars pas et toi, tu ne vas nulle part. Tu peux te sortir cette putain d'idée de la tête, tu n'auras pas ton propre appartement. Tu ne déménageras pas. (Il expira, puis inspira.) Le choix qui s'offre à toi est simple : avoir des enfants ou ne pas en avoir.

Face à son ultimatum, Courtney hésita, déchirée. Les paroles de Nick étaient si fortes et si vraies qu'elle était rassurée d'entendre qu'elle l'aurait toujours avec elle. Le soulagement l'envahit. Il lui enlevait la décision et elle allait le laisser faire. Mais que ce soit elle qui obtenait ce qu'elle voulait de la vie ne lui semblait pas juste et elle l'exprima.

— Ce n'est pas juste…

L'expression de Nick redevint plus dure.

— Je ne veux pas entendre ce qui est juste ou pas juste.

Tenant ses poignets d'une main, il approcha l'autre de sa pommette et lui prit la joue, la regardant intensément dans les yeux avant de poursuivre d'un ton rauque :

— Ce qui ne serait pas juste pour moi, c'est de vivre toute ma vie de pauvre hère sans toi. Ne vois-tu pas que je vais perdre la raison si je ne peux pas t'avoir ?

— Nick…, le rabroua-t-elle doucement.

— Bien. Tu me comprends. Je le vois dans tes yeux. Alors, dis-moi, pourquoi devons-nous prendre cette décision concernant les enfants maintenant ? N'ayons pas d'enfants. Nous nous protégerons. Si tu changes d'avis plus tard, l'option sera toujours là.

— Ce n'est pas si simple.

— C'est absolument aussi simple que ça.

Elle décrispa ses mains, s'abandonna contre lui, mais n'en dit pas plus.

— Bébé, commença-t-il doucement, tu n'avais pas de famille. Aucune. Notre enfant, ou nos enfants, si nous en avons, auront ma mère et mes frères et sœur et leurs futures familles. Car crois-moi, mes frères et sœur finiront par se marier, ils fonderont des familles et tous les enfants que nous pourrions avoir seront aimés non seulement par nous, mais aussi par leur grand-mère, leurs tantes, leurs oncles et leurs cousins.

Courtney prit une inspiration, frappée soudain par les paroles de Nick. Oui, il avait une grande famille. Et c'était aussi sa famille à elle. Elle sentit son visage rougir, et face à son silence, il sembla comprendre qu'elle écoutait vraiment. Alors, il poussa plus loin.

— Ce que nous devons faire, si tu décides que tu veux des enfants, c'est d'en avoir une tonne. On pourrait en avoir quatre ou cinq et ils ne seraient plus jamais seuls. Dieu nous en préserve, même si quelque chose nous arrivait, ils seraient ensemble, non ?

Elle se passa la langue sur les lèvres, totalement médusée. La gorge nouée, elle soutint son regard.

— Je n'ai jamais… Je n'y ai jamais pensé de cette façon. L'idée d'avoir des enfants, de les laisser orphelins m'a toujours tellement terrifiée que je n'ai jamais envisagé d'en avoir plusieurs au lieu d'un seul.

Il monta la main dans ses cheveux, la tenant plus près. Son front tomba contre le sien et il murmura :

— Eh bien, penses-y ! Tu n'as pas à te décider tout de suite. (Relevant la tête, il continua :) Prends la pilule si tu veux. Je mettrai même des préservatifs pour doubler la protection si ça peut te rassurer. On décidera de tout ça plus tard. Mais bébé, s'il te plaît, dis-moi que tu vas rester mariée avec moi. Laisse-moi passer mes bagues à ton doigt, et s'il te plaît, laisse-les là.

— Tu es sûr, Nick ? Je ne changerai peut-être jamais d'avis.

— C'est un risque que je suis prêt à prendre. J'ai besoin d'une

chose et d'une seule dans ma vie pour me rendre heureux : c'est toi.

Ils se dévisagèrent alors que la tension entre eux commençait à monter. Les yeux de Nick tombèrent sur ses lèvres et Courtney sentit un envol de papillons au moment même où une bouffée de chaleur humide gonflait entre ses cuisses.

— Je t'aime, gémit Nick alors que sa bouche tombait sur la sienne.

Son baiser était tout : doux, aimant, possessif, énergique, *une promesse.*

Courtney l'embrassa en retour, poussant contre la main qui maintenait la sienne captive. Il la lâcha et, aussitôt, elle lui enfonça les doigts dans les cheveux.

Son odeur était tout autour d'elle, ses muscles durs l'entouraient et elle essaya de s'arrêter, mais elle s'avéra incapable de contenir son besoin. Elle souleva le bassin.

Il monta la main et lui prit le menton.

— Demande-moi gentiment.

— Nick, s'il te plaît, chuchota-t-elle, refusant de verbaliser ce qu'elle voulait.

— Non. Je veux t'entendre dire les mots. Tu m'as fait vivre l'enfer sur Terre.

Il se pencha et l'embrassa si agressivement que le cerveau de Courtney explosa presque en deux. Contre sa volonté, ses hanches s'arquèrent à nouveau vers lui, le suppliant. Il arracha ses lèvres aux siennes.

— Je t'ai déjà maintenue à terre contre ta volonté, j'ai abusé de ton doux petit cul, il n'y a pas moyen que je sois accusé d'un crime plus grave.

Ses paroles étaient à moitié taquines, à moitié sérieuses. Courtney resserra les doigts dans ses cheveux et lui sourit.

— Tu es pardonné. Aime-moi, Nick. Fais-moi l'amour, s'il te plaît.

Un grésillement crépita dans l'air alors qu'un regard sauvage

transformait son expression. Il déplaça ses jambes, recula un peu, et avec une puissance et une domination qu'elle n'avait jamais ressenties de sa part auparavant, il s'enfonça en elle d'un seul coup puissant.

Courtney fut inondée par l'exquise plénitude qu'elle avait rapidement appris à adorer. Alors qu'il se fichait là, elle sut à la seconde même que la situation entre eux la tuait, elle aussi. Elle ne pouvait pas vivre sans lui et elle ne voulait pas devoir essayer. Cette séparation les tuait tous les deux et elle ne pouvait pas continuer comme ça un moment de plus.

Déglutissant avec peine, elle décida de lui faire confiance pour déterminer ce qui était juste, de lui faire confiance de tout son cœur.

— Nick, souffla-t-elle.

Toujours enfoncé profondément en elle, il lui prit le menton d'une main et lui mordilla la lèvre inférieure, avant d'ouvrir les yeux.

— Quoi, ma chérie ?

Elle le fixa pendant plusieurs longues secondes pendant que la chaleur commençait à monter entre eux.

— Quoi, bébé ? chuchota-t-il.

— Tu pensais ce que tu as dit ? demanda-t-elle sur un ton de supplique.

— Je pense généralement ce que je dis, répondit-il avec précaution, l'embrassant sur les lèvres avant de s'immobiliser à nouveau et d'attraper son regard avec le sien.

— Sur… sur les enfants, précisa-t-elle.

Ses épaules se raidirent presque imperceptiblement alors qu'il prenait une profonde inspiration.

— Eh bien, quoi, les enfants ?

— On peut en avoir une tonne ? fit-elle rapidement. Tu le pensais vraiment, hein ? (En le regardant, elle ne put s'empêcher de trembler.) Je ne pourrais pas en avoir qu'un seul. Il nous en faudrait quatre ou cinq, au moins. Tu as raison, ils auront toujours

besoin de quelqu'un d'autre, tu sais ? Au cas où il nous arriverait quelque chose.

Nick ferma les yeux pendant un instant, un air de paix absolue descendit sur ses traits. Lorsqu'il rouvrit les paupières et qu'il la regarda avec concentration, elle lut un soulagement immense, mêlé de joie.

— Oui, j'étais convaincu de ce que je disais.

Ses paroles de réassurance lui coupèrent le souffle.

— Et si… si quelque chose se passait après le premier et que nous devions adopter les autres ? Serais-tu d'accord pour ça aussi ?

— Absolument, bébé. Ils seront à nous. Je pourrai les aimer tous de la même façon.

Elle prit une profonde inspiration, traversée de part en part par un puissant sentiment de contentement.

— Merci.

Il lui enfonça les doigts dans les cheveux, serra, un air de soulagement et de bonheur total sur le visage. Sans attendre, il lui demanda :

— Ça signifie que tu vas porter mes bagues ?

— Oui, chuchota-t-elle.

— Et que toute la famille peut être mise au courant ? Demain ?

Elle sourit en le sentant pousser plus loin en elle, comme pour insister afin d'obtenir une réponse.

— Oui.

Il regarda vers le ciel, puis redescendit sur elle.

— Merci.

Par ce mot, Courtney ne savait pas s'il la remerciait elle, ou s'il s'adressait à un être supérieur.

Mais cela n'avait pas vraiment d'importance.

Tout ce qui comptait, c'était l'amour qu'ils ressentaient l'un pour l'autre et la chance d'avenir qu'on leur avait accordée.

ÉPILOGUE

Beaucoup, beaucoup de belles années plus tard

Courtney trottait devant Nick tandis qu'il se promenait plus tranquillement derrière elle, les yeux rivés sur le derrière sensuel qui le séduisait toujours malgré toutes ces années.

— Monsieur et madame Rule sont dans la cour avec les enfants, leur annonça la gouvernante en les guidant dans la maison de Damian et Angie jusqu'à ce qu'ils atteignent les portes arrière qui s'ouvraient sur l'immense cour aménagée.

Au moment où Nick franchissait la porte-fenêtre, Courtney avait déjà couru au-devant de lui, enlevé ses chaussures et se tenait sur la deuxième marche de la piscine, ignorant complètement l'ourlet de sa robe d'été qui trempait maintenant dans l'eau. Ses bras étaient grands ouverts, attendant que leur plus jeune, Emily, qui n'avait que quatre ans, s'approche d'elle avec un grand sourire. Après avoir serré sa mère dans ses bras, la petite demanda :

— Où est papa ?

Courtney embrassa le front d'Emily et tendit le doigt derrière elle en même temps que Nick s'approchait pour prendre leur plus jeune enfant des bras de sa femme.

Le jardin était dans un état proche du chaos. Il y avait des enfants partout, dont les rires étaient contagieux. Damian faisait griller des hamburgers dans la cuisine extérieure pendant qu'Angie surveillait les enfants depuis sa chaise longue au bord de la piscine.

— Melissa ! Arrête d'éclabousser tes cousins ! cria-t-elle.

Pendant ce temps, l'une de ses jumelles de quatorze ans mettait un pansement à son fils de sept ans, qui se tortillait, pressé de retourner dans la piscine malgré sa récente éraflure au genou.

Nick posa un regard attentif sur la piscine, comptant les têtes jusqu'à ce qu'il ait repéré leurs trois autres enfants au milieu du bazar. Quittant Courtney pour rejoindre Angie et leurs enfants plus âgés, il se dirigea ensuite vers son frère avec Emily pendue à son cou, dégoulinante d'eau et qui ne cessait de bavarder.

— Madison a fait des bêtises la nuit dernière, chuchota-t-elle, conspiratrice, alors qu'ils s'approchaient de son oncle Damian.

À mi-chemin seulement du jardin, Nick s'immobilisa pour observer sa fille avec surprise. Les jumelles d'Angie et de Damian avaient toujours été des anges, pour autant qu'il le sache.

— Qu'est-ce qu'elle a fait ?

— Personne ne me le dit parce que je suis trop petite, se plaignit sa cadette, une moue sur les lèvres.

— Même tes frères et ta sœur ne veulent pas te le dire ? demanda-t-il, sachant que leurs quatre enfants étaient du genre à se serrer les coudes.

— Les garçons veulent pas, ils sont trop bêtes. Toute façon, ils savent p'têt pas. Jenny savait pas non plus, mais elle m'a dit que tante Angie a pris le portable de Madison.

Nick l'embrassa sur la joue et la gronda doucement :

— Ne dis pas que tes frères sont bêtes, bébé.

— Même quand ils sont bêtes ? demanda Emily en le regardant

avec de grands yeux qui ne pouvaient manquer de lui rappeler sa femme.

Nick gloussa.

— Même. (Il l'embrassa à nouveau et la reposa sur ses pieds.) Il te reste vingt minutes pour jouer avec tes cousins avant qu'on rentre à la maison. Tu préfères faire ça ou venir avec moi pour parler à oncle Damian ?

— Jouer ! cria-t-elle en courant sur la pelouse vers la piscine.

Nick s'approcha de son frère et lui tapa dans le dos pour le saluer.

— Salut, mec.

— Salut, répondit Damian d'un signe de tête, concentré sur la cuisson de ses steaks.

— Merci d'avoir gardé les enfants.

— Pas de problème. Vous avez gardé les nôtres le mois dernier : qui paie ses dettes s'enrichit, ironisa Damian en riant. Alors, comment c'était, les Caraïbes ?

— Génial, comme d'habitude. Mais le voyage aller-retour, c'était nul, pour ne pas changer.

Même après toutes ces années, sa femme continuait à refuser de voyager sur le même vol que lui, au motif que c'était plus dangereux que de mettre le président et le vice-président dans un même avion. Ça ne se faisait pas, point barre.

Damian s'esclaffa.

— Continue à lui laisser le champ libre, Nick. Courtney ne s'en remettra peut-être jamais complètement.

— Tu as probablement raison, convint son frère.

Au fond, il supportait aisément ce petit inconvénient dans sa vie par ailleurs parfaite. Au moins, Courtney acceptait de partir avec lui une fois par an, en laissant leurs enfants soit à sa mère, soit à ses frères et sœur et à leurs conjoints. Sa vie se déroulait à merveille, pour ce qui le concernait, il ne se plaignait de rien. Il savait qu'il était l'homme le plus chanceux du monde.

— Alors, que s'est-il passé avec Madison hier soir ? demanda-t-il à son frère.

Damian s'éloigna du grill et le regarda avec un sourire qui n'éclaira néanmoins pas tout à fait ses yeux.

— Tu es déjà au courant ?

— Les nouvelles vont vite quand l'un des anges a des ennuis, le taquina Nick, bien qu'il semble que son frère ne soit pas ravi, pour le coup.

Damian fronçait les sourcils et Nick devinait son frère perturbé.

— Nous l'avions avertie trois fois de ne pas envoyer de textos tard dans la nuit. Merde ! Elle est censée dormir.

Pas particulièrement choqué et ne pensant pas vraiment que la transgression soit si terrible, Nick demanda doucement :

— Comment l'avez-vous attrapée ?

— Facture de téléphone portable, répondit Damian.

— Elle a encore dépassé le couvre-feu de vingt-trois heures ? ironisa Nick, s'attendant à ce que son frère ait employé l'expression « tard dans la nuit » un peu de façon exagérée.

— Deux heures du matin, mec. Putain !

Là, Nick dut s'avouer stupéfait.

— Non ! Tu te fiches de moi !

— Pas du tout.

— Qu'est-ce que des filles de quatorze ans peuvent bien avoir à se raconter aussi tard dans la nuit, bordel ?

Damian se tourna complètement vers lui pour lui adresser un sourire condescendant.

— Tu as beaucoup à apprendre, petit frère.

— Comment ça ? demanda Nick, confus.

— Madison n'a pas envoyé de SMS à une fille. Bon sang, non ! Ce serait trop facile.

Nick était complètement terrassé.

— Elle a envoyé un texto à un garçon à deux heures du matin ?

— Oh, mais il y a pire ! annonça Damian, les muscles de son visage visiblement crispés par la colère.

Nick n'en croyait pas ses oreilles.

— Il faut que je m'assoie ?

— Tu pourrais.

— Dis-moi, exigea Nick.

Damian décocha sa flèche.

— Le gamin avec qui elle échange des SMS a seize ans.

Nick fixa son frère un moment avant de jeter un coup d'œil à Madison, qui était allongée sur une chaise longue avec des écouteurs dans les oreilles. *Bon Dieu !* C'étaient des courbes qu'il voyait sur cette gamine ? En déplaçant ses yeux vers Melissa, sa jumelle, il vit exactement les mêmes courbes, mais elle jouait bruyamment dans la piscine avec ses cousins et son petit frère, ce qui les camouflait un peu. Nick déglutit et jeta un coup d'œil à son frère.

— Tu as mis un contrat sur le gamin ? demanda-t-il, à moitié sérieux.

— J'aimerais pouvoir. Mais attends un peu. Tu verras que ça t'arrivera un jour.

Ignorant cette prédiction, Nick demanda :

— Où l'a-t-elle rencontré ?

— Au lycée. Aux entraînements d'été. Il est dans l'équipe de football.

Nick ne tarda pas à comprendre et à ressentir la douleur de son frère.

— Putain… et elle est devenue *pom-pom girl* en seconde.

— Ouais. Et par-dessus le marché, les cours commencent la semaine prochaine. Ce n'est pas comme si on pouvait la priver d'école, commenta Damian.

— Vous pensez qu'il se passe quelque chose ? demanda Nick en grimaçant presque à cette idée.

— Non, mais on est des parents assez nuls, comme tu vois. Tu

crois qu'on a grandi aussi vite, frérot ? Ces gosses poussent à la vitesse de la lumière !

Nick secoua la tête, n'aimant pas le tour que prenait cette conversation.

— Comment Angie gère-t-elle la situation ?

Au son du nom de sa femme, Damian se retourna, cherchant et trouvant du regard son épouse.

— Mieux que moi. Elle en parle avec Madison, beaucoup, répondit-il, continuant à regarder sa femme de l'autre côté de la cour.

— Bon, c'est bien, je suppose, répondit Nick, même si son frère semblait s'être perdu en cours de discussion.

L'attention de Damian était résolument tournée vers sa femme et, lorsque Nick jeta un coup d'œil dans la direction d'Angie, il vit qu'elle contemplait également son mari. Son regard se porta sur Nick pendant une seconde et elle rougit, avant de sourire rapidement, puis de détourner les yeux. Avec l'impression qu'il venait d'interrompre un moment d'intimité, Nick s'éclaircit la gorge.

Damian reporta son attention sur lui et sur ses grillades.

— Vous restez pour le déjeuner ? On a des tonnes de nourriture, proposa son frère, presque comme une pensée après coup.

— Peut-être une prochaine fois ? répliqua Nick. Il faut qu'on prépare tout ce petit monde pour l'école qui commence la semaine prochaine.

— Bien sûr, pas de problème.

— Je ferais mieux d'y aller alors, soupira Nick. Tu sais combien de temps ça va prendre pour les rassembler tous.

Damian se contenta de rire, hocha la tête et entreprit de retourner ses *burgers*.

Plus tard dans la nuit, les quatre enfants avaient été retrouvés et casés dans leur chambre respective, sinon endormis.

Nick était appuyé à la tête de lit, les mains derrière la nuque, en attendant que Courtney sorte de la douche. Son corps se durcissait à cette seule pensée. Il aimait l'odeur de sa femme en toute occasion : quand elle était maquillée et prête à sortir, quand elle était fraîche après une baignade dans l'océan, même quand elle était couverte de la poussière du travail au jardin.

Mais l'odeur qu'elle dégageait à la sortie de la douche l'excitait chaque fois. Ce n'était pas tant à cause de son odeur de propre ni parce qu'il savait qu'elle serait nue sous ses vêtements de nuit, mais parce qu'elle était prête à aller au lit. Et ce sous-entendu était comme un drapeau rouge que l'on agiterait devant un taureau, pour ce qui le concernait.

Certes, il ne vivait pas sa vie uniquement pour leur vie amoureuse. Il aimait chaque seconde de chaque jour de sa vie. Il aimait la famille qu'ils avaient fondée ensemble. Les enfants représentaient tout pour lui et Courtney, complètement épanouie maintenant, était une mère parfaite.

Mais quand elle prenait une douche le soir et se couchait, c'était pour être avec lui. Cela ne le dérangeait pas de la partager pendant la journée avec les enfants, ou même la nuit si l'un d'eux était malade, mais la plupart des nuits, des nuits comme celle-ci, elle était à lui et à lui seul.

Il ne diminuait jamais, l'amour qu'il éprouvait pour elle. Il était toujours là, depuis le début de la vingtaine, et il n'avait fait que grandir et s'approfondir au fil des ans.

Il entendit l'eau s'arrêter et, quelques minutes plus tard, elle s'avançait vers le lit, en ôtant l'élastique qui lui retenait les cheveux.

Alors que les douces boucles blondes tombaient autour de ses épaules, il gémit.

— Je t'aime, lâcha-t-il.

Elle le regarda, entendant sans doute l'intensité qu'il ne pouvait

pas masquer de sa voix, et elle le fixa un moment de ses yeux remplis d'amour.

— Je t'aime aussi.

Il tapota le matelas à côté de lui.

— Viens te coucher.

Elle sourit et tendit le bras pour éteindre la lumière.

— Laisse, exigea-t-il d'une voix rauque.

Elle prit une inspiration et lui adressa un petit sourire séducteur.

— On va jouer à un jeu ?

Laisser la lumière allumée signifiait généralement que Nick était d'une certaine humeur et Courtney le connaissait assez bien pour le savoir. Ils ne jouaient que très rarement à des jeux sexuels. Ils n'en avaient vraiment pas besoin. Le sexe entre eux était fantastique sous sa forme la plus simple. Mais pour une raison quelconque, une certaine pensée le titillait, ce soir. Il haussa un sourcil.

— Tu veux ?

Ses yeux s'illuminèrent et elle hocha la tête. Posant d'abord un genou sur le lit, puis l'autre, elle s'immobilisa et murmura :

— Énonce-moi tes règles.

— Mes règles ? demanda-t-il, sans parvenir à masquer l'amusement dans sa voix.

Elle posa les paumes sur son torse et ce contact chaud contre sa peau nue suffit à le rendre sérieux à nouveau.

— On imagine la situation que tu veux, précisa-t-elle doucement en faisant courir sa bouche le long de son oreille, trop désireuse de lui faire plaisir.

Il lui posa les mains sur l'extérieur des cuisses, l'agrippant là où elle s'était agenouillée avec empressement à côté de lui, prête à tester tout ce qui lui chanterait.

— OK. Tu as dix-huit ans et je te trouve à la maison, toute seule.

— Oh, j'aime bien celle-ci, sourit-elle, canaille.

Un afflux de sang se précipita à l'entrejambe de Nick.

— Merde, moi aussi, bébé !

Elle leva la tête, sur le point de commencer, mais Nick fit courir ses mains jusqu'à ses épaules et elle s'arrêta, fouillant ses yeux. Il déglutit.

— Tu as dix-huit ans, Courtney. Tu as dix-huit ans, j'ai vingt-quatre ans et je vais te déshabiller comme je n'ai jamais pu le faire. (Il vit ses yeux s'enflammer et son cœur se mit à battre la chamade alors qu'il ajoutait :) Mais tu es heureuse, tu comprends, bébé ?

Elle continuait à fouiller son expression, ses yeux devinrent sérieux, jusqu'à ce qu'un petit sourire étire ses lèvres.

— OK, je comprends.

— C'est vrai, ma chérie ?

Elle lui adressa un sourire doux-amer et lui passa les doigts dans les cheveux.

— Oui. Tu ne veux plus jamais que je sois triste, même pas pour de faux.

Il leva les mains vers ses cheveux et en saisit une poignée qu'il serra.

— C'est ça. Je veux que tu sois heureuse. Toujours heureuse. Comme tu nous rends heureux, les enfants et moi.

Son sourire doux-amer devint si doux qu'il en eut le ventre noué.

— Tu n'as aucune raison de t'inquiéter. Je suis toujours heureuse, Nick. Les enfants et toi, vous êtes mon bonheur.

Il ressentit un soulagement instantané. Alors, incapable d'attendre une seconde de plus, il scella ses lèvres aux siennes et l'embrassa comme il prévoyait de le faire pour le restant de ses jours.

ADDICTION

PROLOGUE

Allongé dans le lit d'une énième chambre d'hôtel obscure à l'autre bout du monde, Garrett Rule ne prit pas la peine de lutter contre le fantasme récurrent qu'il nourrissait depuis des semaines.

Rien que le souvenir de sa voix contrôlait ses actions ; elle l'avait rendu accro à ce point.

Faisant glisser ses doigts le long de son ventre, il serra sa verge palpitante et ferma les yeux, à la fois soulagé et irrité.

Qu'elle soit maudite... il était bel et bien obsédé et il ne l'avait jamais vue.

Sa bouche ne forma plus qu'une ligne exaspérée, ses yeux s'ouvrirent alors qu'il expirait, fixant le plafond, son sexe palpitant dans la main, qui réclamait le soulagement. Il essaya de repousser l'inévitable quelques secondes de plus, mais son putain de membre avait le contrôle total ; la testostérone qui alimentait son sang allait gagner la lutte. Alors, il céda et monta puis descendit la main une fois, deux fois, se laissant envahir par le souvenir de sa voix gutturale et rauque. Il comprenait parfaitement la situation, même

si elle ne lui plaisait guère : cette fille était une foutue préoccupation qu'il ne parvenait pas à contrôler.

Alors qu'il continuait à se caresser sur une vision floue, frustrante et sans visage dans son esprit, il savait qu'il devait trouver un moyen d'exorciser le charme qu'exerçait sur lui cette sorcière. Il serra les dents pendant que sa verge s'engorgeait de plus en plus, comme si elle avait son propre esprit, comme si elle était furieuse que sa grosse tête essaie de l'empêcher de l'avoir.

Il détestait ce qu'elle lui faisait. Elle le déchirait en deux... et l'empêchait de se concentrer sur son travail. Pire encore, le souvenir de sa voix féminine et sensuelle annihilait son désir de baiser toute autre femme. Son désir ? Bon sang ! Il ne pensait même pas aux autres femmes... et n'aurait probablement pas pu bander avec aucune même s'il avait essayé.

Tout ce qu'il voulait, c'était elle... Maria Alvarez. Ce simple nom fit monter la température le long de son dos et une goutte de liquide préséminal se forma au bout de son gland. *Bordel de merde !* Il savait ce qu'il voulait... il voulait l'entendre parler en personne ; il voulait enfoncer son sexe dans la gorge à laquelle appartenait cette voix sensuelle. Cette pensée érotique lui fit bouger la main plus rapidement, tandis que ses yeux fermés barraient tout, sauf le souvenir de cette voix alors qu'il s'astiquait encore et encore, de plus en plus vite. Il l'imaginait le prenant dans sa bouche, si loin au fond de sa gorge qu'elle s'en étranglait presque.

La vision dans sa tête lui disait que ses cheveux étaient aussi noirs que les siens, alors dans son esprit, ses doigts s'emmêlaient dans des mèches de soie étincelante. La tenant fermement par ses cheveux brun foncé, avec une main autour de sa gorge, il baisait sa bouche encore et encore. Dedans, dehors, de plus en plus profond. Un gémissement lui remonta de la gorge. *Ahhhhh !* Ses abdominaux se contractèrent, sa main se mit à trembler alors qu'il explosait dans l'orgasme, son sperme jaillissant et se répandant sur les muscles tendus de son ventre.

Bon Dieu ! Son rythme cardiaque resta élevé pendant de longues

secondes, jusqu'à ce qu'il ralentisse et que sa respiration se stabilise.

Il attrapa des mouchoirs en papier sur la table de chevet. Le fait qu'elle soit une obsession, une addiction était un aveu qu'il devait se faire depuis des semaines maintenant. Mais même s'il reconnaissait sa faiblesse, cela n'arrangeait pas la situation... peut-être que lorsqu'il la verrait enfin, le lendemain, la fascination ridicule qu'il avait pour elle disparaîtrait. Il savait qu'elle devait disparaître : aucune femme ne pouvait être à la hauteur du fantasme qu'il avait créé dans son imagination.

Oui, son voyage en Floride réglerait l'affaire.

Il devait admettre qu'il avait été soulagé lorsque Courtney, membre honoraire de la famille et nouvelle employée de la Rule Corporation, avait appelé pour se plaindre de la fille en question. Courtney était tellement en colère qu'elle voulait virer Maria sur-le-champ, mais Garrett n'aimait pas du tout cette idée. Virer Maria ? L'envoyer dans un monde où il ne serait probablement jamais capable de la localiser s'il essayait ? Ne jamais voir la petite sorcière qui le faisait tellement bander qu'il éjaculait rien qu'en l'imaginant encore et encore ? Pas question ! Son sexe aussi s'était immédiatement rebellé à cette idée, gonflant et tressautant contre son ventre, lui faisant savoir sans ambages que personne ne virerait cette fille avant qu'il ait eu le plaisir de coucher avec elle d'abord.

S'il voulait toujours coucher avec elle après l'avoir vue... ses fantasmes se dissiperaient en un instant, sincèrement, il l'espérait.

Courtney s'était entêtée, se plaignant des manipulations de la fille, lui assurant que Maria n'avait pas l'esprit d'équipe et qu'elle s'échinait à faire traîner la rénovation de l'hôtel que la société avait récemment acquis. Garrett l'avait tout de suite crue ; elle était comme une sœur pour lui — d'ailleurs, sa mère l'avait ramenée à la maison pour vivre avec eux lorsqu'elle s'était retrouvée orpheline à l'adolescence — et elle était si bouleversée qu'il avait su qu'elle n'exagérait pas.

Sa rage envers la jeune femme sans visage se mélangeait au désir animal qu'il ressentait, alimentant dangereusement son sang. Personne ne s'en prenait à sa famille, personne ne s'en prenait à l'entreprise pour laquelle ses frères et lui avaient trimé et qui était devenue l'empire qu'elle était maintenant. Et c'était là que le bât blessait : non seulement il ressentait de la rage, mais il avait l'impression d'avoir été trahi. Pourquoi ? Parce qu'il avait eu le plaisir de parler à Maria au téléphone plusieurs fois avant que ses intentions d'acheter la propriété ne soient connues de tous.

Les deux premières fois, elle avait été courtoise et professionnelle avant de transférer son appel. Mais à chaque nouveau coup de fil, sa voix était devenue plus chaude et plus douce, jusqu'à ce qu'elle soit si amicale qu'il s'était mis à fantasmer une relation entre eux. Alors oui, ses agissements, il les avait ressentis comme une trahison et il en avait été vraiment énervé. C'était ce qu'il obtenait d'une fille si aimable qu'il avait l'impression de flirter avec elle ?

Résolument, il chassa de son esprit le souvenir du ton qu'elle avait utilisé pour le taquiner, cela ne faisait que l'énerver davantage. Cette foutue fascination qu'il avait pour elle aurait déjà dû se dissiper, il aurait dû découvrir à quoi elle ressemblait, depuis le temps. Elle aurait dû être à l'hôtel le jour où il s'était rendu en Floride pour inspecter la propriété avant de l'acheter. Mais elle n'était pas au travail ce jour-là et sa déception s'était transformée en un engouement plus profond, le charme qu'elle avait jeté sur lui par téléphone restant fermement en place.

L'hôtel était en plein chaos quand il était arrivé. Le propriétaire était mort d'une crise cardiaque quelques mois auparavant et la gestion de l'hôtel avait été laissée à sa veuve, une femme qui apparemment ne voulait rien avoir à faire avec le travail, quel qu'il soit. Elle avait immédiatement engagé un directeur général pour une courte durée, puis mis l'hôtel en vente.

Le jour de la visite de Garrett, le directeur général s'était fait porter pâle et Maria n'était pas là non plus. Il avait demandé à la

veuve où elle se trouvait, il n'avait pas pu s'en empêcher. On lui avait répondu qu'elle avait pris un jour de congé, mais sans lui donner de détails. Il n'avait pas pu en rester là ; il avait effectué quelques recherches en interrogeant subtilement d'autres employés et découvert qu'il s'agissait de l'un des nombreux jours de congé qu'elle avait gagnés au fil des ans, mais qu'elle n'avait pas jugé bon de prendre auparavant.

Garrett s'était alors demandé pourquoi elle n'était pas là justement le jour où il devait inspecter la propriété. Alors qu'on lui faisait visiter les lieux et qu'il arrivait au bureau qu'elle occupait généralement, l'aspect utilitaire et neutre de celui-ci l'avait amené à s'interroger encore plus sur elle.

Un homme comme une femme aurait pu utiliser cet espace, il n'y avait pas une seule photo ou un seul bibelot pour donner un indice sur la personnalité de l'employé qui s'asseyait habituellement là. En revanche, il y planait une odeur. Un parfum capiteux, complexe, ultra-féminin, qui faisait naître des visions de membres nus et de peau lisse, et qui l'avait rendu encore plus curieux.

Il aurait voulu rester à Miami un jour de plus uniquement pour la rencontrer, mais il avait déjà pris sa décision d'acheter l'hôtel et monté le dossier pour que l'affaire avance. Traîner un jour de plus sur un coup de tête n'était pas une option. Il avait trop de choses à régler. S'attarder dans le seul but d'apercevoir une fille qui avait flirté avec lui au téléphone n'était pas propice aux affaires.

Alors, il était parti, se prouvant à lui-même que son sexe ne pouvait pas le diriger, et la vente avait été conclue.

Quand il lui avait reparlé, sa voix avait changé. Le ton rauque et taquin avait disparu au profit d'une voix professionnelle et sans arrière-pensée, comme si elle n'avait ni le temps ni l'envie de lui parler, se contentant de transférer son appel sans fanfare inutile.

De toute évidence, la vente l'avait mise en colère. Ou bien la Rule Corporation l'avait mise en colère, ou peut-être que

Courtney l'avait énervée. Quelque chose l'avait énervée, en tout cas.

Et il n'aurait pas dû se soucier de la raison pour laquelle elle avait changé. Elle n'était qu'une femme sans visage, employée dans un bâtiment commercial dans le cadre de ses affaires.

Mais au fond de son esprit, une pensée alléchante s'était faite jour : il était maintenant propriétaire de l'hôtel où elle travaillait. Le lendemain matin, il prendrait l'avion et serait bientôt en Floride pour régler les problèmes, comme il l'avait promis, afin que Courtney puisse retourner au siège de la Rule Corporation à Saint Louis... mais pas avant de l'avoir avertie de ne pas divulguer son arrivée imminente. Il n'avait aucune raison de donner un avantage à la petite Judas du nom de Maria.

Il s'installa dans le lit, les mains derrière la tête, pour essayer de dormir un peu. Incapable de se laisser aller, il fixa le plafond et imagina les deux issues possibles lorsque le moment des comptes serait enfin venu. Soit la voir soulageait immédiatement ses fantasmes ridicules, soit... soit non et il couchait avec elle pour les faire disparaître.

Tant d'angoisse à cause d'une seule femme. Son statut d'employée la maintiendrait certainement dans son entourage pendant un certain temps, ce qui lui convenait, mais le faisait aussi grimacer. Il l'admettait, coucher avec elle aurait été bien plus facile si elle n'avait pas travaillé pour la société, mais bon, il allait probablement la virer sur-le-champ, de toute façon.

Pourquoi cette voix sensuelle n'avait-elle pas pu appartenir à la réceptionniste de son médecin ou un truc du genre ?

Il chassa le problème de son esprit, sachant qu'il s'en sortirait d'une manière ou d'une autre.

Et le fait qu'elle était sans doute aussi énervée que lui ?

Eh bien, il s'occuperait aussi de cet inconvénient le moment venu.

1

Garrett entra dans l'hôtel après vingt-trois heures le lendemain soir. En traversant le vestibule, il jeta un coup d'œil autour de lui et constata rapidement les rénovations qui avaient été apportées à la décoration depuis la dernière fois qu'il était venu. La plupart étaient faciles à repérer : nouveau revêtement de sol, peinture fraîche, mobilier renouvelé.

Déposant son unique sac à côté de lui devant la réception, il jeta un coup d'œil à la pendule. Vingt-trois heures quinze. Ni le directeur général qui était temporairement aux commandes ni la fille qu'il avait l'intention de piéger ne devaient être encore là. Seul le personnel de nuit était présent et ce retard forcé dans la mise en œuvre de son plan l'exaspérait. En principe, il aurait dû souffrir du décalage horaire, mais ce n'était pas le cas. Il avait joui d'une chambre privée dans l'un des nouveaux avions d'Emirates et il avait dormi comme un bébé. Déjà il était impatient de voir la fille pour la première fois.

En s'enregistrant, il regarda autour de lui. Le bar était fermé, tout comme le restaurant de l'hôtel. Un concierge poussait discrètement un chariot dans le couloir près des ascenseurs.

Pinçant les lèvres, Garrett sut qu'il devait trouver un moyen de dépenser son énergie refoulée. S'il ne le faisait pas, il resterait éveillé toute la nuit et serait dans un sale état le lendemain.

Maria termina sa neuvième longueur, effectua un demi-tour sous l'eau et se repoussa du bord, jetant ses dernières forces dans la dernière. Ses cuisses brûlaient, ses biceps criaient, mais malheureusement, son niveau de frustration restait toujours aussi élevé.

Elle n'avait même pas encore terminé et déjà elle savait que l'exercice, si intense soit-il, n'allait pas la calmer. Pas un *iota,* nom d'une pipe !

Elle était trop énervée pour se calmer. Il y avait une chose qui faisait monter son tempérament volatile dans la stratosphère, une chose qu'elle détestait plus que tout au monde, et cette chose était le népotisme.

Elle détestait le népotisme, putain... Elle détestait ce mot et sa signification. *Le népotisme, ça craint. Le népotisme peut manger un plat de merde et mourir.* Et la Rule Corporation pouvait aussi manger un plat de la merde et mourir.

Surtout, Garrett Rule pouvait manger un plat de merde et mourir, cet enfoiré !

Avec cette pensée et refusant de faire preuve d'une quelconque faiblesse en utilisant les marches pour sortir de la piscine, elle se hissa hors de l'eau sur le bord, puisant dans les toutes dernières forces de ses muscles éreintés pour se redresser dans une flaque d'eau.

Retirant ses cheveux de l'élastique qui les retenait, elle serra la longue queue-de-cheval entre ses mains pour en expurger au moins une partie de l'eau, sachant que son geste ne ferait que tremper la serviette qu'elle était sur le point de ramasser.

Un petit bruit attira son attention dans la salle de billard

autrement silencieuse et elle tourna la tête pour découvrir un homme appuyé négligemment contre le dossier d'une chaise en fer forgé. Il se tenait silencieux, les bras croisés sur sa poitrine, les pieds croisés au niveau des chevilles, et la dévisageait ostensiblement.

Elle aurait dû ressentir un certain nombre d'émotions, la peur étant probablement la plus appropriée. Mais alors qu'elle le regardait en train de l'observer, dans une zone de l'hôtel interdite aux clients à cette heure de la nuit, elle ne ressentit qu'une seule chose, parce qu'elle sut immédiatement qui il était. Et le sentiment qui bouillonna et prit le dessus sur ses sens ne fut pas la peur, mais la colère. Il avait sans doute reçu le type de carte magnétique que seul le personnel attitré avait le droit d'utiliser... le genre qui ouvre toutes les portes à tout moment. Et la seule chose qu'elle éprouvait maintenant, c'était de la rage pure, non mitigée, non altérée, de sa présence.

Alors qu'elle le regardait l'étudier avec des yeux scrutateurs, elle jaugea son apparence d'un regard global. Cet enfoiré était magnifique, bon sang ! Un mâle puissant de plus d'un mètre quatre-vingts, aux cheveux et aux yeux sombres, qui la contemplait en silence avec l'air d'en avoir tous les droits.

Ses yeux continuaient à parcourir son corps de haut en bas comme s'il la possédait, ainsi que le terrain et le bâtiment où ils se trouvaient, et ses muscles se raidirent en réponse involontaire. Serrant les lèvres, elle attrapa la serviette et la ramena autour de son buste, laissant ses cheveux noirs et humides pendre dans son dos dans un désordre sauvage. *Et puis merde !* Qui s'en souciait ? Elle était presque virée, de toute façon, alors elle s'en fichait éperdument.

Comme il continuait à rester mutique, un sourcil arqué, elle leva le menton d'un cran et riposta à ce silence qui visait manifestement à l'intimider.

— Votre petite amie ne pouvait pas me virer toute seule ? Elle a dû faire appel à des renforts ?

À ses questions, il crispa la mâchoire et une tension subtile sembla envahir son corps, mais elle s'en fichait. Elle n'avait peur de rien, à la fois parce qu'elle était énervée et parce qu'elle avait prévu sa stratégie de sortie depuis un moment déjà.

— Pas de réponse à ça, monsieur Rule ?

Elle força un sourire à étirer ses lèvres, qu'il n'aurait aucun mal à identifier comme faux.

Lorsqu'il s'écarta de la chaise et fit deux pas de plus dans sa direction, elle réalisa soudain que sa grâce indolente cachait une fureur qu'il ne parvenait pas à dissimuler. Enroulant ses doigts autour de la serviette, elle se prépara au pire.

Elle reconnut immédiatement sa voix lorsqu'il parla enfin et confirma indiscutablement son identité.

— C'est pour ça que vous vous êtes énervée, tout d'un coup ? Que vous avez refusé de jouer la gentille avec moi au téléphone ? Quelque chose vous a conduite à croire que Courtney était ma petite amie ?

À son insinuation, un frisson parcourut l'échine de Maria, qu'elle refoula immédiatement. Que l'autre femme soit sa petite amie ou non était sans importance à ce stade. *Ouais, continue de te répéter ça, Maria.*

— Je suis énervée à propos de beaucoup de choses, dit-elle sincèrement, essayant d'ignorer la colère de cet homme et de se concentrer sur la sienne propre.

— Ah oui ? (Il s'approcha encore d'un pas impressionnant.) Et quelles sont ces choses ?

Maria tint bon, refusant de reculer.

— Pourquoi ça vous intéresse ? Vous n'êtes là que pour vous débarrasser de moi. Je ne suis pas stupide, je sais à quoi rime votre voyage soudain.

Elle essaya de ralentir son rythme cardiaque en respirant profondément, mais cette tentative fut réduite à néant lorsqu'il posa les yeux sur ses seins. Et putain, il avait des yeux magnifiques !

Son regard monta lentement à la rencontre du sien

— Ah bon, vous savez ? demanda-t-il d'une voix qui laissait entendre qu'elle n'avait aucune idée de ce qu'il pensait.

Elle ignora l'allusion et continua sur un ton belliqueux qui la fit s'interroger sur sa santé mentale :

— Ouais. Votre pauvre petite amie fragile veut que je parte, mais elle avait trop peur de me virer elle-même.

— Juste pour info, Courtney n'est pas ma petite amie et elle n'a pas peur de se débarrasser de vous. La seule raison pour laquelle vous êtes encore employée dans cet hôtel, c'est moi. (Le déplaisir dans son ton s'était transformé en un mépris glacial.) Et vous êtes soit fort courageuse, soit complètement stupide de ne pas le réaliser.

Ce fils de pute venait de la traiter de stupide ?

— Oh, je ne suis pas stupide ! Je n'ai juste pas besoin de votre travail. Je pense que huit ans de ma vie ont été suffisants, voyez-vous ?

Un silence s'ensuivit, avant qu'il ne demande :

— Vous dites que vous travaillez ici depuis huit ans ?

— Vous devriez déjà le savoir, si vous vous souciiez un tant soit peu de vos employés.

Il continua comme si elle n'avait pas parlé, comme s'il avait tous les droits sur ses pensées.

— Je veux savoir ce qui vous a douchée. Vous étiez, disons, assez agréable au téléphone. Et tout à coup, c'est parti en fumée.

Elle lui lança un regard froid, incapable de contenir son sarcasme.

— Et ça vous a bouleversé, mon pauvre petit, hein ?

Il lui lança un regard qui aurait fait taire une femme moins forte, mais sa bravoure ne fut que très peu ébranlée.

— Chérie, je vais vous donner un avertissement, dit-il. Allez-y doucement avec moi, *capisce* ?

Elle raidit sa colonne vertébrale jusqu'à avoir l'impression qu'une tige d'acier s'était enfoncée dans ses vertèbres.

— Ou quoi ?

Ses yeux devinrent glacials et il siffla entre ses dents :

— Tu veux le découvrir ?

Ce trou du cul avait beau la tutoyer, il ne lui faisait pas peur. *Pas du tout.*

— Le pire que vous puissiez faire, c'est de me virer.

Il montra les dents et ses traits devinrent distants tandis qu'il gardait son regard captif.

— Ce serait te laisser t'en sortir trop facilement. Et je te promets que rien de tout ça ne sera facile pour toi.

Son cœur se mit à battre la chamade, mais elle releva le menton avec défi.

— Vous ne me faites pas peur. Ni votre putain de société ni vos milliards de millions. Faites au pire, le défia-t-elle.

Au moment où il avançait d'un nouveau pas, la porte extérieure s'ouvrit et le veilleur de nuit entra dans la pièce. L'étudiant, un employé à temps partiel d'une vingtaine d'années, la regarda d'abord, puis jeta un coup d'œil nerveux à Garrett Rule avant de se retourner vers elle.

— Oui ? demanda-t-elle un peu trop brusquement.

— Je suis désolé de vous interrompre. Mais Romero Calderon est en ligne et insiste pour vous parler. Je suis désolé, Maria, il ne semble pas comprendre les fuseaux horaires.

— Ce n'est pas un problème.

Elle essuya sa paume humide sur la serviette qui couvrait son buste et prit le téléphone sans fil que l'employé lui tendait. Pourquoi prenait-elle l'appel ? Elle allait se faire virer, de toute façon. Mais elle savait pourquoi... L'hôtel était sa vie, bon sang, et elle l'aimait comme si c'était une entité vivante ! S'éloignant des deux hommes, elle porta le téléphone à son oreille et alluma sa tablette, qui reposait sur une table en fer forgé, sachant qu'elle allait en avoir besoin. Elle afficha le calendrier et se lança, dans un espagnol impeccable :

Bonsoir, monsieur Calderon. Comment allez-vous, ce soir ? Ou devrais-je dire ce matin ?

Tout en écoutant son plaidoyer sur le besoin d'un bloc de chambres supplémentaires pour son arrivée le mois suivant, elle feuilletait le calendrier des réservations. Comme il continuait à plaider sa cause, connaissant les récents bouleversements de l'hôtel, elle lui assura :

— Oh, non, non, ce n'est pas un problème... Je vous promets que la rénovation est presque terminée, vous allez vraiment adorer l'endroit, encore plus maintenant. Je vous obtiendrai les chambres supplémentaires même si ça signifie qu'il faudra permettre à l'un de vos invités d'utiliser ma suite personnelle pour la durée de votre séjour.

Alors qu'il la remerciait et ponctuait d'une réplique coquette, Maria ne put retenir un rire joyeux en secouant la tête et en levant les yeux au ciel devant la plaisanterie du vieux monsieur. Ce dernier amenait toujours sa femme, voire toute sa famille. Il était l'exemple même du père de famille ; il avait au moins soixante-quinze ans et elle savait qu'il avait été très heureux en ménage pendant au moins la moitié de ces années.

— Oh, vraiment ? répliqua-t-elle, entrant dans son jeu innocent. Je pense que votre femme aurait peut-être quelque chose à redire à ce sujet.

Ayant tapé les instructions et mis fin à l'appel, elle rendit le téléphone à Justin.

— Tout est prêt, on peut y aller.

— Vous n'avez pas oublié les réservations des Anderson, n'est-ce pas ? C'est un bloc entier de chambres réservées alors que le groupe de Calderon sera présent.

Elle secoua la tête avec un sourire triste. Bon sang, l'hôtel allait lui manquer !

— Je n'ai pas oublié. Les rénovations du troisième étage seront terminées avant la fin de la semaine, nous aurons des chambres en réserve.

Lorsque Justin fut parti, elle rassembla ses affaires et ignora carrément Garrett Rule alors qu'elle commençait à s'éloigner sans se soucier de terminer la conversation qu'ils avaient commencée.

Malheureusement, elle n'eut pas le choix.

— Vous parlez couramment l'espagnol ? demanda sa voix dure.

Elle se retourna pour lui faire face.

— Cela vous choque, monsieur Rule ? Mon nom de naissance est Maria Sofia Isabela Alvarez, je suis née et j'ai grandi à Miami ; j'ai vécu ici toute ma vie. À quoi vous attendiez-vous ? Que l'anglais soit ma seule langue ?

— Je n'y ai jamais vraiment pensé. Si vous avez un accent, il n'est que léger.

Elle ne put contenir une petite fanfaronnade

— Et seulement quand je le permets. Je peux l'allumer et l'éteindre à volonté.

Le regard ce Garrett glissa lentement le long du corps de Maria avant de remonter vers ses yeux.

— Je n'ai aucun doute là-dessus.

Ravalant un hoquet face à ses insinuations, elle répliqua :

— Bonne nuit, monsieur Rule.

Et sans lui laisser le temps de répondre, elle s'échappa.

~

Garrett essaya bien de dormir, cette nuit-là, mais l'effort s'avéra inutile. Maria Sofia Isabela Alvarez lui avait complètement retourné le cerveau. Il avait été évident dès le premier regard que ses fantasmes n'allaient pas se dissoudre dans l'air. Oh, non, sa putain de verge était en alerte, le condamnant à d'autres douches froides et à se soulager tout seul s'il n'arrivait pas à mettre la main sur elle !

Elle était encore plus belle que sa voix ne le laissait supposer. Alors oui, la première fois qu'il l'avait vue, il avait été stupéfait :

toute mouillée, avec ses courbes, même si c'était dans un maillot de bain une pièce très classique. Mais il n'avait pas pu se tromper sur la rage qu'il avait éprouvée en la regardant faire des longueurs dans la piscine, ses muscles minces se déplaçant dans l'eau comme si elle essayait d'exorciser quelque chose pour en libérer son cerveau.

Lui.

Il l'avait senti. Il avait senti la tension entre eux avant même qu'elle ne sorte de l'eau et se tienne debout sur des jambes fines et si fatiguées que les muscles tremblaient subtilement à cause de son entraînement punitif.

Lorsqu'elle s'était dressée sur le bord de la piscine, il n'avait mis que quelques secondes à reconnaître son charme, comme si un champ magnétique l'attirait : elle était exactement ce qu'il avait imaginé, mais en mieux, une combinaison d'audace, de sensualité et de *sexy*.

Les traits de son visage étaient délicats, mais empreints d'une détermination de fer, si bien que son sexe s'était engorgé au premier coup d'œil, le choc des volontés qui allait sans doute se produire nourrissant encore plus sa convoitise. Ses cheveux noirs pendaient en vrilles humides le long de son dos et des mèches s'échappaient de sa queue-de-cheval pour encadrer son visage, lui donnant un attrait exotique.

Ses sourcils étaient hauts et délicatement inclinés, ses yeux bruns mis en valeur par de longs cils, ses lèvres pleines et rouges, sa peau lisse avec des reflets or pâle. Elle était petite, son corps était mince, ses épaules fines. Mais ses seins... *Seigneur, ses seins !* Dire qu'elle avait des seins ronds était un euphémisme. Elle avait l'air d'être un don de Dieu fait à l'homme, avec sa silhouette en sablier accentuée par des seins hauts et fermes qui avaient fait glisser une rivière de chaleur instantanée le long de son échine.

Il avait remarqué tout cela en un battement de cœur... et puis elle avait levé les yeux vers lui... leurs regards s'étaient croisés et il y avait vu sa nature explosive. Son érection était passée de rageuse

à douloureuse, une goutte de liquide préséminal s'écoulant sur son caleçon.

Putain !

Il savait au fond de son âme condamnée que ça arriverait, bon sang, il savait qu'elle serait belle ! Merde, elle était même mieux que ce qu'il avait imaginé dans ses rêves les plus fous et les plus érotiques !

Il était donc excité à ce point-là quand ils avaient commencé à se lancer des insultes. La petite sorcière pensait que Courtney était sa petite amie ? C'est ce qui l'avait mise sur le sentier de la guerre ? L'idée d'une relation autre que platonique et fraternelle avec Courtney était presque risible, du moins pour lui... mais il se souvint ensuite de l'expression de Nick lorsqu'ils s'étaient disputés à son sujet. C'était environ un mois plus tôt, quand Courtney avait terminé ses études supérieures. Son frère et lui n'étaient pas d'accord sur la place qu'elle occuperait dans la société, ils la voulaient tous les deux pour leurs propres divisions. Garrett avait été quelque peu surpris que son frère ait des opinions aussi tranchées sur Courtney et son avenir, mais à l'époque, il n'y avait pas vraiment réfléchi.

Cependant, à présent, les accusations de Maria, bien que fausses, éclairaient quelque chose qui manquait à Garrett, et la dernière pièce du puzzle se mettait en place. Les sentiments de Nick pour Courtney n'étaient pas platoniques. *Merde alors !* Le jeune homme ne savait pas comment il avait pu rater ça ni même ce que ça lui inspirait. Courtney était comme une petite sœur pour lui, tout comme Erin, et si Nick lui faisait du mal... il devrait en répondre auprès de lui.

À ce moment précis, cependant, tout ce sur quoi Garrett pouvait se concentrer, c'était Maria et le dilemme qu'elle représentait. Il n'y avait aucun doute, il voulait la mettre nue et à l'horizontale aussi vite que possible.

Quand elle avait crié après lui, tout à l'heure, il avait été à deux doigts, à deux doigts de lui dire qu'elle était virée, puis de la

soulever, de lui passer les jambes autour de sa taille et de la plaquer contre le mur carrelé. Il aurait été ridiculement facile d'écarter son maillot de bain léger à elle, et d'ouvrir sa braguette à lui. Il aurait pu être en elle en cinq secondes. C'était ce qu'il voulait faire. C'était ce qu'il avait été sur le point de faire.

Mais ensuite, ce type était apparu et elle avait pris ce foutu appel téléphonique qui lui avait fait perdre la tête. Même s'il n'avait pas parlé couramment l'espagnol, il aurait été capable d'apprécier son professionnalisme et son amabilité, juste par le ton de sa voix. Mais il parlait couramment l'espagnol, parce qu'il l'avait étudié, et il avait compris chaque mot de la fin de la conversation. Et non seulement il avait pu constater *de visu* le soin avec lequel elle s'était occupée du client, mais il avait également vu et entendu à quel point les autres employés comptaient sur elle.

Les ramifications de ce constat le frappèrent d'un seul coup... il n'allait pas pouvoir la virer, il n'y avait pas moyen qu'il mette un terme à son contrat. Le directeur général en poste était totalement nul et bien que Garrett n'ait pas eu le déplaisir de le rencontrer, Courtney avait été catégorique sur le fait qu'il était sur la liste des candidats sélectionnés. L'hôtel avait donc besoin de Maria, au moins pour la durée de la transition. Et cela laissait son nouveau patron dans les limbes, dans un purgatoire interminable qui lui laissait tout le temps de mourir d'une nécrose des testicules. Il n'avait pas prévu que son objectif soit difficile à atteindre de cette manière particulière. On lui avait assuré que la fille était une fauteuse de troubles, il avait donc supposé qu'il pourrait simplement la licencier. Une fois que ce serait fait, il serait capable de mettre la main sur elle.

Merde !

Il commençait à avoir un mal de tête aigu.

Qui aurait cru qu'en venant ici, les choses iraient de mal en pis ?

AINSI DONC, LA BLONDE GÂTÉE N'ÉTAIT PAS SA PETITE AMIE. *BEN voyons !* Maria n'en croyait rien... enfin, peut-être y avait-elle cru quelques secondes, la nuit dernière, quand elle avait été surprise par sa première vision de Garrett Rule. « Superbe » n'était pas le mot pour décrire cet homme. Quelle taille faisait-il exactement ? Il n'y avait aucun doute que sa taille et la largeur de ses épaules étaient intimidantes. Et son visage. Elle lâcha un petit soupir.

Avec un peu de chance, vu comme sa matinée avait mal commencé, quand il sortirait enfin ses fesses du lit, il la virerait et c'en serait fini. Ce serait vraiment plus facile. Elle avait un travail qui l'attendait quand elle le voulait dans l'un des plus grands hôtels de luxe du bord de mer, en bas de la route. D'accord, elle ne serait pas logée sur place comme à ce poste, mais elle ne serait pas non plus de garde vingt-quatre heures sur vingt-quatre.

En attendant, pour l'instant, c'était son hôtel, ou du moins c'est ainsi qu'elle le voyait, et elle allait accomplir ses tâches avec le même professionnalisme que toujours... jusqu'au moment où il se réveillerait et la forcerait à descendre sur le trottoir.

Cela étant dit, elle se frayait un chemin dans le désordre que créait la construction de l'aile ouest du troisième étage. Debout au milieu de cinq ouvriers costauds, en talons et jupe au-dessus du genou, elle regarda les nouvelles plaques de plâtre, vérifiant les progrès substantiels effectués depuis la veille. Peut-être que les choses n'allaient pas si mal, après tout.

Juan, le superviseur des travailleurs contractuels, s'interrompit dans sa tâche lorsqu'il la vit entrer dans la suite et s'adressa à elle en espagnol.

— Vous aimez ce que vous voyez, mademoiselle Maria ?

Maria lui sourit, mais ignora le sous-entendu sexuel. Il flirtait avec elle de manière inoffensive depuis que son équipe avait commencé le projet et elle savait qu'il ne voulait pas l'offenser ni lui manquer de respect. Elle observa les murs au niveau des jointures invisibles.

Oui, ça me va, répondit-elle en espagnol. Votre équipe fait un excellent travail. Nous avons de la chance de vous avoir.

Dans un geste théâtral, il porta une main à son cœur.

— Ce que nous faisons, nous le faisons pour vous.

Elle éclata de rire et secoua la tête.

— Bien sûr. Et les chèques que je distribue chaque semaine ne signifient rien, n'est-ce pas ?

— Là, vous m'avez eu, ma belle, dit-il avec un sourire avant de reprendre son rouleau de peinture.

Elle était sur le point de lui souhaiter une bonne journée, quand elle remarqua une boîte à moitié vide de spray nettoyant. Elle s'approcha, jeta un coup d'œil et, par souci de bienséance, plia les genoux avant de ramasser une seule bouteille, notant qu'il en restait à peu près la moitié de la boîte.

— D'où ça vient, ça ?

Debout, elle fit pivoter le flacon entre ses doigts, l'observa, puis de nouveau la boîte dans laquelle il se trouvait.

— Ils sont arrivés il y a une semaine environ. Pourquoi ? Quel est le problème ?

— Votre équipe les a utilisés ? demanda-t-elle.

— *Sí.*

— Merde ! marmonna-t-elle en revenant à l'anglais sans réfléchir. N'utilisez plus aucune de ces bouteilles, d'accord ?

— D'accord, mais il m'en faudra de nouvelles.

— J'en ferai apporter ici cet après-midi.

Sur ce, Maria tourna les talons, emportant le vaporisateur avec elle.

Il ne lui fallut pas trois minutes pour arriver au bureau du directeur général, un homme pour lequel elle avait peu de respect. Elle frappa à sa porte, et quand il leva les yeux, elle agita la bouteille, la lui montrant comme une question.

— Quoi ? râla l'homme avec impatience.

Maria enrageait. Ce type restait sur son ordinateur toute la journée à jouer à des jeux, à faire des paris en ligne et à s'amuser

avec ses réseaux sociaux pendant qu'elle faisait le travail pour lequel elle était payée. Le pauvre monsieur Duncan se serait retourné dans sa tombe, s'il avait su que son hôtel bien-aimé était entre des mains aussi irrespectueuses.

— Vous avez commandé ça ? demanda-t-elle.

— Ouais. Et alors ?

Maria entendit quelqu'un dans le couloir derrière elle, mais ne se retourna pas pour voir quel employé était passé.

— Vous voyez quelque chose qui manque ? demanda-t-elle en désignant la bouteille, pour l'instant concentrée uniquement sur la mission à accomplir.

— Non, dit-il, visiblement impatient.

— M.S.D.S, répondit-elle succinctement en croisant les bras. Ça vous dit quelque chose ?

— Sur un spray nettoyant ? (Il leva les yeux au ciel, comme si elle avait une case en moins.) Allez-y, dites-moi, je suis occupé !

Elle prit une profonde inspiration et pria pour qu'on lui accorde la patience.

— Monsieur Treadway, je réalise que vous et moi ne nous entendons pas si bien que ça. Mais croyez-moi, ce n'est pas un détail mineur. (En parlant, elle produisait un effort surhumain pour garder un ton neutre.) Chaque bouteille de ce produit, comme tous les produits chimiques utilisés dans cet hôtel, doit comporter une fiche de données de sécurité. Pas seulement sur la boîte, mais sur chaque bouteille.

— Sur un spray nettoyant ? On s'en fout ! grogna-t-il en reportant son regard sur son ordinateur, comme si elle lui faisait perdre son temps.

— L'OSHA va en avoir quelque chose à foutre, répondit-elle de manière irrévocable en se dirigeant vers son bureau et en posant la bouteille à côté de son téléphone portable.

— L'OSHA ? répéta-t-il, continuant à accorder toute son attention à son écran, sans même avoir la courtoisie de faire semblant de s'intéresser à elle.

Certaine qu'il savait exactement ce qu'était l'OSHA, elle perdit ses nerfs et ne contint plus le sarcasme de sa voix. De toute façon, elle allait recevoir sa lettre de licenciement aujourd'hui, alors pourquoi se priver ?

— Oui, vous savez, l'Occupational Safety and Health Administration, cette grande entité gouvernementale qui aime protéger les travailleurs en infligeant de grosses amendes aux entreprises qui ne respectent pas ses directives ? Vous n'avez rien à faire de cet hôtel ou de ses employés ?

La prenant par surprise, il tendit la main et la saisit par le poignet, ses lèvres se tordant en un rictus désagréable.

— Votre attitude est nulle. Je sais ce qu'est ce putain d'OSHA et je me fous de quelques bouteilles de nettoyant.

Elle était folle de rage à l'idée qu'il ose la toucher, mais elle resta parfaitement immobile et lui lança un regard noir.

— Si vous ne me lâchez pas tout de suite...

La menace qu'elle s'apprêtait à proférer fut interrompue par l'entrée de Garrett Rule dans la pièce. L'expression de son visage fit naître un léger bourdonnement dans ses oreilles. L'homme semblait énervé. Après une évaluation plus approfondie, il semblait plus qu'énervé. Et d'une certaine manière, elle savait, sans qu'il ait dit un mot, qu'elle n'était pas la personne contre laquelle il fulminait. Au moment même où elle en fut consciente, elle commença à tirer sur son poignet, et malheureusement pour monsieur Treadway, il choisit de resserrer sa prise.

Garrett s'avança. Une atmosphère de danger emplit la pièce autour d'elle, lui faisant tourner la tête.

— Lâchez-la.

Les mots avaient été prononcés durement, à travers des dents serrées.

Treadway obéit, mais commit une autre erreur cruciale.

— Qui êtes-vous, bon sang ? Foutez le camp de mon bureau !

Maria retira rapidement sa main, se frottant machinalement le poignet et, quand elle rencontra les yeux de Garrett, une

communication indéfinissable passa entre eux. En un seul regard, elle réalisa à quel point il était beau. Ses yeux et ses cheveux étaient sombres, sa peau si basanée qu'il semblait avoir des origines métissées. Ses traits étaient raffinés et, pour l'instant, ses lèvres encore pincées de mépris.

Mais elle fut quelque peu déconcertée de voir ses yeux s'adoucir brièvement alors qu'il l'étudiait.

— Ça va ?

Trop choquée pour parler, elle hocha la tête.

Il se retourna, claqua la porte et fit le tour du bureau. Maria sut tout de suite qu'il avait vu le site de jeux d'argent sur l'écran du directeur général. La situation était sur le point de sacrément dégénérer. Alors que la bouche de Treadway s'ouvrait et se fermait comme celle d'un poisson à bout de souffle, comme s'il comprenait tout à coup sa bévue, Garrett plaça ses deux mains sur le bureau, s'appuyant si fort que la couleur disparut de ses doigts et il dévisagea intensément son interlocuteur.

— Vous avez déjà entendu parler de la Rule Corporation ? demanda-t-il d'un ton sinistre et énervé.

— Euh… oui, monsieur.

— Bien. Ça va rendre les choses plus faciles. Foutez le camp d'ici.

— Vous ne pouvez pas me virer sans préavis...

Garrett se redressa lentement, sans quitter son interlocuteur des yeux, l'observant comme s'il n'était rien de plus qu'un insecte à écraser.

— Vous pouvez choisir de rester assis là, mais je vous promets que vous avez merdé en essayant d'utiliser la force contre elle, et en ce moment, mes mains me démangent de vous prendre par la gorge et de serrer. Donc, je répète. Foutez. Le. Camp. D'ici. Maintenant.

L'homme pâlit et entreprit de ramasser ses affaires personnelles de son bureau. Maria ne l'avait jamais vu bouger aussi vite, mais elle comprenait parfaitement. Un Garrett Rule en

colère n'était pas quelqu'un avec qui on rigolait. *Prends-en bonne note, Maria.*

Au bout de trois minutes, l'ancien directeur général sortait de la pièce, sans cesser de jurer à mi-voix.

Quand l'homme les eut laissés seuls, Garrett se tourna vers elle.

— Vous êtes sûre que ça va ?

La tête de Maria lui tournait. Outre le fait que le nouveau propriétaire était une force avec laquelle il fallait compter, elle n'avait qu'une seule autre pensée qui lui trottait dans la tête. Elle devait protéger l'hôtel de la vipère qui venait de quitter les lieux.

— Oui, répondit-elle en se frottant le poignet de manière désinvolte en s'asseyant sur le fauteuil que le directeur général venait de quitter.

Posant ses mains sur le clavier, elle commença à taper.

— Que faites-vous ? demanda son patron d'une voix forte.

Maria fronça les sourcils, essayant de rester fixée sur sa tâche.

— Pas maintenant. J'ai besoin de me concentrer.

— Que faites-vous ? répéta-t-il, de façon plus autoritaire.

— Je vous sauve la peau, répondit-elle sans lever les yeux de l'écran.

— Me sauver la peau ? C'est quoi, ce bordel ?

Sur ce, elle leva les yeux pendant trois secondes.

— Il a tous les mots de passe, monsieur Rule. Et vous venez de l'humilier. Vous pensez que c'est le genre d'homme qui ne va pas se venger ?

Il fronça les sourcils en la regardant, perplexe.

— Vous changez les mots de passe ?

— Oui.

Elle regarda de nouveau l'écran.

— Des comptes bancaires ? demanda-t-il brièvement.

— Oui, mais ce n'est pas le plus important. Pas pour le moment, en tout cas.

— Qu'est-ce qui pourrait être plus important que ça ? demanda-t-il.

— Dans l'industrie hôtelière ? OTA.

— OTA ?

Cet homme ne connaissait-il rien à l'industrie hôtelière ?

— OTA, pour Online Travel Advisor, c'est-à-dire les agences de voyages en ligne.

— Vous attendez de moi que je vous fasse confiance ?

Ses doigts s'immobilisèrent et elle releva les yeux.

— Vous voulez le faire ? Il faut agir maintenant. Il peut bousiller la réputation de l'hôtel dans les cinq prochaines minutes si nous ne faisons rien pour l'arrêter.

Il hésita, puis répondit :

— OK, allez-y. Et quand vous aurez fini, venez me retrouver au restaurant.

Elle reporta son attention sur l'écran.

— OK.

2

Garrett regarda l'heure pour s'assurer qu'il était midi passé avant de commander un bourbon-Coca. Il y avait certaines règles auxquelles il ne dérogeait jamais et ne pas boire d'alcool avant midi en faisait partie. Non pas qu'il soit un grand buveur de toute façon, mais pour une raison étrange, la scène dans le bureau du directeur l'avait affecté de manière négative. Pas le fait qu'il ait renvoyé ce connard, ce n'était pas ça. C'était l'émotion qui avait traversé ses tripes quand l'homme avait posé sa main sur Maria dans le seul but de lui infliger de la douleur et de l'intimider.

Aussitôt, Garrett s'était senti obligé de commettre un meurtre.

Renvoyer le gars à la place n'avait constitué qu'une piètre satisfaction, parce qu'il savait qu'il allait le faire à un moment donné de toute façon.

Il avait supposé qu'il aurait un jour ou deux pour trouver un nouveau *manager,* mais le type était un poison et devait partir. Alors maintenant, qu'était-il censé faire ? Ses propres connaissances sur la gestion d'un hôtel étaient quasi nulles.

Acheter et revendre pour en tirer un profit rapide ? Bon sang, il pouvait faire ça toute la journée les yeux fermés !

Pourquoi avait-il voulu garder celui-là, de toute façon ? Le bâtiment était correct, bien qu'un peu banal. Il était bien situé, et avec les bonnes rénovations et la bonne gestion, il était évident qu'il pouvait s'avérer rentable. Mais il avait eu de meilleures opportunités avec d'autres biens immobiliers qu'il avait envoyés balader. Alors qu'est-ce qui l'avait poussé à ajouter cet hôtel au portefeuille de la société ?

La question lui trottait dans la tête. Il prit une gorgée de son verre et vit Maria entrer dans le restaurant, posant autour d'elle son regard aiguisé. Il remarqua qu'elle ne se contentait pas de le chercher, elle regardait tout ce qui l'entourait. Elle voyait tout ce qui l'entourait. Son regard se posa sur le bar, passant d'un employé à l'autre alors qu'elle semblait les cocher dans sa tête, souriant à l'un d'entre eux tout en gardant une expression neutre lorsque ses yeux s'arrêtaient sur un autre. Garrett se rendit compte à ce moment-là que cette fille notait tout. Elle était au courant de tout, elle connaissait l'industrie hôtelière, et cet hôtel en particulier, comme personne d'autre.

Alors qu'elle s'asseyait en face de lui, le serveur apporta deux menus et un verre de thé glacé pour Maria sans attendre qu'elle commande. Le jeune homme le posa devant elle.

— Merci, Mario, dit-elle avec un sourire avant de pousser son menu sur le côté.

— Je vous laisse quelques instants pour vous décider, ajouta-t-il avant de se détourner.

Garrett ouvrit le menu, mais ne baissa pas les yeux. Il continuait à étudier la femme en face de lui, cherchant des signes de détresse sur ses traits. Heureusement, il n'en vit aucun.

— On dirait que vous avez bien survécu à la situation, commenta-t-il.

Elle posa les yeux sur lui.

Vous venez de virer une ordure qui ne pouvait pas le mériter plus. En fait, je suis sacrément contente.

Il continua à la contempler tandis qu'elle prenait une gorgée prudente de son verre avant de le poser sur le côté. Le silence s'étira, jusqu'à ce qu'elle reprenne enfin la parole :

— Écoutez, pourquoi ne pas faire ce que vous avez à faire et ensuite, je vous débarrasse le plancher ?

Il fut soudain saisi par la consternation.

— Vous me conseillez de vous virer aussi ?

— Il semblerait que ce soit opportun.

— Qu'est-ce qui vous fait croire que je vais vous laisser partir ?

— Ce n'est pas le cas ?

Il ignora sa question pour lui en poser une autre à la place.

— Depuis combien de temps dirigez-vous cet endroit toute seule ?

Elle fronça les sourcils et rompit le contact visuel, parut regarder le coin bar avant de reporter son attention vers lui.

— Je ne le dirige pas seule. Vous avez beaucoup d'employés qui travaillent dur, ici.

— N'esquivez pas la question. Je veux une réponse.

Elle pinça les lèvres.

— Un bon moment.

Il haussa un sourcil.

— Soyez plus précise.

— Trois ans.

Garrett sentit un début de froncement de sourcils.

— Quel âge avez-vous ?

Elle laissa échapper une bouffée d'air et leva les yeux au ciel comme s'il était fou.

— Vous ne pouvez pas me poser cette question.

— Je peux regarder dans votre dossier et obtenir l'information de cette façon.

Elle esquissa un demi-sourire et secoua la tête.

— Non, plus maintenant.

Elle jouait sur les mots et Garrett n'aimait pas ça.

— Qu'est-ce que ça veut dire, nom de Dieu ?

— Vous ne savez pas grand-chose de cet endroit, n'est-ce pas ?

— Faites attention, Maria.

Elle prit une inspiration avant de continuer.

— Bien. Écoutez, je ne travaille pas pour vous...

— Que voulez-vous dire par là ? Pour qui travaillez-vous, bon sang ?

— Techniquement ? Je travaille pour la société de gestion du New Jersey, du moins maintenant, puisque madame Duncan l'a nommée responsable à la seconde même où son mari est mort. Et c'est chez eux que se trouve mon dossier.

— Les détails techniques ne m'intéressent pas. Quel âge avez-vous ?

Elle soutint son regard en secouant lentement la tête.

— Vous enfreignez la loi en me posant cette question.

— Ça vous pose vraiment un problème de me le dire ?

— Quel âge avez-vous ? demanda-t-elle au lieu de lui répondre.

— Vingt-neuf, répondit-il instantanément. Quel âge avez-vous ?

Il y eut cinq secondes de silence pendant qu'elle le fixait et il vit le feu dans ses yeux.

— J'ai vingt-cinq ans.

— Vous faites plus jeune.

— Merci.

Il plissa les yeux.

— Ce n'était pas un compliment. L'extrême jeunesse n'est pas un atout pour un poste comme celui-ci...

— De quelle poste parlons-nous ?

— Vous ne l'avez pas encore compris ? Je vous fais passer un entretien pour le poste de directeur général. En ce moment même. Voilà ce qu'on est en train de faire.

— Un entretien d'embauche ? Je pensais que vous étiez sur le point de vous débarrasser de moi.

— Pourquoi je ferais ça ?

— Sérieusement ? Votre petite amie, la blonde...

— OK. Réglons ça entre nous dès maintenant. Je vous l'ai déjà dit hier soir — et je n'aime vraiment pas me répéter : ce n'est pas ma petite amie. Non que ce soient vos affaires si elle l'était. (Il l'étudia d'un air pensif.) C'est pour ça que vous lui menez la vie dure ? Vous êtes jalouse ?

Merde, il aimait cette idée !

— Jalouse ?

Il haussa une épaule, réticent à trop en dire.

— Vous devez admettre que c'est une question valable. Vos actes n'ont pas de sens. Vous avez supporté un connard qui, à vue de nez, ne faisait rien d'autre que de jouer sur son ordinateur toute la journée pendant que vous effectuiez son travail.

— Il n'est là que depuis que la femme de monsieur Duncan s'est mise à paniquer à l'idée de devoir endosser un vrai travail...

Garrett poursuivit comme si elle ne l'avait pas interrompu :

— Et puis Courtney est descendue à l'hôtel quelques semaines après que la vente a été conclue... or elle n'est rien d'autre que calme et douce. Alors, pourquoi une employée de la Rule Corporation vous mettrait-elle dans un tel état si vous n'étiez pas jalouse ? Vous devez savoir qu'elle m'a parlé des efforts que vous avez déployés pour saboter le processus de rénovation.

— Je n'étais pas jalouse, assena-t-elle avec véhémence. (Elle le regarda avec mépris... et quelque chose d'autre qu'elle semblait vouloir cacher. Elle balaya la salle des yeux, comme pour évaluer si quelqu'un pouvait entendre la conversation, avant de se retourner vers lui.) Et je n'ai pas non plus fait la moindre chose susceptible de nuire à l'hôtel. Je n'entreprendrais jamais rien qui soit préjudiciable à l'hôtel. Je n'ai fait que l'incommoder un peu.

— Pourquoi ?

— Je n'étais pas jalouse, répéta-t-elle, éludant néanmoins la question.

— Si vous voulez ce foutu *job,* donnez-moi une réponse qui ait du sens.

Les traits de Maria devinrent acérés alors qu'elle soutenait son regard sans se dérober. La bouche pincée, elle croisa les bras tandis qu'elle crachait :

— Je n'aime pas le népotisme. Et il me semblait qu'elle allait obtenir le poste que je méritais grâce à sa relation avec vous.

Dès que la déclaration eut franchi les lèvres de la jeune femme, Garrett ne vit plus que l'éclair de feu dans ses yeux. Mais quand il réussit à se ressaisir, il sentit le coup direct de son accusation.

Népotisme ? Il était accusé de népotisme ? Honnêtement, il n'y avait jamais vraiment réfléchi.

Même si sa relation avec Courtney n'était pas du type supposé par Maria, il y avait bel et bien une relation. Et l'espace d'un instant, il se sentit presque coupable, mais pas tout à fait. Et pourquoi le devrait-il ? Ses frères et lui possédaient la totalité de la société. Ils pouvaient engager qui ils voulaient. Alors oui, ils avaient engagé Erin et Courtney après que les filles étaient sorties diplômées de l'université. Pourquoi ne l'auraient-ils pas fait ? Toutes les deux étaient extrêmement intelligentes, des membres de la famille qui resteraient loyaux envers la société, et puis quoi encore ? Ses frères et lui pouvaient faire ce qu'ils voulaient... ils possédaient cent pour cent des actions de la société. Celle-ci n'était pas cotée en bourse. Elle était privée. Et ils pouvaient prendre des décisions privées comme bon leur semblait.

Toutefois, en se plaçant du point de vue de cette fille, il comprenait que la situation ait pu l'énerver. Alors, il rassembla ses pensées et répondit à sa question du mieux possible... mais seulement parce qu'il le voulait bien.

— Courtney n'est pas ma petite amie et je ne le répéterai pas. En revanche, c'est un membre de ma famille. Vous et moi n'allons pas avoir une discussion sur le népotisme, alors vous feriez

mieux de laisser tomber. (Il saisit son verre et but une autre gorgée, avant de le reposer un peu trop brusquement.) Donc, voici l'affaire concernant le poste de directeur général. De mon point de vue, il est évident que vous dirigez l'hôtel et que vous méritez le poste avec un niveau de salaire correspondant. Vous pouvez l'avoir à l'essai, jusqu'à ce que je m'assure de vos compétences...

Elle l'interrompit.

— J'ai un diplôme en gestion hôtelière et en accueil.

— Bon à savoir. Juste pour info, je n'aime vraiment pas être interrompu. C'est une de mes petites bêtes noires que vous devrez apprendre à apprécier, compris ?

Les lèvres de son interlocutrice se tordirent sur un sourire plat qui ne contenait aucune joie.

— Noté, monsieur Rule, dit-elle d'un ton mielleux.

Il continua de la fixer, mais elle ne broncha pas. Quand il annonça un salaire qui était trois fois plus élevé que celui qu'elle gagnait actuellement, cependant, ses yeux s'arrondirent quelque peu.

— Et je peux garder ma suite ? Vivre ici sur place ?

— Vous ne « pouvez » pas, vous devez le faire. Le fait que vous soyez de garde est l'une des raisons pour lesquelles je suis prêt à vous faire cette offre. Mais je vais rester dans le coin un moment pour m'assurer que la transition se passe bien, compris ?

Bien sûr, Rule, c'est ça, la raison pour laquelle tu vas rester dans le coin !

Elle hocha la tête, l'air résolue.

— J'AI BESOIN DU DOSSIER SUR L'ACQUISITION SANDERSON.

Maria leva les yeux de l'écran de son ordinateur et rectifia immédiatement son expression alors que Garrett aboyait son ordre sec et impatient depuis l'endroit où il se tenait, à savoir

l'embrasure de la porte qui séparait son bureau du poste extérieur où elle travaillait actuellement.

Tu peux le faire. Tu peux rester calme, Maria. Ses mots d'encouragement se répercutaient dans son cerveau, mais elle avait toujours du mal à garder la tête froide.

Elle commençait à détester Garrett Rule un peu plus chaque jour. Plus elle était exposée à lui, plus elle détestait son air arrogant et le contrôle total qu'il semblait avoir sur chaque situation. Elle détestait son intelligence extrême et le fait qu'il ait toujours, toujours raison.

Elle détestait son tempérament, son physique avantageux, sa suffisance absolue. Elle détestait la façon dont il protégeait sa vie privée comme si son existence était plus importante que celle des autres. Elle détestait les femmes qui appelaient l'hôtel à des heures bizarres pour demander à lui parler... et elle détestait encore plus qu'il rejette continuellement leurs avances comme s'il s'en fichait, comme si elles étaient indignes de lui.

Elle détestait le fait que, quelque part, elle n'était finalement rien de plus que sa secrétaire. Le travail qu'il faisait n'avait pas grand-chose à voir avec l'hôtel, c'étaient des affaires pour la Rule Corporation, et elle n'avait pas le temps d'être à sa disposition. Elle détestait devoir travailler si près de lui... et elle détestait que les papillons dans son estomac s'affolent de plus en plus à mesure qu'elle le connaissait.

Mais par-dessus tout, elle détestait son mépris total et absolu de la courtoisie... et le fait qu'il continuait à se comporter comme si elle n'existait pas.

Enfoiré !

Elle sourit gentiment, comme si sa seule ambition dans la vie était de le servir.

— Oui, bien sûr. Il est sur votre bureau, répondit-elle sur le même ton apaisant qu'elle utilisait avec lui depuis quelques semaines, un ton qui, pour une raison qui lui échappait, était quasi impossible à maintenir ce jour-là.

Le coup d'œil qu'il lui lança, véritable flèche, aurait fait trembler une femme moins forte, mais Maria se contenta de soutenir son regard en attendant la réplique qui allait venir.

Il la dévisagea, l'expression neutre, et dit d'une voix basse et mesurée :

— Je ne l'ai pas vu.

— Il y est pourtant, rétorqua-t-elle doucement.

Son regard devint plus perçant et une tension subtile sembla crisper sa haute silhouette.

— Il n'y est *pas*.

Sa voix contenait cette foutue arrogance qu'elle détestait. *Connard !* Elle leva les yeux vers lui et tenta une expression de patience qu'elle était loin de ressentir, faisant de son mieux pour ne pas donner l'impression qu'elle donnait des instructions à un enfant de six ans.

— Dans la chemise cartonnée format légal sous le presse-papier rouge.

Elle détestait ce presse-papiers en cristal qui était apparu dans son bureau un jour. Elle détestait les lignes rouge sang qui le traversaient, il était trop ostentatoire et bien trop fragile pour un usage quotidien.

Il pinça les lèvres.

— Il n'y a rien sous le presse-papiers.

Elle prit une grande inspiration et colla un si grand sourire sur son visage que ses yeux furent forcés de se transformer en fentes étroites. Pourquoi mentirait-il à ce sujet ? Elle savait très bien où elle avait placé le dossier. Dans un exercice de contrôle bien maîtrisé, elle garda un ton neutre.

— Je l'ai mis là ce matin, il n'y a pas trente minutes.

Il était évident qu'il n'avait pas l'intention de l'écouter argumenter ; son corps bougea et les muscles, sous son costume, se contractèrent sous l'effet de la tension. Sa position décontractée disparut complètement lorsqu'il se redressa de toute sa hauteur.

— Vous devez vous tromper.

Elle prit une profonde inspiration et, sans répondre, se leva d'un mouvement fluide pour lisser immédiatement les plis de sa simple jupe grise. Refusant de le regarder dans les yeux, elle fixa le cadre de la porte et se dirigea vers l'entrée du bureau occupé par Garrett... le bureau qui aurait dû être le sien, à elle, à présent. *Quand va-t-il retourner à Saint Louis et me laisser en paix, bon sang ?*

Lorsqu'elle arriva à son niveau et qu'elle voulut passer, il l'arrêta d'une main, la retenant par le bras.

Un geste qui la paralysa sur-le-champ.

Il ne l'avait jamais touchée jusqu'alors.

Jamais. C'était une règle tacite entre eux.

Mais là, ses doigts serraient la partie charnue de son bras nu et elle avait beau lutter contre, au premier contact de ses doigts calleux, elle se raidit immédiatement et son pouls s'accéléra. Alors que son odeur lui frappait les narines dans une conflagration torride qu'elle refusait d'admettre, un léger tremblement s'empara de ses jambes.

Un grésillement dangereux crépita dans l'air alors qu'il se tenait à quelques centimètres d'elle, la dominant. Essayant de toutes ses forces de paraître indifférente, elle le toisa de haut en bas, tentant une expression dédaigneuse qu'elle savait être un échec pathétique. Il ne faisait aucun doute qu'il était intimidant quand il le voulait, son costume de créateur moulant parfaitement son corps grand et puissant, renforçant sa position d'autorité. Ses prunelles étaient brûlantes et sombres, fixées dans les siennes.

— Quelque chose qui vous dérange, aujourd'hui ? Un chat a pissé dans vos céréales, ce matin ?

Elle en eut le souffle coupé, il était si près qu'elle pouvait voir les stries dorées qui traversaient ses pupilles.

— Vous savez très bien que je n'ai pas de chat.

— C'était une question rhétorique. Je n'aime pas cette attitude, Maria. Débarrassez-vous-en, *pronto. Capisce* ?

Maria serra les lèvres. *Garde ta bouche fermée. Garde juste ta foutue bouche fermée, Maria. Il ne peut rien ressortir de bon d'une*

dispute avec lui. Il sera bientôt parti et tu auras le travail que tu as toujours voulu et tu n'auras plus jamais affaire à lui... du moins, pas très souvent. Elle serra le poing, le desserra, le serra à nouveau, prit une inspiration pour se stabiliser, puis une autre. Comme cela ne la calmait pas, elle compta jusqu'à dix et ferma les yeux un moment. Lorsqu'elle les rouvrit, elle le trouva en train de la dévisager avec une expression impitoyable empreinte de colère.

Tous les muscles de son corps se tendirent, et voyant qu'elle restait silencieuse, refusant de lui donner une réponse, l'expression de Garrett se fit menaçante. Elle pouvait presque sentir son inexorable maîtrise de lui toucher à sa fin, les attributs primitifs qui faisaient de lui un homme n'avaient jamais été aussi évidents que maintenant, tandis qu'il la tenait dans une poigne sans compromis à moins de quinze centimètres de son torse. Oh oui ! C'était un homme comme aucun autre, il n'y avait aucun moyen d'y échapper. Elle pouvait se mentir autant qu'elle le voulait, Garrett Rule était un homme pur et dur, de part en part.

Leurs yeux restèrent connectés, son regard intense s'étrécit et la personnalité impie et dominatrice qu'il s'efforçait habituellement de cacher apparut au grand jour. Maria en eut le souffle coupé. Il était dangereux. Elle l'avait su dès qu'elle l'avait rencontré, voire dès la première conversation téléphonique qu'elle avait eue avec lui.

Maintenant, alors qu'une vague de colère semblait le saisir, il se pencha jusqu'à ce que sa bouche soit contre son oreille et il exigea sa réponse.

— C'est compris, Maria ? Est-ce que vous vous foutez de moi ? Vous n'avez jamais été assez imprudente pour vous foutre de moi avant. Je vous préviens, ce n'est pas le bon moment pour commencer.

La jeune femme tenta d'acquiescer en silence tandis qu'elle aussi luttait pour garder le contrôle, mais elle perdit sa bataille intérieure.

Défi accepté, crétin !

Usant de toute la force dont elle disposait, elle s'éloigna de lui et le regarda fixement, sans même essayer de cacher son expression agressive. À l'avertissement qui couvait dans ses yeux, son estomac se retourna, mais elle avait quelque chose à prouver.

Elle était sur le point de l'envoyer valser sur les fesses, cet enfoiré, elle lui apprendrait à essayer de l'intimider.

Il pensait pouvoir la soumettre avec sa masculinité pure et dure ? *Attends.... comment cet enfoiré réagira-t-il face à ma féminité non dissimulée ?* Elle prit une inspiration purificatrice, puis adoucit délibérément son expression, rendant ses yeux liquides. Inclinant la tête sur le côté, elle laissa ses cheveux retomber en avant. Vu qu'elle l'avait surpris en train de la regarder plus souvent qu'à son tour, elle allait se servir de son épaisse crinière. Capturant son regard sous ses cils, elle humidifia sa lèvre inférieure, puis la prit entre ses dents. Ni trop ouvertement osée ni trop faussement naïve. Juste à la perfection.

Un air féroce traversa instantanément les traits de son adversaire, tandis que sa mâchoire se crispait.

Voilà, elle avait toute son attention et elle allait en faire usage à son avantage. Baissant le regard sur sa bouche, elle l'y maintint pendant deux secondes avant de le laisser glisser jusqu'au renflement de son pantalon. Ne s'attendant pas à la bosse qu'elle découvrit et refusant pourtant de rougir, elle releva le visage et laissa ses yeux se heurter aux siens avant de lâcher sa bombe d'une voix faussement apaisante, qui n'était guère plus qu'un murmure.

— Je vous promets, monsieur Rule, que je n'oserais jamais me foutre de vous. Et si je le faisais, je vous assure que vous le sauriez.

Ses mots semblèrent le frapper de plein fouet, le laissant momentanément bouche bée, et profitant de l'occasion qui lui était offerte, Maria ignora le tourbillon dans sa tête et le frôla pour entrer dans son bureau.

Un rapide coup d'œil lui suffit pour apercevoir le dossier disparu sous un tas de documents, non loin de l'endroit où elle l'avait initialement laissé. Ne sachant pas qui l'avait déplacé et ne

s'en souciait pas pour l'instant, elle le sortit du fond de la pile et le glissa sous le presse-papiers.

Sans accorder un autre regard à son patron, qui s'était manifestement débarrassé de sa stupeur et l'avait suivie dans son domaine, elle passa devant lui et sortit de son bureau, fermant la porte d'un coup sec.

L'ARRIÈRE DE LA TÊTE DE GARRETT HEURTA LA PORTE FERMÉE.

Son sang battait furieusement et nom de Dieu, il était dur comme la pierre.

C'était passé trop près. *Putain !*

Il l'avait touchée et elle avait riposté, utilisant ses ruses féminines sur lui pour la première fois depuis qu'il l'avait rencontrée. Et pour avoir atteint sa cible, elle l'avait atteinte ! Ce regard ! La douceur de sa voix ! *Bordel de merde !* Ça allait déjà mal avant, mais maintenant... merde, ça allait revenir le hanter ! Toute la putain de nuit !

Comment avait-il pu être aussi stupide ? Il ne pouvait pas croire qu'il l'avait vraiment touchée.

Touchée, bon sang ! Il avait tendu la main et l'avait attrapée, et au lieu de viser un endroit inoffensif comme une épaule ou un poignet, il avait fallu qu'il touche sa chair douce et féminine. Parce qu'il mourait d'envie de savoir ce que ça faisait depuis... depuis toujours, en fait. Depuis avant même qu'il ne la voie. Et depuis qu'il était en Floride ? Des semaines entières qu'il rêvait de verrouiller la porte du bureau, avec seulement eux deux à l'intérieur. Des semaines qu'il rêvait d'elle tout le temps. Et pas des rêves éveillés, bon sang, non ! Il n'était pas une mauviette qui passait ses journées à rêvasser. Il n'aurait jamais dû arrêter de se caresser, essayer de se prouver qu'il avait le contrôle n'avait fait qu'empirer les choses. Parce que maintenant, il rêvait d'elle toute la nuit. Des rêves tout sauf innocents. Des rêves qui le réveillaient

avec son sperme collé aux draps. Des rêves qui auraient dû être satisfaisants, d'une certaine manière, mais qui ne l'étaient pas du tout.

D'habitude, il pouvait contrôler ses pensées pendant la journée. C'était un véritable enfer, mais en général, il parvenait à rester concentré sur son travail, sur l'entreprise que ses frères et lui avaient bâtie à partir de rien. Mais les nuits… il n'avait aucun contrôle... il pensait à elle sans cesse. Il avait même essayé un ou deux verres de bourbon pour se la chasser de la tête.

Ça n'avait pas marché et il avait abandonné ses efforts.

Il savait que lorsqu'il se couchait, elle se glissait dans son subconscient et envahissait son esprit et son corps, qu'il le veuille ou non. Il voyait son visage et il bandait. Il imaginait son corps nu et il bandait encore plus. Il voyait le feu belliqueux dans ses yeux quand elle fermait la bouche et refusait d'accepter l'appât qu'il lui avait tendu ce jour-là.

Puis il se tournait et se retournait, renonçait à dormir et allait prendre une douche froide. Le plus souvent, hélas, ça ne marchait pas non plus et sa souffrance ne faisait que stimuler son imagination. Il la voyait glisser à genoux dans la cabine de douche. Oui, Maria à genoux. Il n'y avait aucun doute qu'il la voulait à genoux devant lui... ses yeux dans les siens, sa bouche sensuelle et rouge ouverte autour de sa verge, qui le prenait, le faisait jouir, l'avalait.

Oui, il la voulait à genoux, mais pas avant de l'avoir baisée et bien baisée... et de l'avoir fait jouir dans toutes les positions imaginables.

~

Comme elle en avait pris l'habitude au moins quatre jours par semaine au cours du dernier mois, Maria partit pour la salle de sport de l'hôtel à vingt heures ce soir-là, sachant pertinemment que Garrett arriverait pour soulever des poids vers vingt-deux

heures. Elle tenait à être partie depuis longtemps avant qu'il n'arrive : elle ne voulait en aucun cas le voir plus qu'elle n'y était obligée, aussi avait-elle mémorisé son emploi du temps dès la première semaine de son arrivée.

Ajuster le sien avait demandé qu'elle bouscule un peu ses habitudes, mais cela valait largement la peine pour ne pas avoir à être en contact étroit avec ses traits renfrognés plus que nécessaire.

Son sac de sport à l'épaule, elle entra dans l'ascenseur de service et descendit. Elle détestait être confinée, mais habituellement, c'était un trajet rapide, car la cabine descendait d'un trait. Malheureusement, ce soir, pour une raison quelconque, elle s'arrêta à l'étage inférieur au sien. Sachant que seuls les employés utilisaient l'ascenseur arrière, elle ressentit une petite poussée de nerfs, mais la chassa aussitôt. Quelles seraient les probabilités... ?

Les portes s'ouvrirent et son estomac se noua. Apparemment, les probabilités étaient bonnes... ou mauvaises. Bref.

Son souffle se bloqua dans sa gorge lorsque Garrett fit un pas à l'intérieur, puis s'arrêta brusquement, la regardant l'espace d'une seconde avant que ses traits ne soient le théâtre d'une émotion qu'elle n'arrivait pas à déchiffrer. Il était visiblement surpris de la voir et une petite nuée de papillons tenta de prendre son envol dans son estomac, mais elle inspira profondément et refusa d'y céder.

— Bonjour, lâcha-t-elle aussi nonchalamment que possible.

Soudain privée de ses forces, elle laissa tomber son sac de sport sur le sol et alla se positionner au fond de la cabine, dans le coin, où elle s'accrocha à deux mains à la rampe.

Il ne lui répondit que par un lever de menton et se tourna vers le panneau de contrôle. Comme il n'appuyait pas sur un bouton pour changer d'étage, et en remarquant immédiatement la façon dont il était habillé, elle comprit qu'il descendait probablement à la salle de sport plus tôt que d'habitude. *Merde !*

Les portes se refermèrent et l'ascenseur se mit en marche. Alors

que l'esprit de Maria s'affolait à essayer de trouver un moyen d'éviter le gymnase en sa présence, Garrett leva la main et appuya sur un bouton du panneau de commande avec une force qui la fit sursauter. L'ascenseur ralentit pour s'arrêter brutalement entre deux étages.

3

Toutes les autres préoccupations s'envolèrent de la tête de Maria lorsque Garrett se tourna vers elle sans un mot, les muscles de son cou contractés et un tic agitant sa joue.

Elle passa la langue sur ses lèvres sèches.

— Pourquoi vous faites ça ?

La panique commença à s'infiltrer alors qu'il zieutait ses courbes.

— C'est mon ascenseur.

Ses mots contenaient à la fois la propriété et la menace... et ils semblaient revendiquer comme sien plus que l'ascenseur. La tension monta immédiatement lorsqu'elle réalisa qu'il pourrait s'écouler un long, long moment avant qu'un autre employé n'essaie d'utiliser cet appareil particulier. Tentant de calmer ses nerfs, elle dit d'une voix douce dont elle aurait été fière si elle n'avait pas eu la trouille.

— J'aimerais sortir, s'il vous plaît.

— D'accord, pas de problème.

Même s'il avait répliqué d'une manière agréable, il n'esquissa pas le moindre geste pour répondre autrement à sa requête. Tout

ce qu'il fit, ce fut s'adosser au mur à moins d'un mètre d'elle et croiser les bras et les pieds au niveau des chevilles, comme s'ils allaient rester là un moment.

Il ne comptait manifestement pas la libérer. Maria tâcha de respirer calmement en observant son physique d'athlète. Il portait un short de basket et un t-shirt moulant sans manches, ainsi que des chaussures de tennis qui coûtaient probablement dix fois plus cher que les siennes. Ses biceps étaient massifs, ses mollets impressionnants, et il n'était pas moins intimidant habillé comme il l'était maintenant que lorsqu'il portait un costume sur mesure et était assis derrière un bureau. En fait, face à ses muscles ainsi exposés, elle sentit son cœur faire un bond. À ses nerfs déjà tendus s'ajoutait la peur qu'elle essayait de surmonter chaque jour de sa vie. La claustrophobie.

Elle s'était retrouvée coincée dans une petite cabane à outils dans la maison d'une amie de sa mère, lorsqu'elle avait environ six ans. Les adultes étaient en train de discuter et n'avaient pas remarqué qu'elle s'était égarée. Elle avait disparu depuis probablement une bonne demi-heure lorsqu'ils avaient fini par la retrouver, étourdie, déshydratée et traumatisée de se retrouver dans un hangar sombre et fermé à clé qui sentait le moisi, comme s'il ne contenait pas assez d'oxygène. Un frisson la parcourut à ce souvenir, encore si vif dans son esprit. Sa vie n'avait plus jamais été la même depuis, et aujourd'hui encore, les espaces confinés suffisaient à faire battre son cœur à tout rompre et à la faire transpirer de partout. C'était un petit miracle qu'elle ait pris l'ascenseur seule, cela lui demandait un effort surhumain et elle s'assurait toujours d'avoir son téléphone sur elle.

Maintenant, alors que la cabine était à l'arrêt et que Garrett Rule se tenait au-dessus d'elle comme s'il n'avait pas l'intention de la laisser sortir de sitôt de ce compartiment fermé, ses entrailles subissaient une double dose d'appréhension.

Plaquée dans le fond, refusant résolument de lui montrer sa peur, elle le vit se tourner et poser une épaule contre le mur pour

lui faire complètement face. Les battements du cœur de Maria redoublèrent d'intensité, alors qu'il ne faisait rien d'autre que de s'appuyer contre la paroi et de continuer à la fixer.

Elle ne savait pas de quoi elle avait peur, exactement. Elle avait généralement moins peur dans un ascenseur lorsqu'une autre personne était avec elle.

Et elle n'avait certainement pas peur de Garrett.

Pas moyen. Elle n'avait pas peur de lui. Elle n'avait pas peur. Et elle n'était pas attirée par lui. Elle ne l'était pas. Bien sûr, il était très beau et avait une voix superbe, mais ce salopard savait tout ça. Alors, pourquoi être attirée par lui ? Elle refusait d'être attirée par lui.

Bref, de quoi avait-elle peur ? Elle ne le savait pas exactement, en tout cas, son rythme cardiaque lui disait qu'elle était terrifiée.

— Ça fait un mois, annonça-t-il finalement.

— Un mois ?

Comment avait-elle pu répondre ? Aucune idée.

— Depuis que je suis arrivé en Floride, répondit-il comme si cela expliquait tout.

— Oui, et alors ?

OK, c'est bien, Maria. Tu as l'air confiante. Dure à cuire.

Le visage de Garrett se figea sur une expression agressive.

— J'attends depuis un putain de mois, Maria.

Il attend quoi ? Bon sang, ses jambes tremblaient, maintenant ? Où était passée sa foutue confiance en elle ?

— Que vous attendez quoi ?

Il s'écarta du mur et fit un pas vers elle.

— À votre avis ?

Les papillons dans son ventre remportèrent la bataille tandis que ses paumes devenaient moites.

— Je ne sais pas...

— Conneries !

Le mot résonnait encore dans ses oreilles qu'il jetait son sac de sport et tendait une main, enroulant les doigts autour de son

poignet. Elle fut forcée de lâcher le rail et, en quelques secondes, son torse était au même niveau que le sien alors qu'il l'emprisonnait dans l'angle, le poignet menotté par sa main et maintenu au mur.

Elle sentit ses yeux s'écarquiller et son souffle se couper. Il était penché, le visage près du sien, le corps pressé contre le sien avec une force masculine qui plaquait son érection sur son ventre sans autre forme de procès. Elle commença à haleter.

— Vous ne pouvez pas faire ça. C'est illégal...

— Ouais, tout comme je ne pouvais pas demander quel âge vous aviez. C'était illégal, n'est-ce pas ? Tout comme je ne pourrais pas demander si vous êtes mariée ou si vous l'avez déjà été. Pourtant, j'ai finalement craqué et je vous ai posé ces questions, n'est-ce pas ? Celles-là et plus encore.

Une pointe de colère surgit qui se mêla à sa panique. *D'accord, on tombe les masques ? Oh, génial !*

— Oui, connard ! lâcha-t-elle entre deux halètements.

Il fronça un peu plus les sourcils face à sa belligérance non dissimulée.

— Nous savons donc tous les deux que je n'ai aucun problème à franchir la ligne avec vous.

— Vous êtes dingue, lança-t-elle en rejetant la tête en arrière, oubliant presque complètement l'espace clos où elle était virtuellement piégée. Je vais vous coller un procès au cul…

Ce fut le dernier mot qu'elle put prononcer avant qu'il vienne coller la bouche sur la sienne et lui coupe la voix et l'oxygène. Ses lèvres étaient chaudes, dures et possessives alors qu'elles couvraient les siennes avec une force qui la fit vaciller. Incapable de comprendre ce qui se passait réellement, son cerveau explosa quand sa colère se mêla à l'attraction brute qu'elle ressentait pour lui. Des lumières s'allumèrent dans sa tête à l'instant où elle sentit son pouce presser sur le point de pulsation de son poignet en même temps que sa langue plongeait dans sa bouche, pour demander plus.

Un frisson primitif lui parcourut l'échine et elle oublia momentanément à quel point elle le détestait, pour lui donner ce qu'il voulait. Elle lui passa sa main libre autour du cou, mais en quelques secondes, il l'attrapa, la serra dans ses doigts et la leva au-dessus de sa tête, la maintenant en otage contre le mur.

En la retenant ainsi, il l'embrassa à plusieurs reprises : sa langue lui pénétrait la bouche et explorait chaque centimètre à sa portée. Il grogna dans sa gorge, mordit sa lèvre inférieure comme s'il la punissait de quelque chose, avant de renfoncer la langue en elle comme si elle lui appartenait et lui avait toujours appartenu.

Il poussait son érection contre son ventre en effectuant des mouvements d'avant en arrière au même rythme que la langue dans sa bouche. Emprisonnée par ses mains, Maria commençait à succomber à son charme érotique. Elle tenta de l'embrasser en retour, mais la force qu'il utilisait ne lui permettait pas de faire autre chose que d'essayer de continuer à respirer, malgré l'agression sexuelle et érotique qu'elle subissait. Comme s'il avait autant besoin d'oxygène qu'elle, il écarta la bouche et prit d'énormes bouffées d'air avant d'éructer :

— J'ai envie de coucher avec toi depuis la première fois que j'ai entendu ta voix.

Les yeux de Maria s'ouvrirent brusquement et elle découvrit son regard démoniaque fixé sur le sien. À mesure que ses mots pénétraient dans son esprit, elle se mit à lutter pour respirer. Il y avait quelque chose dans cette déclaration particulière qui lui disait qu'elle devait se méfier. Un truc lui échappait… un truc qui chatouillait son pauvre cerveau embué, mais qui ne parvenait pas à faire sens parce qu'il ne fonctionnait pas à plein régime.

Elle le sentit transférer ses deux poignets dans une seule de ses grandes mains, puis, de son bras libre, il fit glisser ses doigts vers le bas, par-dessus son épaule, entre ses seins, pour se poser sur sa cuisse nue, juste sous l'ourlet de son short de sport.

Il lâcha un autre grognement, guttural, presque comme s'il la possédait :

— Je veux te baiser.

Même si ses facultés fonctionnaient à peine, quelque chose dans ses paroles brutales et enfiévrées déclencha des sonnettes d'alarme et la colère de Maria revint en force pour la sauver alors que ses muscles se raidissaient.

— Eh bien, tu ne peux pas me baiser, connard !

Ignorant ses mots, il intensifia son froncement de sourcils alors même qu'il empoignait son mont de Vénus, qu'il entreprit de frotter et de malaxer d'une poigne ferme. Maria dut combattre ses sens en ébullition pour gronder :

— Lâche-moi, Garrett !

— Pas question, putain !

D'un geste rapide, il passa la main de l'extérieur de son short jusqu'à l'ourlet, puis il écarta le tissu du short et de sa culotte.

Elle hoqueta en sentant son contact sur sa chair la plus intime. Poussant contre les mains qui la tenaient, elle commença à se tortiller contre lui, essayant de se libérer.

— Je vous interdis...

La seule réponse qu'elle reçut fut un faible grondement alors qu'il glissait un doigt entre ses replis humides. *Humides... bon sang, Maria !*

— Garrett, ne faites pas ça.

Elle prit une inspiration quand il se mit à décrire un cercle autour de ses replis moites.

— Demande-le-moi gentiment, siffla-t-il d'un ton d'acier.

— Je vais vous poursuivre gentiment en justice si vous ne me laissez pas partir !

Son doigt resta exactement là où il était pendant qu'ils se fixaient l'un l'autre. Une seconde, deux secondes...

Elle était sur le point de perdre la tête et l'enfoncer en elle quand il retira son doigt pour remonter la main jusqu'à son menton et le lui soulever.

— Je vais te donner un avertissement, bébé. Ce petit jeu que tu

m'as sorti aujourd'hui... Ne m'allume pas si tu ne veux pas que je réagisse, compris ?

— Je n'ai rien fait, protesta-t-elle avec chaleur, sachant qu'elle mentait.

— Oh, je pense que si ! répondit-il en la serrant plus fort.

— N'importe quoi ! cracha-t-elle.

— N'importe quoi ! rétorqua-t-il.

— Va te faire foutre ! siffla-t-elle, tellement en colère qu'elle pensait sa tête sur le point d'exploser.

C'était sur le bout de sa langue ; elle voyait bien qu'il se maîtrisait à grand-peine. S'il avait été furieux auparavant, sa colère venait de monter d'un cran. Ses yeux devinrent acérés et sa carrure s'élargit d'autant, comme s'il se préparait à la dominer là, sur-le-champ. Sa main mordait la chair de son menton tandis que les doigts avec lesquels il la tenait prisonnière se transformaient en liens de fer. Elle le sentait venir... Elle se cambra autant qu'elle le pouvait, mais cela ne servit à rien.

La riposte verbale qu'elle attendait de sa part prit la forme d'un assaut physique et érotique de son corps et de ses sens. Sa bouche revint sur la sienne et il commença à l'embrasser comme un fou. Il caressait l'intérieur de sa bouche, prenant ce qu'elle refusait de donner. Il la punissait avec sa langue, répliquait avec ses lèvres et ses dents. Son baiser était bestial. Et quand il releva la tête, ses yeux l'hypnotisaient presque par leur intensité.

— Je n'ai que faire des petites malignes dans ton genre.

— Va te faire...

Son insulte fut réduite au silence par ses lèvres sur les siennes. Il l'embrassait comme si elle était à lui. Il l'embrassait comme s'il avait le droit de faire ce qu'il voulait. Et bon sang, même sa colère était addictive ! Son odeur était masculine, musquée, vivifiante et infiniment attirante pour Maria. Si elle se laissait aller, cela risquait de lui faire des choses qu'elle ne saurait pas contrôler.

Son pouls s'emballa. C'était très difficile de rester cohérente

quand son corps ne demandait qu'à lâcher prise. Mais elle ne pouvait pas. Pas question ! Il y avait quelque chose chez Garrett Rule, quelque chose qui lui avait dit dès le début qu'il n'était pas sûr. Si elle couchait avec lui, soit il la jetterait ensuite, soit... il la prendrait complètement en charge, et elle serait entraînée dans son sillage avec lui, et lui seul aux manettes, qu'elle le veuille ou non.

Et ça n'arriverait pas. Elle pouvait probablement supporter d'être rejetée, mais hors de question qu'elle le laisse la malmener. *Complètement. Exclu.*

Avec toute la force physique et mentale qu'elle possédait, elle arracha sa bouche de la sienne et détourna la tête. Ouvrant brusquement les yeux, elle fixa la paroi, à l'écoute des battements de son cœur dans ses oreilles tandis qu'elle était vaguement consciente de lutter pour son oxygène. Comme il fixait son profil, elle referma les yeux en signe de déni.

Ce n'était pas possible. Elle s'était battue trop durement et trop longtemps pour avoir sa place dans cet hôtel ; elle n'allait pas renoncer à tout juste parce que cet homme avait débarqué, acheté l'hôtel et essayé non seulement de le reprendre, mais aussi de la prendre, elle.

~

MAIS QU'EST-CE QU'IL FICHAIT ? GARRETT LÂCHA LES MAINS DE Maria, qui croisa immédiatement les bras, le visage toujours obstinément détourné, ce qui lui permettait d'étudier son profil.

C'était un beau profil, mais bon, il le savait déjà, chaque heure de chaque jour depuis les quatre dernières semaines.

Pourtant, ce n'était pas une excuse. Il avait eu de belles femmes avant, alors, pourquoi celle-ci était-elle si importante ? Les femmes étaient remplaçables. Et il n'en avait pas encore trouvé une qui soit digne de sa confiance. Il s'était presque brûlé les doigts à l'université. Il avait découvert rapidement que lorsqu'une femme voulait l'argent d'un homme, ou que son avenir dépendait de lui,

comme, c'était le cas en l'occurrence, alors elle pouvait mentir comme s'il n'y avait pas de lendemain.

Et on lui avait menti. Une fois, au cours de son passé obscur, une femme avait prétendu qu'il l'avait mise enceinte, pour lui forcer la main. Mais il n'avait pas été aussi naïf. Il avait exigé un test ADN et, bien sûr, elle avait été démasquée.

Non, il n'avait aucune raison de faire confiance aux femmes, et certainement pas à la petite femme fatale qui se tenait devant lui, aussi angélique soit-elle.

Son numéro, il l'avait deviné depuis le début. Elle s'était comportée comme une garce avec Courtney et ce genre d'attitude n'était pas un cas isolé... même si jusqu'à aujourd'hui, il n'y avait pas assisté *de visu*.

Il n'avait aucun doute quant au fait qu'il devait s'efforcer de la chasser de son esprit... sauf qu'il n'était pas assez concentré. Il avait laissé passer les quatre dernières semaines, espérant contre toute attente qu'elle ferait quelque chose de si rebutant que son désir pour elle s'évaporerait.

Mais ça ne s'était pas produit. Elle n'avait été qu'une employée modèle, intelligente, travailleuse, fiable.

Mais cette merde, plus tôt dans la journée, l'avait poussé à bout. Il prit une inspiration et serra ses abdominaux. C'était sa faute. La toucher ce matin avait été une erreur. La toucher maintenant était une erreur monumentale, dont il ne savait pas s'il serait capable de se remettre. La sensation de sa chaleur humide l'avait presque rendu fou et c'était un miracle qu'il ait pu la libérer quand elle l'avait exigé. Il fallait que la situation se décoince. Et bientôt. *Très bientôt.*

Au prix d'un effort dont il ne se serait pas cru capable, il la relâcha et se détourna pour appuyer sur le bouton qui permettrait à l'ascenseur de se remettre en marche.

Lorsque les portes s'ouvrirent au niveau du gymnase, il les lui tint et lui jeta un coup d'œil. Elle était toujours appuyée contre le coin, le visage blême, les mains agrippées aux rails.

— Vous venez ?

La rébellion illuminait ses traits, un éclat de glace brillait dans ses yeux. Elle resta exactement où elle était, secouant la tête et serrant la balustrade si fort que ses jointures perdirent leur couleur. Quand elle parla, ce fut pour cracher des mots provocateurs qui étaient destinés à faire mouche.

— Pas avec vous. Jamais avec vous !

Ce qu'elle voulait dire le frappa en plein au plexus solaire et son tempérament s'enflamma tandis que son sexe durcissait encore. Il prit ses mots dans un seul sens, comme un défi direct. Tant pis pour la tentative de la laisser tranquille.

Ah, tu veux jouer ? Eh bien, c'est parti, bébé !

~

Le lendemain matin, Maria était assise à son bureau, un peu étonnée d'avoir pu dormir la nuit précédente, et surtout autant. Garrett était déjà enfermé dans son bureau, elle l'avait entendu cogner des objets à l'intérieur moins de trois secondes après qu'elle était arrivée au bureau.

Se connectant à son ordinateur, elle croisa les jambes et jeta un coup d'œil à la tenue qu'elle avait enfilée il n'y avait pas une demi-heure, assaillie d'une petite pointe d'agitation. Mais qu'est-ce qui n'allait pas chez elle ? Essayait-elle de se causer plus de problèmes qu'elle n'en avait déjà avec Garrett ? Si c'était le cas, pour le moment du moins, elle ne pensait pas qu'il soit vraiment intéressé.

Son attitude de la veille l'avait sérieusement énervée. Elle détestait qu'il essaie continuellement de l'intimider avec sa virilité exacerbée. Ses actes dépassaient les bornes, ce n'était pas cool du tout. Donc naturellement, elle voulait se venger, ce qui était normal, non ? Comme elle l'avait fait quand, selon ses propres mots, elle l'avait « allumé ». Ce matin, elle s'était donc habillée avec un peu plus de soin que d'habitude... parce que s'il faisait de sa vie un enfer, elle avait l'intention de lui rendre la pareille.

Elle n'avait pas opté pour quelque chose d'excessif, à la signification d'emblée perceptible. C'étaient des pièces de vêtement simples, vraiment. Elle avait commencé avec l'une de ses tenues basiques que Garrett avait déjà vues au moins deux fois. Le haut était un simple chemisier bleu, mais elle avait passé un soutien-gorge push-up en dessous et défait un bouton supplémentaire. La jupe arrivait à quelques centimètres au-dessus de ses genoux... mais elle l'avait associée à des talons plus hauts que d'habitude. Elle portait toujours un minimum de talon pour compenser sa petite taille, mais rarement des talons hauts au travail. Aujourd'hui, si. Pas des talons compensés, car ils auraient été trop voyants, mais des talons aiguilles, des stilettos de quinze centimètres. Elle avait ajouté une double couche de mascara à sa routine de maquillage presque négligeable, et comme ses cils étaient longs au naturel, l'effet était plutôt spectaculaire, si elle pouvait l'admettre elle-même. À part cela, elle avait bouclé les pointes de ses cheveux, produisant un peu plus de rebond pour le narguer.

Dans l'ensemble, elle était plus que satisfaite de son apparence. Personne ne pouvait l'accuser d'avoir changé de style de vêtements, de coiffure ou de maquillage.

Mais que penserait Garrett ? Elle aurait parié son dernier dollar qu'il le remarquerait.

Maintenant, tout ce qu'elle avait à faire, c'était attendre.

Elle n'eut pas à patienter longtemps. Cinq secondes plus tard, il sortit de son bureau pour aller à la salle de repos se préparer un café. Il ne jeta pas un regard vers elle. Mais après quelques minutes, sur le chemin du retour, il le fit, puis s'arrêta immédiatement, la mine renfrognée. Tenant sa tasse de café suspendue à mi-chemin de ses lèvres, il se figea, les yeux rivés sur elle. Il remonta le regard jusqu'au sommet de son crâne, puis descendit le long de son buste où elle était assise derrière son bureau, pour s'arrêter sans un mot sur ses seins.

Finalement, replongeant dans son regard, il garda le silence un long moment.

— Bonjour, dit-elle aussi calmement que possible, sachant que son stratagème avait fonctionné — et il n'avait même pas encore vu ses chaussures.

L'expression de Garrett se fit d'acier, son corps resta figé. Il but une gorgée de son café et parla finalement, comme s'il avait, lui, une raison d'être furax.

— J'ai un rendez-vous avec un promoteur immobilier des Keys dans une demi-heure environ. Faites-le entrer dès qu'il sera là.

Sur ce, il se détourna, entra dans son bureau et claqua la porte dans un bruit assourdissant.

VINGT MINUTES PLUS TARD, LE PROMOTEUR IMMOBILIER FUT ESCORTÉ dans son bureau par la réceptionniste. La jeune femme, employée depuis plusieurs années maintenant, était devenue pratiquement le bras droit de Maria lorsqu'il s'agissait de gérer l'hôtel. En voyant son un air rêveur, cette dernière s'étonna d'abord, mais en regardant le nouvel arrivant, elle comprit.

Elle se leva avec un sourire pour l'homme et congédia discrètement l'employée étourdie.

— Merci, Beth.

Après un autre long regard, la jeune femme fit enfin demi-tour et retourna à son poste.

Maria contourna son bureau et tendait la main au moment où elle entendit le léger déclic d'une porte.

— Je suis Maria Alvarez, dit-elle simplement, avec un sourire professionnel de bienvenue.

Le visiteur tendit la main à son tour et enveloppa la sienne, plus petite.

— Maximo Villareal, répond-il avec un sourire masculin, avant de se pencher légèrement en avant et d'ajouter sur un ton plus

intime : vous pouvez m'appeler Max. (Sans relâcher sa main, il se mit à lui parler dans un espagnol très fluide.) Si vous êtes un échantillon représentatif des femmes de Miami, je vais devoir y venir plus souvent.

Avec un soupçon de rougissement qu'elle ne put contrôler, elle inclina la tête gracieusement.

— *Gracias, señor.*

Une voix dure et forte sortit par la porte du bureau de Garrett.

— Villareal, vous voulez faire affaire avec la Rule Corporation ou pas ? Je n'ai pas toute cette putain de journée à attendre pendant que vous badinez avec les employées.

Le choc de cette pique brutale émanant de Garrett frappa Maria durement et s'insinua dans ses veines. Quand Max lui lâcha la main pour se tourner vers son patron, son sourire s'effaça et son regard se fit interrogateur. Sans le lâcher des yeux, il passa à l'anglais.

— Alors, c'est comme ça, hein ?

Garrett répondit immédiatement, les dents serrées et la mâchoire crispée.

— Ouais, c'est comme ça.

Maria en resta presque sans voix, mais de toute évidence, son cerveau n'était pas encore frappé d'incapacité.

— Non, ce n'est pas comme ça.

Garrett se tourna vers elle, avec un regard furieux, acéré, qui lui promettait vengeance si elle osait le contredire.

— Si, c'est bien comme ça.

Sous le coup de la colère, elle osa :

— Non, bon Dieu ! commença-t-elle.

Et puis, elle se rendit compte que les yeux de son patron étaient tombés sur ses chaussures, remarquant sans doute leur effet sur la longueur de ses jambes, malgré la banalité de sa tenue. Son sang s'échauffa lorsqu'elle le vit serrer les poings et que ses épaules semblèrent s'élargir d'un kilomètre. Son regard, foudroyant et accusateur, revint vers le sien. Mais qu'avait-elle fichu ? Comment

pouvait-on être intelligent et aller tordre la queue d'un tigre ? *Eh bien, trop tard, c'est fait !*

— Nous en discuterons plus tard, lança-t-il, avant de se tourner vers l'autre homme. On y va ? demanda-t-il en tendant la main pour indiquer son bureau.

L'homme d'affaires suivit Garrett dans son sanctuaire, la porte se referma derrière eux et Maria relâcha lentement son souffle, qu'elle retenait depuis quelques secondes sans même en avoir conscience.

Ne souhaitant pas être dans les parages lorsque leur réunion serait terminée, elle décida que le moment était bien choisi pour effectuer le tour de l'hôtel.

DEUX HEURES PLUS TARD, MARIA TRAVERSAIT LE HALL PRINCIPAL lorsqu'elle vit Garrett sortir de l'arrière-bureau. Malgré la distance qui les séparait, elle remarqua que son regard était vif et concentré uniquement sur elle. Il la désigna du doigt, puis inclina la tête d'un coup sec et arrogant, indiquant qu'il voulait sa présence à ses côtés, *pronto*. Sans attendre de voir si elle suivait, il fit demi-tour et retourna dans les bureaux, s'attendant manifestement à ce qu'elle obtempère sans rechigner.

Se préparant à l'altercation qui ne manquerait pas de se produire et affichant un air bravache qui ne reflétait pas son ressenti, elle leva les yeux au ciel et marcha dans sa direction.

Arrivée à la porte du bureau, elle jeta un coup d'œil à l'intérieur et le vit qui l'attendait, les bras croisés et appuyé à l'avant de sa table de travail. Il avait enlevé sa veste de costume et retroussé ses manches jusqu'aux coudes.

— Oui ? demanda-t-elle, aussi sereinement que possible.

— Entre et ferme la porte, dit-il, visiblement énervé.

Salopard !

Maria obéit, mais n'avança pas plus loin dans la pièce. Elle

essayait de respirer en attendant l'explosion qu'elle savait imminente.

Levant la main pour la rabattre vers le bas, il la désigna.

— Que se passe-t-il ?

Merde ! Ça avait été rapide.

— Je suis désolée. Que se passe-t-il ? demanda-t-elle, essayant de gagner du temps.

Il changea légèrement de position, sans se lever, mais sans s'adosser autant.

— Je ne veux pas de bla-bla de ta part en ce moment, compris ? Pourquoi tu es habillée comme ça, putain ?

Le dos raide, elle demanda :

— Habillée comme quoi, exactement ?

— Une putain de sirène du sexe, voilà comment.

— Je suis désolée, quoi ? cria-t-elle.

Il plaisante, là ? Mascara et talons hauts ? Ça va, quoi !

— Tu penses que c'est très intelligent de venir travailler en montrant ton putain de décolleté comme ça ? Et c'est quoi, ces talons hyper sexy ?

Maria faillit perdre les pédales. La bouche tordue par la colère, elle croisa les bras.

— Espèce d'imbécile !

Il s'écarta du bureau dans une démonstration instantanée de fureur.

— Tu veux répéter ça ?

Elle ne recula pas d'un pouce.

— Sortez-vous la tête d'où je pense, clarifia-t-elle. Combien vaut la Rule Corporation, exactement ? (En deux secondes, il se dirigeait vers elle, mais elle continua :) Espèce d'imbécile ! répéta-t-elle. Savez-vous ce que signifie la notion de harcèlement sexuel ? Je vais trouver un avocat et vous prendre votre putain de société.

Il la rejoignit en quatre pas rapides et l'attrapa par les épaules avec des mains de fer.

— Je ne suis pas sûr que tu te rendes compte de ce qui arrive aux femmes qui font des menaces en l'air...

Elle leva le menton et le regarda froidement.

— Je ne suis pas sûre que vous compreniez ce qui arrive aux hommes qui se laissent diriger par leur sexe sur leur lieu de travail...

Les mains de Garrett se resserrèrent en un étau d'acier.

— Si tu flirtes encore avec cet enfoiré, que Dieu me vienne en aide...

Elle suivit le changement de sujet sans sourciller.

— Je n'ai pas flirté avec lui, mais je peux et je flirterai avec qui je veux...

— Pas si j'ai mon mot à dire à ce sujet, non !

— Et qu'allez-vous faire ? lança-t-elle, ignorant la chaleur qui envahissait ses terminaisons nerveuses pour se concentrer uniquement sur sa colère.

Les doigts de Garrett mordaient dans la chair de ses épaules. Son regard se posa sur le minuscule décolleté qu'elle arborait et ses yeux s'allumèrent d'un feu impressionnant. Il approcha encore son torse de quelques centimètres, annihilant le dernier espace personnel qu'il restait à la jeune femme. Il montra les dents et une expression de rage incontrôlée se dessina sur ses traits.

Puis il posa les yeux sur ses lèvres et il commença à baisser la tête. Alors qu'elle pensait que ses lèvres allaient se poser sur les siennes, il la fit sursauter en baissant encore la tête. Maintenant ses épaules en place contre la porte, il posa la bouche sur le haut de sa poitrine, qui était gonflée par son soutien-gorge push-up, puis il repoussa le tissu de son chemisier avec sa mâchoire pour laisser glisser les lèvres sur sa peau nue. Il commença à sucer avec une force qui lui envoya des vrilles de chaleur le long de l'échine, anéantissant tout vestige d'énergie cérébrale qu'elle aurait pu avoir. La chaleur, instantanée et liquéfiante, se propagea dans ses seins, jusqu'à ses mamelons, les transformant en pointes dures.

Il passa une main de son bras à son sein négligé et trouva le

téton aussi rapidement qu'un missile trouve sa cible, qu'il commença à manipuler au rythme de la succion de ses lèvres, provoquant un feu intense et urgent à la jonction des cuisses de son employée. Elle n'était plus qu'un corps tremblant de désir.

Son processus de pensée explosa alors qu'elle se noyait sous une vague d'envie comme elle n'en avait jamais connu. Rien n'avait jamais provoqué cette sensation, personne n'avait jamais ressenti ça. Au fond d'elle, Maria savait qu'elle faisait le jeu de Garrett et qu'elle devait y mettre un terme. Mais pour l'instant, au moins, elle était incapable de faire autre chose que de ressentir.

Elle fut brusquement réveillée de ce sortilège érotique par la faible vibration provenant du torse de Garrett et par la sensation de sa main qui descendait jusqu'à la fermeture de son pantalon, avec une intention évidente.

Une panique naissante et l'instinct de survie obligèrent son cerveau à se remettre à fonctionner et elle lui posa les mains sur le torse, qu'elle commença à pousser de toutes ses forces. À son grand soulagement, il la lâcha et sembla se ressaisir.

Il recula de trois pas tandis qu'ils se regardaient fixement, essayant tous deux de contrôler l'oxygène qui entrait et sortait de leurs poumons. Son regard soutenait le sien avec une émotion qu'elle voyait sourdre sous la surface, jusqu'à ce que ses yeux tombent sur ses seins et que ses traits se muent en un air de pure satisfaction. L'expression de son visage lui donna un frisson et Maria baissa les yeux, découvrant le bleu violacé qu'il avait laissé sur sa peau.

Prenant une inspiration affolée, elle se retourna, cherchant à tâtons la poignée de la porte, ne voulant rien d'autre que sortir de là. Ses mots l'arrêtèrent et elle se figea.

— J'ai vu l'expression dans les yeux de cet enfoiré quand il te regardait. Je n'ai pas aimé ça, compris ? Reste en dehors de son putain de chemin, Maria, tu me comprends ? Cet enculé a l'air de manger des petites filles comme toi au petit déjeuner et tu ne seras pas son prochain repas, d'accord ?

Elle se tenait face à la porte, dos à lui, occupée à essayer de respirer. Cela prit plusieurs secondes, mais elle parvint finalement à réguler son apport en oxygène. Sans se retourner, sans daigner lui répondre, elle sortit du bureau et ferma la porte sur un léger déclic.

~

MARIA NE S'ARRÊTA PAS AVANT D'ATTEINDRE SA SUITE PRIVÉE À l'étage. Entrant dans la salle de bains, elle actionna l'interrupteur pour inonder la petite pièce d'une lumière vive. Déglutissant, elle défit le bouton qu'elle avait remis en place à la hâte en montant. Maintenant, elle fixait la marque que Garrett avait laissée sur sa poitrine. La marque qu'il avait délibérément laissée sur sa poitrine.

En étudiant l'ecchymose mais sans comprendre pourquoi sa vue réveillait les papillons au creux de son ventre, elle commença à se demander si elle était saine d'esprit lorsqu'il s'agissait de ce type. Elle passa des doigts tremblants sur la tache de couleur, criarde sur sa peau autrement immaculée.

Pourquoi agissait-elle ainsi ? Pourquoi prenait-elle ces risques avec lui ? D'accord, elle n'était pour rien dans le comportement du visiteur qu'il avait reçu ou dans la façon dont l'homme avait réagi vis-à-vis d'elle, mais qu'est-ce qui l'avait poussée à se déguiser juste pour énerver Garrett ? Et encore plus troublant... pourquoi savait-elle au fond qu'elle se déguiserait à nouveau demain ?

~

GARRETT S'AFFALA DANS LE FAUTEUIL DERRIÈRE SON BUREAU ET SE passa la main sur le visage. Bon sang ! Il aurait dû savoir, après avoir pété les plombs et l'avoir embrassée dans l'ascenseur, que quelque chose comme ça finirait par arriver.

Il ne savait pas que ce serait si tôt.

Qui aurait pu soupçonner qu'un incident aussi simple qu'un

autre homme lui accordant une attention particulière l'aurait fait sombrer dans le chaos ? Pourtant, c'était le cas. Les yeux de ce fils de pute sur elle, la façon éhontée dont le type l'avait reluquée comme si elle était un morceau de viande avaient fait basculer Garrett. Et en plus de tout, elle était extrêmement *sexy,* ce matin. Et comme elle ignorait qu'il attendait cet homme, Garrett savait pertinemment que l'arme choisie était dirigée contre lui, non contre son visiteur.

Qu'est-ce qu'il y a chez cette fille ? Elle le rendait instable... putain, presque détraqué !

Il y avait quelque chose chez Maria Alvarez... et il ne comprenait pas exactement ce que c'était, à part l'attirance sexuelle évidente qu'il ressentait pour elle. Mais ce n'était pas tout, elle lui inspirait de l'admiration. Ce qui rendait encore plus difficile de rester loin d'elle.

Certes, il n'avait pas connu beaucoup de relations régulières avec une femme. L'incident d'il y avait quelques années l'avait dégoûté des femmes au point qu'il les voyait maintenant comme des expédients pour une chose et une seule. Il ne pouvait tout simplement pas leur faire confiance. Il n'en avait pas rencontré une seule qui ait des intentions honnêtes.

Mais Maria ? Elle était aussi honnête qu'on puisse l'être. D'accord, c'étaient de la haine et de la colère qu'elle ressentait pour lui, mais elle n'essayait pas de cacher ses sentiments ou de prétendre le contraire. Ou alors si elle essayait de cacher des choses, elle faisait du très mauvais boulot.

Maintenant, toutefois, il savait qu'elle préparait une riposte. Les changements qu'elle avait opérés le matin étaient subtils, mais ils avaient pour but de lui porter un coup, et bon sang, elle avait atteint sa cible !

Il devait prendre une décision sans tarder. La fille était plus que capable, elle dirigeait l'hôtel avec la plus grande compétence depuis son arrivée et qui sait depuis combien de temps avant. Il devait prendre une décision concernant les Keys et terminer ses

affaires là-bas. Mais après, il n'aurait plus guère d'excuse pour rester en Floride plus longtemps, voire pas du tout. S'il s'attardait dans le coin, il devrait s'avouer la raison de son séjour.

Cette raison se dessina comme une image en boucle dans sa tête qui s'enroulait autour de son cerveau et ne voulait plus le lâcher. Maria. Nue. Sous son corps. Dans son lit. Sous son contrôle.

Oui, sa raison de rester était aussi simple et aussi complexe que ça. Il la voulait. Et il l'aurait.

4

Lorsque Maria arriva en bas le lendemain matin, Beth leva les yeux du bureau de réservation, la mine sombre, à croire que la lumière avait été éteinte pour la journée.

— Il n'est pas là.

Sachant exactement qui était ce « il », Maria lâcha un long soupir.

— Où est-il ?

— Il est allé dans les Keys, je crois, pour rencontrer ce promoteur immobilier. Ce Villareal, il est un peu effrayant, non ?

— Ouais. Je ne voudrais pas de lui comme ennemi, c'est certain ! Mais je suis presque sûre qu'il a rencontré son égal en Garrett.

Beth hocha la tête en signe d'accord.

— Garrett m'a chargée de vous dire qu'il serait absent pour quelques jours.

Maria sourit à son interlocutrice.

— Eh bien, on pourrait fêter ça, non ?

La réceptionniste lui adressa un sourire perplexe en retour, mais haussa les épaules.

— Si vous le dites.

TARD LE LENDEMAIN SOIR, MARIA SE HISSA HORS DE L'EAU, LES BRAS et les jambes tétanisés par les deux longueurs supplémentaires qu'elle avait ajoutées à son programme habituel. Se retournant pour prendre une serviette sur la table, elle sursauta.

Garrett, appuyé à la même chaise que la première fois où elle l'avait vu... et qui faisait la même chose, à savoir la fixer du regard. Il était complètement habillé, ne semblait pas sur le point d'utiliser la piscine, et elle savait qu'il l'avait cherchée exprès. Son être tout entier inondé d'émotions qu'elle n'était pas prête à disséquer, elle ignora les palpitations de son ventre.

— Salut, lança-t-elle nonchalamment, en enroulant la serviette autour de son buste, sans s'occuper de ses cheveux.

— Salut, répondit-il dans un grognement.

Alors qu'elle passait ses paumes humides sur les côtés de la serviette, elle constata l'évidence pour briser le silence menaçant :

— Vous êtes de retour.

— En effet.

Réponse précise et succincte, qui ne donnait aucun indice sur son humeur, et en même temps, qui réveilla les papillons à un tel point qu'il lui était maintenant impossible d'ignorer le frémissement dans son ventre.

Un constat qui ne faisait que lui donner envie de s'éloigner de lui, de la cause de ces sensations. Au lieu de quoi, parfaitement immobile, voulant atteindre la porte, elle était coincée, rechignant à passer si près de lui pour ce faire. Alors...

— Comment s'est passé votre voyage ?

— C'était nul à chier.

Elle jeta un nouveau coup d'œil à la porte, évaluant la possibilité de s'échapper.

— Je suis désolée, marmonna-t-elle distraitement.

— Vraiment ?

Ne sachant pas comment répondre, elle haussa les épaules, juste une fois.

Il plissa les paupières, comme s'il comprenait enfin qu'elle voulait être ailleurs que là où elle se tenait maintenant.

— Et vous voulez savoir pourquoi c'était à chier ? demanda-t-il avec impatience.

Maria ne savait pas du tout où il voulait en venir, mais comme elle n'avait pas envie de le suivre, elle secoua la tête.

Sa réponse négative n'empêcha pourtant pas Garrett de reprendre.

— C'était nul parce que Villareal est un joueur. Apparemment, il pensait que pour m'amadouer, il fallait qu'il m'offre une femme à baiser.

La brutalité de l'expression provoqua un frisson chez Maria, un frisson provoqué par plusieurs causes. Premièrement, elle ne voulait pas penser à Garrett en train de s'envoyer en l'air. Deuxièmement, elle ne voulait pas reconnaître la raison pour laquelle elle ne voulait pas penser à lui. Et troisièmement, la raison pour laquelle il lui disait tout cela lui faisait perdre la tête et rendait les papillons plus forts, tout à la fois.

Comme elle continuait à rester silencieuse, il s'écarta de la chaise et fit plusieurs pas vers elle, avec l'air de traquer une proie.

— Vous voulez savoir pourquoi l'idée de sauter une nana au hasard dans les Keys était nulle, Maria ?

Rapidement, elle secoua la tête. Non, elle ne pensait pas vouloir savoir. Pas si elle refusait qu'un tas de conneries alambiquées explosent à cette seconde même.

Il fit deux autres pas en avant et s'arrêta, lui lançant un regard furieux et accusateur.

— Je ne peux pas penser à coucher avec quelqu'un d'autre que vous.

Tandis qu'il la scrutait de haut en bas, ses mots eurent un effet pernicieux sur l'équilibre précaire qu'elle maintenait tant

bien que mal et elle tendit une main vers la table, de peur de tomber.

Il reprit sa progression vers elle et Maria commença à reculer, jusqu'à ce que son dos heurte le mur carrelé. En quelques secondes, il était devant elle et lui soulevait le menton d'un seul doigt. Quand il reprit la parole, ce fut d'une voix basse, une sorte de grondement.

— Je sais que c'est le moment où vous pourriez crier au harcèlement et parler de poursuites judiciaires, lâcha-t-il, les yeux dans les siens, et elle dut lutter contre un besoin presque irrésistible de se pencher contre lui. (Ses mots devinrent plus durs quand il continua, toutefois.) Mais je ne veux pas entendre ces conneries maintenant. Faites-moi une faveur et gardez ça pour plus tard.

Toujours incapable de faire fonctionner ses cordes vocales, elle arrivait seulement à se tenir sur ses deux pieds et à serrer la serviette autour de son buste tandis qu'il l'étudiait de ses yeux pénétrants. Brusquement, presque violemment, il posa une main sur le haut de la serviette et, d'un geste souple et agressif, la lui arracha pour la jeter au loin.

Galvanisée par son geste, elle tenta de se dégager de son étau, de s'échapper et de partir, mais il lui enserra les poignets et maintint ses bras le long de son corps pendant qu'il la contemplait. Il avait le regard rivé à ses seins et, dans un éclair de chaleur, elle réalisa qu'il regardait le bleu qui s'effaçait sur sa poitrine et dont il était responsable.

— Ça vous a fait mal ? demanda-t-il d'une voix basse et chaude.

Elle déglutit, le cœur battant la chamade, et s'obligea à bredouiller une réponse appropriée.

— Non, mais vous n'aviez pas le droit.

Il quitta sa poitrine pour croiser son regard.

— Vous pensez ?

— Oui, haleta-t-elle, essayant de s'éloigner à nouveau de lui.

Il resserra ses mains, afin de la maintenir en place, et sa réponse vint brusquement.

— À quelle vitesse pensez-vous que je pourrais obtenir ce droit, si je m'y attelais ?

À ses mots, elle s'immobilisa et inspira, réalisant qu'elle n'avait que peu de contrôle sur l'attirance qu'il lui inspirait. S'il se donnait à fond, comme il l'avait laissé entendre, elle serait sans aucun doute condamnée avant même que le concours ne commence.

Avec ses poings qui lui retenaient toujours les poignets, elle sentit ses pouces commencer à lui caresser la peau.

— Allez, bébé ! On sait tous les deux où ça va nous mener.

Maria sentit littéralement ses paupières s'alourdir tandis que ses jambes se mettaient à trembler. Son corps avait beau éprouver une certaine faiblesse physique, elle gardait encore le contrôle de sa voix et elle tenta de toutes ses forces de la rendre forte pour rétorquer :

— Je ne vais pas vous le répéter. Laissez-moi tranquille, Garrett.

Un nuage sombre s'abattit sur son visage.

— Pas question, putain !

Son cerveau explosa et elle eut l'impression de perdre tout contrôle.

— Je vais..., tenta-t-elle avant de se débattre.

— Ouais, je sais, l'interrompit-il, en prenant une inspiration difficile. Vous voulez votre journée au tribunal, compris. Alors, autant vous donner des munitions intéressantes contre moi.

Il fit rapidement glisser son regard le long de son maillot de bain jusqu'à ses jambes et ses muscles semblèrent se tendre. Tenant ses poignets en otage, il laissa échapper un gémissement tourmenté et poussa son torse contre elle. Son érection était dure et tendue contre son pantalon, Maria la sentit presser contre son ventre.

Elle ressentit une joie grisante au moment de l'impact, mais avant qu'elle ait pu s'en rendre compte, il lui releva le visage d'un

doigt sur le menton et prit ses lèvres. Il n'y avait rien de doux dans son baiser. Il n'était pas rude ni brutal, mais il n'avait rien de doux. Il prenait simplement sa bouche comme s'il en avait le droit, comme si elle était à lui et à lui seul, comme s'il le faisait depuis des années.

Avec ses lèvres qui étouffaient presque les siennes, Maria se retrouva emprisonnée dans l'air de confiance qui émanait de lui et elle réalisa d'un seul coup que c'était la chose qui l'attirait le plus chez lui. Il entrait dans une pièce et il la possédait. Il ouvrait la bouche et il possédait l'attention de tout le monde autour de lui. Ses lèvres tombaient sur les siennes et il la possédait. Son corps touchait le sien et il la possédait encore plus.

Dieu merci, c'était quelque chose qu'elle seule savait. Il ne le saurait jamais, il ne pourrait jamais le savoir, pas même en un million d'années.

Il lui lâcha les mains et leva les siennes pour lui entourer le visage. Il lui fit basculer le menton, se donnant ainsi un meilleur accès, et le baiser s'intensifia. Les tremblements de l'estomac de Maria se transformèrent en une véritable excitation sexuelle, et dans les recoins de son esprit surnageait la pensée que si sa confiance en lui ne s'était pas manifestée par une telle arrogance, peut-être, oui peut-être aurait-il été l'amant parfait. *Sexy.* Dominant. Prenant les choses en main.

En tout cas, sa libido lui disait qu'il était l'homme parfait alors qu'il la maintenait contre le mur et continuait à l'embrasser comme si c'était une évidence qu'elle finirait dans son lit. Sa langue se frottait contre la sienne, apprenant chaque centimètre de sa bouche avec un dévouement et une habileté qui la privaient d'oxygène. Ses dents lui mordaient la lèvre inférieure, sa main courait jusqu'à son menton et la maintenait en place pendant qu'il la dévorait. Des *cocktails* lui explosaient dans la tête et elle réalisa vaguement qu'avec lui, elle risquait de se noyer, de perdre son indépendance, car il était le genre d'homme qui attendait plus qu'une relation sexuelle mutuellement satisfaisante. Il

s'attendrait à la posséder, à avoir un contrôle total sur elle... à la dominer.

Sous cet assaut, son cerveau ne fonctionnait qu'à moitié alors que cette pensée la frappait une fois de plus. Ce fut donc avec un grand choc qu'elle se retrouva soudain appuyée contre le mur carrelé sans plus aucun soutien. L'ayant relâchée et après avoir reculé d'un pas, il se tenait maintenant à quelques mètres d'elle. Son expression semblait contenir de l'agitation ou de la confusion, comme si elle l'avait perturbé d'une manière ou d'une autre. Il se passa une main dans les cheveux et ses traits se durcirent pour reprendre le masque que son visage reflétait habituellement.

Le cœur de Maria manqua un battement face à l'absence soudaine d'émotion dans ses yeux, et tout ce qu'elle put faire, ce fut de s'appuyer contre le mur en attendant qu'il fasse un geste.

Elle n'eut pas à attendre longtemps. Sur un dernier regard intense, il se retourna et quitta la pièce, la porte claquant derrière lui.

PENDANT TOUTE LA JOURNÉE DU LENDEMAIN, MARIA MARCHA SUR des œufs en ce qui concernait Garrett. Il la rendait nerveuse, à tel point qu'elle n'arrivait pas à se concentrer à cent pour cent sur son travail, ce qui l'inquiétait au plus haut point. Déterminée à mieux réussir à le chasser de son esprit, elle entreprit de l'ignorer.

Ce soir-là, la famille Calderon arrivait à l'hôtel. Comme les Calderon et leurs amis étaient en ville pour le mariage d'un de leurs petits-fils, Maria était bien décidée à rendre leur séjour aussi parfait que mémorable.

Les Calderon étaient une famille charmante. Ils avaient vécu à Miami à une époque et avaient encore de la famille et des amis dans la région. Le couple plus âgé séjournait à l'hôtel depuis des années, le plus souvent pour des vacances, et habituellement, à un moment donné, leurs deux petits-fils venaient les rejoindre. Les

ayant croisés de temps en temps au fil des ans, Maria connaissait bien les deux jeunes hommes.

On était vendredi soir et ils avaient réservé la salle de bal pour un dîner de répétition à l'hôtel, avant le mariage à l'église le lendemain. Pour éviter manifestement de vexer qui que ce soit, ils avaient non seulement invité toute la famille du mariage à ce dîner, mais aussi leurs invités qui n'habitaient pas en ville. La fête serait donc énorme, avec environ cent cinquante invités.

Avant l'arrivée des convives cet après-midi-là, Maria inspecta une dernière fois leur bloc de chambres. Ayant trouvé un unique petit défaut dans l'une des chambres, elle appela la maintenance, mais un employé avait pris un jour de vacances et l'autre résolvait un problème avec la pompe de la piscine. Sachant que ce dysfonctionnement était crucial, mais déterminée à ce que ces chambres soient parfaites, elle n'hésita pas : elle se mit à quatre pattes pour nettoyer elle-même la tache sur le tapis. Cela ne la dérangeait pas d'aider ou de travailler dur, mais la tenue qu'elle portait était maintenant froissée et sentait le produit de nettoyage.

Jetant un coup d'œil à sa montre, elle se glissa dans sa chambre pour se changer, sachant qu'elle serait parmi les invités du dîner ce soir-là. Elle avait été stupide de penser qu'elle pouvait faire le ménage dans sa plus belle tenue et s'en sortir indemne. Car elle avait prévu de porter cette robe en particulier ce soir : la tenue était parfaite, et comme son choix de vêtements était limité, c'était à peu près tout ce qu'elle avait de présentable pour l'occasion.

Connaissant déjà sa petite garde-robe par cœur, elle se raidit et sortit la robe à laquelle elle pensait, le seul vêtement qui la transformait en quelqu'un de magnifique alors qu'elle ne l'était pas. C'était ce genre de tenue qu'on ne trouvait qu'une ou deux fois dans une vie, qui devait être conservé précieusement et n'être sorti que pour les grandes occasions. Une tenue intemporelle, qu'elle pourrait garder toujours si elle le traitait avec amour et ne le portait qu'avec parcimonie. En le regardant maintenant, étendu en travers de son lit, elle commença à se reprocher de ne pas avoir

trouvé le temps d'aller acheter de nouveaux habits. Ce n'était pas comme si Garrett ne la payait pas assez, maintenant : tout à coup, elle pouvait facilement se permettre de faire du *shopping* si elle le voulait. Si elle avait le temps.

Refusant de laisser ce détail — devoir porter LA robe — la déstabiliser, elle se déshabilla et passa sous la douche.

Ce soir-là, Garrett rentra tard à l'hôtel. Il avait été absent une grande partie de la journée, ayant ressenti le besoin d'échapper à l'implacable attirance qu'il ressentait pour Maria. Pendant son absence, il avait effectué des opérations bancaires inutiles et visité plusieurs propriétés dans la région. Sa journée d'éloignement ne l'avait pas beaucoup aidé, hélas : il n'avait pas été capable de la chasser de son esprit plus de dix minutes d'affilée.

Et cette impuissance ne faisait que l'énerver davantage. Il commençait à avoir un sentiment tenace au creux du ventre qui lui soufflait que coucher avec Maria ne serait pas suffisant. Refusant de le croire, ou même de laisser cette pensée s'installer, il entra dans le hall d'un pas déterminé. Juste un aperçu, cela devrait suffire à le faire tenir la journée.

Dans le hall se trouvait un grand cadre doré posé sur un chevalet, sur lequel une belle écriture annonçait le dîner de répétition de la fête des Calderon. Ce nom provoqua un déclic : le souvenir de Maria riant avec l'homme au téléphone le soir où il l'avait rencontrée le frappa de plein fouet d'une pointe de jalousie qui, s'il s'était permis de la reconnaître, l'aurait troublé.

Quoique ni annoncé ni invité — il s'en contrefichait —, il entra dans la salle de bal. Il était tard, le repas du traiteur était terminé et les gens étaient éparpillés dans la salle, discutant en petits groupes, certains se balançaient sur la musique douce diffusée en fond. Le bar ouvert dans le coin était toujours tenu par l'un des serveurs de l'hôtel, mais l'atmosphère du lieu lui indiquait qu'à l'heure actuelle,

la fête était sur le point de se terminer, les invités devant se préparer pour le mariage qui aurait sans aucun doute lieu le lendemain.

Un coup d'œil dans la pièce lui suffit : au bout d'à peine cinq secondes, il la vit.

Et sa colère monta alors d'un cran, pour l'avaler presque entièrement.

Elle tenait une coupe de champagne dans une main et un bras masculin était drapé autour de ses épaules. Un homme se penchait sur elle en souriant et en riant à ce qu'elle disait, puis il leva son autre main et lui toucha la joue. *Il lui a touché la joue, putain !* Ce geste la positionna dans le cercle des bras de l'inconnu, et Garrett sentit une vague de fureur monter et l'inonder.

Alors qu'il se tenait immobile juste à l'intérieur des doubles portes et regardait, il lui fallut toute la force dont il disposait pour ne pas aller là-bas et arracher physiquement le type de son flanc. Respirant profondément, même à cette distance, il pouvait voir la rougeur qui teintait les joues de la jeune femme alors qu'elle secouait la tête, la lueur taquine dans ses yeux.

Garrett vit le rougissement juste avant de remarquer la robe qu'elle portait. Les battements de son cœur s'emballèrent pendant que son sexe durcissait et pulsait contre sa braguette. La colère et la jalousie qui coulaient dans ses veines ne faisaient que rendre son érection plus puissante. La robe n'avait rien de mal en soi. Sur un mannequin, elle aurait été impressionnante. Mais sur Maria, elle prenait une vie qui lui était propre. L'allure *sexy* qu'elle avait renforcée ces derniers jours n'était rien en comparaison de la façon dont la robe mettait en valeur sa silhouette. Le vêtement était noir, arrivait à quelques centimètres au-dessus de ses genoux, mais il s'accrochait à ses courbes avec une ténacité qui semblait faire ressortir tous ses attributs féminins.

Or elle en avait à la pelle, des attributs.

À ce moment-là, un serveur portant un plateau de champagne passa devant eux et l'homme avec qui elle était tendit la main pour

attraper une seule flûte, car celle de Maria était encore pleine. Lorsque l'enfoiré la lâcha d'une main pour accomplir cet exploit, Garrett ne fut que modérément apaisé par le fait qu'elle sembla en profiter pour se placer gracieusement hors de portée de l'homme. En effectuant ce mouvement, elle jeta un coup d'œil à la fête, de ce regard précis s'attachant au moindre détail qui indiquait à Garrett qu'elle était toujours en service. Alors que ses yeux parcouraient la pièce, il se préparait au moment où ils croiseraient les siens.

S'attendant à recevoir un coup de poing, il s'y apprêta, les lèvres pincées. Quand le regard de Maria tomba sur le sien, ce fut comme une décharge électrique qui manqua de le renverser. Son attirance ne faisant que l'irriter davantage, il lui ordonna de le rejoindre d'un geste sec de la tête, sachant pertinemment que si elle refusait, le résultat ne serait pas joli-joli. Pour aucun d'entre eux. Il n'était pas d'humeur à tolérer la moindre connerie ce soir-là.

Or il fut immédiatement évident qu'elle allait refuser. Il combattit à la fois sa colère et son excitation et se retourna pour sortir de la salle de bal. Tournant la tête, il garda un œil sur elle, prêt à l'attendre jusqu'au moment où elle devrait utiliser l'ascenseur pour regagner sa chambre.

Les yeux rivés sur les doubles portes de la salle de bal, il s'appuya contre le mur et attendit.

MARIA PANIQUAIT SILENCIEUSEMENT. ELLE AVAIT DÉJÀ VU ET entendu Garrett s'énerver, et pour une raison quelconque, elle n'était pas prête à affronter sa colère ce soir. Sa colère... et son excitation. Elle n'avait eu aucun doute en le regardant plus tôt, l'homme était énervé. Et un Garrett Rule excité et énervé n'était pas quelqu'un avec qui elle voulait se battre, ce soir.

Elle n'avait pas peur de sa colère, pas vraiment, ni de son excitation, du moins, pas pour le moment. Elle prit une inspiration, puis admit ce dont elle avait peur en réalité : de sa

propre réaction face à lui. Et ce qu'elle pourrait ne pas être capable d'empêcher si elle se retrouvait seule avec lui ce soir. Or il n'y avait aucun doute, à en juger par le feu qui émanait de lui, il avait l'intention de la coincer seule à seul. Elle devait rester loin de lui, surtout ce soir. Elle n'était pas ivre, parce qu'elle n'avait pris qu'une flûte de champagne de toute la soirée et le verre était encore à moitié plein. Donc, l'ébriété n'était pas le problème.

Si ses nerfs étaient à vif, c'était parce qu'elle ne réussissait pas à contrôler ses émotions changeantes lorsqu'il s'agissait de Garrett. Elle s'en était rendu compte lorsqu'elle n'avait eu aucune réaction face à Luis Calderon. Le plus jeune petit-fils de la famille, celui qui était encore célibataire, était ridiculement beau. Elle avait eu un petit béguin pour lui, de temps en temps, au fil des ans. Par le passé, elle avait apprécié sa repartie et sa manière de flirter gentiment. Elle avait même été tentée de commencer quelque chose avec lui, comme il avait toujours dit qu'ils devraient le faire. Mais elle s'en était abstenue, surtout parce qu'il était client de l'hôtel et que son professionnalisme excluait que quelque chose puisse se passer entre eux. Mais ce soir, elle n'avait pas ressenti la moindre tentation. Sa tête avait été remplie de l'image d'un autre homme.

De l'image et du souvenir du goût d'un autre homme. De son contact. De son pouvoir sur elle.

Et puis elle avait levé les yeux et il était là, à la fixer comme si elle le trahissait, comme si elle avait fait quelque chose d'immoral, de contraire à l'éthique, quelque chose pour lequel elle serait sévèrement punie quand il mettrait la main sur elle.

Après quoi, il lui avait adressé un signe, inclinant la tête dans ce geste arrogant qu'elle détestait. Pas question ! Pas ce soir ! Pour une raison quelconque, une raison plus forte qu'elle ne l'avait jamais été depuis que Garrett était arrivé à Miami, elle ne se sentait pas prête pour un combat avec lui, sexuel ou autre.

Elle échappa à Luis quand l'un de ses cousins vint le rejoindre. Elle leur souhaita une bonne nuit et promit au jeune homme de le

revoir plus tard. Au bout de quelques pas, elle aperçut Garrott appuyé contre le mur du vestibule, juste à l'extérieur de la salle de bal. Son intention de lui tendre une embuscade quand elle quitterait la pièce était plus qu'évidente.

Refusant d'être prise dans son étau, elle décida d'emprunter l'escalier de service, qu'elle préférait de toute façon à l'ascenseur, et ne vit pas son patron tourner la tête. Il remarqua qu'elle se dirigeait vers l'obscure porte qui abritait les marches.

~

Alors qu'elle s'apprêtait à tourner à l'angle du palier menant au quatrième étage, les nerfs de Maria furent mis à rude épreuve lorsqu'elle entendit le bruit de la porte au-dessus d'elle s'ouvrir, puis se refermer avec un claquement sonore comme un écho de l'acier contre l'acier.

Elle s'arrêta brusquement et écouta : quelqu'un se trouvait dans la cage d'escalier au-dessus d'elle, juste hors de sa vue.

Pas un bruit.

Le seul son qu'elle entendait était son propre cœur qui battait fort dans ses oreilles, pourtant elle savait qu'elle n'était pas seule.

Si elle avançait de deux pas, elle pourrait lever les yeux et voir qui était là. Deux pas en arrière lui donneraient le temps de s'échapper.

Incapable de ralentir le pouls affolé qui lui indiquait que Garrett l'avait trouvée, elle fit deux pas en arrière vers le mur, se préparant à pivoter et à s'enfuir, dans le claquement de ses talons aiguilles contre le béton nu.

Elle n'en eut pas le temps.

Il avait dévalé en courant la moitié de l'escalier avant même qu'elle ait pu attraper la rampe qui lui permettrait de s'équilibrer pour descendre.

Fichus talons aiguilles ! Au diable sa vanité de les avoir portés !

Il tendit les bras et l'attrapa, l'attirant vers lui, et elle se retrouva

le dos contre le mur, dans un coin du palier, avant même de pouvoir cligner des yeux.

Respirant avec peine, elle leva les yeux vers ceux d'un fou tandis qu'elle luttait pour aspirer de l'oxygène.

— Putain, où vous croyez aller ? s'emporta-t-il.

Chaque ligne de son corps exprimait une fureur indomptable.

Respire, Maria. Prends une seule inspiration et laisse-la sortir. Pour une raison qu'elle ignorait, il ne lui vint jamais à l'esprit de lui mentir.

— Je vous évite.

L'expression de son visage semblait indiquer qu'il ne voulait rien d'autre que la secouer, mais il n'en fit rien. Ses doigts mordaient la chair de ses bras et ses sourcils s'abaissèrent dans une grimace de rage qui ne lui faisait pas peur. Bon sang non, ce mec ne lui faisait pas peur ! Si elle parvenait à se souvenir de respirer, elle pourrait peut-être se convaincre de cette vérité.

Il la regardait de haut, la dominant de toute sa taille et de toute sa carrure, alors qu'un petit bourdonnement à l'arrière de son cerveau soufflait à Maria qu'il n'était probablement pas sage de s'attaquer à un gars qui la dépassait d'au moins trente centimètres et probablement de cinquante kilos de muscles purs. Et c'était sans compter la rivière de testostérone enragée qui semblait couler dans ses veines en ce moment.

Elle garda toutefois les yeux rivés aux siens, et lorsqu'il s'approcha de quelques centimètres, elle leva le menton et se tordit le cou selon un angle inconfortable pour pouvoir le garder en ligne de mire alors qu'il se rapprochait. Pendant ce temps, son cœur battait si vite que la tête lui tournait et elle aspirait l'oxygène si rapidement qu'elle commençait à hyperventiler.

— La cage d'escalier, Maria ? l'interrogea-t-il.

Il avait haussé le ton, la voix dégoulinante de sarcasme.

— Quoi... quoi ? demanda-t-elle, confuse.

Des lignes d'une fureur glacée lui tordaient la bouche.

— Tu ne comprends donc pas ? Tu n'as pas un seul neurone en état de marche dans ce crâne ou quoi ?

Elle renversa la tête en arrière, appréciant très moyennement cette question. Sa pression artérielle augmenta, elle plissa les yeux, tandis qu'une colère nouvelle envahissait son système sanguin. *Qu'il aille se faire voir ! J'emmerde son arrogance.*

— Attention, monsieur Rule. Vous commencez à me mettre en rogne.

Il se pencha vers elle d'un autre centimètre, tout en intimidation.

— C'est toi qui es en rogne ?

— Je vous le promets, il ne faut pas m'énerver, le défia-t-elle, ignorant les sonnettes d'alarme dans sa tête.

Une spirale de chaleur jaune commença à se mêler au brun de ses iris, entourant le cercle noir grandissant de ses pupilles, sous l'afflux de sa colère.

— Ah oui ? Nous y reviendrons dans une minute, déclara-t-il, comme si sa colère à elle n'était pas plus irritante qu'une mouche qui bourdonnerait autour de lui. Putain, pourquoi tu as pris l'escalier ?

— Pourquoi... et pourquoi pas ?

Il leva les yeux au ciel, puis les baissa de nouveau.

— Tu n'en as rien à faire de ta propre sécurité ?

— Vous pensez que je vais trébucher et tomber ? demanda-t-elle, sarcastique, commençant à entrevoir où il voulait vraiment en venir.

— Petite maligne, siffla-t-il entre ses dents serrées. Tu vas te faire agresser, voilà ce que je pense.

— C'est dangereux, ici, selon vous ? grogna-t-elle.

Il n'y avait là aucune menace à l'exception de l'homme qui se tenait en face d'elle.

Une main musclée libéra son bras et se dirigea infailliblement, puissamment, vers l'ourlet de sa robe.

— Je ne sais pas. Qu'en penses-tu ?

5

Sans réfléchir une seconde, Garrett lui remonta sa jupe, l'écarta et plaqua la paume sur son mont de Vénus, couvert seulement par un triangle de tissu de soie. Elle étouffa un cri effrayé alors qu'une flèche de chaleur la traversait, l'immobilisant. Il exerça sur son intimité une pression menaçante en la regardant fixement, les traits de son visage montrant à la fois une colère brûlante et une excitation croissante, imposante.

Une sonnette d'alarme et des gyrophares s'allumèrent dans la tête de Maria. *Merde, merde, merde !* Ce n'était pas bon. Même dans cette situation, elle sentait son corps libérer une chaleur humide. Merde, il allait le sentir à travers sa culotte d'une seconde à l'autre ! Quatre, trois, deux, un...

L'expression de son visage se transforma, le feu explosa dans ses yeux.

— Putain, Maria !

Rapide comme l'éclair, il écarta l'entrejambe de sa culotte et posa un doigt sur son clitoris, qu'il commença à frotter, à masser, et le choc de la situation la tint momentanément immobile. Bien qu'excité, sa colère était toujours là.

— Et si ça avait été quelqu'un d'autre ? fulmina-t-il. Quelqu'un qui te voulait du mal ?

Malgré son excitation croissante, Maria saisit son poignet pour essayer de l'arrêter alors qu'elle s'efforçait de trouver les mots.

— C'est complètement sûr. Seuls les employés et les clients...

Il ne la relâcha pas.

— Conneries, ce n'est pas sûr ! Je comprends que tu fasses confiance aux employés ici. Mais bon sang, qu'est-ce qui te dit qu'un psychopathe n'a pas réservé à l'hôtel ? N'importe qui pourrait te suivre ici, te maîtriser, te faire du mal. Tu vas arrêter de prendre l'escalier, compris ? Si tu tiens à monter un putain d'escalier, prends celui du hall, qui est ouvert, pas cet escalier de derrière, compris ?

— Vous n'avez pas à me dire ce que je dois faire, cracha-t-elle, soutenant son regard.

— Je suis désolé, quoi ? s'écria-t-il, perdant patience. Putain, qu'est-ce qui vient de sortir de ta bouche ?

— Vous n'avez pas le droit de me dire ce que je dois faire ! s'enflamma-t-elle, prête à le défier.

Il ne prit pas la peine de répondre. Baissant la tête, il lui mordilla la lèvre inférieure, puis lui enfonça de force la langue dans la bouche, en même temps qu'il recommençait à dessiner des cercles autour de son clitoris. Un faible grognement monta, vibrant, du fond de son torse alors qu'il la plaquait contre le mur tout en lui écartant les jambes pour s'immiscer entre elles.

La tête de Maria se remit à lui tourner au moment même où une nouvelle bouffée de chaleur humide inondait son entrejambe. Comment pouvait-il l'énerver autant et lui faire cet effet-là en même temps ? Elle était au-delà d'excitée, et si cela durait plus longtemps, elle risquait de jouir ici même, dans la cage d'escalier.

Il releva brusquement la tête, détacha la bouche de la sienne. Rouvrant les yeux, elle le trouva en train de la fixer, les narines dilatées.

— Et c'est quoi, cette foutue robe ?

— Quoi ? demanda-t-elle, désorientée.

— Je ne l'ai jamais vue avant, déclara-t-il avec une touche de désapprobation, avant de changer de braquet dans ses attaques. Qui c'était, ce putain de mec, Maria ?

Une robe ? Un mec ? De quoi il parlait ?

— Quel « mec » ?

À sa question, il grogna en signe d'avertissement et son doigt glissa vers le bas pour trouver sa vulve humide. Son cœur s'emballa et elle tenta de toutes ses forces de ne pas se cambrer, de ne pas céder à son corps, ce traître en quête de satisfaction.

Il plongea à l'intérieur sans prévenir. Elle laissa échapper un gémissement semi-étonné et l'entendit gronder en même temps. Son front tomba sur le sien tandis qu'il faisait tournoyer son doigt à l'intérieur. Alors, elle renonça, elle s'arqua contre lui, ajustant sa jambe juste un tout petit peu. *Ahh... là !* Oh, mon Dieu, c'était ça, c'était l'endroit !

Mais il n'en avait pas terminé de son interrogatoire.

— Le mec dans la salle de bal, l'enfoiré qui avait son bras autour de toi.

— Non... personne.

Elle haletait, incapable de penser à autre chose qu'à la magie que ses doigts créaient.

— Ne me raconte pas de conneries. Tu me sens à l'intérieur, bébé ? (Il poussa plus fort, effectua un cercle plus large contre ses parois internes, provoquant un court-circuit dans son corps tout entier.) Laisse-moi t'expliquer. Personne ne pose plus ses putains de mains sur toi, compris ?

Bon Dieu ! Ce type était un dingue.

— Vous... non... vous ne pouvez pas me dire ce que je dois faire.

— Non ? Moi, je pense que si, putain ! Mais ne t'inquiète pas, tu vas t'y habituer. Tu n'auras pas vraiment le choix.

Sur ce, ses lèvres retombèrent sur les siennes et tout ce qu'elle aurait pu dire d'autre fut réduit au silence par sa bouche sur la sienne.

Maria était submergée sur tous les fronts par un désir sexuel animal. Sous l'assaut de la bouche, des dents et de la langue de Garrett, elle pouvait à peine respirer. Elle était étourdie et toutes les sensations de son corps semblaient plonger et circuler autour d'un point de pulsation entre ses cuisses. Il ajouta un deuxième doigt au premier et le résultat fut électrisant. Son pouce frottait son clitoris, elle prit conscience du renflement de son érection qui s'enfonçait dans le tissu de sa robe, pressant si fort que la boucle de sa ceinture commençait à la pincer.

Ça aurait dû faire mal... Elle aurait eu mal si elle n'avait pas été aussi excitée. Si quelqu'un les surprenait... Mais elle ne pouvait se concentrer que sur son incroyable parfum... Il sentait bon. C'était attirant... addictif... et ses hormones étaient en ébullition. Elle avait l'impression qu'elle ne se remettrait jamais de cette rencontre sexuelle jusqu'à la fin de sa vie et qu'elle ne pourrait plus jamais apprécier autre chose. Jamais. Son cerveau se brisa en deux à cette pensée, et lorsqu'elle le sentit pousser contre elle, avec ses doigts, ses lèvres, sa langue, elle commença à craquer pour de bon et à tomber au fond du précipice.

Elle entendit des gémissements en arrière-plan, un bruit qui se transforma en geignement, puis elle fut aveuglée de tous côtés alors que l'extase envahissait ses sens. Une chaleur cataclysmique se propagea dans ses veines et se concentra à l'endroit d'intimité où ils étaient connectés.

Dès qu'elle recommença à respirer, Garrett arracha sa bouche de la sienne. La maintenant contre le mur avec son torse, il retira sa main et entreprit aussitôt d'abaisser la fermeture de son pantalon.

Des panneaux « danger » commencèrent à s'allumer dans la tête de Maria. Ils clignotaient comme si elle était sur une route menant à une falaise dans le noir, qu'elle ne pouvait pas voir, mais dont elle connaissait la présence. Indubitablement, elle finirait quelque part où elle s'écraserait et brûlerait.

— Garrett, non.

Elle le poussa, sa soudaine volte-face le prenant au dépourvu et lui permettant de s'éloigner de lui pour se tenir juste hors de sa portée. Ses mains s'immobilisèrent sur son pantalon tandis que l'expression d'un animal dangereux passait sur ses traits.

— Non ?

Elle commença à secouer la tête et à reculer, sans même regarder ou réaliser où elle allait.

D'une main rapide, il la saisit par le bras, l'attira de force contre son torse et l'éloigna des marches derrière elle. Son cœur se mit à battre la chamade à cause de ce qu'elle avait failli faire, et soudain, elle n'eut plus qu'une envie : pleurer.

Mais elle ne pleurait jamais. Et elle n'allait pas commencer maintenant. Encore moins devant Garrett Rule.

— Laissez-moi partir. Je vais bien.

— Tu es sûre ?

— Oui.

Elle recula, mais il lui serra le poignet pour l'immobiliser.

Il la parcourut des yeux, de haut en bas, et elle était incapable de déchiffrer son expression. Mais ce qui sortit de la bouche de Garrett la cloua sur place.

— Je n'oublierai jamais ton allure dans cette robe, la façon dont tu as joui sur mes doigts. Jusqu'au jour de ma mort.

Bien que cru et érotique, c'était romantique et cette remarque ne fit que la contrarier davantage. Elle tira encore sur son bras, mais il ne la libérait toujours pas. Il commença à monter les marches vers le quatrième étage, la traînant presque derrière lui. L'appréhension lui tenaillait l'échine.

— Où allons-nous ?

— Je t'escorte jusqu'à ta chambre.

— Je n'ai pas besoin qu'on m'escorte.

Il s'arrêta et se tourna vers elle.

— Tu crois que je vais te laisser dans la cage d'escalier, toute seule ?

Elle reconnut l'intransigeance sur ses traits et choisit de ne pas argumenter sur le sujet. Les lèvres serrées, elle le suivit vers la porte en acier de la cage d'escalier. Il poussa le battant et le tint pour elle, sans jamais lâcher son poignet.

Alors qu'ils prenaient le couloir en direction de sa chambre, il fit glisser la main de son poignet à ses doigts et plaqua sa paume à la sienne. Ce geste provoqua un déséquilibre de ses nerfs déjà perturbés. Elle ne fut pas surprise de le voir s'arrêter devant sa suite, autrement dit qu'il sache exactement quelle était sa chambre.

Les doigts tremblants, elle sortit sa carte magnétique de sa poche et la fit glisser dans la porte. La serrure s'ouvrit avec un tintement et lorsqu'elle voulut passer, il l'arrêta en tirant sur sa main. Elle resta sur le seuil, il s'appuya contre l'encadrement avec un air de chef intraitable. Un barrage d'émotions frappa le ventre de Maria, qui tira sur sa main.

Une fois de plus, il la reprit par le poignet et la tint en place.

— Reste tranquille.

À ces mots, elle tira plus fort encore.

Ses doigts se serrèrent et une expression vengeresse menaçante affleura sur ses traits.

— Reste tranquille et écoute bien. Si je te surprends à nouveau dans la cage d'escalier, tu vas le payer très cher, compris ?

Elle resta absolument immobile et totalement silencieuse, le fixant de dessous ses cils.

Il contracta la mâchoire et un mécontentement agressif exsuda de lui par vagues.

— Tu me suis, bébé ? Je comprends que tu penses être la patronne, ici, mais il y a une personne qui peut te dire ce que tu peux et ne peux pas faire, et c'est moi. Que tu le veuilles ou non, tu n'as pas le choix, tu dois m'obéir, compris ?

Malgré son ventre qui sautillait, parcouru d'une multitude de petits frissons féminins à cause de l'homme des cavernes qui la retenait captive, elle appela la colère à sa rescousse et piétina tous

les soupçons résiduels de désir pour les enfouir sous la surface. *Et Dieu merci !*

— Très bien. Je resterai en dehors de cette putain de cage d'escalier, monsieur le patron, siffla-t-elle avec une colère sarcastique.

Puis elle se haussa sur la pointe des pieds, approcha son visage autant qu'elle le put du sien et le regarda fixement.

— Mais si tu veux être le putain de patron, tu ferais mieux de rester loin de ma culotte, compris, connard ?

Quand un air de compréhension stupéfaite passa sur le visage de Garrett, elle profita du choc momentané pour tirer sur sa main de toutes ses forces et se libérer. Puis sans lui laisser une seconde pour se remettre de sa saillie, elle lui claqua la porte au nez et la verrouilla, avant de tirer la chaîne pour faire bonne mesure.

Le lendemain fut brutal pour Maria. Elle avait beau essayer, elle ne parvenait pas à chasser de sa tête le souvenir de cet orgasme incroyable et des paroles de Garrett.

Ce dernier s'arrangeait d'ailleurs pour que son mécontentement envers elle soit extrêmement visible. Il claqua des portes toute la journée et fit tout son possible pour qu'elle sache qu'il l'ignorait. Il ne lui parlait pas, même quand il en avait besoin. Plusieurs fois, elle l'entendit aboyer des ordres à Beth, puis interroger la pauvre fille sur une chose ou une autre. Celle-ci, à son tour, sortait de son bureau, se tenait devant le bureau de Maria en tremblant et répétait la question que Garrett aurait dû lui poser en premier lieu. Maria répondait à Beth aussi calmement que possible, en faisant de son mieux pour ne pas mêler la jeune fille à leur dispute. À ce moment-là, cette dernière s'éloignait et transmettait la réponse à Garrett, qui aboyait alors pour la renvoyer à son poste.

Le manège dura des heures, jusqu'à ce que finalement, vers quatorze heures, alors que Beth l'interrogeait sur quelque chose de ridiculement banal, Maria sente sa colère éclater.

— Ce n'est pas possible, vous connaissez sûrement la réponse !

— Bien sûr, répondit son interlocutrice avec un regard qui disait qu'elle commençait à comprendre que quelque chose se passait. Je le lui ai dit, mais il a répliqué que je devais vérifier avec vous.

Maria se leva et afficha un sourire.

— C'est bon, je m'occupe de lui, d'accord ?

Beth eut l'air soulagée.

— Vous êtes sûre ?

— Bien sûr, ne vous inquiétez pas. Ça n'a rien à voir avec vous. Retournez au travail.

Alors que Maria se dirigeait vers le bureau de Garrett, sa collègue reprit son poste à l'accueil. Essayant de contenir la fureur qui s'emparait de ses veines, Maria entra dans le bureau et ferma la porte avec un clic silencieux, puis se tourna, s'appuya contre le battant et attendit qu'il lève la tête du document qu'il consultait.

Après un long moment, elle se rendit compte qu'il savait que ce n'était pas Beth dans son bureau et qu'il l'ignorait de manière flagrante, ou peut-être qu'il jouait une sorte de jeu débile, attendant qu'elle parle en premier.

Elle accéda à son souhait sans hésiter.

— Je pense qu'il est temps pour vous de retourner à Saint Louis, lança-t-elle d'une voix plate.

Il releva immédiatement la tête et la transperça d'un regard qui en disait long. Son expression s'assombrit sous l'effet de la fureur et il lui lança avec mépris :

— Qu'est-ce qui vous fait croire que vous avez le droit de me dire ce que je dois faire ? (Il continua à la fixer et ajouta alors bien trop doucement :) Pour qui vous prenez-vous ?

Un froid tomba abruptement entre eux. Refusant de laisser une

rivière de douleur se déverser à cause de ses paroles insensibles, Maria se concentra sur la marée de rage qui bouillonnait en elle.

— Je peux effectuer ce travail les yeux fermés et vous le savez. Vous n'avez plus de raison d'être ici. Vous déséquilibrez l'organisation... Vous perturbez Beth. Vous ne pouvez pas continuer à l'éloigner du bureau des réservations. L'accueil doit être occupé par un membre du personnel et ça n'a pas toujours été le cas aujourd'hui.

Il fit pivoter sa chaise et se leva, un masque réprobateur sur le visage.

— Je vous préviens. Vous feriez mieux de faire attention à ce que vous me dites.

Pour une raison bizarre, la folie peut-être, elle n'avait pas peur de ses menaces, du moins pas en ce qui concernait son travail. Il pouvait fulminer et menacer autant qu'il voulait. Sans qu'elle sache s'expliquer pourquoi, elle savait que son poste était assuré, quelle que soit l'issue de leur relation d'un point de vue personnel. Forte de cette certitude, elle pouvait facilement continuer à se battre contre lui.

— Sérieusement, Garrett. Il faut remballer vos affaires et partir. Allez dans les Keys ou à Saint Louis, où vous voulez, mais vous n'avez aucune raison de rester ici.

Il leva la main pour montrer qu'il n'avait aucune intention de lui complaire.

— J'ai toutes les raisons de rester ici et vous n'avez pas voix au chapitre, compris ?

Maria se cramponna intérieurement à ses convictions.

— Pour quelle raison ? s'écria-t-elle. Quelle raison pouvez-vous avoir ?

Il y eut une pause d'à peine une seconde avant qu'il n'explose.

— Toi, bordel de merde !

Un frisson soudain, ridicule, horrible et inapproprié lui parcourut l'échine et se répandit dans tout son système sanguin. Le fait qu'il l'admette à voix haute la frappa de plein fouet. Pourquoi ?

Elle ne le savait pas vraiment. Mais elle ne s'attendait pas à ce qu'il avoue la raison pour laquelle il continuait à traîner dans le coin, même si, au fond d'elle-même, elle connaissait la vérité. Et maintenant, alors qu'il commençait à s'approcher d'elle avec une expression punitive et sexuelle dans les yeux, elle était vraiment désolée d'avoir ouvert ce qui était de toute évidence une boîte de Pandore. Elle inspira profondément, pendant un moment, jusqu'à ce qu'elle réalise qu'elle n'avait plus qu'une seconde avant de se faire attraper.

Alors, prenant ses jambes à son cou, elle s'échappa du bureau, claquant la porte derrière elle.

Elle pensa à courir à l'étage, à courir quelque part, mais elle n'en fit rien. Sur une inspiration stabilisatrice, elle marcha aussi calmement que possible et s'assit derrière son bureau. Passant ses mains sur le clavier, elle fit apparaître par habitude le calendrier des réservations du mois suivant et feignit de l'étudier.

La porte s'ouvrit et, sans lever les yeux de son écran d'ordinateur, elle s'aperçut qu'il était venu se placer juste devant son bureau.

Elle garda les yeux rivés sur son écran alors qu'il posait les paumes sur le bord du meuble et se penchait au-dessus d'elle.

— Ne remets pas mes choix en question, Maria.

Sa voix était dure, énervée, et la jeune femme leva le regard pour voir que ses doigts appuyaient si fort sur son bureau que les jointures étaient devenues blanches. Deux d'entre eux avaient été en elle, la nuit précédente. Le cœur battant la chamade à cette idée, elle reporta subrepticement son regard sur son écran alors qu'il poursuivait de manière encore plus belliqueuse :

— Tu veux avoir le droit de remettre mes actes en question ? Tu veux avoir le droit d'intervenir dans ma vie ? Ne m'interdis pas l'accès à ta culotte. Me refuser ce que je veux ne te rapprochera jamais assez de moi pour que tu puisses avoir ton mot à dire.

Sur ce, il fit demi-tour et s'éloigna des bureaux.

Maria retira ses mains du clavier et se renversa contre le

dossier de sa chaise. Quelque part au fond de son ventre, elle savait que le jour du jugement ne serait pas évité bien longtemps. Elle laissa échapper le souffle qu'elle ne s'était même pas sentie retenir… et admit silencieusement que la cascade de désir fou qu'elle ressentait pour lui ne pourrait, de toute façon, pas être contenue bien longtemps derrière le barrage.

GARRETT SORTIT EN TROMBE DE L'HÔTEL ET MONTA DANS SA voiture de location, une Cadillac Escalade noire. Il enclencha la marche arrière et fit tourner les roues. L'odeur de brûlé du caoutchouc sur l'asphalte lui procura une satisfaction immature. Alors qu'il roulait dans les rues de Miami, il savait que quelque chose allait devoir céder, et très bientôt. Il ne pouvait littéralement pas continuer ainsi plus longtemps.

Elle allait devoir céder… ou il devrait renoncer à elle et partir, comme elle le lui avait conseillé avec véhémence moins de cinq minutes plus tôt.

Mais comment pouvait-il partir sans la posséder d'abord ? Il ne pourrait pas l'oublier… Il n'avait pas pu la chasser de son esprit quand elle n'était qu'une voix dans sa tête. Et maintenant… *bon sang, non !* Il ne pouvait pas partir comme ça. Ça ne marcherait pas. Son besoin d'elle était trop fort. Et pour couronner le tout, après avoir appris à la connaître, il y avait plus que sa voix et son physique exotique. Il y avait la façon dont elle soupirait quand elle était fatiguée… la façon dont elle s'étirait le cou quand elle était devant l'ordinateur depuis trop longtemps… la façon dont elle souriait quand elle était satisfaite de quelque chose.

Non, il ne voulait pas partir. *Fait chier !* Il ne pouvait pas partir tant que ce n'était pas fini. L'orgasme qu'il lui avait donné la veille allait lui bousiller le cerveau pour le reste de sa vie s'il ne trouvait pas un moyen de l'avoir. Avec une détermination renouvelée, il freina et fit demi-tour pour retourner à l'hôtel.

Et s'il la voulait toujours, même après avoir atteint son but de la mettre dans son lit ?

Il chassa cette pensée. Il s'en inquiéterait le moment venu.

À DIX-HUIT HEURES CE SOIR-LÀ, MARIA ENTRA DANS LE BAR DU restaurant, où un verre de courtoisie était servi tous les soirs de dix-sept à vingt heures. Elle avait pris l'habitude de passer la tête pour s'assurer qu'au moins un *barman* était présent, puis elle partait généralement.

Ce soir-là, cependant, Luis Calderon et deux autres gars de leur groupe, qui étaient assis à une table de bar, lui firent signe de venir les rejoindre.

Avec une sensation déstabilisante logée au creux du ventre qui lui disait qu'elle avait sacrément de la chance que Garrett ne soit nulle part en vue, elle se dirigea vers eux, ses talons hauts claquant sur le carrelage en porcelaine tout neuf. Debout à côté de la table, elle sourit.

— Bonsoir, messieurs.

Luis poussa une chaise de bar pour elle.

— Salut, ma belle. Que prenez-vous ?

Puis il passa à l'espagnol pour la présenter aux Hispaniques avec qui il buvait, avant de faire signe au serveur qui arrivait.

Maria salua ces messieurs d'un sourire, et en s'asseyant sur la chaise, elle établit un contact visuel avec Mario, le *barman* du soir. Il l'observa attentivement en retour. Tous les deux avaient effectué cet exercice plus de fois qu'elle ne pouvait les compter et ils le maîtrisaient parfaitement.

— J'aimerais un Crown et Coca light, dit-elle, puis elle leva la main, tenant son index et son pouce à peine écartés. Mais léger, d'accord, Mario ?

Le mot « léger » associé au mouvement de sa main était un signal secret qu'elle avait perfectionné avec les serveurs et les

barmans depuis longtemps. Cela signifiait qu'elle ne voulait qu'un Coca light, mais les employés et elle faisaient comme si elle buvait de l'alcool, généralement parce qu'un client ou un autre s'attendait à cela de sa part, or elle essayait toujours de faire plaisir à ses clients si elle le pouvait. Elle n'était pas du tout abstinente, mais elle n'avait pas envie de boire tous les soirs et cette petite tromperie n'avait jamais fait de mal à personne. Ses boissons n'étaient jamais comptabilisées sur la note de quiconque.

Quelques instants plus tard, elle avait un Coca light servi dans un verre à liqueur garni d'un quartier de citron vert. Elle remercia Mario, qui lui répondit d'un petit sourire complice avant de retourner au bar. Prenant un moment pour presser le citron vert dans sa boisson, elle sentit le bras de Luis se glisser derrière son siège. Comme il ne la touchait pas, elle, mais seulement sa chaise, elle considéra que son bras n'était pas là, se tourna vers les trois hommes et entama une conversation animée dans un espagnol fluide sur rien de particulier.

Une dizaine de minutes plus tard, le bras de Luis était toujours accroché au dossier de son siège et elle avait bu la moitié de son verre, quand elle jeta un coup d'œil à travers la pièce. Ses yeux tombèrent brusquement sur ceux de Garrett, qui se tenait sur le seuil et la regardait, une tempête dessinée sur ses traits.

Il portait un jean bleu, des bottes et un t-shirt noir moulant qui dessinait son torse, ses abdos et ses biceps. Il était littéralement à croquer et l'expression possessive qu'il avait dans les yeux l'alarmait en même temps qu'elle mettait à mal sa féminité. Sentant son ventre se nouer et ses doigts devenir maladroits, elle posa son verre, de peur de le renverser.

Les yeux de Garrett quittèrent les siens et se posèrent sur le bras derrière sa chaise, avant de se déplacer pour étudier l'homme à côté d'elle. Il parcourut environ la moitié du chemin jusqu'à la table où elle était assise avant de s'arrêter. Son regard revint sur elle, ses lèvres se pincèrent en une ligne évidemment

désapprobatrice, et il inclina la tête d'un coup sec, l'appelant à ses côtés sans même un mot.

L'homme à côté d'elle remarqua Garrett.

— Qui est-ce ?

Maria commença à glisser de son siège.

— Le nouveau propriétaire. Je ferais mieux d'aller voir ce qu'il veut.

Alors qu'elle se levait, la main de Luis glissa sur son épaule et il lui adressa quelques mots bas en espagnol, sur un ton inquiet.

— Ce qu'il veut, c'est évident, à son regard, bébé. Ça va aller ?

Maria prit son verre et répondit dans la même langue, refusant de se préoccuper du fait que Garrett soit à portée de voix, son grand corps ne se trouvant qu'à quelques mètres d'elle :

— Il peut afficher qu'il veut, ça ne veut pas dire qu'il l'aura.

Sur ce, elle offrit aux trois hommes un sourire radieux que Garrett, elle le savait, ne manquerait pas de remarquer.

— Je vous retrouve plus tard, d'accord ?

— Bien sûr, ma belle, répondit Luis en prenant son verre et en le levant vers elle, comme pour porter un toast.

Maria sourit une fois de plus et inclina la tête, puis tournant les talons, elle se dirigea vers Garrett. Lorsqu'elle arriva à ses côtés, il posa une main sur son coude d'un geste furieux et précis et l'entraîna hors de la pièce.

Gardant la main sous son bras, il l'accompagna jusqu'à la banque d'ascenseurs. La cabine attendait déjà, ils y entrèrent et les portes se refermèrent dans un souffle silencieux. Il appuya sur le bouton du quatrième étage, puis d'un mouvement rapide et impatient, il la poussa contre la paroi.

Maria tendit son verre sur le côté pour empêcher le liquide d'éclabousser sa jupe et son chemisier.

Garrett appuya les deux bras de chaque côté de sa tête, pour l'enfermer dans son espace.

— Qu'est-ce que je t'ai dit hier soir ?

L'estomac de Maria se tordit en un nœud serré.

— Je vous demande pardon ?

— Hier soir, répéta-t-il, qu'est-ce que je t'ai dit ?

— Vous m'avez dit beaucoup de choses. (Elle prit une inspiration rapide, sachant très bien qu'il faisait référence à Luis Calderon et au bras que l'homme avait enroulé autour d'elle, quelques instants auparavant.) Vous m'avez ordonné de ne plus prendre la cage d'escalier.

Les yeux de Garrett devinrent glacials.

— Je t'ai dit que personne n'avait le droit de te toucher.

Elle leva le menton et serra la mâchoire.

— Et j'ai dit que c'étaient des conneries, non ?

Au moment où un air féroce passait sur le visage de Garrett, l'appareil tinta et l'ascenseur s'arrêta à son étage. L'homme recula et tint la porte ouverte, s'attendant manifestement à ce qu'elle sorte. Où était-elle censée aller ? Elle n'avait pas d'autre choix que de le suivre.

Il lui saisit à nouveau le bras et l'entraîna vers sa suite. Les papillons dans son ventre se lancèrent dans une danse de désir qui commença à se propager dans son système, même si son cerveau était en compétition avec son corps. *Pourquoi pas ?* hurlaient ses parties intimes. *Parce que c'est un connard arrogant,* répondait son cerveau.

Alors qu'il l'entraînait dans le couloir, elle trébucha et il resserra immédiatement son étreinte.

— Combien de verres as-tu bus ? demanda-t-il, énervé.

— Aucun.

Ils étaient arrivés à sa porte et il l'y plaqua.

— Tu es en train de boire. Tu me dis que c'est ton premier ?

— Je vous dis que c'est du Coca light.

Il avait l'air plus que sceptique.

— Conneries !

Le feu embrasa le dos de Maria.

— Allez-y, sentez. Goûtez, le défia-t-elle.

— Pourquoi c'est servi dans un verre à cocktail ? Et pourquoi es-tu tombée ?

— Je ne suis pas tombée. « Tomber » signifierait finir la tête la première au sol, non ?

Elle pria pour que son petit faux pas n'ait pas été aussi disgracieux.

Il grogna comme s'il était à bout de patience à cause de ses réponses.

— Où est ta carte ?

Voyant un autre couple quitter sa suite quelques portes plus loin et ne voulant pas continuer à rester là à faire une scène, Maria sortit sa carte de sa poche et la glissa dans la fente de sa porte. Un bras dur et halé se tendit au-dessus d'elle et poussa la poignée vers le bas, qui ouvrit le battant.

Elle sursauta et essaya de se retourner, ne s'attendant pas à ce qu'il essaie d'entrer dans sa chambre. Elle pensait que son intention tout à l'heure n'avait été que d'essayer de la séparer des hommes avec qui elle était assise. Elle marmonna :

— Vous ne pouvez pas entrer.

Mais il était déjà trop tard. Il l'avait propulsée dans la suite d'une main ferme dans son dos, puis il entra, se retourna et verrouilla la porte. Comme étourdie, elle resta immobile pendant qu'il prenait le verre de sa main et le portait à son nez. La regardant dans les yeux, il but une gorgée, puis posa le verre sur le bureau à côté de la télévision.

Ignorant son manque de foi en sa parole, elle déglutit et essaya à nouveau.

— Je ne veux pas de vous ici, Garrett.

— Je m'en fiche un peu, lâcha-t-il succinctement en sortant une petite carte blanche de sa poche arrière et en la jetant sur le bureau à côté du verre.

— Qu'est-ce que c'est ? demanda-t-elle en jetant un coup d'œil à ce qui ressemblait à une carte de visite.

Ses yeux s'étrécirent et il dit entre ses dents :

— Le nom d'un bon avocat.

Le cœur de Maria manqua un battement, puis se mit à cogner si fort qu'elle pouvait l'entendre dans ses tympans.

— Un avocat ?

Il fit un pas de plus.

— Le meilleur de l'État. Il est spécialisé dans le harcèlement sexuel. Tu vas avoir besoin de ses services.

6

P*utain de merde !* Il la prenait au mot. Un bruit de fond noyant sa pensée, ses cordes vocales se grippèrent et elle fut incapable de dire un mot. Il leva le menton dans un hochement de tête, comme s'il confirmait quelque chose qu'elle avait enregistré mentalement, et elle recula d'un pas alors qu'il en faisait un en avant.

— Garrett...

— Oui ?

Il prit sa main dans la sienne et l'attira contre son torse avec une force qui lui coupa presque le souffle. Inclinant la tête, elle leva les yeux vers lui.

— Je ne pense pas que...

— Je m'en fiche, la coupa-t-il avec un rictus.

Ses tétons pointaient sous le tissu de son t-shirt.

— Vous ne pouvez pas...

Il lui enfonça la main dans les cheveux et une expression de domination absolue apparut sur ses traits.

— Si, je peux.

— Mais je ne veux pas...

— Je crois au contraire que tu en as envie.

Les doigts dans ses cheveux plongèrent jusqu'à son cuir chevelu et se resserrèrent, la tenant fermement dans leur emprise.

Elle écarquilla les yeux et fit une dernière tentative désespérée pour se dégager.

Il répliqua d'un mouvement fluide et vif, la faisant pivoter jusqu'à ce qu'elle se retrouve dos au mur. Il essaya de passer une jambe entre ses genoux, mais sa jupe était étroite, une coupe crayon, et avec un son grave et douloureux venant du fond de sa gorge, il relâcha son cuir chevelu juste assez longtemps pour la lui remonter autour des hanches. Elle ne portait rien d'autre qu'un slip en satin, alors, sans hésiter, il saisit l'étoffe au niveau de ses hanches et baissa la culotte le long de ses jambes.

Il lui souleva de force un pied, puis l'autre, jetant les sous-vêtements sur le côté. Poussant un genou entre ses cuisses pour maintenir ses jambes ouvertes, il regarda sa moitié inférieure dénudée. Maria ferma les yeux et l'entendit prendre une forte respiration entre ses dents.

L'arrière de sa tête heurta la paroi et elle resta immobile, essayant d'aspirer de l'oxygène alors que Garrett levait un doigt et le faisait glisser le long de sa joue dans un contact doux qui, d'une certaine manière, le rendait encore plus menaçant.

— Si belle ! lâcha-t-il d'une voix rauque. Tellement belle, putain !

Il se pencha pour l'embrasser, ses doigts se déplaçant vers son menton qu'il tira vers le bas, pour lui donner un accès rapide à sa bouche. Sans réfléchir, elle glissa les mains vers ses épaules et s'y accrocha. Son baiser se fit rapidement dur, chaud, affamé, humide. Alors qu'elle essayait de saisir pleinement la situation, son souffle se coupa et la chaleur s'épanouit entre ses cuisses.

Il abaissa la main, serpentant avec détermination jusqu'à son monticule nu et lisse. Au premier contact, une vague de chaleur lui remonta le long de l'échine à la seconde même où elle sentit ses muscles se contracter sous ses paumes, lui prouvant qu'il était tout

aussi impliqué dans l'instant. Alors que les lèvres et la langue de Garrett continuaient à ravir sa bouche, il plongea en elle, puis se retira encore et encore, glissa les doigts dans ses plis humides et trouva son clitoris. Une spirale de pur plaisir se déchaîna en elle et un gémissement s'échappa du fond de sa gorge. Ses mains s'accrochaient à lui plus fermement, essayant de trouver la stabilité dans un monde soudain hors de tout contrôle.

Elle fondait sous l'effet d'un désir entêtant, et au fond d'elle-même, elle était heureuse que cela se produise enfin. Elle en avait envie depuis si longtemps qu'elle se réjouissait de le voir prendre le contrôle, passer à l'acte. Elle ne l'avait peut-être jamais admis, mais Garrett Rule possédait quelque chose qu'elle n'avait jamais décelé chez un autre homme auparavant. Il avait quelque chose, même si c'était indéfinissable et, par Dieu, elle le voulait, ou plutôt, sa libido le voulait, même si sa raison n'en était pas aussi sûre.

Une inquiétude vint la chatouiller à travers la faim lancinante qui lui embrumait la tête. Elle ne disposait que de quelques secondes, car dans quelques instants, il ferait un geste pour ouvrir sa braguette et elle savait qu'elle ne l'arrêterait pas. Elle devait donc utiliser son cerveau pendant qu'il fonctionnait encore à moitié. Avant que cela n'aille plus loin, elle arracha sa bouche à la sienne et détourna la tête, essayant d'avoir assez d'air pour parler.

Il lui rapprocha le visage pour l'embrasser, enfonçant la main dans ses cheveux pour la retenir captive. Des feux d'artifice lui éclatèrent dans sa tête, mais elle ne pouvait pas les laisser s'emballer avant d'avoir réglé la situation entre eux. Elle se détacha à nouveau et parvint à éloigner ses lèvres de quelques centimètres des siennes.

— Garrett...

S'il resta à l'écart de sa bouche, son front se posa contre le sien et il resserra la paume sur son mont de Vénus, ses doigts s'enfonçant pour une prise plus ferme.

— Quoi ?

— Avez-vous un…

Ses yeux s'ouvrirent brusquement et elle vit la chaleur impatiente qui entourait ses iris.

— Si j'ai quoi ?

— Un préservatif, dit-elle.

En guise de réponse, il se pencha et lui mordit la lèvre inférieure avant de saisir une de ses mains et de la plaquer contre le mur, afin de la maintenir fermement en place. Il la regarda fixement, les yeux illuminés d'une fièvre incandescente alors qu'il déclarait dans ce qui semblait être une récrimination :

— J'ai des préservatifs dans mes bagages vingt-quatre heures sur vingt-quatre et sept jours sur sept depuis la première seconde où je t'ai vue.

Sa réponse, bien qu'affirmative, n'était guère rassurante. Alors qu'il la regardait fixement, la tenant contre la paroi de plâtre, il semblait y avoir un air accusateur à peine dissimulé sur ses traits qui insinuaient que ses émotions, ses actes étaient sa faute.

La faim visible sur le visage de Garrett envoya des vagues de chaleur dans le corps de Maria. Son ventre se tordait d'excitation, mais elle ne savait pas si c'était à cause de l'emprise presque féroce de son regard primitif qui la retenait captive, ou en dépit de cela.

Ses yeux en fusion fixaient les siens avec un air de propriétaire, ses doigts s'entremêlaient aux siens tandis qu'il continuait à plaquer sa main contre le mur. Son autre main réclamait toujours la chaleur nue entre ses cuisses, ses doigts la caressaient avec une détermination inexorable qui lui faisait perdre la raison.

Elle voulut laisser tomber ses paupières.

— Non, déclara-t-il sans équivoque.

Ses yeux s'écarquillèrent et restèrent prisonniers des siens alors qu'une vague de chaleur la précipitait à la rencontre des doigts qui la taquinaient.

— Non ?

Il secoua la tête.

— Je veux le voir quand tu jouiras.

— Garrett...

— Quoi ?

Elle était à peine capable de soutenir son regard.

— Je ne peux pas, chuchota-t-elle, fermant les yeux.

Un froncement de sourcils se dessina sur les traits sombres de l'homme.

— Pourquoi pas ?

— C'est trop...

— Trop quoi ? cracha-t-il sévèrement.

— Trop intime.

Un grognement de représailles sortit lentement de ses lèvres. Il la libéra de son étau, mais continua à la plaquer contre le mur avec son torse, ne lui laissant aucune chance de s'éloigner de lui, comme s'il se préparait à lui infliger une sorte de vengeance masculine tordue. Elle n'ouvrit les yeux qu'un instant avant de les écarquiller à cause de la brusquerie de ses actes.

Sur un geste impitoyable, il enleva ses chaussures et ses chaussettes en quelques secondes et ne tarda pas à baisser la fermeture Éclair de son pantalon. Sans la moindre hésitation, il ôta son jean et son caleçon, tira un carré de plastique de la poche avant de jeter les vêtements sur le côté. Pendant tout ce temps, il la maintenait plaquée contre la paroi avec une domination masculine qui lui laissait peu de place pour former une pensée cohérente. Il la relâcha momentanément, s'éloignant d'elle le temps de prendre sa verge en main, son poing entourant sa longueur et la caressant, faisant suinter une perle de liquide annonciateur. Alors même qu'il enroulait le préservatif sur son engorgement, il ne la quittait pas des yeux, devinant sans doute qu'elle ne pouvait rien faire d'autre que de suivre ses mouvements, et sachant probablement aussi, à ses mouvements agités, que la vue de son érection l'excitait.

D'un geste impatient et saccadé, il ouvrit et jeta sa chemise, puis posa les mains de chaque côté du chemisier de la jeune femme et le lui arracha. Le crissement de l'étoffe qui se déchirait et le bruit des boutons qui sautaient la figèrent sur place et un frisson de chaleur lascive se répandit dans son sang. Sans la quitter des yeux,

il lui retira son haut avec lenteur, avec une lenteur délibérée, et baissa la fermeture Éclair de sa jupe pour la laisser tomber à ses pieds, la laissant nue à l'exception de son soutien-gorge.

Maria avait l'impression de vivre un rêve sexuel ou une expérience extracorporelle, son cœur battait fort dans ses oreilles tandis que, sans la quitter des yeux, Garrett tirait sur les bonnets de son soutien-gorge, forçant ses seins à sortir par-dessus.

Un moment torride et sexuel passa entre eux avant que, lentement, il ne pose les yeux sur sa poitrine. Ses pommettes se teintèrent de rouge, son expression montrant une tension soudaine. Ses lèvres prirent la forme d'un rictus satanique et ses narines se dilatèrent.

Avec une force qui la stupéfia, il la prit sous les fesses et la souleva, la plaçant dos au mur et manœuvrant pour lui nouer les jambes autour de la taille. En quelques secondes, Maria sentit son érection, chaude et dure contre son intimité.

Il lui souleva le menton et ses yeux se posèrent dans les siens alors qu'il commençait à pousser en elle avec une force implacable. La jeune femme inspira, déglutit, les yeux rivés aux siens tandis qu'il la pénétrait. Le visage de Garrett exultait et, dans un coin sombre de son esprit, elle réalisa que ce n'était pas seulement une satisfaction sexuelle qu'il ressentait.

Son érection était large et palpitante, épaisse et dure alors qu'il étirait sa chair féminine. Elle en eut le souffle coupé lorsqu'il s'arrêta et elle sut qu'il avait atteint son but : il était complètement fiché en elle.

Penchant la tête, il lui mordit la lèvre inférieure, puis leva à nouveau le visage et la pénétra de son regard. La bouche serrée sur une forme de tension, il se retira puis replongea avec une force qui lui arracha un cri de surprise, alors même que son corps se relâchait pour lui. Soudain, il siffla :

— Je regarde et je possède.

Brusquement, ses mots transpercèrent la brume de désir qui enveloppait Maria, bientôt remplacée par une montée de colère.

— Quoi ?!

Elle repoussa son torse et essaya de reculer. Elle n'en revenait pas qu'il lui renvoie ses propres mots à la figure. Ses mots qui avaient été prononcés en espagnol, d'ailleurs. Ce fils de pute parlait espagnol ?

— Qu'est-ce que tu as dit ? demanda-t-elle encore, laissant ses ongles s'accrocher à sa chair inflexible.

Une main sous ses fesses, il lui enfonça l'autre dans les cheveux, jusqu'à son cuir chevelu, pour la retenir fermement captive.

— J'ai dit que je te regardais et que je te possédais.

La dévorant des yeux et serrant les dents, il se retira avant de replonger en elle avec une telle force qu'elle commença à sombrer dans le plaisir, alors même que son esprit restait assombri par la colère.

— Tu comprends l'espagnol ! lança-t-elle d'un ton accusateur.

— Ouais, cracha-t-il comme si ce n'était rien.

La tête se mit à lui tourner, tandis qu'elle essayait de penser à tout ce qu'elle avait pu dire devant lui sans réaliser qu'il comprenait.

Merde !

— Tu m'as menti.

Ses yeux s'étrécirent face à l'accusation et ses mains se resserrèrent.

— Je ne t'ai jamais menti.

— Ce sont des conneries. Un mensonge par omission est toujours un mensonge.

— Je ne pense pas et je refuse d'avoir cette conversation. Je parle espagnol, putain, la belle affaire !

Elle plaqua les mains contre son torse, malgré son envie d'aller au bout du plaisir.

— Je n'ai pas de place dans ma vie pour un menteur, Garrett !

— Je ne suis pas un menteur. Ce n'est pas parce que j'ai vu là une occasion de dissimuler des informations que ça fait de moi un menteur, contesta-t-il. Tu es juste énervée parce que j'ai gagné.

— Tu n'as rien gagné du tout.

— Non ?

Alors que ce mot provocateur demeurait suspendu en l'air et qu'ils se regardaient fixement comme deux adversaires sur un champ de bataille, il se retira, puis la pénétra de nouveau avec un degré de chaleur qui coupa l'afflux d'oxygène dans ses poumons.

— Tu vois, bébé ? demanda-t-il en donnant un autre coup.

Quelque part dans son cerveau en proie au plaisir, Maria savait qu'elle était censée s'accrocher à sa colère. Mais les va-et-vient incessants qui la clouaient au mur ne laissaient pas de place pour autre chose que le dangereux grésillement de la satisfaction sexuelle brute réclamée par son corps.

Le coup suivant toucha un endroit magique à l'intérieur, et un millier de lumières érotiques se mirent à danser dans sa tête tandis que la passion grimpait et prenait possession de tout son corps, laissant peu de place pour autre chose.

Il se pencha et lui mordit la lèvre une fois de plus, avant de se concentrer à nouveau sur elle.

— Ce n'est pas un putain de concours, lança-t-il, menaçant, mais crois-moi, si c'était le cas, le gagnant, ce serait moi. Tu n'aurais pas dû dire ce que tu as dit à ce connard et son putain de bras n'aurait pas dû être passé autour de toi.

À ses paroles arrogantes, malgré l'excitation qui la tenait sous son emprise, elle laissa échapper un petit ricanement sceptique.

— Oh, bon sang ! lâcha-t-il, comprenant sans doute qu'elle ne céderait pas. Revoyons tout ça encore une fois, putain ! (Il resserra encore les doigts dans ses cheveux au moment où il donnait un autre coup de boutoir, dur et profond, touchant le fond et restant fiché en elle.) Personne ne te touche, compris ?

Son regard perçait le sien et elle le fixait en haletant. Elle mourait littéralement d'envie qu'il continue d'onduler, son corps en mouvement à l'intérieur du sien était comme un paradis sur Terre, mais sa demande irréductible lui envoyait des signaux

d'alarme et elle ressentait le besoin de se défendre, au moins verbalement.

— Je ne t'appartiens pas.

— Non ? (Il refit un va-et-vient qui l'étourdit.) Qui a sa queue enfoncée en toi en ce moment ?

La vulgarité de ses mots la choqua et irradia le long de sa colonne tandis que des vrilles de chaleur explosaient au plus profond de son être, là où ils étaient unis.

Il resserra les doigts sur ses fesses.

— Réponds-moi. À qui. Est. La. Queue. Enfoncée. En. Toi ?

Mon Dieu, merde ! Jésus-Christ ! Jésus-Christ, Jésus-Christ !

— À… à toi, bégaya-t-elle.

— C'est exact. Et c'est comme ça que ce sera à partir de maintenant. Alors, sois une gentille petite fille et accepte ce que je te dis. Personne ne te touche, putain !

Maria déglutit, prête à accepter, juste pour qu'il la laisse jouir. Le souvenir du dernier orgasme qu'il lui avait procuré lui donnait des envies de lui permettre tout ce qu'il voulait. Mais la chaleur incendiaire dans ses yeux, la façon animale dont ses narines se dilataient provoquèrent en elle un malaise qui atterrit comme une boule de plomb dans son ventre. Ce n'était pas comme si elle voulait coucher avec quelqu'un d'autre, non, ce n'était pas ça. C'était le contrôle qu'il exigeait sur elle qui la faisait paniquer. Elle se passa la langue sur les lèvres et tenta de formuler les mots qu'il attendait.

— Je…

Voyant qu'elle calait, il se pencha et l'embrassa rapidement tout en poussant le bassin vers l'avant.

— Sois d'accord avec moi, bébé, et je t'emmène directement au paradis.

La vérité dégringola de ses lèvres.

— Je suis nerveuse, j'ai peur.

Un froncement sévère lui plissa les sourcils, puis les traits de

Garrett se radoucirent soudain un peu. Son front vint se poser contre le sien et la main dans ses cheveux se fit caressante.

— Ma chérie, il ne va rien se passer de mal ici. Tu es en sécurité avec moi. Je ne supporterais pas que tu aies de la peine. Mais tu dois comprendre que ça se passera comme ça. Je veux te posséder, je vais vouloir te prendre encore et encore, et ça signifie par voie de conséquence que personne d'autre ne pourra te toucher. (Il prit une inspiration.) Maintenant, dis-le.

Une boule d'émotions désordonnées s'enflamma juste en dessous de son sternum. Elle voulait ce qu'il décrivait, dans toute sa gloire tordue. Elle sentait à quel point il serait génial au lit, en tant qu'amant dominant. Même maintenant, elle était à un cheveu de jouir. Mais sa possessivité et ses singeries d'homme des cavernes lui envoyaient des signaux d'alerte. Bon sang, peut-être qu'elle pourrait juste être d'accord avec lui maintenant et s'en inquiéter plus tard ? C'était nul, elle le savait. Mais il fallait qu'elle jouisse. Et vraiment, pour le moment, elle n'avait envie d'être avec personne d'autre, alors elle ne lui mentirait pas. Ce serait juste à court terme. Oui, c'était ça. Du court terme. Avec ce compromis pour soulager sa conscience, elle lâcha doucement :

— OK.

— OK, quoi ? insista-t-il.

— OK, je suis d'accord.

— Dis-le.

— Personne...

Pourquoi cette situation était-elle si compliquée ?

— Personne ne te touche, dis-le.

Au lieu de répéter la phrase, elle s'entendit lui retourner sa propre question.

— Et personne ne te touche non plus, n'est-ce pas ?

Sa réponse vint immédiatement, comme s'il était outré par cette simple suggestion.

— Putain, non ! Non, non, personne. Personne à part toi.

Son accord, donné sans la moindre hésitation, fit monter la

température de Maria d'un degré supplémentaire et elle prit une inspiration frémissante. Avec cette garantie, elle était plus à même de lui accorder la concession qu'il réclamait.

— D'accord. Personne ne me touche.

À la seconde où elle prononça ses mots, il se retira, puis replongea à l'intérieur. Ses mains l'agrippèrent fermement et sa bouche se rapprocha de la sienne. Il entama de longs mouvements réguliers, entrant et sortant, sa langue tourbillonnant autour de la sienne et Maria avait du mal à respirer. Il était incroyable. Bon sang, il était génial ! *C'est si bon !* Elle remuait le bassin contre lui pendant qu'avec une lenteur implacable, il plongeait en longs assauts continus, à couper le souffle. C'était là, elle pouvait le sentir et ses mains montèrent se plaquer de part et d'autre du visage de Garrett. Inclinant sa tête pour un ajustement plus parfait, elle l'embrassa en retour. Des baisers longs et dévastateurs pour l'âme, dont elle ignorait l'existence jusqu'alors. Elle se balança plus fort contre lui, sachant qu'elle était proche.

Le corps de Garrett se mit à trembler, ses muscles à se durcir, et ses coups devinrent plus durs, plus fermes, poussant contre elle juste au bon endroit.

Maria bascula dans le vide sur une bouffée de chaleur et un gémissement. Des lumières lui explosèrent dans le cerveau alors qu'elle se collait contre lui, exploitant au maximum son orgasme. Il se raidit contre elle, sembla grandir en elle, puis poussa un grognement fort et guttural en s'enfonçant encore plus profondément. Là, il s'immobilisa et les vibrations de son corps contre le sien, spectaculaires, prolongèrent l'orgasme de Maria. Avec un gémissement sonore dans son oreille, sa respiration commença à ralentir et son cœur se brisa presque quand elle réalisa qu'il venait de lui gâcher toute autre relation sexuelle jusqu'à la fin de ses jours.

Ce ne serait plus jamais comme ça, sauf si c'était avec lui. Elle le savait, de manière irrévocable.

Le front appuyé contre celui de Maia, Garrett prenait de longues inspirations d'oxygène. Toujours enfoui au plus profond de son corps, les doigts d'une main agrippés à une fesse, il relâcha lentement son cuir chevelu de l'autre, qu'il glissa vers le bas et posa sur son autre fesse. La soulevant, refusant de la relâcher, il se retourna, la laissa tomber sur le lit, avant de venir s'allonger au-dessus d'elle.

Il savait qu'il devrait se retirer dans un instant, non pas parce que son érection ramollissait, car ce n'était pas le cas, mais parce qu'il ne pouvait pas recommencer à la pilonner avec le préservatif souillé entre eux. Bien qu'il n'ait aucun moyen de savoir si elle prenait une forme de contraception, il savait que, dans le cas contraire, elle serait vraiment énervée s'il faisait une connerie et la mettait enceinte.

Enceinte.

Pourquoi l'idée que Maria tombe enceinte faisait-elle gonfler sa queue de plus belle, comme au garde-à-vous ? C'était complètement tordu ! Il avait besoin de se vider la tête, il ne pensait pas correctement, car elle l'avait complètement déséquilibré. Mais il ne pouvait pas réfléchir maintenant, il était encore dans le royaume des sensations. Et bon sang, c'était bon ! Exactement comme il l'avait imaginé, exactement ce que ses fantasmes avaient déjà anticipé.

Bon Dieu ! C'était enfin arrivé. Il avait enfin couché avec la femme à la voix. Doux Jésus, ça avait pris assez longtemps ! Il n'avait jamais attendu personne aussi longtemps, jamais. Mais il savait que si c'était à refaire, il recommencerait.

Elle était spectaculaire à ce point.

Forçant son cerveau malade à revenir à lui, il l'embrassa sur le front et commença lentement à se retirer de son corps. Elle était serrée, si étroite qu'un instant plus tôt, il avait eu toutes les peines

du monde à se retenir d'explorer et maintenant, son retrait était plus difficile que son entrée.

Elle grimaça et il tenta d'émettre un son apaisant, portant la main à son sexe pour maintenir le préservatif en place. Encore maintenant, il s'efforçait de la protéger : la difficulté de son retrait lui indiquait qu'il tenait une arme chargée dans sa main. Elle laissa échapper un autre hoquet et le fait de savoir qu'il la blessait manqua de le faire sortir de ses gonds.

— Chhhh, bébé ! Reste tranquille, juste une seconde, OK ?

— OK, balbutia-t-elle.

Pourtant, elle détourna la tête, comme si elle était extrêmement gênée.

Gênée ? Oui, ils avaient couché ensemble, du genre sale et animal, mais le sexe était une chose naturelle, alors pourquoi devrait-elle éprouver la moindre gêne ?

Enfin séparé d'elle, le préservatif bien en place, il retira distraitement la protection tout en la regardant. Elle roula sur le flanc et se recroquevilla. Inquiet, il se débarrassa rapidement des preuves de leur relation intime dans la salle de bains. Puis il revint s'asseoir sur le bord du lit et posa une main dans le dos de Maria.

— Coucou, fit-il pour attirer son attention.

— Coucou, marmonna-t-elle en retour, comme si elle saluait quelqu'un.

Il leva les yeux au ciel.

— Maria, regarde-moi.

Elle secoua la tête et ses yeux se fermèrent. Il fronça les sourcils.

— Je t'ai fait mal ?

Elle secoua de nouveau la tête.

— Non.

Il plissa les yeux.

— Alors qu'est-ce qui ne va pas ?

Finalement, elle se retourna et lui fit face, ouvrant les paupières.

— Rien.

Bon Dieu, ce qu'elle avait de beaux yeux !

— Tu es sûre ? Tu es toujours en colère parce que je suis bilingue ?

— Ouais... non.

Les lèvres de Maria se retroussèrent sur ce qui semblait être une ébauche de sourire.

— Bon. (Il l'étudia quelques secondes de plus, essayant de comprendre ce qui trottait dans son cerveau. Faute de trouver quoi dire, il opta pour le banal :) Tu as faim ?

Après un court instant, elle le surprit en hochant la tête.

Le plaisir de voir qu'elle acceptait de passer plus de temps avec lui réveilla sa bonne humeur et il sentit qu'il esquissait un sourire tandis qu'il lui caressait le dos.

— Tu veux sortir dîner quelque part ?

Écarquillant les yeux, elle recula dans le lit, hissée sur les coudes dans une position semi-allongée.

— Tu veux dire ailleurs qu'à l'hôtel ?

À croire qu'elle ne sortait jamais, que l'hôtel constituait les limites de son univers.

— Bien sûr. N'importe où. On peut manger en bas ou faire un tour en voiture, trouver un restaurant sur l'eau quelque part. Ça te convient ?

Elle le regarda en silence pendant un moment, comme s'il l'avait prise au dépourvu. Mais qu'est-ce qui se passait ? Elle ne pensait pas qu'il prendrait la peine de la nourrir ? Ça faisait mal.

— Oui, bonne idée.

Il lui caressa les fesses, parce qu'il n'arrivait pas à se lever et à s'éloigner d'elle.

Elle l'observait derrière ses cils.

— Garrett ?

Incapable de s'en empêcher, il la caressa une dernière fois.

— Ouais ?

— Cette chose que tu m'as dite tout à l'heure…

Il fronça les sourcils.

— Quelle chose ?

— À propos du fait que tu n'irais pas fricoter avec d'autres femmes.

— Oui, et alors ?

— Si tu n'as pas été honnête avec moi, je le découvrirai, et crois-moi, ce sera la fin de tout ce qu'il y a entre nous. (Elle l'étudia attentivement, puis elle ouvrit la bouche à nouveau et retourna ses propres mots contre lui.) Pigé, bébé ?

Elle était tellement adorable qu'il ne put réprimer un sourire.

LA JOURNÉE DE TRAVAIL SUIVANTE S'AVÉRA UN BRUTAL RETOUR SUR Terre pour Maria. Le restaurant où Garrett l'avait emmenée la veille était décontracté, mais ils avaient peu discuté. En gros, il avait passé tout le repas à la contempler, d'un regard à la fois dur et évaluateur. Les quelques mots qu'ils avaient échangés étaient sans conséquence. On aurait dit qu'ils mangeaient tous les deux uniquement pour se requinquer sur le plan physique, alors que chacun était perdu dans ses propres pensées.

Elle, en tout cas, savait ce qu'elle pensait. Elle ne s'était toujours pas remise de la partie de jambes en l'air qu'ils avaient partagée, la force dominante qu'il avait utilisée et sa douceur tranquille mais semi-grivoise ensuite.

Après le restaurant, il l'avait raccompagnée à sa chambre, presque comme un *gentleman,* et elle s'attendait à moitié à ce qu'il essaie de l'y suivre pour remettre ça, mais il s'en était abstenu. Il l'avait simplement embrassée, un baiser profond et dur, et puis sur une légère poussée, il l'avait fait entrer dans sa chambre.

Et maintenant, après une journée de travail ordinaire où il ne s'était pas montré, elle se demandait pour la millième fois où il était. Elle l'imaginait de retour dans les Keys, mais elle n'en était pas du tout sûre. Une petite et ridicule douleur essayait de se

manifester au creux de son ventre, pourtant Maria refusait de la laisser s'installer. Sa thérapie pour ne pas penser à lui était de rester occupée, et c'était exactement ce qu'elle avait fait toute la journée.

Rester occupée n'avait pas été un souci, avec des problèmes électriques qui avaient plongé dans le noir une partie du bâtiment, provoquant un chaos temporaire et signifiant qu'elle avait fini débordée au possible. Elle aurait donné n'importe quoi en ce moment pour un bain parfumé, des bougies et un peu de temps seule. Or être seule semblait être à son programme, puisque Garrett ne s'était toujours pas montré.

Alors maintenant, tandis qu'elle empruntait l'ascenseur de service jusqu'à sa suite après une longue journée stressante, elle tenta d'oblitérer la claustrophobie qu'elle ressentait toujours lorsqu'elle entrait dans une cabine. Seule à l'intérieur, elle regardait les chiffres défiler tout en essayant de respirer régulièrement.

— Tu peux le faire, Maria. Rappelle-toi, tu le fais tous les jours.

Alors qu'elle pensait avoir vaincu sa peur, l'appareil s'arrêta brusquement dans un grincement et les lumières s'éteignirent. En un instant, elle fut transportée dans le sombre hangar de sa terrifiante expérience d'enfant. Toute réflexion logique s'envola. Son cœur se mit à battre la chamade et elle faillit étouffer dans sa propre respiration, une panique débilitante l'envahissant tandis que la terreur l'enveloppait et la saisissait par vagues, refusant de la lâcher.

7

Garrett entra dans l'hôtel ce soir-là juste au moment où l'un des agents de maintenance criait dans le hall. L'agacement fut son premier sentiment : pourquoi le bonhomme avait-il enfreint le protocole en inquiétant potentiellement tous les clients qui pouvaient être à portée de voix ?

Déjà impatient de voir Maria, il balaya les lieux du regard, sachant instinctivement que s'il y avait un problème dans son hôtel, elle serait au milieu de tout ça. Quand il vit un autre agent d'entretien rejoindre le premier sans aucun signe de Maria, il se dirigea vers eux.

— Que se passe-t-il ?

Le premier homme, celui qui avait crié, était un individu beaucoup plus âgé, à l'air sérieux, avec un badge indiquant qu'il s'appelait Dan sur sa combinaison.

— Les portes de l'ascenseur sont bloquées.

— Avec des clients dedans ? demanda Garrett.

— Non. C'est l'ascenseur de service, répondit brièvement Dan,

se détournant brusquement comme s'il n'avait pas le temps de répondre à des questions.

Cette légère insubordination frappa Garrett de la mauvaise manière : il ne faisait aucun doute que les employés ici savaient qu'il possédait l'endroit. Alors, pourquoi exactement crier à travers ce fichu hall d'hôtel comme si l'endroit était en feu ?

— Vous essayez délibérément d'indisposer les clients ?

L'homme se retourna avec du feu dans les yeux.

— Maria est dedans, voilà pourquoi j'ai crié. Et c'est tout ce qui m'intéresse pour le moment, pas l'hôtel ni les clients.

Le ton était énervé, comme si on essayait de le ralentir alors qu'il s'efforçait de sauver son propre enfant.

Au nom de Maria sur les lèvres d'un autre homme, Garrett se cabra comme sous l'effet d'un coup.

— Elle va bien ?

— Bon sang, non ! Cette fille est claustrophobe à un degré que je n'ai jamais vu. Et elle est coincée là-dedans toute seule depuis vingt bonnes minutes déjà !

— Claustrophobe ?

Comment se faisait-il qu'il ignore qu'elle souffrait de claustrophobie ?

— Au point que c'en est presque invalidant. Maintenant, si vous voulez bien m'excuser, je dois la sortir de là, d'accord ?

— Je viens avec vous.

— Bien, allons-y.

Ils grimpèrent l'escalier et œuvrèrent de concert à l'ouverture des portes avec une énergie qui en disait long. Les gens ici aimaient Maria, c'était plus qu'évident pour Garrett depuis le jour de son arrivée, et maintenant, ils travaillaient comme des fous pour la libérer de son enfermement.

Lorsque les portes s'ouvrirent enfin, Garrett manqua de perdre la tête à la vue qui l'accueillit. Maria était assise dans le coin, au fond, les genoux remontés contre la poitrine. Sa tête était penchée en avant, son visage plaqué contre ses genoux, ses yeux

fermés et des larmes coulaient sur ses joues pâles. Ses chaussures gisaient à côté d'elle. Les cheveux emmêlés et humides, elle poussait des gémissements gutturaux en se balançant d'avant en arrière.

— Bon sang ! aboya-t-il, faisant immédiatement un pas vers elle.

Avant qu'il ne puisse faire un deuxième pas, cependant, Dan posa une main autoritaire sur son bras, indiquant qu'il serait le premier à s'occuper d'elle.

Une rage comme Garrett n'en avait jamais ressenti auparavant monta en flèche dans sa gorge et s'exprima dans une démonstration d'émotion qui, s'il avait conservé un peu de bon sens, l'aurait étonné. D'un geste, il repoussa le bonhomme contre la paroi de l'ascenseur et grogna :

— Recule, bordel ! Compris, mon vieux ? Elle est à moi. C'est ma femme, ma responsabilité.

Libérant l'homme visiblement choqué de son emprise, Garrett se retourna et s'accroupit à côté de Maria. Elle était exactement dans la même position, la tête toujours contre ses genoux, les bras enroulés autour de ses jambes.

— Bébé, chuchota-t-il.

Le mouvement de balancier s'arrêta, mais elle resta immobile, la tête baissée.

— Bébé, viens.

Il lui passa une main douce du sommet de la tête jusqu'à ses cheveux humides, mais elle ne répondait toujours pas. Posant les doigts sur son front moite, il poussa jusqu'à ce qu'elle lève enfin le visage et ouvre les yeux.

Il prit une inspiration angoissée en la voyant. La bouche de Maria était figée sur une ligne de tension et ses yeux semblaient creusés avant qu'elle ne les détourne et ne regarde ailleurs. Il n'avait jamais pensé qu'elle faisait son âge, mais là, elle avait l'air d'avoir vingt-cinq ans. Ses yeux étaient rouges de larmes, et la seule chose qui empêchait sa peau d'être d'un blanc cadavérique,

c'étaient les traces de mascara et autres produits de maquillage qui étaient étalés en un désordre coloré sur ses joues.

— Bébé, marmonna-t-il encore en signe de commisération pour tout ce qu'elle avait enduré ces dernières minutes.

Comme il n'éveillait aucune réaction, Garrett jeta un coup d'œil à Dan.

— Elle est en état de choc. Sa température a chuté, elle a besoin d'être réchauffée. (Il réfléchit un moment avant de trouver une idée.) Savez-vous si des clients utilisent le jacuzzi ?

L'homme commença à secouer la tête, indiquant que ce n'était pas la solution dont ils avaient besoin.

— Vous ne trouverez pas l'intimité dont elle a besoin là-bas. Je viens d'y aller et la zone de la piscine est plus fréquentée que d'habitude. (L'homme sembla réfléchir à quelque chose pendant quelques secondes avant de poursuivre :) Mais il y a un bain à remous dans la suite présidentielle, qui est inoccupée pour le moment.

— Cinquième étage ? demanda Garrett.

— Ouais.

— Faites-moi une faveur et demandez un service d'étage là-haut. Je veux une bouteille de cognac. (Garrett marqua une pause, se demandant si elle allait refuser l'alcool fort.) Et une de vin rouge, la cuvée de la maison fera l'affaire. Après, appelez le médecin de garde de l'hôtel et faites-le monter. Si nous avons besoin d'autre chose, j'appellerai plus tard, d'accord ?

— Oui, monsieur. Je m'en occupe.

L'homme coula un dernier regard paternel à Maria avant de froncer les sourcils et de se détourner. Garrett jeta un coup d'œil à l'autre agent de maintenance, qui restait immobile comme s'il contemplait un film en train de se dérouler et il aboya :

— Assurez-vous que ce soit réparé. Je me fous de savoir combien ça coûte ou qui on doit appeler pour ça. Je ne veux pas que cette merde se reproduise.

— Oui, monsieur, répondit l'homme, qui délimitait déjà la zone avec du ruban jaune.

Garrett se retourna vers Maria et lui releva le menton.

— On va te sortir d'ici, OK ?

Ses yeux ne croisaient pas les siens : on aurait dit qu'elle avait peur de tout ce qui l'entourait.

— Tu es en sécurité, maintenant, bébé. Je suis là et je ne laisserai rien t'arriver de mal, OK ?

À ses mots, le regard de Maria bascula à nouveau vers le sien et s'y accrocha avec l'énergie qu'elle aurait mise à regarder sa seule bouée de sauvetage. Il sentit ses abdominaux se crisper comme s'il prenait un coup.

— Je vais te soulever et t'emmener hors d'ici.

Voyant qu'elle ne répondait pas ou ne comprenait pas ses paroles, Garrett glissa un bras sous ses jambes déjà tendues et l'autre derrière son dos. Heureusement, elle n'essaya pas de lutter contre lui, mais resta en boule et blottie contre son torse.

Il se leva et, alors qu'il se dirigeait vers l'ascenseur principal de l'hôtel, elle gémit en signe de refus. Prêt à se donner un coup de pied au cul pour l'avoir bouleversée davantage, il se dirigea vers la cage d'escalier et grimpa la volée de marches. Il l'aurait volontiers portée tout du long, sentant qu'il méritait une légère pénitence pour l'avoir bouleversée.

Quand ils arrivèrent à la suite présidentielle, il fut obligé de la poser sur ses pieds nus pendant qu'il prenait sa carte magnétique dans son portefeuille. Elle s'appuya contre lui, le temps qu'il ouvre la porte. Puis il la reprit dans ses bras, poussa la porte et prit un moment pour regarder autour de lui. La suite était très belle pour la taille et l'âge de l'hôtel, mais bon, elle avait été rénovée récemment avec l'argent de la Rule Corporation. Or, ses frères et lui faisaient presque toujours les choses bien.

Il se rendit dans la chambre à coucher et tira les couvertures, la plaçant dans le lit avant de la border. Il trouva une autre couverture et l'étendit sur son corps.

— Je vais mettre le jacuzzi en route, bébé. Je reviens dans une seconde.

Quand les yeux de Maria se fermèrent et qu'elle détourna la tête, il fit la grimace, mais poussa jusqu'à la salle de bains. Le jacuzzi était assez grand pour quatre personnes et il régla l'eau à la température appropriée.

Le temps qu'il retourne vers elle, on frappa à la porte pour lui faire savoir que le médecin était arrivé. Garrett laissa entrer l'homme et lui serra la main, expliquant brièvement la situation.

Ils traversèrent la chambre.

— Maria, mon bébé, tu connais le docteur Valdez. Il va t'examiner, d'accord ?

Presque imperceptiblement, elle hocha la tête. Le praticien alla à son chevet.

— Je vais prendre votre température et votre tension, pour m'assurer que vous n'avez pas d'effets secondaires résiduels de votre frayeur, d'accord ?

Encore une fois, elle se contenta d'un léger hochement de tête.

Le médecin poursuivit son travail, prit sa température et sa tension artérielle.

— Pouvez-vous me dire ce qui s'est passé, Maria ?

Elle quitta l'homme des yeux pour chercher le regard de Garrett et il sentit son ventre se nouer en comprenant qu'elle aurait aimé le voir répondre à sa place.

— Elle est restée coincée dans l'ascenseur, je vous l'ai déjà dit, siffla-t-il, furieux que le docteur la contrarie inutilement.

— Oui, vous l'avez fait. Mais j'aimerais que Maria me le dise avec ses propres mots, insista fermement le médecin.

Garrett dévisagea la jeune femme et découvrit son regard affolé. Il se retourna vers l'homme et le regarda fixement.

— Elle sait ce qui s'est passé. Assurez-vous juste que ses constantes soient bonnes, d'accord ?

— Elles le sont. Mais j'aimerais qu'elle prouve au moins qu'elle arrive à parler avant de vous la confier.

Garrett était sur le point de fustiger cet enfoiré quand Maria s'exprima doucement :

— Je peux parler, je sais ce qui s'est passé.

— Bien, bien, dit le médecin en remballant son équipement dans son sac avant de se tourner vers Garrett. Ce sera probablement une bonne chose de la garder au chaud. Le spa est une bonne idée. Elle semble aller bien, son pouls est sain, bien qu'un peu élevé. Il faut juste la surveiller pendant un moment et s'assurer que rien de tel ne se reproduise.

Garrett donna son accord à ce connard pompeux et le raccompagna dehors.

Au moment où il allait fermer la porte, le service d'étage arrivait avec ce qu'il avait demandé. Il se saisit rapidement de sa commande et referma la porte. Posant le plateau avec le cognac et le vin à côté du spa, il testa l'eau et la trouva parfaite.

Maintenant, s'il parvenait à déshabiller et à réchauffer Maria, il pourrait commencer à respirer un peu plus facilement.

~

LE CŒUR DE MARIA COMMENÇAIT À PEINE À SE CALMER DE LA terreur pure et absolue qu'elle venait de vivre. Au fond, elle était extrêmement reconnaissante à Garrett d'être avec elle, mais elle ne voulait pas prendre le temps de se demander pourquoi ni d'y réfléchir.

Elle était juste heureuse. Il revint près de la porte et l'étudia.

— Où tu es allée pêcher ce type ?

Maria sentit ses lèvres se retrousser un peu : il était évident qu'il faisait référence au bon docteur. Si elle avait été capable de rire, elle se serait lâchée devant l'expression mécontente de Garrett.

Comme elle ne répondait rien, il continua :

— Je suis content que tu ailles bien. Dans le cas contraire, il y

aurait deux agents de maintenance qui chercheraient un nouveau travail en ce moment même.

Elle savait qu'il plaisantait pour qu'elle se sente mieux, et elle appréciait cela chez lui, vraiment.

— Je vais t'aider à entrer dans le spa, maintenant. L'eau est chaude, tu te sentiras mieux.

Elle se passa la langue sur les lèvres et essaya de formuler une réponse, sauf que son cerveau était toujours aussi léthargique.

— Mon maillot de bain est dans ma chambre.

— Tu n'en as pas besoin.

Elle déglutit et hocha la tête, essayant d'insister sans parler.

— Je t'ai déjà vue, tu te souviens ?

Son cœur commença à cogner contre son sternum et elle lâcha, désespérée :

— S'il te plaît.

Une expression se dessina sur les traits de Garrett, et à n'importe quel autre moment, Maria savait qu'elle aurait perdu ce combat. Mais elle était sur le point de le gagner, car d'une certaine manière, elle savait qu'il ne voulait pas la contrarier plus qu'elle ne l'était déjà. Comment elle le savait ? Mystère, mais quand il s'écarta de la porte et dit : « Je reviens tout de suite », cela ne la surprit pas le moins du monde.

En revanche, la réaction de Garrett lui fit couler quelque chose comme de la mélasse chaude dans les veines.

— Garrett ? lança-t-elle dans un murmure.

Il s'arrêta et se retourna, l'air inquiet.

— Tiroir du haut.

Il hocha la tête et se tourna vers elle pour lui obéir.

~

Trente minutes plus tard, Garrett était assis à côté de Maria dans l'eau bouillonnante, avec un short de bain pour tout vêtement.

Il se serait bien mis à l'eau tout nu, mais il savait que sa nudité ne ferait que la contrarier davantage. Il avait donc récupéré son caleçon quand il était parti chercher le maillot de bain de la jeune femme.

Il lui avait demandé ce qu'elle voulait entre le cognac et le vin, et à la légère inclinaison de sa tête, il avait ouvert la bouteille de vin et rempli deux verres.

Pendant qu'ils sirotaient le breuvage, Garrett l'étudia, et comme elle continuait à ne rien faire d'autre que de regarder dans l'eau, il demanda avec une grimace :

— C'était assez dur, hein ? (Devant son silence, il poursuivit :) Tu n'as pas besoin de dire quoi que ce soit. Je ne cherche pas de réponses. (Il fit une pause et ajouta :) Les gens ont des craintes. C'est normal. La claustrophobie est assez commune… on n'a pas besoin d'en parler.

Elle pinça les lèvres et le regarda avant de détourner à nouveau le regard et de marmonner :

— C'est bon.

Il sourit, plus pour lui-même que pour elle. La donzelle était têtue, il lui accordait ça. À croire que l'entêtement était un trait de caractère qui l'attirait.

Après quelques instants de silence, elle jeta un regard vers lui.

— As-tu déjà eu peur de quelque chose ? demanda-t-elle d'une voix calme.

La question le fit sursauter : il ne s'attendait pas à ce qu'elle essaie de faire la conversation. Mais il avait besoin qu'elle continue à parler, qu'elle oublie ce qui lui était arrivé, ou du moins qu'elle passe à autre chose. Aussi réfléchit-il à sa question.

— Je n'ai pas de phobie, si c'est ce que tu veux dire. Du moins, pas à ma connaissance.

Il fit une pause avant de décider de s'ouvrir. Ce qu'il était sur le point de lui révéler n'était pas quelque chose dont il avait besoin de parler, mais il était prêt à faire ou à dire n'importe quoi pour effacer ce regard encore choqué du fond de ses yeux. Si cela

signifiait parler de lui-même, alors qu'il évitait en général de le faire, ainsi soit-il. Sur une inspiration, il se lança.

— Mais il y a eu une période de ma vie où j'ai eu peur, oui. Mon père est mort quand j'étais à l'université. C'était inattendu... une crise cardiaque massive. En plus de la douleur de le perdre, les dettes qu'on a découvertes étaient presque insurmontables. (Il fit une pause et vit que les yeux de la jeune femme s'accrochaient aux siens.) Tu veux que je continue ?

Elle hocha la tête avec sincérité. Garrett laissa le souvenir l'envahir.

— C'était terrifiant et j'étais pétrifié. Ma mère n'avait jamais travaillé en dehors de la maison, et Erin, notre sœur, était encore adolescente, sur le point d'entrer à l'université. Mes frères et moi ne savions pas comment nous allions payer. Nous avons découvert que tout ça, le style de vie que nous menions, n'était qu'un écran de fumée. À la mort de mon père, la banque a exigé le remboursement de tous les prêts, personnels et professionnels, et la maison dans laquelle nous avions grandi allait devoir être mise aux enchères en l'absence d'un gros apport de liquidités... liquidités que nous n'avions pas. Damian et Nick, mes frères aînés, étaient catégoriques : ils allaient trouver un moyen pour envoyer Erin à l'université... pour que notre mère reste dans la maison où elle vivait depuis qu'elle avait épousé notre père, et franchement, créer la Rule Corporation avec mes frères a été l'une des choses les plus difficiles que j'aie faites dans ma vie. J'étais encore à l'université... et soudain, mon avenir était décidé pour moi. Le pire, c'est que j'avais l'impression de n'avoir personne avec qui en discuter. Mon père était parti et mes frères, pour une raison quelconque, ne voulaient pas accabler notre mère en l'informant de la gravité de la situation. Je ne l'ai jamais compris... C'est une femme forte, mais je suppose qu'elle est si douce que l'on ne peut pas vraiment voir au-delà de la façade et ils ont ressenti le besoin de la protéger. Bref, pour cette raison, je ne pouvais pas lui parler non plus et je me sentais totalement seul. Seul et forcé de suivre mes frères alors que

je n'avais pas idée dans quoi nous nous engagions. (Il prit une profonde inspiration et repoussa les souvenirs.) Bien sûr, tout s'est arrangé. Nous avons travaillé comme des fous et l'idée que notre famille puisse tout perdre n'est même plus envisageable. Mais laisse-moi te dire que... nous avons eu des jours sombres.

Il se tut. La rougeur sur le visage de Maria lui indiqua qu'il avait bien fait de lui faire oublier sa récente expérience.

Elle se passa la langue sur les lèvres.

— Je suis désolée.

Un coin de sa bouche esquissa un sourire torve.

— Merci. Mais ce n'est pas ta faute.

— Mon père nous a quittées, ma mère et moi, quand j'étais petite, dit-elle doucement.

Il ne le savait pas.

— Pauvre bébé !

Elle haussa les épaules.

— C'est la vie. Nous avons survécu.

— Où est ta mère, maintenant ?

Elle esquissa un petit sourire mélancolique et il fut sacrément content de le voir.

— À Fort Lauderdale. Elle a épousé un expert immobilier qu'elle avait rencontré et qui se trouvait dans la région après la tempête. J'ai travaillé à temps partiel ici pendant ma dernière année de lycée, et une fois mon diplôme en poche, on m'a proposé un poste à temps plein avec une suite. Alors, j'ai emménagé ici, ma mère a vendu la maison et elle est partie.

— Donc tu es allée à l'université et tu travaillais en même temps ?

— Oui.

Il fronça les sourcils.

— Tu en veux à ta mère d'avoir quitté la région ?

— Non, ils voulaient que je vienne avec eux, mais j'avais de grands rêves, tu sais, et déjà cette affinité folle pour l'hôtel dont je n'arrive pas à me défaire.

Un côté de sa bouche se retroussa.

— Comment ça se fait ?

Elle haussa les épaules.

— Je ne sais pas. C'était mon premier emploi... et j'ai toujours aimé être ici... j'aime les gens... j'aime le bâtiment.

— Donc je suppose que ça a été un choc quand la famille a vendu ?

— Pas à ce moment-là, parce que je savais déjà que le cœur de madame Duncan n'y était pas. Le choc est venu avant ça... quand monsieur Duncan est mort.

— Je suis désolé pour ça, bébé.

— Ah oui ? Bon, je suppose que ce n'est pas vraiment ta faute.

Il fit un demi-sourire.

— C'est vrai. Je n'ai pas tué ce type. Je ne le connaissais même pas.

— C'était un homme bon.

Un moment de silence s'installa avant qu'il ne reprenne :

— Et s'il n'était pas mort à ce moment-là, toi et moi ne nous serions jamais rencontrés.

Pourquoi avait-il dit ça ?

Elle releva les yeux et les plongea dans les siens. Une étrange émotion remplissait l'air tandis qu'un silence fort et tonitruant battait entre eux.

— Viens ici, chuchota-t-il.

Elle écarquilla les yeux et resta exactement où elle était, alors il tenta de l'apaiser :

— Je ne vais rien faire. Je veux juste t'enlacer, c'est tout.

Ses yeux semblaient troublés, mais après un moment difficile, elle quitta son siège et s'approcha de lui. Lorsqu'elle s'arrêta, à mi-chemin, il tendit la main et la prit dans la sienne, puis l'attira dans ses bras.

Elle frissonna et il la souleva jusqu'à ce qu'elle soit à califourchon sur lui, le ventre contre son torse. Son corps tremblait doucement et

Garrett leva une main qu'il fit courir le long des contours suaves de son dos. Il eut l'impression qu'un coup de baguette magique lui atteignait les entrailles quand elle posa la tête sur son épaule.

— J'ai failli perdre mes moyens quand j'ai vu à quel point tu étais paniquée, chuchota-t-il à son oreille en la caressant doucement.

Elle laissa échapper une expiration tremblante.

— C'était affreux.

— Chhhh… Je sais, bébé. Tu vas bien, dit-il en lui caressant le dos de haut en bas.

— Garrett ?

Il entendit son nom murmuré avec ce ton sulfureux tout droit sorti de ses rêves et son sexe s'engorgea instantanément. Prenant quelques inspirations profondes pour se contrôler, il demanda doucement :

— Ouais ?

La tête de Maria quitta son épaule et ses yeux s'accrochèrent aux siens.

— Tu veux bien me faire oublier ?

Il sentit une flèche le frapper en plein cœur.

— Si c'est ce que tu veux, mon cœur.

~

MARIA FIXAIT DES PRUNELLES BRUN PROFOND QUI l'engloutissaient entièrement. Elle sentit un creux dans son estomac avant que son cœur n'accélère ses battements. Les doigts de Garrett remontaient le long de son dos avec une vague de chaleur à lui donner la chair de poule, avant de se poser sur ses épaules et de prendre un moment pour les caresser. Se penchant vers elle, il l'embrassa doucement sur les lèvres, sa bouche restant fermée sur la sienne.

— Tu es si douce ! murmura-t-il, ses lèvres se déplaçant vers

son oreille tandis qu'un bras s'enroulait autour de sa taille, l'autre main sur son visage et sa joue.

Elle ferma les yeux et laissa l'incroyable parfum qu'il dégageait envahir ses sens. Elle prit une profonde inspiration et inclina la tête sur le côté. Son geste fonctionna, les lèvres de Garrett glissèrent jusqu'à son cou et il commença à tracer une ligne de baisers sur sa peau humide. Elle laissa échapper un petit gémissement, et à la seconde où il quitta sa bouche, le bras autour de sa taille se resserra un peu.

Il laissa courir ses lèvres entre eux, jusqu'à son décolleté humide. Sa main plongea vers le bas et elle souleva ses seins pour qu'ils viennent à la rencontre de la bouche de Garrett, qui descendait jusqu'au renflement de sa poitrine. Lentement et avec une infinie douceur, ses lèvres allaient et venaient entre chaque sein, avant qu'il ne gémisse et ne reporte sa bouche sur la sienne.

Lorsque leurs lèvres se retrouvèrent, il posa les doigts sur les pointes turgescentes de ses tétons et il commença à les caresser, en même temps que sa langue se faufilait dans sa bouche et la caressait, à cet endroit également. Un millier de lumières s'allumèrent dans sa tête et une rivière de tentation lui fit lever le bassin et pousser contre son torse. Le bras qu'il tenait autour de sa poitrine la pressa davantage. Elle commença à haleter sous la perfection de ses baisers, et il remonta les mains jusqu'à ses épaules, puis lentement, pour lui laisser le temps de refuser, il fit descendre les bretelles de son maillot de bain le long de ses bras.

Sans la libérer de son baiser, il baissa son maillot jusqu'à ce que ses seins soient nus, puis il fit courir ses mains le long de ses flancs, s'approchant de plus en plus de sa poitrine. Bientôt, elle se tortillait et se cambrait contre lui, suppliant qu'il la touche.

Il obtempéra avec un grognement guttural. Elle sentit ses tétons pointer et, comme les pouces de Garrett les caressaient d'avant en arrière, elle poussa ses hanches contre lui, au rythme de ses mouvements. Son baiser devint vorace, et elle le lui rendit, complètement perdue dans les sensations qui les traversaient.

— Maria, bébé, je vais t'enlever ton maillot, maintenant, d'accord ?

Elle donna son consentement par un gémissement, qui était tout ce dont elle était capable. Puis elle laissa tomber ses mains le long de ses flancs, et tandis qu'il faisait descendre son maillot de bain, elle se tortilla pour l'aider, ne voulant que sentir sa peau nue et humide contre la sienne.

Il jeta le maillot de bain sur le côté du jacuzzi. Lorsqu'il reposa les mains sur ses hanches nues, elle gémit sous l'intensité de la sensation qui lui parcourut l'échine et pressa le bassin contre son ventre. Il faufila une main entre eux, pour la poser contre son monticule avec un degré de possession qui lui fit tourner la tête.

Ses doigts trouvèrent son clitoris et sa bouche revint vers la sienne. Pendant qu'il caressait l'intérieur de sa bouche, elle reposa les mains sur ses épaules et laissa les doigts lisses et humides de Garrett opérer leur tour de magie en dansant sur son renflement charnu. Elle lui prit le visage dans ses mains, et alors qu'ils s'embrassaient, qu'elle se pressait contre lui, dans les recoins de son esprit, elle savait que ce qu'elle vivait était de la pure magie. C'était comme s'ils ne faisaient qu'un, ensemble et en même temps, elle avait l'impression qu'il percevait chaque flèche d'émerveillement et de désir qui la frappait. Comme s'il lisait dans ses pensées, il la souleva soudain, la fit pivoter jusqu'à ce qu'elle soit hors de l'eau, assise, seules ses jambes dépassant du bord.

Il pivota de façon à être à genoux entre ses jambes et, tandis qu'il caressait ses membres humides, une émotion apparut sur ses traits qu'elle ne sut pas exactement lire. Il glissa les doigts entre ses plis.

— Tu n'as pas trop froid ? grogna-t-il.

Elle secoua la tête alors que la bouche de Garrett se dirigeait vers ses chairs les plus intimes. Et il l'embrassa là, sa langue et ses dents courant sur son clitoris, le léchant, le lapant à plusieurs reprises jusqu'à ce qu'elle lâche des gémissements remontant du fond de sa gorge.

— Je veux que tu jouisses pour moi, Maria. Je veux que tu jouisses sur ma langue. J'ai besoin de te goûter.

Elle gémit de plus belle, et en réponse, il insinua son pouce à l'intérieur. Ce fut comme un délicieux coup de feu et elle leva les hanches pour en redemander, si bien qu'il inséra un autre doigt pour qu'il rejoigne le premier. Avec sa langue et ses lèvres sur son clitoris, combinées à ses doigts en elle, la sensation l'irradia le long de l'échine en mille vagues de chaleur électrique jusqu'à ce que, sur un gémissement, elle explose autour de lui.

Il lui laissa un moment pour redescendre, puis il surgit de l'eau et, tout mouillé, la souleva et la porta jusqu'à la chambre. Quand il l'eut allongée sur le lit, elle se rendit compte, à travers une brume d'euphorie rassasiée, qu'il avait laissé tomber son short de surf et enfilé un préservatif sorti de son jean. Il s'assit sur le lit au-dessus d'elle et s'insinua entre ses cuisses écartées.

— Tu te sens bien ? demanda-t-il d'une voix grave.

— Oui, murmura-t-elle.

Deux secondes après, il la pénétrait d'un seul coup, la tenant sous son charme.

Il se souleva sur les coudes et lui posa les mains autour du visage en la fixant dans les yeux.

— Je ne veux plus jamais te voir bouleversée.

Elle se mordit la lèvre et ferma les yeux tandis qu'il continuait à la pénétrer. Ses assauts envoyaient comme une incantation dans son esprit qui rendait toute réflexion presque impossible.

Il la pénétra encore et encore, jusqu'à ce qu'elle sente l'orgasme monter dans ses veines.

— C'est ça, bébé. Jouis avec moi. (Ses doigts lui caressaient les joues et les sourcils, et elle se concentra sur la douceur de ses mots.) J'ai rêvé que tu jouisses avec moi. Sur moi, sous moi, sur mes doigts, sur ma langue, mais toujours, toujours avec moi.

— Garrett...

Il serra les dents, ses mains s'enfonçant dans ses cheveux.

— Oui ?

Elle souleva le bassin alors qu'une vague de chaleur l'envahissait.

— Je jouis encore, hurla-t-elle.

Du fond de la gorge de Garrett monta un grognement et il poussa, s'immobilisa, puis il repartit, revint, se projeta contre elle jusqu'à ce qu'avec un grand gémissement de soulagement et de satisfaction, elle le sente exploser en elle, sa chaleur et sa puissance transformant son cerveau en bouillie tandis qu'elle jouissait avec lui.

8

Le lendemain, le cœur de Maria battait la chamade lorsqu'elle s'assit à son bureau. La peur résiduelle qu'elle avait ressentie la veille au soir après l'incident de l'ascenseur avait presque disparu sous le charme de l'amour avec Garrett, mais son cerveau fonctionnait à peine, ce matin-là.

Il l'avait perturbée avec sa gentillesse, sans aucun doute. Sa personnalité avait-elle changé du tout au tout à cause de la détresse dans laquelle il l'avait vue ? Ou sa détresse l'avait-elle tellement perturbé qu'il avait pu lui montrer une facette de lui-même dont elle ignorait l'existence ?

Elle le connaissait depuis un moment maintenant et, pas une seule fois pendant tout ce temps il n'avait laissé transparaître qu'il pouvait agir comme il l'avait fait la nuit précédente. Il y avait eu ce moment où Treadway avait attrapé son bras et où Garrett les avait surpris. Les traits de son visage s'étaient adoucis à ce moment-là, lorsqu'il avait craint qu'elle soit blessée, mais ce petit incident n'était en rien comparable à la manière douce, presque adorable dont il l'avait traitée ensuite.

Elle se leva pour se verser une tasse de café et remarqua que ses

doigts tremblaient. Pas seulement ses doigts, sa main entière tremblait. Elle posa la tasse avant de la renverser et retourna à son bureau pour s'asseoir avant de tomber.

Elle s'installa dans son fauteuil et tira sur sa jupe, n'arrivant pas à croire qu'elle avait encore joué de son apparence pour lui aujourd'hui. Ses entrailles étaient tellement chamboulées ce matin qu'elle n'était même plus sûre de sa motivation. Était-ce juste une question de vanité ? Avait-elle un vampire intérieur qui vivait quelque part dans sa psyché, savait que Garrett était dans l'immeuble et qu'elle allait donc se mettre sur son trente-et-un ? Pourquoi ? S'habillait-elle pour son... amant... son homme ? Elle n'essayait plus vraiment de lui prouver quoi que ce soit, elle n'essayait pas de le surpasser, alors, quel était son but ?

Le fait qu'elle ne connaisse pas la réponse à cette petite question la troubla encore plus. Avant qu'elle puisse approfondir sa réflexion, la porte s'ouvrit et Garrett entra. Ses yeux se posèrent sur elle immédiatement, la jaugeant depuis son poste, assise derrière son bureau.

Au lieu de son froncement de sourcils habituel, il se fendit d'un sourire et continua jusqu'à son propre bureau pour s'immobiliser sur le seuil, l'observant avec un léger sourire qui lui fit un effet dingue à l'intérieur. Elle baissa le regard sur l'écran de son ordinateur pour tenter de dissimuler le vertige qu'elle ressentait face à sa réaction inhabituelle.

— Maria ? interrogea-t-il, refusant visiblement de laisser son attention se détourner de lui.

Elle releva la tête, son pouls augmentant d'un cran tandis qu'elle attendait qu'il parle.

— Tu peux venir ici, s'il te plaît ?

« S'il te plaît » ? Venait-il d'employer cette expression ? Totalement déconcertée par son ton doux et poli, Maria se leva, ayant un mal fou à tenir en équilibre sur ses stilettos, ce matin. Refusant de trébucher, elle respira profondément pour se calmer,

puis mit un pied devant l'autre et entra dans son bureau, en espérant ne pas paraître trop disgracieuse.

Lorsqu'elle fut dans la pièce, il ferma la porte et s'appuya dessus. Ses beaux yeux marron chocolat parcoururent son corps de haut en bas, s'arrêtant sur ses talons hauts avant de remonter vers son décolleté, puis enfin sur ses yeux.

— On joue toujours à ce jeu, bébé ?

— Je ne sais pas de quoi tu parles.

Idiote ! Tu crois qu'il ne voit pas clair dans ton jeu ?

Un petit rire bourru monta de sa gorge.

— Vraiment ?

Il enleva sa veste de costume et la jeta sur une chaise vide et, même s'il n'était que huit heures du matin, il commença à retrousser ses manches de chemise à l'aide de mouvements secs et économiques. Il fit un pas vers elle et elle recula vers son bureau.

Lorsqu'il passa devant elle sans s'arrêter, puis se retourna et s'appuya contre son bureau, elle prit une profonde inspiration et attendit, essayant comme jamais de maîtriser ses nerfs.

Les mains de Garrett tombèrent sur ses flancs et se posèrent de part et d'autre de ses hanches sur le bord du bureau. Son langage corporel semblait indiquer qu'il était détendu, mais ses jointures en disaient long, qui avaient perdu leur couleur en se cramponnant au bureau. Maria n'était pas du tout convaincue par son attitude détendue.

— J'ai besoin de te parler de quelque chose, dit-il, encore un peu plus bourru, un ton auquel elle était plus habituée, bien que la modulation de sa voix devenue sérieuse ne fasse rien pour ses nerfs qui frémissaient encore.

— De quoi s'agit-il ? demanda-t-elle en essayant de paraître aussi calme qu'il semblait l'être.

Oui, s'il semblait calme à l'extérieur, ce qu'il ressentait à l'intérieur était un mystère.

— Tu vas devoir soit engager un assistant personnel, soit

choisir quelqu'un ici qui peut faire le travail... Beth est jeune, mais elle semble capable et fiable. Enfin, c'est toi qui choisis.

Cette demande lui fit un nœud à l'estomac.

— Pourquoi ai-je besoin d'un assistant personnel ?

Il l'étudia sans rien laisser paraître, sans lui donner aucune indication sur ses pensées.

— Jusqu'à récemment, tu as toujours été l'assistante, non ? Ce n'est pas logique que tu en aies une maintenant ?

— Je suppose, mais je n'en ai pas besoin.

Elle aimait être aux manettes, elle n'allait pas nier que le fait d'être totalement indispensable lui donnait des frissons.

Il fronça les sourcils.

— Tu ne peux pas être ici vingt-quatre heures sur vingt-quatre... L'hôtel a besoin de quelqu'un qui puisse s'occuper de tout en ton absence.

— Le nombre d'heures où je m'absente est négligeable, je suis presque toujours sur place. Je ne pense pas que ce soit nécessaire, les employés dans l'ensemble sont plus que capables.

— Il faut désigner une personne responsable lorsque tu n'es pas là, s'entêta-t-il.

— Je ne vais jamais nulle part...

— Eh bien, tu vas commencer. Ne pas prendre tes jours de congés, ça n'est pas sain. Tu dois pouvoir te détendre.

— Je n'ai pas envie d'être ailleurs. Je ne suis pas une grande voyageuse, tu sais. Et nous avons certaines des plus belles plages du monde juste ici. Ce n'est absolument pas nécessaire de nous précipiter...

Son argumentation s'arrêta net lorsqu'il tendit la main et la saisit, l'attirant entre ses cuisses avec une force qu'elle connaissait bien.

— Que crois-tu qu'il se passe, exactement ? Entre toi et moi ? précisa-t-il, ses yeux se posant sur son décolleté le temps de deux battements de cœur avant qu'il les relève et l'empale avec son regard.

Une chaleur lui parcourut l'échine et elle se passa la langue sur les lèvres.

— Je n'ai pas...

— Bon, la coupa-t-il encore. Que crois-tu que ça signifie quand on promet de ne toucher personne d'autre ? C'était notre accord : on ne couche que l'un avec l'autre.

Un délicieux frisson de chaleur la frappa, rendant toute parole impossible.

Il lui posa une main sur la hanche et commença à la caresser.

— Je ne peux pas rester en Floride indéfiniment. Je pense que tu l'as déjà compris. (Sa main glissa vers le bas et prit possession de ses fesses, si bas qu'elle sentit ses doigts se presser entre ses cuisses.) Ne t'imagine pas une seconde que je vais simplement abandonner cette histoire avec toi, je n'abandonnerai pas tant que je ne serai pas prêt. Et ce moment n'est pas du tout proche. Alors, comprends-moi bien quand je dis que peu importe si tu aimes voyager ou non, tu vas devoir accepter les voyages comme faisant partie de ton avenir immédiat. Et pour ça, tu as besoin de quelqu'un qui puisse diriger cet endroit quand tu n'es pas là, compris ?

— Je..., déglutit-elle, une vague de désir l'envahissant alors que les doigts de Garrett commençaient à la pétrir comme si c'était son dû.

Puis il reposa les mains sur ses hanches et il s'écarta du bureau dans un élan plein d'énergie. En un clin d'œil, il l'avait soulevée, s'était retourné et Maria se retrouvait les fesses sur le bureau alors qu'il poussait entre ses cuisses écartées. Il souleva sa jupe jusqu'à la taille et avant qu'elle ait pu faire fonctionner ses neurones, elle trouva sa culotte gisant sur le tapis.

Alors qu'elle essayait de respirer régulièrement, il s'empressa d'ouvrir la braguette de son pantalon. En quelques secondes, il l'avait agrippée par les cuisses, prêt à la pénétrer.

Prêt à la pénétrer, sans préservatif.

Le cœur battant la chamade, elle se releva en équilibre sur un

coude et glissa une main vers le bas pour couvrir son mont de Vénus, la seule protection contre lui qu'elle puisse trouver à cette seconde.

— Garrett...

Il émit un faible grognement, guttural et autoritaire. Elle ne bougea pas la main pour autant.

— Protection, parvint-elle tout juste à prononcer.

Ses yeux s'enfoncèrent dans les siens comme des missiles surchauffés.

— Tu prends un contraceptif ?

Elle se mordit la lèvre inférieure, soudainement consciente qu'elle plongeait loin, très loin.

— Oui.

Il enfonça la main dans ses cheveux, son regard capturant le sien.

— Je suis *clean.*

Elle prit une profonde inspiration.

— Moi aussi.

Ses yeux s'enflammèrent et sa bouche se figea en une ligne sévère.

— Bouge ta main, exigea-t-il entre ses dents serrées.

Une rivière trépidante s'écoula le long de son échine tandis que sa main frémissait sur son sexe. Elle allait souffrir si elle ne faisait pas attention.

Mais c'en était fini de la patience de Garrett, sa précédente démonstration de gentillesse avait disparu.

— Bouge ta main et comprends une bonne fois pour toutes que... tu es à moi.

Sa voix était ferme, définitive, résolue.

Comme elle hésitait une seconde de plus, les yeux de Garrett se durcirent pour devenir deux fentes glaciales : un avertissement. Les papillons se déchaînèrent dans le ventre de Maria et, les cuisses tremblantes, elle éloigna lentement sa main. Elle trouva la manche de sa chemise et s'accrocha à son biceps pour se stabiliser.

Il en profita immédiatement : il lui écarta encore plus les cuisses et, les mains sur ses hanches, la tira jusqu'au bord du bureau. D'une main, il positionna son érection devant son ouverture, tandis que ses autres doigts s'enfonçaient dans ses cheveux et soulevaient son visage vers le sien.

Elle était suspendue dans le cercle de son corps, la respiration saccadée, voyant ses yeux s'illuminer d'une faim animale, ses narines se dilater au moment où la tête de son érection la pénétrait. Les traits de Garrett étaient tendus, ses yeux bruns aiguisés alors qu'il planait au bord du précipice. Le cœur battant à coups redoublés, Maria l'observait, fascinée par la profondeur brûlante de ses yeux.

Son regard rivé au sien, il s'enfonça en elle d'un seul coup de hanche. La sensation ondula comme des vagues et elle expira brièvement.

Il resserra la main sur son cuir chevelu, le visage empourpré. Sa mâchoire se crispa alors qu'il se maintenait là, l'étirant, tandis que ses lèvres se tordaient en une ligne presque cruelle.

— Je comprends que tu sois indépendante et volontaire quand il s'agit de ta carrière et je suis d'accord, si ça te rend heureuse. Mais crois-moi quand je te dis que pour tout le reste… (il poussa si fort contre elle qu'elle en eut le souffle coupé) c'est moi qui commande. Tu apprendras à aimer ça, mais pour l'instant, il suffit que tu l'acceptes. (Il donna un autre coup de reins et conseilla sombrement :) Ne polémique pas avec moi pour le plaisir de polémiquer... ne pense pas que tu peux faire de moi ton esclave et me contrôler parce que je veux ton sexe plus que je ne veux respirer... Ne donne à personne l'impression que tu ne m'appartiens pas complètement, à moins que tu ne veuilles me voir perdre la tête.

Sa voix se tut et le choc de ses mots la frappa de plein fouet. Alors qu'il commençait à pousser en elle, l'impact de ses assauts la secoua et envoya en même temps une vague de chaleur liquide au point où ils étaient connectés. Ses sens se muèrent en une

conflagration d'émotions tordues. Bon Dieu, elle aimait ça ! Elle aimait l'avoir en elle, elle aimait l'odeur de sa peau, elle aimait la force dominatrice de sa personnalité. Mais une flèche d'inquiétude très réelle lui piquait aussi les sangs, la poussant à se demander si elle faisait bien d'être avec lui. Ses paroles et ses actes prouvaient sans relâche ce qu'elle savait déjà : *c'est un maniaque.*

Mais le souvenir de sa gentillesse la nuit précédente l'envahit, comme une brume douce, soulageant sa détresse. Il avait été très doux. Elle savait qu'il avait cette capacité en lui. Pourrait-elle faire ressortir cet aspect de sa personnalité si elle essayait ? À cette pensée, mais sans qu'elle le décide consciemment, ses mains montèrent et trouvèrent ses épaules, ses yeux retinrent les siens.

— Je ne veux pas que tu perdes la tête, l'apaisa-t-elle. Que souhaites-tu m'entendre dire ?

Les lignes du visage de Garrett ne firent que se durcir et ses mots, quand il les lâcha, étaient tout aussi agressifs qu'auparavant :

— Je veux que tu acceptes de m'appartenir et que tu comprennes ce que ça signifie.

Maria prit une inspiration brusque et incontrôlée.

— D'accord, dit-elle en gardant une voix douce.

— Et donc tu feras ce que je dis pour tout ce qui est sexuel, siffla-t-il d'un ton loin d'être doux.

L'étau de ses mains ne faisait que se resserrer. Maria se força à ignorer les sonnettes d'alarme et à se concentrer uniquement sur l'incroyable sensation qu'il lui procurait, déterminée à voir si son idée allait fonctionner.

— D'accord, concéda-t-elle à nouveau, espérant envers et contre tout qu'elle n'avait pas perdu la raison.

— Je veux que tu trouves une personne qui puisse gérer ce foutu hôtel à ta place afin que tu puisses être avec moi quand j'ai besoin de toi, exigea-t-il, crachant les mots comme s'il y aurait un enfer à payer si elle ne s'exécutait pas.

— OK, je le ferai, dit-elle simplement.

— Promets-moi, insista-t-il, sans qu'elle sache s'il avait terminé sa pensée.

— Que je te promette... quoi ? demanda-t-elle doucement.

Il marqua une pause et Maria crut qu'il ne dirait rien de plus. Mais il lâcha alors d'un ton douloureux, presque vulnérable :

— Promets que tu es à moi et seulement à moi.

Elle perçut dans sa voix ce qui ressemblait à un besoin de réassurance et en fut ébranlée.

— Je te le promets, chuchota-t-elle.

Quand elle prononça ces mots, ce fut comme si elle avait enclenché un interrupteur en lui. Il ferma les yeux comme sous l'effet du soulagement, puis sa tête tomba sur l'épaule de Maria. Il l'enveloppa de ses bras et, toujours fiché en elle, la serra contre sa poitrine presque comme si elle était aussi précieuse que de l'or.

Un flot d'émotions lui envahit les veines, qui engloba tout son corps alors qu'elle nouait les bras autour de son cou et le retenait.

— Garrett…, souffla-t-elle.

Après un moment, il releva la tête et posa les mains sur ses pommettes.

— Quoi ? demanda-t-il simplement.

Elle prit une profonde inspiration.

— Fais-moi l'amour.

Il ferma les yeux, comme en prise à une émotion qu'il ne voulait pas lui montrer. Il ouvrit les paupières, la dévisagea, puis avec un râle, sa bouche tomba sur la sienne. Il commença à l'embrasser comme s'il ne pouvait s'en rassasier et Maria sentit un feu d'artifice exploser dans sa tête.

Alors qu'ils échangeaient des baisers, ses hanches recommencèrent à bouger et Maria ne tarda pas à être submergée par un désir, une émotion exacerbés qu'elle n'avait encore jamais ressentis.

Son baiser était si doux qu'il ressemblait presque à de l'adoration et elle tomba rapidement et durement sous son charme. C'était exactement comme la nuit précédente, ses caresses,

bien que fermes et contrôlées, étaient aussi douces que si elle méritait tout ce qu'il avait à donner.

Juste avant de basculer dans l'orgasme, elle le sentit jouir avec elle, la chaleur brûlante de sa décharge la réchauffa et elle sut qu'elle était dans des eaux plus profondes qu'elle ne l'avait jamais été auparavant.

Les yeux fermés, engloutie par l'euphorie, sa dernière pensée fut qu'elle espérait qu'il la sauverait de la noyade.

QUAND MARIA QUITTA SON BUREAU, GARRETT SE RASSIT À SA TABLE de travail, presque dans un état de sidération. Bon sang, venait-il de lui faire confiance au point de la croire quand elle avait affirmé prendre la pilule ? Que lui était-il arrivé, merde ? Et pourquoi, même maintenant, savait-il au fond de lui qu'il allait continuer à la croire sur parole ?

Il n'avait jamais fait confiance à la parole d'une femme en matière de contraception, il avait même été particulièrement prudent après l'incident à l'université avec le préservatif qui s'était déchiré et cette garce qui avait prétendu être enceinte.

Il avait été si prudent que c'était la première fois qu'il se trouvait nu à l'intérieur d'une femme. Et l'expérience avait été incroyable, stupéfiante même. Alors qu'il tambourinait des doigts sur son bureau, il ne manqua pas de remarquer qu'il devenait rapidement dépendant. Il était obsédé par Maria depuis longtemps, mais la prendre ne l'avait pas aidé à faire disparaître ce sentiment. Bon sang non, coucher avec elle n'avait fait qu'empirer les choses !

Et maintenant, il agissait en total désaccord avec sa prudence habituelle. Il n'avait jamais fait confiance aux femmes, car la plupart d'entre elles étaient aussi calculatrices que mercenaires.

Le souvenir de Maria le traitant de menteur l'autre soir lui revint soudain. Elle lui avait dit qu'elle n'avait pas de place dans sa

vie pour les menteurs. L'idée qu'une femme le pense du genre à mentir était tordue. Les cartes s'étaient retournées contre lui et il ignorait s'il était aussi maître de la situation qu'il le prétendait.

Mais pour l'instant, il n'avait pas le choix, il était exclu qu'il la laisse partir.

La pensée insidieuse qu'il ne serait peut-être jamais prêt essaya de remonter et de prendre le contrôle de son cerveau ; il la repoussa impitoyablement, refusant de lui accorder la moindre attention.

~

Une semaine passa et Maria ignorait toujours si elle coulait ou surnageait. Le sexe entre eux était stupéfiant, incroyable.

Alors qu'elle se tenait dans la salle de repos, elle entendit le clic de la porte qui se refermait et le verrou qui se mettait en place. Sans se retourner et sans regarder, elle savait qui se tenait derrière elle. Ses mains se mirent à trembler en tenant le filtre à café qu'elle venait de sortir de la boîte.

Elle resta immobile devant le comptoir, sans bouger un muscle, sans se retourner pour faire face à la menace derrière elle.

— Tu savais que Villareal venait aujourd'hui, je crois l'avoir mentionné hier, croassa Garrett d'un ton grave et enflammé.

Comme elle s'était préparée à un aboiement, son intonation n'était pas ce à quoi elle s'attendait. La voix de Garrett était basse et calme et le fait qu'elle en sache plus sur sa personnalité n'était pas quelque chose qui l'apaisait, en l'occurrence. *Bon sang, non !* Ça lui fichait les jetons, au contraire. Garrett aboyait toujours quand il était en colère. Qu'il se sente obligé de garder ses cordes vocales sous un contrôle impitoyable ne faisait que prouver à quel point il était énervé.

Elle fit un signe de tête pour confirmer.

— Tourne-toi, ordonna-t-il d'une voix qui ne tolérait aucun refus.

Elle obtempéra lentement et s'appuya contre le comptoir

— Tu connais sa réputation avec les femmes ?

Ne comprenant pas bien la question, Maria plissa les yeux et secoua la tête.

— Il veut coucher avec tout ce qui bouge, précisa-t-il entre ses dents. Je te l'ai déjà dit une fois, c'est un joueur.

Elle prit une inspiration.

— Et tu penses que ça a quelque chose à voir avec moi de quelle façon ?

Il la regarda fixement pendant trois battements de cœur puis, sans hésiter, il s'avança vers elle jusqu'à être à quelques centimètres, envahissant son espace personnel. Il lui souleva le menton et, quand elle leva les yeux, elle fut hypnotisée par son regard : il contenait un feu qui la consuma presque.

Sa voix lorsqu'il parla ne montrait qu'une infime perte de contrôle, mais Maria le connaissait assez pour savoir à quel point il était réellement affecté.

— Il y a beaucoup de choses qui se passent entre nous, annonça-t-il alors qu'il la dévisageait, descendait les yeux le long de son cou et les posait sur le pouls qui battait follement dans sa gorge. (Faisant glisser la main de son menton, il posa le pouce sur le point qui indiquait que son cœur tambourinait, appuya dessus, avec juste un soupçon de sa force, et releva ses yeux vers les siens.) J'ai compris que tu t'es donné pour mission dans la vie de continuer à me déséquilibrer. Avec tes cheveux comme ça, tes talons aiguilles et en t'assurant que je sache quand tu portes des bas. (Pendant qu'il parlait, son pouce glissait de haut en bas sur sa gorge, avant d'appuyer à nouveau sur son point de pulsation.) Pourquoi tu ressens ce besoin, je n'en ai pas la moindre idée. (Il prit une grande inspiration.) Mais cette robe... Toi, dans cette robe. Tu sais que tu es très belle dans cette robe. Tu savais que je m'en souviendrais. Tu devais savoir à quoi je penserais à la seconde où je te verrais dedans. (Ses yeux devinrent des fentes brillantes,

accusatrices.) Et tu savais que ce fils de pute serait là aujourd'hui, à te regarder. Tu l'as fait exprès.

— Non, je..., commença-t-elle, sachant pertinemment qu'il disait la vérité, mais refusant de l'admettre.

Pourquoi avait-elle mis cette robe ? D'accord, elle l'avait associée à un blazer pour la rendre moins *sexy*, mais Garrett avait raison. Elle savait que Maximo Villareal serait là aujourd'hui et elle savait ce dont son amant se souviendrait en la voyant dans cette robe. Pourquoi jouait-elle avec le feu ? Parce qu'elle l'avait laissé faire dans tellement de domaines qu'elle avait besoin d'une sorte d'affirmation de son propre contrôle ?

Il interrompit ses pensées et son cœur qui battait férocement.

— Tu dois faire attention au jeu auquel tu joues. Je t'ai laissé avoir le dessus, je t'ai laissé gagner ton petit jeu, parce que ça me fait plaisir. Mais attention, Maria, ne va pas trop loin. (Sa main lui enveloppa le cou et ses doigts poussèrent contre sa trachée dans une menace aussi sensuelle que choquante.) Crois-moi quand je te dis que tu n'as pas besoin de faire des pieds et des mains pour provoquer ma jalousie. Je suis déjà jaloux. J'ai déjà envie de tuer tous les connards qui te regardent. J'ai déjà envie de te ramener chez moi à Saint Louis, de t'attacher à mon lit, de verrouiller la porte et de jeter la putain de clé.

Le cœur de Maria se mit à battre si fort qu'elle le crut sur le point d'exploser. Elle entendit un rugissement dans ses oreilles et ses genoux commencèrent à trembler.

Quand il fit glisser la main de sa gorge pour la poser entre ses cuisses, la jeune femme tressaillit et ferma les yeux.

Elle entendit un son profond et tourmenté avant qu'il ne grogne :

— Voilà le topo. Je suis énervé et j'ai besoin de me vider la tête. Et pour ça, j'ai besoin d'un bol d'air pur du Midwest. Je vais finir mon affaire avec l'enfoiré dans mon bureau et ensuite, toi et moi, on prend un vol pour le Missouri. (Il regarda l'horloge sur le mur.) Tu as environ une heure. Emporte les tenues que tu peux, mais à

part ça, ne t'inquiète de rien, je t'achèterai ce dont nous aurons besoin à notre arrivée.

Le rugissement s'intensifia dans sa tête.

— Garrett, je ne peux pas t'accompagner. L'hôtel a besoin de moi.

— Si, tu peux quitter l'hôtel et tu vas le faire.

— Mais je...

— Si tu veux passer l'heure qui vient à tout organiser avec Beth au lieu de préparer tes bagages, c'est ton problème, je m'en contrefous. Tout ce qui m'intéresse, c'est ton petit cul à côté de moi dans l'avion.

— Pourquoi ?

Les yeux de Garrett immobilisèrent les siens d'un regard glacial.

— Je te l'ai déjà dit. Je n'arrive pas à respirer. J'ai besoin d'un peu d'air, bon sang !

Elle déglutit et fit une dernière tentative.

— Si tu veux rentrer chez toi, vas-y, mais je reste ici.

— Ça n'arrivera pas, bébé.

— Garrett...

— Ça n'arrivera pas, putain ! Sois prête dans une heure, lâcha-t-il en se retournant et en quittant la pièce.

9

Maria n'avait pas perdu plus de temps à se disputer avec lui ou avec elle-même. Elle était montée dans sa chambre, avait retiré la robe litigieuse, puis s'était glissée dans un jean et un chemisier. Elle avait préparé un sac de voyage en moins de dix minutes et passé ensuite le reste du temps qui lui était imparti à organiser tous les détails de la gestion de l'hôtel avec Beth. Dieu merci, elle la formait depuis une semaine déjà, juste au cas où quelque chose de ce genre arriverait.

Les quarante-cinq minutes passées avec la jeune femme avaient été intenses et maintenant que Maria était assise en première classe à côté de Garrett, elle ne se souciait plus de l'hôtel et se demandait plutôt ce qu'elle fabriquait avec lui dans un avion.

Bon Dieu !

Elle avait déjà eu cette idée et elle était sûre qu'elle l'aurait à nouveau. Ce type était un cinglé.

Pourtant, lorsqu'il glissa une main sur sa cuisse et qu'il saisit son genou dans une caresse subtile qui lui donna des frissons, elle ferma les yeux et laissa l'anxiété qu'elle ressentait s'évanouir, pour

se concentrer uniquement sur l'harmonie exquise qui semblait traverser tout son être chaque fois qu'il la touchait.

S'il vous plaît, mon Dieu, faites que ce soit un cinglé en qui je puisse avoir confiance !

MARIA SE CALA DANS LE SIÈGE EN CUIR SOUPLE DE LA MERCEDES S-Class de Garrett, qui descendait une route sinueuse, ombragée par de grands arbres et bordée d'une piste de footing. Le quartier, situé dans la banlieue de Saint Louis, était calme, chic et aussi éloigné que possible de ce à quoi elle était habituée.

— Tu vis ici ?

— Ouais. La société a acheté la maison du lac comme investissement, et vu que personne ne l'utilise jamais, j'ai décidé d'y emménager.

Maria regarda partout autour d'elle.

— Je ne vois pas de lac.

Il pencha la tête en avant.

— Tu ne vas pas tarder. On arrive par-derrière, mais on peut aller tout visiter demain si tu veux.

— OK, accepta-t-elle sans hésiter.

Au bout de plusieurs tournants, Garrett s'engagea dans une allée devant une maison à deux étages située à flanc de colline.

— À qui est cette voiture ? demanda-t-elle en fixant la berline américaine dernier modèle garée dans l'allée.

L'expression presque détendue qui avait dominé chez Garrett depuis qu'ils s'étaient assis dans l'avion disparut tandis que lui aussi contemplait le véhicule.

— Je ne sais pas. Je ne l'ai jamais vue avant.

Il s'arrêta à côté de celui-ci et observa la maison.

— Elle n'appartient à aucun de mes frères, et ils ne viennent jamais ici, de toute façon, marmonna-t-il, avant de lui jeter un regard. Reste ici pendant que je vérifie.

Il laissa le moteur tourner et, tandis qu'il remontait le chemin et ouvrait la porte d'entrée, Maria appuya sur le bouton à son côté pour baisser la vitre de quelques centimètres, histoire au moins d'entendre ce qui se passait.

Environ soixante secondes plus tard, Garrett revint et s'appuya contre le capot de la voiture, lui offrant une vue parfaite de son splendide postérieur, même si c'était à travers les vêtements qu'il portait. Son attitude était décontractée, mais comme il ne lui indiqua pas qu'elle devait quitter sa place, elle resta assise où elle était.

Environ trois minutes plus tard, un homme et une femme sortirent de la maison, le visage de l'homme assombri par une mine mécontente que Maria reconnut immédiatement, car elle avait vu la même expression sur les traits de Garrett plus de fois qu'elle ne pouvait les compter. Ce type ressemblait trait pour trait à Garrett, en plus âgé, et même si ce dernier avait affirmé que la voiture n'appartenait pas à l'un de ses frères, il n'y avait aucun doute dans l'esprit de Maria que cet homme était un Rule.

Maria scruta la femme que l'autre homme tenait d'une main ferme à ses côtés. Elle avait des cheveux d'un noir de jais si profond qu'elle sut immédiatement qu'ils avaient été colorés, et elle portait un maquillage qui avait un côté gothique. Aucune importance : la fille était d'une beauté délicate malgré le ton flamboyant de son apparence. Même à cette distance, Maria pouvait voir qu'elle était pâle sous le maquillage et tremblait subtilement. Il lui vint à l'esprit que son look savamment cultivé était peut-être une sorte de camouflage, comme un faux-semblant ou un déguisement qu'elle présentait au monde.

Alors que le couple s'arrêtait dans l'allée, l'homme fixa Garrett, qui était toujours adossé contre la voiture, et lança à sa compagne :

— Monte dans la voiture, Angie.

Maria entendit le double clic sourd du mécanisme de déverrouillage de l'autre voiture. La fille conserva un visage parfaitement neutre, la colonne vertébrale droite et le menton

relevé alors qu'elle marchait vers le côté passager de la berline et se glissait à l'intérieur, puis refermait la portière.

Les deux hommes commencèrent aussitôt à se disputer et Maria se sentit coupable d'avoir eu l'idée d'ouvrir la fenêtre.

— C'est quoi, ce bordel, Garrett ? cria presque l'autre.

À sa décharge, Garrett ne perdit pas son contrôle, mais Maria remarqua que son échine se raidissait, comme s'il se préparait à quelque chose.

— Quoi ?

— Tu es censé être en Floride, l'accusa son frère.

— Je crois que je peux être à n'importe quel putain d'endroit où je choisis d'être, rétorqua Garrett d'une voix froide et mortelle.

— Tu aurais dû prévenir.

Le froid dans la voix du jeune homme se transforma aussitôt en feu.

— Ah ouais ? Tu n'es pas mon putain de patron et c'est ma putain de maison !

— C'est la propriété de Rule Corporation.

— Arrête avec ta sémantique à la con ! Je l'ai trouvée. J'ai conclu le marché. Je vis ici. Tu n'en as jamais rien eu à foutre, de cette maison. Tu veux la rayer du portefeuille de la société ? Bien, je vais faire un foutu chèque.

La bouche du frère se pinça, ses yeux s'étrécirent alors que Garrett continuait à parler.

— Si quelqu'un était censé appeler, c'est toi. Tu es juste énervé parce que tu t'es fait prendre avec une de tes bonnes femmes le putain de pantalon baissé...

Maria se redressa quand le frère se jeta sur Garrett, lequel se releva et esquiva, puis les deux hommes s'immobilisèrent et se fusillèrent du regard. La surabondance de testostérone était sur le point d'allumer une mèche qui pourrait anéantir toute possibilité de résolution pacifique.

La nervosité de Maria augmenta lorsqu'elle jeta un coup d'œil à l'autre voiture. La femme, Angie, fixait la scène qui se déroulait

devant elles, livide. Elle détourna les yeux des hommes pour les poser sur Maria et leurs regards se croisèrent. La jeune femme semblait encore plus bouleversée qu'elle-même. Elles ne se sourirent pas, il n'y avait pas de place pour les plaisanteries dans la scène dangereuse qui se déroulait devant elles. Toutefois, Maria eut l'impression qu'elles partageaient une sorte de connivence silencieuse. La fille avait-elle entendu le commentaire grossier de Garrett et en avait-elle été blessée ?

Lorsque Maria détourna à nouveau le regard, les hommes s'étaient éloignés l'un de l'autre. Le frère monta dans sa voiture et Garrett resta dans l'allée, les bras croisés, jusqu'à ce que l'autre véhicule soit hors de sa vue.

Puis il se rassit au volant et appuya sur un bouton du tableau de bord qui actionna la porte du garage. Il entra en silence et coupa le moteur.

— Alors, c'était l'un de tes frères ? ne put-elle s'empêcher de demander.

— Oui.

Sur cette réponse laconique, il sortit du véhicule, s'approcha d'elle et lui tint la portière ouverte.

— Je suppose qu'il a acheté une nouvelle voiture ? demanda-t-elle en se glissant hors du véhicule.

— Il a dit que c'était une location... la sienne est au garage.

Le jeune homme ouvrit le coffre et récupéra leurs sacs.

— Tu l'as vraiment surpris avec le pantalon baissé ?

Garrett étouffa un rire alors qu'ils entraient dans la maison.

— Non, mais c'était très proche. Il avait déboutonné le chemisier de la fille.

— Ce n'est pas trop grave alors, dit-elle, même si elle grimaça en songeant à l'autre femme. Ça aurait pu être bien pire.

— Ouais ? Va lui dire ça. On aurait pu croire que j'avais vu son épouse vierge toute nue, étalée sur un lit, au lieu d'avoir eu un minuscule aperçu du soutien-gorge d'une femme quelconque.

— C'est peut-être pour ça qu'il s'est énervé. Pas parce que tu as

dit qu'il avait été pris le pantalon baissé, mais parce que ce n'est pas une femme ordinaire, suggéra Maria en jetant un coup d'œil à son magnifique environnement.

— Crois-moi, toutes les femmes que choisit mon frère se valent. Il ne va s'installer avec aucune d'elles, du moins pas de sitôt. Je te parie tout ce que tu veux.

— Il semblait assez bouleversé.

Garrett déposa leurs sacs dans le salon.

— Ouais ? Ce fils de pute n'aurait pas dû être ici, pour commencer ! Il a un appartement en ville ainsi qu'une maison en banlieue. Pourquoi il a ressenti le besoin de l'amener ici ? Ça me dépasse. Je vais changer ces putains de serrures.

Au moment où les mots quittaient les lèvres de Garrett, ils arrivaient devant une immense fenêtre et le cœur de Maria s'arrêta presque de battre devant la vue pittoresque qu'elle découvrait.

— Peut-être qu'il essayait de l'impressionner avec ça, dit-elle en inclinant la tête vers le lac. C'est magnifique, Garrett !

— Ouais ? Je trouve aussi. (Il vint se placer derrière elle et Maria sentit ses bras serpenter autour de sa taille tandis qu'il la plaquait de dos contre son torse.) J'aime cet endroit. C'est paisible. Comme à la maison, tu vois ?

Au moment où il prononça le mot « maison », une vision de l'hôtel surgit dans sa tête. C'était ce qu'elle ressentait pour l'hôtel, aussi fou que cela paraisse. Le bâtiment ne lui appartenait pas, il n'avait pas une vue comme celle-ci, mais elle ressentait un sentiment de paix et d'appartenance quand elle y était.

— Oui, je comprends, murmura-t-elle en regardant l'eau miroitante où les lumières du soir dansaient au gré des courants.

Il laissa tomber la tête dans le creux entre son épaule et son cou et, avec un petit frisson, elle sentit ses dents mordre dans sa chair.

— Tu veux me dire pour quoi tu as mis cette robe, ce matin ?

Sa voix était un grondement rauque alors que ses dents glissaient sur la peau de Maria. Ses mots l'affolèrent. La confusion se mêlait à l'excitation sexuelle, prenant ses sens en otage.

— Non, murmura-t-elle en fermant les yeux.

Allait-il recommencer ? Est-ce qu'il prévoyait déjà de la punir pour avoir porté cette fichue robe, comme si la forcer à traverser la moitié du territoire américain contre sa volonté n'était pas suffisant ?

— Ahhh… Je vais prendre ça comme un aveu de culpabilité, lâcha-t-il de façon si neutre que même si sa vie en avait dépendu, elle n'aurait su dire s'il était en colère. Tu l'as fait exprès, termina-t-il, sûr de lui.

— Je ne..., haleta-t-elle, interrompue par la main qu'il glissa sur son sexe.

Il la maintint contre lui, d'un bras serré autour de sa poitrine, tandis qu'il palpait son intimité avec l'autre.

— Ça a marché ? demanda-t-il à son oreille tout en la caressant, faisant glisser des ondulations de désir le long de son échine. Tu as obtenu de moi la réaction que tu attendais ?

Ces paroles-là, elle en était certaine, n'étaient pas de la colère. Maria y perçut de la séduction pure et y réagit par une vague de chaleur qui lui rendait difficile de rester dans la conversation.

— Je ne m'attendais pas à être à Saint Louis ce soir, souffla-t-elle.

— Tu t'attendais à quoi ? demanda-t-il encore, comme s'il voulait qu'elle lui cède quelque chose.

— Je ne sais pas, admit-elle.

— C'est un aveu ? (La main entre ses cuisses cessa de bouger, il la serra autour d'elle et l'y maintint de manière possessive.) Tu as fait exprès de porter la robe ?

Maria se passa la langue sur les lèvres et prit une grande inspiration, comme si elle était sur le point de sauter d'une corniche. Elle sentit un frisson parcourir Garrett, presque comme si elle lui avait fait plaisir.

— Pour quoi ? demanda-t-il avec insistance, voulant qu'elle admette toute la vérité.

Elle déglutit, car elle n'était pas prête à lui en donner autant.

Je ne sais pas.

En l'espace d'un battement de cœur, il la fit pivoter sur elle-même et lui releva le menton.

— Pour quoi as-tu fait ça ? répéta-t-il, déterminé.

— Je ne sais pas, répéta-t-elle à son tour.

— Si, tu sais.

Son pouls accéléra alors qu'il la regardait fixement.

— Oui... un peu... pas vraiment, avoua-t-elle, confuse.

— Tu essayais de me rendre jaloux, décréta-t-il, comme si l'idée lui plaisait.

Elle resta silencieuse. Ses yeux s'étrécirent.

— Je veux juste la vérité... Tu essayais de me rendre jaloux.

Elle secoua la tête d'un coup sec.

— Non, mentit-elle en le regardant fixement, espérant qu'il ne pourrait pas lire la vérité dans ses yeux, tout en sachant qu'il le pouvait probablement. (Elle prit une inspiration et alla aussi loin qu'elle était prête à aller.) J'essayais d'attirer ton attention, lâcha-t-elle finalement en soutenant son regard.

Une expression de plaisir illumina les yeux de son amant, bien qu'il garde son air sévère.

— Tu n'as donc pas encore compris que tu *as* toute mon attention ?

Son cœur cognait contre sa poitrine, sa respiration s'arrêta alors qu'elle l'étudiait, mais elle resta silencieuse.

Après une brève seconde pendant laquelle ils se dévisagèrent, il la souleva dans ses bras et commença à l'emmener dans un couloir.

— Je vais te le prouver, lâcha-t-il d'une voix lascive.

Maria ferma les yeux et laissa toutes les pensées autres que Garrett Rule s'échapper de son esprit.

— Tu veux voir notre domaine ? demanda Garrett devant un café, le lendemain matin.

— Votre « lieu » ? répéta Maria, l'esprit encore embrouillé par la nuit qui venait de s'écouler... et la douche du matin ensemble.

— Le siège de la Rule Corporation, précisa-t-il.

Un frisson la parcourut à l'idée qu'il l'emmène là-bas.

— J'aimerais beaucoup. Quand ?

— Pourquoi pas maintenant ?

— OK, consentit-elle avec un sourire.

Quarante-cinq minutes plus tard, Garrett se garait dans le parking souterrain sous la Rule Tower. Maria avait ressenti une légère nausée lorsqu'en voiture, elle avait vu l'énorme bâtiment. À ses questions, il avait expliqué qu'ils étaient propriétaires de l'ensemble du gratte-ciel, et elle avait failli défaillir. Elle ne savait pas que leur conglomérat était aussi étendu et aussi lucratif. À se demander pourquoi il s'était focalisé sur son hôtel alors qu'il y avait tant d'autres opportunités plus impressionnantes et mieux situées à Miami.

Alors qu'il contournait l'escalier et continuait à marcher, il demanda :

— Tu vas pouvoir supporter l'ascenseur ?

Ses doigts enveloppèrent les siens, son pouce lui effleura la peau pour la réconforter, et elle hocha la tête.

Ils montèrent dans la cabine et Maria, afin de détourner son esprit de l'espace clos où elle se retrouvait enfermée, se demanda quelle raison Garrett donnerait à ses frères pour l'avoir fait venir. Et s'ils l'interrogeaient sur ses motivations pour l'emmener avec lui à Saint Louis ? D'ailleurs, avait-il un motif, autre que le plus évident ?

Lorsque les portes de l'ascenseur s'ouvrirent, malheureusement, la première personne que vit Maria fut Courtney Powell, et un nœud au creux de l'estomac l'obligea à admettre qu'elle redoutait une rencontre avec cette femme. Il ne faisait aucun doute que Maria n'avait pas été très accueillante envers Courtney après que Garrett avait acheté l'hôtel et envoyé cette femme superviser les rénovations. Elle s'était sentie à la fois

envieuse et jalouse de la blonde compétente, et elle le regrettait, vraiment, mais enfin, elle n'était qu'humaine, elle n'était pas parfaite.

Debout avec une tasse de café et un dossier, Courtney parlait à une réceptionniste dans le grand espace ouvert juste en face des ascenseurs. Lorsque l'autre femme leva les yeux et reconnut Garrett, Maria vit un sourire se dessiner sur son visage. Mais il s'envola aussi vite qu'elle la découvrit à côté de lui.

N'ayant d'autre choix que de suivre le sillage de Garrett, Maria resta en retrait tandis qu'il enlaçait Courtney.

— Comment ça se passe ? lui demanda-t-il.

— Bien. Tout est prêt pour l'acquisition de Houston. (Maria vit Courtney donner cette assurance à Garrett, puis se tourner vers elle.) Bonjour, dit-elle avec une évidente réserve dans la voix.

— Bonjour, répondit Maria de manière neutre, en essayant de ne pas paraître gênée.

Pourquoi avait-elle été une telle sorcière avec cette femme ? La jalousie était une garce, et la sienne revenait lui mordre les fesses de manière vengeresse.

Garrett dut percevoir la tension dans l'air, car il grimaça et tendit la main pour les pousser hors de la zone de réception.

— Allons discuter, d'accord ? Dans ton bureau, ça ira très bien, indiqua-t-il à Courtney.

— Très bien, convint assez amicalement cette dernière en pivotant sur ses talons et en se dirigeant vers un grand bureau situé trois portes plus loin.

Une femme d'âge moyen en gérait l'accès, et Maria remarqua que Courtney s'arrêtait à côté de la secrétaire tandis qu'elle leur tendait la main pour les inviter à entrer dans son bureau. À ce moment-là, le portable de Garrett se mit à sonner, et alors qu'il répondait, Maria entendit Courtney se pencher et demander à voix basse à son assistante :

— Des nouvelles de Nick ?

— Oui, madame. Il a été retardé hier soir à la dernière minute, mais il a laissé un message...

Maria n'entendit pas le commentaire de la femme, car Garrett lui prit le coude pour la faire avancer dans le bureau, lui-même toujours distrait par sa conversation téléphonique.

Comme il le lui indiqua, elle prit place sur l'une des deux chaises devant le bureau tandis qu'il s'installait sur l'autre. Courtney ferma la porte et vint s'asseoir dans son fauteuil, sans que ses yeux ne croisent ceux de Maria à aucun moment. Ils restaient rivés sur Garrett. Maria ne put s'empêcher d'être impressionnée par l'expression remarquablement sereine du visage de leur hôtesse.

Le jeune homme leva la main pour signifier qu'il n'en avait que pour une minute et, pendant qu'elle attendait, bercée par le timbre profond et cultivé de sa voix, Maria parcourut des yeux le bureau magnifiquement aménagé. Elle reconnut Garrett, une jeune fille aux cheveux noirs qui devait être sa sœur, un deuxième frère qu'elle n'avait jamais vu auparavant et Courtney, debout sous le bras d'un homme qui était indiscutablement celui qu'elle avait vu à la maison du lac.

La photo devait dater de plusieurs années et il y avait quelque chose dans l'expression de Courtney qui déstabilisa profondément Maria. Cette femme avait-elle des sentiments pour l'autre homme, celui que Maria avait vu avec une femme différente la nuit précédente ? Alors que son regard quittait la photo pour se poser à nouveau brièvement sur Courtney, elle se rendit compte qu'elle éprouvait de la compassion pour elle, que si elle l'avait mieux connue, elle l'aurait probablement avertie de ce qu'elle avait vu la nuit précédente.

Il y avait suffisamment de pièces à ce puzzle pour la mettre mal à l'aise... Moins de trois minutes auparavant, elle avait entendu Courtney demander à sa secrétaire des nouvelles de Nick, avec une inquiétude facilement interprétable, et maintenant, Maria sentait quelque chose se manifester que l'on ne pouvait qualifier

que de sûreté. Elle voulait épargner des souffrances à cette femme, si celle-ci avait effectivement des sentiments pour le salaud que Maria avait vu.

D'un mouvement brusque, Garrett se leva.

— Excusez-moi une minute, lâcha-t-il d'une voix agacée, avant de sortir de la pièce, totalement absorbé par sa conversation téléphonique.

Sitôt que la porte claqua derrière lui, Maria se retourna vers Courtney. Avec une hésitation évidente, les yeux de l'autre fille quittèrent la porte et rencontrèrent les siens. Un silence gênant s'installa entre elles.

Pendant que Maria se creusait les méninges pour trouver quelque chose à dire, son interlocutrice prit la parole.

— Saint Louis vous plaît ?

— Jusqu'à présent, oui. C'est en tout cas bien différent de la Floride.

— Racontez-moi ça, répliqua la blonde avec une telle simplicité que Maria s'en étonna.

— Connaissez-vous bien la Floride ? demanda cette dernière.

Pour autant qu'elle le sache, les quelque trois semaines que cette femme avait passées à l'hôtel n'avaient été qu'une visite pour elle.

— Je suis de Floride, Maria, j'y suis née et j'y ai grandi. Je pensais que vous le saviez, répondit Courtney.

— Non, je l'ignorais, avoua-t-elle, surprise.

— De la côte d'Émeraude. J'ai grandi à Panama City Beach, puis je suis allée à l'université à Gainesville. J'ai aussi passé beaucoup de temps à Daytona Beach. La région de Miami était nouvelle pour moi, cependant, précisa la sœur adoptive de Garrett en faisant référence à son séjour à l'hôtel.

Maria prit une profonde inspiration et se força à faire un aveu qu'elle ne pouvait continuer à ignorer.

— Je suppose que je vous dois des excuses.

Son interlocutrice haussa les épaules comme si elle avait dépassé ce stade.

— Je suis sûre que vous aviez vos raisons. Je ne l'ai pas pris trop à cœur, dit-elle.

Maria inspira et continua :

— Mes raisons étaient égoïstes, je pense. J'enviais votre travail dans la société… Enfin, pas ce travail… (Elle inclina la tête, indiquant le bureau où elles étaient assises.) Mais celui à l'hôtel, vous voyez.

Il était hors de question qu'elle admette la jalousie qu'elle avait ressentie lorsqu'elle avait pensé que Courtney entretenait une relation avec Garrett. Pas question ! Pas dans cette vie.

L'autre fille hocha la tête, comme si elle avait compris.

— Et maintenant, je crois comprendre que c'est vous qui l'avez, ce poste.

— Absolument, confirma Maria, tandis qu'un sourire affectueux, impossible à refouler, se dessinait sur son visage.

— Je suis contente que ça ait marché pour vous. (La femme sembla débattre de quelque chose, puis elle ajouta :) Écoutez, sachez que même si j'aime la Floride, je ne veux pas y vivre, alors ne vous inquiétez pas pour votre emploi. J'ai besoin d'être ici, à Saint Louis.

Cette déclaration ne fit que raviver l'inquiétude de Maria. Elle aurait dû se taire, ne pas se mêler de la vie de l'autre femme. Mais plusieurs raisons la poussaient à dire quelque chose. Tout d'abord, elle savait ce que c'était que de s'être entichée de l'un des frères Rule. Courtney et elle avaient cela en commun, de toute évidence, mais maintenant, sachant que celle-ci était aussi de Floride… Maria ouvrit la bouche avant même d'avoir pu y réfléchir à deux fois.

— Je peux vous demander quelque chose ?

— Oui, répondit lentement Courtney, reconnaissant sans doute le ton sérieux de son interlocutrice.

— Quelque chose me tracasse qui ne me regarde absolument pas.

Le visage de Courtney sembla se vider de son sang.

— Quoi ? demanda-t-elle, comme si elle ne voulait pas vraiment savoir.

Maria se leva, prit la photo sur l'étagère et fit le tour du bureau, pour la poser devant l'autre femme. Elle désigna l'homme qui avait le bras autour de cette dernière.

— C'est Nick ?

— Non, c'est Damian, répondit lentement Courtney.

Maria baissa la tête et laissa échapper un petit rire soulagé.

— Oh, merci, mon Dieu !

Courtney lui adressa un sourire confus.

— Pourquoi ? Qu'y a-t-il ?

Maria commença à parler, incapable de masquer le soulagement et la joie de sa voix.

— Écoutez, vous n'avez pas besoin de m'en dire plus. Ce sont vos affaires. Je suis juste contente qu'il ne s'agisse pas de Nick.

— Pourquoi ?

— Parce que je pense que vous avez des sentiments pour Nick... (Comme les yeux de Courtney s'illuminaient, Maria leva une main, arrêtant les mots qu'elle aurait pu prononcer.) Écoutez, ce ne sont pas mes affaires, je comprends, nous ne sommes pas amies ou quoi que ce soit, je suis juste soulagée, c'est tout, parce qu'hier soir, j'ai vu celui-là avec une femme. Quand je vous ai entendue demander à votre secrétaire des nouvelles de Nick, puis que j'ai vu son bras autour de vous, j'ai confondu les deux.

Courtney l'étudia un moment avant de demander doucement :

— Vous vous êtes sentie mal pour moi ?

Maria lui adressa un sourire en coin et haussa les épaules.

— Eh bien, je suis une femme, c'est tout. Et quand j'ai su que cet homme était...

— Damian ? l'interrompit Courtney.

— Oui, quand j'ai su que c'était Damian avec cette gothique hier soir...

L'air stupéfait, Courtney la coupa :

— Damian était avec une fille gothique ? Sérieusement ?

— Oui, répondit lentement Maria, se demandant ce qu'elle avait dit de mal.

— Elle s'appelait Angie ?

— Euh... oui.

— Pas possible ! Il était encore avec elle ?

— Vous l'avez vue aussi ? demanda Maria.

— Oui, je l'ai rencontrée à une fête. Il semblait très possessif, ce qui était totalement bizarre, parce que Damian a sa réputation, vous voyez ? Du genre à ne pas s'attacher. Or cette fête s'est déroulée il y a des semaines, je ne peux pas croire qu'ils se voient encore.

— Garrett a prétendu que c'était « une femme parmi tant d'autres », mais je lui ai dit qu'elle n'avait pas l'air banale aux yeux de son compagnon. Je peux vous dire ceci, personne ne nous a présentées ou quoi que ce soit, mais elle n'avait pas l'air très heureuse. Ils étaient à la maison du lac quand nous sommes arrivés. Garrett n'en était pas ravi-ravi, mais celui-là...

— Damian ? demanda Courtney avec un sourire lorsque Maria fit de nouveau référence à Damian comme à « celui-là ».

— Oui, il était en colère contre Garrett.

— Mais c'est la maison de Garrett, objecta Courtney, confuse.

Maria haussa les épaules.

— C'est aussi ce qu'on m'a dit.

Courtney resta silencieuse un moment, à la fixer des yeux comme si elle réfléchissait à quelque chose, et Maria commença à se sentir mal à l'aise jusqu'à ce que son hôtesse demande :

— Alors Garrett est plutôt attaché à vous, hein ?

Maria était à la fois gênée et flattée.

— Non ! Je ne pense pas, je veux dire, non... pourquoi dites-vous cela ?

Courtney laissa échapper un sourire.

— Voyons, Maria ! Vous croyez qu'il garde tous les hôtels qu'il achète ? D'habitude, il les revend si vite qu'on en a la tête qui tourne. Or il n'a pas revendu le vôtre, n'est-ce pas ? Pourquoi l'a-t-il gardé ? (Elle marqua une pause, avant de poursuivre :) Et puis, vous êtes ici avec lui, maintenant.

— Vous croyez ? Vous croyez qu'il ressent quelque chose... de différent pour moi ?

Courtney lui offrit un sourire apaisant.

— Je le connais depuis longtemps. Il ne traîne pas ses conquêtes avec lui. Jamais.

Les deux femmes se dévisagèrent tandis que Maria assimilait cette déclaration. Avant qu'elle ait pu formuler une réponse, la porte s'ouvrit et Garrett entra. Quand il ferma la porte et s'assit, un silence soudain tomba sur la pièce.

Un silence qui s'étira quelques secondes avant que le jeune homme ne prenne la parole.

— Écoutez. Vous devez régler cette connerie avant qu'elle ne s'éternise. Cette animosité entre vous deux, c'est...

Maria garda le regard braqué sur les mains qu'elle avait croisées sur ses genoux jusqu'à ce que Courtney l'interrompe :

— Tout va bien entre nous, Garrett.

Maria leva les yeux vers Courtney, qui souriait à Garrett. Puis leur hôtesse se tourna vers elle pour confirmation.

— N'est-ce pas, Maria ?

Celle-ci se sentit soulagée de la générosité d'esprit de cette femme et un soupçon de bonheur lui enveloppa le cœur.

— Oui, tout va bien, confirma-t-elle avec un petit sourire.

Tandis que Garrett faisait visiter le bâtiment à Maria, elle ne put s'empêcher d'être impressionnée. Le décor était à la fois élégant et discret, mais il dégageait une chaleur et une vitalité qui

donnaient vie à l'immeuble. Alors qu'ils se dirigeaient vers le bureau de son compagnon, elle aperçut une jeune femme brune, une tasse de café à emporter dans une main et un sac de marque à l'épaule, qui arrivait des ascenseurs. Elle ressemblait à la fille sur la photo dans le bureau de Courtney.

— Coucou, l'entendit lancer Maria.

Garrett s'arrêta dans son élan et se retourna, les lèvres retroussées sur une expression de plaisir alors que la jeune femme s'avançait vers eux.

— Quoi de neuf, grand frère ?

— *Nada,* petite sœur.

Le frère et la sœur échangèrent un sourire et une étreinte qui obligea celle-ci à écarter sa tasse de café. Lorsqu'ils se relâchèrent, elle regarda Maria avec un léger froncement de sourcils interrogateur, puis se retourna vers son aîné.

Maria vit Garrett étouffer son rire, puis elle ne put distinguer son expression, car il se glissa derrière elle pour poser les mains sur ses épaules dans un geste de possession absolue.

— Erin, voici Maria. Maria, ma sœur, Erin.

— C'est vous, la garce ? demanda Erin, l'air stupéfaite. Tu n'as pas l'air d'une garce, pourtant.

Maria grimaça en même temps que Garrett exerçait une pression sur ses épaules.

— Ce n'est pas une garce. Vas-tu apprendre à contrôler ta bouche un jour ? demanda-t-il sur un ton clairement réprobateur.

Maria sourit, prit une inspiration et tenta de désamorcer la situation, si tant est qu'elle ait besoin de l'être.

— Je peux être assez garce.

À ses mots, un sourire illumina le visage d'Erin, la rendant encore plus jolie qu'elle ne l'était déjà.

— Alors, je vais faire attention à ne pas vous énerver.

Maria fut agréablement surprise par le comportement de la jeune femme.

— C'est peut-être mieux, en effet, convint-elle.

Sans cesser de sourire, Erin reporta son attention sur son frère.

— Quand es-tu rentré ?

— La nuit dernière, répondit-il.

Sa sœur plissa les yeux.

— Tu as vu maman ?

Maria sentit Garrett tressaillir.

— Non, et je ne la verrai probablement pas.

— Ce n'est pas gentil, Garrett, le gronda sa sœur, avant de continuer sur un ton un peu théâtral : tu sais qu'elle se languit de son tout petit.

— Qu'elle se trouve une vie à elle ! répliqua Garrett sèchement, mais sans guère de méchanceté.

Sa sœur leva un seul sourcil malicieux.

— Tu n'es pas au courant, alors ? Elle a une vie, maintenant… ou du moins, elle prévoit d'en avoir une.

— Qu'est-ce que ça veut dire, bon sang ? lâcha Garrett.

— Elle veut recommencer à sortir.

— N'importe quoi ! lâcha le jeune homme, comme s'il avait son mot à dire.

Sa réplique porta à travers le couloir et Maria jeta un coup d'œil autour d'elle, voyant plusieurs visages qui les observaient.

— C'est vrai, insista Erin.

— C'est la connerie la plus ridicule que j'aie jamais entendue.

— Pourquoi ? demanda Erin.

— Parce qu'elle est vieille…

— Elle n'est pas vieille, Garrett. Elle a cinquante-quatre ans. Papa est parti depuis des années, maintenant. Que voulais-tu dire exactement quand tu as dit qu'elle devait se trouver une vie ? Tu penses qu'elle devrait faire des mots croisés ou essayer de parcourir le sentier des Appalaches ? Elle y arriverait probablement, tu sais. Elle est en pleine forme. Pour ma part, je pense qu'elle devrait se trouver quelqu'un. Si elle s'y mettait, elle réussirait… comme ça.

Erin fit claquer ses doigts. Alors que Garrett conservait un

silence presque odieux sur le sujet, Erin tourna le regard vers Maria.

— Qu'en penses-tu ? demanda-t-elle, passant naturellement au tutoiement.

— Moi ? fit Maria, qui déglutit, mal à l'aise devant cette soudaine familiarité et ne voulant pas s'interposer entre eux. Je n'ai jamais rencontré votre mère, mais je suis sûre qu'elle mérite d'être heureuse.

Le visage d'Erin s'illumina de satisfaction lorsqu'elle regarda son frère.

— Tu vois ? Je me fiche complètement de votre avis, à Damian, Nick et toi...

Garrett interrompit la ligne de pensée qu'avait empruntée sa sœur.

— Damian est dans son bureau ?

— Non, je crois qu'il est allé se faire couper les cheveux, répondit Erin distraitement, puis elle fronça les sourcils, indiquant à son frère sans avoir besoin de mots qu'elle savait qu'il avait fait exprès de changer de sujet.

— Et Nick ? demanda-t-il.

— En Californie, répondit succinctement sa sœur.

— Dans la Silicon Valley ?

— Oui, mais je pense qu'il sera bientôt à la maison.

— Courtney est au courant ? demanda-t-il sur un ton que Maria n'arriva pas à déchiffrer.

— Pourquoi devrait-elle s'en soucier ? Pour qu'elle puisse se mettre à l'abri ? s'étonna sa sœur, l'air perplexe du tour que prenait la conversation.

— Peu importe, laisse tomber...

Erin interrompit son frère.

— Je ne sais pas pourquoi tu penses qu'elle devrait s'y intéresser : il ne fait que s'en prendre à elle pour une raison ou pour une autre. Pas étonnant qu'elle ait préféré travailler pour toi plutôt que pour lui ! Sérieusement, Garrett, son attitude vis-à-vis

d'elle empire, elle ne s'améliore pas. Tu devrais lui en toucher deux mots.

Maria sentit les mains de Garrett se crisper sur ses épaules avant qu'il ne réponde.

— Je suis sûr... qu'elle peut le gérer.

Comme la pression de son compagnon restait raide et ses mots encore plus, Maria réalisa qu'elle n'était pas la seule à avoir compris que cette relation particulière recelait une profondeur cachée.

— Tu peux te montrer tellement froid ! marmonna sa sœur, à l'évidence déçue. Je ne suis pas surprise de la part de Nick, et encore moins de Damian, mais je pensais que tu serais du côté de Courtney dans cette affaire.

— À quel sujet, exactement ? lâcha Garrett, visiblement mécontent de l'orientation de la discussion.

— Il est méchant avec elle ! s'emporta Erin. Et il n'y a aucune raison pour ça. Tu n'es jamais là. Tu n'as aucune idée de ce qu'elle endure de sa part. Ce sont des conneries, voilà ce que c'est...

Maria sentit les mains de Garrett la lâcher alors qu'il se rapprochait d'Erin.

— Tu ne comprends pas ? interrogea-t-il sa sœur à voix basse.

Les yeux de celle-ci s'étrécirent dans une expression de confusion totale.

— Comprendre quoi ?

Dans le silence qui s'ensuivit entre le frère et la sœur, Maria n'eut aucun mal à lire la tension sur l'expression de Garrett. Il réfléchissait à la réponse à donner à sa benjamine. Retenant son souffle, elle attendit.

— Peu importe. Je vais lui parler, d'accord ? Ça te va comme ça ? demanda-t-il d'un ton résigné.

Erin souffla un peu et son expression s'adoucit.

— Ouais.

Garrett sourit et la prit à nouveau dans ses bras.

— J'ai du travail à faire, annonça-t-il en l'enlaçant et en lui ébouriffant les cheveux. On se voit plus tard, OK ?

— OK, répondit-elle en se tournant vers Maria avec un sourire. Enchantée de t'avoir rencontrée.

— Moi aussi, acquiesça celle-ci, avant que Garrett ne lui prenne la main et ne l'entraîne à sa suite.

Sans perdre de temps, il l'emmena dans son bureau, où il la présenta brièvement à sa secrétaire. Puis il la fit entrer et ferma la porte.

— Je suis désolé, j'ai été absent longtemps, je dois jeter un coup d'œil à tout ça, d'accord ?

— Bien sûr.

— Mets-toi à l'aise, ajouta-t-il en lui désignant d'un signe de tête le coin salon.

Tandis que Garrett s'asseyait derrière son bureau et commençait à compulser des dossiers et à cliquer sur son ordinateur, Maria s'assit sur le canapé, qui faisait face à la ligne d'horizon de Saint Louis. Elle voyait l'Arche au loin et le fleuve Mississippi derrière. Le ciel était d'un beau bleu céruléen et elle devait admettre que la vue d'ici était saisissante.

Alors qu'elle s'enfonçait dans les coussins du canapé, elle se perdit dans ses pensées pendant quelques instants, jusqu'à ce qu'elle entende marmonner :

— Merde !

Elle détourna son regard de la vue pour se concentrer sur Garrett.

— Que se passe-t-il ?

Il se passa une main dans les cheveux, l'air d'avoir envie d'être partout sauf derrière un bureau.

— Toujours les mêmes merdes, c'est juste le jour qui change.

Elle secoua la tête et laissa échapper un rire.

— Qu'est-ce que c'est censé vouloir dire ?

— Des décisions... rien d'autre que des putains de décisions. Tu

prends la bonne, tu gagnes de l'argent. Tu prends la mauvaise… pas tant que ça.

Maria se leva et se dirigea vers lui, pour se poster à côté de lui derrière son bureau.

— Qu'y a-t-il qui soit si difficile ? le taquina-t-elle, à la fois curieuse et peu habituée à être improductive pendant la journée.

Il gardait les yeux braqués sur l'écran de l'ordinateur, où figurait la photo d'une façade d'hôtel, mais il faufila un bras autour d'elle et l'attira à ses côtés.

Elle se laissa aller contre lui, se détendant à son contact.

— Tu penses l'acheter, celui-là ? demanda-t-elle.

Il lui caressa la hanche.

— Hmm ? Ouais, répondit-il, distrait.

— Alors, qu'est-ce qui te retient ? reprit-elle en se penchant pour mieux voir. Le bâtiment semble bien entretenu.

Sa main glissa encore sur elle, pour caresser le haut de sa cuisse.

— Oui, on dirait bien.

Au moment où il cliqua sur la photo suivante, une main caressant sa hanche, Maria eut l'impression qu'il avait l'esprit occupé par une chose et le corps par une autre.

Elle continua à contempler la photo.

— Quelle ville ?

— Raleigh, Caroline du Nord.

Alors qu'il passait à la photo suivante, Maria lui glissa une main sur la nuque et commença à jouer distraitement avec ses épais cheveux bruns.

— Je suis sûre que tu as déjà vérifié la demande du marché pour la région. Qu'en est-il de l'immobilier résidentiel ? La valeur des propriétés a-t-elle augmenté ?

— Ouais. C'est du solide.

— C'est proche d'une autoroute ? Facilement accessible ? demanda-t-elle en respirant son odeur.

Sa main lui serra une fesse.

— Ouais.

Elle prit une brusque inspiration.

— Et la concurrence ? Pas trop développée ?

— Très peu, répondit-il, ses doigts se serrant à nouveau.

Elle se passa la langue sur les lèvres et s'efforça de rester dans le sujet.

— Bon, je suppose que la Rule Corporation n'a pas à s'inquiéter des acomptes ou des finances de ce point de vue particulier, si ?

Il se tourna vers elle et haussa un sourcil.

— En effet.

— Alors, quel est le problème ? demanda-t-elle encore, remarquant pour la millionième fois les paillettes d'or dans ses yeux.

Il fit pivoter son fauteuil vers elle et écarta les jambes.

— Je ne sais pas. Je n'arrive pas à le cerner.

Il lui enroula le bras autour de la taille et elle laissa retomber ses paumes contre sa poitrine alors qu'elle tâchait de ne pas sourire.

— Tu as vérifié les critiques et le prix des chambres ?

Il monta la main vers un sein.

— En tout premier.

Le cœur de Maria manqua un battement quand le pouce de Garrett lui effleura un téton.

— Si tu as fait tous tes devoirs et que tu n'arrives toujours pas à te décider, tu sais ce que tu dois faire, non ?

— Quoi ? demanda-t-il en baissant les yeux sur ses seins.

Son pouce continuait à le caresser et elle déglutit en tremblant.

— Tu y descends quelques jours, incognito. (Ses yeux se fermèrent et elle se mit à balancer les hanches vers lui.) Vérifie la nourriture, le personnel, les chambres... (Son souffle monta en flèche.) Le service d'étage.

Il palpa à nouveau sa poitrine tandis que le bras qu'il tenait autour de sa taille se soulevait et l'attirait plus près.

— Tu connais ton métier, dis-moi !

Elle se pencha vers lui et l'embrassa doucement sur les lèvres.

— Juste assez pour être dangereuse, chuchota-t-elle en souriant.

Il abandonna sa poitrine pour lui enfoncer une main dans les cheveux.

— Tu es dangereuse, confirma-t-il avec un soupçon de quelque chose d'indéterminé dans la voix. Tu veux y aller avec moi ?

Son pouls s'accéléra.

— Tu es sérieux ?

— Bien sûr. On peut partir quand on veut, répondit-il avec une pointe de satisfaction.

Elle se passa la langue sur les lèvres et prit une grande inspiration.

— OK... Je peux te demander quelque chose ?

Il plissa les yeux, un sourire diabolique soulevant les commissures de ses lèvres.

— Quoi donc ?

— Cette porte a un verrou ?

Ses yeux reflétaient une immense chaleur.

— Ouais.

— Et je peux la verrouiller ? demanda-t-elle doucement, retenant son souffle.

10

Si elle pouvait verrouiller la porte ? Le sexe de Garrett réagit immédiatement, douloureusement à la question de Maria en se mettant au garde-à-vous.

— Ouais, lâcha-t-il d'un ton bourru.

Elle s'écarta de lui et traversa la pièce avec une grâce dont il savait qu'elle ne se rendait même pas compte. Alors qu'elle enclenchait le pêne dormant, il se leva et attendit qu'elle revienne vers lui.

Voyant qu'elle ne faisait rien d'autre que de se planter devant lui, il lui posa les mains sur les épaules tandis que son érection s'engorgeait de plus belle.

— Qu'as-tu en tête ?

Putain, il était prêt à dire « amen » à tout !

— Je trouve que tu as une vue magnifique, lâcha-t-elle doucement en portant son regard sur la fenêtre derrière lui.

— Ouais, répéta-t-il, sans prendre le temps de détourner les yeux.

— Tu peux t'asseoir ?

Il n'eut pas besoin qu'elle le lui demande deux fois. Il se laissa

retomber sur le siège, le sang battant fort et chaud dans ses veines à la pensée des intentions qui pouvaient animer cette femme.

Quand elle s'agenouilla devant lui, il faillit avoir un infarctus. *Respire, Rule !* Elle porta les mains à la braguette de son pantalon et, alors qu'elle commençait à tâtonner maladroitement, les joues empourprées, sa verge tressaillit en réponse. En avait-elle la moindre idée ? Comprenait-elle qu'elle détenait un charme qui était comme une force l'attirant irrépressiblement vers elle ? Savait-elle que sa douceur l'hypnotisait à tel point que c'était devenu un désir, un besoin auquel il ne pouvait résister ?

Incapable d'attendre plus longtemps, il l'aida à baisser sa fermeture Éclair, puis il s'ajusta pour se préparer à ce qu'elle voulait.

Elle fixait son érection des yeux, qui tressaillait et palpitait comme pour attirer son attention, mais il savait que, cette fois, il aurait besoin de plus que sa bouche sur lui et il voulait être prêt.

— Juste une minute, bébé.

Elle leva les yeux vers lui, le visage empourpré, et il lui montra la jupe qu'elle portait.

— Ta culotte. Enlève-la.

Elle se passa la langue sur les lèvres et il sentit une réaction immédiate dans ses tripes.

— Il ne s'agit pas de moi, Garrett.

— Non ? Je ne suis pas d'accord. Il s'agit toujours de toi. Enlève-la.

Comme si elle voulait le rendre fou, elle se retourna et releva sa jupe, puis, lentement, délicatement, elle fit glisser la foutue culotte le long de ses hanches et l'enleva. Elle exécuta la manœuvre avec grâce et pudeur, sans rien lui dévoiler, si bien qu'il était à deux doigts de péter les plombs.

Il tendit le bras et lui attrapa la main, puis la mit à genoux.

— Tu es sûre que tu as envie de ça ?

Les yeux de Maria s'illuminèrent, et en réponse à sa question, elle baissa la tête. Elle enroula la main autour de la base de sa verge

et ses lèvres entourèrent le gland. Elle le goûta timidement, un désir fou se propageant dans le sang de Garrett, atterrissant dans son bas-ventre avec une force qui le fit presque bondir de son siège. Il durcit encore et, poussant un petit gémissement en réponse à sa réaction, elle le prit dans sa bouche et commença à le sucer.

Les mains sur les bras de son fauteuil, il s'arc-bouta, regardant la cascade brune de ses cheveux sur ses genoux, sentit la chaleur humide de sa bouche, là où il en avait rêvé plus de fois qu'il ne pouvait les compter, et il sut que sa vie, à cet instant, était aussi proche de la perfection qu'elle le serait jamais.

Il la laissa faire à sa guise pendant une trentaine de secondes supplémentaires, parce que c'était tout ce qu'il pouvait supporter sans jouir. Il s'y laisserait aller un jour prochain... mais pour l'instant, il avait besoin de s'enfoncer dans sa chaleur humide, voulait la sentir jouir encore plus qu'il ne désirait sa propre satisfaction.

Il était presque au bout de son contrôle, mais il prit environ cinq secondes de plus pour lui, enfonçant les mains dans ses cheveux et dirigeant ses mouvements, la tenant là, la poussant sur lui et, quand il sut qu'il ne pouvait plus se faire confiance, il déplaça les mains vers ses avant-bras et l'attira vers le haut.

Une expression presque enivrée de désir éclairait les yeux de Maria quand elle les ouvrit.

— Quoi ? murmura-t-elle, la bouche brillante et gonflée, en essayant de se dégager de son emprise pour retourner sur lui.

Il grogna et la souleva, remonta sa jupe jusqu'à la taille, écarta ses cuisses jusqu'à ce qu'elle soit à califourchon sur lui. Il lui enfonça les doigts dans les cheveux et, les yeux dans les siens, il lui dit ce qu'il voulait.

— Prends-moi en toi, bébé.

Il sentit ses cuisses frémir et tint une main dans son dos tandis qu'il l'ajustait à l'endroit où il la voulait. Son ouverture étroite se

resserra autour de son gland. Elle était si chaude, si humide, si clairement prête pour lui !

— C'est ça, bébé. Je veux que tu viennes sur moi, je veux que tu me prennes en toi.

Les pupilles de Maria se dilatèrent alors qu'elle commençait à glisser sur lui. C'était comme de la magie, comme le paradis sur Terre. Il sut alors, en cette fraction de seconde, qu'il ne pourrait pas l'abandonner de sitôt, voire jamais. Il vit sa vie défiler devant ses yeux, et dans chaque image, elle était là, exactement là où il voulait qu'elle soit. Le contentement se mêla alors à une excitation féroce et il la serra plus fort. Elle était entièrement fichée sur lui maintenant, il était en elle jusqu'à la garde. Un plaisir animal lui déchira les entrailles. Ses bras s'enroulèrent autour d'elle et il fut incapable de contrôler sa voix.

— Chevauche-moi !

Elle poussa un petit miaulement et se souleva, faisant naître une caresse d'excitation absolue le long de son dos. Quand elle glissa vers le bas, l'extase frappa les cellules de son cerveau. Il trouva ses hanches et commença à la faire coulisser de haut en bas, tout en serrant les dents et en respirant péniblement.

— C'est ça, haleta-t-il. C'est parfait.

— Oui, parfait, gémit-elle.

Glissant une main dans ses cheveux, il lui tira la tête en arrière jusqu'à ce qu'elle le regarde droit dans les yeux.

— Plus jamais. Juste moi. Rien que moi. Tu couches avec moi et seulement moi, personne d'autre ne te touchera plus jamais aussi longtemps que je vivrai, tu me comprends ?

Il sentit son souffle se bloquer dans sa gorge, puis vit ses yeux se fermer alors que l'euphorie les engloutissait tous les deux.

~

PLUS TARD CE SOIR-LÀ, ILS ÉTAIENT ASSIS À LA TABLE D'UN restaurant surplombant la rivière. Ils avaient fini leurs entrées et

Maria picorait distraitement un dessert au chocolat auquel elle n'avait pas pu résister, mais maintenant, sous le regard perçant de Garrett, elle se rendait compte qu'elle n'arriverait pas à en manger beaucoup. Une bouteille de vin était posée entre eux, qu'ils avaient à peine touchée.

Prenant sa main libre, il fit tourner ses doigts entre les siens.

— Alors, je me disais...

Il s'interrompit et le ventre de Maria se crispa. Elle gardait les yeux rivés sur son assiette, ses sentiments désordonnés provoquant un déséquilibre qui envoyait des fléchettes d'appréhension le long de son échine.

Alors qu'elle avait les yeux baissés, à déplacer lentement le chocolat dans son assiette, évitant son regard, il gardait toujours sa main prisonnière de la sienne.

— Pourquoi ne resterais-tu pas ici... avec moi ? reprit-il.

La fourchette de Maria tomba de ses doigts avec un bruit sec et elle leva les yeux.

— Je suis désolée... Quoi ?

— Ce serait bien, il y a beaucoup de place à la maison du lac, largement assez pour nous deux.

— Tu veux que j'emménage avec toi ?

Pas question ! Bien sûr, peut-être, s'il l'aimait. Mais le mot en « A » n'avait pas été prononcé entre eux et elle n'était pas prête à le lancer en premier. Qu'attendait-elle de lui, exactement ? Il était évidemment trop tôt pour une déclaration, mais sans cela, elle devait rentrer à la maison, à l'hôtel.

— Pourquoi pas ?

Il haussa les épaules et une expression se dessina sur ses traits comme si la conversation ne signifiait pas grand-chose pour lui. Une réaction dépassionnée qui n'avait rien pour inspirer la moindre confiance.

— Parce que je vis à Miami, répliqua-t-elle. Et que je dirige ton hôtel là-bas, voilà pourquoi.

Donne-moi quelque chose de définitif sur lequel construire notre avenir, s'il te plaît.

— Les choses changent, Maria. Rien ne dure jamais. On peut trouver quelqu'un d'autre pour diriger l'hôtel.

Les choses changent ? Ce n'était pas la déclaration d'amour qu'elle attendait, comprit-elle enfin. Même si elle devait lui accorder des points pour avoir utilisé le pronom « on », comme si l'hôtel leur appartenait à tous les deux.

— Je ne peux pas lâcher mon travail et emménager ici, Garrett.

— Pourquoi pas ? demanda-t-il encore, le visage figé.

— Je pense que la vraie question serait... pourquoi ?

S'il te plaît, s'il te plaît, s'il te plaît ! Dis-le, dis quelque chose !

— Pourquoi ? répéta-t-il en lâchant sa main et en croisant les bras. Parce que la distance, ça craint, voilà pourquoi !

Mon Dieu, comme c'est romantique !

— C'est pour ça que les avions ont été créés, répliqua-t-elle, sur la défensive.

— Je ne veux pas monter dans un putain d'avion chaque fois...

Il interrompit sa phrase, à croire qu'il allait dire quelque chose de trop cru.

Maria soutint son regard aussi longtemps qu'elle le put, avant de détourner le regard. Elle s'était juré de ne pas laisser couler une seule larme. *Pas question !* La colonne vertébrale bien droite, elle se calma, puis le regarda à nouveau.

— Eh bien, je ne vois pas d'autre solution. Ou bien tu pourrais déménager en Floride.

C'est vrai. Comme si ça risquait d'arriver !

— Je ne peux pas déménager en Floride, Maria, rétorqua-t-il sèchement.

— Eh bien, je ne peux pas déménager à Saint Louis, Garrett.

Une soudaine bouffée de colère lui fit monter le rouge aux joues.

— Tu pourrais si tu le voulais, lança-t-il d'un ton accusateur.

— C'est sans doute vrai. Si j'avais une raison suffisante de le

faire. Mais je ne pense pas que le sexe, si torride soit-il, soit une raison suffisante, vois-tu.

Voilà. Prends ça.

Il la regarda fixement, mais ne répliqua rien. Il se mit à tambouriner sur la table comme s'il était énervé, et quand le serveur passa, il leva la main pour lui signifier qu'il voulait payer. Le ventre de Maria se serra sous l'effet de la déception.

Deux semaines plus tard

MARIA TRAVERSA LE HALL D'ENTRÉE POUR SE RENDRE À SON BUREAU. Pourquoi n'arrivait-elle pas à oublier Garrett et à se concentrer sur son travail ? Serait-ce parce que chaque jour depuis qu'elle était montée dans l'avion qui l'avait ramenée à Miami, elle avait reçu un message de lui ? Un texto qui disait la même chose, jour après jour.

« Personne ne te touche. »

Toujours court et succinct. À quoi elle ne prenait pas la peine de répondre. Il savait où la trouver s'il voulait la voir, mais elle devait admettre que cette petite forme de communication de sa part chaque jour était rassurante.

— Maria, chuchota Beth en lui attrapant le bras alors qu'elle contournait la réception.

Maria s'arrêta en voyant la réceptionniste rougir.

— Qu'y a-t-il ?

— Vous savez que Garrett vient d'arriver ? chuchota la jeune femme en regardant autour d'elle comme si elle révélait un secret d'État.

Un tas d'émotions inopportunes explosèrent dans la tête de Maria.

— Quand ?

— Il y a environ quinze minutes. Je vous ai envoyé un texto,

ajouta Beth en fronçant les sourcils, pour lui faire comprendre qu'elle n'avait pas répondu.

C'était en quelque sorte vrai. Maria n'avait pas pris la peine de regarder son téléphone.

— Il est à l'étage ? Ou dans les bureaux ?

— En haut. Il y a autre chose, poursuivit Beth en chuchotant à nouveau. Un homme vous attend dans votre bureau.

Maria s'immobilisa à nouveau.

— Quel homme ?

Beth avait l'air d'avoir vu un zombie mangeur de chair humaine.

— Le gars des Keys. Maximo Villareal.

— Il est ici ? Maintenant ? demanda Maria, abasourdie. Deux hommes arrogants en un jour ? Super ! Quelle veinarde je suis !

— Oui, siffla son assistante dans un chuchotement, en orientant sa tête vers les bureaux de derrière.

— Depuis combien de temps est-il là ?

— Peut-être trois minutes, répondit l'autre, toujours dans un chuchotement. Je vous ai envoyé un texto, répéta-t-elle d'un ton accusateur.

Maria passa outre son insistance.

— Il veut voir Garrett ? s'enquit-elle, mal à l'aise. (En réponse, sa collègue secoua la tête, les yeux écarquillés.) Il demande à me voir ?!

— Oui, dit fermement la jeune femme.

— Pourquoi ? s'inquiéta-t-elle, sachant que son assistante n'aurait probablement pas la réponse.

Beth se mordit la lèvre et haussa les épaules, l'air perplexe.

— OK, fit Maria sur une inspiration. Mieux vaut prendre le taureau par les cornes, alors. Écoutez, si nous sommes toujours là-dedans dans dix minutes, frappez à la porte et inventez une excuse pour me faire sortir de là, OK ?

Les yeux de Beth s'allumèrent d'un feu qui disait à sa directrice qu'elle ferait tout ce qui était en son pouvoir pour la protéger.

— Compris.

— Merci.

Sur quoi Maria tourna les talons et passa les mains sur sa jupe, lissant un pli alors qu'elle se rendait à sa réunion avec des chaussures à talons plats. En jetant un coup d'œil à l'intérieur de son bureau, celui que Garrett avait utilisé, elle vit l'homme affalé dans l'un des fauteuils qui faisaient face à la table de travail.

— Bonjour, lança-t-elle aussi joyeusement que possible en entrant dans la pièce, non sans laisser la porte grande ouverte.

Maximo Villareal se leva et un sourire apparut sur les traits durs de son visage. Mais pour une raison quelconque, ce sourire ne lui éclairait pas les yeux et la jeune femme sentit son ventre se nouer.

— Mademoiselle Alvarez, répondit-il en inclinant la tête.

Elle s'arrêta pour lui serrer la main et sentit une légère trépidation lui parcourir l'échine. Quand il la relâcha, elle s'assit derrière son bureau.

— En quoi puis-je vous aider, monsieur Villareal ?

— Max, s'il vous plaît.

Elle inclina la tête de façon infinitésimale.

— Max, concéda-t-elle en levant la main pour lui indiquer qu'il devait prendre place.

Lorsqu'il fit le tour de son bureau et s'appuya dessus, à moins d'un mètre de l'endroit où elle était assise, Maria sentit son malaise s'accentuer.

— Le siège est inconfortable ? demanda-t-elle d'un ton de défi.

— Non, c'est bon, répondit-il en la scrutant attentivement.

Malgré son sourire, son regard était froid et distant et la jeune femme avait l'impression que ce qu'il ressentait, ce qu'il faisait ici n'avait rien à voir avec elle.

— Puis-je vous suggérer de vous asseoir, alors ? demanda-t-elle avec un sourire mielleux.

En réponse, il se leva de sa position indolente et s'éloigna de

quelques mètres, mais resta debout puis, se tournant vers elle, il annonça :

— Je suis sûr qu'il n'est pas nécessaire de tourner autour du pot : j'aimerais que vous veniez travailler pour moi.

La surprise et une flèche d'incrédulité piquèrent Maria : que manigançait cet homme ?

— Vous me connaissez à peine.

— Oui, mais ce que je connais, je l'apprécie, répondit-il avec précision. Les bons employés sont les plus difficiles à trouver, je suis sûr que vous serez d'accord avec ce constat.

Elle le regarda droit dans les yeux sans ciller.

— En effet. J'apprécie sincèrement, mais j'aime mon poste ici, j'en suis satisfaite.

Il l'étudia, presque compréhensif.

— Vous semblez très loyale envers la Rule Corporation.

Il y avait quelque chose dans son intonation qui donnait froid dans le dos.

— Je dirais que je suis loyale envers l'hôtel, bien que les Rule semblent être une famille charmante, d'après le peu que j'en aie vu.

Ce fut comme si un souffle arctique était tombé sur la pièce.

— Oui, trois frères qui sont assez proches, je crois.

Bon sang, il la rendait nerveuse ! Quand pourrait-elle se débarrasser de lui ?

— Oui, ainsi qu'une mère et une petite sœur qu'ils aiment beaucoup aussi, répliqua-t-elle.

Il sembla se figer.

— Une petite sœur ?

La question, qui aurait dû être anodine, semblait menaçante, venant de lui. Bon sang, elle aurait dû donner cinq minutes à Beth au lieu de dix ! Prenant une profonde inspiration, Maria se leva, dans le but de le faire sortir.

— Merci beaucoup pour votre aimable proposition...

Elle fut coupée dans son élan lorsqu'il tendit la main et prit la sienne.

— Je vous assure que je vous paierais très bien, vous devriez m'écouter. (Alors qu'il lui souriait, Maria entendit un bruit à la porte, mais il continua :) J'aimerais vraiment vous emmener avec moi dans les Keys.

Remerciant silencieusement Dieu que Beth ne l'ait pas écoutée et l'ait interrompue plus tôt, Maria se détendit légèrement. Sur le point de le repousser une fois de plus, elle se leva de son siège pour congédier son visiteur indésirable.

Elle n'en eut pas le temps.

En deux secondes, un bras masculin et musclé entourait le visiteur par-derrière et l'éloignait de Villareal. Maria reconnut instantanément le contact et l'odeur, même si elle ne voyait pas son visage. Garrett la fit passer derrière lui et se dressa devant Max.

— Putain, vous faites quoi, là ?

De sa position, Maria reconnut le regard mauvais de Villareal lorsque Garrett lui fit face. Son échine sembla se raidir et ses muscles se tendre. *Merde !* Ces deux-là n'étaient définitivement pas amis.

— Je fais une proposition à mademoiselle Alvarez, énonça l'homme, d'un ton délibérément narquois.

Les épaules de Garrett semblèrent s'élargir d'un kilomètre.

— Je vous ai dit de rester loin d'elle, enfoiré...

Une expression de dégoût dirigée vers Garrett se peignit sur le visage du visiteur et Maria en fut plus qu'alarmée.

— Je ne veux pas coucher avec elle, Rule. Je veux qu'elle vienne travailler pour moi.

— Travailler pour vous ? Conneries ! Foutez-moi le camp avant que je ne casse tous les os de votre putain de corps.

Villareal haussa un sourcil en fixant son adversaire. Maria retint son souffle, s'attendant à ce que leur violence se déchaîne. Mais finalement, à son grand soulagement, l'intrus lui jeta un regard, et avec un soupçon de respect dans les yeux, qui n'était pas

présent lorsqu'il était tourné vers Garrett, il inclina la tête vers elle, se retourna et sortit de la pièce.

La jeune femme respirait difficilement lorsqu'elle se laissa tomber dans le fauteuil le plus proche, celui qui faisait face à son bureau. Étourdie, elle baissa la tête et se mit à prendre de grandes inspirations lentes et régulières.

Garrett se dirigea vers la porte et verrouilla la serrure, puis revint s'accroupir en face d'elle.

— Tu vas bien ?

— Je pense que oui.

— Il t'a draguée ? Dis-moi la vérité... Je vais le tuer, cet enfoiré ! Donne-moi une raison de le faire.

Toujours la tête basse, elle la secoua.

— Je n'ai pas...

— Tu n'as pas quoi ?

— Je n'ai pas ressenti d'attirance sexuelle pour moi venant de lui... Je pense qu'il voulait simplement que je vienne travailler pour lui.

— Il n'y a rien d'honnête chez ce type.

— Je n'ai pas eu l'impression que tout cela me concernait, ajouta-t-elle. On aurait presque dit qu'il voulait te contrarier en m'éloignant de l'hôtel. (Elle releva la tête et regarda Garrett dans les yeux.) Il te déteste.

— Ouais ? demanda-t-il comme s'il n'était pas le premier concerné. Je me fiche de savoir quel est son problème avec moi. Tant qu'il n'a pas fait un geste envers toi...

— Il n'a rien fait, l'assura-t-elle, en le regardant… en le buvant.

Deux semaines, c'était trop long. Il prit une inspiration. Ses mains se crispèrent sur les cuisses de Maria à travers le tissu de sa jupe.

— Cette merde ne serait pas arrivée si tu avais été avec moi.

Un sentiment de remords impuissant lui noua le ventre.

— Je ne peux pas être tout le temps avec toi.

Les traits de Garrett se durcirent.

— Ce sont des conneries. Tout ce que tu as à fairc, c'est un choix...

Elle sursauta, comme par réflexe.

— Quel choix ? Celui d'être ta poupée sexuelle ambulante ?

Il eut aussitôt l'air offensé.

— Ma « poupée sexuelle » ? (Sans attendre qu'elle réplique, il la leva de la chaise et la plaqua contre le mur.) Ma poupée sexuelle ?

Elle s'accrocha au mur, respirant si vite qu'elle se sentit à nouveau étourdie.

— C'est ce que tu penses, Maria ? Tu penses qu'il s'agit de ça ? Tu crois que je veux juste prendre mon pied ? Tu as pensé que je voulais pouvoir m'envoyer en l'air n'importe quand, n'importe où ? (Il enfonça une main dans ses cheveux.) Je t'aime, bon sang !

Les mots frappèrent Maria en plein plexus solaire et sa respiration s'arrêta pendant un instant. Quand elle recouvra son souffle, une bouffée de joie se répandit à travers ses veines et lui atterrit solidement dans le cœur.

— Tu m'aimes ?

Il eut un petit rire amer.

— Tu es aveugle, bébé ?

— Ce n'est pas gentil ! chuchota-t-elle, complètement bouleversée.

— Je ne suis pas d'humeur à être gentil. Je suis énervé. Je te veux avec moi tout le temps et tout ce qui t'intéresse, toi, c'est ce putain d'hôtel.

Elle déglutit péniblement.

— Ce n'est pas vrai.

— Alors, pourquoi tu ne viens pas vivre avec moi à Saint Louis, putain ? Pourquoi tu refuses de voyager avec moi, d'être avec moi ? demanda-t-il, du feu dans les yeux.

Maria le fixait, confuse.

— Parce que... parce que je ne savais pas... je ne pensais pas...

— Tu ne pensais pas que je t'aimais ?

Elle le regarda fixement, incapable de masquer la réponse dans ses yeux. Il pinça les lèvres.

— Je t'aime. Comment crois-tu que je puisse être à ce point obsédé par quelqu'un que je n'aimerais pas ?

— Je ne sais pas, répondit-elle doucement.

Il remonta la main et lui empoigna la poitrine.

— Alors, voici la question… (Il inspira profondément, un immense sérieux au fond des yeux.) Tu ressens quelque chose en retour ?

Son pouls s'accéléra tandis qu'elle le regardait fixement.

— Oui, admit-elle tout bas.

— Oui ? Tu veux être plus précise ?

Maria sentit ses lèvres se soulever en un sourire. Elle se mordit la lèvre inférieure et sentit son visage s'empourprer. Elle se redressa et dit :

— Je t'aime.

— Pas trop tôt ! lâcha-t-il, juste avant que sa bouche ne tombe sur celle de la jeune femme.

Son baiser fut torride, rude et pendant environ trente secondes, il dévora sa bouche, avant que soudain, son contact avec elle ne devienne doux.

Il releva la tête et plongea dans ses yeux.

— Je devrais probablement être tout à fait honnête avec toi, admit-il, apparemment à contrecœur.

Maria déglutit, ses muscles se crispèrent, dans l'attente de quelque chose de grave.

— Tu devrais probablement, oui.

Il se baissa, prit ses mains dans les siennes et les souleva au-dessus de sa tête, pour les plaquer au mur. Après quoi il se glissa entre ses jambes et la regarda fixement.

— Les deux dernières semaines ont été les pires semaines de ma vie. (Il serra les lèvres.) Et j'en ai eu un paquet, de mauvaises semaines, bébé. Je ne veux pas revivre cette merde. Je ne suis pas prêt à prendre le risque que quelqu'un essaie de te voler à moi. Je

serais juste inquiet et énervé tout le temps. (Il prit une grande inspiration et ajouta :) Je ne serai satisfait que lorsqu'il y aura une bague à ton doigt.

Une flèche de joie et de soulagement transperça le cœur de Maria. Elle leva le menton et, lui renvoyant ses mots, elle lança sur un ton de défi :

— Tu veux être plus précis ?

Le visage de Garrett se fendit d'un sourire. Lâchant l'une de ses mains, il lui posa les doigts sous le menton et la regarda dans les yeux. Son sourire disparut au profit d'une expression sérieuse.

— Je t'aime, Maria Alvarez. Veux-tu m'épouser ?

Le plaisir, sous sa forme la plus pure, la prit sous sa coupe. Elle leva une main et le frappa à l'épaule, avant d'enrouler un bras autour de son cou pour l'étrangler.

— Eh bien, monsieur Rule, j'ai cru que vous ne le demanderiez jamais.

ÉPILOGUE

Sept ans plus tard

Garrett frappa à la porte de la salle de bains, tout en gardant un œil sur ses enfants, qui couraient dans la suite de l'hôtel comme les canards dont on dit qu'ils continuent à cavaler une fois la tête coupée.

— Maria, tu es prête, bébé ?

— Presque, répondit-elle à travers la porte.

— Eh bien, dépêche-toi ! Les enfants vont tout démolir si on ne les emmène pas à la piscine très vite.

— Je suis presque prête. Donne-moi juste une sec…

Elle s'interrompit quand il ouvrit la porte et passa la tête. Il sentit son corps durcir alors qu'il la regardait de haut en bas.

— Tu crois que tu vas porter cette tenue ? demanda-t-il en serrant les dents.

D'habitude, il aimait les vacances qu'ils prenaient à Miami. Mais cette fois... pas tant que ça.

Elle se contempla dans le miroir et inclina la tête, comme pour

lui indiquer que le choix lui revenait à elle et à elle seule. *Quand va-t-elle finir par comprendre ?*

— Je pense que oui, répondit-elle distraitement, à croire qu'elle n'avait pas encore décidé.

Il fit courir ses yeux sur les courbes sensuelles de sa femme. Des courbes qui n'avaient fait que s'améliorer avec les grossesses et la maternité. Des courbes qui ne manquaient jamais de l'exciter.

— Non, siffla-t-il.

Elle se retourna pour le regarder.

— Non ? Qu'est-ce que c'est censé vouloir dire ?

— Ça veut dire que tu ne porteras pas ça. C'est un putain de bikini *string,* Maria ! expliqua-t-il, peut-être un peu trop durement.

— Mais non, s'esclaffa-t-elle.

— C'est un bikini, précisa-t-il, le regard rivé sur ses seins.

Elle leva les yeux au ciel.

— Non plus.

— C'est un deux-pièces, insista-t-il, refusant de céder.

Elle se retourna vers le miroir et fronça les sourcils.

— C'est un tankini.

— Je me fous du nom que tu lui donnes. Tu ne vas pas porter ça à la piscine.

— Qu'est-ce qui t'énerve, tout à coup ? demanda-t-elle avec une pointe d'inquiétude.

Il pinça les lèvres.

— Rien. Je vais vendre ce putain d'hôtel, menaça-t-il dans un souffle.

Elle étouffa un éclat de rire et se retourna vers lui, avec sur les lèvres le sourire du chat qui vient de boire le lait renversé.

— Tu ne peux pas, tu me l'as donné comme cadeau de mariage, tu te souviens ?

Et merde ! Elle avait raison. Il l'avait racheté à la société et offert à sa femme. Il ne pouvait pas le vendre. Il avait les mains liées.

— Peu importe. Tu ne vas pas porter ça.

Elle l'étudia un moment, pour prendre la température.

Avançant de quelques pas, elle passa la tête dans la suite et vérifia très brièvement ce que faisaient les enfants avant de l'entraîner avec elle dans la salle de bains. Elle ferma la porte sur un cliquetis silencieux.

— Que t'arrive-t-il ?

— Rien, mentit-il.

— Garrett, dit-elle doucement, essayant de lui arracher une réponse.

Merde !

— Ils se sont enregistrés. Je les ai vus.

Elle fronça les sourcils.

— Qui ?

— Les Calderon. Le couple âgé et toute leur putain de famille ! Notamment le connard qui a toujours été *fan* de toi.

Le visage de Maria s'illumina d'un sourire satisfait.

— Vraiment ? Je ne les ai pas vus depuis des années.

— Ouais, eh bien, vos retrouvailles ne se feront pas dans un bikini rouge vif...

— Tankini, corrigea-t-elle en se retournant vers le miroir.

Comme si ça faisait une putain de différence !

— Maria, grogna-t-il.

— Oui ? demanda-t-elle sur ce ton innocent qui le rendait fou.

— Tu essaies de me rendre dingue ?

Ses yeux s'arrêtèrent sur les siens et elle le regarda de derrière ses cils.

— Toujours.

Il ressentit sa réponse avec la violence d'un coup, comme toujours. Une sorte d'addiction, une compulsion, une obsession dont il ne pouvait se défaire... et dont il ne voulait jamais se défaire. Il l'attrapa par la main et la fit tourner jusqu'à ce qu'elle soit dos à la porte et qu'il se tienne contre elle.

— Bébé ?

— Oui ? demanda-t-elle, haletante, ce qui l'excita au plus haut point.

— Tu veux porter ce bikini ?

— Oui.

Il ouvrit grands les yeux, comme s'ils étaient sur le point de jouer à un jeu qu'elle aimait.

— Très bien. (Il porta une main à la chaleur entre ses jambes et appuya dessus.) À une condition.

Elle posa les mains sur ses pectoraux, où elle pouvait sans doute sentir son cœur battre.

— Laquelle ? demanda-t-elle en le caressant.

— S'il vient dans la salle de billard et te voit, tu peux le saluer, tu peux même être gentille avec lui, mais ensuite, tu viens t'asseoir sur mes genoux.

— C'est un peu grossier et tape-à-l'œil, fit-elle remarquer.

Mais il voyait qu'elle essayait de ne pas sourire.

— Ouais ? Tu crois que j'en ai quelque chose à foutre ? (Il prit une inspiration.) Et de deux...

— Deux ? Tu avais dit « une » condition.

Il plissa les paupières.

— J'ai menti. Deux conditions.

Elle réprima un autre éclat de rire.

— Quoi ?

— Plus tard, quand les enfants seront endormis, je t'enlèverai ce satané maillot avec les dents, compris ?

Alors qu'elle l'étudiait, le sourire de Maria disparut et son regard se fit intense.

— D'accord, répondit-elle avec le plus grand sérieux.

Il parcourut des yeux sa beauté qui le rendait accro.

— Bébé ?

— Oui ?

Il baissa la tête.

— Je t'aime.

Elle prit une inspiration et leva son visage vers le sien.

— Moi aussi, je t'aime.

Ses lèvres se posèrent sur les siennes et elle l'enlaça.

La satisfaction et le plaisir pur le tenaient sous leur emprise. La vie était belle. Le mariage encore mieux. Sa femme était parfaite. Toute pensée autre que Maria s'effaça de son cerveau alors que le contentement l'envahissait. Il commença à l'embrasser de la façon qu'elle aimait le mieux, de la façon qu'il aimait le mieux, de la façon qui le rendait si joyeusement accro à elle. Pour toujours.

SÉDUCTION

PROLOGUE

Maximo Santiago Villareal prit l'ascenseur jusqu'au sommet de son immeuble, en proie à une colère presque incontrôlable, surtout après avoir enduré le fastidieux vol depuis la Floride. Les Keys étaient toujours magnifiques, mais il était soulagé d'être de retour dans son bureau de Houston, même s'il était sur le point de péter un fusible à cause des informations qu'il avait apprises en Floride. Il traversa le couloir, jetant à peine un coup d'œil à la secrétaire qui s'occupait de son sanctuaire, avant d'aboyer :

— Je veux Luis Diaz dans mon bureau. Immédiatement !

En poste depuis dix ans, Carol Jennings était habituée à ses manières et ne s'en troublait pas le moins du monde.

— Oui, monsieur.

Il claqua la porte et se dirigea vers les fenêtres qui donnaient sur la ligne d'horizon ouest du centre-ville. Le ciel était d'un bleu sans nuages, le temps plus qu'agréable, pourtant il ne voyait rien de tout cela. Il ne pensait pas à la beauté de la journée ni même aux rendez-vous qu'il avait fixés pour l'après-midi : il était trop énervé

pour se concentrer sur autre chose. Il était tellement enragé qu'il en avait presque le goût dans la bouche.

Il voulait du sang et il le voulait maintenant.

Alors qu'il se tenait debout, les jambes écartées, il tenta de maîtriser le martèlement dans sa tête, en vain. Quand on frappa à sa porte, il se retourna et brailla :

— Entrez !

Carol ouvrit la porte, permettant à Luis Diaz d'entrer dans le bureau. Forte de son expérience, elle ne dit rien, se contentant de refermer la porte et de laisser Max seul avec le jeune homme qu'il s'apprêtait à interroger. Celui-ci resta immobile, croisant à peine son regard, la tension de sa mâchoire parlant d'elle-même. La nervosité que l'homme dégageait ne réussit pas à calmer Max, elle ne commença même pas à apaiser la vague de colère qu'il ressentait. Il fit craquer ses articulations, se forçant à ne pas céder à l'envie de se jeter sur le nouveau venu. Il observa son employé, ses lèvres se retroussant sur un grognement tandis qu'il inclinait la tête, indiquant l'une des deux chaises qui faisaient face à son bureau.

Diaz lui jeta un regard prudent avant de prendre place.

Max resta debout, les poings serrés contre les flancs, et fixa le jeune homme. Le silence devint assourdissant alors que Diaz commençait à s'agiter inconfortablement sur son siège. Son patron fit quelques pas, laissant son employé transpirer quelques secondes de plus avant de s'emporter :

— Qu'est-ce que vous faites pour moi ? Pourquoi je vous paie ?

L'homme se lécha les lèvres, temporisant avant de répondre dans un souffle de voix :

— Je surveille les mouvements de la Rule Corporation, monsieur.

— Exact. C'est la seule mission dont vous soyez responsable. Surveiller la Rule Corporation et ses pratiques commerciales coupe-gorge. (Max sentit sa tension monter d'un cran.) Je vous paie une putain de tonne de fric pour avoir au moins trois

longueurs d'avance sur ces enfoirés dans tous les domaines, on est d'accord ?

Diaz se racla la gorge et bougea sur son siège.

— Oui, monsieur.

— Vous êtes censé tout me dire sur ces trois foutus frangins et leur putain de société – c'est la raison pour laquelle je vous paie un salaire ridiculement élevé, n'est-ce pas ?

L'homme pâlit.

— Oui, monsieur.

Son acquiescement ne fit qu'énerver Max davantage.

— Revoyons encore une fois la description de votre poste, d'accord ? grogna-t-il, sarcastique. Quand ces enfoirés achètent un bloc d'actions, je veux être au courant. Quand ils commencent à renifler un bien immobilier, je veux savoir où il se trouve, combien il vaut. (Il plissa les yeux et fixa l'homme qui transpirait maintenant abondamment sur son siège, avant de poursuivre, la mine sévère.) Quand l'un de ces connards pisse, je veux le savoir. Est-ce que c'est clair ?

— O-oui, monsieur, bredouilla Diaz, signe que le jeune homme ne comprenait pas exactement comment il avait merdé, mais seulement qu'il avait merdé.

Max croisa les bras. Il voulait le voir souffrir encore quelques instants avant de décocher sa flèche, alors il poursuivit plus doucement :

— Depuis combien de temps je compte sur vous pour faire ce travail à ma place ?

— Environ… environ deux ans, monsieur.

Max prit une inspiration, essayant de faire le vide dans sa tête, et s'assit derrière son bureau. Il serra les dents et continua à fixer l'autre homme.

— Alors pourquoi j'apprends seulement maintenant qu'ils ont une petite sœur ? s'écria-t-il. (Il marqua une pause et essaya de reprendre le contrôle, mais c'était presque impossible.) Et j'ai

découvert cette information pertinente tout seul ! Ils ont une putain de sœur et vous avez omis de mentionner ce fait ?

— Je suis désolé, monsieur. Je ne voulais pas…

— Vous ne vouliez pas quoi ?

Le jeune homme déglutit sensiblement.

— Je ne pensais pas que c'était le genre d'informations que vous recherchiez. Vous avez dit que vous vouliez en savoir plus sur les frères Rule et la société Rule. Je n'avais aucune idée que la sœur était pertinente pour ce dont vous aviez besoin.

— C'est à moi d'en décider, n'est-ce pas ? demanda doucement Max, sachant sans l'ombre d'un doute qu'une femme, parente de sang des frères Rule, pourrait constituer le moyen d'une riposte parfaite.

— Oui, monsieur, en effet. Je vous présente mes excuses pour cette erreur, monsieur.

Max plissa les paupières et prit trois grandes inspirations avant de croiser les doigts et de s'adosser à son bureau.

— Très bien. Je suis heureux que nous soyons sur la même longueur d'onde. (Il serra les dents et essaya de se calmer.) Allons de l'avant.

Le jeune homme expira lentement dans un soulagement évident.

— OK.

Max jeta un coup d'œil à l'horloge sur le mur, se contrôlant enfin un peu plus.

— Je veux toutes les informations que vous pouvez trouver sur la sœur et je les veux dans l'heure.

Diaz se leva et commença à se diriger vers la porte.

— Oui, monsieur.

— Juste une minute, le rappela son patron. (Le jeune homme s'arrêta à mi-chemin, au moment où il allait atteindre la poignée de la porte.) Vous connaissez son âge ?

— Elle a vingt-cinq ans, monsieur.

Max retint son souffle et ne cala qu'un instant avant de poser sa question suivante.

— Est-elle mariée ?

Son employé secoua la tête.

— Elle est célibataire et…

— Et quoi ?

Comme s'il lisait dans ses pensées, le jeune homme souffla :

— Et hétérosexuelle, monsieur.

Max laissa échapper un soupir, s'adossa à son fauteuil et tapa des doigts sur son bureau avant de poursuivre :

— Juste pour que nous nous comprenions bien, vous allez surveiller chacun de ses mouvements à partir de maintenant. Je veux savoir tout ce qui la concerne : trouvez ses comptes de réseaux sociaux et un moyen de les consulter, créez-moi un compte factice. Je veux connaître chacune de ses pensées, sa couleur préférée, ses plats préférés, ses putains d'espoirs et ses rêves. Vous me suivez ?

— Oui, monsieur.

— Pour l'instant, je veux un dossier sur elle d'ici la fin de la journée. Et ne me décevez pas une nouvelle fois, putain !

Diaz se retourna vers la porte.

— Non, monsieur. Je m'en occupe tout de suite, monsieur.

1

LAS VEGAS

Deux mois plus tard

Le mec pensait-il vraiment qu'elle ne savait pas qu'il la regardait ? Ou peut-être qu'il s'en fichait ? Erin souffla, refusant de regarder à nouveau en direction du bar. Afin de dissimuler toute agitation que son langage corporel pourrait trahir, elle prit son verre – un Maker's Coca Light – et porta la paille à ses lèvres.

Elle avait beau essayer de ne pas penser à ce type, c'était impossible. L'homme dans le miroir avait l'air d'avoir quelques années de plus qu'elle et elle ne pouvait nier sa beauté basanée. En fait, il était magnifique et ses yeux contemplatifs contenaient une intelligence aiguisée qui la poussait à se demander pourquoi il la regardait si ouvertement. Car il l'observait, l'observait comme s'il voulait lui enlever ses vêtements et examiner chaque centimètre carré de son corps, avant d'y planter les dents et de l'engloutir tout entière.

Et bon sang, elle ne pouvait pas vraiment dire qu'elle se sentait indifférente, même si elle avait tenté de le décontenancer en lui

retournant un regard froid – ce trou du cul ne devrait pas agir de manière aussi assurée ! Son stratagème n'avait pas fonctionné, pas le moins du monde. Il avait ignoré son allusion subtile et continué à la regarder avec agressivité, un regard qui la déstabilisait et mettait sa patience à rude épreuve. Pourquoi avait-il besoin d'avoir cet air arrogant ? Physiquement, il était parfait. Mais son attitude… *merde* ! Peut-être qu'elle aurait dû se sentir flattée plutôt que légèrement menacée – le gars avait manifestement dépassé le stade de la simple beauté depuis longtemps. Il avait l'air d'avoir une trentaine d'années et, d'après ce qu'elle pouvait voir de lui, il était incroyablement *sexy,* malgré l'impression légèrement détachée que reflétaient ses traits.

Elle prit une autre gorgée et le contempla derrière ses cils – elle refusait de le reluquer ouvertement comme lui. Il semblait être d'origine hispanique, ou du moins le pensait-elle. Ses cheveux étaient foncés, tout comme ses yeux. Le tissu de sa chemise boutonnée soulignait ses épaules et les muscles de son torse et de ses bras. De sa place au bar, il avait l'air grand aussi, et les muscles qui roulaient sous sa chemise la mettaient en émoi. Se voyait-elle se réveiller dans son lit un matin ? *Oh oui, absolument !* Et cette vision alléchante lui envoya une vague de chaleur dans le dos et lui rappela qu'elle devait être prudente. L'homme n'avait pas l'air complètement sain, il la regardait comme si elle était à lui, quoi qu'elle en pense.

Et que voulait-elle exactement, de toute façon ? Il n'y avait aucun doute qu'elle cherchait quelque chose. Rien de permanent, du moins pas encore, mais quelque chose d'autre que son foutu vibromasseur. *Parfois, une fille a juste besoin de contact humain, non ?* Mais putain, pas lui ! Il avait l'air potable, carrément même, mais l'*aura* de danger qui l'entourait la faisait hésiter à regarder dans sa direction, même si elle était très tentée.

Merde, est-ce que sa dernière relation remontait vraiment à la fac ? Où était passé le temps ? Elle l'admettait, elle était plus que prête à trouver quelqu'un qui pourrait l'aider à se détendre. Et quel

meilleur endroit que Las Vegas pour recommencer à suivre ce programme ?

Erin savait que ce type était dangereux, mais la curiosité l'emportant sur son bon sens, elle l'étudia à nouveau et vit tout de suite qu'il n'avait pas de bague au doigt. Pourquoi avait-elle cherché une bague ? Ce n'était pas parce qu'il n'en portait pas qu'il n'était pas marié – un vrai salaud aurait enlevé son alliance.

Les hommes mariés, très peu pour elle. Pas question. Elle n'avait pas l'intention de s'impliquer dans une quelconque affaire merdique. Tout ce dont elle avait besoin était un homme célibataire pour des rencontres occasionnelles. D'accord, elle aspirait un jour à une histoire d'amour digne d'un conte de fées, comme n'importe quelle autre fille, mais elle devait d'abord régler sa vie professionnelle. Et après ça ? Alors, il serait temps de commencer à chercher sérieusement un mari.

Non, elle n'était pas prête pour quelque chose à long terme, du moins pas encore. C'est vrai qu'elle voulait se marier un jour, mais elle n'allait pas se contenter de ça. À vingt-cinq ans, elle avait du temps devant elle – bien sûr qu'elle en avait.

Observer ses trois frères au cours des derniers mois, voir chacun d'eux trouver le bonheur avec sa moitié n'avait pas rendu Erin jalouse, pas exactement. Plutôt envieuse. Damian, Nick et Garrett n'auraient pas pu choisir de meilleures femmes, et Erin les aimait toutes les trois, surtout Courtney, qui était déjà comme une sœur pour elle. Mais même Angie et Maria étaient des femmes qu'elle avait appris à aimer et à respecter. Les regarder toutes les trois transformer ses frères arrogants – des hommes qui n'étaient pas exactement connus pour leur douceur et leur gentillesse – et en faire des compagnons idéaux l'avait vraiment secouée, mais dans le bon sens.

Erin avait grandi en sachant que ses frères l'aimaient, même s'ils ne la voyaient pas beaucoup. C'était compréhensible, bien sûr, parce qu'elle était plus jeune qu'eux, leur petite sœur. C'est comme ça que la vie se passe. Mais bien que ses frères aient vaqué à leurs

occupations quotidiennes, elle n'avait jamais douté de leur amour et de leur affection – c'était juste l'amour et l'affection typiques et distraits pour un jeune frère ou une jeune sœur. Elle les respectait et les aimait aussi, même si, en grandissant, elle s'était aperçue que les trois hommes étaient déterminés à réussir, à un point qui les rendait presque inaccessibles. Bien sûr, une partie de cette volonté leur avait été imposée lorsque leur père avait été victime d'une crise cardiaque massive et fatale, une perte dévastatrice qui avait soudé ses aînés et les avait rapprochés dans un effort de réussite financière qui leur avait permis de prendre en charge la famille.

Ils y étaient admirablement parvenus et elle les respectait pour cela. La Rule Corporation était un conglomérat qui, selon elle, ne connaissait pas de rival. Malheureusement, son travail au sein de la société, du moins à ses yeux, avait été créé à dessein pour elle. Elle avait compris dès la première semaine que la Rule Corporation n'avait pas besoin d'une décoratrice d'intérieur dans son personnel et en avait déduit que son poste était simplement un moyen pour ses frères de la surveiller. C'était compréhensible, sans doute, parce qu'ils s'inquiétaient pour elle, et puisqu'ils n'avaient pas le temps de s'occuper d'elle, quel meilleur moyen de la garder en sécurité que de la coller dans un beau bureau sans fenêtre ? Ses aînés s'étaient fait plus d'un ennemi au cours de leur ascension vers le sommet et avoir leur petite sœur bien à l'abri dans un bureau interne, occupée à effectuer un travail inutile avec peu de responsabilités pour un salaire ridiculement élevé était leur façon de la protéger du monde réel.

Elle les aimait de tout son cœur, mais elle s'ennuyait, fatiguée de son existence quotidienne et banale. Elle savait au fond d'elle-même qu'il était temps d'avancer, de trouver sa propre place dans le monde, même si cela bouleversait ses frères et sa demi-sœur. À cette fin, elle avait surveillé les différentes offres en ligne, mais jusqu'à présent, elle n'avait pas franchi le pas de postuler à un autre emploi… Pourtant, l'un d'entre eux était si tentant qu'il semblait

presque incroyable – comme s'il avait été conçu pour elle. Sauf que c'était trop effrayant.

Travailler à la Rule Tower lui avait permis de mieux connaître ses aînés. Et au début, avant qu'ils ne s'installent dans leurs relations avec Angie, Courtney et Maria, les trois hommes avaient tous un abord rugueux – avec une dangereuse tendance au contrôle. En fait, tous ses frères étaient extrêmement motivés, immensément intelligents, impitoyablement imposants et tellement arrogants qu'ils en avaient presque l'odeur.

Et bien que les abords rugueux soient toujours là, ils avaient été quelque peu polis par le bonheur domestique. Erin avait assisté, sidérée, à leur transformation : ils étaient passés d'hommes d'affaires impitoyables à des maris protecteurs et aimants. Bien sûr, s'étant trouvée dans le giron familial et étant très proche de Courtney, elle avait vu de ses propres yeux que cette relation particulière n'avait pas été sans angoisse.

Ce n'était pas comme si l'une de ces femmes avait agité une baguette magique et transformé ses frères sans difficulté. Pas du tout : chaque relation avait une histoire. Il ne faisait aucun doute qu'Erin aimait et admirait chacune de ses belles-sœurs pour ses qualités propres ainsi que pour les trésors d'affection et de générosité qu'elles avaient fait ressortir chez leur mari respectif.

Et maintenant, en regardant l'homme magnétique dans le miroir qui avait brièvement détourné les yeux, Erin frissonnait. Elle avait grandi avec ce genre de pouvoir et de force autour d'elle, mais naturellement, il n'avait jamais été dirigé vers elle de manière sexuelle. Pas jusqu'à maintenant. Le type au bar avait cette qualité, et c'était la première fois de sa vie qu'un homme de son calibre concentrait cette attention directement sur elle.

Les yeux du prédateur revinrent sur les siens et soutinrent leur regard. L'estomac d'Erin fit un double saut périlleux alors qu'une pluie d'étincelles crépitait dans ses veines. Contenant ses nerfs, refusant qu'il voie son intérêt, elle se força à maintenir un contact

visuel neutre pendant quelques secondes avant de détourner le regard avec dédain, comme si elle avait remporté leur joute.

LORSQUE LA PETITE SORCIÈRE DÉTOURNA LE REGARD AVEC UN AIR d'indifférence, un coup de fouet parcourut les veines de Max et aboutit dans son entrejambe, le faisant durcir au-delà du confort. *Oh putain !* Il fallait qu'il la possède. Absolument.

Il savait depuis le début qu'il voulait coucher avec elle, qu'il aimerait coucher avec elle – ses comptes sur les réseaux sociaux le lui avaient appris. Certaines publications et réflexions avaient révélé ses rêves et ses aspirations – des informations utiles qu'il n'avait pas hésité à utiliser à son avantage. Mais il devait admettre que c'étaient ses photos personnelles qui l'avaient... presque obsédé. Oui, ces photos reflétaient sa beauté, mais en la regardant maintenant, il se rendait compte d'un fait important. Les images qu'il avait vues ne reflétaient en aucun cas la nature sulfureuse de sa présence. Elle était le sexe personnifié et il en ressentait les effets maintenant, même assis à quelques mètres d'elle. Alors oui, il savait depuis le début qu'il n'aurait aucun mal coucher avec elle, mais il ne s'était pas attendu à ressentir ce besoin, un besoin tel qu'il percevait déjà son goût.

En un clin d'œil, son objectif de vengeance se trouva relégué au second plan, le besoin de séduction prenant le dessus, même si cela fit naître une vive culpabilité en lui. Oh, il obtiendrait réparation pour le passé – il y avait vingt-trois ans, les fondations mêmes de sa famille avaient été détruites par le patriarche de la famille Rule. Les actes de cet homme, son arrogance, son égoïsme avaient entraîné des pertes dévastatrices, des dommages irréparables et la honte sociale, le tout créant le besoin brûlant de vengeance qui était devenu depuis la raison de vivre de Max. Il n'était qu'un adolescent à l'époque et, malgré tous ses efforts, il ne pouvait laisser l'affront fait à sa famille sans réponse – certainement pas

quand le produit innocent des machinations de Gordon Rule vivait si près de lui.

Oui, les Rule auraient ce qu'ils méritaient, et quel meilleur moyen de leur rendre la monnaie de leur pièce que de s'approprier leur princesse choyée ?

Alors qu'il continuait à la regarder avec une préoccupation qui ne le mettait pas à l'aise, il se força à se souvenir que *la familia* était tout pour lui. Il admettait que cela l'irritait d'être attiré par la fille Rule au-delà d'une simple *vendetta*. Ce n'était pas juste qu'il ne soit pas dans son élément – son défunt père ne méritait pas qu'il se laisse influencer par un beau visage. Il fit craquer ses articulations en mettant de l'ordre dans ses pensées. Il devait garder ses objectifs à l'esprit, rester concentré sur son objectif.

Son père avait été un bon père, toujours là pour Max après la mort de sa mère alors qu'il était tout jeune. Ses mots sur son lit de mort lui revinrent en mémoire, ça avait été un moment déterminant dans sa vie. Alors que le sombre souvenir le submergeait, il savait ce qu'il avait à faire : il respecterait sa parole, il accomplirait les dernières volontés de son père, quitte à ce que ce soit son dernier acte. Il prit une profonde inspiration, plus déterminé que jamais.

Alors qu'il remettait de l'ordre dans ses priorités, il laissa ses yeux revenir une fois de plus sur Erin Rule. Il continuait à contempler négligemment le beau profil qu'elle lui avait présenté, un vrai régal pour les yeux. Certes, son *sex-appeal* avait beaucoup à voir avec l'intérêt personnel qu'il lui portait, mais il y avait plus que cela. C'était ce qu'elle dégageait, son indifférence à être assise seule dans un restaurant bondé où tout le monde pouvait l'observer. L'assurance avec laquelle elle l'avait regardé dans le miroir même en constatant qu'il la regardait. La façon dont elle avait alors levé un sourcil délicat qui semblait lui dire : « Qu'est-ce que tu regardes, bordel ? » avant de se détourner et de prendre une gorgée de son verre – et elle avait bu cette gorgée avec un air d'apprécier qui lui indiquait que l'alcool qu'elle consommait

glissait dans ses veines, apportant une chaleur qui le rendait presque jaloux.

Oui. Il voulait qu'elle se sente comme ça. Il voulait provoquer cet afflux de chaleur dans son corps. Elle était si assurée, elle buvait son alcool en amatrice éclairée, presque comme un homme l'aurait fait. Il réprima un rire rauque en songeant brusquement que c'était là que s'arrêtait la comparaison avec un homme. Erin Rule appréciait peut-être l'alcool, mais elle le buvait comme une fille… avec une paille.

Encore maintenant, il se rendait compte qu'elle était parfaitement consciente qu'il l'observait toujours alors qu'elle faisait glisser la paille de son verre et la laissait pendre entre ses doigts avant de la mettre entre ses lèvres dans une démonstration de raillerie exagérée comme il n'en avait jamais rencontré. Oh, putain oui, elle savait qu'il la regardait ! Est-ce qu'il faisait mouiller sa culotte comme elle faisait durcir sa verge ?

Il fit la moue et posa les pieds au sol, même si son cerveau lui disait qu'il était trop tôt pour agir. Ignorant la voix dans sa tête qui lui rappelait qu'il avait un rôle à jouer, un script à suivre, il se retourna et franchit les sept marches qui l'amenaient à sa table, où il se tint en face d'elle, fixant ses beaux traits audacieux qui lui donnaient envie d'oublier son itinéraire de vengeance pour se concentrer sur l'effet proche de la douleur qu'elle provoquait dans son entrejambe. Il prendrait les deux : vengeance et plaisir.

Elle leva le visage et lui adressa un regard perturbé avant d'arquer à nouveau ce sourcil arrogant, de se concentrer sur lui, puis de le rejeter d'un simple mouvement des yeux vers le plafond. Les lèvres rose foncé s'ouvrirent pour libérer lentement la paille entre ses dents parfaitement blanches, puis elle lança d'une voix basse et rauque qui agita de nouveau l'érection de Max :

— Partez.

Il hésitait entre lui donner la fessée du siècle et s'enfoncer dans sa chaleur humide. *Bientôt.* Au lieu de quoi, il haussa les sourcils avant de lancer son propre défi.

Ça n'arrivera pas, ma belle. La note a été réglée.

Sans perdre une seconde de plus, il franchit les derniers centimètres qui le séparaient de son espace personnel et se plaça à côté de son siège.

— Partons d'ici. Vous savez que vous en avez envie.

Un filet de rire incrédule sortit de la gorge d'Erin tandis qu'elle secouait la tête, faisant onduler ses cheveux autour de ses épaules comme un voile de soie sombre – séduisant presque au-delà de tout contrôle.

— Je ne pense pas, non.

— J'ai payé votre addition, insista-t-il, ravi du défi qu'elle lui opposait.

Elle continuait à le regarder avec dédain, un regard sous lequel il avait physiquement le plus grand mal à garder ses mains pour lui. Il croisa les bras, appréciant déjà le jeu plus qu'il ne l'aurait dû pour être à l'aise, étant donné les circonstances.

— Vous pensez que je n'ai pas payé votre addition ?

Avec des yeux qui pétillaient, elle le jaugea de haut en bas avant d'énoncer lentement :

— J'imagine que si. Mais ça ne veut pas dire que je vais partir avec vous.

Il avait prévu qu'elle ne sortirait pas facilement du restaurant avec lui, mais il avait ressenti le besoin de la choquer quand même. Or, de toute évidence, elle ne se choquait pas si facilement – et putain, ce que ça lui plaisait ! Sans attendre sa permission, il tira un siège à côté du sien et s'y installa, faisant signe au serveur tout en lui demandant :

— Vous attendez quelqu'un ?

Ses longs cheveux se balancèrent dans une autre vague de soie sombre alors qu'elle regardait vers l'entrée, puis en arrière.

— Ça n'en a pas l'air.

— Quelqu'un a eu la stupidité de vous poser un lapin ?

Les yeux d'Erin revinrent vers les siens, allumés d'un feu vif.

— Tiens donc, pourquoi pensez-vous qu'on m'ait posé un

lapin ? demanda-t-elle avec un accent du Midwest exagéré qui enflamma l'érection de son interlocuteur.

Il haussa les épaules et tendit le bras pour attraper la paille d'Erin et la coincer entre ses dents. Il fit le geste ouvertement, en saisissant ainsi le bout qui venait de se trouver entre ses lèvres. Les yeux de la jeune femme s'illuminèrent devant son audace, ce qui lui procura un fort sentiment de satisfaction.

— Maker's ? demanda-t-il en faisant rouler la paille entre ses lèvres avec sa langue, tout en maintenant ses yeux rivés aux siens.

Elle resta braquée sur la paille quelques secondes, presque comme si elle était étourdie, et un plaisir vicieux chauffa le sang de Max en même temps qu'il reluquait les courbes féminines du corps de la jeune Rule. Elle allait être étroite, il le savait déjà et sa hâte n'en était que plus forte. Lentement, brillant de malice, le regard d'Erin quitta la paille qu'il tenait toujours entre les dents.

— Oui, Maker's, mais vous ne pouvez pas connaître le bourbon aussi bien, lança-t-elle. Soit vous l'avez vu préparer ma boisson, ajouta-t-elle en inclinant la tête vers le *barman,* soit vous l'avez interrogé.

Bien que son goût pour le bourbon soit une information dont il avait eu connaissance avant d'arriver à Las Vegas, il pencha la tête et dit :

— J'ai le sens de l'observation. Et il est très bon, commenta-t-il en braquant les yeux sur les lèvres d'Erin avant de fixer à nouveau ses yeux. Meilleur que dans mes souvenirs.

Bien sûr, il sous-entendait que c'était son goût sur la paille qui lui plaisait, et elle sembla se figer à l'implication de ses mots, une réaction qu'il savait être un réflexe et dont elle ne se rendait probablement pas compte. Alors qu'un doux rougissement s'épanouissait sur ses pommettes, un rougissement qu'elle détestait – il le savait instinctivement –, la raison pour laquelle il la harcelait devint secondaire. Il ne faisait aucun doute qu'il voulait satisfaire sa famille, mais maintenant, plus impérieux encore, il ressentait le besoin de la plaquer nue sur une surface plane.

Parce qu'elle était une Rule ? Est-ce que cela la rendait plus attirante pour lui ? La réponse qui lui vint était « non », ses liens familiaux n'avaient rien à voir avec sa compulsion à trouver un endroit où ils seraient seuls afin qu'il puisse la déshabiller. C'était elle.

Alors qu'il s'avouait la vérité, elle restait silencieuse, des messages contradictoires jaillissant de ses yeux. Il enleva la paille de ses lèvres et la lui remit dans son verre, une autre petite intimité dont il ressentait le besoin – mélanger ses fluides corporels avec ceux de la jeune femme – même de cette infime façon.

Incapable de résister à l'envie de la toucher, ressentant en fait une pulsion qu'il n'avait pas l'intention de combattre, il franchit l'espace qui les séparait et tendit sa main droite.

— Max Santiago.

Bien que son objectif premier soit de la convaincre d'être seule avec lui, il avait suffisamment d'intuition pour savoir qu'il devait rester *incognito*. Elle pouvait très bien connaître le nom de Villareal et, si c'était le cas, sa réputation.

Elle baissa les yeux sur sa main puis, lentement, sa langue sortit et elle se lécha les lèvres avant de placer sa paume précisément dans la sienne – comme si elle prenait une décision mûrement réfléchie.

— Erin Rule.

Alors qu'il la touchait pour la première fois, une vague de possession l'envahit, l'assommant presque ; ce n'était plus qu'une question de temps avant qu'il ne la possède complètement, mais il devait garder ses réactions sous contrôle – elle ne lui appartenait pas encore. Il lui serra la main, appréciant la douceur de sa peau, puis la relâcha et la remplaça rapidement par sa main gauche, dont il savait déjà qu'elle ne portait pas de bague. Elle laissa échapper un hoquet semi-étonné devant sa manœuvre rapide, alors il desserra un peu sa prise, ne voulant pas pousser trop avant, du moins pour le moment.

— Je vérifie juste s'il y a une alliance, beauté. Pas besoin de

paniquer. Il ne peut y avoir que deux personnes impliquées dans ce que j'ai prévu pour nous.

Le pouls se mit à palpiter dans la gorge d'Erin : elle essayait de reprendre le contrôle d'une situation qui lui échappait, il le devinait.

— Vous êtes arrogant, l'entendit-il lâcher entre ses lèvres brillantes.

Il lui coula un sourire démoniaque et répliqua rapidement :

— Vous êtes magnifique.

Les yeux d'Erin devinrent deux fentes alors même que l'intérêt qu'ils renfermaient rayonnait.

— Cette approche fonctionne-t-elle habituellement pour vous ?

— Je n'ai pas l'habitude d'échouer, si c'est ce que vous me demandez, se vanta-t-il sans hésiter.

Son regard s'aiguisa.

— Eh bien, je le répète, je ne partirai pas avec vous.

— D'accord, c'est une juste mise en garde. Vous avez tort, bien sûr, mais je vais vous accorder le crédit d'une mise en garde, répliqua-t-il avec un demi-sourire forcé.

Joue ton rôle, Villareal. Taquine-la, fais-lui croire qu'elle a le choix en la matière.

— Maintenant, vous êtes arrogant *et* prétentieux.

— Ah oui ? (Il regarda nonchalamment autour de lui, avant de se concentrer à nouveau sur ses yeux bruns, et reprit avec un soupçon de défi dans la voix qu'il ne pouvait contenir.) Comment pensez-vous que je devrais m'y prendre pour obtenir ce que je veux ?

Elle secoua la tête, non pas comme si elle ne savait que répondre, mais comme si elle le repoussait, le regardant de derrière ses cils avec juste assez de révulsion pour le rendre encore plus déterminé. Il voulait se venger de la famille Rule, oui, mais même si ce n'était pas sa principale préoccupation, cette fille l'aurait tenté quelles que soient les circonstances.

— Vous délirez, énonça-t-elle clairement.

— Je suis honnête, répliqua-t-il, sachant qu'il était tout sauf honnête.

— Vous êtes prétentieux, arrogant et trop audacieux pour votre propre bien. (Elle porta le regard sur ses lèvres pendant une seconde, remplissant Max de chaleur et lui indiquant que peu importait la vigueur avec laquelle elle le combattait, elle ressentait aussi une attirance érotique.) Mais vous êtes bel homme, je vous l'accorde, conclut-elle, les paupières plissées dans une moue très *sexy*.

Ses propos venaient confirmer l'intérêt sexuel qu'il lui inspirait et, en dépit de son instinct qui lui demandait de la faire sortir du restaurant et de l'emmener dans son *jet* privé – qu'elle le veuille ou non –, il se força à répondre de la manière la moins menaçante possible.

— Chérie, je prendrai tout ce que vous êtes prête à me donner. Au moins, vous m'avez remarqué.

Putain, il parlait comme un con ! Combien de temps pourrait-il continuer à raconter ces conneries ?

Elle s'abstint de répondre, alors il continua :

— Nous sommes à Las Vegas, ma douce. Qui irait se plaindre si on passait du temps ensemble ? Vous n'êtes pas mariée, n'est-ce pas ?

Il s'obligea à froncer les sourcils, continuant à jouer son rôle, sachant pertinemment que son statut de célibataire était la seule raison pour laquelle il se permettait d'aller dans la direction où il allait.

— Non, répondit-elle sèchement.

Il haussa un sourcil.

— Un petit ami ?

Elle leva les yeux au ciel avant de répliquer :

— Non.

— Eh bien, ce qui se passe à Vegas reste à Vegas, n'est-ce pas ce qu'on dit ?

— C'est ce que j'ai entendu.

— Et maintenant, vous allez pouvoir en faire l'expérience… avec moi.

Elle resta silencieuse, mais continuait à le fixer avec ces yeux qui attisaient son érection alors qu'elle avalait une autre gorgée de son Maker's.

Merde ! La minette allait le faire trimer pour la mettre dans son lit ? Tout à coup, l'enjeu monta d'un cran, rendant la partie plus excitante, plus sexuellement chargée qu'il ne l'avait prévu – et ça ne pouvait que s'améliorer à partir de maintenant. *Oui, putain ! C'est parti.*

2

Il est encore plus beau de près, le salaud ! Et cet enfoiré le sait, bien sûr. Ses yeux étaient d'un brun profond et sombre, intense. Ils fixaient les siens, donnant l'impression de n'avoir qu'à claquer des doigts pour qu'elle s'allonge sur la surface plane la plus proche, les jambes écartées. Il la fixait comme s'il savait déjà ce que ça faisait de s'enfoncer en elle... et qu'il brûlait de recommencer. Une bouffée de chaleur descendit le long de son échine et s'installa dans son ventre tandis qu'ils continuaient à se dévisager.

Et pourquoi le nier ? Elle adorerait coucher avec lui. Même maintenant, elle en avait envie, putain... *Salopard !* Il sentait vraiment très bon. Elle ne pouvait pas mettre une étiquette sur son parfum ni même commencer à le décrire, mais c'était une fragrance addictive, érotique, un parfum qui la faisait se sentir... en sécurité ?

N'importe quoi ! En sécurité ? D'où est-ce que ça sort, ça ? Ce mec était tout sauf sécurisant. Il était le sexe personnifié, avec une sacrée dose de flippant pour faire bonne mesure. Il pensait la berner, il pensait y aller doucement, comme un *gentleman,* il

pensait se retenir pour ne pas l'alarmer. Trop tard, elle voyait clair dans son jeu.

Même si ses trois frères n'avaient pas été exactement comme lui, elle aurait été secouée par ses… ses quoi ? Ses attributs primitifs. Ses « attributs ». *Bien sûr*. Pourquoi ne pas les appeler « attributs » ? Tous les gars normaux du monde auraient aimé avoir ce que cet homme possédait à la pelle. Un physique séduisant. Une personnalité dominante. Une richesse évidente. Et la confiance en soi qui allait avec. Oui, il était trop tard pour essayer de se calmer. La sonnette d'alarme avait été tirée à l'instant où elle avait levé les yeux et l'avait vu en train de la reluquer dans le miroir. Il était tout ce sur quoi elle fantasmait, malgré la situation, et elle commençait à se disputer avec elle-même. Sérieusement, qui pourrait le savoir si elle agissait différemment de sa personnalité habituelle ? Qui pourrait le savoir si elle couchait avec lui ? Elle n'allait certainement pas se vanter d'avoir eu une aventure d'un soir à Las Vegas, alors qui le saurait et même, était-ce vraiment grave si quelqu'un le découvrait ?

Il était sans conteste le spécimen parfait pour se lâcher un bon coup. Déjà, son ventre s'échauffait et chaque fois qu'il posait son bras sur le dossier de sa chaise, qu'il touchait sa main ou se rapprochait de quelques centimètres, un mouvement sismique faisait trembler son corps et accélérer son débit sanguin.

Il serait du genre à lui donner un orgasme époustouflant. Elle le savait. Bon sang, elle avait besoin d'un orgasme époustouflant ! Elle voulait un orgasme époustouflant, vraiment, elle le méritait.

Plus secouée qu'elle n'aurait souhaité l'admettre, elle continua à débattre du choix évident qui se présentait à elle. Quand, dans sa vie, avait-elle déjà pris quelque chose juste pour elle ? Jamais, jamais vraiment, et peut-être qu'il était temps. En fait, c'était le moment idéal. Après tout, elle venait de faire un super voyage. Certes, elle avait participé au salon professionnel dans le cadre de ses fonctions au sein de la Rule Corporation, mais elle avait passé

un moment extraordinaire et s'était fait tellement de contacts dans l'industrie du *design* qu'elle était au sommet du monde.

Son taux d'œstrogène sembla monter en flèche à cette pensée. Oui, peut-être que l'homme en face d'elle voulait la mettre à poil, mais putain, elle aussi brûlait de le mettre à poil !

Ça allait arriver. Elle allait le permettre. Pas parce qu'il lui faisait le coup du rouleau compresseur, mais parce qu'elle le méritait. Sur cette dernière pensée, elle lâcha une profonde expiration et laissa les sentiments qu'il induisait en elle prendre possession de ses sens.

ERIN N'AVAIT PAS BU PLUS D'ALCOOL, ALORS QUAND ELLE TRÉBUCHA plusieurs heures plus tard quand Max la conduisit dans l'ascenseur puis le couloir qui menait à sa chambre d'hôtel, elle ne pouvait s'en prendre qu'à elle-même.

— Tout va bien ? demanda-t-il dans ce grondement grave et intense qu'elle commençait lentement à reconnaître.

— Oui, oui.

Il tourna au coin, la main sous son coude, et s'arrêta devant une porte marquée « *Penthouse 1* ». Faisant glisser sa carte magnétique vers le bas, il ouvrit la porte en un clin d'œil et la fit entrer dans une suite immense, dont le prix devait être extravagant. Elle savait combien coûtait un séjour comme celui-ci, la fortune de ses frères était devenue une partie intégrante de sa propre vie, qu'elle le veuille ou non.

Il ferma et verrouilla la porte, et avant même qu'elle ait pu respirer, il plaça les mains sur sa taille et la fit pivoter jusqu'à ce qu'elle soit dos au mur. Dans une manœuvre ouvertement sexuelle, il pressa le bassin contre elle, contre son ventre, son érection indéniablement dure et prête à œuvrer. Aussitôt, elle leva les yeux vers son visage et vit sa mâchoire se crisper, tandis qu'une main masculine et dure s'enfonçait dans ses cheveux et que son

autre bras s'enroulait autour de sa taille comme un bandeau d'acier.

Une soudaine inquiétude mêlée d'un désir puissant la frappa de plein fouet, lui vrillant le ventre. Il l'observait d'un air sombre et impénétrable tandis que ses doigts se resserraient autour de son cuir chevelu. Ses mots, quand ils sortirent, furent courts et secs :

— Je dois te prévenir de la façon dont je baise, lâcha-t-il en dévoilant ses dents, et un frisson choqué parcourut le dos d'Erin quand il continua : La dernière chose que je veuille, c'est que tu t'enfuies d'ici en criant, comme si tu n'avais aucun contrôle sur la situation.

Elle prit une profonde inspiration pour se calmer, à la fois à cause de ses mots et du sérieux de son intonation. Elle venait de réaliser que le changement abrupt de sa personnalité était dû au fait qu'ils étaient complètement seuls, maintenant.

— OK, réussit-elle à bredouiller.

Il se campa sur ses jambes et serra les dents, s'approcha incroyablement près, même s'il avait déjà annihilé tout l'espace personnel qu'elle aurait pu avoir. Ses yeux se plissèrent et ses narines se dilatèrent.

— Je vais te baiser comme je le veux, ma douce, poursuivit-il vite et fort. Ça ne va pas être doux, tendre et romantique, je ne suis pas dans ce genre de *trip*. Je vais te mettre à poil et je vais te prendre comme j'en meurs d'envie depuis que j'ai vu ton reflet dans ce miroir.

Waouh ! Les genoux d'Erin se mirent à flageoler plus violemment tandis que son cerveau déraillait au point qu'elle pouvait à peine parler.

— OK, parvint-elle tout de même à souffler, prenant tardivement conscience du danger qu'elle courait depuis qu'il avait verrouillé la porte.

— Si je deviens trop brutal…

L'inspiration qu'elle prit le réduisit momentanément au silence, alors même que son étau se resserrait. Ses yeux s'aiguisèrent,

menaçants, et lorsqu'il reprit la parole, il le fit sur une cadence lente et implacable qui exigeait qu'elle comprenne.

— Si je deviens trop brutal, tout ce que tu as à faire, c'est de me dire d'arrêter.

Elle sentit son cœur s'emballer, une réaction à la fois à son comportement et à la situation.

— Et tu t'arrêteras ?

Un coin de sa bouche se souleva, presque par amusement, mais pas tout à fait.

— Tu ne voudras pas que je m'arrête, je te dis seulement ça pour que tu en profites à fond. Si tu as peur, tu pourrais paniquer, penser que tu n'as aucun contrôle, mais je te dis que tu auras tout le contrôle que tu veux ou dont tu as besoin. Tu as compris ?

À ce stade, incapable de parler, Erin se contenta de hocher la tête. Elle déglutit, consciente que son pouls avait atteint un nouveau sommet alors qu'elle se préparait à ce qui allait se passer. Elle prit une autre inspiration dans l'attente, ou plutôt l'espoir, de vivre la meilleure expérience sexuelle de sa vie.

On peut toujours espérer.

~

Lorsque la femme collée à son corps acquiesça en silence, le regard à moitié voilé, Max sentit une montée d'adrénaline dans son sang comme il n'en avait jamais connu. Il voyait bien qu'elle essayait de jouer le rôle d'une femme expérimentée et mondaine, mais il n'y croyait pas. Son menton se souleva un peu, ses yeux parvinrent à rester fixés sur les siens, mais il ne se laissa pas prendre à son jeu de femme bravache.

Non, même si ce n'était pas son intention, il l'effrayait – et bon sang, sa réaction le rendait dur comme la pierre. Toutes les pensées saines qu'il avait pu avoir s'évanouirent en une fraction de seconde alors qu'il la tenait avec une poigne qu'il savait trop forte. Mais merde, il ne pouvait pas s'en empêcher ! Tout ce qu'il voulait,

c'était s'enfoncer en elle. Il la voulait. Il voulait Erin Rulc. Sa féminité était incontestable, ses manières juste assez hésitantes pour exciter le chasseur en lui. Ce n'était qu'une façade – sa confiance, son assurance. Une fois qu'il avait claqué et verrouillé la porte, son calme feint avait disparu, remplacé par une démonstration de vulnérabilité sensible et de besoin qui l'attirait comme le chant des sirènes.

Elle était la féminité pure, la perfection pure. Et nom de Dieu, il voulait ça pour lui !

La vengeance ne devrait pas avoir un goût si doux, ni une apparence si douce, ni le regarder avec de si grands yeux. S'il y avait eu un doute résiduel, il venait de s'envoler. Elle allait lui appartenir. Il n'allait plus se disputer avec lui-même. Il était intrigué par elle depuis le début – *bon Dieu !* –, il la méritait. Erin Rule était son dû. Il allait la prendre, comme il l'avait prévu. Mais maintenant, il savait que la prise serait extrêmement agréable, une récompense qu'il attendrait avec impatience, jour après jour, pendant un long, long moment.

Pour l'instant, il ne pouvait pas patienter une seconde de plus pour la posséder. Il avait besoin de la goûter, il avait besoin de voir son corps nu, il avait besoin d'apposer sa marque sur elle, il avait besoin de s'enfoncer en elle et de se perdre dans sa beauté gracieuse.

Ressentant une envie de la contrôler qui lui était complètement étrangère, il se baissa, lui saisit les poignets et les monta au-dessus de sa tête. Poussant sa jambe entre ses cuisses, il entendit le léger soupir de la jeune femme. Un souffle qui déchaîna la bête sauvage en lui, indomptée. Quand avait-il déjà désiré une femme aussi vite, aussi fort, aussi intensément ?

Jamais, pour autant qu'il s'en souvienne. Il n'y avait pas de doute – s'il avait déjà ressenti cela pour une femme, alors elle serait toujours à lui.

Il repoussa cette pensée dérangeante et se dirigea vers la bouche rose et soyeuse sous la sienne.

— Attends, haleta-t-elle alors qu'il baissait la tête.

Le début d'un grognement féroce monta dans sa gorge, mais il parvint à interrompre la descente de ses lèvres pour fixer les yeux écarquillés et effrayés d'Erin. La tenant fermement prisonnière de son emprise, il attendit, la mettant presque au défi d'essayer de s'enfuir tandis qu'il combattait l'envie qui l'enflammait.

— Nous devons utiliser un préservatif et je n'en ai pas, lâcha-t-elle dans un seul souffle d'air, ses yeux bruns troublés.

Remerciant le diable qu'elle n'ait pas cherché à l'interrompre, il marmonna :

— Oui.

Et sa bouche tomba sur la sienne.

Chose gratifiante, les lèvres d'Erin s'ouvrirent aux siennes. Elle avait le goût d'un vin fin qu'il n'avait jamais eu le plaisir de goûter, mais dont il savait intuitivement qu'il ne pourrait plus se passer. Une autre pensée dérangeante. Il la repoussa et se concentra sur les fins poignets emprisonnés entre ses doigts et le plat de son ventre qui amortissait son érection.

Oh, elle était bien ! Incontestablement, très bien. Incapable de s'en empêcher, il se baissa, souleva le chemisier en soie par-dessus la tête de la jeune femme et le jeta de côté.

Il prit un moment pour regarder en bas. Son soutien-gorge était pâle, couleur chair, et fait d'une fine dentelle, presque transparente, qui ne cachait rien de sa beauté et cette vision tordit le ventre de Max. Elle respirait comme si elle venait de courir un kilomètre en cinq minutes et, putain, lui aussi !

Il transféra les deux poignets dans une seule main, enfonça les doigts au centre de son soutien-gorge et l'abaissa. Il sentit le pouls d'Erin s'accélérer alors que ses seins ronds et parfaits débordaient du tissu fragile. Il devait se ressaisir, il ne pouvait pas libérer son animal intérieur avant qu'elle n'ait plus d'échappatoire ou qu'elle prenne peur. Il inspira profondément en regardant ses mamelons se contracter en petites pointes de désir. Il avait beau essayer, il n'était pas capable d'assouplir son étau, alors il essaya

d'atténuer sa personnalité dominatrice avec des mots qui l'apaiseraient.

— Donc, oui, je ne vais pas pouvoir attendre, lâcha-t-il, mi-penaud, mi-menaçant. Je veux être un *gentleman,* mais ce sera pour plus tard, d'accord ?

Sans attendre de réponse et sans vraiment en espérer une, Max la relâcha assez longtemps pour atteindre la fermeture du pantalon d'Erin. La maintenant contre le mur avec ses cuisses, il baissa rapidement sa braguette et poussa le pantalon et la culotte le long de ses jambes, soulevant chaque cheville pour laisser tomber les vêtements sur le sol.

Les yeux fermés, elle détourna la tête en inspirant profondément pour se calmer, et il prit les quelques secondes nécessaires pour sortir un préservatif de sa poche arrière. Jetant un coup d'œil à la suite qu'il avait à peine regardée depuis son arrivée, il repéra la chaise longue, qui était la surface plane la plus proche. La soulevant, il fit les quelques pas avec son poids léger dans ses bras.

Une fois qu'il l'eut installée, il ne perdit pas de temps pour se déshabiller à la hâte puis, avec précision et rapidité, déroula le préservatif et s'agenouilla devant elle. Plus que prêt maintenant, et déployant des efforts surhumains pour garder le contrôle, il regarda vers le bas, plus bas que son ventre plat, sa peau blanche et pâle, ornée seulement d'une petite bande de boucles soignées sur son monticule. La pression monta dans son cerveau et il n'y eut soudain plus aucune possibilité de garder ses mains pour lui plus longtemps. En pressant un doigt contre son clitoris, il sentit l'afflux gratifiant de la chaleur humide juste au moment où elle laissait échapper un gémissement aigu et bref.

L'excitation et le désir le frappèrent de plein fouet. Il la saisit par les chevilles, écarta ses jambes et se positionna entre elles, prêt à l'empaler.

— Erin. Ouvre les yeux.

Elle fit ce qu'il avait dit et ses yeux s'ouvrirent, ses narines se dilatèrent. Il remit les doigts sur son clitoris et soutint son regard.

— C'est juste pour te détendre, compris ? Tu vas jouir fort et vite et je vais suivre, et ensuite on va faire ça toute la nuit, putain ! Compris ?

— Oui, chuchota-t-elle en se mordant la lèvre, les yeux affolés.

La façon dont elle s'en remettait à lui était sur le point de le faire exploser – putain, il aimait qu'elle soit d'accord avec lui aussi facilement !

— Maintenant.

Elle prit une inspiration et soutint son regard.

— Oui.

Il brûlait de la pénétrer, mais il voulait qu'elle le supplie, alors il caressa son clitoris, le petit bourgeon soyeux l'excitait jusqu'au point de non-retour. Incapable de s'arrêter, il glissa un doigt à l'intérieur, et quand elle haleta, ses abdominaux se crispèrent, tant il luttait pour garder le contrôle. Il ajouta alors un deuxième doigt au premier. Ses yeux se fermèrent quand un autre afflux d'humidité lui dit ce qu'il avait besoin de savoir. Elle était mouillée, complètement prête, de petits gémissements lui montaient du fond de la gorge comme si elle ne pouvait plus attendre.

Putain, il ne pouvait plus attendre non plus ! S'avançant plus complètement entre ses jambes, il positionna la tête de son érection contre son ouverture serrée et glissante. *Oh, putain !* Il prit une inspiration, puis une autre avant de reprendre le contrôle pour demander :

— Tu sens ça, ma douce ?

Sa tête roulait d'un côté à l'autre.

— Mon Dieu, oui !

Reste léger, Villareal. Tu auras tout le temps de la prendre comme tu veux quand elle sera en Argentine, à toi grâce à ta manipulation et ton alliance.

— Appelle-moi Max, chérie.

Il se retira et la pénétra d'une poussée puissante. Quand il

atteignit le fond, elle haleta, ce qui tira un grognement à Max. Il prit une profonde inspiration, le feu ricochant dans ses tripes alors qu'il l'apaisait une fois de plus.

— Dis mon nom et je te promets que tu te souviendras de cette nuit aussi longtemps que tu vivras.

Elle inspira difficilement avant de murmurer :

— Max.

— Oui.

Il faillit bien craquer – son prénom sur ses lèvres était si doux, putain ! – mais son courage et sa détermination lui permirent d'y aller doucement ; il ne pouvait pas prendre le risque de l'effrayer en dévoilant sa vraie nature. Pas encore. *Donne-lui un orgasme incroyable, Villareal. Prends-en autant pour toi.* Plus tard, quand il l'aurait entièrement sous son contrôle, il pourrait se détendre et être lui-même. Mais pour l'instant, ce soir, il devait faire preuve de retenue. Avec ces instructions qui résonnaient dans son cerveau, il commença à pousser, balançant le bassin à coups lents et profonds qui lui firent exploser l'esprit et presque perdre le contrôle trop tôt. Elle était tellement étroite, bon sang ! Il avait deviné qu'elle le serait, mais là, c'était tellement parfait qu'il était obligé de se mordre la lèvre jusqu'à avoir le goût du sang, juste pour garder le contrôle. Il voulait qu'elle soit avec lui, qu'elle jouisse avec ou avant lui, alors il se pencha et l'embrassa longuement, durement avant de relâcher sa bouche et de s'attaquer à son téton.

— Soulève-le pour moi, ordonna-t-il, et elle s'exécuta aussitôt, pressant son sein contre sa bouche, ce qui provoqua une autre vague de ferveur à travers lui.

Elle avait un goût de paradis pur et sucré et au bout de quelques secondes de caresses et de mordillements avec sa langue, il sentit les muscles d'Erin se contracter et elle se mit à trembler de façon incontrôlable, un puissant orgasme prenant possession de tout son corps.

La satisfaction l'envahit, mais l'étreinte serrée et douce de son sexe l'acheva et il la suivit au paradis, poussant plus fort et plus

profondément en elle. Quand ce fut terminé, il leur laissa quelques instants pour se remettre avant de s'éloigner d'elle à contrecœur.

Aussi doucement qu'il le pouvait, il la porta sur le lit avant d'aller dans la salle de bains.

Refermant la porte, il alluma la lumière. La main contre le lavabo, il prit quelques respirations nécessaires avant que son rythme cardiaque ne se stabilise lentement. *Putain de merde !* C'était la merde. Il s'était écoulé à peine quelques instants et il ressentait le besoin lent et brûlant de se glisser à nouveau sur elle. Il s'imaginait la tenir captive sur le lit, les jambes écartées, pendant qu'il s'enfoncerait en elle. Lentement cette fois, à plusieurs reprises, couchant avec elle autant et comme il le voulait.

Avec cette idée en tête, il commença à se nettoyer pour pouvoir revenir vers elle. Il prit sa verge dans sa main, se préparant à retirer le préservatif.

Ce qu'il vit aurait dû le refroidir, voire le glacer, pourtant ce ne fut pas le cas.

Le préservatif était sans équivoque, sans aucun doute… déchiré. Fendu complètement en deux à l'endroit où il était le plus important qu'il tienne fermement. Déchiré. Ouvert. À cette vue, un sentiment affreux lui noua les tripes : un sentiment dont il n'avait jamais fait l'expérience et qui n'avait certainement pas fait partie de son plan.

Évaluant la situation avec soin, il enleva ce qui aurait dû être son pire cauchemar et s'en débarrassa, refusant de se demander exactement quand et pourquoi sa santé mentale s'était envolée. Il aurait dû avoir des sueurs froides en ce moment même. Ce serait la réaction appropriée face à un préservatif déchiré, et il le savait très bien.

Alors pourquoi ne ressentait-il qu'une sorte de satisfaction machiavélique tordue ?

QUAND MAX FERMA LA PORTE DE LA SALLE DE BAINS, ERIN SE faufila sous les couvertures. Ses cuisses tremblaient encore des effets de l'orgasme qu'elle venait de vivre et son esprit n'était pas en état de marche. Comment cela avait-il pu se produire ? Comment avait-elle réussi à jouir si vite ? Comment l'avait-il fait jouir si vite, si intensément, tout à fait comme il le lui avait annoncé ?

Une partie d'elle voulait sauter au bas du lit et s'enfuir en hurlant, une autre partie voulait rester allongée et attendre la suite de la meilleure partie de jambes en l'air qu'elle ait jamais connue.

Elle ferma les yeux et essaya de trouver ce qu'elle devait faire. *Perdue, Erin ?*

Lorsque la porte de la salle de bains s'ouvrit, elle n'eut pas le temps de décider de l'action à entreprendre, car Max se dirigea vers le bout du lit et se tint debout, les sourcils froncés. Il ne portait qu'une serviette de bain enroulée autour des hanches, et toutes les pensées s'envolèrent de son esprit lorsqu'elle se concentra sur son érection qui poussait contre le tissu.

Il leva un sourcil sombre, puis d'un seul mouvement rapide, retira les couvertures du lit et les jeta sur le côté, révélant son corps presque nu à sa vue.

La respiration d'Erin s'emballa et, avant même qu'elle ait pu se hisser en position assise, il lui enroula une main autour de la cheville et commença à la tirer. Ses doigts formaient un étau, un étau addictif, trop tentant. Il l'attira jusqu'au bout du lit, écarta ses cuisses tremblantes et regarda fixement entre elles. *Oh punaise, punaise, punaise !* Le bas de son corps était nu, Erin n'avait pas remis sa culotte, et maintenant, alors qu'il fixait son entrejambe, l'intimité du moment était presque trop forte. Il lui prit les deux chevilles, les doigts serrés à un tel point qu'elle se sentit brisée. Son expression était primitive, atavique, alors qu'il la fixait comme s'il l'avait déjà marquée d'une certaine façon, comme s'il allait le faire à nouveau.

Elle essaya de respirer régulièrement, vraiment, mais tout le

sang de son corps semblait se précipiter à la jonction entre ses cuisses et elle se sentit inondée de chaleur humide. Il continua à tirer sur ses chevilles jusqu'à ce que ses fesses atterrissent sur le bord du matelas où, en quelques mouvements rapides, il la débarrassa du reste de ses vêtements entortillés jusqu'à ce qu'elle soit complètement nue.

Elle sentit son visage s'inonder de couleurs, et lorsqu'il se plaça entre ses jambes et laissa tomber la serviette autour de ses hanches, elle baissa les yeux et faillit s'évanouir sur-le-champ.

Il était déjà prêt, gainé d'un nouveau préservatif.

Il n'avait pas plaisanté : de toute évidence, il avait l'intention de recommencer. Et maintenant. Et à ses yeux, cette fois-ci n'allait pas être beaucoup plus lente que la précédente. Décidant de prendre le taureau par les cornes, histoire de le ralentir et de reprendre le contrôle, elle prononça son nom, encore nouveau sur ses lèvres.

— Max.

Il remonta ses doigts fermes, qui quittèrent sa cheville, passèrent sur son genou, le long de sa cuisse, jusqu'à se poser sur son clitoris, comme un missile à tête chercheuse.

— Oui ?

Alors que la sensation enflammait ses terminaisons nerveuses, toute pensée un peu folle de le ralentir s'envola. Ses yeux se fermèrent involontairement, et à ce moment même, Max approcha son autre main de son téton, qu'il commença à pincer. Elle souleva le bassin du matelas et commença à se trémousser, sa réaction échappant à son contrôle. Une douleur douce et délicieuse à la fois se forma dans son bas-ventre et elle fut immédiatement trempée d'excitation. *Merde !* Elle pourrait tellement s'y habituer ! Ce mec était parfait – du moins, sexuellement parfait.

Les yeux fermés, elle sentit les doigts de Max quitter son clitoris, pour se retrouver taquinée par quelque chose de dur et de puissant. Quelque chose de chaud. Une caresse plus tard, elle était à nouveau empalée. Elle sentit la réverbération de cet assaut à

travers tout son corps et prit une inspiration, le plaisir dansait le long de son échine alors qu'elle sentait une fois de plus son sexe épais l'étirer. Il lui enfonça une main dans les cheveux et entama des mouvements lents et réguliers qui continuèrent à lui faire perdre la tête. Pourquoi devait-il sentir si bon ? Elle devenait déjà accro à son parfum.

Son contact était purement magique, un morceau de paradis, et elle fit taire tout ce qui dans son cerveau lui disait qu'elle ne le connaissait pas, qu'elle ne devrait pas permettre que cela se produise, et elle se laissa aller au plaisir de l'instant. Il était grand, il touchait tous les bons endroits, si bien qu'elle devait lutter pour ne pas jouir trop tôt.

Un effort inutile, car elle était déjà dangereusement proche d'un endroit très voisin de l'extase. Elle roula les hanches tandis qu'il continuait à entrer et sortir. Elle entendit un gémissement lointain, et même si son corps et ses sens explosaient de plaisir, quelque part au fond de son esprit, elle savait que c'était sa propre voix. À ce son, il lâcha ses cheveux pour passer les mains sous ses fesses et la soulever encore plus près, et entama des va-et-vient plus forts, plus rapides… D'interminables secondes plus tard, l'orgasme d'Erin commença à se calmer alors qu'un grognement s'échappait de la gorge de Max. La satisfaction de savoir qu'elle lui avait fait ressentir la même extase lui chatouilla l'échine.

S'immobilisant, il prit de grandes bouffées d'oxygène alors qu'ils commençaient lentement à redescendre. Il posa la tête à côté de la sienne sur l'oreiller et ses hanches se détendirent contre les siennes. Au bout de quelques instants, il se redressa et elle le sentit l'observer en silence.

Elle ouvrit lentement les yeux, étudia les plans durs de son visage et réussit finalement à dire :

— Coucou.

Il n'esquissa même pas un sourire.

— Coucou.

Sans la lâcher des yeux, il se renfonça hardiment en elle, la

tenant prisonnière, tandis que l'expression satisfaite sur ses traits s'effaçait pour être remplacée par un air sombre. Elle resta silencieuse quand il prit enfin la parole.

— Le préservatif que tu as demandé, c'était pour la contraception ainsi que la protection contre les maladies ?

Il lui fallut un moment pour digérer sa question clinique et trop polie, et quand elle y parvint, elle essaya de s'écarter, mais les mains de Max s'ancrèrent fermement à sa taille et il continua à la tenir captive sous lui.

Alors qu'elle restait silencieuse, son regard devint presque sinistre.

— Max…

— Réponds simplement à la question, exigea-t-il presque brutalement.

Elle soutint son regard, prit une profonde inspiration, histoire de se donner du courage, et essaya de se concentrer sur la conversation inquiétante et non sur l'emprise impitoyable qu'il avait sur elle.

— Juste par protection. Pas comme contraceptif.

— Tu prends quoi ? La pilule ? demanda-t-il comme s'il avait le droit d'avoir cette information.

Et puisqu'il était toujours fermement logé en elle, elle supposait qu'il l'avait.

— Oui, répondit-elle.

Il plissa les yeux, presque comme s'il était mécontent – ce qui n'avait aucun sens.

— Bien, dit-il. Donc la mauvaise nouvelle n'est pas si mauvaise.

Un sentiment de panique se logea sous son sternum. Une mauvaise nouvelle ?

— Quelle mauvaise nouvelle ?

— Le préservatif s'est déchiré, mon ange, dit-il comme s'il s'agissait d'un détail insignifiant. Je suis désolé. Mais tu n'as pas besoin de t'inquiéter : je suis *clean*.

Il fallut un moment pour qu'elle enregistre ces quelques mots,

et quand ce fut le cas, la confusion s'installa. Comment pouvait-il savoir que le préservatif s'était rompu ? Il était encore bien enfoncé dans son corps et il ne semblait pas pressé de la libérer.

— Comment sais-tu qu'il est ouvert ?

— Parce qu'il s'est déchiré, chérie, répondit-il lentement.

Ma jolie, chérie, mon ange… tous ces maudits mots doux ! Elle était sur le point de s'arracher les cheveux !

— Je ne comprends pas. Tu es toujours… (Une vague de gêne la submergea.) Tu es toujours en moi. Comment sais-tu qu'il s'est déchiré ?

Un côté de sa bouche se souleva. *Super ! Maintenant, il sourit ?*

— Pas ce préservatif, dit-il lentement. Le premier.

Erin commença à cligner des yeux pour dissiper le brouillard dans son cerveau. Et quand la confusion partit, la colère arriva rapidement sur ses talons.

— Le premier ? Tu es en train de me dire que tu savais que le premier préservatif s'était déchiré ? Quand tu es allé dans la salle de bains ? (Elle leva les mains contre son torse et commença à pousser contre lui, en vain.) Tu le savais et tu es quand même venu ici pour en avoir plus ? Sans me laisser une chance de…

Ses traits se tordirent en un rictus désagréable lorsqu'il l'interrompit :

— Une chance de quoi ? lâcha-t-il avec hargne. De t'enfuir de peur ? De t'enfuir de colère ? Putain, oui, je le savais ! Je savais aussi quelle allait être ta réaction.

Les lèvres d'Erin se pincèrent alors que la colère la submergeait.

— Oh, vraiment ? Tu me connais si bien ? Et alors, quoi ? Tu as décidé d'ignorer mes sentiments et de me baiser à nouveau ? En me laissant dans l'ignorance ?

Le visage de Max se durcit presque imperceptiblement, mais elle le vit néanmoins.

— Te « baiser » ? Ce n'est pas un très joli mot qui sort de si jolies lèvres. (Poussant ses hanches contre elle, lui rappelant

physiquement qu'il était toujours, en fait, en train de la baiser, il continua.) Et putain non, je n'en avais pas encore fini avec toi ! Et devine quoi ? Je n'en ai toujours pas fini.

Pas fini ? Elle n'avait jamais eu de relation d'un soir auparavant, et bien qu'elle sache qu'elle aurait dû être soulagée de ne plus être sur les rangs pour battre ce record peu glorieux, elle ressentait toujours une vague de fureur face à son attitude hautaine. Ne devrait-elle pas avoir le choix de coucher ou non avec lui à nouveau ?

— Qu'est-ce que c'est censé vouloir dire, ça ?

— À ton avis ? Ça veut dire que je n'en ai pas encore fini avec toi.

Erin sentit son estomac frémir et elle s'écarta de lui. En dépit de sa colère, une chaleur incontrôlable lui parcourut l'échine. Elle commença à pousser plus fort contre lui, jusqu'à ce qu'enfin, il se retire et la libère, préservatif intact, érection intacte et dans toute sa gloire. *Super. Vraiment génial !* Il fallait qu'elle tombe sur un super étalon… comme si elle ne s'en était pas douté.

Elle attrapa le drap et se couvrit en se redressant.

— Je pense que nous avons terminé, annonça-t-elle d'un ton définitif.

S'écartant du lit pour se tenir devant elle, il tenait le préservatif intact comme si ce n'était pas grave, comme s'il était parfaitement à l'aise dans sa peau nue.

— Faux.

Erin le fixa, un peu choquée. Pourquoi se battait-elle contre lui ? Il était génial, la partie de jambes en l'air avait été spectaculaire. Peut-être que son raisonnement était dû à l'air supérieur de « Monsieur Je-sais-tout-et-je -dirige-tout » dans ses yeux. Et ces yeux, même maintenant, la fixaient comme si elle était à lui.

— Ça n'arrivera pas, beau gosse, railla-t-elle. C'est fini, alors tu ferais mieux de te calmer.

— Fini ? (Ses yeux s'étrécirent.) Me calmer ?

— Tu comprends le concept, n'est-ce pas ? demanda-t-elle avec sarcasme.

Il plongea ses yeux dans les siens.

— Tu me demandes de me calmer ? Tu ne me connais pas. Renoncer n'est pas dans ma nature.

— Je ne te connais pas du tout et c'est justement le but.

Silencieusement, il se cabra et lui adressa un regard noir.

Essayant une fois de plus de reprendre le contrôle, Erin annonça :

— Je pense qu'il est temps pour moi de partir.

— Pas question !

Ses mots étaient définitifs, mais la jeune femme était toujours nue et ce n'était pas comme si elle allait sauter devant lui à la seconde même pour obtenir ce qu'elle voulait. Il la regarda d'un air impatient, se retourna et alla vers la salle de bains, d'où il revint quelques instants plus tard avec son jean presque bien remonté, zippé mais déboutonné. Et pour la première fois, Erin observa bien son torse… soudain, elle n'était pas loin de l'hyperventilation.

Ce type était tout simplement sublime, on ne pouvait le nier. Il était grand – bien plus d'un mètre quatre-vingts de chaleur masculine sans une once de gras. Des pectoraux bien dessinés, aussi *sexy* que ses tablettes de chocolat. Des biceps également bien définis, sans être saillants, juste parfaits, comme si les muscles qu'il arborait étaient le résultat d'un travail physique intense et non de séances à la salle de sport. Cette pensée provoqua une vague de chaleur dans son système alors que son taux d'œstrogène augmentait à nouveau. Elle n'avait jamais aimé l'aspect des muscles masculins gonflés plus pour l'apparence et moins pour ce que la nature avait prévu. Oh oui, elle voyait bien que les muscles de Max étaient réels ! Ils n'étaient pas simplement le produit d'une séance de musculation destinée à flatter son *ego* masculin.

Merde ! Ce mec parlait d'autres relations sexuelles entre eux ? Sachant pertinemment qu'elle n'allait pas pouvoir nier son propre désir, elle fut prise de vertiges, en proie au tournis. Qu'avait-elle

fait en laissant ses hormones prendre le dessus sur son raisonnement ? Maintenant qu'elle savait exactement à quel point s'envoyer en l'air avec lui était bon, comment allait-elle dire non ? Plus précisément, pourquoi devrait-elle dire non ? C'était si bon !

Alors qu'elle était assise à le fixer comme une nouille sans cervelle, il s'approcha et lui souleva le menton d'un doigt.

— Tout va bien, ma chérie. (Ses yeux semblèrent s'adoucir et elle eut le temps de se demander si son changement d'attitude était intentionnel.) Cette nuit, il n'y a que toi et moi, on apprend à se connaître, on fait ce qu'on veut, quand on veut. On se lâche, dans le style Vegas.

En même temps qu'il parlait, son doigt passait d'avant en arrière sur son menton dans un mouvement qui l'envoûta, même si elle s'y opposa.

— Alors, que penses-tu de ça ? poursuivit-il sur un ton manifestement destiné à séduire. Pourquoi ne passerions-nous pas le reste de la nuit ensemble, une journée extraordinaire demain, et on efface tout ce qui semble mettre un froncement de sourcils sur ce beau visage ?

Il ponctua la fin de sa phrase en se penchant pour lui mordiller les lèvres une fois, deux fois, et au moment où il se lançait dans le troisième baiser, des papillons se bousculèrent dans le ventre d'Erin et toute inquiétude s'envola de son esprit.

Rien n'avait d'importance, de toute façon – ce n'était pas comme si elle avait l'intention d'épouser ce type. Encore quelques heures et elle serait complètement rassasiée et prête à rentrer chez elle à Saint-Louis. Alors pour l'instant, elle ferma les yeux et décida de suivre le conseil de Max Santiago : profiter de lui pour le simple plaisir de l'homme qu'il était.

~

Max ouvrit les yeux au son de l'eau qui coulait. Il savait exactement où il était et se rappelait exactement ce qui s'était passé

la nuit précédente. Une spirale de plaisir mélangé à de la satisfaction s'enroula autour de sa colonne vertébrale.

Cette fille était presque parfaite, putain ! Et comme il avait l'intention de la faire sienne coûte que coûte, il n'arrivait pas à croire à sa chance : elle cochait toutes les cases de ce qu'il voulait chez une femme. Elle était séduisante et magnifique. Pas d'une manière exagérée, pas du genre à arrêter la circulation, non, sa beauté était plus subtile. Elle était jolie, si jolie qu'elle vous prenait par surprise au deuxième regard. Sa peau avait un ton doré, ses traits un attrait exotique qui semblait provenir de plusieurs origines ethniques. Des cheveux brun foncé et soyeux couronnaient sa tête et lui tombaient au milieu du dos – parfaits pour le moment où il s'autoriserait enfin à prendre ces cheveux dans ses poings et à la prendre aussi fort qu'il en brûlait d'envie. Et ça arriverait bientôt, aucun doute ; il ne resterait pas longtemps avec la laisse sexuelle qu'il s'était imposée.

Avec ce désir bouillonnant dans les veines, les autres attributs d'Erin lui vinrent à l'esprit. Sa voix était apaisante, pas trop aiguë ou criarde. Elle était très intelligente, c'était évident après une seule soirée passée en sa compagnie. Il ne s'ennuierait pas facilement avec elle. S'il avait eu l'occasion de choisir sa captive parmi un millier de femmes, il l'aurait sans doute choisie. Même maintenant, il avait hâte de rentrer chez lui, de la ramener avec lui, où elle resterait jusqu'à ce qu'il décide de la laisser partir… enfin, s'il décidait de la laisser partir. Oui, elle était presque parfaite – peut-être un peu têtue, il devrait travailler là-dessus. Elle aurait évidemment besoin d'apprendre de qui elle recevait ses ordres. Lui.

Mais cela n'arriverait pas tant qu'il ne l'aurait pas éloignée de cet endroit. Dans le sanctuaire de ce qu'il appelait sa maison – du moins appelait-il l'Argentine ainsi soixante pour cent du temps. Et pour accomplir cet exploit, il devait rester au sommet de son art. Toute la journée. Une fois encore, il se remémora qu'il avait un rôle à jouer. Il serait le *gentleman* absolu : poli, respectueux,

charmant et flatteur à chaque instant. Il refrénerait la ferveur et l'impatience qui caractérisaient habituellement sa personnalité. Était-il calculateur ? Ses actes étaient-ils prémédités ? *Putain, oui !* C'était le seul moyen qu'il avait de convaincre son petit cul de monter dans son avion de plein gré, alors malheureusement, il fallait en passer par là. Il la ferait embarquer dans son *jet* privé avant minuit – c'était son but – et son pilote savait déjà qu'il devrait être prêt à décoller à partir de vingt heures, ce jour-là.

La seule vraie question qui subsistait, c'était comment il allait réussir à l'amener à faire ce qu'il voulait. Se comporter de la meilleure façon possible toute la journée ne ferait pas l'affaire. *Pas assez.*

Cependant, il n'était pas trop inquiet. Il lui avait donné cinq orgasmes la nuit précédente et le sexe était quelque chose qui attachait les femmes rapidement. Du moins, c'était ce qu'il avait entendu dire – il n'avait jamais essayé intentionnellement de s'attacher une femme.

Confiant dans ses capacités et ne ressentant aucun besoin particulier de se précipiter, il enroula ses bras autour de l'oreiller qu'elle avait utilisé, et le cerveau envahi de son parfum attrayant, il ferma les yeux et s'endormit promptement.

~

Ce fut vers dix-sept heures, après la meilleure nuit et la meilleure matinée de sexe qu'elle ait jamais connues, qu'Erin commença à soupçonner qu'on l'embobinait. Mais à dix-huit heures, elle en était à son troisième martini et passait un si bon moment qu'elle ne s'en soucia pas plus ; elle décida de suivre le mouvement. Après tout, qu'est-ce qu'une soirée de plus en sa compagnie pouvait faire de mal ?

Et bien sûr, elle passait un bon moment. Max – Maximo, pour lui donner son nom complet – Santiago était prodigue en flatteries, audacieux dans ses propositions et tellement *sexy* qu'elle

s'était laissé convaincre de reporter au lendemain son vol de retour à Saint-Louis. Il voulait passer toute la journée avec elle, il l'avait pratiquement suppliée de passer la journée avec lui, et putain, elle n'avait pas pu résister !

À dix-neuf heures, elle commençait à penser qu'elle était amoureuse. Bien sûr, elle savait que c'était l'alcool – enfin, l'alcool et le sexe incroyable –, mais quoi qu'il en soit, les sentiments qu'il lui inspirait faisaient tourner son cœur en bourrique et son cerveau en vrille.

Elle était définitivement en manque. Vraiment. Elle était entichée de lui, sans le moindre doute. *Et pourquoi pas ?*

Cet homme était un putain de dieu ! Sérieusement.

Tout en buvant une gorgée de son *cocktail,* elle continua à l'étudier en laissant s'évader sa conscience et son imagination débridée. Sérieusement, qui pourrait le savoir si elle s'abonnait au magazine *Mariage* ?

3

Max regardait la femme endormie, allongée sur le lit de son *jet* privé. La porte de la chambre était entrouverte et il la voyait clairement de là où il était assis, dans la cabine principale. Pour la centième fois depuis qu'ils avaient atteint leur altitude de croisière, il sentit une spirale féroce de satisfaction lui brûler les veines.

Il avait atteint son but. Elle était à lui. *Ma femme.*

Erin Rule, de la prestigieuse famille Rule, lui appartenait. Elle était maintenant Erin Santiago Villareal et elle le serait toujours et pour toujours. *Pour toujours.* Il était possible qu'il n'ait pas complètement analysé ce « pour toujours », mais la tentation de la garder était là, tapie derrière le solide mur de la victoire. Un noyau indélébile d'émotion au plus profond de sa psyché qui palpitait toutes les quelques minutes : non, il ne la laisserait jamais partir.

Il se sentait un peu désolé pour elle, pauvre petite fille ! Toute la journée, elle n'avait pas su ce qui lui arrivait. Au moins, il n'avait pas à se sentir coupable, cependant. Elle avait pris ses propres décisions. Elle était entrée de son plein gré dans la chapelle « mariage vingt-quatre heures sur vingt-quatre » et l'avait épousé.

Bien sûr, il l'avait peut-être – littéralement – déstabilisée. Il avait été au mieux de sa forme, séducteur et joueur, il osait se l'avouer. Après une journée entière de sexe, de nourriture et d'alcool, la convaincre de se rendre à la chapelle de mariage avait été ridiculement facile. Il avait fait semblant d'être surpris de se retrouver là, comme s'ils étaient tombés dessus par hasard dans l'obscurité de la soirée, puis il l'avait poussée sous un porche à l'écart et l'avait embrassée. Il avait approché ses lèvres de son oreille et murmuré qu'il voulait la garder nue dans son lit pour toujours. À partir de là, tout avait été simple, elle l'avait épousé sans hésiter.

Elle n'avait trébuché que deux fois en montant les marches de son *jet* privé, et il avait refusé de se sentir coupable. Oui, elle était ivre, mais merde, ce n'était pas lui qui avait versé l'alcool dans son gosier, même si c'était lui qui avait commandé les boissons.

Malheureusement, ça avait été un mal nécessaire.

Il y avait eu un moment désagréable où il s'était demandé si elle avait son passeport. Il ne voulait pas qu'elle sache qu'ils quittaient les États-Unis, et il n'avait pas particulièrement envie de commettre un délit en la faisant monter dans son *jet* sans document officiel. Mais alors qu'il l'avait subrepticement interrogée sur ses projets, elle lui avait dit qu'elle avait apporté son passeport pour le cas où – son raisonnement étant que Tijuana n'était qu'à cinq heures de route de Las Vegas et qu'elle n'avait jamais visité cette ville frontalière. Cette information avait scellé son destin. Après, ce n'avait été qu'un jeu d'enfant de la faire monter dans son avion et de la mettre totalement, à cent pour cent, sous son contrôle.

Était-il fier d'avoir recouru à un subterfuge ? De l'avoir embrassée jusqu'à ce qu'elle perde le souffle et de l'avoir amenée par la séduction à une cérémonie de mariage alors qu'ils étaient tombés d'accord sur « rien de plus qu'une relation sexuelle extraordinaire » ? Pas particulièrement fier, non, mais cette partie de son plan était terminée, maintenant. Il n'avait plus besoin de

faire semblant. Sa mission était accomplie et il pouvait à nouveau être l'homme qu'il était, sans faux-semblants entre sa toute nouvelle épouse et lui.

Erin était à lui, maintenant. Et pour une raison qui lui échappait, à ce stade, la *venganza* qu'il attendait depuis longtemps et la réaction des frères Rule au mariage précipité de leur sœur étaient simplement un bonus.

~

ERIN SE RÉVEILLA AU SON DE CE QUI RESSEMBLAIT, POUR SON ESPRIT brumeux, au bourdonnement d'un moteur à réaction. Elle ouvrit les yeux et porta la main à sa tête douloureuse en se redressant. Le drap glissa jusqu'à sa taille, et en jetant un coup d'œil vers le bas, avec un moment de panique, elle constata qu'elle était nue – du moins en haut. Prenant une profonde inspiration, elle souleva la couverture et découvrit qu'elle était complètement nue.

Elle ferma les yeux alors qu'une brume de confusion s'installait. Serrant le drap sous ses bras, elle prit sa tête dans ses mains et gémit à voix haute. Mais qu'avait-elle fait ? Ou peut-être plus précisément, où était-elle ?

Ouvrant à nouveau les yeux, elle balaya du regard ce qui était manifestement une chambre à coucher dans un *jet* privé. Le bruit autour d'elle et la pression changeante dans ses oreilles lui indiquèrent sans conteste qu'elle était dans un avion. Une vague de panique lui vrilla le ventre. Elle déglutit et commença à porter une main tremblante à son front, et c'est alors qu'elle vit l'énorme solitaire en diamant à l'annulaire de sa main gauche. Et qu'est-ce qui l'accompagnait ? Rien de moins qu'un anneau d'or.

Et puis le souvenir lui revint brusquement – et un moment d'exaltation sauvage traversa son système. *Max*. L'homme qui l'avait poussée à agir de façon si irrationnelle. Alors que la vision de son visage et de son corps l'envahissait, elle ne put contenir le frisson de satisfaction qui parcourut ses terminaisons nerveuses.

Elle était mariée.

Et aussi vite l'exaltation retomba, aussitôt remplacée par l'inquiétude. Mariée ? À un homme dont elle ne savait pratiquement rien ? Peut-être… peut-être que tout n'allait pas si bien que ça, après tout.

Sérieusement, qu'avait-elle fait ?

Des morceaux de la journée précédente, ou de ce qu'elle supposait être la journée précédente, commencèrent à lui revenir, lentement d'abord, puis plus rapidement, comme un appareil photo qui aurait cliqueté dans son cerveau. L'alcool. *Beurk* – maintenant elle savait exactement pourquoi sa tête lui faisait mal. L'image changea – un *slow*. Son estomac se retourna quand l'image changea à nouveau. Sa chambre d'hôtel, cette fois – le sexe.

Il avait cherché à la séduire – aucun doute là-dessus. Un autre assaut d'exaltation essaya de la frapper, mais elle s'obligea à penser logiquement.

Elle prit une inspiration, histoire de retrouver ses esprits, alors que les images se succédaient dans son cerveau, lui revenant en couleurs vives et accablantes. Il y avait eu des jeux d'argent, des restaurants et des bars. Elle déglutit et se força à se souvenir. Il y avait bien eu une chapelle de mariage et une bijouterie.

Alors qu'elle caressait la bague à sa main gauche, le souvenir de l'aéroport lui revint en mémoire.

Oh, putain ! Elle avait pris l'avion avec lui sans moufter ? Alors qu'une bouffée de chaleur honteuse s'installait dans son estomac, les traits de Max lui revinrent en mémoire et elle se rappela exactement la raison pour laquelle elle l'avait laissé faire ce qu'il voulait – *fille facile*.

Mais pourquoi l'avait-il tant désirée ?

Ce type était incroyablement génial, et à en croire l'avion où elle se trouvait maintenant, survolant Dieu seul savait quelles contrées, il était également très riche.

Alors pour quelle raison s'était-il enfui avec elle ? Se pouvait-il qu'il ressente la même forte alchimie qu'elle ?

Cela n'avait tout simplement pas de sens et elle ne pouvait pas se concentrer pour l'instant ; son raisonnement analytique habituel était hors service. La raison devrait attendre. Elle avait besoin d'un verre d'eau, *pronto*. Elle avait besoin de se brosser les dents. Elle avait besoin de faire pipi… mais avant tout, elle avait besoin de vêtements pour couvrir sa nudité.

Peut-être qu'une fois apaisée par ces quelques nécessités, elle se permettrait de remettre en question ses actes.

Max Santiago… *mon mari*. Et alors même que cette pensée se formait, un léger bourdonnement lui vint aux oreilles lorsqu'elle se rappela avoir entendu le nom de Villareal.

D'où venait ce souvenir ? De la folle cérémonie de mariage peut-être ? Max lui avait pourtant dit que son nom de famille était Santiago, non ?

Soudain, son cerveau s'emballa et elle sortit du lit. Enroulant le drap autour de son buste, elle alla maladroitement jusqu'à une porte, dont elle pria pour qu'elle cache une salle de bains. Elle l'ouvrit et… bingo !

Elle s'occupa rapidement de ses affaires et se planta ensuite nue devant le lavabo, regardant le miroir et se réprimandant sévèrement. Jetant un coup d'œil alentour, elle trouva du dentifrice et une brosse à dents soigneusement emballée, prête à l'emploi, qu'elle utilisa aussitôt. Plusieurs bouteilles d'eau occupaient une étagère, ainsi qu'une série d'analgésiques unidoses, de ceux qu'on trouvait en vente libre. Elle en ouvrit un et une bouteille, et avala les pilules et les deux tiers de l'eau.

Maintenant, ses vêtements et son sac à main. Soudain, elle se trouva obsédée par son sac. Elle voulait ses affaires, celles qui la rassuraient, et elle les voulait maintenant. Son téléphone, ses cartes de crédit, son passeport. *Merde !* Un autre souvenir brumeux la frappa. Il lui avait demandé si elle avait son passeport !

Est-ce qu'elle était quelque part ailleurs qu'aux États-Unis ? *Putain ! De mieux en mieux*. Elle prit une inspiration et essaya de se souvenir d'un moment où elle avait agi de façon aussi

irrationnelle, mais rien ne lui vint à l'esprit. Elle n'avait jamais rien fait de stupide dans sa vie. Elle se souvenait vaguement qu'une amie de l'université lui avait raconté une fois où elle était partie avec un homme qu'elle venait de rencontrer dans une boîte de nuit. La fille n'avait pas arrêté de parler de la limousine de l'homme et de sa carte American Express noire. Erin avait été consternée par les actes de son amie… et voilà qu'elle avait fait bien pire.

Décidée à réparer ce qu'elle avait fichu en l'air, elle ouvrit la porte de la salle de bains, fit quelques pas en avant, le drap toujours enroulé autour d'elle comme un sarong, et se retrouva face à… son mari ?

Elle tressaillit alors que ses pieds s'immobilisaient en trébuchant. Sentant le rouge lui monter aux joues, elle remarqua qu'il ne souriait pas, mais haussait un sourcil moqueur. Son regard perça le sien, lui envoyant l'estomac à ses pieds : fichue faiblesse féminine ! Puis ses yeux descendirent le long de son corps, s'arrêtant sur ses seins et ses cuisses, avant de balayer ses chevilles et ses pieds nus et de remonter lentement.

Le rythme cardiaque d'Erin s'accéléra, et alors qu'il faisait un pas en avant, elle ne put s'empêcher de reculer d'autant.

Réaction qu'il remarqua, et heureusement, il s'arrêta aussitôt. Ses lèvres se tordirent sur un rictus diabolique et il dit lentement :

— Tu es magnifique, ma chérie.

Le pouls d'Erin s'accéléra de façon alarmante à la fois au compliment et à la marque d'affection. Oh oui ! La raison pour laquelle elle était entrée dans cette chapelle de mariage avec lui était évidente. Même maintenant, alors que son sang-froid était mis à rude épreuve et qu'elle se détestait pour ce qu'elle avait fait la veille, il lui faisait toujours flageoler les genoux. Ses émotions pouvaient-elles être encore plus tordues ? Elle avait envie de lui crier après et de se jeter dans ses bras en espérant qu'il l'embrasse encore une fois sans raison. Mais elle s'abstint de l'un comme de l'autre – elle était trop confuse pour faire autre chose

que se tenir sur ses deux pieds tout en gardant la bouche bien scellée.

Il s'approcha encore un peu, puis encore, et à chaque pas, elle s'éloignait, jusqu'à ce que la base de son dos soit au niveau du bureau encastré. La magie de son contact était encore présente à sa mémoire – cela ne l'aiderait pas du tout si elle la ressentait maintenant, alors qu'elle avait désespérément besoin de conserver le peu de matière grise qui lui restait.

Il était habillé pour la journée, dans un costume impeccable qui évoquait Savile Row, et il s'approcha si près qu'elle fut obligée de lever le visage pour maintenir le contact visuel. Il mit alors un seul doigt sous son menton et le souleva davantage, faisant vibrer ses nerfs de façon alarmante.

— Tu es vraiment magnifique… et sans aucun doute le meilleur coup que j'aie réussi de toute ma vie.

Sa voix était différente, elle n'était plus aussi séduisante et persuasive que la nuit précédente, et cette différence n'aidait en rien à clarifier l'esprit d'Erin. L'arrogance était toujours là, mais avec elle venait quelque chose d'autre – quelque chose de menaçant, quelque chose de sinistre et teinté d'une maîtrise incontestable. Et même avec son compliment coloré qui lui envoyait des picotements directement dans les tétons, le mot « coup » lui sauta aux oreilles, et tandis qu'elle essayait de se concentrer malgré la gueule de bois, il continua :

— Nous nous entendrons bien, sur ça, je n'ai aucun doute.

Alors qu'il lui caressait subtilement le menton, elle ouvrit les lèvres et tenta de parler, mais fut coupée lorsqu'il baissa la tête et plaqua sa bouche sur la sienne – comme s'il en avait le droit. Contre sa volonté, un feu d'artifice de lumières se déclencha dans le cerveau d'Erin. Oh, mon Dieu, oui, elle se souvenait de ses baisers ! Elle se souvenait de son parfum… Elle se souvenait de son goût.

Elle se rappelait exactement pourquoi elle avait accepté ce qu'il voulait.

Serrant désespérément le drap contre sa poitrine d'une main, elle fut incapable d'empêcher son bras libre de se tendre vers le haut et de s'enrouler autour de son cou. Son cerveau était en ébullition. Elle avait raté l'occasion d'un grand mariage, et alors ? Elle priait pour que la situation soit ce qu'elle semblait être, à savoir qu'ils se désiraient tellement l'un l'autre qu'ils avaient fait la folie de se marier. C'est ce qu'elle espérait, mais ses nerfs lui disaient que ce n'était pas vrai, du moins pas de sa part à lui.

Quand elle l'attrapa par le cou, le baiser de Max se mua rapidement en une véritable démonstration de possessivité. Elle fut frappée immédiatement par une autre différence dans ses manières. Ses baisers précédents avaient été romantiques, *sexy,* délicieusement lascifs. Celui-ci était différent. Il était possessif, intraitable, dominant. Alors que la langue de Max s'insinuait, il lui prit la main qu'elle avait enroulée autour de son cou et la poussa derrière elle, l'emprisonnant contre lui. Elle eut soudain l'impression qu'elle était en quelque sorte sa captive, et merde ! cela faisait jaillir des étincelles tout à fait inappropriées le long de ses terminaisons nerveuses. Comment son corps et son esprit rationnel pouvaient-ils être en conflit à ce point ?

Max grogna, un son qui se propagea dans son corps à lui, puis dans celui d'Erin, et les doigts autour de sa mâchoire changèrent aussi de façon spectaculaire, passant de la douceur apaisante à l'acier inflexible en moins d'un battement de cœur.

Tout en lui tenant le menton, il commença à lui enfoncer la langue dans la bouche, comme un acte sexuel, des coups profonds et rapides qui la firent douter de sa santé mentale et lutter pour son oxygène. Son baiser était implacable, énergique, mais parfait. Il n'exigeait rien d'elle, il prenait seulement ce qu'il voulait, la privait de capacité de décision. C'était un sentiment de dépendance, un sentiment de sécurité de le laisser ainsi prendre le dessus.

Quand il plaqua le bassin contre le sien, son érection plus qu'apparente poussa de manière flagrante contre le ventre d'Erin.

Elle se sentait à la fois étourdie et excitée. Elle n'aurait pas dû le

permettre – tout était en désordre et ses facultés hors service. Quelque chose n'était pas normal. Est-ce qu'elle s'en souciait ? Elle devait s'en soucier. La quasi-perte de contrôle était suffisante pour la tirer de sa léthargie et forcer son cerveau à recommencer à fonctionner.

Elle écarta ses lèvres des siennes et tourna la tête sur le côté, aspirant l'air si fort que sa poitrine se souleva. La main de Max glissa de son menton à sa mâchoire, la retenant captive, et il poussa un grondement sourd et posa la bouche sur ses seins, où il trouva infailliblement son mamelon sous le drap qui le recouvrait.

À ce contact agressif, son traître de téton se mit à la picoter et la chaleur revint se nicher entre ses cuisses, ses jambes tremblantes ne faisant rien pour la maintenir debout ; seul le corps de l'homme pressé contre le sien lui permettait de rester debout.

Elle relâcha sa prise timide sur le drap pour pousser son épaule.

— Max.

Un autre grondement sourd s'échappa de la poitrine de celui-ci alors qu'il ignorait ses efforts et commençait à la plaquer contre le bureau. Ses hanches se pressaient contre elle, ses dents mordillaient son téton comme s'il n'en avait jamais assez.

Désespérant maintenant d'arrêter ce qu'il n'allait manifestement pas interrompre de son plein gré, Erin commença à le repousser plus fort.

— Max ! Stop.

Les muscles de Max se contractèrent. Elle le sentit. Ses caresses passèrent d'impérieuses à territoriales alors que ses pectoraux se durcissaient. Il retira la bouche de sa poitrine et se redressa lentement, sans toutefois la lâcher. Sa main quitta son visage et glissa autour de sa taille, l'autre se faufilant dans ses cheveux, s'emmêlant dans ses boucles désordonnées et la tenant en otage alors que ses yeux s'ouvraient brusquement.

L'expression qu'il affichait lui donna des frissons et la terrifia. De la possessivité pure et simple. Ses yeux bruns l'invitaient à le défier, comme s'il allait mettre fin à toute lutte pour le contrôle

avant même qu'elle ne tente de tester ses limites. Rien sur ses traits ne laissait supposer une absence d'objectif. La cérémonie de mariage avait été calculée, pas du tout le fruit du hasard, elle le voyait clairement maintenant.

Pourquoi elle ? Elle ne croyait pas à l'explication qu'il lui donnait sur le sexe, même si elle voyait ses narines dilatées et ce même regard qu'il avait eu la veille lorsqu'il l'avait pénétrée. Et soudain, alors que son ventre se serrait d'anxiété, elle éprouva le besoin de savoir à quel point elle s'était trompée. Elle se racla la gorge et demanda aussi innocemment que possible :

— Où sommes-nous ? Où allons-nous ?

— À la maison, annonça-t-il de manière succincte et décisive.

À la maison ? Merde !

— Où ? demanda-t-elle d'une voix qui n'était pas censée être un murmure.

Ses traits devinrent légèrement distants.

— *Argentina.*

Elle prit une grande inspiration et faillit s'effondrer. *Argen-quoi ?* Elle se passa la langue sur les lèvres et plongea dans ses yeux.

— Pardon, quoi ? Tu as dit « Argentine » ?

— C'est ça, ma douce. Nous allons bientôt atterrir à Buenos Aires.

Le ton était irréfutable, affirmatif, comme s'il n'attendait aucune contestation de sa part.

La panique dans sa forme la plus pure s'installa comme un plomb dans l'estomac d'Erin. Mais elle devait savoir. Elle devait absolument savoir le pire. Forçant un optimisme qu'elle était loin de ressentir, elle demanda :

— Et c'est là que… ? (Elle déglutit : comment pouvait-elle formuler la chose ?) C'est ici que nous passerons notre lune de miel pendant une semaine environ avant de reprendre l'avion pour les États-Unis ?

Les yeux de Max se mirent à briller et il commença à secouer lentement la tête avant de répondre :

— Non, mon amour

— Non ?

Merde ! C'était vraiment sorti comme un chuchotement. Où était passé son cran ?

— Non, ma douce. L'Argentine est le paradis où nous allons vivre notre vie ensemble – l'amour éternel, comme on dit.

Soudain, les analgésiques semblèrent faire effet et la tête de la jeune femme s'éclaircit. Elle ressentit deux émotions : un frisson sauvage et provocateur à l'idée que cet homme puisse la désirer au point de l'emmener avec lui, mais aussi une panique extrême, qui lui donna des sueurs froides, lorsqu'elle réalisa que cette idée ne pouvait être qu'un conte de fées. Quelles étaient les chances qu'une telle éventualité survienne, vraiment ? Des filles comme elle, il y en avait à la pelle. Elle était plutôt jolie, mais sans rien qu'il ne puisse avoir tous les jours d'un simple claquement de doigts. Donc, quelque chose clochait vraiment. Pire que de se marier avec un homme dont elle ignorait l'existence deux nuits plus tôt. Pire que de monter dans un avion privé alors qu'elle était en état d'ébriété.

À force de le pousser, elle finit par l'obliger à lâcher prise et il recula d'un pas. Alors qu'il l'observait avec des yeux impénétrables, attendant en silence, une autre série de souvenirs la frappa, cette fois avec plus de clarté qu'auparavant : Max au bar du restaurant ne regardant qu'elle, alors que d'innombrables femmes célibataires tournaient autour de lui, essayant d'attirer son regard. Max lui posant négligemment des questions sur son passeport. Max se présentant comme Santiago alors qu'il avait clairement donné le nom de Villareal avant la cérémonie. Et juste maintenant, quelques instants auparavant, Max utilisant le mot « coup » comme s'il avait gagné une bataille, ou même une guerre.

Pourquoi aurait-il utilisé ce mot en particulier ? Ça n'avait pas de sens. Et pourquoi le nom « Villareal » lui donnait-il la chair de poule ? *Mais qu'est-ce qui se passe ?* Un vague souvenir lui chatouilla le cerveau, quelque chose lui soufflait qu'elle l'avait déjà entendu auparavant. Pour une raison quelconque, ce nom de famille

particulier lui donnait des frissons, et pas dans le bon sens. Il avait quelque chose de presque sinistre, mais où l'avait-elle entendu ? Peut-être au travail ? Dans la bouche de ses frères ?

Ses frères... Ce devait être ça. Immédiatement après cette pensée, elle visualisa presque une expression de rage sur le visage de Garrett, sans parvenir toutefois à se rappeler la circonstance, bon sang ! Son cerveau n'arrivait pas à faire le rapprochement, mais ses tripes lui disaient qu'il était impératif d'y parvenir.

Et puis la vérité la frappa comme un éclair. Peu importe qu'elle ne se souvienne pas exactement de la raison pour laquelle ce nom l'effrayait, car une chose lui apparut comme une évidence. Tout cela n'avait rien à voir avec elle, même s'il y avait indubitablement une alchimie sexuelle entre eux. Il n'était pas tombé sur elle par hasard, il n'avait pas simplement été attiré par elle. Il ne s'agissait pas de la faire tomber à ses pieds parce qu'il se sentait obligé de le faire. Ce mariage n'avait rien à voir avec elle. Oh non, ce n'était pas aussi simple que ça ! Le fait qu'elle soit dans un avion, qu'elle ait été virtuellement kidnappée, ça n'avait rien à voir avec elle. Mais avec eux. Ses frères.

Cette découverte lui causa plus de douleur qu'elle n'était prête à l'admettre. C'était vraiment trop beau pour être vrai. Un homme comme Max ? Jetant son dévolu sur une femme ordinaire comme elle, avec l'air de ne pouvoir en détourner les yeux ? *Ben voyons !* Elle était sûre d'une chose. Elle ne tomberait plus jamais dans son piège et ne lui montrerait pas qu'il l'avait blessée. Mais pour l'instant, elle devait en finir avec la confrontation. Ils devaient être sur la même longueur d'onde. Elle renforça sa position et prit une grande inspiration, prête à le défier.

— Tout ça, ça n'a rien à voir avec moi, n'est-ce pas ? Il s'agit de mes frères et de leur société.

Une lueur impitoyable brilla dans les yeux de Max avant qu'il ne fasse le pas qui l'amena une fois de plus dans son espace personnel. Il se tenait là, presque indolent, mais le grésillement dangereux qui s'échappait de ses yeux annulait la façade d'urbanité

polie. Il n'y avait aucun doute : en cet instant, il était inculte, non domestiqué, indompté. Ses mots, lorsqu'il parla, furent brutaux, irréfutables, et ils la fouettèrent de leur autorité inflexible.

— Il y a deux jours, il s'agissait de tes frères. Aujourd'hui – et pour le reste de ta vie –, il s'agit de toi.

Pour le reste de sa vie ? Vivre toute sa vie avec un homme qui l'avait utilisée comme un pion ? Un homme qui ne la voulait que parce que son nom de famille était Rule ? Erin n'avait jamais pensé qu'elle puisse être une femme prévisible. Mais de toute évidence, elle l'était, car dès que ses mots furent prononcés, elle fit la chose la plus prévisible et la plus élémentaire à sa portée : elle s'évanouit.

~

Pris au dépourvu, Max se précipita sur sa femme avant qu'elle ne heurte le sol. Il fut immédiatement inquiet pour elle et s'en voulut de l'avoir effrayée : qui pouvait bien savoir qu'elle était sujette aux évanouissements ? Un bras sous ses jambes et l'autre dans son dos, il se dirigea vers le salon et s'enfonça dans son siège. Ne voulant d'autre regard que le sien sur elle, il l'enroula rapidement du drap qui pendait autour de sa poitrine. Fermement, cette fois.

Il appela ensuite son agent de bord, et dès que l'homme eut apporté ce qu'il avait demandé et fut reparti, Max tenta de tirer Erin de son évanouissement.

Il appuya la compresse humide sur son front tout en l'appelant par son prénom. Ses couleurs lui revenaient – s'il n'était pas trop inquiet pour sa santé physique, il voulait néanmoins qu'elle soit éveillée et lucide, juste pour être sûr. Quant à sa santé mentale… Il éprouva un regret fugace devant la douleur qu'il avait entrevue dans ses yeux, avant que sa colonne vertébrale ne se raidisse et qu'elle ne passe à l'offensive, ayant tiré la conclusion non déraisonnable, et par ailleurs correcte de ses motivations. En même temps, il ne pouvait s'empêcher d'admirer sa vivacité

d'esprit, sa résilience, sa défiance. Oui, sa toute nouvelle femme avait de l'esprit, et la perspective alléchante de la soumettre – juste assez – lui envoyait, même maintenant, une bouffée d'excitation à travers les veines.

Il lui passa la compresse sur les joues, la gorge et continua à l'appeler par son nom. Alors qu'il s'apprêtait à la secouer, elle émit un petit gémissement de détresse, puis ses paupières s'ouvrirent. Des prunelles d'un marron foncé plein de confusion capturèrent les siennes et quand son regard se transforma en panique, un feu d'inquiétude le saisit à la gorge, si fort qu'il en fut stupéfait.

Il s'éclaircit la voix et commença à la rassurer :

— Tout va bien, ma chérie, pas besoin de t'inquiéter.

Elle le fixait comme s'il était sa seule bouée de sauvetage... et aussi le diable incarné. Ces émotions contradictoires avaient sans aucun doute précipité son évanouissement, et il ne voulait surtout pas que cela se reproduise.

Il la redressa un peu et porta une bouteille d'eau aux lèvres de la jeune femme.

— Bois quelques gorgées, tu te sentiras mieux.

La panique dans les yeux de celle-ci se dissipa en grande partie, remplacée par un air de méfiance suprême. Elle se racla la gorge, un froncement de sourcils suspicieux sur le visage.

— Tu aimes bien me plier à tes désirs en me faisant boire, hein ?

Sans doute qu'il méritait la pique, mais peu lui importait. Il pinça les lèvres.

— Je ne suis pas seul à blâmer... mais c'est de l'eau, comme tu le sais très bien.

Il lui donna la bouteille et elle prit une longue gorgée avant de la poser sur la table à sa gauche. Il était conscient du léger tremblement de ses doigts et n'en avait cure. À quoi s'attendait-il ? Qu'elle apprenne son destin et se jette dans ses bras, qu'elle s'abandonne à lui ? Quoi qu'il en soit, il ne voulait pas qu'elle s'évanouisse. Il la voulait telle qu'elle avait été les deux soirs précédents, forte et capable, mais sous son contrôle total.

Alors qu'elle serrait le drap contre sa poitrine, elle fit un geste pour se retirer de ses genoux, mais avant qu'elle y parvienne, il resserra sa prise.

Elle raidit les muscles pour rejeter son contact, ce qui irrita Max au plus haut point. Détachant ostensiblement ses yeux des siens, comme s'il n'était pas digne de ses regards, la jeune femme jeta un coup d'œil à l'intérieur de l'avion.

— Laisse-moi me lever.

La laisser se lever ?

— Non.

Le regard d'Erin revint sur le sien avec la pointe de feu qu'il avait appris à reconnaître au cours des deux derniers jours.

— Tu veux que je me mette à crier ? lança-t-elle.

Est-ce que c'était une menace supposée le faire obéir ? Si c'était le cas, alors elle avait beaucoup à apprendre.

— Pas particulièrement.

Elle serra les lèvres.

— Eh bien, dans ce cas, je te conseille d'enlever tes mains.

Un mélange chauffé à blanc d'agressivité et de chaleur sexuelle le prit aux tripes face à ce ton de défi. Ne se rendait-elle pas compte qu'il avait toutes les cartes en main ? N'avait-elle pas compris qu'elle était totalement à sa merci ? Même s'il savait qu'il devait y aller doucement – sa première préoccupation était de s'assurer qu'elle n'allait pas s'évanouir à nouveau –, ses instincts primaires lui hurlaient de le lui faire comprendre. Il enfonça les doigts autour de son poignet et serra juste assez pour lui indiquer qu'il n'en supporterait pas plus.

— Sois prudente, mon amour. Pour l'instant, je te considère comme un pion innocent dans tout ce qui t'est arrivé. Ce serait mieux pour toi si je continuais à le croire.

La voyant pâlir, il eut envie de se donner un coup de pied au cul pour l'avoir encore contrariée. Essayant de se ressaisir, il s'obligea à prendre un ton calme et apaisant en demandant :

— Tu te sens mieux ?

— Oui, dit-elle avec un soupçon de sarcasme, ce qui lui fit resserrer les doigts encore plus devant son manque d'obéissance.

Lentement, il remarqua qu'elle reprenait des couleurs.

— Quand je te laisse partir, tu t'assieds là, ordonna-t-il, inclinant la tête vers le siège à côté de lui.

Elle souffla un peu.

— Bien.

Il la relâcha sans un mot de plus, mais lorsqu'elle se leva, elle commença à se diriger vers la chambre. Devant son insubordination, il se tendit. Se battre contre elle ne faisait pas partie de son plan. Mais si elle insistait…

— Erin !

Elle se retourna, serrant le drap contre son buste et le toisa, un peu comme une reine regarderait un sujet indigne.

— Oui ?

Tiraillé entre l'envie de rire de son attitude et celle de respecter sa position, il réussit à ne manifester aucune émotion.

— Je crois t'avoir demandé de t'asseoir ici.

Il indiqua une fois de plus la chaise à côté de lui – et putain, sans politesse ! Il allait continuer à faire preuve de courtoisie jusqu'à ce qu'ils arrivent chez eux. La dernière chose dont il avait besoin, c'était qu'elle provoque un scandale à l'aéroport de Buenos Aires.

— C'est vrai, convint-elle, avant de se tourner vers la chambre, comme pour le tester.

Retenant à peine son impatience, il se leva et la suivit, refermant la porte derrière eux.

Elle pivota et lui fit face, les yeux plissés.

— J'aimerais m'habiller.

Il inclina la tête, lui accordant gracieusement cette permission, puis il croisa les bras et s'adossa à la porte comme s'il avait tout le temps du monde.

Le regard qu'elle lui renvoya était coloré par la volonté d'en découdre.

Max.

Il serra les dents alors qu'une flèche de désir animal le saisissait. Elle était si *sexy,* si étroite que ce souvenir lui donna une érection de tous les diables. Il afficha une nonchalance qu'il ne ressentait pas.

— Oui, mon amour ?

— Je veux de l'intimité.

Il partit d'un bref éclat de rire tendu et secoua la tête. Jusqu'où devait-il la pousser et à quelle vitesse ? Les sentiments qu'elle lui inspirait étaient pour le moins doubles. Il voulait retrouver son indépendance d'esprit – et pourtant il ne voulait plus jamais qu'elle soit indépendante de lui. Voilà une pensée bien tordue à avoir sur une femme.

S'il refusait, il s'attendait à ce qu'elle se mette à crier, comme elle l'en avait menacé plus tôt. Ou bien qu'elle rapproche ses petites fesses *sexy* et commence à le harceler. Mais elle ne fit rien de tout ça.

Elle plissa les paupières, le fixa pendant trois secondes, puis laissa tomber le drap sur le sol.

C'était un défi qui provoqua en Max l'effet d'une double dose de whisky sur un estomac vide. Il regarda son corps nu et son cœur commença à battre la chamade alors que tout le sang de son cerveau se dirigeait vers son entrejambe. Son corps était mince, mais ses hanches et son ventre étaient tout en courbes féminines, sans donner l'impression qu'elle s'était affamée pour obtenir une silhouette qui, bien qu'elle puisse être populaire dans le monde du mannequinat, l'affectait, lui, autant qu'un épouvantail émacié le ferait.

Non, son corps était parfait, comme s'il avait été fait pour lui. Ses seins étaient parfaits, deux melons mûrs qu'il se sentait obligé de tenir dans ses mains. Ses hanches formaient le berceau parfait pour les siennes, son sexe le refuge parfait pour sa verge. Sa femme était la partenaire sexuelle parfaite pour lui, et cette prise de

conscience mettait son contrôle à rude épreuve alors qu'elle s'exhibait devant lui.

Tandis qu'il profitait de la vue et luttait pour garder le contrôle, elle lui tourna brusquement le dos, comme s'il était la plus basse forme de vie imaginable et s'empara de sa valise de voyage, qui se trouvait sur un banc au pied du lit. Ses longs cheveux bruns pendaient comme une vague de soie à mi-chemin de son dos. Elle l'ignora aussi superbement que s'il ne se trouvait même pas dans la pièce et se dirigea vers la salle de bains, où il entendit le claquement décisif de la serrure.

Max laissa échapper un rire brusque et plein d'autodérision. Il lui accordait le point qu'elle venait de marquer, parce qu'en fin de compte, la partie serait pour lui.

~

MON DIEU, ELLE N'ARRIVAIT PAS À CROIRE QU'ELLE AVAIT LAISSÉ tomber le drap devant lui ! Mais peut-être que c'était une bonne chose. Peut-être que ça prouvait qu'il ne représentait rien pour elle, et putain, il ne représentait rien ! Elle n'allait pas tomber dans le travers de se soucier de lui : elle gagnerait la partie. Elle ne savait pas exactement quels étaient ses plans, mais le regard qu'il avait posé sur elle quand elle avait lâché le drap lui disait que, quels qu'ils soient, ils incluaient de coucher avec elle – et de façon répétée.

Cette pensée la faisait trembler de l'intérieur et sa nudité n'aidait pas. Erin choisit la première tenue qu'elle trouva, et après avoir enfilé les vêtements aussi vite qu'elle le pouvait, elle s'appuya au bord du lavabo et fixa le miroir. Jetant un coup d'œil vers le bas, elle serra ses doigts tremblants, essayant de trouver un certain contrôle. Elle n'eut pas le temps d'analyser sa situation, car elle entendit un tintement, puis un coup brusque à la porte.

— Erin, sors d'ici, maintenant !

4

Au son de la voix inimitable de Max, Erin leva les yeux au ciel et, se préparant au pire, ouvrit la porte.

— Oui ? lâcha-t-elle d'un ton exagérément agréable.

Il lui lança un regard lent et appuyé, mais sembla choisir d'ignorer son sarcasme.

— Nous sommes sur le point de descendre. Je te veux assise et attachée.

S'abstenant de répondre, elle se contenta d'incliner la tête et passa devant lui, choisissant délibérément un siège différent de celui qu'il avait indiqué plus tôt. Alors qu'elle commençait à s'installer, il était soudain là, lui saisissant le poignet de ses doigts fermes. Elle le regarda dans les yeux et trouva son regard rivé sur elle, brûlant, et son rythme cardiaque s'emballa. Sans qu'elle coopère, il la remit debout et la fit pivoter jusqu'à ce que ses fesses atterrissent sur le siège pour lequel il avait manifestement des sentiments forts. Se penchant sur elle, avec des mouvements précis, il souleva la boucle et l'installa. Une main sur le bras de son fauteuil, il lui souleva le menton de l'autre.

— Ne rends pas les choses plus difficiles que nécessaire.

Les mots sibyllins n'étaient rien de moins qu'une menace et c'était exactement la façon dont elle les prenait : avec ses doigts pinçant son menton dans une parodie de caresse, il n'y avait pas d'autre façon de les comprendre. Avec cet avertissement strident résonnant dans ses oreilles, elle leva les yeux vers un visage dur et dénué d'émotion. Elle inclina le visage pour faire face au sien et à son air glacial.

— Je n'en rêverais même pas, monsieur Santiago, siffla-t-elle entre ses dents alors que sa colère montait en flèche. Ou est-ce que mon nom de famille est Villareal ? Je pense que j'ai le droit de savoir.

Les yeux de Max s'enflammèrent tandis que son doigt quittait le menton d'Erin pour se faufiler dans ses cheveux.

— Villareal, répondit-il laconiquement avant de se pencher et de presser des lèvres chaudes et dures contre les siennes.

Il ne chercha même pas à les forcer à s'ouvrir, il garda seulement ses lèvres pressées contre elle, si fort qu'elle sentait ses dents contre la chair intérieure de sa bouche. Elle prit une inspiration par le nez et, finalement, la relâcha. Sa main glissa vers le bras du fauteuil, l'entourant complètement de ses bras tandis que son regard perçait le sien.

— Ne prends pas cette attitude. Je te promets que ça ne m'amènera pas du tout à t'aimer.

— Pourquoi voudrais-je me faire aimer de toi ? Je veux que tu me laisses en dehors de toute dispute avec ma famille et que tu me ramènes chez moi.

Elle termina cette dernière phrase en serrant les dents et comme ses traits se durcissaient encore, elle pensa un instant qu'il allait lui envoyer une réplique enflammée. Mais lorsque le bruit des moteurs se modifia, il relâcha les accoudoirs avec un air de reproche étouffé et se leva pour la toiser de toute sa hauteur. Son regard était mesuré et apaisant, puis dans un silence total, il s'assit à côté d'elle et s'attacha.

Elle ne pouvait pas rester sans rien faire, tellement en colère et blessée qu'elle avait du mal à respirer correctement.

— Je veux une explication, Villareal. Et je veux rentrer chez moi.

L'expression dure et furieuse du visage de l'homme la remplit d'une nouvelle dose de malaise.

— Nous atterrissons. Nous parlerons plus tard. Et si tu m'appelles une fois de plus Villareal, je te fesse le cul, compris ?

Lui fesser le cul ? Comment osait-il, putain ? Elle ferma la bouche, tourna la tête et regarda par le hublot.

Le temps qui l'accueillit lorsqu'elle descendit les marches était doux, peut-être dans les quinze degrés et, alors qu'ils traversaient le tarmac vers un Cessna monomoteur, Erin ressentit un nouvel éclair de panique. Il était évident qu'ils étaient sur le point de s'envoler de Buenos Aires avant même d'avoir posé les pieds dans le terminal, et son estomac se vrilla avec cette prise de conscience. Ils étaient sur une petite piste à la périphérie de l'aéroport, Max lui tenant fermement la main pendant que les officiels tamponnaient leurs papiers. Jetant un coup d'œil autour d'elle, elle ne vit aucune possibilité de s'échapper, et avant qu'elle ait le temps de réaliser, elle était assise dans un avion beaucoup plus petit.

Alors qu'elle s'enfonçait dans le siège, Max tendit la main et l'attacha, comme si elle était une imbécile ou un petit enfant incapable de se débrouiller seul. Elle ignora son geste et regarda la ville au loin.

— Où allons-nous, maintenant ?

— À mon *estancia*, mon *ranch* dans la *pampa*.

Continuant à regarder par la fenêtre, elle demanda :

— Et c'est loin ?

Les doigts de Max s'enfoncèrent autour de son menton et la forcèrent à le regarder à nouveau.

— Pas très loin. (Ses yeux tombèrent sur sa lèvre inférieure avant que son pouce ne s'y colle.) As-tu faim ? demanda-t-il,

fronçant légèrement les sourcils. Tu n'as pas mangé depuis des heures.

Elle se lécha la lèvre, et au goût même de son bref contact, un tremblement envahit son ventre.

— Ça va.

— Bien sûr, ma douce, mais si besoin, tu n'as qu'à demander. (Il laissa tomber sa main et désigna une petite glacière.) Il y a des bouteilles d'eau, des fruits frais et des barres protéinées.

Elle hocha la tête et la détourna de nouveau.

L'avion décolla et Erin sentit son estomac se tordre en regardant la ville commencer à s'estomper au loin. Le paysage changea radicalement, devenant très vite agricole. Mais alors que les minutes s'égrenaient, elle serra son sac à main et essaya de ne pas céder à la panique. Vraiment. Pourquoi n'avait-elle pas sauté et couru quand elle en avait l'occasion ? Avait-elle eu peur de faire un scandale ? Les autorités de Buenos Aires n'auraient sûrement pas permis qu'une citoyenne américaine soit retenue dans leur pays contre son gré. Et une pensée encore plus troublante : n'avait-elle pas inconsciemment voulu venir avec lui ?

Finalement, ils se posèrent sur une petite piste au milieu de ce qui semblait être une vaste terre agricole fertile. La voiture qui les attendait était un SUV, et Erin sentit un frisson lui parcourir l'échine en constatant que les deux hommes qui accueillaient Max ressemblaient plus à des gardes du corps qu'aux gérants du *ranch* dont il lui avait parlé. Ils étaient tous les deux grands, semblaient ne parler qu'espagnol et portaient tous les deux des armes attachées à leurs flancs, ce qui lui donna un frisson dans le ventre. Pourquoi sa mère avait-elle accepté qu'elle n'étudie que le français au lycée ? Même quelques rudiments d'espagnol auraient été utiles en ce moment.

Ils roulèrent encore trente minutes en voiture avant d'arriver à la maison. Le mot « maison » était d'ailleurs un euphémisme : l'endroit n'était rien de moins qu'une forteresse. L'enceinte était entièrement entourée de ce qui semblait être une clôture

électrique de deux mètres de haut. Était-elle destinée à garder les prédateurs à l'extérieur ou les captifs à l'intérieur ? Le bâtiment principal était énorme, à deux étages et fait de briques. Des bâtiments plus petits de différentes tailles et formes l'entouraient. La voiture ralentit alors que les portes électroniques s'ouvraient automatiquement. Le conducteur s'engagea dans une allée circulaire et Max aida Erin à sortir de la voiture tandis que les deux hommes récupéraient leurs sacs.

Alors que Max plaçait une main ferme sous son coude, Erin jeta un coup d'œil au bâtiment dans lequel ils étaient sur le point d'entrer. Oui, l'endroit pouvait être considéré comme une maison, mais il ne faisait aucun doute que c'était aussi une forteresse. Elle fit une prière silencieuse pour que l'homme à ses côtés ne soit pas impliqué dans le commerce de la drogue ou des armes à feu illégales, ou toute autre chose aussi répréhensible. Vraiment, qu'est-ce que ses frères avaient bien pu faire pour mériter la colère de cet homme ?

Il lui fit franchir une double porte, probablement en acier massif, et lorsqu'ils entrèrent dans le hall, Erin sentit son cœur s'emballer une fois de plus : la décoratrice d'intérieur en elle fut aussitôt captivée. Dedans, l'architecture était parfaite. Des kilomètres de carrelage en marbre menaient à un escalier courbe de fer forgé et des moulures ornementales sur mesure mettaient en valeur les hauts plafonds, le tout se combinant pour produire une sensation d'espace, d'abondance et, ironiquement, de liberté.

Une petite femme ronde, avec un tablier noué autour de la taille et un sourire radieux, vint à leur rencontre.

Erin resta là, presque étourdie, pendant que Max les présentait :

— Erin, voici Marisol, notre gouvernante. Marisol, permettez-moi de vous présenter Erin Villareal, anciennement Erin Rule – ma femme.

Pendant qu'il procédait aux présentations officielles, ses doigts mordaient la chair du bras de son épouse dans ce qui était

clairement un avertissement. Elle resta silencieuse tandis qu'une gamme d'émotions se jouait sur le visage de la femme âgée. Erin y reconnut le plaisir et la curiosité, mais pour une raison quelconque, elle ne vit pas une once de surprise se peindre sur ces traits.

— *Señor* Maximo, on ne vous attendait pas si tôt ! Bienvenue, *chica.*

La femme s'avança et l'embrassa tandis qu'Erin se tenait maladroitement entre les deux. Max ne la lâcha pas complètement pendant que sa gouvernante faisait de son mieux pour la serrer dans ses bras.

Alors que celle-ci s'écartait, Max répondit :

— Nous n'avons pas eu le temps de téléphoner. C'était un long voyage et maintenant, nous devons installer Erin. Je sais qu'elle est fatiguée et qu'elle a faim. Alors oui, je pense que nous allons d'abord manger.

Il passa brusquement à l'espagnol. Erin observa la gouvernante, qui se mit à sourire et à hocher la tête.

— Mais bien sûr ! Je vais mettre le chef sur le coup.

Elle sourit une fois de plus à Erin avant de tourner sur ses talons et de quitter la pièce.

Quand elle se fut retirée, cette dernière protesta :

— Je n'ai vraiment pas faim, Max. Je veux juste qu'on parle…

Il lui retourna un regard étincelant de menace.

— Tu vas manger.

La jeune femme était sur le point d'argumenter lorsqu'elle se ravisa et referma ses lèvres en une ligne obstinée. Elle aurait sans doute besoin de garder ses forces pour la suite. Elle leva les yeux au ciel à cette idée. N'était-elle plus que l'héroïne victorienne stéréotypée d'un roman gothique ?

D'un air sombre, Max la conduisit par le coude dans un couloir et franchit une porte en arche qui donnait sur un grand atrium. Erin s'arrêta, prit une grande inspiration et regarda autour d'elle. Une baie vitrée laissait entrer la lumière du soleil et la vue au-delà

était époustouflante dans sa simplicité. Dehors, une abondance de collines verdoyantes, vertes et brunes, s'offrait au regard. La pièce elle-même était décorée de façon décontractée, mais la nouvelle venue sut tout de suite qu'elle était en présence d'un mobilier ancien en rotin, sans doute du début du siècle, qui ne pouvait pas être facilement remplacé dans un grand magasin – elle le savait parce qu'elle avait cherché des meubles de ce type en ligne et dans les magasins.

L'étau de Max sur son bras était ferme, et Erin jeta un coup d'œil à la bande d'acier que ses doigts formaient autour de son biceps. Elle lui lança un regard interrogateur et il le lui rendit momentanément, la fixant avec une telle force magnétique qu'il lui fut difficile de respirer. Finalement, il la relâcha et Erin en profita immédiatement pour se diriger vers les fenêtres et regarder dehors.

Alors qu'elle essayait d'assimiler les nouvelles circonstances de sa vie, elle se retourna au son d'un chariot que l'on faisait entrer. Une domestique d'origine hispanique le poussa à côté d'une sorte de bistrot dans un coin de la pièce, et après quelques ajustements mineurs du service, la jeune femme fit un mouvement de tête hâtif avant de sortir de la pièce.

Max indiqua la table et les chaises d'un geste de la main. Simultanément, Erin ressentit une faiblesse précipitée par la faim qui, malheureusement, n'était accompagnée d'aucun signe d'appétit. Mais sachant qu'elle avait besoin de manger, et réalisant aussi qu'elle n'obtiendrait aucune réponse de la part de son accompagnateur tant qu'elle n'aurait pas fait ce qu'il lui demandait, elle traversa la pièce, faisant mine de contrôler totalement la situation, et s'assit.

Elle prit le verre d'eau de concombre, en but une gorgée, regarda Max et attendit.

— J'ai mangé dans l'avion pendant que tu dormais, annonça-t-il en se dirigeant vers les fenêtres, d'où il regarda à l'extérieur en attendant qu'elle commence à se nourrir.

À ce moment-là, Erin piqua avec la fourchette une bouchée de la salade de poulet agrémentée de raisins et de noix, qui était l'une de ses préférées. Celle-ci était servie sur un lit d'épinards et, après la troisième bouchée, heureusement, son appétit fit son apparition, lui permettant de manger au moins les trois quarts du repas.

Après avoir terminé l'eau, elle se leva, croisa les bras et fixa Max d'un regard inquisiteur.

Il se prélassait pour l'heure sur le canapé, et voyant son regard, il lui indiqua le siège à côté de lui. Erin fit les quelques pas qui la séparaient de lui et s'assit.

Furieuse qu'il continue à garder le silence, elle s'emporta intérieurement.

— Alors ?

Il haussa un sourcil moqueur et commença lentement, l'air presque perturbé d'avoir cette conversation.

— Que veux-tu savoir, mon amour ? demanda-t-il dans un soupir résigné.

Cette marque d'affection particulière, accompagnée d'un soupir, irrita la jeune femme au plus haut point.

— Pourquoi m'appelles-tu « mon amour » ? Je ne suis pas ton amour, loin de là.

En un instant, il avait tendu la main et serrait sa cuisse tandis que ses yeux fixaient les siens avec un regard d'impatience.

— Tu es ma femme, répondit-il, avec un ton d'acier.

Elle prit une brusque inspiration sous son regard qui la dévorait, parcourait son visage et sa gorge, avant de se poser sur ses seins. Il leva les yeux vers les siens et, tandis qu'il la fixait d'un air autoritaire, il ôta la main de sa cuisse pour parcourir ses doigts tremblants et se poser sur l'anneau d'or obscène à son annulaire. Alors qu'il le pressait sur sa peau, tout soupçon de langueur disparut brusquement de ses manières. Malgré son cœur qui battait la chamade, Erin arracha les doigts de son emprise et commença à retirer l'alliance.

— Je ne suis pas ta femme.

Les représailles ne se firent pas attendre. Serrant ses doigts pour maintenir la bague en place, il la fixa d'un regard qui la réprimandait. Elle prit trois grandes inspirations, essayant de maîtriser sa colère, et se rebella en pinçant les lèvres. Comme elle ne bougeait pas, il la relâcha, lui passa les doigts dans les cheveux pour la retenir et la fixa silencieusement avant de répliquer :

— Tu es ma femme – ne va pas t'imaginer le contraire –, j'ai un contrat pour prouver que tu m'appartiens.

Erin n'essaya même pas de contenir son regard brûlant. Face à elle, les yeux de Max aussi s'assombrissaient en signe d'avertissement, mais elle ignora son message silencieux et contesta :

— Tu m'as dupée.

Au lieu de le mettre en colère, son accusation sembla presque amuser l'homme. Il sourit simplement en lui tapotant la lèvre inférieure et s'adossa afin de se mettre plus à l'aise.

— C'est vrai, ma douce.

Elle sentit une vague de fureur l'engloutir devant son arrogance, devant son manque d'intérêt pour sa colère.

— Pourquoi ? siffla-t-elle.

Il laissa échapper un autre soupir, comme si le fait de devoir s'expliquer était une source d'irritation.

— Parce que je voulais que tu sois là, Erin.

Son ennui apparent la mettait encore plus en colère.

— Pourquoi moi ? Et pourquoi m'épouser ? Je sais que ça a à voir avec mes frères, alors finissons-en et admets-le.

Il continua à la regarder, et après un moment, répondit avec une fermeté pleine de calme :

— Je crois l'avoir déjà admis.

À sa réponse totalement dépourvue d'émotion, elle prit une inspiration fortifiante, puis une autre, tandis que fureur et hystérie se disputaient le contrôle.

— Pourquoi me mêler à ça ?

Il étudia ses traits comme s'il essayait de comprendre son état d'esprit.

— Vois ça comme du *business,* mon amour. Tu n'as pas à t'inquiéter.

— Du « *business* ».

Elle répéta le mot dans un souffle même si elle sentait une énorme vague d'indignation monter dans son sang. Elle essaya de la contenir, mais c'était inutile, sa bouche s'ouvrit et elle explosa.

— Tu te fous de moi ? Je n'ai pas à m'inquiéter ? Tu m'as entraînée dans une cérémonie de mariage, tu m'as emmenée en Argentine contre ma volonté et maintenant, tu as le culot de me dire que je n'ai pas à m'inquiéter ?

Devant son emportement, la posture de Max devint rigide et sa mâchoire se contracta.

— On peut faire ça de deux façons. Soit tu changes de langage et d'attitude à l'instant même et je te traiterai avec le respect que ma femme mérite. (Il se pencha plus près et ses yeux s'étrécirent.) Soit tu continues à jouer la carte du défi et je serai obligé de prendre les choses en main.

— En faisant quoi ? ricana-t-elle.

— Je vais t'enfermer dans une chambre le temps que ça prendra et m'occuper des affaires de ton frère. (Il sortit son téléphone portable de sa poche et le jeta sur la table basse comme s'il était prêt à passer un appel à tout moment.) Tu as trois secondes pour décider comment tu veux que ça se passe. À partir de maintenant.

— Quel frère ? demanda-t-elle avant de pouvoir s'en empêcher, comme si c'était important.

Il haussa un sourcil, mais étonnamment, il lui donna une réponse concise.

— Garrett. (Ses yeux s'étrécirent.) Deux secondes.

L'enfermer dans une pièce ? Elle eut des sueurs froides à l'idée d'être prisonnière ici et sut immédiatement qu'elle ne pouvait pas autoriser cela. Elle était trop intelligente pour laisser cela se produire.

— Je ne veux pas être enfermée, lâcha-t-elle rapidement d'une voix contrôlée.

— Tu es sûre ?

Il prit le téléphone sur la table basse et eut l'air de faire défiler ses contacts. Il appuya sur un bouton et fit pivoter l'écran dans sa direction. Le nom de Garrett Rule s'affichait en gros, comme s'il attendait une simple pression sur un bouton.

— J'avais pensé te faciliter la tâche en te laissant prendre tes propres décisions, mais crois-moi, t'enfermer et m'occuper de ton frère ne me gêne en rien.

Elle secoua la tête, refusant de laisser les choses empirer encore. S'il téléphonait à son frère, les choses se gâteraient en un clin d'œil. Si elle devait contenir son impudence, alors qu'il en soit ainsi – mais elle avait des questions.

— Tu connais Garrett personnellement ?

Il sembla l'étudier pendant un moment avant que sa question ne fasse briller ses yeux avec quelque chose qui ressemblait à du mépris.

— Oh oui ! Nous sommes les meilleurs amis du monde, ricana-t-il.

— On dirait que non, commenta-t-elle d'un ton neutre.

Il inclina la tête.

— Ton frère me méprise et je le lui rends bien.

Dans quel pétrin s'était-elle fourrée, merde ? Elle essaya de contrôler la panique qui faisait couler son sang beaucoup trop vite. Un mélange de rage et de peur la tenait presque figée. Oui, elle était furax et elle avait peur. Non, elle ne pouvait pas se permettre d'avoir peur – la peur ne pouvait pas aider dans sa situation. *Super !*

Elle sut tout de suite qu'il ne lui racontait pas d'histoires, qu'il allait l'enfermer si elle ne faisait pas attention à son comportement. Alors qu'elle luttait pour contrôler l'envie de s'enfuir à toutes jambes, elle refoula sa peur, mais malheureusement, l'émotion la plus importante qui restait

demeurait la colère. Comme si cela se voyait sur son visage, il se pencha dans son espace personnel et pinça les lèvres.

— Si tu continues à être belliqueuse, je pourrais te rendre la pareille, ce qui ne manquerait pas d'apporter de l'acrimonie à notre relation. Ce serait tellement mieux pour… nous… si nous nous entendions, tu ne crois pas ?

Il voulait dire que ce serait mieux pour « elle » s'ils s'entendaient. Comment était-elle censée le prendre ? Aussi simplement qu'il l'avait énoncé ou comme la menace qu'elle l'imaginait sous-entendre à tous les coups ? Elle plaqua un masque sur ses traits pour qu'il ne puisse pas voir l'hostilité dans ses yeux, puis les baissa vers ses mains croisées sur ses genoux et attendit.

Et attendit.

Après un moment de silence prolongé où l'air autour d'eux s'épaissit tandis qu'elle gardait les yeux baissés, elle le sentit se caler sur son siège avant de dégainer :

— Très bien, chérie.

Fils de pute ! Elle allait le tuer. Aucun jury au monde ne la condamnerait pour l'avoir tué. Son arrogance seule était une offense impardonnable.

Elle sentit son regard pendant quelques secondes de plus avant qu'il ne cède finalement en demandant :

— Connais-tu le jeu de la Tour infernale ?

Erin leva son regard vers le sien, ses doigts s'enfonçant les uns dans les autres, cherchant une forme de soutien alors qu'une vague de confusion la traversait face à ce qu'il demandait.

— Oui.

Il leva de nouveau ce seul sourcil exaspérant.

— Tu y as déjà joué, alors ?

Qu'il soit maudit, il semblait imperturbable alors qu'elle avait envie de crier et de jeter des objets. Encore une chose qui enflammait sa colère.

— Non, gronda-t-elle en haussant la voix avec impatience, mais je l'ai vu à la télévision et je sais de quoi il s'agit. Quel rapport ?

Bon sang ! Ne pouvait-elle pas s'arrêter de hurler alors qu'il semblait totalement imperturbable ?

Son regard s'aiguisa momentanément lorsqu'il tendit la main et passa un doigt unique et puissant sur sa joue et sur sa lèvre inférieure. Il n'y avait aucun doute : c'était le rappel qu'elle ferait mieux d'être prudente. Sa voix se fit plus rauque.

— C'est un jeu de précision et de stratégie, n'est-ce pas ?

Son ton restait froid, détaché même, et la chaleur de sa brève caresse coupa le souffle d'Erin. Il lui fallut toute sa volonté pour rester sur le sujet.

— De ce que j'en sais.

Il haussa les épaules presque négligemment.

— La Tour infernale est simplement une analogie avec notre situation. Dans le jeu, il y a une tour – pense à cette tour comme étant Rule Corporation. Tes frères et toi avez joué à ce jeu, mais vous ne le saviez pas, jusqu'à maintenant.

Si Erin avait déjà mal au cœur auparavant, ce sentiment ne fit que s'amplifier à l'énoncé de son explication, car dans son esprit, elle voyait une tour Jenga vaciller, sur le point de tomber.

— Et mes frères le savent-ils ? Qu'ils jouent un jeu avec toi ?

Comment pouvait-elle simuler le calme alors qu'à l'intérieur, sa santé mentale naviguait sur une corde raide ? Était-elle meilleure actrice qu'elle ne le pensait ?

— Pas complètement, non. (Il s'étira sur son siège et croisa une cheville sur son genou comme s'il était complètement à l'aise.) Cependant, ils connaissent mon nom, c'est certain, car je suis sur leurs traces depuis un certain temps.

Même à travers ses émotions mitigées, son plan commençait à prendre du sens.

— C'est pour ça que tu t'es présenté sous le nom de Santiago ? Parce que tu pensais que je pourrais reconnaître celui de Villareal ? (Devant son bref hochement de tête et rien d'autre, Erin ravala son impatience et demanda.) Je ne comprends toujours pas ce que j'ai à voir avec ça : comment y joue-t-on ?

La main de Max quitta son genou, son doigt balaya à nouveau sa lèvre inférieure – comme s'il prouvait qu'il pouvait la toucher chaque fois qu'il en ressentait le besoin… et presque comme s'il ne pouvait s'en empêcher, comme s'il avait besoin de le faire. C'était une idée séduisante, mais elle n'avait pas le temps de s'y attarder, même si elle la gardait à l'esprit pour plus tard.

Il ne la libéra pas, comme il l'avait fait auparavant, et un frisson d'anticipation inopportun et effrayant l'amena à se crisper alors qu'il la fixait comme le chat qui ne faisait que jouer avec elle avant de bondir. Le regard qu'il lui lança pendant que ses doigts lui caressaient la lèvre contenait beaucoup de choses – feu, fascination, défi, contrôle total. Une lueur assurée traversa le regard de Max, provoquant des tremblements involontaires dans les membres d'Erin, avant qu'il ne demande d'une voix profonde et soyeuse :

— Tu ne veux pas que leur tour s'écroule, n'est-ce pas, ma douce ?

Une flèche de panique pure se planta au creux de son estomac, tandis que ses lèvres frémissaient contre sa volonté.

— Je n'en ai pas la moindre idée… (Elle se tut à l'instant où ses yeux quittaient les siens pour regarder le doigt qu'il lui passait sur la lèvre.) Alors, quelle devrait être ma stratégie ?

Putain, était-elle en train de demander à l'ennemi comment s'y prendre pour gagner ? Oui, mais à qui d'autre était-elle censée demander ?

Il replanta son regard dans le sien.

— Si tu veux que j'arrête les opérations hostiles pour renverser la Rule Corporation, la première chose que tu dois faire est de choisir de rester avec moi. C'est très simple, mon amour, je te veux ici. Pour que leur tour reste forte, tu dois me rendre heureux, d'accord ?

Le malaise faisait battre le cœur de la jeune femme de façon erratique.

— Tu insinues que tu aurais les moyens de la renverser ?

Le regard de Max devint acéré et sa main quitta le visage d'Erin pour se poser à nouveau sur la bague en or à son doigt, comme pour la lui rappeler.

— Je bluffe rarement.

Elle raidit le dos, essayant d'ignorer les picotements inappropriés qui parcouraient sa colonne vertébrale, et insista.

— Que leur reproches-tu ?

Il laissa échapper un rire pareil à un aboiement et secoua la tête.

— Je ne m'engagerai pas par là, mon amour. Je ne pense pas que je vais te montrer ma main tout de suite.

Cette réponse ne la surprit pas ; elle ne s'attendait pas vraiment à ce qu'il lui révèle quels atouts il détenait, si tant est qu'il en ait. Mais son explication n'avait aucun sens.

— On dirait que tu veux mettre mes frères en faillite. Mais tu dis aussi que tu vas me permettre d'empêcher ça. Comprends donc ma confusion. Que veux-tu, au fond ? Renverser l'entreprise ou pas ? Ou tu te fiches que ce soit l'un ou l'autre ?

Il prit une profonde inspiration et la relâcha lentement avant de répondre.

— Je cherche à obtenir satisfaction pour leurs actions passées contre ma famille et voir la Rule Corporation tomber atteindrait certainement ce but. Cependant, bien que je veuille voir tes frères souffrir, peu m'importe ce qui pourra leur causer cette souffrance – tant qu'ils savent que c'est de mes mains. C'est donc à toi de décider si leur tour s'écroule ou non.

Devant son explication précise et trop calme, la panique qu'elle avait vaillamment tenté d'étouffer se transforma en hystérie, un frisson immédiat et terrifiant lui parcourant l'échine à l'idée qu'il se venge sur elle… de manière physique ? *Putain de merde !* Qu'avaient fait ses frères à sa famille ? Garrett était-il coupable d'une manière ou d'une autre ? C'étaient tous des hommes bien, ils n'avaient rien pu faire, il devait s'agir d'un malentendu. Mais sa foi en ses frères ne la sortirait pas de la situation où elle se trouvait.

L'anxiété se répandant dans ses veines, elle se força à respirer et s'efforça de masquer qu'elle était en train de devenir folle à l'intérieur.

— Pour clarifier… ce sont mes choix ? Te permettre de renverser la société… ou laisser mes frères souffrir autrement ? Comment ? En leur faisant savoir que tu me retiens en otage et que tu me maltraites jour après jour ? (Elle déglutit, et malgré une peur bleue, se força à continuer.) Tu as l'intention de… me faire du mal ?

5

Un pli se creusa immédiatement entre les sourcils de Max tandis que son dos s'écartait du dossier du siège.

— Certainement pas.

Si sa réponse était rassurante, sa réaction physique ne l'était pas. Se raidissant comme si elle l'avait giflé, il l'agrippa par les bras dans deux étaux de fer pour la tirer vers lui, jusqu'à ce que son visage soit à quelques centimètres du sien.

— Pourquoi en es-tu arrivée à cette conclusion ? (Son expression se mua en colère tandis que sa poigne inflexible s'enfonçait dans sa chair et qu'il ajoutait les mots, un par un.) Tu ne sentiras jamais la moindre douleur entre mes mains, je vais te traiter comme de l'or filé. Tu vas vivre la vie d'une *princesa*, n'en doute pas une seule seconde. (Ses traits se durcirent encore plus.) Comprends-moi quand je te dis que tu es ma femme et que tu bénéficieras de tous les soins et de tout le respect que ce titre mérite, à condition que tu sois respectueuse en retour.

Elle se sentait prise dans un étau, son adrénaline montait en flèche et ses nerfs à bout rendaient sa respiration difficile. Sa femme… une princesse… de l'or filé ? Elle fut soulagée par la

sincérité de ses paroles, mais son niveau d'anxiété resta à un niveau stratosphérique – comment aurait-il pu en être autrement ? Ses mains étaient comme des menottes d'acier, ses mots prononcés les dents serrées. Comment pouvait-il l'effrayer à ce point tout en provoquant des frémissements de désir dans son ventre ?

Il avait dit qu'il ne lui ferait pas de mal, pourtant quelques heures auparavant, il avait menacé de s'en prendre physiquement à elle si elle l'appelait encore « Monsieur Villareal ». La menace n'avait vraiment pas l'air d'une plaisanterie et en aucun cas elle ne ressemblait à des préliminaires. Il était sérieux – du moins c'était ce qu'elle avait pensé sur le moment –, tout comme il était sérieux dans sa menace de l'enfermer. Se détestant pour la faiblesse qu'elle ressentait, ses émotions en ébullition, elle se recomposa un visage pour ne rien révéler.

— Je ne comprends toujours pas. Comment mes frères pourraient-ils souffrir si je suis traitée comme une… une princesse ?

C'était comme si toute l'impatience de Max avait disparu et que sa réserve polie était revenue, un changement qui amena Erin à s'interroger sur le machiavélisme de cet homme. Elle n'avait jamais rencontré un être capable de souffler un tel chaud, puis un tel froid.

Il relâcha ses bras et fit glisser le bout d'un seul doigt jusqu'à sa clavicule dénudée, où il décrivit de lents cercles, comme si sa peau le fascinait et qu'il ne parvenait pas à s'en empêcher.

— Parce qu'ils ne croiront pas qu'on te traite comme une princesse, ma douce. (Il semblait concentré sur le contact de sa peau contre la sienne, alors qu'il continuait presque négligemment.) Bien sûr, tu leur diras la vérité – qu'on te sert, qu'on est aux petits soins, que tout mon argent est à ta disposition, que je t'accorde le moindre de tes désirs –, mais ils ne te croiront pas et c'est vraiment le but. Ils auront constamment peur que je te maltraite et que tu mentes pour les protéger. Ils t'aiment, je le sais. Par conséquent, ils penseront que leur ennemi te retient contre

ton gré, et disons-le, ils ne croiront pas que je te traite correctement.

— Tu me retiens bel et bien contre ma volonté.

— Non, mon amour. Je ne suis pas un monstre ; comme je l'ai dit auparavant, le choix de rester ici doit venir de toi.

Le regard qu'il lui lançait disait le contraire, à savoir que ce choix avait déjà été fait : par lui. Elle était incapable d'exprimer ce qu'elle ressentait sans exploser, alors quand elle resta silencieuse, il continua :

— Si tu restes ici avec moi, si tu choisis de rester ma femme, je te promets que toutes les futures actions hostiles contre la Rule Corporation cesseront. La vengeance que je recherche sera apaisée par les doutes que ta famille aura indéfiniment quant à mon véritable programme.

Elle le regarda fixement, en prenant trois respirations pour se calmer. Il voulait inquiéter ses frères pour le reste de leur vie, alors qu'il prévoyait que tous les deux aient un mariage harmonieux ? C'était un plan diabolique et tordu, y penser lui vrillait les entrailles.

— Je pense... Je pense que tu n'es pas un homme très gentil.

L'expression de Max changea instantanément.

— Je n'ai jamais prétendu être un homme gentil.

Il suivit du doigt la ligne de sa clavicule pour le poser sur le renflement de sa poitrine. Il scruta le mouvement avant de remonter ses yeux vers ceux d'Erin et de l'empaler de son regard brûlant.

— Mais comprends-moi quand je dis que je vais être très gentil *avec toi.*

À l'expression fiévreuse et charnelle de son visage, ses paroles prirent tout leur sens et les craintes mêlées de désir d'Erin montèrent en flèche.

— Maintenant, tu parles de sexe ?

— Correct, ma douce, approuva-t-il sans la lâcher. (Un air paresseux et séducteur se posa sur ses traits, perturbant aussitôt

tout ce qu'il y avait de féminin en elle.) Tu ne t'inquiètes tout de même pas pour l'intimité entre nous ? Nous avons prouvé que cet aspect du mariage n'était pas à redouter, je crois.

Alors que le souvenir des orgasmes qu'il lui avait procurés envahissait son esprit, un frisson brûlant parcourut l'échine d'Erin, qu'elle tenta d'ignorer, en vain.

— Donc tu as l'intention de faire de ce mariage un vrai mariage ? (Elle déglutit et ajouta.) Dans le futur ?

Il la dévisagea pendant un moment avant de plisser les yeux.

— Dans le futur ? C'est ta façon de demander du temps pour t'adapter ?

— Je veux juste savoir…

— Attends, laisse-moi t'expliquer. Tu es ma femme, Erin. Si tu choisis de rester ici en tant qu'épouse, tu seras la seule à répondre à mes besoins sexuels. (Tandis que ses yeux fixaient les siens, son doigt descendait tranquillement vers le creux entre ses seins.) Je ne suis pas un homme de Neandertal, ma chérie, si tu as besoin de temps, je suis sûr que je peux t'accorder… une période d'adaptation raisonnable.

Elle inspira profondément, se forçant à soutenir son regard, même si son contact déclenchait des étincelles explosives le long de ses terminaisons nerveuses.

— Combien de temps ?

Au lieu de lui donner une réponse, il posa une question.

— Est-ce un accord, *amor* ? Tu choisis d'être ma femme ? Tu me permets de te garder ?

Le cœur d'Erin faillit bondir sous son sternum à cause du choix de ses mots. La *garder* ? Comme si elle était une marchandise qu'il voulait absolument ? Une vision d'elle coincée sous son corps obscurcit son esprit, elle fut prise de vertige.

— Je veux que tu laisses la société tranquille. Donc ça semble être mon seul choix.

Conneries, conneries, conneries, Erin ! Tu acceptes l'excuse qu'il donne juste pour pouvoir rester dans son lit ? C'est pas faible, ça ?

C'est l'un ou l'autre, oui. Comme je te l'ai dit, j'accepte de laisser la Rule Corporation tranquille si tu acceptes de rester ma femme.

Luttant contre le sentiment de vertige qui prenait le dessus sur son bon sens, elle demanda :

— Si je choisis ce mariage, aurai-je le droit de changer d'avis plus tard ?

— Bien sûr. Mais à ce moment-là, les promesses que j'ai faites ne seront plus d'actualité.

Il s'en prendrait à la société. C'était ce qu'il voulait dire.

— Clair et net ?

Il inclina la tête.

— Comme tu dis.

— Donc si je reste ta femme, tu laisseras la société tranquille. Et à n'importe quel moment dans le futur où je choisirais de dissoudre l'accord et de rentrer chez moi, tous les paris seront ouverts et tu t'en prendras une fois de plus à mes frères.

Ses traits se durcirent.

— Ça résume bien la situation, oui.

Oui, super ! Non seulement il lui volait tout son avenir, mais il exigeait qu'elle soit heureuse et respectueuse quand même. Une indignation vertueuse coulait dans ses veines et ça l'énervait encore plus de ne pas pouvoir la laisser se manifester. En plus, elle ne lui faisait pas confiance, et c'était une inquiétude qui la minait. Ignorant la voix dans sa tête qui lui demandait de se taire, elle demanda :

— Peux-tu répondre à une dernière question, simplement pour que je me sente mieux ? Est-ce que tu promets, est-ce que tu jures là, tout de suite, en me regardant dans les yeux, que si je prenais la décision de rentrer chez moi maintenant, tu me mettrais dans un avion ?

Une lueur passa dans les yeux de Max et il sembla hésiter – presque imperceptiblement – avant de répondre :

— Absolument, mon amour.

Sa réponse ne fit que la crisper davantage. Pourquoi avait-il hésité ? Il n'y avait pas de doute – cette hésitation était révélatrice – *merde !* La laisserait-il partir ou pas ? Une partie d'elle avait besoin de savoir qu'il la laisserait partir si elle faisait ce choix. Cette perspective la calmerait pendant qu'elle était là, lui permettrait de sentir qu'elle avait un certain contrôle. Mais elle ne le croyait pas, pas vraiment. Néanmoins, elle ne voulait pas non plus connaître la vérité, pas si elle n'avait pas d'échappatoire. Elle voulait se cacher derrière le mot « choix ». Quelle importance de toute façon ? Elle ne permettrait pas que sa famille soit blessée si elle avait les moyens de l'empêcher. D'un seul coup, refusant de repousser l'inévitable, elle pinça les lèvres et tendit la main comme pour sceller un accord.

Quand il regarda sa paume tendue, Erin réalisa que ses doigts tremblaient. Lentement, la grande main de Max engloba la sienne, l'avala.

— Il n'y a aucune raison d'avoir l'air si alarmée, mon amour. Je ne te veux aucun mal.

Merde ! Elle ne lui faisait pas confiance, alors comment pouvait-elle encore avoir envie d'aller au lit avec lui ?

— Tu es l'ennemi de ma famille.

Du pouce, il commença à lui frotter la paume dans un lent mouvement circulaire.

— C'est vrai, mais je ne suis pas ton ennemi et c'est une distinction que tu apprendras bientôt à apprécier.

— Peux-tu me reprocher d'avoir de l'appréhension ? demanda-t-elle. Je suis dans un pays étranger, mariée à un homme qui méprise ma famille et retenue ici sous la contrainte.

— Tout ça est vrai, mais tu es ici, maintenant, avec moi. Je suis ta famille, à présent, pas ton ennemi. Le chemin à suivre est ce que tu en fais, ton choix. Plus tôt tu accepteras ton avenir – notre avenir, ensemble –, mieux ce sera pour nous deux.

Donc, c'était fait. Cet homme, pratiquement un étranger, allait être le centre de sa vie, maintenant, qu'elle soit d'accord ou non ?

Pourquoi « pour nous deux » ? Tu sembles avoir ce que tu veux, toi.

— Ah oui ? (Ses yeux tombèrent sur ses lèvres avant de revenir fouiller les siens une fois de plus.) La vengeance n'est pas au premier plan de mes préoccupations pour le moment et je n'ai certainement pas l'intention de m'y attarder.

Son regard se posa brièvement sur ses seins avant de remonter vers ses yeux.

— Maintenant, je te veux. Sans le soupçon de peur que je vois dans tes yeux… Reconnais que l'alchimie entre nous est suffisante pour faire trembler l'échelle de Richter. Je veux que tu fondes, chaude et humide, autour de moi chaque fois que je te touche. (Son pouce recommença à lui caresser la paume, la chaleur de ses yeux la perturbant de l'intérieur.) Rien d'autre ne doit te préoccuper, tu n'as surtout pas besoin d'avoir peur – tant que tu ne me contraries pas délibérément. Je veux te voir concéder que tu es à moi et plus que ça, je veux que tu comprennes : je prendrai soin de toi de toutes les manières possibles, et j'annihilerai tout ce qui fait obstacle à ton bonheur.

Elle risquait l'hyperventilation si elle essayait de réfléchir. Il pensait que c'était aussi simple d'être heureux ? Mais comment pouvait-elle l'être ? Elle poussa un soupir.

— Je peux te dire dès à présent que faire souffrir mes frères va bousiller mon bonheur.

Les lèvres de Max se tordirent, à croire que ce détail, infime, était inévitable.

Comme il restait silencieux, elle prit une inspiration lente et saccadée. Il ne demandait pas grand-chose, n'est-ce pas ?

— Alors c'est ça, le marché ? Je te donne ma vie, et en retour, tu massacres mes dragons ?

Les yeux de Max scintillèrent : était-il amusé par sa formulation – ou s'agissait-il d'une autre mise en garde ?

— Oui, ma douce, c'est tout à fait ça, répondit-il, en resserrant ses doigts autour des siens. Ta vie est la mienne. Je veux que tu

comprennes que je suis ta famille, maintenant, je suis celui qui contrôle ton bonheur. Et crois-moi, mon amour, tu seras heureuse. En retour, je m'opposerai à toute personne qui essaiera de te faire du mal.

Erin regarda attentivement le pouce de Max tracer la ligne de vie sur la paume de sa main. En écoutant son discours, elle sentit une vague de nostalgie se mêler à l'angoisse qu'elle ressentait. Elle était assez femme aussi pour sentir une pluie d'étincelles crépiter dans ses veines. N'était-ce pas le rêve de toute femme ? Qu'un homme veuille prendre soin d'elle ? Qu'il la protège contre le reste du monde ? Tout cela aurait pu être merveilleux – totalement tentant – si seulement sa motivation n'était pas de faire souffrir sa famille. Si les émotions et le bien-être de ses frères n'entraient pas en jeu, elle ramperait sans doute sur les genoux de Max en demandant où elle devait signer.

Les yeux d'Erin se fermèrent involontairement alors qu'un autre frisson de réaction à son contact la parcourait. *Merde !* Qui aurait pu croire qu'elle était si pourrie ? Elle irait sans aucun doute en enfer pour les pensées et les sentiments qu'elle éprouvait envers l'ennemi de ses frères, même s'ils étaient involontaires.

Elle savait une chose, elle ne pouvait pas garder le contrôle de ses émotions explosives plus longtemps. Elle avait besoin de s'éloigner de lui un moment pour se ressaisir, et *pronto*.

— Je pense que j'ai besoin de me reposer, maintenant, Max.

Il se leva aussitôt, appuya sur une sonnette et se plaça au-dessus d'elle, là où elle était assise.

— Oui, bien sûr. Tout ce qui te plaira. (Il lui caressa l'épaule tandis qu'il la regardait dans les yeux.) C'est comme ça que ça se passera, Erin. Tu n'as qu'à demander quelque chose, et si c'est en mon pouvoir, tu l'auras.

La jeune femme se leva, le cœur battant à tout rompre. Elle commença à s'éloigner, mais Max tendit la main et emprisonna son poignet jusqu'à ce qu'elle se retrouve face à lui. Alors qu'une

femme de chambre attendait dans l'entrée, il la regarda dans les yeux, de toute sa hauteur.

— Ne pense pas trop à ça, Erin. Prends notre relation au premier degré, c'est la seule vérité dont tu doives te préoccuper. Nous sommes mariés, je te veux comme femme, et je te donnerai tout ce que ton cœur désire. (Ses doigts se resserrèrent dans un geste de contrôle, mais aussi de caresse.) Dans et hors de la chambre à coucher.

Le cœur s'emballant comme un train fou hors de contrôle, Erin lui jeta un dernier regard avant de baisser la tête et de suivre la femme de chambre dans l'escalier.

Quand Erin eut quitté la pièce, Max s'affala sur le canapé. L'avait-elle cru ? Que le choix devait venir d'elle ? Ces mots avaient-ils vraiment quitté sa bouche ? Certes, il avait initialement prévu de lui donner un choix – aussi petit soit-il. Mais maintenant ? Après avoir ressenti ce qu'il ressentait lorsque les muscles internes d'Erin se contractaient autour de lui pendant qu'elle jouissait ? Après avoir mémorisé le goût de miel de sa peau ? Après avoir eu vingt-quatre heures pour se faire à l'idée qu'elle était légalement à lui ? Putain non, il n'allait pas laisser tomber ! Elle n'avait pas du tout le choix, il n'y avait aucune chance qu'il la laisse partir.

Bien sûr, il était impératif qu'elle croie avoir ce choix, aussi infime soit-il. Il avait besoin que les choses se déroulent sans accroc et cela n'arriverait que si elle pensait mener la danse. Par conséquent, les choses qu'il avait dites étaient nécessaires. Mais avait-elle vraiment le choix ? Il se connaissait et la réponse à cette question était : *pas le moindre, putain de merde !* Aucun choix. Zéro. Elle restait ici, avec lui. Il n'allait pas la laisser partir – pas aujourd'hui, pas demain, et pour autant qu'il puisse le prévoir, pas dans un avenir proche.

QUAND ERIN SE RÉVEILLA, TOUTE TRACE DE MAL DE TÊTE ET DE fatigue due au décalage horaire avait disparu. En jetant un coup d'œil à la pendule, elle en comprit la raison. Elle avait dormi douze heures. Se redressant dans le lit, elle remarqua le creux dans l'oreiller à côté du sien. Un frisson, suivi d'une sensation de froid, lui parcourut l'échine. Avait-il dormi à côté d'elle ?

Refusant de s'attarder sur la question, elle sortit du lit pour inspecter la suite de la chambre. Elle avait besoin de s'occuper pendant un moment, avant de se forcer à réfléchir à ce fameux « choix ». Quel choix avait-elle vraiment ? Et ne l'avait-elle pas déjà fait ? Pour l'instant, elle se laissa aller à oublier l'angoisse de sa situation pour regarder autour d'elle et prendre ses repères.

La suite était aussi belle que le reste de la maison. Le lit lui-même était énorme, un *king size* américain, dans des couleurs apaisantes pour les yeux – *merci mon Dieu !* L'appartement contenait un salon avec des portes à la française qui s'ouvraient sur un balcon de pierre blanche. Une rambarde circulaire entourait celui-ci, qui contenait une petite table à manger extérieure et deux chaises longues.

Une explosion de plaisir la frappa lorsqu'elle se retourna complètement et admira toute la zone extérieure. Les chaises longues et le service à manger avaient des coussins assortis d'un rouge profond, orné d'un motif de clé grecque, qui était l'un de ses préférés. Le mur de pierre contenait une cheminée intégrée, ce qui, elle devait l'admettre, était l'une des choses qu'elle avait toujours adorées dans un cadre extérieur.

Le patio, à première vue, était indescriptiblement romantique. Si on était d'humeur à être séduit par le romantisme.

La suite de la chambre contenait deux *dressings* qui flanquaient une salle de bains, et un coup d'œil rapide derrière la première porte donna à Erin la réponse qu'elle cherchait. La chambre à coucher appartenait sans aucun doute à Max – il ne pouvait en

être autrement avec une rangée de plafonnière flamboyante qui mettaient en valeur les costumes de créateur et les chemises repassées, occupant les murs de la pièce. Elle pouvait même détecter l'odeur persistante de son propriétaire. Son estomac se retourna et elle referma rapidement la porte. *OK*. Elle n'aurait pas sa propre chambre, à moins qu'elle ne le demande, et même dans ce cas, ce ne serait pas gagné.

Elle ouvrit la porte du deuxième *dressing* et sursauta en découvrant le placard de ses rêves. C'était parfait ! Elle fit un pas à l'intérieur et, alors qu'elle se tournait lentement à trois cent soixante degrés, son souffle resta coincé dans sa gorge. La pièce était presque exactement identique aux photos qu'elle avait postées sur son blog. Son cœur battit fort devant la pure coïncidence de la décoration intérieure qui reflétait si bien ses propres idées. Était-ce une coïncidence, d'ailleurs ?

Une causeuse aux lignes féminines trônait au centre de la pièce, exactement comme elle l'avait toujours voulu. En dessous, un vaste tapis oriental au dessin magnifique ajoutait une autre couche de confort à la pièce. Mais le clou du spectacle ? Un minichandelier suspendu au plafond qui, tout en lignes délicates, diffusait une lumière parfaite, très différente de l'éclairage audacieux du *dressing* de Max.

La petite pièce était presque entièrement vide, à l'exception des quelques vêtements qui se trouvaient dans sa valise et qui étaient maintenant suspendus dans un coin isolé, tous lavés et repassés. L'espace était nettement plus grand qu'un *dressing* normal, au moins quatre fois la taille de son placard chez elle. Il contenait une sélection de tiroirs intégrés et d'étagères élégantes qui bordaient trois des murs.

Tout était fait dans des couleurs apaisantes et elle était infiniment soulagée de savoir qu'elle n'aurait pas à partager une armoire avec Max. Laissant son esprit vagabonder, elle réalisa que la chaise longue lui permettrait sans aucun doute de s'asseoir et de mettre des chaussures ou des bas. Elle s'imagina en train de le faire

et fut immédiatement submergée par un barrage d'émotions contradictoires lorsqu'elle se figura en maîtresse de maison – ce fut suffisant pour la faire reculer hors de la pièce et fermer la porte.

En regardant la salle de bains que Max s'attendait sans doute à partager avec elle, un frisson de malaise la secoua. Elle contenait un double lavabo en marbre blanc, et en regardant de plus près, elle vit que le plateau doré sur le dessus hébergeait déjà les quelques objets personnels qui avaient été dans ses valises. Détournant le regard de cette vision inquiétante, elle s'assura que la porte était bien fermée à clé avant de sauter dans la douche. Elle effectua rapidement ses ablutions avant d'appliquer une petite quantité de maquillage pour l'unique raison qu'il lui donnait confiance en elle.

Après s'être habillée dans l'une de ses tenues de réunion, elle fouilla dans son grand sac à main. Elle sortit son portefeuille et vérifia que ses cartes de crédit et de débit étaient bien là où elles devaient être. Elle compta son argent liquide et constata qu'elle avait un montant raisonnable, ce qui la rassura, même s'il s'agissait de dollars américains. Mais en creusant un peu plus, elle commença à paniquer : son passeport avait disparu. Max le lui avait confisqué ? La fureur et la panique explosèrent dans sa tête et dégoulinèrent le long de sa colonne vertébrale. Ce salaud avait pris son passeport. *Donc... Pas. Bon.*

Ses doigts se serrèrent autour du poids réconfortant de son téléphone, sachant pertinemment qu'il aurait pu lui prendre cette bouée de sauvetage également. La batterie était encore suffisante, et même si elle était en mode « itinérance », elle avait des barres de réseau. Le simple poids de l'appareil dans sa main la rendait plus confiante, mais avant de passer le coup de fil à sa mère qui scellerait au moins son avenir immédiat, elle quitta la suite et chercha l'homme qui avait orchestré sa présence dans son pays.

Une domestique, dans la grande salle, lui indiqua la direction d'un bureau dont la porte en bois massif n'était qu'entrouverte.

Elle resta sur le côté un moment, essayant de maîtriser ses nerfs. Elle pouvait entendre le grondement profond de la voix de Max et supposait qu'il était au téléphone. Des morceaux de sa conversation flottaient dans l'air, mais elle n'essaya pas de les mettre dans leur contexte – jusqu'à ce qu'elle entende ceci :

— Non, tu te moques de moi ? Retire ça. J'ai une femme, maintenant, je n'ai jamais eu besoin d'un architecte d'intérieur.

Alors que les mots transperçaient sa conscience et qu'elle réalisait exactement ce qu'ils signifiaient, elle se laissa tomber contre le mur et essaya de rester calme. Son cœur battait si vite qu'elle en avait presque peur. Ce salaud avait publié cette offre d'emploi pour la pousser à travailler pour lui ? Elle le savait ! Le boulot était trop parfait.

Et si elle avait postulé pour le poste, quel était son plan après cela ? Sans aucun doute, il avait l'intention de l'emmener en Argentine d'une manière ou d'une autre : une preuve de plus du genre d'homme auquel elle avait affaire.

Lorsqu'il raccrocha, elle mit un moment avant que son pouls se stabilise et lorsqu'elle se dirigea vers l'ouverture de la porte, elle vit Max assis derrière un énorme bureau en acajou massif. Serrant fermement son téléphone, elle se racla la gorge, essayant de contenir sa frustration et ses nerfs. Il leva les yeux, et quand leurs regards se croisèrent, le ventre de la jeune femme se serra devant l'expression de luxure affichée si ouvertement sur le visage de Max.

Laissant tomber son stylo en or, il se leva, en signe de respect.

— Bonjour. Tu as bien dormi, j'espère ?

Elle avait dormi – ce devait être l'accumulation du stress et du décalage horaire qui l'avaient si bien assommée.

— Oui, merci, dit-elle d'une voix mesurée, en essayant de ne pas perdre son sang-froid dès qu'elle le vit, ce connard manipulateur qui détenait son passeport.

Inclinant la tête, il contourna son bureau, auquel il s'appuya

nonchalamment, croisant les bras sur sa poitrine, comme s'il était prêt à lui accorder ses requêtes.

— Tu as trouvé tout ce dont tu as besoin jusqu'à présent ?

— Oui, merci.

Serait-il prêt à accéder à sa requête ? Jusqu'où exactement ? Pourrait-elle le manipuler pour obtenir ce qu'elle voulait ? Alors qu'elle constatait la faim animale dans ses yeux, qu'il ne cherchait pas à cacher, elle réalisa brusquement qu'elle détenait une arme puissante dans son arsenal. Depuis la nuit des temps, les femmes manipulaient les hommes grâce au sexe. Pourrait-elle faire de même ? Elle n'avait jamais envisagé une solution aussi mesquine, mais pourrait-on lui reprocher d'y recourir maintenant ? Et devait-elle s'inquiéter du frisson d'excitation que cette idée engendrait ?

Elle n'avait aucun autre outil à disposition contre lui et ils étaient en pleine bataille – pourrait-elle gagner la guerre si elle essayait ? Et si elle gagnait, que gagnerait-elle exactement ? Max ? Un mariage tel qu'il l'avait décrit, où elle aurait son attention, son affection, tout ce qu'elle désirait secrètement pour son avenir, sans que ses frères soient ennuyés ? Retourner la situation contre lui serait la vengeance ultime. Lui prendre son cœur, voilà qui le punirait bien d'avoir voulu l'utiliser comme un pion. Et qui sait ? Peut-être choisirait-elle de rester mariée, une fois qu'il serait irrévocablement amoureux d'elle.

Il continuait à la regarder attentivement, ce qui la rendait nerveuse. Un côté de la bouche de Max se tordit en un demi-sourire tandis qu'il continuait à l'évaluer.

— Te voilà devenue bien polie.

Elle ressentit un envol de papillons qu'elle réprima impitoyablement. Elle ne pouvait pas se laisser atteindre, il avait pris son passeport.

— C'est une bonne chose, non ?

Est-ce que cela ressemblait à du flirt dans sa voix ? Elle

l'espérait comment était elle censée commencer dans sa quête de la victoire, sinon ?

En tout cas, elle vit ses prunelles s'allumer d'une lueur approbatrice… et d'autre chose.

— Très bien, ma chérie.

Erin prit une profonde inspiration, et sur un ton non combatif, demanda :

— Mon passeport semble avoir disparu. Est-ce que tu l'as ?

Les lèvres de Max se pincèrent alors qu'une lumière dangereuse s'allumait dans ses yeux.

— Je l'ai.

Reste calme, Erin, reste concentrée sur ton objectif.

— Pourquoi ?

Il fit une pause un peu trop longue avant de répondre :

— Je ne fais que le garder en sécurité pour toi, mon amour.

Elle plissa les yeux, ce fut plus fort qu'elle. Puis elle afficha un sourire faux et dit entre ses dents serrées :

— C'est très gentil, mais j'aimerais le récupérer.

— Je pensais que tu restais ici, répliqua-t-il immédiatement.

Elle hocha la tête d'un air guindé.

— Exact, mais c'est mon passeport et je peux le garder en sécurité toute seule. Vraiment, il aime sa petite place dans mon sac à main.

Il déplaça les jambes – juste un peu plus écartées –, un langage corporel qui reflétait un soupçon d'irritation.

— Ton sac à main n'est pas l'endroit idéal pour un passeport. Ne t'inquiète pas pour ça, je l'ai quand tu en as besoin.

— Max…

— Oui ? l'interrompit-il.

— J'essaie de ne pas perdre les pédales, là. Il n'y a aucune raison pour que tu l'aies pris…

— Je suis ton mari, répliqua-t-il rapidement, durement.

Elle inclina la tête comme si elle était d'accord avec sa déclaration.

— C'est vrai. Mais mon passeport est…

Quand il la coupa de nouveau, les mots étaient mordants, le regard vif et la posture ferme.

— Comprends-tu ce que signifie le mariage en Amérique latine ?

Elle le vit sur les traits de son visage : il était sur le point de lui annoncer qu'il était le chef suprême de leur relation.

— L'Argentine est une démocratie, argua-t-elle néanmoins. Tu ne cherches tout de même pas à me dire que les femmes y ont moins de droits que les hommes ?

Sa voix devint plus dure que tout ce qu'elle avait entendu de sa part alors qu'il énonçait chaque mot.

— Je dis qu'il y a deux personnes dans notre relation. En tant que mari, c'est à moi de décider ce qui est bon pour toi ; en tant que femme, c'est à toi de m'obéir en toute chose.

Erin fut temporairement rendue muette alors qu'un malaise supplémentaire se formait au creux de son estomac. Elle ressentait de la colère, de la panique et une peur bien réelle. Elle ne s'attendait pas à ce qu'il s'exprime de la sorte, même si elle se doutait qu'il pensait cela. Venant de l'homme qui avait confisqué son passeport, la retenait virtuellement en otage dans ce mariage… Son cœur commença à battre la chamade alors qu'elle le regardait.

— Il y a des lois dans ce pays…

— *Ma* loi, intervint-il avec force. Les provinces sont presque entièrement autonomes, on nous laisse faire ce que nous voulons. Regarde autour de toi, Erin. Je possède tout ce qui est visible à l'œil nu, et même plus. Les gens que tu vois ici travaillent pour moi. Je leur verse un salaire plus que respectable et ils me sont fidèles pour cette raison. Les hommes qui portent des armes le font à ma demande, pour protéger ce que nous avons construit ici. La plupart sont si loyaux qu'ils mourraient pour moi. Alors, qui fait les lois ici, d'après toi ?

6

Une sensation d'étouffement se logea sous le sternum d'Erin ; elle était incapable de parler. Devant son silence, les sourcils de Max se froncèrent dans une expression effrayante, tandis qu'il s'écartait du bureau et faisait les pas nécessaires pour se retrouver devant elle. Elle eut le souffle coupé quand il la saisit par le poignet, l'encerclant de ses doigts.

— Tu comprends ?

Un vertige l'assaillit alors que son odeur l'enveloppait ; passant un coup de langue sur ses lèvres desséchées, elle se mit à hocher la tête. Elle n'aimait pas sa peur, mais elle prenait soudain conscience du danger de la situation dans laquelle elle se trouvait et comprit qu'elle devait être plus prudente dans ses réponses.

— Je comprends, marmonna-t-elle.

Il la fixa un instant dans les yeux, puis la main qui tenait son poignet se resserra en une bande d'acier et il commença à l'entraîner plus loin dans la pièce. Il appuya sur quelque chose sous son bureau et elle entendit le bruit d'un loquet. Une porte à panneaux derrière son bureau s'ouvrit comme par magie et il la

conduisit à l'intérieur d'une petite pièce dont elle n'avait même pas réalisé l'existence, puis il referma la porte derrière eux.

Erin n'eut pas le temps de regarder autour d'elle qu'il la faisait pivoter jusqu'à ce que ses genoux et ses fesses atterrissent contre quelque chose de solide. Elle réalisa que c'était un canapé – le dossier d'un canapé. Son cœur commença à battre la chamade alors qu'elle prenait des inspirations rapides. Immisçant ses jambes entre celles de la jeune femme, Max relâcha son poignet et plaça les mains de chaque côté de ses hanches, tout en se pressant contre elle. Il lui fit relever le menton d'un doigt alors qu'elle essayait vaillamment de contrôler son afflux d'oxygène, le cou étant tordu dans un angle presque inconfortable.

Il avait les lèvres si serrées que son visage n'affichait pas une once d'amabilité.

— Alors, je te le demande à nouveau, Erin. Es-tu ma femme ?

Maintenant trop affolée pour répondre autrement, elle ferma les yeux une seconde avant de les ouvrir.

— Oui.

Il lui relâcha le menton et abaissa sa bouche, couvrant ses lèvres d'un baiser qui ne lui laissa plus aucune place pour penser, plus aucune place pour avoir peur, plus aucune place pour le refuser. Il la goûta pleinement tout en lui prenant un sein à pleine paume. Son pouce passa sur la pointe et un éclair la traversa. Son autre main lui attrapa l'arrière de la tête, la contrôlant entièrement alors qu'il lui donnait un baiser qui la laissa complètement brisée.

Il releva la tête et elle rouvrit brusquement les paupières. Elle le découvrit en train de la regarder dans les yeux pendant qu'il lui caressait le téton. Une caresse, deux, puis ses doigts se serrèrent autour du mamelon pour en prendre possession.

— Oui, tu es ma femme, et il se trouve que j'aime ça plus que je ne l'aurais jamais imaginé. (Ses lèvres se pincèrent alors qu'il modifiait sa position pour se rapprocher encore.) Dis-moi que tu comprends qui dicte les règles dans notre mariage, Erin. Dis-le-moi maintenant.

Elle n'hésita pas.

— Toi.

— Dis-moi que tu comprends que ce que je fais, à savoir pour te protéger.

Son pouls s'accéléra alors qu'elle le fixait.

— Je… je comprends.

Ses yeux brillaient comme s'il jaugeait sa sincérité.

— Très bien. C'est un pays rude, mon amour. J'ai besoin de savoir que lorsque je donnerai un ordre, tu y obéiras sans broncher. Ta vie peut en dépendre, tu comprends ?

Elle fit « oui » de la tête.

La main de Max quitta sa poitrine sur une caresse et le dos de ses phalanges remonta le long de son cou. Ses yeux toujours rivés aux siens, il toucha sa gorge et y resta. Il ouvrit la bouche et sa voix baissa d'une octave, à présent baignée de chaleur.

— Je t'ai dit hier que je ferais tout ce qui est en mon pouvoir pour te rendre heureuse, n'est-ce pas ?

Le cœur d'Erin se mit à battre à un rythme féroce face à ce changement de ton, elle hocha la tête une fois de plus.

Max fit alors glisser son doigt vers le haut et le lui passa sur la lèvre inférieure, d'avant en arrière, et Erin eut à nouveau l'impression qu'il ne pouvait presque pas s'empêcher de la toucher si intimement.

— Viens, dit-il d'un ton bourru.

Il la conduisit jusqu'au mur du fond et la relâcha, s'assurant qu'elle était en équilibre sur ses deux pieds.

Elle en profita pour jeter un coup d'œil autour d'elle. Le canapé était le seul siège de la pièce cachée ; une table basse était posée devant, avec des tables d'appoint assorties qui supportaient des lampes dorées. L'éclairage était tamisé et les murs de la pièce étaient décorés d'œuvres d'art – et Erin savait qu'elle était en présence de trésors authentiques. Elle sursauta lorsqu'elle reconnut un Monet, mais elle n'eut pas le temps de s'y attarder, car Max était entré dans son espace personnel une fois de plus.

— Es-tu douée avec les chiffres, *amor* ?

Les chiffres ? Son pouls s'accéléra, elle haussa les épaules.

— Je suppose.

— Soixante-quinze, dix-neuf, soixante-trois, lança-t-il durement.

Erin le fixa d'un regard vide, elle ne comprenait rien à ce qu'il voulait dire.

— Pardon ?

— Répète et mémorise : soixante-quinze, dix-neuf, soixante-trois.

Elle était hypnotisée par ses yeux qui fixaient les siens.

— Soixante-quinze, dix-neuf, soixante-trois, répéta-t-elle.

— Encore. Et cette fois, mémorise, dit-il sèchement.

Elle ferma les yeux et imagina les chiffres dans une tentative futile de les faire coller, peu importe ce qu'ils signifiaient.

— Soixante-quinze, dix-neuf, soixante-trois.

— Bien, acquiesça-t-il. Maintenant, tourne-toi, ouvre le coffre, et je vais te montrer où ton passeport sera conservé désormais.

Elle se retourna et remarqua immédiatement le coffre-fort, maintenant qu'il l'avait signalé. Les chiffres envolés de sa tête, elle le regarda d'un air interrogateur. Il lui confiait ses documents personnels ? Son passeport, sans doute, et tout ce que l'on pouvait garder dans un coffre fermé à clé ? Elle avait accès à son passeport si elle le voulait ? Il avait fait exprès de l'effrayer sans raison ? Putain, elle ne savait pas si elle était soulagée ou… ou quoi exactement ?

Elle resta complètement immobile, sa nervosité ayant grimpé à un degré supérieur.

Il l'étudia tandis que ses lèvres se tordaient un peu.

— Ouvre.

— Je ne peux pas.

— Pourquoi ?

Elle se creusa la tête pour retrouver les chiffres. Normalement, elle mémorisait facilement, mais dans la situation où elle se

trouvait... Elle pouvait à peine penser correctement, alors se souvenir d'une série de chiffres sans aucun sens... Ça commençait par soixante-quinze, c'était sûr.

— Tu me rends nerveuse. D'habitude, je...

Sa voix s'arrêta lorsqu'elle sentit la chaleur du corps de Max derrière elle, ses mains se posant sur ses hanches. Instinctivement, elle regarda le cadran numéroté. Elle avait grandi avec un coffre-fort dans la maison, mais n'avait jamais été autorisée à y toucher du vivant de son père et, après sa mort, elle n'avait jamais eu de raison de le faire.

Il la fit avancer, ses jambes poussant les siennes jusqu'à ce qu'il n'y ait plus d'endroit où aller et plus d'espace du tout entre le dos d'Erin et le torse de Max. Il enroula un bras autour de sa taille et sa bouche s'approcha de son oreille.

— Tu en as déjà déverrouillé un avant ?

— Non.

Il glissa la main de son ventre jusqu'à ce qu'il palpe à nouveau sa poitrine.

— Mais tu avais un casier à l'école quand tu étais petite, non ?

Son souffle lui chatouillait l'oreille, son contact intime perturbait ses terminaisons nerveuses.

— Je... oui, bégaya-t-elle. Mais il n'y avait pas de verrou dessus.

— Pourquoi pas ?

— C'était une école privée... paroissiale.

Comme si cela avait répondu à sa question de façon éclairante, il dit :

— Aaah ! Alors, tu vas apprendre.

Il descendit à nouveau la main vers son ventre, posant le pouce entre ses seins et cherchant et trouvant son nombril à travers le tissu fin de son chemisier. Une onde de chaleur remonta le long de l'échine d'Erin tandis qu'elle fixait le coffre-fort en face d'elle sans le voir. Il approcha à nouveau la bouche de son oreille.

— Je vais te montrer, d'accord ?

— D'accord, murmura-t-elle.

Seigneur, après la peur qu'il lui avait faite et le soulagement qu'il lui avait procuré, elle l'aurait laissé lui montrer à peu près n'importe quoi.

La tenant enfermée dans le cercle de ses bras, il posa les mains sur le mécanisme de composition. Elle se retrouva serrée dans ses bras, biceps autour de ses épaules.

— Commence à zéro. Fais tourner de quatre crans vers la gauche et arrête-toi à soixante-quinze. (Pendant qu'il dictait les instructions, ses mains reflétaient ses mots.) Maintenant, fais tourner trois fois vers la droite et arrête-toi à dix-neuf.

— OK, acquiesça-t-elle, même si c'étaient les doigts de Max qui dansaient sur le cadran.

Elle ne pouvait pas détacher les yeux de ses mains : elles étaient magnifiques, fortes, bronzées, masculines. Son pouls se mit à tripler de cadence.

— Et maintenant, deux fois à gauche, en s'arrêtant sur… quel numéro, Erin ?

Elle n'en avait aucune idée. Une seule pensée lui trottait dans la tête : ce devait être une sorte de ruse. Il essayait de la faire se sentir en sécurité en lui montrant qu'elle n'était pas sa prisonnière. Elle n'y croyait pas. Elle sentait le danger émaner de lui, même maintenant. *Je parie un million de dollars qu'il retirera mon passeport du coffre plus tard.* Il ne le laisserait pas là pour qu'elle puisse le reprendre, n'est-ce pas ?

Il lui fit basculer le menton d'un doigt jusqu'à ce que ses yeux soient en mesure d'attraper les siens.

— Tu ne te souviens pas, c'est ça ?

Son cœur battait la chamade.

— Non, admit-elle dans un murmure.

Il se pencha et embrassa ses lèvres. Rapidement. Juste un petit effleurement de ses lèvres avant de relever la tête.

— Réponds à cette question, Erin, avant que nous n'allions plus loin. Je te montre comment ouvrir le coffre… Pourquoi, selon toi ?

Agitée, elle respirait fort, sachant qu'elle était censée lui donner une réponse.

— Parce que… parce que mon passeport est là-dedans.

Il secoua la tête.

— Ce n'est qu'une partie du problème. Essaie encore.

Elle se mordilla la lèvre inférieure.

— Je ne sais pas.

Il posa les yeux sur sa bouche et ses narines se dilatèrent avant de croiser à nouveau son regard.

— Parce que tu es ma femme. Ce qui est à moi est à toi, tu comprends ? Et je veux que tu te sentes en sécurité ici. Alors si l'accès à ton fichu passeport t'aide à te sentir plus en sécurité, tu dois l'avoir.

De soulagement, elle lâcha un soupir audible et continua à le regarder.

— Merci.

— De rien, mon amour. Soixante-trois. C'est le numéro que tu cherches. (Ses yeux revinrent sur le cadran alors qu'il lui relâchait le menton.) Maintenant, tu le tournes vers la droite, il va s'arrêter et se déverrouiller.

Comme si l'objet inanimé obéissait à ses instructions, le coffre s'ouvrit.

D'une main, il ouvrit la porte en grand, tandis que son autre main s'enroulait à nouveau autour de la taille de la jeune femme. Erin jeta un coup d'œil à l'intérieur et sursauta. Dans le coffre se trouvaient des documents, comme elle le soupçonnait, mais ils n'occupaient qu'une petite partie d'une étagère.

Les autres étagères étaient remplies à ras bord d'objets de valeur. Des tonnes et des tonnes d'objets de valeur – des bijoux, des bagues débordant d'une boîte ouverte, des pierres précieuses taillées mais non montées. Une rangée de lingots d'or, des sacs contenant sans doute des pièces de monnaie, des liasses de billets américains et d'autres devises qui lui étaient inconnues. Elle reconnut des certificats d'actions, des bons d'épargne américains

en grosses coupures, ainsi que ce qui semblait être des titres au porteur. Son cœur battait la chamade, mais elle s'efforça de conserver une expression neutre.

Il tendit le bras par-dessus elle et récupéra son passeport.

— Tu vois, chérie ? Tout est en ordre.

Après le lui avoir montré brièvement, il le remit exactement là où il l'avait pris, puis il la fit pivoter face à lui.

Elle posa les mains sur ses épaules afin de se stabiliser. Ses pensées étaient embrouillées, le soulagement se mêlant à la peur et maintenant cela… son odeur masculine et provocante éveillant que tout ce qui était féminin en elle.

Il lui enfonça une main dans les cheveux tandis que ses yeux brillaient d'une retenue mal dissimulée.

— Je t'ai laissée seule hier soir à ta demande, annonça-t-il tout à trac.

— Oui, c'est vrai.

Il pressa les hanches contre les siennes alors que ses traits se durcissaient.

— Combien de temps encore ?

Elle savait ce qu'il demandait et un tourbillon de papillons explosa dans son organisme.

— Je…

— Il n'y a aucune raison d'attendre plus longtemps, annonça-t-il comme si la décision était prise.

Elle inspira par saccades et ses yeux se fermèrent. Le pouce de Max commença à se promener sur sa mâchoire d'avant en arrière, portant un coup vicieux à son équilibre. Elle garda les yeux fermés en essayant de mettre de l'ordre dans ses sens. Comment pouvait-elle continuer à gagner du temps alors que c'était la dernière chose que ses hormones lui demandaient de faire ?

Alors qu'il continuait à la tenir d'une main, elle entendit un tintement sourd derrière elle. Il remonta les mains derrière son cou pendant qu'elle sentait quelque chose de froid et de lourd se poser sur sa gorge. Elle hoqueta et refusa d'ouvrir les yeux quand il

porta la bouche à son oreille. Un bras s'enroula à nouveau autour de sa taille, l'autre se posa à la base de sa gorge, directement sur son pouls. Ses mots, chauds et féroces, produisirent une réaction bien involontaire en elle.

— Tu peux avoir ce bijou, le bleu est ta couleur préférée. Tu la porteras dans mon lit ce soir.

Elle ouvrit brusquement les yeux et se concentra d'abord sur le désir animal qu'elle lisait dans ses traits. Elle déglutit, baissa les yeux et se mit à triturer le collier de saphirs et de diamants qui pendait à son cou, brillant et bleu contre sa peau pâle. Comment avait-il su que le bleu était sa couleur préférée ? Pourquoi s'était-il soucié de le savoir ? Quelle que soit la raison, le collier était en effet magnifique, mais elle n'était pas à vendre. Elle laissa tomber sa main et secoua la tête, se séparant de lui pour reculer d'un pas.

Il lui accorda cet espace et laissa retomber ses mains.

— Je ne sais pas pourquoi tu penses qu'attendre va changer quelque chose. Ça ne changera…

— Je ne suis pas prête, le coupa-t-elle.

Et elle leva les mains pour tenter d'enlever la chaîne de son cou.

Il l'en empêcha en prenant ses deux mains dans les siennes. Elle s'immobilisa tandis qu'il la regardait avec un regard pénétrant et lui embrassait les mains.

— Garde-le, mon amour.

— Je ne peux pas. Je ne suis pas prête…

— Ça ne fait aucune différence. Ce collier a été acheté pour toi.

— Mais…

Ses traits se durcirent.

— Il n'y a pas de « mais ». Tu es ma femme et ce bijou est à toi.

Erin parvint à peine à répondre à cause de la boule dans sa gorge.

— Merci. Il est magnifique.

Il inclina la tête et attendit. Elle se racla la gorge et souleva le téléphone portable qu'elle tenait dans ses mains.

— J'aimerais appeler ma mère maintenant. Inutile de remettre à plus tard.

— Bien sûr, ce sera comme tu le souhaites.

Serait-ce vraiment comme elle le souhaitait ? Elle souhaitait de la romance, de l'amour, de la chaleur… sans arrière-pensée de sa part.

— Alors, je peux lui dire que nous… que nous sommes mariés ?

Le regard de Max devint plus intense.

— En quoi le fait de repousser l'échéance va-t-il améliorer la situation ?

Erin soutint son regard pendant qu'elle lui répondait :

— Je ne veux pas qu'elle s'inquiète pour moi. Elle est très anxieuse à propos de nous tous. Elle s'inquiète même dans les meilleurs moments. S'il te plaît, dis-moi que ta vengeance ne s'étend pas à elle.

— Bien sûr que non, c'est une affaire entre hommes. Ta mère n'a rien à voir avec ça, et je ne voudrais pas l'accabler en la mettant au courant. Mais mon amour, je ne vois pas l'intérêt de repousser ce moment. Tu pourrais sûrement lui dire que tu as été emportée par l'amour et que tu es incroyablement heureuse ?

Incroyablement heureuse ? Devant cette opinion trop optimiste énoncée d'une voix ultra douce, Erin répondit :

— Elle ne tombera jamais dans le panneau et je ne suis pas sûre de pouvoir être convaincante.

Il leva un sourcil.

— Non ?

Elle secoua la tête.

Pour le plus grand malheur de la jeune femme, il pénétra à nouveau dans son espace personnel. Lui soulevant le poignet, il la tira doucement mais fermement vers la porte à panneaux, qu'il verrouilla. Puis, quand il l'eut fait pivoter jusqu'à ce que son dos soit contre la paroi de bois, il lui souleva le menton.

— Tu veux que je t'aide à être convaincante ?

Son souffle se bloqua dans sa gorge. *OK, Erin, tu as un plan et tu*

dois t'y tenir. À partir de maintenant, tu vas le faire tomber amoureux de toi, même si c'est la dernière chose que tu feras de ta vie.

— Comment tu vas t'y prendre ? demanda-t-elle, laissant sa voix trahir les émotions tumultueuses qui l'habitaient.

Entendant sa voix se briser, il baissa les yeux sur ses lèvres et son dernier reste de sourire disparut. Ses doigts quittèrent son menton et descendirent jusqu'au pouls qu'elle savait battre dans sa gorge. Lorsqu'il fit ce geste, elle inspira et vit une tension soudaine se dessiner sur ses traits.

Waouh, cette expression ! Peut-être... peut-être que le faire tomber amoureux d'elle allait s'avérer plus facile qu'elle ne le pensait. Son expérience sexuelle était limitée, bon sang, mais elle avait une forte intuition féminine ! Et son intuition lui soufflait qu'il était le genre de gars à prendre plaisir à s'occuper totalement de sa femme – son discours de tout à l'heure sur les règles et les relations en disait long. Les types comme lui pensaient naturellement que les femmes étaient le sexe faible. Regardez-le maintenant, réagissant à son minuscule accès de féminité avec une démonstration de muscles tendus et une concentration aiguisée qui allumait une lueur primitive sur son visage !

Hmmm, il a beaucoup à apprendre ! Penser qu'elle était faible conduirait Max à sa perte.

Et la beauté de son plan, c'était qu'elle n'aurait pas à inventer quoi que ce soit, car il était indéniable qu'elle était nerveuse et inquiète. Encore angoissée par l'étrangeté de la situation, elle éprouvait de l'appréhension. Et pour couronner le tout, elle ne pouvait pas contrôler les papillons dans son ventre ni la chaleur entre ses cuisses quand il la touchait – une chaleur qui lui disait qu'elle voulait recoucher avec lui. Oui, elle ressentait toutes ces choses typiquement féminines qui la feraient paraître faible à ses yeux et elle s'en servirait pour le manipuler. Bien sûr, elle était capable d'adopter l'attitude inverse. Elle pouvait redresser le dos, relever le menton et l'insulter comme une charretière, mais ce n'était pas la meilleure solution. Il l'avait déjà prévenue que

l'animosité ne marcherait pas avec lui. Non, elle n'avait qu'une seule arme dans son arsenal : le désir qu'avait Max de coucher avec elle. Ainsi, il ne lui laissait pas le choix. Alors, lorsqu'il plongea sa main libre dans ses cheveux et que ses yeux s'enflammèrent au contact des siens, elle passa en mode « féminin et vulnérable » sans aucun effort.

Leurs visages n'étaient plus qu'à quelques centimètres l'un de l'autre. Brusquement et avec force, il pressa ses hanches contre les siennes et elle sentit son érection se plaquer contre son ventre, la boucle de sa ceinture lui mordant la peau. Une transformation s'opéra dans les traits de Max : sa bouche se figea, ses yeux s'enflammèrent. Son regard se posa sur ses lèvres, ses narines se dilatèrent et le souvenir de ce qu'elle avait ressenti lorsqu'il avait été en elle s'empara d'Erin pour ne plus la lâcher.

Alors qu'il poussait encore le bassin contre son ventre, elle sentit son dernier filet de conscience se transformer en torrent de désir. Sa respiration devint lourde et celle de Max suivait le même rythme, lui montrant sans aucun doute possible qu'elle l'affectait sexuellement. Alors qu'il continuait à se pencher sur elle, il resserra les doigts dans ses cheveux et un autre frisson de chaleur glissa le long de l'échine d'Erin. Le regard qu'il lui lança était en fusion lorsqu'il lâcha :

— Je suis suffisamment humain pour savoir que je devrais éprouver une certaine culpabilité pour t'avoir kidnappée, mais ce n'est pas le cas. Tu m'as permis d'avancer très facilement dans mes plans dès la seconde où je t'ai vue. Je n'ai aucun problème à m'imaginer te coucher dans mon lit, encore et encore.

À mesure que la chaleur s'épanouissait entre ses cuisses, Erin savait que peu importait ce qui se passait entre ses frères et lui, ces rancœurs n'avaient rien à voir avec les sentiments bruts, le désir animal qui crépitaient comme un puissant aphrodisiaque entre eux.

— Alors, tu l'admets ? Que tu m'as kidnappée ?

— Je l'admets et je le referais. Montre-moi un inconvénient à la

situation tu ne peux pas, car il n'y en a pas. Si j'avais connu ton existence plus tôt, on aurait dépassé toute cette merde et tu serais complètement heureuse, maintenant. Mais on y arrivera. J'ai foiré beaucoup de choses dans ma vie, pourtant, crois-moi, te faire mienne ne fait pas partie des ratages.

Ne sachant que répondre, elle pinça les lèvres en silence et l'expression de Max se durcit, son regard s'intensifia. Il baissa sa tête vers celle d'Erin ; le baiser qu'il lui donna était chaud, puissant, la consumant de part en part en quelques secondes. Elle perdit le souffle, la langue de Max envahit sa bouche alors qu'il la tenait captive. Il commença à l'embrasser comme si c'était son dernier baiser, comme s'il était dans le couloir de la mort et qu'elle était sa dernière requête.

Il se déplaça, positionna les hanches entre ses cuisses pour se presser contre son sexe avec une force à la fois menaçante et tentante. Un tumulte de désir enivrant fit exploser les terminaisons nerveuses d'Erin. Lorsqu'elle gémit dans sa gorge, il réagit par un grognement rauque et son baiser passa à un autre niveau, devenant plus étranger à un simple baiser. Ses lèvres s'accrochaient, ses dents mordaient alors qu'il semblait l'avaler tout entière, tout en l'immobilisant.

Elle ressentit le désir réciproque onduler contre lui, mais elle était trop fermement prise dans son étreinte. À peine capable de respirer, elle ne pouvait pas bouger d'un pouce. Faute de pouvoir entreprendre autre chose, elle l'embrassa en retour, sa langue s'entremêlant avec la sienne, son corps perfide appelant le soulagement, car il se souvenait de la force du plaisir, la jouissance que cet homme pouvait lui donner, les ravages qu'il pouvait causer sur son corps et ses sens. Elle voulait tout cela et plus encore, encore… et encore.

Comme par magie, comme s'il pouvait lire dans ses pensées et savait exactement ce qu'elle voulait, il relâcha son visage et sa main dériva vers sa poitrine. Il pinça son téton et caressa son sein, le

soupesant dans sa main. Incapable de se retenir, elle lâcha un autre petit gémissement et il baissa la main entre ses cuisses.

Remontant sa jupe, il trouva son clitoris à travers sa culotte et entreprit un assaut délibéré de ses sens. L'esprit d'Erin se coupa en deux. En désespoir de cause, elle détourna sa bouche de la sienne pour essayer de trouver de l'oxygène.

Alors qu'elle inspirait profondément, il colla la tête dans son cou et commença à lécher, puis à sucer la courbe de sa clavicule, écartant les lourdes pierres précieuses de son chemin. Elle tremblait dans ses bras, transportée dans un endroit où elle avait peu de volonté. Elle sentit son souffle quand il poussa un râle profond.

— Passe ton coup de fil. Et pendant que tu parles, pense à quel point je te veux. À quel point tu sais me désirer. Tu es entièrement à moi, Erin, et bientôt, tu ne voudras plus qu'il en soit autrement, je te le promets.

Elle écarquilla les yeux. À travers un rugissement dans sa tête, elle réalisa brusquement que le manipuler serait une arme à double tranchant. Le choc ruissela le long de son dos. Le choc de savoir qu'elle pourrait être celle qui serait facile à manipuler – aussi douce que soit cette manipulation.

Refusant de s'abandonner complètement à lui, elle commença à pousser contre ses épaules, et après un grognement d'avertissement, il finit par relâcher son entrecuisse, puis lui saisit le menton jusqu'à ce qu'ils se fixent l'un l'autre avec des yeux voilés par le désir. Ils étaient tous les deux haletants, comme si leurs corps avaient été poussés au-delà du confort. Une nouvelle compréhension du pouvoir sexuel qu'il exerçait sur elle commençait à peine à se faire jour dans le cerveau d'Erin : pour quelle autre raison serait-elle sur le point de passer un appel téléphonique qui changerait irrévocablement sa vie alors qu'elle aurait plutôt dû demander à être renvoyée aux États-Unis ?

Sans aucun doute, son plan pourrait lui exploser à la figure. Mais elle avait besoin qu'il soit fou d'elle. C'était le seul moyen de

le faire renoncer à sa *vendetta* contre ses frères. Cependant, que faire si la volonté de Max était plus forte que la sienne ?

Pendant qu'elle fixait ses yeux chargés de désir, son érection pulsait toujours entre eux, puissante, témoignage audacieux de sa passion pour elle. Cela la soulageait un peu de savoir qu'elle n'était pas la seule à être captivée, mais les mots qu'il prononça ensuite la ramenèrent à la réalité.

— Je te suggère d'appeler ta mère maintenant. Assure-lui qu'elle sera toujours la bienvenue ici.

Tout en gardant son regard captif, il lui souleva la main tenant son téléphone portable. Son pouce lui passa et repassa sur la peau dans une caresse subtile, mais exigeante.

Voyant qu'elle restait figée, il insista :

— Maintenant, ma douce.

Comme si elle suivait ses instructions machinalement, elle baissa les yeux et appuya sur l'unique bouton qui suffisait à appeler sa mère, puis porta le téléphone à son oreille. Pendant que les sonneries s'égrenaient, il resta les hanches pressées contre son ventre, et à la seconde même où sa mère répondit, il lui porta la main à la poitrine, pour empoigner l'un de ses seins.

Paniquée à l'idée qu'il fasse un geste sexuel flagrant alors qu'elle était sur le point d'engager la conversation avec sa mère, Erin sentit ses poumons se bloquer. Il la fixa du regard pour l'étudier avec un air de domination implacable qui la mettait au défi d'objecter. Elle n'en eut pas le temps, d'ailleurs : sa mère venait de décrocher. Erin inspira et essaya tant bien que mal de rester concentrée sur la conversation qui allait sceller son séjour en Argentine.

— Maman ?

— Erin, ma chérie ! Comment c'est à Vegas, ma puce ?

— C'était génial.

Alors qu'elle répondait, elle savait qu'en raison de sa proximité, Max pouvait entendre non seulement ses répliques, mais aussi celles de sa mère.

— Était ? Tu n'y es plus ? demanda cette dernière.

Max lui pinça le téton, comme s'il refusait de se faire oublier et Erin se mordit la lèvre.

— Non, non, je n'y suis plus.

— Tu es à la maison, alors ? Courtney a dit que tu avais demandé quelques jours de vacances. On va faire du *shopping,* aujourd'hui ?

— Je ne suis pas encore à la maison.

Quand elle dit : « pas encore », Max lâcha brusquement sa poitrine pour lui soulever le menton. Une fois qu'elle eut le cou tordu vers le haut, il quitta son menton pour enrouler la main autour de sa gorge. Ses yeux s'étaient teintés d'une couche de glace. Elle fit rapidement marche arrière sur l'expression qui avait tout déclenché.

— Je veux dire que je ne suis pas de retour. Écoute, maman, je dois te dire quelque chose. J'ai fait quelque chose d'assez fou.

Il y eut un silence de quelques secondes avant que sa mère ne demande sobrement :

— Fou ?

La main de Max quitta sa gorge pour redescendre jusqu'à sa poitrine avec une possessivité totale, comme si la toucher à sa guise était sa prérogative et uniquement la sienne.

— Peut-être pas… fou. Impétueux ?

— Eh bien, s'il te plaît, dis-moi que c'était quelque chose d'amusant. As-tu acheté les bottes dont tu parlais ? Erin, tu as vidé ta carte de crédit ?

Face aux suppositions de sa mère, la jeune femme éprouva une vague de nostalgie.

— Pas de bottes et la ligne de crédit est toujours bonne. Mais je m'amuse…

Elle essayait de garder un ton léger.

Bien sûr ! Elle s'amusait. C'était toujours amusant d'être kidnappée et emmenée dans un pays étranger, d'être retenue presque entièrement contre sa volonté – même si vous ressentiez

le besoin impérieux d'avoir à nouveau des relations sexuelles époustouflantes avec votre ravisseur.

Le ton de sa mère devint sérieux.

— Qu'as-tu fait, mon bébé ?

Erin prit une seule inspiration et laissa tout sortir.

— Tu sais que Las Vegas est l'endroit où des choses folles se produisent, n'est-ce pas ?

— Arrête-toi là, jeune fille. Je sais que nous sommes proches, mais je n'ai vraiment pas envie d'entendre si tu as… comment vous dites, les enfants, si tu t'es « fait brancher ». C'est trop d'informations !

Erin laissa échapper un petit rire destiné à réconforter sa mère, malgré ce qu'elle-même éprouvait.

— Eh bien, accroche-toi, parce que ce que j'ai fait ne peut pas être classé comme « se faire brancher ».

— Crache le morceau, Erin !

— J'ai rencontré un homme…

— Eh bien, c'est charmant…, la coupa sa mère.

— Maman, s'il te plaît, laisse-moi finir. (Erin prit une grande inspiration et lâcha.) On s'est mariés et je suis en Argentine.

À l'autre bout de la ligne, un silence de mort accueillit son annonce.

— Maman ?

Soudain, le silence fut rompu par une série de questions frénétiques.

— L'Argentine ! Pourquoi l'Argentine ? Es-tu en sécurité ? Où es-tu ? Où en Argentine, exactement ? Quel est le nom de cet homme ?

— Je vais parfaitement bien, maman. En fait, je suis ravie.

Ses yeux se fermèrent en signe de dénégation sur ce mot ridicule, et quand elle les rouvrit, elle trouva Max qui la regardait d'un air qu'on n'aurait pu qualifier d'aimable. Elle se hâta de poursuivre :

— Je suis dans son *ranch* au sud de Buenos Aires et c'est

magnifique, ici. Max voulait que je t'assure que tu es la bienvenue à tout moment. Nous serions ravis que tu viennes nous rendre visite.

— Eh bien, tu peux parier ton petit cul que je vais venir. Max ? C'est quoi, son nom de famille ? demanda sa mère avec ténacité et méfiance, comme toute mère l'aurait fait dans ces circonstances.

Erin ferma les yeux, prit une grande inspiration, qu'elle relâcha lentement.

— Max Villareal.

Comme si le nom ne signifiait rien pour elle, sa mère lui demanda :

— Chérie, tu es sûre de savoir ce que tu fais ? Le mariage est une affaire sérieuse. Pardonne-moi, car je sais à quel point tu es adorable et jolie, mais es-tu tout à fait certaine que ses intentions soient honorables ? Tu viens d'une famille aisée et il le sait probablement : es-tu soumise à une quelconque contrainte ?

Erin fit appel à toutes ses compétences limitées d'actrice.

— Non, bien sûr que non. Maman, je te promets que Max n'a pas besoin de notre argent. (Elle ouvrit les yeux et trouva l'attention de l'intéressé complètement concentrée sur elle alors qu'elle le défiait tout en essayant de rassurer sa mère.) Il me veut seulement pour moi.

Tout en prononçant ces paroles mensongères qui, même maintenant, lui rappelaient sa douleur, Erin lui lança son meilleur regard noir en représailles du mensonge auquel il l'obligeait.

— Eh bien, quand rentres-tu à la maison ? demanda sa mère.

— Probablement pas avant un certain temps, tu sais, nous sommes en pleine lune de miel. D'ailleurs, peut-être que tu devrais attendre qu'on soit installés pour venir.

Erin pensait pouvoir bluffer pendant quelques conversations téléphoniques, mais regarder sa mère dans les yeux ? Justine comprendrait que quelque chose n'allait pas.

— Nous verrons. Pour l'instant, je veux connaître ta

localisation exacte. Et je voudrais un numéro de téléphone autre que ton portable. Est-ce que c'est trop demander ?

Alors qu'Erin étudiait Max, il la relâcha momentanément, déverrouilla la porte et traversa son bureau jusqu'à sa table. Quand il revint, il tenait une feuille à en-tête. Erin lut rapidement les informations imprimées à sa mère.

Et elle l'imagina notant tout frénétiquement, puis celle-ci lâcha :

— OK, j'ai tout. Mais je te l'annonce, pour m'assurer que cet homme est réglo, j'appelle Damian.

Au nom de son frère aîné, les yeux de Max s'illuminèrent comme s'il était heureux et Erin sentit son estomac se nouer. Donc, sa vengeance était sur le point de débuter.

— Tout ce que tu veux pour te rassurer, maman. C'est bon.

— C'est exactement ce que je vais faire. S'il te plaît, sois prudente et prends soin de toi. Et reste en contact pour que je ne panique pas !

— Je le ferai. Je t'aime.

— Je t'aime aussi, bébé. On se parle bientôt.

Après qu'elle eut coupé l'appel, Max la relâcha lentement et retourna à son bureau. Elle le suivit et se rapprocha de la porte… et de sa liberté. Il déplaça une pile de papiers et sans la regarder, il dit :

— Tu t'es bien débrouillée.

— Quel autre choix avais-je ?

— Tu avais un choix et tu l'as fait.

— Comment savais-tu que je… (elle chercha le bon mot) céderais ? Comment savais-tu que je ne dirais pas à ma mère pourquoi tu me retiens ici ?

— Parce que je ne te retiens pas ici, tu peux partir quand tu veux. Nous en avons déjà parlé, Erin, mais puisque tu as choisi cette voie, il serait logique que tu ne veuilles pas que ta famille s'inquiète. Tu les aimes, je le sais depuis avant qu'on se rencontre.

Si tu n'avais pas énormément d'affection pour eux, ça ne fonctionnerait pas.

Une fois encore, Erin ne put s'empêcher de penser qu'il ne lui disait pas la vérité : elle savait qu'il la manipulait. Elle doutait fortement qu'il la laisse partir. Non, il la manipulait en lui faisant croire qu'elle avait le choix. Son plan à elle était trop léger, il n'avait aucun sens. Si elle avait eu une once de matière grise dans la tête, elle aurait demandé à partir immédiatement. Mais s'il ne la laissait pas rentrer chez elle, dans quel pétrin serait-elle alors ? Lui montrer où il gardait son passeport ne signifiait pas grand-chose, comme il le savait probablement. Ce n'était pas comme si elle pouvait marcher jusqu'à Buenos Aires. Elle devait agir comme si elle avait le choix dans tout cela : si elle ne le faisait pas, ils seraient remontés l'un contre l'autre à un point tel que cette situation et ses ramifications seraient cauchemardesques. Une fois de plus, elle interrompit le cours de ses pensées, parce que ça ne valait pas la peine. Elle ne voulait pas savoir, pas maintenant, pas encore.

Voyant qu'elle restait trop longtemps dans l'indécision, Max fit le tour de son bureau jusqu'à se trouver à nouveau devant elle.

— Tu réfléchis trop. Arrête de faire ça, siffla-t-il.

7

Max tendit la main vers elle, mais Erin recula. Alors qu'elle se répétait qu'elle devait garder ses lèvres scellées, qu'elle ne voulait pas savoir, elle fit tout le contraire.

— Tu bluffes. Tu n'as rien sur la société. Tu n'as aucun moyen de pression – impossible ! Mes frères sont trop corrects, trop intelligents, trop astucieux. Ils n'ont pas de dettes, ils ne sont pas cotés en bourse. Tu bluffes, je rentre à la maison.

Les traits de Max se durcirent et ses lèvres s'étirèrent sur un rictus.

— Ah oui ? Tu veux un exemple de ce que je peux leur faire ? Avant de sauter dans un avion, pourquoi ne pas te renseigner sur la propriété de Houston qu'ils veulent tant… Tu vois de quelle acquisition je parle ?

Sentant soudain un froid glacial lui parcourir l'échine, Erin s'immobilisa. Il ne pouvait faire référence qu'à une seule parcelle de terrain, une parcelle très importante.

— Les cent acres sur la Grand Parkway ? demanda-t-elle. Courtney a déjà signé un contrat. C'est une affaire réglée.

— Tu fais erreur.

Erreur ? Elle ne pouvait pas se tromper. Elle savait comment la Rule Corporation opérait, sans rien laisser au hasard… mais si ce qu'il lui disait était vrai, Max Villareal était une force avec laquelle il fallait compter. Un adversaire qu'elle devrait côtoyer avec encore plus de précautions.

Alors qu'ils se fixaient l'un l'autre dans un silence grandissant, le téléphone d'Erin se mit à sonner. Le nom de Damian clignotant sur l'écran fit monter son inquiétude en flèche.

— C'est Damian.

— Tu t'attendais à quoi ? ricana Max.

— Que veux-tu que je lui dise ?

— Je serais ravi que tu lui apprennes que je te retiens en otage. Que tu es en ce moment même attachée à mon lit, sur le ventre, mais je suis sûr que tu ne souhaites pas le contrarier.

Comme s'il la rejetait, il se dirigea vers son bureau et ouvrit son ordinateur portable. Apparemment indifférent et ne se concentrant que sur l'écran, il ajouta :

— En vérité, Erin, je me fous complètement de ce que tu lui dis. Damian n'est plus mon affaire, c'est toi, mon affaire.

Encore plus bouleversée qu'avant et décidant de ne pas repousser l'inévitable, la jeune femme appuya sur le bouton pour accepter l'appel tout en se retournant et en quittant la pièce. Il était hors de question qu'elle ait cette conversation devant Max.

— Allô ?

La voix de son frère aîné explosa immédiatement.

— Erin ? Qu'est-ce qui se passe, merde ?

En montant l'escalier qui la mènerait à la chambre où elle avait dormi, elle tenta de garder une voix neutre.

— Calme-toi, Damian.

— Que je me calme ? Que je me calme ? rugit-il.

Il n'y avait qu'un seul moyen pour elle de laisser cette conversation se dérouler exactement comme Max l'avait prédit.

— Eh bien, tu pourrais me féliciter, suggéra-t-elle en fermant la porte et en s'affalant au milieu du lit sans enthousiasme.

Elle détestait le tissu de mensonges et de demi-vérités qu'elle s'apprêtait à tisser pour son frère aîné – et le plus protecteur des trois.

— Te féliciter ?

Erin entendit quelque chose claquer en arrière-plan : Damian avait visiblement du mal à se contrôler.

— Ma puce, tu sais qui est Maximo Villareal ?

Elle laissa échapper un soupir résigné. Oh que oui, elle savait !

— Oui. C'est un homme d'affaires argentin. Il m'a dit qu'il connaissait la Rule Corporation, donc je suis sûre que tu le connais aussi.

— Comment l'as-tu rencontré ?

Son frère avait presque aboyé. Erin tira un oreiller contre sa poitrine et le serra dans ses bras.

— Par hasard. Dans un restaurant à Vegas.

— Par hasard ? répéta-t-il avec dédain.

Damian n'avait pas l'air d'y croire une seule seconde, et qui pourrait le lui reprocher ?

— Oui, comme on peut rencontrer n'importe qui, insista-t-elle.

— Écoute, j'essaie de me contrôler, mais il n'y a aucune chance que lui et toi vous soyez rencontrés par hasard, dit son frère.

— Comment ça ? Qu'est-ce que ça pourrait être d'autre qu'une coïncidence ?

— Ma puce, je sais que tu es intelligente et jolie, dit-il sur un ton qui montrait qu'il essayait de se contenir. Mais ça paraît trop irréel que vous vous rencontriez comme ça. As-tu envisagé qu'il ait pu te chercher délibérément ?

Ne se fiant qu'à son instinct et surtout soucieuse pour l'instant que Max ne prenne pas sa revanche grâce à elle, Erin entreprit de parler calmement à son frère.

— Pour quelle raison ?

— Pour nous atteindre.

Sachant exactement qui était ce « nous », elle ne chercha pas à affirmer le contraire.

— Pour quoi voudrait-il faire ça ?

Damian ne répondit pas à sa question, il semblait seulement vouloir l'apaiser. Comme si ça allait marcher.

— Écoute-moi, Erin, tu es en sécurité, d'accord ? Je ne sais pas quel genre de conneries cet enfoiré t'a racontées et ça n'a pas d'importance pour le moment. Tu as commis une erreur, mais je vais la réparer. Je vais prendre le prochain vol qui part d'ici…

— Non, surtout pas !

— Je viens te chercher pour te ramener à la maison.

Erin ferma les yeux afin de se ressaisir et, pendant ces quelques secondes, elle entendit le sifflement subtil de la porte qui s'ouvrait, puis se refermait. Elle rouvrit les yeux et découvrit Max sur le seuil, qui la regardait. Elle prit une inspiration et décida de répondre à son frère par quelque chose qu'il croirait – quelque chose qui était doublement difficile à dire avec son mari qui la regardait.

— Je ne veux pas rentrer à la maison.

— Ma chérie, tu ne sais pas ce que tu dis. Écoute-moi, Erin. Villareal nous en veut, nous en sommes certains. Il a pris des mesures offensives contre nous.

Elle hésita, essayant de donner l'impression qu'elle entendait cela pour la première fois.

— Quel genre de mesures ?

— D'abord, il nous piste, il veut nous empêcher d'acquérir les biens dont nous avons besoin. Il achète des trucs sous notre nez à droite et à gauche, pour faire grimper les prix au-delà du raisonnable.

— Peut-être que c'est juste un bon homme d'affaires, suggéra-t-elle d'un ton feutré, observant Max du coin de l'œil, qui verrouillait la porte avant de s'y adosser.

— Je n'ai jamais dit qu'il ne l'était pas. Il n'y a aucun doute qu'il est très, très riche…

Regardant du coin de l'œil l'homme aux larges épaules et essayant de contrôler son rythme cardiaque, elle demanda :

— A-t-il fait quelque chose d'illégal ?

— Pas que je sache, mais ça ne rend pas ses actions morales pour autant. Et il n'y a aucune chance que votre rencontre soit accidentelle. Je veux que tu rentres à la maison, maintenant.

— Je ne peux pas rentrer à la maison maintenant, Damian. J'ai épousé cet homme. Tu veux que j'abandonne ce mariage sans même lui donner une chance ?

— Putain, oui ! grogna son frère.

— Eh bien, je vais rester ici… au moins pendant un certain temps ! insista-t-elle.

— Erin…

— Non. Damian, je t'ai écouté et je t'entends, vraiment. Peut-être que tu as raison, mais peut-être que tu as tort. Ou peut-être que c'est ce que je pensais la première fois que je l'ai vu, tu sais ?

— Et qu'est-ce que c'était ? demanda Damian d'un ton dégoûté.

Pourquoi devait-elle dire ces choses sous le regard de Max ?

— Électrique, tu vois ?

Détestant être obligée de dire ça devant lui et le détestant pour avoir envahi sa vie privée, elle se tourna et lui lança un regard furieux, puis dressa son majeur histoire de faire bonne mesure avant de détourner le regard et de continuer à apaiser son frère.

— C'est comme ça entre Angie et toi quand vous êtes ensemble. Peut-être que Max savait qui j'étais, mais peut-être qu'il s'en fichait. Peut-être qu'il t'en veut, comme tu le dis, mais peut-être qu'il a décidé de ne pas se laisser influencer par ce qu'il ressent pour toi ?

Si seulement c'était vrai ! Si seulement ce qu'il y avait entre eux était lié à elle… peut-être qu'elle ne ressentirait pas aussi durement les sales coups qu'elle avait reçus depuis qu'elle s'était réveillée dans le *jet* privé de Max et qu'elle avait découvert la vérité.

— Tu parles de sexe, Erin ? Comme tu es naïve ! explosa son frère.

Refusant de répondre à cette question, elle en posa une autre, visant à le calmer.

— Dis-moi quelque chose, Damian. Parmi toutes les mauvaises choses que tu sais sur Max, est-ce que tu en connais une de bien ?

— De bien ? Ce type n'a rien de bon...

— Tu as reconnu qu'il est un homme d'affaires avisé, lui rappela-t-elle sur un ton neutre.

Son frère laissa échapper un soupir résigné.

— Oui, il a gagné beaucoup d'argent, je lui accorde ça. Il s'est fait tout seul, si ça veut dire quelque chose pour toi.

— L'as-tu déjà rencontré ? demanda-t-elle, désireuse de le savoir.

— Non, mais Garrett oui.

— Et ?

Son frère lâcha un rire de nez.

— Et ? Il ne lui fait pas confiance. Il va péter les plombs quand il va découvrir ça, Erin.

Celle-ci soupira. Comme si Damian n'était pas en train de péter les plombs. Ça ne la menait nulle part.

— Écoute, je ne suis pas prête à abandonner tout ça et à rentrer à la maison...

— Alors, c'est moi qui viens...

— Non ! Je t'ai déjà dit non. Vous devez tous les trois rester en retrait pendant un certain temps. S'il y a de l'animosité dans l'air, comment ça peut aider mon mariage ?

Entendant son frère pousser un grognement à mi-voix, elle s'empressa d'essayer de l'apaiser.

— Que dirais-tu d'un compromis ? Laisse-moi quelques semaines de lune de miel, puis tu pourras envoyer maman. Tu essaies toujours de te débarrasser d'elle, de toute façon, et puis elle aime voyager.

Il ignora sa suggestion, à croire qu'elle n'avait pas parlé.

— Je viens te chercher...

— Damian ! Arrête d'agir comme si tu pouvais me contrôler ! Je ne suis pas une enfant, j'ai un mari ! Et que tu l'apprécies ou pas, il

ne va pas rester assis sur son cul et te laisser m'embarquer avec toi !

Erin n'entendit aucune réponse, seulement une respiration énervée, alors elle proposa à nouveau :

— Écoute, envoie maman si tu veux.

— Elle ne viendra pas seule, tu l'as déjà compris, non ?

Encore incertaine, Erin tenta :

— Elle n'a jamais eu peur de voyager seule.

Son frère émit un son agacé, puis dit :

— Non, mais ce satané Rick ne va pas la laisser quitter le pays toute seule, je te le garantis.

Une compréhension soudaine s'alluma comme une lumière quand elle pensa au nouveau petit ami de sa mère. « Petit » étant le mot clé. Au début de la cinquantaine, Rick Harris n'avait plus rien d'un jeunot, et ces derniers mois, il tournait autour de la mère d'Erin comme autour d'un nouveau jouet qu'il n'était pas prêt à partager. Erin appréciait Rick, elle l'aimait bien, mais son frère avait raison, il n'y avait aucune chance que sa mère fasse un voyage en Argentine toute seule.

— Rick peut venir, je l'aime bien.

Un silence de quelques secondes s'ensuivit à l'autre bout du fil, comme si Damian réfléchissait, puis il céda soudain et plus aimablement que ce à quoi Erin s'attendait.

— OK, ça me va. Je le leur ferai savoir, mais je te promets, Erin, qu'à leur retour, si leur rapport est mauvais, tu rentres à la maison, que tu le veuilles ou non.

— Nous verrons, répliqua-t-elle.

— Prends soin de toi, répondit son frère.

— Promis, toi aussi. Je t'aime.

— Je t'aime aussi, gamine. Je suis à un coup de fil si quelque chose va mal… N'hésite pas.

— D'accord.

En mettant fin à l'appel, Erin jeta le téléphone par terre en signe de frustration et reporta toute son attention sur Max.

— Que veux-tu ? lança-t-elle avec agressivité, trop énervée pour rester concentrée sur son plan ultime de victoire.

Elle vit les muscles de celui-ci se crisper, ses yeux s'étrécir et il se leva de toute sa hauteur, s'écartant de la porte.

— Ce que je veux ? demanda-t-il bien trop poliment, feignant une confusion dont elle le savait pertinemment exempt.

Elle resta silencieuse, et lentement, il commença à marcher vers l'endroit où elle était assise sur le lit.

— Je ne savais pas que j'avais besoin d'une raison pour être ici. (Il s'appuya nonchalamment au lit en la regardant fixement.) C'est ma suite, mon amour.

La colère d'Erin monta en flèche tandis qu'un malaise s'emparait d'elle sous son regard.

— D'accord, où dois-je mettre mes affaires ?

— Tes affaires resteront ici, comme tu le sais très bien.

Elle sauta du centre du lit, et sans se soucier de son manque de grâce, atterrit sur ses pieds du côté opposé à Max.

— Ce n'est pas juste.

Il contracta la mâchoire et pivota pour lui faire face.

— Nous sommes mariés, donc nous couchons ensemble.

— Mais j'ai besoin d'un peu d'intimité !

Il commença à la suivre à travers la pièce moquettée.

— Nous n'allons pas dormir dans des chambres séparées. Réfléchis.

Erin se surprit à se mordre la lèvre de frustration. Ce n'était pas juste. Il avait son propre bureau où se retirer, une porte qui se fermait et même se verrouillait s'il en ressentait le besoin. Tout ce qu'elle voulait, c'était un espace, même un petit ferait l'affaire, un endroit où elle pourrait lécher ses blessures, avec l'assurance de ne pas être interrompue.

— Tu as un bureau. J'aimerais avoir mon propre espace… (Réalisant soudain combien c'était important, elle se mordilla la lèvre et rectifia sa formulation.) S'il te plaît.

— Certainement, mon amour. C'est une demande juste. Tu peux avoir une pièce à toi, mais pas une chambre à coucher.

Il lui tendit la main et attendit qu'elle le regarde avec méfiance. Il resta silencieux, ne levant qu'un seul sourcil en attendant qu'elle le rejoigne. Timidement, elle plaça sa paume dans la sienne. Dès que sa main fut logée là, les doigts de Max se serrèrent de façon alarmante.

— Mais d'abord, il y a le problème du geste obscène que tu as fait.

Erin ignora l'appréhension qui lui hérissa la peau et, rebelle, leva sa main libre dont elle dressa à nouveau le majeur.

— Oh, tu veux dire ça ?

D'un geste rapide, il referma sa main en un poing, et lui emprisonnant les deux mains, il commença à la faire reculer jusqu'à ce que ses fesses touchent le bord du lit. Sa respiration s'accéléra, elle sentit une chaleur honteuse lui envahir le visage tandis qu'elle levait le menton et le fixait sans sourciller, attendant son prochain mouvement.

Les hanches de Max se heurtèrent avec force aux siennes tandis qu'il appuyait un genou entre ses cuisses. Ses pensées se dispersèrent lorsqu'elle sentit l'évidence de son désir pressé contre elle.

Les lèvres pincées, il l'empala du regard.

— Il y a quelque chose que tu dois comprendre. Venant de toi, je ne peux prendre ce geste que de deux façons : comme une insulte ou une invitation. Tu veux bien clarifier, chérie ?

L'esprit d'Erin commença à s'emballer. Une invitation ? *Non, pas du tout !* Une insulte ? Sa respiration se bloqua ; elle ne voulait pas savoir quelles seraient les conséquences d'une insulte – surtout pas si près de se retrouver à plat ventre. S'il était honnête, s'il tenait sa promesse de ne pas lui faire de mal… Son cœur se mit à battre trois fois plus vite quand elle réalisa brusquement comment cette situation allait se terminer. Elle ne se sentait pas encore prête pour

cela. Comme elle avait besoin de sortir de la situation qu'elle avait créée, elle baissa les yeux et demanda doucement, humblement :

— Je peux avoir un joker, s'il te plaît ? Juste pour cette fois ?

Il attendit le compte à rebours de cinq battements de cœur avant de répondre.

— Certainement, mon amour. Tu n'étais pas au courant des règles avant – mais maintenant tu l'es. Donc, juste pour être clair… (Sa main glissa vers le bas et empoigna sa poitrine, la serrant de manière possessive, menaçante.) Je veux que tu te sentes libre de me faire un doigt d'honneur à l'avenir – tant que tu réalises qu'il s'agit d'une insulte ou d'une invitation, d'accord ? Et que mes réactions seront à l'image de ce que tu voulais dire.

Elle prit une profonde inspiration, essayant d'ignorer la bouffée de chaleur que son contact provoquait.

— Oui, OK.

Il plissa les yeux, puis la relâcha comme s'il prenait une décision.

— Viens.

Elle le suivit dans l'escalier, au bas duquel il lui désigna une pièce d'un geste de la main, la faisant entrer dans un petit salon adjacent à la bibliothèque, puis se tenant en retrait, comme s'il attendait son inspection.

Devant son silence, elle lui demanda :

— Tu m'accordes cette pièce ?

— Oui, bien sûr, si elle te convient.

C'était une belle pièce aménagée avec goût, mais dépourvue de porte, seul un grand seuil ouvert la séparait du couloir. Erin y pénétra plus avant et continua à regarder autour d'elle. Même s'il n'y avait pas de porte et que ce n'était pas ce qu'elle espérait, elle n'allait pas refuser son offre… peut-être qu'il y avait quelque chose ici, une base de départ sur laquelle travailler.

— Quels sont mes autres choix ?

Pour une raison quelconque, elle savait qu'il était préférable de ne pas se plaindre de l'absence de porte – elle savait exactement

quelle serait sa réaction s'il savait qu'elle voulait l'enfermer dehors.

— L'atrium.

Erin rejeta cette idée abruptement. La pièce était trop grande et comportait trop de fenêtres. Elle n'y trouverait pas l'intimité qu'elle recherchait.

— Celle-ci fera l'affaire. (Elle jeta un coup d'œil aux deux causeuses qui formaient un L.) Puis-je considérer que c'est à moi, alors ? Je peux déplacer les meubles et tout ça ?

— Tu peux considérer que tout est à toi. Cependant, je ne veux pas que tu déplaces quoi que ce soit de lourd, demande aux domestiques de t'aider.

— Mais tout semble léger, ici, je peux déplacer le mobilier moi-même.

Une flèche d'impatience brilla dans les yeux de Max, qui se dirigea vers l'endroit où elle se tenait. Face à elle, il plongea une main dans ses cheveux et la fixa dans les yeux, la tenant captive.

— Nous avons déjà parlé de ça ce matin, Erin. Je fixe les règles, tu obéis. Tu ne déplaceras pas les meubles toute seule, tu vas te blesser. Tu n'es pas assez forte.

— Eh bien, je suis peut-être plus petite que toi, mais je ne suis certainement pas faible, objecta-t-elle. Tu ne me connais même pas.

Il resserra la main dans son cuir chevelu, la tirant vers l'avant jusqu'à ce que ses hanches rencontrent l'acier de ses cuisses.

— Je sais que tu es ma femme, c'est tout ce que j'ai besoin de savoir. Et si je te dis de ne pas bouger les meubles, tu ne bougeras pas les meubles.

Comment pouvait-elle vivre sous sa coupe alors qu'elle était indépendante depuis le jour où elle était partie à l'université ? Comment pouvait-elle vivre en recevant des ordres ? Même ses frères, qui se frappaient la poitrine et ressemblaient à des hommes des cavernes, n'osaient pas dire des choses qui l'auraient sciemment mise en colère. Sentant le besoin de protester, ses

lèvres s'ouvrirent sur ce qui, rétrospectivement, était une mauvaise idée.

— Je peux prendre mes propres décisions. Et décider de ce dont je suis capable.

La bouche de Max devint une ligne furieuse.

— Je ne pense pas que tu saisisses pleinement ta situation – ou de quoi sera fait ton avenir. (Une *aura* dangereuse éclaira ses traits et elle sentit ses muscles se tendre avant qu'il ne poursuive.) Alors laisse-moi t'expliquer plus en détail. La cérémonie de mariage à laquelle tu as volontairement pris part t'a fait devenir mienne. Tu vis où je vis, tu dors dans mon lit. (Ses doigts se resserrèrent sur son cuir chevelu.) Tu suivras mes ordres en toute chose – et il en sera ainsi pour le reste de ta vie. Tu as compris ?

Elle ignora la voix dans sa tête qui lui conseillait de rester silencieuse. Toutefois, elle réussit à se contrôler assez pour ne projeter qu'un ton légèrement agacé.

— Je n'aime pas cette idée, Max, je ne suis pas habituée à ça. Et si tes ordres sont des erreurs ?

Il eut l'air momentanément mystifié.

— Des erreurs ? Je ne suis pas connu pour commettre des erreurs. Comprends ce que je dis, Erin. Je vais te guider et tu seras heureuse ici. En fait, avant que tout ça ne soit terminé, tu supplieras de rester auprès de moi. Tout autre résultat est inacceptable.

Brusquement, Erin retint son souffle à l'idée de donner sa vie à un homme déterminé à suivre sa propre voie. Elle avait tellement besoin de savoir la vérité que ça la tuait. Elle prit une inspiration et dit :

— Ce n'est pas juste que tu ne me révèles pas ce que tu sais sur mes frères.

— La vie n'est pas toujours juste, même si tu n'as probablement jamais été initiée à cette simple vérité jusqu'à maintenant.

Il ne savait pas tout d'elle.

— Non ? Mon père est mort quand j'avais dix-huit ans. C'est juste, ça ?

— On perd tous ceux qu'on aime un jour ou l'autre. La mort fait partie de la vie et, malheureusement, tu l'as appris très tôt. Mais sinon, tu as été protégée depuis toujours. Tes frères ont pris soin de toi. Tout le monde a toujours pris soin de toi. On t'a permis d'aller à l'université, tu n'as même pas eu à être serveuse pour te faire de l'argent de poche, comme tant de jeunes gens. Ta famille a même créé un poste exprès pour toi après ton diplôme afin que tu ne sois pas accablée par la recherche d'un emploi.

Elle leva le menton dans un geste combatif. *Connard !* Comment savait-il tout sur elle ? Il fallait qu'il appuie sur la seule chose qui lui donnait un complexe d'infériorité. Elle n'avait jamais eu l'impression de se tenir sur ses deux pieds, et apparemment, elle n'en aurait pas l'occasion de sitôt.

— Et maintenant, tu veux t'occuper de moi, prendre toutes mes décisions à ma place.

— Je vais m'occuper de toi, oui, et nous allons commencer par cette pièce. C'est à toi d'en faire ce que tu veux. Si tu veux réarranger les meubles, demande à quelqu'un de t'aider. Si tu veux changer quoi que ce soit d'autre, tu n'as qu'à le dire. Tout sera comme tu le souhaites, Erin.

— Mais seulement dans une certaine mesure.

— C'est sans doute exact, cependant, pourquoi en faire un sujet de discorde entre nous ? (Alors qu'il la regardait, une chaleur apparut dans ses yeux, son contact sembla devenir doux et menaçant à la fois.) Il faut que tu arrives à comprendre le chemin sur lequel tu t'es engagée en m'épousant. Tu dormiras dans mon lit jusqu'au jour où l'un de nous deux quittera cette terre et tu seras heureuse de cet arrangement. C'est comme ça que ça se passera, je l'exige.

Comment pouvait-il exiger qu'elle soit heureuse et s'attendre à ce que ce soit le cas ? Elle lâcha un faible soupir à l'écoute de sa description.

— Donc je suppose que tout est dit.

— Oui, c'est ça.

Les yeux de Max tombèrent sur les lèvres d'Erin, qui éprouva un moment de pure confusion – comment pouvait-elle vouloir ses lèvres sur les siennes ? C'était une erreur, non ? Alors qu'elle secouait la tête, essayant d'éclaircir ses pensées éparses, il fit descendre sa main le long de son bras et ses doigts s'entremêlèrent aux siens.

— Je dois retourner au travail, j'ai une conférence téléphonique dans un quart d'heure. Tu peux t'amuser ici pendant un moment ?

S'amuser ?

— Bien sûr, répondit-elle sans enthousiasme.

Il l'étudia pendant un moment.

— Si tu t'ennuies, tu peux t'asseoir dans mon bureau et me regarder travailler, dit-il avec un sourire malicieux. Tu peux même t'asseoir sur mes genoux pour être aux premières loges.

Ses yeux s'assombrirent d'une lueur sexuelle et taquine.

Sur ses genoux ? Est-ce qu'il plaisantait ?

— N-non. Je serai bien ici.

Il laissa traîner son regard sur elle, presque avec regret.

— Je te verrai au souper, alors.

— D'accord.

Il posa les yeux sur ses lèvres, comme s'il allait l'embrasser, et Erin se prépara au coup que ce contact allait porter à son équilibre. Mais tout ce qu'elle sentit, ce fut le frôlement de sa bouche contre son front avant qu'il ne se détourne et ne quitte la pièce.

~

Rule Tower, le lendemain.

Damian Rule faisait les cent pas sur la moquette de son bureau en attendant que sa secrétaire lui annonce l'arrivée de ses frères. Il n'y avait aucune chance qu'ils puissent régler cette merde par téléphone. Après l'appel de sa mère la veille, il avait rongé son frein

pendant presque vingt-quatre heures, en attendant que ses cadeaux arrivent à Saint-Louis – autant dire que c'était au moins vingt-trois heures de trop.

Même si d'un côté il brûlait d'impatience d'avancer, il n'avait pas hâte d'assister à cette réunion. Il connaissait ses frères. Nick allait s'effondrer quand il découvrirait toute l'histoire, mais Garrett, putain ! il voudrait commettre un meurtre.

Son plus jeune frère détestait déjà Maximo Villareal, et avait une envie de vengeance qui faisait serrer les poings de Damian quand il tentait tant bien que mal de dissimuler son inquiétude. Il aurait dû écouter son frère. Bordel de merde ! Pourquoi avait-il continué à ignorer les préoccupations de Garrett ? C'était sa faute et il ne savait pas ce qu'ils allaient faire de cette situation. Jamais auparavant il n'avait eu besoin de ses frères comme maintenant.

Il avait à peine réussi à rester concentré depuis qu'il avait parlé à Erin la veille. Franchement, il avait eu une peur bleue pour son bien-être, et quand il avait pensé à Angie, il avait eu des sueurs froides. Immédiatement après avoir parlé à sa sœur, il avait quitté le bureau pour rentrer chez lui, uniquement dans le but de s'assurer que son épouse était exactement là où elle était censée être. Il n'était pas question qu'il la laisse seule avant de savoir exactement de quoi Villareal était capable. En ce moment même, elle était à l'étage, dans le *penthouse,* et c'était là qu'elle resterait jusqu'à ce qu'il ait résolu ce problème.

Après avoir récupéré Angie la veille, il avait roulé jusqu'à la maison de sa mère. Il n'était pas seulement inquiet pour sa femme, mais aussi pour la sécurité de toute sa famille. Cela dit, quand ils étaient arrivés, Rick Harris était avec Justine. Le bonhomme l'avait regardé droit dans les yeux et lui avait annoncé qu'il n'avait pas besoin de s'inquiéter pour elle – Damian avait alors compris que Rick ne laisserait rien lui arriver. Dans ces circonstances, il avait été soulagé, mais il ne pouvait nier que la tête commençait à lui tourner chaque fois qu'il pensait à l'homme emménageant dans la maison familiale. Pourtant, il ne pouvait pas faire grand-chose, sa

mère l'avait réprimandé plus d'une fois pour avoir dépassé les bornes.

Sachant que Justine était au moins temporairement en sécurité, ses pensées allèrent vers Courtney. En vérité, c'était à Nick de se préoccuper d'elle, maintenant, mais elle faisait partie de leur famille depuis si longtemps qu'il était inquiet, ou du moins il l'avait été, jusqu'à ce qu'il la sache en sécurité en Californie, avec son frère.

Il restait Garrett et Maria. Il n'avait pas pu parler au premier, mais ils avaient échangé par messages interposés au téléphone. Damian avait laissé un message vocal qui en disait juste assez – qu'ils étaient confrontés à une urgence et que Garrett devait trouver Maria, la garder près de lui et ramener ses fesses à la maison.

Alors qu'il s'arrêtait de faire les cent pas un instant pour regarder par la fenêtre, son téléphone sonna.

— Oui ? demanda-t-il brusquement.

— Ils sont ici. Salle de conférence 1.

Il reposa le combiné sur son socle et se dirigea vers le couloir. Il s'attendait à voir seulement ses frères, mais lorsqu'il entra dans la pièce, Maria se tenait devant Garrett, qui lui avait posé les mains sur les épaules. Damian jeta un coup d'œil à Nick, assis à la table de conférence, qui serrait un crayon si fort qu'il semblait sur le point de le casser en deux.

Le regard de ce dernier croisa le sien et Damian demanda :

— Où est Courtney ?

Son frère cadet lui lança un regard furieux pour signifier que la jeune femme n'était pas de son ressort – et ce geste suffit à déclencher la colère de Damian.

— Putain, Nick, j'ai compris ! Tu as insisté assez longtemps. Elle est à toi, maintenant, la famille Rule n'a plus à s'en soucier, mais je suis sous pression ici et je veux être sûr que les femmes sont en sécurité. Toutes les femmes. Dis-moi juste où tu l'as mise.

— Où je l'ai « mise » ? répéta Nick, sourcils froncés.

Damian resta muet en fixant son cadet, son silence exigeant une réponse. Son frère ne broncha pas, puis il finit par céder.

— Elle est dans l'appartement avec Angie.

Damian laissa échapper un soupir soulagé.

— Bien. (Il se tourna vers son plus jeune frère.) Tu ne crois pas que Maria devrait être avec les femmes aussi ?

Garrett lui jeta un regard qui disait que celle-ci n'irait nulle part.

— Pourquoi ? Qu'est-ce qui se passe, bordel ?

Damian avait déjà annoncé l'essentiel de la nouvelle à Nick et les deux hommes échangèrent un regard. Cela n'allait pas être bon et ils le savaient tous les deux.

— Tu ferais mieux de t'asseoir, conseilla-t-il à Garrett.

Son benjamin lui jeta un regard foudroyant.

— Je suis bien debout, crache le morceau.

L'aîné ne pouvait pas repousser plus longtemps. Il avait besoin de partager son fardeau avec ses deux frères.

— Maximo Villareal tient Erin et il l'a emmenée en Argentine.

Les expressions changeantes d'alarme, d'horreur et de rage qu'il vit sur les traits de Garrett ne le surprirent pas. La pâleur qui envahit le visage de Maria et la fit ressembler à un fantôme l'étonna, en revanche, au plus haut point. Cette femme savait quelque chose et il devait apprendre exactement ce que c'était.

Mais avant qu'il ait eu l'occasion de la questionner, Garrett explosa :

— Qu'est-ce que tu veux dire par « il la tient » ?

Damian expliqua rapidement ce qu'il savait.

— Il l'a volontairement suivie pendant son voyage à Vegas – je suppose que cet enfoiré l'a saoulée, car d'une manière ou d'une autre, il l'a poussée à l'épouser.

— Tu te fous de nous ! énonça lentement Garrett entre ses dents serrées.

Damian fit craquer ses articulations, sentant une nouvelle

vague de rage l'envahir lorsqu'il pensa à Villareal qui détenait leur sœur.

— Non, je ne me fous pas de vous.

Toujours debout derrière Maria, le jeune homme écarta les jambes, l'air soudain prêt à l'attaque.

— Eh bien, qu'est-ce qu'on attend, bordel ? On peut la trouver ? Son téléphone a un GPS – à moins qu'il ne le lui ait pris ?

Damian secoua la tête.

— Ça ne va pas être aussi simple que ça.

La bouche de Garrett se pinça.

— Pourquoi ? Est-elle en sécurité, du moins pour le moment ? Tu lui as parlé ?

Damian croisa les bras.

— Oui, je lui ai parlé et elle semble en sécurité, mais putain, elle veut faire croire qu'il s'agit d'amour ou de quelque chose comme ça.

Le regard de Garrett se fit soupçonneux.

— Pourquoi ferait-elle croire ?

— Je ne sais pas, mais il était plus qu'évident qu'elle disait ce qu'elle se sentait obligée de dire, répondit Damian.

— Donc, c'est de la coercition au minimum, dit le benjamin entre ses dents serrées.

— Il la retient pour obtenir une rançon ? Qu'est-ce qu'il pourrait bien vouloir ? intervint Nick, dont l'impatience était évidente.

— À toi de nous le dire, Garrett. Tu connais cet enfoiré mieux que nous. Qu'as-tu fait pour le mettre en colère ?

Un air de fureur illumina les yeux de ce dernier, qui s'approcha de Nick.

— Moi ? Pourquoi ce serait ma putain de faute ?

Damian s'interposa avant que l'enfer ne se déchaîne.

— Ce n'est pas ta faute, Garrett, mais nous devons savoir pourquoi ce bâtard nous en veut…

Ses paroles s'interrompirent lorsque Maria intervint d'une voix tremblante.

— C'est ma faute.

Garrett se figea, ses mains se crispèrent sur les épaules de sa femme.

— Ce n'est pas ta faute, tu n'as rien à voir avec la haine de Villareal.

Damian la regarda fermer les yeux un instant, puis les rouvrir.

— Peut-être pas. (Elle pivota dans les bras de Garrett jusqu'à se retrouver face à lui.) Mais tu te souviens de la dernière fois qu'il est venu à l'hôtel ? C'était juste avant que tu entres dans le bureau : le gars me harcelait de questions, mais j'étais si agitée que je ne l'ai pas réalisé sur le moment. Et j'ai laissé échapper…

Elle se tut. Garrett lui souleva le menton d'un doigt précautionneux et demanda :

— Laissé échapper quoi, bébé ?

Elle se mordit la lèvre et son visage se décomposa.

— Que tu avais une sœur.

Alors que Garrett réconfortait Maria, Damian en profita pour jeter un coup d'œil à Nick et ils partagèrent un moment de communication silencieuse. Il ne faisait aucun doute que Maria n'était pas à blâmer, mais avec l'information qu'elle venait de leur donner, il devenait évident que Villareal avait prévu de kidnapper Erin depuis le moment où il avait découvert son existence.

Donc, la question était désormais : pour quoi ?

Damian savait qu'ils devaient se mettre au travail. Ils avaient deux missions à relever : assurer la sécurité de la famille et ramener Erin chez elle en un seul morceau. Sans perdre plus de temps, il prit le téléphone et composa le numéro de son chef de la sécurité.

~

QUAND ERIN SE RÉVEILLA LE LENDEMAIN MATIN, ELLE N'AURAIT SU dire si Max avait dormi à côté d'elle ou pas. Elle s'était tournée et retournée et elle se rappelait avoir regardé le réveil sur le chevet plusieurs fois. Elle savait qu'à deux heures, il n'était pas au lit. Maintenant, il était huit heures et s'il était entré dans la chambre au milieu de la nuit, alors il avait déjà libéré sa place à côté d'elle. De toute évidence, il avait besoin de très peu dormir, une chose qu'Erin ne pouvait pas comprendre. Si elle n'avait pas huit heures de sommeil, elle ne valait pratiquement rien le lendemain.

Tout en sautant dans la douche, elle repensa à la soirée de la veille. Le dîner avait été calme et sombre. Ils n'étaient que tous les deux, et Marisol avait servi le repas dans la salle à manger formelle, bien qu'elle ait mis le couvert d'Erin directement à la droite du maître des lieux.

Ils avaient pris leur repas tard, comme c'était la coutume ici, et la jeune femme n'avait pu que penser à la journée qui se terminait… et à la nuit à venir. Max avait été presque silencieux pendant tout le repas, mais elle avait senti ses yeux sur elle sans relâche. Elle avait à peine réussi à manger et il l'avait remarqué, fronçant les sourcils devant son assiette.

À mesure que les minutes défilaient, son niveau d'anxiété augmentait.

Heureusement, il s'était retiré dans son bureau une fois le repas terminé, mais pas avant de lui avoir lancé un regard en fusion qui promettait une intimité future – pas étonnant qu'elle ait tourné en rond avant de sombrer dans un sommeil agité.

Maintenant, après avoir terminé un petit déjeuner tardif, seule dans l'atrium, elle entra dans la pièce que Max lui avait accordée la veille et regarda autour d'elle. Ce n'était pas exactement ce qu'elle aurait voulu, mais c'était mieux que rien.

Elle n'était pas debout depuis plus de dix secondes que Max surgit derrière elle.

— Bonjour, murmura-t-il.

Erin se retourna pour lui faire face, le pouls plus frénétique.

Bonjour.

Il l'étudia en silence, pendant qu'il entrait dans la pièce et s'appuyait contre le dossier du canapé. Une alchimie sexuelle brute semblait remplir l'espace qui les séparait. C'était presque comme si une poulie invisible était accrochée entre eux, déployant une force irrésistible qui attirait la jeune femme vers lui, quelle que soit la fermeté avec laquelle elle essayait de planter ses pieds dans le sol.

Alors que son regard lui descendait le long du corps, c'était presque comme s'il la touchait à chaque endroit où ses yeux s'arrêtaient. Elle pouvait pratiquement sentir son corps près du sien et cela éveillait des émotions contradictoires qu'elle n'arrivait pas à contrôler.

Il était impatient, elle le sentait. Et elle ne savait pas si elle avait en elle la force de continuer à le repousser.

Alors qu'elle se croyait condamnée, qu'il s'éloignait du canapé et faisait le premier pas vers elle, Marisol brisa la tension de la pièce en se raclant la gorge.

Max détourna son regard d'Erin, les mouchetures de rouge qui soulignaient ses pommettes indiquaient à celle-ci qu'il n'en avait pas encore fini avec elle.

— Oui ? demanda-t-il à la gouvernante.

Marisol sourit prudemment.

— Des invités sont arrivés, *señor*. J'ai installé les Navarro dans la pièce de devant.

Un air de contrariété se peignit sur le visage de Max.

— Merci, Marisol. Servez-leur des rafraîchissements et nous serons là dans un instant.

— *Sí, señor,* murmura la gouvernante avant de partir.

L'attention de Max revint sur Erin et son regard passa de ses yeux à ses lèvres, puis à sa gorge, où elle savait qu'il pouvait voir à quelle vitesse le pouls frémissait dans son cou.

— Ce n'est pas le bon moment pour les invités, râla-t-il alors que ses yeux se fixaient à nouveau sur les siens. Je préférerais de

loin te donner un exemple de la façon dont nous allons passer notre temps libre ensemble.

Ignorant son insinuation et se raccrochant à l'excuse, elle demanda :

— Qui sont-ils ?

— Des voisins. Les Navarro possèdent l'exploitation agricole la plus proche de notre domaine. (Quand il utilisa le mot « notre », Erin s'étonna de se voir incluse, comme s'ils formaient une unité.) Ils sont à trente kilomètres, mais tout de même les plus proches voisins que nous ayons. C'est bien de rester en contact.

— Oui, bien sûr, acquiesça-t-elle, impatiente de rencontrer les habitants de la région.

Un éclat dur illumina soudain les yeux de Max.

— Tu ne flirteras pas avec Rafael.

Le voisin ?

— Pourquoi je flirterais avec Rafael ?

Il pinça les lèvres.

— Je ne sais pas si tu le feras, mais je me sens obligé de te mettre en garde contre une telle entreprise – elle ne me plairait pas.

— Parce que… ?

La question était rhétorique, en réalité elle connaissait déjà le petit numéro de Max. Le gars n'aimait pas partager. Quel effet ce constat lui faisait-il ?

— Parce que c'est l'un de mes amis, en quelque sorte, et que je n'aimerais pas avoir à me débarrasser de lui, annonça-t-il sans ambages.

Erin l'étudia pendant un moment, essayant de le comprendre.

— Donc tu t'en prendrais à lui, mais pas à moi ?

— Je m'occuperais de lui – et ensuite, je me sentirais sans doute obligé de te coller des bleus sur le postérieur.

Elle déglutit à sa description, tout en combattant son sentiment de frilosité.

— Je croyais que tu n'avais pas l'intention de me faire du mal.

Il plissa les paupières et ses mains s'enroulèrent autour de ses épaules dans un étau mortel. Ses yeux flambèrent dans les siens pendant plusieurs secondes. Puis sa bouche s'abaissa brusquement et il effleura ses lèvres entrouvertes, avant de descendre le long de sa mâchoire, jusqu'à se poser sur la peau pâle de son cou. Un éclair explosa dans sa tête quand il la tint collée à lui et commença à embrasser son cou avec une telle force qu'elle vit des étoiles. Ses jambes se mirent à trembler et son cœur à battre rapidement lorsqu'elle se souvint brusquement de ce qu'elle ressentait lorsqu'elle était allongée sous son corps.

Combien de temps resta-t-elle dans ses bras ? Elle ne le savait pas, mais finalement, il releva la tête. Il ouvrit les yeux, et quand elle reprit ses esprits, elle vit un regard féroce sur ses traits.

Il la fit pivoter jusqu'à ce qu'elle soit dos à lui et son bras s'enroula autour d'elle, la tenant fermement contre lui. Il la fit avancer de quelques pas, la plaçant devant un miroir doré. Erin s'appuya en arrière contre lui, car ses jambes étaient aussi flageolantes que de la gelée. Ses yeux étaient rivés aux siens, qui observaient le mouvement de ses lèvres tandis qu'il grognait :

— Regarde.

Elle prit une inspiration tremblante et regarda dans ses propres yeux – des yeux qui s'étaient assombris de façon spectaculaire. Elle examina son reflet. Ses cheveux étaient ébouriffés, ses pommettes rougies. Ses yeux tombèrent sur son cou, où il l'avait embrassée si intensément quelques secondes auparavant.

La grande marque violette qu'il avait laissée apparaissait déjà sur sa peau laiteuse, et la vue de ce suçon lui coupa le souffle.

L'autre bras de Max se glissa également autour de sa taille, jusqu'à ce qu'il l'y retienne prisonnière. Il posa la bouche sur son oreille tout en la regardant dans le miroir.

— Tu n'auras pas mal quand je te ferai des bleus, mais comprends que si nécessaire, le monde saura que tu es à moi. Si tu veux des bleus sur tout le corps, c'est ton choix, mais mon avertissement tient toujours : ne flirte pas avec Navarro.

Son avertissement présent à l'esprit, elle passa les doigts sur la marque à son cou, avant de lever ses yeux vers les siens. Les papillons dans son estomac lui interdisaient presque de parler.

— Tu es fou.

Sa bouche se serra.

— C'est ce qu'il semble – quand il s'agit de toi du moins. Tu ferais bien de t'en souvenir.

Sur ces mots, il la libéra de la captivité de son étreinte, mais seulement pour lui emprisonner une main de ses doigts et l'entraîner hors de la pièce. Elle marcha à ses côtés jusqu'à ce qu'ils atteignent le salon, où il s'arrêta, la serrant étroitement contre lui, comme s'ils étaient vraiment égaux. Mais elle connaissait la réalité : c'était lui qui menait la barque et ses doigts rugueux qui retenaient les siens captifs étaient un rappel suffisant.

Un coup d'œil autour d'elle lui apprit que leurs invités étaient déjà installés. L'homme, Rafael Navarro, était assis dans l'un des deux fauteuils qui flanquaient le canapé. Une femme plus jeune était installée à sa gauche. Erin vit d'un coup d'œil qu'ils semblaient s'ignorer mutuellement pendant qu'ils attendaient.

Les deux visiteurs se levèrent lorsque Max et Erin entrèrent dans la pièce. Ne relâchant son épouse que brièvement, il se dirigea en premier vers la jeune femme, qui avait des cheveux aussi noirs que ceux d'Erin. Il la serra dans ses bras avec ce qui semblait être une véritable chaleur, scrutant son visage comme s'il était inquiet – un regard similaire à ceux qu'elle avait surpris sur le visage de ses frères quand ils ne l'avaient pas vue depuis un moment.

Erin ne comprenait pas tout à fait, mais l'expression de Max était si… si familiale qu'elle ne fut pas dérangée par l'attention qu'il portait à la fille. Sa mine inquiète disparut complètement quand il la relâcha et se tourna vers l'homme pour lui serrer la main avec beaucoup moins d'effusion.

Puis, attirant Erin, il la fit passer devant, dos à lui, et passa un

bras autour de sa taille, une position qui devait lui plaire, car il l'adoptait souvent.

— Nora, Rafael, j'aimerais vous présenter ma femme, Erin. (Le bras qu'il tenait serré autour de sa taille devint comme une bande d'acier, presque un avertissement.) Erin, voici nos plus proches voisins, Rafael Navarro et sa sœur, Nora.

Erin sourit à la jeune femme, qui semblait de plusieurs années plus jeune qu'elle, et lui serra la main. Alors qu'elle se retournait et saluait Rafael Navarro, l'homme corrigea :

— Nora est ma demi-sœur.

Quand l'homme relâcha sa main, du coin de l'œil, Erin vit deux choses : Nora tressaillir à cette rectification et le corps de Max se tendre. L'enseignement de sa mère la sauva dans les secondes qui suivirent : elle sourit, inclina gracieusement la tête comme le ferait une hôtesse, même si elle avait l'impression d'être une usurpatrice ce faisant.

— C'est un plaisir de vous rencontrer tous les deux. Je suis stupéfaite de la beauté de la région. Vous avez beaucoup de chance de vivre ici.

Lorsqu'elle leur fit signe de se rasseoir, l'étreinte de Max se relâcha lentement et Erin fit les quelques pas qui la séparaient du canapé et s'assit à côté de Nora tandis qu'il prenait le fauteuil vide.

Ce fut Nora qui parla la première.

— Je suis désolée de faire irruption chez vous comme ça, mais quand j'ai entendu parler de vous… eh bien, je ne pouvais pas attendre.

— Ce n'est pas un problème. Nous sommes ravis de votre visite.

Abruptement, avec seulement un léger malaise dû à ses machinations, Erin décida de profiter de l'occasion pour planter la graine dans l'esprit de Max qu'elle était digne de confiance, qu'elle acceptait la situation et était prête à s'entendre avec lui dans sa maison. Dans cet esprit, elle lui adressa un sourire discret avant de poser à nouveau son regard sur Nora.

— Mon mari m'a fait visiter la maison, rien de plus. Je suis vraiment contente que vous soyez passés. Max m'a dit que vous habitez à trente kilomètres d'ici et que vous êtes nos plus proches voisins. Comparé à l'endroit d'où je viens, ce genre d'espace vide, c'est presque époustouflant.

Le doux rire de Nora se répandit dans la pièce.

— Oui, mais on s'ennuie et on se sent seul, ici. J'espère que vous et moi nous entendrons bien. Peut-être pourrons-nous bientôt monter ensemble ?

Monter ?

— Monter quoi ? demanda Erin, essayant de ne pas montrer son inquiétude à l'idée de monter sur un cheval.

— Des chevaux ! Vous savez monter à cheval, n'est-ce pas ? la questionna Nora avec un regard plein d'espoir.

Non, elle ne savait pas et elle n'était pas prête à apprendre.

— Non, je suis désolée.

Nora se trémoussa sur son siège, refusant de se laisser abattre par ce contretemps.

— Je peux vous apprendre.

Erin essaya de masquer l'inquiétude sur ses traits.

— C'est gentil, mais pour que vous m'appreniez, il faudrait que je grimpe sur un cheval.

— Vous n'aimez pas les chevaux ?

Erin essaya de toutes ses forces de ne pas ciller.

— Non, je les aime bien… à distance.

Alors que les hommes étaient assis en silence et écoutaient l'échange, Nora continua :

— Il faut apprendre. J'ai besoin de quelqu'un avec qui monter…

La jeune fille fut interrompue par Rafael, qui posa une main sur son genou. Erin jeta un coup d'œil à Max et vit ses yeux se faire scrutateurs face à ce geste.

— Arrête de la harceler, Nora, la réprimanda Rafael. Elle vient d'arriver et l'équitation n'a pas l'air d'être son truc.

Nora sembla se figer, bougeant sa jambe et jetant un regard à

son demi-frère avant de se retourner vers Erin avec un sourire plein d'espoir.

— Pas de problème. J'ai un tout nouveau 4x4 que nous pouvons prendre. Il ressemble à une voiture de golf, pas du tout à un cheval, précisa-t-elle en riant. C'est un Kawasaki Mule et il est génial…

Max et Rafael intervinrent en même temps.

— Non…

Erin se contenta d'écouter l'échange, étonnée de la véhémence de Max tandis que Nora lançait un regard furieux aux deux hommes avant de rétorquer :

— Pourquoi pas ?

Pendant un moment, Max et Rafael échangèrent des regards, presque comiques dans leur solidarité masculine, comme s'ils essayaient désespérément de trouver une objection raisonnable à une sortie aussi innocente. Nora leva les yeux au ciel et interrompit le silence.

— Il n'y a aucune raison. Allez, Erin, ça va être amusant. S'il vous plaît, ayez pitié de moi. Vous n'êtes pas coincée ici depuis toujours comme moi…

— Tu n'es pas coincée ici depuis toujours, Nora, dit Rafael, les lèvres pincées. Tu n'es rentrée de Californie que depuis quelques semaines.

— Quelques semaines ? J'ai fini l'université il y a des mois. As-tu la moindre idée de ce qu'on ressent ici, au fin fond de l'au-delà, avec toi qui me souffles dans le cou comme si je n'avais pas un brin de bon sens ?

Erin écouta l'échange tout en observant subrepticement Max sous ses cils. Il n'était pas content, mais elle ignorait pourquoi. Il fixait Rafael, presque comme si son interlocuteur franchissait une ligne rouge. Soudain, Erin sut que quelque chose d'autre leur était caché, quelque chose sous la surface, dont elle n'était pas au courant, du moins pas encore.

— Nous n'allons pas discuter de ça devant nos hôtes, râla Rafael à l'attention de sa demi-sœur. Nous serions impolis,

compris ? Et arrête de harceler madame Villareal, elle vient juste d'arriver.

Une moue rebelle apparut sur les lèvres de Nora, elle croisa les bras, et quand Erin capta son regard, la jeune fille leva à nouveau les yeux au ciel comme si son demi-frère était une épine dans son pied qu'elle ne pouvait pas enlever.

Essayant de réprimer un sourire devant la camaraderie féminine dont sa visiteuse avait manifestement besoin, Erin se tourna vers Rafael.

— S'il vous plaît, appelez-moi Erin. (Puis elle reporta son attention sur Nora.) J'adorerais faire un tour avec votre Mule quand vous voudrez. Tant que vous n'essayez pas de me faire monter à cheval, je serais ravie de passer une journée avec vous. Vous pourriez tout me montrer.

Nora se fendit d'un large sourire.

— Ce sera génial...

— Tu ne peux pas y aller seule, annonça sèchement Rafael, qui tenait Nora dans son viseur.

Celle-ci tourna la tête et jeta un regard furieux à son demi-frère.

— Je n'irai pas seule. J'emmène Erin.

— Nora... pas maintenant, gronda Rafael.

Sautant dans la mêlée comme pour apaiser les sentiments de la jeune fille, Max lança :

— Oui, nous irons tous faire un tour en voiture un jour prochain. Tu aimerais ça, Nora ?

Quand celle-ci tourna son regard vers lui, même Erin comprit. Cette jeune femme était-elle dans une prison là-bas ? Et allait-elle connaître le même sort qu'elle ? Alors qu'un ruban de malaise s'enroulait autour de son échine, elle décida d'aller de l'avant et de tester ses entraves maintenant. Elle se tourna vers Nora.

— Tu sais, je peux te tutoyer ? (Nora hocha la tête.) Il y a une autre chose que toi et moi pourrions faire, si tu le souhaites. Max et moi nous sommes mariés dans une telle précipitation que je n'ai

pas grand-chose. J'ai besoin de faire du *shopping* ! Où tu vas par ici ?

Nora se redressa : des étincelles d'excitation pétillaient dans ses yeux.

— Nulle part par ici, c'est sûr. Nous irons à Buenos Aires, ce serait génial !

Alors que Nora réagissait exactement comme elle l'avait souhaité, Erin jeta un coup d'œil aux deux hommes. Ils fronçaient les sourcils, mais ce fut Rafael qui prit le premier la parole.

— Excellente idée. Nous irons tous les quatre y passer un week-end, n'est-ce pas, Villareal ?

Max acquiesça, pourtant son ton était tout sauf enthousiaste.

— Absolument. Génial. J'ai toujours aimé le *shopping*.

Le mensonge flagrant démontré par son manque d'émotion était tout l'élan dont Erin avait besoin.

— Max, il n'y a aucune raison pour que nous vous traînions avec nous, vous allez sûrement vous ennuyer à mourir. Nora et moi serons bien toutes les deux…

— Non, refusa Max catégoriquement.

Et voilà le démenti qu'elle attendait.

— Mais…

— Nous en discuterons plus tard, Erin.

Rafael se leva et tendit la main à sa demi-sœur, ne lui laissant aucune possibilité de refuser.

— Nora et moi allons vous laisser tranquilles. Nous sommes seulement passés pour vous souhaiter la bienvenue, Erin. Ce fut un plaisir de vous rencontrer et nous ferons des projets bientôt, *sí* ?

Max se leva également et Erin lui emboîta le pas en répondant à leur visiteur :

— Oui, bien sûr.

Alors qu'ils raccompagnaient les voisins et que la porte était refermée derrière eux, Erin se retourna vers Max.

— Tu refuses de me laisser aller faire du *shopping* sans toi ? C'est comme ça que sera ma vie ?

Le regard qu'il lui lança était pour le moins mécontent.

— Parles-tu espagnol ? Connais-tu notre monnaie ou nos lois ? Sais-tu comment composer un numéro en cas d'urgence dans ce pays ? Sais-tu quoi faire en cas de crue soudaine, phénomène auquel cette région est sujette ?

Erin fit marche arrière.

— Eh bien, non… mais je peux apprendre toutes ces choses.

— Oui, et quand tu auras appris, alors, nous aurons une discussion sur un voyage à Buenos Aires sans moi. Jusque-là, tu resteras ici ou tu voyageras avec moi. Tu auras ma protection jusqu'à ce que tu apprennes ces choses par toi-même.

— C'est la vraie raison ? Tu t'inquiètes pour moi ? Ou tu as peur de me voir rentrer à Saint-Louis à la première occasion ?

— Erin. Tu dois te mettre ça dans la tête : je ne te retiens pas ici, c'est ton choix de rester. Je vais te le demander une dernière fois et ensuite je ne veux plus entendre un seul mot à ce sujet : veux-tu être ma femme, ou veux-tu retourner en Amérique ?

— Si je rentre à la maison, tu vas nuire à mes frères.

— Oui.

— Mais…

— Choisis. (Ses traits se firent d'acier, alors que son tempérament semblait s'emballer.) Choisis maintenant et finissons-en.

Sa colère déclencha celle d'Erin à un tel point qu'elle perdit les pédales.

— Tu me fais vraiment chier, tu sais ça ?

Il leva la main et la lui enroula autour du poignet, mais elle l'ignora et continua :

— Tu t'attends à ce que ce soit facile pour moi, mais ça ne l'est pas. Tu attends de moi que je te croie, mais je ne te crois pas. Je ne peux pas te croire. Tu attends de moi que je fasse ce que tu dis, mais je ne pense pas que je puisse le tolérer !

Alors qu'elle terminait sa tirade par un regard hostile, il resserra sa prise autour de son poignet, et dans un geste qui

accéléra le pouls de la jeune femme, il le tordit derrière son dos pour l'y maintenir tandis qu'il la fixait. Sa respiration s'était rapidement modifiée. Son regard était rempli d'hostilité, de feu et d'impatience et son étau sur elle était inflexible. Il n'y avait pas d'ecchymoses ou de douleur, mais c'était inflexible, néanmoins.

Il commença à baisser la tête et elle essaya de se détourner, mais il leva son autre main et lui maintint fermement le visage. Sa bouche se posa sur la sienne, une autre facette de sa personnalité lui faisant découvrir un autre type de baiser. Il ouvrit complètement sa bouche sur la sienne, forçant ses lèvres à s'écarter tandis que sa langue plongeait à l'intérieur. Alors qu'il commençait à l'embrasser comme si elle n'avait rien à dire, ses émotions se partagèrent. Elle fut immédiatement excitée, mais elle était furieuse que ses tactiques d'homme des cavernes soient si enivrantes. Elle éprouvait un sentiment de rage impuissante et un désir horrible et ridicule de ce qu'elle le savait capable de lui faire ressentir.

Elle voulait avoir le contrôle sur leur relation… au moins un certain degré de contrôle.

Elle commença à l'embrasser en retour, et à la seconde même où elle le fit, elle sentit un changement s'opérer en lui. Sa colère sembla s'envoler et il ne resta plus que son désir mal dissimulé pour elle.

Une nouvelle vague de faiblesse l'envahit et lui donna un soupçon du contrôle dont elle avait besoin. La sensation était grisante. Elle se laissa emporter encore plus par le baiser. Il continuait à retenir son bras captif derrière son dos, et finalement, elle fut obligée de libérer sa bouche pour respirer.

En ouvrant les yeux, elle le trouva en train de la regarder. Contre qui se battait-elle le plus ? Cela n'avait pas d'importance, du moment qu'elle se battait contre lui, même si se battre contre ses propres désirs était tout aussi difficile. Elle commença à le repousser, mais il ne la relâchait pas. Levant le menton, elle le frappa de ses mots.

— Tu peux me lâcher, maintenant.

— Je peux ?

— Oui.

— Pourquoi le ferais-je ?

— Parce que…

Il laissa échapper un rire comme un aboiement mauvais.

— Parce que tu veux t'éloigner de moi ? (Le regard qu'il lui adressa contenait une conflagration d'émotions tordues.) Tu crois vraiment que je me suis laissé prendre à ce petit sourire mielleux que tu m'as adressé tout à l'heure ? Je sais quand tu fais semblant. Ne commets pas l'erreur de me sous-estimer, Erin. Je ne suis pas arrivé si loin dans la vie en étant stupide. Mais encore une fois, peut-être que j'ai… peut-être que je m'y suis pris de la mauvaise façon. Je vois maintenant que te donner du temps pour te faire à l'idée de ta vie ici est une erreur.

Sur ce, il commença à la traîner dans le couloir, et ce fut seulement lorsqu'ils arrivèrent à l'escalier que son intention devint claire. Il voulait faire ça maintenant, tout de suite. Le cœur d'Erin s'emballa, son sang se mit à pulser. Elle tira alors sur son bras et campa les pieds fermement dans le sol.

8

Max s'immobilisa dans son élan et se retourna pour faire face à Erin. Le nuage de tempête qui passa sur ses traits ne fit qu'augmenter sa panique.

— Je ne monterai pas avec toi, tu as promis !

Sa bouche se pinça alors qu'il la dominait de toute sa hauteur.

— Je n'ai rien promis. J'ai essayé quelque chose – ça n'a pas marché. Maintenant, on passe à autre chose.

Sur ce, il commença à monter l'escalier, l'entraînant à sa suite.

— Max, arrête !

Il se retourna, la bouche figée par l'irritation.

— Quoi ?

— Tu ne peux pas… tu ne peux pas…

Il plissa les yeux, même s'il semblait écouter sa demande. Mais ensuite, le monde d'Erin bascula soudain lorsqu'un air déterminé apparut sur ses traits et qu'il la souleva, d'un bras sous ses genoux et d'un autre dans son dos, pour grimper rapidement les marches.

Poussant la porte de leur suite, il la fit entrer et la laissa tomber sur ses pieds, le temps de verrouiller la porte. Les jambes en

bouillie, elle décida brusquement qu'il valait mieux être en attaque qu'en défense.

Avec ce plan en tête, elle plaça les mains à sa taille et s'approcha à quelques centimètres, les sangs bouillant de défiance.

— Ça n'arrivera pas, mec. Réfléchis à deux fois. Tu as promis et tu vas tenir ta promesse, ou par tout ce qui est sacré, tu le regretteras. Juste parce que j'ai accepté de rester ici, tu penses honnêtement que je dois te faciliter la tâche en me pliant à tes plans ? Tu rêves ! Pas question !

Une irritation patente se peignit sur les traits de Max et sa mâchoire se contracta. Il tourna la tête sur le côté, indiquant le lit, comme si elle n'avait pas parlé.

— File sur ce foutu lit.

L'estomac d'Erin se retourna tandis qu'une pluie d'étincelles honteuses ruisselait en cascade autour d'elle quand elle entendit ces mots et ce ton rauque. Quel était son plan, déjà ? Quelles devaient être ses réactions ? Elle n'arrivait pas y penser maintenant, tout ce qu'elle pouvait faire, c'était réagir comme elle le sentait honnêtement – avec défiance.

— Non.

Ses lèvres se pincèrent.

— Maintenant.

Elle leva le menton, refusant d'obéir à l'instinct qui lui secouait l'échine et lui conseillait de reculer.

— Non.

— Erin. Mets-toi sur ce putain de lit ou je t'y colle moi-même.

Elle jeta un coup d'œil au lit, puis sur lui. Tentant de le dépasser pour se diriger vers la porte tout en le gardant en ligne de mire, elle lança :

— Tu vas sur ce putain de lit, et moi, je redescends.

Ses doigts venaient d'atteindre la poignée de la porte lorsqu'il lui souleva le bras et le maintint contre la porte, pendant que son torse venait se plaquer à son dos, poussant ses seins contre le bois massif.

Il siffla à son oreille :

— Tu vas apprendre à m'obéir, compris ?

Elle se redressa contre lui, essayant de s'éloigner.

— Ce que je comprends, c'est que tu n'es rien d'autre qu'un connard.

— Oui ? Eh bien, je suis ton connard de mari, dit-il en continuant à pousser dans son dos, ses mains tombant sur ses hanches, sa jambe se glissant entre les siennes.

Il s'inclina légèrement jusqu'à ce qu'elle puisse sentir la pression et la chaleur de son érection engorgée et avide logée avec force contre ses fesses. Tous les mots se figèrent alors dans sa gorge pendant qu'une vague de chaleur sexuelle la frappait de toutes parts.

Pourquoi ne pouvait-elle pas rester saine d'esprit avec lui ? Que fallait-il faire ? Comment pouvait-elle lui céder et en sortir gagnante ? Elle devait prendre une décision sur la façon d'agir, et pas plus tard que maintenant – elle n'avait pas le temps pour une énième introspection.

Elle voulait deux choses : déterminer si cette folle attirance pouvait vraiment se transformer en un mariage parfait et le voir renoncer à sa lubie de vengeance.

Donc, une étape à la fois. Une relation parfaite n'existerait pas sans sexe. Et heureusement pour elle, elle voulait tellement coucher avec lui qu'elle en avait l'eau à la bouche.

~

Max était sérieusement sur le point de perdre la tête. Sa putain de verge était si dure qu'elle ne tarderait pas à exploser, elle se pressait entre les fesses arrondies de sa femme de manière si érotique qu'il ne put réprimer un mouvement du bassin. Et un autre. Il devait faire attention. Il pourrait jouir facilement comme ça, rien qu'en se frottant contre elle.

Il sentit sa réaction quand elle se raidit, puis se relâcha

brusquement. Ses muscles se détendirent alors qu'elle devenait douce et souple. Cette réaction lui flanqua les jetons. Il s'attendait à ce qu'elle continue à se battre, verbalement et physiquement, et il s'attendait à devoir arrêter, parce que la force n'était pas acceptable pour lui.

Mais elle ne le repoussait plus. Elle devint molle entre lui et la porte, presque comme si elle ne pouvait pas – ou ne voulait pas – se battre contre lui plus longtemps.

Il n'y croyait pas.

Il la fit pivoter pour qu'elle soit face à lui et que son sexe se retrouve collé contre la douceur de son ventre. Elle cambra le dos et regarda vers le haut, ses yeux ronds et concentrés directement sur les siens.

— À quoi tu joues ? cracha-t-il, ne voulant rien d'autre que plonger dans sa tête et connaître ses pensées afin de savoir comment obtenir d'elle la réponse dont il avait besoin.

— Un jeu ? demanda-t-elle dans un souffle.

Ses yeux semblèrent sauvages pendant un moment, avec le pouls dans sa gorge qui battait convulsivement.

— Pourquoi tu ne te bats plus contre moi ?

— Je ne veux plus me battre, je ne peux plus me battre.

Ces paroles le déroutèrent, mais il ne laissa transparaître que son impatience dans sa voix.

— Pourquoi, bon sang ?

Les yeux d'Erin retinrent les siens, puis se posèrent au sol, comme si elle ne pouvait pas maintenir ce contact intime. Il en profita pour l'étudier, il avait besoin de voir dans sa tête comme il avait besoin d'air pour respirer. Elle était si belle, putain ! qu'elle lui faisait des nœuds au cerveau. Sa peau était lisse et crémeuse, ses cils ridiculement longs... Bref, tout en elle le rendait fou. Il voulait tellement la garder enfermée dans cette pièce qu'il ne pouvait pas lutter contre ce sentiment. Il posa les yeux sur ses seins gonflés et il ne put contenir le gémissement qui sortit de sa gorge.

Elle leva le visage à ce son et leurs yeux se croisèrent.

— Max…

Il l'interrompit avec la force de ses lèvres sur les siennes. Elle se raidit pendant une seconde, mais ne lui laissant pas le temps de s'éloigner, il serra les mains sur ses épaules. Le corps d'Erin se raidit immédiatement, ses muscles se contractèrent, sa bouche se serra en une ligne plate sous la sienne.

Il ne pouvait ni le supporter ni attendre. Il avait été un imbécile de lui promettre le temps de s'adapter. Il continua à l'embrasser, continua à ignorer le mur qu'elle avait érigé entre eux depuis le moment où ils s'étaient rencontrés – mur qui était devenu plus impénétrable encore depuis qu'il l'avait emmenée à bord de son avion.

Il avait besoin de sentir sa douceur, il fallait que ce soit maintenant. Il glissa une main jusqu'à sa poitrine et elle gémit contre sa bouche. Il malaxa sa chair douce, mais cela ne suffit pas à le calmer. Submergé par le besoin de prendre ce qu'il voulait, il releva le tee-shirt de la jeune femme d'un coup sec et trouva sa poitrine couverte par le coton fragile de son soutien-gorge. Il enfonça les doigts autour de sa chair douce tandis qu'il poussait les hanches contre elle, une fois, deux fois, et encore une fois, dans une parodie de rapport sexuel destinée à la séduire et à l'apaiser.

Elle poussa un petit gémissement, puis ses muscles se détendirent à nouveau, tandis que toute résistance résiduelle semblait la quitter. Comme si elle abandonnait complètement, ses bras s'enroulèrent autour de son cou, et l'exaltation le frappa de toutes parts quand il reçut son invitation silencieuse. Incapable de ralentir, il plongea la langue à l'intérieur pour goûter sa chaleur humide. Il la voulait tout entière, il ne la laisserait jamais s'éloigner de lui. Oui, tout d'elle. Avec cette pensée qui résonnait dans sa tête, il se rappela qu'ils étaient mariés et songea qu'il n'aurait pas à utiliser de préservatif. Il était *clean* et elle était prenait la pilule – il n'y avait aucune raison d'utiliser quelque chose de plus. Il voulait sentir ses parois intérieures l'entourer et le serrer ; il voulait sentir son intimité lisse sur la dureté de sa verge. Rien que d'y penser, des

perles de sueur lui coulaient le long du dos. Jésus, oui, il voulait la marquer comme sienne, il voulait sentir sa chair nue quand il la pénétrerait ! Il admettait que la vengeance ne jouait aucun rôle dans son processus de réflexion : c'était une autre façon de la lier à lui, l'acte d'intimité ultime. Il en avait besoin avec Erin comme il n'en avait jamais eu besoin avec personne avant elle. Il voulait enfouir sa nudité à l'intérieur d'elle, il avait besoin de la marquer de son sperme – l'idée le rendait fou. Et un jour, un jour, par Dieu, elle ne serait pas protégée contre la grossesse comme elle l'était maintenant et alors, il aurait vraiment ce qu'il voulait.

Il la souleva, l'emporta sur le lit et la jeta au milieu, avec une seule idée en tête. À quatre pattes au-dessus d'elle, il se pencha pour l'embrasser à nouveau. Les tremblements involontaires du corps d'Erin l'excitèrent, elle était aussi enivrante maintenant qu'elle l'avait été la première fois qu'il l'avait vue. Encore plus maintenant parce que maintenant, elle était à lui.

Il releva la tête et l'étudia, essayant de la cerner à travers le désir qui obscurcissait son esprit. Ses yeux restaient fermés, sa tête bougeait d'un côté à l'autre de l'oreiller comme si elle était agitée. Il ne pouvait pas attendre plus longtemps, il la voulait nue et il la voulait maintenant. Ce jeu entre eux allait devoir attendre. Il lui permettrait de confronter son intelligence à la sienne une autre fois. Maintenant – tout de suite –, il avait besoin de la prendre fort et vite. Il avait besoin de la sentir jouir. Il avait besoin d'elle, lisse et humide, pour pouvoir éjaculer en elle.

Il la voulait nue et il ne pensait pas être capable de prendre le temps de la courtiser en la débarrassant de ses vêtements, pièce par pièce. Et puis merde ! Poussé par le besoin primaire de voir sa peau soyeuse, il fit passer son tee-shirt et son soutien-gorge par-dessus sa tête et les jeta de côté. Il se débarrassa rapidement de ses chaussures, puis de ses vêtements du bas. Il regarda ses yeux s'ouvrir, ses pupilles se dilater.

Il fixa sa nudité, le collier qu'il lui avait offert la veille scintillant sur sa peau comme s'il l'avait saisie au collet. Une autre vague de

possessivité frappa son système sanguin – il se sentait comme ça avec elle depuis le début. Ça dépassait son entendement, mais il n'avait jamais été doué pour partager ses sentiments, or c'était là que devait se situer cette émotion. Elle était à lui, donc il ne partageait pas, pas du tout, jamais. Et la vue de son collier autour du cou de la jeune femme comme des joyaux ne faisait qu'intensifier ce sentiment.

Cette mission en tête, il se leva et arracha ses propres vêtements jusqu'à être aussi nu qu'elle. Elle garda les yeux rivés aux siens tout le temps, les pupilles dilatées, les tétons durcis, les cuisses tremblantes, le pouls frémissant et si rapide qu'il le voyait dans son cou.

Il revint sur elle et lui écarta les jambes avec ses genoux. Elles s'ouvrirent pour lui alors qu'un soupir s'échappait de la gorge d'Erin. Le son le rendit à moitié fou. Il se calma en l'étudiant, la lumière qu'il vit briller dans ses yeux lui indiquant qu'elle le voulait aussi, presque autant que lui. Et c'était une bonne chose, parce que ce n'était pas le moment de tester sa patience.

Il inspira par les narines, mais fut incapable de garder la bouche fermée.

— Je me souviens du goût de ta peau et je veux le retrouver. J'ai besoin de goûter chaque partie de toi. C'est tout ce à quoi je pense, je n'arrive pas à me le sortir de la tête.

Il dut voir ses pupilles se dilater en réaction, car il passa aussitôt à l'acte, signe que sa patience avait été mise à rude épreuve. Alors qu'il lui écartait les jambes et lui maintenait les bras le long du corps, une rougeur remonta de sa poitrine pour se propager jusqu'à son cou, puis à ses joues. Cette réaction ne fit que le rendre plus fou encore. Son regard glissa vers le bas et se posa sur la perfection épilée de son mont de Vénus. Une grande vague de chaleur le prit à la gorge tandis que ses bourses se crispaient en réponse automatique. Son érection s'engorgea et tressauta ; il resserra les mains autour des poignets d'Erin, la retenant, empêchant tout mouvement.

— Max…, murmura-t-elle en prenant une bouffée d'air, presque sidérée, puis elle cessa de parler.

Il leva les yeux vers les siens et constata qu'ils se fermaient, comme pour le laisser en dehors d'elle. Il détestait ce repli sur soi, il s'en occuperait plus tard, mais pour l'instant, il avait besoin de goûter la perfection de son corps. Il en avait besoin s'il voulait avoir la moindre chance de fonctionner avec un minimum de bon sens dans la vie.

Se laissant glisser, il passa la tête entre les jambes de la jeune femme et les bras sous ses genoux. Son odeur le frappa immédiatement : féminine et épicée, musquée et capiteuse, imprégnée de la fragrance du sexe – et c'était plus qu'il ne pouvait en supporter.

Les mains plongeant dans sa douceur mielleuse, il écarta ses replis à l'aide de ses doigts. Il pouvait tout voir d'elle – tout ce qu'elle avait – et il était sur le point de perdre la tête. Dès qu'il eut trouvé son petit clitoris délicat et pressé un doigt dessus, il baissa la tête et le lécha, faisant glisser sa langue du bas vers le haut.

Elle arqua le dos d'un coup sec et lui enfonça les doigts dans les cheveux pour s'y accrocher. Son étau sur lui était fort, comme si elle le suppliait de rester, ou qu'elle était sur le point d'essayer de le forcer à partir.

— Max… non.

Putain ! Il releva la tête, sourcils froncés.

— Non ?

Elle aspira sa lèvre inférieure entre ses dents avant de répondre :

— Je veux que tu viennes ici, s'il te plaît.

Il se calma un peu à ces mots quand il réalisa qu'elle ne voulait pas qu'il s'arrête.

— Non, je ne peux pas. Pas encore. Je vais jouir trop tôt.

Sur ce, il baissa à nouveau la tête et commença à la goûter comme il en avait besoin… comme il espérait qu'elle en avait besoin aussi.

En quelques secondes, une envie animale contre laquelle il ne pouvait lutter enfla dans son sang. Il essaya de ne pas s'accrocher aussi fort, de ne pas se soucier de la blesser, mais c'était impossible. La tête enfouie contre son sexe doux, il porta les mains de part et d'autre et lui agrippa les cuisses, la maintenant écartée. La position était parfaite – il la possédait, il possédait son sexe – et si elle n'apprenait pas rapidement à se conformer à ses désirs, il devrait la garder comme ça jusqu'à ce qu'elle s'y résolve.

Avec sa verge qui palpitait tellement fort qu'elle lui faisait mal, il savait que rien ne pouvait lui plaire davantage, pourtant il avait besoin de se rapprocher encore. Il avait besoin de l'avaler en entier.

Sur cette pensée, il leva la tête, se redressa sur les genoux et la saisit par la taille. Il la fit basculer sur le ventre en deux secondes et, le sang pulsant à un rythme primal et insatiable, il la mit à genoux, lui écartant les jambes jusqu'à ce qu'il l'entende haleter. Il ne pouvait pas s'arrêter. Il était incapable de s'arrêter. Il avait besoin de son goût. Il avait besoin de ses fluides sur son visage. Il avait besoin d'être si près d'elle que plus rien ne les séparerait.

ERIN N'ARRIVAIT PAS À REPRENDRE SON SOUFFLE. SON POULS ÉTAIT tellement déréglé que sa poitrine lui faisait presque mal. L'emprise de Max sur elle était intense au point que c'en était… païen. Des bruits rauques et sauvages s'échappaient de sa gorge, et quand il la retourna sans crier gare sur le ventre, le sang afflua vers son clitoris, lui donnant l'impression qu'elle pouvait s'embraser à tout moment.

Elle était incapable de contrôler quoi que ce soit, elle ne pouvait que s'accrocher pour la course folle. Lorsqu'il lui écarta les genoux d'une cuisse puissante entre ses jambes, elle ne put réprimer le soupir qui s'échappa de ses poumons. Des papillons apparurent dans son ventre, ricochant à travers ses veines. Il fit

une pause pour insinuer un doigt, provoquant une inondation de chaleur humide. Elle savait qu'il la regardait, qu'il la regardait... là.

Il retira son doigt et elle cria presque de frustration, mais il n'en avait pas fini avec elle.

Elle s'attendait à ce qu'il y retourne, sauf qu'il changea de tactique. Il s'allongea sur le dos, avant de la tirer par le bassin jusqu'au-dessus de lui. Il agrippa ses cuisses, la tenant ouverte à sa bouche, sa langue – oh, putain ! – son nez, tandis qu'il respirait son parfum.

D'incroyables vagues de chaleur déferlèrent sur elle. Erin n'avait jamais imaginé être dans cette position auparavant – elle était pratiquement assise sur son visage. Il était pressé contre elle comme s'il ne pouvait pas se passer de son corps, comme s'il ne pouvait pas la goûter assez. Comme s'il avait besoin de l'absorber par tous ses pores.

Il la léchait à présent, à coups de langue puissants et lents qui envoyaient des picotements depuis ses mamelons jusqu'à son clitoris. Comme s'il lisait dans ses pensées, ses dents trouvèrent son renflement et il mordit, juste assez pour qu'un autre cri s'échappe de sa gorge.

Il émit un grognement en guise de réponse alors que ses mains se déplaçaient pour lui saisir la taille, puis les tétons, avec lesquels il joua pendant un moment avant de revenir pour lui serrer à nouveau les mains autour de la taille.

Elle essaya de respirer, essaya comme pas possible de ne pas jouir. Elle avait besoin que ça dure ; c'était trop bon, trop parfait pour finir déjà.

Son contact, presque incontrôlable alors qu'il se déplaçait sur elle, était enivrant. Elle sentait l'orgasme monter, elle avait besoin de la sensation qu'il pouvait lui donner.

Elle essaya de tenir bon, de ne pas jouir, mais il la saisit alors par les fesses et elle fut presque perdue. Avec sa bouche sur son clitoris, ses doigts enfoncés dans la chair de ses fesses, un courant électrique immédiat parcourut sa colonne vertébrale. Il la tenait

fermement, ses mains puissantes les maintenant écartées tandis que sa langue s'enfonçait profondément en elle.

Un gémissement érotique s'arrêta dans sa gorge alors qu'il prenait ce qu'il voulait, la manipulant jusqu'à ce que son processus de pensée s'effondre. La langue de Max entrait et sortait, puis revenait vers son clitoris, puis de nouveau vers sa vulve. Et pendant tout ce temps, il lui gardait les fesses écartées, à tel point qu'elle sentait l'air frais de la pièce sur l'endroit le plus intime de son corps.

Le frisson de l'inconnu, de l'interdit était terriblement titillant et tout son être envahi par le désir.

Alors qu'il continuait à jouer de la langue à plusieurs reprises, elle ressentit un besoin dévastateur lorsqu'il déplaça un doigt vers son entrée et l'y enfonça. Il la doigta avec force, parfaitement, puis la relâcha, glissant son doigt humide vers l'endroit interdit entre ses fesses. Il le fit tournoyer, chaud, dur et taquin autour de son ouverture, son contact lui envoyant une tempête de chaleur dans les entrailles.

L'oxygène stagnait dans ses poumons tandis que ses dents serraient fort son clitoris et que son doigt s'insinuait dans le point tabou entre ses fesses, la précipitant dans une déferlante de sensations. Une spirale de chaleur dévorante et incendiaire fit irruption dans son corps, irradiant en vagues de plaisir enivrant alors qu'elle explosait autour de lui.

~

Erin était le paradis et la magie réunis, son odeur féminine affolait Max. Il aimait tout d'elle, le parfum de sa peau, les petits bruits qu'elle faisait, la façon dont son corps, même maintenant, dégageait une chaleur humide et fantastique qui le poussait de plus en plus vers la perte de contrôle.

Pendant qu'il léchait et léchait, il sentit le changement en elle quand elle fondit autour de lui dans l'orgasme. Il aimait quand elle

fondait autour de lui, il voulait ça comme l'enfer sur terre, mais par-dessus tout, il avait besoin de la sentir jouir sur sa verge. Putain, il en avait besoin maintenant ! Il la souleva, la retourna sur le dos, et avec une rapidité qui provoqua un petit miaulement, il remonta le long de son corps, saisissant ses poignets et les plantant de part et d'autre de sa tête. Il plongea en elle d'une seule poussée puissante et désespérée, serrant les dents et essayant de toutes ses forces de ne pas jouir au premier coup.

Putain ! Le paradis !

Il s'arrêta et lutta pour reprendre le contrôle, puis recommença à zéro, avec l'intention de la faire jouir à nouveau. Oh oui, et rien que cette idée lui serrait les bourses ! Peau nue contre peau nue – il en avait besoin, pourtant il n'avait jamais ressenti le besoin d'être nu à l'intérieur d'une femme auparavant, mais avec Erin… Putain, Oui, il le méritait, elle était la perfection personnifiée, quand sa peau humide et lisse l'entourait. Il commença à pousser, des assauts rapides et puissants qui déclenchèrent une vague vertigineuse de chaleur le long de son échine. La sensation de son fourreau l'entourant sans qu'il ait enfilé de préservatif, il ne pourrait pas la supporter bien longtemps. Il continua à la pilonner et, *merci putain,* elle commença à se serrer autour de lui. Un gémissement déchirant traversa la pièce quand elle jouit à nouveau, comme ça, en spasmes tout autour de lui.

Il la laissa prendre son pied, puis il recommença à la pénétrer. Des coups longs, profonds et chauds qui le faisaient entrer et sortir de son corps, avec une intensité qu'il n'avait jamais ressentie auparavant… Il réalisa alors exactement pourquoi : il consommait leur mariage. Par Dieu, elle était à lui maintenant et rien sur la surface de la Terre ne pourrait la lui arracher.

Avec cette pensée qui lui trottait dans la tête, il donna un dernier coup qui le poussa incroyablement plus loin à l'intérieur, incroyablement plus profond alors qu'il atteignait son nirvana personnel.

Pendant que son orgasme refluait lentement, il resta en elle,

refusant de bouger. Il se déplaça légèrement pour qu'elle puisse respirer plus facilement, mais il n'était pas prêt à se résoudre à la quitter. Lorsque son rythme cardiaque se calma, il leva la tête pour pouvoir distinguer ses traits.

Elle gardait les yeux fermés et il fut presque anéanti lorsqu'il vit une larme couler sur sa joue rougie. Il savait qu'elle avait atteint l'orgasme – deux fois –, mais l'avait-il blessée ? Il était horrifié de penser qu'il avait pu être trop brutal. Elle était si étroite et il savait qu'elle avait été choquée par le geste osé qu'il avait fait.

— Qu'y a-t-il ?

Elle resta complètement immobile pendant un moment, les paupières fermement closes. Elle prit une grande inspiration, secoua la tête en signe de dénégation, puis déglutit péniblement avant d'ouvrir les yeux.

— Tu ne comprendras pas, tu t'en fiches. (Elle marqua une pause puis, fermant à nouveau les yeux, pour l'exclure, elle marmonna.) Je rêvais de conte de fées.

La tension le frappa de plein fouet. Elle était bouleversée et il avait merdé. Il la voulait heureuse, merde ! Tout autre résultat était inacceptable pour lui. Et même s'il savait qu'elle avait connu le summum du plaisir, ce n'était pas suffisant. Elle voulait quelque chose. Quelque chose qui n'était pas du sexe. Quelque chose qu'il ne lui avait pas encore donné.

Donc maintenant, la réponse était simple. Il devait découvrir ce que ce « conte de fées » englobait, pour pouvoir le réaliser.

La couleur disparut du visage d'Erin quand elle entendit ses propres mots. Mon Dieu, lui avait-elle vraiment dit ça ? Pourquoi ? Cette sortie allait à l'encontre de tout ce qu'elle avait entrepris – à commencer par son plan pour le séduire et l'amener à l'aimer. Comment avait-elle pu tout gâcher aussi vite ? Comment pourrait-il l'aimer si elle trahissait une telle faiblesse ? C'était un homme

incroyablement fort et sûr de lui. Elle ne serait jamais capable de retenir son intérêt si elle n'affichait pas les mêmes qualités. *Merde !* Elle avait besoin de se ressaisir, vraiment.

Il pensait probablement qu'elle n'avait pas remarqué qu'il n'avait pas pris la peine de se protéger. Oh, elle l'avait remarqué, bien sûr, elle l'avait senti, le jaillissement chaud de son sperme en elle ! C'était une forme supplémentaire d'intimité qui, même maintenant, envoyait des vagues de chaleur résiduelle dans son système. Elle l'avait senti jouir, sa chaleur humide explosant et inondant son utérus. Elle avait senti ce que cela ferait s'ils essayaient de faire un bébé ensemble.

Cette pensée la fit déglutir alors qu'elle se détournait de lui, et après quelques secondes, elle le sentit tendre la main et toucher sa joue, comme s'il voulait son attention. Comme s'il voulait savoir ce qu'elle avait dans la tête. Il ne pouvait pas accéder à ce savoir, hors de question, alors elle ferma les yeux. Il resserra la main sur elle, mais elle se mordit la lèvre, ressentant un besoin impératif d'autoconservation. Finalement, il écarta la main de son visage et passa un bras autour de sa taille, pour attirer son dos contre son torse et la tenir prisonnière de son étreinte.

Elle resta immobile alors qu'elle sentait la tension en lui. Elle entendait presque tourner les rouages de son cerveau, mais au bout de quelques secondes, sa respiration se calma et finalement, son bras se relâcha, devenant un poids mort qui la maintenait toujours coincée à côté de lui. Au moins, il était détendu, maintenant.

Quelques minutes plus tard, il était plongé dans un profond sommeil et elle savait, sans l'ombre d'un doute, qu'elle en revanche avait peu de chances de trouver du repos.

QUAND MAX SE RÉVEILLA TÔT LE LENDEMAIN MATIN, ERIN AVAIT disparu du lit. Le creux de son oreiller était là, mais la place à ses

côté était froid au toucher, comme si elle l'avait désertée depuis longtemps.

Un rapide coup d'œil à l'extérieur, sur le balcon, le trouva désert lui aussi, tout comme la salle de bains qu'ils partageaient. Son sac à main sur le meuble-lavabo et son téléphone portable branché au mur le rassurèrent quelque peu, mais il y avait quand même des turbulences dans son système sanguin. Sachant qu'elle ne pouvait pas être loin, il prit la douche la plus rapide de l'histoire.

Habillé en tenue décontractée, il fouilla les endroits les plus évidents où elle aurait pu se réfugier. La cuisine ne donna aucun résultat, son cuisinier et sa gouvernante affirmèrent qu'elles ignoraient où Erin pouvait se trouver. L'atrium était vide, tout comme la pièce qu'il lui avait attribuée pour son usage personnel. Il vérifia dans son bureau, puis dans la pièce sécurisée derrière, toutes deux vides. Sans comprendre ce sentiment de vulnérabilité soudaine et inhabituelle, il effectua une vérification rapide et trouva heureusement son passeport avec le sien. Il ne s'arrêta pas sur le soulagement qui l'envahit à cette vue – il devait localiser sa femme… Sa femme, depuis la nuit précédente, dans tous les sens du terme.

Arpenter l'entrée en essayant de réfléchir ne fit que l'inquiéter davantage. La présence de son sac à main et de son téléphone portable à l'étage signifiait qu'elle n'avait pas essayé d'aller loin – alors où et pourquoi avait-elle disparu ?

La maison ne lui donnant pas les réponses dont il avait besoin, il se précipita dehors, bien décidé à la localiser.

Une heure plus tard, il avait demandé l'aide de cinq de ses hommes et comme il n'y avait toujours aucun signe d'Erin, sa colère initiale avait complètement disparu. Il ne ressentait plus qu'une peur bleue, et décidant de revenir sur ses pas plus lentement, à la recherche de quelque chose qu'il aurait pu manquer, il retourna dans la maison et recommença ses recherches.

Il venait de poser un pied dans l'escalier quand son portable se mit à sonner. Pensant que l'appel pouvait avoir un rapport avec sa femme, il sortit le téléphone de sa poche et jeta un coup d'œil à l'écran.

Garrett Rule.

Putain, c'est pas le moment ! Max n'avait pas d'autre choix que de répondre : même s'il savait que ce bâtard n'avait pas pu mettre la main sur Erin, il décrocha quand même, juste pour être sûr.

— Villareal, s'annonça-t-il.

— Villareal, répéta Garrett Rule sur un ton destiné à exprimer son dégoût. J'ai une chose à te dire, enfoiré, alors tu ferais mieux d'écouter. Si tu fais du mal à ma sœur, je te démolis. Ton joli visage sera de l'histoire ancienne quand j'en aurai fini avec toi et je veillerai personnellement à ce que tu perdes tout. Je te promets qu'il ne te restera que les vêtements que tu portes.

Les mots enflammés étaient suspendus dans l'air, irritants. Faire du mal à Erin ? Son frère était-il fou ? Il n'avait pas la force de s'en prendre à elle. Il était sur le point de perdre la tête parce qu'il ne pouvait pas la localiser.

À deux doigts d'ouvrir la bouche et d'engueuler ce salaud pour sa stupidité, il fut interrompu par un « clic » : cet enfoiré avait raccroché.

9

Erin reprit conscience au son d'une porte lointaine qui claquait. Ses yeux s'ouvrirent, mais elle ne vit que l'obscurité autour d'elle.

Alors qu'elle luttait contre la somnolence qui la tenait sous son emprise, une autre porte s'ouvrit et une faible lumière inonda l'endroit.

— C'est quoi, ce bordel ?

Elle reconnut la voix de Max, entendit le claquement d'un interrupteur qu'on actionnait et le petit lustre qui pendait du plafond projeta soudain une lumière trop vive, trop brillante sur l'espace de son *dressing*. Gémissant et se couvrant le visage de ses mains, elle resta allongée sans bouger.

— Putain, qu'est-ce que tu fiches ici ?

Elle qui avait dormi peut-être quatre heures en tout la nuit précédente voyait manifestement son repos prendre abruptement fin. Lentement, elle se redressa en position assise sur la chaise longue, et encore plus lentement, elle baissa les mains de son visage pour les poser sur ses flancs. Pas prête à faire face à Max et

pas prête non plus à affronter la journée avec si peu de sommeil, elle resta silencieuse.

— Je te cherche depuis presque deux heures, lança-t-il, accusateur. Mes hommes te cherchent aussi, alors qu'ils ont mieux à faire.

Il s'arrêta net, comme s'il attendait une réponse.

Le seul problème, c'était qu'elle n'avait pas de réponse adaptée. Elle pouvait lui dire la vérité, aussi simple soit-elle, mais elle ne pensait pas qu'il allait l'apprécier.

— Erin ! aboya-t-il. J'attends.

— Je me suis endormie, admit-elle.

Une expression passa sur les traits de l'homme, reflétant comme une envie de la secouer.

— Je comprends que… mais pourquoi dans le placard ? Pourquoi pas dans notre lit ?

En balançant ses pieds au sol, elle se leva et sortit du *dressing* en l'évitant soigneusement pour entrer dans la salle de bains, le cœur battant fort dans ses oreilles. Elle regarda dans le miroir et faillit avoir une crise cardiaque. Le manque de sommeil qui se reflétait sur son visage lui donnait une apparence hagarde. Elle attrapa le dentifrice et la brosse à dents et, tandis qu'il l'observait d'un air orageux, elle se brossa rapidement les dents en essayant de faire fi de sa présence difficile à ignorer. De toute évidence, elle allait devoir s'habituer au manque d'intimité, qu'elle le veuille ou non.

Après avoir terminé sa toilette en un temps record par un coup de gant sur le visage, elle se tourna vers lui, les mains agrippées au bord de la vasque. Il resta debout à la regarder, attendant une réponse.

— Je n'arrivais pas à m'endormir, alors je suis sortie du lit pour prendre une autre chemise de nuit. Je me souviens de m'être assise sur la chaise longue, mais pas de m'être allongée ou endormie.

Elle n'était pas prête à lui avouer la vérité : que c'était trop intime et trop douloureux de s'allonger à côté de lui alors qu'il ne ressentait rien pour elle.

Non, il n'allait pas connaître toutes les pensées qui lui trottaient dans la tête. Ça n'arriverait pas, pas de sitôt, pas si elle pouvait l'empêcher.

Max resta silencieux pendant plusieurs secondes alors qu'il essayait de jauger la véracité des paroles d'Erin.

— Pourquoi avais-tu besoin d'une autre chemise de nuit ? Ou d'une chemise de nuit tout court ?

— Pourquoi ce million de questions ? répliqua-t-elle. C'est quoi le problème ?

Elle ne comprenait donc pas ? Ne venait-il pas de lui dire qu'il l'avait cherchée pendant presque deux heures ?

— Le problème, c'est que je pensais que tu avais disparu. Je pensais que quelque chose t'était arrivé. Je ne m'attendais pas à te trouver cachée dans ce fichu placard.

— Je ne me cachais pas, je dormais !

Il se concentra sur les cernes sous ses yeux et les fines lignes de son visage, détestant qu'elle ne s'adapte pas à l'Argentine aussi rapidement qu'il le souhaitait. Il prit une profonde inspiration et essaya de se calmer.

— On dirait que tu n'as pas beaucoup dormi.

— Eh bien, merci beaucoup pour ça, répondit-elle platement.

— Pourquoi avais-tu du mal à dormir ?

— Que veux-tu que je dise, Max ? C'est tout nouveau pour moi. Ce n'est pas tous les jours qu'on me fait chanter pour m'épouser.

Putain, la remarque l'énervait, mais surtout elle faisait mal !

— « Chanter » ?

— Peu importe. Appelle ça de la coercition, de la tromperie, un jeu déloyal, rétorqua-t-elle, les paupières plissées. À ta guise.

— Épargne-moi tes sarcasmes, s'il te plaît.

Il sentait son agacement revenir et monter d'un cran. Il avait besoin de deux choses : qu'elle soit heureuse ici et qu'elle dorme à

côté de lui. C'était tout ce dont il avait besoin. Il ne demandait pas grand-chose. Sur cette pensée, il poussa la porte de son *dressing* jusqu'à l'entrouvrir. Sans perdre de temps, il entreprit de sortir la liseuse du placard.

— Arrête ! cria-t-elle. Que fais-tu ?

Il s'interrompit, l'air mauvais.

— À ton avis ? Je ne veux pas prendre le risque que tu disparaisses à nouveau.

Elle s'écarta du rebord du lavabo et se plaqua sur le fauteuil comme si son seul poids pouvait arrêter Max dans son élan.

— Maintenant que tu sais où j'étais, ne pourrais-tu pas simplement regarder dans mon fichu placard si tu ne me trouves pas ? Ce serait si difficile ?

— Tu ne vas pas dormir dans un placard, Erin.

— Je ne dis pas que je vais le faire, mais j'aime bien ce siège, il est charmant.

Il comprit aussitôt qu'il était déraisonnable de le retirer de la pièce. Elle y trouvait manifestement du réconfort - c'était ce qu'il avait prévu, après tout. Et, admit-il en son for intérieur, le supprimer serait provoquer de l'insécurité en elle, ce qu'il n'appréciait guère. Ainsi que faire preuve d'une cruauté qu'il ne voulait pas lui infliger.

Alors qu'il la regardait, assise, raide comme une planche, il se dit qu'il pourrait peut-être négocier un échange.

— Bien. Tu peux le garder si…

Il laissa sa voix s'éteindre.

— Si quoi ? demanda-t-elle avec empressement.

Enjambant les deux mètres qui le séparaient de l'endroit où elle était assise, il lui souleva le menton jusqu'à ce que ses yeux soient fixés sur lui. Il passa un doigt sur sa joue soyeuse, la douceur de sa peau envoyant ce qui ressemblait à des picotements dans ses veines. Il essaya d'ignorer la sensation électrique, la chimie sexuelle… Il devait pousser son avantage maintenant.

— Tu peux garder la pièce si tu m'expliques ce que tu voulais dire hier soir à propos du conte de fées.

À son grand dam, l'expression d'Erin se ferma, lui cachant ce qu'elle pensait. Elle se mordilla la lèvre et se détourna. Son profil délicat, tout en lignes tendues, envoya une sonnette d'alarme dans le système sanguin de Max. Il ne pouvait pas foirer ça, il ne pouvait pas. Avec le poids de l'indécision qui rendait son cerveau brumeux, il l'embrassa sur le front et partit avant de faire ou de dire quelque chose de complètement stupide.

Quelques heures plus tard, après la nuit blanche qu'elle avait passée, Erin était assise dans l'atrium, regardant par la fenêtre et essayant de comprendre l'homme qu'elle avait épousé. Il était évident qu'il avait été bouleversé par sa disparition.

Lorsqu'il lui avait demandé de lui reparler du « conte de fées », elle était restée muette, car la panique lui avait vrillé l'estomac. Elle ne pouvait pas lui offrir un aperçu de ce qui se passait dans sa tête. Il avait déjà pris possession de son corps, elle n'était pas prête à lui donner plus, du moins pas encore.

Alors qu'elle étudiait les champs verts sans vraiment voir grand-chose, elle entendit le timbre grave de la voix de Max qui s'approchait depuis le couloir. C'était un grondement profond avec des pauses intermittentes entre les mots qui se rapprochait de la pièce où elle était assise.

Elle s'enfonça dans le canapé, pas vraiment pour se cacher, mais parce qu'elle n'était pas encore prête à l'affronter. En regardant dans le miroir doré qui était accroché au mur, elle le vit clairement quand il s'arrêta dans l'entrée derrière elle.

Un téléphone portable était collé à son oreille et ses paroles devenaient audibles.

— Oui, je veux que le programme soit élargi. Je veux que chaque enfant de la province ait une chance d'aller à l'université.

Alors qu'il faisait une pause pour écouter son interlocuteur, Erin vit son regard glisser dans la pièce et il ne fit aucun doute pour elle qu'il la cherchait. La seconde suivante, leurs regards se croisèrent dans le miroir. Les yeux sombres de Max prirent une expression préoccupée alors qu'il l'étudiait, même s'il continuait à parler au téléphone.

— Trouvez plus de professeurs, je mettrai à disposition tous les fonds nécessaires. Mais comprenez bien ceci : il faut faire comprendre aux enfants, dès leur plus jeune âge, que l'éducation est obligatoire. Je veux voir une augmentation des inscriptions à l'université et pas plus tard que le semestre prochain.

Sa voix se tut de nouveau pendant qu'il écoutait l'autre partie de la conversation. Le téléphone toujours à l'oreille, il détacha son regard de celui d'Erin pour parcourir lentement son corps avant de se connecter à nouveau à ses yeux. Il haussa brièvement un sourcil moqueur, puis se détourna et quitta la pièce, tout en poursuivant sa conversation téléphonique.

Cette brève interaction la laissa plus ébranlée encore qu'auparavant. Il ne faisait aucun doute qu'il la cherchait – pas pour lui parler, simplement pour vérifier qu'elle allait bien. C'était comme s'il avait besoin de savoir où elle se trouvait... mais pourquoi, exactement ? Parce qu'il avait été incapable de la trouver pendant deux ou trois heures plus tôt dans la journée ?

Elle était encore en train de réfléchir à la situation quelques instants plus tard lorsque Marisol entra dans la pièce avec un plateau de fruits et de fromage.

— Vous essayez de me faire grossir ? demanda Erin, à moitié sur le ton de la plaisanterie.

Cette femme apparaissait constamment avec de la nourriture. La gouvernante pouffa.

— *Señor* Maximo demande qu'on s'occupe de vous, alors on s'occupe de vous, *sí* ?

Ce que le *señor* Maximo voulait, le *señor* Maximo l'obtenait ; cela semblait être la règle dans son pays.

Gracias, Marisol.

Alors que l'autre femme souriait et commençait à se détourner, Erin se dépêcha de demander :

— Savez-vous si Max est impliqué dans l'éducation des enfants ?

La femme n'hésita qu'un instant avant de répondre :

— *Sí.* Ça le préoccupe beaucoup. Les enfants des *gauchos* ont tendance à suivre les traces de leurs parents et ce n'est pas une mauvaise chose, mais le *señor* Max veut qu'ils aient la possibilité de faire plus. Il veut qu'ils terminent leur scolarité pour pouvoir s'inscrire à l'université au lieu d'abandonner leurs études. Mais ce n'est pas toujours facile, avec les obligations familiales et le travail des champs. Je ne sais pas tout, mais je sais qu'il aime les enfants et que c'est comme une *vocación* pour lui, vous voyez ?

— Oui, je vois. Merci, Marisol.

Alors que la gouvernante inclinait la tête et quittait la pièce, Erin se retrouva avec des émotions encore plus contradictoires qu'auparavant. Max aimait les enfants ? Cette nouvelle fit naître une douce et tentante douleur dans son estomac. *Qui sait ?*

Max prit l'habitude de la chercher pendant la journée, au moins deux fois à la connaissance d'Erin. Elle se trouvait généralement à l'un des trois endroits suivants : sur le balcon de leur suite, dans l'atrium ou dans « son » salon. Il ne faisait que jeter un coup d'œil, la localiser, puis repartir aussi silencieusement qu'il était venu.

Un jour en particulier, où elle avait été sur le point de devenir folle à force de réfléchir, elle était allée trouver Marisol dans la cuisine pour échapper à ses pensées. Le chef avait pris son après-midi afin d'aller voir sa fille et ses petits-enfants. Erin s'était donc retrouvée seule avec la gouvernante, et au bout de quelques minutes, elles riaient et parlaient, les mains d'Erin couvertes de

pâte. Marisol fredonnait joyeusement, même si elle ne trouvait manifestement pas tout ce qu'elle cherchait. Alors que les portes de placard claquaient et que la frustration de la gouvernante devenait évidente, Erin demanda :

— Quelque chose ne va pas ?

— Non, mais je ne sais toujours pas où le chef range les ustensiles. Je ne comprends pas pourquoi le *señor* Maximo a rénové une cuisine en parfait état !

Erin balaya la pièce du regard : la cuisine était sans aucun doute magnifique, vraiment, la cuisine de ses rêves. Elle était sur le point de le dire quand, de loin, elle entendit le bruit des pas de Max qui devenaient plus rapides. Elle savait qu'il la cherchait – la cuisine n'était pas l'une de ses retraites habituelles. Elle pouvait presque le voir dans son esprit qui vérifiait ses endroits habituels un par un.

— Marisol ! l'entendit-elle crier, quelques instants plus tard.

— Oui, *señor* ? demanda la gouvernante lorsqu'il apparut dans l'embrasure de la porte.

Erin se retourna également, en soufflant, parce que ses mains étaient collantes, sur une mèche de cheveux tombée sur son visage.

Ses yeux croisèrent ceux de Max, et d'un seul coup, la tension sembla disparaître du corps de celui-ci. L'expression qu'elle découvrit sur son visage la frappa, la fit presque fondre : elle ressemblait beaucoup à du soulagement.

— *Señor ?* demanda Marisol.

Max détacha son regard d'Erin pour s'adresser à la gouvernante.

— Laissez tomber, dit-il en se retournant et en s'éloignant.

Une semaine plus tard, Erin essayait de se détendre dans « son » salon, le regard tourné vers la fenêtre, les émotions en ébullition.

Les vêtements et les accessoires étaient arrivés le cinquième

jour après son arrivée. Des cartons et des cartons avaient été déchargés du camion de livraison et portés dans leur suite et dans son *dressing*. Elle les avait ouverts un par un, étonnée que Max ait, une fois de plus, si bien collé à ses goûts. Des vêtements de toutes sortes, trop nombreux pour qu'elle puisse les porter même si elle se changeait tous les jours pendant un an, et qui tous convenaient parfaitement à ses goûts et à sa taille. Il y avait aussi du maquillage. Des lotions, des produits de toilette, tous dans les marques et les parfums qu'elle préférait. C'était si étrange que c'en était presque flippant.

Ça n'avait pas de sens, rien de tout ça n'en avait. Oui, la semaine avait été… étrange. Max agissait… eh bien, Max était Max et elle ne pouvait même pas commencer à analyser comment son cerveau fonctionnait. Un instant, il la fixait, dur et exigeant ; l'instant d'après, ses traits étaient en fusion, comme s'il brûlait de la déshabiller.

Et il la déshabillait. Tous les soirs. Et chaque nuit, l'expérience sexuelle était si intense qu'elle ressentait toutes sortes d'émotions. Elle avait envie de rire à gorge déployée tant était vive la joie d'être dans ses bras, mais l'instant d'après, elle avait envie de pleurer… et d'ailleurs, elle avait craqué non pas une, mais deux fois. Deux fois en l'espace d'une semaine, elle avait permis à Max de la voir pleurer. Or normalement, elle ne pleurait jamais, pas vraiment. C'était le fait qu'il la perturbait autant ; il s'allongeait au-dessus d'elle sur le lit et la prenait avec une force dominatrice qui lui faisait perdre le souffle. Et quand c'était fini, il s'excusait d'avoir été trop brutal – comme si ! – et il l'étreignait doucement et tendrement, mais toujours avec au moins un bras autour d'elle comme pour lui signifier qu'il ne la laisserait jamais quitter son côté.

En y pensant maintenant, elle soupira de confusion. Elle entendit Marisol s'éclaircir doucement la gorge, ce qui rompit le charme.

— Bonjour.

— Bonjour, répondit Erin en souriant. Comment allez-vous, aujourd'hui ?

La gouvernante lui rendit son sourire avec gentillesse.

— Très bien, *gracias*. Nora Navarro est dehors. Elle veut savoir si vous souhaiteriez la rejoindre.

Un éclair de plaisir parcourut Erin à l'idée de se faire une amie en Argentine.

— Faites-la entrer, voulez-vous ?

— J'ai essayé, mais elle dit que ses bottes sont trop boueuses. Je l'ai assurée que c'était absurde, mais elle ne veut pas bouger.

Erin se leva et ne mit que quelques instants à gagner l'allée, où la jeune femme, au volant d'un 4x4, la regardait s'approcher.

— Bonjour. Tu aurais pu entrer !

L'autre pouffa.

— Oh non ! (Elle leva un pied botté pour lui montrer l'étendue des dégâts.) Tu viens jouer avec moi ? demanda-t-elle sur le ton de la plaisanterie.

Les pitreries de Nora plaisaient à Erin.

— Ça a l'air génial. J'ai effectivement grand besoin de sortir de la maison un moment, mais je n'ai pas de bottes, en aurai-je besoin ?

— Des baskets feront l'affaire.

Cinq minutes plus tard, une fois qu'Erin eut changé de chaussures et pris son téléphone portable, elles se mirent en route.

— Max ne voudra pas que j'aille loin…

La jeune voisine émit un son moqueur.

— Max ne voudra pas que tu fasses quinze mètres ! Tant pis pour lui. Les hommes sont ridicules. Cet idiot de Rafael essaie aussi de me tenir sous sa coupe et on n'est même pas mariés. Il va devenir fou quand il va se rendre compte que je suis partie toute seule.

Même pas mariés ? C'était une drôle de façon de décrire leur relation ou leur absence de relation, mais Erin garda la question pour plus tard.

Alors qu'elles passaient devant les écuries et continuaient sur un chemin de terre, Erin fit un signe de la main à trois gérants du *ranch,* s'attendant à ce qu'ils essaient de l'empêcher de quitter les environs. Heureusement, ils se contentèrent d'ouvrir la porte en inclinant respectueusement leur chapeau, même s'ils semblaient la regarder avec des yeux aiguisés. Ayant réussi à les dépasser, Erin se détendit un peu et décida qu'il n'y avait pas de mal à interroger Nora.

— C'est un peu étrange que tu parles de mariage, Rafael est de ta famille, non ?

La jeune fille freina en descendant un grand talus et se retourna pour l'étudier.

— Je suis une retardataire, une parente pauvre de la famille qui n'a pas de *sangre* Navarro dans les veines. (Elle jeta un regard interrogateur à Erin.) Tu ne connais pas mon histoire, n'est-ce pas ?

— Non, répondit l'Américaine, soudain curieuse. Mais j'adore ton accent, il est unique.

Nora sourit alors qu'elle garait le 4x4 sous un arbre isolé, seule ombre à portée de vue. Elle mit le véhicule en stationnement et le laissa tourner au ralenti.

— Je suis allée à l'université en Californie. J'ai également été en pensionnat, aux États-Unis et en Suisse pendant un certain temps - je suppose que mon accent reflète ce parcours ?

— Sans doute, oui, et il le reflète magnifiquement, convint Erin, essayant de mettre la jeune femme à l'aise en ne posant pas trop de questions trop tôt.

— Merci, répondit distraitement Nora en pivotant pour lui faire face maintenant qu'elles étaient garées.

Le regard qu'elle adressa à Erin était contradictoire.

— Donc, je suppose que tu veux connaître mon passé ? En tout cas, moi, j'ai envie de te le raconter. Histoire de comparer.

Comparer ?

— D'accord, répondit-elle en hésitant.

La fille était sur le point de lui transmettre quelque chose de significatif qu'elle pensait utile à sa nouvelle voisine. Celle-ci resta assise tandis que Nora s'agitait un peu, comme si elle ne savait pas par où commencer. Il était évident qu'elle avait besoin d'une amie, ce qui était tout aussi bien parce qu'Erin en avait désespérément besoin elle-même, en ce moment. Elle tendit la main vers Nora, exerça une pression sur son épaule et lui adressa un sourire rassurant. La jeune femme sourit en retour et se lança lentement.

— Ma mère biologique est morte quand j'étais petite, je ne me souviens pas d'elle. Mon père était américain et je ne l'ai jamais rencontré, il ne s'intéressait pas à moi. Il avait déjà une famille aux États-Unis quand ma mère est tombée enceinte.

Elle parlait d'un ton doux tout en regardant Erin, et soudain, un nœud se forma dans l'estomac de cette dernière, qui attendait la suite. Nora poursuivit lentement :

— Le testament de ma mère me confiait aux Navarro. *Tía* Magdalena – la mère de Rafael – était sa meilleure amie.

Erin resta silencieuse, assimilant l'information tandis que Nora continuait à l'étudier avec douceur.

— Je suis sur le point de dire quelque chose qui, je pense, va te choquer. Je sais que ça va te bouleverser, mais je dois te le dire, parce que je veux que tu fasses partie de ma vie.

Elle s'approcha et prit les mains d'Erin dans les siennes. Celle-ci se prépara physiquement et mentalement. Elle aimait bien Nora, mais elle s'attendait au pire, sachant d'instinct que ce qu'elle allait apprendre ne serait pas vraiment bon.

— Vas-y.

— Erin, toi et moi sommes sœurs.

Un froid glacial parcourut l'échine d'Erin. Sœurs ? Elle aurait adoré avoir cette fille pour sœur, certes, mais elle ne pouvait pas y croire. Elle garda la main de la fille dans la sienne : ce n'était pas Nora qu'elle rejetait, mais la vérité qu'elle semblait croire.

— Il n'y a aucune chance que ce soit vrai, déclara-t-elle avec force.

— C'est vrai, pourtant, admit doucement Nora.

— Tu veux dire que mon père est ton père ?

Erin étudia le teint mat de la jeune femme, si semblable au sien, mais ces similitudes étaient juste une coïncidence.

— Oui.

— Nora, ce n'est pas possible, insista Erin aussi gentiment qu'elle y parvint.

Et ça ne pouvait pas l'être, n'est-ce pas ? C'était impossible. Certes, le père d'Erin n'était pas doué avec l'argent, mais en tant que père de famille, il n'y en avait pas eu de meilleur que lui. Il n'aurait jamais dérogé à ses vœux de mariage. L'amour de son père pour sa mère était dévorant. Erin le savait aussi bien qu'elle connaissait son propre nom.

— Mon père aimait ma mère. Si tu les avais vus ensemble, tu l'aurais su. Il ne l'aurait jamais trompée. Tu dois faire erreur quelque part. Tu te trompes dans les faits.

Le regard de Nora devint compatissant, comme si Erin était celle qui avait tort.

— Mon père s'appelait Gordon Rule et venait de Saint-Louis, Missouri.

En percevant la certitude inébranlable dans la voix de l'autre femme, Erin ressentit le premier éclat d'un vrai doute, une douleur qui la frappa brutalement à la poitrine. Mais ensuite, presque immédiatement, elle réalisa que le père de Nora aurait pu être Gordon Rule – son grand-père paternel. La fourchette d'âge rendait-elle l'éventualité possible ? Ses grands-parents s'étaient mariés jeunes et son père était né quand son grand-père avait, quoi, une vingtaine d'années ? Donc, c'était possible. Le mariage de ses grands-parents n'ayant jamais été heureux, la famille avait longtemps soupçonné des infidélités, mais ils étaient tous les deux partis, maintenant, et leurs secrets étaient enterrés avec eux.

Elle s'ouvrit de ses réflexions à Nora et observa le nuage de doute sur le visage de la jeune femme.

— Tu es sûre ? Ton grand-père ? demanda celle-ci.

Erin hocha la tête en y réfléchissant davantage.

— Mon père n'aurait pas trompé ma mère, mais mon grand-père... Malheureusement, oui, je peux l'imaginer.

— Si c'était ça, cela ferait de moi ta tante, non ?

Les lèvres d'Erin s'étirèrent sur une esquisse de sourire devant l'incongruité de la situation.

— Oui. C'est encore trop incroyable pour que je puisse y croire. Tu es d'accord si je demande à ma mère ? Elle doit en savoir au moins un peu. Mes parents étaient très proches et je suis sûre que si mon père l'avait su, alors, il l'aurait dit à ma mère.

— Ça m'est égal, je veux connaître ma filiation.

— Qu'est-il arrivé à ta mère ? demanda Erin.

— Elle est morte quand j'étais très jeune. Je soupçonne une *overdose,* mais je ne le saurai probablement jamais avec certitude. Du moins pas avant que Max n'apprenne la vérité. Et même s'il en sait beaucoup, je doute qu'il sache si la mort de ma mère était accidentelle ou non.

Une tension soudaine noua l'estomac d'Erin.

— Pourquoi Max saurait-il quelque chose à ce sujet ?

— Ma mère était la tante de Max.

Les implications de cette déclaration frappèrent Erin comme un coup de tonnerre.

— Toi et Max êtes cousins germains ?

— Oui.

Le cœur d'Erin commença à s'emballer.

— Ça explique le regard qu'il te lançait le jour de notre rencontre. Il est protecteur envers toi, n'est-ce pas ?

— Je pense que oui. Nous n'en parlons pas. Mon histoire est un secret mal gardé et l'éléphant dans le magasin de porcelaine : je suis une Navarro de nom, mais j'ai du sang Villareal et Rule qui coule dans mes veines.

Le temps d'assimiler cette information, il ne fallut qu'un pas à Erin pour se rendre compte d'un fait simple : ça ne pouvait pas être une coïncidence. Ce devait être la raison du besoin de

vengeance de Max, c'était obligé. Ce ne pouvait pas être un accident si elle se retrouvait soudain en Argentine, si près d'une femme qui avait un lien de parenté avec elle…

Ce qui signifiait que la hargne de Max avait une origine personnelle et non professionnelle comme il l'avait laissé entendre. Tout prenait soudain un sens. Si son grand-père avait déshonoré sa tante d'une manière ou d'une autre et que cette femme était morte à cause de cela, Max avait-il nourri une colère qu'il ne pouvait pas surmonter ?

Si le lien familial était avéré, alors son mari pensait probablement que c'était son père et non son grand-père le fautif. Mais une génération supplémentaire ferait-elle une différence dans ses sentiments ? Ses frères ne méritaient pas d'être blâmés pour les transgressions passées, qu'elles aient été commises par leur père ou par leur grand-père. Mais connaissant Max, même s'il était mis au courant de la véritable lignée de Nora, cela ne ferait probablement pas de différence pour lui.

Le constat mit Erin en colère. Elle avait vraiment pensé que oui, ses frères avaient peut-être effectué une sorte d'opération commerciale qui avait contrarié la famille de Max – quelque chose éventuellement en rapport avec un bien immobilier ou autre. Quelque chose qui avait tellement énervé Max qu'il avait comploté pour se venger. Et même si ce raisonnement était tordu, la vérité l'était encore plus. On ne peut pas réclamer aux gens les dettes de leurs pères, on ne peut pas les accuser des péchés de leurs pères. Mais Max était plein de machisme latino, un mâle dont les idées et les passions étaient intenses, comme elle pouvait en témoigner.

La situation avait beau l'énerver, elle devait se concentrer sur les besoins de Nora maintenant. Même si la jeune femme était techniquement sa tante, ce qu'elle allait demander à sa mère dès qu'elle le pourrait, Nora était plus jeune qu'elle et Erin éprouvait déjà des sentiments de protection envers elle.

— Je vais demander à ma mère ce qu'il en est et je te le ferai savoir, mais de toute façon, tu m'as au moins comme amie.

Nora l'étudia avec un air reconnaissant et soulagé, puis elle sourit avant que son visage ne se froisse.

— Merci.

Lorsque les premières larmes coulèrent sur son visage, Erin n'hésita pas, elle la prit dans ses bras.

Il ne fallut pas longtemps à Erin pour réaliser qu'elle ne pouvait pas questionner sa mère sur les aventures passées de son grand-père, ça n'était pas si simple. Elle ne pouvait pas non plus parler de Nora à sa mère, car c'était une femme intelligente et elle se rendrait compte de la même chose qu'Erin, à savoir qu'il n'y avait aucune chance que tout cela soit une coïncidence. Le monde n'était pas aussi petit. Et puis, Justine voudrait tout savoir. Sauf qu'Erin n'était pas encore prête à tout révéler à sa mère.

Elle décida donc de prendre l'hypothèse de Nora pour la vérité – enfin, la vérité dans la mesure où elle s'appliquait. Pour Erin, il s'agissait de la folie de son grand-père, pas de celle de son père, et elle espérait avoir fait comprendre cela à son amie également.

Mais devait-elle annoncer à Max qu'elle était au courant ? Et comment pourrait-elle ne pas le lui dire ? Reculer la responsabilité d'une génération pourrait l'aider à surmonter sa colère. Du moins l'espérait-elle. Cependant, plus elle y réfléchissait, plus elle était en colère : Max n'avait pas le droit de blâmer ses frères et sœur pour quelque chose qu'une autre personne avait commis, quel que soit le lien. Ce n'était pas juste et ça foutait tout en l'air – ça ne faisait pas de Max le héros qu'elle savait pertinemment mériter.

C'était tellement triste ! Si seulement… Max aurait pu être le mari parfait. Mais elle avait juré par tout ce qui était sacré qu'elle ne le laisserait pas la blesser. Elle était d'accord pour être en colère, mais par Dieu, elle ne se laisserait pas blesser.

Elle pouvait être blessée si facilement – Dieu merci, elle n'était

que sexuellement éprise de Max et pas amoureuse de lui. *Non, je ne le suis pas. Non, je ne le suis pas.*

MAX ÉTUDIA ERIN, ASSISE AU MILIEU DE LEUR LIT, OCCUPÉE À ÉTALER de la lotion sur la longueur soyeuse de ses jambes. Il durcit devant ce spectacle érotique, mais essaya de rester concentré sur la conversation et non sur la douleur dans son aine.

— Alors, vous vous entendez bien, toutes les deux ?

Il n'avait pas été ravi qu'Erin et Nora soient parties faire du 4x4 toutes seules. Pour lui, ce n'était pas sûr, mais elles étaient rentrées avant même qu'on lui signale leur départ de l'enceinte – il s'était déjà occupé de cette faute avec son contremaître.

Et maintenant, il était doublement irrité qu'Erin ne lève même pas les yeux vers lui alors qu'elle prenait tout son temps pour lui répondre.

— Oui. Elle est gentille. Elle n'a aucune arrière-pensée que je puisse déceler, elle a juste besoin d'une amie.

Des arrière-pensées ? C'était une attaque contre lui ? Elle croyait que c'était lui qui avait des arrière-pensées ? Non, mais c'était quoi, ce bordel ? La motivation était ce qui faisait avancer le monde et il était grand temps qu'Erin le réalise. On ne pouvait pas lui reprocher d'avoir des motivations et elle devait se remettre de s'être retrouvée prise entre deux feux. C'était arrivé, *basta*. Et ils étaient mariés.

Oui, ils étaient mariés. Avec cette idée en tête et son érection qui lui criait de le prouver, il s'approcha d'elle. Lui prenant le tube de lotion des doigts, il le jeta de côté et la rejoignit à quatre pattes.

Il leva les yeux vers elle et il y lut ses expressions à mesure qu'elles apparaissaient : la surprise, la panique, un soupçon de colère, et enfin, alors qu'il sentait un frisson parcourir sa fine charpente, la capitulation.

La capitulation, ça lui convenait, parce que ça ne lui prendrait

pas soixante secondes pour transformer la capitulation en participation totale.

~

MAX SE RETOURNA ET, ENTRE DEMI-SOMMEIL ET DEMI-ÉVEIL, IL tendit la main pour attirer Erin contre lui… pour ne trouver rien d'autre qu'un espace vide à ses côtés. Complètement réveillé, il ne fallut que quelques secondes à ses yeux pour s'adapter à l'obscurité.

Il n'y avait aucun doute, sa femme avait disparu, encore une fois.

Une boule d'émotions tordues se logea dans ses tripes, mais avant de réveiller toute la maisonnée pour la trouver, il songea à regarder dans son *dressing*.

Ouvrant la porte, espérant à moitié qu'il la trouverait là et à moitié qu'il ne la trouverait pas, il laissa la lumière de la salle de bains l'éclairer.

Elle était là. Endormie sur la putain de chaise longue qu'il lui avait permis de garder, mais au moins, elle était en sécurité.

Ça l'irritait au plus haut point qu'elle quitte leur lit et il avait une putain d'envie qui le démangeait de la soulever et de l'y remettre avec lui. Pourtant, il s'en abstint. Il s'en empêcha, parce que pour une raison quelconque, il réalisa qu'elle avait dû ressentir le besoin d'être loin de lui. Il détestait cette idée, mais il la respecterait, du moins pour cette nuit.

Il tenta de se calmer en regardant fixement un visage qui semblait troublé, même dans le sommeil. Il resta un moment, laissant sa présence le réconforter – il savait où elle était, elle était toujours dans leur suite. En sécurité.

Mais alors qu'il refermait soigneusement la porte et se glissait dans son lit vide, il se rendit compte que même si sa présence lui apportait un certain réconfort, c'était un réconfort froid et ingrat qui lui donnait envie d'en avoir plus.

LE LENDEMAIN SOIR, MAX S'ASSURA DE DONNER UN ORGASME À Erin, puis un autre, juste pour être sûr. Après quoi, il la serra fermement contre son torse, s'assurant que l'étau de ses bras était incassable.

Elle n'allait pas se faufiler hors de ses bras à nouveau, non, pas question !

Au bout du compte, cependant, il n'eut d'autre choix que de s'endormir. Lorsqu'il se réveilla à l'aube le lendemain matin, elle était de nouveau dans le *dressing*. La fureur l'envahit – *comment a-t-elle osé ?* Quelle raison avait-elle de quitter son lit deux nuits de suite ? En étudiant son visage dans la lumière pâle, il vit des traces de larmes. Une vision qui le bouleversa. Plus que ça, même. Indépendamment de la façon dont ça avait commencé entre eux, comment pouvait-il être déraisonnable d'espérer qu'elle soit heureuse ici ? *Putain de merde !* Il était heureux qu'elle soit là, elle devait l'être aussi.

Il sentait ses muscles se contracter tandis qu'il continuait à l'observer. Par Dieu, il allait gagner cette foutue guerre ! Il n'avait aucune idée de la raison pour laquelle il se sentait si fort dans cette situation. Il s'avoua qu'il voulait la voir heureuse. C'était comme ça.

Il le voulait tellement que c'était comme un nœud glacé dans ses tripes. Oui, il avait besoin qu'elle soit heureuse et il ne se contenterait de rien d'autre.

CETTE NUIT-LÀ, MAX FIT L'AMOUR AVEC ERIN DE MANIÈRE violente. Mû par un besoin qu'il ne pouvait comprendre, il la maintint plaquée au matelas, ses mains prises dans les siennes tandis qu'il écartait ses cuisses nues. Poussant en elle, sentant le

paradis de ses parois intérieures l'enserrer, le souvenir des deux nuits précédentes lui fit siffler :

— Tu restes dans mon lit, ce soir. (Il s'enfonça de nouveau à l'intérieur avec plus de force qu'il ne l'avait prévu.) Tu ne partiras plus, tu m'as compris ?

Les yeux d'Erin étaient embués d'un plaisir sexuel qu'elle ne pouvait lui cacher, mais tout aussi rapidement, ses traits se troublèrent et elle ferma les yeux.

Son geste tira un grognement à Max. Il effectua encore deux allers-retours, puis se retira. Glissant vers le bas, il déposa des baisers sur ses seins et sur le plat de son ventre en les mordillant.

Puis il passa les mains sous ses jambes et les écarta, sentant les doigts de sa femme le saisir par les cheveux, avec juste assez de force pour le faire exploser.

Il l'ouvrit avec ses doigts et regarda le rose scintillant de sa chair satinée. Une chair qui le rendait fou. Une chair qu'il voulait goûter, qu'il avait besoin de goûter. Vorace, il la maintint ouverte et la lécha, de haut en bas et encore une fois. La sentant se débattre contre le lit, il inséra un doigt dans son fourreau et commença à s'efforcer de la faire jouir de cette façon. Il le voulait, il voulait la goûter quand elle jouirait, il voulait ça maintenant et pour toujours. Il n'avait aucune idée de la raison pour laquelle elle s'obstinait à être si malheureuse, mais il savait pertinemment que la faire jouir encore et encore serait la clé pour qu'elle ait envie de dormir dans son lit.

Avec ces intentions en tête, il prit ce dont il avait besoin. Plongeant un doigt en elle, il saisit son clitoris entre ses dents et commença à le manipuler avec sa langue et ses lèvres. Il sentit sa réaction : elle commença à gémir et à se tortiller de manière incontrôlable.

Il releva la tête et serra les dents en regardant son doigt la manipuler. La sensation était stupéfiante, l'aspect visuel et le toucher soyeux de sa peau combinés lui contractaient les bourses et lui serraient les tripes.

Jouis pour moi, Erin. Je veux que tu jouisses pour moi, pour moi, bébé. Tu dois aimer ça, j'ai besoin que tu aimes ça.

À ses mots, elle commença à gémir, et à son grand soulagement, elle bascula. Sa réaction fut comme un coup de baguette magique. Après lui avoir donné les quelques secondes dont elle avait besoin pour surfer sur la sensation, il se déplaça le long de son corps et, d'une seule poussée, plongea à l'intérieur.

Il ne réussit à donner que cinq coups brutaux avant de perdre le contrôle et de la suivre au paradis.

~

Erin ouvrit les yeux : le lien physique entre eux n'était pas rompu. Même maintenant, Max restait profondément fiché en elle comme s'il n'avait pas l'intention de la laisser partir de sitôt. Il la fixait avec une intensité trop forte. Elle détourna les yeux et les laissa errer sur ses traits – sa bouche pincée en une ligne sévère, le froncement entre ses sourcils, la façon dont les muscles de son cou étaient tendus comme des cordes.

Elle se raidit, éprouvant un besoin d'autoprotection. *Bon sang ! Pourquoi ? Pourquoi, pourquoi, pourquoi ?* Elle essaya d'éteindre son cerveau en sentant une boule dans sa gorge qui laissait présager des larmes. Pourquoi ne pouvait-il pas s'agir d'elle ? Pourquoi ne pouvait-il pas la vouloir assez fort pour l'emmener en Argentine sans autre motif ? *Et puis merde !* Elle admettait que ses sentiments étaient blessés, mais elle n'allait pas lui permettre de la voir pleurer. Pourtant, alors même qu'elle se faisait cette promesse, elle sentit les larmes monter. Elle était tellement blessée qu'elle ne pouvait même pas rester concentrée sur son projet de le faire tomber amoureux d'elle – et chaque jour, ses émotions s'intensifiaient. Chaque fois qu'il lui faisait l'amour, c'était si bon qu'elle voulait se glisser dans son esprit et rester blottie dans ses bras. Chaque fois qu'il la faisait jouir, la dichotomie de ses sentiments pour lui devenait encore plus tordue. Il la mettait

tellement en colère… pourtant, il sentait si bon ! Il la tenait parfaitement, avec la bonne dose de force possessive qui la faisait se sentir si désirée.

Mais elle n'était pas désirée, sauf pour l'aspect sexuel, qu'il ne pouvait cacher.

Cette pensée lui fit rapidement fermer les yeux, afin de ne plus le voir, et elle sentit le rugissement de mécontentement qu'il lâcha face à son geste. Il était furieux qu'elle l'exclue : aucun doute, il n'était pas content. Déjà, elle n'avait plus qu'une obsession : s'éloigner de lui, dormir loin de lui. Elle avait désespérément besoin de paix et ne pouvait pas l'avoir quand il exigeait tout d'elle. Il semblait vouloir tout ce qu'elle avait à donner, mais ne comprenait pas qu'elle avait aussi besoin de quelque chose en retour. Elle avait besoin d'être seule, de s'échapper de la situation pendant quelques heures en dormant, et pour cela, elle avait besoin d'être loin de lui. Cela ne prendrait que quelques minutes avant qu'il ne s'endorme, et alors…

Ses pensées furent interrompues quand il se retira. Il pivota et attrapa quelque chose qui était au-delà du champ de vision d'Erin.

En quelques secondes, il la retourna jusqu'à ce qu'elle soit positionnée en cuillère, il enroula autour de son poignet la cravate qu'il avait jetée plus tôt dans la soirée… puis noua l'autre extrémité autour du sien.

Surprise, elle essaya de se redresser tout en tirant sur le nœud.

— Enlève-moi ça !

— Non, répliqua-t-il d'un ton sec.

— Max, ce n'est pas drôle.

— Putain, non, ce n'est pas drôle ! grogna-t-il en écartant les doigts désormais étalés sur son ventre nu dans une attitude de pure propriété.

Erin étouffa un cri, sous le coup d'émotions contradictoires.

— Tu ne peux pas me garder attachée à ton flanc.

— C'est ce qu'on va bien voir, rétorqua-t-il sèchement.

Erin se retourna pour le regarder fixement.

— Enlève-moi ça !

Les traits de Max devinrent brutaux.

— Pas question. Endors-toi.

— Max…

— Dors, Erin, siffla-t-il.

— Je ne peux pas dormir ici ! se défendit-elle.

— Tu vas dormir ici. Tu ne vas pas encore t'éclipser.

— Tu ne peux pas contrôler tous mes mouvements.

Les yeux sombres de l'homme crachaient des flammes de colère, tandis que ses doigts se soudaient plus étroitement à son ventre.

— Ne me tente pas ou je te prouve que je peux le faire. Tu vas dormir à côté de moi et tu vas aimer ça, putain.

— Tu ne peux pas m'y obliger !

— Peut-être pas encore. Mais ça viendra, fais-moi confiance sur ce point.

— Je ne te fais pas confiance !

Il parut se figer, mais resta silencieux, un nuage d'orage se dessinant sur ses traits.

Comment pouvait-il espérer qu'elle lui fasse confiance ? Elle prit quelques inspirations inégales, puis laissa échapper la frustration qu'elle ressentait.

— Ta vengeance est ridicule ! Tu veux que je sois heureuse, or comment ça pourrait arriver alors que notre mariage n'est qu'un sous-produit de ta haine ?

Ses yeux devinrent deux fentes étroites.

— Qu'en sais-tu ?

Elle pinça les lèvres.

— Je le sais.

Il l'étudia un instant, tout en la maintenant serrée contre son torse.

— Nora t'a parlé, c'est ça ?

Erin passa la langue sur les lèvres.

— On a discuté, oui.

Elle vit son expression changer, se faire lointaine, avant de changer à nouveau, comme mue par une pointe de regret, avant qu'il ne dise :

— Je suis désolé que tu aies dû l'apprendre de cette manière.

Max était triste pour elle ? Parce qu'il pensait que son père avait trompé sa mère ?

— Mon père n'est pas le père de Nora, affirma-t-elle sans équivoque.

Même si elle pouvait voir sa frustration, son froncement de sourcils disparut et ses yeux s'adoucirent.

— Erin, mon amour, toutes les preuves montrent le contraire.

Elle se passa la langue sur les lèvres et commença à essayer de défaire le nœud autour de son poignet en disant :

— Je veux bien croire qu'il ait pu s'agir de mon grand-père – ils portaient le même nom – mais pas de mon père. J'irai dans ma tombe en croyant en sa fidélité à ma mère. Il faudrait qu'elle-même me convainque du contraire, et crois-moi, ça n'arrivera jamais. (Elle leva les yeux du nœud impossible à dénouer.) Tu accuses le mauvais coupable, et pire encore, tu t'en prends aux mauvaises personnes, mais ce n'est pas vraiment le sujet, n'est-ce pas ?

Il sembla ignorer son argument et tendit la main pour lui enserrer les doigts.

— Laisse tomber. Tu ne dormiras pas loin de moi.

— Sérieusement, Max, je pensais que ta stupide vengeance concernait un contrat, une affaire qui t'aurait été chipée par l'un de mes frères. Je sais que tu as dit que c'était lié à ta famille, mais tu n'es pas sérieux ! Comment peux-tu les blâmer pour un méfait dans lequel ils n'ont pas trempé ? Quelque chose dont ils ne sont probablement même pas au courant ?

— Je n'ai pas à justifier quoi que ce soit. Maintenant, dors ! grogna-t-il.

La colère de Max déclencha la sienne et elle recommença à s'acharner frénétiquement sur le nœud.

Des doigts de fer se resserrèrent autour des siens, mettant un terme à sa lutte.

— Laisse tomber, putain ! Si tu continues à me repousser, Erin, que Dieu me vienne en aide, je vais t'enchaîner à ce putain de lit et te garder dans cette chambre. Ne me tente pas !

À la férocité de son ton, elle s'immobilisa et le regarda dans les yeux. Il y avait quelque chose de nouveau là-dedans, une émotion qu'elle voyait et qui transforma son cerveau en bouillie. Il était furieux et frustré, certes, mais pour une fois, il y avait une lueur de quelque chose d'autre qui brillait dans ses yeux. Ce constat embrouilla son cerveau déjà détraqué, quand il passa un bras autour de sa poitrine et l'attira contre lui. Elle resta immobile et essaya de calmer la cadence incontrôlée de son pouls.

10

Max passa son bras autour de la taille d'Erin et la serra si fort contre lui qu'il se rendit compte qu'il risquait de l'empêcher de respirer. Serrant les dents, il prit quelques inspirations pour se calmer, puis relâcha son étau – mais juste un peu. Il était hors de question qu'il la lâche complètement, quoi qu'il arrive. Il avait tellement besoin de la sentir contre lui qu'il avait l'impression de n'être que partiellement sain d'esprit. Oui, c'était ça… Elle lui enlevait sa santé mentale.

Sa vie était ordonnée avant l'arrivée d'Erin. Toujours calme, toujours équilibrée. Mais pas maintenant – oh non, il avait l'impression d'être déchiré en deux ! Avant Erin, il ne se souciait que de deux choses. Ses affaires passaient toujours en premier, mais la *venganza de sangre,* la *vendetta* qui avait obsédé son père était toujours dans un coin de sa tête. Comment pouvait-il en être autrement ? Dès le moment où sa tante s'était suicidée, son père avait déraillé et exigé que sa mort soit vengée.

Ça avait été une période difficile, sans aucun doute. Sa propre mère était morte alors qu'il était trop jeune pour en conserver un souvenir précis. Elle n'était qu'une vague image dans son cerveau.

Depuis lors, c'était la jeune sœur de son père, Sofia, qui lui avait tenu lieu de mère. Peut-être que son père avait profité de la situation, avec sa jeune sœur vivant sous leur toit, mais Max ne pouvait pas vraiment le blâmer. Arturo Villareal avait été bouleversé par la mort de sa femme, même s'il l'avait bien caché à son fils lorsqu'il était enfant. Cependant, en grandissant, le petit avait commencé à reconnaître la douleur de son père, et il avait su que cet homme avait aimé la femme qu'il avait perdue avec une passion qui ne pouvait être remplacée.

C'était peut-être pour cela que son père avait craqué lorsque Sofia leur avait été enlevée. Max n'était qu'un préadolescent quand sa tante était partie aux États-Unis en quête d'aventure, mais il était assez grand pour être heureux pour elle. Sofia lui avait assuré qu'elle reviendrait et son lien était si fort avec son père qu'il n'avait pas eu l'impression d'avoir été abandonné par sa tante.

Mais la vie avait été différente après son retour en Argentine. Elle était enceinte – sa grossesse était bien avancée – et célibataire, et son père avait été scandalisé. Il avait exigé le nom du père du bébé et sa tante l'avait fourni sous la contrainte. À partir de ce moment-là, la colère d'Arturo n'avait plus été dirigée contre la tante de Max, mais contre Gordon Rule. Ils avaient essayé, son père et lui, de réconforter Sofia, mais ils étaient des hommes et n'avaient pas compris ses tendres sentiments.

Elle avait donné naissance à la petite Nora, et Max se souvenait que leur famille avait été heureuse pendant un temps. Hélas, ce bonheur n'avait pas duré quand il avait réalisé à quel point sa tante était ostracisée par la communauté. Elle n'avait qu'une seule véritable amie dans la région, une jeune veuve du nom de Magdalena Navarro, et Sofia avait emmené le bébé pendant des semaines pour rendre visite à son amie, juste le temps de s'évader, du moins le pensaient-ils.

Le choc de son suicide les avait dévastés. Sa tante avait laissé Nora à Magdalena, et à leur insu, elle était rentrée chez elle, montée dans sa chambre et avait avalé un flacon de somnifères.

Plus tard, Magdalena avait trouvé un testament écrit à la main par Sofia et demandé à garder Nora, comme la jeune mère l'avait souhaité.

Ils avaient les mains liées. La douleur et la colère de son père s'étaient intensifiées. La perte de sa sœur et de Nora l'avait plongé dans une spirale infernale, mais ce n'était pas tout. Catholique fervent, son père croyait fermement que l'âme de sa sœur avait été damnée par son suicide.

Tout au long de l'adolescence de Max, Arturo n'avait cessé de lui instiller son désir de vengeance contre Gordon Rule. Il lui prêchait presque nuit et jour la haine née de la mort de sa *tía* Sofia. Pour le bébé qui leur avait été enlevé. Pour la dévastation et la honte que sa famille avait endurées. Il fallait venger l'âme de sa tante.

Max l'avait tellement entendu que c'était ancré en lui. Et à vrai dire, il n'avait pas fallu grand-chose pour le convaincre que la vengeance était nécessaire : lui aussi avait été coupé dans son élan par la mort de sa tante… et par la perte de Nora.

Magdalena était morte alors que Nora était très jeune et le seul fils de la famille, Rafael Navarro, qui avait hérité de l'*estancia*, avait immédiatement expédié la fillette en pension. Ce comportement avait énervé Max au plus haut point puisqu'il ne pouvait la voir grandir, comme il estimait que c'était son droit en tant que plus proche parent vivant.

Le départ de Nora pour l'internat avait provoqué des frictions entre Max et Rafael, et lorsque la jeune femme était finalement revenue en Argentine après des études à l'étranger, Max avait eu du mal à contenir sa colère. Selon lui, sa jeune cousine vivait maintenant avec un homme qu'elle connaissait à peine, un homme qui ne lui était même pas apparenté par le sang. Mais il n'avait aucun droit de regard sur la question, et le jour où il avait abordé le sujet avec Rafael, celui-ci était devenu furieux. Il n'y avait aucune chance que Navarro rende Nora à Max. La confrontation avait failli se terminer en

pugilat et la relation entre Max et Rafael était restée conflictuelle depuis.

Alors que Max s'accrochait à Erin, il sentit sa respiration se faire plus régulière, lui indiquant qu'elle dormait. Ce n'était pas un sommeil paisible, elle était agitée à côté de lui. Il détestait qu'elle soit troublée, détestait être la cause de ses troubles émotionnels. Mais qu'était-il censé faire ? Laisser la jeune femme partir était au-delà de ses capacités : tout bonnement impossible. Il réalisa que ses propres émotions avaient changé, mais repoussa l'idée. Les émotions rendent un homme vulnérable, or la dernière chose dont Max avait besoin était de se montrer vulnérable face à Erin.

Mais dire qu'un conflit faisait rage en lui était un euphémisme. Son honneur, sa fierté, son éducation, tout en appelait à sa loyauté. Loyauté envers sa famille, loyauté envers son père qui avait vécu et respiré *venganza*. Et pourtant, il savait qu'il se montrait injuste envers Erin. Il savait que les enfants de la famille Rule n'étaient pas responsables des péchés de leur père – ou, si l'on en croyait Erin, et il n'avait aucune raison d'en douter, des péchés de leur grand-père –, mais Max avait été conditionné pour faire passer *la familia* en premier.

Il avait l'impression que les fondations avaient été arrachées de sous ses pieds. Il devait bien faire pour Erin – ironiquement, son sens de l'honneur l'exigeait –, mais la laisser partir n'était pas une option, alors comment était-il censé agir ?

Il l'admettait maintenant, il se sentait incroyablement coupable de l'avoir gardée avec lui en menaçant sa famille. Pourtant, une demi-heure auparavant, la seule idée de la laisser partir l'avait tellement perturbé qu'il s'était retrouvé à attacher son poignet au sien dans un acte de contrôle primitif. Il ne l'avait pas prévu, il n'avait pas réalisé qu'il allait le faire avant que ce ne soit le cas.

Et maintenant, il ne pouvait pas nier que la sensation de la voir attachée à ses côtés était apaisante pour lui.

Son cerveau lui disait qu'il devait la laisser partir ; son cœur et son corps ne le permettraient jamais.

ERIN SE RÉVEILLA TÔT LE LENDEMAIN MATIN ET DÉCOUVRIT QUE Max avait quitté leur suite, comme il le faisait habituellement. Mais la différence, ce matin, c'était que sa cravate de la nuit précédente était toujours enroulée autour de son poignet dans un nœud si serré qu'elle devrait couper ce fichu truc avec des ciseaux.

Elle réfléchit à la manière de procéder. Certes, la vue de ce lien autour de son poignet – clairement l'acte d'un amant dominant et territorial – lui donnait des papillons dans le ventre. Est-ce qu'il s'attendait à ce qu'elle la coupe ? Ce n'était pas une cravate bon marché, c'était une marque de créateur et en parfait état. Le tissu était enroulé autour de son poignet droit et, comme elle était droitière, il n'y avait aucun moyen de l'enlever sans le couper. S'attendait-il à ce qu'elle descende l'escalier et permette à son personnel de voir la cravate autour de son poignet ?

Elle ne pouvait même pas se laver les cheveux sans l'abîmer. Confuse, elle se débarbouilla le visage et se brossa les dents. S'habillant à la hâte d'un short et d'un tee-shirt avant d'attacher ses cheveux en queue-de-cheval, elle descendit l'escalier, la longueur de la cravate enroulée autour de sa main dans une tentative de camouflage.

Elle trouva Max dans son bureau, une tasse de café à côté de lui, occupé à étudier son ordinateur portable. Lorsqu'elle s'arrêta sur le seuil de son bureau ouvert, il détacha les yeux de son écran et la vit. Gardant une expression neutre, elle leva le bras et laissa le tissu se dérouler et tomber. Immobile, elle haussa les sourcils en signe d'interrogation.

Soutenant son regard, il haussa ses propres sourcils en guise de réponse.

— Max…

— Quoi ? grogna-t-il en se levant.

Une bouffée de chaleur envahit le corps d'Erin lorsqu'il sortit de derrière son bureau.

— Je n'arrive pas à l'enlever, répondit elle.

Il s'appuya contre l'avant de son bureau dans une démonstration de nonchalance qui, pour une raison quelconque, semblait forcée.

— Et alors ?

— Alors ? Alors ? Alors, tu veux défaire le nœud ou tu veux que je prenne des ciseaux ?

Lentement, il croisa les bras et baissa le regard vers la cravate, un soupçon de rouge s'étalant sur ses pommettes.

Voyant qu'il n'allait pas répondre, elle leva les mains en signe de frustration et se retourna, prête à partir.

— OK, je vais chercher les ciseaux.

Il fut sur elle en un battement de cœur.

Une main masculine s'accrocha à l'extrémité de la cravate, la maintenant en place, tandis que l'autre main claquait et verrouillait la porte. Il la fit pivoter à une vitesse vertigineuse, la traîna jusqu'au canapé géant. Où il la poussa de manière qu'elle soit allongée de tout son long sur le dos avant de s'allonger sur elle. Il enfonça une main dans ses cheveux tandis que l'autre saisissait le poignet à la cravate au-dessus de sa tête.

La regardant fixement dans les yeux, il commença à enrouler le tissu autour de sa propre main, le serrant jusqu'à se retrouver plaqué contre son poignet – elle sentait la tension du tissu sur sa peau. Il plissa les paupières.

— Garde-la.

Elle tressaillit.

— La garder ? Tu es fou ? Tout le monde va penser que nous jouons à des jeux sexuels ou je ne sais quoi.

— Ce n'est pas un jeu et crois-moi, j'en ai rien à foutre de ce que pensent les gens.

— Max…, voulut-elle l'apaiser. C'est idiot. S'il te plaît, détache-la.

— J'aime bien le style. Et puis, tu m'aurais planté au milieu de la nuit sans ça.

Elle ne releva pas l'accusation, se contenta de :

— Mais maintenant, c'est le matin, alors enlève-la.

Au lieu d'une réaction appropriée, il baissa la tête et l'embrassa, la main dans ses cheveux s'animant d'une force agressive. La même onde de chaleur qu'à chacune de ses approches la frappa au niveau du ventre. Son odeur lui brouilla le cerveau alors que ses jambes se mettaient à trembler.

Il la caressa d'abord doucement avec sa langue, mais en un mouvement éclair, il ajusta l'angle de son menton et revint à la charge. Il était avide maintenant – elle le sentait. Ses dents la mordillaient, la mordaient, elle sentait la connexion comme un fil sous tension qui irradiait depuis ses mamelons jusqu'à la chaleur entre ses cuisses.

Comme s'il avait besoin de contrôle, il souleva son bras lié de quelques centimètres, l'obligeant à se cambrer, et enfouit le visage dans son cou. Des picotements parcoururent la colonne vertébrale d'Erin alors qu'elle sentait une vague de chaleur addictive s'installer en elle. Il déposa une ligne de baisers brûlants sur son cou et son menton jusqu'à ce qu'il retrouve ses lèvres. Et elle commença à l'embrasser en retour.

Devant sa réaction, il releva la tête et elle ouvrit les yeux. À travers les brumes de chaleur sexuelle, elle comprit qu'il la manipulait physiquement pour prouver une sorte de point diabolique. Elle pinça les lèvres.

— Est-ce que tu aimes ça ? M'avoir sous ton contrôle ?

Les yeux de Max s'enflammèrent.

— Putain, j'adore ça !

D'un mouvement rapide, il rabaissa leurs bras entrelacés et les poussa derrière son dos dans une démonstration de force dominatrice qui avait peu à voir avec la dispute entre eux et tout à voir avec le sexe.

Le bassin de Max s'installa de manière plus menaçante entre les cuisses d'Erin, son érection poussant jusqu'à son monticule. Dans un brouillard d'excitation, elle se rendit compte qu'il était toujours

tendu depuis la nuit précédente, bien qu'elle ne comprenne pas exactement pourquoi. Elle baissa la voix et dit d'un ton apaisant :

— Je ne t'ai pas combattu. Je cède chaque fois et tu dois bien savoir que j'aime ça. (Elle déglutit et continua.) Pourquoi fais-tu ça ?

Il poussa plus fort son érection contre la jonction de ses cuisses.

— Pour te prouver quelque chose.

— Et quoi ?

— Que je peux le faire.

Sur ces mots, il défit rapidement la rangée de boutons de sa chemise. Ramenant leurs bras joints, il leva leurs mains vers les seins de la jeune femme, en tandem. Elle prit une grande inspiration lorsqu'il relâcha la cravate pour lui saisir la main. Il plaqua sa paume sur sa poitrine et la maintint avec la sienne. Ses doigts se faufilèrent entre les siens pour trouver son mamelon et le pincer.

— Ça me rend furax que tu quittes mon lit. Tu dormiras attachée à moi pour le reste de ta vie si c'est ce qu'il faut pour que je t'aie à mes côtés.

Pourquoi ne pouvait-il pas comprendre que ce n'était pas ce dont elle avait besoin ? La question quitta brusquement son cerveau lorsqu'elle entendit son rugissement d'excitation frustrée. Avec des mouvements rapides, il relâcha son extrémité de la cravate et se mit à genoux devant elle. Il baissa son short et sa culotte jusqu'au sol, jeta les vêtements, avant de soulever l'une de ses jambes par-dessus son épaule, tandis que sa bouche trouvait rapidement son clitoris.

Des étoiles s'allumèrent dans sa tête et elle repoussa tout le reste pour se concentrer uniquement sur Max et la déflagration qui bouleversait ses sens.

CINQ JOURS PLUS TARD, ERIN PERDAIT LENTEMENT LA TÊTE. ELLE NE savait pas quel genre de campagne Max menait, mais chaque nuit, elle s'endormait attachée à lui. Chaque matin, elle allait le trouver dans son bureau avec la cravate qui pendait à son poignet.

Pendant cinq jours, le résultat fut le même. Il l'enfermait dans le bureau, le temps de lui faire l'amour, toujours avec force, toujours de manière dévastatrice, la faisant jouir avec une explosion de chaleur et de désir tels qu'elle n'en avait jamais connu avant que Max n'entre dans sa vie.

Et jamais ces rencontres ne se terminaient sur une fin heureuse pour lui. Il se relevait simplement et lui soulevait le menton. Il l'embrassait profondément et elle savait qu'il le faisait pour qu'elle puisse sentir sa propre odeur sur ses lèvres. Après quoi, il finissait par défaire le nœud autour de son poignet et glissait la cravate dans sa poche, comme s'il la libérait pour la journée.

C'était suffisant pour qu'une fille commence à perdre la tête.

Elle s'enfonçait tellement qu'elle ne pensait pas pouvoir trouver le bonheur sans Max dans sa vie. Elle commençait même à redouter de rentrer aux États-Unis sans lui. L'angoisse qu'elle ressentait était suffisante pour lui donner envie de s'éloigner de ses propres pensées. Elle avait besoin d'air frais afin de se vider la tête.

~

MAX LEVA LES YEUX DE LA CARTE QU'IL ÉTAIT EN TRAIN D'ÉTUDIER quand le gérant de son *ranch* frappa au chambranle de la porte. L'homme entrait rarement. Max ferma l'ordinateur portable et lui accorda son attention.

— Qu'est-ce qui se passe ?

— Juste pour vous informer qu'il commence à pleuvoir et que les prévisions météorologiques ne sont pas prometteuses. Avec la *Sudestada,* les conditions sont réunies pour une crue soudaine et vous vous rappelez les dégâts terribles de l'année dernière.

— Oui, merci de m'avoir prévenu. Nous sommes préparés,

comme toujours, n'est-ce pas ?

— *Sí*, mais je voulais m'assurer que la *señora* Villareal était bien rentrée. Personne n'a remarqué son retour.

Le coup de poignard de l'inquiétude rendit la voix de Max trop tranchante.

— Où est-elle allée ? Et quand est-elle partie ?

— Vers midi, à pied, en direction du vignoble : elle a dit qu'elle partait en promenade.

Un frisson troublant agita ses terminaisons nerveuses, Max ne perdit pas de temps à discuter. Se levant d'un bond, il hurla à sa gouvernante de commencer à fouiller les chambres de l'étage, au cas où Erin serait revenue. Il vérifia le rez-de-chaussée, en vain. Le visage troublé de Marisol en disait long lorsqu'elle apparut en haut de l'escalier. Il composa le numéro de téléphone d'Erin, mais tomba directement sur la messagerie vocale alors, ayant laissé des instructions laconiques pour le cas où son épouse reviendrait, il suivit son contremaître dehors afin de commencer à chercher sa femme disparue dans la vaste *estancia*.

LES QUATRE-VINGT-DIX MINUTES SUIVANTES FURENT LES PLUS longues de la vie de Max. Alors que ses hommes se réunissaient pour organiser les recherches sous une pluie battante, le ciel prit une couleur si inquiétante que la panique du maître des lieux ne cessait d'augmenter. Son état d'esprit continuait à se détériorer avec un sentiment de malaise qui lui nouait les tripes.

Quatre équipes de ses hommes entamèrent une recherche qui s'étendit sur des centaines d'hectares. Max se lança dans sa propre mission en 4x4, s'assurant de rester en contact avec ses employés par téléphone portable. Il emporta également un *talkie-walkie*, au cas où. À mesure qu'il explorait la zone qu'il s'était attribuée, les champs arides devenaient rapidement boueux à cause des pluies torrentielles.

Bien qu'il soit habillé pour la pluie, il fut trempé en cinq minutes.

Ruisselant et frustré, il parcourut le périmètre du vignoble et, ne trouvant rien, recommença. La pluie était si aveuglante qu'il pouvait à peine voir à un mètre cinquante devant lui. La boue devint trop glissante et il fut obligé de s'arrêter pour mettre le véhicule en quatre roues motrices. Alors qu'il était sur le point de repartir, le vent devint si violent que la peur le poussa à frapper le volant en signe de frustration avant de le serrer si fort que ses jointures blanchirent. Cette merde ne serait pas arrivée s'il l'avait gardée attachée à lui.

Alors qu'il remettait le véhicule en marche et appuyait sur l'accélérateur, la pluie se calma quelque peu, lui permettant d'apercevoir le vague contour des ruines qui se trouvaient au sud. La vieille église était brûlée et délabrée par plus de deux cents ans de négligence, mais c'était une sorte d'abri. Erin connaissait-elle son existence ? Aurait-elle pu tomber dessus par hasard ?

Espérant contre toute attente qu'il la trouverait là, il lui fallut encore dix minutes au ralenti avant de se garer devant.

Descendant du 4x4, il jeta un coup d'œil autour de lui, mais ne vit rien de mobile ou de déplacé. Contournant son véhicule vers le côté passager, il sortit le pistolet qui s'y trouvait et s'assura qu'il était chargé : la dernière chose dont il ait besoin, c'était d'être ralenti par un animal sauvage en quête d'un abri.

La façade du bâtiment manquait, des briques tombées, des mauvaises herbes et des ronces rendaient l'entrée difficile d'accès. Il ne s'attendait pas à ce qu'Erin soit là, alors quand il l'appela et reçut une réponse immédiate, l'exaltation le frappa de plein fouet. Son cœur se mit à battre à une cadence chaude et lourde.

Avançant dans le vestibule obscur, il la trouva qui se levait et s'essuyait les mains sur le jean qu'elle portait. Elle était mouillée et tremblante, les lèvres blanches à l'endroit où elle les avait mordues.

— Tu vas bien ? demanda-t-il brusquement en la prenant dans ses bras.

Ça… ça va, répondit elle, tremblante, de ses lèvres froides qui balbutiaient.

Après s'être assuré qu'elle était saine et sauve, il appela son contremaître pour lui annoncer qu'Erin était en sécurité et qu'il devait arrêter les recherches.

Son téléphone une fois rempoché, il reporta toute son attention sur sa femme – sa femme transie et mouillée. Le fait qu'elle soit froide et trempée l'énervait au plus haut point et maintenant qu'il la savait en vie, en sécurité et en un seul morceau, sa peur se manifestait sous forme de colère.

— Pourquoi es-tu partie sans dire à personne où tu allais ?

— Je n'avais pas de plan précis, Max. J'avais seulement besoin de m'éloigner de… de la maison.

De la maison ? Conneries, oui : elle essayait de s'éloigner de *lui !* Il ne put s'empêcher de lui enfoncer ses doigts dans les bras.

— Tu ne quitteras plus la maison à moins que tu ne me dises où tu vas, compris ?

Elle leva les yeux vers lui sans répondre. Et il fut consterné de voir ses yeux se remplir de larmes. Elle hocha la tête, puis se mit à la secouer.

Ses larmes le bouleversaient, mais son refus de se plier à ses désirs le perturbait à un point qui dépassait l'entendement.

— Non ? Tu m'as fait peur, tu as inquiété Marisol, tu as dérangé mes hommes dans leur travail et tu oses me dire « non » ?

Écarlate, elle se mordit la lèvre et détourna le regard.

La pluie tombait plus fort, il l'entendait battre autour d'eux. Il voulait la déshabiller et s'assurer que chaque centimètre carré de son corps était vraiment intact. Il voulait qu'elle soit en sécurité et à la maison lorsqu'il lui dirait ce qu'il avait à lui dire, mais quitter leur abri n'était pas encore sûr, et par-dessus tout, il ne voulait pas risquer la sécurité d'Erin en l'emmenant à nouveau dehors par mauvais temps. Prenant sa main dans la sienne, il se dirigea vers l'arrière de ce qui restait du bâtiment, l'entraînant à ses côtés.

Il savait qu'elle avait dit bien se sentir, mais il devait s'assurer

qu'elle disait la vérité, il avait besoin de voir sa peau nue de ses propres yeux, besoin de s'enfoncer dans sa chaleur pour pouvoir se calmer, bordel de merde ! Sa mission en tête, il attrapa le tee-shirt d'Erin et commença à le lui passer par-dessus la tête.

Elle leva immédiatement les bras dans un mouvement défensif qui l'immobilisa – et le rendit furieux.

Maintenant son vêtement en place, elle leva les yeux vers lui, même si ses bras tremblaient.

— Je ne peux plus supporter ça. (Ses yeux s'emplirent de nouvelles larmes et de détermination.) Sérieusement, Max, je ne peux pas continuer à vivre comme ça.

À son ton, à son regard, il sentit sa colère passer au second plan, derrière la panique soudaine qui s'enroulait autour de sa gorge.

— Tu n'as pas le choix…

— J'ai le choix, le coupa-t-elle. Je ne suis pas stupide. Tu n'as pas les idées claires. Comment peux-tu justifier de me garder ici à cause d'une chose que mon grand-père a faite ?

Comment pouvait-elle ne pas comprendre ? C'était si simple, putain !

— Je te garde ici parce que je te veux ici.

Elle le regarda fixement pendant un long moment, avant que son visage ne se décompose.

— Ce n'est pas suffisant et ce n'est pas vrai, marmonna-t-elle. Une seule raison pourrait me faire rester ici : que je le veuille. Pas parce qu'on m'y force.

Il sentit ses muscles se contracter alors que son niveau de stress montait en flèche.

— On en a déjà parlé mille fois, Erin. Les deux problèmes sont séparés…

— Ce sont des conneries, rétorqua-t-elle dans un soupir. Je mérite mieux, je mérite un conte de fées. Et je ne vais pas me contenter de moins.

À cette expression, « conte de fées », Max tendit l'oreille. L'expression l'énerva parce qu'il savait qu'il agissait mal vis-à-vis

d'elle, mais elle redoubla aussi sa détermination à trouver exactement ce dont elle avait besoin.

— Explique-moi ça. Qu'est-ce que ce « conte de fées » contient que tu n'as pas déjà obtenu de moi ?

Elle laissa échapper un soupir qui ressemblait à un immense chagrin... mâtiné de douleur.

— Je veux une histoire d'amour, pas un chantage à la vengeance. Les deux choses ne se valent pas, tu ne le vois donc pas ?

Comment pouvait-elle être aussi aveugle ? Ne savait-elle vraiment pas ? Ne pouvait-elle pas voir au-delà de toutes ses excuses bidon ?

— Tu te moques de moi, n'est-ce pas ?

— Non, dit-elle avec hésitation.

Eh bien, putain de merde ! Il allait devoir dire les mots qu'il avait tant essayé d'éviter, même en son for intérieur. Ses sentiments étaient à vif et maintenant, bon sang, ils allaient être exposés ! Mais s'il ne lui disait pas la vérité, serait-elle jamais heureuse ici ? Elle avait l'air dévastée, incapable d'en supporter plus, et il n'allait pas accepter cela : rien que cette pensée provoquait une panique qui s'infiltrait dans tout son système.

Qu'est-ce que ça pouvait faire s'il passait pour quelqu'un de vulnérable ? De qui se moquait-il ? Il était vulnérable... mais peut-être que montrer sa vulnérabilité permettrait à Erin de voir la profondeur de ses sentiments. Ses muscles se tendirent alors qu'il se préparait à tout mettre en jeu pour elle.

— Tu ne vois pas que le scénario de la vengeance n'était qu'une excuse ? Que c'est une foutue excuse depuis un moment maintenant – une excuse minable que j'ai utilisée parce que j'avais peur que tu partes ?

Elle avait l'air confuse, les sourcils froncés.

— Non...

Il laissa échapper un ricanement brutal – le monde entier pouvait sûrement voir ce qu'il ressentait pour elle, non ?

— Tu te moques de moi ?

Lorsqu'elle secoua la tête d'un air ébahi, il prit une inspiration et continua plus doucement :

— Erin, ma chérie, il n'y a que toi depuis le premier instant où je t'ai vue. En y repensant, je ne sais pas qui j'essayais de convaincre le plus, toi ou moi.

Elle continuait à secouer la tête, mais le mouvement avait ralenti, elle plissa les yeux comme sous l'effet de la perplexité.

— Non, c'est faux, argua-t-elle. Tu as entrepris de me trouver à Las Vegas pour te venger. Tu m'as séduite pour te venger. Tu m'as épousée et amenée en Argentine pour te venger. Tout ça, c'était pour te venger.

Il expulsa un soupir dur et secoua la tête, détournant momentanément les yeux, le temps de recouvrer son calme, avant de se fixer à nouveau sur les siens.

— Faux.

Elle oscilla et il la stabilisa avec des mains fermes.

— Je ne me trompe pas. Je suis fatiguée, mouillée et congelée, mais je ne me trompe pas.

— Tu te trompes, bébé, insista-t-il en lui frottant le haut des bras et les épaules, pour tenter de la réchauffer.

Elle prit une profonde inspiration et sembla se raidir en se détachant de lui et en reculant d'un pas. Des larmes coulaient sur son visage et savoir qu'il en était responsable anéantissait presque Max.

— Explique-moi, alors, ordonna-t-elle d'un ton grave qui lui indiquait que ses sentiments étaient à vif.

Il détourna le regard, n'ayant pas vraiment envie de révéler tous les secrets de sa famille, mais la vérité était la seule chose qui puisse la convaincre. La seule chose qui pourrait faire disparaître la tristesse de ses yeux. Elle méritait la vérité.

Il se racla la gorge et se retourna vers elle.

— OK, d'accord. Quand mon père est mort, ses dernières paroles ont réclamé la *venganza* pour ce qui était arrivé à sa jeune

…eur. Je n'ai jamais trouvé ça juste, mais j'avais la responsabilité d'honorer la mémoire de mon père : je devais mener la bataille qui pourrait aider son âme à trouver enfin la paix.

Tout en parlant, incapable de garder ses mains pour lui, il fit courir un doigt le long de la pommette d'Erin.

— Et la situation m'irritait bel et bien, continua-t-il. Peut-être que si l'enfant de ma tante, Nora, ne nous avait pas été arrachée, il m'aurait été plus facile de voir que mon père avait eu tort de chercher à se venger. Peut-être que si cela ne m'avait pas dévasté aussi… mais avoir Nora près de nous aurait toujours été un rappel de ce qui s'était passé. C'était une double perte pour nous – ma tante morte beaucoup trop jeune et Nora enlevée et confiée à une autre famille comme si elle n'était pas des nôtres… Dieu merci, elle était trop jeune pour se souvenir de tout cela. Mon père s'est inquiété pour elle jusqu'au jour de sa mort et ensuite, je ne sais pas, il me semblait que c'était mon devoir d'assumer son inquiétude. Je sais que ça n'a pas de sens, même moi je le vois, maintenant. Mais que ce soit bien ou mal, c'était comme ça. M'inquiéter pour Nora est devenu une seconde nature pour moi, et comme tu le sais, je ne l'ai pas très bien géré.

Il s'arrêta, attendant qu'elle parle. Ses yeux étaient fixés sur les siens – il pouvait presque sentir les battements accélérés de son cœur et cela lui donnait un peu d'espoir.

— Continue, chuchota-t-elle.

— Même si je savais que se venger de ta famille était mal et injustifié, je n'arrivais pas à surmonter la culpabilité de ne pas avoir exaucé le dernier souhait de mon père. Alors, pour me déculpabiliser, j'ai engagé un employé pour surveiller la Rule Corporation en espérant que je pourrais peut-être oublier toute cette histoire. Et j'étais à deux doigts d'y parvenir. Mais un marché foncier s'est présenté dans les Keys, près de Miami, où le plus jeune de tes frères s'était installé. L'affaire m'est apparue comme le moyen d'escroquer légalement beaucoup d'argent à tes frères, mais comme tu le sais probablement, Garrett n'a pas mordu à mon appât. Cette tentative de

vengeance a été la goutte d'eau qui a fait déborder le vase pour moi. J'étais plus que frustré et las de tout. J'ai décidé que j'avais mes propres affaires à gérer et que je n'avais pas besoin d'être entravé par d'autres conneries. J'étais sur le point d'abandonner toute idée de vengeance quand, par un coup du hasard, j'ai découvert ton existence.

Les yeux d'Erin s'accrochèrent aux siens, ses narines se dilatèrent.

— Et… ? demanda-t-elle.

— Et après avoir découvert ton existence, j'ai enquêté, vu ta photo et boum.

— « Boum » ? répéta-t-elle doucement.

Il laissa échapper un rire laconique.

— Oui, bébé. « Boum ». Tes comptes sur les réseaux sociaux ont été faciles à trouver pour mon homme, et bon sang, très vite, je suis devenu obsédé par toi !

— Obsédé ?

— Obsédé, ma chérie. J'ai commencé à te traquer en ligne – continuellement. As-tu la moindre idée de ta splendeur ?

Le rose souligna les pommettes d'Erin alors qu'elle secouait la tête, juste une fois.

— Oui, eh bien, tu l'es, splendide ! C'était facile de te suivre – trop facile, vraiment. Je regardais tes comptes Facebook et Instagram de manière obsessionnelle, juste pour te voir vivre ta vie. Je voulais en faire partie, même si je refusais de me l'avouer à l'époque. Tu es devenue mon plaisir coupable, bébé. Mais la chose qui m'a vraiment permis d'entrer dans ta tête, c'est ton blog.

Elle aspira une bouffée d'air au moment où ses yeux indiquèrent à Max qu'elle avait compris et se prenait à espérer. Couvrant sa bouche du bout des doigts, elle murmura :

— Le placard, mon *dressing*. Le tapis oriental, la chaise, le lustre… Oh, mon Dieu ! L'atrium !

— Oui, la maison tout entière, en fait. J'ai appris toutes les choses que tu aimais sur Internet. D'habitude, je ne m'intéresse pas

aux réseaux sociaux, et encore moins aux blogs individuels. Mais j'ai changé d'avis quand j'ai réalisé qu'ils me permettaient d'apprendre à te connaître. Tes centres d'intérêt et les choses que tu aimes, ta couleur préférée, tes plats préférés, tes livres, films et magazines préférés, ton style de décoration. La seule chose que j'avais à faire, c'était d'être attentif et tout était là, étalé en catégories organisées pour que je puisse le voir.

Comme si elle ne pouvait pas tout assimiler, elle balbutia :

— Mais tout ça, c'est juste…

— Juste quoi ? demanda-t-il.

— Des trucs.

— Ah Oui, juste des trucs ? Eh bien, c'étaient des trucs dont j'ai commencé à avoir envie ! Finalement, j'ai eu envie d'en faire partie. Alors, j'ai trouvé un moyen de me rapprocher de toi. À Vegas. Il faut que tu saches…

Il hésita, essayant de dire ce qu'il pensait sans passer pour un harceleur maniaque.

— Quoi ? demanda-t-elle.

Il prit une inspiration pour s'apaiser.

— Tu dois savoir qu'à cause du passé, à cause des pensées de vengeance qui flottaient dans ma tête… je sais que ce n'est pas bien, mais à ce moment-là, j'en suis venu à croire que je méritais de t'avoir. Tu es devenue mienne dans ma tête. J'ai justifié cette idée à cause du passé, même si je savais que ce n'était pas tout à fait sain d'esprit.

— Et ?

— Et puis, il y a eu Las Vegas. Je t'ai suivie dans ce restaurant et je t'ai regardée depuis ma place au bar…

Il s'arrêta et avec un air de frustration, elle insista :

— Quoi ?

— Je savais que tu étais à moi. Je te voulais pour de vrai. Pas des images sur mon ordinateur, mais toi. En chair et en os. Et après t'avoir vue, eh bien, ma douce, je me suis fixé une mission. J'ai

utilisé l'excuse la plus facile – la vengeance – et je t'ai prise pour moi.

Une ombre sembla disparaître de ses traits lorsqu'elle demanda :

— Et ?

— Il n'y a plus de « et ». Mon esprit sain sait que le passé est mort et doit être enterré… mais pas si c'est le seul moyen de te garder ici. Comprends-moi, Erin, personne ne peut t'éloigner de moi. Je ne te laisserai pas partir. Ni maintenant ni jamais.

ERIN PRIT UNE GRANDE INSPIRATION ET SES YEUX RESTÈRENT accrochés à ceux de Max. Les choses qu'il admettait la faisaient planer, dans un bon sens, un sens merveilleux. Elle rassembla son courage et demanda,

— Pourquoi ?

— Pourquoi ? demanda-t-il sévèrement. Que me demandes-tu exactement ? Pourquoi tu es à moi ? Pourquoi je vais continuer à te garder ici avec moi ? Pourquoi je suis si fou de te vouloir ici, de vouloir que tu dormes à mes côtés chaque nuit ?

Elle sortit la langue pour s'humecter les lèvres. L'expression qu'il avait dans les yeux déchaînait son espoir. Peut-être y était-elle avant, mais il lui avait caché tellement de choses ! Plus maintenant. Maintenant, elle pouvait voir la vérité dans ses yeux et la joie envahissait son système sanguin. Ayant besoin de savoir, espérant au-delà de tout espoir qu'il dise ce qu'elle voulait entendre, elle inspira profondément et demanda :

— Oui. Pourquoi ?

Une autre expression traversa le visage de Max. Était-ce de la frustration parce qu'elle avait encore besoin d'entendre la vérité absolue ? Qu'il mette son âme à nu ? Il baissa le ton et ses yeux devinrent un peu sauvages, alors qu'il répondait à toute vitesse :

— Parce que je suis obsédé par toi. Parce que je t'aime. J'aime

tout de toi. J'aime la sensation de toi dans mes bras quand tu dors. J'aime les bruits que tu fais quand tu jouis autour de moi. (Sa voix se figea sur les mots suivants.) Je ne t'abandonnerai pas – ça n'arrivera pas, compris ? J'en ai rien à foutre de qui sont tes frères. Je me fous de savoir à quel point ils veulent te récupérer, ça n'arrivera pas.

La vérité de sa fervente déclaration frappa Erin avec un impact qui lui donna une impression immédiate d'accomplissement. Elle sentit ses yeux se remplir de nouvelles larmes, des larmes de bonheur cette fois. Elle eut un sourire tremblant et la colère de Max sembla s'estomper rapidement tandis qu'il l'étudiait.

— Tu m'aimes ? demanda-t-elle.

Sa tension sembla fondre alors qu'il admettait :

— Je t'aime depuis que j'ai appris toutes les petites facettes qui font que tu es toi et, à la minute où je t'ai vue, c'en a été fini de moi.

Erin le regarda fixement dans les yeux, y lisant une totale sincérité, ainsi que dans l'expression brute de son visage. Elle prit une grande inspiration, rassembla tout son courage et lâcha simplement :

— Je t'aime aussi.

À ces mots, l'expression de Max se transforma de nouveau. Le soulagement était là, mais aussi la possession dans la lueur qui allumait ses yeux. Elle savait que ce regard était pour elle, juste pour elle. Il l'entourait de ses bras, toujours inflexible, et approcha la bouche de son oreille.

— Veux-tu rester avec moi ? Rester mariée avec moi, même si aucune menace ne te retient ici ?

Le cœur d'Erin lui tambourina dans les oreilles quand elle comprit que son conte de fées se réalisait.

— Oui. Oh oui !

Il lui caressa les cheveux avant de se poser sur la courbe de ses reins.

— Je te veux tellement, Erin ! Je veux passer chaque jour avec toi, je veux fonder une famille avec toi. Je te jure que je vais

découvrir ce que signifie ce foutu « conte de fées » et m'assurer que tu l'obtiennes.

Elle était soudain si heureuse que cela devait se voir sur son visage. Et que son cœur se retourna. Elle leva une main tremblante vers la joue de Max et ses yeux se nouèrent aux siens.

— Je l'ai. Le conte de fées. Il est parfait. Tu l'as rendu possible en t'ouvrant à moi. En m'aimant. Je n'ai besoin de rien d'autre. Seulement de toi et de notre vie ensemble.

QUAND MAX ENTENDIT CES MOTS, UNE BOUFFÉE DE SOULAGEMENT et de plaisir dévorant s'installa dans son cœur. Enfin, *merde !* enfin, il pouvait avoir Erin et savait qu'elle voulait vraiment être ici avec lui. Il n'allait plus avoir à s'inquiéter, il pourrait s'endormir en la tenant dans ses bras le soir, sachant qu'elle serait toujours là le lendemain matin.

Maintenant, tout ce qu'il voulait, c'était la ramener à la maison, la réchauffer et la sécher, la mettre dans une situation plus sûre que celle dans laquelle ils se trouvaient. Avec les mots qui allaient changer sa vie encore frais dans son esprit et dans son cœur, son instinct protecteur s'emballa. La serrant contre lui, il pressa les lèvres contre sa tempe et considéra la tâche à accomplir : les ramener tous les deux en sécurité. Alors, une main ferme passée autour du flanc de sa femme, il marcha avec elle jusqu'à l'entrée. Il jaugea le parcours perfide et détrempé qui les attendait. Pendant les minutes qui s'étaient écoulées depuis qu'il l'avait trouvée là dans les ruines, la pluie avait cessé juste assez pour qu'ils puissent entreprendre le chemin du retour. Et la menace d'inondation signifiait qu'il n'y avait pas de temps à perdre. Il se pencha, ses lèvres effleurant le contour de son oreille, et souffla :

— Rentrons à la maison, d'accord ?

Elle lui adressa un sourire enjôleur et commença à hocher la tête.

Il ne se le fit pas dire deux fois. Ôtant sa veste imperméable, il l'en enveloppa, puis la conduisit sous la pluie jusqu'au 4x4. Le trajet de retour lui parut durer une éternité, car il était crispé sur le volant et négociait les routes glissantes et saturées de pluie. Il devait être prudent, mais il avait hâte de retrouver Erin nue sur leur lit. Son cœur pompait le sang avec férocité tandis qu'il visualisait la rapidité avec laquelle il l'emmènerait dans leur suite, une fois qu'ils seraient à l'abri du mauvais temps.

Mais ses plans n'aboutirent pas.

Lorsqu'ils s'arrêtèrent devant la maison, ce qu'il vit lui noua le ventre d'impatience, de tension, et il devait l'admettre, de peur pure et simple. Les frères d'Erin – tous les trois – étaient debout sur le perron de la maison, encerclés de cinq de ses hommes, l'air furieux. Max fut néanmoins soulagé de constater que leurs armes étaient toujours rangées dans leurs étuis.

Sa gorge se serra et sa bouche se pinça en une ligne sinistre. Il prit trois inspirations régulières avant de mettre le 4x4 au point mort et de couper le moteur. Il devait se calmer, et tout de suite. Erin ne le quitterait pas – il priait pour qu'elle ne le quitte pas – jamais.

La jeune femme s'accrocha au bord de son siège et marmonna :

— Merde ! Pas maintenant.

Max lui fit tourner le menton jusqu'à ce que ses yeux rencontrent les siens.

— Ne crains rien, ma chérie. (Il passa le pouce sur sa mâchoire, incapable de s'en empêcher.) Du moment que tu restes ici avec moi, OK ?

Les yeux d'Erin s'adoucirent alors qu'elle scrutait chaque détail de son visage. Levant la main, elle s'accrocha à son épaule.

— Il faudrait qu'ils me traînent de force, et même ainsi, je me débattrais et je crierais.

Ses mots envoyèrent une bouffée de soulagement le long de l'échine de Max et une vague de sang dans son entrejambe.

— On n'en arrivera pas là, lâcha-t-il en souriant. Tes frères sont

des hommes bien. Crois-le ou non, je les respecte, et c'est ce qui a rendu toute cette épreuve encore plus tordue.

Elle hocha la tête.

— Ce sont des hommes bien, mais des têtes brûlées.

Il sourit, lui effleura la joue.

— Mais on peut les gérer, non ?

Il n'avait aucun doute là-dessus, mais il ne voulait pas qu'Erin soit bouleversée. Elle leva les yeux au ciel, comme si elle avait manipulé ses frères toute sa vie.

— C'est vrai.

Il se fendit d'un demi-sourire et demanda, juste pour être sûr :

— Prête ?

Elle prit une grande inspiration.

— Oui.

Ses tempes commencèrent à palpiter.

— Ils vont essayer de t'emmener avec eux.

— Je sais.

Il sentit ses narines se dilater, son besoin de domination remontant soudain à la surface

— Mais tu ne vas nulle part, tu le sais, non ?

— Je reste ici.

À ses mots, il laissa échapper un soupir.

— OK, allons-y.

Sans attendre de réponse, il se pencha vers elle et l'embrassa longuement, se délectant de l'immense sentiment d'appartenance qu'il ressentait… et de la certitude qu'il mettait en colère ses beaux-frères, qui l'observaient depuis le perron. Lorsqu'il la relâcha, il fit rapidement le tour du côté passager et aida Erin à sortir du véhicule. La pluie n'était plus qu'une fine bruine triste qui ralentissait leur progression.

Ils s'arrêtèrent à environ un mètre cinquante du perron et il positionna Erin devant lui, les bras passés autour de sa taille. Il voulait donner à ses frères une idée de ce à quoi ils étaient confrontés : eux deux, unis. Du moins l'espérait-il. Il y avait

toujours un infime grain de doute dans son cerveau, qui ne disparaîtrait que lorsque les frères de son épouse repartiraient sans elle. Mais pour l'instant, il renforçait sa résolution et se préparait à la confrontation.

Il n'eut pas à attendre longtemps. Garrett se faufila entre deux des hommes de Max et descendit les marches pour venir se planter à quelques centimètres d'eux. Le gars ne semblait pas avoir changé depuis que Max l'avait rencontré quelques mois auparavant. Féroce. Impressionnant. Irradiant de colère. Soudain, sans dire un mot, Garrett tendit la main à Erin et l'attira vers lui.

Max sentit les muscles de celle-ci se raidir, réaction qui lui apporta une certaine paix intérieure : elle ne choisissait pas ses frères. Il avait besoin de cette paix pour ce qui était sur le point de se passer, tant il voyait à l'allure de ses hommes de main qu'ils se contrôlaient à peine, même s'ils ne sortaient pas leurs armes pour le moment. Il resserra son bras autour de la taille d'Erin, la maintenant en place tandis qu'il se penchait vers elle, près de son oreille, lui parlant doucement, mais assez fort pour que les autres entendent.

— C'est juste ton frère, bébé, il ne te veut aucun mal.

Garrett devint livide. Tout en maintenant un contact visuel constant avec lui, Max continua d'apaiser sa femme en lui expliquant la situation avec des mots succincts.

— Toi et moi savons qu'ils ne vont jamais t'éloigner de moi, mais l'admettre va être difficile pour eux. Alors, pourquoi ne pas faire un câlin à ton grand frère et lui dire que tu vas bien ?

Max relâcha son emprise, à peine, mais ce fut suffisant pour permettre à Garrett d'attirer sa sœur dans ses bras. Il enlaça Erin et il la serra fort, un geste auquel elle répondit.

Alors que Max se tenait juste derrière elle, il regarda ses deux autres frères descendre les marches pour les rejoindre. L'un après l'autre, ils embrassèrent Erin, même s'il était facile pour le maître des lieux de lire dans leurs yeux le mépris qu'ils lui portaient. À quoi d'autre s'attendait-il ?

Les choses commencèrent à se gâter immédiatement. Damian fut le dernier à prendre sa sœur dans ses bras. Après l'avoir serrée contre lui, il la tint par le haut des bras et la regarda, comme s'il l'inspectait. Il fronça les sourcils et lui dit :

— Nous partons dans cinq minutes. Va chercher ce dont tu as besoin – Nick t'accompagne.

Voyant qu'Erin ne faisait pas un geste pour se conformer à ses ordres, Damian regarda Max d'un air furieux.

— Nick ?

L'interpellé avança d'un pas.

— Je suis là, mec.

Sans quitter Max des yeux, il enchaîna :

— Emmène-la chercher ses affaires, tu veux ?

— Rien ne me ferait plus plaisir, siffla son cadet avec mépris. Sûr que je ne vais pas la perdre de vue.

Il se retourna et fixa Max du regard. Lequel serra la mâchoire. Il était sur le point d'intervenir quand Erin se mit en colère.

— Je ne vais nulle part. (Un joli rose soulignait ses pommettes tandis qu'elle considérait ses frères tour à tour.) Je suis mariée, maintenant, vous ne pouvez plus me dire ce que je dois faire. Je reste ici avec Max.

Il n'en fallut pas plus pour que l'explosion se déclenche. Les trois frères se mirent à crier en même temps ; les hommes de Max descendirent les marches et les encerclèrent, armes dégainées.

Max ressentit une bouffée d'appréhension. Les armes chargées et la colère ne faisaient pas bon ménage, et pareille imprudence était inacceptable aussi près de sa femme. Il leva la main vers ses hommes.

— Baissez vos armes ! cria-t-il. Maintenant !

Ses employés s'exécutèrent et il s'avança. Se plaçant en face d'Erin, il serra les dents et les poings, enveloppé d'une vague de fureur.

— On se débrouille, dit-il à ses hommes. Je m'en occupe, remettez-vous au travail.

Un par un, ils s'éloignèrent, et quand ils furent partis, il croisa les bras pour affronter les frères de sa femme.

— Nous pouvons rentrer dans la maison et régler ça comme des adultes raisonnables ou régler ça ici et maintenant, dans la boue. Quoi qu'il en soit, ma femme va rentrer – elle est mouillée et elle a froid, ce que je ne saurais tolérer, compris ?

Sans attendre de voir s'ils avaient compris ou non, Max attrapa la main d'Erin pour la conduire à l'intérieur – et il fut infiniment heureux quand elle entrelaça ses doigts aux siens.

Marisol se précipita vers eux, visiblement soulagée, couverture en main. Voyant que sa gouvernante s'occupait de son épouse mouillée et débraillée, Max laissa les deux femmes s'embrasser et jeta un coup d'œil aux frères Rule : une expression d'incrédulité passait sur leur visage.

Max s'aperçut qu'ils le suivaient même à l'intérieur. Erin prit les devants et il la laissa faire, lui permettant de se diriger vers l'atrium, où elle s'assit, puis indiqua à ses frères de l'imiter.

Il sortit une bouteille de bourbon du bar, tout en se concentrant sur ses beaux-frères. Ils refusèrent de s'asseoir, préférant rester debout à regarder autour d'eux, comme s'ils étaient surpris par quelque chose qu'ils n'avaient pas prévu.

Max jeta un coup d'œil à Erin et la trouva en train de le regarder, un sourire aux lèvres. Elle inclina la tête vers la bouteille dans sa main et murmura :

— Maker's ?

Il lui rendit son sourire et haussa les épaules, sachant qu'elle avait compris. OK, il craquait grave pour elle, et alors ? Il avait fait refaire toute la maison pendant les mois où il l'avait traquée sur Internet. Il s'était aussi assuré que Marisol et son cuisinier connaissent ses plats préférés. C'étaient des choses simples destinées à ce qu'elle soit heureuse ici, et alors ?

Il posa cinq verres sur un plateau et versa une rasade de Maker's dans chacun d'eux. Regagnant l'endroit où Erin était assise, il posa le plateau sur la table basse en face d'elle et lui tendit

un verre. Elle le prit, ses doigts glissant sur les siens avant de boire une petite gorgée. Elle soutint son regard, lui promettant plus. Il en voulait plus – oh oui, il en voulait plus ! Incapable de s'en empêcher et ne ressentant aucun besoin de s'en priver, il se pencha vers elle et goûta ses lèvres. La richesse de sa bouche, la douceur qui était la sienne et le soupçon de Maker's qui lui rappela la première fois qu'il l'avait rencontrée. Il s'écarta légèrement et murmura, pour ses oreilles seules :

— J'aime ce goût.

Elle sourit en retour et ses lèvres s'entrouvrirent, mais son fichu frère intervint avant que Max ne puisse savoir quelle boutade taquine il avait manquée.

— Le fils de pute, il est amoureux d'elle !

C'était le cadet qui avait parlé, et alors que Max se redressait de toute sa hauteur, il vit l'aîné acquiescer.

— C'est une évidence.

Max fut aux premières loges lorsque Erin se fendit d'un sourire enjôleur, mais avant qu'il puisse reconnaître la véracité de leurs propos, Garrett intervint :

— Putain non, il ne l'est pas ! Ce fils de pute n'a pas de cœur. Il vous a trompés tous les deux, et toi aussi, Erin !

La rage de l'un des frères parut pousser les deux autres à revoir leur position. Comme tous les trois se tenaient debout et le regardaient avec suspicion, Max décida d'arrêter les conneries avant qu'elles n'aillent plus loin. Il n'aimait pas leur sœur ? Bien sûr qu'il l'aimait. Et il pouvait le prouver.

Il prit un verre et en avala la moitié. C'était ça : soit Erin l'aimait, soit elle ne l'aimait pas. Il priait pour qu'elle l'aime.

Reposant le verre, il se dirigea vers le bout du canapé pour se camper à côté de l'endroit où celle-ci était assise, mais d'où il pouvait voir les expressions de chacun de ses frères. Ils se tenaient face à lui, refusant tous de prendre un verre, même si Erin leur avait indiqué de le faire.

Sourcils froncés et mâchoire carrée, Max planta les mains sur les hanches et annonça tout de go :

— J'aime votre sœur.

Damian et Nick restèrent silencieux ; Garrett siffla : « Conneries ! » à mi-voix.

Max ne broncha pas, malgré l'envie qui le taraudait de s'emporter. Il y avait de fortes chances qu'il ne puisse pas terminer ce qu'il voulait dire et il voulait être prêt si l'un ou plusieurs d'entre eux s'en prenaient à lui.

— Erin, ma chérie, dis à tes frères ce qui arrivera à leur société si tu ne restes pas ici avec moi.

Ce fut Nick qui explosa, cette fois.

— Putain ! jura-t-il en commençant à s'avancer.

Max leva une main.

— Juste une putain de seconde, OK ?

Erin tendit le bras et attrapa sa main en le regardant fixement.

— Tu veux que je le leur dise ?

— Oui.

— La vérité ? demanda-t-elle, haletante.

— Oui, mon amour. (Il lui serra la main pour la rassurer.) Je veux que tu leur dises ce que je ferai à leur entreprise si tu ne restes pas ici avec moi.

Elle eut l'air horrifiée un moment.

— Ils vont être furieux !

— Ils sont déjà énervés, contente-toi de le leur dire.

Avec un regard perplexe, Erin continua à lui tenir la main tandis qu'elle se tournait et regardait ses frères.

— Il a dit qu'il détruirait votre entreprise, qu'il la ferait tomber si je ne restais pas ici avec lui.

Max savait qu'il avait environ deux secondes pour commencer à parler avant que ses frères ne se précipitent sur lui ; il entendait déjà leurs protestations.

— Et comment je prévoyais de faire ça exactement, mon amour ?

Erin le regarda avec des yeux inquiets et une connexion tacite passa entre eux. Son regard s'adoucit, son angoisse s'envola, comme si elle comprenait où il voulait en venir. Elle se mit à sourire et dit lentement :

— Tu ne voulais pas me le dire. Et je ne pouvais pas le comprendre. Mes frères sont intelligents et je te l'ai dit. Je t'ai dit qu'ils n'avaient pas de dettes, je ne voyais pas comment tu pouvais mettre tes menaces à exécution. Je pensais que tu bluffais, mais j'étais trop inquiète pour ma famille pour aller contre toi.

En écoutant sa douce voix, Max oublia presque que ses frères étaient là. Il était complètement séduit par son charme et se laissa tomber à genoux à côté d'elle. Tenant sa paume dans la sienne, il glissa son autre main dans ses cheveux et ses doigts s'y enfoncèrent. Les yeux plantés dans les siens, il sentit son cœur se retourner. Prenant une profonde inspiration, il fut enfin franc avec elle.

— Je bluffais, ma chérie. Je n'ai rien contre tes frères.

Il se prépara à sa fureur, pensant qu'il ne méritait probablement rien d'autre. Au lieu de cela, Dieu merci ! ses yeux se mirent à briller de larmes de joie.

— Tu bluffais ?

— Je bluffais.

— Alors… si je rentre avec eux, tu ne pourras rien leur faire ?

— Il n'y a rien que je puisse leur faire, admit-il en se préparant une fois de plus, pour le cas où.

Le regard d'Erin était déterminé, impérieux, et il sentit une flèche d'amour, partie de ses yeux vers les siens, lui transpercer le cœur. À ce moment-là, il sut sans l'ombre d'un doute qu'elle avait vu tout ce qu'il avait fait et qu'elle savait tout ce qu'il avait dans le cœur. Qu'elle avait compris et que tout était pardonné. Elle l'observa pendant environ deux secondes avant de dire :

— Je t'aime.

Son cœur se serra et il répliqua, assez fort pour que tout le monde l'entende :

Je t'aime aussi, ma chérie.

Il se leva et l'attira dans ses bras. Ils se serrèrent l'un contre l'autre au son des dernières protestations de ses frères, qui discutaient entre eux.

— Merde, cet enfoiré l'aime vraiment, on va devoir la laisser rester !

— Incroyable, putain, incroyable ! Qui aurait pu deviner ?

— Erin, tu es sûre de toi, ma chérie ? Tu es sûre de vouloir rester avec ce type, en Argentine, si loin de ta famille ?

Le cœur de Max bégaya l'espace d'une seconde, avant que les mots féroces et passionnés d'Erin ne le calment et qu'il puisse relâcher la respiration qu'il avait inconsciemment retenue.

— Max est mon mari, il est ma priorité, maintenant, tout comme Maria, Angie et Courtney passent en premier pour vous. Je suis Erin Villareal, plus Erin Rule. Nous sommes heureux, amoureux et mariés, et nous allons rester mariés. Je vous aime, les gars, mais vous devez me lâcher la bride.

Les mâles Rule se regardèrent un long moment, communiquant en silence avant que leur corps ne se détende imperceptiblement, concession muette que leur petite sœur avait effectivement grandi. Qu'elle n'était plus sous leur responsabilité. Qu'elle était maintenant Erin Villareal.

Max se relaxa complètement, fixant un regard adorateur et brûlant sur sa femme. Pas même la sombre menace dans la voix de Garrett ne pouvait l'affecter, maintenant.

— Ça ne veut pas dire qu'on ne te surveille pas. Rappelle-toi ce que j'ai dit, Villareal : tu lui fais du mal, on vient te faire la peau.

Max regarda son interlocuteur dans les yeux, alors même que ses bras se resserraient autour d'Erin. Sa femme.

— Je n'en attends pas moins de vous.

ÉPILOGUE

Trois ans plus tard, après de nombreux voyages heureux en Amérique

Erin déposa un baiser sur le front de Sofia endormie et la coucha dans son berceau. Faisant un geste pour régler le moniteur, elle s'arrêta quand elle vit Marisol se glisser dans la pièce. La gouvernante sourit et jeta un coup d'œil par-dessus le berceau avant de s'installer dans la chaise à bascule positionnée près de la fenêtre.

— Vous allez rester ici pendant sa sieste ? chuchota Erin.

Marisol se contenta de sourire, avec une expression de contentement profond sur le visage.

La jeune femme sourit en retour avant de se pencher et de serrer la gouvernante dans ses bras. Il ne faisait aucun doute qu'elle avait été une bouée de sauvetage ces dernières années. Avoir des enfants et les élever en Argentine aurait été beaucoup plus difficile sans elle. Max était certainement un bon père, il était d'une grande aide, vraiment, mais les petits bébés semblaient… l'effrayer. Erin ne put s'empêcher de sourire à cette pensée. Rien n'effrayait vraiment son mari,

même s'il avait semblé pétrifié au début de ces deux accouchements.

Elle retourna en bas pour rejoindre sa mère, qui divertissait son fils de deux ans, Jorge Carlos. Justine leva les yeux de l'endroit où elle était assise par terre et jouait avec des petits camions.

— Tu l'as endormie ?

— Oui. Marisol est avec elle. Je te jure, c'est un bébé qui n'aura probablement jamais à dormir seul.

Sa mère sourit.

— Ça ne fera pas de mal, ma chérie. Aimer un bébé ne peut pas lui faire de mal.

Erin laissa échapper un soupir.

— Je sais. Où est Rick ? demanda-t-elle.

— Il est dehors avec Max. Rafael et Nora s'en vont, répondit sa mère en soulevant son petit-fils.

Nora était enceinte, à son huitième mois. Si la grossesse n'avait pas été une surprise, le mariage oui.

— Tu arrives à le croire, qu'ils se soient mariés ?

— Rafael et Nora ? Oui, je le crois facilement, gloussa sa mère.

— Comment sais-tu ces choses, maman ? demanda Erin en regardant sa mère en plissant les paupières. Tes talents d'entremetteuse sont exceptionnels.

— Je n'ai rien à voir avec ces deux-là, réfuta-t-elle.

— Peut-être pas, mais tu sembles savoir quand un couple… fonctionne.

— Tu parles de Damian et Angie ?

— Eh bien, eux, mais surtout Nick et Courtney. Comment tu as opéré ce miracle ?

Justine sourit quand Jorge Carlos saisit le camion-jouet et laissa échapper un gloussement. Erin regarda sa mère le prendre dans ses bras et lui faire des câlins. Son fils s'installa confortablement contre la poitrine de sa grand-mère, puis ses yeux trouvèrent et soutinrent ceux d'Erin. Des yeux qui ressemblaient tellement à ceux de son père ! Elle s'affala au sol à côté d'eux et leva son doigt,

souriant avec tendresse lorsque son fils l'entoura de son poing et essaya de le tirer vers lui. *Tel père, tel fils.*

— Comment as-tu su ? demanda-t-elle encore à sa mère, en maintenant le contact visuel avec son fils.

Justine embrassa le sommet de la tête soyeuse du petit, inspira son doux parfum de bébé et regarda Erin.

— Je n'ai rien fait du tout. Mais Nick est mon fils, chérie, tout comme ce bébé est le tien. C'était facile à voir : il a aimé Courtney pratiquement dès l'instant où il l'a vue. Tout ce que j'ai fait, c'est manœuvrer un peu pour qu'ils se rejoignent. Et si ça signifiait pousser Courtney vers Damian, simplement pour irriter Nick, eh bien, qu'il en soit ainsi ! termina sa mère avec un haussement d'épaules.

Erin étudia Justine, espérant au-delà de tout espoir être une aussi bonne mère que l'avait été la sienne.

— Penses-tu que je saurai vraiment ? Que je serai capable de reconnaître les choses que je dois reconnaître… en tant que mère ?

— Bien sûr, ma chérie ! Tu es une mère fantastique et tu vas continuer à l'être.

— Tu crois ? insista Erin en soutenant son regard.

Cette dernière les détourna pour regarder quelque chose ou quelqu'un derrière sa fille.

— Oui, chérie, je sais que tu seras la meilleure maman du monde, mais pour l'instant, pourquoi ne pas aller faire la meilleure épouse ? J'ai ce petit chéri avec moi et Marisol s'occupe du bébé.

Erin tourna la tête et vit Max qui la regardait. Rick se tenait derrière lui, les yeux rivés sur sa nouvelle femme.

— Coucou, lança Erin, trouvant presque incroyables les tremblements sismiques qui parcouraient ses membres chaque fois qu'elle voyait Max la regarder avec cette expression dans les yeux.

— Coucou, répondit-il.

Il la quitta du regard et trouva son fils aîné, ses traits s'adoucissant comme ils le faisaient toujours pour ses enfants. Il étudia la situation pendant un moment, puis se tourna à nouveau

vers Erin, laissant délibérément son regard voyager de sa tête à ses orteils et inversement, s'attardant sur tous ses endroits préférés en chemin. Après quoi, il inclina la tête vers l'escalier avec un regard brûlant et sans équivoque.

— Vas-y, chuchota sa mère.

Erin n'avait pas besoin qu'on le lui dise deux fois. Elle allait pour se lever quand Max s'approcha de l'endroit où elle était assise et la hissa sur ses pieds. L'élan la plaqua, poitrine contre torse dur, et lorsque ses yeux furent captés et retenus par son regard brun foncé, une série de frissons de désir lui parcoururent l'échine.

Elle prit une profonde inspiration et laissa échapper une prière silencieuse de remerciement.

Merci, mon Dieu. Merci !

EXTRAITS EN AVANT-PREMIÈRE

Si vous avez apprécié cette série, pensez à laisser un commentaire.

Vous souhaitez être prévenu lorsque notre prochaine histoire torride sera disponible ? Rendez-vous sur www.greyeaglepublications.com/fr/ et inscrivez-vous à notre newsletter.

Si vous avez apprécié ce livre, vous aimerez aussi *Une reine sans couronne* par MINK et *Borden* par R.J. Lewis. Tournez la page afin de découvrir un extrait passionnant de chaque livre !

EXTRAIT D'UNE REINE SANS COURONNE PAR MINK

Sophia

Je savais que j'allais être vendue par mon père.

Une future mariée offerte pour sceller une alliance ou conclure un marché. Malgré tout, je n'ai jamais renoncé à l'espoir de me libérer de ces familles. Mais quand on m'offre à Antonio Tuscani, je prends conscience que mes faibles espoirs d'échapper à cette existence n'étaient rien de plus que de doux rêves.

Je capitule et accepte mon sort…

Jusqu'à ce qu'un parrain au regard farouche, Nick DaVinci, surgisse le jour de mon mariage pour perpétrer une vengeance sanglante.

***

Nick

Je suis venu pour faire couler le sang des Tuscani, et c'est ce que j'ai fait.

La jeune mariée aux yeux de biche dans sa robe blanche et son voile d'innocence ne sourcille même pas quand j'accomplis ce pour quoi j'étais destiné.

Je suis à la tête de la famille mafieuse la plus puissante de la ville, et je n'en suis pas arrivé là en épargnant la vie de mes ennemis.

Mais le comportement de Sofia m'intrigue, et je ne tarde pas à me rendre compte qu'elle est bien plus qu'une princesse de la mafia. C'est une reine, et je ne reculerai devant rien pour l'avoir à mes côtés.

Elle est assise, la tête basse. Un voile vaporeux couvre encore ses cheveux noirs.

Je rengaine mon pistolet et ajuste mon costume.

Elle ne lève pas les yeux.

Elle ne l'a pas fait non plus quand je suis entré dans la pièce.

Ni quand j'ai tiré le coup de feu qui a tué son nouveau mari.

Ni même quand il est tombé la tête la première dans son assiette de salade.

Elle est toujours assise là maintenant, alors que je fais le tour de la table pour la rejoindre.

Son mariage était magnifique. Personne n'irait le contester. Assis au dernier rang, j'ai regardé la jeune mariée aux cheveux noirs remonter l'allée d'un pas incertain. La cathédrale était pleine, les plus hauts personnages des sept familles étaient tous présents.

Elle a fait comme toutes les filles obéissantes de la mafia : elle a juré d'aimer et de chérir le tas de merde dont le sang tache maintenant le tapis.

Mais je m'éloigne du sujet. Le mariage. Il était moins grandiose qu'ils le sont d'habitude, ce qui n'a pas empêché de faire dans la démesure, comme toujours. En tant que chef de la famille Davinci, je me devais d'y assister. C'est donc ce que j'ai fait.

Ce à quoi je ne m'attendais pas, c'est à la trahison qui s'est produite.

Mais maintenant, l'affaire est réglée. Je regarde le crâne fracassé d'Antonio et je souris. Désormais, il n'y a plus que six familles.

Je prendrai tous les hommes d'Antonio Tuscani sous ma coupe, j'exécuterai les déloyaux et je poursuivrai mes affaires comme à l'accoutumée. Si les autres familles ont un problème avec mes faits et gestes, ils sont les bienvenus pour en parler à la prochaine réunion.

En attendant, je suis le dieu de la famille Tuscani et, par extension, de la jeune mariée dont je viens d'assassiner le mari.

— Allez-y.

Sa voix est aussi calme que la surface d'un lac froid et sombre.

Je me tiens derrière elle, mon regard s'égare sur la cascade parfaite de sa somptueuse chevelure, la ligne de ses épaules pâles, la rangée de boutons à l'arrière de sa robe. Je pourrais les arracher facilement. Je le pourrais. Mais comme son défunt mari vient de l'apprendre, ce n'est pas parce que vous pouvez faire quelque chose que vous devez le faire. Il n'aurait pas dû tenter de faire passer mon principal fournisseur de cocaïne sous sa coupe. Il n'aurait pas dû faire pression sur les familles pour qu'elles lui accordent ma part dans les arènes de combat clandestin. Mais il avait la possibilité de le faire. Il l'a fait. Et maintenant il est mort. Sa jeune épouse rougissante est un butin de guerre.

— Je vous ai dit de le faire.

Cette voix a retenti une nouvelle fois, avec un timbre doux et si triste qu'il en est obsédant.

Je tends la main et fais glisser mes doigts sur son voile.

— Et que voudriez-vous que je fasse ?

Elle ne bouge pas.

— Vous avez peur, *cara mia ?*

— Je suis prête.

— Prête pour...

J'enfonce mes doigts dans le fin tissu et détache le voile. Le peigne tombe sur le sol, libérant des vagues de cheveux noirs.

— Contentez-vous de tirer.

Elle se tourne pour me regarder : le brun caramel de ses yeux a le perçant d'une dague qui va se planter directement à l'endroit où devrait se trouver mon cœur.

Mais, comme nombre de mes ennemis l'ont appris, l'emplacement est vide. Pas de cœur. Pas de pitié.

Pourtant, il y a le manque. Et le désir. Elle l'éveille avec ses lèvres acerbes et ses grands yeux.

Cette beauté est à moi. Comme une ultime insulte à la famille Tuscani, je vais posséder cette créature innocente, la plier et la briser jusqu'à ce qu'elle devienne autre chose. Elle n'était pas faite pour l'être faible auquel son père voulait l'enchaîner par ce mariage. Antonio ne méritait pas cette épouse, cette créature éthérée qui est assise devant moi et me demande de la tuer.

Rien de tout cela ne s'accorde avec elle. Ni le marié. Ni cette maison. Ni sa robe – le satin lourd, le voile ostentatoire, la gigantesque jupe –, je déteste cette tenue. En fait, elle me dégoûte.

J'en attrape le dos et le déchire, les boutons sautent, comme je l'avais supposé, et le tissu cède sur un son rugueux qui charme mes oreilles.

Elle se penche en avant, pour tenter de s'éloigner, mais je tire à nouveau, déchirant la robe jusqu'à sa taille.

— Enlève-la.

Je recule alors qu'elle se remet difficilement debout, puis pivote vers moi.

Elle tient la robe déchirée contre sa poitrine.

— Arrêtez !

J'aime mieux ça, le feu dans son intonation. Plus d'eau morte. Au lieu de cela, il y a de la chaleur. De la colère.

J'en veux davantage.

— Je t'ai dit de l'enlever. Je n'aime pas cette tenue.

— Non, s'entête-t-elle en relevant le menton. Si vous voulez me tuer, finissons-en, mais je ne suis pas là pour vous faire un strip-tease.

Je pourrais la culbuter sur-le-champ sur cette table, la ravager et m'en aller. Je le devrais. Je n'ai pas besoin de problèmes supplémentaires avec le clan Tuscani.

Au lieu de ça, je campe sur mes positions.

— Enlève-la.

Le ton que j'utilise... c'est celui que beaucoup d'hommes ont entendu juste avant que je les tue. Elle ne répond pas, mais son menton tremble.

— Si tu ne le fais pas, c'est moi qui m'en charge.

J'aimerais bien. Rien que déchirer le tissu dans son dos… Ça a mis mon sang en ébullition.

Avec un regard qui pourrait briser le cœur d'un homme normal, elle laisse tomber le tissu déchiré et croise ses mains tremblantes sur ses seins, même si elle porte un soutien-gorge blanc.

— C'est mieux. Maintenant, sors de cette loque.

— Pourquoi ?

Elle balaie mon corps du regard. Ses yeux caramel sont emplis de méfiance.

— Je te l'ai déjà dit. Je n'aime pas cette robe. Dès que tu l'auras quittée, je demanderai à mon associé de la brûler.

Je claque des doigts et Gio se précipite.

— Patron ?

— Prends cette robe et débarrasse-t'en, en même temps que d'Antonio.

— Oui, monsieur.

Il s'avance vers elle et attrape un lambeau de la jupe bouffante, puis attend qu'elle obéisse à mon ordre.

— Sors de cette loque, je répète en lui tendant la main.

Elle la regarde comme si mes doigts risquaient de la mordre, mais s'en saisit pour pouvoir se libérer de la monstruosité blanche. Puis elle me relâche. Son doux contact a réchauffé ma peau et je plie la main.

Une fois qu'elle est déshabillée, je vois qu'elle porte une culotte blanche sans chichi et des chaussures blanches à talons plats. Pas de dentelle, pas de jarretière, rien d'intentionnellement sexy. Elle ne prévoyait pas une nuit de noces amusante, même si je suis certain qu'Antonio se serait quand même rué sur elle.

— Viens.

Je tends à nouveau la main.

Elle secoue la tête en serrant ses cuisses l'une contre l'autre, les mains toujours sur ses seins.

— Je ne vais pas me répéter, *cara mia*.

Je la prends dans mes bras, savourant l'étroitesse de sa taille et l'évasement de ses hanches, ses cuisses charnues et ses chevilles toutes fines. Elle était bien trop femme pour Antonio.

— Tu n'aimeras pas ce qui va se passer si tu n'obéis pas.

— Tu vas me frapper, je n'ai aucun doute là-dessus. C'est ce que font les gens de ton espèce.

Elle pince les lèvres et me tend sa main.

L'idée que quelqu'un ait pu la frapper me glace le sang. Je suis un homme violent, mais lever la main sur cette beauté rare aux grands yeux bruns ? Qui oserait ? Je suis à deux doigts d'exiger des noms, mais elle glisse à nouveau sa main dans la mienne. Sa chaleur imprègne ma peau, ma soif de sang s'estompe.

Je la fais sortir de la pièce et me dirige vers l'avant du manoir démesuré d'Antonio.

— Comment tu t'appelles ?

— Vous ne le savez pas ?

Comme elle continue à essayer de se couvrir, je m'arrête, déboutonne mon manteau, puis le lui drape sur les épaules.

Elle le referme, même s'il est trois fois trop grand pour elle, et lève les yeux vers moi, avec une surprise non dissimulée.

— Merci, lâche-t-elle sur un ton presque interrogatif.

— De rien.

Je reprends sa main et je me remets à marcher. Nous laissons ce trou à rats derrière nous. Je vais l'ajouter à mes avoirs et le liquider – comme je l'ai fait avec son propriétaire – dès que possible.

— Où allons-nous ? demande-t-elle à l'instant où nous nous retrouvons dans la nuit froide.

— Est-ce important ?

Je baisse les yeux sur elle. Elle réfléchit un moment, puis secoue la tête.

— Non. Je suppose que non.

Je l'aide à monter à l'arrière de la Mercedes noire, puis je me glisse à ses côtés.

Un coup de feu fait voler en éclats la vitre à côté de moi. Je me laisse aussitôt tomber à terre.

Quand je parviens à atteindre l'intérieur de la voiture, je la plaque sur le plancher, puis je sors mon arme et guette ma prochaine victime. Tout homme qui viendra à moi affrontera ma colère.

Et celui qui met en danger cette jolie petite chose qui m'appartient désormais ?

Celui-là, il a déjà signé son putain d'arrêt de mort.

Envie d'en lire plus ? Merci de vous rendre sur www.greyeaglepublications.com/fr/ pour commander votre exemplaire dès aujourd'hui !

EXTRAIT DE BORDEN PAR R.J. LEWIS

Marcus Borden a l'habitude du pouvoir et du contrôle. Après une enfance difficile et violente, dans un quartier particulièrement malfamé, Borden quitte sa ville natale pour y revenir quatre ans plus tard mystérieusement enrichi et méconnaissable, avec une seule femme à l'esprit.

Une femme qu'il ne possédera jamais.

Chagriné par un manque dévastateur et rempli de rage et de culpabilité, Borden se laisse engloutir par les ténèbres.

* * *

Emma Warne est une femme farouchement indépendante. La dureté de la vie, elle connaît très bien, après avoir dû se débrouiller seule la majeure partie de son existence. Mais la dernière chose à laquelle elle s'attendait, c'était d'être précipitée dans le monde du criminel notoire, Marcus Borden, un homme dangereux que toute la ville hait et redoute. Mais plus elle le repousse, plus il revient à la

charge, prenant possession de sa vie et la dépouillant du contrôle auquel elle se raccrochait désespérément.

Maintenant que Borden a jeté son dévolu sur elle, Emma est prise au piège, incapable de s'enfuir… mais ce qu'elle n'aurait jamais cru, c'est qu'elle n'en a peut-être pas si envie que ça, tout compte fait.

Ils le surnommaient le Tank, et je pouvais voir pourquoi maintenant que je me tenais devant lui. Ce type était sacrément énorme. Comme Ajax le grand dans la mythologie grecque, ce genre de grandeur là. Je devais tendre le cou pour assimiler les presque deux mètres de sa carrure.

Mais Marcus Borden était bien plus jeune que ce à quoi je m'étais attendu. Il avait l'air d'avoir la petite trentaine. Ses cheveux châtains étaient plus longs que dans les photos d'avant que j'avais vu, bouclant un peu à la base de son cou et sur son front. Son visage était en forme de cœur et il avait des lèvres charnues, un nez droit et des pommettes saillantes. J'avais cru que de jolis traits tels que les siens criaient «joli garçon», mais c'était bien la dernière chose qu'il était. Avec sa façon calculée de se déplacer et ses yeux froids, ils criaient plutôt « prédateur ».

Et un seul mot traversait mon esprit à ce moment : *Putaiiiiiiiiiiin.*

Je fus immédiatement submergée de peur. Je me sentais comme si quelqu'un m'avait coupé le souffle. Son expression grave me rendit instantanément nerveuse, et quand ses yeux bleus résilients se posèrent sur les miens, même pendant cette demi-seconde, mon rythme cardiaque s'accéléra et je pus sentir mon pouls tambouriner et se presser dans mes oreilles.

Pourquoi je suis là, putain ? Le seul soir où j'accepte de sortir et voilà ce qui arrive…

Trois de ses hommes se tenaient autour de lui et de la grande

rouquine fine dans sa robe décolletée qui s'accrochait à son bras. Elle me regardait, de l'amusement gribouillant ses traits doux devant ma situation délicate. Je détestais d'emblée cette garce.

Borden, dans son sweat noir épais et son jean sombre, se tenait devant une grande table d'acier, triant le contenu d'une mallette depuis que nous étions entrés. Je ne pouvais pas voir ce que c'était exactement de là où j'étais, ni si je le voulais vraiment. Ce que je souhaitais désespérément, c'était filer loin de tous ces gens. C'était comme une mauvaise scène dans un film de mafia de série B, et à tout moment, quelqu'un allait me mettre une balle à l'arrière du crâne. Je regardai derrière moi, juste pour être sûre.

Oui, je perdais les pédales.

Encore : *Putaiiiiiiiiiin.*

Un type qu'ils appelaient Hawke m'avait traînée de force jusqu'ici, et sa main était toujours refermée solidement autour de mon bras nu. Quand je baissai les yeux, je sentis mon ventre bouillonner. Il lui manquait le troisième doigt, et la peau autour de son avant-bras était méchamment abîmée.

Il me plaça brutalement devant la table en face de Borden. Un autre type s'approchait de là où il se tenait et se pencha à son oreille.

— On l'a trouvée dans la ruelle quand on gérait nos affaires. Je crois qu'elle a tout vu...

Les murs vibraient de la musique qui rugissait de l'autre côté des coulisses du club, noyant le reste de ses paroles. Ou peut-être que c'était pour ça que mon cœur s'accrochait à mon canal auditif, battant mon ouïe de façon tapageuse jusqu'à m'assourdir. Peu importe. Ce n'était pas important, si ? Le fait était que je ne pouvais rien entendre sans faire un effort.

Les yeux toujours posés sur ce qui se trouvait dans la mallette devant lui, il lança :

— Qu'avez-vous dans la ruelle, Melle... ?

Sa voix était grave et calme, mais il y avait une pointe d'autorité

derrière. Il semblait presque s'ennuyer, comme si c'était encore un autre désagrément.

— Je n'ai rien vu, répondis-je rapidement.

— Il t'a demandé ton nom, connasse, grommela Hawke en enfonçant encore plus ses ongles dans mon bras.

— Eh bien, ce n'était pas très clair, non ? ne pus-je m'empêcher de répliquer.

Je ne l'aurais sincèrement pas fait si j'avais été dans le bon état d'esprit.

Mon cœur s'emballa devant le regard que me jeta Hawke. Je déglutis difficilement et déclarai :

— Emma Warne. C'est mon nom.

Borden leva immédiatement les yeux vers moi.

— Emma Warne ? répéta-t-il, une pointe de surprise dans la voix.

Je fronçai les sourcils devant sa réaction étrange avant que la poigne de Hawke se serre à nouveau comme avertissement.

— O-Oui, répondis-je vivement.

Borden me dévisagea pendant un long moment, et le silence était sacrément gênant. J'avais plus ou moins envie de m'effacer dans le néant devant le regard qu'il avait, tout en dureté et curiosité. Puis, avant que je puisse interroger son air, son visage se radoucit et il redevint normal.

— Tu l'as fouillée ? demanda-t-il à Hawke.

Ce dernier hocha la tête.

— Il n'y a pas grand-chose à vérifier. La robe est plutôt moulante.

Borden m'examina avec attention, parcourant mon corps des pieds à la tête. Ce n'était pas non plus avec passion. Juste clinique.

— As-tu vérifié son soutien-gorge pour voir si elle cache… un couteau ou autre ?

Je me raidis tout à coup. Comment pouvait-il savoir ça ?

— Je n'ai pas regardé, non. Je vais le faire.

Dès que la main estropiée de Hawke se leva sur mon buste, je bondis en arrière.

— Non ! sifflai-je. J'ai un couteau à cran d'arrêt dans mon soutien-gorge. Je vais le sortir toute seule.

Il regarda Borden comme pour savoir si c'était bon, et ce dernier acquiesça. Tous les deux étaient sur moi alors que je fourrais ma main dans mon haut, cherchant la lame dissimulée sous ma poitrine. Je la récupérai, et mes seins étaient pratiquement exposés avant que je les remette en place. Mon visage était rouge flamboyant alors que je lui tendais avec réticence ma lame. Non pas que je la pleurerais ou autre. J'en avais une dizaine d'autres dans mon appartement. Il la prit et la posa sur la table devant lui avant de retourner près de moi.

Un silence à nouveau.

Borden eut l'air d'être en train de délibérer, jetant un regard rapide vers l'arme de temps à autre.

— Avez-vous pris l'habitude d'utiliser cette lame, Mademoiselle Warne ?

— C'est pour me protéger, répliquai-je simplement, mon corps suant sous le regard dur qu'il me lançait.

— Vous mettez-vous souvent en danger ?

— Non.

— Alors que faisiez-vous là dehors toute seule dans une ruelle, si tard dans la nuit ?

C'était étrange comme des questions simples auxquelles on aurait répondu facilement avant devenaient difficiles et impossibles à mettre clairement en forme quand la peur vous saisissait. Je bredouillai, clignant plusieurs fois des yeux, essayant de mettre ensemble une phrase avant que Hawke ne jure bruyamment.

— Va chier, elle va mentir, de toute façon, Borden. Elle peut même pas placer deux mots ensemble…

— J'avais besoin d'air frais, l'interrompis-je. Il y a beaucoup de fumée dans le club et je n'ai pas l'habitude des endroits bondés…

J'avais besoin d'air frais. C'est tout. Je n'ai rien vu ni fait quoi que ce soit…

— Elle ment, coupa Hawke vivement.

— Je ne mens pas !

Je n'avais pas eu l'intention d'élever la voix, cependant ce Hawke m'agaçait vraiment. C'était comme la haine au premier regard avec ce connard, et il me jetait un air meurtrier comme si j'étais une mouche qui avait besoin d'être écrasée, brûlée ou mutilée.

La bouche de Borden grimace à mon explosion. *Putain.* Il ferme bruyamment la mallette et pose ses deux paumes sur la table, se penchant juste un peu pour m'examiner.

Scruter son visage était difficile, mais je ressentais que je n'avais pas d'autre choix. Il me pliait à sa volonté avec ses yeux hypnotiques ; il était impossible de pouvoir leur échapper. Puis je regardai par-dessus mon épaule et ce simple mouvement incité Hawke à me rapprocher de son chef, jusqu'à ce que mes jambes touchent la table en acier. J'étais à une trentaine de centimètres de lui à peine.

Plus près de lui que jamais, mes yeux parcoururent son visage. Je pouvais sentir chaque partie de moi se raidir, déroutée un moment par la beauté saisissante que ce type incarnait, puis fus prise dans une vague de trépidation quand je me rappelai qui j'observais réellement.

Un homme mauvais.

Un homme dangereux.

À PROPOS DE L'AUTEUR

Lynda Chance est une auteure de best-sellers aux classements du New York Times et de USA Today. Elle a commencé l'écriture en faisant le constat qu'il n'existait aucun mâle alpha fictif suffisamment viril pour lui convenir. Elle devait en créer un. Avec le temps, son style a évolué grâce à la pratique et aux conseils de ses lecteurs. Lynda écrit des romances contemporaines et historiques ainsi que des romans pour adultes et new adult, des novellas et des nouvelles. Tous ses textes ont un point commun : des héros virils qui tombent à genoux, fous d'amour et de désir, devant ses héroïnes. Dans les histoires de Lynda Chance, tous les héros sont fidèles.

Lynda habite dans le comté de Galveston, au Texas, avec son mari depuis de nombreuses années, dans une petite maison à la plomberie approximative et aux panoramas sublimes. Ils ont deux enfants déjà adultes qui résident dans la région de Dallas. Heureuse de vivre dans son Texas natal, Lynda se promène toujours avec sa liseuse ou son ordinateur portable.

Printed in France by Amazon
Brétigny-sur-Orge, FR

19786612R00449

11 | JULES UND JIM
Henri-Pierre Roché

12 | SALZ UND SEIN PREIS
Patricia Highsmith

13 | DAS EROTISCHE POTENTIAL MEINER FRAU
David Foenkinos

14 | DIE GESCHICHTE DER LIEBE
Nicole Krauss

15 | ALI UND NINO
Kurban Said

16 | ALBERTA EMPFÄNGT EINEN LIEBHABER
Birgit Vanderbeke

17 | DER SCHAUM DER TAGE
Boris Vian

18 | MANN UND FRAU
Zeruya Shalev

19 | REBECCA
Daphne du Maurier

20 | TANTE JULIA UND DER KUNSTSCHREIBER
Mario Vargas Llosa

Brigitte Buch-Edition *Die Liebesromane*

Lesen Sie weiter!
Folgende Bücher sind in der Edition erschienen:

1 | ZUSAMMEN IST MAN WENIGER ALLEIN
Anna Gavalda

2 | BALZAC UND DIE KLEINE CHINESISCHE SCHNEIDERIN
Dai Sijie

3 | BETTY BLUE – 37,2° AM MORGEN
Philippe Djian

4 | DIE FRAU DES ZEITREISENDEN
Audrey Niffenegger

5 | ZIMMER MIT AUSSICHT
Edward Morgan Forster

6 | DIE ERSTAUNLICHE GESCHICHTE DES MAX TIVOLI
Andrew Sean Greer

7 | VALERIAS LETZTES GEFECHT
Marc Fitten

8 | DAS ORANGENMÄDCHEN
Jostein Gaarder

9 | CORELLIS MANDOLINE
Louis de Bernières

10 | BITTERSÜSSE SCHOKOLADE
Laura Esquivel

CORELLIS MANDOLINE
von *Louis de Bernières*
erscheint als neunter Band der
BRIGITTE Buch-Edition *Die Liebesromane*
Herausgegeben von der BRIGITTE-Redaktion

Genehmigte Lizenzausgabe für die Verlagsgruppe BRIGITTE,
Gruner + Jahr AG & Co KG, Hamburg

Die Originalausgabe erschien 1994 unter dem Titel
»Captain Corelli's Mandolin« im Verlag Secker & Warburg, London

Ausstattung und Gestaltung von
Groothuis, Lohfert, Consorten | glcons.de, Hamburg
Illustrationen: Sybille Dörfler
Herstellung: Heiko Belitz, G+J Druckzentrale/Herstellung, Hamburg
Satz: AlsterWerk MedienService GmbH, Hamburg
Druck und Bindung: GGP Media GmbH, Pößneck
Printed in Germany.

ISBN 978-3-570-90726-9